GOLDMANN

Buch

In der bitteren Zeit der industriellen Revolution wächst die junge Julia Lacey in England heran. Sie lebt auf dem Gut Wideacre in ärmlichsten Verhältnissen, und doch erhofft sich die Dorfgemeinschaft gerade von ihr einen Ausweg aus der Misere. Es geht nämlich das Gerücht, daß Julia von ihrer Mutter die seherische Kraft und das landwirtschaftliche Können geerbt haben soll.

Hilfe naht jedoch von ganz unerwarteter Seite: Julias Onkel John hat in Indien ein Vermögen gemacht und kehrt nun nach England zurück, um Wideacre zu sanieren. Alles scheint sich zum Guten zu wenden, doch als Julia ein Unglück vorhersieht und es im letzten Moment abwenden kann, wird sie kurzerhand für verrückt erklärt. Man bringt sie zur psychiatrischen Behandlung in die Stadt, und Julias Cousin Richard übernimmt unterdessen die Macht über das Gut. Richard entpuppt sich als wahrer Tyrann: Alle sozialen Errungenschaften seines Onkels John macht er rückgängig, und er unterdrückt die Dorfbewohner aufs grausamste. Auch für Julia gibt es kein Entrinnen vor seinen Erniedrigungen und Beleidigungen – bis eines Tages Richards Stunde schlägt.

Autorin

Die Engländerin Philippa Gregory studierte an der Universität von Edinburgh Literaturgeschichte. Danach arbeitete sie als Journalistin für die BBC und mehrere andere englische Sender. Philippa Gregory ist Gründungsmitglied eines Sozialfonds zur Unterstützung von Arbeitslosen. Sie lebt mit ihrer Familie in Sussex.

Bei Goldmann liegt als Taschenbuch bereits vor:
Die weise Frau. Roman (42806)

PHILIPPA GREGORY

Die Traum-sammlerin

ROMAN

Aus dem Englischen
von Angelika Bardeleben

GOLDMANN VERLAG

Originaltitel: The Favoured Child
Originalverlag: Viking Penguin, London

Umwelthinweis:
Alle bedruckten Materialien dieses Taschenbuches
sind chlorfrei und umweltschonend.
Das Papier enthält Recycling-Anteile.

Der Goldmann Verlag
ist ein Unternehmen der Verlagsgruppe Bertelsmann

Deutsche Erstveröffentlichung Juni 1995

Umschlaggestaltung: Design Team München
Satz: deutsch-türkischer fotosatz, Berlin
Druck: Elsnerdruck, Berlin
Verlagsnummer: 42355
Redaktion: Elke Bartels/SK
Herstellung: Ludwig Weidenbeck
Made in Germany
ISBN 3-442-42355-4

3 5 7 9 10 8 6 4 2

DER TRAUM

Der Vorbote war ein Traum. Im Grunde existierte der Traum schon, bevor Richard oder ich die sanft gewellten Hügel um Wideacre herum erforscht hatten, die mein Elternhaus von allen Seiten umgaben und beschützten. Solange ich mich zurückerinnern kann, hat mich der Traum immer wieder heimgesucht.

Nein, es ist kein Kindertraum. Es ist nicht *mein* Traum. Er gehört jemand anderem. Aber ich weiß nicht, wessen Traum es ist.

In dem Traum fühle ich mich schwer verletzt, körperlich und seelisch gequält von einem übermenschlichen Schmerz. Meine Füße sind vom langen Gehen über den steinigen, kalten Boden wund geworden, und sie sind schwarz von Erde, der Erde von Wideacre. Blut sickert aus hundert Schnittwunden, die ich mir bei meinem Gang über die scharfen Kalk- und Feuersteine zugezogen habe. In der Dunkelheit der Nacht stolpere ich durch die Wälder in der Nähe unseres Hauses zum Fluß hin, dem Fenny, und das Brüllen seines reißenden, von der Schneeschmelze angeschwollenen Wassers übertönt sogar noch das Heulen und Rauschen des Windes in den Baumspitzen. Ich kann meinen Weg in der Dunkelheit nicht erkennen, und ich wanke durch die schwarze, von Blitzen durchzuckte Nacht.

Ohne meine Last wäre mein Gang leichter gewesen. Die einzige warme, trockene Stelle an meinem Körper ist ein kleines Bündel mit einem Neugeborenen, das ich unter meinem Cape eng an mein Herz gepreßt halte. Ich weiß, daß ich für dieses kleine Mädchen verantwortlich bin. Es ist mein Kind. Es gehört zu mir, und doch muß ich es vernichten. Ich muß es zum Fluß hinunterbringen und den winzigen Körper lange unter die schäumenden, stürzenden Fluten drücken. Dann erst kann ich es loslassen, und der kleine Körper in dem weißen Tuch wird plötzlich im aufschäumenden Wasser herumwirbeln und sich immer weiter von meinen leeren ausgestreckten Händen entfernen. Ich muß das Kind sterben lassen.

Der Fluß brüllt immer lauter, während ich mich auf dem schlammigen Fußweg vorankämpfe. Plötzlich erblicke ich ihn, und mir stockt der Atem. Er ist breiter angeschwollen als je zuvor, so daß selbst die Baumstämme hoch an den Ufern im stürzenden Wasser gegeneinanderkrachen. Der quer über den Fluß gefallene Baum, der uns als Brücke diente, ist verschwunden, verborgen unter den brodelnden Tiefen des Wassers. Ich stoße einen kleinen Schrei aus, lautlos im tobenden Lärm des Sturmes, denn ich weiß nicht, wie ich das Kind zum Fluß hinunterbringen soll. Aber es muß ertränkt werden. Ich muß es ertränken. Ich als eine Lacey bin es mir schuldig.

Dies ist mehr, als ich ertragen kann. Mein Gesicht ist von Tränen überströmt, mein Herz zerrissen von schrecklicher Qual, meine Füße sind wund. Ich kämpfe mit aller Macht darum, aus dem Traum zu erwachen. Unmöglich, dieses warme, weiche, schlafende Baby hinunter zum kalten, reißenden Wasser zu bringen – und doch muß ich es tun. Ich stolpere schluchzend hinab zu den Fluten, die wie ein Höllenkessel brodeln. Zugleich aber weiß ein Teil von mir, daß dies nur ein Traum ist – mein immer wiederkehrender Traum. Verzweifelt versuche ich zu erwachen, aber er hält mich gefangen. In meinem Geist lebt er ein eigenes Leben, so, als hätte ich zwei Seelen. Eine dieser Seelen gehört einem kleinen Mädchen, das darum kämpft, aus einem Alptraum zu erwachen, sich im Bett in seiner kleinen Kammer hin und her wirft und nach seiner Mutter ruft. Die andere gehört dieser Frau mit dem Baby, das sie unter ihrem Cape sanft an sich drückt, wild entschlossen, es wie die Mißgeburt aus einem Wurf Welpen in den eisigen Wassern des Flusses zu ertränken, der von den Hängen der Hügel herunterstürzt und durch Wideacre hindurch fließt.

1

Heute bin ich eine alte Frau. In meinem Herzen bin ich eine alte Frau, müde und bereit zu sterben. Früher, als kleines Mädchen, lebte ich auf Wideacre. Ich war ein Kind, das alles wußte und dennoch nichts wußte. Ein Kind, das auf seinen Streifzügen durch die Gegend überall die Vergangenheit erblicken konnte – verschleiert, wie durch Rauchschwaden, die vom Flackern des Feuers erhellt sind. Auch Zukunftsvisionen leuchteten vor mir auf – wie Mondschein, der hier und da durch Wolkenlücken fällt. Die Einblicke in Vergangenheit und Zukunft formten meine Kindheit wie das Wasser einen gewundenen Kalktropfstein, der ohne eigenes Bewußtsein allmählich immer tiefer zu einem bizarren Zapfen herabwächst.

Oh, jetzt weiß ich mehr. Ich bin naiv gewesen. In den Jahren, in denen ich lernte, eine Frau zu sein, war ich vollkommen naiv. Heute bin ich es nicht mehr. Ich mußte die Hülle der Lügen und Halbwahrheiten abwerfen wie eine Sommernatter, die aus ihrer alten Haut herausschlüpft. Ich mußte die Schuppen der Lügen von meinen Augen wischen, um endlich in das helle Licht der Wahrheit zu blicken; und ich war nicht länger naiv. Zuletzt war ich die einzige, die es wagte, der Wahrheit ins Gesicht zu schauen. Zuletzt war ich ganz allein. Zuletzt gab es nur noch mich. Das Lieblingskind von Wideacre. Nur mich und das Land.

Es ist kein gewöhnliches Land – das ist unsere Erklärung und unsere Entschuldigung. Das Gebiet nennt sich Wideacre, liegt auf den Kalkhügeln des südlichen Englands und ist so schön und so reich wie ein Paradiesgarten, wie der erste Garten Eden. Die South Downs umschließen das Tal des Flusses Fenny wie eine schützende Hand. Es sind hohe Kalkhügel, lieblich bedeckt mit kurzgeschnittenem Gras und seltenen Wiesenblumen, den ganzen Sommer über flirrend von winzigen blauen

Schmetterlingen. Diese Hügel waren mein Horizont. Meine kleine Welt lag in ihnen geborgen. Und im Zentrum lag das Herrenhaus, Wideacre Hall. Eine rauchgeschwärzte Ruine am oberen Ende der holprigen Zufahrtsstraße, die sich zwischen unkrautüberwucherten, verlassenen Rosenbeeten hinabschlängelt. Früher rollten hier Kutschen hinunter ins Tal, vorbei an fruchtbaren Feldern, vorbei an dem kleinen, schachteligen Dower House aus Sandstein, und hielten an den großen Eisenpforten am unteren Ende der Zufahrtsstraße, und der Wächter öffnete das Tor und bekam eine Münze oder ein Kopfnicken dafür. Links liegt das Dorf Acre – eine Reihe von Häusern, die Händlern und Handwerkern gehören, ein Pfarrhaus und eine Kirche mit einem hübschen, runden Turm; rechts der Weg, der in die Straße nach London einmündet, wo die Postkutsche in Richtung Midhurst hält.

Ich wurde als Julia Lacey geboren, Tochter des Squire von Wideacre und seiner Frau, Celia, von Havering Hall. Ich war ihr einziges Kind, die einzige Erbin. Ich wuchs zusammen mit meinem Cousin Richard auf, dem Sohn von Beatrice, der Schwester meines Vaters. Diese beiden – mein Vater und seine Schwester – hatten meinen Cousin und mich zu den gemeinsamen Erben von Wideacre gemacht. Sie veränderten das Erbrecht des Herrenhauses, so daß wir beide gemeinsam erben konnten. Wir vergaßen nie, daß wir gemeinsam für Wideacre sorgen sollten.

Das sind die Fakten. Aber dahinter liegt eine tiefere Wahrheit. Die Wahrheit, daß Beatrice den Grundbesitz ihres Bruders an sich reißen wollte, daß sie log und intrigierte und das Land ruinierte und mordete – ja, sogar mordete. Die Laceys sind immer schon Mörder gewesen. Nichts konnte sie davon abhalten, sich in die Position des Squires hineinzumanövrieren. Sie ließ Felder einzäunen und Fußwege verbarrikadieren, sie erhöhte die Mieten und ließ überall teuren Weizen anbauen, um mit den Einnahmen ihre Pläne zu finanzieren. Sie trieb ihren Mann fast in den Wahnsinn und stahl sein Vermögen. Sie beherrschte ihren Bruder mit allen Mitteln, die einer Frau zur Verfügung stehen. Und sie lief ihrem Schicksal Jahr um Jahr davon, bis die Dorfbewohner, die sie anfangs vergöttert hatten, mit Fackeln in der Hand zu ihr marschierten; allen voran der Anführer auf seinem schwarzen Pferd.

Sie töteten sie. Sie brannten ihr Haus nieder. Sie ruinierten die Familie Lacey. Und sie stellten sich selbst für alle Zeiten außerhalb des Gesetzes.

Mein Vater, der Squire, starb an Herzschwäche. Beatrices Mann, John MacAndrew, ging nach Indien und schwor, ihren Gläubigern alles zurückzuzahlen. Übrig blieben nur wir drei: meine Mutter, mein Cousin Richard und ich selbst. Wir wohnten in dem kleinen, verschachtelten Haus auf halbem Weg an der Zufahrtsstraße nach Wideacre Hall unter den großen Bäumen des Wideacre Parks, die sich über das Dach lehnten und ihre Zweige an die Fensterscheiben drückten. Wir drei, zwei Diener und eine ganze Welt voller Geister.

Ich konnte sie alle benennen. Ich sah sie alle. Nicht sehr klar. Nicht klar genug, um mir alle mit meiner kindlichen Phantasie ausmalen zu können. Aber nachts, wenn ich schlief, hörte ich manchmal eine Stimme, ein Wort oder das Echo eines Wortes. Einmal nahm ich sehr deutlich ein fröhliches Lachen wahr. Und einmal hatte ich einen so intensiven Traum, daß ich vor Entsetzen hochschreckte. Ich sah grelle Flammen vor meinem Schlafzimmerfenster auflodern, so hoch wie ein Haus. Es war das Feuer, das Wideacre Hall, meinen Besitz, niederbrannte. Und den Squire, meinen Vater, tötete. Und drei Überlebende davonkommen ließ: uns drei und eine Familie von Geistern.

Im wirklichen Leben war da meine Mutter. Ihr Gesicht war herzförmig, blaß wie eine cremefarbene Rose, und ihre Augen glänzten stiefmütterchenbraun. Als sie jung war, hatte sie hellblondes Haar, aber später wurde das Gold von matten grauen Strähnen durchzogen, so als hätten ihr Kummer und Sorge graue Finger auf den Scheitel gelegt. Ich war gerade erst zwei Jahre alt geworden, als sie Witwe wurde, daher erinnere ich mich an sie nur in dunkelroten oder graugrünen oder schwarzen Kleidern. Das Herrenhaus sehe ich in meiner Erinnerung immer nur als Ruine. Als wir noch klein waren, hat sie oftmals die matten, traurigen Farben verflucht und geschworen, sie würde einen Händler heiraten, einen Händler mit Lagerhäusern voller rosafarbener, schillernder Seide. Aber als wir heranwuchsen und kein Händler um sie anhielt, keine Gans goldene Eier legte und auf keinem Baum Diamanten wuchsen, da konnte sie nicht länger über ihre alten, dunklen Kleider lachen, die an allen Nähten und Säumen blank und abgetragen waren.

Und da war Richard. Mein Cousin Richard. Mein liebster Freund, mein kleiner Tyrann, mein bester Verbündeter, mein schlimmster Feind, mein Mitverschwörer, mein Verräter, mein Spielkamerad, mein Rivale, mein Verlobter. Ich kann mich nicht an die Zeit erinnern, bevor ich ihn liebte. Ich kann mich nicht an die Zeit erinnern, bevor ich Wideacre liebte. Er war so sehr ein Teil von mir, von meiner Kindheit, wie das Hügelland und das Gemeindeland, wie die hohen Bäume der Wälder von Wideacre. Ich habe niemals die Entscheidung getroffen, ihn zu lieben, und niemals habe ich mich entschieden, das Land zu lieben. Ich liebte das Land und den Jungen, weil sie ein Teil meiner Seele waren. Ich wäre ohne meine Liebe zu Richard nicht ich selbst gewesen. Sie gehörte zu mir wie meine Heimat Wideacre und mein Familienname Lacey.

Ich war durch meine Liebe gesegnet. Denn Richard, mein Cousin, war das lieblichste Geschöpf, eines jener besonderen Kinder, die in anderen Menschen Liebe erwecken mit der gleichen Mühelosigkeit, wie Gras wächst. In den Straßen von Chichester drehten sich immer wieder Leute nach ihm um, und bei seinem Anblick überzog ein Lächeln die Gesichter der Menschen. Sie lächelten über seinen leichtfüßigen Gang, den Wust schwarzer Locken, die verwirrend hellen, blauen Augen und das Strahlen seines Lachens. Und jeder, der ihn jemals singen hörte, hätte ihn allein deshalb geliebt. Er hatte eine jener unschuldigen, jungenhaften Stimmen, die bis in unvorstellbare Höhen hinaufsteigen, und die Reinheit jeder Note ließ mich erschauern, als hätte mich ein kühler Windhauch direkt aus dem Himmel gestreift. Ich liebte seinen Gesang so sehr, daß ich stundenlang freiwillig Klavier spielte und mühselig immer neue Stücke einübte, um ihn begleiten zu können.

Er liebte Duette, aber niemals, auch nicht beim besten Willen, gelang es mir, einen Ton zu halten. »Hör doch, Julia, hör doch nur!« rief er dann ganz aufgeregt, nachdem er einen Ton gesungen hatte, der so rein wie Quellwasser war. Aber ich schaffte es nicht, ihn nachzuahmen. Statt dessen hämmerte ich, so gut ich konnte, die Begleitmelodie, und manchmal summte auch meine Mutter abends die zweite Stimme mit, während Richards Gesang sich in die Lüfte erhob, den ganzen kleinen Vorraum erfüllte und aus dem halb geöffneten Fenster hinausschwebte, um sich mit dem Vogelgesang in der Abenddämmerung der Wälder zu vermischen.

Und dann, während Richard noch sang und das Haus schon ganz still war, konnte ich sie deutlich fühlen. Die Geister, die immer mit uns lebten, wie der Abenddunst, der vom Fluß durch die Bäume aufsteigend zu uns hereindrang. Wir waren ständig von ihnen umgeben, obwohl nur ich sie fühlen konnte, und das auch nur zu bestimmten Zeiten. Aber ich spürte die Nähe der Toten, ich spürte Richards Mutter, Beatrice, und meinen Vater, den Squire, die beide in den wenigen Jahren, in denen sie das Herrenhaus von Wideacre aufbauten und es wieder zerstörten, beim Aufstieg und Fall der Familie Lacey ihre Hand mit im Spiel gehabt hatten.

Und wenn Richard sang und ich ihn mühsam auf dem Klavier begleitete und meine Mutter ihr Nähzeug unbemerkt in den Schoß sinken ließ, um jenem hohen, süßen Ton zu lauschen, dann wußte ich, daß sie warteten. Fast so, wie wir drei es taten. Warteten, daß etwas geschah. Daß auf Wideacre endlich wieder etwas geschah.

Ich war zwar ein Jahr älter, aber Richard war immer größer als ich. Ich war die Tochter des Squire und die einzige überlebende Lacey; aber Richard war ein Junge und seiner Natur gemäß ein Herr. Wir wuchsen als Landkinder auf, aber ins Dorf hinein durften wir nicht. Wir waren durch unseren schäbigen Adelstitel isoliert und wurden in den verwilderten Wäldern des Wideacre Parks versteckt wie zwei verzauberte Kinder im Märchen, die auf das Wunder ihrer Befreiung warteten.

Richard war der Anführer. Er bestimmte die Spiele und erdachte die Regeln, die dann von mir verletzt wurden. Darüber wurde er schließlich böse und machte sich selbst zum Richter, Geschworenen und Vollstrecker, und ich lief mit tränenüberströmten Gesicht zu meiner Mutter, beschwerte mich, daß Richard böse gewesen sei, und handelte uns beiden dadurch eine für jeden gerechte Strafe ein. Nur allzuoft wurde meine Mutter ärgerlich, denn wir waren ein schlechtes Team kleiner Halunken. Richard war häufig ungezogen, und mich drängte es immer wieder, alles zu beichten.

Einmal trug ich uns beiden Schelte von Mama ein, die die Flecken auf meiner Kleiderschürze entdeckt hatte und mich deshalb beschuldigte, eingemachte Früchte aus der Speisekammer gestohlen zu haben. Richard tischte dann wohl eine phantastische Lüge auf und blickte meine Mutter mit blauen, unschuldigen Augen an, aber ich selbst gab sofort alles zu, nicht nur den Diebstahl des Glases mit den Früchten, sondern auch das Stehlen eines Marmeladentöpfchens, das nicht einmal bemerkt worden war.

Wenn wir gesenkten Blickes und bedrückt von Schuldgefühlen aus Mamas Empfangszimmer schlichen, blieb Richard stumm. Den ganzen Tag lang blieb er stumm. Am Spätnachmittag dann spielten wir am Fluß. Richard planschte in der Strommitte, zischte ganz plötzlich »Still!« und winkte mich zu sich. Er flüsterte, dort sei das Nest eines Eisvogels. Doch als ich mit geschürzten Röcken zu ihm hingewatet war, da konnte ich es nicht sehen.

»Dort!« sagte er und wies auf das Ufer. »Dort!« Aber ich konnte nichts sehen. Als ich mich umdrehte, hielt er meine Hände mit hartem Griff umklammert, preßte mich an sich, so daß ich nicht entfliehen konnte, und zischte: »Es gibt Wasserschlangen in diesem Fluß, Julia, und sie gleiten aus ihren Löchern und wollen dich beißen.«

Das genügte. Die kleinen Wellen des Baches verwandelten sich für mich in die Köpfe der braunen Wasserschlangen. Das Blatt einer Pflanze, das meinen Knöchel berührte, war der glitschige Schlangenkörper, der sich um meinen Fuß wand. Ein herantreibender Holzstock war eine giftige, dunkeläugige Schlange, die auf mich zu züngelte. Erst als ich aufschrie vor Entsetzen, ließ der kleine Tyrann mich los, so daß ich mich endlich mit wild klopfendem Herzen ans Ufer stürzen konnte.

Und dann, als hätten meine Tränen seine Wut gelöscht, vergab er mir. Er zog mein Taschentuch aus der Tasche und trocknete mir die Wangen. Er legte seinen Arm um mich und redete mit sanfter Stimme auf mich ein, streichelte und liebkoste mich und erdachte süße kleine Namen. Und schließlich sang er mir in seiner unwiderstehlichen Art meine Lieblingslieder vor, über die Schäfer und das Landleben, über das Land und die Ernte, die golden heranreift, und ich vergaß zu weinen, vergaß meine Tränen und mein Entsetzen. Ich vergaß sogar, was Richard mir eben noch angetan hatte. Ich schmiegte mein Gesicht an seinen Hals und ließ ihn mit seinen schmutzigen Händen durch mein Haar fahren, ich setzte mich auf seinen Schoß und hörte mir alle Lieder an, die er konnte, bis er schließlich die Lust verlor.

Als wir dann im goldenen Licht des Sommerabends nach Hause gepatscht waren und Mutter mich schalt, weil mein Kleid, meine Schürze und mein Haar naß und schmutzig aussahen, da erzählte ich ihr, ich selbst sei im Fluß gestolpert, und nahm stumm ihre Vorwürfe entgegen. Dafür bekam ich dann meine Belohnung. Später in der Nacht schlich Richard in mein Schlafzimmer, während meine Mutter noch immer unten saß und beim Licht zweier Kerzen zu arbeiten versuchte. Er kam, die Hände mit wunderbaren, süßen Schätzen gefüllt, die er von Mrs. Gough, der Köchin, erbettelt oder gestohlen hatte. Er setzte sich auf der Bettkante nieder und gab mir das beste, das allerbeste seiner Beute.

»Ich liebe dich, wenn du lieb bist, Julia«, flüsterte er und hielt eine Kirsche an meine Lippen. Ich hob ihm mein Gesicht entgegen wie ein bettelndes Schoßhündchen.

»Nein«, entgegnete ich dann traurig und spuckte den Kirschkern in seine warme, kleine Hand. »Du liebst mich, wenn ich böse bin. Denn es ist nicht gut, Mama anzulügen. Wenn ich ihr aber von dir und den Wasserschlangen erzählt hätte, dann hätte sie dich auspeitschen lassen.«

Und Richard lachte unbekümmert, scheinbar sehr viel älter als ich und nicht ein Jahr jünger.

»Schscht!« zischte ich leise. Ich hatte das Knarren der Wohnzimmerdielen und das Schrammen von Mutters Stuhl gehört.

Richard raffte schnell die Reste unseres Festmahls zusammen, verflüchtigte sich in seinem Nachthemd wie ein Geist und huschte in sein kleines Zimmer ganz oben unter dem Dach. Meine Mutter stieg langsam, ganz langsam jede einzelne Stufe hinauf, als sei sie sehr müde. Ich sah, wie sich der Lichtstreifen ihrer Nachtkerze verbreiterte und wie sie vorsichtig meine Schlafzimmertür aufstieß. Ich kniff meine Augen fest zu, aber es gelang mir niemals, sie zu täuschen.

»Oh, Julia«, sagte sie liebevoll, »du wirst morgen müde sein, wenn du nicht zur rechten Zeit schläfst.«

Ich setzte mich im Bett auf und streckte meine Arme nach ihr aus, um einen Gutenachtkuß zu bekommen. Sie verströmte einen schwachen Duft von Lilien und sauberem Leinen. Ihr helles Haar war mit Silbersträhnen durchflochten, und um ihre braunen Augen zeichneten sich Fältchen ab. Ich sah, daß sie sich wieder um Geld gesorgt hatte. Aber sie lächelte mich sanft an, und die Liebe, die aus ihren Augen strahlte, machte sie schön. Mochte ihr Kleid auch abgetragen sein, ihr Duft und ihr Gang allein zeugten von vornehmer Herkunft. Ich schnupperte anerkennend und umschloß sie fest.

»Hast du an Onkel John geschrieben?« fragte ich sie, als sie meine Bettdecke glättete und feststopfte.

»Ja.«

»Hast du ihm geschrieben, daß Richard gern Gesangstunden haben möchte?«

»Ja«, antwortete sie lächelnd, aber ihre Augen blieben ernst.

»Meinst du, er wird uns das Geld schicken?« drängelte ich.

»Ich glaube kaum. Erst einmal müssen wir einige wichtige Rechnungen bezahlen, Julia. Wir müssen den Gläubigern der Laceys ihr Geld zurückzahlen. Und wir müssen für Richards Einschulung sparen. Es bleibt nicht viel Geld übrig.«

Nein, viel Geld blieb wirklich nicht übrig. Mrs. Gough und Stride arbeiteten für Liebe, Loyalität und einen Hungerlohn, der jeden Monat mit größerer Verzögerung bezahlt wurde. Das Essen, das auf dem Tisch stand, war Wild aus den Wäldern der Haverings oder auch Fisch aus dem Fenny, das Gemüse wurde im Küchengarten angebaut, die Früchte kamen von Großmutter aus Havering Hall, und Wein war ein seltener Luxus. Die Kleider, die ich trug, hatten mir die weit entfernten Cousinen von Havering überlassen, und Richards Hemdkragen wurden wieder und wieder gewendet, bis weder Hemd noch Kragen übriggeblieben waren.

»Schlaf jetzt, Julia«, flüsterte meine Mutter sanft, nahm ihre Kerze an sich und ging zur Tür.

»Gute Nacht, Mama«, antwortete ich und schloß gehorsam die Augen. Aber ich lauschte noch lange den allmählich verstummenden Geräuschen. Ich hörte Mutters Schritte in ihrem Zimmer und das Quietschen ihres Bettes, ich hörte, wie Stride die hintere Tür verriegelte und auch die Eingangstür überprüfte – als hätte es irgend etwas zu Stehlen gegeben! – und hörte dann auf der hinteren Treppe seine schweren Schritte zu seinem Schlafzimmer unter dem Dachboden.

Von draußen drangen die Nachtgeräusche herein; das Klopfen einer lose hängenden Kletterpflanze gegen ein Fenster, der weit entfernte Ruf einer Schleiereule, die sehr niedrig über ein dunkles Feld hinwegglitt, und weit draußen in den Wäldern das jähe Bellen eines wilden Hundes. Ich sah mich selbst hoch oben wie eine Eule über die schlafenden Felder gleiten; ich erblickte unter mir die eng beieinander kauernden Häuser von Acre, die keinen Lichtschimmer zeigten, wie ein Piratenschiff in einem unruhigen Meer. Ich sah das Gemeindeland sich unter mir wölben, mit weißen Sandspuren, die in der Dunkelheit leuchteten, und ein Rudel Rehe, das still wie die Fische am Meeresgrund die Wege kreuzte. Wäre ich eine Eule, so würde ich zum Westflügel von Wideacre fliegen, der als einziger erhalten geblieben ist. Wäre ich eine Eule, dann würde ich zum obersten Giebel fliegen, der jetzt versengt und geschwärzt ist vom Feuer, das die Laceys vernichtete und das Haus und die Familie ruinierte. Ich würde dort sitzen und mit großen runden Augen auf die verlassenen Felder und die Wälder blicken, die jetzt wild wuchern, und ich riefe: »Hu! Hu! Hu!«, voller Verzweiflung über die Verschwendung und die Sinnlosigkeit und die Einbuße des Landes.

Aber sogar in diesem Gefühl der Verzweiflung war mir bewußt, daß es auch hier eine ausgleichende Gerechtigkeit gibt. Die Herren und die Männer nehmen so viel für sich, und doch müssen sie zugleich die Armen am Leben erhalten. Das Land fordert ebenfalls seine Rechte: sogar Felder müssen brachliegen. Meine Tante Beatrice war eine der größten Gutsbesitzerinnen im Umkreis von vielen Meilen gewesen, aber irgendwie, und niemand konnte mir jemals ganz genau sagen, wie, wandte sich alles zum Schlechten. Als meine Tante Beatrice starb und auch mein Vater umkam, in derselben Nacht, in der das Feuer ausgebrochen war, da waren die Laceys bereits ruiniert.

Nach jener Nacht lief nichts mehr richtig auf Wideacre: im Dorf nicht, dessen Bewohner so schmutzig und ebenso arm wie die Zigeuner waren, und auch bei den Laceys nicht. Meine Mutter und ich waren die einzigen Überlebenden der großen Familie Lacey; jetzt fuhren wir nicht mehr in einer Kutsche, und wir gingen in geflickten, schäbigen Kleidern. Schlimmer noch war für meine Mutter, daß wir keine Macht hatten. Oh, ich meine nicht die tyrannische Macht vieler Großgrundbesitzer, nicht die Macht, um Menschen herumzukommandieren, als wären sie ihre Diener. Aber als sich die Dinge im Dorf so sehr zum Schlechten wandten, da hätte sie die Macht gebraucht, dem etwas entgegenzusetzen. Niemand konnte Acre jetzt helfen, da es den Behörden des Armenrechts ausgeliefert war. Nicht einmal Dr. Pearce, der mit seinem fetten kleinen Pferd, das an Widerrist und Hals von Schweiß tropfte, die Auffahrt heraufgaloppiert kam. Das war an einem heißen Sommertag, und ich war gerade zehn Jahre alt. Er wollte meine Mutter dringend sprechen und eilte dicht hinter Stride ins Empfangszimmer. Ich saß in der Hoffnung auf einen kühlen Luftzug am offenen Fenster und war dabei, eine Partitur zu transponieren, die Richard singen wollte. Mutter flickte.

»Verzeihen Sie mir diesen Überfall, Lady Lacey«, keuchte Dr. Pearce. »Schreckliche Dinge gehen in Acre vor. Sie nehmen jetzt die Kinder mit.«

»Was?« rief meine Mutter aus. Sie warf einen ängstlichen Blick zum Fenster, und auch ich wich zurück, gepackt von einer kindlichen Angst, genommen zu werden, was immer das bedeuten mochte.

Dr. Pearce streifte seine Reithandschuhe ab und zog sie dann unsinnigerweise wieder über. »Es ist der Gemeindeaufseher von Chichester«, stammelte er. »Er hat von einigen Tuchindustriellen im Norden einen Auftrag bekommen. Sie wollen kräftige, arme Kinder in die Lehre nehmen.«

Meine Mutter nickte.

Dr. Pearce zog einen Handschuh wieder aus. »Das ist nichts anderes als Sklaverei!« rief er aus. »Lady Lacey! Sie nehmen sie ohne die Einwilligung der Eltern mit! Jedes Kind, das die

Eltern nicht ordnungsgemäß versorgen können, kann mitgenommen werden. Das heißt, alle Kinder aus Acre, denn niemand hier hat eine geregelte Arbeit. Sie haben eine große Kutsche und fahren damit durch Acre, um die größten, gesündesten Kinder herauszupicken. Als ich hier ankam, waren schon drei in der Kutsche verschwunden.«

Ich blickte in das Gesicht meiner Mutter. Sie hatte sich erhoben und stand nun neben der leeren Feuerstelle. Ihr Gesicht erschien im hellen Sommerlicht leichenhaft blaß. »Warum sind Sie zu mir gekommen?« flüsterte sie.

Dr. Pearce zog den zweiten Handschuh aus und schlug damit in seine Hand. »Ich dachte, Sie wüßten, was zu tun ist!«

Meine Mutter machte mit einer steifen Hand eine langsame Bewegung, mit der sie auf das kahle Empfangszimmer, den abgenutzten Tisch, das alte Piano und den einzigen kleinen Läufer vor der Feuerstelle wies. »Ich bin eine Frau ohne jegliche Mittel und ohne Einfluß«, entgegnete sie schleppend.

»Sie sind die Witwe des Squires!« rief Dr. Pearce aus.

Meine Mutter verzog das Gesicht. »Und Sie sind der Pfarrer«, brach es voller Bitterkeit aus ihr heraus. »Aber keiner von uns kann dem, was dort unten geschieht, Einhalt gebieten.«

»Und Ihr Vater? Lord Havering?« schlug Dr. Pearce vor.

Mutter setzte sich wieder. »Er sagt, dies sei ein Dorf von Gesetzlosen«, erwiderte sie. »Er würde nicht den kleinen Finger krümmen, selbst wenn das ganze Dorf verlegt werden sollte. Übrigens glaubt er an diese neuen Fabriken. Er hat in sie investiert.«

Dr. Pearce ließ sich unaufgefordert in einen Stuhl sinken und rollte seine Handschuhe zu einem festen Ball zusammen. »Wir tun also nichts?« fragte er hilflos.

Meine Mutter hob ihre Arbeit ins Licht und begann, wieder zu nähen. »Ich kann nichts tun, um dem Einhalt zu gebieten«, sagte sie. »Ist es erlaubt?«

»Gesetzlich, ja!« entrüstete sich Dr. Pearce. »Aber moralisch?«

»Dann kann ich nichts tun«, stellte Mama noch einmal fest. »Vielleicht könnten Sie sich zumindest darum kümmern, daß die Eltern die Adressen ihrer Kinder bekommen? Dann können sie sie heimholen, wenn die Zeiten besser werden.«

»Wenn die Zeiten besser werden«, wiederholte Dr. Pearce. Er stand auf.

Mutter sah zu ihm auf. Ihr Gesicht war versteinert, aber die Augen standen voller Tränen. »Wenn die Zeiten besser werden«, flüsterte sie.

Er nahm ihre Hand und beugte sich darüber, als sei sie eine große Dame, die einen Verehrer empfing. »Dann reite ich wieder zurück«, sagte er. »Die Stimmung im Dorf wird sehr aufgebracht sein. Aber ich werde tun, was ich kann.«

»Werden sie auf Sie hören?« fragte meine Mutter.

Dr. Pearce zog seine Handschuhe an, und zum ersten Mal an jenem Tag lächelte er so freundlich und hilflos wie immer. »Ich zweifle daran«, stellte er müde fest.

»Das haben sie doch noch nie getan. Trotzdem, ich werde tun, was ich kann.«

Es stimmte, daß er nur wenig tun konnte. Die schnelleren Eltern hatten ihre Kinder versteckt, sobald die Kutsche ins Dorf gerollt war. Schließlich wurden nur sechs Kinder mitgenommen, um in den Spinnereien des Nordens zu arbeiten. Der Kutscher behauptete, sie würden eine ordentliche Lehre erhalten und dann gute Löhne nach Hause schicken können. Sie würden in die Schule gehen und auch den Religionsunterricht besuchen. Wahrscheinlich kämen sie schon in ein paar Jahren zurück, als Stolz ihrer Eltern und ihrer Arbeitgeber. Acre hörte dem Kutscher ruhig zu und ließ die Kinder gehen.

Meine Großmutter nahm uns einen Monat lang jeden Sonntag in ihrer Kutsche zur Kathedrale von Chichester mit. Meine Mutter wollte nicht in die Kirche von Acre gehen. Aber schließlich kam ein Brief von Dr. Pearce, in Acre gäbe es keinen Grund zur Sorge, wir könnten uns sicher fühlen. Es war scheinbar alles beim alten.

Nur ich bemerkte die Veränderung.

Die Kinder, die manchmal gekommen waren, um durch die Eingangspforte zu spähen, kamen nicht mehr.

Die Mädchen, die vor meiner Mutter immer geknickst hatten, wenn wir zwischen den Bänken der Kirche hindurchgingen, sahen ihr nicht mehr ins Gesicht und grinsten mich nicht mehr unverschämt an. Das ganze Dorf wurde so still, als wären alle Kinder von irgendeinem bösartigen Rattenfänger entführt worden. Und jedes Kind lernte, wie der Wind ins Gemeindeland hinaufzulaufen und sich zu verstecken, wenn eine fremde Kutsche den Weg herunterrollte.

Nur sechs Kinder waren dem Dorf verlorengegangen, und doch war alles anders als vorher.

Den ganzen Sommer lang blieb es heiß. Heiß und still. Meine Mutter litt unter Kopfschmerzen und Müdigkeit; sie vertraute darauf, daß wir das Grundstück von Wideacre nicht verlassen würden, und ließ uns frei umherstreifen. Es war nicht das erste Mal, daß ich sie fragte, wo das Geld geblieben und warum das Herrenhaus niedergebrannt worden sei, und warum sie – die in meiner kleinen Welt doch soviel Macht besaß – in der größeren Welt von Havering und Chichester nichts ausrichten konnte. Und nicht zum ersten Mal verwandelte sich ihr Gesicht in jene steinerne Fassade, die ich und Richard zu fürchten gelernt hatten, und sie sagte sanft: »Nicht jetzt, Liebling. Ich werde euch alles erklären, wenn ihr alt genug seid, es zu verstehen. Aber nicht jetzt.«

Und damit gaben Richard und ich uns zufrieden. Unsere Neugierde war noch kindlich und oberflächlich. Da wir unser ganzes Leben lang das Herrenhaus nur als Ruine und das Land unbebaut gesehen hatten, konnten wir uns kaum eine Zeit vorstellen, in der beides noch in Ordnung war – wie wir uns nur schwer eine Zeit vorstellen konnten, in der wir selbst noch nicht gelebt hatten. Wir waren in jenem heißen Sommer uns selbst überlassen und streiften herum, lagen in der Sonne, träumten und spielten und schwatzten.

»Ich wünschte, ich wäre eine Lacey«, meinte Richard, als wir ausgestreckt im Farngestrüpp lagen und in den blauen, mit weißen Wolken übersäten Himmel blickten.

»Warum?« fragte ich ebenso träge wie er. Ich hielt einen Grashalm zwischen meinen Daumen, blies und blies und brachte dabei ohrenzerreißend schrille Töne hervor.

»Um ein Lacey von Wideacre zu sein«, sagte er. »Um als der Eigentümer von Wideacre bekannt zu sein. So viele Jahre lang Gutsherr gewesen zu sein, daß einem niemand jemals diese Position streitig machen kann ...«

Ich ließ den Grashalm fallen, rollte mich neben ihn und stupste mit meinem Kopf freundschaftlich gegen seinen mageren Brustkorb. »Wenn wir heiraten, dann kannst du meinen Namen annehmen«, bot ich ihm an. »Dann wirst du auch ein Lacey, wenn du willst.«

»Ja.« Seine Stimme klang erfreut. »Und wir können das Herrenhaus wieder aufbauen und alles wieder in den alten Zustand versetzen. Und ich werde der Squire sein, wie meine Mutter es wollte.«

Ich nickte. »Laß uns auf dem Heimweg am Herrenhaus vorbeigehen.«

Ich zog Richard hoch, und wir gingen im Gänsemarsch den schmalen, sandigen Fußweg hinunter, der vom Gemeindeland zum hinteren Teil von Wideacre führt. Überall in den Mauern des Parks gab es Schlupflöcher und Kaninchen, Rehe und Füchse, und wir beiden Kinder konnten ungehindert vom Gemeindeland zum Parkland hinüberstreifen, als gäbe es kein Grundeigentum und keine Jagdrechte.

Die Wilderer von Acre konnten sich frei bewegen. Bellings, der Wildhüter, war eine ebenso finstere Gestalt wie die Wilderer selbst. Allerdings mieden sie die Ruine des Herrenhauses. Dies war ein Ort, der immer noch ausschließlich den Laceys gehörte. Ich ging dorthin und Richard ebenfalls, und abgesehen von uns beiden hallten zwischen den dachlosen, halbhohen Mauern nur die Schritte der Geister der Familie Lacey.

»Komm, wir spielen Sarazener«, schlug Richard spontan vor, und wir brachen uns Schwerter aus den Haselnußbüschen und hielten sie vor uns. Als wir das Haus sichteten, gab mir Richard ein Zeichen, und wir warfen uns mit einem gut geübten Schwung zu Boden. Wir schlängelten uns wie Würmer durch den überwucherten Küchengarten – Mädesüß und Schleierkraut waren hier so hoch gewachsen wie im Dschungel, und überall standen Brombeersträucher – und dann gab Richard den Befehl anzugreifen, und wir trampelten um die hinteren Stallungen herum und stürzten mit einem Triumphschrei in den Hof.

Das Gras wucherte üppig zwischen den Pflastersteinen empor, der Schwengel der rostigen Pumpe ragte hoch in die Luft, und im Trog unter dem Speirohr faulte das Wasser.

»Lacey Squires«, kündigte Richard ein neues Spiel an und entbot mir mit einer höflichen Verbeugung seinen Arm. Ich machte vor ihm einen kleinen Knicks, hielt den Rock meines schmutzbefleckten Musselinkleides weit auseinander, schritt mit einem affektierten Lächeln auf ihn zu und nahm seinen Arm. Wir stolzierten mit hoch erhobenen Köpfen zur Vorderseite des Hauses und spielten die Leute, die wir eigentlich hätten sein sollen.

»Verdammt gute Fuchsjagd!« stellte Richard fest.

»Verdammt gut«, sprach ich ihm nach, ebenso übermütig wie er.

Und dann standen wir vor dem Haus und unterbrachen das Spiel, um an der Fassade hinaufzublicken. Es starrte uns aus toten Fensterhöhlen an, seine honiggelbe Sandfarbe war streifig geschwärzt vom Rauch jenes lang vergangenen Feuers. Wie eine Hutfeder ragte ein Zweig des Sommerflieders über die zerfallene Mauer in der Nähe des Giebels. Bei dem Brand waren die hölzernen Böden und Balken zu Boden gekracht und die östliche Hauswand über dem Rosengarten eingestürzt. Die Fassade des Hauses war immer noch erhalten, aber heimlich waren die Dorfbewohner herbeigeschlichen und hatten die

Steine nach und nach abgetragen. Sie starrte wie ein blinder Riese über die Nesseln, Oleander und Weidenröschen im Rosengarten hinweg und über die Pferdekoppel, die jetzt ausgetrocknet und verwildert war. Die große Eingangspforte fehlte; sie war entweder völlig verbrannt oder aber wegen ihres Holzes gestohlen worden. Und die Terrasse, auf der meine Mutter mir noch das Laufen beigebracht hatte, war abgebröckelt; aus den Sprüngen zwischen den Steinen sprossen Greiskraut und Löwenzahn.

Das war also unser Erbe. Die Ruine, eine Menge Schulden und eine Handvoll Felder, die wir weder verpachten noch bebauen konnten. Die Wälder von Wideacre gehörten uns immer noch, aber Onkel John wollte das Holz jetzt noch nicht verkaufen. Uns gehörten auch noch ein paar kleine Bauernhöfe. Aber die Pächter hielten die Pachtgelder zurück, und meine Mutter konnte sie nicht zwingen zu zahlen. Alles, was wir besaßen, und alles, was uns sicher war, das war die rußgeschwärzte Ruine und der Boden unter unseren Füßen.

Und doch fühlte ich mich dort so glücklich!

Ich glaube, ich liebte jenen Ort schon, seitdem ich ein Baby war. Was auch immer in meinem Leben geschähe, ich wußte, ich müßte jeden Morgen erwachen, um jene hohe Stirn der Hügel zu erblicken und im Sommer den Duft der Heide und des Farnkrauts auf dem Gemeindeland einzuatmen. Wenn ich mit beiden Beinen auf der Erde von Wideacre stand, dann wußte ich, wer ich war. Wenn jene leichte, salzige Brise aus dem Süden mein Gesicht kühlte, dann fürchtete ich nichts mehr. Und wenn ich meine Hand an einen der großen, graurindigen Buchenstämme legte oder meine Wange gegen den Torfboden preßte, dann konnte ich den Puls von Wideacre fühlen, und das große, geheimnisvolle Herz des Landes pulsierte im selben Rhythmus wie mein eigenes.

Ich sah die Sonne, die hinter dem Gemeindeland unterging, und merkte plötzlich, daß wir wieder einmal zu spät zum Abendessen kamen. Seite an Seite trotteten wir mit den gleichmäßigen, festen Schritten, die wir fast schon im Kleinkindalter gelernt hatten, die Auffahrt hinunter. Richard war zwar mager wie ein Armenkind und ich hoch aufgeschossen und »schmaler als ein Besenstiel«, wie Mrs. Gough mißbilligend zu bemerken pflegte, aber wir konnten rennen wie die Hunde der Wilddiebe, und wir liefen mit festen, federnden Schritten nach Hause, ohne daß wir auch nur ein einziges Mal innehalten und Atem schöpfen mußten. Das Fenster des Empfangszimmers im Blick, rannten wir zur Rückseite des Hauses in den Garten, stürmten durch die Hintertür zur Küche herein und fanden dort Mrs. Gough ärgerlich und mit rotem Gesicht über ihren Töpfen stehend.

»Wieder mal zu spät, ihr beide«, sagte sie, die Arme in die Hüften gestemmt und bis zu den Ellenbogen mit Mehl bestäubt. »Mr. Stride will gerade das Abendessen ansagen, und ihr beide kommt erst jetzt, abgerissen wie die Armenkinder.«

Ich schlich mich an ihr vorbei wie eine Stallkatze, um in mein Zimmer zu schlüpfen und mich vor dem Essen umzuziehen. Richard dagegen konnte sich immer wieder auf seinen Charme verlassen.

»Oh, Mrs. Gough, meine liebe Mrs. Gough«, flötete er schmeichlerisch und schlang seinen kleinen Arm zur Hälfte um ihre breiten Hüften. »Wir haben die Zeit vergessen, und ich habe mich so sehr auf Ihre Fasanenpastete gefreut! Sie schmeckt doch auch noch, wenn Stride ein paar Minuten wartet, bis wir uns zum Abendessen umgezogen haben.«

»Nun, er wird schon warten, bis ihr euch umgezogen habt, und dann könnt ihr eurer Mama vorschwindeln, ihr seid schon die ganze Zeit hier gewesen«, sagte Mrs. Gough und warf voller Verachtung den Kopf zurück.

Richard sah sie mit glänzenden Augen an. »Ja«, sagte er treuherzig, »Sie würden mir doch niemals Schwierigkeiten machen, Mrs. Gough?«

»Fort mit euch!« Ihr ganzes Gesicht strahlte jetzt von einem wohlwollenden Lächeln, und sie schob ihn sanft zur Tür. »Fort jetzt mit Ihnen, Master Richard, und versuchen Sie, einen Kamm durch Ihre schwarze Mähne zu ziehen. Sie sehen aus wie ein schmutziger Butzemann. Ich kann das Abendessen noch zehn Minuten lang warm halten, also beeilt euch, ihr beide.«

Wie der Blitz waren wir die Treppen hinaufgehuscht, hatten uns gewaschen und umgezogen und waren ins Wohnzimmer geschlüpft, Sekunden bevor Stride kam, um zu verkünden, daß das Essen angerichtet sei.

Mrs. Gough sah Richard alles nach. Er bezauberte sie einfach mit seinem verschmitzten Lächeln. Schließlich war er der Junge im Hause. Natürlich wurde er mit Nachsicht behandelt. Aber Richard war sogar noch mehr: er war die einzige Hoffnung der Laceys, die einzige Hoffnung für Wideacre. Zwar waren wir beide die gemeinsamen Erben der Ruine, aber auf ihm ruhten alle Hoffnungen. Wir waren ebenso arm wie die Pächter, aber Richard mußte erzogen und für die Zeit, wenn sein Vater nach Hause käme, vorbereitet werden. Dann würde Richard das große Herrenhaus von Wideacre wieder aufbauen und den großen Grundbesitz wieder übernehmen, und in Acre gäbe es Geld und Arbeit für Männer und Frauen, und es wäre, als hätte man auf diesem Fleckchen Erde in Sussex das Paradies zurückerobert. Und Richard würde mich heiraten.

Meine Mutter war gegen unser kindliches Verlöbnis. Sie sagte uns niemals, warum es nicht sein sollte; wir spürten nur, daß sie die Idee nicht mochte, daß sie es nicht gern hörte, wenn wir davon sprachen. Wir akzeptierten das und logen sie auch nicht an. Wir behielten nur unser Versprechen und unsere Pläne für uns.

Nur einmal, als ich sieben Jahre alt war, sagte sie ein wenig mehr. Wir durften damals noch vor dem Feuer in dem großen, hölzernen Kübel, den Stride aus der Küche heraufschleppte, zusammen baden. Meine Mutter hatte uns eine Weile zum Spielen allein gelassen, und als sie zurückkam, stand ich in meinem weißen Nachthemd da, ein weißes Handtuch über

Scheitel und Schultern gelegt, mit einem Gardinenring am Finger. Richard war nackt; er hatte sich nur ein kleines Handtuch um den Kopf geschlungen und spielte den Bräutigam.

Mutter lachte, als sie uns sah – Richards braune Glieder, die im Licht des Feuers glänzten, und mein kleines Gesicht, das so ernst blickte. Aber als sie hörte, daß wir Hochzeit spielten, runzelte sie die Stirn.

»Es gibt gute Gründe, warum ihr beide nicht heiraten könnt«, meinte sie mit feierlichem Ernst. »In sehr alten Familien, in sehr vornehmen Familien wie unserer, heiraten die Leute nur allzu häufig untereinander. Ihr seid zu jung, um es jetzt zu verstehen, und ich werde euch später mehr erklären. Aber es gibt bestimmte Charakterzüge und bestimmte Verhaltensweisen der Laceys, die ein wenig verwässert werden könnten – mit neuem Blut. Die leidenschaftliche Liebe der Laceys zu ihrem Land ist nicht immer glücklich gewesen. Harry und auch Beatrice liebten dieses Land sehr. Aber sie haben nicht immer vernünftig geurteilt und gehandelt. Euer Onkel John und ich haben entschieden, daß ihr beiden niemals heiraten sollt. Spielt nicht mehr Hochzeit und denkt nicht mehr daran. Es ist besser, wenn ihr beide nicht innerhalb der Familie Lacey heiratet. Ihr werdet Partner finden, die nicht das Blut und die Schwächen der Laceys haben.«

Wir Kinder nickten damals gehorsam und gaben das Spiel ihr zuliebe auf. Richard kletterte in ihren Schoß und wollte, nachdem er abgetrocknet worden war, geküßt und umarmt werden. »Nun trockne meine Narbe«, befahl er, und meine Mutter nahm das Handtuch und tupfte damit sanft die kleine, kreisrunde Narbe an seinem Hals trocken. »Und erzähl mir die Geschichte dazu«, flüsterte er und kuschelte sich in ihren Schoß. Ich wickelte das warme Handtuch um meinen mageren kleinen Körper, setzte mich zu Füßen meiner Mutter und legte meinen Kopf gegen ihre Knie. Richards nackte Füße stießen mich sanft fort, indem sie im selben Rhythmus wie die Stimme meiner Mutter schwangen.

»Es geschah, als du noch ganz winzig warst«, begann sie die altvertraute Geschichte. »Dein Vater und ich waren mit Dr. Pearce im Pfarrhaus. Es war während der schweren Zeiten in Acre, und dein Vater, der Pfarrer und ich suchten nach einer Möglichkeit, die Menschen zu ernähren. Deine Mutter Beatrice hatte dich in die Sonne gebracht, und die Amme hielt dich. Plötzlich sah deine Mutter, daß du das Glöckchen deiner kleinen Silberrassel verschluckt hattest.«

»Ja«, rief Richard gespannt.

»So schnell sie konnte fuhr sie ins Dorf, um deinen Vater zu finden. Und deine Mutter wußte wirklich mit Pferden Bescheid. Sie flog davon wie der Wind!«

»Ja«, bestätigte Richard. Wir beide kannten die Geschichte ebensogut wie die Erzählerin.

»Sie packte dich und rannte ins Empfangszimmer des Pfarrers. Und dort, auf dem Tisch, ergriff dein Vater ein scharfes Messer, schnitt dir den kleinen Hals auf, nahm meine Häkelnadel und zog die Glocke heraus, so daß du wieder atmen konntest!«

Richard und ich stießen einen lauten Seufzer der Befriedigung aus. Aber meine Mutter sah uns nicht an. Sie blickte über Richards dicken, feuchten Lockenschopf hinweg in die rotglühenden Holzscheite, als könnte sie dort das Empfangszimmer des Pfarrers sehen und den Mann mit den ruhigen Händen, der den Mut hatte, den Hals eines Babys aufzuschneiden, um dessen Leben zu retten. »Das war das Wunderbarste, was ich jemals gesehen habe«, versicherte sie. »Vielleicht sogar ein größeres Wunder als eine Geburt.«

»Und konntest du den Armen helfen?« fragte ich.

Sofort verschloß sich ihr Gesicht wieder, und ich hätte mir auf die Zunge beißen können, weil ich sie in einem jener seltenen Momente unterbrochen hatte, wo sie uns von der Vergangenheit erzählte.

»Nein.« Ihre Stimme klang müde. »Nicht sehr gut. Für Acre war das ein besonders hartes Jahr.«

»Und war es das Jahr, in dem der Aufstand und das Feuer ausbrachen?« drängte ich sie. »Weil sie arm waren?«

»Ja. Aber das alles geschah schon vor langer Zeit, und im übrigen solltest du jetzt ins Bett gehen.«

»Ich will gar nichts wissen über die schlimmen Zeiten«, warf Richard ein und stupste mit dem Kopf gegen ihre Schulter. »Erzähl mir bitte von dem Tag, an dem ich geboren wurde.«

»Ja, im Bett«, entgegnete sie fest und zog ihm das Nachthemd über den Kopf. »Aber ich werde zuerst einmal Julia ins Bett bringen.«

Ich lächelte sie an. Ich liebte Richard so sehr, daß ich ihm freudig den Vorrang lassen konnte. »Ich warte«, sagte ich.

Meine Liebe zu ihm kam uns allen zugute. Sie diente dem Frieden in unserer kleinen Gemeinschaft. Ich sah Richards Liebe zu meiner Mutter und ihre Liebe zu ihm, und ich machte mir niemals Sorgen, daß sie einen von uns beiden vorziehen könnte. Ihre Liebe wärmte uns beide gleichermaßen – sie hätte zehn Kinder haben können, und sie wären ihr alle gleich kostbar gewesen. Ich glaube, ich war niemals nicht einen einzigen Moment lang neidisch – bis zu der Zeit, als er elf wurde und von Dr. Pearce in seiner gut sortierten Bibliothek Unterricht bekam. Ich fragte meine Mutter, ob ich auch dabeisein könnte, und als sie antwortete, es gäbe nicht genug Geld, um uns beide zu unterrichten, da, so erinnere ich mich, verfinsterte sich mein Gesicht.

»Es ist nicht möglich, Julia«, sagte sie. »Ich weiß, wie gerne du lernst, und du bist auch wirklich so intelligent, daß ich mir wünschte, ich hätte Latein gelernt, um dich selbst unterrichten zu können. Aber für Damen ist das bloß ein Zeitvertreib. Für Männer, für Richard, ist es lebenswichtig.«

»Er will nicht einmal lernen, Mama. Er wünscht sich nur einen Musiklehrer und Gesangstunden!« wandte ich ein, aber der Anblick ihres Stirnrunzelns brachte mich zum Schweigen.

»Um so mehr muß man ihn dafür loben, daß er doch bereit

ist, dort hinzugehen«, hielt sie mir sanft entgegen. »Und wenn er auch bereit ist, mit dir zusammen noch einmal abends seine Aufgaben durchzusehen, dann könntest du auf diese Weise eine Menge lernen. Aber du mußt ihn nicht drängen, dich zu unterrichten, Julia. John schickt von seinem Gehalt Geld für Richards Ausbildung, nicht für deine.«

Letztlich kam ich selbst doch recht gut dabei weg. Bei seinen Hausaufgaben war Richard großzügig und teilte mit mir. Wenn er mit seinen Büchern heimkam – alten Elementarbüchern, mit denen Dr. Pearce früher selbst gelernt hatte –, ließ er mich, da ich respektvoll schwieg, über seine Schulter blicken, während er versuchte, die Verben und Konjugationen herauszutüfteln.

»O Gott, ist das mühselig«, stieß er wohl voller Ungeduld hervor und schob das Buch zu mir herüber. »Ich muß das irgendwie übersetzen, und ich kann überhaupt nicht herausfinden, was es heißt.«

Vor Aufregung zitternd nahm ich das Buch, schlug hinten die Vokabeln nach und kritzelte sie auf ein Papier.

»Laß – mich – mal sehen«, befahl Richard dann und riß mir das Buch fast brutal wieder aus der Hand. »Ich glaube, ich weiß jetzt, was los ist.« Und so brachte er triumphierend den Satz zu Ende, und wir strahlten einander an und beglückwünschten uns.

Meine Mutter war froh, daß wir zufrieden waren und daß sich diese gute Lösung gefunden hatte. In unserer Erziehung bemühte sie sich sehr um gleiche Behandlung. Aber es blieb ihr nichts anderes übrig, als Richard vorzuziehen, da er so viel bedürftiger war. Er legte sich die besten Scheiben Fleisch und die größten Portionen vor, weil er so schnell wuchs und immer hungrig war. Er bekam neue Kleidung; für mich konnte meine Mutter immer etwas ändern und wenden, aber sie konnte keine Jacketts schneidern, und deshalb wurden Richards Jacken neu angefertigt. Er bekam häufiger neue Stiefel, da er schneller wuchs, und schließlich bekam er noch eine richtige Schulbildung. Hätte ich ihn weniger geliebt, hätte ich nicht versucht, so gut wie eine Schwester zu ihm zu sein, dann, glaube ich, wäre ich neidisch auf ihn gewesen. Aber es gab nur eines, was ich ihm mißgönnt hatte, nur eines, nach dem auch ich sehnsüchtig verlangte: Scheherazade.

Sie war Richards Stute – genau das Pferd, das uns immer wieder von Großvater Havering versprochen worden war, jenem hilflos charmanten Gauner, der ein halbes Dutzend mal im Jahr wegen seiner Pachtforderungen von London ins Land hereingeweht kam. Bei einem seiner Besuche, im Juni, als ich zwölf Jahre alt war und Richard elf, schaffte er es schließlich, sein Versprechen zu halten. Ich erfuhr als erste davon, als er meiner Mutter einen Brief schickte. Sie öffnete ihn im Empfangszimmer, während ich zu ihren Füßen saß und aus dem Fenster in die sturmgeschüttelten Bäume blickte, die das kleine, schachtelige Sandsteinhaus von allen Seiten dicht umstanden. Wir warteten, daß Richard von seinem Unterricht nach Hause kam. Meine Mutter brach das Siegel des Schriftstücks auf und hielt plötzlich inne. »Was ist das für ein Gesang?« fragte sie Stride.

Er räusperte sich verlegen. »Es ist Master Richard«, erklärte er. »Er ist durch die Küchentür hereingekommen, und Mrs. Gough hat ihn aufgefordert, ein Lied zu singen. Sie hört ihn so gerne singen.«

Meine Mutter nickte und hörte stumm zu. Der klare, reine Bogen der Töne durchdrang alle Zimmer des Hauses. Richard sang eine italienische Melodie – eine, die er mich gerne richtig zu spielen gelehrt hätte. Ich hatte für ihn einen englischen Text erfunden, und er sang nun meine Version. Seine hohe, süße Stimme vibrierte stärker als gewöhnlich: »Wenn du jemals einen Liebsten wählst, dann laß es mich sein!«

Stride, meine Mutter und ich waren so still wie Statuen, bis das letzte Echo des letzten Tons verhallt war, dann erinnerte sich Stride an den noch nicht gedeckten Eßtisch, ging aus dem Zimmer und schloß die Tür hinter sich.

»Ja, ein großes Talent«, meinte meine Mutter. »Richard ist ein Glückskind.«

»Ahnt Onkel John, wie talentiert Richard ist?« fragte ich. »Wenn er es wirklich wüßte, würde er doch bestimmt von irgendwoher Geld auftreiben, um Richard einen Musiklehrer zu bezahlen?«

Meine Mutter schüttelte den Kopf und breitete den Brief auf ihren Knien aus.

»Musik, mein Liebling, ist ein Luxus, den wir uns nicht leisten können. Richard muß zur Universität gehen und dort seine Prüfungen bestehen, um im Leben seinen Weg zu machen. Das ist wichtiger, als irgendwelche dilettantischen Begabungen zu pflegen.«

»Wenn er Konzerte gäbe, dann könnte er genug Geld verdienen, so daß Onkel John heimkommen könnte«, beharrte ich.

Meine Mutter lächelte. »Wenn jeder so leicht zufriedenzustellen wäre wie du und ich und Mrs. Gough, dann wären wir im Nu reich. Aber Richard würde eine sehr lange Ausbildung machen müssen, bevor er ein Konzert geben könnte. Und weder sein Vater noch ich hätten das gewollt. Im Empfangszimmer zu singen, Julia, ist eine Sache, aber kein Gentleman würde jemals auf einer Bühne vor Leuten auftreten.«

Ich schwieg einen Moment. Ich wollte nicht lockerlassen. »Er könnte in der Kirche singen«, schlug ich vor. »Er könnte mit einem Chor üben.«

Meine Mutter ließ ihr Nähzeug in den Schoß sinken, faßte mein Gesicht mit der Hand und zwang mich, ihr in die Augen zu sehen. »Hör zu, Julia«, sagte sie sehr ernst. »Ich liebe ihn so herzlich, wie du ihn liebst. Aber wir sollten uns nicht von unseren Gefühlen blenden lassen. Richard hat eine hübsche Stimme, aber er geht mit seinen Musikinstrumenten um, als wären es Spielsachen. Er ist ein sehr talentierter Zeichner, aber für ihn ist Zeichnen ein Hobby. Er ist wie sein Onkel, dein eigener Papa, der so viele schöne Talente hatte und dem es doch am Wichtigsten, der Konzentrationsfähigkeit, mangelte. Richard würde es niemals schaffen, so hart zu arbeiten und zu kämpfen wie ein großer Berufsmusiker. Richard möchte, daß ihm alles in den Schoß fällt. Von euch beiden bist du es, die hart arbeitet, du übst länger als er, so daß du ihn begleiten kannst. Wäre Richard wirklich zum Sänger berufen, dann würde er regelmäßig singen, nicht nur, wenn es ihm gerade paßt.«

Ich blickte ihr prüfend ins Gesicht und dachte über ihre Worte nach. Plötzlich fiel mir ein, wie jemand vor vielen Jahren meinen Vater charakterisiert hatte, den Mann, der immer nur den Gutsherrn spielte, während seine Schwester dafür sorgte, daß der Acker bestellt wurde.

Dann öffnete sich die Tür, und Richard trat mit leuchtend blauen Augen und vom Lob geröteten Wangen ein. »Habt ihr mich sogar hier singen gehört?« fragte er. »Stride hat das gesagt. Die Küchentür und die grüne Filztür waren doch fest geschlossen. Phantastisch!«

»Ja, wir haben alles gehört«, bestätigte meine Mutter und lächelte ihn liebevoll an. »Du hast schön gesungen, Richard, und ich würde dich gerne nach dem Abendessen noch einmal hören. Aber jetzt geh und wasch deine Hände, Liebling, während ich mir diesen Brief von Julias Großvater durchlese.«

Wir gingen zusammen aus dem Zimmer, und erst während des Essens berichtete sie uns von dem Inhalt des Briefes. Es kam für uns wirklich völlig unerwartet.

»Ich habe einen Brief aus Havering bekommen«, erzählte sie, während Stride die dünne Suppe servierte. »Lord Havering schreibt, er habe ein Pferd, das euch beiden gefallen könnte.«

Richards Kopf schnellte von seinem Teller hoch, und seine Augen leuchteten. Sie lächelte ihn an. »Ich habe gesagt, wir würden alle morgen rüberkommen, so daß ihr es einmal probereiten könnt. Du kannst in deinen Alltagsstiefeln gehen, Richard.«

»Oh, ja«, nickte Richard. »Oh, ja.«

»Aber wir haben keine Reitkleidung für dich, Julia«, stellte meine Mutter fest und wandte sich mir zu. »Ich vermute, du würdest es auch gerne lernen, aber ich habe keine Idee, wie ich das ermöglichen soll.«

»Schon gut, Mama.« Es war die Wahrheit, als ich fortfuhr: »Es macht nichts. Richard möchte so viel lieber reiten als ich. Er kann es jetzt lernen, und vielleicht lerne ich es dann später.«

Meine Mutter belohnte mich für diese Großzügigkeit mit einem warmen Lächeln; Richard aber hatte anscheinend kaum davon Notiz genommen.

»Ist es eine Stute oder ein Wallach, Tante Celia?« fragte er. »Hat Lord Havering gesagt, wie alt das Tier ist?«

»Nein«, lachte meine Mutter. »Ich weiß nicht mehr, als ich euch gesagt habe. Ihr werdet bis morgen warten müssen. Aber ich weiß genau, daß mein Stiefvater ein großer Pferdekenner ist. Ich denke, ihr könnt sicher sein, daß es sich um ein gutes Tier handelt.«

»Ja«, nickte Richard. »Ich wette, es ist eine Stute.«

»Vielleicht«, stimmte meine Mutter zu und machte Stride ein Zeichen, er solle abräumen. Dann wandte sie sich mir zu und fragte mich, was ich den ganzen Nachmittag lang getan hatte, während sie ihre Briefe schrieb.

Während ich antwortete, beobachtete ich Richard, der aussah wie ein Köter, der mit seinen Flöhen kämpft. Er konnte das ganze Mittagessen über kaum stillsitzen. Ich war gar nicht überrascht, als er mich, während meine Mutter im Empfangszimmer den Tee einnahm, zur Seite zog und flüsterte: »Julia, ich kann nicht bis morgen warten. Ich muß jetzt sofort loslaufen und das Pferd ansehen. Komm mit mir! Wir können zum Abendbrot zurück sein.«

»Mama hat doch gesagt ...« wollte ich einwenden.

»Mama hat gesagt ...« äffte er mich nach. »Ich gehe jetzt. Kommst du auch, oder willst du zu Hause bleiben?«

Ich ging. Es war ein Verhaltensmuster, das ich nicht durchbrechen konnte, wie eine Melodie, die man unbewußt immer vor sich hinsummt. Wenn Richard mich rief, dann folgte ich. Ich folgte immer.

»Wir sollten es Mama sagen«, schlug ich vor, während ich ihm nur zögernd nachging. »Vielleicht fragt sie nach mir.«

»Erzähl ihr, was du willst«, meinte Richard gleichgültig, schlüpfte in seine Jacke und lief zur Küchentür.

»Warte auf mich!« rief ich, aber die Tür schwang schon auf, und ich hielt nur inne, um einen Schal zu ergreifen und dann hinter ihm herzulaufen.

Stride saß am Küchentisch. Er blickte Richard mißbilligend an. »Wohin wollen Sie eigentlich, junger Herr?« fragte er. Die Reste seines Mittagessens standen vor ihm und ein halber Liter Dünnbier neben dem Teller. Mrs. Gough hatte Mutters Teetablett bereitgestellt, und auf dem Herd summte ein Kessel.

»Wir wollen ein wenig Luft schnappen«, behauptete Richard großspurig. »Die Eingangstür muß nicht extra für uns geöffnet werden.« Er schritt zur Tür und imitierte dabei die Arroganz von Großvater Havering so gut, wie es einem elfjährigen Jungen eben möglich war.

Ich folgte ihm und warf Stride im Hinausgehen einen verstohlenen Blick zu. Er schüttelte tadelnd den Kopf, sagte aber nichts.

Draußen vergaß ich mein Widerstreben sofort. Der Zauber des Landes nahm mich gefangen. Ich spürte, wie er mich überwältigte; jedermann, der mein Gesicht ansah, hätte beobachten können, wie er mich verwandelte.

Meine Mutter hatte einmal einem Künstler – einem armen, reisenden Maler – den Auftrag gegeben, von uns eine Skizze anzufertigen; zu der Zeit war ich sieben und Richard sechs Jahre alt. Sie wollte ein Bild für das Empfangszimmer: Wir beide auf einem blauen Samtsofa im Salon von Dower House sitzend, auf dem einzigen respektablen Möbelstück in dem einzigen anständig möblierten Zimmer. Ich kann mir das Bild vorstellen, das sie sich in ihrer Phantasie ausgemalt hatte: Zwei kleine Kinder, die mit braven und weit geöffneten Augen nebeneinander sitzen und den Betrachter anblicken. Und selbst schon im Alter von sieben Jahren war ich bereit, brav zu posieren, um meiner Mutter eine Freude zu machen.

Aber der Maler war ein Mann, der wirklich sehen konnte, und bevor er noch eine Skizze anfertigte, bat er Richard und mich, ihn ein wenig auf dem Gut herumzuführen. Er ging mit uns hinaus in die Wälder von Wideacre und sah, daß wir so leise unter den Bäumen hindurchstreifen konnten wie das Wild, so daß die Vögel in den Zweigen über uns sitzen blieben. Und er spürte, daß wir so leicht über das Land hinwegschritten, als lebte es. Und er bemerkte auch, daß Richard und das Land und ich in einem unzerbrechlichen Dreiecksverhältnis von Bedürfnis, Liebe und Sehnsucht zusammengehörten.

So malte er denn sein Bild in den Wäldern von Wideacre, und meine Mutter ließ es rahmen und hängte es über den Kamin des Salons von Dower House. Das Bild zeigte mich, ein kleines Mädchen in einem verzierten, mit einer blauen Schleife gebundenen Musselinkleid, ohne Hut und mit offenen Haaren, wie ich unter einem der großen, blühenden Kastanienbäume von Wideacre saß. Es war Mai, die dicken roten Blumenkerzen standen in voller Pracht, und überall um mich herum schwebten blutrote Blütenblätter. Das Sonnenlicht fiel auf mein hellbraunes Haar und ließ es golden aufleuchten. Mein Cousin Richard stand hinter mir und blickte in der Pose eines kleinen Helden auf mich herunter, offensichtlich auf Wirkung bedacht. Meine Augen waren jedoch grau und verschleiert. Ich blickte in die Ferne, an dem Maler vorbei, über den Rahmen des Bildes hinweg, hinaus aus der kleinen Welt der Kindheit, hinaus aus der Geborgenheit unseres Hauses.

Richard hatte wie ein kleiner Edelmann für das Bild posiert, denn er spürte, was sich die Leute wünschten. Meine Mutter wollte ein feierliches und förmliches Bild, und deshalb hatte sich Richard hinter mir aufgebaut, eine kleine Faust in seine

Hüfte gestemmt, mit geschwellter Brust und zurückgeworfenen Schultern. Ganz anders als bei ihm war mein Blick übermütig und wild und zugleich voller Träume, weil man mich unter den blutrot blühenden Kastanienbaum gesetzt hatte. Wideacre weckte meine Wildheit, und ich war machtlos meinen Gefühlen ausgeliefert.

Ich hörte ein Summen in meinem Kopf und sehnte mich danach, frei über das Land zu laufen. Wenn ich mit meinem Sticktuch oder um vorzulesen drinnen bleiben mußte, dann sanken mir häufig Buch oder Näharbeit in den Schoß. Ich lehnte dann meinen Kopf gegen das kalte Glas der Fensterscheibe und blickte in die Ferne, hinaus aus dem kleinen Haus, hinaus aus der spießigen, schäbigen Vornehmheit und aus dem Gefängnis der Sorgen, fort vom falschen Schein und den abgetragenen Kleidern. Ich blickte in die Ferne nach Wideacre. Und ich wünschte mir, das Land zu besitzen und es zu verwalten.

Das machte meine Mutter traurig. Sie hatte diese Sehnsucht in mir schon früh erkannt, und liebevoll und zugleich mit hartnäckiger, sanfter Disziplin versuchte sie, mich in ein Kind ihrer eigenen Vorstellung zu verwandeln. Ein Kind, das stillsitzen konnte, dessen Kleider sauber blieben und das in einem kleinen Zimmer bleiben konnte, ohne vor Sehnsucht nach dem Duft des Windes der South Downs fast krank zu werden. Sie scheiterte.

»Ich weiß, daß du dich danach sehnst, draußen zu sein«, sagte sie sanft zu mir. »Aber junge Damen können nicht immer genau das tun, was sie sich wünschen. Da ist dein Stickzeug, das du diese Woche nicht angerührt hast, und da sind auch noch ein paar Stopfarbeiten. Du kannst heute nachmittag einen kleinen Spaziergang machen.«

»Es ist nicht der Spaziergang, um den es mir geht, Mama.« Das Singen der Vögel vor dem geschlossenen Fenster lockte mich unwiderstehlich. »Ich muß dort draußen sein, draußen in der freien Natur. Der Frühling ist da, und ich habe in diesem Jahr kaum etwas davon mitbekommen. Ich war bisher nur im Garten und in den Wäldern. Aber es gibt noch das Gemeindeland und die Hügel. Ich habe das Farndickicht nicht emporwuchern sehen und auch nicht die Frühlingsblumen auf den Hügeln.« Ich hielt inne, denn ich sah ihren seltsamen und scheinbar verständnislosen Blick, voller Trauer, als wäre meine Liebe zu meiner Heimat irgendwie bedrückend für sie.

»Ich weiß«, sagte sie gütig und legte ihre Hand auf meine magere Schulter. »Ich weiß, daß du das Land liebst. Aber das ist eine verschwendete Liebe, Julia. Du solltest lieber Gott lieben und die Menschen, die dich lieben. Land zu lieben bringt wenig Freude und manchmal sehr viel Schmerz.«

Ich nickte gehorsam und senkte die Augen, um sie nicht durch meinen Widerstand gegen ihre vernünftigen Worte zu kränken. Ich war meiner Liebe zum Land so ausgeliefert wie meiner Liebe zu Richard. Niemals könnte ich von meiner Liebe zu ihnen lassen. Niemals würde ich wollen, von meiner Liebe zu ihnen frei zu sein.

Aber ich wußte, daß meine Mutter recht hatte, wenn sie von verschwendeter Liebe sprach! Als ich die verwilderten Getreidefelder von Wideacre sah und die Wiesen, die in den Himmel hinein wuchsen, weil es kein Vieh gab, um sie abzugrasen, und weil kein Heu geerntet wurde, da wußte ich, daß die Liebe zum Land ohne Geld und die dazugehörige Vernunft in der Tat wertlos war. Und wenn Richard mich bis aufs Blut quälte und mir die Tränen in die Augen stiegen, dann fühlte ich, daß meine Liebe zu ihm auch verschwendet war, denn sie brachte mir mehr Schmerzen als Freude.

Aber es gab kein anderes Land als Wideacre.

Und es gab niemand anderen als Richard.

Und so ging ich, wenn Richard rief. Sogar dann, wenn ich wußte, daß ich es nicht tun sollte. Und er war sich dessen so sicher, daß er die Auffahrt hinunterlaufen konnte, ohne sich überhaupt die Mühe zu machen, zurückzublicken, weil meine Schuhe ohnehin hinter ihm herklapperten.

Es war ein weiter Weg bis nach Havering Hall, und man

mußte sogar querfeldein laufen und durch den Fenny waten, der die beiden Grundstücke gegeneinander abgrenzte. Als wir bei den Pferdeställen ankamen, außer Atem und schweißnaß vom Laufen, war Lord Havering gerade dabei, sich vor dem Abendessen seine Pferde anzusehen.

»Guter Gott«, dröhnte er mit einer Stimme, die so warm wie Portwein und so dick wie Zigarrenrauch war. »Sieh nur, was der Wind hier angeweht hat, Dench.«

Der Pferdepfleger von Havering blickte über die Halbtür der Box und lächelte über unseren Anblick. »Kommen Sie, um die neue Stute zu sehen?« fragte er Richard leise in dem langgezogenen Dialekt der Leute von Sussex.

»Ja, wenn ich darf«, meinte Richard und strahlte. Man hätte ihn für einen Jungen halten können, der zum Ungehorsam vollkommen unfähig war. »Mama – Tante hat mir von ihr beim Mittagessen erzählt, und so sehr ich mich auch deshalb schäme: Ich konnte nicht bis morgen warten.«

Mein Großvater schmunzelte nachsichtig über Richard, seinen Liebling. »Hol sie raus«, befahl er Dench und beugte sich zu mir nieder. »Und du, kleine Miss Julia? Bist du wie immer Richard nachgelaufen?«

Ich lief dunkelrot an und schwieg. Ich konnte nicht wie mein Cousin locker auf Erwachsene zugehen. Ich wollte erklären, daß auch ich gekommen war, weil ich das Pferd sehen wollte. Wie sehr hatte ich mir einen harten, gleichmäßigen Galoppritt von einem Ende des Gutes zum anderen gewünscht! Und ich wollte meinem Großvater sagen, daß Richard keine Schuld daran hatte, daß ich gekommen war. Aber ich brachte kein Wort heraus. Ich trat nur, mit einem törichten Gesichtsausdruck und gesenkten Augen, von einem Fuß auf den anderen.

Dench holte die Stute aus ihrer Box am Ende der Stallgasse. Mit klappernden Hufen kam sie herangetrappelt. Sie war ein hübsches Tier, eine glänzende Braune. Ihre Mähne und ihr Schweif schienen einen Ton dunkler zu sein, wie ungeputztes

Kupfer. Ihr Nasenrücken war gezeichnet von einer durchgehenden Blesse, und sie blickte uns mit ihren tiefbraunen Augen an. Dench hielt sie am Zügel fest, obwohl sie ganz brav neben ihm stand.

Ihre Augen, so warm wie geschmolzene Schokolade, schienen uns zu locken, und diesmal lief ich, ohne Richard den Vortritt zu lassen und hielt ihr meine Hand hin.

Sie wieherte leise und senkte ihren Kopf, um an meinen Taschen zu schnuppern. Ich hatte nichts für sie, aber Dench steckte mir eine Handvoll Hafer aus seinen eigenen umfangreichen Reithosen zu. Ihre Lippen betasteten forschend meine Hand, sanft, als bemühte sie sich, nicht in meine mageren Finger zu kneifen. Vorsichtig streichelte ich sie hinter den Ohren, wo die Stuten ihre Fohlen liebkosen. Als ich sie berührte, schnaubte sie leise und beschnupperte dann mein Kleid. Ohne mir dessen bewußt zu sein, neigte ich mein Gesicht, atmete hingebungsvoll ihren feuchten, nach Hafer duftenden Atem ein, und blies ihn ihr wieder ins Gesicht. Es war Liebe auf den ersten Blick.

»Beeil dich, Richard, oder du wirst dein Pferd verlieren«, bemerkte Großvater, der mich voller Anerkennung beobachtet hatte. »Deine Cousine ist schneller als du. Du hast bei Pferden offenbar die Zauberhand der Laceys, meine Liebe«, wandte er sich mir herzlich zu. »Deine Tante Beatrice konnte jedes Pferd auf den Feldern heranlocken, und dein Vater war ebenfalls ein großer Reiter. Dein anderer Großvater und ich haben einige Ausritte zusammen gemacht, die mir noch heute Alpträume bereiten. Die Laceys sind schon immer Pferdenarren gewesen.«

Ich ging ein paar Schritte zurück, um Richard Platz zu machen. »Wie heißt sie?« brach es endlich aus mir hervor.

»Scheherazade«, sagte mein Großvater mit einem angewiderten Gesicht. »Ich nenne sie Sally.«

»Scheherazade«, flüsterte ich vor mich hin. »Eine Prinzessin aus Tausendundeiner Nacht.«

»Sie hat vielleicht ein wenig arabisches Blut«, nickte mein Großvater. »Sie ist aber wirklich ein gutes Jagdpferd. Ich habe sie selbst aus dem Nachlaßverkauf des armen alten Tiley ausgewählt. Seine Tochter ritt immer auf ihr, sie ist also an Anfänger gewöhnt. Sie ist auch an einen Damensattel gewöhnt!« fügte er hinzu. »Kein Grund, warum ich dir nicht zugleich mit Richard das Reiten beibringen sollte, mein Liebes.«

»Julia hat keine Reitkleidung«, wandte Richard mit Nachdruck ein. Er versuchte Scheherazade mit lang ausgestrecktem Arm ein paar grüne Äpfel vorzuhalten, die er von den Bäumen des Obstgartens von Wideacre abgerissen hatte. Dabei hielt er so großen Abstand wie möglich. »Julias Mutter erlaubt nicht, daß sie ohne Reitkleidung reitet.«

»Dann nicht«, stellte mein Großvater fest. »Schade. Aber ich meine doch, daß wir etwas für dich finden können, kleine Miss, wenn du es gerne versuchen möchtest.«

Richard blickte mich kurz und drohend an. Das genügte.

»Nein«, lehnte ich bedauernd ab. »Nein danke, Großpapa.«

Ich sagte kein Wort mehr. Ich hatte meine Weigerung nicht begründet, aber mein Großvater zweifelte auch keinen Moment lang daran. Vielmehr zog er leicht verächtlich die Augenbrauen hoch, trat zu Richard und seiner schönen Stute und hielt ihren Kopf, während Dench Richard beim Aufsteigen half.

»Na, wie ist es?« rief Großvater, und führte das Pferd auf dem Hof herum. Richard klammerte sich fest an die kupferfarbene Mähne, und Scheherazade trippelte über die Pflastersteine. »Wunderbar!« rief er, aber sein Gesicht war weiß.

Wir wären gern gleich für Richards erste Unterrichtsstunde dageblieben, aber zufällig hatte mein Großvater, während er Richard ein zweites Mal um den Hof führte, auf die Stalluhr geblickt.

»Eure Mutter wird mir aufs Dach steigen«, bemerkte er kläglich. »Dench, hol den kleinen Wagen heraus und bring die beiden hier nach Hause. Sie hätten überhaupt nicht ohne Erlaubnis kommen sollen. Wenn sie nach Einbruch der Dunkelheit noch draußen sind, wird mir Celia bei lebendigem Leibe das Fell über die Ohren ziehen.«

Dench zog Richard einfach vom Pferd und brachte Scheherazade zum Stall zurück. Ich trottete hinter ihnen her. Ich wäre am liebsten bei ihr geblieben und wollte wenigstens noch ihre Box sehen und den süßen Duft des Heus einatmen.

»Wann wollen Sie denn das Reiten lernen, Miss Julia?« fragte mich Dench, und seine braunen Augen strahlten mich an. Er hatte mein Gesicht beobachtet, als sie mir aus der Hand fraß, er hatte gesehen, wie sie ihren Kopf senkte, damit ich sie streichelte.

»Nachdem Richard es gelernt hat«, antwortete ich bestimmt. Ich wußte, daß Richard die schöne Scheherazade gerne für sich allein haben wollte, und ich sehnte mich danach, ihm beim Reiten zuzuschauen. Aber ich wußte auch: Ich mußte nur geduldig warten, dann würde es auf der ganzen Welt niemanden geben, der großzügiger und rücksichtsvoller wäre als er. Wir hatten immer unsere Spielsachen geteilt, und wenn ich sie schnell zurückgab und Richard den Vortritt ließ, dann gab es niemals Streit. Er würde mir erlauben, unendlich lange auf Scheherazade zu reiten, vorausgesetzt uns beiden war klar, daß sie ihm gehörte.

Dench nickte und legte dem Kutschpferd im Nachbarstall die Zügel an. »Master Richard als erster, eh?« sagte er und musterte mich. »Und es macht Ihnen nichts aus, Miss Julia?«

»Oh, nein«, beteuerte ich, und das Lächeln, das ich für ihn aufsetzte, war so rein wie meine Gedanken. »Ich möchte Richard reiten sehen. Ich habe mich schon monatelang darauf gefreut.«

Dench murmelte einige unverständliche Worte und führte es rückwärts zwischen die Deichseln des Einspänners im Kutschenhaus. Richard und ich setzten uns rechts und links neben ihn auf die kleine Bank, und mein Großvater winkte uns mit seiner Zigarre ein Lebewohl zu.

»Bis morgen dann«, rief er heiter. »Und entschuldigt euch bloß bei eurer Mutter!«

Wir brauchten gar nicht zu beichten. Meine Mutter hatte sofort geraten, wohin wir gegangen waren, und saß vornehm und einsam beim Abendessen, als das Pferd in der Dämmerung zur Gartenpforte trabte. Vor ihr stand ein Teller mit Toast und ein kleines Glas mit eingemachtem Fleisch. Sie bestrich ihr Toastbrot mit Butter und blickte nicht einmal auf, als wir ins Eßzimmer schlichen. »Euer Abendessen ist in der Küche«, bemerkte sie kühl. »Kinder, die fortlaufen wie Stallburschen, sollten in der Küche essen.«

Wir konnten ihr nichts entgegnen. Ich machte einen tiefen Knicks – eine Geste der Beschwichtigung – und schritt stumm rückwärts aus dem Zimmer. Aber Richard machte einen Schritt nach vorn und legte eine einzelne rote Rose, die er ganz offenkundig aus dem Garten der Haverings gestohlen hatte, neben ihren Teller.

Ihr Gesicht wurde plötzlich wieder weich. »Oh, Richard!« rief sie voller Liebe. »Du bist so ungezogen! Jetzt fort, eßt euer Abendbrot, badet und geht zu Bett, sonst dürft ihr morgen nicht reiten, auch wenn ihr ein Pferd geschenkt bekommen habt.«

Ich stieß einen Seufzer der Erleichterung aus, denn ich wußte, man hatte uns verziehen, und ich würde diese Nacht gut schlafen können. Die beiden Menschen, die ich am innigsten in dieser unsicheren und bedrohlichen Welt liebte, lebten unter demselben Dach wie ich, und keiner von beiden hegte einen Groll gegen mich.

»Du bekommst auch Reitkleidung«, flüsterte meine Mutter mir zu, als sie mir einen Gutenachtkuß gab. »Ich werde unter den alten Sachen meiner Schwester in Havering Hall nachsehen. Oder ich werde dir selbst etwas schneidern.«

»Du lernst auch noch reiten«, versprach Richard mir auf der Treppe, als wir ins Bett gingen. Die Lichter unserer Kerzenleuchter flackerten in dem Luftzug, der durch die Ritzen der

Dielen drang. »Sobald ich es selbst gelernt habe, bringe ich es dir bei, kleine Julia.«

»Oh, danke.« Ich wandte ihm mein Gesicht zu, damit er mir einen Gutenachtkuß geben konnte. Und dieses eine Mal drückte er mir statt des Küßchens auf die Wange einen weichen Kuß auf die Lippen.

»Liebe süße Julia«, hörte ich seine Stimme, und ich wußte, daß er von meiner Weigerung, bei Großvater Reitstunden zu nehmen, Kenntnis genommen hatte und daß ich nun meine Belohnung bekam. Eine wirklich reiche Belohnung, denn ich wünschte mir Richards Liebe mehr als irgend etwas sonst auf der Welt.

2

Die erste, von Richard lang ersehnte Reitstunde war für meinen Großvater sehr ermüdend. Ich sah zwei qualvolle Stunden lang zu, wie Richard eine sehr demütigende Prozedur über sich ergehen lassen mußte. Zunächst konnte ich nicht verstehen, was eigentlich falsch lief.

Als Richard an jenem warmen Spätsommertag sein Pferd im Stallhof besteigen wollte, war sein Gesicht angespannt und weiß; die Sommersprossen auf seiner Nase sahen aus wie Flecken einer Krankheit. Seine leuchtend blauen Augen glänzten wie blankgeputztes Kristall. Er ist wohl sehr aufgeregt, dachte ich. Es war sicher die Aussicht, das erste Mal auf seinem eigenen Pferd zu reiten, die ihn so nervös und reizbar machte.

Scheherazade war ebenso gereizt. Als Richard seinen Fuß in den Steigbügel setzte, wollte sie einfach nicht stillstehen; sie drehte sich einmal nervös um sich selbst, und ihre Hufe rutschten auf den Pflastersteinen. Sie zog an ihrer Kandare, und Dench mußte die Zügel festhalten. Sie riß den Kopf in die Höhe und schnaubte. Richard, einen Fuß im Steigbügel und den anderen auf dem Boden, hüpfte hin und her.

Großvater fluchte leise und rief Dench zu: »Wirf Master Richard rauf!«

Dench griff mit seinen beiden schmutzigen Händen unter Richards hüpfendes Bein und stieß ihn wie einen Sack Hafer aufs Pferd.

Daneben saß mein Großvater auf seinem Jagdpferd, einem wunderschönen, gescheckten grauen Wallach, der ruhig wie ein Felsen dastand, wie eine Pferdestatue aus blassem Marmor vor dem Hintergrund der grünen Koppel und der prächtigen, leise rauschenden Bäume der Wälder von Havering und Wideacre.

»Vergiß nicht: Ihr Maul ist sehr empfindlich«, ermahnte Großvater Richard. »Stell dir vor, die Zügel wären Seidenbänder. Wenn du zu fest ziehst, dann zerreißen sie. Zeig ihr damit, was du willst, aber zieh nicht daran. Ich sagte, zieh *nicht* daran!« schnauzte er, als Scheherazade auf den Pflastersteinen nervös zur Seite auswich, und Richard am Zügel riß.

Dench streckte eine Hand aus und legte sie wortlos über den Nasenriemen. Ich beobachtete das alles unkritisch. Ich hatte noch nie zuvor einen Anfänger gesehen und bewunderte Richard rückhaltlos. Ich meinte, er sähe so großartig aus wie ein Reiter aus Sussex, so edel wie einer von König Arthurs Rittern. In meinen Augen war Richard ohnehin unfehlbar; auf Scheherazade war er für mich ein Halbgott.

»Laß uns auf die Koppel reiten«, sagte mein Großvater. In seiner Stimme lag eine gewisse Schärfe. Dench hielt Scheherazade am Zügel und führte sie mit ruhiger Hand hinter Großvater hinaus. Als sie an mir vorbeigingen, hörte ich Dench leise mit Scheherazade sprechen, und ich konnte die Angst und das Unbehagen der Stute spüren. Richard fühlte sich auf ihrem Rücken sehr unsicher.

Bevor ich hinterherlief, ließ ich sie erst einmal ein Stück vorgehen. Ich wollte Scheherazade nicht durch laute Schritte hinter ihrem Rücken beunruhigen. Es war Richards erste Reitstunde; sie sollte möglichst reibungslos ablaufen.

Aber nichts lief reibungslos. Ich saß auf dem wackeligen Zaun und beobachtete meinen Großvater, der sein Jagdpferd in sicheren Schleifen und Kreisen Schritt und Trab reiten ließ und dann Richard zurief, er solle es ihm nachmachen.

Aber Scheherazade ging einfach nicht voran. Als Dench sie losließ, warf sie den Kopf hin und her, als zöge Richard allzufest an ihrem Zügel. Als Richard die Schenkel fest anlegte, ging sie zögernd und unsicher ein paar Schritte vor. Als er mit der Gerte ihre Flanke berührte, nur berührte, ging sie nervös rückwärts, und Richards blasses Gesicht wurde dunkelrot vor Wut. Aber sie tat einfach nicht, was sie sollte.

Mein Großvater nahm die Zügel kürzer und rief Richard einige Anweisungen zu. »Sei sanft zu ihr, weich in der Hand! Nicht am Maul reißen! Schenkel fest anlegen, aber vorwärts reiten, nicht zurückgehen lassen! Nein! Nicht so! Locker in der Hand, Richard! Tiefer im Sattel sitzen! Du mußt dich durchsetzen! *Sag* ihr, was du willst! Oh, Himmel und Hölle, verflucht noch einmal!«

Er sprang von seinem Jagdpferd und ging, sein eigenes Pferd hinter sich herziehend, zu Richard und Scheherazade hinüber. Dann warf er Dench, der mit unbewegter Miene dastand, seine eigenen Zügel zu. Wie ein ärgerlicher Bauer, der ein Dorfkind von einem Apfelbaum herunterholt, zog Großvater Richard von Scheherazade herab und schwang sich, flink wie ein junger Mann, selbst in den Sattel.

»Also, Sally, mein Mädchen«, sagte er, und seine Stimme wurde plötzlich wieder zärtlich und weich. »Das darfst du nicht.« Und Scheherazades Ohren, die erst spitz nach hinten gelegen hatten, so daß ihr Gesicht knochig und häßlich erschienen war, stellten sich plötzlich wieder auf. Ihre Augen glänzten braun und zeigten keine weißen Ränder mehr.

»Also, Richard«, sagte Großvater in ruhigem Ton, »ich hab's dir ja schon auf dem Hof gesagt: Wenn du die Zügel anziehst, so bedeutet das ›halt‹ oder ›zurück‹.« Er hob seine Hände leicht an, und Scheherazade bewegte sich vorwärts. Er zog seine Hände leicht zum Körper zurück, und sie blieb stehen. Er zog die Zügel noch ein Stückchen an, und sie stellte, graziös wie eine Tänzerin, einen Huf hinter den anderen und trat drei oder vier Schritte zurück.

»Wenn du die Schenkel fest andrückst, so bedeutet das ›voran‹«, erklärte Großvater. Er ließ die Hände sinken und spannte, ohne daß wir etwas sehen konnten, die Muskeln an. Sofort ging sie mit weichen, eleganten Schritten vor. Ich stützte die Hände auf mein Kinn und sah ihr zu. Ich liebte sie so sehr, daß mir das Herz in der Brust schmerzte. Sie war das Schönste, was ich je gesehen hatte.

»Aber wenn du ihr gleichzeitig zu verstehen gibst, stehenzubleiben und voranzugehen, dann bringst du sie durcheinander«, erklärte Großvater und ließ sie, während er sprach, im Kreis herumgehen. »Sie wird vollkommen verwirrt. Du solltest dich Tieren gegenüber immer ganz klar und eindeutig verhalten – und Menschen gegenüber auch!« sagte er mit einem trockenen Grinsen. »Sie hat einen wunderbaren Gang«, sagte er. »Sie geht herrlich voran. Aber sie braucht eine sanfte Hand. Setz dich tief in den Sattel, damit sie dein Gewicht spürt. Und sag ihr ganz deutlich, was du willst. Sie wird alles für dich tun, wenn du sie gut behandelst.« Er brachte Scheherazade neben Richard zum Stehen und schwang sich aus dem Sattel. »Hinauf mit dir, Junge«, sagte er freundlich. »Sie kennt ihre Aufgaben. Aber du mußt deine noch lernen.«

Mein Großvater half Richard hinauf, und diesmal bekam mein Cousin immerhin einen Fuß in den Steigbügel. Allerdings konnte er den Bügel auf der anderen Seite des Pferdes nicht finden. Er angelte mit der Fußspitze danach und versuchte, seinen Fuß hineinzuschieben. Scheherazade wich sofort zur Seite aus und stieß gegen meinen Großvater. Dieser fluchte leise.

»Beruhigt euch«, sagte er zu Pferd und Reiter. »Ihr beide werdet lernen müssen, zusammen ganz ruhig zu bleiben. Ihr seid wie zwei Saiten einer Geige, die zu fest gespannt sind. Was zum Teufel ist mit deinem Steigbügel los, Richard?«

»Nichts, Sir«, sagte Richard mit schwacher Stimme. Es war das erste, was ich ihn sagen hörte, nachdem er aufs Pferd gestiegen war, und die Anspannung und Angst, die mitklangen, erschreckten mich. »Ich konnte ihn zuerst nicht finden, aber jetzt hab' ich ihn.«

»Also, du mußt lernen, in den Steigbügel zu schlüpfen, ohne deinen Zeh in ihren Bauch hineinzubohren«, sagte Großvater mißbilligend. »Mach das Tier nicht verrückt. Du mußt sie sanft behandeln und nicht mit den Füßen treten.« Er schnappte die Zügel aus Denchs Hand, und die beiden Männer tauschten einen Blick, den ich, da ich sehr weit weg war, nicht deuten konnte. Dench drehte sich um und kam mit einem Gesicht so ausdrucksvoll wie ein Stück Kreide auf mich zu. »Also«, sagte Großvater, wieder in seinem eigenen Sattel. »Jetzt reite auf mich zu.«

Richard ließ steif die Hände sinken, und Scheherazade ging mit kleinen Trippelschritten voran. Sie sah aus, als befürchtete sie, der Boden würde unter ihr nachgeben. Ich sah ihre Bewegungen, spürte ihr Unbehagen und bemerkte, daß ich die Hände unter meinem Kinn zu Fäusten geballt hielt, genauso ängstlich wie sie.

Scheherazade mochte Richard nicht.

Das war der Grund für den Blick, den mein Großvater und Dench getauscht hatten. Deshalb wurde Scheherazade unruhig, wenn Richard im Sattel saß. Deshalb saß Richard so verkrampft und blaß dort oben. Irgend etwas an ihm störte das Tier. Die Stute war so gereizt wie eine Katze, der man das Fell gegen den Strich bürstet. Sie vibrierte vor Nervosität. Sie war nicht entspannt, und ihr Schweiß roch scharf und stechend.

Ich konnte den Anblick nicht länger ertragen. Als Richard das Pferd mit einem heftigen Ruck am Zügel zum Stehen brachte und mein Großvater sich von seinem Sattel hinüberlehnte und die Zügel zwischen Richards Fingern lockerte, da wurde mein Herz vor Mitleid mit Scheherazade schwer. Als sie meinem Großvater auf seinem Rundritt um die Koppel folgte, während Richard steif wie auf einem Kutschbock auf ihrem Rücken saß, da lockerten sich unwillkürlich meine Schultern, denn ich wünschte mir, daß er sich entspannen und tief in den Sattel setzen möge, damit sie sein Gewicht fühlen könne.

Richards Gesicht war wieder blaß geworden; seine Züge schienen wie versteinert. Er sah nicht mehr aus wie der Ritter aus einem Geschichtenbuch. Mir wurde immer schwerer ums Herz, und ich ließ mich, vorsichtig, um mein Musselinkleid nicht zu zerreißen, vom Zaun hinabgleiten und ging zurück zum Haus, ins Wohnzimmer, dorthin, wo sich junge Damen ohnehin aufhalten sollten.

Ich hatte mit eigenen Augen gesehen, daß Richards so oft angekündigte erste Reitstunde kein Erfolg gewesen war, aber Richard selbst stellte es ganz anders dar. Als er zum Abendessen hereinkam, umgekleidet und gewaschen, da strahlte er über das ganze Gesicht. Die Fragen meiner Mutter beantwortete er voller Selbstvertrauen. Sie glaubte daher, er sei ganz begeistert von der Stute, und ich dachte, daß die Stunde vielleicht besser gelaufen war, nachdem ich meinen Platz auf dem Zaun verlassen hatte.

»Er hat eine schwere Hand«, sagte Großvater mürrisch, als meine Mutter sich nach dem Verlauf der Stunde erkundigte. »Aber Reiten liegt ihm im Blut. Er wird's schon schaffen. Harry Lacey – der alte Squire – hatte auch Hände wie Hammelkeulen. Wir haben immer darüber gelacht! Er durfte keines meiner Pferde auch nur anfassen. Aber er hat's Beatrice beigebracht, und auch Harry. Und Beatrice hatte die beste Hand mit Pferden, die ich jemals gesehen habe. Niemand konnte es ihr gleichtun.« Er sann lächelnd über vergangene Zeiten nach; vielleicht konnte er auf der verblaßten Tapete des Empfangszimmers ein strahlendes, rothaariges Mädchen sehen, das mit seiner Flüsterstimme ein Pferd von einer Weide herbeilocken konnte. »Sie war wirklich eine gute Reiterin!« sagte er. »Seltsam, daß ihr Sohn so ungeschickt ist.« Er blickte hinüber zu Richard, der sich bei diesen Worten verkrampfte. »Er wird sich schon daran gewöhnen«, schloß mein Großvater.

Aber Richard gewöhnte sich nicht daran. Mein Großvater gab ihm im Herrenhaus von Havering ein gutes Dutzend Unterrichtsstunden und ritt mit ihm in die Wälder von Havering und hinaus ins Gemeindeland. Doch Richard war auf Scheherazade niemals entspannt. Er saß auf ihrem Rücken, als sei sie ein Pulverfaß, das plötzlich explodieren könnte. Er und Scheherazade kamen ganz einfach nicht miteinander zurecht. Ich beobachtete das Phänomen voller Verwunderung, aber ich hätte es nicht erklären können. Großvater war von einer fast brutalen Offenheit.

»Schottenblut«, sagte er zu meiner Mutter. Wir standen im hinteren Garten von Dower House; Richard und Großvater waren vom Herrenhaus hierher geritten. Großvater meinte, daß Richard jetzt sein Pferd im Dower House stehenlassen und, wann immer er das wollte, allein ausreiten könnte. Auf jeden Fall hatte mein Großvater keine Lust mehr, Richard zu unterrichten, und er war froh, diese Aufgabe an unseren Pferdepfleger, Jem, oder an Dench, den Mann aus Havering, weitergeben zu können. Großvater wollte wieder nach London gehen. Er hatte das Gefühl, er habe es jetzt lange genug auf dem Lande ausgehalten.

»Schottenblut«, sagte er düster. »Sein Vater, John MacAndrew, kann ja ganz gut reiten. Aber diese Leute verstehen im Grunde nichts von Pferden. Keine Kavallerie, verdammt kleine Tiere. Keine richtige Zucht, meine Liebe. Von der weiblichen Linie her ist er ein Lacey, und es gab keinen Lacey, der sich in einem Sattel nicht wohl gefühlt hätte; aber es fehlt ihm das große, mutige Herz, und er hat nicht die richtigen Hände. Er ist ein guter Gelegenheitsreiter, und er reitet einigermaßen sicher. Aber er wird niemals seiner Mutter Beatrice gleichkommen, möge Gott ihre Seele in Frieden ruhen lassen!«

»Nun, ich kann beim besten Willen nichts Schlimmes daran finden«, sagte meine Mutter sanft und blickte dabei zu den Obstgärten hinüber, wo Richard mit seinem Pferd das Vor- und Rückwärtsgehen übte. Scheherazades Schritt war gleichmäßig und weich, aber ihre Ohren zuckten unruhig und ängstlich. »Vielleicht war es wirklich ein Vergnügen, Beatrice bei der Jagd zuzusehen, aber mit ihren Pferden hat sie ihre Familie allzuoft in Schrecken versetzt. Und ich kann niemals vergessen, daß ihr Vater bei einem Reitunfall starb.«

»Ach, Unsinn«, entgegnete Großvater ungeduldig. »Man ist auf einem Pferderücken sicherer als auf euren verdammt glatten Treppenstufen, Celia. Aber lassen wir das. Der Junge wird sowieso nie ein verwegener Reiter werden, er wird nie eine besonders gute Figur abgeben. Ich hab' für ihn getan, was ich konnte. Ich hab' ihn auf den Weg gebracht, und ich werde ihm auch noch den Stall bezahlen.«

»Ja«, bestätigte meine Mutter, »und dafür sind wir beide dir sehr dankbar.«

Großvater nickte und blies einen vollkommen geformten Rauchring in die stille Nachmittagsluft. »Und was ist mit unserer kleinen Miss?« fragte er. Ich stand abgewandt am Zaun zu den Obstgärten und klammerte mich ganz fest an einen Pfahl.

»Ich denke, wir sollten es verschieben, bis sie älter ist«, sagte sie. »Sie hat keine Reitkleidung, und wir haben keinen Damensattel.«

Großvater machte eine gleichgültige Handbewegung: »Dann eben später.«

Meine Mutter senkte die Stimme, aber ich konnte sie gerade noch verstehen. »Julia ist zu wild und zu frei aufgewachsen«, sagte sie sanft. »Sie ist jetzt zwölf, und sie muß erst einmal eine junge Dame werden, bevor sie reiten lernt. Ich bin froh, daß sie mit mir zusammen im Haus bleibt.«

Ich sagte nichts und drehte mich nicht um. Ich fühlte, wie mir die Röte ins Gesicht stieg, und das Herz tat mir weh. Wenn Großvater nicht darauf bestünde, dann würde ich Scheherazade niemals reiten können. Wenn er nicht deutlich ausspräche, daß ich eine Lacey bin und daß ich das Reiten lernen muß, weil es mir einfach im Blut liegt, dann würde ich für immer in unserem Wohnzimmer eingesperrt bleiben, und meine einzige Freude wäre zu beobachten, wie Richard und Scheherazade immer besser miteinander zurechtkamen. Ich freute mich für Richard, natürlich tat ich das – aber irgendeine kleine rebellische Stimme in mir protestierte: »Das ist nicht fair, Mama! Nicht fair!«

»Wie du möchtest«, sagte mein Großvater. Damit war die

Entscheidung getroffen: Ich würde keine Reitstunden bekommen.

So war ich auf Richards Großzügigkeit angewiesen.

Während der Sommer allmählich zur Neige ging, mußte sich Richard mit einem Verlust abfinden. Einem großen, für mich nicht vorstellbaren Verlust. Er begann seine Sopranstimme zu verlieren.

Zuerst nahm er das Ganze spielerisch. Manchmal war seine Stimme sehr hoch – seine gewohnten klaren, goldenen Töne – und manchmal wurde sie tief und rauh. Eines Abends erzählte er meiner Mutter und mir im Wohnzimmer das Märchen von Rotkäppchen und dem Wolf und imitierte dabei die verschiedenen Stimmen. Ich spielte dazu »taahrumpp taahrumpp« auf dem Klavier, um die gewaltige Stimme des Wolfes zu untermalen. Als Richard das Rotkäppchen mit einer hohen Fistelstimme nachmachte, weitaus höher, als ich sie hätte erzeugen können, lachte meine Mutter so sehr, daß ihr die Tränen übers Gesicht liefen. Und dann fiel seine Stimme eine Oktave tiefer in den Keller, und er knurrte: »Damit ich dich besser fressen kann.«

Aber Richard dachte nicht weiter darüber nach, und ich wußte nicht, daß diese Veränderung so folgenreich sein würde. Die Tonlage seiner Stimme schwankte beständig. Er konnte sie nicht immer kontrollieren. Manchmal stieg sie mitten im Satz plötzlich in die Höhe und fiel dann ebenso plötzlich ein paar Töne tiefer und wurde rauh. Mit einem Mal fand Richard das nicht mehr lustig, und als ich lachen mußte, schnauzte er mich wütend an. Und, was am schlimmsten war: als er in Sopranlage ein kleines, flottes Liedchen sang, und ich ihn dazu begleitete, hörte ich plötzlich seine Stimme brechen.

Er runzelte die Stirn wie bei einer kleinen, lästigen Panne, etwa als halte er plötzlich einen abgebrochenen Türgriff in der Hand. »Spiel es noch mal, Julia«, befahl er. »Diese blöde Stimme …«

Ich spielte das Stück noch einmal, aber meine Sicherheit war dahin, und ich griff die falschen Tasten. Er machte mir nicht einen Vorwurf. Wir versuchten ein hohes G, und er traf es einfach nicht. Dreimal begannen wir dasselbe Lied, und jedesmal spielte ich ein wenig schlechter. Richard beschwerte sich nicht einmal. Er sah mich nur vollkommen ratlos an und blickte aus dem Fenster auf den grauen, wolkenverhangenen Himmel.

»Sie scheint weg zu sein«, stellte er verwirrt fest. »Ich kann es nicht.« Er ging langsam und bedrückt aus dem Raum. Als er die Treppe zu seinem Zimmer hinaufstieg, konnte ich bis zum ersten Stockwerk deutlich hören, wie er die Tonfolge immer aufs neue wiederholte. Und jedesmal schwankte beim Sprung zum hohen G seine Stimme und brach sich dann. Er hatte die Knabenstimme seiner Kinderzeit verloren. Sein Talent, sein ganz besonderes Talent, war zurückgefordert worden.

Als wir nach dem Abendessen im Wohnzimmer saßen, meinte er voller Zuversicht: »Ich würde das Lied gerne noch einmal versuchen, Julia. Das, was wir heute morgen geübt haben. Ich hatte wahrscheinlich einfach einen Frosch im Hals! Ich konnte die Note nicht treffen. Jetzt kann ich es bestimmt.«

Ich holte das Notenblatt und stellte es auf den Ständer. Das Vorspiel mißlang mir fast vollständig, und das fließende Arpeggio, das weich und gleitend hätte klingen sollen, zerbröckelte wie ein mehliger Apfel.

»Also wirklich, Julia«, sagte meine Mutter tadelnd. Und dann wandte sie sich Richard zu und lächelte.

Er saß auf der Fensterbank und sah hinaus auf die Bäume, so schön wie ein schwarzgelockter Engel, vollkommen unverändert. Er atmete ein, um zu singen, und diesmal traf ich den richtigen Akkord. Aber Richard sang falsch.

Er brach ab, und versuchte es noch einmal.

Meine Finger glitten von den Tasten. Ich wußte nicht, was ich sagen oder tun sollte. Eine Sekunde lang erklang noch einmal Richards reine, schöne Stimme, aber dann schwankte sie und brach. Er sah zuerst mich und dann meine Mutter vollkommen verwirrt an.

»Du bist im Stimmbruch, Richard«, sagte sie lächelnd. »Du wirst eben ein Mann.«

Er sah aus, als könnte er sie nicht verstehen.

»Früh«, fügte sie hinzu. »Bei dir fängt der Stimmbruch schon früh an, schon mit elf. Aber deine Stimme ist ganz bestimmt im Umbruch. Du kannst in Zukunft einfach nicht mehr Sopran singen.«

»Wird seine Stimme tiefer?« fragte ich. Ich hatte darüber niemals nachgedacht. Richards goldene Stimme schien so sehr ein Teil von ihm zu sein, daß ich ihn mir ohne sie gar nicht vorstellen konnte. Als ich sein verdutztes Gesicht sah, wußte ich, daß auch er nicht damit gerechnet hatte.

»Natürlich«, sagte meine Mutter lächelnd. »Wenn er sein ganzes Leben lang die Stimme eines Chorknaben hätte, dann wäre er doch gar kein richtiger Mann, nicht wahr?«

»Aber was soll ich singen?« fragte Richard. Er schien den Tränen nahe. Seine Wangen hatten sich gerötet, und seine Augen schimmerten feucht. »Was soll ich jetzt singen?«

»Tenor«, antwortete Mutter gleichmütig. »Von nun an wird Julia die Sopranstimme singen.«

»Julia!« rief Richard verärgert. »Julia kann doch überhaupt nicht singen. Sie singt so, als würde sie die Kühe auf der Weide rufen. Julia kann keine Sopranpartien singen.«

Meine Mutter runzelte bei seinen Worten die Stirn. »Still, Richard«, beschwichtigte sie ihn. »Es stimmt schon, niemand von uns hat dein musikalisches Talent. Aber es gibt viele gute Tenorpartien, die du sicher gerne singen wirst. Dein Onkel, Julias Papa, hatte eine wunderbare Stimme. Wenn wir ein Duett sangen, dann übernahm er immer die Tenorstimme. Auf Havering liegen bestimmt noch irgendwo die Notenblätter. Ich werde danach suchen, wenn wir demnächst dort sind.«

»Ich will sie gar nicht!« rief Richard heftig. »Ich will gar kein

Tenor sein. Ich werde nie Tenorpartien singen. Das ist eine ganz *ordinäre* Stimme. Wenn ich nicht meine richtige Stimme habe, dann will ich überhaupt nicht singen. Ich war etwas Besonderes. Niemand in der Gegend hat so wie ich gesungen. Ich werde kein ordinärer Tenor!« Er rannte wütend aus dem Raum und knallte die Tür hinter sich zu. Ich hörte ihn mit schweren Stiefeln die Treppe hinauf und über die nackten Dielen laufen. In unserem kleinen Wohnzimmer herrschte beklommenes Schweigen. Ich schloß leise den Deckel des Klaviers.

»Richard ist es nie um die Musik gegangen«, bemerkte Mutter traurig. »Er wollte immer nur etwas Besonderes sein. Armer Junge«, sagte sie, und in ihrer Stimme hörte ich wirkliches Mitgefühl. »Armer Junge.«

Richard hatte doch noch ein paarmal in der Öffentlichkeit gesungen. In der Kathedrale von Chichester wurde ein Dankgottesdienst mit Ernteliedern gehalten. Großmutter Havering nahm uns beide mit, und Richard sang die Lieder in einem klaren, hellen Tenor. Mit einer ganz gewöhnlichen Stimme. Aber wir mußten beide an die Zeiten denken, als die Leute in den Bänken die Hälse reckten, um den Jungen zu sehen, der, die Augen auf den Altar gerichtet, wie der Engel Gabriel sang. Heute drehte sich in der Kirche niemand mehr nach ihm um. Nur ich sah ihn mit einem kurzen, bewußt gleichgültigen Blick von der Seite an. Hätte er bemerkt, daß ich Mitleid mit ihm hatte, dann wäre er sicher wütend geworden.

Ich sagte kein Wort, bis wir zu Hause waren und meine Mutter nach oben ging, um ihren Hut abzunehmen. Richard war noch im Wohnzimmer geblieben. Ich ging zum Klavier und öffnete den Deckel.

»Laß uns etwas singen«, sagte ich, griff einen volltönenden Akkord und traf diesmal wirklich die richtigen Noten. Aber als ich aufsah, machte er ein finsteres Gesicht.

»Nein«, sagte er leise, »ich werde nie wieder singen. Ja, vielleicht brumme ich mal wieder ein bißchen in einer Kirche mit, so wie heute. Aber ich werde nie mehr im Wohnzimmer singen oder in der Küche oder in meiner Badewanne. Ich hatte eine Stimme, die wirklich schön war, aber jetzt habe ich sie verloren. Und ich werde sie nie wiederfinden.«

»Die Stimme, die du jetzt hast, ist sehr hübsch, Richard ...« versuchte ich ihn zu trösten.

»Hübsch!« rief er wütend. Aber sofort hatte er sich wieder unter Kontrolle. »Ja«, sagte er, »wirklich sehr hübsch, nicht wahr? Bevor ich in den Stimmbruch kam, da hatte ich eine Stimme, die in Europa kaum ihresgleichen hatte. Aber sie haben mir nicht erlaubt, sie wirklich zu nutzen oder vielleicht sogar einen guten Musiklehrer aufzusuchen. Jetzt ist sie eben weg, und alles, was ich statt dessen habe, ist ein kraftloser Tenor, von dem du sagst, er sei sehr hübsch. Nun, was mich angeht, so könnte ich ebensogut stumm sein.«

»Was wirst du tun, Richard?« fragte ich. Ich bemerkte, daß meine Lippen zitterten, als hätte Richard mir von einer tödlichen Wunde erzählt.

»Ich werde gar nichts tun«, sagte er leise. »Ich werde die Stimme, die ich hatte, vergessen, und bald wird jeder andere sie auch vergessen haben. Ich werde vergessen, daß ich gerne Musiker werden wollte. Ich werde eben vergessen, daß ich eigentlich unser altes Herrenhaus von Wideacre mit Musik erfüllen wollte. Ich werde mich statt dessen darauf konzentrieren, ein Squire zu werden. Der Squire von Wideacre. Das ist alles, was mir jetzt zu tun bleibt. Das ist das einzige, was an mir jetzt außergewöhnlich ist.«

Richard sagte nichts weiter, und ich habe ihn nie wieder gebeten, mit mir zu singen. Die Klavierstunden, die meine Mutter mir gab, liefen weiter, obwohl ich noch weniger motiviert war, und Richard schien nichts anderes mehr im Sinn zu haben, als das zu werden, was ihn noch vor anderen auszeichnete: ein Squire und der Erbe von Wideacre. Während ich fast immer im Haus bleiben mußte, ritt Richard jeden Tag aus und versuchte, die Angst vor seinem Pferd zu überwinden und als Herr über sein Land zu reiten. Das Land, sein Besitz, war das einzige, was ihm geblieben war und was ihm half, ein wenig mehr zu sein als ein ungezogener, verwöhnter Junge, der langsam aus seiner Kleidung herauswuchs.

Wirklich wohl fühlte er sich auf Scheherazade nie, aber sie war ein wunderbar braves Tier, und nachdem er erst einmal genügend Selbstvertrauen gewonnen hatte, um ihr klare Anweisungen zu geben, da gehorchte sie ihm. Denchs junger Neffe Jem kümmerte sich um unseren Ein-Pferd-Stall, und er gab uns den Rat, Scheherazade jeden Tag auszureiten, damit sie nicht zu übermütig würde. Die Nachmittage in jenem Herbst waren kühl und einladend, und Richard ritt früh aus und blieb lange fort.

Manchmal saßen meine Mutter und ich im Wohnzimmer, und ich las ihr vor, während sie nähte. Draußen leuchteten die Blätter der Rotbuche purpurfarben in der Sonne, und die Kastanienblätter wurden so gelb und dünn wie Spinnweben im Sommer. Ich las an diesen Nachmittagen zwei Bände Gedichte von vorn bis hinten laut vor, während meine Mutter für die Armen nähte. Meist saß ich mit dem Rücken zum Fenster, damit in dem düsteren Zimmer ein wenig Licht auf mein Buch fiel und mein Herz beim Anblick jener brennenden Farben vor Sehnsucht nicht allzusehr schmerzte.

Manchmal fuhren wir in einem kleinen Einspänner, den wir mit einem Pony ausgeliehen hatten, nach Havering; Jem war der Kutscher. Die frostklare Luft schnitt in unsere Wangen, und das dumpfe Getrappel der Hufe auf der harten Straße ließ mein Herz vor Freude höher schlagen, als stünde mir etwas besonders Schönes bevor. Aber das Ziel unseres Besuches war nur Großmutter Havering, die jetzt, da in London die Saison begonnen hatte, als große alte Dame im Herrenhaus von Havering zurückgeblieben war und einsam und stolz die Leere ihres Lebens auszufüllen versuchte.

Sie lud mich ein, bei ihr zu wohnen, und ich nahm ihre Einladung freudig an. Ich genoß diese Aufmerksamkeit sehr. Es war angenehm, das einzige Kind im Haus zu sein. Es war schön, in den Tag hineinzuleben, ohne immer gleich Richards Bedürfnisse in Betracht ziehen zu müssen. Und meine Großmutter hatte in Havering Hall mit viel Disziplin die Atmosphäre von Zufriedenheit geschaffen, die entstehen kann, wenn eine Frau den Mut hat, ihren eigenen Maßstäben entsprechend zu leben. Ich lernte in jenem Herbst eine Menge von ihr. Ich lernte, daß es möglich ist, auf eine öde Vergangenheit ohne Bitterkeit und auf eine freudlose Zukunft ohne Klage zu schauen – wie es nur der vermag, der es geschafft hat, seinen innersten Kern zu bewahren und die Freiheit und Tapferkeit seiner Seele zu erhalten.

Am Morgen hatten wir ein Gespräch mit dem Hausverwalter oder dem Butler und machten dann im Garten unseren Spaziergang. Die Böden waren schrecklich steinig, so steinig wie der verlassene Garten von Wideacre. Eine Hand auf meiner Schulter und in der anderen einen Korb für die Blumen, die sie unter dem Unkraut zu finden hoffte, schritt meine Großmutter wie eine Königin in Versailles die Kieswege entlang und kümmerte sich nicht um die Brennesseln, die unsere Röcke streiften, oder um die Disteln, die sich in den Volants unserer Ausgehkleider verfingen. Die Gartenblumen, die in dieser Wildnis viele Jahre lang vernachlässigt worden waren und dennoch überlebt hatten, mußten abgeschnitten und ins Haus getragen werden; dort brachte meine Großmutter mir bei, wie elegant eine oder zwei Blüten zusammen mit ein paar ausgewählten Zweigen und Blättern in einer schönen Vase aussehen können.

»Das Glück liegt darin, mit dem, was man hat, zufrieden zu sein«, sagte sie dann und blickte mit offensichtlicher Heiterkeit durch die staubigen Fenster in den Garten, der sich allmählich gelblich in der Oktobersonne verfärbte. »Und gute Manieren bestehen darin, so zu erscheinen, als wäre man zufrieden mit dem, was man hat.«

Und ich, von Geburt an brav und genügsam (denn wie hätte die Tochter einer so sanften Mutter anders sein können?), nickte dann verständig und zerteilte einen Chrysanthemenzweig, der ganz genau in eine Kristallvase hineinpassen sollte.

In jenem Herbst lernte ich bei meiner Großmutter mehr als dieses äußerlich damenhafte Verhalten. Ich lernte von ihr eine innere Ruhe, die aus der Kenntnis der eigenen Stärken und Schwächen resultiert – und aus der Kenntnis der Pflicht, die man erfüllen muß. Sie brachte mir bei, daß ich nicht länger ein wildes Kind zu sein hatte. Ich sei von jetzt an eine junge Dame, meinte sie. Und ich war es, und niemand anders, der die Selbstbeherrschung erlernen mußte, diese Rolle richtig zu spielen. So lernte ich Disziplin, und Richard lernte reiten.

Ich hatte, so denke ich, die leichtere Aufgabe zu erfüllen.

Denn Richard hatte Angst. Er empfand jetzt ganz deutlich, was ich bereits an jenem ersten Abend von seinem Gesicht im Stallhof abgelesen hatte. Scheherazade war ein edles Jagdpferd, und wenn Richard mit ihr allein draußen über das Gemeindeland oder über die Hügel ritt, dann hatte er Angst vor ihr. Er hatte Angst, zu fallen und von ihr getreten zu werden. Aber vor allem fürchtete er sich vor ihr selbst, vor ihrer leuchtenden Erscheinung, ihren braunen Augen, ihren geweiteten Nüstern.

Ich wohnte drei Wochen bei meiner Großmutter und kam erst wieder nach Hause, als mein Großvater zurückerwartet wurde. Weder meine Großmutter noch meine Mutter wollten mich im Herrenhaus von Havering dabeihaben, wenn sich Großvater und seine alten Freunde aus den Londoner Clubs aus den Sitzen der Kutsche herauszwängten, über die schlechten Straßen fluchten und lärmend ihre Portweinkästen ins Haus schleppten.

Großmutter half mir beim Packen und schickte mich mit einem Abschiedsgeschenk nach Hause: einem Ballen Musselin für ein nagelneues Kleid.

»Du bist zwar eine Lacey«, sagte sie, als sie mit mir zusammen an der Eingangstür stand und zusah, wie Dench meine kleine Schachtel unter den Sitz des Einspänners schob,

»aber du bist auch meine Enkelin.« Wenn sie das sagte, klang es, als wären die Position einer Lacey und die ihrer Enkelin gleichermaßen wichtig, und ich würde schon deshalb vom Rest der Welt bewundert werden. »Ob nun Lacey oder Havering oder verheiratet mit jemandem, der überhaupt keinen Namen hat; ich bin sicher, daß du eins nicht vergessen wirst: Du bist vor allem eine Dame.«

Ich nickte. Ich versuchte, mich zu konzentrieren, aber ich war nur ein zwölfjähriges Kind, und alles, was ich denken konnte, war, daß ich heimkäme zu Richard und zu meiner Mutter, und vielleicht würde mir Richard dann erlauben, einmal auf Scheherazade zu reiten. Ich hörte kaum, daß meine Großmutter mir zum Abschied noch zuflüsterte, es gäbe im Leben mehr als einen Namen und ein Besitztum, mehr als den Mann, den man vielleicht heiraten würde. Mehr sogar als Liebe. Wichtiger als alle diese Dinge war es, seinen Stolz zu bewahren, jenes hartnäckige kleine bißchen Stolz, das nichts mit Namen und Verwandtschaftsbeziehungen zu tun hatte.

»Dir liegt viel daran, jetzt wieder heim zu deiner Mama zu gehen«, sagte sie sanft.

»Ja, Großmama.«

»Und zu Richard?« forschte sie. Unter ihrem suchenden Blick errötete ich und senkte die Augen.

»Das ist vollkommen in Ordnung«, stellte sie gleichmütig fest. »Ihr seid die Erben von Wideacre, und zudem Cousin und Cousine. Ich kann mir keine bessere Möglichkeit denken, das Problem des gemeinsamen Erbes anzugehen. Ihr werdet das Besitztum wieder vereinen, mit Richard als Eigentümer. Und er ist ein wirklich charmanter Junge. Behandelt er dich sanft und freundlich?«

Ich strahlte, und die kleinen Streitereien unserer Kindertage waren vergessen. »Oh, ja!« versicherte ich mit Nachdruck. »Schon seit wir Kinder waren, hat er immer wieder gesagt, wir sollten heiraten und Wideacre gemeinsam wieder aufbauen.«

Meine Großmutter nickte. »Und wenn John MacAndrew als reicher Mann heimkommt, dann wäre dies wirklich eine sehr passende Verbindung«, sagte sie. Aber dann betrachtete sie mich ein wenig genauer, und ihr Gesicht wurde weich. »Richard wird nicht zu einem Mann heranwachsen, der es zuläßt, daß seine Frau die Hosen anhat«, sagte sie sanft. »Von deiner Mutter ist er immer verwöhnt worden, und er ist daran gewöhnt, dich zu beherrschen. Er wird der Herr im Haus sein wollen, und du wirst ihm gehorchen müssen, Julia.«

Ich nickte. Ich hätte ihr sagen können, daß ich in der Unterwerfung unter Richard schon eine harte Lehre durchgemacht hatte, aber ich schwieg. Seitdem wir kleine Kinder gewesen waren, hatte ich ihm immer gehorcht. Ich konnte mir keine Veränderung vorstellen. Ich wollte sie nicht einmal.

»Es ist nicht immer leicht, seinem Ehemann zu gehorchen«, bemerkte meine Großmutter. Sie stieß einen kleinen Seufzer aus, der mir die Geschichte einer lebenslangen Selbstdisziplin hätte erzählen können, die Geschichte von mühselig beherrschten und niemals ausgedrückten Gefühlen von Ärger und Wut. Von Klagen und kleinen Übergriffen und gedankenlosen Grausamkeiten. »Sie werden dir in der Kirche beibringen, daß die Ehe ein Sakrament ist. Aber sie ist auch eine gesetzliche Verpflichtung, Julia.«

Dench hatte meine Schachtel verstaut und stand neben dem Kopf des Pferdes, geduldig und außer Hörweite.

Meine Großmutter schnalzte mißbilligend mit der Zunge. »Vielleicht wirst du aus Liebe heiraten, mein Schatz, aber du solltest nicht vergessen, daß die Ehe ein Geschäftsvertrag ist und daß du, selbst wenn die Liebe tot ist, immer noch gezwungen bist, deinen Teil des Vertrages zu erfüllen.«

Ich sah sie mit großen, verständnislosen Kinderaugen an.

»Wenn die Liebe verschwunden ist und nicht einmal mehr ein wenig Sympathie vorhanden ist, dann bist du immer noch verheiratet«, sagte sie streng. »Daran führt kein Weg vorbei. Denn was du einst aus Liebe getan hast, mußt du dann immer noch aus Pflichtgefühl tun. In *dem* Moment bist du dann froh, wenn du sagen kannst: ›Ich bin eine Lady‹, oder: ›Ich bin eine Lacey‹, oder irgend etwas, was dich in deinem innersten Herzen daran erinnert, daß du ein wertvoller, selbständiger Mensch bist, selbst wenn du das Leben einer Sklavin führst.«

Mich fröstelte, obwohl die Sonne hell und leuchtend schien. Das Ganze klang unheilvoll wie eine düstere Prophezeiung. Aber in meinem liebevollen, vertrauensvollen Herzen wußte ich, daß sie unrecht hatte. Sie hatte vor fünfzig Jahren aus Gehorsam für ihren Vater geheiratet und war dann später als Witwe noch eine zweite Ehe eingegangen, um für sich selbst und ihr Kind ein Heim zu schaffen. Natürlich mußte ihr die Ehe wie ein Vertrag erscheinen, dessen Bruch schwere Strafen nach sich zog. Aber Richard und ich führten doch ein ganz anderes Leben. Unsere Ehe wäre eine natürliche Verlängerung der schönen Kinderzeit, die so voller Liebe gewesen war. Wenn der Traum eines wiederaufgebauten Wideacre schließlich wahr werden würde, dann, so wußte ich, brauchte ich nicht auf irgendeinen geheimen Stolz zurückzugreifen, der mir in Scham und Kummer den letzten Halt gäbe. Alles, was ich überhaupt brauchte, um meine eigene Identität zu finden, wäre das Wissen, daß ich Richard liebte und er mich. Dann wäre ich zufrieden.

Anscheinend spiegelte sich meine Zuversicht in meinem Gesicht wider, denn meine Großmutter lachte laut und hart, beugte sich zu mir nieder und küßte mich noch einmal. »Man kann es niemandem mit Worten vermitteln«, meinte sie resigniert. »Jeder muß es auf seine eigene Weise lernen. Auf Wiedersehen, mein Liebling, und vergiß nicht, deiner Mama die Rezepte zu geben.«

Ich nickte, umarmte sie und sprang die Stufe zum Sitz des Einspänners hinauf, während Dench sich neben mich schwang. Dann winkte ich ihr zu und lächelte. Ich wußte, daß sie eine mutige, feine Frau war. Aber ich fragte mich nicht, ob ich jenen Mut auch jemals würde aufbringen müssen.

»Also, dann nach Hause?« fragte Dench.

»Ja«, nickte ich. Das Sitzen hoch oben auf dem Einspänner neben Dench war bequem. Ich konnte über die Hügel hinwegsehen, weit hinaus, bis dorthin, wo die wild wachsenden Gräser und Blumen von Wideacre im sanften Herbstwind wogten. Ich mochte Dench, seinen langgezogenen Dialekt und sein unbewegliches Gesicht. Ein Fremder hätte ihn wahrscheinlich als hart und mürrisch eingeschätzt. Aber seine Augen glänzten freundlich. Und mit der Instinktsicherheit, die Kindern zu eigen ist, wußte ich, daß er mich mochte.

»Froh, wieder heimzukommen zu Ihrer Mama?« fragte er freundlich.

»Ja«, sagte ich. »Und auch zu meinem Cousin Richard. Reitet er viel, wissen Sie darüber Bescheid, Dench?«

»Ja«, sagte er. Er nahm die Zügel in eine Hand, als wir links abbogen und den Weg nach Acre entlangrollten. »Aber Jem erzählt mir, Richard habe immer noch so ungeschickte Hände. Ich weiß nicht, was sich mein Herr dabei gedacht hat.«

»Sie ist sein Pferd!« sagte ich sofort voller Abwehr.

»Ja«, sagte Dench und wollte mich absichtlich nicht verstehen. »Sie dürfen wohl gar nicht mal reiten, Miss Julia?«

»Damen lernen häufig erst dann reiten, wenn sie verheiratet sind und ihre Ehemänner es ihnen beibringen«, zitierte ich ohne viel Überzeugung meine Mutter.

»Schon mal auf ihr gesessen?« fragte mich Dench. »Nie in den Stall geschlichen und sich auf ihren Rücken gesetzt?«

»Ja«, gab ich mit meiner angeborenen Ehrlichkeit zu. »Aber Richard hat mich erwischt.«

»Ja?« fragte Dench neugierig und wartete darauf, daß ich mehr erzählte. Aber ich schwieg.

Richard war genau in dem Augenblick in den Stall gekommen, als ich ein Bein über Scheherazades Rücken geschwungen hatte. Ich hatte sie mit zwei Falläpfeln in einem Eimer zur Tür gelockt. Sie hatte ihren Kopf hochgeworfen und war ein paar Schritte zurückgewichen. In dem Moment warf ich mich von der halbhohen Tür aus auf ihren Rücken. Aber als sie erst einmal mein Gewicht fühlte, da tauchte sie ihren Kopf wieder beruhigt in den Eimer. Mit hochgerutschten Röcken rittlings auf dem Pferd sitzend, sah ich wirklich aus wie ein Wildfang vom Lande – und das wußte ich auch. Aber wie schön war es, jene weiche, warme Haut und das Spiel der Muskeln darunter zu spüren. Und so hoch oben im Stall zu sein! Als sie den Kopf wieder hob, sah ich die breite Säule ihres Halses. Ich liebte dieses Pferd. Ich senkte mein Gesicht in ihre wallende, schwere Mähne und schlang mit leidenschaftlicher Liebe meine Arme um ihren Hals.

Ich hatte die Schritte nicht gehört, die über das Pflaster des Hofes herankamen. Ich hörte nicht einmal, wie sich die Stalltür öffnete und wieder schloß.

»Runter da.« Richards Stimme klang eisig. Ich setzte mich auf und blickte erschreckt um mich. Richard stand im Schatten am Eingang des Stalles und hielt den Sattel und das Zaumzeug. Seine Reitgerte steckte in der Schlaufe des Steigbügels.

»Runter da«, sagte er noch einmal. Seine Stimme klang jetzt freundlich, aber ich ließ mich nicht täuschen. Ich hatte seine Augen gesehen; sogar in der Dunkelheit des Stalles konnte ich die Wut erkennen, die darin glühte.

Ich hielt mich an der Mähne fest, schwang mein Bein herüber und glitt Scheherazades weiche Flanke hinab. Meine Wange berührte ihre Schulter.

»Richard ...«, sagte ich entschuldigend.

Er hatte den Sattel und das Zaumzeug zur Seite gelegt und zerrte mich von Scheherazades schützender Flanke fort. Mein Handgelenk in seinem harten Griff, zog er mich in die Ecke des Stalles. Scheherazade warf den Kopf in die Höhe und schwankte voller Furcht hin und her. Richard erschrak heftig.

»Scheherazade ist *mein* Pferd«, zischte er, sein Gesicht ganz nahe an meinem. »Lord Havering hat sie *mir* geschenkt. Er hat mir beigebracht, sie zu reiten. Du bist vielleicht eine Lacey, aber mein Vater bezahlt hier die Rechnungen, wie du weißt.

Lord Havering ist vielleicht dein Großvater und nicht meiner, aber er hat *mir* das Pferd gegeben. Habe ich dich nicht immer davor gewarnt, sie anzufassen?«

Meine Lippen zitterten so sehr, daß ich nicht sprechen konnte. Dies war schlimmer als die angeblichen Wasserschlangen im Fluß, mit denen er mich vor vielen Jahren geängstigt hatte. So bedrohlich war er mir noch nie erschienen. »Richard ... bitte«, wimmerte ich.

»Oder nicht?« beharrte er.

»Ja, j-ja« stammelte ich. »Aber, Richard ...«

»Ich habe dich gewarnt, Julia«, sagte er herrisch. »Ich habe dir gesagt, daß du dann reiten lernen würdest, wenn ich bereit wäre, es dir beizubringen. Und ich habe dir gesagt, du solltest von meinem Pferd wegbleiben.«

Tränen rannen über meine Wangen, als stünde ich in einem Regenschauer. Ich blickte Richard unverwandt an und hoffte, daß er diese Tränen sehen und den harten Griff an meinem Handgelenk lockern, mich in die Arme nehmen und brüderlich küssen würde.

»*Hab'* ich dich gewarnt oder nicht?« schrie er.

»Ja, ja«, schluchzte ich. Es schien, als gäbe es nichts, womit ich seinen Zorn beschwichtigen und das Unheil abwenden könnte. Meine Mutter war weit fort im Haus, Jem reinigte das Werkzeug im Werkraum, oder er saß in der Küche. Ich war auf Richards Gnade angewiesen, doch er kannte keine Gnade. Es stimmte, daß er mich gewarnt hatte. Er hatte mir befohlen, sein Pferd nicht anzurühren, und ich hatte ihm nicht gehorcht. Er hatte mich gewarnt, daß er sehr böse werden würde, wenn ich mich seinem Befehl widersetzte. Und ich war aus Dummheit und leidenschaftlicher Sehnsucht zu Scheherazade gegangen und war jetzt Richards wildem, ungezügelten Zorn ausgesetzt. Und plötzlich war meine Angst verflogen.

»Du magst sie ja nicht einmal!« rief ich. »Du hast sie niemals so geliebt wie ich. Du hast versprochen, mir beizubringen, wie man reitet, aber ich glaube nicht mehr daran. Alles, was dir jemals wirklich wichtig war, war dein blödes Singen! Du kannst eben nicht mehr singen! Und reiten kannst du auch nicht!«

Richard packte mich am Arm, wirbelte mich herum und schleuderte mich gegen die Stalltür. »Ich werde dich umbringen!« schrie er mit der unkontrollierten Wut eines Kindes.

Ich stützte mich mit beiden Händen gegen die Wand. Einen Moment lang war ich vor Angst wie gelähmt. Er nutzte diesen Augenblick und hob seine Reitpeitsche vom Boden auf. Dann packte er mich mit hartem Griff und ließ die schwirrende, elastische Reitgerte mit aller Kraft auf meinen Rücken niedersausen.

Er wollte mich züchtigen, so wie Stride manchmal aufgetragen wurde, ihn zu schlagen. Aber ich entwand mich seinem Klammergriff, und die Gerte sauste auf meiner Seite nieder. Selbst durch meine Jacke hindurch spürte ich einen stechenden Schmerz, und ich schrie vor Qual und vor Schreck laut auf. Dreimal sauste die Gerte auf mich nieder, bevor ich mich losreißen und an Scheherazades Flanke Schutz suchen konnte. Sie war verängstigt und tänzelte hin und her; an ihren unruhig rollenden Augen zeigten sich die weißen Ränder. Ohne eine Sekunde zu überlegen, tauchte ich unter ihrem Bauch hindurch und kam auf der anderen Seite wieder hoch, so daß sie zwischen Richard und mir stand. Ich schaute unter ihrem erregt hin und her schwingenden Hals hervor.

Plötzlich schien Richard seine Wut ausgetobt zu haben; er sah aus, als würde er gleich in Tränen ausbrechen. »Oh, Julia!« jammerte er mit erstickter Stimme.

Aber ich war unversöhnlich. Geschützt durch das Pferd, rannte ich zur Stalltür, rüttelte am Schloß und schoß in den Hof hinaus.

Ich lief nicht zum Haus, obwohl ich sah, daß aus dem Wohnzimmer Licht auf die Zufahrt fiel. Ich rannte statt dessen dorthin, wo ich allein sein konnte, auf den Heuboden über den Ställen, wo die wenigen Heuballen aufbewahrt wurden. Ich warf mich kopfüber in das getrocknete Gras und weinte haltlos über den Schmerz und die Demütigung und über den furchtbaren Zorn, der mich unwillkürlich überwältigt und mich dazu gebracht hatte, Richard zu reizen und ihn so weit zu bringen, daß er mir den Tod wünschte.

Ich preßte die Fäuste gegen den Mund, um mein Schreien und Schluchzen zu ersticken, denn niemand sollte mich hören. Er hatte mich so sehr verletzt! Er konnte mich doch gar nicht lieben, wenn er mich so schlecht behandelte! Der lodernde Zorn in meiner Brust sagte mir, daß ich ihn nie, niemals lieben dürfte. Daß wir nicht einmal Freunde sein dürften. Er hatte mich lange genug tyrannisiert. Dies wäre das letzte Mal, daß er mich zum Weinen gebracht hätte.

Das Heu wurde unter meinen Tränen allmählich warm und feucht ... und plötzlich fühlte ich die süßeste Berührung der ganzen Welt: Richard hatte seine Hand auf meine bebende Schulter gelegt.

Er zog mich sanft, oh so sanft, an sich heran und drehte mich zu sich herum. »Oh, kleine Julia«, sagte er, und in seiner Stimme schwang unendlich viel Zärtlichkeit und Mitgefühl; dann nahm er mein Gesicht in beide Hände und küßte jedes Fleckchen meiner nassen, geröteten Haut, als wolle er sie mit einem weichen Handtuch abtupfen.

Und wieder schluchzte ich laut auf: »Richard, du darfst mich nicht so behandeln!« Ich konnte kaum die Worte herausbringen. »Das darfst du nicht tun, Richard! Ich werde dich nicht lieben, wenn du mich so tyrannisierst. Du darfst mich nicht so behandeln, Richard.«

»Ich weiß«, sagte er reumütig. »Ich weiß, daß ich das nicht tun sollte. Aber Julia, du *mußt* mir einfach verzeihen. Du weißt, daß ich nichts Böses im Sinn habe. Es war einfach ein Unfall.«

»Ein Unfall!« rief ich. »Richard, das war kein Unfall. Du hast so heftig zugeschlagen, wie du nur konntest! Drei Peitschenhiebe! Nicht einmal meine eigene Mutter hat mich jemals so hart geschlagen! Und du hast gedroht, du würdest mich umbringen!«

»Ich weiß«, sagte er noch einmal, und in seiner Stimme lag alle Liebenswürdigkeit dieser Erde. »Ich bitte dich um Verzeihung, Julia, und ich schwöre, daß ich dir niemals wieder etwas Böses antun werde.« Er kniete neben mir im Stroh nieder. »Sieh mich an«, beschwor er mich. »Ich liege vor dir auf den Knien, und ich flehe dich an, mir zu verzeihen.«

Ich zögerte. Der Schmerz ließ nach, und Richards flehendes, besorgtes Gesicht besänftigte mich ein wenig. »Sag, daß du mir verzeihst«, flüsterte er und streckte die Arme nach mir aus.

»Nein«, sagte ich verdrossen. »Du bist grausam, Richard. Ich habe mich nur im Stall ein wenig auf ihren Rücken setzen wollen.«

Einen Moment lang schwieg er, während er mir immer noch kniend zu Füßen lag. »Eine richtige Dame nimmt eine Entschuldigung an«, bemerkte er. »Ich habe gesagt, daß es mir leid tut, Julia. Und es tut mir *wirklich* leid. Ich bitte dich um Entschuldigung.«

Schließlich gewann das, was meine Mutter mir eingeschärft und was meine Großmutter mir beigebracht hatte, die Welt, in der wir lebten, und mein eigenes, liebevolles Herz die Oberhand über meinen Schmerz. »Oh, Richard, also gut«, rief ich und brach erneut, diesmal ohne jeden Grund, in Tränen aus. Er nahm mich in die Arme, küßte meine feuchten Wangen und trocknete meine Tränen mit seinem schönen, weißen Leinentaschentuch.

Dann saßen wir schweigend in dem schattigen Heuschober beieinander. Der Abend brach kühl herein, und die ersten funkelnden Sterne zeigten sich wie Frostglitzer am herbstlichen Himmel. Und Richard sagte leise und vernünftig: »Ich mag es einfach nicht, wenn jemand meine Sachen benutzt, Julia.«

Und ich gab ihm recht, denn in gewisser Weise war ja *wirklich* alles meine Schuld gewesen: »Ich weiß, daß du das nicht magst, Richard. Und ich verspreche dir, daß ich mich nie wieder auf Scheherazade setzen werde.«

Ich hätte ihm noch mehr versprochen, aber der Mond kam hinter einer dunklen Wolkensträhne hervor. Sein Licht fiel in meine Augen, und plötzlich hörte ich ein süßes, hohes Singen, die Melodie von Wideacre, die oftmals durch Richards Stimme hindurchtönte. In dieser Nacht klang sie jedoch nicht rein und friedvoll, sondern seltsam unheilbringend. Aus irgendeinem Grund hatte ich das Gefühl, daß mir ein Unheil bevorstand, als wollte die Nacht mir sagen, Richards Erwartungen und sein Bedürfnis, Dinge für sich selbst zu besitzen, seien in einem heranwachsenden Jungen keine guten Eigenschaften, und ich sollte ihm nicht alles nachsehen.

Aber das Gefühl, eine wichtige Botschaft zu empfangen, ging schnell vorüber, und ich war nur noch ein kleines, tränenüberströmtes Mädchen, das mit seinem liebevollen, tyrannischen Spielkameraden auf dem Heuboden saß.

»Master Richard erlaubt Ihnen nicht einmal, sein Pferd zu besteigen?« fragte Dench neugierig.

»Nein«, antwortete ich, meine Erinnerungen abschüttelnd. Ich hatte Scheherazade nicht wieder berührt, und Richard hatte seinen Zorn vergessen. Er war nach jenem Abend täglich ausgeritten, und ich hatte ihn kaum zu Gesicht bekommen.

»Er kann zum Teufel gehen«, meinte Dench lakonisch. »Wahrscheinlich können Sie auch ganz gut ohne Unterricht reiten, Miss Julia. Sie haben ja schließlich das Blut der Laceys in den Adern.«

»Nein«, erwiderte ich. Ich richtete mich auf dem Sitz neben Dench gerade auf. »Ich möchte nicht gerne reiten lernen, bevor ich erwachsen bin, Dench.«

»Also gut«, sagte er. Er hatte den Tadel in meiner Stimme bemerkt, achtete aber nicht darauf. Dann schnalzte er dem Pferd zu, und wir rollten unter den großen Bäumen der Wälder von Wideacre dahin.

»Wollen Sie mal die Zügel nehmen?« fragte Dench.

»Oh, ja!« rief ich. Jem hatte mich schon manchmal unser einsames, alterndes Kutschpferd lenken lassen, aber dies war das erste Mal, daß ich eines der leichtfüßigen Pferde von Havering am Zügel hielt.

»Hier, nehmen Sie sie«, sagte Dench großzügig und legte die doppelten Zügel in meine kleinen Hände. »Nur ganz leicht in der Hand halten, Miss Julia.« Er beobachtete mich, wie ich voller Selbstvertrauen dem Pferd zuschnalzte, so, wie ich es von ihm gehört hatte, und sah, wie meine kleinen Hände die dicken Lederriemen so zart anfaßten, als wären es kostbare Seidenbänder.

»Gute Hände«, sagte er anerkennend. »Sie haben die Hände von Miss Beatrice.«

Ich nickte, obwohl ich kaum hörte, was er sagte. Sonnenflecken tanzten auf meiner Haut, während wir unter den Zweigen der Bäume hinwegrollten. Der Wind, so süß wie der Gesang der Vögel, blies mir ins Gesicht. Hunderte von Staren schwatzten in der Hecke zu unserer Rechten, und über dem verlassenen Weizenfeld flatterten wie schwarze Tücher die Saatkrähen und stießen heisere Schreie aus.

»Wir brauchen nicht direkt heimzufahren«, sagte Dench, als er mein strahlendes Gesicht sah. »Wir können mit dem Einspänner um die Mühle herum und dann erst durch die Wälder nach Hause fahren, wenn Sie möchten. Der Boden ist hart genug für die Räder.«

Ich zögerte. Wir müßten dann durch Acre fahren, und mir grauste immer noch bei dem Gedanken an die kaum verstandene Geschichte der »mitgenommenen« Kinder. Aber Richard ging auch immer nach Acre, um seinen Unterricht zu nehmen, und meine Mutter hatte mir niemals ausdrücklich befohlen, *nicht* allein dorthin zu gehen.

»Na gut«, stimmte ich zu, und wir rollten vorbei an den Toren von Wideacre, die weit aufstanden und schief in ihren Angeln rosteten, über die Wege in Richtung Acre davon. Die Dorfstraße lag verlassen vor uns, die Türen waren zum Schutz gegen den Wind fest verschlossen. Einige weiße Gesichter lugten aus unverglasten Fensteröffnungen, als wir vorbei trabten, und Dench winkte zur Hütte des Schmiedes und zum Flickschuster hinüber, der vor seinem leeren Leisten im Fenster saß. An der Kirche bogen wir nach links ab und rollten den weichen, grasbewachsenen Weg zum Gemeindeland hinunter, vorbei an der verlassenen Mühle, deren Wasserrad von Algen grün überwachsen war, tiefer und tiefer hinein in die Wälder, in das eigentliche Herz von Wideacre.

»Wir können das Pferd ein bißchen galoppieren lassen, wenn Sie wollen«, sagte Dench mit einem Blick auf den weich mit Gras bewachsenen Pfad, und ohne nachzudenken ließ ich die Zügel locker und fühlte den kleinen Wagen mit einem Ruck voranrollen, während die Hufe einen schnelleren Rhythmus klopften und die Sonnenstrahlen mein Gesicht streiften. »Gefällt's Ihnen?« rief Dench mit lauter Stimme, um das Sausen des Windes und das Quietschen und Knarren des Wagens zu übertönen.

»Oh, ja!« antwortete ich, und meine Stimme war für das Pferd eine sanfte Aufforderung, noch schneller zu laufen; es stellte die Ohren auf, schnaubte und galoppierte voran.

»Halt!« schrie Dench plötzlich voller Entsetzen und riß mir abrupt die Zügel aus der Hand. Er hätte mich dabei fast vom Sitz gestoßen.

»Was ist ...?« wollte ich wissen, als er heftig am Zügel riß und Pferd und Wagen rutschend zum Halten kamen. Plötzlich sah ich, was ihn so sehr in Schrecken versetzt hatte: Auf einem der grasbewachsenen Pfade zu unserer Linken stand Scheherazade mit schief hängendem Sattel und zerrissenen Zügeln. Als sie unseren Einspänner sah, hob sie den Kopf, wieherte zu unserem Pferd herüber und trabte auf uns zu.

»Verdammt«, fluchte Dench. »Wo ist dieser Kerl mit seinen Schlachterhänden?«

Ich ließ mich vom Wagen hinabgleiten und erwischte einen der beiden am Boden schleifenden Zügel. Scheherazade wieherte und schnupperte an meinem Gesicht. »Richard!« rief ich in den Wald hinein. »Richard! Wo bist du?«

Keine Antwort. Ein Eichelhäher stieß seinen harten Schrei aus, und ein Specht rief durch den Wald. Die Ringeltauben gurrten wie immer. Aber von Richard kam kein Laut.

Ich drehte mich ratsuchend nach dem Einspänner um. Dench blickte sehr finster drein.

»Schlachterhände«, wiederholte er, und es klang wie ein Fluch. Ich führte Scheherazade zum Wagen. Dench warf ihr einen kurzen, prüfenden Blick zu. »Nicht verletzt«, stellte er fest. »Wahrscheinlich haben wir Glück, und nur er ist gestürzt.« Er dachte einen Moment nach. »Wo reitet er denn immer?«

»Ich weiß nicht«, antwortete ich hilflos. »Im Gemeindeland. Über die Hügel. In den Wäldern. Verschiedene Wege.«

»Könnte also überall sein.« Dench blickte finster über das öde Feld zu unserer Rechten und über die mit violetter Heide bewachsenen Hügel des Gemeindelandes dahinter. »Vielleicht nach Hause gegangen, zu Fuß nach Hause gegangen«, meinte er etwas heiterer. Aber sogleich verfinsterte sich sein Gesicht aufs neue. »Schlachterhände«, murmelte er leise. Dann schwang er sich vom Sitz, löste sein Pferd aus dem Geschirr und zog es am Zaumzeug zwischen den Deichseln heraus.

»Halt ihn fest«, befahl er mir und nahm mir Scheherazades Zügel aus den Händen. Er verknotete die gerissenen Zügel und zog den Sattel gerade. Dann musterte er mich mit einem schnellen Blick, kürzte die Steigbügel, die etwa in Höhe von Richards Füßen baumelten, und führte Scheherazade zu mir herüber.

»Sie reiten jetzt nach Hause«, befahl er. »Halten Sie an der Mühle, und sehen Sie nach, ob jemand dort ist. Sagen Sie ihnen, daß Richard vom Pferd gefallen ist und daß sie nach ihm suchen sollen. Halten Sie auch in Acre an, und sagen Sie es Ned, dem Schmied; er weiß, was er zu tun hat. Ich werde den

Reitweg entlang nach Hause reiten und schauen, ob er zu Fuß geht oder ob er dort gestürzt ist.«

Ich sah ihn mit offenem Mund an. »Ich kann nicht reiten«, sagte ich. »Ich hab' es Ihnen doch gerade erzählt! Richard hat es mir nie beigebracht!«

Dench stieß einen leisen Fluch aus und machte mir ein Zeichen, den Fuß zu heben, damit er mich wie einen Stallburschen in den Sattel hieven könne. Ich kam rittlings auf dem Pferd zu sitzen, um mich herum bauschten sich meine Röcke, und meine Knöchel und sogar meine Waden waren entblößt.

»Klar können Sie reiten«, entschied Dench. »Sie sind doch eine Lacey.«

Er warf die Zügel zu mir herauf und wandte mir den Rücken zu, als brauchte er nichts mehr zu sagen und hätte kein Interesse daran, sich um meine Sicherheit Sorgen zu machen. Ich saß dort oben wie erstarrt. Aber Scheherazades Ohren standen aufrecht, und ich spürte, daß sie ruhig und zuversichtlich auf meine Hilfen wartete. Der Boden schien weit entfernt unter mir zu liegen, aber ich wußte, daß Scheherazade sanft und gehorsam war. Ich lehnte mich nach vorn und zog, so gut es ging, meine Röcke über meine Beine; dann richtete ich mich auf und legte die Schenkel leicht an. Scheherazade fiel in sanften, wiegenden Schritt, und wir ritten den Weg zurück nach Acre hinunter. Ich fühlte mich vollkommen entspannt. Ich hatte das Gefühl, endlich heimgekommen zu sein.

Und ich wußte, wie man sie reiten mußte. Ich hatte ja auch instinktiv gewußt, wie man ein Kutschpferd lenkt. Vielleicht hatte ich vieles während Richards Reitstunden beim Zuschauen gelernt. Aber als Scheherazade und ich uns gemeinsam bewegten, so weich und rhythmisch wie Tänzer, die aufeinander eingespielt sind, da wußte ich, daß da noch etwas anderes sein mußte. Alle meine Vorfahren waren berühmte Reiter gewesen, und es schien, als sei mir der Platz auf einem Pferderücken seit Urzeiten vertraut. Ein Kutschpferd durch Wideacre zu lenken war wirklich ein großes Vergnügen, aber

Scheherazade einen grasbewachsenen Pfad hinaufzureiten, während die Nachmittagssonne auf meiner Wange spielte, war das Paradies auf Erden.

Außer daß Richard ... ich atmete plötzlich tief ein, als ich mich daran erinnerte, daß Richard nicht da war, daß er vielleicht sogar irgendwo verletzt am Boden lag. Unbeabsichtigt hatte ich meine Muskeln angespannt, und sofort wechselte die gehorsame Stute in eine andere Gangart über. Wir kamen auch recht schnell voran. Als wir schon fast das Tor zur Mühle erreicht hatten, setzte ich mich tief in den Sattel und nahm die Zügel kürzer. Scheherazade verlangsamte sofort ihren Schritt und blieb am Gartentor des Müllers stehen.

»Müller Green! Müller Green!« rief ich, obwohl er seit zehn Jahren, seit der Nacht, als das Herrenhaus niedergebrannt worden war und Plünderer die Getreidewagen in seinem Hinterhof geraubt hatten, kein Korn mehr gemahlen hatte.

Die Tür öffnete sich langsam. Die alte Mrs. Green steckte den Kopf heraus. »Nicht da«, brummte sie mürrisch. »Sie sind alle auf dem Markt, um Arbeit zu suchen.«

Sie war früher eine sehr stolze Frau gewesen, die Herrin der Mühle, die in der Kirche eine eigene Bank hatte. Ihr Mut und ihre Vitalität waren durch den Verlust von Arbeit und Einkommen gebrochen worden. Vier große Söhne und ein Ehemann, und alle wollten essen und trinken, und keiner brachte Geld heim. Ein Fluß führte am Garten vorbei und wirbelte das Mühlrad herum, aber es gab kein Korn zu mahlen. Keiner in dieser Familie hatte in den letzten zehn Jahren Fleisch vom Schlachtvieh auf seinem Teller gesehen oder frische Früchte, außer den wilden Beeren, die gerade reif waren. Es hatte nie wieder weißes Mehl gegeben.

»Wir hatten einen Unfall«, rief ich ihr zu. »Mein Cousin Richard liegt vielleicht verletzt in den Wäldern oder im Gemeindeland. Wenn Ihre Männer nach Hause kommen, könnten Sie sie dann bitte hinausschicken, um nach Richard zu suchen, Mrs. Green?«

Sie sah mich teilnahmslos an. »Miss Beatrices Sohn?« fragte sie mich, und dann verfinsterte sich ihre Miene. »Nein«, stieß sie mit grimmiger Befriedigung hervor. »Das tue ich nicht. Ich würde niemals meine Männer rausschicken, damit sie den Laceys einen Gefallen tun. Und ganz bestimmt nicht, wenn sie einen ganzen Tag lang nach Arbeit gesucht haben und todmüde nach Hause kommen.«

Ich starrte sie an und spürte Angst in mir aufsteigen. Wenn Richard verletzt war, sich vielleicht etwas gebrochen hatte, dann müßte er so schnell wie möglich gefunden werden. Wenn Mrs. Green, wenn Acre uns nicht helfen wollte, dann würde es vielleicht noch mehrere Stunden dauern, bis wir ihn gefunden hatten. Ich sprang von Scheherazade hinab und schlang den Zügel über den Zaunpfahl. Mrs. Green war alt und gebeugt, und ich war schlaksig und für mein Alter recht hoch aufgeschossen. Ich ging auf sie zu, und sie war kaum einen Kopf größer als ich. Sie sah in mein Kindergesicht und entdeckte eine ganz unkindliche Entschlossenheit.

»Er ist vielleicht der Sohn von Beatrice«, sagte ich, »aber er ist auch mein Cousin. Und ich liebe ihn mehr als alles andere auf der Welt. Bitte helfen Sie ihm.«

Als sie mich anblickte, wurde ihr Gesicht ein wenig weicher – sie sah keine Lacey mehr vor sich, die von einem hohen Roß auf sie herabblickte, sondern ein Mädchen, das hilfesuchend und blaß an der Tür ihrer Hütte stand.

»Also gut«, seufzte sie resigniert. »Sie kommen in der nächsten Stunde zurück. Wahrscheinlich gehen sie dann los und suchen nach ihm.«

Meine Augen füllten sich plötzlich mit Tränen der Erleichterung. »Danke«, flüsterte ich. Dann wandte ich mich um und ging den kleinen Weg hinab. Mrs. Greens bröckelige Gartenmauer diente mir als Tritt, um mich in Scheherazades Sattel zu schwingen. Ich trabte den Weg zurück nach Acre, und ich wußte, Mrs. Green blickte mir nach, und alle Härte war aus ihrem Gesicht gewichen.

Entspannt und voller Selbstvertrauen saß ich im Sattel, und als wir den Weg nach Acre erreicht hatten, trieb ich Scheherazade zum Galopp an. Wir bewegten uns im gleichen Rhythmus. Ich war nicht mehr ängstlich, sondern freute mich am Rauschen der Blätter und am schnellen, gleichmäßigen Hämmern der Hufe. Wir donnerten den Pfad von Acre entlang wie ein Kavallerieregiment, und als ich sie bei Smiths Hof zum Stehen brachte, stieß ich vor Lust und Freude einen lauten Schrei aus.

»Ned Smith«, rief ich. Er kam heraus und band sich seine zerlumpte Schürze vor. Sein schmales Gesicht strahlte, denn er hoffte auf Arbeit.

»Es geht nicht um Hufeisen«, erklärte ich hastig. »Es tut mir leid, aber wir hatten einen Unfall, und Richard ist vom Pferd gefallen. John Dench sucht nach ihm, und er sagt, Sie würden ihm helfen.«

Der Schmied zog seine Schürze wieder aus und warf sie über den leeren Amboß am kalten Schmiedefeuer. »Hmm«, knurrte er mißmutig. »Ein paar von den Männern werden schon rausgehen, wenn man ihnen dafür ein paar Pennies verspricht.«

»Ja«, bestätigte ich. Dann fügte ich ungeschickt hinzu: »Tut mir leid, daß Sie die Hufe gehört und wahrscheinlich auf Arbeit gehofft haben. Tut mir leid, daß wir nicht mehr als einen Penny pro Mann bezahlen können.«

Er blickte mir ins Gesicht. »Warum sollte Ihnen das etwas ausmachen?« fragte er kühl.

»Ich bin eine Lacey«, sagte ich, und dann fuhr ich, durch seinen Blick herausgefordert, fort: »Ich weiß, daß jetzt alles im argen liegt; und die Squires, die dafür verantwortlich waren, gehören zu meiner Familie. Es liegt alles im argen, für die Laceys und auch für Acre, und ich bedaure das zutiefst.«

Sein Gesicht hellte sich ein wenig auf, aber er lächelte nicht. Es war, als hätte er vergessen, wie man lächelt. »Ach«, seufzte er. Aber dann öffnete er plötzlich sein Herz. »Ich hab' Sie schon als Baby auf dem Arm gehabt«, sagte er. »Sie trifft keine Schuld. Ich werd' die Männer für Sie rausschicken, und wir werden Ihren Cousin schon finden. Machen Sie sich keine Sorgen.«

Ich nickte. »Danke.«

»Schaffen Sie das denn?« fragte Ned, als er plötzlich bemerkte, daß ich rittlings und mit gekürzten Steigbügeln hoch oben auf dem Pferd saß.

Ich strahlte ihn an. »Ja!« rief ich triumphierend. »Ich hab' sie im Trab und im Galopp geritten. Aber ich werde auf dem Heimweg ganz vorsichtig sein.«

»Sie reiten genauso wie damals Miss Beatrice«, sagte er halb zu sich selbst. »Und Sie haben auch genau dasselbe Lächeln. Als ich Sie da oben mit diesem Lächeln sah, da dachte ich für einen Moment, die alten Zeiten, bevor sich alles zum Schlechten wandte und sie so böse wurde, wären wieder zurückgekommen.«

»Bevor sich alles zum Schlechten wandte.« Seine Worte gingen mir durch den Kopf, und sie klangen wie eine geheime Formel, mit deren Hilfe ich plötzlich alles verstehen könnte. »Sie wurde böse«, wiederholte ich laut. »Was meinen Sie? Tante Beatrice war niemals böse.«

Er blickte mich spöttisch an. »Ja, sicher, so hat man es Ihnen natürlich erzählt, das kann ich mir denken. Wir in Acre sehen das anders. Aber es ist eine alte Geschichte, und vielleicht sollte man sie am besten vergessen.«

»Was für eine Geschichte?« fragte ich. Ich beugte mich in meinem Sattel vor und starrte Ned Smith ins Gesicht, als könnte er mir eine Erklärung geben, warum wir in Dower House so arm waren und warum die Böden um uns herum sauer wurden und nichts anderes als Unkraut auf ihnen wuchs.

»Nicht jetzt«, sagte er kurz, und ich erkannte jenen undurchdringlichen Blick in seinen Augen, den ich auch bei meiner Mutter gesehen hatte, als ich sie fragte, was in jener Nacht vor so vielen Jahren das Feuer verursacht hatte. »Sie müssen sich jetzt um Ihren Cousin kümmern.«

Ich nickte. Natürlich hatte er recht. Ich schüttelte den Kopf, um meine Grübeleien zu vertreiben, und dann drückte ich meine Fersen in Scheherazades Flanken und berührte leicht die Zügel, um sie zu wenden und nach Hause zu reiten.

Auf dem festgetretenen, lehmigen Pfad, der nach Acre führte, ließ es sich nicht gut galoppieren, und darum ritten wir einen schnellen, lebhaften Trab. Aber die Anfahrt zum Herrenhaus von Wideacre wurde nur selten benutzt und war von Unkraut und Gras überwuchert. So konnte ich die Zügel ein wenig locker lassen, so daß Scheherazade wieder in einen weichen Galopp fiel. In fliegender Eile donnerte ich voran, bis ich das Gartentor und meine Mutter sah, die im Vorgarten stand. Der Hut baumelte mir im Rücken, das Haar wehte über meine Schultern, und meine Augen leuchteten.

»Julia!« rief sie voller Entsetzen. »Was um Gottes willen ...?«

»Dench hat mich gerade nach Haus gebracht, als wir Scheherazade sahen«, berichtete ich außer Atem. »Er ist auf dem Kutschpferd losgeritten, um nach Richard zu suchen, und er hat mich nach Acre geschickt, um die Männer zu holen und dann zu dir nach Haus zu reiten. Richard ist nicht hier, oder? Oder ist er zu Fuß nach Haus gekommen?«

»Nein, ich hab' mir schon Sorgen gemacht«, sagte meine Mutter. »O Gott, wenn er nun sehr schlimm verletzt ist! Aber Julia! Du reitest? Wo hast du denn reiten gelernt?«

»Ich hab's einfach gelernt, Mama!« rief ich triumphierend. »Sobald ich auf ihrem Rücken saß, wußte ich einfach, wie man es machen muß! Und sie ist so brav und sanft! Ich wußte, daß mir nichts passieren würde!«

»Aber die Männer von Acre ...«, wandte meine Mutter besorgt ein. »Mit wem in Acre hast du denn gesprochen?«

»Mit Mrs. Green an der Mühle und dann mit Ned Smith. Sie haben beide versprochen zu helfen.«

»Ach Gott«, seufzte Mutter und dachte daran, wie sie mich den Weg entlanggaloppieren gesehen hatte, mit hochgerutschten Röcken wie armer Leute Kind, und daran, daß es nicht recht von mir gewesen war, irgend jemandem in Acre Anweisungen zu geben. Aber vor allem wuchs ihre Angst immer mehr.

Dann sah ich, wie sie sich gerade aufrichtete; sie hatte sich wieder gefaßt, und ihre Stimme wurde fest und energisch. »Führ das Pferd in den Stall und sag Jem, er solle hinüberreiten nach Havering«, ordnete sie an. »Sag ihm, er solle der gnädigen Frau sagen, Richard sei vielleicht verletzt, und sie fragen, ob wir die Kutsche leihen können. Und komm jetzt sofort herein.«

Sie lief den Weg zum Haus hinauf, und ich hörte, daß sie die Glocke läutete, um Stride herbeizurufen. Ich lehnte mich leicht nach vorn, und die liebliche Scheherazade verstand, was ich wollte, und strebte mit aufgestellten Ohren auf den Stall zu und in ihre Box. Im Hof schwang ich mich von ihrem Rücken hinab. Aber sobald meine Füße die Pflastersteine berührten, gaben die Beine unter mir nach, so daß ich als ein armseliges Häufchen zu Jems Füßen zusammensackte, halb lachend und halb weinend vor Schmerz. Jem hob mich hoch und setzte mich auf den Tritt. Dann verlängerte er Scheherazades Steigbügel, um mit ihr hinüber zum Herrenhaus zu reiten.

»Alles in Ordnung?« fragte er und sah mich prüfend an. »Vielleicht sollte ich Sie ins Haus zurückbegleiten.«

»Alles in Ordnung«, log ich. In Wahrheit fühlten sich meine Arme und Beine wie Pudding an. Ich spürte jeden einzelnen Knochen, und dort, wo ich gesessen hatte, schmerzte meine Haut wie eine Brandwunde. Jem ritt Scheherazade zum Tor des hinteren Gartens. Während er mir den Rücken zuwandte, zog ich vorsichtig meinen Rock hoch, um meine Beine zu betrachten. Ich hatte das Gefühl, als wären sie gänzlich wund gerieben, aber dort, wo der Sattel und das Leder an meiner Haut gescheuert hatten, sah ich nur ein paar rote Striemen und einige böse, kleine Blutergüsse.

»Um Gottes willen!« rief Mrs. Gough, die plötzlich, die Hände in die Hüften gestemmt, über mir stand. »Wie sehen Sie denn aus, Miss Julia! Jetzt kommen Sie aber sofort herein!«

Ich versuchte aufzustehen, aber sofort gaben meine Knie wieder nach. Der Boden schien plötzlich unter mir zu schwanken. Ich blickte in Mrs. Goughs mißbilligendes Gesicht und streckte ihr die Hände entgegen. »Ich fühl' mich nicht so gut«, flüsterte ich entschuldigend, und dann fiel ich in eine tiefe Ohnmacht.

Das war also das Ende meiner Abenteuer an jenem Tag. Mrs. Gough war vielleicht nicht besonders liebevoll, dafür aber tüchtig. Sie befahl Stride, mich die Treppe zu meinem Schlafzimmer hinaufzutragen, und ließ mir eine Scheibe Brot und eine Schale Suppe mit einem kleinen Schuß Sherry nach oben bringen. Zwar machte ich mir um Richard große Sorgen, aber ich konnte dennoch die Augen nicht mehr offenhalten und schlief fest ein.

Und dann träumte ich. Ein lustiger Traum, in dem alle Ereignisse des Tages verwirrt wurden und durcheinandergerieten. Es ging um ein Mädchen, das mir sehr ähnlich war. Sehr ähnlich, aber zugleich sehr viel fester in Wideacre verwurzelt als ich. Ein Mädchen, das niemals einen tyrannischen Spielgefährten erduldet hätte und nichts und niemanden fürchtete. Kein stilles, schüchternes Mädchen. Kein Mädchen, das brav im Hause blieb. So hätte ich werden können, wäre ich nicht die Tochter meiner Mutter gewesen. Sie war wie ich, aber sehr viel wilder und mutiger.

Sie saß auf einem Pferd, einem kastanienbraunen Pony, und sein glänzendes Sommerfell leuchtete genau wie Scheherazades Fell in der Herbstsonne. Und sie ritt, nicht durch die Wälder, durch die ich an jenem Tag geritten war, sondern den kleinen Reitpfad entlang zu den Ausläufern der Downs. Das Mädchen war ich. Als es sein Pony schnell den schlammigen

Reitpfad hinauflenkte, da hörte ich mein Lachen, und als Pferd und Reiterin oben auf einem Hügel aus dem Wald ins Freie hinausgaloppierten, da seufzte sie vor Glück, wie ich es tun würde. Zu meiner Rechten sah ich eine Schafherde, und ich wußte, daß sie mir gehörte. Der Schäfer winkte mir einen trägen Gruß zu, und ich ritt zu ihm hinüber und sagte ihm, die Schafe müßten an diesem Nachmittag im Fenny gewaschen werden. Er lächelte und zog vor mir seine Mütze, als wäre ich der Squire höchstpersönlich und könnte den Landleuten nach meinem eigenen Gutdünken Anweisungen geben. Ich blinzelte in den hellen, kalten Himmel hinein und ließ meinen Blick über den Horizont schweifen, als gehörte er mir. »Es gibt Regen«, sagte ich, und er nickte, als wüßte ich über alles Bescheid. Er lächelte mich an und sagte: »Ja, Miss Beatrice«, und winkte mir nach, als ich davonritt.

Ich wälzte mich im Schlaf im Bett herum und hörte eine Stimme, die mir zuflüsterte: »Das Lieblingskind. Die Erbin. Sie und kein anderer ist die Erbin.«

Ich öffnete die Augen, blinzelte so verwirrt wie eine Schleiereule, die im hellen Mittagslicht aufgeweckt wird, und blickte mich in dem kahlen, sonnigen Schlafzimmer um. Die leeren Wände gaben mir die Gewißheit, daß das Ganze nichts als ein bedeutungsloser Traum gewesen war. Die Schatten auf dem blassen Mörtel zeigten mir, daß ich nur ein paar Minuten lang geschlafen hatte. Ich streckte meine Hand aus und berührte das leere Suppenschälchen. Es war noch immer warm. Ich dachte an Richard und wollte mich aufrichten und aus dem Bett steigen, um zu sehen, ob er sicher nach Hause gekommen war, aber mir wurde so schwindlig, daß ich wieder in meine Kissen zurücksank. Und während ich darauf wartete, daß mein Kopf klarer wurde, nickte ich wie ein erschöpftes Kind wieder ein.

Ich schlief bis zum Nachmittag und verpaßte so die ganze Aufregung um Richards Heimkehr. Dench hatte ihn gefunden und nach Acre gebracht; er war verletzt auf das Kutschpferd gelegt worden, das Dench am Zügel führte. Richard hatte ein Schlüsselbein und den linken Arm gebrochen.

Zu Hause angekommen, wurde Richard ins Bett gelegt, und man schickte nach dem Chirurgen von Midhurst, der Richards groben, vorläufigen Verband lobte, den Arm und das Schlüsselbein einrichtete und Richard auftrug, mindestens eine Woche lang das Bett zu hüten.

Danach kamen für Richard und mich einige ruhige und friedliche Tage. Er hatte zunächst ein wenig Fieber, und ich saß bei ihm, wusch seine Stirn mit kühlem Essigwasser und las ihm Geschichten vor, um ihn abzulenken. Am vierten Tag hatte er sich soweit erholt, daß er zu sprechen begann und mich fragte, was geschehen war. Ich erzählte ihm von Mrs. Green, von Ned Smith, von Denchs plötzlicher Entscheidung, das Kutschpferd zu nehmen und mir die Aufgabe zu übertragen, das Dorf zu alarmieren.

»Wie bist du nach Acre gekommen?« fragte Richard. Er lehnte in einem Berg weißer Kissen, noch immer sehr blaß. Seine Sommersprossen zeichneten sich dunkel wie Schokoladenflecken auf seiner cremefarbenen Haut ab, und ich konnte unter den langen, gesenkten Wimpern seinen Blick nicht erkennen.

»Ich bin geritten«, sagte ich, und sofort begann mein Herz schwer und ängstlich zu klopfen. Ich saß am Fenster, um ein wenig von dem Licht des Wintermorgens mitzubekommen, und auf meinen Knien lag ein geöffnetes Buch. Bei dem Satz »Ich bin geritten« kam mir zum ersten Mal der Gedanke, Richard könnte selbst in dieser Ausnahmesituation nicht damit einverstanden sein, daß ich sein Pferd geritten hatte.

Ich blickte in Richards Gesicht, sah seinen weichen Mund und die dunklen Wimpern und konnte nicht feststellen, in welcher Stimmung er war. »Dench hatte mir gesagt, ich solle Scheherazade nehmen, während er den Wald nach dir durchsuchte. Es gab wohl keine andere Möglichkeit, Richard.«

Richard blickte auf die Tagesdecke. »Dench hat dir befohlen, mein Pferd zu reiten«, sagte er leise. »Aber, Julia«, bemerkte er und hielt dann inne. »Du kannst doch gar nicht reiten.«

»Ich kann es doch!« entgegnete ich mit einem nervösen Lachen. »Ich weiß, daß ich es nicht kann!« verbesserte ich mich. »Aber Dench hat mich einfach in den Sattel gehoben, und Scheherazade war so wunderbar brav! Sicher, weil du sie so gut trainiert hast, Richard!« Ich warf ihm einen raschen Blick zu, aber sein Gesicht war vollkommen ausdruckslos. »Sie wußte natürlich den Weg nach Hause«, sagte ich. »Ich habe einfach nur obendrauf gesessen. Ich hab' sie nicht richtig geritten, Richard. Nicht so, wie du das machst.«

»Nein«, sagte er leise. »Bist du im Schritt geritten?«

»Nicht den ganzen Weg«, antwortete ich zögernd.

»Nicht den ganzen Weg«, wiederholte er langsam. »Sie ist nicht den ganzen Weg im Schritt gegangen. Du bist also im Trab geritten?«

»Ja«, sagte ich schnell. »Ich bin ein wenig getrabt.«

»Du bist getrabt«, wiederholte er noch einmal. »Das erste Mal auf dem Rücken eines Pferdes, und du bist getrabt? Ein schneller Trab, Julia? Oder hat's dich nur irgendwie hin und her geschüttelt, und du hast dich ein bißchen festgeklammert und gehofft, daß nichts passieren würde?«

»Ich bin richtig getrabt!« sagte ich gekränkt. »Und ich bin auch galoppiert!«

Richards Kopf schnellte in die Höhe. Seine Augen waren so schwarz wie die dunkelste Gewitterwolke.

»Du hast mein Pferd ohne meine Erlaubnis genommen und bist mit ihm galoppiert?«

»Richard!« rief ich verzweifelt. »Ich mußte es einfach tun! Ich *mußte* es tun. Dench hat es mir befohlen. Er mußte nach dir suchen, und ich mußte die Leute in Acre alarmieren und nach Haus reiten und Mama alles erzählen. Ich konnte mich nicht weigern. Dench wußte, was er zu tun hatte, und ich bekam von ihm die Anweisungen!«

Einige Augenblicke lang herrschte tiefes Schweigen.

»Also Dench?« fragte Richard.

»Ja«, sagte ich.

»Du hättest es ablehnen sollen«, sagte Richard mit einem kleinen Stirnrunzeln.

»Ich wußte nicht, was ich machen sollte!« rief ich. »Dench schien zu wissen, was getan werden mußte, und so tat ich genau das, was er mir befohlen hatte.«

»Er hat mich nie gemocht«, sagte Richard und starrte auf die weiße Wand am Fußende. In seiner Erinnerung tauchte noch einmal Denchs versteinerte Miene auf, als er Richard in seiner ersten Reitstunde beobachtete, und Richard dachte an die Ungeduld meines Großvaters. »Seit der ersten Reitstunde mochte er mich nicht. Und vorher auch nicht. Er hat mich nie gemocht. Er hat von Anfang an gewollt, daß du Scheherazade nimmst«, sagte er nachdenklich. »Und so hat er meinen Unfall einfach ausgenutzt, um dich auf das Pferd setzen zu können.«

Ich sagte nichts. Ich wußte, daß kein Wort davon stimmte. Aber es kam mir vor, als würde Richards kochende Wut wieder von mir abgelenkt. Ich spürte eine eisige Kälte, und das Pochen in meinem Kopf, hinter meinen Augen, warnte mich, daß ich schlimme Kopfschmerzen bekommen würde, wenn ich nicht sofort aus diesem stickigen Raum hinausginge. Ich saß still auf dem Fenstersitz, die kalte Glasscheibe jagte einen Kälteschauer über meinen Rücken, aber ich rührte mich nicht, aus Angst, Richards Zorn erneut auf mich zu lenken.

»Es ist Denchs Schuld«, sagte er.

»Ja, ja«, versicherte ich. Richard sagte nichts weiter, und ich saß wie erstarrt da.

Er wandte sich um und schaute mich an, und ich sah mit Erleichterung, daß seine Augen verschleiert und grau waren, als hinge er einem Tagtraum nach, als wäre er glücklich. Er lächelte mich an, lächelte so süß wie der liebenswürdigste Freund. »Schau nicht so entsetzt, Julia«, sagte er, als wäre das

Ganze ein Spaß. »Ich bin dir nicht mehr böse. Ich dachte, es wäre dein Fehler gewesen. Aber ich sehe jetzt, daß es Denchs Fehler war.«

Ich lächelte ihn immer noch ängstlich an.

»Bist du ganz sicher, daß er es dir befohlen hat?« fragte er. »Bist du *sicher,* daß er dich dazu gebracht hat, mein Pferd zu reiten? Du warst es also nicht selbst, weil du egoistisch die Gelegenheit nutzen wolltest?«

»Nein, nein!« rief ich hastig. »Das Ganze war seine Idee.«

»Gut«, sagte Richard und lächelte mich an wie ein Engel. Er reichte mir seine rechte Hand, und ich beugte mich vor und nahm sie in meine eiskalten Finger. Er zog mich an sich, ich kniete gehorsam an seinem Bett nieder, und er legte die Hand an meine Wange und streichelte mich so zärtlich wie ein Liebhaber. Dann küßte er meine Stirn, gerade an der Stelle, wo der Kopfschmerz zu pochen begann, und ich konnte spüren, wie unter seiner Berührung meine Furcht und Anspannung dahinschmolz.

»So ist es besser, nicht wahr?« fragte er.

»Ja«, antwortete ich weich.

»Ich hasse es, wenn wir uns streiten«, sagte er mit leiser Stimme. »Für mich gibt es auf der ganzen Welt nichts Schlimmeres, als zu denken, du wärest selbstsüchtig und böse gewesen. Du mußt mich wie eine richtige Dame lieben, Julia. Du mußt rein und selbstlos sein.«

Ich blinzelte die Tränen in meinen Augen fort. »Ich versuche es ja«, sagte ich unterwürfig. »Ich versuche es die ganze Zeit, Richard.«

Richard sah mich freundlich an und lächelte. »Ich weiß«, meinte er mit süßer Stimme. »Genau so sollte es auch sein.«

Dann legte ich meinen Kopf auf sein Kissen und atmete den angenehm nussigen Geruch seines warmen Körpers und seines dunklen, lockigen Haares ein, und ich spürte, daß zwischen uns beiden ein wunderbarer Friede herrschte.

Richard war nicht mehr zornig auf mich.

3

Richards Fieber ging bald zurück, und auch sein Schlüsselbein und sein Arm heilten ohne Komplikationen. Der Chirurg kam noch einmal von Midhurst herunter, um sich zu vergewissern, daß alles seinen guten Gang nahm, und er versicherte meiner Mutter, es sei nicht nötig, daß er noch einmal komme. Richard war sehr gereizt, während er in seinem winzigen Schlafzimmer mit der niedrigen Decke wie in einem Käfig gefangen lag, aber als er erst einmal zu den Mahlzeiten herunterkommen konnte – in Großvaters altem Jackett, das er als Hausmantel benutzte, sah er wirklich sehr würdig aus! –, da wurde er wieder ganz er selbst, ein charmanter und ausgeglichener junger Mann. Ich dachte, daß seine Gereiztheit wegen Scheherazade wohl durch das Fieber und die Schmerzen verursacht worden war und durch seinen verletzten Stolz, weil man mich beim Reiten auf einem Pferd gesehen hatte, das ihn kurz zuvor abgeworfen hatte.

Ich versuchte, mich in seine Lage zu versetzen, und schlich mich deshalb nur ganz selten und heimlich mit einigen trockenen Brotknüsten in Scheherazades Stall. Ich hätte niemals daran gedacht, sie noch einmal zu reiten, und ich blickte Dench ganz finster an, als ich ihn einmal im Gespräch mit Jem in unserem Stallhof traf und er mir von einem Damensattel erzählte, der billig zu verkaufen war.

»Ich darf sie nicht reiten«, rief ich aus, so wie ich vielleicht einer bösen Versuchung »Hebe dich hinweg von mir!« zugerufen hätte. »Sie gehört Richard, nicht mir.«

»Er kann sie nicht reiten«, sagte er geradeheraus. »Er hat immer Angst vor ihr gehabt, und sie war immer unruhig und nervös, wenn er auf ihr saß. Sagen Sie ihm, Sie wollen sie ein bißchen bewegen, während sein Arm heilt. Jem wird Ihnen ein paar Tips geben, wie man mit ihr umgeht.« Jem strahlte mich an und nickte. »Sie muß ein bißchen bewegt werden«, bestätigte Dench. Er sagte es so, als ginge es nicht darum, mir die größte Freude zu bereiten, die ich mir überhaupt vorstellen konnte, sondern als täte ich Richard damit einen Gefallen. »Kein Pferd steht gern den ganzen Tag lang im Stall. Sie wird sich langweilen und ganz nervös werden, wenn sie immer in ihrer Box eingeschlossen ist. Sagen Sie Master Richard, daß sie mal ausgeritten werden muß. Er kann ja selbst zusehen, wie Sie sie reiten, wenn er das möchte.«

»Ich werde Mama sagen, daß sie ausgeritten werden muß«, sagte ich. »Aber ich weiß nicht, ob ich sie reiten darf.«

»Schade«, bemerkte er lakonisch.

Jem nickte. »Sie sollten sich mal ein bißchen durchsetzen, Miss Julia«, sagte er. »Schließlich sind Sie hier die Lacey.«

Ich erwiderte nichts.

»Möchten Sie sie runter in den Obstgarten führen?« schlug Jem vor.

»Oh, ja!« rief ich. Jem ging und öffnete die Tür zu ihrer Box, und schon kam Scheherazade herausgelaufen. Dench sprang schnell beiseite und hob die Hand hoch, um sie am Halfter festzuhalten, aber ich blieb ganz ruhig stehen. Sie machte vor mir halt, als hätte sie unbedingt zu mir laufen wollen, senkte ihren gewaltigen, schönen kastanienbraunen Kopf und schnupperte an der Vorderseite meines Kleides. Ich berührte ihre samtweichen Nüstern und legte meine Wange an ihren Nasenrücken.

Dann bemerkte ich eine Bewegung am Fenster der Bibliothek und erstarrte vor Schreck. Richard hatte mich beobachtet. Sobald ich ihn sah, bewegte ich mich unwillkürlich vom Pferd fort und schämte mich, als hätte er mich dabei überrascht, wie ich seine Sachen durchwühlte oder seine privaten Briefe las. Ich winkte ihm schüchtern zu, aber er reagierte nicht. Er trat vom Fenster zurück, bevor Jem und Dench sich umgewandt hatten, um zu sehen, wer dort stand.

»Richard hat zugeschaut«, sagte ich mit schwacher Stimme.

»Ich werde sie nicht in den Obstgarten führen. Machen Sie das lieber, Jem.«

Jem zog zischend die Luft durch die Zähne und befestigte ein Tau an Scheherazades Halfter. Er und Dench tauschten einen finsteren Blick, sagten aber kein Wort.

»Ich muß gehen«, meinte ich, wandte mich von dem Pferd ab, dem schönen Pferd, und rannte zurück ins Wohnzimmer.

Der Tag verlief ruhig und ereignislos wie alle anderen Tage auch, und das einzig aufregende Erlebnis dieses Nachmittags kam, als Richard und ich am Wohnzimmertisch Pikett spielten und ich einhundertundvierzehn Pfund in Chips gewann. Richard erklärte, er sei bankrott und warf die Karten auf den Boden. Er blickte zu meiner Mutter hinüber, die am Kamin saß, und fragte sie unvermittelt: »Mama-Tante, was wird Lord Havering jetzt mit Dench machen?«

»Dench?« fragte meine Mutter überrascht. »Was ist mit Dench?«

Richards Gesicht war vollkommen ausdruckslos. »Sicher hat man ihn dafür getadelt«, sagte er verdutzt. »Nachdem er an dem Unglückstag Julias Sicherheit aufs Spiel gesetzt hat.«

Meine Mutter schwieg einen Augenblick. »Ich war auch einen Moment lang sehr schockiert«, sagte sie. »Aber als er dich nach Haus brachte, da war ich so erleichtert, dich wieder sicher und gesund bei mir zu haben, daß ich nichts sagte. Es war ein solches Durcheinander!«

»Ich hätte doch gedacht, daß dir Julia mehr am Herzen liegt«, meinte Richard, immer noch überrascht. »Ist sie nicht in Ohnmacht gefallen, als sie nach Hause kam?«

»Ja …«, bestätigte meine Mutter.

»Wäre sie auf dem Pferderücken ohnmächtig geworden, dann hätte sie sich den Hals brechen können«, unterbrach Richard sie. »Dench hätte sie niemals auf Scheherazade setzen dürfen. Sie hätte stürzen können. Scheherazade hatte doch kurz vorher mich abgeworfen, und ich hatte schon viele Reitstunden gehabt und war seit Monaten auf ihr geritten.«

Mutter blickte ihn entsetzt an. »Ich hatte eigentlich gedacht …«, sagte sie schuldbewußt. Dann wandte sie sich mir zu. »Aber du schienst so voller Selbstvertrauen zu sein und konntest sie so gut reiten. Du hattest sie offensichtlich gut unter Kontrolle. Ich hatte einfach angenommen, daß du ein wenig mit ihr über die Pferdekoppel geritten bist, wenn Richard gerade nicht zusah!«

»Nein!« rief ich hastig aus. »Das hab' ich nie gemacht. Ich hatte sie vorher noch nie geritten. Dench hat einfach gesagt, ich solle aufsteigen, und das hab' ich dann gemacht.«

»Es war ganz falsch, Julia auf einem großen, gefährlichen Pferd allein losreiten zu lassen«, sagte Richard. »Und dann noch im Herrensitz … und durch Acre!«

Meine Mutter runzelte die Stirn. »Ich hab' mir überhaupt keine Gedanken gemacht«, sagte sie. »Als ich euch beide erst einmal wieder zu Hause und in Sicherheit hatte, habe ich keinen Augenblick mehr darüber nachgedacht, aber du hast recht, Richard. Ich werde mit Großmutter darüber sprechen.«

Sie schüttelte besorgt den Kopf und beugte sich über ihre Näharbeit, um einen Faden abzuschneiden. Als sie aufschaute, lächelte sie Richard dankbar an. »Du bist wirklich ein fürsorglicher junger Hausherr, Richard!« sagte sie. »Du hast vollkommen recht!«

Ich lächelte ebenfalls über das Lob, das Richard bekam, und Richard lehnte sich in seinem Stuhl zurück und strahlte uns beide mit selbstbewußter männlicher Autorität an.

Schon am nächsten Tag sahen wir Lady Havering, als sie auf ihrem Weg nach Chichester bei uns hereinschaute, um zu sehen, ob sie für uns etwas mitbringen sollte. Ich beobachtete, wie meine Mutter ein langes und ernstes Gespräch am Fenster der Kutsche führte, und ich wußte, Lady Havering wäre zornig zu hören, Dench habe sich so wenig Gedanken um meine Sicherheit gemacht und ich sei mit hochgerutschten Röcken im Herrensitz geritten, und dann auch noch durch

Acre! Ich hoffte nur, daß Dench nichts Schlimmeres bevorstand als eine der üblichen Strafpredigten meines Großvaters. Das würde ihm nämlich, wie ich wußte, gar nichts ausmachen.

Aber alles lief verkehrt. Großvater war nicht zu Hause, und in seiner Abwesenheit war Lady Havering dort die Herrin. Nachdem sie die Beschwerde meiner Mutter gehört hatte, brach sie ihre Reise nach Chichester ab. Statt dessen fuhr sie zornerfüllt direkt zum Herrenhaus zurück. Sie fuhr geradewegs in den Stallhof und teilte Dench mit, daß er entlassen sei. Sie gab ihm den Lohn für eine Woche im voraus, aber kein Zeugnis, und sie gab ihm keine Möglichkeit, die Sache zu erklären und sich zu verteidigen.

Er packte seine Taschen und verließ das Zimmer über den Ställen, wo er zwanzig Jahre lang gewohnt hatte. Er machte sich auf den langen Weg nach Acre, wo sein Bruder und seine Familie schmutzig und arm wie Kirchenmäuse lebten. Dann, nach dem Abendessen – Roggenbrot und Haferschleim –, ging er nach Dower House, dorthin, wo er erst vor kurzem die Kutsche der Haverings mit dem verletzten Richard darin gelenkt hatte und wo meine Mutter damals vor Glück weinte und ihn segnete.

Stride war ausgegangen, und so kam Mrs. Gough ins Wohnzimmer gelaufen und berichtete uns, daß Dench an der hinteren Tür warte. Meine Mutter sah sie unentschlossen an.

»Ich hoffe, er randaliert nicht und ist nicht betrunken«, meinte Richard ängstlich.

Das gab den Ausschlag. Meine Mutter ging zu ihrem Schreibkästchen und wickelte eine Münze in einen Fetzen Papier. »Sagen Sie ihm, es täte mir leid, daß man ihn sofort entlassen hat, aber ich habe im Haushalt meines Stiefvaters keinen Einfluß.« Sie fühlte sich offensichtlich sehr unwohl bei der Sache. »Geben Sie ihm das von mir.«

»Ich werd' ihm schon Bescheid sagen«, zischte Mrs. Gough gehässig. »Wie kommt er dazu, Sie in Ihrem eigenen Haus zu bedrängen!« Sie stampfte aus dem Zimmer, die Münze fest in der Hand.

Obwohl die Filztür zur Küche geschlossen war, konnten wir hören, wie sie Dench mit lauter Stimme beschimpfte und wie er selbst zurückschrie. Ich sah meine Mutter an. Ihr Gesicht war aschgrau, und ich wußte, daß sie Angst hatte.

»Hab' keine Angst, Mama«, sagte ich sanft. »Mrs. Gough hat eine scharfe Zunge, und ich denke, er schimpft eben zurück. So schlimm ist es nun auch wieder nicht.«

»Er ist sehr verbittert«, wandte Richard ein. »Ich hoffe, die Sache hat damit ein Ende. Der Gedanke, daß er hier zu uns ins Haus kommt oder daß er im Dorf herumhängt und die Leute gegen uns aufhetzt, gefällt mir nicht. Lord Havering sagt, Acre sei ein Pulverfaß. Dench wird die Unruhestifter noch weiter aufwiegeln.«

Die Küchentür schlug laut zu, und ich sah, wie meine Mutter zusammenzuckte. Aber ich dachte vor allem an Dench, der eigentlich gar nichts Falsches getan hatte und jetzt ohne Arbeit dastand. Er mußte wieder nach Hause gehen, die Auffahrt und den Weg nach Acre hinab, mit gesenktem Kopf, den Blick auf die Stiefel gerichtet, die nicht ewig halten würden.

Ich schlüpfte mit einer Entschuldigung aus dem Zimmer. Die Eingangstür war nicht abgeschlossen, und ich warf mir meinen Umhang um die Schultern und stahl mich hinaus. Ein Stück voraus konnte ich die Umrisse von Dench sehen. Sogar aus großer Entfernung war erkennbar, daß seine Schultern traurig herabhingen. Sein Gang war plötzlich schwer geworden. Ich rannte hinter ihm her.

»Dench, es tut mir so leid!« rief ich. Ich holte ihn ein. »Wenn mein Großvater nach Haus kommt, werde ich ihm sagen, daß ich gar nicht in Gefahr war«, keuchte ich. »Meine Großmutter hat nicht richtig verstanden, was geschehen ist, und Sie wissen, wie streng sie in allen Dingen ist, die mich angehen.«

Er nickte. »Sie brauchen nichts zu sagen. Ich würde Sie niemals in Gefahr bringen. Ihr Großvater weiß das. Die gnädige

Frau hat recht, ich habe überhaupt nicht darüber nachgedacht, daß Sie rittlings im Sattel saßen. Und ich habe nicht über Acre nachgedacht. Ich möchte bloß wissen, wie sie's hätte haben wollen. Aber ich hatte keine Möglichkeit, sie danach zu fragen. Keine Möglichkeit, ihr zu sagen, daß ich die Leute dazu bringen wollte, nach Master Richard zu suchen ...« Er brach ab. »Wenn der gnädige Herr nach Haus kommt, dann wird er für mich einen Arbeitsplatz finden«, sagte er. »Aber es ist ein schlechter Dank für zwanzig Jahre Arbeit.«

»Es tut mir leid«, sagte ich noch einmal. »Es ist einfach nicht gerecht.«

»Nein«, bestätigte er, und zum ersten Mal bemerkte ich in seiner Stimme eine Bitterkeit, die ich nie zuvor gehört hatte. »Für die, die ganz unten sind, gibt es keine Gerechtigkeit. Ich weiß, wem ich das zu verdanken habe. Als Master Richard gestürzt ist, hätte das Pferd besser tot umfallen sollen. Dann hätte ich keine Scherereien gehabt. Und jetzt muß mich meine Schwester mit durchfüttern, und sie hat doch selbst so viele hungrige Mäuler zu stopfen. Aber das verstehen Sie nicht, Miss Julia. Gehen Sie nach Haus. Ich mach' Ihnen keinen Vorwurf.«

Ich starrte ihn an und fand keine Worte. Dann nickte ich ihm ernsthaft zu und ging zurück zum Haus, zurück zu unserem von warmem Kerzenschein erleuchteten Wohnzimmer und dem Kartenspiel.

Ich vergaß nicht, daß Dench und Jem mir gesagt hatten, Scheherazade müsse bewegt werden, und als Richard und ich in jener Nacht auf dem Weg in unsere Schlafzimmer waren, da trug ich Richard auf der Treppe mein Anliegen vor.

»Richard, würde es dir etwas ausmachen, wenn ich Mama frage, ob ich Scheherazade ein wenig auf der Koppel herumführen darf und vielleicht auch die Anfahrt hinunter und in die Wälder? Ich meine, ich will sie nicht richtig reiten, sondern sie nur ein wenig am Halfter führen. Jem hat heute morgen gesagt, sie müsse unbedingt bewegt werden, bis du wieder reiten kannst.«

Ich konnte Richards Gesicht im Licht der flackernden Kerzen nicht richtig erkennen. »Das möchtest du gerne tun?« fragte er.

»Oh, ja«, sagte ich, fügte aber vorsichtig hinzu: »Wenn es dir nichts ausmacht. Sonst nicht.«

»Möchtest du vielleicht lernen, sie richtig zu reiten? Ich könnte es dir in der Zeit beibringen, wo mein Arm heilt.«

»Richard, würdest du das wirklich tun?« rief ich aus und griff so heftig nach seiner gesunden Hand, daß die Kerze wild zu flackern begann. »Oh Richard, wie schön wäre das! Oh, Richard, ich *wußte,* du würdest mir erlauben, sie zu reiten! Oh, Richard! Oh, Richard, du bist ein solcher, solcher Schatz! Und wenn dein Arm besser ist, dann kann mein Großvater vielleicht ein Pony für mich besorgen, und wir können jeden Tag zusammen ausreiten. Und wir können springen lernen! Und ... oh, Richard! Vielleicht würde er uns auf die Jagd mitnehmen! Und wir könnten solche berühmten, verwegenen Reiter werden wie deine Mutter!«

Richard lachte, aber seine Stimme klang angespannt. »Gut, gut! Du brauchst deshalb nicht gleich das Haus anzuzünden! Und paß auf meinen schlimmen Arm auf! Um Himmels willen, umarme mich nicht!«

Ich trat zurück und führte einen kleinen Freudentanz auf. »Oh, es tut mir leid!« rief ich. »Aber, oh! Richard!«

»Beruhige dich«, sagte er. »Ich wußte schon die ganze Zeit, daß du sie gerne reiten wolltest.«

»Du bist der liebste Cousin auf der ganzen Welt«, rief ich ihm voll Überschwang zu. Aber dann hörten wir plötzlich Mutters Schritte näherkommen und flohen in unsere Zimmer.

Ich konnte vor Aufregung kaum zur Ruhe kommen und hatte einen sehr leichten Schlaf. In den frühen Morgenstunden, kurz bevor es hell wurde, weckte mich irgendein Geräusch. Ich hörte im Flur jemanden auf der Treppe herumschleichen und rief: »Wer ist dort?« »Schsch«, machte Richard und stieß die Tür zu meinem Zimmer auf. »Ich bin's. Irgend jemand streicht drüben bei den Ställen herum. Ich hab' ein Geräusch gehört und bin runtergegangen und hab' ihn vom Fenster der Bibliothek aus gesehen.«

»Wen?« fragte ich im Halbschlaf.

»Ich konnte es im Dunkeln nicht erkennen«, sagte Richard. »Ich hab' das Fenster aufgemacht und rausgerufen, und er ist weggerannt, wer auch immer es war.«

»Wer war es denn wohl, und was mag er in den Ställen gewollt haben?« fragte ich. »Oh, Richard! Den Pferden wird's doch wohl gut gehen, oder? Ob wir Mama wecken sollen?«

»Ich hab' ihre Köpfe über die Boxen ragen sehen«, sagte Richard beruhigend. »Der einzige, der mir einfiel, war Dench. Die Gestalt, die ich da unten gesehen habe, sah so aus wie er. Vielleicht hat er Jem besucht und ist dann weggerannt, als er mich rufen hörte. Er wußte, daß er nach der Szene gestern nachmittag hier nicht besonders willkommen wäre.«

»Was sollen wir tun?« fragte ich. Ich lag warm und gemütlich im Bett, und der Gedanke, hinauszugehen, erschien mir nicht sehr verlockend. Solange Scheherazade in Sicherheit war, wollte ich mich nicht um irgendwelche Leute kümmern, die nachts bei uns herumstreunten.

Richard gähnte heftig. »Du kannst ruhig wieder schlafen, denke ich«, sagte er. »Soweit ich sehen kann, ist nichts Schlimmes geschehen. Es war wirklich jemand, der genau wie Dench aussah, aber er ist ganz bestimmt zum Stallhof hinausgelaufen. Ich werd's Mama-Tante morgen früh sagen; es wäre sinnlos, sie jetzt zu wecken.«

»Und am Morgen kann ich dann reiten gehen«, flüsterte ich schon wieder im Halbschlaf. »Kommst du dann als erstes heraus und bringst es mir bei, Richard?«

»Ja, natürlich!« bestätigte er geduldig. »Als allerersten. Bis dann, kleine Julia.«

Ich schlief sofort wieder ein, aber meine Vorfreude, heute

endlich Scheherazade reiten zu dürfen, weckte mich früh auf. Ich sprang sofort aus dem Bett, warf mein ältestes Kleid über und polterte die Treppe hinunter. Mrs. Gough war schon aufgestanden und machte unsere Schokolade heiß. Ich sagte, ich würde sofort zurückkommen und meinen Kakao trinken, aber ich müsse erst einmal Scheherazade begrüßen.

Mrs. Gough musterte mich mit mürrischem Gesicht, doch ich achtete nicht auf sie und schlüpfte aus der Küchentür, rannte zum Obstgarten, um einen Fallapfel zu holen, und lief dann wieder zum Stall zurück. Sobald ich im Stallhof war, rief ich: »Scheherazade«, aber beim Klang meiner Stimme tauchte ihr Kopf nicht wie gewöhnlich über der Stalltür auf. Ich rief sie noch einmal und fühlte mich plötzlich, da ich keine Bewegung von ihr hörte, sehr beklommen.

»Scheherazade?« fragte ich zögernd. Und dann blickte ich über die Stalltür.

Sie lag auf dem Stroh. Einen Moment lang dachte ich, sie müsse krank sein, denn als sie mich sah, scharrte sie mit den Vorderbeinen wie ein Fohlen, das versucht, sich zu erheben. Als sich meine Augen an das Dunkel gewöhnt hatten, entdeckte ich das Blut im Stroh. Das Tier hatte sich verletzt.

»Oh, Scheherazade«, sagte ich vorwurfsvoll, riß die Tür auf und beugte mich über die Stange, die den Eingang versperrte. Sie scharrte wieder und wollte sich hochziehen, aber ihre Hinterbeine schienen den Dienst zu versagen. Ihre Verletzung war also ernst. Dort, wo sie gelegen hatte, war das Stroh mit Urin durchtränkt, und es glitzerte rot, erschreckend rot im Licht der hellen Morgensonne. Wahrscheinlich hatte sie während der ganzen Nacht fortwährend Blut verloren. Ihr wunderschön wallender, kupferfarbener Schweif war mit getrocknetem Blut verklebt. Als sie erneut versuchte, sich zu erheben, sah ich das Unglück: Zu beiden Seiten ihrer Hinterbeine verlief eine klaffende Wunde.

Sie sah aus, als habe ihr jemand tiefe Schnitte mit einem Messer beigebracht.

Ich blickte entsetzt um mich, auf der Suche nach einem scharfen Metalleimer, einer vergessenen Pflugschar, irgend etwas, was zwei parallellaufende Schnitte hätte verursachen können. Offenbar hatte ihr jemand mit einem scharfen Messer zwei Wunden zugefügt: die kräftigen Sehnen ihrer Hinterbeine waren sauber zertrennt worden.

Jemand *hatte* ihr zwei Schnittwunden beigebracht.

Irgend jemand war in diesen Stall gekommen und hatte Richards wunderschönes Pferd mit einem Messer verletzt. Er würde sie nie wieder reiten können.

Meine Augen blieben trocken, aber ich schluchzte mehrmals laut auf. Dann ging ich langsam, zögernd, zurück zum Haus. Jemand mußte Richard sagen, daß sein Pferd, sein allerschönstes Pferd, lahm war. Und ich liebte Richard so herzlich, daß ich selbst in meinem Kummer und Entsetzen erkannte, daß es niemand anders als ich sein dürfte.

Dench hatte das getan.

Richard sagte es sofort. »Es war Dench.«

Dench, der wußte, daß das Leben nicht gerecht war.

Ich konnte nicht verstehen, wie ein Mann, der sein ganzes Leben damit zugebracht hatte, für Pferde zu sorgen, einem so makellosen Tier etwas so Schlimmes antun konnte. Aber meine Mutter, deren Gesicht weiß und angespannt aussah, sagte, daß Armut in den Köpfen der Menschen seltsame und schreckliche Dinge anrichte und ihre Herzen mit Haß erfülle. Er war in der letzten Nacht um die Ställe herumgeschlichen, wie Richard erzählt hatte. Er war voller Groll gegen die Haverings und gegen uns. Er hatte uns in unserem eigenen Haus verflucht. Selbst ich mußte zugeben, daß er sehr verbittert war.

Meine Mutter schickte Jem mit einer Botschaft zu Ned Smith nach Acre. Er betrat den blutbefleckten Stall und stellte fest, daß ihre Sehnen niemals wieder heilen und daß sie niemals wieder springen können würde. Sie würde für alle Zeiten lahm sein.

»Am besten wäre, sie zu töten, gnädige Frau«, sagte er. Er stand mit seinen schmutzigen Stiefeln, die ihre Spuren auf den glänzenden Dielenböden hinterlassen hatten, unbeholfen in der Vorhalle.

»Nein!« rief Richard plötzlich aus. »Nein! Ich will nicht, daß sie getötet wird. Ich weiß, daß sie lahm ist, aber ich will nicht, daß sie getötet wird!«

In Neds breitem, dunklen Gesicht lag eine steinerne Härte. »Man kann sie zu nichts mehr gebrauchen. Sie ist ein Nutztier, kein Haustier. Wenn Sie sie nicht reiten können, dann sollten Sie sie am besten nicht länger behalten. Da sie nun einmal verkrüppelt ist, wäre es besser für sie, wenn sie tot wäre.«

»Nein!« rief Richard noch einmal, und ich konnte die Panik in seiner Stimme hören. »Ich will das nicht! Sie ist mein Pferd. Ich habe ein Recht, darüber zu entscheiden, ob sie lebt oder stirbt.«

Meine Mutter schüttelte sanft den Kopf, nahm Richard bei seinem gesunden Arm und führte ihn zum Wohnzimmer. »Der Schmied hat recht, Richard«, sagte sie leise und nickte Ned über die Schulter zu. »Sie muß getötet werden.«

Ich blieb in der Halle stehen. Ned, der Schmied, sah mich traurig an. »Es tut mir leid, Miss Julia«, sagte er gütig.

»Sie ist nicht mein Pferd«, erwiderte ich kläglich. »Ich hab' sie nur ein einziges Mal geritten.«

»Ja«, sagte er. »Aber ich weiß doch, daß Sie sie sehr geliebt haben. Sie war ein so prächtiges Tier.«

In seinen großen Stiefeln stapfte er ungeschickt zur Eingangstür und hob den schweren Holzhammer hoch, den er draußen liegengelassen hatte. Er ging in ihre Box, wo sie wie ein neugeborenes Fohlen schwach im Stroh lag, und tötete sie mit einem schweren Schlag, den er zwischen ihre sanften, braunen Augen niedersausen ließ. Dann kamen einige der Männer von Acre, luden den massigen Körper auf einen Karren und fuhren sie fort.

»Was werden sie mit ihr machen?« fragte ich. Ich saß wie

versteinert am Fenster des Wohnzimmers. Es schien, als müsse ich den Anblick des schwer beladenen Karrens, der den Weg hinabrumpelte, bis zuletzt ertragen. Ich konnte den plumpen Körper mit den hinausragenden Beinen einfach nicht aus den Augen lassen.

Meine Mutter blickte mich hart und finster an. »Im Dorf wird man ihr Fleisch wahrscheinlich essen«, sagte sie mit Haß in der Stimme.

Ich stieß einen Entsetzensschrei aus und wandte mich von ihr ab. Dann ging ich schweigend in mein Zimmer, legte mich auf mein Bett und starrte gegen die Decke. Ich wäre vielleicht zu Richard gegangen, aber ich wußte, er wollte gern allein sein. Er war in der Bibliothek, in dem leeren Zimmer, und hatte sich dort auf den einzigen Stuhl gesetzt. Er saß mit dem Rücken zum Fenster, das auf den Hof und den leeren Stall hinausging, so daß er nicht sehen konnte, wie Jem den leeren Stall ausmistete und säuberte.

Dench war in Acre nirgendwo aufzutreiben.

Das erzählte Ned, als er zur hinteren Tür kam, um sich die Hände zu waschen und seinen Lohn in Empfang zu nehmen. Ich vermutete, dies wäre ein Beweis für seine Schuld, aber ich konnte es immer noch nicht verstehen. Ned erzählte Mrs. Gough, Dench sei einfach verschwunden, als er gehört habe, daß das Pferd getötet werden mußte.

»Er wußte, wem die Schuld dafür zugeschoben werden würde«, sagte Jem.

»Nun, wer soll es denn sonst getan haben?« fragte Mrs. Gough mit schneidender Stimme. »Niemand in dieser Gegend hegt gegen den lieben Jungen einen Groll. Natürlich hat ihm das jetzt das Herz gebrochen. Und wo soll er ein anderes Pferd herbekommen? Ohne ein Pferd kann er schließlich kein Gentleman sein, oder?«

»Er kann auch kein Gentleman sein, wenn er nicht darauf sitzen bleiben kann!« entgegnete Ned gereizt.

»Also, raus jetzt aus meiner Küche!« rief Mrs. Gough aufgebracht. »Du und dein loses Mundwerk. Bloß weg mit euch, zurück nach Acre. Ihr seid allesamt Aufrührer und Unruhestifter! Brandstifter! Pferdeschlächter!«

Ned lächelte voll Bitterkeit und ging zurück ins Dorf, das nur eineinhalb Meilen von unserem Haus entfernt einsam in den Wäldern lag. Ein Dorf der Gesetzlosen, so hatte mein Großvater es genannt.

Bei seiner Heimkehr stieß mein Großvater laute Flüche und Verwünschungen aus, als er die Geschichte von meiner Mutter erfuhr. Dann wandte er sich liebevoll Richard zu und versprach ihm, daß er wieder ein eigenes Pferd haben würde, sobald sein Arm wieder stark und gesund wäre. Ein eigenes Pferd, ganz für sich allein.

Aber Richard war untröstlich. Er lächelte und dankte meinem Großvater, aber er sagte mit ruhiger Stimme, er wolle kein anderes Pferd, zumindest nicht jetzt. »Ich glaube nicht, daß wir jemals Ersatz für sie finden könnten.«

Die Erwachsenen nickten zustimmend. Und mein Herz schmerzte beim Gedanken an die schöne Scheherazade und bei der Erinnerung daran, wie ich sie einmal, ein einziges Mal, geritten hatte.

Großvater setzte eine Belohnung für alle Hinweise aus, die zu Denchs Ergreifung führen würden. Wer ein Tier vorsätzlich verletzt, begeht ein Kapitalverbrechen und kann deportiert oder gehängt werden. Aber es gab niemanden, der ihn verraten wollte, und auch seine Familie in Acre hatte nichts von ihm gehört.

»Ich glaube ihnen aufs Wort«, sagte Großvater mit schneidender Stimme. »Wirklich, meine Liebe, je eher dein kostbarer John MacAndrew wieder heimkommt, desto besser für mich. Ein Gentleman kann angesichts dieses Mördergesindels in Acre nachts kein Auge zutun.«

Meine Mutter senkte den Kopf aus Scham darüber, daß Acre, unser Dorf, ein so schändlicher Ort sein sollte. Und ich spürte, es war ihr höchst unangenehm, wenn Großvater vor mir über das Dorf herzog, das Dorf, in dem die Frau des Müllers ihre Männer nicht losschicken wollte, um den Sohn von Beatrice Lacey zu suchen. Zwischen Acre und den Laceys bestand eine alte, tiefe Feindschaft, und meine Mutter wollte mir nichts darüber erzählen.

Ich spürte, daß es eine solche Feindschaft gab. Meine Mutter mochte niemanden im Dorf besuchen. Wann immer sich die Gelegenheit bot, ging sie in die Kirche von Chichester, nicht in unsere Gemeindekirche in Acre. Unsere Stiefel wurden in Midhurst genäht, so daß der Schuhmacher in Acre keine Arbeit hatte. Unsere Wäsche wurde nach Lavington geschickt. Jener seltsame Satz des Schmieds, daß sich mit Beatrice plötzlich alles zum Schlechten gewandt hatte, mußte irgendeine Wahrheit enthalten.

Richard wußte von der angespannten Stimmung im Dorf. Er sprach ganz offen darüber. »Sie sind Abschaum, nichts anderes«, rief er mir wütend zu. »Sie sind so dreckig wie die Schweine im Stall. Sie arbeiten für niemanden, sie bepflanzen nicht einmal ihr eigenes Stückchen Land. Sie sind Wilderer und Diebe. Wenn ich Squire bin, werd' ich sie alle vertreiben und das schmutzige Dorf da unterpflügen.«

Seine Worte verschlugen mir den Atem, und ich konnte vor stummer Mißbilligung nur noch den Kopf schütteln. Aber ich wußte, daß Richard dies nur als eine Art prahlerischer Drohung aussprach. Im Grunde hatte er Angst. Er war nur ein kleiner elfjähriger Junge, und er hatte allen Anlaß, sich zu fürchten.

Die Dorfkinder waren hinter ihm her. Sie wußten ebensogut wie wir beide, daß das Dorf und die adlige Familie von Wideacre eingeschworene Feinde waren. Und nachdem Dench fortgelaufen war, wurde es noch viel schlimmer. Wenn Richard mit seinen Schulbüchern unter dem Arm an ihnen vorbeiging, zeigten sie ihm ihre Verachtung und pfiffen ihn aus. Sie machten sich über seinen alten Mantel und über seine abgetragenen, allzuengen Stiefel lustig. Und wenn ihnen gar nichts anderes mehr einfiel, dann riefen sie einander mit lauter Stimme zu, daß es da jemanden gebe, der sich selbst »Squire« und einen »Lacey« nenne, und der doch nicht einmal auf einem Pferd sitzen bleiben könne.

Richard lief ängstlich wie eine Stallkatze an den Dorfkindern vorbei, und seine Augen glühten vor Trotz und Haß. Ich denke, er hatte auch Angst, die Erwachsenen würden aus ihren Hütten herauslaufen und mit Freude zusehen, wie man Miss Beatrices Sohn auf der Dorfstraße verprügelte.

Die meisten seiner Ängste konnte ich nur erahnen. Richard war zu stolz, um sich mir anzuvertrauen. Er sagte mir nur, er möge nicht gern durchs Dorf laufen; und ich sah, daß er bei gutem Wetter – wenn die Dorfkinder draußen auf der Straße spielten – sehr früh losging, um den Downland-Pfad zu nehmen und so die Dorfstraße zu umgehen.

Er hat meiner Mutter nie davon erzählt. Er war sehr tapfer, mein Cousin Richard. Einmal fragte er sie, was mit dem Wort »Muttersöhnchen« gemeint sei. Mutter bürstete vor dem Spiegel im Schlafzimmer ihr Haar, und Richard ließ ein Seidenband durch seine Finger gleiten und sah ihr zu. Ich saß an meinem Fensterplatz und blickte hinaus über die Wälder von Wideacre, wo die Blätter im grauen Winterhimmel herumwirbelten, aber als ich Richards Frage hörte, blickte ich meine Mutter neugierig an.

Sie legte ihre Bürste nieder und betrachtete sein blasses, herzförmiges Gesicht mit dem dichten, schwarzen Haarschopf. »Wo hast du denn das gehört, mein Kind?« fragte sie mit fester Stimme.

Richard zuckte die Achseln. »Sie haben's heute im Dorf hinter mir hergerufen. Ich hab' gar nicht darauf geachtet. Ich achte nie auf sie.«

Meine Mutter berührte sein Gesicht mit sanfter Hand. »Es wird bestimmt besser. Wenn dein Papa heimkommt, dann wird es sicher besser werden.«

Richard ergriff ihre Hand und küßte sie so galant wie ein Edelmann.

»Es macht mir nichts aus, daß er fort ist«, sagte er. »Eigentlich ist es schön so, wie es ist.«

Ich sagte nichts dazu, nicht in dem Moment und auch nicht später. Aber als er eines Tages bleich und mit zerrissenem Kragen nach Hause kam, da wußte ich, daß es immer schlimmer wurde.

Anders als Richard und meine Mutter hatte ich keine Angst vor den Dorfbewohnern. Ich fühlte mich in Acre heimisch und vollkommen geborgen, auch wenn es das schlimmste Dorf in Sussex sein mochte. Tief in mir hatte ich die Gewißheit, daß ich in dieser Gegend zu Hause war, und Acre war auch ein Teil meiner Heimat. Und ich erinnerte mich an das seltsame halbe Lächeln von Ned Smith und daran, daß Mrs. Green Richard ihre kostbarste Phiole mit Laudanum geschenkt hatte.

Ich benutzte jene Phiole als Vorwand und sagte meiner Mutter, ich müsse sie zurückbringen und würde Richard bei der Gelegenheit nach Acre begleiten und ihn anschließend vom Unterricht abholen.

Auf Richards Gesicht sah ich ein winziges Lächeln, und meine Mutter blickte mich erstaunt an.

»Du willst durch Acre gehen?« fragte sie zögernd.

»Warum nicht?« gab ich mutig zurück. »Ich werde bei Mrs. Green hereinschauen und mich dann ein wenig zu Dr. Pearces Haushälterin setzen, bis es Zeit ist, daß Richard wieder heimgeht.«

»Na gut!« sagte sie. Ich hörte zugleich tausend unausgesprochene Vorbehalte. Ich vermutete, sie wollte mir keine Angst vor Acre einflößen, und ich glaube, sie nahm zugleich etwas wahr, was sie selbst nicht recht verstand und was sie vorher niemals beobachtet hatte: das Vertrauen der Laceys in die Menschen von Acre. Ich lief los, um meinen Hut und meinen Mantel zu holen. Es war der Mantel vom letzten Winter, und ich sah, wie meine Mutter ihn stirnrunzelnd musterte. Er war zu kurz und unter den Armen und am Rücken eng und unbequem. Zwischen dem Ärmelaufschlag und meinen Handschuhen konnte man mein knochiges Handgelenk sehen.

»Tut mir leid, Mama«, sagte ich und versuchte, unsere Armut ein wenig ins Lächerliche zu ziehen. »Ich kann einfach nichts dagegen machen, daß ich wachse.«

»Also, ich wünschte mir auch, daß du damit aufhörst!« lächelte sie, und ihr Gesicht hellte sich ein wenig auf. Und schon waren Richard und ich aus der Tür gerannt, und meine Mutter winkte uns vom Wohnzimmerfenster aus nach.

Als wir uns dem Dorf näherten, spürte ich Richards Unbehagen. Er hatte um uns beide Angst. Er nahm sein Bücherbündel in die andere Hand und griff nach mir. Hand in Hand gingen wir festen Schrittes den kalkigen, staubigen Weg hinab, vorbei an den Fenstern der Hütten, und uns schien, als folgten uns mißbilligende Blicke.

Zu unserer Linken sah ich den Schuster, der wie immer träge in seinem Erkerfenster saß. Neben ihm war die Hütte des Fuhrmannes mit dem Karren, den sie benutzt hatten, um Scheherazade fortzubringen. Er hatte schon vor langer Zeit seine Pferde verkauft, aber den Karren hatte er behalten. Er wartete immer noch auf bessere Zeiten. Er hätte auch nirgendwo anders hingehen können. Wenn er die Dorfgemeinde verließ, dann könnten er selbst und seine sechs schmuddeligen Kinder kein Armengeld beanspruchen. Hier blieben ihm immerhin ein kaltes Haus, ein kalter Kamin und ein Wagen vor der Tür, auf den es allerdings nichts aufzuladen gab und der von keinem Pferd gezogen wurde.

Daneben war der Hof des Schmieds, aber seine Feuerstelle war immer noch kalt. Denn wer würde in Acre, wo niemand ein Pferd besaß, sein Pferd beschlagen lassen? Während wir den Pfad entlanggingen, blickte ich in jede Hütte und wunderte mich, daß überhaupt so viele Menschen in einem so armen und verlassenen Dorf am Leben geblieben waren. Sie konnten das Wild aus den Wäldern von Wideacre essen und die Kaninchen aus dem Gemeindeland. Aber sie hatten kein

Saatgut, um Gemüse anzupflanzen, und sie brauchten sicher Geld für Kleidung und Werkzeug. Ich dachte darüber nach, wie Menschen ohne Geld überhaupt leben können, und hatte gar nicht bemerkt, daß man uns gefolgt war.

Eine Schar zerlumpter Dorfkinder zog hinter uns her. Nicht viele – etwa ein Dutzend –, aber für Richard und mich hatten die Kinder etwas Erschreckendes. Sie folgten uns wie ein halbverhungertes Rudel Wölfe, und sie betrachteten Richards Bücher und meinen zerlumpten Mantel, als wären dies unerschwingliche Luxusgüter.

Richard wagte kaum durchzuatmen, bis wir schließlich an der vorderen Veranda am Haus des Vikars angekommen waren. »Geh nicht zurück, Julia«, drängte er mich. »Warte hier, bis ich mit dem Unterricht fertig bin. Die Kinder werden dich anstarren, und vielleicht sagen sie auch irgend etwas zu dir.«

Ich lächelte schwach und wollte nicht zeigen, daß meine Knie zitterten. »Es sind doch nur kleine Kinder«, sagte ich abwehrend, »und ich muß unbedingt zu Mrs. Green. Ich bin gleich zurück. Wenn sie frech werden, dann lauf' ich einfach weg. Ich wette, ich bin schneller als alle anderen.«

Richard nickte. Er wußte, daß ich so schnell wie ein Jagdhund laufen konnte. Die barfüßigen, hungrigen Kinder würden mich niemals fangen können, auch nicht im Rudel. »Ich möchte lieber, daß du wartest«, sagte er.

»Nein, ich gehe einfach los«, entgegnete ich entschieden, gerade als die Tür sich öffnete. Vor der Haushälterin und den Kindern gab er mir keinen Kuß, aber ich spürte seinen festen, warmen Händedruck, der mir sehr viel bedeutete. Jene kleine Geste, der Druck seiner Hand, gab mir den Mut, mich zu den Dorfkindern umzudrehen und langsam den Gartenweg hinunterzugehen.

Ich blieb am Gartentor stehen und blickte sie an. Ich war größer als diese Kinder, außer dreien: zwei Jungen und einem Mädchen, dessen Haar in einem glatten Zopf den Nacken hinunterfiel. Ihre Gesichter waren finster und verschlossen, aber das Mädchen sah mich unverwandt an. Sie betrachtete jede Naht meines alten Kleides und meines engen Mantels, als wäre ich eine Prinzessin in Ballkleidung. Ich schob die Hände in die Manteltaschen und betrachtete sie ruhig. Dann ging ich langsam auf das Gartentor zu, öffnete es und kam zu ihnen auf den Weg.

Das überraschte die Kinder. Sie hatten wohl gedacht, daß ich im Schutz des Gartens stehenbleiben würde, und während ich einfach voranschritt, wichen sie vor mir nach rechts und links aus. Aber dann kamen sie wieder hinter mir her. Ich ging den Reitweg entlang zum Gemeindeland und zur neuen Mühle, und die bunte Gruppe folgte mir. Als wir tief im Wald waren, wurden sie immer lauter und begannen, mich zu verhöhnen. Plötzlich hörte ich einen Singsang, den das ältere Mädchen angestimmt hatte: »Julia Lacey! Julia Lacey! Hat keine Kutsche! Hat keine Kutsche!« immer und immer wieder aufs neue.

Ich biß die Zähne zusammen und zwang mich, gleichmütig weiterzugehen, während der Singsang immer lauter und frecher hinter mir herscholl. Dann plötzlich sang das große Mädchen: »Julia Lacey! Julia Lacey! Hat kein Pferd! Hat kein Pferd!«

Bei der Erinnerung an Scheherazade wurde ich zornig, aber ich schritt mit hocherhobenem Kopf weiter.

Und wieder ein neuer Singsang: »Julia Lacey! Julia Lacey! Hat keinen Vater! Hat keinen Vater!«

»Er ist vor Angst gestorben«, hörte ich eines der Kinder sagen, während die anderen in lautes Gelächter ausbrachen. Die gemeinen Kränkungen gegen meinen Vater und die Laceys erschreckten mich.

Leise Angst stieg in mir auf. Aber ich wußte etwas, was Richard, bei all seinem Charme und seiner Klugheit, nicht wußte, daß wir nämlich den Kindern entgegentreten und mit ihnen kämpfen mußten, weil wir sonst niemals wieder in Ruhe durch Acre gehen könnten. Richard träumte wohl davon, sie aus ihrem Dorf zu verjagen, und plante vielleicht eine

Zukunft, in der jede Kränkung, jede Beleidigung hundertfach gerächt würde. Aber ich wollte auf meinem Land in Frieden leben, und zwar zusammen mit den Familien, die hier ebenso lange wie die Laceys gelebt hatten. Ich wollte sie nicht einfach aus Acre vertreiben, sondern vielmehr einiges in Ordnung bringen. Ob Onkel John nun mit einem Vermögen nach Hause käme oder aber so arm wie zu der Zeit, als er fortgegangen war: Ich wollte einfach durch Acre gehen können, ohne mich entschuldigen zu müssen. Und ich wollte keine Angst mehr haben.

Ich ging weiter und nahm den Weg, der an der Mühle vorbeiführte. Am Ende dieses Weges war ein großes Loch im Boden. Es hieß, daß Beatrice an dieser Stelle einmal eine große Eiche entwurzelt habe, als sie die Böden in fruchtbare Weizenfelder verwandeln wollte. Noch immer wiegten sich hier einige Weizenähren gelb im Wind. Dorthin führte ich meine Verfolger, und am Rande des Erdlochs drehte ich mich zu ihnen um und sah ihnen ins Gesicht. Sie wichen zurück wie ein Rudel hungriger Hunde, das sich auf einen Dachs stürzen will.

»Wie heißt du?« fragte ich das große Mädchen. Sie sah mich mit aufgeweckten schwarzen Augen an. »Clary Dench«, antwortete sie. Sie war Denchs Nichte, nahm ich an.

»Und wie heißt du?« fragte ich den Jungen, der neben ihr stand.

»M-M-Matthew Merry«, stotterte er und zwinkerte heftig mit den Augen.

Ich bemühte mich, nicht laut loszulachen. Das Stottern dieses erschreckend großen Jungen half mir, meine Angst zu überwinden. Plötzlich erschien er mir sehr kindlich und überhaupt nicht mehr bedrohlich.

»Und dein Name?« fragte ich streng den einzigen anderen großen Jungen.

»Ted Tyacke«, antwortete er. Er sah mich durchdringend an, offenbar in der Erwartung, daß der Name für eine Lacey eine bestimmte Bedeutung habe. Ich hatte ihn nie zuvor gehört und fühlte plötzlich einen Kälteschauer meinen Rücken hinablaufen; in der Vergangenheit mußten die Laceys die Tyackes wohl sehr gekränkt oder verletzt haben. Zwar wußte ich selbst nicht, was geschehen war, aber Ted wußte offenbar etwas von einer eingeschworenen Feindschaft zwischen den beiden Familien.

»Ich bin Julia Lacey«, sagte ich, als hätten die Kinder meinen Namen nicht bereits den ganzen Weg lang höhnisch hinter mir hergerufen. Ich gab mir bewußt nicht den Titel »Miss«, auf den ich ein Anrecht hatte. »Ihr wart sehr unfreundlich zu meinem Cousin«, stellte ich vorwurfsvoll fest. »Ihr habt meinen Cousin Richard tyrannisiert.«

»Und er hat dich geschickt, damit du für ihn kämpfst, nicht wahr?« lachte das Mädchen höhnisch. Als sie mit ihrem schmutzigen Gesicht nahe an meines herankam, wich ich keinen Millimeter zurück.

»Nein«, entgegnete ich ruhig. »Er ist heute so wie immer zu seinem Unterricht gegangen, und ich bin heruntergekommen, um Mrs. Green zu besuchen. Aber ihr seid mir alle hierher gefolgt, und deshalb möchte ich gern wissen, was ihr eigentlich wollt.«

»Wir wollen überhaupt nichts von den Laceys«, sagte der Junge, der sich Ted Tyacke nannte, mit plötzlichem Haß. »Wir wollen keine freundlichen Worte von euch. Wir kennen euch und euresgleichen.« Die anderen nickten. Ich spürte, daß sie immer angriffslustiger wurden.

»Ich habe euch nichts gesagt und nichts getan«, protestierte ich. Meine Stimme klang flehend und kläglich. Sie spürten meine Schwäche, kreisten mich ein und bedrängten mich.

»Wir wissen über euch Laceys Bescheid«, sagte Clary voller Trotz. »Wir alle wissen über euch Bescheid. Ihr nehmt den Armen das Ernterecht. Ihr versäumt es, den Zehnten zu bezahlen. Ihr hetzt die Soldaten auf junge Männer. Und die Lacey-Frauen sind alle Hexen!« Das letzte Wort hatte aus ihrem Mund wie das Zischen einer Schlange geklungen, und ich sah, daß die Kinder, selbst die kleinsten unter ihnen, hastig das Zeichen gegen Hexenkünste machten.

»Kein Wort davon ist wahr«, entgegnete ich ruhig. »Ich bin keine Hexe, und Richard ist es auch nicht. Wir haben euch kein Unrecht getan, und wenn ihr sagt, daß das doch so sei, dann seid ihr Lügner!«

Bei diesem Ausruf machte Clary einen Satz auf mich zu und stieß mich zurück. Ich verlor den Halt und taumelte rückwärts in das Erdloch. Die kleinen Kinder brüllten und schrien vor Freude, und Clary kam hinter mir hergekrochen. Ihr schmutziges Gesicht leuchtete vor Bosheit.

Ich schoß wie eine Sprungfeder in die Höhe und warf mich ihr mit einem Satz entgegen. Unter der Wucht meines Körpers fiel sie um, und wir rollten schlagend und kratzend als menschliches Knäuel über den Boden. Ihre Finger krallten sich in meinen Mund, und ich schmeckte Blut. Plötzlich hatte ich das Band ihres Haarzopfes in den Fingern und zog so hart ich konnte. Sie stieß einen Schmerzensschrei aus und lehnte sich instinktiv zurück. Sofort kroch ich über sie und setzte mich mit meinem ganzen Gewicht auf ihren kleinen, knochigen Brustkorb. Zum ersten Mal spürte ich, wie dünn und leicht sie war, und ich empfand ein wenig Mitleid.

»Gibst du auf?« fragte ich kurz, die Wörter wiederholend, die Richard so oft zu mir sagte, wenn er bei unseren halb spielerischen halb schmerzhaften Balgereien die Oberhand gewann.

»Ja.« Sie sprach jetzt ohne eine Spur von Hohn und Verachtung, und ich streckte eine Hand aus, um ihr hochzuhelfen. Sie ergriff sie, ohne nachzudenken, und zog sich hoch, überrascht, daß sie plötzlich Hand in Hand mit mir dastand.

»Also werdet ihr Richard nicht mehr ärgern«, beharrte ich, direkt auf mein einziges Ziel zusteuernd. Sie lächelte zögernd und entblößte dabei eine Reihe schwärzlicher Zähne.

»Also gut«, antwortete sie gedehnt. Ihr langgezogener Sussex-Akzent erinnerte mich an Dench und an die Freundlichkeit, die er mir gegenüber gezeigt hatte. »Wir lassen ihn in Ruhe.« Plötzlich ließen wir unsere Hände verlegen sinken, als hätten wir vergessen, wie es gekommen war, daß wir wie zwei nahe Freunde beieinanderstanden. Sie blickte auf meinen Mund und stellte in gleichgültigem Ton fest: »Du blutest.« Ich versuchte, ebenso gleichgültig zu erscheinen, und sagte: »Wirklich?«, so als ob dies ganz und gar nebensächlich wäre.

»Komm mit zum Fenny«, schlug sie vor, und wir gingen alle weiter in den Wald hinein und hinunter zum Ufer des Fenny, dessen Wasser unseren Durst stillen und unsere Kratzer und Schrammen ein wenig kühlen sollte. Und diesmal ging ich nicht ganz vorn und allein und auch nicht von anderen bedrängt, sondern Seite an Seite mit mehreren Kindern, die zu mir kamen und mir ihre Namen nannten. Plötzlich wurde mir deutlich, daß nicht nur Richard jetzt nichts mehr zu fürchten brauchte, sondern daß ich selbst einige neue Freunde gewonnen hatte.

Es gab drei Smith-Kinder: Henry, ein stämmiger Achtjähriger, seine Schwester Jilly und ihr kleiner Bruder, der mitgelaufen war, aber nur mühsam mit den älteren Kindern Schritt halten konnte. Er war vier. Sie nannten ihn »Little 'Un«. Die ganze Familie hatte angenommen, daß er seine Geburt wohl nicht überleben werde, und er war deshalb wie sein Bruder »Henry« getauft worden. Aber sein Überleben bedeutete, daß es im Hause nun zwei Henrys gab, und so hatte der kleine Junge schließlich seinen Namen wieder hergeben müssen.

Es sei eigentlich nicht so wichtig, erzählte mir Clary trocken. Niemand erwartete, daß er den nächsten Winter noch überleben würde. Wie seine Mutter hustete er den ganzen Tag lang Blut. Sie war nach seiner Geburt gestorben, und sie hatten ihre Beerdigung eine Woche lang hinausgeschoben, damit er mit in ihren Sarg gelegt werden könnte und die Beerdigung billiger würde. Aber Little 'Un hatte sich zäh ans Leben geklammert.

Ich starrte ihn an. Seine Haut schimmerte hell und bläulich

weiß wie Magermilch. Unter meinem Blick lächelte er mich so lieblich an, daß er mir vorkam wie eine kleine Kerze, die in einer dunklen Ecke leuchtet.

»Du kannst mich ›Little 'Un‹ nennen«, sagte er, und sein Atem ging schnell und leicht.

»Du kannst mich Julia nennen«, erwiderte ich und blickte in sein kleines, mageres Gesicht. In seinen Augen las ich so viel Hoffnungslosigkeit, daß mir das Herz wehtat.

»Ich bin Jane Carter«, rief ein anderes Mädchen, das sich an mich herangedrängt hatte. »Und dies ist meine Schwester Emily. Wir haben noch eine Schwester, aber sie ist mit dem Baby zu Haus geblieben. Und wir haben zwei Brüder. Einer von ihnen ist schwachsinnig.«

Ich nickte und versuchte, all das Neue in mich aufzunehmen.

»Sie sind Fallen aufstellen gegangen«, erzählte sie trotzig. »Sie wollen Kaninchen fangen.« Ich sah, daß die anderen Kinder mich anblickten; sie wollten sehen, wie ich auf die Nachricht von solchen Wilddiebereien reagieren würde.

»Na, hoffentlich haben sie Glück«, sagte ich und meinte es wirklich. »Wenn ihr sechs hungrige Mäuler stopfen müßt, dann könnt ihr das Fleisch bestimmt gut gebrauchen.«

Jane nickte. »Wir fangen auch Fasane«, ergänzte sie. »Und Hasen. Und Waldhühner.«

Sie wollte mich herausfordern.

»Gut«, sagte ich. »Ich wünsche euch Glück dabei.«

Sie nickten, als hätte ich einen wichtigen Test bestanden, und die beiden Kinder des Schusters, weißblonde Zwillinge, drängten sich rechts und links neben mich und schoben ihre kleinen, kalten Hände in meine.

Clary und ich machten uns nun mit schnellen, gleichmäßigen Schritten auf den Heimweg, ohne noch ein weiteres Wort zu wechseln. Für ein so mageres, knochiges Mädchen konnte sie schnell und kräftig ausschreiten, und die anderen Kinder hatten Mühe, mitzukommen; nur Matthew Merry und Ted

Tyacke blieben neben uns. Ich versuchte, ruhig und gleichmäßig durchzuatmen, denn ich wollte vor ihr nicht ins Keuchen kommen. Schließlich wurde sie langsamer, offenbar ebenfalls ein wenig erschöpft.

Der Pfad nach Acre führte den Hügel hinauf. Die Sohlen meiner Stiefel waren dünn und durchlöchert, und die spitzen Steine taten mir an den Füßen ziemlich weh; die drei anderen Kinder aber liefen barfuß. Entschlossen stapfte ich immer weiter, wobei mein Mantel Brust und Arme unerträglich einengte. Als ich oben ankam, atmete ich heftig, aber ich war die erste.

»G-G-Gut gemacht«, schnaufte Matthew. Wenn er nach Luft ringen mußte, wurde sein Stottern schlimmer. »Du k-k-kannst wirklich schnell laufen.«

»Mein Cousin Richard kann's noch schneller«, entgegnete ich und ließ mich, während wir auf Clary und Ted und die nachkommenden kleineren Kinder warteten, auf den Boden fallen.

Matthew spuckte wie ein alter Mann auf den Boden. »D-D-Der ist uns egal«, sagte er abwehrend.

Ich wollte Richard empört in Schutz nehmen, aber eine innere Stimme warnte mich davor. »Er ist nett«, bemerkte ich leichthin. »Er ist mein bester Freund.«

Matthew nickte unbeeindruckt. »Wir haben überhaupt keine besten Freunde mehr in Acre.«

»Warum nicht?« fragte ich.

Clary ließ sich neben mir auf den Boden fallen, und Ted setzte sich neben sie. Sie streckte sich auf der feuchten Erde aus und blinzelte in den hellen Himmel. Über uns funkelte die weiße, kalte Wintersonne.

»Sie sterben einfach weg«, sagte sie scheinbar gleichgültig. »Im letzten Winter ist meine beste Freundin Rachel gestorben. Sie war krank.«

»Und mein Freund Michael«, fügte Ted hinzu.

»Und meine Freundin ..., ich habe ihren N-N-Namen vergessen«, ergänzte Matthew.

»Sally«, half Clary ihm aus.

Ich hörte mir die Erzählungen schweigend an.

»Sally ist nicht in Acre gestorben«, betonte Clary, und ich hörte Groll in ihrer Stimme. »Der Gemeindeaufseher hat alle großen Kinder mitgenommen, damit sie in den Werkstätten arbeiten. Deshalb sind wir jetzt die ältesten im Dorf. Wir waren zu klein, um mitgenommen zu werden.«

Ich nickte. »Ich habe davon gehört«, sagte ich. »Ich habe nicht richtig verstanden, was geschehen ist. Wer hat die Kinder mitgenommen, und wohin sind sie gebracht worden?«

Teds Blick deutete mir an, daß ich von nichts eine Ahnung hätte. »In den Norden«, sagte er mit harter Stimme. »Sogar noch weiter weg als London. Sie brauchen Kinder, die da in großen Scheunen arbeiten, an großen Maschinen. Sie bestellen sich Armenkinder aus allen Gemeindebezirken des Landes, und der Gemeindeaufseher holt dann diejenigen, deren Eltern vom Armengeld leben. Als sie das letzte Mal gekommen sind, haben sie alle großen Kinder, die sie zu fassen bekamen, mitgenommen. Keines davon ist zurückgekehrt, aber wir haben gehört, daß Sally gestorben ist. Sie war immer schon kränklich.«

Ich zögerte. Fast hätte ich gesagt: »Das tut mir leid.« Aber der Schmerz war zu groß, als daß man ihn mit einer solchen Floskel hätte beschwichtigen können.

»M-M-Mich haben sie nicht mitgenommen!« bemerkte Matthew voller Stolz.

Clary lächelte ihn zärtlich wie eine Mutter an. »Sie dachten, er sei auch schwachsinnig«, erzählte sie mir mit einem Lächeln. »Wenn er Angst hat, dann wird es schlimmer mit seinem Stottern, und sie haben ihn ziemlich laut irgend etwas gefragt – da konnte er überhaupt nichts mehr rausbringen. Sie dachten, er wäre blöd, und ließen ihn deshalb zurück.«

»So konnte ich b-b-bei dir bleiben«, stotterte Matthew und sah seine kleine, staubige und verschmierte Heldin bewundernd an.

»Ja«, bestätigte sie ruhig und voller Stolz. »Ich sorge für ihn, und ich sorge für alle Little 'Uns.«

»Dann bist du also so etwas wie ein Squire«, meinte ich lächelnd.

Ted spuckte auf den Erdboden. »Wir haben noch nie einen Squire gehabt«, sagte er. »Kein Lacey hat sich jemals etwas aus dem Dorf gemacht. Squires kümmern sich nicht um die Leute.«

Ich schüttelte verdutzt den Kopf. »Was meinst du?« fragte ich. »Als die Laceys noch reich waren, haben sie gut für Acre gesorgt. Als mein Vater noch lebte und Beatrice. Erst nachdem sie tot waren und das Feuer ausgebrochen war, hat sich hier alles zum Schlechten gewandt.«

Als ich den Namen Beatrice erwähnte, hörte ich ein Raunen wie ein Wind, der einen Sturm ankündigt. Alle Kinder hatten die kleinen Fäuste geballt und den Daumen zwischen Zeige- und Mittelfinger geklemmt. Ich packte Clarys Hand.

»Warum machst du das?« fragte ich.

Sie sah mich mit dunklem, verwirrten Blick an. »*Weißt* du's denn nicht?«

»Was?« fragte ich. »Nein, ich weiß es nicht.«

»Nichts über die Lacey-Zauberkünste? Und über Beatrice?« Sie sprach den Namen sehr merkwürdig aus, so als flüstere sie ein böses Zauberwort und nicht den Namen meiner Tante, die schon so viele Jahre tot war.

»Welche Zauberkünste?« fragte ich ein wenig spöttisch, aber dann sah ich in die Runde der wachsamen, kleinen Gesichter und fühlte einen Schauder, als würde mir Eiswasser über den Rücken gegossen.

»Beatrice war eine Hexe«, erzählte Clary sehr leise. »Sie wußte, wie man den Boden fruchtbar und das Wetter warm und lieblich macht. Sie konnte einen Sturm herbeirufen. Sie konnte Bäume fällen, indem sie sie verzauberte. Jedes Frühjahr nahm sie einen anderen jungen Burschen zum Mann, und jeden Herbst vernichtete sie ihn.«

»Das stimmt doch gar nicht …«, stammelte ich. Die singende Erzählstimme schlug auch mich in eine Art Zauberbann.

»Doch, es *war* so«, betonte Clary. »Einer der Männer, die sie aus dem Dorf nahm, war John Tyacke.«

»Mein Onkel«, ergänzte Ted.

»Und wo ist *der* jetzt?« fuhr Clary fort. »Nicht mehr da! Oder Sam Frosterly, oder Ned Hunter! Frag mal in Acre nach ihnen, und hör zu, was sie dir sagen werden! Beatrice hat sie genommen. Hat sie alle genommen.«

Ich erwiderte nichts. Ich war zu verwirrt, um zu sprechen.

»Aber der erste, den sie genommen hatte, als sie noch ein kleines Mädchen war, gehörte zu dem Alten Volk«, sagte Clary. »Seine Mutter war eine Meg, eine Zigeunerin, und sein Vater war einer von den alten Göttern. Niemand hat ihn jemals in Menschengestalt gesehen. Sie hat ihn genommen, aber sie konnte ihn nicht vernichten. Er ging in die dunkle Welt, in das Schweigen hinein, und er wartete, bis sie genau wußte, daß er wiederkäme. Und dann hat er sich gegen sie gewandt.«

»Wie?« fragte ich. Mein Mund war trocken. Ich wußte, dies war ein Märchen, das von ängstlichen Dorfbewohnern in langen, dunklen Nächten erfunden worden war, aber ich mußte mir die Geschichte bis zum Ende anhören.

»Er kam in seiner eigentlichen Gestalt, halb Mann, halb Pferd«, flüsterte Clary geheimnisvoll. »Und jeder Hufabdruck ließ einen Feuerkreis zurück. Er ritt die hölzernen Stufen der großen Halle von Wideacre Hall hinauf, und wo immer er hintrat, schlugen die Flammen empor. Er warf Beatrice über seine Schultern und galoppierte mit ihr in die dunkle Welt davon, dorthin, wo sie jetzt beide leben. Und hinter ihnen brannte das Haus zu Asche. Und auch auf den Feldern ist niemals wieder etwas gewachsen.«

Die Kinder waren vollkommen still, obwohl sie die Geschichte schon hundertmal gehört hatten. Ich starrte Clary verständnislos an, und mir schwirrte der Kopf, als ich mir das

Bild eines schwarzen Pferdes und eines Mannes vorstellte, der mit Beatrice in die dunkle Welt davonritt, wo sie nun für alle Zeiten mit ihm leben sollte.

»Ist das das Ende der Geschichte?« fragte ich.

Clary schüttelte den Kopf. »Sie haben einen Erben hinterlassen«, sagte sie. »Ein Kind, das ihre Zauberkraft haben wird. Es kann die Dinge wachsen lassen, indem es den Fuß auf die Erde setzt oder die Hand an den Pflug legt. Das Lieblingskind.«

»Und wer ist das?« fragte ich. Ich hatte wahrhaftig vergessen, daß ich in dieser Geschichte auch eine Rolle spielte. Clary lächelte weise wie eine alte Frau.

»Wir müssen es abwarten«, sagte sie. »Wir alle in Acre warten auf die ersten Zeichen. Du könntest es sein oder dein Cousin Richard. Er ist ihr Sohn. Aber du siehst aus wie sie, und du bist eine Lacey. Und Ned Smith hat gesagt, das Pferd hätte gewußt, daß du es bist.«

Ich schüttelte den Kopf. Die Luft war kalt, und ich bemerkte zum ersten Mal die Feuchtigkeit des Bodens. Mich fröstelte. »Das ist alles Blödsinn«, entschied ich störrisch.

Ich erwartete, daß Clary mir jetzt widersprechen würde, aber sie lächelte mich nur an. »Du weißt, daß es kein Blödsinn ist«, sagte sie. Nichts weiter.

Ich stand auf. »Ich muß gehen«, bemerkte ich.

»Nach Haus, zum Abendessen?« fragte Clary, und kehrte damit ebenfalls in die Gegenwart zurück.

»Ja«, erwiderte ich und dachte an die zwei oder drei verschiedenen Gerichte, die es als Hauptgang gab, und an die Nachspeise und den Käse.

»W-W-Was gibt es denn?« fragte Matthew begierig.

»Nicht viel«, sagte ich mit Nachdruck.

»Trinkt ihr Tee?« fragte Little 'Un. Seine Stimme war voller Begeisterung.

»Ja«, antwortete ich voll Unverständnis. »Ihr nicht?«

»Nein«, erwiderte er. »Wir kriegen nur Wasser.«

»Habt ihr Fleisch?« fragte mich eines der Carter-Mädchen.

»Ja«, sagte ich und schämte mich, daß ich so gut zu essen hatte, während Menschen, die weniger als zwei Meilen entfernt wohnten, seit vielen Jahren hungerten. Ich hatte niemals zuvor richtig verstanden, daß diese Kinder in ihrem ganzen Leben nicht richtig satt wurden, daß sie immer hatten hungern müssen und deshalb an kaum etwas anderes dachten als ans Essen. Während ich von Parkanlagen, Pferden, Bällen, Parties und schönen Kleidern träumte, träumten sie tagsüber und auch in der Nacht vom Essen.

Ich stand auf, um zurück nach Acre zu gehen. Auch die anderen Kinder erhoben sich und kamen hinter mir her. Clary holte mich ein, und wir gingen Seite an Seite wie alte Freunde.

»Auf Wiedersehen«, sagte ich, als wir den schmutzigen, kleinen Pfad, die Hauptstraße von Acre, erreichten.

Clary blieb stehen. »Er hat Äpfel in seinem Garten, der Dr. Pearce«, sagte sie. Ich nickte. »Ja, ich weiß.«

Clary sah mich fragend an. »Noch am Baum«, meinte sie. »Er hat sie nicht alle gepflückt.«

Ich nickte noch einmal. An dem alten Baum hingen ein paar harte, saure Äpfel, einige davon hatten braune Flecken.

Little 'Un kam zu mir und schob sein mageres, kleines Händchen in meine Hand. »Ich kann sie genau sehen«, sagte er mit seiner kurzatmigen Stimme. »Ich hätte zu gern einen gegessen.«

Ich sah Clary an.

»Wenn wir dich hochheben würden ...«, begann sie. »Über die Seitenmauer in den Garten hinein. Du könntest sie zu uns herüberwerfen und dann ganz normal zur Eingangspforte gehen.«

»Warum geht ihr nicht?« fragte ich.

»Wenn sie mich beim Stehlen erwischen, dann könnte ich zur Strafe gehängt werden«, sagte sie mit brutaler Offenheit. »Wenn sie dich fangen, dann ist das nicht einmal Diebstahl, denn du bist eine Adlige.«

Ich zögerte.

»Sie macht es ja doch nicht«, sagte Ted. Die Abneigung gegen mich, gegen alle Squires, verhärtete seine junge Stimme. »Sie ist doch nur hergekommen, damit wir ihren Cousin nicht mehr ärgern, nicht unseretwegen.«

»Ich mach' es«, sagte ich hastig.

»Über die Mauer klettern und die Äpfel des Pfarrers stehlen?« spottete er.

»Ja.« Plötzlich fingen wir alle an zu kichern. Sogar Teds hartes, junges Gesicht hellte sich bei dem Gedanken auf, daß die Kinder mich zum Stehlen angestiftet hatten. Wir rannten zur großen, hinteren Gartenmauer des Vikars, die kleinen Kinder taumelten vor lauter Lachen. Ted Tyacke und Matthew Merry verhakten ihre Hände ineinander, und Clary half mir, daraufzusteigen. Sie begannen unter meinem Gewicht zu schwanken, und Clary sagte: »Los jetzt, werft sie hoch!«

Ich mußte vor Lachen laut losprusten und packte die obere Kante der Mauer.

»Eins ... zwei ... drei ... und hoch!« kommandierte Clary, und der schwankende Tritt unter meinen Füßen hievte mich plötzlich in die Höhe und an die obere Kante der Gartenmauer. Sie war mit scharfen Feuersteinen bedeckt, und ich hörte einen Saum reißen. Ich schwang meine Beine hinüber und wollte gerade hinunterspringen, als ich erstarrte.

Da stand Dr. Pearce, fast direkt unter mir, und blickte erstaunt nach oben. »Miss Lacey?« fragte er, als könne er seinen Augen nicht trauen. »Miss Lacey? Was um Himmels willen machen Sie da?«

Mir fiel keine Antwort ein. Ich wälzte mich zur Seite und sah, daß Ted und Matthew immer noch dort unten standen. »Fangt mich«, quietschte ich wie ein Schweinchen, das irgendwo eingeklemmt ist, und ließ mich einfach von der Mauer rückwärts auf die beiden Jungen hinunterfallen.

Wir plumpsten alle drei gemeinsam auf den harten Boden nieder. Sie sprangen wieder auf, aber ich mußte so lachen, daß ich nicht gleich hochkommen konnte.

»Was war denn? Was war denn?« fragte Clary und lächelte angesichts meiner Heiterkeit.

»Es war Dr. Pearce!« sagte ich. »Direkt unter mir. Er hat nach oben geguckt ... und gesagt: ›Miss Lacey, was um Himmels willen machen Sie da?‹«

Clary brach in ein heulendes Gelächter aus und fiel Matthew in die Arme. Ted streckte eine Hand aus und zog mich auf die Füße. Sein braunes Gesicht war ganz verzerrt vor Lachen. Die kleineren Kinder ließen sich dort, wo sie gerade standen, zu Boden fallen und heulten und schrien vor Vergnügen.

»Ich muß jetzt los«, prustete ich, während ich mir die Augen wischte. »Ich muß los. Ich muß jetzt durch das Tor hinein und den Gartenpfad hinaufgehen.«

Das löste einen weiteren Lachanfall aus, schlimmer noch als der vorherige, und wir stolperten wie eine Gruppe Betrunkener um den Garten herum zur Straße.

»Kommt bloß nicht mit mir«, bettelte ich. »Ich muß unbedingt aufhören zu lachen.«

Clary nickte, während sie noch vor Vergnügen gluckste. »Komm bald wieder herunter nach Acre«, sagte sie. Ihr staubiges Gesicht war durch die Tränen, die ihre Wangen heruntergelaufen waren, mit schmutzigen Streifen durchzogen. »Wir könnten dich in unserer Bande wirklich gebrauchen. Du bist eine verdammt gute Diebin, Julia Lacey.«

Da ich noch immer nicht sprechen konnte, nickte ich nur und wandte mich dann zur Eingangspforte des Vikars. Als ich den Weg zu dem hübschen Haus halb hinaufgelaufen war, hielt ich inne und holte tief Luft. Ich kannte Dr. Pearce nicht besonders gut, und ich hätte, so meinte ich, wohl nichts Schlimmeres zu erwarten als eine Strafpredigt. Aber ich wollte mich nun nicht ganz und gar unmöglich machen, indem ich etwa laut lachend an der Tür erschien.

Lautes Gejohle zeigte mir, daß die Kinder mich beobachteten, aber ich sah mich nicht um. Ich pochte an die Tür, und Dr. Pearces Haushälterin, Miss Green, öffnete mir. Sie machte einen kleinen Knicks und hielt die Tür weit geöffnet, und ich schritt in das Empfangszimmer, zurück in die Welt, in die ich gehörte.

Dr. Pearce kam aus der Bibliothek und nickte mir zu, als habe er mich an diesem Morgen zum ersten Mal gesehen.

»Hallo, Miss Lacey«, begrüßte er mich freundlich. »Sind Sie gekommen, um Ihren Cousin abzuholen? Wir sind gerade fertig geworden.«

Einen Moment lang sah ich ihn mit offenem Mund an, dann hatte ich verstanden. Dr. Pearce war nicht der Mann, der sich unnötig in Schwierigkeiten begab. Wenn möglich ignorierte er sie. Er wollte ganz einfach nicht wissen, was ich mit schmutzigem Gesicht und zerrissenem Kleid da oben auf seiner hohen Gartenmauer gemacht hatte, angefeuert von den ungezogenen Kindern von Acre.

Ich machte einen tiefen, braven Knicks. »Ja, Dr. Pearce«, sagte ich und nahm Richards Bücher, während er seinen Mantel und seine Mütze überzog und wir uns auf den Heimweg machten.

Die Kinder waren fort, verschwunden wie kleine Füchse, die Schritte hören. Der Morgen war sonnig gewesen; jetzt hatte das Wetter gewechselt. Überall am Himmel türmten sich dicke Wolken auf. Richard und ich eilten schnell nach Hause, angetrieben von einem Regenschauer, der auf uns herunterprasselte.

»Warst du bei Mrs. Green?« keuchte Richard.

»Nein«, antwortete ich, erschöpft von der Rauferei mit Clary und dem Sturz von Dr. Pearces Gartenmauer.

»Warum nicht?« fragte Richard. Seine blauen Augen funkelten. Er hatte sofort den großen Kratzer in meinem Gesicht und mein unordentliches Haar bemerkt. Er wußte, daß irgend etwas geschehen war, aber er wollte mich nicht direkt danach fragen.

»Ich erzähl's dir später«, keuchte ich. Für lange Erklärungen fehlte mir der Atem, und ich wollte ein wenig Zeit gewinnen, um darüber nachzudenken, was genau ich Richard sagen würde. Ich hatte ein bestimmtes Gefühl, das ich nicht erklären konnte, aber das, so wußte ich, richtig war; ich wollte Richard nicht die seltsamen Geschichten erzählen, die die Dorfleute über seine Mutter erfunden hatten. Vielleicht würden sie ihn traurig machen. Und ich war ganz sicher, daß ich ihm diese neueste Geschichte über das »Lieblingskind«, das der eigentliche Erbe war, besser nicht erzählen sollte.

Richard hörte das Zögern in meiner Stimme und blieb abrupt stehen. Er packte mich am Arm und riß mich herum, um mir in die Augen zu sehen. Der Regen tropfte auf meine rechte Wange, aber wir standen ein wenig geschützt durch die großen Zweige, die über die Wideacre-Seite des Weges nach Acre herüberhingen. Über das Feld hinter mir pfiff der Wind, und der Regen prasselte hart auf die auskeimenden Weizenkörner und die Brombeersträucher.

»Sag's mir jetzt«, befahl er.

Ich hörte den warnenden Unterton in seiner Stimme, und ich blieb brav im Regen stehen und erzählte ihm von meinem Lauf mit den Dorfkindern durch die Wälder und dem Kampf mit Clary und dem Waffenstillstand, den wir geschlossen hatten. Ich berichtete alles ganz genau, außer der Geschichte, die sich Clary über Beatrice ausgedacht hatte. Richards Schweigen warnte mich, daß meine Geschichte glaubhaft sein müsse, und das war sie auch. Ich wiederholte aber nicht die höhnische Bemerkung, ich sei wohl geschickt worden, um für ihn seine Kämpfe auszutragen. Ich erwähnte auch nicht, daß Matthew bei Richards Namen verächtlich ausgespuckt hatte. Und ich sagte nichts über den gescheiterten Apfeldiebstahl.

Richard hörte mich ruhig bis zu Ende an. Der Regen ließ die Locken seines schwarzen Haares aufspringen, so daß er mehr als je zuvor wie ein gefallener Engel aussah. »Gut gemacht, Julia«, sagte er mit warmer Stimme, als ich zu Ende gesprochen hatte. »Du bist ein tapferes Mädchen. Ich bin froh, daß du keine Angst mehr vor Acre hast. Du hattest ganz recht, den

Kindern einmal die Stirn zu bieten. Jetzt hast du keine Angst mehr, mich zu begleiten, wenn ich zum Unterricht gehe.«

Mein Gesicht glühte, als ich seine lobenden Worte hörte.

»Mir sind sie eigentlich immer gleichgültig gewesen«, meinte er. »Aber ich bin froh, daß du deine Angst überwunden hast.«

Er ließ meinen Arm los und wandte sich zum Weitergehen. Ich zögerte nur einen kurzen Augenblick lang. Eine Stimme in mir rief, daß er die Dinge verdreht hatte, die stolze Stimme, die eigentlich sagen wollte: »Einen Augenblick, Richard, *du* hattest doch so viel Angst. Deinetwegen bin ich den Kindern entgegengetreten.« Dann fiel mir die Warnung meiner Großmutter ein, daß der Platz einer Dame immer an zweiter Stelle ist, und ein kleines, geheimnisvolles Lächeln ging über mein Gesicht. Ich schwieg still und lief weiter neben ihm nach Hause. Plötzlich prasselte ein neuer Regenschauer auf unsere Köpfe nieder; wir fingen an zu rennen, platschten schließlich durch die milchigen Pfützen die Auffahrt hinauf und trampelten zur hinteren Tür hinein, nach Handtüchern und sauberer Kleidung rufend. Mrs. Gough begrüßte uns mit lautem Schimpfen, denn überall auf ihrem sauberen Küchenboden verteilten sich Schmutzspuren.

4

Für mich bedeutete jener Tag den Beginn meiner Freundschaft mit Clary Dench. Die Beziehung zu ihr half mir, mich weitgehend mit der Aufgabe abzufinden, die ich zu erfüllen hatte, nämlich eine feine junge Dame zu werden. Natürlich kannte Clary nicht die Welt, in der ich lebte, und hatte sich niemals über deren Enge und Beschränkungen Gedanken gemacht. Aber durch Clary eröffnete sich mir eine Möglichkeit zur Flucht vor den strengen Prinzipien meiner Mutter und zugleich vor der Disziplin, die ich mir selbst auferlegt hatte. Ich war nämlich entschlossen, eine gute Tochter zu sein und später eine gute Ehefrau zu werden.

Zusammen mit Clary war ich wirklich ich selbst. Ich liebte sie, obwohl wir ein so unterschiedliches Leben führten, trotz des Kampfes bei unserem ersten Treffen und trotz der regelmäßigen Streitereien, die es auch später noch gab. Zwischen uns wuchs eine feste Freundschaft; wir fühlten uns unendlich wohl, wenn wir beisammen waren, ohne daß wir uns jemals gefragt hätten, warum wir einander so sehr mochten. Ich entdeckte einfach, daß es mir sehr guttat, jeden Tag zusammen mit Richard ins Dorf zu gehen und, während er dort seinen Unterricht nahm, mich mit Clary zu treffen und eine oder zwei Stunden meiner müßigen, unausgefüllten Tage mit ihr zu verbringen. Häufig gingen wir gemeinsam an der Mühle vorbei hinunter zum Fenny. Die alte Mrs. Green lächelte mir jetzt jedesmal freundlich zu, und manchmal erbettelte ich ein in Papier eingewickeltes Knäuel Teeblätter aus der Speisekammer von Dower House, und Clary und ich setzten uns an dem winzigen Feuer nieder, das Mrs. Green in dem großen Kamin für uns angezündet hatte, während sie Tee aufbrühte und uns aus den Blättern die Zukunft vorhersagte. Es war nur ein Spiel; ich glaube, sie konnte das gar nicht richtig. Sie machte einfach das nach, was die Zigeuner taten, wenn sie während des Winters ihre Wagen auf dem Gemeindeland abstellten und dann zu den Häusern kamen, kleine hölzerne Spielsachen und getrocknete Blüten verkauften und dem einen oder anderen Dorfbewohner anboten, ihm die Zukunft vorherzusagen.

Wenn das Wetter gut war, dann gingen Clary und ich im Gemeindeland spazieren, oder wir liefen zum Fenny hinab. In den langen, heißen Sommermonaten zogen wir uns bis auf unsere Unterkleider aus und badeten an den tieferen Stellen des Flusses. Keiner von uns beiden konnte wirklich gut schwimmen, aber wenn Clary mein Kinn über die Wasseroberfläche hielt und mit ihrer braunen Hand meinen Mund verschloß, dann konnte ich immerhin ein paar Meter voranstrampeln, bevor ich mit heftigem Platschen und unter lautem Gelächter schließlich doch unterging.

Clary gelang das Schwimmen besser. Innerhalb einer Woche konnte sie von einer Seite des Flusses zur anderen hinüberplantschen, und sie lernte es sogar, unter Wasser zu tauchen und die halbe Strecke unsichtbar zurückzulegen, bevor sie wieder mit tropfnassen Haaren an die Oberfläche kam. »Ich muß unter einem glücklichen Stern geboren worden sein!« sagte sie. »Auf jeden Fall werde ich niemals ertrinken.«

Ich ließ mich im hellen Sonnenlicht in den flachen Gewässern treiben, aber plötzlich erschauderte ich, als hätte mich ein kalter Windhauch gestreift. Als sie sprach, fiel ein Schatten auf die Sonne, und ich bekam eine Gänsehaut.

»Was ist los?« fragte sie mich. »Du siehst plötzlich so blaß und komisch aus.«

»Es ist nichts«, antwortete ich hastig. Plötzlich war mir ihr Gesicht vollkommen verändert erschienen: totenbleich und von ihrem Haar umflutet, und Wasser, Flußwasser, kam aus ihrem Mund gequollen. »Uugh!« stieß ich hervor. »Mir stand plötzlich ein entsetzliches Bild vor Augen. Komm raus, komm aus dem Wasser, Clary.«

»Na gut.« Sie schwamm auf mich zu und watete zum Flußufer, um sich neben mir in der Sonne trocknen zu lassen. Unsere nackten Körper glänzten so weiß wie Taubenbrüstchen.

»Versprich mir etwas«, sagte ich plötzlich ganz ernst, das Bild ihres grauen, aufgedunsenen Gesichts vor Augen. »Versprich mir, daß du niemals allein schwimmen gehst.«

Sie drehte sich zu mir herum und stützte sich auf den Ellenbogen. »Warum denn bloß, Julia?« fragte sie. »Warum siehst du so merkwürdig aus?« Und dann, mit einem Blick in meine Augen, sagte sie: »Also gut, gut. Ich verspreche es dir. Aber warum siehst du so seltsam aus?«

»Ich habe gerade ...«, sagte ich, aber meine Gedanken blieben unklar, und das Bild in meiner Phantasie verblaßte. »Ich dachte, ich hätte etwas gesehen«, stammelte ich.

»Das ist die Sehergabe«, sagte sie düster. »Ich hab' gehört, wie meine Mutter mit Mrs. Green darüber gesprochen hat. Von dir und Richard war die Rede. Sie sagen, wenn einer von euch beiden der wirkliche Erbe ist, wird er eine seherische Begabung haben. Der wirkliche Erbe. Wenn ihr erwachsen seid, wird sie bei einem von euch beiden zu Tage treten.«

»Ganz bestimmt Richard«, versicherte ich. Ich rollte mich auf den Bauch und riß einen Grashalm ab, um daran zu kauen. Sein Saft war so süß wie Nektar.

»Im Dorf sagen sie, du könntest es sein«, meinte Clary warnend. »Sie sagen, du seist Beatrice wie aus dem Gesicht geschnitten. Sie meinen, du wirst es sein.«

Ich setzte mich auf und zog mein zerknittertes Kleid über den Kopf. »Nein«, sagte ich mit Nachdruck. »Ich würde die Erbschaft nicht wollen, selbst wenn sie mir auf einem Silbertablett dargeboten würde. Richard ist ihr Sohn. Richard ist ihr Erbe. Gemeinsam werden wir hier wieder die Laceys sein, aber Richard wird der Squire, und ich werde seine Gemahlin. So soll es sein, Clary!«

»Hmm«, nickte sie und lächelte zögernd. »Küßt er dich, Julia?«

»Nein, nicht richtig«, antwortete ich. »Ich glaube, nicht so, wie man richtig küßt, Clary. Er ist zu mir eigentlich mehr wie ein Bruder. Manchmal sind wir einander sehr nahe, manchmal zanken wir uns. Aber es ist nicht so wie in den Romanen.«

Clary blickte mich skeptisch und erfahren an. »Ein vornehmes Leben würde mir bestimmt nicht gefallen«, sagte sie entschieden. »Matthew und ich, wir halten uns an den Händen und küssen uns ziemlich oft. Und wir haben uns verlobt und unsere Namen in den Baum eingeritzt und alles. Aber er ist nicht stark«, sagte sie ängstlich. »Ich wünschte, im Dorf gäbe es mehr Geld. Ich habe Angst um ihn. Im Winter hustet er so viel, daß seine Großmutter schon dachte, sie würde ihn niemals groß bekommen.«

»Vielleicht kann er irgendwo in einem Büro arbeiten«, meinte ich tröstend. »Du sagst doch selbst, er sei nachdenklich und schlau. Vielleicht wird er Buchhalter oder so etwas und arbeitet dann in Midhurst! Oder sogar in Chichester! Ich würde dich gern in einem feinen Stadthaus besuchen, Clary!«

Wir mußten beide lachen, aber Clary warf stolz den Kopf in den Nacken. »Ich würde nicht von Wideacre weggehen. Aber mein Matthew ist klug genug für so etwas. Schon als wir klein waren, hat er sich selbst das Lesen beigebracht, und er hat den Leuten im Dorf immer Briefe vorgelesen und geschrieben. *Und* er kann Gedichte machen, die genausogut sind wie die in den Büchern.«

Ich nickte beeindruckt. Dann drehte ich mich um, damit sie mir die Rückseite meines Kleides zuknöpfen konnte. Ich wollte, wenn ich an der Pfarrei ankäme, zumindest halbwegs präsentabel aussehen.

Als sie mir gesagt hatte, sie glaube an meine seherische Begabung und daran, daß ich Beatrices Erbin sei, hatte ich einfach gelacht. Aber die seltsamen Blicke der Dorfbewohner und die Geschichte über den alten Gott von Wideacre konnte ich dennoch niemals vergessen. Immer wieder mußte ich an Beatrice und an den dunklen Gott denken, der gekommen war, um sie zu entführen, und an die Zauberkraft, die sie ihrem Erben, wer von uns beiden es auch sein mochte, mitgegeben hatte.

Ich versuchte, mir über die Legende von Acre keine Gedanken mehr zu machen. Ich hatte immer gewußt, daß es eine phantastische Geschichte über die Feuernacht von Wideacre gab, voller Übertreibungen und Unwahrheiten. Meine Mutter hatte mich oft genug gescholten, weil ich mich von Richards Gespenstergeschichten so schrecklich ängstigen ließ. Dummer Dorfklatsch, so sagte ich mir, dürfte mir doch keine Angst machen.

Aber ich konnte die Geschichte einfach nicht vergessen. Sie verfolgte mich. Ich dachte an den jungen Mann, einen der alten Götter, der gekommen war, um Beatrice zu holen. Und an Beatrice, die schöne, grausame Göttin und Zerstörerin. Unwillkürlich hatte sich dies Bild von ihr in meiner Phantasie festgesetzt. Es war so ganz anders als die Geschichte, die meine Mutter über jene Zeit erzählte: Beatrice und Harry, die gemeinsam und in Harmonie das Land verwaltet hatten. Ein halbes Dutzend Mal sagte ich mir, daß dies nur Hirngespinste seien. Aber das Pferd, dessen glühende Hufe die eichenen Treppenstufen in Flammen setzten, ritt jede Nacht durch meine Träume.

Und dann begann ich, einen ganz besonderen Traum zu träumen.

Er war ähnlich wie der andere Traum – der von der Frau, die ich selbst war, und dem Säugling, der zum Fluß gebracht werden muß. Aber dieses Mal waren die Frau und ich nicht identisch. Sogar in meinem Traum wußte ich: Ich sah mit ihren Augen und lächelte ihr Lächeln, aber wir waren zwei verschiedene Personen.

Zunächst träumte ich diesen Traum ein paar Nächte, nachdem mich Clary mit ihrer Geschichte so sehr verwirrt hatte. Und dann kam er immer wieder. Jedesmal waren die Farben ein wenig heller und leuchtender, die Töne ein wenig deutlicher. Jedesmal klopfte mein Herz ein wenig schneller, und der Schrecken und das Entzücken, das ich im Traum empfand, wurden stärker. Dann, in der Nacht vor meinem sechzehnten Geburtstag, träumte ich meinen Traum in so leuchtenden und lebendigen Bildern, als lebte ich ihn wirklich.

Im Traum war ich in einem leeren Haus. Ein großes, wunderschönes Haus, das ich in meinem bewußten Leben noch nie gesehen hatte. Ich kannte es nicht, und dennoch war es für mich das vertrauteste, liebste, kostbarste Haus der Welt. Es war groß und geschmackvoll eingerichtet, das Haus eines Gutsherrn, der inmitten seiner fruchtbaren Ländereien lebt. Ich liebte seine besondere Stille, und ich seufzte vor Entzücken, daß es zuguterletzt mir gehörte, ganz allein mir. Mein Atem war das einzig Lebendige in der großen, schallenden Halle, das einzige, was sich in den stillen Räumen bewegte.

Wie ein Geist ging ich von Zimmer zu Zimmer, wie der Traum eines Geistes. Ich war so stumm wie eine Katze, und mit dem unbeweglichen Blick einer Katze schaute ich um mich, als müsse ich jetzt alles ein letztes Mal in mich aufnehmen. Die Bilder prägten sich mir ein, als sollte ich ins Exil gehen oder als wäre ein Bann über mich verhängt worden. Und ich selbst wollte, daß dieser Ort, mein Heim, mich nie, niemals vergessen würde. Ich gehörte hierher. Die Erinnerung an mich sollte hier auf ewig bewahrt werden.

Schweigen umgab mich. Kein Laut störte die Stille, nicht einmal meine Schritte waren zu hören. Die Menschen, die hier mit mir lebten, hatten mich erst vor kurzem verlassen. Ich ahnte laute Stimmen und bittere Worte und das Schlagen von weit entfernten Türen. Aber jetzt war das Haus leer. Es gehörte endlich mir allein.

Ich berührte voll Ehrfurcht einige Gegenstände. Auf dem Pfosten am Fuße des Treppenaufgangs ertastete ich mit meinen Fingerspitzen fein geschnitzte Landschaften, Ackerland, das reiche Ernte trug, eine trächtige Kuh, die wollige Flanke eines Schafes, Weizen, in Garben gebunden. Ich wußte, es war mein Land, das dort in dem duftenden Holz verewigt worden war. Unter meinen liebevollen Händen fühlte es sich warm und seidig an, als würde es gern von mir gestreichelt.

Gegenüber dem Treppenpfosten, im Schatten der Wand, hing ein vergoldeter Spiegel, und ich wandte mich von der Treppe fort und schaute hinein. Aber nicht ich spiegelte mich in dem dunklen Glas. Es war nicht mein rundes, kindliches, pausbäckiges Gesicht, das mir entgegenblickte, nicht mein helles Haar und meine grauen Augen. Ich sah das Gesicht einer Fremden, einer Frau, die ich in meinem bewußten Leben nie getroffen hatte. Dennoch kannte ich dies Gesicht ebensogut wie mein eigenes, denn in dem Traum hatte ich wie sie starkes, kastanienbraunes Haar und schrägstehende, grüne Augen, und ich sah wie sie verwirrt und halb wahnsinnig aus. Ich starrte die Fremde im Spiegel, mich selbst, einige Augenblicke lang an, und dann senkte ich mit einem geheimnisvollen, verschlagenen Lächeln die Lider. Unter dem Spiegel war ein Mahagonitisch. Ich legte meine Handfläche darauf und spürte, wie sich das kühle Holz unter meiner Berührung erwärmte. Auf dem Tisch stand eine silberne Schale, gefüllt mit Rosen, deren cremefarbene, hängende Blüten sich über den Rand neigten und in der blankpolierten Oberfläche spiegelten. Ich streifte eine der Blüten mit meiner Hand, und die Blütenblätter fielen wie ein Schneeschauer auf die Oberfläche des Tisches. In meinem Kopf hörte ich eine Stimme – eine Stimme genau wie die meiner Mutter, aber in einem Ton der Verachtung, den ich nie von ihr gehört hatte: »Du bist eine Zerstörerin, Beatrice.«

Auf dem Boden sah ich eine große Porzellanschale mit getrockneten, duftenden Blüten, und ich hob eine Handvoll papierner Rosenblütenblätter und stacheliger Lavendelsamen heraus. Ich beugte mich nieder, um den süßen Geruch der getrockneten Pflanzen einzuatmen. Die leichten Blütenblätter und der Staub verstreuten sich über den Fußboden. Ich achtete nicht darauf. Bald wäre ohnehin alles gleichgültig. Draußen, irgendwo weit weg, tobte ein Unwetter. Es grollte und toste über den Hügeln und kam über die Wälder immer näher. Ich dachte an die beiden Kinder, das kleine Mädchen und den kleinen Jungen. Sie hatten in einer Kutsche aus diesem Haus fliehen müssen; der Regen trommelte jetzt auf das Dach ihres Wagens und rüttelte an den Scheiben. Aber ich wußte, sie würden sicher und geborgen ankommen. Sie waren mein Fleisch und Blut, und sie würden auf meinem Land leben. Sie waren die Erben von Wideacre, und einer von beiden würde mein Nachfolger sein. Einer von beiden würde die Äcker fruchtbar machen können, so wie ich es früher getan hatte. Einer von beiden wäre das Lieblingskind.

Die Tapete fühlte sich unter meinen Fingerspitzen weich und kostbar an. Die Samtvorhänge am Fenster des Wohnzimmers waren so seidenweich wie das Fell eines neugeborenen Lamms. Das dicke Glas des Fensters wurde von dem Regen gekühlt, der draußen herunterprasselte. Ich lehnte meine Stirn gegen die Scheibe und lächelte. Die Uhr im Wohnzimmer tickte leicht und metallisch. Das Ticken der Standuhr in der Halle hörte sich dumpf und hölzern an. Draußen brauste dunkel der Sturm, aber er machte mir keine angst. Lauter als jenes Brausen war ein anderer, neuer Laut. Ich lauschte auf dieses Geräusch, hellwach wie eine Ratte in einem dunklen Loch.

Es war das Geräusch von vielen nackten Füßen, die die Anfahrt herauf und auf das Haus zukamen. Ich hatte das Trappeln und Knirschen schon von weitem gehört, denn ich hatte es seit langem erwartet. Die Welt meines Traumes war mir vertraut, und ich wußte, was als nächstes geschehen würde. Ich konnte mein Schicksal nicht aufhalten. Für mich gab es kein Entrinnen. Was auf mich zukam, war die Gerechtigkeit: die Bewohner des Dorfes, das ich zu zerstören versucht, und der Mann, den ich angegriffen hatte. Denn ich war Beatrice. Beatrice Lacey vom Herrenhaus von Wideacre, die mit einem trotzigen Lächeln in die dunkle, stürmische Regennacht hinausstarrte. Ich war Beatrice, und ich wartete einsam auf die

Männer, die von Acre kamen, angeführt von einem Gott, halb Mensch und halb Pferd, der mit feurigen Hufen die Eichenstufen heraufritt und mich in seine eigene, geheimnisvolle Welt entführte.

Ich erwachte mit einem furchtbaren Schrecken und zugleich mit Gefühlen von wildem Übermut. Während ich mich in meinem Zimmer umsah, ließ meine Erregung allmählich nach, und mein wirkliches Leben, das Leben des schlichten und ganz und gar gewöhnlichen Mädchens Julia Lacey, kehrte zurück. Ich war nicht länger eine Hexe mit kupferfarbenem Haar. Ich war Julia Lacey im geflickten Nachthemd in ihrem kalten Schlafzimmer.

Ich starrte auf die Zimmerdecke, die die Morgensonne hellgelb gefärbt hatte. Langsam verblaßten die leuchtenden, reichen Farben, und das Entzücken über die Tastempfindungen ließ nach. Es war ein Traum gewesen, nichts als ein Traum. Was zurückblieb, war die Sehnsucht, die Frau kennenzulernen, die Beatrice gewesen war. Und zugleich ein Gefühl von Verwirrung und Unzufriedenheit mit diesem kleinen Haus, meinen kleinen Vergnügungen und meiner Unterwerfung unter Richards Willen und das sanfte Regiment meiner Mutter. Der Traum hatte mir deutlich gemacht, daß eine Frau wie Beatrice niemals wie ich die Rolle der braven Haustochter akzeptiert hätte. Sie hätte verächtlich den Kopf geschüttelt und darauf bestanden, ihr eigenes Pferd zu bekommen. Sie wäre alle Tage ausgeritten. Sie hätte nicht unser Erbe verkommen lassen, sondern Geld geliehen, damit die Felder bebaut und Vieh gekauft werden könnte. Und ihr Geschick, ihre Entschlossenheit und ihre magischen Kräfte hätten ihren Plänen zum Erfolg verholfen.

Ich seufzte. Ich wußte, daß ich selbst ganz anders war. Ich war eine zu liebevolle und gehorsame Tochter, als daß ich mich gegen meine Mutter aufgelehnt hätte. Und ich war Richards treue Verlobte und wagte es nicht, auch nur einen einzigen unabhängigen Gedanken zu haben. Meine Persönlichkeit war anscheinend schon früh von anderen beeinflußt und fest geformt worden. Ich war eine ganz gewöhnliche, gehorsame junge Dame, und meine kleinen häuslichen Vergnügungen fielen niemals aus dem Rahmen.

Aber dann erinnerte ich mich plötzlich, welcher Tag heute war, und ich vergaß meine Unzufriedenheit. Dies war kein schlichter, gewöhnlicher Tag. Es war mein sechzehnter Geburtstag. Der Traum fiel gänzlich von mir ab, und ich schlüpfte aus dem Bett und lief zum Fenster, um den Himmel und die Morgensonne anzuschauen. Dann schlug ich ein warmes Tuch um meine Schultern und wartete auf meine heiße Schokolade und darauf, daß der Tag seinen Lauf nähme.

Ich erwartete einige Überraschungen. Das Aufregendste wäre sicher meine Mutter; sie würde nach dem Frühstück in mein Zimmer kommen, mit ihren Schildpatt-Haarbürsten und einer Schachtel voller Haarnadeln, mich vor meinen kleinen, fleckigen Spiegel führen und mein Haar frisieren. Meine dicken, hellbraunen Locken würden von jetzt an hochgesteckt und meine Röcke würden ausgelassen werden; ich sollte nun endgültig eine junge Dame sein. Meine Mutter tat, was sie konnte, um mich zu einer Lady zu machen – wenn auch ohne Geld, ohne die Saison in London und ohne einen Ball.

Richard hämmerte gegen die Tür. »Darf ich zusehen?« rief er.

»Nein, natürlich nicht«, brummte meine Mutter, die lauter Haarnadeln zwischen ihre Lippen geklemmt hatte. »Du darfst schweigend im Wohnzimmer warten, bis wir fertig sind.«

»Ich will nicht, daß Julia ganz und gar verändert aussieht«, rief er warnend.

»Sie wird jetzt wie eine Dame aussehen und nicht mehr wie ein wildes Mädchen vom Lande«, sagte meine Mutter bestimmt. »Jetzt verschwinde, Richard!«

Wir hörten ihn mit seinen Stiefeln die Treppe hinuntertrampeln. Meine Mutter und ich sahen uns lächelnd im Spiegel an.

»Ich kann es nicht sehr gut«, sagte sie entschuldigend. »Sie sollten wirklich einmal geschnitten werden. Aber Friseure sind leider sehr teuer. Ich wünsche mir für dich ein großes Fest in einem Ballsaal. Und wir sollten auf diesen Tag wohl nicht ewig warten. Du bist sechzehn, und wir müssen heute feiern; ich bin deine Ankleidedame, und heute nachmittag gibt es ein großes Essen, als Ersatz für deinen Debütantinnenball.«

Ich nickte und war nicht im mindesten traurig, da mich schon mein verändertes Aussehen tief beeindruckte. Meine Mutter hatte ein paar schwere Haarsträhnen hochgenommen; sie wand sie wie eine dicke Schlange spiralenförmig um meinen Kopf herum und steckte sie sorgfältig fest. Auf jeder Seite meines Gesichts schnitt sie ein paar kurze Strähnen ab und drehte sie mit ihren Fingern zu weichen Wellen. Sie blickte nicht in den Spiegel, bis alle Nadeln dort steckten, wo sie hingehörten. Dann blickte sie hoch, um die Wirkung zu betrachten; das Lächeln schwand aus ihrem Gesicht, und sie wurde plötzlich blaß.

»Was ist los?« fragte ich lächelnd. Ich fand mich außerordentlich elegant.

Meine Mutter schluckte. »Es ist nichts«, sagte sie. Sie lächelte ebenfalls, aber sie schien verwirrt und betrübt zu sein. »Du siehst nur plötzlich so erwachsen aus«, sagte sie. Sie küßte mich leicht auf den Scheitel.

»Als ich noch ein Kind war, wurde das Haar gepudert. Aber ich denke, es ist hübscher, wenn es ganz natürlich glänzt«, sagte sie. »Vor allem im Sommer, wenn es ausbleicht; dein Haar ist sowieso recht hell.« Sie sammelte ihre Bürsten und Nadeln ein und ging hastig aus meinem Zimmer, als wäre sie in Eile. Ich beobachtete sie irritiert und warf selbst einen prüfenden Blick auf mein Spiegelbild.

Plötzlich wußte ich, wen sie gesehen hatte.

Sie hatte Beatrice gesehen.

Mein Gesicht sah aus wie das Gesicht in meinem Traum. Die Zöpfe, die ich vorher getragen hatte, hatten die klaren Linien meines Profils verdeckt. Jetzt, da mein Haar hochgesteckt war und lauter kleine, lustige Löckchen in mein Gesicht fielen, da zeichneten sich plötzlich meine hohen Wangenknochen ab, und man erkannte die seltsam schrägstehenden Augen, die ich geerbt hatte. Es war, als hörte ich eine Stimme, die sich über eine Generation hinweg in Erinnerung rief: die Stimme meiner Tante. Mein Gesicht war immer noch rund, und leider, so fand ich, allzu pausbäckig. Sollte ich später einmal eine schöne Frau werden, dann wären es Beatrices edle Gesichtszüge, denen ich das zu verdanken hätte.

Vielleicht hätte mich der Gedanke an Beatrice beunruhigen sollen, aber ich war erst sechzehn und wünschte mir Schönheit mehr als alles andere. Noch einmal lächelte ich mein eigenes Spiegelbild an.

So groß war die Ähnlichkeit doch nicht, meinte ich. Ich wollte heute den Traum vergessen. Ich wollte mich nicht als verfolgte Lacey-Erbin geben, die jetzt erwachsen wurde, sondern als Julia, die endlich alt genug war, um ihr Haar hochgesteckt zu tragen, und die wahrscheinlich zu ihrem Geburtstag ein paar Haarbürsten mit silbernem Rücken, eingewickelt in hübsches Papier, an ihrem Platz am Eßtisch finden würde.

»Julia! Bist du noch nicht fertig?« rief Richard vom Treppenabsatz aus. »Wenn du nicht endlich kommst, dann schaffen wir es nicht bis nach Havering, und wir können nicht rechtzeitig zum Mittagessen zurück sein!«

»Ich komme!« rief ich zurück und warf noch einen letzten Blick in den Spiegel. Dann rannte ich aus dem Zimmer, knallte die Tür hinter mir zu und polterte die Treppenstufen hinab.

Ich hatte gehofft, daß Richard bei meinem Anblick völlig verblüfft sein würde. Ich war jung und dumm und eitel genug, um anzunehmen, daß er mich hübsch, vielleicht sogar schön finden würde. Aber als er mich sah, grinste er nur. »Sehr elegant«, sagte er. »Sehr erwachsen. Wahrscheinlich bist du jetzt zu erwachsen, um durch den Wald nach Havering zu rennen, und wir müssen immer brav die Straße entlanggehen?«

Ich grinste zurück und vergaß meine Enttäuschung aus Erleichterung darüber, daß sich zwischen uns nichts verändert hatte. »Nein«, protestierte ich. »Wir können durch die Wälder laufen. Aber wenn mein Haar herunterfällt, dann mußt du es mir wieder aufstecken, bevor wir zu Großmutter kommen, Richard. Das kann ich noch nicht allein.«

»Wahrscheinlich ist das nicht schlimmer, als eine Schleife zu binden, nehme ich an«, brummte Richard, und wir traten zur Eingangstür in den Frühlingstag hinaus, dessen Sonnenlicht hell und leicht war wie Pfirsichwein.

Wideacre glänzte wie ein Geschenk für mich. Es hatte über Nacht geregnet, und die Gräser am Ufer des Flusses glitzerten noch von der Nässe. Die Bäume und Hecken waren voller graugrüner Knospen, als hätte jemand einen Gazeschleier über die schwarzen Äste und Zweige geworfen. Blasse Wolken zogen sich den Horizont entlang, und der liebliche Wind von Wideacre blies mir ins Gesicht, als wolle er mir einen Morgengruß schicken. Zu meiner Linken erhoben sich die Hügel vor einem blaßblauen Himmel, von Kreideschichten durchzogen und bedeckt von sattgrünem Gras. Und vor uns lagen die dichten Wälder von Wideacre Park.

Ohne ein weiteres Wort nahmen Richard und ich den Weg zum Herrenhaus von Wideacre und tauchten dann in die Wälder hinein. Wir liefen den kleinen Pfad nach Havering entlang.

Der Fenny führte Hochwasser; die Winterregen und die kleinen Kalkquellen der Downs hatten ihn anschwellen lassen. Schweigend gingen wir am Fluß entlang, hörten auf sein Tosen und Rauschen und betrachteten die Steine, die golden in seinen Tiefen schimmerten. Holzstücke, Zweige und die braunen Blätter vom letzten Jahr wirbelten in der Strömung herum. Wir hielten einen Moment lang inne, um ein paar Farnwedel hineinzuwerfen und zuzuschauen, wie sie rasch davongetragen wurden, vorbei an der stillstehenden Mühle der Greens, über das Wehr, vorbei an Acre und nach Süden hin zum Meer.

Ein gefällter Baum diente uns als Brücke. Früher hatten die

Leute von Acre immer die Baumbrücke genommen, um nach Wideacre Hall zu gelangen. Aber es war schon viele Jahre her, daß die Armen von Acre zuletzt einen Lacey aufgesucht hatten, und nur wenige Leute kamen nach dem großen Brand jemals wieder zum Herrenhaus, außer Richard und mir und den Geistern der Laceys. Jetzt war der Weg mit Unkraut überwuchert, und ich mußte beim Gehen mein Kleid zusammenhalten, damit es sich nicht in den Brombeersträuchern und Kletten verfing. Meine Mutter hatte den Saum für mich ausgelassen, und mir wurde klar, daß sie recht gehabt hatte: ich würde nicht immer besonders glücklich über die Veränderung sein.

»Warte einen Moment, Richard«, sagte ich voller Ungeduld. »Ich werde es hochknoten.«

Richard lachte leise und hielt meinen Mantel, während ich meinen Rock hochband. »Du bist immer noch so wild«, sagte er lächelnd. »Überhaupt keine junge Lady.«

»Ich *bin* eine junge Lady«, protestierte ich, und in meiner Phantasie sah ich Beatrice vor mir. »Aber auf Wideacre kann ich eben nicht immer die perfekte junge Dame sein.«

Danach fiel mir das Laufen leichter, und wir balancierten behende den schlüpfrigen Baumstumpf entlang. Dann liefen wir noch ein Stück den grasbewachsenen Reitpfad zum Besitz der Haverings hinauf, wo mir meine Großmutter zu meiner neuen Frisur gratulierte und großzügig darüber hinwegsah, daß mein gerade verlängertes Kleid um den Saum herum ziemlich schmutzig war. Wir nahmen eine kleine Mahlzeit ein, und dann befahl Großmutter, daß die Kutsche herauskommen und uns nach Hause fahren solle.

»Wir können zu Fuß gehen, Lady Havering«, entgegnete Richard sehr höflich.

Sie lächelte. »Meine Enkeltochter ist heute eine junge Dame geworden«, sagte sie. »Ich denke, sie sollte wirklich in einer Kutsche nach Haus fahren.«

So wurden wir sehr vornehm in der schäbigen Kutsche mit

dem verblichenen Wappen zu Hause vorgefahren. Meine Mutter winkte uns vom Fenster des Wohnzimmers aus zu und eilte hinaus zur Vordertreppe.

»Mein zweiter Kutschenbesuch heute!« rief sie, und ihre Augen glänzten. »Wir haben einen Gast zum Essen! Ihr beiden lauft jetzt sofort nach oben und zieht euch um. Ich will euch mit euren schmutzigen Sachen nicht in meinem Wohnzimmer haben. Los, beeilt euch!« Und sie huschte wie ein junges Mädchen mit hellem Lachen zurück ins Wohnzimmer, ohne auf unsere Fragen und unsere verwirrten Gesichter einzugehen.

Richard lief sofort in die Küche. Hier ging alles drunter und drüber. Das Herdfeuer loderte wild empor, Mrs. Goughs weiße Haube saß schief auf dem Kopf, und ihr Gesicht war beängstigend rot angelaufen.

»Wer ist gekommen?« fragte Richard.

»Warten Sie ab!« sagte sie knapp und warf eine Teigrolle auf den mit Mehl bestäubten Tisch. »Aber Ihre Mutter möchte, daß Sie Ihr bestes Kleid anziehen, Miss Julia, und Sie, Master Richard, Ihren besten Sonntagsanzug!«

»Lord Havering!« riet ich. Mrs. Gough kniff die Lippen zusammen und rollte den Teig hin und her, damit er weich bleibe.

»Lady de Courcey!« riet Richard.

»Jetzt aber fort mit Ihnen!« rief sie mit der liebevollen Stimme, die Richard immer wieder aus ihr herauszulocken vermochte. »Sehen Sie nicht, daß ich furchtbar in Eile bin? So, jetzt gehen Sie und ziehen sich an, Master Richard! Und Sie, Miss Julia, gucken mal auf den Hof hinaus und sehen nach, ob Jem schon zurück ist. Er wollte Obst und Gemüse und etwas Wild für mich aus Midhurst holen!«

Ich nickte und lief gehorsam zur hinteren Tür, aber Richard ließ nicht locker und machte sein Ratespiel weiter. Jem war immer noch nicht gekommen, und die intensive Farbe von Mrs. Goughs Wangen zeigte Richard, daß sie nahe daran war, die Geduld zu verlieren. Wir liefen also durch die grüne Filztür in die Halle. Ein Herrenhut lag dort auf dem Tisch und daneben braune Handschuhe aus feinem Leder. Wir konnten Stimmengemurmel im Wohnzimmer hören, und plötzlich erklang Mutters Lachen, so hell und klar wie Flötentöne. In meinem ganzen Leben hatte ich meine Mutter noch nicht so hell und vergnügt lachen hören.

Richard wollte an der Tür lauschen, aber Stride trat aus dem Eßzimmer und scheuchte uns die Treppe hinauf.

Ich ließ meine schmutzigen Sachen auf den Boden meines Schlafzimmers fallen und zog mein neues, cremefarbenes Seidenkleid aus der Truhe. »Für dich ist es neu«, hatte meine Mutter wehmütig gesagt. Es war aus einem alten Kleid umgearbeitet worden, das Mutters Halbschwester abgelegt hatte, und die Säume waren abgewetzt und leicht verblaßt. Aber es leuchtete immer noch glänzend und gelb, hell wie das Herz einer Schlüsselblume, und als ich die süß duftende Seide über den Kopf gezogen hatte, fühlte ich mich schon sehr viel erwachsener. Ich stellte mich auf die Zehenspitzen, um meine Erscheinung im Spiegel zu betrachten, und sah, daß die Farbe mein Gesicht warm machte und meine Augen verschleiert und grau erscheinen ließ. Dann trommelte Richard an meine Tür, und ich wirbelte herum, um in meine besten Schuhe zu schlüpfen. Wir gingen nach unten und wollten nun endlich sehen, wer denn so wichtig war, daß man um seine Person ein aufregendes Geheimnis machte.

Es war John MacAndrew.

Ich wußte es im selben Moment, als ich die Tür öffnete. Nicht weil ich ihn erkannt hätte, wie er dort am Kamin stand, groß und zugleich leicht gebeugt und so nahe wie möglich am heißen Feuer, sondern weil ich das Gesicht meiner Mutter sah: rosarot und weich wie das eines kleinen Mädchens und so strahlend, wie ich es nie zuvor gesehen hatte.

»Julia! Dies ist ...«

»Mein Onkel John!« unterbrach ich sie und rannte mit weit

geöffneten Armen ins Zimmer. Er strahlte, streckte mir beide Hände entgegen und zog mich an sich, um mich zu umarmen. Dann hielt er mich wieder von sich ab, küßte meine Stirn, als wolle er mich segnen, und machte einen Schritt zurück, um mich zu betrachten.

Plötzlich gefror das warme Lächeln in seinem Gesicht, und seine blaßblauen Augen wurden kalt. Er sah mich an, als betrachte er einen Feind, nicht seine eigene Nichte. Er blickte über meinen Kopf hinweg zu meiner Mutter, die sich aus ihrem Stuhl erhoben hatte und ängstlich sein Gesicht beobachtete.

»Was ist los, John?« drängte sie ihn.

»Sie erinnerte mich so ... sie erinnert mich so ...«, stammelte er. Ich trat unbeholfen zur Seite, ein paar Schritte von ihm weg auf meine Mutter zu, und sah sie hilfesuchend an.

»Nein!« rief sie heftig, und beim harten Klang ihrer Stimme zuckte ich zusammen. »Sie ist ganz anders als Beatrice!«

Als der Name Beatrice erwähnt wurde, atmete Onkel John laut aus.

»Sie ist überhaupt nicht wie Beatrice«, sagte meine Mutter noch einmal. »Sie hat eine ganz andere Haarfarbe, ganz andere Augen. Sie ist überhaupt ganz anders. Du bist zu lange fort gewesen, John. Du hattest zu lange das Bild von Beatrice im Kopf. Julia ist überhaupt nicht wie sie. Sie ist *mir* sehr ähnlich, ganz eindeutig meine Tochter. Manchmal ist sie ungezogen und wild wie die Kinder von Acre. Aber alle Kinder sind manchmal ungezogen; das hat nichts zu bedeuten. Julia ist *mein* kleines Mädchen. Hättest du sie gestern gesehen, bevor sie sich das Haar hochgesteckt hat, dann würdest du sie jetzt bestimmt nicht für eine junge Dame halten!«

Onkel John erschauerte und schüttelte den Kopf, um die bösen Erinnerungen zu verscheuchen. »Natürlich«, sagte er und lächelte mich an. Mutters Worte hatten ihm wieder Kraft gegeben. »Natürlich. Es war die Art, wie sie ins Wohnzimmer gerannt ist, und ihre Stimme, ihr Lächeln, und die Haltung ihres Kopfes ... aber die Anmut hat sie ganz gewiß von dir, Celia.«

»Ich bin froh, daß du so denkst«, sagte meine Mutter. »Denn eigentlich finde ich sie noch sehr kindlich und wild!«

Er lächelte darüber; ich sah die Wärme in seinen Augen und freute mich für meine Mutter. Ich spürte, daß er sie liebte. Und mein erster Eindruck, der eines gebeugten und müden Mannes mit kranker, gelber Gesichtshaut, verblaßte, als ich das Leuchten in seinen Augen und das kleine, geheimnisvolle Lächeln um seine Mundwinkel wahrnahm. Es schien so, als könnte er seine übermütige Freude nicht verbergen und versuchte zugleich, ernst zu bleiben.

»Onkel John«, sagte ich schüchtern. »Hier ist auch Richard.« John wandte sich rasch seinem Sohn zu. Er straffte plötzlich seine Schultern, als nähme er eine Bürde auf sich, die ihm schon seit langer Zeit auf der Seele gelegen hatte. Als er ihm die Hand reichte, wirkten seine Stimme und sein Lächeln ein wenig gezwungen. »Richard«, sagte er, »ich bin sehr froh, dich zu sehen.« Er legte seinen Arm um Richards Schultern und drückte ihn fest an sich. Dann wandte er sich meiner Mutter zu und lachte. »Celia, die ganze Zeit über habe ich dich in meiner Phantasie mit kleinen Kindern gesehen, und hier ist Richard, und er ist fast ebenso groß wie ich, und Julia geht mir bis zur Schulter.«

Meine Mutter lachte auch, und ich wußte, daß sie Onkel Johns kurzes Zögern erwartet hatte und geschickt zu überspielen wußte. »Und die Kleidung, die sie brauchen! Und die Schuhe!« rief sie aus.

»Ich sehe schon, daß ich alle meine Rubine und Diamanten zu Geld machen muß«, lachte Onkel John.

»Haben Sie denn Rubine und Diamanten, Sir?« fragte Richard eilig.

»Massenweise, ganze Bergwerke voller Edelsteine!« antwortete Onkel John.

Meine Mutter strahlte ihn an. »Wir werden dein ganzes Vermögen aufbrauchen. Aber setz dich doch ein wenig hin, John, und ruh dich aus, bevor Stride das Essen aufträgt. Und erzähl uns, was du erlebt hast. Du kannst deine Reisetaschen später auspacken!«

Das Essen war sehr gut, das beste, was Mrs. Gough in der Eile hatte fertigstellen können, und es wurde auf dem Havering-Porzellan mit dem alten Familienwappen serviert. Für die Getränke wurden die besten Kristallgläser hervorgeholt. Als Jem nach seiner Rückkehr von Midhurst noch einmal losgeschickt worden war, um Lady Havering zu berichten, daß Dr. MacAndrew nach Hause gekommen sei, hatte sie keine Kosten und Mühen gescheut. Sie hatte sogar eine Flasche kühlen Champagner eingepackt, und wir stießen bei der Nachspeise auf unsere Zukunft an.

»Wir müssen unbedingt miteinander reden, Celia«, sagte Onkel John, als meine Mutter nach Stride läutete.

»Das können wir auch später tun«, erwiderte sie mit einem liebevollen, besorgten Blick auf sein blasses Gesicht.

John zwang sich zu lächeln. »Nein«, sagte er. »Ich bin zwar sehr müde, das läßt sich nicht leugnen. In Indien hatte ich einen Fieberanfall nach dem anderen, und ich bin noch immer sehr geschwächt. Aber es gibt bestimmte Dinge, die wir gemeinsam entscheiden sollten, und ich möchte, daß das schnell geschieht. Laßt uns ins Wohnzimmer gehen und einiges besprechen, Kriegsrat halten sozusagen.«

»Und mit wem sind wir im Krieg, Onkel John?« lachte ich, während wir ins Wohnzimmer traten. Das Feuer auf dem Rost war niedergebrannt, und meine Mutter klingelte, nachdem wir uns um den Tisch herum niedergelassen hatten, nach frischen Holzscheiten. »Ich denke, wir sind mit der Vergangenheit im Krieg«, sagte Onkel John voller Ernst. »Die alten, schlimmen Denkweisen und die alten, schlimmen Gewohnheiten, bestimmte Dinge zu tun. Ich möchte, daß wir in Wideacre noch einmal ganz neu anfangen – dann können wir wirklich einen Sieg erringen.

Ich habe in Indien sehr viel Glück gehabt«, begann Onkel John seine Geschichte. »Ich konnte einem der unabhängigen indischen Prinzen einen besonderen Dienst erweisen.« Er hielt inne und lächelte ein wenig gezwungen. »Die Dörfer, die ich betreute, blieben von einer Epidemie verschont, die in anderen Teilen des Landes gefährlich wütete. Ich war es, dem das Lob für die besondere Hygiene in diesen Dörfern und für die gute Gesundheit ihrer Bewohner gebührte, und der indische Prinz gab mir zum Dank dafür sehr große Ländereien. Gutes Land, um Tee und Gewürze darauf anzubauen. Zusätzlich dazu gehört mir noch eine kleine Mine, die jetzt viel Geld abwirft und noch ausgebaut werden könnte.«

Richard hob den Kopf. »Eine Mine? Was findet man dort?«

»Opale«, sagte Onkel John. Er lächelte ein wenig ironisch. »Offenbar habe ich eine zweite Chance bekommen, ein reicher Mann zu werden«, meinte er. »Ich habe mein voriges Vermögen auf Wideacre verloren. Ich werde auf dieses besser aufpassen!«

»Opale«, sagte Richard leise. Er leckte sich die Lippen, als wären sie aus Schokolade.

»Ich bin jetzt nach Hause gekommen, um euch zu helfen«, sagte Onkel John mit fester Stimme. »Ich bin zurückgekehrt, um dem Land und den Menschen hier wieder auf die Beine zu helfen. Wideacre hat weit und breit einen sehr schlechten Ruf. Die Männer von Acre stehen auf der schwarzen Liste und können keine Arbeit finden. Die Farmer in der Umgebung wollen nicht, daß Brandstifter auf ihrem Land arbeiten. Das ist das schwere Vermächtnis, das dieses Dorf zu tragen hat. Es ist das Vermächtnis von Beatrice«, stellte John ruhig fest. »Armut in Acre, Haß zwischen den Dorfbewohnern und den Adligen, ein Dorf, das für Gewalttaten bekannt ist. Und eine schwere Erblast für die Kinder.«

»Onkel John ...« Ich wollte etwas einwenden, aber als er mir sein ernstes Gesicht zuwandte, sagte ich nur: »Ich verstehe das nicht.«

Er warf meiner Mutter einen kurzen Blick zu. »Hast du ihnen nichts erzählt?«

»So wie es ausgemacht war«, antwortete sie. »Wir hatten ausgemacht, daß ihre Jugendzeit nicht mit der schweren Vergangenheit belastet werden sollte. Ich habe ihnen nichts gesagt, außer, daß ein Feuer ausgebrochen war und daß die Laceys und Acre dadurch ruiniert wurden. Natürlich wollten sie noch vieles mehr wissen. Ich denke, jetzt ist der Zeitpunkt gekommen, ihnen zu erzählen, was sich ereignet hat.«

John nickte. »Also gut. Ihr werdet sicherlich gehört haben, daß der Besitz von Julias Vater, dem Squire, und seiner Schwester Beatrice sehr gewissenhaft gepflegt und verwaltet wurde. Aber das ist nicht richtig. In Wahrheit haben sie das Land ausgeplündert und ausgesogen, um Hypotheken abzahlen und um die Erbfolge ändern zu können, damit die beiden gemeinsam erben könnten. Celia und ich selbst haben uns ihnen entgegengestellt. Wir waren gegen die Änderung des Erbrechts, und wir waren auch nicht damit einverstanden, daß nichts anderes als Weizen angepflanzt werden sollte.

Die Leute auf dem Lande waren sehr arm, und viele Menschen starben. In einer Nacht zog ein Haufen Randalierer zum Herrenhaus von Wideacre. Wir waren im voraus gewarnt worden, und Celia und ich haben euch Kinder fortgebracht. Aber Beatrice wollte bleiben. Sie kam in dem Feuer um. Julias Vater starb an einem Schlaganfall. Er hatte schon immer ein schwaches Herz gehabt. Es ist eine Schwäche, die in der Familie liegt.«

Richard und ich tauschten einen langen, fragenden Blick.

»Oh, Gott«, rief Richard entsetzt aus. »Meine Mutter war ganz allein im Herrenhaus, als die schrecklichen Leute kamen?«

»Ja«, erwiderte Onkel John gleichmütig. »Sie wollte es so. Im übrigen hatten wir schon einige Zeit lang nicht wie Mann und Frau gelebt. Ich fühlte mich nicht verpflichtet, sie zum Verlassen des Herrenhauses zu bewegen oder selbst zu bleiben, um sie zu beschützen. Ich wollte vielmehr euch Kinder beschützen. Es war Beatrices eigene Entscheidung, zurückzubleiben. Sie hätte ja mit in die Kutsche einsteigen können!«

Auf dem Tisch stand eine Schale mit blassen Primeln, und ich starrte auf die Blumen. Aber ich sah sie nicht wirklich. Ihre Köpfe hingen über den Rand der Silberschale; sie erinnerten mich an eine andere Schale und an die schweren, cremefarbenen Rosenblüten, die auf ihr eigenes Spiegelbild hinabschauten, und ich hörte die Stimme meiner Mutter, die so voller Bitterkeit sagte: »Du bist eine Zerstörerin, Beatrice.«

Sie hatten Beatrice im Haß verlassen. Ich wußte es. Ich wußte nicht, warum. Aber ich erinnerte mich an die Stille des Traums und an das Gefühl des Friedens, das ich empfunden hatte, als ich wußte, daß schließlich alle fort waren und daß ich allein blieb. Daß alle Mühen und alles Lügen und Betrügen nun ein Ende hatten. Und ich erinnerte mich an Beatrice, die am Fenster auf den Pöbel wartete.

»Hatten sie einen Anführer?« fragte ich plötzlich und sah in meiner Phantasie den alten Gott, der halb Mensch und halb Pferd war.

»Niemand ist jemals gefaßt worden«, antwortete John unbewegt.

»Woher sind sie alle gekommen?« fragte Richard.

»Das hat man nie erfahren«, antwortete John noch einmal in demselben gleichmütigen Ton.

Ich spürte seinen Blick auf mir und sah ihn an. Ich wußte, daß dies nicht die ganze Wahrheit war. Beatrice hatte die Leute gekannt, die zum Herrenhaus heraufgezogen waren. Sie kannte wahrscheinlich sogar den Mann, der jetzt in Acre als ein Gott beschrieben wurde. Aber ich spürte deutlich, daß die Erwachsenen ihr Geheimnis bewahren wollten und daß alte Ängste in ihnen aufstiegen.

»Was bedeutet das?« fragte ich. »Was bedeutet das alles für uns?«

»Es bedeutet, daß ich jetzt den ganzen Besitz wieder in Ordnung bringen möchte«, sagte John. »Es ist Zeit, einen neuen Anfang zu wagen. Ein neues Leben für uns alle. Ich habe da so bestimmte Vorstellungen über neue Feldfrüchte, die wir hier einführen sollten – Früchte und Gemüse, die wir in Chichester oder London verkaufen könnten. Und ich möchte versuchen, die Erträge mit dem Dorf zu teilen. Das wird die Dorfbewohner wieder zur Arbeit und hinein in das neue, herannahende Jahrhundert führen.

Ich habe verfolgt, was in Frankreich geschehen ist«, erzählte John, und seine Augen glänzten vor Begeisterung. »Ich glaube wirklich, dies ist der Beginn einer neuen Epoche, einer Zeit, in der die Menschen zusammenarbeiten und den Reichtum teilen werden. Eine Zeit der Wissenschaft und des Fortschritts. Der alte Aberglaube wird beiseitegefegt, die alten Schranken niedergerissen werden. Das neue Zeitalter kommt mit Riesenschritten, und ich möchte gern meinen Beitrag dazu leisten!«

Wir waren alle still, ein wenig überwältigt von Onkel Johns Begeisterung und von der Aussicht, daß Wideacre in Zukunft ganz verändert sein würde.

»Julia wird dann eine richtige Ballsaison mitmachen«, stellte meine Mutter nachdenklich fest. John nickte.

»Und das Herrenhaus kann neu aufgebaut werden«, ergänzte Richard.

»Ja, neu aufgebaut, und die Parklandschaft kann neu umzäunt werden, und das Land wird wieder blühen und fruchtbar sein«, bestätigte John.

»Und keine Armut mehr im Dorf«, sagte ich und dachte dabei an die Kinder und an den Gemeindeaufseher, der schon bald wieder auftauchen und die Armenkinder in die Spinnereien im Norden verschleppen würde.

»Das liegt mir am meisten am Herzen«, sagte Onkel John.

Einen Augenblick lang herrschte vollkommenes Schweigen, während wir alle darüber nachsannen, daß unsere Träume wahr werden könnten.

»Ich zähle auf euch alle«, sagte Onkel John. »Ich werde einen Aufseher finden, der das Ackerland verwaltet. Aber ich brauche euren Rat und eure Unterstützung. Es ist euer Erbe, Richard und Julia, das wir jetzt wieder in Ordnung bringen wollen.« Er nickte uns mit ernstem Gesicht zu. »Ich werde eure Hilfe brauchen.«

»Soll ich denn nicht zur Universität gehen, Sir?« fragte Richard eifrig.

John lächelte, und seine Augen leuchteten warm. »Ganz gewiß wirst du das tun«, versicherte er. »Die Zeit, wo die Squires nur etwas vom Ackerbau verstanden, ist schon lange vorbei. Du gehst nach Oxford, und Julia wird eine Zeitlang nach Bath und auch nach London gehen. Während der Sommermonate werdet ihr genug Zeit haben, euch um euer Land zu kümmern.«

»Gut«, sagte Richard.

Onkel John sah mich an. »Würde Ihnen das gefallen, Miss Julia?« fragte er wohlwollend.

Ich strahlte ihn an. »Ja«, antwortete ich. »Oh, ja. Seitdem ich mit den Kindern des Dorfes Freundschaft geschlossen habe, sehne ich den Tag herbei, an dem alles in Ordnung gebracht wird. Ich bin sehr, sehr glücklich.«

Onkel John und meine Mutter sahen sich an. »Dann sind wir ja alle zufrieden«, sagte er. »Und *jetzt* werde ich mal meine Reisetaschen auspacken und nachsehen, ob ich wohl daran gedacht habe, euch etwas mitzubringen!«

Beim Abendessen war Onkel John eifrig darauf bedacht, mit uns Freundschaft zu schließen. Wir alle hatten immer noch das Gefühl, daß er uns ein wenig fremd war. Meine Mutter war ängstlich und liebevoll, und ich war unbeholfen und schüchtern wie ein Kind vom Lande, aber Richard gelang es, vollkommen entspannt und charmant zu sein. Onkel John saß am Kopfende des Tisches an Richards Platz und lächelte wie ein glücklicher Familienvater. Er hatte seine Pakete ausgepackt;

für meine Mutter und mich waren einige wundervolle Seiden- und Musselinstoffe dabei. Dann zog er noch ein schmales Samtkästchen hervor.

Als Stride die Teller abgeräumt hatte, schob er das Kästchen zu meiner Mutter hinüber. Auf ihre Frage: »Was ist es denn, John?« lächelte er sehr geheimnisvoll.

Sie öffnete den Verschluß und zog ein Halsband heraus. Es bestand aus gleichmäßig geformten Perlen, echten Austernperlen, die in den warmen Gewässern des Ozeans gewachsen waren, Tausende Meilen von Wideacre entfernt, jede von ihnen eine vollkommene, runde Welt für sich.

»Aber sie sind rosa!« rief meine Mutter aus, als sie sie im Schimmer der Kerzen betrachtete.

»Rosa Perlen«, bestätigte Onkel John. »Ich weiß, daß du Perlen am liebsten magst, Celia, und diesen hier konnte ich einfach nicht widerstehen. Es sind auch passende Ohrringe dabei.«

»Wo hast du sie denn nur gekauft?« rief sie aus. »In Indien, nehme ich an.«

»Es war verdammt schwierig, sie zu bekommen«, sagte John sehr ernst. »Jeden Sonntag nach der Kirche in einem Meer voller Haie nach Perlen zu tauchen ist kein Spaß, Celia, das kann ich dir versichern.«

Meine Mutter kicherte kokett wie ein Mädchen, dem man den Hof macht, und legte sich die Kette um den Hals. Ich sah, wie sie umständlich an dem Schloß herumnestelte, vielleicht in der Hoffnung, daß Onkel John ihr die Perlenkette anlegen würde. Aber er vermied es absichtlich, vor unseren glänzenden, neugierigen Augen die Rolle des Liebhabers zu spielen.

»Sie sind wunderschön«, rief sie voller Begeisterung. »Soll ich sie für besondere Gelegenheiten aufbewahren?«

»Nein!« entgegnete John. »Für besondere Gelegenheiten bekommst du etwas Besseres, Celia, das verspreche ich dir. Dies habe ich dir nur als Geschenk mitgebracht, für den Alltag.«

Sie lächelte ihn liebevoll über den Tisch hin an. »Ich werde sie also jeden Tag tragen«, kündigte sie an. »Und auch wenn sie gerade nicht zu meinem Kleid passen, werde ich sie anbehalten. Aber daß du gesund heimgekommen bist, ist das schönste Geschenk, das du mir machen konntest.«

John schwieg, und beide schauten sich eine Weile lang in die Augen.

»Ich glaube, daß die Perlenfischerei für die Eingeborenen sehr hart ist«, bemerkte Richard.

Onkel John warf ihm einen Blick zu. »Im allgemeinen stimmt das«, bestätigte er. »Zufällig wachsen diese Perlen in ziemlich flachen Gewässern, und die Taucher arbeiten für einen Mann, der sie sehr gut ausbildet und gut für ihre Gesundheit sorgt. Sonst hätte ich sie auch nicht gekauft.«

Einen Moment lang herrschte Schweigen. Richard, der von seinem Platz am Kopfende des Tisches vertrieben worden war, starrte das Tischtuch an, als hätte er das Muster nie zuvor gesehen.

»Onkel John«, brachte ich zögernd vor. »Was ist denn in dem Paket?«

»Ja, wirklich, was ist in dem Paket!« Onkel John zuckte zusammen, als sei er aus einem Traum wachgerüttelt worden. »Als wüßtest du nicht ganz genau, kleine Miss Lacey, daß hier auf der Vorderseite dein Name steht!« Er schob es zu mir herüber, und ich wickelte es aus. Es war ein schöner Kasten mit Wasserfarben. Onkel John lächelte, als ich mich bedankte, aber meine Mutter sagte, er hätte sein Geld sparen können, ich würde ohnehin nichts anderes als Landschaftskarten und Pläne für den Fruchtwechsel zeichnen.

»Der Künstler in dieser Familie ist Richard«, meinte sie. »Er hat großes Interesse an schönen Gebäuden und klassischen Skulpturen.«

»Wirklich?« John lächelte seinen Sohn anerkennend an.

»Aber vielleicht werden ein so schöner Farbkasten und eine Palette dich zum Malen anregen, Julia«, sagte meine Mutter ermunternd.

»Ja, ganz bestimmt«, versicherte ich. »Es ist wirklich lieb von dir, Onkel, mir ein so schönes Geschenk mitzubringen.« Ich stand auf, ging zu ihm hinüber und küßte ihn auf seine müde, zerfurchte Stirn, halb als Dankeschön und halb als eine Entschuldigung dafür, daß ich nicht die kleine, wohlerzogene und häusliche Nichte war, die er sich vorgestellt hatte.

»Was hast du denn von Onkel John bekommen, Richard?« fragte ich, denn Richards Paket stand in der Ecke des Zimmers. Richard riß das Papier auf, und zum Vorschein kamen ein Paar Schläger und ein halbes Dutzend harter, schwerer Bälle. Er blickte seinen Vater verwirrt an und balancierte die Schläger in der Hand.

»Poloschläger und Bälle«, sagte Onkel John. »Hast du mal gesehen, wie man's spielt, Richard?«

Richard schüttelte den Kopf.

»Es ist ein wunderbares Spiel für einen guten Reiter, und ein ziemlich aufregendes für einen schlechten! Wir können uns ein paar Pferde ausleihen, bis wir ein anständiges Jagdpferd für dich finden, und ich werde mal mit dir zusammen einige Schläge üben.«

Ich war wohl die einzige, die bemerkte, daß Richard plötzlich blaß geworden war. Johns Augen leuchteten, als er Richard die Regeln des Polospiels erklärte, während Stride Obst, Konfekt und Portwein hereinbrachte. Onkel John reichte Richard förmlich die Karaffe weiter, und meine Mutter lächelte, als sie die beiden bei ihrem Versuch beobachtete, Freundschaft zu schließen.

Während sie noch immer über Pferde sprachen, zogen wir uns ins Wohnzimmer zurück. Meine Mutter ging zum Spiegel über dem Kamin und glättete lächelnd ihr Haar. Ich betrachtete sie schweigend. Es war das erste Mal, daß ich eine Spur Eitelkeit bei ihr wahrnahm. Ihr Spiegelbild, erleuchtet von den besten Bienenwachskerzen, die es in Havering zu kaufen gab, war sehr schmeichelhaft. Ihre Freude über Onkel Johns Rückkehr hatte die Falten über ihrer Stirn und an ihren Schläfen geglättet. Ihre braunen Augen glänzten vor Glück wie Samt; nur das Grau in ihrem hellen Haar verriet ihr Alter. Und ihre Witwenhaube hatte sie so weit an den Hinterkopf gesteckt, daß sie auf ihrem Chignon wie ein kleines Spitzentüchlein wirkte. Sie merkte, daß ich sie beobachtete, und errötete; dann lächelte sie mich an.

»Ich bin so froh, daß sie zumindest über Pferde sprechen können«, sagte sie. »Ich hatte schon Angst, sie hätten gar nichts gemeinsam. Es ist so wichtig, daß sie Freunde werden.«

Ich nickte und hockte mich an meinen Platz am Fenster. Ich zog die Vorhänge zur Seite, um die Auffahrt zu sehen, die auf beiden Seiten von schattigen Bäumen umsäumt war und im Silberlicht des Mondes gespenstisch wirkte. Die schweren Zweige der Bäume knarrten im Wind, als seufzten sie über ein Leben, das gänzlich fehlgeschlagen war.

Während ich dort am Fenster saß, hing ich meinen Gedanken nach. Ich hatte meine Stirn an das kalte Glas gepreßt und starrte hinaus in die Schatten. Ich wußte, Onkel John hatte uns nur die halbe Geschichte erzählt. Ich war sicher, daß die Frau, die ich im Traum gesehen hatte, Beatrice gewesen war. Sie hatte im Herrenhaus einsam und allein ihr Schicksal erwartet. Und ich hatte geträumt, sie habe genau gewußt, daß die aufgebrachten Dorfbewohner von einem Mann angeführt wurden, den sie kannte. Sie kamen von Acre, und ihr Zorn auf Beatrice war wohlbegründet.

Ich wußte auch, daß man sie in Acre heute nicht mehr haßte. Die Zeiten, als ihr Schatten Tod bedeutet und die jungen Männer sie gefürchtet hatten, waren vergessen. Sie erinnerten sich jetzt nur noch an das lächelnde Mädchen, das ihnen Heuwiesen und Weizenfelder beschert hatte, die üppiger und prächtiger wuchsen als jemals zuvor. Und während ich in den kalten, vom Mond erhellten Garten hinausblickte, wünschte ich mir, auch ein solches Mädchen zu sein. Ich wünschte mir die Gabe, das Land fruchtbar machen zu können, so daß Acre wieder lebendig würde. Ich glaube, an jenem

Abend wurde mir zum ersten Mal deutlich, daß *ich* die Erbin und das Lieblingskind sein wollte.

Ich schreckte aus meinen Träumen hoch, als sich die Wohnzimmertür öffnete und John und Richard hereinkamen. Richard blickte hinaus in die Nacht, und er runzelte die Stirn, als wollte er meine Gedanken lesen und wie ich die Sprache der Nacht verstehen. Aber er konnte nichts hören. Für ihn war dies eine Nacht, um über Pferde zu sprechen und Onkel Johns Reisegeschichten sowie seine Erzählungen aus der Zeit anzuhören, als das Land noch lieblich und freundlich war. Es war sehr spät, bevor wir ins Bett gingen. Diesmal träumte ich nicht wieder von den Rebellen, die durch die Dunkelheit den Anfahrtsweg heraufkamen. Ich war in dieser Nacht ein Mädchen, das zur jungen Dame heranwuchs, und träumte von neuen Kleidern und Ballsälen.

5

Wie Richard und ich in den nächsten Tagen herausfanden, war das Leben mit Onkel John nicht nur ein Vergnügen. Wir wurden, jeder für sich allein, ins Wohnzimmer bestellt, und Onkel John prüfte unsere Fähigkeiten und unseren augenblicklichen Wissensstand. Ich war so dumm, mich damit zu brüsten, mit Richard zusammen Latein und Griechisch gelernt zu haben: Onkel John ließ mich deshalb sofort zwei Seiten übersetzen. Ich hatte angenommen, mein Französisch sei ganz passabel, aber John begann wie ein Wasserfall auf mich einzureden, und ich verstand von zwanzig Wörtern nur eines und brachte kaum eine einzige zusammenhängende Antwort zustande. Dem armen Richard erging es sogar noch schlechter; wutentbrannt und mit rotem Gesicht kam er aus dem Wohnzimmer gerannt. Er murmelte irgend etwas von Leuten, die sich aufführten wie der Großmogul persönlich, und stürzte hinaus ins Freie. Ich schlich mit Richards Schulbüchern und leicht geknicktem Stolz ins Eßzimmer.

Am selben Abend kündigte Onkel John an, er wolle nach London fahren und dort seinen Vater, den leitenden Direktor der MacAndrew Shipping Company, besuchen. »Ich soll Berater der Firma in den Geschäften mit Indien werden«, erklärte er. »Aber während ich dort bin und weise Ratschläge erteile, werde ich mich zugleich nach einem Mann umschauen, der hier auf Wideacre unser Verwalter sein soll.« Er nickte meiner Mutter zu. »Kann ich dir etwas aus London mitbringen, Celia? Vielleicht ein paar Kleider-Schnittmuster?«

Meine Mutter sah an ihrem ziemlich abgetragenen dunklen Kleid hinab. »Ich brauche wirklich dringend ein paar neue Kleider«, gab sie zu. »Und Julia, das arme Kind, hat niemals in ihrem Leben ein neues Kleid bekommen! Aber du weißt sicher gar nicht, was uns steht, John!«

»Ich werde feuerrote Saris mitbringen«, meinte John. »Das tragen die Frauen in Indien. Ihr würdet beide ganz hinreißend aussehen, das kann ich euch sagen.«

»Vielleicht«, erwiderte meine Mutter lachend. »Aber ich würde es vorziehen, wenn Julia bei ihrem ersten Erscheinen in Bath ein *etwas* unauffälligeres Kleid trüge. Ich habe meiner alten Schneiderin in Chichester geschrieben, sie solle uns beiden schnell ein paar einfache Kleider schneidern, bis ich genügend Zeit und Geld habe, um uns beiden etwas Ordentliches nähen zu lassen. Du brauchst uns wirklich nichts mitzubringen. Und arbeite nicht zu viel!«

Am nächsten Morgen, nach dem Frühstück, brach Onkel John auf. »Ich kann nicht genau sagen, wann ich zurückkomme«, meinte er, als er sich den Mantel überzog. »Aber während ich fort bin, habt ihr alle sehr viel zu tun. Richard – ich möchte, daß du eifriger lernst. Du wirst in Oxford niemals angenommen, wenn du nicht bessere Leistungen zeigst.

Ich kann nicht Dr. Pearce dafür verantwortlich machen. Der einzige Schuldige bist du, Richard«, sagte Onkel John, öffnete die Tür und ergriff Richard am Arm. In der blassen Frühlingssonne schlenderte er mit ihm den Gartenpfad hinunter. »Du hast dich einfach nicht genügend angestrengt. Wenn du in der Welt deinen Weg machen willst, als Squire oder auch nicht, dann mußt du lernen, dich zu konzentrieren. Ich kann nicht sagen, daß ich mit deinen Fortschritten zufrieden bin. Sieh mal, Julias Latein ist genauso gut wie dein eigenes, und sie hat doch selbst gar keinen Unterricht!«

Richard, der Junge mit dem sonnigen Gemüt, lächelte seinen Vater an wie ein Engel und erwiderte: »Es tut mir leid, Sir. Es stimmt natürlich: Ich hätte härter arbeiten sollen. Ich weiß, daß meine Cousine mich weit in den Schatten stellt. Sie war schon immer sehr intelligent.«

Seine Worte erleichterten mich, denn ich hatte gefürchtet, daß er sich durch den Vergleich beleidigt fühlen könnte. Onkel John lächelte, während er in die Kutsche einstieg; er winkte uns allen noch einmal zu und rollte dann nach London davon.

Aber Richards heitere Stimmung hielt nur solange vor, bis der Wagen außer Sichtweite war. Sofort danach kündigte er an, er wolle sich jetzt ins Wohnzimmer an seine Bücher setzen. Ich wollte ihn ins Haus begleiten, um mit ihm gemeinsam zu lernen.

»Nein, mit dir nicht«, schnauzte er mich an. »Du willst nur schwatzen und mich ablenken. Setz dich lieber zu deiner Mutter. Du hast gehört, was mein Vater gesagt hat: Er will, daß ich härter arbeite. Ich werde nie weiterkommen, wenn du andauernd mit mir reden willst oder mich drängst, mit dir ins Freie zu gehen.«

»Richard«, rief ich erstaunt. »Ich wollte nur mitkommen, um dir bei deiner Arbeit zu helfen!«

»Ich brauche keine Hilfe«, log er. »Ich käme ganz schön in Schwierigkeiten, wenn ich von deinem Verstand abhängig wäre. Geh und setz dich zu deiner Mutter ins Wohnzimmer, Julia. Ich werde jetzt hart arbeiten, um meinem Vater eine Freude zu machen.«

Ich wandte mich wortlos ab und fand ihn sehr ungerecht. Da ich für ihn immer die Vokabeln nachgeschlagen hatte, würde er jetzt ohne mich doppelt so lange brauchen. Ich erzählte meiner Mutter nichts über unsere kleine Auseinandersetzung, aber nachdem ich einige Sachen für sie gestopft hatte, bat ich sie, in der Küche ein paar von Richards Lieblingsbonbons zubereiten zu dürfen, die ich ihm als Belohnung für seinen plötzlichen Eifer geben wollte. Später, beim Abendessen, schob ich ihm ein kleines Schälchen mit Sahnebonbons zu und erhielt zum Dank ein strahlendes Lächeln und zur Schlafenszeit eine kurze, flüchtige Umarmung an meiner Tür. Glücklich über Richards Lächeln und sein Wohlwollen ging ich zu Bett. Wieder einmal hatte ich erfahren, daß es für eine Frau besser ist, auf böse Worte mit einem Lächeln zu antworten, bis sich die Wogen geglättet haben.

Das verfehlt seine Wirkung nie. Vorausgesetzt, sie kann lange genug lächeln.

Drei Tage lang blieb John fort, und wir hatten keine Nachricht von ihm. Aber am Freitagmorgen sahen wir in dichtem, für diese Jahreszeit sehr ungewöhnlichem Nebel seine Kutsche heraufrollen. Meine Mutter und ich ließen unser Nähzeug fallen und rannten den Gartenweg hinunter, um ihn zu begrüßen. Onkel John sprang aus dem Wagen, umarmte meine Mutter herzlich und gab ihr einen Kuß, der so laut schmatzte, daß er wahrscheinlich bis an die Küste zu hören war.

»Celia!« sagte er, und dann strahlten sie einander wortlos an. »Und auch Miss Julia!« rief er freudig aus. »Aber laßt uns hineingehen. Ihr beide werdet furchtbar frieren. Den ganzen Morgen nichts als Nebel. Ich habe gestern abend in Petersfield Station gemacht – ich konnte einfach den Weg nicht mehr erkennen! Sonst wäre ich schon gestern bei euch gewesen!«

Meine Mutter begleitete ihn ins Wohnzimmer und klingelte, damit mehr Holzscheite und heißer Kaffee gebracht würden. Onkel John hielt seine schmalen Hände über die Flammen und fröstelte ein wenig.

»Ich dachte eigentlich, ich wäre zum Sommer heimgekommen!« klagte er. »Hier ist es so feucht wie in Indien zur Monsunzeit.«

»Julia, geh bitte und hol deinem Onkel die gesteppte Jacke«, bat mich meine Mutter. »Und vielleicht ein Glas Brandy, John?«

Ich lief in sein Schlafzimmer ganz oben unter dem Dach, um seine Jacke zu holen, und dann wieder hinunter in die Küche, um Stride aufzutragen, er solle Brandy bringen. Als ich zurückkam, saß John vergnügt in einem Sessel am Kaminfeuer, und seine Wangen waren wieder gerötet.

»Wo ist Richard?« fragte er, während meine Mutter ihm Kaffee einschenkte und Stride ein paar neue Holzscheite auf das Feuer häufte.

»Bei seinem Unterricht«, antwortete meine Mutter. »Er hat, seitdem du fortgefahren bist, so brav gelernt wie ein Schüler, der auf ein Stipendium hinarbeitet. Vergiß nicht, ihn zu loben, John. Er hat sich deinen Tadel so sehr zu Herzen genommen.«

»Soll ich losgehen und ihn holen?« fragte ich. »Manchmal bleibt er sehr lange fort, aber ich weiß, daß er schnell nach Haus kommt, wenn er erfährt, daß Onkel John wieder zurück ist.«

»Ja«, sagte John. »Hol ihn! Denn ich habe ein paar Entwürfe für den Wiederaufbau des Herrenhauses dabei, und ich kann es kaum erwarten, sie euch allen zu zeigen. Und das ist noch nicht alles!« fügte er, zu meiner Mutter gewandt, hinzu. »Wir haben einen Verwalter! Ich habe ihn im Dorf abgesetzt, bevor ich hier herauffuhr. Vielleicht triffst du ihn, wenn du durchs Dorf gehst, Julia. Sein Name ist Mr. Megson, Ralph Megson.«

Ich hörte in meinem Kopf ein Geräusch, als würde ein Kristallglas zersplittern, und dann ertönte ein süßes, hohes Summen, als wollten die Bäume von Wideacre Park mir eine Botschaft mitteilen. Ich schüttelte den Kopf, aber das Geräusch ließ sich nicht vertreiben. Es war so schön, als würden tausend Knospen zugleich aufspringen.

»Das ist aber schnell gegangen!« meinte meine Mutter anerkennend. »Wie hast du das nur so rasch geschafft?«

»Geschick und Tüchtigkeit«, antwortete Onkel John prompt, und meine Mutter lachte. »Eigentlich war es reines Glück«, gab er dann zu. »Ich hatte eine Anzeige in die Zeitung gesetzt, und es haben sich zwei Leute vorgestellt, aber leider ist Wideacres Ruf noch immer sehr schlecht, und es schien, als würde ich keinen passenden Verwalter finden. Ich hatte mich gerade für den entschieden, der wahrscheinlich am wenigsten Schwierigkeiten machen würde, als man mir eine Nachricht aufs Zimmer brachte: es sei noch ein weiterer Mann gekommen, um sich auf die Stelle zu bewerben.

Und da trat er auch schon herein«, fuhr Onkel John lächelnd fort, »und er begann damit, *mich* über meine Pläne für Wideacre zu befragen. Es sollte wohl eine Art Test sein. Ich bestand ihn, weil ich ihm versicherte, daß ich nicht an einem schnellen Verkauf und Profit interessiert sei, sondern die Absicht habe, Wideacre bestmöglich zu verwalten, und zwar auf der Basis eines Plans zur Teilung der Profite. Nachdem ich Ralph Megson das unterbreitet hatte, machte er mir die Ehre, den Posten anzunehmen. Als ich verlauten ließ, daß ich nicht sicher sei, ob er der richtige Mann für mich wäre, da lachte er leise und sagte: ›Dr. MacAndrew, ich bin der *einzige* Mann für Sie.‹«

»Wie seltsam!« sagte meine Mutter verwirrt. »Was kann er nur gemeint haben?«

»Seine Familie lebt seit vielen Jahren in Acre. Er hat das Dorf schon als junger Bursche verlassen«, erklärte John. »Er meint wohl, daß er immer noch viele Freunde in Acre habe, und er behauptet glaubwürdig, er könne das Dorf dazu überreden, wieder für die Laceys zu arbeiten. Aber er ist stolz darauf, ein Mann mit Prinzipien zu sein, und deshalb mußte ich mich erst einmal einer Prüfung unterziehen. Er würde die Leute nicht wieder zum Arbeiten bewegen, wenn wir beispielsweise Landbesitzer wären, die nicht auf dem eigenen Grund und Boden leben, oder wenn wir den Besitz an irgendeinen Ausbeuter verkaufen würden.«

Meine Mutter nickte und zögerte einen Moment. »Wann ist er denn aus dem Dorf fortgegangen?« fragte sie unsicher.

Onkel John hörte die Besorgnis in ihrer Stimme und lächelte. »Ich habe ihn danach gefragt, meine Liebe«, sagte er sanft. »Er ist etwa in unserem Alter, und er ist fortgegangen, als er noch ein junger Bursche war. Er war schon weg, bevor der alte Squire bei seinem Reitunfall getötet wurde. Er hat nicht in Acre gearbeitet, als Beatrice das Besitztum verwaltete. Zur Zeit des Aufruhrs war er weit fort.

Ganz nebenbei gesagt«, fügte er hinzu, »er ist sicher ein Radikaler, aber er ist kein Aufwiegler und Unruhestifter. Er hat seine eigene Meinung über Gutsbesitzer und Grundbesitz, aber seine Gedanken unterscheiden sich nicht von dem, was vernünftige Leute sich bereits seit einiger Zeit gedacht haben. Er ist kein Aufrührer. Er ist weitgereist, ein Mann mit Erfahrung. Ich habe das Gefühl, er möchte endlich zu seinen Wurzeln zurückfinden und in ein Dorf heimkehren, mit dem es wieder aufwärts geht. Wir haben sehr viel gemeinsam.«

»Wo wird er denn wohnen?« fragte ich, und in meiner Phantasie hatte ich Acre vor Augen.

»Gibt es eine Familie mit Namen ›Tyacke‹?« fragte John.

»Ja«, antwortete ich.

»Er hat ganz besonders nach ihrem Haus gefragt«, sagte Onkel John. »Ich glaube, als er noch ein junger Bursche war, da war ihr Haus das schönste im Dorf, und er hat in all diesen Jahren sehnsüchtig daran zurückgedacht. Kennst du die Leute, Julia? Würden sie ihm Platz machen?«

Ich nickte. »Jetzt leben nur noch Ted Tyacke und seine Mutter dort. Das Haus ist für sie zu groß. Teds Vater ist beim Bäumefällen verunglückt; im letzten Jahr ist er gestorben. Seitdem haben sie es sehr schwer gehabt. Wenn wir ihnen ein Cottage anbieten könnten – vielleicht das kleine bei der Kirche, das leersteht – und ein kleines Geldgeschenk, dann würden sie bestimmt ausziehen, vermute ich.«

Onkel John nickte und sah mich an. »Wem gehört das Haus an der Kirche?« fragte er, so als prüfe er mich in griechischer Grammatik.

»Es *hat* einmal der Familie Lewes gehört«, antwortete ich. »Aber vor einem Jahr sind sie zurück nach Petworth gegangen; dort hat ein Verwandter einen Laden.«

»Die ganze Dorfgeschichte von Acre«, sagte John zu meiner Mutter und zog die Augenbrauen hoch.

»Julia kennt das Dorf besser als wir alle«, bestätigte sie.

»Nun, wenn du Mr. Megson siehst, dann sag ihm, was du mir gerade über die Tyackes erzählt hast«, meinte John. »Und wenn er es so regeln kann, daß jedermann zufrieden ist, dann kann er ihre Hütte haben.«

»Darf ich jetzt gehen, Mama?« fragte ich.

»Ja«, antwortete sie. »Aber zieh bei dem Nebel die Kapuze über den Kopf, meine Liebe. Man sollte wirklich nicht meinen, daß es Frühling ist!«

Ich holte meinen Hut und meinen Mantel und ging hinaus in den grauen Tag. Vom Wohnzimmer aus hatte alles dunkel und ungemütlich ausgesehen, aber jetzt erschien es mir wie ein geheimes Abenteuer, im Nebel zu wandern. Selbst das Geräusch meiner Schritte war gedämpft. Die Buchenblätter, die noch gestern so laut unter meinen Füßen geraschelt hatten, lagen jetzt feucht und still auf dem Boden. Irgendwo weit entfernt hörte ich noch immer leise den Fenny über die grauen Steine hinwegrauschen, aber das deutlichste Geräusch auf dem geschützten, überwachsenen Pfad war das beständige Fallen der Tropfen. Auf den frischen Buchenblättern sammelten sich Nebeltröpfchen, die zu kleinen Pfützen zusammenflossen und mit kaltem Platschen auf meine Kapuze fielen. Ich konnte die Felder zu beiden Seiten des Pfades nicht sehen. Ich konnte ihre Lage nur ahnen, und ich sah den Nebel, der von ihren feuchten Rändern fortrollte und sich an den Wurzeln der Weißdornhecke entlangschlängelte. Die Silhouette der Hügel war nicht mehr erkennbar. Nicht einmal die dunkle, wellige Linie, die sich sonst so klar gegen den Himmel abzeichnete, war zu sehen. Alles war Grau in grau, so als hielte mir jemand eine helle Wolldecke vor die Augen. Es gab auf der ganzen Welt nichts außer mir selbst, den tropfenden Bäumen und dem blassen, klebrigen Kreidepfad, der mir den Weg nach Acre wies und der mich seit uralten Zeiten schon immer dorthin geführt hatte, wohin ich hatte gehen wollen. Dies war wie ein Ausflug in die Welt des Traumes, mitten hinein in die Einsamkeit, vor der sich die Menschen fürchten. Ein Ausflug in eine Welt, in der man selbst das einzige lebendige Wesen ist und in der ein Schrei von niemandem gehört wird. Aber ich hatte keine Angst. Allein auf Wideacre habe ich niemals Angst. Wie dumm ich auch manchmal meiner Mutter erscheinen mag und wie sehr ich auch Richard auf die Nerven falle – wenn ich allein auf Wideacre bin, fühle ich mich sicher und finde meinen Weg.

Wideacre ist kein Ort, wo schöne Worte viel gelten, und ich bin mit Worten nicht sehr geschickt. Es ist ein Ort, wo man fühlen und erahnen muß, ob mit dem Land und dem Boden alles zum besten steht. Und wenn die Gegend auch verwildert und vernachlässigt ist – die Laceys kennen sich dort aus. Wenn ich auf Wideacre allein bin, dann bin ich von ganzem Herzen und von ganzer Seele eine Lacey.

Fast bedauerte ich es, als der Nebel sich lichtete und sich plötzlich die kleinen Hütten am Rande des Dorfes abzuzeichnen begannen. Ganz unvermittelt trat eine Gestalt vor mich hin, so daß ich vor Schreck einen leisen Schrei ausstieß.

»Ich bin's«, sagte Clary Dench. Ihre Worte wurden von einem großen Brocken Haferkuchen gedämpft, den sie sich in den Mund stopfte. »Hallo, Julia.« Ihre Augen glänzten vor Freude. »Willst du ihn sehen?« fragte sie. »Er ist nach Midhurst gegangen, um auf dem Markt ein paar Sachen zu kaufen.«

»Wen sehen?« fragte ich, aber ich hatte die Antwort schon selbst erraten.

»Ralph«, antwortete sie. »Ralph ist zurückgekommen. Er hat eine große Kiste mit Lebensmitteln mitgebracht, aber er sagt, wenn wir sie alle sofort aufessen, dann werden wir krank. Er hat uns kleine Hafermehl-Kuchen gegeben, und dann ist er nach Midhurst geritten, um Milch und Schinken und Käse und alles mögliche andere zu kaufen. Wir werden ein Fest feiern, wenn das Essen fertig zubereitet ist. Mein Vater sagt, jetzt, da Ralph zurückgekommen sei, würde alles anders werden.«

»Er ist zusammen mit Onkel John heimgekommen«, erzählte ich ihr. »Er soll der Verwalter von Wideacre werden. Aber wer ist denn der Mann eigentlich, Clary? Ist er lange fort gewesen?«

Clarys Augen glitzerten. »Du weißt nicht, wer er ist? Und auch nicht, was er getan hat?« fragte sie. »Oh! Oh!« Und sie schüttelte sich vor Freude und Wohlbehagen. »Julia! Es hat keinen Sinn, mich so anzusehen, ich kann es dir nicht sagen. Du mußt ihn selbst danach fragen.«

»Hat es irgend etwas mit den vergangenen Zeiten zu tun?« fragte ich ahnungsvoll. »Hat er Beatrice und Harry gekannt? Hat er schon früher hier gearbeitet?«

Clary mußte laut herausprusten, während sie sich das letzte Stück Hafermehl-Kuchen in den Mund schob. »Ich kann es dir nicht sagen«, wiederholte sie.

Ich bezwang meine Ungeduld, und Clary schob ihre kalte Hand in meine und begleitete mich. »Wo ist er denn die ganze Zeit gewesen?« fragte ich. »Onkel John hat gesagt, er komme aus Acre.«

»Er war ein Schmuggler«, sagte sie voller Bewunderung. »Und er hat einen Brotaufstand angeführt. Einige Jahre lang hat er mit den Zigeunern gelebt; er kann zaubern und die Zukunft vorhersagen. Er hat unserem Dorf Geld geschickt, als die Zeiten so schlecht zu werden begannen. Und er war es ...« Sie brach ab und biß sich auf die Lippen. »Ich kann dir nicht mehr darüber sagen. Du mußt ihn selbst danach fragen.«

»Das werde ich tun«, sagte ich. »Ich habe von euren Geheimnissen wirklich genug.«

Wir waren an der Gartenpforte des Pfarrhauses angekommen, und Clary stellte sich auf die unterste Sprosse, während ich das Tor aufstieß.

»Warte auf mich«, bat ich sie. »Du kannst dann zusammen mit mir und Richard heimgehen.«

»Nein«, entgegnete sie in dem gedehnten Tonfall, der die ganze Sturheit der Bewohner von Acre ausdrückt. »Richard hat keine Zeit für ein Mädchen aus dem Dorf. Wir sehen uns wieder, wenn du das nächste Mal nach Acre kommst.«

Ich nickte. Ich konnte den Vorwurf der Arroganz, der Richard gemacht wurde, nicht entkräften. Ich hatte versucht, ihm die Freundschaft mit den Dorfkindern zu vermitteln, als wir alle noch jünger waren. Aber Richard zeigte sich stolz und unnahbar; die Kinder wurden zunächst mißmutig und grob, schließlich rebellisch und frech. Es erschien mir sehr seltsam, daß Richard seine guten Manieren und seinen Charme so vollständig vergaß, wenn er mit Clary und Ted oder irgendeinem anderen Kind aus Acre zusammen war. Er machte sich so wenig aus ihnen, daß er erst gar nicht versuchte, sie für sich einzunehmen. Alles, was er von ihnen erwartete, war ein geziemendes Benehmen, und alles, was er ihnen anbot, war einer seiner berechnenden Blicke, als wolle er einschätzen, was sie für ihn tun könnten.

»Auf jeden Fall«, sagte Clary entschieden, »möchte ich dabei helfen, Ralph Megsons großes Fest vorzubereiten.«

Sie wies mit dem Kopf in Richtung der Kirche, und ich sah, daß die Tür zum Portal offenstand und daß mehrere Männer einen großen Tapeziertisch heraustrugen, der immer dort aufbewahrt wird. Und dann entdeckte ich, daß in Acre zum ersten Mal die Schornsteine auf den Häusern rauchten. Die Frauen hatten die Feuer angezündet und machten sich bereit, Essen zu kochen und Wasser zu erhitzen, denn endlich gab es Brennstoff für die Kochstellen und Essen für die Töpfe.

Ich blieb unschlüssig stehen, und Clary grinste mich an. »Geh schon«, sagte sie und schubste mich leicht zum Haus des Pfarrers hin. »Du bist zu vornehm! Fort mit dir!«

Ich zog eine Fratze, aus Enttäuschung, weil ich bei den aufregenden Vorbereitungen nicht dabeisein durfte, und aus Protest, daß man mich als zu vornehm bezeichnete. Dann ging ich zur Eingangstür des Pfarrhauses.

Auf mein Klopfen hin öffnete sich die Tür, und die Haushälterin ließ mich herein. Richard hatte immer noch Unterricht; ich wartete im Wohnzimmer und knabberte ein paar süße Kekse. Es war seltsam: Hier saß ich in der Wärme beim flackernden Feuer und kaute Gewürzkekse, während nur ein paar Meter vor dem Gartentor Familien hausten, die schon seit Jahren hungerten. Plötzlich verstand ich, warum Dr. Pearce so früh grau geworden war und warum er so selten lächelte. Jeden Todesfall im Dorf mußte er in das Gemeindebuch eintragen. Unendlich viele Kindersärge waren zu seinen Füßen in die offenen Gräber hinabgelassen worden. Und in den Augen vieler Mütter stand eine Verzweiflung, die auch Bibelsprüche nicht mehr lindern konnten.

Im Dower House lebten wir weit vom Dorf entfernt, aber hier, im Herzen des Dorfes, war die Grausamkeit der Laceys, die Grausamkeit eines Staates, der in Arme und Reiche geteilt war, unübersehbar.

Die Wohnzimmertür öffnete sich, und Richard, ein Bücherpaket unter dem Arm, trat herein. »Julia!« rief er erfreut. »Ich habe dich gar nicht erwartet.«

»Ich dachte, ich könnte dir ein Stück entgegengehen«, sagte ich. »Onkel John ist zurückgekommen, und ich wollte es dir sofort berichten. Er hat ein paar Entwürfe für das Herrenhaus und einen neuen Verwalter für die Ländereien mitgebracht!«

»Hast du den Mann getroffen?« fragte Richard. »Wie sieht er aus?«

»Er ist gar nicht erst in unser Haus gekommen; Onkel John hat ihn in Acre abgesetzt«, antwortete ich. »Er hat hier vor einigen Jahren gelebt. Auf meinem Weg hierher habe ich Clary Dench getroffen, und sie sagt, sie wollen ein großes Willkommensfest feiern. Er ist nach Midhurst gegangen, um Lebensmittel zu kaufen, und er hat an die jungen Leute Hafermehl-Kuchen verteilt. Jeder hier scheint ihn gern zu mögen.«

»Na, kein Wunder, wenn er kostenlos Essen verteilt«, schnaubte Richard verächtlich. »So kann man doch Acre nicht verändern! Ich hoffe, mein Vater hat nicht den falschen Mann für diesen Posten gewählt.«

»Vielleicht treffen wir ihn«, sagte ich. »Clary hat erzählt, er sei gleich nach seiner Ankunft nach Midhurst geritten. Vielleicht ist er jetzt schon zurück.«

Richard nickte und hielt das Tor für mich auf. Wir gingen hinaus auf die einzige Straße von Acre, auf den lehmigen, kalkigen Pfad, den ich schon heute morgen im Nebel entlanggelaufen war, und hielten die Augen auf, um zu sehen, ob sich seit Ankunft des Fremden etwas verändert hätte.

Es war jedoch gar nicht nötig, wachsam zu sein. Die Veränderung im Dorf war deutlich zu erkennen.

Sie hatten den Tapeziertisch vor der Hütte von Mrs. Merry aufgestellt; der Karren des Fuhrmannes stand daneben. Zwischen den Deichseln sah ich nach langer Zeit wieder ein Pferd, und auf dem harten Gesicht des Fuhrmannes zeigte sich Freude, fast Übermut. Männer und Frauen liefen eifrig hin und her, luden den Karren ab und deckten den Tisch. Dies war seit vielen Jahren das erste Mal, daß die Bewohner von Acre für ein gemeinsames Ziel zusammenarbeiteten, und plötzlich sah ich die Leute, die mir so vertraut waren, mit anderen Augen: Sie waren stark und tüchtig und konnten geschickt zusammenarbeiten. Dies war das erste Mal, daß auf den Straßen von Acre Lachen zu hören war, ein helles Lachen, das ganz anders klang als das bittere Gelächter des Galgenhumors.

Aus dem Schornstein von Mrs. Merry stieg eine Rauchfahne munter empor, als wolle sie den düsteren Wolken, die sich in Acres schlechten Zeiten über dem Dorf zusammengebraut hatten, entgegenrufen: »Ralph Megson ist heimgekommen.« Und inmitten der Geschäftigkeit, in einem Ameisenhaufen von Kindern, die Frühlingsblumen für den Tischschmuck sammelten, inmitten des Lachens, der Küsse und des gegenseitigen Schulterklopfens, stand wie ein dunkler Gott, der von einem stürmischen Himmel herabgefallen war, unser neuer Verwalter, um Acre wieder auf den rechten Weg zu bringen.

Er war ein Mann von etwa vierzig Jahren, mit kurzem, schwarzem, an den Schläfen weiß meliertem Haar, das wie bei den Seeleuten im Nacken zu einem kleinen Zopf zusammengebunden war. Er sah aus wie ein Seemann, nein, eigentlich wie ein Pirat. Seine Haut war so braun wie die eines Zigeuners, und die blassen Linien um seine Augen herum deuteten darauf hin, daß er viele Jahre lang ins helle Sonnenlicht geschaut hatte.

Seine Kleidung war schlicht, aber aus solidem, handgewebtem Stoff, und seine Wäsche war so fein wie die eines Adligen. Um den Hals hatte er sich ein einfaches Tuch gebunden. Er stand oben auf dem Karren, breitbeinig und aufrecht wie ein Maibaum, und es schien, als würden die Dorfbewohner um ihn herumtanzen. In meinem Kopf hörte ich ein süßes und hohes Summen, das von Minute zu Minute lauter wurde. Ich konnte ihn nicht aus den Augen lassen.

»Großer Gott«, sagte Richard neben mir, während wir das geschäftige Treiben beobachteten.

Der neue Verwalter streckte einem der Männer, die auf dem Boden standen, eine Hand entgegen und zog ihn zu sich auf den Karren, damit er ihm beim Hinunterreichen der Lebensmittel helfe. Als er sich bewegte, sah ich zum ersten Mal, warum er so breitbeinig und unbeweglich dastand. Er war ein Krüppel. Seine Beine waren an den Knien amputiert und durch künstliche Holzbeine ersetzt worden. Jetzt verstand ich, warum seine Schultern so breit und sein Brustkorb so kräftig waren. Er hatte viele Jahre lang mit Krücken gehen müssen, bis er sich auf den unsicheren Beinstümpfen sicher fühlte. Als ich sah, wie schwierig es für ihn war, sich auf den Beinen zu halten, hörte ich in meinem Kopf wieder das Singen und Summen. Ich vergaß alle meine Phantasien darüber, wer er war und was er für Wideacre bedeutete, und ich rief mit einer Stimme, in der eine Welt von Mitgefühl lag: »Oh, Ralph!«

Als er seinen Namen aus meinem Munde hörte, drehte er sich heftig herum. Sein Gesicht unter der Sonnenbräune war ganz weiß geworden. Wir starrten einander sekundenlang an. Das süße Singen wurde immer lauter, bis der Lärm von Acre und sogar Richards harte Stimme nicht mehr hörbar waren, und ich in einen Traum eintauchte. Ich war plötzlich Beatrice. Die Menschenmenge zwischen Ralph und mir löste sich allmählich auf, und ich vergaß alles um mich herum. Ich sah nur noch Ralph, und ich sah ihn mit Beatrices liebenden, zärtlich geliebten Augen.

»Oh, Ralph«, sagte ich noch einmal, mit Beatrices Stimme, die nun auch meine eigene Stimme war.

Ein seltsames, fast wehmütiges Lächeln stand in seinem Gesicht, als er mich ansah und hörte, wie ich seinen Namen aussprach, so als sei er mein seit langem vertrauter Geliebter. Er packte das Geländer des Karrens und kam behende herunter, offenbar an seine plumpen, hölzernen Beine gewöhnt. Jemand reichte ihm seine Krücken; er klemmte sich eine unter jeden Arm und kam auf mich zu. Die Dorfleute wichen vor ihm zur Seite, als wäre er ein Prinz der Stuarts, der aus dem ausländischen Exil zurückkehrte.

Um seine schwarzen Augen herum war er blaß, und seine Nasenlöcher waren weit geöffnet, als würde er in der Luft nach Rauch schnuppern. Er war voller Argwohn. Er sah mich an, als hätte ich die Macht, sein Schicksal zu bestimmen, und er müßte seinen ganzen Mut zusammennehmen, um durch die Menge hindurch auf mich zuzugehen und mir ins Gesicht zu sehen.

»Wer bist du?« fragte er und starrte in mein Gesicht unter dem altmodischen Hütchen, über das ich die Kapuze gezogen hatte. Plötzlich, beim Klang seiner Stimme, zerbrach der Zauberbann. Ich wurde mir bewußt, daß Richard, gänzlich schockiert, neben mir stand und daß die Augen der Dorfbewohner auf uns gerichtet waren.

»Ich bin Julia Lacey, Miss Julia Lacey«, sagte ich. Die Worte waren alltäglich, die Stimme gehörte mir. Es war die Stimme eines Schulmädchens, korrekt und ein wenig geziert. Es war nicht die melancholisch-sehnsüchtige Stimme, die gerade eben »Oh, Ralph!« gerufen hatte. Ralph schaute mich an und senkte den Kopf.

»Eine Lacey?« fragte er und versuchte anscheinend, eine verlorene Erinnerung zurückzuholen.

»Ich bin die Tochter des verstorbenen Sir Harry Lacey von Wideacre Hall«, erklärte ich förmlich. »Dies ist mein Cousin, Richard MacAndrew.«

Mr. Megson nickte, nachdem er jetzt in seinen Erinnerungen den richtigen Platz für uns gefunden hatte. »Harrys Tochter«, sagte er und sah mich halb ungläubig an. »Wer hätte gedacht, daß der Schafskopf ein so schönes Kind zeugen würde? Aber Sie sind ganz sicher eine Lacey, das sehe ich. Und genau so wie …« Er brach ab. Ich wußte, daß er an Beatrice dachte, und ich bemerkte, daß er so taktvoll war, seinen Satz nicht ganz auszusprechen.

Statt dessen wandte er sich Richard zu. »Sie sind also Beatrices Sohn«, sagte er. Ich fühlte, daß Richard sich verkrampfte, und legte ihm beruhigend eine Hand auf den Ärmel. Ich konnte durch das Tuch hindurch seine Haut fühlen, und mir schien, als würde sie wie Feuer brennen. Er sollte nicht zornig werden. Ich wollte nicht, daß er mit Mr. Megson in Streit geriet. Niemand wußte besser als Richard, wie man mit einem Lächeln die Herzen gewinnt. Aber er konnte mit seiner heftigen Art genauso leicht einen möglichen Freund in einen Feind verwandeln. Richard war ein empfindlicher junger Mann, der sich unserer Armut schämte und bereit war, für seine Ehre zu kämpfen. Ich bewunderte seinen Stolz, aber jetzt befürchtete ich, er würde vielleicht Ralph Megson Respekt abverlangen. Und Megson schien mir nicht der Mann zu sein, der sich Richards Autorität beugen würde.

»Richard«, sagte ich leise. »Dies ist Mr. Megson. Onkel Johns neuer Verwalter, weißt du.«

Richard nickte. »Ich bin der Sohn von Dr. MacAndrew«, sagte er zu Ralph. »Ihr Chef ist mein Vater.«

Ralph zog die Augenbrauen hoch. Er nickte. »Sie sehen gar nicht wie ein Lacey aus. Sie sind fast alle hellhäutig.«

Richard sagte nichts. »Woher kennen Sie die Laceys?« fragte er unvermittelt. »Und wie kommt es, daß man Sie in Acre so sehr feiert?«

Ralph lächelte, aber offenbar waren ihm Richards Fragen nicht einer Antwort wert. »Sie werden mich sicher entschuldigen«, sagte er höflich. »Ich muß ein Festmahl vorbereiten.«

Und mit diesen Worten wandte er uns den Rücken zu, als sei Richard vollkommen unwichtig, und ließ sich wieder auf den Karren hinaufhelfen. Er nahm einem Mann ein Tablett mit feinen, weißen Brötchen ab und reichte es mit einer kleinen Warnung an die Frau des Fuhrmannes weiter. »Paß auf, Margaret«, sagte er freundlich. »Es ist schwer.«

Richard stieß einen Fluch aus, drängelte sich an einem der Green-Söhne vorbei und sprang auf den Karren. »Also, guter Mann, jetzt passen Sie mal auf«, zischte er wütend. Nur wenige Leute hatten seine Worte gehört, aber niemandem entging die Spannung, die sich oben auf dem Karren ausbreitete. Schlagartig ließen die Dorfbewohner ihre Tätigkeit ruhen, und alle Köpfe wandten sich zu ihm hin.

»Also, passen Sie auf«, zischte er wutentbrannt. »Dies ist *mein* Land und *mein* Dorf, und wenn Sie versuchen, sich zwischen mich und mein Land zu stellen, dann wird es Ihnen gewiß noch leid tun. Ich bin der Erbe von Wideacre, und *ich* werde hier der Squire sein, wenn ich das richtige Alter erreicht habe. Wenn ich meinen Arbeitern eine Frage stelle, dann erwarte ich eine Antwort. Ich erwarte eine Antwort, und ich erwarte, daß man meinen Namen nicht ohne Titel nennt. Ist das klar, Megson?«

Ralph hatte seine Arbeit nicht unterbrochen. Er hielt einen schweren Sack Hafer in den Händen. Als er zu Richard herumfuhr, stieß er ihn damit mit Wucht zur Seite. Richard fiel rückwärts vom Karren herunter und landete auf seinem Hosenboden. Ich wollte zu ihm hinlaufen, aber Sonny Green versperrte mir den Weg. Ralph schwang sich vom Karren herunter, packte Richard am Ellenbogen und zog ihn wie ein Kind auf die Füße. Richards Gesicht war feuerrot; er stotterte und konnte vor Wut kein Wort herausbringen.

»Eh, tut mir leid, Junge«, sagte Ralph. »Ich wußte gar nicht, daß Sie hinter mir standen.« Er hielt Richards Hand fest und zog ihn ein wenig näher zu sich heran. »Du bist vielleicht der Erbe«, sagte er leise, »aber du wirst niemals Squire werden können, wenn man dich in Acre nicht liebt. Und du wirst hier keinen Fuß auf die Erde bekommen, wenn du den Dorfbewohnern nicht Respekt zeigst.«

Richards Miene drückte ein Gefühl aus, das ich nicht deuten konnte. Ich tauchte unter Sonny Greens Arm hindurch, um zu ihm zu gelangen.

»Richard, laß uns gehen«, drängte ich ihn, aber er konnte mich nicht hören. Er starrte Ralph Megson mit seinen tintenblauen Augen an.

»Sie haben mich beleidigt!« schrie er.

Ralphs Gesicht verfinsterte sich, hellte sich aber sofort wieder auf.

»Nein, Junge«, sagte er freundlich. »Sie haben nur das bekommen, was Sie verdient haben. Sie sind jetzt natürlich ziemlich empört, aber denken Sie mal nach, dann werden Sie sehen, daß Sie im Unrecht waren.« Er wandte Richard den Rücken zu, als wäre der Erbe von Wideacre nichts anderes als ein frecher Schuljunge, und reichte den Männern auf dem Karren beide Hände, um sich hochziehen zu lassen.

Richard wollte noch einmal hinter ihm herstürzen, aber ich packte ihn am Arm und hielt ihn zurück. Vor Wut redete er dummes Zeug. »Ich werde ihn umbringen ...«, murmelte er.

»Richard, alle sehen dich an«, zischte ich.

Das half.

Richard schüttelte mich ab, aber er blieb stehen. Er sah um sich, blickte in die aufmerksamen, neugierigen Gesichter und holte tief Atem. Dann nahm er beschützend meinen Arm und nickte Ralph, der ihm den Rücken zugewandt hatte, eine Art Abschiedsgruß zu, und ebenso den Leuten, die um den Karren herumstanden. Wir gingen durch die Zuschauergruppe hindurch wie zwei Komödianten, der König und die Königin in einer reisenden Schauspielertruppe. Die Menge teilte sich und ließ uns durch. Richard starrte vor sich hin, blind vor Wut, aber ich selbst schaute mit einem halb entschuldigenden Lächeln nach rechts und links.

Ich sah, daß Clary Dench mich unverhohlen angrinste, und mir wurde bewußt, wie lächerlich wir erscheinen mußten. Nur die Angst vor Richards Zorn hinderte mich daran, laut herauszulachen. Wir schritten voran wie zwei Königskinder im Hermelinpelz, bis wir hinter der Wegbiegung verschwunden waren. Dort ließ Richard meine Hand sofort fallen.

Ich hatte erwartet, daß er vor Wut schäumen würde, aber er war ganz still. »Richard, ich bin sicher, daß er nichts Böses im Sinn hatte«, begann ich. Richard sah mich mit eisigem Blick an. »Er hat mich auf die Straße geworfen«, sagte er leise. »Das werde ich nie vergessen.«

»Er ist nur zufällig gegen dich gestoßen«, entgegnete ich. »Und er ist sofort heruntergekommen, um dir wieder aufzuhelfen.«

Richard schaute mich finster an und machte sich mit raschen Schritten auf den Heimweg. Ich trottete etwas langsamer hinter ihm her.

»Er hat aber doch gesagt, daß es ihm leid täte«, meinte ich schüchtern. Richard hörte mich kaum.

»Er hat mich beleidigt«, flüsterte er. »Das wird er noch bereuen.«

»Er ist doch Onkel Johns neuer Verwalter«, warnte ich ihn. »Onkel John hat ihn angestellt, damit er Wideacre für uns verwaltet. Wenn er der richtige Mann für diesen Posten ist, dann werden wir ihn dringend brauchen. Du hast doch gesehen, daß er die Leute von Acre zum Arbeiten bringen kann; vielleicht ist er der einzige, der es schafft, Wideacre zu retten.«

»Das ist mir gleichgültig«, entgegnete Richard. »Dies ist wichtiger, als einen Verwalter für die Ländereien zu haben. Er hat mich vor den Bewohnern von Acre beleidigt. Dafür sollte er bestraft werden.«

»Nichts ist wichtiger als Wideacre«, widersprach ich ihm. »Es gibt nichts Wichtigeres, als Acre wieder zum Arbeiten zu bringen.«

Richard blieb stehen, um mich anzuschauen. Nebelfetzen

trieben um uns herum. Mich schauderte vor Kälte und Feuchtigkeit. Richard funkelte mich an.

»Er hat mich beleidigt«, zischte er. »Er hat mich vor allen Leuten aus Acre beleidigt. Ich werde das nicht hinnehmen. Er muß sich bei mir dafür entschuldigen. Er hat mich herausgefordert, und ich muß gewinnen.«

»Richard!« rief ich verwirrt. »Es war doch gar nicht so schlimm! Es war doch gar nicht so ernst!«

»Es ist eine Sache der Ehre. Du kannst das ohnehin nicht verstehen, weil du ein Mädchen bist. Aber mein Vater und ich haben eins begriffen: Der Adel muß über den Mob in jedem Fall die Kontrolle behalten. Ich werde es meinem Vater sofort erzählen.«

Während ich zögerte und noch darüber nachdachte, ob die Leute von Acre als »Mob« zu bezeichnen wären und ob Mr. Megson auch dazugehörte, stieß Richard schon die Eingangspforte zu unserem Garten auf und hüpfte über die vier Stufen zum Gartenweg. Ich folgte ihm etwas langsamer nach. Ich hatte getan, was ich konnte, um ihn davon abzubringen, die Sache Onkel John zu erzählen. Plötzlich stieg Wut in mir auf. Was die Leute von Acre anbetraf, so vertraute ich meinen Gefühlen. Ich vertraute meinem Urteil über Mr. Megson. Ich war nicht der Ansicht, daß Richard beleidigt worden war. Ich fand, er selbst hatte sich wie ein Dummkopf verhalten. Und ich sah nicht, daß seine kostbare Ehre in irgendeiner Weise angegriffen worden wäre.

Aber dann zügelte ich mich. Meine Großmutter hatte mich gewarnt, und meine Mutter hatte es mir gezeigt: Eine Frau muß ihre Grenzen kennen. Und es gibt viele Dinge, die Männer verstehen und Frauen nicht. Wenn Richard meinte, es ginge um seine Ehre, dann stand es mir nicht zu, ihn herauszufordern und mit ihm zu streiten. Ich blieb ein paar Augenblicke lang im kalten Nebel stehen und atmete, bis ich mich wieder beruhigt hatte, die feuchte Luft ein. Wollte ich eine richtige Lady sein – und das wollte ich mehr als alles andere auf der Welt –, dann müßte ich lernen, Richard in seinen Gedanken und Taten zu unterstützen, was auch immer meine private Meinung sein mochte. Während ich zögernd am Gartentor stand, bemerkte ich plötzlich, daß mein einer Handschuh fehlte. Ich hatte meinen linken Handschuh in Acre verloren. Dies war das einzige Paar Handschuhe, das ich besaß. Ich drehte mich auf dem Absatz um und machte mich noch einmal auf den langen, anstrengenden Weg nach Acre.

Ich war nur ein paar Meter gegangen, als ich hinter mir Schritte hörte. Mein Herz klopfte vor Freude schneller, denn ich dachte, es wäre Richard. Aber statt dessen erblickte ich Onkel John. Ich blieb stehen, um auf ihn zu warten.

»Ich muß nach Acre zurückgehen. Ich habe meinen Handschuh fallen gelassen«, erklärte ich.

»Ich gehe auch nach Acre«, sagte er. »Richard hat mir erzählt, er habe eine Auseinandersetzung mit Mr. Megson gehabt.«

Ich nickte. »Ja«, sagte ich kurz.

»Warst du dabei?« fragte Onkel John erstaunt. »Es klang, als hätten sie Streit gehabt. Und was hast du gemacht, Julia?«

»Es war nichts«, sagte ich. Mir schien, als hätte Onkel John Richard vollkommen mißverstanden. Richard konnte doch nicht von einem Streit sprechen, wenn nur ein paar böse Worte von seiner Seite gefallen waren. Richards Sturz war ein kleiner Unfall gewesen, nichts weiter. »Richard hat Mr. Megson eine Frage gestellt, und Mr. Megson hat darauf nicht geantwortet. Richard ist auf den Karren hinaufgesprungen, und dann hat Mr. Megson ihn mit einem Sack Hafer angestoßen. Richard ist vom Karren gefallen, und Mr. Megson hat ihm wieder aufgeholfen. Das war alles.«

John stutzte und sah mich an. »Stimmt das, Julia? Ist das wirklich alles, was vorgefallen ist?«

»Ja«, sagte ich. Ich wollte meine persönlichen Gedanken für mich behalten. »Mr. Megson war ein wenig respektlos, und Richard hat sich darüber geärgert. Aber es war nichts Ernstes.«

John war sichtlich erleichtert. »Dem Himmel sei Dank«, sagte er. »Der junge Herr Richard hat so getan, als hätte ich da einen kämpferischen Jakobiner eingestellt. Ralph Megson ist sicherlich der richtige Mann für mich, aber ich kann ihn natürlich nicht einstellen, wenn er sich nicht höflich und zivilisiert benehmen kann.«

»Er ist nicht unhöflich«, sagte ich und dachte an den freundlichen Tonfall, in dem er mit Margaret Carter gesprochen hatte. »Richard und er haben sich einfach mißverstanden.«

John nickte. »Nun, da ich schon einmal so weit mitgekommen bin, werde ich dich begleiten«, sagte er freundlich. »Ich habe Mr. Megson Geld gegeben, damit er sofort die schlimmste Not im Dorf lindern kann. Ich habe gesagt, er solle herausfinden, wo die Leute am meisten Mangel leiden, und das Geld dann mit Bedacht ausgeben. Verteilt er Lebensmittel an die Dorfbewohner?«

Ich mußte laut herauslachen. »Nein!« prustete ich. »Sie feiern ein Fest.«

Wir waren im Dorf angekommen, und John konnte sehen, daß der Tisch zum Festmahl fast fertig gedeckt war. Die Leute trugen Hocker und runde Holzklötze aus den Hütten herbei, die als Stühle dienen sollten.

Plötzlich erstarrte ich, denn die Tür zur Hütte der Dench-Familie öffnete sich, und ein Mann kam heraus. Noch bevor ich ihm eine Warnung zurufen konnte, war er ganz in unserer Nähe. Er sah uns nicht einmal. Er hielt einen großen Topf mit kochendheißer Suppe in seinen Händen, und seine Augen waren auf die dampfende Flüssigkeit und nicht auf den Weg vor ihm gerichtet.

Es war der Geächtete, John Dench, Clarys Onkel, der Scheherazade verletzt hatte, der Pferdepfleger von Havering, der mir zugetraut hatte, sie zu reiten. Ich erkannte ihn auf Anhieb. Aber ich wußte nicht, was ich tun sollte.

»Passen Sie auf, Mensch!« rief Onkel John, und Dench blieb stehen und sah erstaunt von seinem Topf hoch.

Er erkannte mich sofort. Nachdem er einen Blick auf Onkel Johns feine Kleidung geworfen hatte, wußte er, daß er vor einem Mann stand, der zum Adel gehörte. Er blickte schnell nach links und rechts, als denke er daran, den Topf mit der siedenden Suppe fallenzulassen und davonzustürzen, fort ins Gemeindeland, bevor die Verfolgungsjagd losbrach. Aber dann schaute er uns noch einmal an und sah, daß ich mit Onkel John allein gekommen war. Er hatte die Augen eines gehetzten Tieres, sein Gesicht war grau und schmutzig.

»Wer sind Sie?« fragte Onkel John.

Onkel John hatte die Geschichte von Scheherazade gehört; meine Mutter und Richard hatten sie ihm erzählt. Er würde sofort wissen, wer der Mann war, und dann verlangen, daß er gefangengenommen, nach Chichester gebracht und abgeurteilt würde. Dench sah mich an. Die ganze Straße war still; jeder Mann, jede Frau und jedes Kind in Acre schien den Atem anzuhalten und auf eine Antwort zu warten. Dench öffnete den Mund, um zu sprechen, aber er sagte nichts.

»Dies ist Dan Tayler«, antwortete ich. Meine Stimme war so hell und klar wie eine Glocke, und sehr sicher. »Dan hat früher hier gewohnt, aber jetzt arbeitet er auf einem Gut in ... in ... in ... Petersfield.«

Clary stand plötzlich neben ihrem Onkel und stieß ihm leicht in die Rippen. »Sie warten auf die Suppe«, sagte sie. Sie sah mir ohne zu lächeln direkt in die Augen.

»Und dies ist Clary Dench«, sagte ich mit fester Stimme. »Und dies ist Sonny Green und Mr. und Mrs. Green, und Ned Smith mit Henry und Jilly, und dies ist Little 'Un. Dies ist Matthew Merry, und dort drüben ist seine Großmutter, Mrs. Merry, und neben ihr steht Mrs. Tyacke, und das ist ihr Sohn, Ted. Das ist Peter, der Schuhmacher und seine Frau, Sairey, und das sind ihre Zwillinge. Du kennst ja George, den Fuhrmann, und das sind seine beiden Mädchen, Jane und Emily.«

Ich nannte sie alle beim Namen. Onkel John nickte und lächelte; die Frauen machten vor ihm einen Knicks, und die

Männer tippten respektvoll an ihre Stirn. Viele der Namen waren ihm vertraut, und er lächelte auch die Leute an, die erst vor kurzem nach Acre gekommen waren, und die jungen Männer, die noch kleine Jungen gewesen waren, als er fortging.

Ich blickte mich um. Dench war plötzlich verschwunden.

Ralph trat heran. »Würden Sie gern zusammen mit uns am Festmahl teilnehmen, Dr. MacAndrew?« fragte er höflich. »Sie und Miss Lacey sind herzlich eingeladen.«

»Wir möchten Sie nicht stören«, sagte Onkel John ebenso höflich. »Wir sind nur wegen Miss Julias Handschuh hergekommen. Sie hat ihn irgendwo hier verloren.«

Eines der kleinen Dench-Kinder schlüpfte unter dem Tisch hervor und brachte mir den Handschuh wie eine Trophäe.

»Danke, Sally«, sagte ich lächelnd.

John nickte Ralph zu. »Ich sehe, daß Sie sich schon heimisch fühlen«, sagte er. »Ich wußte, daß Sie froh wären, wieder heimzukommen, aber ich hätte nie gedacht, daß man Sie wie einen heimgekehrten Helden empfangen würde.«

Ralph lächelte. »Die Bewohner von Acre vergessen niemals, wer ihre Freunde sind«, sagte er, und ich spürte, daß er damit auch mir etwas sagen wollte. »Auf diesem Fleckchen Erde haben die Leute ein langes Gedächtnis.«

»Das freut mich«, sagte Onkel John. »Es wird leichter sein, den Grundbesitz und das Dorf wieder in Ordnung zu bringen, wenn sie spüren, daß sie für jemanden arbeiten, dem sie vertrauen.« Er zögerte. »Ich hatte gedacht, daß Sie hier die Verteilung von Lebensmitteln organisieren. Jetzt sind Sie dabei, ein riesiges Dorffest vorzubereiten.«

Ralph Megson warf seinen dunklen Kopf in den Nacken und lachte. »Ich weiß, was Sie von mir erwartet haben, Dr. MacAndrew«, sagte er gut gelaunt. »Aber ein paar Dinge müssen Sie einfach mir überlassen. Ich werde Ihnen nicht sagen, wie man Leute von ihren Krankheiten kuriert, aber erzählen Sie mir auch nicht, wie man Acre wieder zum Leben erweckt. Es ist nicht Geld, was die Menschen hier brauchen. Es ist nicht einmal Nahrung. Sie haben sich die ganze Zeit lang vor allem nach ein wenig Freude gesehnt – das kennen Sie doch auch, nehme ich an. Das Dorf wieder zum Wohlstand zu führen, das dauert ein Leben lang. Aber den Menschen Hoffnung zu geben, das ist etwas, was wir sofort erreichen können.«

Onkel John zögerte einen Moment, aber dann schaute er auf die Dorfstraße, die plötzlich so voller Leben war. »Ich hatte es mir nicht so vorgestellt«, entgegnete er langsam, »aber ich muß zugeben, daß Sie vielleicht recht haben.«

Ralph Megson nickte. »Sie können mir vertrauen«, meinte er. »Es sind die Interessen von Acre, die mir am Herzen liegen. Solange Ihre Wünsche mit denen von Acre übereinstimmen, können Sie mir vertrauen.«

Onkel John nickte, und beide lächelten sich an. »Wir müssen jetzt gehen«, sagte Onkel John. »Können Sie nach dem großen Mahl nach Dower House herüberkommen?«

Ralph bejahte, und Onkel John wandte sich zum Gehen. Er wechselte ein paar Worte mit Green, dem Müller, und Ralph flüsterte mir bedeutungsvoll zu: »Das haben Sie gut gemacht, Miss Julia. Wirklich gut gemacht.«

Ich sah ihn kurz an, und seine Augen waren so warm und herzlich, daß ich seinem Blick auswich und auf meine Stiefel schaute, die von dem allmählich trocknenden Kalkschlamm ganz weiß geworden waren. Ich hätte keine Lüge erzählen sollen, und es wäre besser gewesen, wenn ich dafür kein Lob bekommen hätte. Ich erwiderte nichts, und er stand schweigend neben mir. Ich war ein wenig peinlich berührt, aber zugleich spürte ich ein Gefühl von Glück. Ich hätte, ohne ein einziges Wort zu wechseln, den ganzen Tag lang neben diesem Mann stehen können.

»Mr. Megson«, sagte ich schüchtern.

»Ja, Miss Julia«. Seine Stimme klang sehr vergnügt.

»Warum sind Sie für Acre ein Held, Mr. Megson?« Ich blickte ihm kurz ins Gesicht und sah, daß seine Augen listig aufblitzten.

»Nun«, sagte er, »ich dachte, das wüßten Sie. Sie kennen doch die Dorfbewohner alle persönlich. Und man sagt, Sie hätten auch die Sehergabe. Wissen Sie es denn nicht, Miss Julia?«

Ich schüttelte den Kopf.

»Ich dachte, Sie wüßten es«, sagte er sanft. »Man hat mir erzählt, Sie hätten die Sehergabe.«

Ich schüttelte noch einmal den Kopf.

»Und wessen Stimme hatten Sie, als Sie mich zum ersten Mal sahen?« fragte er plötzlich.

»Ich weiß nicht«, antwortete ich. Als er bemerkte, daß ich ihn anlog, wurden seine Augen plötzlich schmal, und ich fühlte, daß mir die Schamröte ins Gesicht stieg, da er mich bei einer Lüge ertappt hatte. »Es tut mir leid, natürlich weiß ich es ...«, verbesserte ich mich schüchtern. »Aber es klingt so dumm ... und ich wollte es nicht sagen.«

Er lachte so laut heraus, daß Onkel John sich zu uns umdrehte und lächelte. Ralphs Oberkörper wurde vom Lachen geschüttelt, und seine Augen blitzten. »Es gibt keinen Grund auf der Welt, warum Sie mir eine Frage beantworten und die Wahrheit erzählen sollten, wenn Sie das eigentlich nicht möchten«, sagte er freundlich. »Aber ich werde *Ihre* Fragen beantworten, und zwar ohne einen Penny dafür zu verlangen.«

Er sah mich prüfend an, und dann lächelte er, als würde er mir ein vollkommen unwichtiges, kleines Geheimnis weitersagen. »Ich war hier in der Feuersnacht«, flüsterte er mir wie ein Verschwörer zu. »Ich habe sie zum Herrenhaus hinaufgeführt, um es niederzubrennen und Beatrice umzubringen. Ich bin Ralph Megson, und ich war in den alten Zeiten ihr Geliebter und ihr Mörder. Damals haben sie mich den Rächer genannt.«

Vor Entsetzen verschlug es mir den Atem, aber Ralph Megson sah mich mit einem freundlichen und selbstbewußten Lächeln an. Dann wandte er sich von mir ab, als hätte er mir irgend etwas völlig Unwichtiges erzählt, und ging zum Kopfende der Festtafel, wo man darauf wartete, daß er seinen

Platz einnahm. Ich blieb vollkommen verdutzt stehen. Onkel John mußte mich zweimal ansprechen und meinen Ellenbogen berühren, bis ich mich von meinem Schrecken erholt hatte und ihn verwirrt anlächelte. Dann machten wir uns auf den Heimweg.

Mr. Megson beobachtete mich beim Davongehen. Ich konnte sehen, daß er in unsere Richtung schaute und Onkel John zwanglos und freundlich zuwinkte. Aber ich wußte, daß seine Augen auf mir ruhten. Und daß jenes wehmütige und fast entschuldigende Lächeln mir, und nur mir allein galt. Als ein paar schwache Sonnenstrahlen durch den Nebel hindurchbrachen, da fröstelte mich, als sei ich mitten in der Nacht von einem schweren, kalten Gewitterregen überrascht worden.

Ich kannte jenes Lächeln. So hatte er im Traum gelächelt, obwohl ich niemals sein Gesicht gesehen hatte. Und ich wußte, in meinem nächsten Traum würde ich über die Schulter des großen Pferdes hinaufblicken, und er würde mich zu sich emporziehen und mir sanft ein Messer in die Rippen stoßen, so sanft und so zärtlich, als sei dies ein Akt der Liebe. Und obwohl das Mädchen im Bett unter diesem Alptraum vor Schreck laut aufschreien würde, wußte ich zugleich, daß die Frau in dem Traum keine Angst hatte. Ich wußte: Wenn er sich zu ihr hinabbeugte, dann würde sie in Ralphs lächelnde Augen schauen, und sie würde ihn ebenfalls anlächeln.

6

»Und wie ist er?« fragte meine Mutter höflich interessiert. Stride hatte die Karaffe mit dem Portwein vor Onkel John hingestellt, und meine Mutter und ich saßen, ganz wie die Mitglieder einer glücklichen Familie, gemütlich beisammen, tranken Fruchtlikör und knabberten kandierte Früchte. »Dein neuer Verwalter, meine ich. Wie ist er denn? Meinst du, daß du ihn gebrauchen kannst?«

Onkel John saß am Kopfende des Tisches und goß sich von dem goldbraunen Portwein ein. »Ja, davon bin ich überzeugt«, antwortete er. »In einem Hotelzimmer in London kam er mir schon sehr eindrucksvoll vor, aber auf der Dorfstraße von Acre war er einfach umwerfend! Ich denke, er wird dir gefallen, Celia. Er ist ein sehr selbstbewußter, tüchtiger Mann. Ich würde ihm ohne zu zögern Geld und Verantwortung übertragen.«

Meine Mutter lächelte. »Das ist gut«, meinte sie, »denn ich rechne damit, daß ich euch drei häufig hier zu Hause haben werde. Wenn wir einen ordentlichen Verwalter haben, dann kannst du, John, dich auf deine Genesung konzentrieren, und ich kann Julia mit gutem Gewissen nach Bath begleiten.«

»Er war sehr unhöflich zu mir«, sagte Richard unvermittelt. Er hatte das Gesicht von seinem Vater abgewandt und sah meine Mutter an. »Er hat mich vor dem ganzen Dorf mit einem Sack Hafer vom Wagen auf die Straße hinuntergestoßen.«

Meine Mutter holte tief Atem und warf John einen Blick zu.

»Vergiß es« meinte John kurz angebunden. Er erhob sein Glas und sah Richard über den Rand hinweg an. Richard wandte sich sofort wieder meiner Mutter zu. »Vor dem ganzen Dorf«, wiederholte er. Meine Mutter wollte etwas sagen, aber sie zögerte.

John beugte sich vor. »Vergiß es«, sagte er noch einmal mit etwas stärkerer Stimme. »Du und Mr. Megson, ihr hattet eine

Meinungsverschiedenheit. Die Dorfbewohner haben das nicht einmal bemerkt. Ich war im Dorf, und ich habe gefragt, ob es irgendwelche Probleme gegeben hätte. Niemand hat etwas gesehen.«

Ich senkte den Kopf. Probleme waren in Acre schon so oft übersehen worden.

»Ralph Megson ist ein Mann von Welt, und er hat ein sehr gutes Urteilsvermögen«, sagte Onkel John ruhig. »Er würde niemals ein Wort über den Vorfall verlieren, was auch immer geschehen sein mag. Ich rate dir, die Sache zu vergessen, Richard. Du wirst wohl oder übel mit ihm auskommen müssen.«

Richard sah seinen Vater mit einem raschen, brennenden Blick an, dann wandte er sich erneut meiner Mutter zu. »Ich mag ihn nicht«, sagte er. »Er hat mich beleidigt, und er sollte überhaupt nicht hier arbeiten, wenn er sich nicht anständig benehmen kann.«

Meine Mutter blickte ihn mit unendlicher Zärtlichkeit an. »Ich weiß, daß du immer unser Bestes im Auge hast«, sagte sie sanft. Dann wandte sie sich Onkel John zu. »Richard hat Verantwortung tragen müssen, mehr als es seinem Alter angemessen war«, sagte sie. »Er denkt nur daran, was für uns das Beste ist.«

John nickte. »Es ist ein gutes Zeichen, daß Richard so verantwortungsbewußt ist«, sagte er freundlich. »Aber in diesem Fall bin ich derjenige, der die Entscheidung trifft.«

Meine Mutter nickte und lächelte Richard an. Er warf ihr einen langen, kühlen Blick zu, und ich wußte, daß er sich betrogen fühlte. Meiner Mutter, die sich immer so sehr auf ihn gestützt hatte, stand jetzt ein anderer Mann zur Seite, ein Mann, den sie liebte und dessen Rat ihr wichtiger war als Richards. Sie nippte an ihrem Glas. »Weiß er gut über Landwirtschaft Bescheid?« fragte sie. »Was hat er denn in der Vergangenheit gemacht?«

»Er hat einen Pachthof in Kent verwaltet, und er wurde von einem profitorientierten Großgrundbesitzer herausgekauft, und zwar mit einem beträchtlichen Verlust für ihn«, antwortete Onkel John. Er sagte das so, als hätte Richards Meinung kaum irgendeine Bedeutung. »Sein Land auf diese Weise zu verlieren hätte einen anderen Mann ohne sein Format vielleicht sehr verbittert. Ihn hat es dazu gebracht, über die Rechte des Landbesitzers und über die der Pächter und Arbeiter nachzudenken. Er ist natürlich ein Radikaler, aber das macht mir gar nichts aus. Ich bin froh, einen Verwalter zu haben, der an das Wohl der Menschen denkt, anstatt einfach nur an den Profit. Und ich glaube, ein Mann, der profitgierig ist, würde sowieso nicht lange in Acre bleiben können!«

»Nein«, sagte meine Mutter, »solange sie das tun, was man ihnen vorschreibt ...«

Onkel John lächelte mir über den Tisch hinweg zu. »Als wir gingen, haben sie sich für ihn geradezu überschlagen«, sagte er. »Wenn er weiterhin so beliebt ist, dann würden sie auf seinen Wunsch hin sogar eigenhändig ihre Küchengärten umgraben, um darin den Lacey-Weizen auszusäen. Er scheint für sie regelrecht ein Held zu sein, nicht wahr, Julia?«

»Ja«, stimmte ich ihm kurz angebunden zu.

»Seltsam, daß ich nie von ihm gehört habe«, sagte meine Mutter. »Er hat Acre wohl vor vielen Jahren verlassen, denn ich habe ihn nie getroffen. Ich frage mich, warum er so beliebt ist, denn er ist doch schon fortgegangen, als er noch ein junger Mann war.«

Ich rutschte verlegen auf meinem Stuhl hin und her, und Richard schaute von seinem Lehrbuch hoch und blickte mich böse an. Die Frage nach Mr. Megsons Vergangenheit stand bedrückend im Raum. Sein Leben lag in meinen Händen. Ich brauchte nur das zu wiederholen, was er mir erzählt hatte, und er würde nach Chichester gebracht und gehängt werden. Daß das Feuer bereits vor vierzehn Jahren ausgebrochen war, spielte dabei keine Rolle. Ralph Megson war ein Brandstifter, der auf Wideacre frei herumlief, und nur ich wußte davon. Eigentlich hätte *ich* die anderen vor ihm warnen müssen.

Er hatte mir ein Geheimnis anvertraut, das ihn und viele unserer Dorfbewohner an den Galgen bringen könnte. Und er hatte es mir vollkommen freiwillig erzählt, tollkühn und trotzig. Er hatte gewußt, er *mußte* gewußt haben, daß mich dies genau in die Lage bringen würde, in der ich mich jetzt befand: Ich mußte zwischen den Ansprüchen meiner Familie, den Adligen, und den Bedürfnissen von Acre wählen.

Vor dem ganzen Dorf hatte er mir ins Gesicht gesagt, daß er ein Brandstifter und ein Mörder sei, und ich hatte ihm nichts entgegnet, hatte meine Empörung nicht laut herausgeschrien. Ich war nicht zu Onkel John gelaufen, um es ihm zu berichten. Mr. Megsons Lächeln, seine trotzige Auflehnung gegen das Gesetz und sein Vertrauen in mich hatten mich bewogen, zu seiner Komplizin zu werden. Jetzt mußte ich entscheiden, ob ich meiner Mutter offen ins Gesicht lügen wollte oder aber das Vertrauen, das Ralph Megson, ein Fremder und Mörder, in mich gesetzt hatte, brechen wollte.

Ich hatte meine Mutter niemals angelogen.

Ich hatte gehofft, meine Mutter nie anlügen zu müssen.

»Man hat mir erzählt, er sei fortgegangen, als er noch ziemlich jung war. Er ist so beliebt, weil er dem Dorf in den schlechten Jahren regelmäßig Geld geschickt hat, Prisengeld«, sagte ich, eine Lüge nach der anderen erfindend. »Von dort, wo er als Seemann gearbeitet hat.«

Richard schaute unbewegt zu mir herüber. Er konnte nicht nur an meiner Blässe deutlich erkennen, daß ich log, sondern auch daran, wie ich unter dem Tisch nervös am Tischtuch zupfte. Ich log nicht besonders gut. Und er wußte, daß ich es tat, um Mr. Megson zu schützen. Megson, von dem Richard gesagt hatte, er wäre sein Feind.

»Sehr ehrenwert«, sagte meine Mutter. Sie nahm ihr Umschlagtuch vom Stuhlrücken und legte es sich um die Schultern.

»Ja, und reichlich unwahrscheinlich«, bemerkte Onkel John.

Ich war aufgestanden und drehte mich bei diesen Worten hastig zu ihm um, plötzlich schneeweiß im Gesicht. »Was meinst du damit?« fragte ich. Meine Augen glühten.

»Meine liebe Julia«, sagte Onkel John leicht überrascht, »ich will damit nur meine Vermutung darüber ausdrücken, daß dies eine recht respektable Verdrehung der eigentlichen Lebensgeschichte dieses Mannes ist. Ich nehme nämlich an, daß er schon früh mit Schmugglern Bekanntschaft gemacht hat. Und die Wohltaten, die er Acre als Schmuggler erweisen konnte, sind es sicherlich wert, daß man sich an sie erinnert.« Er lächelte, als er mein entsetztes Gesicht sah. »Kein Grund, so schockiert auszusehen«, sagte er mild. »Es spielt kaum eine Rolle. Solange wir absurde Steuergesetze haben, wird immer geschmuggelt werden, und wenn er eine Schmugglerbande anführen kann, dann wird er auch eine Truppe von Leuten organisieren können, die das Land umpflügt, sollte man meinen!«

»Oh!« sagte ich. »Ich habe nur wiederholt, was im Dorf herumerzählt wird. Aber wenn er wirklich früher ein Schmuggler war und es jetzt nicht mehr ist, dann könnte man ihn doch deshalb nicht verurteilen, nicht wahr?«

Onkel John hielt meiner Mutter und mir die Tür auf. »Ich glaube nicht, daß das Gesetz viel Nachsicht mit Menschen hat, die von einem Leben der Kriminalität zu einem normalen, wohlanständigen Leben finden«, sagte er mit einem Lächeln. »Aber es gibt offensichtlich niemanden in Acre, der ihn verraten würde. Und ich mache ihm daraus keinen Vorwurf. Ich werde mich allerdings einmal in aller Ruhe mit Lord Havering unterhalten und mit dem einen oder anderen der Friedensrichter hier, und dann werde ich sehen, ob Mr. Megson etwa steckbrieflich gesucht wird. Es macht mir nichts aus, einen ehemaligen Schmuggler auf meinem Land zu haben, aber ich hätte doch einige Einwände gegen einen ehemaligen Freibeuter oder einen Straßenräuber im Ruhestand.«

»Mein Gott, da hast du wirklich recht«, sagte meine Mutter, während sie sich in einen Sessel im Wohnzimmer setzte.

»Warum gibt es in Acre niemals normale Verhältnisse? John, hättest du nicht einen Verwalter finden können, der nicht gerade ein Krimineller ist? Auch nicht ein Krimineller im Ruhestand?«

»Ein Wilderer, der sich in einen Wildhüter verwandelt, kann das Wild am besten schützen«, bemerkte Onkel John lächelnd. »Acre ist immer ein reichlich exzentrisches Fleckchen Erde gewesen, meine Liebe. Und ich fürchte, das wird auch in Zukunft so bleiben. Aber wenn das Dorf erst einmal wieder zu Wohlstand gekommen ist, dann könnte es sein, daß auch einige seiner besten Söhne wieder heimkommen. Wir haben doch auch heute jemanden getroffen, der aus der Fremde zurückgekommen ist, nicht wahr, Julia? Der Mann, der den ganzen Weg von Petersfield zurückgelegt hatte, um an dem Festessen teilzunehmen.«

Richard konnte in meinem schuldbewußten Gesicht wie in einem Buch lesen. Das wurde mir bewußt, als unsere Blicke sich trafen. Aber ich saß zu Füßen meiner Mutter am Kamin, und ich konnte mein Gesicht nirgendwo verbergen.

»Wer ist denn aus Petersfield gekommen?« fragte er scheinbar gleichgültig.

»Ich kann mich an den Namen nicht erinnern«, sagte Onkel John. Aber dann erinnerte er sich doch. »Tayler, Dan Tayler – so hieß er doch, nicht, Julia?«

»Ja.« Ich blickte unverwandt ins Kaminfeuer.

»Wer ist denn *das*?« sagte Richard verdutzt.

»Weißt du das denn nicht?« fragte Onkel John. »Ich hatte gedacht, daß ihr beide Acre ganz genau kennt. Julia scheint wirklich alles zu wissen. Wer ist denn der Mann, Julia?«

»Er ist ... er ist ...« Während Onkel Johns helle, arglose Augen auf mir ruhten und Richards Blicke immer dunkler und mißtrauischer wurden, fiel mir keine weitere Lüge ein.

»Im Dorf gibt es gar keine Familie Tayler«, stellte Richard fest.

»Doch!« rief ich hastig. »Sie wohnen am Dorfrand, in den

Armenhütten.« Ich wußte, daß Richard die Familien nicht kannte, die am Rande von Acre lebten und sich mühselig von dem ernährten, was auf dem Gemeindeland noch wuchs. Niemand hätte jemals mit Gewißheit sagen können, wer dort wirklich wohnte. Nur die Zigeuner, die weiter draußen auf dem Gemeindeland in ihren Wagen hausten, waren noch wilder.

»Nie von ihnen gehört«, sagte Richard störrisch. »Wer ist der Mann denn eigentlich?«

Meine Mutter betrachtete abwechselnd mich und Onkel John. Richard war schlau und sehr aufmerksam. Ich hatte erst eine Lüge erzählt und dann noch eine zweite, und schließlich war ich gezwungen gewesen, eine ganze Kette von Unwahrheiten aneinanderzureihen. Wenn sie hinter die Identität des Mannes kamen, der uns fast mit seinem Topf umgerannt hätte, dann würde mir Richard meine Lüge niemals verzeihen, und das war schon schlimm genug; aber vor allem würde Dench dann gefaßt werden.

Ich könnte vielleicht Richards Ärger und sogar die geheime Mißbilligung meiner Mutter ertragen. Aber wenn ich Dench verriete, dann würde Onkel John seinem Kutscher auftragen, nach Acre zu fahren und Dench gefangenzunehmen. Und das nächste Mal, wenn Gerichtstag wäre, würde er verurteilt und gehängt. Das durfte ich einfach nicht geschehen lassen.

Die Lüge, die ich an diesem Tag schon erzählt hatte, um Mr. Megson zu schützen, war jämmerlich genug gewesen. Ich legte meinen Kopf zurück an die Knie meiner Mutter, um mich durch die Berührung mit ihrem Seidenrock zu beruhigen und zu stärken. Richard sah meine Erschöpfung, und drängte um so mehr darauf, daß ich antwortete.

»Wo hast du diesen Hüttenbewohner denn getroffen?« fragte er. Er schien sehr besorgt zu sein, und sein Blick schweifte zu meiner Mutter hinüber, als wolle er sie daran erinnern, daß man mich nicht einfach in dem gefährlichsten Dorf in Sussex allein herumlaufen lassen dürfe. »Hat er sich dir genähert, als du mich neulich ins Gemeindehaus begleitet hast und dann im Dorf herumgelaufen bist? Ist er ein Freund dieses ziemlich ordinären, kleinen Straßenmädchens, mit dem du dich immer triffst? Warum hast du uns nie davon erzählt?«

»Ich habe ihn getroffen, als ich einmal zusammen mit Clary und Matthew Merry und einigen anderen aus Acre spazierengegangen bin«, sagte ich. Onkel John hielt seine Hände über das Kaminfeuer und nickte, aber Richard konnte eine Lüge riechen, wie ein Hund Blut riecht, das aus einer frischen Wunde sickert, und er war mir auf der Spur.

»Wann war das denn?« fragte er. »Du hast mir nie davon erzählt. Und wieso haben die Kinder von Acre denn überhaupt mit einem der Hüttenbewohner gesprochen?«

»Ach, ich weiß es nicht! Ich kann mich nicht mehr genau daran erinnern!« rief ich voller Ungeduld und Angst, daß er die Wahrheit herausbekommen könnte. Ich mußte irgendwie aus diesem Zimmer herauskommen. Ich sprang von meinem Platz auf und machte einige Schritte zur Tür.

»Und was macht er jetzt, dieser rätselhafte Hüttenbewohner?« Richard ließ nicht locker. »Und wie ist er überhaupt so schnell nach Acre gekommen?«

»Können wir nicht über etwas anderes reden?« fragte ich ihn ungeduldig. Ich war fest entschlossen, meiner Mutter und Onkel John nichts über Dench zu verraten.

»Also wirklich, Richard! Du und Mutter, ihr behandelt mich, als wäre ich ein Kind. Ich habe keine Lust zu einem Kreuzverhör! Ich habe den Mann einfach in Acre getroffen, und ich kenne ziemlich viele Leute dort. Mama! Bitte entschuldige mich jetzt!« sagte ich und stürzte zur Tür.

Stride kam mir gerade mit dem Tablett in der Hand entgegen, und als er mich so wütend aus dem Zimmer rennen sah, blieb er mit offenem Mund auf der Schwelle stehen. Er zögerte, da er nicht wußte, ob er seine Last absetzen und höflich die Tür für mich offenhalten oder mich einfach vorbeilaufen lassen sollte.

»Miss Julia!« sagte er in vorwurfsvollem Ton. Ich blitzte ihn wütend an und sah, daß er sehr besorgt war.

Ich ging hinaus und warf die Tür hinter mir zu.

Dann stand ich einen Moment lang vollkommen still, den Kopf gegen die geschlossene Wohnzimmertür gelehnt, und starrte blicklos vor mich hin. In meinem ganzen Leben hatte ich mit meiner Mutter noch niemals so heftig gesprochen. Und die unsinnige Behauptung, sie behandele mich wie ein Kind! Und das schroffe Benehmen, das ich vor Onkel John an den Tag gelegt hatte! Ich seufzte.

Ich war nicht vorsätzlich an der Tür stehengeblieben, um zu lauschen, aber ich bemerkte, daß es einige Augenblicke lang ganz still im Zimmer war. Und dann hörte ich Richards unendlich freundliche und sanfte Stimme: »Sei bitte nicht traurig, Mama-Tante, bitte sei nicht verärgert, Vater. Julia ist sonst ganz anders. Mama-Tante wird dir das bestätigen; es ist wirklich wahr. Meine Cousine ist so sanft wie ein Lamm. Ich habe nie zuvor erlebt, daß sie so reagiert.«

Ich seufzte leise, weil Richard so treu meine Partei ergriff. Obwohl ich mich so kratzbürstig gezeigt hatte, war er bereit, mich zu verteidigen. Dann erinnerte ich mich daran, daß ich dort eigentlich nicht stehen und lauschen sollte, und trat einen Schritt von der Tür zurück.

Ich hätte in mein Zimmer gehen oder mich in das leere Eßzimmer setzen können, aber ich sehnte mich danach, den Himmel über Wideacre zu sehen, und ich brauchte den Wind, damit er meinen Ärger und meine Verwirrung davontrüge. Ich öffnete die Eingangstür und schlüpfte hinaus.

Ohne auf mein Kleid zu achten, setzte ich mich auf die Steinstufen. Die kühle, feuchte Luft tat mir gut. In diesem Frühling waren die Abende hell wie Perlen, aber heute war es den ganzen Tag lang sehr dunkel gewesen, und der Nachmittag war grau und schattig vom Nebel und den Wolken, die immer tiefer herabwallten. Ich schluckte die feuchte, frische Luft wie ein kaltes Getränk. Die Wälder von Wideacre am anderen Ende der

Auffahrt sahen im ersten Grün verschwommen und unklar aus, und unsichtbare Vögel sangen in dem blassen Nachmittag ihr endloses Lied; die Kälte und die hereinbrechende Dunkelheit konnte ihnen nichts anhaben, denn tief in ihren kleinen, kräftig schlagenden Herzen wußten sie: Es war Frühling und die Zeit, sich zu lieben, zu balzen und sich zu paaren.

Ich seufzte. Ich fühlte, wie der Ärger und die Verwirrung von mir abfielen wie Blüten, die man in den reißenden Fenny wirft. Alles war gut, so wie es war. Ich hatte eine Lüge, nein, mehrere Lügen erzählt. Aber ich hatte damit nur einen Mann aus Acre schützen wollen. In der Vergangenheit hatte es in Acre schon genügend Drohungen und Festnahmen gegeben. Weder Richard noch ich selbst würden dem weitere hinzufügen. Ralph Megson war mit dem Versprechen zurückgekehrt, Acre neue Hoffnung zu bringen, und wenn eine oder selbst mehrere kleine Lügen dazu beitragen könnten, dann war das Rechtfertigung genug.

Ich verzieh mir die Lüge, die ich über Dench erzählt hatte, und ich war entschlossen, auch Mr. Megsons Geheimnis niemals zur Sprache zu bringen. Ich konnte Mr. Megson nicht verraten, und ich wollte ihn nicht verurteilen. Ich schüttelte die Last der Lügen von mir ab, ließ sie schmelzen wie den Rauhreif an einem warmen Frühlingsmorgen. Ich atmete die Luft von Wideacre tief ein und ließ sie mit einem Seufzer wieder aus mir hinausströmen.

Ich hatte mich als eine unhöfliche, schlecht erzogene und verwöhnte junge Dame aufgespielt, und das vor dem Mann, den meine Mutter mehr als jeden anderen liebte und respektierte. Aber ich war froh, etwas für Acre tun zu können, selbst wenn ich dafür einmal unhöflich sein mußte. Ich würde mich bei meiner Mutter entschuldigen, ich würde mich bei Onkel John entschuldigen, und vielleicht würde ich Richard die Wahrheit sagen. Ich hoffte, Richard könnte es vielleicht verstehen. Und wenn *er* mir nicht böse wäre, dann könnte ich alles andere ertragen.

Und so saß ich draußen auf den Steinstufen. Die Saatkrähen krächzten heiser und flatterten zu ihren struppigen Nestern in den Baumwipfeln hinauf. Ich ließ den Frieden von Wideacre über mich kommen. Ich war eine Lacey auf Wideacre, und ich wußte, wo ich zu Hause war.

Hinter mir öffnete sich leise die Tür, und Richard kam heraus. Er wäre im Dämmerlicht fast über mich gestolpert.

»Oh, hier bist du also«, sagte er unvermittelt. «Du wirst früher oder später wieder hereinkommen und dich entschuldigen müssen, weißt du.«

»Ich weiß«, sagte ich ruhig. Ich lächelte ihn an. »Ich war ziemlich zickig, nicht wahr? Aber ich wußte nicht, was ich machen sollte.«

»Ich wußte, daß du uns irgendeine dicke Lüge erzählt hast, aber ich konnte mir nicht denken, was du eigentlich wolltest«, sagte Richard. Er setzte sich nahe neben mich auf die Stufe. Ich lehnte mich sanft gegen ihn und fühlte mich durch die Berührung seiner Schulter getröstet.

»Wer in aller Welt ist dieser geheimnisvolle Dan Tayler?« fragte er. »Du hast doch versucht, Mama mit der Geschichte an der Nase herumzuführen, Julia. Aber jeder, der dich kennt, konnte dir ansehen, daß du geschwindelt hast. Was war es, was du nicht sagen wolltest?«

»Oh, Richard«, sagte ich. »Ich weiß, daß es keinen Zweck hat, dir etwas vorzulügen. Und ich wollte eigentlich auch Mama nichts vorlügen, oder Onkel John. Aber ich hatte Angst, es ihnen zu erzählen!«

Richard umschloß mit seinen warmen Fingern meine Hand. »Angst, ihnen *was* zu erzählen?« fragte er verwundert. »Was ist denn dein großes Geheimnis, kleine Julia?«

»Es war Dench!« brach es plötzlich aus mir heraus. »John Dench, Lord Haverings Pferdepfleger. Er hatte sich anscheinend die ganze Zeit in Acre oder irgendwo in der Nähe, vielleicht in Midhurst, versteckt. Und als sie alle gemeinsam feiern wollten, ist er natürlich auch gekommen. Wir wären auf der Dorfstraße fast mit ihm zusammengestoßen! Es war schrecklich. Ich wußte nicht, was Onkel John tun würde, aber ich hätte es nicht ertragen, wenn Dench verhaftet worden wäre.«

Richard legte seinen Arm um meine Schulter, und ich drückte mein Gesicht an seinen Hals und schnupperte seinen Geruch wie ein kleines, begieriges Tier.

»Aber Großvater Havering hat für Denchs Festnahme eine Belohnung ausgesetzt«, sagte Richard leise. »Wenn du dabei hilfst, ihn zu verstecken, bist du selbst eine kleine Kriminelle, Julia.«

Ich nickte. Richard streichelte sanft meine Schultern und meine Wange. Fast hätte ich wie ein Kätzchen zu schnurren begonnen.

»Ich weiß«, sagte ich. »Ich kann es nicht erklären, Richard. Ich dachte nur daran, wie freundlich er war, als er dir das Reiten beibrachte, und wie sehr er sich an dem Tag, als du deinen Unfall hattest, um dich sorgte. Und jetzt bin ich mit Clary Dench befreundet, und er ist ihr Onkel, den sie über alles liebt, Richard. Ich konnte es einfach nicht übers Herz bringen, Onkel John seinen Namen zu nennen und dann zuzusehen, wie sie ihn fortbringen.«

»So hast du also gelogen«, sagte Richard. Seine Stimme war immer noch ruhig.

»Ja«, antwortete ich. »Es ist doch alles schon so lange her«, sagte ich unsicher. »Schon mehrere Jahre. Ich hätte es nicht ertragen können, wenn Mr. Megsons erster Tag hier durch eine so uralte Schuld gestört worden wäre.«

»Du hast meinem Vater vorsätzlich einen falschen Namen genannt. Und dann hast du Mama-Tante und schließlich noch mich angelogen?« Richards Stimme war so glatt wie Seide.

»Ja«, sagte ich noch einmal. »Aber ich wußte, daß du mich verstehen würdest, Richard. Dich habe ich ja nicht angelogen, weißt du, denn ich habe es dir erzählt, sobald sich die Gelegenheit ergab. Ich habe dich nicht angelogen, Richard.«

»Nein«, sagte er scharf. »Du hast mir immerhin jetzt die Wahrheit gesagt. Aber es gibt etwas, was du gar nicht erwähnt hast, und das finde ich sehr merkwürdig.«

»Was denn, Richard?« fragte ich. Meine Stimme klang so kläglich wie die eines Kindes. »Ich sage dir alles, Richard. Du weißt, daß ich vor dir niemals Geheimnisse habe.«

Richards Hand lag schwer und hart auf meiner Schulter. Er hielt mich so fest, daß ich ihm nicht entkommen konnte. Seine Stimme war sanft und weich wie immer. Aber ich fühlte mich wie ein dummes Kaninchen, das in eine Falle hoppelt.

»Hast du denn vergessen, Julia, *warum* Großvater Havering Dench gefangennehmen lassen wollte? Hast du denn vergessen, was er meinem Pferd angetan hat?«

»O nein, Richard!« rief ich. »Wie könnte ich das vergessen? Ich habe eine Woche lang jede Nacht um die arme Scheherazade geweint, und auch um den Kummer, den dir der Vorfall bereitet hat. Du weißt, wie betrübt ich war. Natürlich hatte ich das nicht vergessen!« Ich brach ab, denn ich wußte, daß dies die falsche Antwort war. »Zumindest ist es mir jetzt klar; aber ich hatte in dem Augenblick einfach nicht daran gedacht. Die einzigen, an die ich dachte, waren die arme Clary, die ihren Onkel so sehr liebt, und der arme Dench, der irgendwo in einem Versteck ein so schlechtes und armseliges Leben führt. Und die Leute im Dorf waren so vergnügt und ausgelassen – ich konnte den Gedanken, ihnen alles zu verderben, einfach nicht ertragen. Und alle, Richard, alle haben zugehört. Du weißt, wie es in Acre ist. Ich könnte es nicht auf mich nehmen, wieder eine Lacey zu sein, die die Menschen von Acre unglücklich macht, Richard! Ich hätte ihn wirklich nicht an Onkel John verraten können!«

Richard faßte mich so hart an, daß es mir wehtat. Seine Finger gruben sich in die weiche Haut meines Oberarmes wie vier stumpfe Messer. Aber er sagte kein Wort.

»Richard«, sagte ich. »Du tust mir weh.«

»Ja«, sagte er mit einem bösen Frohlocken in der Stimme.

Es war zu dunkel, als daß ich seine Augen hätte deutlich sehen können, aber ich wußte, sie waren vor Wut ganz schwarz. Es war ein Fehler gewesen zu lügen, und es war ein Fehler, Richard diese Lüge zu erklären. Ich hatte das wohlbekannte Gefühl, daß mir der Boden unter den Füßen wegrutschte, und ich wußte, daß es keine Möglichkeit gab, mich vor Richards schäumender Wut in Sicherheit zu bringen.

»Du verdienst es, daß ich dir wehtue«, sagte er. »Du hast den Mann gedeckt, der mein Pferd so schwer verletzt hat, daß es getötet werden mußte. Du hast ihn in Acre wiedergesehen und dann meinen Vater angelogen, nur um den Verbrecher zu schützen. Ich weiß, warum du das gemacht hast, Miss Lacey von Wideacre. Du hast es getan, damit du in Acre die großherzige Dame spielen konntest. Du hast doch selbst gesagt, daß alle Augen auf dich gerichtet waren. Du hast keinen Moment lang an mich gedacht und daran, daß John Dench mein Pferd aus Haß und Auflehnung gegen mich getötet hat.«

»Nein, Richard, nein!« rief ich entsetzt. »Das stimmt doch gar nicht! So war es doch gar nicht!«

»Du möchtest in Acre der Liebling sein«, wiederholte er. Die Hand, mit der er meine Schulter umklammerte, fühlte sich wie Eisen an. »Du denkst, wenn du die kleine, liebe Miss Lacey von Wideacre spielst, dann wird das Dorf *dich* als den zukünftigen Squire ansehen, und sie werden gar nicht mehr an mich denken, an mich und meine Rechte. Genau das denkst du doch! Ich weiß es!«

»Nein, Richard! Nein!« rief ich.

»Du versuchst, mir Wideacre wegzunehmen!« schrie er anklagend.

»Nein! Niemals! Niemals, Richard! Das könnte und würde ich niemals tun. Wenn mich jemand fragt, dann sage ich ihm, daß du der zukünftige Squire bist, daß du das auserwählte Kind bist!«

»Das *was*?« fragte er, da er einen Moment lang nicht bei der Sache war.

»Nichts, gar nichts«, antwortete ich hastig. »Es ist nur eine Geschichte, eine alberne, kleine Geschichte, die man sich im Dorf erzählt.« Er blickte mich erwartungsvoll an; ich mußte also mehr sagen. »Es ist einfach eine Geschichte, nichts weiter«, sagte ich. »Sie glauben, daß einer von uns beiden der eigentliche Erbe von Beatrice sei, daß er ihre Sehergabe und die Fähigkeit habe, das Land zum Wachsen und Blühen zu bringen. Sie fragen sich, wer von uns beiden es sein mag. Ich sage immer, daß du es bist.«

Richard ließ mich so plötzlich los, daß ich mit dem Rücken auf die Steintreppe zurückfiel. Mein Kopf schlug dumpf gegen die Tür, und einen Moment lang wurde mir schwarz vor Augen, und ich hörte nur ein lautes Summen in meinen Ohren.

»Richard«, flüsterte ich entsetzt.

»Ich *bin* es«, rief er vollkommen außer sich. »Ich *bin* es! Und ich war die ganze Zeit in Dr. Pearces Arbeitszimmer eingesperrt, während du überall umherstreifen und mit den Leuten Freundschaft schließen konntest. Du hast ihnen erzählt, daß du die Erbin seist. Und wenn es dir nicht gerade eben herausgerutscht wäre, dann hätte ich es niemals erfahren! Du bist eine Lügnerin und Betrügerin, Julia. Du verletzt meine Rechte! Dies ist mein Land, und ich bin der Sohn von Beatrice. *Ich* bin der Erbe.«

Ich brachte kein Wort mehr heraus. Ich war erschüttert, daß er mich so schlecht behandelte, und mir war schwindlig von dem schweren Schlag gegen meinen Kopf. Als ich mir durch das zerzauste Haar strich, fühlte ich eine schlimme Beule. Meine Augen waren von Tränen verschleiert, und Tränen strömten meine Wangen herab. Und die Stimme versagte mir, so daß ich zu meiner Verteidigung kein Wort hervorbringen konnte. Richard hatte unrecht, vollkommen unrecht. Aber er war beseelt von der Kraft seiner Wut und seiner Anschuldigungen. Und für mich sah es schlecht aus. Dench zu decken war wirklich genau das, womit ich in Acre alle Herzen für mich gewinnen könnte. Und er hatte recht: Die Geschichte von dem auserwählten Kind hatte ich bis jetzt für mich behalten.

»Es tut mir leid, Richard ...«, begann ich.

Aber es war zwecklos. Er drehte sich auf dem Absatz um und ließ mich wie eine arme Bäuerin weinend auf der Türschwelle sitzen. Dann öffnete er die Eingangstür und ging ohne ein Wort hinein. Meine Hand lag flach auf der Schwelle, und als er die Tür hinter sich zuwarf, da wurde mein Mittelfinger so fest eingeklemmt, daß ich vor Schmerz laut aufschrie. Ich massierte die verletzte Stelle, und dann weinte ich laut wie ein Kind. Er hatte das nicht gewollt. Ich wußte, daß er es nicht gewollt hatte; er hatte nur einfach die Tür sehr heftig hinter sich zugeworfen.

Allzulange blieb ich dort draußen auf der Schwelle nicht sitzen. Ich wackelte vorsichtig an meinem Fingernagel, aber glücklicherweise löste er sich nicht ab.

Meine Tränen versiegten, und das heftige Herzklopfen und der dumpfe Schmerz in meinem Kopf wurden allmählich schwächer. Durch mein seidenes Kleid hindurch fühlte ich die kalten Steine, aber ich blieb dennoch sitzen und wartete, bis die Tränen auf meinen Wangen getrocknet waren und bis meine Hände ruhiger wurden. Irgendwo tief in meiner Seele mußte es eine Quelle des Friedens und der Ruhe geben. Richard war mein Verlobter, und meine eigene Großmutter hatte mich gewarnt, daß er nicht ewig das liebenswerte Kind bleiben würde. Ich hatte mich ihm versprochen, und er hatte ein Recht – sogar ein verbrieftes Recht –, mich so zu benutzen, wie er mich brauchte. Einen kleinen Schlag gegen meinen Kopf und eine zufällige Verletzung sollte ich nicht allzu schwernehmen. So saß ich ganz still und versuchte mich selbst davon zu überzeugen, daß ich nicht beleidigt, nicht verletzt und nicht mißbraucht worden war. Und wenn ich Richard heiraten wollte – und ich *wollte* Richard heiraten –, dann würde ich lernen müssen, seine groben Seiten ebenso wie seine sanften und liebevollen zu akzeptieren. Er tat nichts anderes, als sich die Rechte herauszunehmen, die ihm zustanden.

So saß ich in der Abendkälte und beruhigte mich nach und nach; der blasse, sichelförmige Mond kam langsam hinter einer Wolkenwand hervor und beschien mich mit seinem verschleierten Licht. Plötzlich hörte ich das Klappern von Pferdehufen. Das Gartentor öffnete sich, und Mr. Megson kam mit seinen rollenden Schritten den Weg herauf. Als er mich mit aufgelöstem Haar, roten Augen und naßgeweinten Wangen wie ein Bettelkind auf der Türschwelle meines eigenen Hauses sitzen sah, blieb er stehen.

»Was ist los?« fragte er leise. Er schaute zum Wohnzimmerfenster hinauf, das vom Kerzenschein hell erleuchtet war. »Ausgeschlossen? Oder schlecht gelaunt? Miss Julia?«

Ich schwieg einen Augenblick und lachte dann leise, so leise, daß es sich fast wie ein Schluchzen anhörte. »Schlecht gelaunt, wahrscheinlich«, sagte ich. »Denn ausgeschlossen hat man mich nicht.«

Mr. Megson nickte und streckte die Hände aus, um mich auf die Füße zu ziehen. Ich reichte ihm meine verletzte Hand und zog sie sogleich mit einem Schmerzensschrei wieder zurück.

»Ich habe mir die Hand in der Tür geklemmt«, erklärte ich und gab ihm meine andere Hand; er half mir auf die Beine und legte, als ich schwankte, seinen Arm unter meinen Ellenbogen.

»Schwindlig?« fragte er.

»Ich bin mit dem Kopf auf die Stufen aufgeschlagen«, antwortete ich und griff mit der Hand an den Hinterkopf, um die Beule zu ertasten. Sie war angeschwollen und fühlte sich sehr weich an.

»Wenn Sie schon schlecht gelaunt sind, dann aber auch richtig«, spottete Mr. Megson. »Sind Sie vor Wut mit dem Kopf gegen die Wand gerannt?«

»Natürlich nicht«, sagte ich gekränkt. »Es war ein Unfall.«

»Und Ihr Finger?« fragte er.

»Das war tatsächlich ein Unfall«, sagte ich und verriet damit unwillkürlich die Wahrheit.

»Wie haben Sie es denn geschafft, sich den Kopf zu stoßen?« fragte er.

Ich wurde rot bis an die Haarwurzeln. »Ich habe doch schon gesagt, es war ein Unfall.« Richard war mein zukünftiger Mann. Ich hatte die Pflicht, seinen Ruf und meinen Stolz zu wahren. Wenn er mich schlüge, dann würde ich niemandem davon erzählen.

»Ist Richard zu Hause?« fragte Ralph.

»Nein«, antwortete ich sofort. »Es war ein Unfall.« Ich legte meine Hand an den kalten Türrahmen, um mich selbst zu beruhigen. »Entschuldigung«, sagte ich, ganz das wohlerzogene und höfliche junge Mädchen, obwohl die Wälder, die im Dämmerlicht vor mir lagen, vor meinen Augen verschwammen. Ich fürchtete mich davor, was Mr. Megson vielleicht von mir oder von Richard denken könnte. »Entschuldigung«, sagte ich noch einmal. »Ich habe Sie mißverstanden. Ja, Richard ist zu Haus, und meine Mutter und Onkel John auch. Darf ich Sie hineinführen?«

Mr. Megson nickte. Er verbeugte sich nicht vor mir, aber er bot mir so galant seinen Arm, als wäre er ein Gentleman. Wir gingen Seite an Seite ins Haus.

Stride war in der Halle. »Miss Julia«, sagte er mit deutlichem Tadel in der Stimme. »Miss Julia, ich weiß nicht, was in Sie gefahren ist. Und was haben Sie jetzt wieder angestellt?«

Ich lächelte ihn schwach an. »Ich fühle mich nicht sehr gut, Stride«, sagte ich. »Ich werde ins Bett gehen. Bitte entschuldigen Sie mich bei meiner Mutter und Onkel John, und sagen Sie bitte Onkel John, daß Mr. Megson ihn sprechen möchte.«

Stride nickte und führte Mr. Megson in die Bibliothek. Ich stieg erschöpft die Treppe hinauf.

Ich zog meine Kleider aus und ließ sie in einem Haufen am Fußende meines Bettes liegen. Das dünne Leinenkissen streichelte meine Wange, und als ich mein Haar hochnahm, wurde die Beule von dem feuchtkalten Stoff gekühlt. Ich lag auf dem Rücken, hielt meinen verletzten Finger ganz still und wartete, daß das Pochen in meinem Kopf und der Schmerz in meinem Herzen nachließen. Ich fühlte mich einsam und sehr traurig.

Und dann schlief ich ein.

Ich glaube, der Traum begann sofort.

Ich wußte, daß es ein Traum war. Aber einige wirklich gelebte Tage meines Lebens sind mir unwirklicher erschienen als dieser Traum.

Ich starrte mit leerem Blick in ein Feuer, das in einem Herd brannte, den ich niemals in meinem wachen Leben gesehen hatte, in einem Raum, in dem ich nie zuvor gewesen war. Es war Abend, sehr spät am Abend, und dunkle Sturmwolken türmten sich am Himmel. Ich hörte Donnergrollen, und ein Blitz zuckte, aber ich fürchtete mich nicht. Es war, als sei ich der Geist einer Verstorbenen und hätte nichts mehr zu fürchten.

Während ich in die Flammen starrte, hörte ich durch das Heulen des Sturms hindurch ein Geräusch. Ein Fenster knarrte. Plötzlich wurde das Dämmerlicht von einer schwarzen Gestalt verdunkelt; irgend jemand kletterte in mein Zimmer. Ich drehte langsam den Kopf zu ihm um, aber ich rief nicht um Hilfe. Ich öffnete den Mund, aber ich schrie nicht. Ich erstarrte und wartete auf das, was kommen würde.

Er kam auf leisen Sohlen zu mir und zog vorsichtig den Stuhl fort, der meine Schultern gestützt hatte, so daß ich flach auf dem Boden lag. Ich zitterte, als wäre seine Berührung ein eisiger Wind, aber ich bewegte mich nicht. Nur meine Augen strahlten und funkelten in einem Schimmer von Mondlicht.

Er küßte meinen Hals und mein Schlüsselbein, dieser dunkle, vertraute Fremde, der mir im Traum erschien. Er öffnete mein Kleid und küßte eine Brust, die Knospe so hart wie eine Brombeere, und dann die andere. Im Traum stöhnte ich vor Begierde, und in ihrem Jungmädchenzimmer kämpfte eine junge, heranwachsende Frau dagegen an, etwas zu erfahren, was sie jetzt noch nicht wissen wollte.

Im Traum streichelte die Frau mit sanften, geschickten Fingern die Brust und den Bauch des Mannes, aber er stieß ihre Hand fort und schob den Stoff ihres Kleides beiseite; dann strich er mit seiner stoppeligen Wange ihren warmen, weichen Bauch hinab, tiefer und immer tiefer, um dann ihre Lippen mit seinem Mund zu umschließen.

Die Frau in dem Traum keuchte und krümmte sich vor Lust; die junge Frau in ihrem Jungmädchenzimmer warf ihren Kopf auf dem Kissen hin und her und rief laut nach ihrer Mutter und nach ihrem Cousin. Der Traum machte sie trunken vor Freude, und dennoch ängstigte sie sich. Sie kämpfte gegen den Schlaf an; die Bettdecken rutschten auf den Fußboden. Plötzlich erwachte sie und saß aufrecht im Bett; nach und nach fiel der Traum von ihr ab. Sie flüsterte ein einziges Wort in den verdunkelten, stillen Raum hinein.

»Ralph«, flüsterte sie.

Es war die Stimme von Beatrice, die aus ihr sprach.

Ich schlief sofort wieder ein, und dieses Mal träumte ich nicht mehr. Aber am Morgen starrte ich auf die Wände und die Decke meines Zimmers, als ob sie mir fremd wären. Ich hatte seltsamerweise erwartet, daß ich beim Öffnen der Augen einen hölzernen, geschnitzten Betthimmel über mir sehen würde. Obwohl der Anblick der weiß getünchten Zimmerdecke mir seit meiner Kindheit vertraut war, kam sie mir fremd vor. Ich konnte kaum meine Umgebung erkennen, und ich konnte nicht sagen, wer ich war.

Ich wußte, daß ich einen Traum gehabt hatte, aber ich konnte mich nicht an den Inhalt erinnern, nur daran, daß ich mich nicht gefürchtet hatte. Aus irgendeinem Grunde hatte sich der Traum, der vertraute und zugleich Angst erregende Traum, geändert; es hatte sich etwas ereignet, was mich mit Entzücken erfüllte. Aber ich erinnerte mich nicht daran, was es war. Ich sah mein Kopfkissen auf dem Boden und mein zerwühltes Bett, und ich wußte, daß ich mich hin und her gewälzt haben mußte. Aber Furcht, das wußte ich, hatte ich nicht gefühlt. Ich spürte, ich brauchte mich vor dem Mann, den sie »den Rächer« nannten, nicht zu ängstigen; ich hatte in sein Gesicht geschaut und seine freundlichen Augen, sein liebevolles Lächeln gesehen.

Ich wußte, daß seine Tat eine Tat der Liebe gewesen war.

Ich beugte mich aus dem Bett, hob mein Kissen auf und stopfte es mir in den Rücken. An meiner Tür klopfte es. Das Küchenmädchen kam mit meiner Morgenschokolade herein. Während ich sie austrank, schaute ich auf den Himmel vor meinem Fenster. Der Nebel hatte sich gelichtet, und Wolkenstreifen standen wie Fahnen am blauen Himmel; die Sonnenstrahlen stießen mit ihrem warmen, gelben Licht wie Messer durch sie hindurch. Endlich bekommt Onkel John seinen geliebten englischen Sommer, dachte ich befriedigt, aber im selben Moment fiel mir etwas Unangenehmes ein.

Er hatte sich über mich geärgert, weil ich so ungezogen war. Ich war zu meiner Mutter patzig gewesen, und auch Richard war böse auf mich. Meine Freude zu erwachen, die Freude über die hin und her tanzenden Zweige, über den Himmel mit den Wolkenfetzen und über die frische Morgenbrise verschwand so schnell wie der Morgennebel. Ich stieg aus dem Bett und tastete vorsichtig nach meiner Beule. Sie war ungefähr so groß wie das Ei einer Waldtaube, und unter der Berührung meiner eigenen Finger zuckte ich zusammen. Ich mußte mich dazu zwingen, mein Haar zu bürsten und die hellbraunen, lockigen Strähnen auf meinem Kopf aufzutürmen. Ich zog mir einen Morgenmantel an, schlich zur Tür und lauschte.

Es war noch früh. In der Küche wurde schon gearbeitet, aber meine Mutter hatte noch nicht ihre Morgenschokolade bekommen. Ich konnte Mrs. Gough hören; sie war gerade dabei, den Teig für die Frühstücksbrötchen auf dem mehlbestäubten Tisch zu kneten.

»Ich hab' es ja immer gesagt, daß sie sehr eigensinnig ist«, meinte sie lautstark, damit Stride, der die Bestecke polierte und die Tabletts fertigmachte, sie auch verstehen konnte. »Sie stand ihrer Mutter immer so nahe; vielleicht ist sie jetzt, da der gnädige Herr heimgekommen ist, ein wenig eifersüchtig.«

Ich zuckte zusammen: von mir selbst war die Rede.

»Aber der *Junge* hat wirklich ein goldenes Herz«, sagte sie zärtlich. »Es wird alles gut werden, wenn er erst Squire ist: Das Herrenhaus wird wieder aufgebaut, und die guten Tage kommen zurück.«

»Er ist kein Lacey«, wandte Stride ein. »Das Herrenhaus gehört Miss Julia.«

Ich zog die Tür so laut hinter mir zu, daß man es in der Küche hören konnte. Ich hatte nicht die Absicht gehabt zu lauschen und wollte nichts mehr hören. Ich klapperte die Treppe hinunter. Mrs. Gough begrüßte mich; sie ahnte nicht, daß ich etwas gehört hatte.

»*Ich* möchte meiner Mutter das Tablett aufs Zimmer bringen«, sagte ich.

Stride lächelte mich an. »Das ist gut«, meinte er. »Sie ist nicht mehr böse. Sie war auch gestern abend nicht böse.«

Mrs. Gough schnalzte mißbilligend mit der Zunge und wandte sich zum Herd, wo die Milch langsam warm wurde. Sie tauchte den Finger kurz hinein und schüttete sie dann in den Kakaokrug. Stride warf einen Blick auf das Tablett und nickte mir dann kurz zu, daß ich es mitnehmen könne. Er hielt die Tür für mich auf und beobachtete dann, wie ich das Tablett langsam die Treppe hinauftrug, bis nach oben, wo ich leise an die Tür zum Zimmer meiner Mutter klopfte.

Sie saß wach in ihrem Bett, hatte ein Tuch um ihre Schultern gelegt und schaute hinaus auf die knospenden Zweige vor dem Fenster und in den blauen Himmel darüber.

»Julia!« rief sie erfreut. Aber sogleich fiel ihr der gestrige Abend ein, und sie wurde etwas kühler.

»Guten Morgen, Mama«, sagte ich, stellte das Tablett neben ihrem Bett ab, beugte mich über sie und gab ihr einen Kuß. »Ich bin gekommen, um mich bei dir zu entschuldigen.«

Sofort legte sie liebevoll die Arme um mich. »Oh, mein Liebling«, sagte sie. »Du weißt, daß alles in Ordnung ist.«

Es waren nur diese paar Worte der Entschuldigung, die sie gebraucht hatte.

Ich saß, während sie ihre Schokolade schlürfte, am Fußende ihres Bettes.

»Gibt es etwas, was dich bekümmert?« fragte sie. »Gibt es etwas, was du mir sagen möchtest?«

Der Drang, die Wahrheit zu sagen, überwältigte mich. Plötzlich sprudelte die ganze Geschichte aus mir heraus – wie ich Dench getroffen und spontan gelogen hatte, und wie ärgerlich Richard über mich war. Ich wußte, daß Dench inzwischen wieder in seinem Versteck war, sicher und geborgen, und ich wollte meiner Mutter alles erzählen.

Drei Dinge erzählte ich ihr nicht. Kein einziges Wort über Mr. Megson kam über meine Lippen. Ich hatte sein lachend vorgebrachtes Geständnis aus meinem Gedächtnis verbannt, als hätte ich es nie gehört.

Ich erzählte ihr auch nicht, daß Richard mich beschuldigt hatte, mich bei den Leuten von Acre einschmeicheln zu wollen. Dieser Vorwurf erschien mir so gemein, daß ich es nicht ertragen konnte, irgend jemandem davon zu erzählen. Ich wollte mich selbst nicht mehr daran erinnern.

Und ich erzählte ihr nicht, daß Richard mich verletzt hatte. So etwas würde ich ihr niemals sagen.

Aber es war richtig, ihr von Dench zu erzählen. Sie nickte verständnisvoll. Dann stellte sie die Frage, die ihr am meisten am Herzen lag. »Ist Richard sehr böse auf dich?«

»Ja«, sagte ich. Nichts weiter.

Meine Mutter seufzte. »Ich weiß, daß dich das sehr traurig macht, Julia«, sagte sie tröstend. »Aber ich glaube wirklich, deine Reibereien mit Richard beruhen auf eurem engen Zusammenleben.«

Ich nickte. Was hätte ich dazu sagen sollen?

»Das wird schon besser werden«, sagte sie zuversichtlich. »Jetzt, da es mit Acre wieder aufwärts geht, wird Richard eine Beschäftigung haben; er wird sehr viel häufiger draußen auf dem Lande sein. Und du und ich, wir werden auch sehr viel zu tun haben. Und dann wirst du im Herbst nach Bath fahren und zum ersten Mal eine Ballsaison mitmachen!« Sie unterbrach sich und schaute mich an. »Schau doch nicht so traurig drein, mein Kleines! Richards Zorn wird wieder verrauchen, er ist nie lange böse. Und du darfst es nicht so schwernehmen, wenn er wütend auf dich ist.«

Ich lächelte und widersprach ihr nicht. Ich hatte Richards Schritte auf den Stufen gehört, und ich spürte, wie mir das Herz bei dem Gedanken an eine Aussprache mit ihm leichter wurde. Wir würden wieder Freunde sein. Ich verließ meine Mutter, um mich anzuziehen, und ging dann zuversichtlich die Treppe hinunter.

Er hatte seine Bücher vor sich auf dem Wohnzimmertisch ausgebreitet und schaute ernst auf, als ich durch die Tür hineinschlüpfte. Offensichtlich war er nicht erfreut über die Unterbrechung. Als ich sein Stirnrunzeln sah, wußte ich, daß er mir noch nicht verziehen hatte.

Ich ging still zum Tisch und stellte mich neben ihn. Aber ich sagte nichts. Ich wartete darauf, daß er mich ansprach. Ich hoffte trotz allem, er würde mir eines seiner süßen und ein wenig wehmütigen Lächeln schenken oder einen kleinen, höflichen Morgengruß, so daß ich wenigstens das Gefühl gehabt hätte, sein Zorn wäre verraucht, auch wenn er mir noch nicht verziehen hatte.

»Du kannst den ganzen Tag dort stehenbleiben«, sagte er leise, »und ich werde trotzdem nicht mit dir sprechen.«

Es war wie ein Schlag ins Gesicht.

»Du irrst dich, wenn du glaubst, daß ich Wideacre ganz für mich allein haben möchte«, sagte ich und zwang mich, ruhig zu bleiben. »Es ist mir gleichgültig, wem von uns beiden es gehört. Und ich habe immer gehofft, daß wir alles teilen würden, wenn wir erst verheiratet wären und zusammen hier lebten.«

Obwohl ich dagegen ankämpfte, begann meine Stimme zu schwanken, als ich unsere Heiratspläne zur Sprache brachte, und ich fühlte Tränen in meinen Augen brennen. »Ob du mich nun heiraten willst oder nicht, ich weiß, daß du Squire wirst«, sagte ich.

Er sah mich streng an.

»Du bist Beatrices Sohn«, flüsterte ich. »Ich weiß, daß du ihre Fähigkeiten hast. Ich weiß, daß du das Lieblingskind bist.«

»Das stimmt«, sagte er rasch. »Natürlich habe ich ihre Fähigkeiten. Ich bin der Erbe, und ganz Acre kann das sehen.«

»Ja«, sagte ich und wartete, aber Richard schwieg. »Es tut mir leid wegen Dench«, fügte ich zögernd hinzu. »Ich weiß, es war falsch, deinem Vater nicht zu sagen, um wen es sich handelte. Aber weißt du, Richard, ich habe bestimmt nicht versucht, mich in Acre einzuschmeicheln.«

»Nun gut, ich glaube dir, Julia«, sagte er herrisch. Zugleich machte sein Tonfall deutlich, daß man mir nicht vertrauen könne und daß er weit davon entfernt war, es zu tun, aber großzügig über meine Fehler hinwegsehen würde. Ich senkte den Kopf. »Ich arbeite«, sagte er. »Mein Vater und ich sind der Meinung, ich solle die Zeit vor dem Frühstück nutzen, um in Ruhe zu lernen.«

Ich nickte und schaute auf seine Bücher. Er war gerade dabei, einige Passagen aus den Schriften von Dr. Johnson zu studieren. Ich sah, als ich einen Seitenblick auf Richards schriftliche Hausaufgaben warf, daß er einen Fehler gemacht hatte. Aber ich nahm an, er wollte meine Hilfe nicht. »Ich gehe ein wenig spazieren«, sagte ich.

Er antwortete nicht, deshalb ging ich schweigend aus dem Raum und hinauf in mein Schlafzimmer, zog mir ein einfaches Kleid an und warf mir ein Tuch über Kopf und Schultern.

Dann ging ich zur Eingangstür und stand geblendet auf der Türschwelle.

Ich wußte nicht, wohin ich gehen sollte. Ich wußte nicht, was ich wollte. Das kurze Gespräch mit Richard hatte mir das Gefühl gegeben, daß mich der Kampf, eine gute Ehefrau und eine wohlerzogene junge Dame zu werden, mehr kosten könnte, als ich zu zahlen bereit war. Es schien, als müßte ich mir immer und immer wieder auf die Zunge beißen, damit keine bösen Worte aus meinem Mund kämen. Zum ersten Mal in meinem Leben dachte ich ohne Mitleid an die einsamen Zeiten meiner Mutter. Wie sehr sie auch um meinen Vater trauern mochte, sie konnte abends ihre Füße friedlich auf ihren eigenen Hocker legen. Sie konnte sich die Mahlzeiten zubereiten lassen, die ihr selbst gut schmeckten, und sie konnte sich in ihren Lebensplänen nach ihren eigenen Bedürfnissen richten. Sie brauchte nicht auf ihre Worte zu achten oder sich für ihre Fehler zu entschuldigen. Sie konnte ihre Gedanken für sich behalten, und sie brauchte sich nicht bei jedem Wort und jeder Handlung Rechenschaft abzulegen, was ein Mann darüber denken würde. Ich schüttelte den Kopf. Wahrscheinlich war ich jetzt ziemlich dumm und kindisch. Wahrscheinlich war dies die Wildheit, die meine Mutter mir abzugewöhnen versucht hatte. Jetzt mußte ich den Preis dafür bezahlen, daß ich als wildes und übermütiges Landkind aufgewachsen war. Ich mußte von Richard lernen, was man von einer jungen Dame, einer jungen Braut, erwartete. Und Richard war ein ungeduldiger Lehrer.

Aber dann atmete ich tief die Morgenluft ein. Als ich die Kämme der Downs und den gestreiften Himmel darüber erblickte, hob sich meine Stimmung wie eine Morgenlerche, die sich in die Luft schwingt. Der Morgen, der schon die Wärme des nahenden Sommers in sich trug, und der Anblick der Blätter, die nach dem Regen so grün und blank gewaschen waren, ließen mein Herz jubeln und meinen Puls schneller schlagen. Fast konnte ich hören, wie Wideacre um mich herum wuchs und gedieh; es klang wie ein süßer, summender Laut, so leise wie eine Harfe, deren Saiten durch einen sanften Wind zum Klingen gebracht werden.

Ich wußte nicht, wohin ich gehen sollte. Ich wollte pünktlich zum Frühstück zurück sein, um mich an den freundlichen und anerkennenden Blicken meiner Mutter zu stärken, und ich wünschte mir, daß mein Onkel mir nicht mehr böse wäre. Ich wollte nur ein wenig hinausgehen, mich beim Laufen beruhigen, und meine Vorbehalte und Ängste vom Wind davontragen lassen.

In meinem Kopf hörte ich das leise, süße Summen, und ich spürte, wie mich der Zauber von Wideacre einhüllte und der Traum von Beatrice näherkam. Ich ging den Gartenpfad zur Auffahrt hinunter, als würde ich von einer unsichtbaren Kraft in diese Richtung gezogen. Die Gartenpforte quietschte nicht wie sonst immer, eine Klette verfing sich in meinem Kleid, aber sie zog keine Fäden heraus. Ich huschte voran wie ein Geist, der keinen Lufthauch erzeugt.

In meinem Kopf erklang das vertraute, leise Summen. Ich wußte, daß meine verschleierten Augen eine andere, tiefgründigere Wirklichkeit wahrnahmen. Ein Geist lebte auf Wideacre, und er war an diesem windigen Morgen mit mir vereint. Wir gingen auf dem schönen Land spazieren, während der Wind uns kühlte. Ich bewegte mich dabei so leichtfüßig wie eine Göttin.

Ich wandte mich nach rechts zur Auffahrt und ging auf die Ruine des Herrenhauses zu. Die Sonne warf durch die überhängenden Zweige helle Flecken auf mein Gesicht, und an der Weißdornhecke zu meiner Rechten waren die ersten, süß duftenden Knospen aufgebrochen. Einige Bienen taumelten zwischen den Blumen herum, und ihr Summen war zusammen mit dem Summen in meinem Kopf so laut wie hundert leise Singstimmen. Mein Geist war leer.

Leer bis auf die leisen Geräusche, die mich weiterhin anlockten. Dies war die reinste und süßeste Freude an einem

Tag, an dem ich später auf allzu viele Menschen eingehen, allzu viele Dinge erledigen müßte. Es gab im Stimmengewirr der Welt nur einen einzigen hellen und klaren Ton, und das war die Stimme von Wideacre, die mich vom Haus zum Herrenhaus hin gerufen hatte.

Dort, wo die Auffahrt eine Biegung machte, stand ein großer Kastanienbaum. Ein Eichhörnchen hatte einen kleinen Zweig mit den gerade entfalteten, fingerförmigen Blättern abgebissen und ihn herunterfallen lassen. Ich hob ihn auf und wedelte mit ihm vor meinem Gesicht hin und her. Die Luft, die ich mir zufächerte, duftete süß nach blühenden Blumen, und der Hauch von Feuchtigkeit, den der Wind mit sich trug, warnte mich, daß das Unwetter in dieser Nacht nicht weitergezogen war. Am späten Vormittag würde es wieder regnen.

Die Steine der Auffahrt von Wideacre knirschten unter meinen Stiefeln, und ich erinnerte mich daran, daß ich in meinem Traum das Geräusch unzähliger Füße gehört hatte, die barfuß auf das von Fackeln und Blitzen erleuchtete Herrenhaus zuliefen. Ralph Megson, das wußte ich, war ihr Anführer gewesen.

Ich war wach, und doch träumte ich. Die Luft war so süß wie in den kühlen Räumen meines Traumes. Ich blickte zum Himmel empor, der allmählich aufklarte, und erwartete fast, daß Regentropfen auf mein Gesicht fallen würden wie bei Beatrice, als sie in den Sturm hinauslief, um *ihn* zu treffen.

Noch regnete es nicht. Doch heute war ein ganz anderer Tag, und dies war nicht der Traum. Auf meinem Weg zum Herrenhaus war ich allein, und später würde ich irgendeine morgendliche Arbeit für meine Mutter erledigen oder mir zusammen mit Onkel John die Pläne für das Herrenhaus ansehen. Warum ich jetzt hier hinaufging und riskierte, bis auf die Haut naß zu werden – ich wußte es nicht. Warum ich dieses singende, summende Geräusch in meinem Kopf und diesen Schmerz in meiner Brust wahrnahm, der fast wie ein Herzschmerz war, war mir nicht bewußt.

So ging ich schlafwandlerisch weiter. Ich lief die Anfahrt hinauf und wandte mich nach links zum Rosengarten, wo das Unkraut ebenso hoch gewachsen war wie die Rosenbüsche. Die ersten karminroten Blätter zeigten sich an den Sträuchern, und die kleinen Knospen mit ihren winzigen Farbstreifen schimmerten leuchtendrot und weiß und cremefarben und rosa, halb versteckt unter dem Grün von wild wachsenden Eschen, Holunderbüschen und großen, rosafarbenen Lichtnelken. Ich blieb stehen, brach eine Lichtnelkenrute ab und sah mir die Blüten an. Sie waren so schön geformt wie Muscheln, jede in sich vollkommen. Dann blickte ich auf und stieg die Stufen zu dem verfallenen, weißen, hölzernen Sommerhaus hinauf.

Er war da.

Als er mich kommen hörte, kam er zur Tür und wartete dort auf mich. Ich blickte in sein dunkles Gesicht und lächelte vor Freude, ihn wiederzusehen. Der Schmerz in meiner Brust verebbte. Das Singen in meinem Kopf verstummte. Die Sonne brach, plötzlich warm und kräftig, durch die Wolken und liebkoste mit goldenen Strahlen meine Augen, so daß mir der Garten plötzlich gleißend hell und verschwommen erschien. Ich lief die brüchigen Stufen mit leichten Schritten hinauf, übermütig wie ein tanzender Geist. Er schloß mich in seine Arme und drückte mich an sich, und ich wandte ihm das Gesicht zu. Er küßte mich heftig; ich lehnte mich zurück, fort von dem Gewicht, das auf mir lastete, und hielt zugleich seinen Kopf ganz fest. Die Lichtnelkenrute glitt aus meinen Händen unbemerkt auf den Boden, und ich lehnte mich zurück bis an den Türrahmen. Ralph drückte mich an sich, und ich spürte seinen warmen Körper, der so süß und fest war wie der eines jungen Mannes. Er hob mich in seinen Armen hoch, als wären wir seit langem miteinander vertraute Liebende, und dann legte er mich sanft auf den Boden des Sommerhauses, als sei dort das Lager für eine Prinzessin. Er legte sich neben mich, und ich zog sein Gesicht zu mir herüber, so daß ich seinen Mund und seine geschlossenen, weichen Augenlider, seine warme, weiche Stirn und den kleinen Kamm dunklen Haares am Haaransatz küssen konnte. Ich streichelte seinen kurzgeschorenen Schopf in sprachloser, freudiger Ekstase über den fremden Körper dieses Mannes und über meine Liebe zu ihm und über die Verwirrungen dieses Tages. Dann fühlte ich, wie er mit ungeschickten, hastigen Fingern mein Kleid am Rücken aufknöpfte, und ich erhob mich mit den Schultern vom schmutzigen Boden, um ihm die Aufgabe leichter zu machen. Sein Gesicht war sehr ernst, als er sorgfältig jeden winzigen Knopf öffnete. Dann raffte er zwei große Hände Stoff am Saum zusammen und wollte sie mir über den Kopf ziehen. Ich hob die Hüften und dann die Arme, um es ihm leichter zu machen. Schließlich lag ich, nur mit meinem leinernen Unterkleid bedeckt, auf dem Boden des Sommerhauses neben ihm.

Er rollte sich über mich wie eine Welle und küßte meinen Hals. Dann wanderte er mit dem Kopf nach unten, um meine Brust zu küssen. Er schob mein Unterkleid hoch, küßte meinen warmen Bauch und küßte mich dann zwischen den Beinen. Ich lag hilflos auf dem Boden ausgestreckt, gelähmt vor Entzücken. »Ralph«, flüsterte ich und stieß einen Schrei aus, und er sah zu mir herauf. Seine dunklen Augen waren jetzt schwarz vor Lust.

»Liebste«, sagte er leise, als sei dies mein Name. Und dann tauchte er noch einmal hinab und liebkoste mich mit seiner harten, spitzen Zunge, bis ich seinen kurzgeschorenen Schopf packte und kleine, leise Schreie der Lust ausstieß.

Er kam mit einem Lächeln wieder empor, einem spöttischen, wehmütigen Lächeln. Es erzählte davon, wie töricht wir waren, uns so sehr zu lieben. Dann zog er sich selbst das Hemd über den Kopf, zog seine Stiefel aus und seine Reithosen herunter. Er war darunter vollkommen nackt, und bei seinem Anblick verschlug es mir vor Lust den Atem. Dann fiel er über mich her, als könnte er keinen längeren Aufschub ertragen, und ich fühlte seinen warmen, nackten Körper und die weichen Haare auf seiner Brust und seinen breiten Hals, der gegen meine Stirn drückte, und ich verbarg mein Gesicht an seiner Schulter und atmete voller Begierde den süßlichen Duft seiner Haut ein.

»Ralph«, sagte ich noch einmal, und das Echo seines Namens schien in der Welt, der Welt von Wideacre, widerzuhallen. Das Sommerhaus war von ihm erfüllt wie der Garten mit dem wild wachsenden Unkraut, das große Haus, das er bis auf die Grundmauern niedergebrannt hatte, und ebenso das Dorf, das ihn so sehr liebte und verehrte.

»Ralph«, sagte ich noch einmal, und dann drang er in mich ein. Es war wie das Stechen des Messers im Traum, und als ich aufschaute, sah ich sein Lächeln, und er lächelte auch wie im Traum.

»Miss Lacey«, sagte er sanft, und er küßte meine Augenlider, meine Schläfen und die zarte Haut unter meinen Augen. Aus einem Augenwinkel küßte er eine Träne fort, und dann begann er, sich in mir zu bewegen.

Er war sehr sanft, so als hätte er Angst, mir wehzutun. Und wirklich spürte ich nur wenige Momente lang einen ganz leichten Schmerz, der mir zugleich so viel Lust machte, daß ich mich an ihn klammerte und mich ihm entgegenbäumte, um seinen Körper mit meinem zu begrüßen, wie eine sinnliche Ehefrau, die ihren lange verloren geglaubten Mann endlich wieder zu Hause willkommen heißt. Dann wurde die Lust intensiver; Ralphs Bewegungen wurden schneller und schneller, bis das Entzücken mich in großen Wellen überflutete. Ich wußte nicht mehr, wo ich war oder was ich tat. Es gab nur Ralph.

Wir lagen schweigend nebeneinander.

Wenig später setzte er sich auf, nahm seine Jacke und seinen Schal und breitete sie wie eine Wolldecke über uns aus, denn der Wind, der mich die Stufen hinauf- und in seine Arme hineingetragen hatte, war heftiger geworden.

Ralph stützte sich auf einen Arm und hielt mich fest, als

wäre ich ein kostbares, seltenes Objekt, das man seinem Schutz anbefohlen hatte. Mein Kopf lehnte an seiner Schulter, mein Gesicht lag an seinem Hals, und ich sog mit jedem Atemzug den sauberen, animalischen Geruch seiner Haut und zudem einen anderen, intensiveren, moschus-ähnlichen Geruch ein.

Hier und nirgendwo anders lebte ich. Es gab keine Zeit, außer dieser Sekunde. Es gab kein anderes Gefühl außer dem von Wärme und zärtlicher Liebkosung. Alles, was ich sehen konnte, war sein Profil, wenn er von mir fort und aus der offenen Tür hinausschaute. Alles, was ich fühlen konnte, war seine Wärme, dort, wo er auf mir gelegen hatte, und die Wunde, dort, wo er gewesen war, und der seltsame Frieden, der vom Zentrum meines Körpers auszustrahlen schien, stieg in meinen Kopf hinein und hinter meine Augen. Ich wollte in seinen Armen einschlafen und dann aufwachen, wenn er mich weckte. Ich schloß die Augen und döste ein wenig ein, während sein Arm um meine nackten Schultern lag und seine rauhe, nach Heide und Holzfeuer duftende Jacke mich zudeckte.

»Da ist der Regen«, sagte Ralph leise. »Ich hatte mir schon gedacht, daß Regenwolken kommen würden.«

Ich öffnete die Augen. Durch die zerstörten Wände des Hauses konnten wir den Regen wie eine große Wasserwand über das Gemeindeland herankommen sehen. Der Wind war dem Regen vorangegangen und schlug die leichten Zweige der Birken hin und her. Ihre Blätter bewegten sich wie meine Hand, die über Ralphs kurzgeschorenes Haar streichelte. Der Sturm blies durch die Fugen des Sommerhauses, und die Dachsparren begannen zu knarren. Dann folgte der Regen in silbernen Güssen, mit Tropfen, die wie Lanzen in den Boden stießen.

Das Unwetter rüttelte wie mit riesigen Händen am Dach, und das Sommerhaus krachte wie ein Kahn auf dem Meer. Wir waren in einen Wasservorhang eingehüllt, vollkommen geschützt und abgeschirmt.

»Komm«, sagte Ralph. »Du wirst dich erkälten.«

Er warf mir mein Kleid zu und streifte sein Hemd über. Ich zog mich an und wandte mich dann zu ihm um. Er saß mit dem Rücken an die Wand des Sommerhauses gelehnt, die Beine weit auseinandergespreizt.

»Möchtest du eine Weile bei mir bleiben?« fragte er freundlich.

Ich setzte mich neben ihn und lehnte mich an ihn, während er mich sanft festhielt. Wir schauten schweigend in den Regen hinaus.

Wir blieben einige Minuten lang dort sitzen. Die Wolken über dem Gemeindeland waren dunkel, fast violett, in dicken Haufen übereinandergetürmt. Aber während wir hinausschauten, blies der Sturm die Regenwolken allmählich weiter nach Acre hinüber und fort bis zum Meer, wo der Regen auf die tobenden Wellen hinabtropfte, süßes Wasser auf salziges. Der Wind riß kleine Löcher in die Wolkendecke, und Himmelsflecken leuchteten hindurch. Das Trommeln auf dem Dach wurde schwächer und der Regenschleier dünner, bis wir den tropfnassen Garten sehen konnten. Die Blätter glänzten, und als die Sonne herauskam, funkelten die Regentropfen auf jedem Blatt wie kostbare Steine. Die Luft von Wideacre war von einem wunderbaren Duft von dampfender, feuchter Erde erfüllt. In der Ferne hörte ich den Fenny ein wenig lauter als sonst rauschen; alle Gräben und Bäche strömten in ihn hinein und ließen den Fluß anschwellen.

Mein Haar hatte sich aufgelöst; ich nahm eine dicke Strähne und rollte sie gedankenlos um meinen Finger herum. Dann hielt ich inne. Das Summen in meinem Kopf war sehr laut geworden. Die Haarlocke, die ich um meinen Zeigefinger gewunden hatte, war so rot wie Fuchshaar. Rot wie das Haar einer Füchsin. Es war das rote Haar von Beatrice.

Und das Herrenhaus stand dort in alter Pracht, der altvertraute Geruch von Rauch war verschwunden. Der Rosengarten war wohlgepflegt und von frisch geöffneten Knospen gerötet. Die Steine auf der Terrasse waren glatt und gleichmäßig verlegt. Das Herrenhaus schimmerte wie eine gelbe Perle; die Fenster waren mit dunklen Vorhängen geschmückt, und die große hölzerne Tür stand einladend offen. Der Wind blies einen Fetzen Rauch vom Schornstein weg.

Ich starrte und blinzelte. Ich legte meine Hände verwirrt und entsetzt flach auf den Boden. Ich hatte ein Gefühl, als würde ich fallen, als hätte sich die Erde unter meinen Füßen geöffnet und ich taumelte in eine Zwischenwelt aus Traum und Realität, wo Beatrice und ich ein und dieselbe Person waren.

Auf dem Boden des Sommerhauses waren schwere, helle Planken verlegt. Die Fenster blitzten sauber verglast; das weiße Gitterwerk war frisch gestrichen.

Ich starrte ungläubig aus der Tür und wollte rufen: »Ralph! Hilf mir! Hilf mir, ob ich nun Beatrice oder Julia bin! Denn ich habe mich selbst verloren, und ich weiß nicht, wer ich bin!«

Aber niemand war dort.

Ich sah nichts als ein Häufchen Staub und ein paar Blätter in der Ecke, die hoch aufwirbelten, als der Wind durch die zerbrochenen Scheiben blies. Ich legte meine Hand an den Kopf und zog eine meiner Haarsträhnen durch die Finger. Sie war hell. Ich schluchzte laut auf und sah hinaus in den nassen Garten. Es war der wohlvertraute Garten meiner Kindheit, der von Unkraut überwucherte Rosengarten mit seinen wild emporschießenden Trieben und dem verfallenen Mauerwerk. Ich war Julia.

Meine Knie wurden weich, und ich bedeckte mein Gesicht mit den Händen.

Ich wollte nachdenken. Ich wollte verstehen, was geschah. Ich dachte an die Beule, die ich mir, so schien es, vor langer Zeit auf der Steinstufe geholt hatte. Und doch war es erst gestern abend gewesen. Vielleicht war mein Verstand deshalb so verwirrt. Aber dann dachte ich an den Traum und an das summende Geräusch, als ich Ralph zum ersten Mal auf der Dorfstraße gesehen hatte. Und mein Körper – zuversichtlicher und vertrauensvoller als mein verwirrter, sorgenvoller Kopf – war so geschmeidig und entspannt wie der einer zärtlich gestreichelten Katze. Vielleicht hätte ich mich ängstigen oder mir Sorgen machen sollen. Aber ich wußte, daß nichts Unrechtes geschehen war.

Ganz tief in meinem Herzen fühlte ich Jubel und Freude.

Ich hatte das Herrenhaus in seinen besten Zeiten gesehen, die Schönheit des Gartens und die stolz emporragenden Mauern. Die Terrasse war heil und unversehrt gewesen, und aus den Schornsteinen der Küchenherde stieg Rauch empor.

Und Ralph war mein Geliebter, so wie er Beatrices Geliebter gewesen war. Und er hatte mich, in einer kleinen, liebevollen Scharade, Miss Lacey genannt. Das war ihr Name.

Und es war meiner.

Er war ihr Geliebter.

Und er hatte auch mich geliebt.

Ich blickte in die Sonne empor; es war Zeit, zum Frühstück heimzugehen. Ich stand auf und lief leichtfüßig zum Rosengarten hinab. Die Knospen dufteten in der feuchten Luft, und das Unkraut glänzte leuchtend grün. Ich hatte das Gefühl, als könnte mich nie wieder etwas verletzen. Nichts würde mich mehr bedrohen. Ich war Beatrices Erbin, und manchmal war ich Beatrice selbst. Ich könnte heimgehen und das brave Mädchen spielen – die gehorsame, häusliche Tochter meiner Mutter –, aber ich kannte das Geheimnis von Beatrice. Beatrice und ich gehörten zusammen. Ich wußte, daß ich das Land lieben und verstehen konnte, wie Beatrice es geliebt und verstanden hatte. Und ich würde darauf gemeinsam mit ihrem Geliebten arbeiten, den auch ich kannte und liebte.

Ich ging benommen nach Hause. Der Wind, der mich die Anfahrt zum Herrenhaus hinaufgetragen hatte, war wieder schwächer geworden und streichelte jetzt mein Gesicht mit seinem feuchten, süßen Atem. Ich schnupperte den Duft der nassen Erde und der Pflanzen, und mein warmer, junger Körper wurde die Anfahrt hinuntergetragen, so als träumte ich noch immer. Mein Kopf war leer. Ich dachte nichts mehr. Alles war leicht und einfach. Es gab keine Gedanken, die das, was geschehen war, hätten fassen können. Ich wollte mich von meinen Gefühlen tragen lassen wie eine Forelle von den Fluten des Fenny. Und ich hoffte, daß das, was ich empfand, richtig war. Nichts mehr zu denken – das war der Frieden.

7

Ich rannte schnell die Stufen zum Eingang hinauf; die Tür stand offen, die Vorhalle war leer. Ich schaute ins Eßzimmer: Der Tisch war gedeckt. Es war noch nicht zu spät. Ich hatte das Frühstück nicht versäumt. Richard saß sicher noch über seinen Büchern.

Der Saum meines Kleides war schmutzig geworden, der Stoff am Rücken verknittert und staubig. Ich lief in mein Zimmer, um mich umzuziehen. Eines der neuen Kleider, die meine Mutter bei der Näherin in Chichester bestellt hatte, war fertig geworden, und ich nahm es aus der Schachtel.

Es war aus wunderbarem Stoff, blaßgrün, fast silbern, die Farbe von jungem Getreide, bevor es groß und stark heranwächst. Als ich in frische Unterröcke und in das neue Kleid hineinschlüpfte, blickte ich kurz in den Spiegel. Ich hielt inne. Es war ein alter Spiegel, trübe und fleckig. Der Stoff des Mieders schmiegte sich kreuzweise über meine zarten Brüste; die Silhouette meiner Wangenknochen, der Schatten meines Haares, das über meine Schultern herabfiel, die Neigung meines Kopfes und meine verschleierten Augen, die glänzten wie graue Schieferplatten, faszinierten mich. Ich trat an den Spiegel heran. Die Augen im Spiegel blickten in meine Augen zurück. Vielleicht erfuhr ich, wer ich war, wenn ich in den Spiegel schaute. Meine Mutter hatte ganz recht gehabt, mich dafür zu schelten, daß ich nicht jeden Tag einen Hut trug: Auf meinem Nasenrücken zeigte sich ein Streifen von Sommersprossen, die aussahen wie die dunklen Pünktchen auf einem Hühnerei. Meine Haut war ebenfalls cremefarben wie ein Hühnerei und genauso glatt. Mein Gesicht hatte an diesem einen Morgen alles Kindliche verloren; meine Züge waren feiner und klarer geworden. Ich starrte mich an, als hätte ich mich niemals zuvor gesehen.

»Ich war Ralphs Geliebte«, flüsterte ich verwundert.

»Beatrice hat mich ganz und gar in Besitz genommen. Ich bin die Auffahrt zu ihrem Haus hinaufgegangen, und ich habe Ralph genau an dem Ort getroffen, wo sie ihn auch getroffen hat. Wir haben zusammengelegen, als wäre ich Beatrice. Ich habe die Leidenschaft gespürt, die sie für ihn empfand.«

Ich schlug vor dem Spiegel die Augen nieder und wandte mich ab. Ich mußte mein geheimes Entzücken und meine geheime Stärke verbergen. Jetzt war es erst einmal wichtig, mit den Männern meiner Familie, Onkel John und Richard, Frieden zu schließen.

Der Frühstücksgong ertönte. Ich schüttelte meine Locken, als könnte ich damit meine Geheimnisse von mir abwerfen, und rannte die Treppe hinunter. Noch beim Laufen steckte ich mir eine letzte Nadel ins Haar.

Die neuen Pläne zum Wiederaufbau des Herrenhauses waren angekommen, und wir nahmen unser Frühstück in großer Eile ein, damit wir sie noch anschauen konnten, bevor Richard zu seinem Unterricht gehen mußte. Der Architekt hatte ein wunderbares Haus entworfen, weitgehend modern, ein feines, schlichtes Gebäude mit einem gerundeten Turm und einer in rechteckigen Formen gehaltenen Fassade, mit der vertrauten großen Eingangstür und hohen, hellen Fenstern. Es war drei Stockwerke hoch.

»Ein Palast!« rief meine Mutter aus.

»Das alte Herrenhaus war ebenso groß«, meinte Onkel John. »Du hast so lange im Liliputland gelebt, daß du vergessen hast, wie es sich in einem anständigen, großen Haus wohnt.«

»Unglaublich«, flüsterte ich beeindruckt. »Es sieht wirklich sehr vornehm aus, Onkel John.«

»Wir werden genauso vornehm sein und prächtig dazu passen«, sagte er mit fester Stimme. »Wie würde dir deine Rolle als Miss Lacey von Wideacre Hall gefallen, Julia?«

»Nicht schlecht«, antwortete ich. Dann erinnerte ich mich daran, was Richard von mir verlangt hatte. »Aber mehr als alles andere freue ich mich darauf, daß Richard, wenn er Squire ist, in einem ordentlichen Herrenhaus wohnen wird.«

»Und wo wir nun gerade von neuen Anfängen und Plänen sprechen«, sagte Onkel John lächelnd, »denke ich, ist es Zeit, daß ihr beide endlich richtig reiten lernt. Heute ist in Chichester Pferdemarkt. Ich will ein ordentliches Jagdpferd kaufen und auch für euch beide zwei passende Tiere aussuchen. Hoffentlich finde ich das Richtige.«

Ich war vor Freude sprachlos. Ich hatte mich halb aus meinem Stuhl erhoben, aber ich sagte kein Wort.

Auch Richard sagte nichts.

»Ich nehme mal an, Schweigen soll Zustimmung bedeuten«, bemerkte Onkel John.

»Oh, ja«, rief ich sehnsüchtig. »Oh, ja! Oh, ja! Oh, ja!«

Onkel John lachte und sah meine Mutter an. »Sie sind wirklich köstlich, Celia«, sagte er und sprach über unsere Köpfe hinweg, als wären wir kleine Kinder. »Sie sind wirklich wunderbar unverdorben, da muß ich dir zustimmen. Aber wenn sie auch Wideacre über alles lieben, sie müssen in die Stadt und zur Universität gehen und dort ein wenig Schliff bekommen.«

»Schrecklich!« rief meine Mutter aus. »Julia, ich schäme mich für dich! Sag nicht dauernd ›Oh, ja‹, sondern statt dessen lieber ›Vielen Dank, Onkel John‹. Man könnte ja meinen, du hättest kein Hirn im Kopf. Und dir, Richard, sieht es gar nicht ähnlich, daß du nicht selbst den Mund aufmachen kannst.«

Richard räusperte sich. »Danke, Sir«, sagte er höflich. Ich glaube, nur ich konnte hören, wie gepreßt seine Stimme klang, und er tat mir leid. Ich vermutete, daß er an Scheherazade dachte.

»Danke, Onkel John«, sagte ich leise. »Meine Mutter hat recht; ich habe überhaupt kein Benehmen. Ich war nur so ... so ...«

Onkel John lächelte meine Mutter an, und ich konnte kein Wort mehr herausbekommen.

»Internat!?« schlug er vor.

»Irrenhaus!« antwortete meine Mutter spöttisch. »Julia, wenn du nichts zu tun hast, dann kannst du mir mal etwas Schreibpapier und Tinte holen, anstatt mit offenem Mund herumzusitzen. Richard, es ist sicher Zeit für dich, zu Dr. Pearce zu gehen.«

Richard verbeugte sich und verabschiedete sich von uns, und dann warf er noch wie ein Hungriger, der Angst hat, man würde ihm sein Essen nehmen, einen letzten, sehnsüchtigen Blick auf die Zeichnung. »Ja«, sagte er widerstrebend und ging zur Tür.

Ich hoffte, daß er mir ein Lächeln schenken würde, aber ich wurde enttäuscht. Er ging, ohne einen Blick oder ein Wort für mich übrig zu haben und obwohl er wußte, daß ich auf ein Zeichen der Sympathie wartete. Ich stand am Wohnzimmerfenster und schaute ihm nach, in der Hoffnung, daß er mir zuwinken würde, aber er winkte nicht. Als meine Mutter ins Wohnzimmer kam, sah sie mich still am Fenster stehen.

»Schreibst du ein paar Briefe für mich, mein Kind?« fragte sie freundlich.

»Ja«, antwortete ich, ohne zu zögern.

Sie sah mich forschend an. »Ist Richard immer noch wegen der Dench-Sache wütend auf dich?« fragte sie leise.

Meine Augen blieben blank und klar. Diesmal spürte ich nicht das Entsetzen, das ich als Kind gespürt hatte, wenn ich an Richards Wut dachte. Ich zog eine kleine, ungeduldige Grimasse. »Er schmollt«, stellte ich gleichgültig fest. »Er wird schon darüber hinwegkommen.«

Ich ignorierte das Erstaunen im Gesicht meiner Mutter, setzte mich an den Tisch, legte mir Briefpapier bereit, tauchte die Feder in das Tintenfaß und machte mich daran, ihr Diktat niederzuschreiben, als hätte ich mich niemals im Leben nach Richards Anerkennung gesehnt.

Onkel John fand für sich selbst ein schönes Pferd, aber Richard und ich gingen leer aus.

»Ich habe nichts gesehen, was für einen von euch beiden richtig gewesen wäre«, sagte er. »Es tut mir wirklich leid, euch zu enttäuschen. Ich hatte mir vorgestellt, wie schön es wäre, wenn ich in der Kutsche heimkäme und drei Pferde hinter mir hertrabten. Ich habe für mich dieses wunderbare alte Jagdpferd gefunden, aber für euch beide war nichts Passendes da.«

»Wo lag das Problem, Sir?« fragte Richard höflich.

Wir hatten uns zu einem etwas verspäteten Mittagessen an den Eßtisch gesetzt, und Onkel John, der von einer riesigen Gans hauchdünne Scheiben abschnitt, lächelte über die Länge des Tisches hinweg Richard an. Stride reichte die Teller herum.

»Schlechte Zucht«, sagte er kurz angebunden. »Ich wollte für euch beide etwas Richtiges, ein Pferd mit einem guten Stammbaum, damit ihr beide ein wenig mehr Spaß hättet, wenn ihr euch an das Reiten gewöhnt habt. Für dich, Richard, hatte ich mich nach einem kräftigen, feurigen Tier umgesehen. Und Julia sollte etwas Ausgeglichenes und Gutmütiges bekommen. Aber es gab nur ein paar kurzatmige Jagdpferde, die im Galopp wie ein Fisch auf dem Trockenen nach Luft schnappten.«

Richard lachte herzlich. Ich betrachtete ihn genau. Er hatte seine schlechte Laune überwunden; er war offenbar entspannt und sogar heiter. Ich konnte ihn nicht verstehen. So gut es ging versuchte ich, meine Enttäuschung über Onkel Johns Mißerfolg zu verbergen, aber in Wahrheit hätte ich darüber in Tränen ausbrechen können.

»Vielleicht war es sehr sinnvoll, das Geld nicht gerade jetzt auszugeben, Sir«, meinte Richard. »Ich hatte ohnehin nicht angenommen, daß Sie mir jetzt, da ich nach Oxford gehe, ein Pferd kaufen würden. Dort könnte ich doch bestimmt nicht reiten, nicht wahr?«

»Nein«, stimmte Onkel John ihm zu, schnitt die letzten

Scheiben von der Gans ab und setzte sich auf seinen Platz. Stride legte ihm knusprige, geröstete Kartoffeln vor, dazu einige saftige Möhren aus dem Küchengarten von Havering und einige gedünstete Pastinaken. Bei der Mehlsauce winkte Onkel John ab, nahm sich dafür aber reichlich von Mrs. Goughs sahniger Zitronensauce. »Aber ich hatte gedacht, Richard, ich würde dein Pferd einfach hier behalten, damit du es in den Ferien reiten kannst. Das ist keine große Belastung für die Ställe.«

Richard lächelte süß. »Sie sind so freundlich zu mir, Sir«, sagte er. »Aber da Sie schon so viel Mühe hatten, ein Pferd zu finden, bitte ich Sie herzlich, sich keine weiteren Umstände zu machen. Ich bin mein ganzes Leben lang auf Wideacre zu Fuß gegangen und kann das ganz gut auch weiterhin tun. Und Julia, da bin ich sicher, empfindet das auch so.«

Ich öffnete den Mund, um zu widersprechen, aber ein Blick von Richard brachte mich zum Schweigen.

»Auf jeden Fall brauchen wir in diesem Sommer kein Pferd«, sagte Richard sanft. »Ich weiß, daß Julias Großmutter es nicht billigt, wenn Damen im Sommer ausreiten, und es macht mir nichts aus, auf ein Pferd zu verzichten, um meiner Cousine Gesellschaft zu leisten.«

Meine Mutter lächelte. »Das ist wirklich freundlich von dir, Richard«, sagte sie anerkennend. Onkel John nickte. »Und er hat ganz recht«, sagte sie zu John. »Dies ist eigentlich nicht die richtige Jahreszeit, um reiten zu lernen. Wenn sich jetzt keine guten Pferde finden lassen, dann können die beiden vielleicht bis zu den Weihnachtsferien warten.«

Onkel John zuckte die Achseln. »Wie du wünschst«, sagte er. »Ich hätte gern ohne große Umstände zwei Pferde für euch beide besorgt, aber in der näheren Umgebung findet sich im Augenblick nichts Passendes. Ich werde ganz bestimmt die Augen offenhalten. Wenn wir keine Reitpferde finden können, dann werdet ihr eben fahren müssen. In dem Fall werde ich ein kleines, starkes Tier für die Kutsche kaufen.«

Ich biß mir auf die Lippen und blickte zu Boden. Es schien, als würde ich immer wieder im letzten Moment enttäuscht.

Meine Mutter sah meinen gesenkten Kopf und lächelte mich liebevoll an. »Mach dir nichts draus, Julia«, tröstete sie mich. »Wenn wir das nächste Mal in Chichester sind, dann bestellen wir ein Reitkostüm für dich, und wenn wir dann endlich das richtige Pferd finden, dann wirst du sofort darauf reiten können.«

»Vielen Dank, Mama«, sagte ich ohne viel Überzeugung. Dann machte ich mich über den Gänsebraten her, als hätte ich den ganzen Tag lang gehungert!

»Ich habe in Chichester Lord Havering getroffen und ihm ein paar meiner Gedanken vorgetragen, wie wir die Ländereien wieder in Ordnung bekommen«, sagte Onkel John. »Er war so freundlich, meine Ideen als Hirngespinste zu bezeichnen!«

»Ihr habt euch doch nicht gestritten?« fragte meine Mutter mit ängstlichem Stirnrunzeln.

»Nein, ganz gewiß nicht«, sagte John. »Für einen Streit braucht man auf jeden Fall zwei, und seine Lordschaft hat keinen Zweifel daran gelassen, daß ich nichts dazu zu sagen hätte. Er war allerdings hin- und hergerissen zwischen Lachanfällen über meine Naivität und Wut über meine revolutionären Ansichten.«

»*Bist* du denn ein Revolutionär, Onkel John?« fragte ich und sah meinen Onkel verwundert an.

»Verglichen mit deinem Großvater bin ich ein wahrer Staatsverräter!« meinte Onkel John fröhlich. »Aber im Ernst, Julia, ich bin nur einer von vielen Männern, die es für besser halten, wenn die Welt nicht aufgeteilt wäre in eine riesige Armee von etwa sechs Millionen Arbeitern ohne eigenen Landbesitz und eine winzige Minorität, etwa vierhundert Familien, die das Land so intensiv wie möglich für sich selbst auszubeuten suchen.«

»Was würdest du tun?« fragte ich. »Was würdest du tun, um die Verhältnisse zu verändern?«

»Wenn man mich morgen zum König machte«, sagte Onkel John lächelnd, »dann würde ich per Gesetz regeln, daß jeder einen gleichen Anteil an Land bekäme, und ich würde meinen Untertanen befehlen, das Land gemeinsam zu bebauen. Jeder hätte sein eigenes Haus und sein eigenes Stückchen Land, seinen eigenen Garten und seine eigenen Tiere – du siehst, Celia, daß ich *nicht* gegen privaten Besitz bin, was auch immer dein Stiefvater behaupten mag! Aber alle würden zusammen auf den Feldern arbeiten, die ihnen gemeinsam gehörten. Wie die alten Dorffelder, zu der Zeit, als noch die Ältesten des Dorfes entschieden, was angebaut werden sollte.«

»Es lebe das Königreich von Onkel John!« sagte ich, und John lachte.

»Ich habe eine Anhängerin!« sagte er zu meiner Mutter. »Du brauchst nicht so ernst dreinzublicken, Celia. Ich habe eine Anhängerin, und die Zukunft ist auf meiner Seite.«

»Was wirst du tun, *bevor* du König von England wirst?« fragte sie. »Wie wirst du Acre erklären, daß das goldene Zeitalter wieder zurückgekehrt ist?«

»Ich werde meine Beraterin konsultieren«, sagte er ernst und wandte sich mir zu. »Premierministerin Julia: Wie sollen wir Acre davon überzeugen, daß alle gemeinsam arbeiten müssen, damit sich alle gemeinsam den Profit teilen können?«

Ich dachte einen Moment lang nach. »Ist es ein ernsthafter Plan, Onkel John?« fragte ich. »Möchtest du wirklich, daß Acre an dem Profit teilhat?«

»Ich finde den Gedanken sehr verlockend«, meinte er. »In Indien hatte ich viel Zeit zum Lesen, und ich habe darüber nachgedacht, was man in Acre besser machen könnte. Der einzige Weg, so scheint mir, um einen Besitz richtig zu verwalten, ist, jedem ein Mitbestimmungsrecht einzuräumen und jeden am Gewinn zu beteiligen.« Er hielt einen Moment lang inne und betrachtete mein aufmerksames Gesicht und die zweifelnde Miene meiner Mutter. Richard hatte mit seiner gewohnten Höflichkeit zugehört.

»Und wie wäre es, wenn jeder, der ein Cottage in Acre bewohnt, sei er nun Arbeiter oder Pächter, dazu aufgefordert würde, sich einen Anteil an den Profiten des Besitzes zu erkaufen?« fragte John. »Die Einkünfte aus der Arbeit des ersten Jahres werden zunächst in einem zentralen Fonds gesammelt. Aus dem Fonds werden die Kosten für die Verwaltung der Ländereien bestritten, für die neuen Geräte, das Saatgut und die Tiere, die man braucht, und für den Lohn, der jedem Arbeiter bezahlt werden soll. Und was aus dem Fonds übrigbleibt, das ist ihr eigener Profit.«

»Und was ist mit uns?« fragte Richard. Es war das erste Mal, daß er etwas dazu sagte, und ich hörte eine gewisse Schärfe in seiner Stimme. »*Wir* sind die Laceys von Wideacre«, sagte er. »Wie passen *wir* in dieses Schema hinein? Wie profitieren wir bei dieser Sache?«

»Wir bekommen auch unseren Teil«, antwortete Onkel John. »Wir betrachten das Geld, das wir in dieses Projekt einzahlen, als unsere persönliche Investition, und wir nehmen uns ebenfalls jedes Jahr einen Teil des Profits – genau so, als würden wir Geld in Spekulationsgeschäfte investieren.«

»Wir sollen die Profite unserer Besitztümer mit Acre teilen?« fragte Richard. Die Frage selbst klang so, als wäre er darum bemüht, die Sache zu verstehen, aber irgend etwas in seiner Stimme jagte mir einen kalten Schauer über den Rücken. »Werden sie dann nicht glauben, sie hätten Rechte auf unser Land? Und werden sie dann nicht einen größeren Anteil wollen als den, den sie verdient haben?«

Onkel John nickte. »Vielleicht«, sagte er. »Aber du selbst wärst der Richter, der über ihre Rechte zu entscheiden hätte.«

Stride trat heran, um den Tisch abzuräumen. Er nahm die Teller fort und füllte erneut die Weingläser, die vor meiner Mutter und John standen. Nur ich hatte Richard genau angesehen. Er war sehr bleich geworden, und seine Augen waren so schwarz wie der Mitternachtshimmel, jedoch ohne einen einzigen Schimmer von Sternen – oder Mondlicht. Er hatte vor

Wut leicht zu zittern begonnen, und ich richtete meinen Blick auf die gestickte Serviette auf meinem Schoß, aus Angst, daß Richard alle Beherrschung verlieren, seinen Anspruch auf Wideacre hinausschreien und sich selbst in eine peinliche Lage bringen könnte.

Ich hätte ihn besser kennen sollen. Als Stride mit den Nachspeisen kam, einer wunderbaren Köstlichkeit mit Baiser und Apfelpüree darauf und einem einfachen Marmeladenkuchen, war Richard schon wieder ruhig und heiter.

»Wirklich, eine sehr aufregende Idee, Sir«, sagte er höflich. Ich glaube, außer mir konnte niemand die Erregung hören, die er so mühsam beherrschte. »Glauben Sie, daß daraus mehr werden könnte als nur eine Idee?«

Stride bediente meine Mutter und mich, und Onkel John nahm ein Marmeladentörtchen und häufte sich dann reichlich von der wunderbaren Havering-Sahne darauf.

»Das kommt darauf an«, sagte er. »Es hängt von vielen Faktoren ab. Die Leute müßten sich erst einmal selbst mit der Idee anfreunden. Sie haben bereits einmal unter einer reformerischen Lacey sehr gelitten, und sie werden die Erfahrung wahrscheinlich nicht noch einmal wiederholen wollen. Mr. Megson behauptet, daß sie für uns nicht arbeiten werden, wenn sie nicht an ihre Zukunft und auch ein wenig an uns glauben können.« Er hielt inne und lächelte dann über den Tisch hinweg Richard und mir zu. »Es hängt von euch beiden ab«, sagte er sanft. »Es ist euer Erbe. Es wird eure Entscheidung sein, ob dieses Land in der alten Weise verwaltet wird, die eine Generation lang so viel Reichtum und so viel Kummer gebracht hat, oder ob ihr einen neuen Weg beschreiten wollt.«

Ich blickte Richard an; er lächelte, sein Gesicht war entspannt. »Sie haben vollkommen recht, Sir«, sagte er. »Ich kann mir keine bessere Möglichkeit denken, den Besitz zu verwalten, als die Gewinne, die das Land abwirft, mit den Leuten zu teilen, die darauf arbeiten.«

Onkel John nickte und sah mich an. »Julia?« fragte er.

»Ja«, bestätigte ich. Meine Stimme klang weniger enthusiastisch als die von Richard. Mir erschien der Gedanke, vor Acre nicht mehr schuldig zu sein und die Grausamkeit der Laceys und der ganzen Adelsklasse abgelegt zu haben, wie ein scharfer, reinigender Wind, der nach dem Regen kommt, aber ich mußte mich erst darauf einstellen. »Ja«, sagte ich.

»Es ist noch zu früh für eine Entscheidung«, meinte Onkel John sanft. »Aber es wäre mir lieb, wenn ihr Mr. Megson sagen würdet, daß ihr diese Ideen unterstützt und mit ihm darüber diskutiert. Das ist für ihn eine gute Möglichkeit, euch beide kennenzulernen, und ihr bekommt einen Eindruck von den Schwierigkeiten, denen ihr in Acre begegnen werdet. Er ist nicht leicht zu überreden – und er wird sicher nicht auf schöne Worte und Schmeicheleien hereinfallen. Aber er ist grundanständig. Ich möchte gern, daß ihr ihm von unserem Gespräch erzählt und herausfindet, wie er einen solchen Plan einschätzt.«

»Es wird mir ein Vergnügen sein, das zu tun«, sagte Richard. Es fiel ihm leicht, in die Rolle des zukünftigen Squire zu schlüpfen.

»Und Julia wird ebenfalls gehen«, sagte John mit Nachdruck.

»Ja«, bestätigte ich. »Ich würde gern mitkommen.«

»Es gibt keinen Grund, warum ihr nicht gleich losgehen solltet«, sagte meine Mutter. Sie mußte sich selbst überwinden, ihre beiden Kinder in ein Dorf hinunterzuschicken, das sie noch immer nicht mochte. »Ihr könntet den Einspänner und das Kutschpferd nehmen«, fügte sie hinzu.

Onkel John lächelte. »Ja, natürlich!« sagte er. »Mr. Megson wird euch sicher zum Tee einladen, aber wenn ihr wollt, könnt ihr vor Anbruch der Dunkelheit wieder hier sein.«

Ich schaute Richard an. Den ganzen Tag lang war er mir böse gewesen, und ich wollte ihm nicht meine Gesellschaft aufzwingen. Aber die Gefahr, die sich anscheinend über seinem

Erbe zusammenbraute, hatte ihn alle anderen Kränkungen vergessen lassen.

Ich lief los, um meinen Hut zu holen, und Richard ging zum Stall und sagte Jem, daß wir das Pferd und den neuen Einspänner brauchen würden. Die Sonne stand rund und rot über einer Schicht von rosafarbenen Wolken, als wir den Weg nach Acre hinabrollten, und ich stellte erleichtert fest, daß sich Richard auf dem Kutschsitz wohlfühlte und daß er die Zügel sehr sicher und ohne Angst in der Hand hielt.

»Ich hoffe, Megson ist zu Hause«, sagte Richard.

»Ich nehme an, daß er uns erwartet«, meinte ich listig. »Ich vermute, daß Onkel John und er schon ein bißchen die Köpfe zusammengesteckt und sich über uns als die Erben der Besitztümer unterhalten haben.«

Richard sah mich überrascht an. »Das könnte sein«, sagte er. »Megson spielt sich allmählich geradezu als Autoritätsperson auf!« Er hielt inne. »Ich brauche dich wohl nicht daran zu erinnern, daß du dich in Acre nicht in den Vordergrund drängen sollst?« fragte er. Es klang wie eine Feststellung, nicht wie eine Frage.

»Nein, das weiß ich sehr gut.«

Er sah mich rasch von der Seite an. Dann saßen wir, während der Einspänner die Straße nach Acre hinabrollte, schweigend nebeneinander. Die Dench-Kinder spielten in dem kleinen Gärtchen vor dem Cottage; Clary saß in der Abendsonne auf der Bank und beobachtete sie; sie hielt eine Schale mit Kartoffeln auf den Knien.

Ich winkte, und Richard brachte den Wagen höflich zum Stehen. Clary kam mit ihren langen Schritten den Gartenweg heruntergelaufen.

»Guten Tag«, rief sie uns beiden zu. Und dann lächelte sie mich an: »Gehörst du jetzt auch zu den Leuten, die in der Kutsche fahren, Julia?«

»Ich bin so vornehm; ich kann mich kaum dazu herablassen, mit dir zu sprechen«, sagte ich und grinste sie an.

Sie lachte. »Wirklich eine schöne Kutsche, Master Richard«, meinte sie freundlich.

Richard nickte, aber er antwortete nicht. Seine Augen funkelten. »Vielleicht kann ich dich irgendwann einmal ein Stück mitnehmen«, bemühte er sich zu sagen. Er sah sie an, aber er lächelte nicht. Er betrachtete sie wie eine Handelsware, die er auf einem Markt kaufen wollte.

»Danke«, sagte Clary und trat einen Schritt von der Kutsche zurück. »Wollt ihr Ralph Megson besuchen?« fragte sie mich.

»Ja«, antwortete ich. »Wohnt er in der Hütte der Tyackes?«

»Ja«, meinte Clary. »Und Becky Miles führt ihm den Haushalt und putzt für ihn. Er erwartet dich.«

Ich nickte, Richard schnalzte dem Pferd zu, und wir fuhren den Weg zur Hütte hinunter, die ein wenig abseits von der Dorfstraße an einem kleinen Pfad zur Linken lag.

Richard legte den Zügel über einen Pfosten des Gartenzauns, und das Pferd senkte den Kopf. Aber dort war keine Hecke, die gerupft werden konnte. Schon vor vielen Jahren waren die Blätter als Futter für die Tiere abgerissen worden, und die kahlen Zweige hatte man dann als Feuerholz benutzt. Wie in jedem anderen Garten in Acre lag die Erde auch hier brach. Zuerst war das Gemüse aus dem Boden gegraben und gegessen worden, und dann hatten die überlebenden, mageren Hühner den Garten saubergepickt. Jetzt war dort nur noch grauer Staub, und, wenn es regnete, eine riesige, schlammige Pfütze.

Wir gingen den Pfad aus Steinplatten entlang. Der Gedanke, Ralph zu sehen, ließ mich vor Aufregung frösteln. Meine Hand zitterte, als ich anklopfte. Ich konnte hören, daß der Kessel auf dem Herd summte; sein Ton war nicht höher oder süßer als das Geräusch, das meinen Kopf erfüllte, jetzt, wo ich Ralph so nahe war. Die Tür wurde geöffnet, aber nicht von Ralph Megson, sondern von Becky Miles, die offenbar zugleich als Köchin, Zimmer- und Küchenmädchen angestellt worden war.

Ich sah sie mit strengem Blick an. Sie war ein großes, üppiges Mädchen aus den Downlands, mit starkem, hellem Haar und großen, blaßblauen Augen. Die Armut ihrer Familie schien eine ausreichende Entschuldigung dafür zu sein, daß ihre Kleider tief genug ausgeschnitten waren, um den Ansatz ihrer großen Brüste zu entblößen. Ich hatte sie immer gemocht. Sie war eines von den Kindern gewesen, die immer hinter Clary hergezogen waren. Ich liebte ihr fröhliches Wesen und die Art, wie sie ihren Kopf zurückwarf und lachte. Und ich mochte ihre süße Stimme. Zur Weihnachtszeit sang sie in einem klaren Sopran Weihnachtslieder. Aber heute erschien sie mir aus irgendeinem Grunde für den kleinen Raum zu groß, zu strahlend und zu überwältigend, und ich wunderte mich, warum Ralph Megson sich nicht von ihr eingeengt fühlte und sie fortschickte.

Er sah jedoch überhaupt nicht eingeengt aus. Vielmehr schien er sich ganz und gar wohl und heimisch zu fühlen. Das Cottage der Tyackes war das beste Cottage in Acre: zwei Räume unten und drei winzige Schlafzimmer oben. Der größere untere Raum war mit Ziegelplatten ausgelegt und diente als Küche, Eß- und Wohnzimmer. Durch die Haustür trat man direkt hinein, und winters wie sommers war es hier wegen des Feuers, das immer in der Kochstelle brannte, heiß und stickig. Ralph besaß einen großen, runden Tisch, der auf dem unebenen Boden recht wackelig in der Mitte des Zimmers stand, und eine Sitzbank mit hoher Lehne, deren Rücken der Tür zugewandt war. Sein großer, geschnitzter Herrenstuhl stand, mit dem Rücken zum Feuer, am Kopfende des Tisches, und unter dem Tisch waren drei kleine Hocker für Gäste. Die Tür zur Linken öffnete sich zum Wohnzimmer, das nur für feierliche Anlässe benutzt wurde. Der Raum war jetzt so saubergefegt und so leer wie eine Getreidescheune in Wideacre. Der Eßtisch und die Stühle waren in den Zeiten des Hungers für ein paar Pfennige verkauft worden, und auch später hatte die Armut ihren kalten Griff nie wieder gelockert.

Der Anblick von Ralph Megson in dieser Hütte machte mir

deutlich, daß er nicht zum Adel gehörte. Er war einer der Pächter. Er lebte in einer Hütte, in der es nicht mehr als fünf Zimmer gab. Aber ich wußte auch, daß er in Acre ein reicher Mann war. Er besaß einen richtigen Stuhl und einen richtigen Tisch. Er aß aus Porzellangeschirr, nicht aus hölzernen Schüsseln oder von hölzernen Brettchen. Er besaß Leinenzeug – ein gutes, schlichtes Tuch lag auf dem Tisch –, und er hatte eine Hausangestellte, wenn man der schlampigen Becky Miles die Ehre dieses Titels zukommen lassen wollte.

Er gehörte nicht zum Adel, aber ich hatte schnell bemerkt, daß Onkel John ihn immer als Mr. Megson anredete. Und obwohl er niemals zum Adel gehören würde, hatte er eine bestimmte Autorität, die plötzlich die Vorstellung, daß es verschiedene »Klassen« von Menschen gäbe, lächerlich erscheinen ließ.

Als wir hereinkamen, stand er auf und begrüßte uns selbstbewußt. Er bot uns die Hocker zu beiden Seiten des Tisches an und ließ sich wieder auf dem großen Holzstuhl nieder, ohne einen Gedanken daran zu verschwenden, daß dieser Stuhl doch eigentlich mir angeboten werden müßte. Und er nickte Becky zu, sie möge den Tee servieren, als ob sie (die in ihrem ganzen Leben, so vermutete ich, noch niemals ein Tischtuch gesehen hatte) wüßte, wie man Gästen etwas serviert.

Sie machte ihre Sache ganz gut. Ich versuchte, sie nicht zu beobachten, aber als sie einige kleine Schränke öffnete und eine Schublade mit Besteck herauszog, da schaute ich doch sehr verstohlen hinüber. Ich war ziemlich neugierig; ich hoffte, Ralph würde es nicht mitbekommen, aber als Becky begann, hinter meinem Rücken laut zu klappern, da schaute ich unwillkürlich hin, und Ralph beobachtete mich dabei. Er lächelte mich freundlich an – er wußte sehr wohl, daß ich alles genau betrachtete.

Dann ließ ich mich mit einem stillen Seufzer auf meinem Hocker nieder. Er mochte sich noch so sachlich und geschäftsmäßig geben, aber zwischen uns herrschte ein besonderes Verständnis, das jedes gesprochene Wort unterschwellig begleitete. Ich wurde von der dummen, abergläubischen Furcht gepackt, er wüßte vielleicht, daß ich davon geträumt hatte, ihn zu lieben und festzuhalten. Der bloße Gedanke, er könnte vielleicht in jenen Traum eingeweiht sein, ließ mich erröten und trieb mir die Tränen in die Augen. Ich hielt den Kopf gesenkt, und mein Herz brannte.

Ich fühlte, daß er mich ansah, und warf ihm einen verstohlenen Blick zu.

Er ahnte etwas. Er war so sensibel wie ein wachsames Tier. Aber sein Lächeln war leicht und heiter. Wie sollte er meine Gedanken erraten können? Dennoch war mir bewußt, daß er Beatrice sehr geliebt hatte, und ich spürte eine warme Zärtlichkeit, während seine Augen auf mir ruhten. So richtete ich mich gerade auf und fand den Mut, zu lächeln und ihm in die Augen zu schauen.

Manche Dinge müssen nicht ausgesprochen werden, und Ralph wußte das besser als ich. Ich schlürfte stumm meinen Tee und wich keinen Zentimeter zur Seite, als Becky direkt hinter mir mit dem Kessel klapperte. Es gelang mir, vollkommen unbefangen zu erscheinen.

Zuerst sprachen wir über Onkel Johns Pläne und beschrieben sie Ralph in allen Einzelheiten.

»Der Gedanke ist folgender: Jeder im Dorf soll an den Profiten teilhaben, die die Landwirtschaft abwirft, und nicht mehr den üblichen Lohn bekommen«, erklärte Richard. »Die Profite werden in einen gemeinsamen Fonds einbezahlt, aus dem neues Saatgut und neue Geräte finanziert werden sollen. Wir Gutsherren bekommen einen Lohn; das sind sozusagen die Zinsen für das Geld, das in das Land investiert worden ist. Und der Rest des Fonds wird entsprechend der Arbeit, die jeder einzelne getan hat, aufgeteilt.«

»Die Idee ist also, daß alle das Land gemeinsam besitzen?« fragte Ralph. Ich wußte, daß er die Antwort bereits kannte, und blieb vollkommen ruhig. Ich sah, daß er Richard einzuschätzen und zu beurteilen versuchte. Richards Augen waren so klar wie ein See. Man hätte ihn für einen begeisterten Landreformer halten können.

Richard nickte. »Ja, um den Unterschied zwischen dem Adel und den einfachen Dorfbewohnern aufzuheben«, ergänzte er. »Wir arbeiten alle zusammen. Ob Erfolg oder Fehlschlag, wir teilen uns die Profite.«

Ralph nickte. »Das ist ein guter Plan«, sagte er. Er sah Richard prüfend an. »Ein sehr großzügiger Plan«, betonte er. »Und was werden die Landbesitzer Ihrer Ansicht nach wohl davon haben, Master Richard?«

»Sehr wenig«, sagte Richard gerade heraus. »Es war die Idee meines Vaters, Acre wieder zu seinen alten Rechten zu verhelfen und die schlimmen Ereignisse der Vergangenheit wiedergutzumachen. Das Dorf wird davon profitieren. Es sind die Armen, die dadurch Vorteile haben werden.« Er schaute in Ralphs dunkles Gesicht und versuchte darin zu lesen: »Vielleicht ist es doch das beste, wenn wir die alte Ordnung beibehalten: die Lacey-Squires besitzen das Land, bezahlen ordentliche Löhne und greifen, wenn besonderer Mangel herrscht, wohltätig ein.«

Ralph nickte. »Das würden Sie vorziehen?« fragte er.

Richard sah ihn prüfend und berechnend an. »Ich möchte sichergehen, daß jedermann in Acre ein gutes Leben hat«, sagte er. »Wozu auch immer wir uns entschließen, ich möchte erreichen, daß das Dorf wieder seine alten Rechte zurückbekommt. Zumindest wußte in der alten Ordnung jeder, woran er war.«

Ralph nickte, als habe er etwas gelernt. »Und Sie, Miss Julia?« fragte er.

»Ich bin derselben Meinung wie Richard«, sagte ich mit fester Stimme. Ich hatte mein Versprechen nicht vergessen.

Ralph lächelte; er wußte, daß ich log und daß ich mir eigentlich wünschte, die Dorfbewohner bekämen eigenes Land. Einer der Holzscheite in der Feuerstelle rollte polternd zur

Seite, und eine kleine Wolke von Asche und Rauch stieg empor. Einen Moment lang herrschte vollkommener Frieden; Ralphs Augen ruhten auf mir, und ich lächelte ihn an.

Richard rutschte unruhig auf seinem Hocker hin und her, und der Zauber war gebrochen. »Was soll ich meinem Vater sagen?« fragte er. »Er hat uns gebeten, den Plan mit Ihnen zu besprechen. Kann ich ihm sagen, daß Sie die alte Ordnung vorziehen?«

Ralph stieß seinen Stuhl vom Tisch zurück, schritt auf seinen hölzernen Beinen zur Tür und blickte hinaus. »Hören Sie«, sagte er, während er sich aus dem Türrahmen lehnte. »Dies ist ein sehr schöner Plan, und für einen Landbesitzer, mag er auch bankrott sein, ein sehr großzügiger Plan. Das respektiere ich. Aber es ist schwer, jemanden dazu zu bringen, die Freiheit aufzugeben, die er vierzehn Jahre lang genossen hat. Im Winter mag er vielleicht gehungert haben, aber den ganzen Sommer lang hat er Wild und Fisch und Geflügel gegessen und an jedem Tag des Jahres die Freiheit gehabt, zu arbeiten, zu wildern und zu fischen, wie es ihm gefiel. Einen solchen Mann wollen Sie nun dazu bringen, diszipliniert zu arbeiten?

Und wofür? Sie bieten ihm nicht einmal einen anständigen Lohn an. Sie versprechen ihm nur, daß er an den Gewinnen aus Ernten teilhaben wird, die noch nicht einmal ausgesät sind. Wenn die Profite klein sind, dann werden Sie mir erklären, der erste große Anteil aus dem Fonds würde für die Bedürfnisse des Landes gebraucht, und der zweite Anteil sei Ihr eigener, und nur der Rest könne an die Arbeiter ausgezahlt werden. Wenn das Land keinen Gewinn abwirft – nun, dann haben Sie die Möglichkeit, die Felder zu verkaufen. Und das machen Sie am besten sehr bald, solange die Menschen noch bereit sind, darauf zu arbeiten. Und wenn das Land keinen Profit abwirft, dann werden die Leute von Acre eben noch einen weiteren Winter lang hungern.

Die Landbesitzer riskieren gar nichts – ihr Land liegt ohnehin brach, und sie können es allein nicht bearbeiten oder in diesem Zustand wieder verkaufen. Wenn das Dorf diesem Plan zustimmt, dann hätten Sie es ohne besondere Kosten für sich selbst wieder zum Arbeiten gebracht; und wenn die Leute nicht hart genug arbeiten, um die Profite zu machen, die für Ihren Plan notwendig sind, dann haben sie selbst am meisten darunter zu leiden. Die Landlords leiden nie. Sie schreiben die Gesetze, sie erfinden die Regeln. Sie erschaffen die Welt, und dann erwarten sie, daß die Menschen für kleine Gnadenbeweise dankbar sein sollen!«

Ralph lehnte sich an den Türrahmen und lächelte uns beide an, als wären wir zwei charmante Straßenräuber. »Sie bieten uns keine Garantien an«, sagte er. »Vielmehr haben Sie die Garantie, daß Acre in Ihrem Besitz bleibt. Jeder hier ist so arm, daß er niemals die Freiheit hat, in ein anderes Dorf zu gehen. Aber Sie können das tun, was Ihnen paßt. Sie können ein paar Jahre lang ›radikal‹ spielen, oder Sie können den Besitz morgen mit Profit verkaufen, und zwar an den ersten besten Käufer, der Ihnen über den Weg läuft, ob er nun eine viel zu hohe Pacht verlangt oder die gesamten Vorräte an Weizen aufkauft oder was auch immer er vorhaben mag. Es gibt keine Kontrollen über den Adel«, sagte er und hielt inne. »Und es hat niemals welche gegeben«, fügte er hinzu.

Richard und ich schwiegen verdutzt. Bei dem, was Onkel John seit seiner Rückkehr aus Indien gesagt hatte, waren diese Aspekte niemals aufgetaucht. Ralph Megson, der nicht dem Adel angehörte, hatte sämtliche möglichen Einwände gegen Onkel Johns Plan aufgezählt. Und er betrachtete diesen Plan als eine neue List, von den Herren gegen ihre Untergebenen erdacht. Er war überzeugt: Es war der Adel, der die meisten Vorteile daraus zog. Ich blickte verlegen auf das Tischtuch und errötete bis an die Ohren über meine Dummheit und Kurzsichtigkeit und aus Scham darüber, daß ich von Ralph Megson als jemand betrachtet wurde, der dem Adel zugehörte und der sich etwas nehmen würde, was er nicht verdient hatte.

Er hatte die Tür offengelassen. Das Licht der Abendsonne fiel auf den Ziegelboden und verwandelte den Staub in kleine Sterne, die in der Unendlichkeit tanzten. Er trat mit schweren Schritten zurück an den Tisch, und die Sterne wirbelten um ihn herum. Als er hinter mir vorbeiging, streifte sein Handrücken ganz leicht meinen Nacken; ich wußte, daß er mir damit sagte, er verzeihe mir.

»Sagen Sie Dr. MacAndrew, daß ich darüber nachdenken werde«, meinte Ralph dann zu meinem Erstaunen. »Es ist ein sehr kühner Plan, und wenn es so etwas gäbe wie einen Landlord, dem man vertrauen kann, dann wäre es sicher auch ein guter Plan. Sie beide müßten auf jeden Fall einige Garantien geben, sonst werden Sie Acre niemals überzeugen können; und meine Unterstützung bekämen Sie auch nicht. Aber wenn Sie beide von diesem Plan wirklich überzeugt sind, dann könnte das Projekt auch Erfolg haben.«

»Wenn Ihr Rat dahin geht, daß das Land am besten auf die alte Weise bearbeitet werden sollte, wobei dem Squire zwar alles gehört, aber den Arbeitern gute Löhne bezahlt werden, dann würde mein Vater Ihren Rat vermutlich annehmen«, sagte Richard schnell.

Ralph sah ihn scharf an. »Geschieht das denn *jetzt*?« fragte er, ohne ein weiteres Wort hinzuzufügen.

»Wir müssen gehen«, sagte ich nach einer kleinen Pause. »Vielen Dank für Ihren Tee, Mr. Megson.«

»Gern geschehen«, sagte er freundlich. »Sie beide müssen mich wieder einmal besuchen.« Er nickte Richard zu. »Sind Sie an der Habichtjagd interessiert? Mein Habicht wird in den nächsten Tagen von London herübergeschickt. Es wäre mir ein Vergnügen, Sie mit hinauszunehmen.«

»Ja, sehr gern!« sagte Richard, und zum ersten Mal an diesem Nachmittag kam sein Lächeln von Herzen.

Ralph ging mit uns zum Tor und half mir die Stufen zur Kutsche hinauf, während Richard das Pferd losband. Ich reichte ihm die Hand.

»Einen schönen Tag wünsch' ich Ihnen, Miss Julia«, sagte er mit der leicht spöttischen Höflichkeit, von der ich an diesem Morgen geträumt hatte. Er beugte seinen stolzen, langsam ergrauenden Kopf und küßte meine Hand. Als seine Lippen meine Finger berührten, bebte ich wie eine Birke im Wind. Dann ging er zurück in seinen Garten und winkte uns allen einen Abschiedsgruß zu.

8

Als wir Onkel John beim Abendessen berichteten, was Ralph Megson zu seinen Plänen gesagt hatte, machte er ein sehr besorgtes Gesicht. Er ging in die Bibliothek, um sich die vorläufigen Pachtverträge anzusehen, die er entworfen hatte. Gleich am nächsten Tag wollte er nach Chichester fahren, um die Rechtsanwälte von Wideacre aufzusuchen und sie nach einem Vertrag zu fragen, der sowohl für die Arbeiter als auch für die Squires rechtsgültig wäre.

Als er am nächsten Morgen die Treppe herunterkam, stand ich im Vorgarten, ganz und gar die wohlerzogene junge Lady mit unter der Brust tailliertem, weißem Kleid und einem großen Sonnenhut. Aber meine Hände waren mit Erde beschmiert, und als Onkel John den Pfad entlangkam, beeilte ich mich, den kleinen Spaten fortzulegen.

»Machst du Gartenarbeit, Julia?« fragte Onkel John. Er schien ziemlich schockiert, aber zugleich auch erheitert zu sein. »Julia! Meine Nichte Julia! Was sollen wir nur mit dir machen? Was sagt deine Mutter denn dazu, daß du so gern im Garten arbeitest?«

»Sie möchte es möglichst ignorieren«, antwortete ich beschämt. »Onkel John, ich weiß wohl, daß es sich nicht gehört, aber irgend jemand muß es ja tun. Und Stride ist zu alt, und Jems sämtliche Pflanzen sind eingegangen. Es gab niemand anderen. Und du weißt doch, wie sehr Mama Blumen liebt«, sagte ich und hatte damit genau das Argument gefunden, das ihn überzeugen würde.

»Meine Mutter und ich haben uns geeinigt, daß ich es tun könnte, vorausgesetzt, daß mich niemand von den Adligen sähe. Und *dann* ist es doch kein Problem, Onkel John, denn niemand kommt je am Morgen mit einer Kutsche hier vorbeigefahren. Und am Nachmittag arbeite ich hier nie.«

Onkel John versuchte, ein ernstes Gesicht zu machen, brach aber statt dessen in schallendes Gelächter aus. »Miss Julia! Sie haben eine heimliche Liebesaffäre mit der Natur!« sagte er. »Aber woher weißt du eigentlich über Gartenarbeit Bescheid?«

»Ich weiß es eben«, sagte ich. »Ich kenne Mutters Lieblingsblumen aus ihrer Zeit in Wideacre Hall, und als ich noch sehr klein war, habe ich die Samen gesammelt und ihr gegeben. Ich habe sie in meinem Schlafzimmer in kleine Töpfe gepflanzt, und als sie keimten, habe ich sie hier eingepflanzt, damit meine Mutter kein Heimweh nach dem Herrenhaus und den Gärten bekommt.«

Onkel John nickte verständnisvoll. »Das hast du wirklich fein gemacht«, sagte er. »Aber wer hat dir gesagt, wo die Pflanzen eingesetzt werden sollen? Ob sie Licht oder Schatten brauchen?«

Ich zuckte die Achseln. Ich hätte es nicht erklären können. »Ich glaube, ich habe im alten Garten nachgeschaut, wie sie am besten angehen und wachsen«, antwortete ich nachdenklich. »Und wenn ich eine kleine Zwiebel oder eine Handvoll Samen in der Hand habe, dann fühle ich, wohin ich sie setzen muß. Ob sie sich feuchten oder trockenen Boden wünschen.« Ich brach ab. »Ich kann es nicht erklären«, sagte ich. »Aber es scheint, als sei ich mit diesem Wissen geboren worden.«

Onkel John sah mich scharf an, und das Lachen war aus seinen Augen geschwunden. »Gedeihen sie immer?« fragte er plötzlich. »Keine kranken Pflanzen, keine plötzlichen Enttäuschungen? Keine Keimlinge, die einfach eingehen, obwohl du gedacht hattest, daß sie sich ganz gut entwickeln würden?«

»Nein«, sagte ich überrascht. »Aber die Erde ist doch auch wirklich sehr gut hier, Onkel John. Und das Wetter ist gerade richtig. Ich setze ja nur Pflanzen, die auf Wideacre schon seit alten Zeiten gut gediehen sind.« Ich machte ein paar Schritte auf ihn zu und hielt ihm meine ziemlich schmutzige Hand hin. »Warum schaust du mich so an?« fragte ich schüchtern.

»Jetzt, wo du heimgekommen bist, kann ich auch aufhören mit der Gartenarbeit. Wir können einen Gärtner einstellen. Ich würde die Gartenarbeit vermissen, aber wenn es dir so sehr mißfällt, werde ich damit aufhören.«

Onkel John schüttelte den Kopf, als wolle er ein wenig Ordnung in seine Gedanken bringen. »Nein«, sagte er. »Ich bin es, der unrecht hat. Ich war einen Augenblick lang schockiert, weil du deiner Tante Beatrice so sehr ähnlich bist: Auch sie hatte das Talent, alles zum Wachsen und Blühen zu bringen. Das war eine ganz besondere Gabe, die sie hatte. Nach ihrem Tod wurde im Dorf darüber geredet, als hätte sie Hexenkünste angewandt, aber das braucht dich nicht zu kümmern. Was auch immer es gewesen sein mag, was du geerbt hast – es ist ein sehr wertvolles Talent. Und natürlich kannst du, wenn du eine gute Gärtnerin bist, auch eine gute Landwirtin sein. Wir werden alle Fähigkeiten dringend brauchen, um Acre zu lehren, das Land wieder fruchtbar zu machen und gute Ernten zu erzielen. Würdest du auf dem Land arbeiten, Julia? Wenn deine Mutter damit einverstanden wäre?«

Ich atmete tief ein. »Oh, Onkel John, das würde mir *solchen* Spaß machen!« rief ich aus. »Du meinst, ich sollte dabei helfen, daß wir wieder Heu und Weizen ernten können? Onkel John, das würde ich *zu gern* tun!«

Er lächelte über mein strahlendes Gesicht und streichelte meine Wange. »Das sind die Lacey-Mädchen!« sagte er liebevoll. »Alle sind nach dem Land und der Erde verrückt. Aber ich werde dafür sorgen, daß du nicht auf einen falschen Weg gerätst. Wenn deine Mutter einverstanden ist, dann werde ich dir helfen, dieses Talent auf den Feldern anzuwenden. Aber du darfst nie vergessen, daß Menschen wichtiger sind als die Ernte; das Dorf Acre ist wichtiger als der Reichtum von Wideacre.«

Ich nickte, obwohl ich ihn nicht ganz verstanden hatte.

»Allerdings werden wir überhaupt nichts zuwege bringen, wenn ich nicht an meinem halsstarrigen Verwalter vorbei einen Vertrag zustandebringe«, sagte Onkel John mißmutig und ging zum Gartentor. »Man könnte meinen, *er* habe *mich* eingestellt und könne mir Anweisungen geben – und nicht umgekehrt. Was er nicht versteht, ist die Tatsache, daß ich nicht freier bin als die Arbeiter von Acre. Ich muß irgendeine Möglichkeit finden, die Rechtsanwälte davon zu überzeugen, daß ich euch, Richard und dich, nicht um euer Erbe betrüge. Und eigentlich betrüge ich euch ja! Ihr würdet mehr Geld verdienen, wenn wir Acre nur wieder zum Arbeiten bringen und es dann als ein gutgehendes Unternehmen verkaufen könnten.«

Ich hielt ihm die Pforte auf, während er auf die Kutsche zuging, neben deren Stufen Jem wartete. Ich hatte ganz gut verstanden, was Onkel John meinte, und da ich als eine Adlige erzogen worden und aufgewachsen war, gefiel mir die Idee von hohen Profiten für die Landlords. Aber durch meine Zuneigung für Ralph fühlte ich mich plötzlich dem Land mehr als allem anderen verbunden. Seitdem ich gestern morgen im Sommerhaus gewesen war, erschien mir alles verändert. Der sanfte Wind an meiner Wange war wie ein liebevolles Streicheln, die Sonne, die auf mein Gesicht schien, war wärmer als je zuvor, das Gras auf dem Rasen von Dower House wuchs weicher und grüner als jedes Sommergras zuvor, der große, herrliche Wald von Wideacre entzückte mich, und der Kreis der Hügel dahinter war wie ein prächtiges Gebirge.

Die Worte, die Ralph in der Wohnstube des kleinen Cottage gesprochen hatte, hatten mich beschämt erkennen lassen, daß wir auf Kosten des Dorfes reich geworden waren. Und trotz unserer guten Absichten, die Profite in Zukunft fairer zu teilen, gehörten wir zu einer ganz anderen Welt und konnten so leben, wie es uns gefiel. Wir waren reich und frei, und zwar auf eine Art und Weise, wie es die Dorfbewohner niemals sein würden. Und *wir* luden *sie* nie zum Tee ein.

»Es geht nicht nur um den Grundbesitz«, sagte ich zögernd zu Onkel John. »Es geht um Macht. Wir können versprechen, was wir wollen, und dennoch haben wir das Recht, morgen von Acre wegzugehen und alles an den ersten Besten zu verkaufen. Das wissen die Dorfbewohner.«

Onkel John lächelte bitter. »Du bist genau so schlimm wie Acre«, sagte er. »Die Dorfbewohner denken, der Adel würde nie freiwillig einen Teil seiner Rechte an jemand anderen abtreten. Sie würden nicht glauben, daß man ihnen ein Geschenk macht, selbst wenn sie es mit eigenen Augen sehen können. Und so machen sie Einwände und wünschen sich Garantien, während du und ich und Richard und deine Mutter nichts anderes wollen, als das Land wieder in Ordnung zu bringen.«

Er lächelte mich mit dem Gesichtsausdruck eines Mannes an, der weiß, was er will, und ich lächelte zurück. Ich liebte Onkel John, und ich wußte, warum meine Mutter ihn liebte. Zwar hatte er keine Ahnung von der Landwirtschaft und war auf Wideacre ein Fremder. Aber er war ein so pflichtbewußter Mann, daß er niemals eine Schuld unbezahlt lassen würde. Er meinte, daß er Acre etwas schuldig sei, und er würde so lange arbeiten, bis er diese Schuld beglichen hätte. Er war ein Mann ohne jede Hinterlist, ein Mann, dem man vertrauen konnte.

»Niemand zweifelt an dir, Onkel John«, sagte ich. »Sie zweifeln nur an der Welt, in der du lebst.« Er lächelte. »Ich wünsch' dir einen schönen Tag«, sagte ich, fast als wollte ich ihn segnen. »Und streng dich nicht allzusehr an.«

Onkel John machte eine kleine, scherzhafte Verbeugung und stieg in die Kutsche. Jem schob die Stufen hoch, schloß die Tür und kletterte auf den Kutschbock. Er knallte zum Abschied mit der Peitsche und trieb die beiden Braunen an. Sie freuten sich auf die Bewegung draußen in der Frühlingssonne und machten einen großen Satz vorwärts. Bald war die Kutsche in einer weißen Staubwolke verschwunden.

Ich schaute zum Haus zurück, aber dort stand niemand, der mir vom Fenster aus zuwinkte. Meine Mutter beschäftigte sich gerade mit ein paar Mustern von Brokatstoffen für Vorhänge, und in der Morgenpost hatte sie einige Beschreibungen von Häusern gefunden, die in Bath zum Verkauf standen. Sie hatte sie zum Lesen mit ins Wohnzimmer genommen und schaute nicht aus dem Fenster, nicht einmal, um Onkel John einen Abschiedsgruß zuzuwinken. Richard war schon sehr früh zum Unterricht bei Dr. Pearce gegangen.

Niemand sah mir zu.

Ich war ganz allein.

Ich legte meinen Korb mit Sämlingen in den Schatten eines blühenden Johannisbeerbusches. Eine frühe Biene summte hoffnungsvoll auf ihrer Suche nach Pollen und Nektar um die ersten Blüten herum, und ich fühlte mich wie im Hochsommer. Meine Haut erschien mir wie warme Sahne, die im Sonnenlicht langsam zu schmelzen begann. Ich ging zum Gartentor, ohne daß ich einen einzigen Gedanken im Kopf gehabt hätte. Ich wollte irgendwohin, wo ich mich niederlegen und in den Tag hineinträumen konnte.

Ich ging die Auffahrt hinauf, wie ich es schon viele Male zuvor getan hatte. Aber dieses Mal ging ich nicht zum Herrenhaus. Vielleicht wartete der Traum dort wieder auf mich, aber es gab kein Singen, das mich in jene Richtung gerufen hätte. Ich wollte den Fenny sehen. Ich wollte neben dem Fluß liegen und ihn über die Steine rauschen hören. Ich wünschte mir, den Sonnenschein in leuchtenden Flecken auf seinen Fluten tanzen zu sehen. Ich wollte im flimmernden Spiel von Schatten und Sonne liegen und von dem jungen Mann träumen, der mich in seinen Armen gehalten hatte.

Ich ging den kleinen Pfad hinab, der zum Fischteich unserer Kindheit führte und geheimnisvoll und dunkel zwischen den hohen Bäumen des Waldes lag. Jetzt, wo das Unkraut zu sprießen begann, war es ziemlich schwierig, dort entlangzugehen. Während ich mich vorkämpfte, verfing sich ein Brombeerzweig in meinem Kleid. Aber als ich den tiefen Wald erreicht hatte, konnte ich leicht vorwärtskommen.

Die Waldtauben in den Ästen hoch über mir gurrten vor Liebessehnsucht, und die Drosseln in den niedrigeren Zweigen sangen ein langes, schönes, fließendes Lied, wie jemand, der ohne eine bestimmte Melodie und einen bestimmten Rhythmus auf einer Flöte spielt. Der weiche, braune, laubbedeckte Boden unter meinen Füßen war mit Waldanemonen wie mit einem weißen Sternenteppich zugedeckt, und am Ansatz der dicken Baumstämme wuchsen massenweise spitze, grüne Blätter, die sich später in üppige Kissen von Glockenblumen verwandeln würden. Das Land, angeblich verlassen und unfruchtbar, schwoll von Leben. Die Wälder, die in vierzehn Jahren nicht durchforstet oder veredelt worden waren, wuchsen üppig. Ich berührte eine Buche und fühlte die warme Borke unter meiner Hand. Dann ging ich den kleinen Weg zum Teich hinunter, zu Richards Teich, zu meinem eigenen Teich, den niemand sonst kannte.

Ralph war dort.

Natürlich war er dort.

Ohne daß ich es wußte, hatten mich meine Füße zu ihm hingetragen. Unbewußt hatte ich ihn die ganze Zeit lang gesucht. Ralph war dort.

Er saß auf dem Boden, gegen eine große Fichte gelehnt, die wie eine mächtige Säule in den blauen Himmel ragte. Er hatte seinen Filzhut tief in die Stirn gezogen. Ich stand ruhig da und beobachtete ihn, nahm an, er schliefe vielleicht. Er hatte seine Holzbeine zur Seite gelegt, und sein Körper sah jetzt, da er an den Knien endete, seltsam kurz aus, so als hätte er sich zum Spaß in das Laub hineingegraben.

Plötzlich wurde mir klar, daß er nicht jünger war als Onkel John, den ich mit der ängstlichen Ermahnung auf den Weg geschickt hatte, er möge sich nicht allzusehr anstrengen. Aber John war von einem Leben unerfüllter Sehnsüchte und Pflichten müde geworden, und Ralph hatte – bei allen Schmerzen, die er erlitten hatte, und bei allen Gefahren, durch die er hindurchgegangen war – nicht ein einziges Mal in seinem Leben anders gehandelt, als es ihm seine Gefühle und Wünsche vorschrieben.

Er schob den Hut in den Nacken; seine Augen waren offen. »Miss Julia«, sagte er, »ich wünsche Ihnen einen guten Tag.«

»Mr. Megson«, erwiderte ich förmlich, aber meine Stimme zitterte und verriet mich. Er sah mit einem Lächeln zu mir auf; sein Blick war warm und liebevoll. »Setzen Sie sich doch«, sagte er so höflich, als wäre er in einem Salon. »Der Boden ist gar nicht feucht.«

Ich raffte meine hellen Röcke seitlich zusammen und setzte mich neben ihn, in Reichweite, aber nicht zu nahe.

»Ich wildere«, sagte Ralph. »Möchten Sie zusehen, wie ich mir eine Forelle hole? Hat Ihnen das schon einmal jemand gezeigt, als Sie und Richard noch klein waren?«

»Nein«, sagte ich. »Niemand. Es gab nur meine Mutter und die Hausangestellten, natürlich.«

»Dort, den Weg hinunter, lebt ein ganzes Dorf von Wilddieben, die es Ihnen hätten zeigen können«, sagte Ralph. »Aber natürlich zählen die nicht.«

»Als wir klein waren, sind wir kaum jemals dorthin gegangen«, sagte ich halb entschuldigend. »Erst als ich mich mit Clary anfreundete, habe ich die Leute in Acre überhaupt kennengelernt. Für meine Mutter ist es immer noch ungewöhnlich, ins Dorf zu gehen, außer am Sonntag in die Kirche.«

»Wegen des Feuers?« fragte Ralph, als ob es sich um ein uninteressantes, weit zurückliegendes Ereignis handelte.

»Ja«, sagte ich. »Hinterher hatte sie immer Angst vor den Dorfbewohnern.«

Er nickte mit völlig gleichmütigem Gesicht. »Nicht nötig«, sagte er. »Jedermann in Acre hat Ihre Mutter respektiert. Die Leute wissen, was Ihre Mutter für sie zu tun versucht hat. Das Herrenhaus ist nur in Brand gesetzt worden, um die Macht der Laceys, die Macht von Beatrice und Harry, zu brechen, nicht um Ihre Mutter oder Ihren Onkel John anzugreifen.«

»Vielleicht hat meine Mutter das nicht ganz so klar gesehen«, entgegnete ich gereizt. »In jener Nacht wurde sie zur Witwe, mit Ländereien am Hals, die bankrott waren, und zwei

Kindern, die sie allein aufziehen mußte. Wenn Acre ihr wirklich keinen Schaden zufügen wollte, dann sah das Ergebnis zumindest ganz anders aus.«

Ralph lächelte mich an, nicht im mindesten durch meinen scharfen Tonfall aus der Fassung gebracht. »Oh, der Adel!« sagte er amüsiert. »Die Stimme des Adels!«

Dann wandte er sich von mir ab und rutschte nahe an den Teich heran. Ich war bereit, alles, was ich gesagt hatte, sofort zurückzunehmen, aber Ralph hatte es bereits vergessen.

»Sie müssen es so machen, daß die Forelle meint, Ihre Hand sei nichts anderes als kühles Wasser«, sagte er, als er sich über den Rand des Teiches lehnte. »Diese Fische haben eine sehr empfindliche Haut, und ich denke, sie wissen auch sehr genau, wie das Wasser riecht. Vor allem müssen Ihre Finger kalt und sauber sein. Bevor Sie anfangen, die Forelle zu berühren, lassen Sie Ihre Hand eine Zeitlang im Wasser.«

Ralph zog seine Jacke aus und breitete sie aus, damit ich mich darauflegen könnte. Dann rollte er die Ärmel hoch, wusch sich die Hände vorsichtig im Wasser des Teiches und rieb ein wenig Schlamm vom Ufer in seine Handflächen hinein. Ich schob meine Lacey-Manschetten bis über die Ellenbogen hoch und machte ihm alles ganz genau nach. Dann waren wir, die Hände im Wasser und die Augen unverwandt auf den Teich gerichtet, ein paar Minuten lang ganz und gar still.

Die kleinen Wellen auf der Wasseroberfläche beruhigten sich, und ich entdeckte darauf unser Spiegelbild. Das dunkle Wasser verwischte Ralphs scharfe Gesichtszüge, und er sah jetzt gar nicht mehr sehr viel älter aus als ich. Es glättete die dunklen Falten, die der Schmerz zu beiden Seiten seines Mundes gezogen hatte, und die dunklen, parallelen Furchen zwischen seinen Augenbrauen. Im flimmernden Sonnenlicht, das durch die knospenden Blätter über unseren Köpfen hindurchschien, sah er weder alt noch jung, sondern zeitlos aus: Er war so alterslos wie die großen Bäume um uns herum und so ewig jung wie die Erde, in der sie verwurzelt waren.

Ich dachte an die Legende, die im Dorf über den Rächer erzählt wurde: Daß er einer der dunklen Götter der Erde gewesen sei, der Beatrice mit sich fort in das Innere des Landes genommen habe. Mich fröstelte, als würde ein Eistropfen mein Rückgrat hinunterrinnen. Ich war im tiefsten, dichtesten Wald, ganz allein mit einem Mörder.

Ralph wandte seinen Kopf fast unmerklich zu mir um und starrte mich lange und ohne zu lächeln an. »Schauen Sie sich an«, flüsterte er, als wüßte er, was ich gedacht hatte.

Ich starrte noch einmal ins Wasser. Plötzlich wußte ich, warum John so blaß geworden war, als er mich gesehen hatte, und warum Ralph mich an jenem Tag im Dorf so angestarrt hatte.

Ich hatte niemals zuvor Beatrices Bild gesehen; ich wußte nur, daß ihr Haar kastanienrot und ihre Augen haselnußfarben und grün gewesen waren. Aber im Traum war mir ihr Gesicht und ihr geheimnisvolles Lächeln erschienen. Im Teich war die Farbe meines Haares und meiner Augen matter; ich war ihr so ähnlich wie eine Tochter. Meine Augen standen nicht so schräg wie Beatrices Augen, und mein Kinn war nicht so entschlossen wie das der Frau, die über das Land geherrscht hatte. Aber in meinem Spiegelbild im Teich erkannte ich dennoch ganz deutlich Beatrices Gesichtszüge.

»Sie brauchen keine Angst vor mir zu haben«, sagte Ralph sanft zu meinem Bild im Wasser. »Ich könnte wohl kaum vergessen, daß sie tot ist. Ich könnte wohl kaum vergessen, daß Sie ganz anders sind – wie sehr auch immer Sie ihr ähneln mögen. Und ich bin nicht ein Mann, der sich von Geistern verfolgen läßt.«

Wir schwiegen ein paar Minuten lang.

»Kalte Hände?« fragte er. Ich nickte. »Jetzt müssen Sie Ihre Hände unter dem Fischschwarm hindurchbewegen. Stellen Sie Ihre Hand so auf, wie die Fische selbst stehen.« Ralph bewegte, die Arme ausbreitend, seine Hände langsam an den Fischschwarm heran, wobei er mit blinden Fingerspitzen im

Wasser herumtastete. »Ich habe einen«, flüsterte er zufrieden. »Jetzt müssen Sie ganz still sein.«

Ich erstarrte gehorsam, und Ralphs Gesicht wurde vor Anspannung dunkel.

»Jetzt streichen Sie ihr unter dem Bauch entlang«, flüsterte er, kaum lauter als ein Atemhauch. »Sie müssen sanft, ganz sanft einen Finger unter ihrem Bauch entlanggleiten lassen. Sie mag das; sie wird dann ganz schläfrig, träumerisch, fast bewußtlos. Dann, wenn man merkt, daß sie schwerer wird und sich in die Hand hineinlegt, dann hält man sie mit zwei Fingern unter den Kiemen fest!«

Während er sprach, krampfte sich Ralphs Hand plötzlich fest zusammen, und er warf einen silbernen, glitschigen, keuchenden Fisch auf das Sandstück zwischen uns. Ich wich erschreckt zurück, aber Ralph lachte mir laut ins Gesicht. Er nahm einen Stein und versetzte der Forelle einen gezielten Schlag auf den Kopf. Plötzlich war das Tier ganz still, nur die Rückenflosse zitterte leicht.

»Sie lebt immer noch«, sagte ich ein wenig gequält.

»Nein«, meinte Ralph sanft, »das sind nur die Nerven. Sie ist wirklich tot.«

Ich betrachtete bewundernd die zarten, gefleckten Schuppen.

»Das nächste Mal machen Sie's«, kündigte Ralph an. »Sie hätten es auch mit dieser schon einmal probieren können. Aber es ist so lange her, daß ich zuletzt Forellen gefangen habe; ich konnte einfach nicht widerstehen.«

Ich lächelte und nickte, aber ich verstand kein Wort.

»Möchten Sie auch einmal Ihr Glück versuchen?« fragte Ralph. »Oder müssen Sie nach Haus?«

»Ich muß um drei Uhr zum Essen zu Haus sein«, sagte ich. Ralph rollte sich auf den Rücken und blinzelte durch das Gewirr der Zweige in die Sonne. »Sie haben noch eine halbe Stunde«, stellte er fest.

»Onkel John wird ohnehin spät kommen«, sagte ich. »Er ist

noch einmal nach Chichester gefahren, um mit den Rechtsanwälten zu sprechen. Er möchte wirklich das ganze Acker- und Weideland an Acre überschreiben lassen, wissen Sie.«

»Ja«, sagte Ralph. »Ich weiß. Ich mache mir Sorgen deshalb.«

»Ich dachte, Sie freuen sich, das zu hören«, äußerte ich schüchtern. »Ich dachte, Sie würden das als eine große Chance für Acre ansehen. Nicht nur von der Armut befreit zu sein, sondern auch für alle Zeiten von der Macht der Squires.«

Ralph lächelte mich an. »Aber so läuft es doch gar nicht, nicht wahr?« sagte er freundlich. »Acre ist keine Insel. Viele Männer und Frauen von Acre müssen das Dorf verlassen, um ihren Lohn zu verdienen, und sie kommen spät wieder zurück. Ich glaube nicht, daß irgend jemand sie davon überzeugen könnte, ihren Lohn in einen gemeinsamen Fonds einzubezahlen! So werden also die Klügsten und Besten der jungen Leute versuchen, das Dorf zu verlassen und draußen zu arbeiten, wo sie gut verdienen und ihr ganzes Geld für sich behalten können. Und dann sind da die Adligen ...« Er unterbrach sich.

»Sie sind nicht alle schlecht«, sagte ich.

Er lächelte mich noch einmal an. »Nein«, sagte er. »Sogar die Schlimmsten unter ihnen können sehr charmant sein. Aber sie haben die Macht. Wenn Acre erfolgreich wäre, dann würden sie jene Macht gegen das Dorf einsetzen, daran zweifle ich nicht. Sie würden irgendwo in den Büchern ein Gesetz finden, das besagt, daß das ganze Projekt illegal sei. Oder wenn sie kein Gesetz fänden, dann würden sie ganz schnell eines machen. Man kann nicht das ganze Land verändern, indem man einem einzigen kleinen Ort zu seinen Rechten verhilft.«

»Es könnte ein Anfang sein«, sagte ich ernst. Ich rollte herum und lag auf dem Bauch, die Hände unter dem Kinn, so daß unsere Köpfe sich ganz nahe waren. »Wenn unser Projekt hier erfolgreich wäre, dann würden die Menschen vielleicht auch an anderen Orten dasselbe versuchen.«

»Ja«, sagte Ralph. »Und selbst, wenn es nur eine kurze Zeit

lang Erfolg hätte, dann wäre es gut, sagen zu können, wir haben es versucht, und gut zu wissen, warum es gescheitert ist. Wenn der Adel seine Versprechungen nicht hielte, dann wäre dies eine wichtige Lektion für die Menschen, die unsere Pläne nachahmen wollen.« Er seufzte schwer. »Ich bin hin- und hergerissen«, gab er zu. »Ich weiß im Grunde jetzt schon, daß es nicht klappen wird. Der Erfolg des Plans hängt von den Launen des Squire ab. Solange das Land nicht dem Dorf allein gehört, hängt es vom Willen des Squire ab, ob die Menschen im Wohlstand leben. So ist also die Macht der Laceys über Acre ungebrochen. Ich selbst würde keinem Menschen so viele Rechte einräumen. Es ist genau so natürlich, Macht zu mißbrauchen, wie es natürlich ist zu atmen. Das trifft für alle Menschen zu, für jeden Mann und für jede Frau. Und wenn man so aufgewachsen ist, daß man Macht hat, und zudem in einer Gesellschaftsschicht lebt, die einem erlaubt, nein, einen ermutigt, diese Macht zu mißbrauchen, dann wird man unweigerlich korrumpiert. Man kann sich dem einfach nicht entziehen!«

»Glauben Sie, daß *ich* auch korrupt bin?« fragte ich unsicher. Ralph hatte bisher in die Zweige über seinem Gesicht gestarrt; jetzt drehte er sich zu mir um und sah mich lächelnd an. »Natürlich«, meinte er sanft. »Ich beleidige Sie nicht, wenn ich das sage. Aber Sie kommen aus der Adelsschicht, und Sie sind daran gewöhnt, jeden, der ärmer ist als Sie selbst, zu beherrschen. Sie müßten nur einmal im Herrenhaus leben und ein Kind haben, für das Sie sorgen müssen, und vielleicht ein paar schlechte Ernten und wenig Geld. Dann würden Sie das tun, was jeder andere auch täte: Sie würden versuchen, alle Geldquellen zu nutzen. Und dann wäre da Acre, und Sie wüßten, daß sich die Leute von den Profiten, die Sie seit Generationen als Ihre eigenen betrachten, einen Teil fortnehmen. Ich glaube nicht, daß Sie böse sind, aber eine Heilige sind Sie auch nicht. John hat sehr erhabene Vorstellungen darüber, was Menschen vermögen oder auch nicht vermögen. Aber nicht einmal ihm würde ich trauen, wenn er sein ganzes Geld verlöre und arm und bedrängt wäre.«

»Sie werden es also nicht machen?« fragte ich.

Ich war enttäuscht – enttäuscht, weil Onkel John so viel Hoffnungen in die Veränderungen in Acre setzte, und weil Acre wohl niemals das Dorf werden würde, in dem die Tradition von Grausamkeit und Härte gegen die Armen gebrochen werden könnte. Ich hatte zudem auch Angst um meine eigene Zukunft, denn wenn Ralph Megson es nicht schaffte, Wideacre zu verwalten, dann würden John und meine Mutter wahrscheinlich darauf bestehen, daß es verkauft werden müßte.

Ralph setzte sich auf und lachte kalt. »Ich werde es tun«, sagte er. »Ich habe die Macht der Laceys gebrochen, und ich muß alles daransetzen, um die Dinge zum Besseren zu wenden. Ich habe immer gewußt, es ist leichter, etwas niederzureißen, als es aufzubauen, aber aufbauen, das ist es, was ich eigentlich will.

Ich werde dem Plan zustimmen. Und wenn ich einen Fehlschlag erleide, wenn *wir* einen Fehlschlag erleiden, dann werde ich das große Vergnügen haben, sagen zu können, ich hatte recht!«

Ich setzte mich auf und umarmte ihn voller Freude. »Oh, ja!« rief ich. »Aber es wird nicht fehlschlagen! Sie denken, alle Squires wären schlecht, aber Richard würde sich gewiß an einen Vertrag mit Acre halten, und John und ich sind ja auch noch da! Und Sie werden mithelfen, den Plan zu verwirklichen, und alles wird gut werden!«

Ralph lächelte über meine Begeisterung, schlang seinen Arm um meine Taille und drückte mich an sich, aber sein Gesicht war immer noch hart und verschlossen. »Ich kann nicht anders«, sagte er, »ich muß sie noch einmal hinaus in die Ungewißheit führen.«

Ein Eisvogel kam wie ein blauer Funke pfeilschnell das kleine Bächlein heraufgeschossen und flitzte hinüber zu einer Mulde im Ufersand. Wir waren ganz still, und einen Moment lang bemerkte er uns nicht, sondern saß am Rand der Mulde und sah uns aus seinen dunklen, leuchtenden Augen an. Dann senkte er den Kopf und schoß, begleitet von seinem türkisfarbenen Schatten, ganz nahe über dem Wasser den Bach entlang.

Ralph betrachtete ihn still. Ich saß ebenfalls wie erstarrt, aber nicht wegen des hübschen Flußvogels. Ralph hatte seine Hand um meine Taille gelegt; mein Arm lag auf Ralphs Schulter. Unsere beiden Körperseiten berührten sich. Ich hatte ihn in einem Moment der Freude umarmt, und er hielt mich fest. Ein träumerisches Gefühl der Freude erfüllte mich, und ich hätte ewig neben ihm sitzenbleiben können.

Ralph ließ seine Hand fallen, schüttelte sich und blickte in den Himmel hinein. »Sie sollten besser gehen«, sagte er. »Sie möchten doch nicht, daß sie sich Ihretwegen Sorgen machen. Wollen Sie die Forelle mitnehmen?«

»Sie haben sie gefangen«, sagte ich, »Sie sollten sie auch behalten.«

»Ich habe sie in einem Lacey-Teich gefangen, auf Lacey-Land, unter einem Lacey-Himmel«, sagte Ralph, »aber ich bin doch froh, daß ich durch ein bißchen Wilddieberei an ein gutes Abendessen gekommen bin. Vielen Dank.«

Er wickelte die Forelle sorgfältig in ein paar Rübenblätter und steckte sie, als ich aufstand, in seine Jackentasche. Meine Knie zitterten, aber ich wollte es ihn nicht merken lassen. Mein Gesicht brannte. Er war ein einfacher Mann, alt genug, um mein Vater zu sein. Und ich hatte meinen Arm um seine Schulter gelegt und war dann nicht vernünftig genug gewesen, ihn sofort wieder zurückzuziehen.

Ich stand daneben, als er sich zu seinen Holzbeinen hinüberschwang. Er zog die Beine der Reithose hoch und strich sie vorsichtig über seine gereizten Beinstümpfe, bevor er sie in die hölzernen Röhren schob. Er verzog das Gesicht; als er die künstlichen Beine angelegt hatte, standen kleine Schweißtropfen auf seiner Stirn.

»Tun sie sehr weh?« fragte ich. Ich hatte einen verstohlenen

Blick auf seine Beinstümpfe geworfen; sie sahen aus, als wären sie mit siedendheißem Teer verätzt worden. Alte Wunden, die durch das tägliche Reiben an den Holzbeinen immer wieder gereizt wurden.

»Teuflisch«, sagte Ralph kühl. »Aber ich bin froh, daß ich überhaupt überlebt habe.«

Ich wollte ihn fragen, wie der Unfall denn geschehen sei, aber ein Schauder lief meinen Rücken entlang, und ich schwieg. Ich sah zu, wie er sich an einen Baumstamm lehnte und sich daran emporschob, bis er aufrecht stand. Es war nicht leicht, und nachdem er es geschafft hatte, schienen die Falten in seinem Gesicht tiefer geworden zu sein.

»Sie können mir mein Pferd bringen«, sagte er, und es klang, als wolle er mir mit der Bitte einen Gefallen tun.

Ich band die Stute los, die er von den Midhurst-Ställen geliehen hatte, brachte sie zu ihm hinüber und stellte mich dann etwas unbeholfen neben ihren Kopf. Es war mir nicht klar, wie er in den Sattel kommen wollte. Sie war nicht sehr hoch, sogar ich hätte einfach aufsitzen können, aber ich hatte gesunde Beine und Knöchel und Knie, mit denen ich springen konnte. Ich hielt ihren Kopf und wartete.

Ralph ergriff den Knauf und den Schwanzriemen des Sattels und zog sich an dem Pferd hoch, bis er auf gleicher Höhe mit dem Sattel war. Dann schwang er ein Bein hinüber. Er lächelte freundlich zu mir herunter.

»Sie können gut mit Pferden umgehen«, sagte er, da er beobachtet hatte, daß ich sicher und ohne Angst neben ihr stand. »Im Dorf erzählt man sich, Sie könnten reiten wie Beatrice.«

Ich zuckte die Achseln, betrübt über die vielen Ähnlichkeiten zwischen mir und der Hexe von Wideacre.

»Merkwürdig, daß Sie kein eigenes Pferd haben«, fuhr er fort.

»Onkel John wollte uns Pferde besorgen«, sagte ich. »Eins für Richard und ein eigenes Pferd für mich. Aber es gab auf dem Markt von Chichester nichts Passendes, und jetzt ist der ganze Kauf verschoben worden.«

Ralph zog eine lustige Grimasse, als wollte er ein weinendes Baby aufheitern. »Ich werde sehen, was ich tun kann«, sagte er, und dieses halbe Versprechen von Ralph war mehr wert als ein mit Blut geschriebener Vertrag von irgendeinem anderen Mann. »Vielen Dank für meine Forelle, Miss Lacey«, meinte er spöttisch. Ich trat noch näher an seine Stute heran, als wollte ich ihren Hals klopfen. In Wahrheit wollte ich Ralph nahe sein. Als ich die Schulter des Pferdes streichelte, nahm er meine Hand und küßte sie so sanft, als würde der Flügel eines kleinen Vogels mich streifen. »Einen schönen Tag wünsch' ich Ihnen«, sagte er freundlich. »Einen schönen Tag.«

Er wendete sein Pferd, und schon war er im fleckigen Hell und Dunkel des Waldes verschwunden. Ich konnte nur noch das Klirren des Zaumzeugs hören. Ich blieb, von der Sonne geblendet, am Teich zurück und beobachtete das Flackern von Licht und Schatten auf der braunen Oberfläche. Dann strich ich mein Kleid sehr sorgfältig glatt, band mir meinen Hut wieder um und machte mich auf den Heimweg.

Aber ich war nicht glücklich. Ralph mochte jetzt mit seiner frischen Forelle in der Tasche zufrieden sein. Aber Ralph war ein schlichter, einfacher Mann. Er war Beatrices Liebhaber und ihr Mörder gewesen, und es freute ihn, daß er auch mir gefiel: Er hatte gelächelt, als ich mich nahe zu ihm setzte. Und ich? Wenn ich mit ihm zusammen war, dann hatte ich das Gefühl von Geborgenheit. Aber wenn er fortritt und mich allein ließ, dann fühlte ich mich einsam und verloren. Die alte Angst des Traumes kam zurück. Das süße Summen von Wideacre klang jetzt eher wie eine Warnung. Ich konnte nicht in beiden Welten leben. Ich konnte nicht die brave Tochter meiner Mutter sein und zugleich das traumverlorene, leidenschaftliche, unbekümmerte Mädchen der Wälder von Wideacre. Ich konnte nicht sowohl eine Adlige sein als auch ein Mädchen, das seinen Arm um die Schultern eines Landarbeiters legte. Ich konnte nicht frei und ich selbst sein und zugleich die junge Dame des Hauses. Auf dem Heimweg blinzelte ich in das helle

Sonnenlicht. Der goldene Faden der Sehnsucht, der mich hinausgezogen hatte in die Wälder, erschien mir jetzt wertlos, zerrissen und verworren.

Onkel John kam nach dem Mittagessen von Chichester zurück, lächelnd, aber blaß. »Ich glaube, ich habe eine Kompromißlösung gefunden«, sagte er.

»Nicht jetzt«, meinte meine Mutter mit fester Stimme. »Jetzt mußt du dich ausruhen.«

Er lachte ein wenig über ihren herrischen Ton, ging aber tatsächlich in sein Schlafzimmer hinauf. »Ich erwarte nach dem Abendessen Mr. Megson in der Bibliothek«, sagte er zu Richard, der mit mir zusammen in der Halle stand und seinen Vater dabei beobachtete, wie er sich mit weißen Fingerknöcheln am Treppengeländer hinaufzog.

»Richard soll gehen und es ihm sagen«, meinte meine Mutter. »Aber sag Mr. Megson, er solle nicht später als neun Uhr kommen, und erkläre ihm, daß John nicht den ganzen Abend lang mit ihm diskutieren kann, Richard.«

»Sag ihm einfach, daß ich ein Baby bin, das spätestens um elf Uhr wohlversorgt in seinem Bettchen liegen muß!« ergänzte Onkel John mit einem Seitenblick auf meine Mutter. »Und sag, daß er Celia rufen soll, wenn er meinetwegen irgendwelche Fragen hat!«

Meine Mutter lachte leise, hielt seinen Arm aber weiterhin fest und geleitete ihn in sein Zimmer.

Richard blickte ihnen mit mürrischem Gesicht nach. »Willst du auch mitkommen?« fragte er.

Ich schüttelte den Kopf. Ich wollte plötzlich gern das Mädchen sein, das zur Teezeit hinter dem Samowar steht, die junge Dame des Hauses, die im Wohnzimmer über ihrer Stickarbeit sitzt. Die keimenden Pflänzchen, die ich so achtlos im Garten zurückgelassen hatte, als ich davongerannt war, waren verwelkt, aber vielleicht würden sie sich erholen, wenn man sie ins Wasser tauchte und ins Kühle stellte. Ich wollte im vorderen Wohnzimmer sitzen und mit meiner Mutter plaudern. Plötzlich gefiel mir die helle Sonne nicht mehr, die vor dem Fenster schien, und auch nicht der Duft des süßen Grases und die Sommerhitze. »Nein«, sagte ich. »Mutter möchte gern, daß ich zu Haus bin. Ich werde drinnen bleiben.«

Richard sah mich kurz und prüfend an. »Das sieht dir gar nicht ähnlich«, sagte er. »Es sieht dir gar nicht ähnlich, daß du nicht mit mir zusammen nach Acre hinuntergehen möchtest.«

»Nein«, sagte ich matt. Ich war so müde, daß mir nicht einmal der leise Ärger in Richards Stimme etwas ausmachte. Er hatte sich sicher nicht vorstellen können, daß er einmal vernachlässigt werden würde. Und wenn es so wäre, dann würde ich es am nächsten Tag tausendfach wiedergutmachen. Ich wollte nicht den Gang nach Acre und das gleißende Sonnenlicht noch einmal auf mich nehmen, und ich wollte Ralph jetzt nicht sehen, wie er dort in seinem engen Cottage saß, während Becky Miles ihn bediente und Richard mich beobachtete.

»Ich werde heute nachmittag drinnen bleiben«, sagte ich noch einmal. Das vordere Wohnzimmer erschien mir jetzt wie ein Zufluchtsort, und ich hoffte, die Gesellschaft meiner Mutter würde mich vor Beatrice und vor der Ekstase schützen, die ich im Traum in Ralphs Armen empfunden hatte.

»Also gut«, sagte Richard. »Wenn du plötzlich dein Herz fürs Sticken entdeckt hast, dann werde ich dir das nicht ausreden. Ich werde mit ihm Tee trinken, wenn er mich darum bittet. Ich bin gespannt, ob er seinen Habicht schon hat.«

»Nein, noch nicht«, sagte ich und hätte mir am liebsten auf die Zunge gebissen. Ich wußte instinktiv, daß Ralph sich niemals draußen bei den Forellen aufgehalten hätte, wenn sein Habicht gerade eingetroffen wäre.

»Woher weißt du das?« fragte Richard. Er sah mich durchdringend an, und ich fühlte, wie ich unter seinem Blick errötete.

»Mrs. Gough hat es mir gesagt«, log ich. »Sie hat in der letzten Nacht bei ihrer Schwester in Acre geschlafen. Sie sagt, die Postkutsche aus London sei gestern ausgefallen; also kann der Habicht noch gar nicht angekommen sein.«

Richard nickte, als glaubte er mir, aber ich sah in seinen blauen Augen einen Schatten des Zweifels. Er entschied sich aber, die Sache für den Augenblick auf sich beruhen zu lassen. »Sag Mama-Tante, daß ich zum Abendessen zurück sein werde«, meinte er.

Ich nickte. Er beugte den Kopf, um mich zum Abschied auf die Lippen zu küssen, aber ich wandte mein Gesicht ab, und sein Mund berührte statt dessen nur meine Wange. Er machte einen Schritt zurück und sah mich neugierig an, sagte aber kein Wort. Dann wandte er sich zur Eingangstür, und ich ließ ihn gehen.

Ich ging zum Fenstersitz im Wohnzimmer und sah ihn die Auffahrt hinunterlaufen. Jetzt, da er kräftiger geworden war und seine Beine weniger lang wirkten, erschien er mir nicht mehr wie ein ausgelassenes Fohlen. Die Wohnzimmertür öffnete sich, und meine Mutter kam herein.

»Oh, gut!« sagte sie, als sie sah, daß ich auf sie wartete. »Ich wollte gern, daß du mit mir zusammen einen neuen Brokatstoff für die Stühle und für die Vorhänge im Wohnzimmer aussuchst.«

Ich ging zu ihr hinüber und umarmte sie liebevoll. »Du weißt, daß ich gar kein Auge für Farben habe«, sagte ich, »ich werde dir einfach in allem zustimmen. Ich möchte heute nachmittag lieber im Haus arbeiten, Mama«, sagte ich, »und ich würde mich freuen, wenn du auch morgen für mich irgendeine Arbeit findest, die man drinnen erledigen kann. Die Sonne hat meine Augen sehr gereizt, und ich bin ein wenig erschöpft.«

Sie blickte mir mit ihren liebevollen braunen Augen prüfend ins Gesicht. »Ich hatte auch den Eindruck, du seist nicht wirklich du selbst«, sagte sie gütig, »als du beim Essen so ärgerlich warst. Was ist denn eigentlich los, mein Liebes?«

»Es ist …« Ich zögerte. Und dann sprudelte es plötzlich aus

mir heraus. »Es ist, seitdem ich mein Haar hochgesteckt habe und Onkel John heimgekommen ist und ich ihn so sehr an Beatrice erinnert habe, Mama. Alle Leute in Acre, sogar Mrs. Gough und Stride, sehen mich an, als würden sie in mir Beatrice wiedererkennen. Ich fühle mich so seltsam dabei. Und sie war nicht einmal eine besonders freundliche Frau, nicht wahr?«

»Nein!« sagte meine Mutter sofort. »Sie war vieles, aber freundlich war sie nie. Es gibt so viel, was ich dir über sie erzählen sollte, mein Liebes. Aber nicht, während wir hier auf Wideacre sind. Nicht, solange hier so viele Menschen um uns herum sind, die immer noch so viel Not leiden. Du bist mit Beatrice nahe verwandt, aber du bist *meine* Tochter. Jede Ähnlichkeit zwischen ihr und dir rührt daher, daß auch du den Stolz der Laceys geerbt hast und mit hoch erhobenem Kopf durch die Welt gehst. Alles andere ist Einbildung und das Geschwätz eines kleinen Dorfes, wo niemand weitere Reisen als nach Chichester macht und wo es lange Nächte gibt, in denen man Zeit hat, Unsinn zu erfinden und sich mit Geistergeschichten gegenseitig halb zu Tode zu ängstigen.

Du bist *mein* Kind«, sagte sie entschieden. »Wie auch immer dein Stammbaum aussehen mag – ich selbst habe dich erzogen. Der Geist von Beatrice verfolgt mich nicht, und er muß auch dich nicht verfolgen. Und überhaupt«, stellte sie fest, »bist du ein heranwachsendes junges Mädchen, meine Liebe, und das sind die launischsten Geschöpfe auf der ganzen Welt. Meine Schwester war allerdings in deinem Alter tausendmal schlimmer als du. Sie hat einmal mit einem Teller nach einem Diener geworfen. Meine Mutter hat sie dafür peitschen lassen. Du wirst es lernen müssen, deine Stimmung und deine Zunge im Zaum zu halten, selbst wenn dir gar nicht danach zumute ist.«

Sie legte schützend ihren Arm um mich. Ich schloß die Augen und schnupperte das süße Blumenwasser, das sie sich immer in die Haare und in die Seidenwäsche spritzte. Wir saßen eine lange, lange Zeit am Erkerfenster, bis die Sonne hinter den höheren Bäumen des Parks verschwand. Endlich beruhigten sich meine Gefühle, und mein Herz klopfte wieder still und gleichmäßig. Nach dem Tee im Wohnzimmer – Onkel John war nicht dabei, und auch Richard war noch nicht heimgekommen – befahl meine Mutter Stride, ein kleines Tablett fertigzumachen, mit einem süßen Brötchen, ein wenig Marmelade und Sahne, ein paar Makronen und einer Kanne frisch aufgebrühten indischen Tees (ganz so, wie Onkel John ihn mochte, stark und schwarz und ohne Sahne, Zitrone oder Zucker) und trug es selbst in die Bibliothek. Sie zog die Tür hinter sich zu, aber ich hörte noch, wie Onkel John meine Mutter leise und freundlich begrüßte und wie sie ihm dann irgend etwas erklärte oder ihn etwas fragte. Ich nahm an, daß sie über mich sprach, und ich schloß sorgfältig die Tür, damit ich nicht in Versuchung käme zu lauschen. Ich setzte mich auf meinen Stuhl im Wohnzimmer. Der Samowar stand leise summend auf dem Tisch, und ich sehnte mich danach, das sittsame junge Mädchen zu sein, das meine Mutter sich wünschte: die gehorsame Tochter, die nur deshalb ein wenig wild und ungebärdig war, weil sie mit ihrem heranwachsenden Cousin weit ab von der guten Gesellschaft auf dem Lande heranwuchs.

Ich öffnete nicht die Augen, auch nicht, als die Teesachen abgeräumt wurden. Es war nicht Stride, der im Wohnzimmer bediente, sondern Jenny Hodgett von Lodge Gate, die im Herrenhaus von Havering ihre Ausbildung erhalten hatte und jetzt wieder auf Wideacre arbeitete. Jenny räumte so leise wie möglich den Tisch ab und nahm den Samowar fort, ohne mich zu stören. Ich hörte gerade noch, daß sich hinter mir die Tür schloß, und muß dann wohl eingeschlafen sein, denn als ich meine Augen wieder öffnete, stand meine Mutter vor mir; sie und Onkel John waren wohl schon eine Zeitlang im Zimmer gewesen.

»Müde, mein Liebes?« fragte sie sanft.

»Ein wenig«, antwortete ich und lächelte über ihr besorgtes Gesicht.

Meine Mutter nickte und ging zu ihrem vertrauten Platz am Kamin, in dem jetzt ein kleiner Topf mit blassen Pfingstrosen stand, die ich im Garten von Wideacre Hall ausgegraben und in der Zimmerwärme zum Blühen gebracht hatte.

»Ich habe mit deinem Onkel über die Pläne gesprochen, die er mit uns hat«, sagte sie. »Und ich habe auch ein paar eigene Ideen!«

»Haben die Chichester-Notare dir weiterhelfen können?« fragte ich höflich. »Können sie irgendwelche Garantien für Acre anbieten?«

»Ja«, sagte meine Mutter. »Der Erbe von Wideacre und das Dorf Acre müssen beide gleichermaßen durch einen Vertrag gebunden werden, und beide Seiten müssen zu einem Sparplan beitragen. Beide Seiten können aber auch davon zurücktreten; der Fonds selbst wird in den Händen von Acre liegen. Und wenn Wideacre innerhalb von fünf Jahren verkauft wird, dann wird ein proportionaler Anteil des Profits als Entschädigung an das Dorf selbst ausgezahlt werden.«

Ich nickte. »Wird Onkel John Mr. ... Mr. Megson fragen, was er davon hält?« fragte ich. Ich zögerte, als ich Ralphs Nachnamen aussprach; er schien mir aus meinem eigenen Mund sehr seltsam zu klingen.

»Natürlich«, sagte meine Mutter. »John denkt, Mr. Megson spielt eine entscheidende Rolle dabei, ob man Acre für den Plan gewinnen kann. Es wird nur klappen, wenn wir alle, Mr. Megson, Richard, du und ich dazu bereit sind, sehr hart zu arbeiten, bis das Dorf wieder in gutem Zustand ist«, sagte sie. »John möchte, daß ich die Verantwortung für die Gesundheit und Erziehung der Dorfkinder und der Säuglinge übernehme. Richard soll den Wiederaufbau des Herrenhauses beaufsichtigen, und John möchte, daß ihr beide Mr. Megson bei seiner Arbeit helft.«

Ich sagte nichts, sondern sah sie nur mit großen Augen an.

Sie lächelte ein wenig. »Ich weiß, was du denkst«, sagte sie. »Du denkst, ich hätte mich doch auch bisher niemals um Acre gekümmert. Ich hätte doch eigentlich Angst vor dem Dorf und hätte niemals mit den Dorfbewohnern etwas zu tun haben wollen. Das war in der Vergangenheit so, aber es muß sich ändern. Vieles auf Wideacre muß sich ändern, wenn dieses Experiment gelingen soll.

Ich habe nicht immer Angst vor Acre gehabt«, erzählte sie. »Ein Jahr lang, zwei Jahre lang habe ich sehr stark am Leben der Dorfleute Anteil genommen. Jetzt habe ich ihnen etwas Handfestes anzubieten, mehr als bloße Sympathie. Ich möchte ins Dorf zurückgehen und helfen, alles wieder in Ordnung zu bringen, so wie ich es früher getan hätte, wenn wir ausreichend Geld gehabt hätten.«

Ich betrachtete sie respektvoll. Das war eine Seite meiner Mutter, die ich vorher, als ich sie nur als die ängstliche Witwe im Dower House gekannt hatte, finanziell abhängig von der Großzügigkeit ihres Stiefvaters und den Geldgeschenken ihres Schwagers, niemals gesehen hatte. Meine Gedanken müssen sich in meinem Gesicht gespiegelt haben, denn sie lächelte amüsiert.

»Ich weiß wohl, Julia, daß du meinst, niemand außer dir und Richard kenne das Land! Aber ich versichere dir, daß ich nicht ganz und gar unfähig bin!«

»Überhaupt nicht, Mama!« sagte ich hastig und ein bißchen unehrlich. »Aber was soll ich denn nach Onkel Johns Meinung tun? Und wann fange ich an?«

»Du kannst sofort anfangen«, sagte meine Mutter ruhig. »Und ich ebenfalls. Mr. Megson wird heute abend hierherkommen, und wenn er den Vorschlägen zustimmt, dann werde ich morgen ins Dorf hinuntergehen und mit Dr. Pearce über die Wiedereröffnung der Dorfschule sprechen. Du und Richard und Mr. Megson, ihr werdet entscheiden müssen, was als erstes mit den Acker- und Weideflächen geschehen soll. Wie steht es denn jetzt mit dem Pflügen und Säen?«

»Zu spät für dieses Jahr«, stellte ich fest. »Aber wenn Onkel John Rüben pflanzen und auch ein paar neue Obstsorten ausprobieren will, dann könnten wir dafür sorgen, daß sie im nächsten Jahr Früchte tragen.«

Meine Mutter sah mich prüfend an. Sie hatte meine Ausbildung überwacht, mir die Buchstaben und die Namen von Vögeln und Blumen beigebracht. Sie hatte mich über Richards Schulter hinweg Griechisch und Latein lernen sehen. Sie wußte sehr gut, daß niemand mir jemals beigebracht hatte, wann das Land zur Aussaat gepflügt werden sollte, und daß ich niemals auf Wideacre ein Pfluggespann gesehen hatte. »Woher weißt du das?« fragte sie leise.

Ich sah ihr ehrlich in das ängstliche Gesicht. »Ich weiß es nicht«, antwortete ich wahrheitsgemäß. »Es ist eben so.«

Sie nickte, als würde dies einen Eindruck bestätigen, den ihr John schon mitgeteilt hatte. »Man könnte darüber jetzt lange diskutieren«, sagte sie in gleichmütigem Ton, »und ebenso über deine Ähnlichkeit mit Tante Beatrice. Aber es ist von *entscheidender* Bedeutung, Julia, daß du dir nicht allzu viele Gedanken darüber machst. Dein Onkel John glaubt, daß du die Fähigkeit der Laceys, Ackerbau zu betreiben, geerbt hast. Alles gut und schön. Aber fang jetzt nicht an, dir Sorgen zu machen, daß du deshalb gleich wie deine Tante Beatrice bist. Du bist *meine* Tochter, und insofern kannst du dich um die Landwirtschaft kümmern, genau wie ich mich im kommenden Jahr um die Schule kümmern werde. Wir werden alle zum Wohle von Wideacre arbeiten müssen.«

Ich strahlte sie an. Ich hatte ein wunderbares Gefühl des Heimkommens, der Sicherheit und des Wachstums. Endlich konnte ich meinen eigenen Lebensweg deutlich erkennen. Wenn ich keine Angst mehr vor dem Traum und keine Angst mehr vor Beatrice zu haben brauchte und auf Wideacre leben und arbeiten konnte, dann würde ich ein erfülltes Leben führen.

9

Ich freute mich so sehr auf die Arbeit wie ein Schäferhund, der von seinem Herrn ausgebildet wird, und die Stunden im Garten, im Wald und im Wohnzimmer, die ich so träge und träumerisch zugebracht hatte, waren für lange Zeit vorbei. Von jenem Abend an, als Onkel John und Ralph Megson die Hände über einem Vertrag schüttelten, der vorsah, daß die Profite zwischen Herren und Arbeitern geteilt werden sollten, gab es für uns keine freie Zeit mehr.

Richards Tagesablauf allerdings veränderte sich kaum, denn Onkel John bestand darauf, daß Richards Ausbildung fortgesetzt wurde, und so ging mein Cousin wie jeden Morgen zu Dr. Pearce.

»Du willst doch später vielleicht die Universität besuchen«, sagte Onkel John mit fester Stimme, als Richard protestierte. »Und ohnehin: Ein junger Mann, der später einmal mit mir zusammenarbeiten will, muß eine gewisse Bildung haben.«

So ging Richard also jeden Morgen mit seinen Büchern den Weg nach Acre hinunter und kam nicht vor dem Abendessen wieder zurück. Manchmal war es sogar noch später. Die Zeit der Spannungen zwischen ihm und meinen Freunden, den Dorfkindern, schien vorbei zu sein. Richard sonnte sich in dem Ruhm, der zukünftige junge Squire zu sein. Die Dorfmädchen wurden feuerrot, wenn er an ihnen vorbeiging, und knicksten mit gesenkten Köpfen, aber emporblitzenden Augen. Die Freundinnen meiner Kindheit, früher zerzaust und schmutzig, waren jetzt junge Frauen, die ihre neuen Kleider vorführten und immer irgend etwas in der Nähe des Pfarrhauses zu tun hatten, wenn Richard gerade ankam oder wieder heimging.

Jedesmal, wenn Richard den Einspänner nach Midhurst lenkte, hielten sich im Dorf auch ein paar Mädchen auf, die genau an jenem Tag dort eine wichtige Angelegenheit zu erledigen hatten. Und immer, wenn er nach Chichester fuhr, brachte er eine Handvoll Schleifen als Geschenke für sie mit. Auch die jungen Männer des Dorfes mochten ihn. Die alten, bösen Vorbehalte waren durch Ralphs Heimkehr wie weggeblasen. Und obwohl die Mädchen Richard geradezu vergötterten, waren die Jungen nicht neidisch. Richard war unerreichbar, und er schien zudem nicht sonderlich interessiert zu sein. Der Grund dafür war, so meinte ich, daß er nur mich liebte und sich als verlobt betrachtete. Aber Onkel John behauptete, Richard wäre für die Dorfmädchen wohl eher zu jung.

»Tritt er im Dorf denn nicht ziemlich arrogant auf?« fragte meine Mutter.

Onkel John schüttelte den Kopf, aber er schaute zu mir herüber, um zu sehen, was ich dazu meinte.

»Oh, nein«, sagte ich. »Er versucht vielmehr, sich beliebt zu machen. Man würde ihm außerdem alles nachsehen, da er Onkel Johns Sohn ist!«

Das war richtig. Für das Dorf, daran gewöhnt, daß auf jedes gesunde heranwachsende Kind vier Kinder starben, war Dr. MacAndrew ein Himmelsgeschenk. Onkel John hielt jede Woche eine kostenlose Sprechstunde ab. Die schmalgesichtigen Frauen brachten ihre weinenden Babys zu ihm, und Onkel John zog ihnen ihre verlauste Kleidung aus, betastete die mageren Körperchen und hörte ihre Schmerzensschreie – Schreie, die von langen Zeiten des Hungers herrührten.

»Wird er's schaffen?« fragte Margery Sharp Onkel John, als ich eines Morgens in der sonnendurchfluteten Sakristei der Kirche, wo er sich ein provisorisches Sprechzimmer eingerichtet hatte, auf seine Anweisungen wartete.

»Ja«, antwortete Onkel John freundlich.

Ihre harten Augen füllten sich mit Tränen, so als hätte Onkel John ihr gerade eben erst beigebracht, wie man weint. »Ich dachte, er würde sterben«, sagte sie erschöpft, »alle anderen sind ja auch gestorben.«

»Wie viele?« fragte John sanft, während er die kleinen Hände und Füße hin- und herbog. Der Junge war ungefähr acht Monate alt, winzig und mager; seine kleinen Rippen zeichneten sich deutlich ab. Seine Haut war mit Floh- und Wanzenstichen bedeckt und von einem Ausschlag fleckig. Er stank. Er war über und über mit getrockneten Exkrementen und Urin beschmutzt. Onkel John hielt ihn mit liebevollen Händen fest, ganz so, als wäre seine Haut aus Seide.

»Vier!« sagte sie. »Nein, fünf!«

Ich sagte nichts, zuckte aber zusammen vor Entsetzen darüber, daß eine Frau tatsächlich vergessen konnte, wie viele Babys sie zu Grabe getragen hatte!

»Das letzte hat nur einen Tag lang gelebt«, erklärte sie. »Ich hatte nicht einmal Zeit, ihr einen Namen zu geben oder sonst irgend etwas.«

»Keine Taufe?« fragte Onkel John, da er wußte, was das für eine Frau aus dem Dorf bedeutete.

Sie nickte. »Dr. Pearce hat sie getauft«, sagte sie. »Dr. Pearce hat sie für mich getauft, denn er wußte, ich hätte es nicht ertragen, sie in der Hölle zu wissen. Er taufte sie, obwohl sie schon tot war. Wirklich, ein guter Mann.«

»Ja, in der Tat, ein guter Mann«, stimmte John zu. »Also, meine liebe Mrs. Sharp, jetzt werde ich Ihnen erklären, was Sie zu tun haben. Erst einmal müssen Sie den kleinen Kerl hier sauber anziehen. Gehen Sie in das Schulzimmer zu Lady Lacey. Sie wird Ihnen geben, was Sie brauchen. Er darf vor allem nicht in Tücher gebunden und zu fest eingewickelt werden.«

Sie hob den Kopf, um zu protestieren, und ich sah Onkel John müde lächeln.

»Ich weiß, daß Sie ihn am liebsten fest einwickeln möchten«, sagte er freundlich, »und ich weiß, daß die Kleinen dann nicht mehr so viel schreien, einfach weil sie nicht genug Luft bekommen. Es ist genau so, als wenn wir selbst ganz fest eingeschnürt wären. Sie haben es wirklich tüchtig angestellt, meine liebe Mrs. Sharp, daß Ihr Baby überlebt hat. Jetzt sollten wir aber mit dem kleinen Kerlchen kein Risiko eingehen.«

Sie nickte; seine freundliche Stimme hatte sie beruhigt.

»Er muß gewaschen werden«, sagte Onkel John. Sie holte voller Protest tief Luft, aber Onkel John redete einfach weiter. »Jedes Mal, wenn er sich vollmacht, muß er gewaschen werden«, sagte er mit fester Stimme. »Er muß gewaschen werden und ein sauberes Hemdchen angezogen bekommen. Und er muß den ganzen Sommer lang in die Sonne hinausgebracht werden. Eines der Dorfkinder soll auf ihn aufpassen.«

Margery Sharp nickte, aber sie hatte vor Erstaunen über diese seltsamen Ratschläge die Augen weit aufgerissen. »Am besten ist es, wenn irgendein älteres Kind den Kleinen täglich nach draußen trägt«, sagte Onkel John. »Wenn er die ganze Zeit drinnen bleibt, dann ißt er nichts. Durch die frische Luft wird er Appetit bekommen, und er wird auch nachts besser schlafen und den ganzen Tag lang wach bleiben.«

»Aber Waschen ...« protestierte die Frau.

»Miss Julia hier wird einen Holzvorrat für das ganze Dorf anlegen, so daß Sie immer Feuer haben«, sagte Onkel John ruhig. »Sie können immer einen Kessel auf dem Herd stehen lassen; dann haben Sie jederzeit warmes Wasser, um ihn zu waschen. Wenn er sein Hemdchen schmutzig gemacht hat, können Sie es waschen und gleich am Feuer trocknen. Dann können Sie ihm das nächste Mal ein sauberes anziehen.«

»Dann muß ich ihn ja dauernd an- und ausziehen«, protestierte Mrs. Sharp.

»Ich weiß«, sagte John freundlich. »Ich habe auch einmal für ein Baby gesorgt, wissen Sie. Aber wenn Sie den Kleinen sauberhalten, dann bekommt er keine wunden Stellen, und er weint weniger, und er wird nicht krank. Ich *verspreche,* daß es klappt, Margery. Werden Sie es versuchen?«

Sie zögerte immer noch und sah ihn zweifelnd an.

Johns Stimme wurde wärmer und geradezu einschmeichelnd. »Werden Sie es für *mich* versuchen, Margery?« fragte er ganz leise.

Sie wurde feuerrot und warf mir einen verlegenen Blick zu. »Oh, Doktor!« flüsterte sie. Plötzlich konnte ich mir vorstellen, daß die erschöpfte, niedergeschlagene Frau früher einmal ein sehr leichtlebiges, kokettes, verliebtes Dorfmädchen gewesen war. »Also, in Ordnung«, sagte sie widerwillig. »Wenn Sie sicher sind, daß es klappt. Aber wenn er vom vielen Waschen krank wird, dann höre ich ganz bestimmt auf damit!«

»Einverstanden«, sagte John und wickelte den Säugling wieder in seine Lumpen ein. »Jetzt gehen Sie hinüber in die Dorfschule, und Lady Lacey sucht ein paar Kleidungsstücke und ein paar Tücher zum Saubermachen für ihn heraus und auch ein Handtuch. Und sie zeigt Ihnen dann auch, wie man ihn richtig von Kopf bis Fuß wäscht. Sie wissen, wie gut die gnädige Frau mit Babys umgehen kann!«

Auf dem Gesicht der Frau zeigte sich ein Lächeln, das von einem lange vergangenen Glück herrühren mochte, und sie sah Onkel John direkt ins Gesicht. »Es ist gut, daß Sie wieder bei uns sind, Sir«, sagte sie. Dann wickelte sie ihren Sohn fertig ein, den einzigen kleinen Überlebenden einer eigentlich sechsköpfigen Familie, und ging mit ihm fort.

»Onkel John, du flirtest ja!« rief ich.

Er lächelte verschmitzt. »Ich versuche ja nur, Acre beizubringen, wie man gesunde Kinder großzieht«, protestierte er.

»Unglaublich!« rief ich vorwurfsvoll. »Deine Stimme klang weich wie Butter, und dein Akzent war plötzlich so breit, als wärest du gerade von den Highlands heruntergekommen! Ich werde das Mama erzählen! Du solltest dich schämen!«

Onkel John lachte laut. »Erzähl's bitte nicht Celia«, bat er. »Sie wird mich öffentlich als einen Scharlatan hinstellen! Ich versichere dir, Julia, ich habe nur ein bißchen pädagogisches Geschick angewandt!«

Wir mußten beide lachen. Dann klopfte jemand an die Tür. Es war wieder eine Frau, die ein krankes Kind bei sich hatte.

»Hier ist Mrs. Miles und ihr Sohn Peter«, sagte ich zu John. »Geht es Peter nicht gut, Mrs. Miles?«

»Er kann sein Essen nicht bei sich behalten«, berichtete sie und redete dabei nur John an. »All diese neuen Sachen, die Sie und Mr. Megson gekauft haben, und ich kann ihn nicht dazu bringen, sie zu essen, und *wenn* ich's tue, dann kommt alles direkt wieder heraus. Es sind keine Würmer, es ist nicht die rote Ruhr, es ist keine Kolik ...«

»Ich muß gehen«, sagte ich diskret und zugleich zutiefst angewidert von der Aufzählung.

»Hasenherz!« schimpfte Onkel John. »Ich wäre jederzeit lieber ein Casanova als ein Feigling.«

»Genau das bist du ja auch«, lachte ich und ging zur Tür.

»Einen Moment, Mrs. Miles«, sagte John und lächelte sie an. »Julia, da du gerade auf dem Weg zu Mr. Megson bist – er ist dabei, mit den Leuten an der Three-Gate-Wiese Hecken zu pflanzen und Gräben auszuheben. Kannst du ihm bitte sagen, daß die Apfelbäume heute nachmittag geliefert werden? Er wird eine Menge Leute brauchen, um sie einzupflanzen, sobald der Boden gepflügt ist.«

»Er ist schon gepflügt«, sagte ich. »Die Pflüger sind gestern fertig geworden. Ich werde mal nachsehen, ob die Erde noch sehr steinig oder vielleicht zu naß ist, aber wenn alles in Ordnung sein sollte, dann können sie sofort anfangen.«

»Gut«, sagte John und wandte sich dem kleinen Peter zu. Der Junge erklärte winselnd, jetzt, in den guten Zeiten, könne er nichts anderes vertragen als Bonbons. Draußen schien die Sonne hell in den Kirchhof. Die Reihe der Gräber, die im Winter frisch ausgehoben worden waren, war mit hellgrünem Gras bewachsen. Die Arbeit, die Onkel John in der Sakristei leistete, sollte dabei helfen, daß es nicht noch einen unbarmherzigen Winter mit vielen Toten für die Dorfbewohner gab. Ich ging hinaus auf den Friedhof, an der imponierenden Pforte der Familiengruft der Laceys vorbei und unter dem überdachten Friedhofstor hindurch. Ich hatte das neue Pony, Rusty, vor dem

Kirchhof zum Grasen angebunden, und zwar auf einem Stückchen Erde, das die Dorfbewohner aus irgendeinem Grunde den »Garten von Miss Beatrice« nannten. Es gibt zwei Hügel dort, die aussehen wie an falscher Stelle angelegte Gräber, und Rusty kaute an ein paar verwelkten Blumen, die auf einem dieser beiden Hügel zurückgelassen worden waren. Ich raffte mein elegantes, neues Kleid mit einer Hand zusammen und zog mich mit der anderen auf den Einspänner hinauf.

Unsere neue Kutsche wartete vor der alten Zehntenscheune, die meine Mutter sich als Dorfschule eingerichtet hatte. Als ich mit dem Einspänner herankam, konnte ich die aufgeregten Stimmen der Kinder hören und die Stimme meiner Mutter, die den Lärm der Kleinen übertönte. Ich traute meinen Ohren kaum. Ich glaube, sie hat in meiner ganzen Kindheit nur ein einziges Mal gegen mich die Stimme erhoben. Jetzt hörte ich sie schreien: »Das reicht jetzt! John Smith, Sally Cooper, ihr beide da! Hört auf zu streiten und setzt euch sofort hin.«

Plötzlich war es ganz still, und dann hörte ich hin und her trappelnde Schritte: Ein Dutzend ungezogene Kinder setzten sich brav auf ihre Plätze.

»So ist es besser«, sagte meine Mutter ruhig. »Also, wer kann mir jetzt sagen, was dies ist? Hände hoch, und schreit nicht alle durcheinander!«

Ich lauschte nicht länger. Ich konnte mir vorstellen, was meine Mutter in der alten Scheune gerade machte. Sie brachte ihnen bei, wie man sich waschen und sich die Haare bürsten muß. Sie zeigte ihnen, wie man näht, wie man eine Lampe anzündet, ohne sich dabei zu verbrennen, und wie man eine Mahlzeit zubereitet.

»Kinder lernen gern«, hatte Onkel John zu ihr gesagt. »Sie brauchen Spielzeug, damit sie Lust bekommen, auch Lesen und Schreiben zu lernen. Man muß sie ermutigen, immer und immer wieder alles in Frage zu stellen. Dann werden sie sich schon selbst alles Wichtige aneignen. Da sind die Philosophen übrigens alle einer Meinung …«

»Ja, die Philosophen«, hatte meine Mutter ihn unterbrochen. »Dies ist eine Dorfschule für Dorfkinder. Wenn deine Philosophen das Land regieren, *dann* können sie mir sagen, was das Kind eines Landarbeiters lernen muß. Bis dahin werde ich den Kindern beibringen, wie sie sich ernähren und sauberhalten sollen, und ich bereite sie auf ihre spätere Arbeit vor!«

»Mein Gott, wie konservativ!« hatte John ausgerufen – und das war für ihn die allerschlimmste Beschimpfung.

»Und du bist ein Jakobiner!« hatte meine Mutter zurückgeschimpft; und dann hielt sie ihren Unterricht nach eigenen Vorstellungen ab.

Ich lenkte den Einspänner nach links den Pfad hinunter, an den Hütten der Armen vorbei zu den Feldern hin, die früher alle zum Gemeindeland gehört hatten. Jetzt lag alles brach. Beatrice hatte die üppig wachsenden Bäume und das Unterholz roden lassen, und zusammen mit den Pflanzen und Bäumen waren auch die wilden Tiere verschwunden: die Wildvögel, die Hasen, die Kaninchen und die Rehe. Als Beatrice nicht mehr lebte, da waren einige der alten Pflanzen nach und nach wieder zurückgekehrt. Die einzige Spur, die Beatrice dort zurückgelassen hatte, waren zahllose Weizenhalme, die im Winde hin und her schwankten.

Und jetzt war wieder ein Mädchen aus der Familie der Laceys herangewachsen, und es war entschlossen, das Gesicht des Landes zu verändern. Ich schwor mir, daß die Veränderungen diesmal länger Bestand haben sollten als nur einen Sommer lang und daß sich alles zum Guten wenden würde.

Selbst als ein verlassenes Weizenfeld war dieses Stückchen Erde prachtvoll anzuschauen gewesen. Aber ich hatte die Arbeiter angewiesen, es zu umzäunen und zu pflügen, und nach drei Tagen waren die weichen, süßen, von Farnkraut bewachsenen Hügel verschwunden, und eine Morastfläche, durchzogen von welligen Furchen, dehnte sich weithin aus. Ich lenkte den Einspänner an den Rand des Feldes und sah mir die Arbeit an. In meinem Kopf hörte ich ein Singen.

»Es ist gut«, sagte ich heftig. Ich glaube, ich hatte es laut herausgerufen.

Es war, als spräche die Erde selbst zu mir. Wideacre wollte mir sagen, daß hier guter, fruchtbarer Boden vor mir läge, auf dem eine Ernte wachsen würde, von der Acre satt werden könnte. Der Wind blies über die sanften Hügel zu mir herüber. Beatrice hatte im wörtlichen Sinne Berge bewegen müssen, um dieses Feld anzulegen. Sie hatte Täler mit Erde gefüllt und eine große Eiche entwurzelt. Aber die Arbeit war schlecht ausgeführt worden. Ich konnte die früheren Hügel immer noch deutlich sehen, und selbst ein Fußpfad, der über das Feld geführt hatte, war noch erkennbar. Dort drüben in der großen Mulde, wo einstmals die Eiche gestanden hatte, hatten Clary und ich miteinander gesungen.

Ich lächelte. Es war nicht nur Beatrice, die ihre Spuren hier zurückgelassen hatte. Alle Laceys hatten die Landschaft nach ihren Vorstellungen gestaltet, und ich war entschlossen, es auch zu tun. Für Acre war dieses Feld vor allem immer der Grund- und Bodenbesitz, den Beatrice aus dem Gemeindeland herausgerissen und den Dorfbewohnern abgerungen hatte. Aber die späteren Generationen würden es auch als das Feld ansehen, auf dem Julia Lacey Apfelbäume gepflanzt hatte. Und schon im nächsten Sommer sollten sich die ersten Erfolge meiner Arbeit zeigen.

Ich wendete vorsichtig den Einspänner mit dem Pony und trabte durch Acre heim. Die Kutsche stand nicht mehr vor der Zehntenscheune; meine Mutter war also vor mir nach Hause zurückgekehrt. Ich nahm an, daß sie auch Richard und John mitgenommen hatte. Ich mußte vor dem Abendessen nur noch einen einzigen Auftrag erledigen. Ich trieb das Pony zu einem schnellen Trott an und fuhr an den Toren der Anfahrt von Wideacre vorbei und zur Three-Gate-Wiese hin.

Ralph saß zusammen mit den Landarbeitern auf der Bank unter der Hecke, aber als er das Geräusch der Kutsche hörte, hob er den Kopf. Die Männer machten gerade Pause; sie blieben sitzen, aßen weiter und winkten nur kurz und höflich zu mir herüber. Ich winkte zurück, sprang auf die Straße hinunter und schlang die Zügel über einen Zaunpfahl.

»Guten Tag, Miss Lacey«, sagte Ralph, kam ans Tor und lächelte mich an.

»Guten Tag, Mr. Megson«, erwiderte ich. »Onkel John bat mich, Ihnen zu sagen, daß die Apfelbäume heute nachmittag angekommen sind. Ich habe mir das Gemeindelandfeld angesehen; es sieht einigermaßen trocken aus, und die Steine sind fast alle fortgeräumt worden. Ich denke, wir können ohne besondere Pflug- oder Drainagearbeiten mit dem Pflanzen beginnen.«

Ralph runzelte die Stirn. »Ich habe heute nachmittag keine Arbeiter frei«, sagte er, »und morgen muß ich nach Petersfield fahren, um für die neue Herde ein paar Schafe zu kaufen. Morgen werden genügend Männer dasein, um die Bäume zu pflanzen, aber ich kann nicht dabeisein. Das ist für die Männer eine neue Arbeit; ich müßte sie dabei anleiten. Nicht, daß *ich* allzu viel darüber wüßte. Ich wollte in dem klugen Buch Ihres Onkels noch einiges nachschlagen!«

»Wenn es nur darum geht, daß man in einem Buch nachschauen muß«, sagte ich, »dann kann ich es auch machen. Ich weiß nicht viel über das Pflanzen von Bäumen, aber ich kann immerhin lesen!«

Ralph lächelte. »Sie wissen aber doch sonst über das Land Bescheid, nicht wahr, Julia?« fragte er leise. »Woher wissen Sie denn sonst, daß das Feld jetzt zum Pflanzen bereit ist?«

»Das ist wahr«, sagte ich, ohne seine Frage zu beantworten. »Um welche Zeit soll ich zur Arbeit kommen?«

»Sie könnten um sieben Uhr auf dem Feld sein«, antwortete Ralph. »Um zehn Uhr machen die Arbeiter eine Frühstückspause. Dann wieder eine Unterbrechung um ein Uhr für die Mittagspause. Um vier Uhr machen sie noch eine Nachmittagspause, und bei Sonnenuntergang können sie nach Hause gehen. Vorher werden sie sicher auch nicht fertig sein.«

»Das weiß ich«, sagte ich mit Nachdruck. »Es ist ein sehr großes Feld. Ich meine, wir sollten uns darauf einstellen, daß das Pflanzen der Bäume zwei Tage dauern wird.«

»Yes, Squire!« sagte Ralph und tippte sich respektvoll an die Stirn.

»Nennen Sie mich nicht so«, sagte ich mit ernster Stimme, »nicht einmal im Spaß. Richard wird der Squire sein. Wir sind die gemeinsamen Erben, aber er ist der Mann.«

»Aber Sie erben gemeinsam«, meinte Ralph. »Sie müssen Ihre Rechte schon durchsetzen, Julia.«

Ich dachte an die Warnung meiner Großmutter, daß es für eine Dame nicht schicklich wäre, auf ihren Rechten zu bestehen, und ich schüttelte schweigend den Kopf.

Ralph lächelte. »Dann sind Sie ja gar keine Lacey«, sagte er amüsiert. »Jeder Lacey würde jeden anderen Menschen in der Welt beiseitestoßen, um das Land zu behalten und noch mehr dazuzugewinnen. Und Beatrice war von allen die Schlimmste. Um das Land beherrschen zu können, schreckte sie wahrlich vor nichts zurück. Und Sie, eine rechtmäßige Lacey-Erbin, sprechen nun davon, daß Sie Ihr Land teilen wollen, so als wäre der Fenny nicht der Fluß Ihrer Vorfahren und als wäre die Erde von Wideacre nicht Ihre Erde!«

»Ich bin nicht Beatrice!« rief ich plötzlich ungeduldig. »Meine Mutter hat mich erzogen, und auf ihren Rat will ich hören. Eine Frau ist dazu da, um zu geben, nicht um gierig nach etwas zu greifen. Und übrigens, ich brauche mich nur fair und großzügig zu verhalten, dann wird Richard ...« Ich brach ab.

»Daher weht also der Wind?« sagte Ralph leise. Er ging durch die Pforte hindurch und stellte sich neben mich.

»Land und Liebe«, sagte er, und es klang wie eine uralte Weisheit, »das ist es, was die Laceys wollen. Und die Frauen der Laceys wollen es mehr als alles andere. Beatrice hat damals das Land gewählt. Ich glaube, Sie wählen die Liebe.«

Ich sah prüfend in sein dunkles Gesicht, in seine freundlichen Augen mit den hellen Linien darum herum.

»Ist sie das wert?« fragte er leise. »Ist seine Liebe die schönsten, lieblichsten Ländereien in ganz England wert?«

»Oh, ja«, sagte ich entschlossen. Ich hatte Richard seit meiner Kindheit geliebt. Ich hatte versprochen, ihn für alle Zeiten zu lieben.

Ralph nickte. »Sie haben also Ihre Wahl getroffen«, sagte er sanft. »Für die Liebe. Für die Liebe und das häusliche Leben und dafür, eine junge Dame zu sein.« Er lachte plötzlich laut auf. »Beatrice würde Ihnen den Hintern versohlen, wenn sie noch lebte!«

»Ich habe gar keine Wahl«, protestierte ich. »Ich wurde als Lady geboren. Das ist meine Rolle, die ich in diesem Leben spielen muß. Das ist es, was ich bin.«

»Nein«, sagte er sanft. »Sie sind keine normale junge Lady. Sie sind Ihr ganzes Leben lang wie ein junger Habicht eingesperrt worden, und das hat Sie schwach und dumm gemacht, und nun glauben Sie, Sie wären in jenen Dummkopf verliebt, und stellen es als Tugend dar, daß Sie sich tyrannisieren lassen. Sie sind so naiv, daß Sie nicht einmal erkennen können, was Sie selbst möchten. Sie sollten draußen auf den Feldern sein und sie zum Blühen und Wachsen bringen. Sie sind Beatrices Erbin. Natürlich bleibt Ihr Leben immer langweilig und unausgefüllt, wenn Sie es in einem kleinen Wohnzimmer verbringen und an nichts anderes denken als daran, eine junge Dame zu sein und Ihren Cousin zu lieben!«

Er lächelte mich an wie ein dunkler Prophet, der mir etwas sagen wollte, was ich schon seit langem gewußt hatte, was aber niemals zuvor deutlich ausgesprochen worden war. Plötzlich erschien mir Dower House wie ein seltsames Treibhaus, in dem ein wildes, freies kleines Mädchen zu einer jungen Dame herangezüchtet wurde, die man mißachten und beschimpfen konnte und die stolz darauf war, für Schmerz und Mißhandlung nichts als Liebe zurückzugeben. Ich runzelte die Stirn und dachte über mich nach.

»Was soll ich denn machen?« fragte ich.

»Werden Sie erwachsen«, sagte Ralph kühl. »Versuchen Sie es selbst herauszufinden, Julia. Sie haben einen Kopf, der nicht ganz und gar durch die Erziehung zur Dame verdorben worden ist. Benutzen Sie ihn auch! Sie haben ein Herz, das mit dem Land im selben Rhythmus schlägt, eine Stimme, die deutlich zu den Menschen sprechen kann, und Ohren, die hören können. Werden Sie einfach erwachsen.«

Ich blickte ihn kühl an. Aber er bereute nichts. Er lächelte mich ein wenig boshaft an und gab der Kutsche einen kleinen Stoß.

»Fahren Sie weiter, Miss Julia«, sagte er. »Ich bin immer ein wenig mißmutig, wenn ich hungrig bin. Vergessen Sie nicht, daß Sie niemals einen Arbeiter in seiner Mittagspause unterbrechen dürfen. Gehen Sie heim – und denken Sie nicht zu viel! Und versprechen Sie niemandem etwas, bevor Sie nicht Gelegenheit hatten, herauszufinden, was Sie selbst möchten.« Er machte die Zügel für mich los und reichte mir die Hand, um mir in den Einspänner hineinzuhelfen.

»Es tut mir leid, daß ich Sie verärgert habe, Mr. Megson«, sagte ich mit niedergeschlagenen Augen in meiner sanftesten Stimme. »Ich hatte nicht die Absicht, Sie zu reizen.«

»Aber nein!« rief er fast bestürzt, doch dann sah er, daß ich mich ein wenig über ihn lustig machte. »Gehen Sie nach Haus, Julia Lacey, gehen Sie nach Haus!« schimpfte er ärgerlich. »Ich bin ein einfacher Mann, und jetzt bin ich hungrig.«

Ich schnalzte, immer noch lachend, dem Pony zu, winkte und trabte den Weg hinunter zurück nach Haus.

Aber schon am nächsten Morgen, als mir Jenny zusammen mit meiner Morgenschokolade die Nachricht überbrachte, daß ein leichter Dauerregen eingesetzt hatte und daß es wohl den ganzen Tag über schlecht bleiben würde, verging mir das Lachen.

»Oh, nein!« rief ich, rollte mich zur Seite und vergrub mein Gesicht in den Kissen.

»Es ist auch ziemlich kalt«, sagte sie fröhlich, da sie bereits hellwach und angezogen war und ich mich noch nicht einmal erhoben hatte.

Ich setzte mich auf und sah aus dem Fenster. Das Wetter war sehr schlecht, neblig und grau, und die Regentropfen platschten von den Blättern der Bäume von Wideacre Park auf die Erde.

»Zu naß, um Apfelbäume zu pflanzen«, stellte ich fest.

»Wirklich?« fragte sie und schaute aus dem Fenster.

»Nein«, entgegnete ich mißmutig. »Es ist alles in Ordnung, Jenny. Machen Sie bitte das Feuer an. Ich muß mich ein wenig anwärmen, bevor ich in das Winterwetter hinausgehe.«

Sie nickte mir zu und ging in die Küche, um etwas zum Anzünden und ein paar Holzscheite zu suchen. Ich beobachtete sie beim Feuermachen, während ich meine Morgenschokolade schlürfte. Erst als der Raum warm geworden war, hatte ich den Mut, aus dem Bett zu springen und mich anzuziehen.

Meine Mutter hatte geahnt, daß meine Kleidung bei meiner Arbeit auf den Feldern sehr schnell abnutzen würde. Sie hatte dem Schneider von Chichester aufgetragen, mir zwei Kleider nach denselben Maßen anzufertigen; heute wählte ich das dickere aus blaßgrauer Wolle mit einem dazu passenden Hut. Das Grau betonte die Farbe meiner Augen. Es war gut geschnitten, aber eigentlich schon ein bißchen knapp, denn ich hatte in den vergangenen paar Wochen sehr gut gegessen. Ich sah groß, schlank und elegant darin aus.

Jenny fegte die Kaminplatte und schaute zu mir herüber.

»Oh, Miss Julia, wie hübsch Sie aussehen!« rief sie. »Die Farbe steht Ihnen wirklich gut!«

»Na, hoffentlich kann mich überhaupt jemand erkennen«, brummte ich und starrte aus dem Fenster in die graue Dunkelheit. »Ich werde sicher in dem scheußlichen Nebel gar nicht zu sehen sein, und die Arbeiter werden mit dem Baumkarren einfach über mich hinwegrollen.«

Sie lachte über meine schlechte Laune und ging in die Küche

hinunter. Stride war noch nicht auf und Mrs. Gough auch nicht, aber sie hatte mir eine Satteltasche mit meinem Frühstücksbrot gefüllt. »Wir wußten nicht, ob Sie Ihr Frühstück draußen auf dem Feld essen oder heimkommen würden«, sagte Jenny. »Beatrice hat ihr Frühstück immer auf dem Feld gegessen. Mrs. Gough hat das da für Sie fertiggemacht, falls Sie draußen bleiben möchten.« Jenny schwieg verlegen, da sie unwillkürlich Beatrice mit mir verglichen hatte. Dann fuhr sie fort: »Und Mrs. Gough läßt fragen, ob man Ihnen Ihr Essen aufs Feld schicken soll?«

»Wenn ich um zwei Uhr nicht zurück bin, könnten Sie dann etwas für mich herunterschicken?« fragte ich. »Aber ich denke doch, daß ich rechtzeitig wieder hier sein werde. Es ist nicht gerade das richtige Wetter für ein Picknick.« Ich nickte ihr einen Abschiedsgruß zu und ging durch die hintere Tür hinaus. Der Wipfel der großen Zeder berührte die tief hängenden Wolken. Der Regen rauschte beständig auf die Blätter nieder. Ich bückte mich und berührte den Boden. Das Gras war völlig durchnäßt, obwohl es noch nicht lange geregnet hatte. Die Bäume sollten heute in die nasse Erde gesetzt werden. Es würde schwierig sein, sie umzugraben, aber ich hatte keine Angst, daß sich die Wurzeln allzusehr vollsaugen würden. Ich war mir so sicher, daß die Bäume gedeihen würden, wie ich mir meines eigenen Namens und der Silhouette der Hügel hinter dem Nebel sicher war.

Jem war in den Ställen und hatte das Pony schon vor den Einspänner gespannt.

»Danke«, sagte ich. Ich hatte zwar auch keine Lust gehabt aufzustehen, aber Jem war noch vollkommen verschlafen. Er hatte nur seinen weiten Mantel übergezogen, und ich warf einen kurzen Blick auf die ziemlich schmutzigen Flanellunterhosen, die er darunter trug. Er hatte sich nicht einmal ordentlich angezogen.

»Wenn Onkel John Sie so sähe, dann würde er Sie entlassen«, bemerkte ich.

Jem nickte. »Ich hab' verschlafen«, sagte er. »Ich dachte, es wäre besser, das Pony rechtzeitig anzuspannen, als es Ihnen zwar in der Livree, aber erst eine halbe Stunde später zu bringen.«

»Am liebsten hätte ich es rechtzeitig *und* in Livree vorgeführt bekommen«, sagte ich.

Er half mir den Einspänner hinauf, und ich lächelte ihn an. Dies war das erste Mal, daß ich ihn tadelte, und ich war mir nicht sicher, ob ich es richtig gemacht hatte. »Ich hoffe, Sie sind nicht gekränkt, Jem?« fragte ich. Er lächelte, und sein schmutziges Gesicht warf tausend Falten. »Sie haben ganz recht«, sagte er. »Nur keine Angst, Sie machen das schon richtig.«

»Danke«, sagte ich und hatte mein Selbstvertrauen wieder zurückgewonnen. Ich fühlte mich beflügelt und mutig, sogar als der Baumwagen umstürzte und wir die jungen Bäumchen ganz vorsichtig aus dem Schlamm wieder herausheben mußten, und sogar als die Arbeiter eine Baumreihe zu nahe an die nächste setzten, ohne an den Zwischenraum für die Pflücker und Unkrautjäter zu denken. Es blieb uns nichts übrig, als alle Bäume wieder auszugraben und die ganze Reihe noch einmal neu zu pflanzen, obwohl die Arbeiter zur Mittagspause nach Acre gegangen und erst viel zu spät wieder zurückgekommen waren.

»So geht es nicht«, sagte ich ärgerlich zu Ted Tyacke. »Ich selbst habe mir nur eine Stunde Zeit für die Mittagspause genommen, und ich mußte *auch* den ganzen Weg nach Dower House hin- und zurückreiten. Wenn dies eine Partnerschaft zwischen den Laceys und Acre sein soll, dann sollte ich hier nicht den Aufpasser spielen müssen. Sie sollten aus freien Stücken rechtzeitig zurückkommen, weil ihnen selbst daran gelegen ist.«

Ted, der Freund meiner Kinderzeit, nickte und streckte mir seine schmutzige Hand hin, um mir von der Kutsche herunterzuhelfen. »Sie haben recht«, sagte er. »Ich denke, wir können uns noch nicht an den Gedanken gewöhnen, daß wir alle für ein gemeinsames Ziel arbeiten.«

Nach dieser kleinen Auseinandersetzung ging die Arbeit schneller von der Hand. Wir mußten alle dazulernen. Ich hatte ganz genau ausgerechnet, wie viele Bäume in einer Reihe stehen sollten und wie viele Reihen in einem Feld, und als dann schließlich doch ein Bäumchen übrig blieb, lachten alle Männer mir mitten ins Gesicht, und Teds schmutzige Wangen wurden von den Tränen ganz streifig.

»Ach, nehmen Sie doch den blöden Baum«, sagte ich ungeduldig. »Ich hab's falsch berechnet, und jetzt ist kein Platz dafür da! Pflanzen Sie ihn auf den Dorfanger, und später können die Kinder dann Äpfel essen. Vielleicht machen sie sich dann nicht über die Obstbaumfelder her!«

»N-N-Natürlich machen sie das«, widersprach mir Matthew Merry, und seine braunen Augen zwinkerten. »Alles R-R-Räuber und Banditen. Wissen Sie nicht mehr, wie wir damals waren?«

»Ja«, sagte ich, »und schauen Sie mal, wie wir jetzt sind!«

Clary kam herüber und stellte sich zu uns ans Tor. Wir blickten über das Feld hinweg. Ralph hatte unrecht gehabt. Wir hatten uns beide geirrt. Wir hatten doch alles an einem Tag geschafft; als der Abend dämmerte und es Zeit war heimzugehen, hatten wir all das erreicht, was wir uns vorgenommen hatten, und sogar noch mehr.

»Ich bin müde«, sagte Clary.

Ich sah sie liebevoll an. Ihre Mutter war gerade mit einem neuen Baby niedergekommen, und Clary war die ganze Nacht lang mit dem Säugling auf und ab gegangen, damit ihre Mutter ein wenig Schlaf bekam.

»Ich fahre euch hin«, sagte ich, und Clary, Matthew und Ted gingen mit mir zur Kutsche.

»Wir kommen nach«, meinte Ted. »Das Pony kann uns gar nicht alle ziehen. Bis morgen dann, Julia.«

Ich nickte und lächelte, zu müde, um noch viele Worte zu

machen. Aber Matthew berührte Clarys Hand, als sie sich an der Seite des Einspänners festhielt, um sich hochzuziehen.

»Ich werde heute abend vorbeikommen«, sagte er, »ungefähr um neun Uhr. Dann gehe ich mit dem Baby ein bißchen hin und her, wenn es aufwacht.«

Clary nickte, beugte sich nach vorn und klopfte mit der Hand sanft seine Wange. Dann ließ ich die Zügel auf die Hinterbacken des Ponys niederklatschen, und wir rollten den schlammigen Pfad nach Acre entlang. Der Regen hatte aufgehört, aber die Wolken hingen immer noch tief herunter. Unter den Bäumen war es sehr dunkel und still.

»Matthew hilft dir mit dem Baby?« fragte ich.

»Ja«, bestätigte Clary. »Er kocht auch manchmal. Aber er wird ziemlich viel geneckt, weil er für meine Familie das Kindermädchen spielt, deshalb lasse ich es ihn nicht so gern tun.«

»Das ist wirklich freundlich von ihm«, sagte ich. »Er hat dich schon immer geliebt.«

»Ja«, bestätigte sie. »Wir sind jetzt verlobt, weißt du, Julia. Richtig verlobt. Und ich habe mit Ralph Megson wegen eines Cottage gesprochen. Er sagt, wir könnten das leere Häuschen auf dem Dorfanger haben.«

Ich drückte ihre Hand. »Ich bin froh«, sagte ich. »Ich habe Matthew immer gemocht. Und ich fand es immer sympathisch, wie er dich behandelt hat. Aber wie wird deine Mutter denn ohne dich fertig?«

Clary seufzte leise. Ihr Gesicht war halb von mir abgewandt.

»Ich werde die beiden älteren Kinder zu mir nehmen, und Alice bekommt eine Stelle als Hausangestellte in Midhurst. So hat meine Mutter dann nur noch Joe und das neue Baby.«

Ich nickte. Clary war für ihre Brüder und Schwestern so lange Zeit wie eine Mutter gewesen, daß ich mir nicht vorstellen konnte, sie würde sie jemals im Stich lassen. Als sie mir von Matthew und von ihren Zukunftsplänen erzählte, da durchströmte mich ein Gefühl tiefer Freude. Ich fühlte mich wie in dem Augenblick, als die Schößlinge in die Erde kamen oder als ich sah, daß die Gräben neu ausgehoben wurden oder daß die Pflugschar in den brachliegenden Boden hineinschnitt. Es war die Freude darüber, daß es mit Acre wieder aufwärts ging.

»Und was ist mit dir?« fragte Clary plötzlich. »Ist Richard denn für dich der Richtige?«

Ich nickte. »Es ist ein Geheimnis«, warnte ich sie.

»Für ein Geheimnis ist es ziemlich gut bekannt«, entgegnete sie lächelnd. »Jeder in Acre hat seit eurer Geburt gewußt, daß ihr beide irgendwann einmal heiraten würdet.«

»Mag sein, daß es in Acre bekannt ist«, sagte ich trocken, »aber wenn die Nachricht zu meiner Mutter oder zu Onkel John durchdringt, dann komme ich sicher in Schwierigkeiten.«

Clary sah mich an. »Sind sie denn *immer noch* dagegen?« fragte sie. »Sogar jetzt, wo ausreichend Geld da ist?«

»Ja«, sagte ich. »In dem Punkt hat sich nichts geändert.«

»Vielleicht denkt deine Mutter, daß du einen besseren Mann finden könntest«, deutete Clary an.

»Was den Besitz anbetrifft, so passen Richard und ich doch hervorragend zusammen«, protestierte ich, aber Clary schüttelte den Kopf.

»Ich meine nicht den Besitz, Julia. Es geht um dich. Ich denke an jemanden, der ganz neu auf dich zukommen würde, der dich als dich selbst und nicht als einen Teil seiner Kindheit und seines Vermögens ansehen würde.«

Ihre Stimme war so leise, daß ich sie kaum verstehen konnte. »Jemand, der dich *liebevoll* behandeln würde«, sagte sie sanft.

Wir hatten ihr Cottage erreicht, und ich hielt das Pony an und saß im Dämmerlicht ganz ruhig da.

»Nicht jeder bekommt einen Matthew«, sagte ich gedehnt. »Ich liebe Richard, und ich beschwere mich nicht.«

»Ich weiß«, sagte sie. Einen Moment lang waren wir beide ganz still.

»Mist«, schimpfte sie plötzlich und blickte auf die dunklen Umrisse ihrer Hütte. »Das Feuer ist schon wieder ausgegangen.«

»Ich komme mit rein und helfe dir«, bot ich ihr an.

»Nein, nein«, meinte sie zärtlich. »Du hast doch auch den ganzen Tag lang gearbeitet. Ich nehme an, härter als alle anderen. Du bist zwanzigmal die Reihen rauf und runter gelaufen und hast die Entfernung gemessen.«

»Und dann hab' ich doch einen Fehler gemacht!« bemerkte ich.

Clary lachte. »Das war das Lustigste, was ich jemals gesehen habe«, sagte sie. »Ich dachte, Ted würde vor Lachen ersticken.«

»Ja«, sagte ich. »Zumindest ist Acre auf diese Weise zu einem Apfelbaum gekommen. Soll ich denn wirklich nicht mit hineinkommen?«

»Nein«, sagte sie. »Und je schneller ich anfange, desto schneller bin ich fertig damit.« Sie stieg aus der Kutsche, steif vor Müdigkeit, als wäre sie eine alte Dame und nicht ein siebzehnjähriges junges Mädchen. »Oh, je«, bemerkte sie trübselig, »heute abend kann ich aber bestimmt nicht tanzen!«

»Ich auch nicht«, sagte ich. Dann ging sie den Weg hinauf zu ihrem kleinen Cottage. Ich winkte ihr mit der Gerte einen Abschiedsgruß zu und lenkte das Pony nach Haus.

10

»Julia! Julia! *Julia!* Mein Gott, bist du taub?« Das war Onkel Johns Stimme, die die Treppe hinaufschallte.

Ich sprang aus dem Bett und lief zur Tür. »Was ist denn?« rief ich hinunter.

»Eine Überraschung«, sagte er. »Komm gleich mal herunter!«

Ich schlüpfte aus meinem Morgenmantel und streifte hastig mein Musselinkleid über. Früher war es einmal rosafarben gewesen, aber jetzt, nach dem vielen Waschen, sah es eher wie eine blasse Lilie aus. Da Onkel John mich so zur Eile getrieben hatte, steckte ich mir nicht das Haar hoch, sondern schlang einfach ein Band um den Kopf, als wäre ich noch immer ein kleines Mädchen. Dann schlüpfte ich in meine Sandalen und hüpfte die Treppe hinunter.

Die Haustür war weit geöffnet, und Onkel John stand auf der Schwelle. Hinter ihm war Ralph.

Ralph saß hoch oben auf einem schwarzen Pferd, das ich nie zuvor gesehen hatte. Als ich ihn erblickte, stockte mir der Atem. Ich sah das Bild meines Traumes, Ralph, der den Weg zum Herrenhaus hinaufritt. Ich streckte meine Hand aus, legte sie an die Tür, um mich zu beruhigen, und sah ängstlich forschend in Ralphs Gesicht. Er lächelte freundlich. Er wußte, woran ich dachte, und sein Lächeln beruhigte mich.

Ich nickte. Plötzlich nahm ich noch etwas anderes wahr. Ralph hatte ein zweites Pferd bei sich, eine Stute. Ihr Fell war so hell, daß es fast silbern erschien. Ihre Augen schimmerten pechschwarz, ihre Mähne und ihr Schwanz waren so weiß wie die Schaumkronen auf dem Meer.

»Nun komm mal her«, sagte Onkel John gut gelaunt. »Ich habe Mr. Megson erzählt, daß ich für dich ein Pferd suche, und jetzt sieh mal, was er für uns gefunden hat!«

Ralph Megson lächelte mich an. »Sie ist ein Pferd für eine Dame«, sagte er. »Sie wird von einem Farmer in Rogate verkauft; seine Tochter will das Reiten aufgeben. Er hat eine ganz hübsche Summe für sie bezahlt, und jetzt verlangt er eine wirklich unverschämte Menge Geld für sie. Aber ich habe gedacht, Sie sollten sie mal probereiten. Ich habe gesehen, wie sie geritten wurde; wirklich prachtvoll. Ich habe sie mir gestern nach der Schafsauktion angeschaut.«

»Wunderbar sieht sie aus«, sagte Onkel John voller Begeisterung. »Ich hatte einen Grauen, Mr. Megson. Er war auch ein wunderbares Pferd.«

Ralph nickte. »Im Dorf spricht man noch heute von ihm«, sagte er höflich. »Seefarn hieß er doch, nicht wahr?«

John lächelte. »Ich hätte nicht gedacht, daß sich jemand daran erinnert!« rief er aus. »Ja, Seefarn hieß er, und er hatte ein so sauberes, glänzendes Fell wie diese Schöne hier.«

Ich hörte kaum, was die beiden Männer sagten. Ich war vollkommen verwirrt, über meinen Kopf hinweg tauschten Onkel John und Ralph amüsierte Blicke, und dann stellte sich John neben mich und sagte: »Ich vermute, du möchtest sie gleich einmal probereiten, Julia?«

Ich nickte. Der weiche, graue Kopf senkte sich herab, und die Stute schnupperte an meinen Fingern; die glänzenden Augen blickten mich an. Ich stellte mich neben sie; Onkel John hob mich in den Sattel und achtete dabei so wenig wie ich selbst auf mein Ausgehkleid. Ich legte ein Bein um den Sattelknauf und versuchte, mit wenig Erfolg, meine Röcke herunterzuziehen. Dies war erst das zweitemal in meinem Leben, daß ich ein Pferd ritt, und das erstemal, daß ich in einem Damensattel saß.

»Führen Sie sie raus«, sagte Onkel John zu Mr. Megson. »Würdest du sie gerne probereiten, Julia?«

»Ja«, flüsterte ich, fast sprachlos vor Entzücken über das Gefühl, daß das Pferd so warm und ruhig unter mir stand.

Ralph nickte und beugte sich zu mir herüber, um mir die

Zügel zu reichen. Er zeigte mir, wie man die Zügel hält: wie beim Lenken einer Kutsche. Sie fühlten sich in meinen Händen leicht und ganz natürlich an. Dann wendete er den Kopf seines eigenen Pferdes, und meine liebliche, graue Stute ging Seite an Seite mit Ralphs geschmeidigem, schwarzem Jagdpferd.

»Das ist gut«, sagte Ralph ganz plötzlich, als wir langsam den Weg hinabtrabten. »Es ist gut, diesen Pfad hinabzureiten und Sie neben mir zu haben.«

Ich sagte nichts. Ich konnte kaum hören, was er sagte. Ich hörte nur den Rhythmus der Pferdehufe. Im Damensattel fühlte ich mich durchaus nicht sicher. »Ich würde lieber im Herrensitz reiten«, sagte ich.

»Das hab' ich mir gedacht«, sagte er lachend. »Aber ich kann mir das Gesicht Ihrer Mutter vorstellen, wenn Sie Reithosen anziehen wollen. Und das von Großmutter Havering!« Nun mußte ich auch lachen und kehrte dadurch endgültig in die Realität zurück. Als ich die Stute gesehen hatte, war wieder der seltsam süße Gesang in meinem Kopf erklungen, und ich hatte mich weit fort in einem Traum befunden.

»Beatrice konnte so gut reiten wie ein Mann, und sie hat immer im Damensitz gesessen«, sagte Ralph tröstend. »Ich denke, Damen wären eigentlich im Herrensitz sicherer, aber für die Welt, in der wir leben, ist es wichtiger, wie eine Frau aussieht, als was sie erreichen kann.«

Ich dachte über seine Worte nach und nickte.

»Lassen Sie uns ein bißchen traben«, sagte Ralph, und das taten wir auch. Ein paarmal mußte ich mich ganz ungraziös am Sattel festklammern, um mein Gleichgewicht zu halten, aber dann fand ich den Rhythmus und konnte ruhig und sicher voranreiten.

»Wie heißt sie?« fragte ich, als Ralph die Zügel kürzer genommen hatte und wir wieder im Schritt gingen.

»Peggy«, antwortete Ralph. »Aber Sie sollten ihr eigentlich einen phantasievolleren Namen geben!«

»Aber bringt es nicht Unglück, den Namen eines Pferdes zu ändern?«

Ralph lachte. »Wenn Sie wie Beatrice reiten, dann brauchen Sie gar kein Glück mit Pferden«, sagte er. »Sie sind dann Ihres eigenen Glückes Schmied.«

»Kann ich ihr denn einen Namen geben?« fragte ich.

»Wenn sie Ihnen so gefällt, daß Sie sie behalten möchten«, sagte er.

Ich dachte einen Moment lang nach. »Wie hieß Onkel Johns Grauer?«

»Seefarn«, antwortete Ralph.

»Ich werde sie Seenebel nennen«, sagte ich. »Ihre Mähne und ihr Schwanz sind so weiß wie der Schaum auf den Wellen.«

Und so bekam mein Pferd seinen Namen. Wir ritten ein kleines Stück die Anfahrt hinunter, und dann lenkten wir die Pferde zurück nach Hause.

»Möchten Sie galoppieren?« fragte er freundlich. Als ich nickte, lockerte er den Zügel und ließ sein Pferd langsam und ruhig vorangaloppieren. Ich packte den Sattelknauf fester, und in dem Moment, als Seenebel einen mächtigen Satz nach vorn machte, hüpfte auch ich in meinem Sattel in die Höhe. Ralph blickte über seine Schulter, lachte über mein entschlossenes Gesicht und ritt ruhig und gleichmäßig weiter. Wir galoppierten im Wechselspiel von Licht und Schatten die Auffahrt hinauf, und ich vergaß meine Angst vor dem Fallen und davor, lächerlich zu erscheinen. Ich beugte mich tief über die Mähne, trieb die Stute immer schneller voran und stieß vor lauter Freude einen Schrei aus. Ralph lachte und gab seinem Pferd die Sporen.

»Gut!« rief Ralph und brachte seinen großen, schwarzen Hengst vor der Pforte zum Stehen. »Aber vergessen Sie nicht: selbst wenn Sie meinen, Sie fallen, halten Sie sich immer am Sattel oder an der Mähne fest. Niemals am Zügel, sie hat ein Maul wie Seide. Ich hätte sie Ihnen nicht gekauft, wenn ich nicht wüßte, daß Sie eine leichte Hand haben.«

Ich nickte.

»Und wie ist es mit Richard?« fragte Ralph beiläufig. »Will er auch ein Pferd?«

»Ich glaube nicht«, sagte ich. »Da er jetzt sowieso immer studieren muß, will er John die Ausgaben ersparen. Um über die Ländereien zu reiten, nimmt er auch gerne Prince, das Pferd von Onkel John.«

»Was für ein Mensch ist er eigentlich? Was für ein Squire wird er werden?« fragte Ralph leichthin.

»Er legt sehr viel Wert darauf, ein Lacey zu sein«, sagte ich vorsichtig. Ich spürte, daß die Frage sehr ernst gemeint war und daß die Antwort am besten ganz genau sein sollte. »Er würde alles dafür tun, damit wir hier auf Wideacre leben können.«

Ralph nickte. »Und wie ist sein Charakter?« fragte er.

»Er ist ausgeglichen«, sagte ich. »Und nur sehr selten zornig. Niemals über meine Mutter und niemals in der Öffentlichkeit.«

»Also er ist ziemlich jähzornig. Und was bringt ihn so in Wut?«

Ich runzelte verwirrt die Stirn. Ich hatte niemals versucht, Richards rasende, blinde Wut zu verstehen. Ich hatte sie einfach ertragen wie ein gelegentliches Unwetter in einem ansonsten sonnigen Sommer. »Wenn man ihn ärgert ...« Ich versuchte, mich genau zu erinnern. Und plötzlich korrigierte ich mich. »Nein!« sagte ich. »Es ist, wenn er Angst hat, vielleicht nicht an erster Stelle zu stehen.«

»Er möchte immer der Erste sein, nicht wahr?« bestätigte Ralph.

Ralphs Worte brachten mich auf einen Gedanken. »Er möchte gern das auserwählte Kind sein«, stellte ich fest. »Er sagt, er sei das auserwählte Kind.«

Ralph schwieg einen Augenblick lang. »Oh, dies Dorf und sein Aberglaube!« rief er wütend. »Und der Adel ist genauso abergläubisch wie die Dorfleute!« Er schüttelte den Kopf.

»Würden Sie darauf vertrauen, daß er sein Wort hält?« fragte er. »Auch, wenn er der Erste auf Wideacre wäre? Wenn er tatsächlich das auserwählte Kind wäre?«

»Ja«, sagte ich. Ich vertraute Richard; ich hatte ihn mein ganzes Leben lang um mich gehabt und geliebt.

»Ich bin nicht blind«, sagte Ralph unvermittelt. »Ich kann sehr gut sehen, daß Richard an diesem Profitteilungsplan wenig gelegen ist. Aber wenn John diesen Plan akzeptiert, und wenn Sie sich auch daran halten, würde Richard ihn dann willkürlich brechen? Oder meinen Sie, er hätte so viel Ehrgefühl, sich daran zu halten?«

Ich war mir ganz sicher. »Wenn er sein Wort gibt, dann hält er es auch.«

Ralph schaute skeptisch drein, aber er nickte. Dann schwang er sich vom Sattel herunter und nahm meine Zügel.

Die Eingangstür öffnete sich, und Richard trat heraus. Plötzlich wurde mir eiskalt ums Herz. Die Erinnerung an meinen Ritt auf Scheherazade war nach all den Jahren noch immer in mir lebendig, und ich empfand plötzlich ein Gefühl von Schuld, vor seinen Augen auf einem Pferd zu sitzen.

Ich zog meine Füße aus den Steigbügeln und ließ mich auf den Boden gleiten, ohne auf Ralphs Hilfe zu warten. Ich wollte mich ein wenig von dem Pferd, dem schönen Pferd, entfernen, um Richard nicht wütend oder traurig zu machen.

»Richard!« rief ich und lächelte nervös. »Sieh dir dies schöne Pferd an, das Mr. Megson von Rogate herübergebracht hat.«

Ich beobachtete verstohlen Richards Gesicht, aber zu meiner Erleichterung lächelte er.

»Ein sehr schönes Tier«, sagte er und nickte Ralph höflich zu. »Ist sie zu verkaufen?«

»Ja«, stellte Ralph fest. »Die Stute und Miss Julia sind wirklich wie füreinander geschaffen.«

»Julia ist die geborene Reiterin, glaube ich«, sagte Richard wohlwollend.

»Sie ist eine Lacey«, meinte Ralph, als würde das alle Fragen beantworten. »Ich werde die Stute in ihren Stall führen, Miss Julia«, sagte er. »Behalten Sie sie ein paar Tage lang, und dann entscheiden Sie, ob sie Ihnen zusagt. Wenn Sie sie nicht wollen, nehme ich sie das nächste Mal wieder mit. Aber für den Fall, daß sie Ihnen gefällt, habe ich Ihrem Onkel schon den Preis genannt, den man für sie verlangt.«

»Sie ist teuer, nicht wahr?« fragte Richard.

Ralph sah gleichgültig an ihm hinab.

»Miss Julia braucht ein gutes Pferd«, stellte er fest. »Da sie Teilerbin von Wideacre ist, muß sie häufig aufs Land reiten, um nach dem Rechten zu sehen. Und dafür braucht sie ein gutes Pferd.«

Richard zwinkerte mit den Augen. »Natürlich«, sagte er. »Für Miss Julia ist das Beste gerade gut genug.« Ich hörte einen leicht gereizten Unterton in seiner Stimme, aber als er sich mir zuwandte, lächelte er. Er nahm meinen Arm und führte mich zum Gartentor; dort machte er eine galante Verbeugung. Ich zögerte und blickte mich lächelnd nach Ralph um.

»Vielen Dank, Ralph«, sagte ich mit Nachdruck.

»Werd auf deinem schönen Pferd nur nicht so übermütig, daß du mich vergißt!« meinte Richard. »Du sahst ganz wie eine Lady aus. Aber vergiß nicht: Für mich wirst du immer die kleine Cousine sein!«

Wir gingen gemeinsam ins Haus und standen allein in der Vorhalle. Der Raum war düster, nur durch das Licht aus dem halbkreisförmigen Fenster über der Eingangstür erhellt. Richards Gesicht erschien mir im Dämmerlicht fremd: sehr viel schmaler als sonst. Das Herz klopfte mir bis zum Hals, als wäre Richard nicht mein geliebter, vertrauter Cousin, sondern ein Unbekannter. Ich fühlte mich plötzlich unsicher und angespannt, und meine Knie wurden weich.

Richard trat näher an mich heran und legte den Arm um meine Taille. »Du siehst blaß aus, Julia«, sagte er. »Ich hoffe, der Ritt hat dich nicht zu sehr ermüdet?«

»Nein«, sagte ich leise. »Ich bin überhaupt nicht müde.«

»Mein Gott«, flüsterte er, »wie zierlich du bist, Julia! Du mußt dünner geworden sein – oder ich bin schwerer geworden! Du bist gewachsen, aber du bist überhaupt nicht fülliger. Sieh mal, ich kann deine Taille fast mit beiden Händen umfassen.« Er stand vor mir und umschloß mich mit beiden Händen. Durch mein Musselinkleid hindurch konnte ich seine Wärme und seinen festen Griff spüren.

»Überhaupt nicht«, sagte ich atemlos. Sein Gesicht war ganz nahe an meinem, und er hielt mich fest umschlungen. Ich schaute ihn an. Sein Atem streifte meine Wange. Seine Augen waren dunkel, aber es war nicht die Wut, die sie schwärzte. Wir standen einen Moment lang reglos in der schattigen Halle.

Dann hörte ich meine Mutter im Wohnzimmer laut lachen. Schuldbewußt fuhren wir auseinander, als hätten wir etwas Böses getan.

»Ich sollte besser gehen«, murmelte ich und ging zur Treppe, um frische Kleidung anzuziehen. Es war Frühstückszeit, und meine Mutter wäre nicht besonders erfreut, wenn ich mich in Reitkleidern an den Frühstückstisch setzte.

»Julia«, flüsterte Richard und stellte sich mir in den Weg.

Meine Hand lag auf dem Geländer, und ich stand ganz still. Mir schwindelte – vor Furcht und Entzücken zugleich.

Er kam mir nicht nahe. Vielmehr neigte er seinen dunklen Kopf und küßte meine Hand, die auf dem Geländer ruhte. Er sah mich an, aber ich konnte den Blick seiner blauen Augen nicht deuten. Dann machte er kehrt, ging in die Bibliothek und ließ mich allein in der dunklen Halle zurück. Ich fühlte seinen Kuß noch immer auf meinem Handrücken. Langsam, sehr langsam, ging ich in mein Schlafzimmer. Ich hatte das Bedürfnis, allein zu sein, um sehr sorgfältig über etwas nachzudenken. Aber als ich die Tür hinter mir geschlossen hatte, war mein Kopf leer. Seltsame und widersprüchliche Gefühle verwirrten mich. Eines war die leidenschaftliche Sehnsucht, die, so meinte ich, Beatrice zugehörte. Und zugleich empfand ich großes Unbehagen. Ich hatte mit Richard eine lange Zeit so nahe zusammengelebt, daß ich ihn wie einen Bruder liebte und an ihn wie an einen Bruder dachte. Und obwohl wir immer wieder über unsere zukünftige Ehe gesprochen hatten und über unseren Landbesitz, hatte ich mir niemals vorgestellt, daß er mich umwerben und begehren könnte. Ich hatte niemals gedacht, daß er mich eines Tages auch berühren würde. Seine Hände an meiner Taille und die Wärme seines Atems auf meinem Handrücken hatten mich erregt und mit Verlangen erfüllt, aber zugleich hatte ich so starke Angst gefühlt, als wenn etwas nicht in Ordnung wäre.

Es war tatsächlich etwas nicht in Ordnung.

Ich konnte mein Unbehagen auch am Frühstückstisch nicht abschütteln, vor allem, da mir Richard einen seltsam verschwörerischen Blick zuwarf. Onkel John und meine Mutter lachten gemeinsam über einen Brief, den sie gerade erhalten hatte, und keiner von beiden bemerkte, wie unwohl ich mich fühlte.

»Und welche Pläne hast du für heute, meine Liebe?« fragte John meine Mutter, als sie uns den Kaffee einschenkte.

»Heute bin ich entweder Näherin oder Hutmacherin«, sagte sie mit einem fröhlichen Lächeln. »Die Mädchen möchten gern lernen, wie man ein Kleid mit Schleifen schmückt und wie man einen Hut verziert, und ich habe eine Menge Stoffreste gesammelt und will es ihnen heute beibringen. Der Armenkasten von Acre muß für ziemlich lustige Dinge herhalten! Hoffentlich will Dr. Pearce nicht hineinsehen!«

»Nun, die Buchführung der Gemeinde ist auch nicht gerade in untadeligem Zustand«, erwiderte John. »Mr. Megson meint, man soll es als eine dringende Notlage ansehen, wenn die Mädchen eine Mitgift brauchen, damit sie heiraten können. Ich fürchte jeden Tag aufs neue, daß dein Stiefvater heimkommen und entdecken könnte, daß ich für diese ganze muntere Verschwendung mitverantwortlich bin.«

»Es ist keine Verschwendung«, sagte ich, Ralph eifrig verteidigend. »Es ist vollkommen vernünftig. Wenn die Mädchen sich in Acre verheiraten können, dann brauchen sie nicht irgendwo weit fort als Hausangestellte zu arbeiten. So halten wir die Familien zusammen und gewinnen zuverlässige Arbeiter für unsere Besitztümer.«

»Ich weiß«, sagte John und lächelte mich über den Tisch hinweg an. »Ich weiß das ganz genau, Julia. Und ich weiß auch: Wenn die Jugend in Acre nicht glücklich ist, dann haben wir unsere Zeit hier verschwendet.«

Meine Mutter nickte. »Ich muß bald gehen«, sagte sie. »Ich muß meine Stoffe so ordnen und auslegen, daß die Mädchen gleich anfangen können. Und was machst du heute, Julia?«

Ich blickte John an. »Kann ich mir einen Teil des Tages frei nehmen?« fragte ich. »Ich möchte Seenebel oben auf den Hügeln ein wenig probereiten und mir das neue Schaf ansehen, das Mr. Megson gekauft hat. Und ich muß mir ein paar Broschüren über Obstanbau durchlesen; es gibt bei Obstbäumen schlimme Krankheiten, und ich verstehe noch nicht genug davon.«

»Können *Sie* Julias Bäume nicht betreuen, Sir?« fragte Richard seinen Vater. »Ich meine: die Bäume kurieren und ein bißchen aufpäppeln?«

»Nicht ausgeschlossen«, meinte John, »aber heute muß ich nach Acre. Wenn du etwa ein Rezept für deine Apfelbäume brauchst, Julia, dann laß es mich nur wissen.«

Wir erhoben uns vom Tisch; ich folgte meiner Mutter in die Vorhalle. Die Eingangstür stand offen, und die warme Luft strömte herein. Der Nebel hatte sich gelichtet, der Regen hatte aufgehört, und ganz Wideacre war wie frisch geputzt und strahlend lebendig. Die Blätter der Bäume im Park leuchteten üppig und glänzend.

»Wie grün alles aussieht«, sagte ich.

Meine Mutter nickte und stopfte verschiedene Wollknäuel in ihren Handarbeitsbeutel. »Endlich einmal schönes Wetter«, bestätigte sie. »Aber bitte – sei auf deinem neuen Pferd vorsichtig. Reite nicht weiter als bis zur Schafweide und versprich mir, daß du nicht versuchen wirst zu galoppieren«, warnte sie mich. »Zur Essenszeit kann Richard dann mit dir gemeinsam heimreiten.«

Ich versprach ihr, was sie wollte, gab ihr zum Abschied einen Kuß und beobachtete, wie sie den Gartenpfad hinunterging und in die Kutsche stieg, die am Tor auf sie wartete. Dann sagte ich Richard, daß ich um zwei Uhr an der Scheune sein müsse. Als er mit Prince gemächlich schaukelnd und ohne jede Anstrengung langsam die Anfahrt hinabtrabte, schaute ich ihm nach. Dann legte ich meine Füße auf einen Hocker, zog den Tisch mit den Broschüren und Prospekten zu mir heran und begann zu lesen.

Nein! Keine Broschüren! Alle meine guten Vorsätze waren dahin! Darunter lagen auch die Romane, die meine Mutter aus der wandernden Leihbibliothek von Chichester entliehen hatte. Ich betrachtete die Titelseiten, um zu sehen, ob sie mich interessierten. Dann war ich wohl eingeschlummert, denn das nächste, was ich wußte, war, daß Stride an die Tür klopfte, um mir den Kaffee zu bringen – und es war schon nach ein Uhr!

»Oh, nein!« rief ich erschrocken. »Ich habe Richard versprochen, um zwei Uhr auf den Hügeln zu sein. Stride, sagen Sie Jem, er solle Seenebel für mich satteln. Ich komme zum Stall, sobald ich mich umgezogen habe.«

Ich trug meine Tasse nach oben und trank meinen Kaffee, während ich mir hastig meine neue Reitkleidung anzog. Meine Mutter hatte ihr Versprechen, mir Reitkleidung zu kaufen, sobald ich ein Pferd besäße, gehalten. Dies war für mich die erste Gelegenheit, das Kostüm zu tragen. Es war fast gelb, die Farbe sahniger Buttersauce. Es glitt über meinen Kopf wie Samt; ich strich den Stoff über Brust und Hüften glatt und genoß die sinnliche Lust, das warme Material zu fühlen, zu beschnuppern und anzuschauen. Zum Kostüm gehörte ein hübscher, kleiner Hut im selben Farbton. Und da John sich nicht davon abbringen ließ, hatte meine Mutter mir Reitstiefel mit kleinen, gelben Troddeln gekauft, die äußerst elegant aussahen. Ich hätte mich stundenlang vor dem kleinen, gefleckten Spiegel anschauen können, aber ich wußte, daß Richard auf mich wartete, und, was fast noch wichtiger war, daß im Stallhof Seenebel für mich bereitstand.

Ihr Fell glänzte so hell, daß sie fast weiß wirkte. Jem hatte ihren Schweif und ihre Mähne gewaschen, und sie sah aus wie das Einhorn aus einem alten Märchen. Er grinste, als er mein Gesicht sah, und half mir in den Sattel.

»Passen Sie auf und nehmen Sie sich Zeit mit ihr«, sagte er ernst. Unwillkürlich fühlte ich mich an seinen Onkel, John Dench, erinnert, der mir meinen ersten Ritt ermöglicht hatte. »Heute, am ersten Tag, sollten Sie sie überhaupt noch nicht galoppieren lassen«, meinte er. »Immer langsam, Miss Julia. Wir möchten, daß Sie sicher auf dem Pferderücken ankommen und nicht irgendwo an einem Hindernis hängenbleiben.«

Ich hörte nur mit halbem Ohr zu, nickte und strich zärtlich die weißen Locken ihrer Mähne über ihrem Hals glatt. »Ich werd' schon vorsichtig sein«, versprach ich und lenkte sie zur Anfahrt hin. Ich merkte, daß sie ihre Ohren hochstellte und leicht über die Pflastersteine des Hofes dahintänzelte. Und dann, als sie die Auffahrt erreichte, fühlte ich, wie die Energie des Frühlings durch sie hindurchströmte.

Die Zweige über meinem Kopf glühten grün im Sonnenlicht; in den frischen, jungen Blättern pulsierte das Leben. In den Hecken zu beiden Seiten der Anfahrt leuchteten die wilden Rosen in gelben Büschen, und auf den Böschungen wiegte sich das Wiesenschaumkraut. Tiefer in den Wäldern war die Erde von Glockenblumenkissen bedeckt, und ein strenger Geruch von wildem Knoblauch wehte zu mir herüber. Über dem hoch gewölbten Baldachin der Sommerblätter flogen die Vogeleltern geschäftig hin und her, und durch den Wald klangen die unablässigen Rufe der balzenden Waldtauben. Auch der Kuckuck rief hoch oben auf den Hügeln sehnsüchtig nach einer Gefährtin.

An den Toren beim Pförtnerhaus pflanzten Jennys Schwester und ihre beiden kleinen Kinder in ihrem Garten Kartoffeln. Als ich vorbeiritt, winkten sie fröhlich, und die beiden kleinen Mädchen, Nell und Molly, kamen zur Gartenpforte heruntergerannt.

»Oh, Miss Julia! Was für ein hübsches Pferd!« riefen sie und spähten durch die Holzpfähle hindurch.

Als ich sie anlächelte, schlüpften sie durch die Pforte und standen auf dem Weg, den Stoff ihrer zerlumpten, kurzen Kleider mit beiden Händen festhaltend.

»Ich kann euch heute nicht mitreiten lassen«, sagte ich und antwortete damit auf ihre unausgesprochene Frage. »Ich fühle mich auf dieser Stute noch nicht sicher. Sie ist mir noch fremd, und ich muß erst einmal richtig reiten lernen, bevor ich irgend jemand anderen mitnehme! Aber sobald ich mich sicher fühle, komme ich zu euch heruntergeritten, und ihr beiden könnt euch vor mich auf ihren Rücken setzen.«

Die Kinder strahlten. Ich winkte ihnen noch einmal zu und lenkte Seenebel nach links den Weg nach Acre hinab. Ich ritt nicht direkt ins Dorf, sondern nahm den Reitweg, der an dem Feld vorbeiführte, das früher von den Dorfbewohnern gemeinsam bestellt wurde. Ralph Megson hatte darauf bestanden, daß die kleinen Streifen Land – für jede Hütte einer – wieder urbar gemacht wurden, damit die Männer und Frauen sofort wieder zu pflanzen beginnen konnten. Ich selbst hatte eines der neuen Felder, die damals von Beatrice umzäunt worden waren, geeigneter gefunden. Es war nur ein einziges Mal bebaut worden und lag die ganze restliche Zeit brach.

Seenebel legte die Ohren zurück beim Anblick des weichen, grasbewachsenen Pfades, der sich den Hügel hinaufschlängelte. Als sie in einen weichen Galopp fiel, der für mich jetzt viel angenehmer war als ihr Trab, vergaß ich ganz und gar, was ich meiner Mutter und Jem versprochen hatte. Ich beugte mich über ihren Hals und trieb sie immer schneller voran, bis wir in einem schlammspritzenden, keuchenden Galopp den

Hügel hinaufdonnerten. Ich hörte nichts mehr als das Trommeln ihrer Hufe, das Sausen des Windes und mein eigenes Rufen: »Weiter, weiter!«, während sie immer schneller und schneller wurde, so als liefen wir ein Rennen.

Sie selbst verlangsamte ihren Lauf am Eingang des Feldes, wo der Pfad schmaler wurde. Wäre sie mir plötzlich durchgegangen – ich hätte nicht gewußt, wie ich sie hätte halten sollen. Aber sie war ein liebes Pferd, eine wirklich brave und wohlerzogene Stute. Ich hatte große Lust, den ganzen Tag lang herumzubummeln und einfach weiterzureiten, aber ich hatte Richard mein Versprechen gegeben und bekam ein schlechtes Gewissen, als ich Prince vor der neuen Scheune angebunden sah. Ich stellte mich mit Seenebel daneben, glitt vom Sattel, band sie an einen der Balken und ging zur offenen Tür.

Meine Augen waren von dem hellen Sonnenlicht geblendet, und einen Moment lang konnte ich nicht sehen, was sich drinnen abspielte. Als ich dann etwas erkennen konnte, mußte ich ungläubig blinzeln.

Richard stand an der gegenüberliegenden Wand der Scheune, flach an die Holzpfähle gedrückt. Sein Hut war ihm vom Kopf gefallen, und im Dämmerlicht sah er aus wie ein Geist; seine Augen, riesig in seinem blassen Gesicht, schimmerten schwarz vor Entsetzen. Die Schafe standen in einem großen Halbkreis um ihn herum, Schulter an Schulter wie eine undurchdringliche Mauer. Ich hielt verzweifelt nach dem Schäfer Ausschau und nach seinem großen Hund, denn ich hatte nie gesehen, daß Schafe so nahe an einen Menschen herankommen, außer wenn man sie zu ihm hintreibt oder vielleicht, wenn sie ein neugeborenes Lamm vor irgendeiner Gefahr schützen. Aber außer Richard war niemand dort, und um ihn herum, etwa sechs Meter von ihm entfernt, standen die Schafe in einem Halbkreis so dicht an dicht gedrängt, als hätte man sie auf einen Karren geladen.

Und sie rückten immer näher zu ihm.

Während ich einen Moment lang ratlos und entsetzt dastand, scharrte der Widder, ein breitschultriges Tier, mit dem Vorderhuf auf dem Boden und senkte den Kopf. Unmerklich bewegten sich alle weiter voran, die Leiber noch fester gegeneinandergepreßt, die gelben Augen noch funkelnder und die weißen, ovalen Gesichter mit den dunklen Nasenschlitzen noch herausfordernder zu Richard vorgereckt, der sich ängstlich an die Scheunenwand drückte.

Sie bedrängten ihn, wie eine wütende, aufgeregte Herde einen Hund bedrängen würde. Aber Richard war ein Mensch.

Einen Moment lang spürte ich selbst das Entsetzen, das Richard dort an die hinterste Wand nagelte. Jenes tiefe, abgründige Entsetzen über etwas, was den Naturgesetzen widerspricht. Wäre ich abergläubisch gewesen, dann hätte ich gedacht, daß die Tiere vom Teufel besessen waren, und als der Widder noch einmal seinen spitzen, kleinen Huf in die Erde stieß, wäre ich vielleicht voller Entsetzen geflohen.

Aber statt dessen holte ich tief Atem und rief aus vollem Halse: »Nein!«

»Nein!« rief ich noch einmal, und Richard drehte ruckartig den Kopf und schaute verdutzt blinzelnd in meine Richtung.

»Julia!« flüsterte er voller Entsetzen. »Julia! Hol Hilfe! Die Schafe sind durchgedreht.«

»Nein!« rief ich ein drittes Mal, raffte, um mir selbst Mut zu machen, eine Handvoll Stoff meines Reitkostüms mit der Hand zusammen, und ging geradewegs auf die aneinandergedrückten Leiber zu.

Als ich herankam, wichen sie zu beiden Seiten auseinander. Natürlich taten sie das. Sie flohen vor mir, und ich konnte durch eine Schneise direkt auf Richard zugehen. Der Widder senkte vor mir den Kopf und zeigte mir seine Hörner. Noch einmal rief ich »Nein«, und er trippelte auf seinen zierlichen Paarhufen vor mir davon.

Richard bewegte sich nicht, bis ich neben ihm angekommen war. Dann streckte er mir die Arme entgegen und klammerte sich an mich wie ein Ertrinkender.

Als wir gemeinsam zur Tür gingen, mußte ich Richard stützen. Ich half ihm, über das Gitter zu steigen. Der Widder und ein paar der Mutterschafe kamen noch einmal zu uns heran und starrten Richard mit ihren leeren, gelben Augen unverwandt an. Ich verscheuchte sie wie ein Bauernmädchen, das mit ihren Hennen spricht, und sie liefen davon. Dann blickte ich mich in der Scheune um. Richard hatte ihnen kein Futter gegeben. Neben der Tür stand ein Eimer Hafer. Ich nahm ihn und schüttete den Inhalt in den Futtertrog. Schnell und gierig kamen die Schafe herbeigelaufen und hatten kein Auge mehr für mich. Ich bahnte mir durch die Herde hindurch meinen Weg zur Tür, schob das Gitter zur Seite und stand draußen.

Richard saß mit geschlossenen Augen in der Sonne. Ich ging hin und setzte mich schweigend neben ihn auf den federnden Grasboden der Downs. Ich wußte nicht, was in der dunklen Scheune geschehen war.

Aber was ich gesehen hatte, war ohne Beispiel.

»Sie sind auf mich losgegangen«, sagte Richard sehr leise. »Ich bin reingegangen, um sie zu füttern, und sie sind auf mich zugekommen. Ich habe die Eimer auf den Boden gestellt, und ich dachte, sie würden sich darüber hermachen. Aber sie sind auf mich losgegangen.«

»Wo ist der Schäfer?« fragte ich.

»Er hat seinen Sohn geschickt; er ist krank«, erzählte Richard und schüttelte den Kopf, denn er konnte nicht glauben, was geschehen war. »Ich habe gesagt, ich würde sie selbst füttern und tränken. Ich wollte ihnen auch Heu geben. Aber sobald ich über das Sperrgitter in die Scheune gekommen war, stellten sie sich in einen Kreis um mich herum und wollten auf mich losgehen. Ich bin zurückgegangen, und sie sind immer weiter nachgerückt. Und plötzlich stand ich mit dem Rücken zur Wand, und sie kamen immer näher auf mich zu.« Er erschauderte und legte den Kopf auf seine Knie. »Schafe tun so etwas nicht«, flüsterte er.

Ich sagte gar nichts. Ich legte einen Arm um Richards Schulter und streichelte ihn am Kragen seiner Jacke. Sein Leinenhemd war schweißnaß. Er war zutiefst verängstigt. Plötzlich stand mir ganz klar das Bild vor Augen, wie Richard am ersten Tag im Stallhof auf Scheherazade saß, und ich erinnerte mich daran, wie sie nervös ihre Ohren zurückgelegt und gescheut hatte, als Richard in ihre Nähe kam.

»Es macht nichts«, sagte ich leise. Was hätte ich sagen sollen? Die Szene in der verdunkelten Scheune war ein Alptraum gewesen, einer jener schrecklichen Alpträume, in denen die allervertrautesten Gegenstände plötzlich bedrohlich werden.

»Nein«, sagte Richard. Er wollte die Szene so schnell wie möglich vergessen. »Es macht überhaupt nichts.«

»Möchtest du heimgehen?« fragte ich, ich schaute zur Sonne empor und schätzte, daß es ungefähr halb drei Uhr sein mußte.

»In einer Minute«, antwortete Richard. »Was sollen wir denn mit den Schafen anfangen?«

»Ich öffne die Türen und lasse sie aufs Feld hinaus«, antwortete ich und stand auf. »Ich schau sie mir mal an, wenn sie rauskommen, und Giles, der Schafhirte, kann sich dann um sie kümmern, sobald es ihm wieder besser geht.«

»Ich werde das Tor für dich schließen«, sagte Richard. Er ging, um die Pferde zu holen, und ich sah, daß er nervös zu mir zurückschaute. Ich blieb still stehen, um ihn wissen zu lassen, daß ich die Schafe nicht herauslassen würde, bis er das Tor hinter sich geschlossen hätte. Prince stand ruhig wie ein Felsen, während Richard die Zügel losband, aber Seenebel warf ihren Kopf in die Höhe und wich zur Seite aus. Er führte die beiden Pferde durch das Tor und machte es dann hinter sich zu. Erst als er sich in den Sattel geschwungen hatte und mir zunickte, ging ich in die Scheune.

Drinnen sah ich die weißen Gesichter, die sich mir zuwandten. Einen Moment lang fühlte ich dasselbe Entsetzen, das Richard empfunden haben mußte, das Entsetzen eines Tieres, das in der Falle sitzt.

»Nein«, sagte ich noch einmal, und hinter meiner Entschlossenheit lag ein Gefühl von Macht und Wissen, das die Laceys seit jeher gehabt hatten. Ich warf meinen Kopf in den Nacken, wie die stolze rothaarige Beatrice es auch getan hätte. »Ganz bestimmt nicht«, sagte ich mit fester Stimme zu der Herde und zog das Sperrgitter gerade eben so weit zur Seite, daß nur jeweils ein einzelnes Schaf sich hindurchzwängen konnte.

Sie zauderten, aber der Anblick der Weide verlockte sie, und der alte Widder lief mit gesenktem Kopf hastig an mir vorbei. Sofort drängten die anderen hinter ihm her.

»Alles erledigt«, rief ich Richard fröhlich zu, als ich über das Tor kletterte. Er brachte Seenebel zu mir, so daß ich von der Pforte aus in den Sattel steigen konnte.

»Ich hasse Schafe«, bemerkte Richard gleichgültig. »Ich werde meinem Vater sagen, daß ich niemals ein guter Schäfer werde und es auch gar nicht versuchen will. Auf keinen Fall will ich Schafe hüten. Ich brauche ohnehin meine ganze Kraft, um das Herrenhaus wieder aufzubauen. Weiß Gott, da gibt es genug zu tun!«

»Wirklich?« fragte ich, und wir lenkten die Pferde von der Scheune und der Schafherde fort. »Hast du denn schon den richtigen Stein gefunden, den der Architekt dann verwenden soll?«

»Ein Stein aus Bath wäre am besten«, sagte Richard. »Die Steine, die sie hier brechen, sind viel zu weich. Ich hatte wegen der Transportkosten gehofft, wir könnten das Baumaterial in der Nähe des Dorfes finden. Das müßte wohl auch möglich sein. Aber so, wie das Haus geplant ist, brauchen wir unbedingt gelben Sandstein.«

»Ich mag die Farbe, wenn der Stein noch neu ist«, sagte ich. »Können die alten Steine des Herrenhauses auch noch verwendet werden?«

»Das ist das andere Problem«, antwortete Richard. »Ich versuche, den Architekten zu überreden, das Herrenhaus so weit wie möglich nach dem alten Grundriß wieder aufzubauen, um Arbeit zu sparen, und damit wir keine neuen Keller ausheben müssen. Dann könnten wir die alten Steine wiederbenutzen und die Wände, die jetzt noch stehen, in das neue Gebäude einbeziehen. Aber natürlich möchte er noch einmal ganz von vorn anfangen.«

Ich nickte. Als der Pfad sich verbreiterte, trabten Prince und Seenebel Seite an Seite, und ich ließ Richard den ganzen Heimweg lang über das Herrenhaus sprechen. Die Herde, die wir an den Ausläufern der Hügel zurückgelassen hatten, wurde nicht ein einziges Mal mehr erwähnt. Richard nahm seinen Vater vor dem Abendessen einen Moment beiseite, um ihm zu sagen, daß er nicht mit den Tieren arbeiten wolle.

Onkel John wunderte sich überhaupt nicht. Von jenem Tag an war ich es, die für die Schafe und für die kleine Herde Milchkühe die Verantwortung trug. Irgend jemand mußte die Arbeit machen. Meine Mutter hatte ihre Schule, Onkel John mußte sich um die Gesundheit des Dorfes und um die Finanzen kümmern, Ralph Megson überwachte die Feldarbeit, Richard war verantwortlich für das Herrenhaus, und ich war jeden Tag draußen und schaute nach den Tieren, den Äckern und den Obstbäumen. Ich war sehr beschäftigt – eine richtige junge Lacey, die sich um ihr Land kümmerte.

Richard kümmerte sich nicht um das Vieh.

Richard kümmerte sich nicht um das Land und die Ernte.

Richard kümmerte sich nicht um die Pächter und die Arbeiter und die komplizierten Einzelheiten des Landbesitzes und der gemeinsamen Nutzung des Landes.

Richards große Liebe, sein großes Projekt war seine Arbeit am Herrenhaus. Und meine Mutter, Onkel John und ich beobachteten mit Wohlwollen, daß er jeden Tag mehr Wissen hinzugewann. Nur Richard hatte genug Energie und Begeisterung für das Herrenhaus, um zwanzig Steinbrüche nach dem richtigen Stein im richtigen Farbton abzusuchen, bis er endlich einen fand, der ihm zusagte.

»Er ist dunkler als der gewöhnliche Sandstein«, erklärte er Ralph Megson, Onkel John und mir eines Morgens in der Bibliothek. Wir waren zusammengekommen, um eine Entscheidung über bestimmte Obstsorten zu treffen, die angebaut werden sollten. »Er wird wunderbar mit den alten Steinen des Herrenhauses harmonieren. Der Architekt wollte es ganz neu aufbauen, und der Maurermeister auch. Aber ich bin sicher, daß ich mit diesem Stein die richtige Entscheidung getroffen habe, obwohl er aus großer Entfernung hierher transportiert werden muß. Wenn wir die alten Steine noch nutzen, brauchen wir nur die Hälfte an Baumaterial. Und mir gefällt die Vorstellung, daß das Herrenhaus aus den alten Ruinen wieder aufersteht.«

Bei Richards Worten runzelte Ralph Megson die Stirn, betrachtete aber weiter die Pläne des Architekten, die vor uns auf dem Tisch ausgebreitet lagen. »Ich kann nicht viele Männer entbehren«, sagte er kurz. »Und sie sind keine Maurer. Sie könnten nur Tagelöhnerarbeit verrichten.«

Richard nickte. »Ich habe mit dem Architekten gesprochen, und wir sind der Meinung, es sei am besten, erfahrene Bauarbeiter heranzuholen«, sagte er. »Sie könnten in Midhurst untergebracht und täglich in einem Wagen hierhergefahren werden. Meinen Sie, daß die Leute von Acre das akzeptieren würden?«

Ralph blies die Backen auf und blickte John prüfend an. »Diese Männer bekommen einen festen Lohn, nehme ich an? Kein Profitteilungsplan für sie?«

Onkel John hielt Ralphs amüsierten Blicken stand. »Es geht hier nicht um revolutionäre Ideen und den Sturm auf die Bastille«, sagte er. »Sie bekommen ihre Arbeit ordentlich bezahlt. Ich sehe keinen Grund, warum Acre etwas dagegen haben sollte.«

»Nicht, wenn die Leute aus Acre einen Profit herausbekommen, der besser ist als der Satz für die Bezahlung von Tagelöhnern«, sagte Ralph.

»Nun, das ist meine Absicht«, meinte Onkel John. »Mr. Megson, könnten Sie sich bitte diesen Plan hier mal anschauen ...« Er bedeckte Richards Plan vom Herrenhaus mit einem Plan der Felder von Wideacre. Er war in verschiedenen Farbtönen schraffiert, die die verschiedenen Feldfrüchte symbolisierten. Richard und ich lächelten uns verschmitzt an. Niemandem lag das Herrenhaus so sehr am Herzen wie Richard. »Ich möchte, daß alles sehr gut ausgewogen ist«, sagte Onkel John. »Alles, was wir anbauen, sollte nacheinander heranreifen. Ich bin besonders an einer Vielfalt von Feldfrüchten interessiert.«

»Alles Obst braucht Sonnenschein«, bemerkte Ralph und blickte auf die grüngefärbten Feldstreifen: dort sollten Obstbäume angepflanzt werden.

»Ja, auf jeden Fall«, erwiderte Onkel John. »Aber manche Sorten können auch ziemlich viel Regen vertragen, und es werden heute einige sehr robuste Bäume gezüchtet. Dort draußen in den Städten gibt es einen immer größeren Markt. Ich wünsche mir, daß das Obst von Wideacre in Chichester, in Portsmouth und sogar in London verkauft wird.«

Ralph nickte. »Ich bin überzeugt, daß Ihre Vorstellungen mit den zukünftigen Entwicklungen übereinstimmen«, sagte er. »Immer mehr Menschen werden in den Städten leben, und sie müssen alle essen. Aber wenn etwa ein Krieg gegen Frankreich ausbrechen sollte, dann wird es zunächst der Brotpreis sein, der in den Himmel klettert. In Kriegszeiten ist es immer am sichersten, Weizen anzubauen.«

Onkel John nickte. »Und was ist mit Acre?« sagte er. »Was denken die Bewohner von Acre über den Anbau von Weizen?«

In dem sonnigen Raum herrschte vollkommene Stille. Es war fast, als läge der rauchige Geruch von alten Aufständen in der Luft.

Dann lächelte Ralph. »Warum nicht?« sagte er bitter. »Niemand in Acre hat jemals etwas gegen einen vernünftigen Profit einzuwenden gehabt. Niemand in Acre hat jemals etwas gegen die Ausfuhr von Nahrungsmitteln gehabt. Es hat niemals einen Brotaufstand gegeben, außer damals, als hungernde Menschen zusehen mußten, wie ihr selbst angebautes Getreide fortgeschickt wurde.«

»Aus Ihrem Munde klingt es fast so, als seien Aufstände etwas Vernünftiges«, sagte Richard. Seine Stimme klang ruhig, fast ermutigend. »Haben Sie auch persönlich Erfahrungen damit gemacht?«

»Ich habe zugesehen, wie die Menschen rebellierten«, sagte Ralph. Sein Lächeln sagte mir deutlich genug, daß er niemals ein unbeteiligter Beobachter gewesen war. »Ich habe nie einen Aufstand miterlebt, der nicht in seiner Art vollkommen geordnet gewesen wäre.«

»Ein geordneter Aufstand?« fragte Onkel John verdutzt. Aber John war in Edinburgh aufgewachsen und hatte während der letzten vierzehn Jahre in Indien gelebt.

»Ja«, sagte Ralph. »Es sind in diesen Fällen ohnehin immer die Frauen, die rebellieren, also nicht kampflustige Männer oder irgendwelche Unruhestifter. Ich habe einen Aufstand in Portsmouth miterlebt, wo die Frauen in einen Brotladen eindrangen, weil der Bäcker untergewichtige Brotlaibe zum vollen Preis verkaufte. Sie haben die Ladentür aus den Angeln gehoben und sich auf den Bäcker draufgesetzt. Dann wurde nach einem Friedensrichter gerufen. Er sah sich die Gewichte an, die der Bäcker benutzt hatte. Sie waren untergewichtig; er hatte einfach dicke Späne davon abgehobelt. Der Verwaltungsbeamte hat noch einmal jeden einzelnen Brotlaib in dem Laden abgewogen und dann den Frauen das Brot zum richtigen Preis verkauft. Danach haben sie den Bäcker wieder laufen lassen. Er war nicht verletzt, und sein Laden war nicht beschädigt. Die Tür war zwar aus den Angeln gehoben, aber er hatte sein Geld in der Kasse.«

Onkel John schaute Ralph verwundert an, aber Richard und ich lächelten. »Der Friedensrichter hat den Aufständischen recht gegeben?« fragte John ungläubig.

Ralph zuckte mit den Achseln und lächelte. »Er hat eben auch an Recht und Tradition geglaubt. Niemand mag einen betrügerischen Händler, niemand mag Menschen, die Brot horten. Und die Frauen waren angesehene, respektable Frauen, aber, mein Gott, wie wütend sie auch waren! Ich hätte ihnen den halben Laden weggeschenkt, wenn sie *mich* so giftig angeschaut hätten!«

»Aber Sie haben doch sicher auch ein paar Blicke abbekommen, Mr. Megson?« fragte ich gewitzt. »Was haben *Sie* denn eigentlich dort gemacht?«

»Ich habe überhaupt nichts gemacht«, versicherte Ralph Megson unschuldig. »Ich habe nur dort gestanden und die Tür gehalten ... und den Meißel ... und den Hammer.«

Onkel John, Richard und ich lachten laut heraus, und auch Ralph lächelte verschmitzt.

»Die Zeiten sind vorbei«, sagte Ralph Megson bedauernd. »Die Zeiten, als die armen Leute noch darauf bestehen konnten, auf dem Markt nur faire Preise zu bezahlen. Es hat eine Weile gedauert, bis ich es begriffen hatte, aber jetzt weiß ich es. Daher habe ich nichts dagegen, wenn Wideacre Weizen sät und ihn mit gutem Profit verkauft. Die Armen von England bekommen nur dann genug zu essen, wenn es auf allen Märkten ausreichend Lebensmittel zu kaufen gibt und diese Lebensmittel im Lande hin- und hertransportiert werden. Die Armen können sich nicht länger nur von dem ernähren, was in ihrer Gegend jeweils produziert wird, und sie können die Handelswege des Getreides nicht kontrollieren.«

Onkel John nickte. »Im Rahmen unseres Profitteilungsplans sollten wir überschüssiges Getreide in London verkaufen«, sagte er. »Jedermann würde mit den Preisen in London besser fahren als mit dem billigen Getreide auf dem Markt in Midhurst.«

Ralph nickte. »Man muß immer genug zurückbehalten, um Acre sattzubekommen«, sagte er. »Und deshalb ist es wichtig, den Weizen auf einem halben Dutzend Felder anzupflanzen:

um Wideacre herum gibt es noch Raum für sehr viel gutes Ackerland.«

»Nicht nur Acre muß satt werden«, sagte ich. »Wenn unser Getreide nach Midhurst gebracht wird, dann können es die Armen aus der ganzen Umgebung kaufen. Das Vernünftigste wäre, sich mit anderen Landbesitzern darauf zu einigen, den lokalen Markt zu einem angemessenen Preis zu versorgen und dann mit dem Überschuß die größtmöglichen Profite zu erzielen.«

»Ein Verkaufskartell, von dem die Armen profitieren können!« faßte Ralph lachend zusammen. »Miss Julia, Sie sollten auf die Barrikaden gehen. Ich habe von Verkaufskartellen gehört, die dem Zweck dienten, die besten Preise zu erzielen, aber Sie reden von einem Kartell, das einen fairen Preis garantieren soll! Ein Ring von Produzenten, damit den Konsumenten daraus ein Vorteil erwächst! Das wäre wahrhaftig etwas ganz Neues.«

»Und es könnte sogar klappen«, sagte Onkel John, tief in Erinnerungen versunken. »Sie waren nicht hier, Mr. Megson, als Julias Vater, der Squire, seine landwirtschaftlichen Experimente in die Wege leitete und Beatrice den Besitz verwaltete. In den guten Jahren beherrschte Wideacre die ganze Umgebung. Zu der Zeit hatte das Dorf einen ausgezeichneten Ruf; überall folgte man seinem Beispiel. Wenn wir zeigen könnten, daß sich auch die armen Nachbarn von unseren Feldfrüchten ernähren können und ebenso alle Arbeiter *und* daß wir zugleich einen guten Handelsprofit erzielen, dann wird es viele Dörfer geben, die unserem Beispiel folgen.«

»Und auf Wideacre hat sich auch erwiesen, daß die andere Möglichkeit, nämlich nur auf Profit aus zu sein, der falsche Weg ist«, sagte ich.

Ralph lächelte über mein Engagement. »Ja«, meinte er. »Sie haben vollkommen recht, Miss Julia.«

»Ich bin ebenfalls dieser Meinung«, fügte, sehr zu meiner Überraschung, auch Richard hinzu. Die beiden Männer drehten sich zu ihm um, aber er schaute nur auf mich. »Das wirtschaftliche Wohlergehen von Acre hängt nicht allein von Profiten ab«, sagte er. »Der wirtschaftliche Aufschwung ist immer auch von guten Beziehungen zu den Nachbarn abhängig. Wir sollten auf sehr vielen Feldern Getreide anbauen, dieses Getreide dann lokal zu einem angemessenen Preis verkaufen und zugleich den größtmöglichen Profit mit den Überschüssen erzielen. Das ist eine faire Lösung.«

»Einverstanden!« rief Onkel John, als seien wir endlich handelseinig geworden. »Aber ich möchte doch noch ein paar Felder für Himbeeren und Erdbeeren reservieren.«

»Ja«, knurrte Ralph mürrisch. »Das ist mir klar. Und Sie können sich auch gleich Gedanken machen, wie wir die Früchte dann zur Zeit der Heuernte pflücken sollen.«

»*Ich* werde sie pflücken«, meinte Richard großspurig. »Besser jedenfalls, als Schafe zu hüten!«

Darüber mußten nun alle lachen, und nur ich dachte ganz kurz an Richards panische Angst in der Scheune. Alle waren der Ansicht, daß Richard ohnehin andere Aufgaben habe, als das Vieh zu betreuen. Das Vieh sollte von nun an die Sache von Mr. Megson oder Miss Julia sein.

11

Niemand erwartete, daß Wideacre in jener ersten Erntesaison schon große Gewinne machen würde, aber wir hatten immerhin eine gute Heuernte – »besser als gar nichts«, sagte Ralph mürrisch –, und das bedeutete, daß wir die Schafe und Kühe den ganzen Winter hindurch billiger ernähren konnten. Natürlich trug in jenem ersten Jahr noch keines der Obstbäumchen Früchte. Aber die Himbeersträucher waren auf den Feldern entlang der Anfahrt zum Herrenhaus in schönen, geraden Reihen angepflanzt worden. Auf einem neuen Feld entlang des Flusses hatten wir Stachelbeerbüsche an einer Stelle gesetzt, wo sie genug Sonne bekämen und vor dem Wind geschützt wären, der von den Hügeln herunterwehte. Meine Apfelbäume waren prächtig angegangen und wuchsen gerade und aufrecht in die Höhe. Sie standen zudem im richtigen Abstand, und das grenzte geradezu an ein Wunder, wie ich fand. So nahm ich Ted Tyackes ironische Glückwünsche ganz ernst – und war überzeugt, daß ich sie auch verdient hatte.

Richard war im Herbst sehr viel fort; er bereitete sich auf die Universität vor, die er nach Weihnachten besuchen wollte. Onkel John brachte ihn nach Oxford und kam über London zurück; dort beriet er die MacAndrew Company hinsichtlich der politischen Veränderungen in Indien. Meine Mutter und ich waren deshalb ein paar Wochen allein auf dem Lande. Wir arbeiteten den ganzen Tag lang so hart wie Dienstmägde und trafen uns nur zur Hauptmahlzeit.

Die Schulkinder meiner Mutter hatten den praktischen Anfangsunterricht schon hinter sich gebracht und begannen jetzt damit, die Buchstaben zu lernen; jeden Abend stand das Eßzimmer voller Farbtöpfe und fester Kartonbögen, die meine Mutter benutzte, um daraus Formen für Buchstaben auszuschneiden.

Ich arbeitete immerfort: in Acre, wo ich für die allzu lange vernachlässigten Hütten Reparaturarbeiten anordnete; auf den Hügeln, um die Anpflanzung von Hecken und das Errichten von Zäunen für die Schafherden zu überwachen; auf dem Gemeindeland, wo Unterholz gerodet und Feuerholz gesammelt wurde; und die meiste Zeit und vor allem anderen auf den Feldern. Wo ich auch gerade war und wann auch immer ich eine Entscheidung traf, Ralph Megson war immer dabei. Ich war mir nicht ganz klar darüber, welche Rolle er für mich spielte. Manchmal erschien er mir wie ein Vater, manchmal wie ein Liebhaber und manchmal wie ein Lehrer. Und immer war er mir ein Freund. Als die Wochen vergingen und die Novembertage kürzer und kälter wurden, veränderte sich unser Verhältnis: Wir waren nicht mehr Lehrer und Schülerin, sondern gleichberechtigte Partner.

Anfang Dezember traf er mich eines Tages auf der Brücke über dem Fenny. Ich hatte dort mit Seenebel angehalten und schaute in das Wasser, das unter den Steinbögen hinwegrauschte. Ralph war den Weg gekommen, der von Acre hier heraufführte.

»Sie sehen aus, als wäre Ihnen warm«, sagte er.

Ich nickte. Ich trug ein neues Reitkostüm, das blaurot wie eine Pflaume und aus dicker Wolle war. Ich hatte die Jacke bis zum Hals zugeknöpft, denn das Wetter war feucht, und die Luft roch nach Schnee.

»Schafe versorgt?« fragte Ralph. Er wußte, daß ich an diesem Morgen früh aufgewesen war, um nach den Tieren zu sehen.

»Ja«, sagte ich. »Aber ich glaube, Giles, der Schafhirte, wird allmählich zu alt. Er ist schon wieder krank, und sein Sohn, Jimmy, ist zu klein zum Schafehüten. Im übrigen möchte meine Mutter gern, daß Jimmy zunächst einmal zur Schule geht.«

Ralph nickte. »Ich weiß«, sagte er. »Aber es gibt sonst niemanden im Dorf, der mit den Schafen Bescheid weiß. Vielleicht sollten wir uns überlegen, ob wir nach Weihnachten einen oder zwei Sommer lang einen Schäfer einstellen. Er könnte einigen der Dorfjungen beibringen, wie man es macht.«

»Meine Mutter weiß bestimmt, welche Jungen dafür geeignet sind«, sagte ich. »Und Jimmy liebt die Schafe wirklich sehr. Er ist offensichtlich für die Arbeit geeignet. Sein bester Freund ist Simon. Vielleicht könnten sie sich gemeinsam um die Tiere kümmern.«

Ralph nickte und packte dann plötzlich meinen Arm. »Sehen Sie mal!« rief er. »Junge Lachse, die den Strom heraufschwimmen!«

Ich beugte mich über das Brückengeländer und starrte ins Wasser. Sehr langsam, als sei es sehr erschöpft, schwamm ein Lachsweibchen dickbäuchig im Wasser. Es hatte vom Meer her die lange Reise flußaufwärts gemacht und erkämpfte sich nun seinen Weg stromaufwärts. Es war durch seine vielen Eier schwer und rund geworden. Die kleinen Lachse, die aus den Eiern ausschlüpfen würden, würden den Fenny verlassen und erst zurückkehren, wenn sie ausgewachsen wären.

»Für mich ist Lachs eine Köstlichkeit«, sagte Ralph begeistert. »Miss Julia, Sie müssen mich bitte heute entschuldigen. Ich werde ihr folgen, und wenn sie gelaicht hat, dann werde ich sie mit einem Netz herausfischen. Sie werden mir das sicher verzeihen.«

»Aber natürlich«, sagte ich und lächelte über Ralphs Begeisterung.

»Und Sie können ein paar Filetstückchen nach Dower House heraufschicken. Mrs. Gough könnte uns den Lachs zum Abendessen zubereiten, wenn Sie mit uns essen wollen.«

»Ja«, sagte Ralph geistesabwesend. »Fühle mich sehr geehrt.« Er legte zwei Finger in den Mund und pfiff lange und durchdringend.

Sofort kamen zwei der kleineren Dorfjungen aus Acre angerannt. Ralph trug ihnen auf, das Lachsweibchen nicht aus den

Augen zu lassen und ihr überallhin zu folgen. Ohne ein weiteres Wort ging er selbst, so schnell seine Beine es zuließen, zu seiner Hütte zurück, um sein Pferd und sein Netz zu holen.

Ein paar Stunden später stand Little 'Un, der beste Grüße von Mr. Megson ausrichtete, mit drei dicken in Papier eingewickelten Lachssteaks an der hinteren Tür. An jenem Abend aßen wir Lachs-Pastete mit sahniger, weißer Sauce, überbacken mit einer köstlichen, hellbraunen Teigkruste.

»Machen wir in diesem Jahr eine Weihnachtsfeier?« fragte Mr. Megson meine Mutter. »Ich könnte im Dorf etwas organisieren. Hier würde es wohl ziemlich eng werden.«

»Ich würde eigentlich gerne hier in Dower House ein Fest ausrichten«, entgegnete sie. »Sie können außerdem eine Weihnachtsfeier im Dorf machen, aber zumindest die Kinder möchte ich hierher einladen, vielleicht am Dreikönigsabend. Ich muß Dr. MacAndrew schreiben und ihn fragen, was er sich vorstellt.«

»Weiß er schon, wann er wieder heimkommt?« fragte Ralph Megson und reichte meiner Mutter eine Schale mit kandierten Früchten.

»Noch nicht«, erwiderte sie. »Die Geschäfte der MacAndrew-Firma sind sehr verzweigt, und niemand weiß so viel über Indien wie John. Brauchen Sie ihn denn hier?«

»Nein, überhaupt nicht«, antwortete Ralph und lächelte mich an. »Er hat ja immerhin eine sehr tüchtige Stellvertreterin zurückgelassen.«

Meine Mutter lächelte. »Ja, das glaube ich auch«, sagte sie. »Man hört von ihr ja kein vernünftiges Wort mehr, es sei denn, es ginge um Getreide oder Obst, das auf Wideacre angepflanzt wird, oder um irgendwelche Tiere. Ich glaube, diese Stellvertreterin hat schon monatelang kein Buch geöffnet und keine Musik mehr gemacht.«

Ich nickte: Meine Mutter hatte recht.

»Sie ist eine Lacey«, sagte Ralph leise. »Sie ähnelt ihrem Vater ganz und gar.«

»Harry?« Plötzlich blickte meine Mutter Ralph forschend ins Gesicht. »Glauben Sie, daß Julia Harry ähnelt?«

Ralph Megson nickte. Ich denke, nur ich wußte, daß er log, und ich ahnte, warum. Er versuchte, meine Mutter und mich vor dem Dorfklatsch zu schützen, der immer lauter wurde. Die Leute behaupteten nicht nur, ich wäre Beatrice wie aus dem Gesicht geschnitten; sie waren auch überzeugt, Beatrice und ich seien identisch. Beatrice, die junge Frau mit dem rotbraunen Haar, sollte angeblich wieder ins Dorf zurückgekommen sein, um alles zum Guten zu wenden und das Land wieder fruchtbar zu machen.

»Es wird im Dorf darüber geredet, daß Julia, genau wie Beatrice, ein Lacey-Mädchen ist«, sagte Ralph, »aber ich meine, sie ähnelt viel mehr ihrem Vater. Man hat mir erzählt, daß er sich viele, viele Jahre lang von ganzem Herzen für Wideacre eingesetzt habe.«

Das Gesicht meiner Mutter entspannte sich ein wenig. »Ja, das stimmt wirklich«, seufzte sie erleichtert. »Harry war in dem Sommer, bevor wir geheiratet haben, fast jeden Tag draußen auf dem Land. Wissen Sie, Mr. Megson, ich hatte es fast vergessen! Jedermann erinnert sich daran, daß Beatrice die Ländereien eine Weile lang selbständig verwaltet hat, aber auch Harry hat das jahrelang ganz allein getan.«

Stride brachte den Portwein herein, und meine Mutter und ich erhoben uns, um Mr. Megson mit der Karaffe allein zu lassen. Er bat uns mit einer Handbewegung, bei ihm zu bleiben.

»Lassen Sie mich doch nicht ganz allein hier sitzen«, bat er. »Ich bin ein einfacher Landarbeiter, Lady Lacey, und ich trinke niemals Portwein. Können wir nicht zusammen ein Glas Ratafia trinken, bevor ich heimgehe?«

So kam es, daß Ralph Megson, der einfache Landarbeiter, in unserem Eßzimmer mit uns zusammen Ratafia trank. Erst sehr spät am Abend ging er wieder zurück ins Dorf; der kalte Wintermond beleuchtete ihm den Weg.

Er nahm ein Geheimnis mit, das offene Geheimnis, das jedermann kannte und über das in Acre geflüstert wurde: daß ich Beatrice, der letzten Lacey auf den Ländereien, von Tag zu Tag immer ähnlicher wurde. Jeden Tag hörten die Dorfbewohner, wie ich mit der klaren, hellen Stimme von Beatrice Anweisungen gab, und sie hörten Beatrices Lachen, wenn jemand mit mir scherzte. Aus Respekt für meine Mutter und mich brachte es niemand direkt zur Sprache. Aber alle Dorfbewohner glaubten ganz fest, daß Beatrice zu ihnen zurückgekommen sei.

Daß ich Beatrice sei.

Ich selbst wußte oftmals nicht, wer ich war.

Sehr, sehr häufig hörte ich das Singen in meinem Kopf, das bedeutete, daß Beatrice zu mir kam; ich gab den Feldarbeitern eine Anweisung oder beantwortete eine Frage und hatte zugleich dieses seltsame, träumerische Gefühl, schon früher einmal auf jenem Feld gestanden, schon früher einmal an jenem Tor oder Hauseingang gewartet zu haben. Dann nickten der alte Mann oder die alte Frau, zu denen ich sprach, und lächelten mir zu und sagten leise: »Willkommen, mein Kind, willkommen«, und ich wußte, daß sie mit Beatrice dort gewesen waren und daß ich gerade eben Beatrices Worte gesprochen hatte.

Das ließ mich frösteln; sogar im hellsten Wintersonnenschein wurde mir kalt, wenn sie so zu mir sprachen. Aber dann schüttelte ich mich wie ein junger Hund, der aus dem Fluß herauskommt, und rief: »Nein! Nein! Ich bin es! Ich, Julia Lacey! Denkt nicht immer nur an die andere!«

Dann lächelten sie weise, und ich wußte, daß ihnen nichts unmöglich zu sein schien.

Im Vergleich zu früheren Festen auf Wideacre verlief das Weihnachtsfest in diesem Jahr sehr ruhig. Onkel John kam von London und Richard von Oxford zurück, und das machte meine Mutter und mich sehr glücklich. Ralph organisierte eine Weihnachtsfeier im Dorf, und meine Mutter plante im Stallhof von Dower House ein Fest für den Vorabend des Dreikönigstages.

Der alte Geigenspieler von Acre war schon lange tot, und wir fürchteten, daß überhaupt nicht getanzt werden würde. Aber am zweiten Weihnachtsfeiertag kam Richard ins Haus gelaufen und erzählte, Jem habe ihm gesagt, die Zigeuner auf dem Gemeindeland würden für ein Abendessen und einen Schilling Musik machen. So sollten die kleineren Kinder von Acre schließlich doch noch zu ihrem Tänzchen kommen.

Am Vorabend des Festes hofften wir nur, der sternenübersäte Himmel möge einen klaren, sonnigen Wintertag ankündigen, damit die Kinder am nächsten Tag auf dem Hof umhertollen könnten. Wir hätten uns gar keine Sorgen zu machen brauchen. »Guten Morgen! Die Sonne scheint über den Gerechten, und du hast wunderbares Wetter für dein Fest!« begrüßte Onkel John am nächsten Morgen meine Mutter.

Wir frühstückten sehr spät, denn meine Mutter und ich mußten zunächst einmal in die Küche hinuntergehen, um große Mengen Plätzchen und süßen Kuchen für das Fest zu backen. Gerade als Stride die Teller wegräumte, hörten wir das Kratzen einer Violine und den klaren Ton einer Holzflöte, und wir rannten zum Fenster. Auf dem vorderen Rasenstück standen die Zigeuner und spielten eine kleine, hüpfende Melodie.

»Oh! Fein machen sie das!« rief meine Mutter und klopfte mit den Fußspitzen auf den Boden. Dann lachte sie laut heraus, als Richard sie um die Taille faßte und mit ihr so wild um den Frühstückstisch galoppierte, daß das Porzellan klirrte und ihre seidenen Röcke gefährlich nahe an den Kaffeekannen vorbeistreiften.

»Nicht hier drinnen!« rief sie und riß sich von ihm los. »Richard, du bist selbst ein Zigeuner! Wenn du unbedingt tanzen mußt, dann nimm Julia mit nach draußen und tanz auf dem Rasen. Hier ist kein Platz, um ein Menuett zu tanzen, geschweige denn einen von deinen Galopptänzen!«

Richard lachte. Wir öffneten die Eingangstür, wirbelten hinaus und tanzten auf dem Rasen zur Zigeunermusik, während Mrs. Gough, Jenny, Stride und Jem die Tische im Stallhof deckten und die Kinder von Acre sich an die Gartenmauer stellten, uns zuwinkten und zulächelten.

Als ich sie in den Stallhof rief, kamen sie alle herbeigelaufen und machten sich so begeistert über die Kuchen und Süßigkeiten her, daß kein Krümelchen übrigblieb. Ich stellte aber zugleich auch erleichtert fest, daß sie das Essen nicht mehr so gierig verschlangen, als seien sie nahe am Verhungern. Diesmal stopften sie sich auch kein Brot in die Taschen, für die hungrigen Mäuler, die zu Hause zurückgeblieben waren. Acre war reichlich mit Lebensmitteln versorgt worden: In dieser Gegend gab es jetzt keinen Hunger mehr. John nickte meiner Mutter zu, und ich sah, daß sie zurücklächelte, denn endlich ging es mit Acre bergauf.

An jenem Tag hatte die Sonne für lange Zeit zum letzten Mal geschienen. Danach sahen wir sie viele Wochen lang nicht mehr. Fortan schneite und hagelte es täglich, aber am schlimmsten war der eiskalte Nebel, der jeden Morgen vom Fenny heraufrollte und das kleine Haus einhüllte, bis die Sandsteinwände die Kälte festhielten und Eiswasser wie kalter Schweiß daran herunterrann. Wir hatten in allen Zimmern die Kaminfeuer angezündet, und meine Mutter fragte sich, wie wir es vorher, ohne die hellodernden Flammen, überhaupt ausgehalten hatten.

Auch die letzten Wochen im Januar waren nicht besser; zwar wurde der Nebel von heftigen Stürmen verjagt, aber das Haus begann wie ein Schiff auf hoher See zu knarren. In den Nächten konnten wir hören, wie Schieferplatten vom Dach in den Stallhof hinunterprasselten. Die Erde war hartgefroren, und es war vor dem Ende der Frostperiode nicht möglich, den Boden zu pflügen oder gar zu bepflanzen. Die Männer hoben nicht einmal Gräben aus. Die einzige Arbeit, die sie tun konnten, war, die Hecken zurückzuschneiden.

So saß ich viele, viele Stunden lang drinnen und blickte aus den Fenstern von Dower House in den eiskalten Nebel, oder ich starrte in das Kaminfeuer im Wohnzimmer. Und immer, wenn ich still und allein dasaß und in mich hineinhorchte, war mir Beatrice sehr nahe.

In einer Nacht hatte ich einen Traum.

Es begann mit jenem seltsamen, süßen Singen, das so oft, wenn ich schlafe oder wache, in meinem Kopf zu erklingen beginnt und mir Beatrices Nähe ankündigt. Als das Singen begann, muß ich wohl halb wach gewesen sein, denn ich erinnere mich, wie ich mit weit geöffneten Augen und leerem Blick auf die Zimmerdecke starrte. An dem fahlen Lichtschein erkannte ich, daß der Morgen graute. Der Wind rüttelte laut heulend an den Schornsteinkappen. Er stöhnte und ächzte wie der Geist eines Menschen, der ungeliebt und einsam gestorben ist. Ich drückte meinen Kopf tiefer ins Kopfkissen, um das unheimliche Rufen nicht mehr zu hören.

Und dann schlief ich ein.

Sofort kam der Traum. Ich war in Acre; nicht in dem Acre aus Beatrices Zeiten, als die Vorgärten mit bunt leuchtenden Blumen bepflanzt waren, sondern in Acre, wie es jetzt ist: die Wände frisch getüncht, die Dächer repariert und die kalte Erde in den Vorgärten frisch umgegraben und gedüngt, bereit, die frischen Samen aufzunehmen. Ich stand auf dem kleinen Fleckchen Erde, das sie den »Garten von Beatrice« nannten, draußen vor der Kirche von Acre. Vor mir lag das Pfarrhaus, hinter mir ragte der hohe Turm der Kirche in den Himmel. Der Wind blies durch mein Haar und riß, lautlos wie der Tod, an meinen Kleidern. Der Regen prasselte auf mich nieder und drang um mich herum in die Erde ein, und als ich mein Gesicht dem wolkenverhangenen Himmel zuwandte, da hatte ich das Gefühl, daß es durch mich hindurchregnete. Aber mir war nicht kalt. Ich wurde nicht einmal naß.

Ich hatte Angst, denn ich wußte, daß dies kein gewöhnlicher Traum war. Ich mußte irgend etwas tun, nur was es war, konnte ich nicht erkennen.

Ich wandte mich um, um die Kirche anzuschauen. Im selben Moment donnerte es so laut, daß mir das Herz fast stehenblieb. Ein Krachen war zu hören, als würde der Erdball auseinanderbrechen, und ein Blitz zuckte herab und rammte wie der Bolzen einer Armbrust einen tiefen Riß in den Kirchturm.

Ich beobachtete schweigend, wie der Turm wie ein Ast von der Kirche abknickte. Und dann fiel er, noch immer in jener absoluten, traumhaften Stille, auf die Hütten hinab. Das hübsche kleine Cottage, wo Ted Tyacke mit seiner Mutter lebte, und die Hütte der Brewers daneben und die dritte Hütte in der Reihe, die der Clay-Familie gehörte – auf sie alle warf der quälend langsam fallende Turm seinen grotesken Schatten.

Ich öffnete den Mund, um eine Warnung zu rufen, aber es kam kein Laut heraus. Der Turm senkte sich herab wie der Finger eines grausamen Gottes und zermalmte die Hütten zu Staub.

Ich stand hilflos im Regen, im stillen, stummen Regen, und mußte das Unglück mitansehen.

Sofort loderte das Feuer wie wildwucherndes Unkraut aus den Trümmern zum Himmel empor. Große, gierige Flammen züngelten den herabfallenden Tropfen wie Schlangen entgegen. Sie sprangen durch die Trümmer und verschlangen gierig das Stroh der Dächer und das helle Holz der Innenwände und der Diele. Ich schaute schweigend zu, als die Flammen über die strohgedeckten Dächer hinwegrasten.

Menschen rannten auf die Straße und in den strömenden Regen hinaus; das Nachthemd eines der Carter-Kinder brannte lichterloh. Ich sah, daß Nachbarn auf das kleine Mädchen zustürzten und versuchten, die Flammen zu ersticken, und ich sah, wie sie ihren Mund öffnete, um zu schreien, aber ich konnte keinen Laut hören. Ihr Vater wollte in das brennende Haus zurückkehren, denn eines der Kinder war darin geblieben. Als sie ihn zurückhielten, sah ich in sein Gesicht: er hatte die brennenden Augen eines wütenden Tieres.

Das Feuer rannte mit langen Schritten die Straße entlang, und aus jedem Haus, das es berührte, schlugen rotleuchtende Flammen heraus. Ganz Acre brannte lichterloh.

Ich erwachte, zitternd und in kalten Schweiß gebadet; mein Bettzeug war auf den Boden gerutscht. Es war früh, noch zu früh, um aufzustehen. Der Wind heulte um das Haus, und der Regen prasselte aufs Dach. Ich hatte geträumt. Ich hatte einen beängstigenden, einen entsetzlichen Traum geträumt.

Ich fröstelte, als hätte ich wirklich dort draußen im Sturm gestanden, lehnte mich aus dem Bett und zog meine Wolldecken herauf. Dann kuschelte ich mich wie ein durchgefrorenes und verängstigtes Kind erneut in die Decken hinein.

Ich schlief sogleich wieder ein.

Sofort kam der Traum zurück. Ich stand an der grasbewachsenen Ecke vor dem Friedhof und sah, wie der Blitz den Turm von der Kirche abtrennte. Ich hörte das laute Grollen des Donners, und ich sah den Turm hinabkrachen, direkt auf die Hütte der Tyackes. Ich rief nach Ted und seiner Mutter, doch meine Stimme machte im lautlosen Wüten des Sturmes kein Geräusch.

Ich fühlte, daß ich mich im Bett hin und her warf, um den Traum abzuschütteln. Aber er hielt mich wie ein grausamer Folterknecht mit erbarmungslosem Griff gefangen. Und wieder und wieder war ich gezwungen, dieselbe Szene zu sehen: das Feuer, das brennende Kind, das Ende von Acre.

Plötzlich war es vorbei. Ich merkte, wie ich im Halbschlaf erschauderte, schluchzte und mich dann noch einmal zur Seite drehte, um weiterzuschlafen.

Und schon begann es von neuem.

Ich war draußen vor dem Kirchhof auf dem kleinen Fleckchen Erde, von dem sie sagten, es gehöre Miss Beatrice.

Immer wieder wurde ich von dem Traum wie ein gefangenes Frettchen überwältigt, das sich auf einer Tretmühle in seinem Käfig endlos abstrampelt.

»Miss Julia?« fragte Jenny, die mit einer Tasse heißer Schokolade an meinem Bett stand. »Sind Sie krank?«

Ich starrte sie mit offenem Mund an.

»Oh, Jenny, ich bin so froh, daß Sie mich aufgeweckt haben!« rief ich. »Ich hatte einen so schlimmen Alptraum – Sie würden es nicht glauben! Und ich habe ihn mehrmals hintereinander geträumt!«

Ich setzte mich in meinem Bett auf und strich mir das Haar aus der Stirn. Es war strähnig und feucht, so als hätte ich die ganze Nacht geschwitzt und mich auf meinen Kissen hin und her geworfen.

»War das ein prophetischer Traum?« fragte Jenny. Sie wandte mir den Rücken zu und ging durchs Zimmer, um das Feuer anzufachen. »Wenn Sie dasselbe immer wieder träumen, dann ist in dem Traum eine Botschaft enthalten«, rief sie mir über die Schulter hinweg zu. »Was hat er Ihnen denn gesagt, Miss Julia?«

Ihre Hand lag auf dem Kohleneimer, und ich sah ihre Finger. Sie waren zum Zeichen gegen Hexenkünste und Zauberei verschränkt: der Daumen war zwischen den Zeige- und Mittelfinger geklemmt, zum einhändigen Kreuzeszeichen, mit dem der Teufel und seine Schwestern vertrieben werden. Das Zeichen, ihre Worte, mein Traum – plötzlich, so schien es mir, war ich von aller Vernunft verlassen.

»Ja«, sagte ich. Aber es war nicht meine eigene Stimme, die aus mir sprach. »Ich muß mich anziehen und nach Acre gehen«, lallte ich mit schwerer Zunge.

Sie schaute mich ängstlich an, aber ich kümmerte mich nicht darum. »Es regnet ...«, sagte sie schwach.

»Wenn ich nicht gehe, dann geschieht ein Unglück«, fuhr ich fort und stieg aus dem Bett. Meine nackten Füße berührten die kalten, harten Dielen, aber ich spürte es nicht. Jenny hielt meine leinernen Unterröcke bereit, doch als ich hineinschlüpfte, fühlte ich nicht die feuchte Kälte an meiner Haut. Sie half mir wortlos in mein Reitkostüm. Dann machte sie einen kleinen Knicks und verließ mich. Ich mußte nur noch mein Haar zu einem Knoten zusammendrehen und meinen Hut feststecken.

Jenny war in den Stall gelaufen, um Jem zu sagen, er solle

Seenebel satteln. Und natürlich hielt er bereits das Pferd am Zügel und wartete auf mich, als ich mit trüben Augen in den Stallhof kam.

»Jenny ist eine dumme Gans«, schimpfte er. »Warum sind Sie schon so früh auf den Beinen, ohne daß Ihre Mutter Bescheid weiß?«

Ich sah ihn an, ohne ihn zu sehen. »Ich muß nach Acre«, antwortete ich. »Die Dorfbewohner sind in Gefahr.«

Jem runzelte ärgerlich die Stirn. »Das ist doch Unsinn«, entgegnete er mürrisch. »Was wollen Sie denn im Dorf, Miss Julia?«

»Ich treffe mich mit Ralph.«

Sofort sah Jem sehr erleichtert aus und streckte seine Hand hin, um mir in den Sattel zu helfen. »Nun gut«, sagte er, »Ralph Megson wird schon wissen, was das Beste ist.«

Seenebel stand still wie eine Statue; ihr Fell wurde in dem strömenden Regen immer dunkler. Ich fühlte, wie ein Wassertropfen von meinem Hut herab- und in meinen Kragen hineinlief. Dann schnalzte ich ihr zu, und sie trabte mit weichen Schritten aus dem Stallhof auf den schlammigen Anfahrtsweg hinaus. Der Boden war weich und schwer. Auf dem Weg nach Acre hinunter fiel die Stute in einen langsamen Galopp. Während der ganzen Zeit meines Ritts war ich noch immer wie im Traum. Alles, was ich sehen konnte, war der Kirchturm, der wie unter einem Axthieb abknickte.

Ralph war schon aufgestanden. Im Schein des Kaminfeuers im vorderen Zimmer sah ich seine Silhouette. Beim Klappern der Hufe kam er zur Tür und öffnete sie.

»Julia!« rief er überrascht. »Was ist los?«

Ich blieb auf dem Pferd sitzen und schaute zu ihm hinab. Ich mußte wie eine Wahnsinnige ausgesehen haben: das Entsetzen über ein Ereignis, das nur ich sehen konnte, spiegelte sich in meinem Gesicht.

»Wir müssen die Hütten an der Nordseite des Weges räumen«, keuchte ich. Es fiel mir schwer zu sprechen. Ich konnte kaum meine Zunge und meine Lippen bewegen. »Ein Blitz wird in den Kirchturm einschlagen, und er wird auf die Hütten der Tyackes und der Brewers und der Clays hinabfallen. Und dann wird es brennen: Acre wird ganz und gar ausgelöscht werden«, flüsterte ich. »Wir müssen die Leute aus den drei Hütten herausholen, und dann müssen wir eine Feuerschneise ausheben.«

Ralph starrte mich an. Er öffnete den Mund, um zu sprechen, aber dann schwieg er doch. Er kam in den Regen hinaus und schaute mir ins Gesicht, um darin zu erkennen, was in mir vorging. »Julia?« fragte er.

»Es ist wahr«, sagte ich. »Ich habe es in der Nacht mehrmals hintereinander geträumt. Ich *weiß*, daß es wahr ist, Ralph. Und wenn Sie mir nicht helfen wollen, dann werde ich ihnen selbst befehlen, herauszukommen.«

»Warten Sie«, sagte er und ging noch einmal in sein Haus zurück. Ich stand im Regen wie eine Statue aus nassem, hellen Marmor.

Ich hatte eigentlich warten wollen. Wer in Acre hätte Ralph jemals den Gehorsam verweigert? Aber sobald er mir den Rücken zugewandt hatte, drückte ich meine Hacken in Seenebels Flanken und ritt den Weg zurück, der zur Kirche hinaufführte.

Ich wagte es nicht, mich dort hinzustellen, wo ich im Traum gestanden hatte. Ich hatte Angst, dies würde ein Donnergrollen hervorrufen und den Blitz auf uns lenken. Der Traum hatte mir nicht gesagt, an welchem Tag das Unglück geschehen würde. Ich wußte nicht, wie lange es dauern würde, bis das leichte Dach über Ted und seiner Mutter von dem Gewicht des Kirchturms zerdrückt werden würde, aber ich wußte, daß wir uns beeilen mußten.

Der Himmel in meinem Traum war grau gewesen, aber ich konnte nicht sagen, ob es die Zeit der Morgendämmerung oder die Mittagszeit gewesen war. Soviel war sicher: Das kleine Mädchen war in seinem Nachthemd auf die Straße gelaufen, und die Carters standen früh auf.

Ich glitt aus dem Sattel, band Seenebel an die Pforte des Pfarrhauses – an der südlichen Seite der Straße –, dann rannte ich den vorderen Weg zu Teds Hütte hinauf.

»Julia! Was ist?«

»Komm heraus, Ted«, war alles, was ich hervorbringen konnte. Ich wartete an der Tür auf Ted, meinen alten Spielkameraden.

Er hatte seine Reithosen und eine Lederweste angezogen, war aber immer noch barfuß. »Komm rein«, sagte er und nahm meine Hand, um mich aus dem Regen in die Hütte hineinzuziehen. Ich scheute wie ein ängstliches Pferd und warf einen entsetzten Blick zurück auf den Kirchturm.

»Nein!« rief ich.

Er sah die Panik in meinem Gesicht; ich machte ihm angst. Als ich ihm sagte, ich hätte geträumt, seine Hütte sei unter dem Kirchturm zusammengebrochen und Acre würde lichterloh brennen, hörte er mir aufmerksam zu. Dann wandte er den Kopf, rief seine Mutter und ging hinein, um seine Stiefel anzuziehen. »Ich glaube dir«, sagte er. »Wir werden unsere Sachen auf den Weg hinaustragen. Geh und weck die anderen.«

Ich wandte mich zum Weg zurück und sah dort Ralph Megson, der neben meinem Pferd wartete, mit einem Gesichtsausdruck, den ich nicht deuten konnte. Sein graumeliertes Haar war naß und stand im Regen borstig in die Höhe.

»Was jetzt?« fragte er mich.

»Wir wecken das Dorf auf«, sagte ich. »Die ersten drei Hütten müssen niedergerissen werden, und wenn wir noch die nächsten beiden abreißen, die der Smiths und der Coopers, dann haben wir eine Feuerschneise. Wir können von da aus das Feuer bekämpfen.«

Ralph nickte.

»Läuten Sie die Kirchenglocke?« fragte er.

»Oh, ja«, rief ich. Der Gedanke war mir noch gar nicht gekommen. »Ja!« Aber plötzlich zögerte ich, als ich mir vorstellte, daß ich in der Kirche wäre, während der Sturm immer näher kam. Und als ich noch unschlüssig dastand, hörte ich ein dumpfes Donnergrollen von den Gipfeln der Hügel. Der Himmel verdunkelte sich.

Ich seufzte leise. »Ich habe Angst.«

Ralph verschränkte die Arme. »Ihr Traum«, sagte er kühl. »Ihre Visionen. Wenn Sie meinen, Sie hätten gesehen, was geschehen wird, dann müssen Sie danach handeln.«

Und er kehrte mir den Rücken zu, um Seenebels Sattelgurt zu lockern, so als machte ich gerade nur einen Nachbarschaftsbesuch in Acre. Aber das Gewitter kam immer näher, und der Regen platschte auf unsere Köpfe.

»Ralph ...«, sagte ich. Es war das erste Mal, daß ich ihn jemals bewußt beim Vornamen genannt hatte.

Er drehte sich zu mir um, und sein Lächeln war so alt wie das Land. »Wenn du das auserwählte Kind bist, dann wirst du das Richtige tun«, flüsterte er. »Zeig, wer du bist, Julia.«

Ich holte tief Luft, drehte mich auf dem Absatz um, rannte die wenigen Stufen zum überdachten Friedhofstor hinauf und stieß es auf. Ohne lange nachzudenken, war ich in der Vorhalle der Kirche angelangt, und Sekunden später hielt ich den rauhen Glockenstrang in der Hand. Ich hängte mich mit meinem ganzen Gewicht daran und biß, als kein Laut ertönte, die Zähne fest zusammen. Die auf ein Rad gehängte Glocke hatte sich zwar bewegt, aber nicht genug, um den Klöppel zum Anschlag zu bringen. Ich machte einen Luftsprung und schwang mich wie ein herumturnendes Kind hin und her. Plötzlich erklang der tiefe, laute Ton der Glocke, und ich zog mit meinem ganzen Gewicht etwa ein halbes dutzendmal am Strang, bevor ich wieder nach draußen rannte.

Der Himmel hatte sich innerhalb weniger Augenblicke völlig verwandelt; seine beängstigend gelbe Farbe warf einen fahlen Schein auf die Gesichter der Menschen auf dem Weg. Sie drängten sich um Ralph herum, aber ich sah, daß er mit dem Kopf in meine Richtung wies; er weigerte sich, ihnen irgend etwas zu erklären. Ich lief den Kirchenpfad hinunter und stellte mich auf die oberste Treppenstufe, wo sie mich alle sehen konnten.

»Ich hatte einen Traum«, sagte ich, plötzlich sehr schüchtern. Ich konnte meine Stimme hören: Sie war dünn, mädchenhaft, ohne Autorität. Ein Lachen, irgendein schnell hingeworfenes Scherzwort, und die Dorfleute würden in ihre Häuser zurückgehen und das Mädchen verfluchen, das sie wegen eines Alptraums aus ihren warmen Betten in den Regen hinausgejagt hatte.

»Hört mir zu!« rief ich verzweifelt. »Ich träumte, es hätte ein Gewitter gegeben: Die Kirche wurde vom Blitz getroffen, und der Turm brach ab und fiel dort zur Seite hinüber.« Ich wies mit der Hand auf Teds Hütte. »Er zerschmetterte die drei Hütten, und dann fingen sie Feuer. Das Feuer hat sich die Häuserreihe hinunter ausgebreitet.«

Ich hielt inne. Ned Smith, der noch ganz verschlafen aussah, rieb sich das Gesicht. »Heißt das, daß Sie im Traum die Zukunft vorhergesehen haben?« fragte er.

»Ja«, antwortete ich, »ich bin ganz sicher. Wir müssen die beiden Hütten hinter dem Clay-Cottage niederreißen«, sprach ich weiter. »Das heißt, die Hütte der Coopers und Ihre, Ned Smith.«

Sein Gesicht verdüsterte sich, und ein Raunen ging durch die umstehenden Dorfleute. »Meine Hütte für eine Feuerschneise niederreißen, für ein Feuer, das noch nicht einmal ausgebrochen ist?« fragte er.

Ich sah mich nach Ralph um. Er stand irgendwo hinten in der Gruppe, neben meinem Pferd. Er würde mir nicht helfen. Er wollte mir nicht helfen. Ted war dort und Matthew Merry; ich sah Clary mit nackten Beinen den Weg hinunterrennen, die Röcke geschürzt. Aber niemand konnte mir helfen, nicht einmal jene drei, meine besten Freunde. Ich hatte Angst, ich würde es allein nicht schaffen. Ich wartete einen Augenblick. Es gab nichts, was ich hätte sagen können.

Und dann hörte ich das hohe, süße Singen, das den Lärm des

Windes und des Regens und das Donnergrollen in meinen Ohren noch übertönte.

»Ja«, sagte ich, und meine Stimme war plötzlich so fest, daß niemand mir zu widersprechen wagte. »Ja, ich *weiß*, daß es notwendig ist. Ich würde es euch nicht befehlen, wenn ich es nicht wüßte.«

Einige der älteren Dorfleute seufzten bei meinen Worten laut auf. Ich wußte: Sie hatten meine Stimme erkannt. Es war *ihre* Stimme gewesen.

»Ich bin Beatrices Erbin«, sagte ich. Ich nannte sie kühn beim Namen, ganz gleich, was es mich später kosten mochte. »Ich bin die Erbin, das auserwählte Kind. Ich habe einen Traum gehabt. Die Hütten müssen abgerissen werden.«

Plötzlich gerieten die Menschen in eine seltsam traumwandlerische Bewegung; sie gingen in die Hütten, die ich ihnen genannt hatte, trugen die Möbel hinaus und stellten sie auf die Straße. Sie bildeten eine Kette und reichten Bettzeug und Kleidung von Hand zu Hand, bis sie an den Pferdeboxen der Smiths angekommen waren. Dann nahm Ned Smith Hippe und Axt und begann, die Strohschindeln von seinem Haus herunterzureißen und sie auf die Straße zu werfen, und die anderen Männer kletterten mit ihren Äxten hinauf, um das Dachgestühl abzuhacken.

Die Tür des Pfarrhauses öffnete sich, und Dr. Pearce trat schneebleich heraus, die Perücke schief auf dem Kopf. Während er den Gartenpfad zur Eingangspforte seines Hauses hinunterrannte, wo mein Pferd angebunden war, knotete er sich den Gürtel seines Morgenmantels zu.

»Seid ihr verrückt?« schrie er. »Seid ihr alle vollkommen verrückt geworden? Julia! Was machen Sie ...« Er wollte schon das Schloß öffnen und wäre auch tatsächlich auf die Straße hinausgelaufen, aber Ralph legte die Hand auf die Pforte und drückte sie einfach zu. »Nicht, Herr Pfarrer!« sagte er leise. »Sie müssen sich da heraushalten.«

Beim Geräusch von Dr. Pearces Stimme hatten alle ein wenig unschlüssig dagestanden. Es war die Stimme der Realität gewesen, die Stimme einer Welt, in der es keine Träume gab. Aber Acre war schon seit vielen Jahren an Wahnsinn und Zauberei gewöhnt, und so machten die Menschen weiter, zerstörten ihre eigenen Häuser und rissen ein tiefes Loch in die Dorfstraße.

»Was machen sie denn?« fragte Dr. Pearce Ralph. »Was um Himmels willen geht eigentlich in ihren Köpfen vor?«

»Gehen Sie ins Haus, Herr Pfarrer«, sagte Ralph sanft, »und schauen Sie zu.«

Dr. Pearce sah vollkommen verständnislos erst Ralph und dann mich an. Ich versuchte, ihn anzulächeln, ein paar Worte mit ihm zu wechseln, aber ich war wie in Trance. »Gehen Sie!« rief ich ihm zu. Und es war nicht meine Stimme, die rief: »Halten Sie uns nicht auf. Wir haben wenig Zeit.«

Dr. Pearce blickte noch einmal auf Ralph, der ihm unbeweglich wie ein Granitblock die Eingangspforte versperrte, dann drehte er sich um und ging ins Haus zurück. Ich sah, wie sich die Vorhänge seines Arbeitszimmers bewegten, und wußte, daß er herausschaute.

Das Unwetter näherte sich, und plötzlich bekam ich Angst. Der Donner wurde lauter, und der Himmel hatte sich immer mehr verfinstert. Die Leute arbeiteten jetzt sehr schnell. Das Cottage der Smiths war bis auf die Grundmauern abgerissen, und die Planken des Fußbodens und die trockenen, leicht entflammbaren Dachsparren lagen, hastig aufeinandergeworfen, im Hof der Schmiede. Die nächstliegende Hütte, die den Coopers gehörte, war ebenfalls halb demoliert: Zumindest das Dach fehlte bereits. Schließlich hörte ich ein dumpfes Donnergrollen und einen krachenden Blitz, der so laut war, daß ich dachte, er komme geradewegs auf mich nieder.

»Es ist da!« rief ich, den Blick ängstlich auf Ralph gerichtet.

Und Ralph, ein Mann, der mit Wahnsinn und Unwettern seit langem vertraut war, lächelte mich an, so, wie er einstmals Beatrice angelächelt hatte, als er in stürmischer Nacht gekommen war, um sie zu holen. »Ja, es ist fertig«, sagte er, und er hätte auch ein Feld meinen können, das zur Aussaat bereit war.

Ich trat vom Friedhofsportal zurück und schaute ihn ängstlich an. Es krachte und donnerte bedrohlich; ich rannte in panischer Angst von der Kirche fort. Endlich stand ich auf dem Flecken Erde, den die Dorfbewohner »Beatrices Garten« nannten, und der Regen platschte auf mich herunter wie der Strahl eines Wasserrades. Direkt über meinem Kopf krachte es wie aus tausend Kanonen, und ich wirbelte herum und sah den Blitz herunterkommen, den Pfeil eines Engels, der durch den Kirchturm hindurchging wie ein Messer durch eine Möhre. Ich schrie laut auf, aber in dem Sturm und Donner war meine Stimme nicht mehr zu hören. Lautlos wie in meinem Traum sah ich den Kirchturm langsam zur Seite kippen und auf die drei leeren Hütten niederkrachen. Eine Staubwolke stieg aus den Ruinen auf.

Aber es war kein Staub, es war Rauch, schwerer, mattroter Rauch, und plötzlich schlugen helle Flammen empor, die ganz Acre verschlingen wollten. Seenebel warf den Kopf in die Höhe und wieherte vor Angst und Entsetzen, aber Ralph hatte die Zügel fest in der Hand. Ich wollte zu ihm hinlaufen, doch plötzlich lag ich in dem tropfnassen Gras auf den Knien und zitterte vor Entsetzen. Ich erwartete voller Schrecken den nächsten Teil meines Traumes: das brennende Kind und die Zerstörung des ganzen Dorfes.

Die Menschen hatten eine Kette gebildet, um Wassereimer weiterzureichen. Die Dorfleute hatten selbst daran gedacht – ich hatte es nicht. Das Wasser aus den Eimern platschte auf die Ruinen der Hütten der Smiths und der Coopers, so daß die gierigen Flammen ihre Nahrung nur noch im Himmel und im Regen suchen konnten. Der Rauch verbreitete sich in dicken Schwaden, und ich begann zu husten. Ich stand auf und lief durch den Regen und den Rauch zu Ralph. Er sprach mit mir, aber meine Ohren waren noch taub vom Krachen des Donners, und meine Augen waren vom Blitz geblendet. Ich wollte ihm die Hände reichen, aber meine Knie gaben unter mir nach. Bevor Ralph mich auffangen konnte, sank ich zu Boden.

12

»Ich verstehe nicht ganz, was Sie meinen, Mr. Megson.« Es war die Stimme meiner Mutter, und die Angst, die ich darin hörte, hatte mich geweckt. Ich öffnete die Augen, stützte mich auf einen Ellenbogen und schaute mich um. Ich war nicht zu Hause: die hübsche, gemusterte Tapete und die blassen Vorhänge am Fenster kannte ich nicht. Es roch nach Rauch.

»Sie kam zu meiner Hütte und sagte, sie habe einen Traum gehabt«, wiederholte Ralph geduldig und beruhigend. Ich hatte ihn früher schon in dieser Weise auf verängstigte Tiere einreden gehört; er hatte die Fähigkeit, Mensch und Tier mit seiner Stimme beruhigen zu können.

Ich sah mich in dem Zimmer um: Es war das Gästeschlafzimmer im Pfarrhaus, und ich lag auf einem Bett, mit einem dicken Wolltuch zugedeckt, aber immer noch in meinem durchnäßten Reitkostüm. Durch die dünnen Wände hindurch konnte ich die Stimmen der Leute so klar und deutlich hören, als wären wir im selben Raum.

»Das ist nicht ungewöhnlich«, sagte Ralph sanft. »Sie ist eine sehr sensible und einfühlsame junge Frau.«

»Wollen Sie damit sagen, sie hätte eine Art Vorahnung gehabt, daß der Blitz einschlagen würde?« Das war die Stimme von Onkel John. Sie klang ruhig und beherrscht, aber ich wußte, daß er es haßte, über Dinge zu sprechen, die nicht mit dem Verstand zu begreifen waren. Er war ein rationaler, logisch denkender Mann, mein Onkel John.

Ralph wußte das auch. »Warum nicht?« fragte er leichthin. »Jedermann weiß, daß Tiere ein herannahendes Unwetter spüren. Viele Bauern werden Ihnen darüber Geschichten erzählen können; es gibt viele Tiere, die, bevor der Blitz einschlägt und der Stall Feuer fängt, ausbrechen und sich in Sicherheit bringen. Miss Julia scheint die Gabe zu haben, spüren zu können, wann Acre in Gefahr ist. Das ist etwas Besonderes, aber es ist nicht ganz und gar einzigartig.«

Dort unten herrschte einen Augenblick lang Stille. Ich setzte mich im Bett auf und legte die Hand an meinen Kopf. Ich fühlte mich schwindlig, und zugleich war ich erfüllt von einer ungeheuren Freude. Die Tochter der Carters war nicht verbrannt. Das Baby war nicht in Panik in einem brennenden Cottage zurückgelassen worden. Ted Tyacke und seine Mutter lagen nicht unter den Ruinen begraben. Und Acre war in Sicherheit.

»Mein Gott, das ist ja eine richtige Familienkrankheit.« Onkel John klang vollkommen entsetzt. »Julia hat das unruhige Blut der Laceys. Ich hatte es schon befürchtet. Und ich habe es kommen sehen. Blutsverwandte, die immer wieder untereinander geheiratet haben – und bei ihr kommt nun alles Schlechte heraus.«

»Nein!« hörte ich meine Mutter rufen. »Sie ist *meine* Tochter. Sie hat keine schlechten Anlagen. Sie war überfordert und überspannt. Sie hat zu hart gearbeitet. Es ist unsere Schuld, daß wir nicht besser auf sie aufgepaßt haben, John. Es ist nicht ihre Schuld und auch nicht die Schuld ihrer Familie.«

»Sie sah so seltsam aus«, bemerkte Dr. Pearce mit sehr leiser Stimme. »Einen Moment lang habe ich sie verwechselt. Ich dachte, sie wäre ...«

»Nein!« rief meine Mutter heftig. »Julia war einfach überarbeitet. Es ist meine Schuld, unsere Schuld. Sie ist ja zuletzt immer blasser und dünner geworden.«

»Lady Lacey hat recht«, sagte Ralph beruhigend. »Und sie ist ein ganz besonderes Mädchen mit ganz besonderen Talenten. Sie hat gespürt, daß das Unwetter kam, und hat dann etwas getan, was vollkommen richtig war. Es war nichts anderes als das, was ein Kapitän auf See auch jeden Tag tun muß.«

Ich setzte mich in meinem Bett auf und rief laut: »Mama!«

Sofort öffnete sich die Wohnzimmertür, und ich hörte meine Mutter die Treppe hinauflaufen. Atemlos stand sie an meinem

Bett. »Oh, mein Liebling!« rief sie. »Endlich bist du aufgewacht! Du hast hier geschlafen wie Schneewittchen. Aber John hat darauf bestanden, daß wir dich in Ruhe lassen sollten. Oh, wie du uns in Angst und Schrecken versetzt hast!« Ihr Lächeln erschien mir gezwungen. »Hast du irgendwelche Schmerzen? Fühlst du dich jetzt ganz wohl?« fragte sie.

»Es geht mir ganz gut«, sagte ich, und das stimmte auch. »Nur ...« Ich reckte mich wie eine träge Katze. »Nur ... oh, Mama! ... wie müde ich bin!«

»Wir werden dich sofort nach Haus bringen«, sagte sie. »Die Kutsche steht vor der Tür. Nachdem Jem schließlich Vernunft angenommen und uns verraten hatte, wo du warst, sind John und ich nach Acre geeilt. Wir werden dich sofort heimholen, dir die nassen Sachen ausziehen und dich in ein warmes Bett stecken, und dann kannst du den ganzen Tag lang schlafen, wenn du das möchtest.«

Ich stand auf, und sie legte einen Arm um meine Taille und hielt mich fest. Ich war ein hochgewachsenes junges Mädchen, und unsere Gesichter waren in gleicher Höhe. Ich bekam das Gefühl, als wäre ich ihre gleichberechtigte Partnerin und nicht länger ein Kind. Ich sah sie prüfend an und bemerkte die Anspannung in ihrem Gesicht. »Es war doch nichts Verbotenes, nichts Schlimmes, Mama«, sagte ich leise. »Es war nur ein Traum, der immer und immer wiederkam. Es war nicht furchtbar und auch nicht erschreckend. Ich wußte nur, daß ein Unwetter naht.«

Ihre Blicke hielten den meinen nicht stand; sie wollte mir nicht in die Augen sehen. »Nein, mein Liebling«, log sie, beherzt und liebevoll. »Niemand meint, daß irgend etwas daran verkehrt sein könnte. Du hast Acre räumen lassen und viele Menschenleben gerettet – das ist für uns alle ein großer Segen. Wir sprechen noch darüber, wenn du ausgeruht bist, aber jetzt möchte ich, daß du heimkommst.«

Ich war zu müde, um viele Worte zu machen. Statt dessen stützte ich mich auf meine Mutter und ging mit ihr zusammen die Treppe hinunter. Dr. Pearce, noch immer im Morgenmantel, stand am Fuße der Stufen und zeigte ein Lächeln, das angespannt und erschrocken wirkte.

Onkel John trat auf mich zu, umarmte mich und legte seine Hand an meine Stirn, um zu sehen, ob ich Fieber hätte. »Ich bin froh, daß du ein wenig geschlafen hast«, sagte er. »Gleich bist du zu Haus und legst dich ins Bett. Die Anstrengungen waren einfach zu viel für dich.«

Ich wollte widersprechen, sagte aber nichts, denn Ralph Megson kam vom Garten herein. Wie ich selbst war auch er noch vom Regen durchnäßt. Aber er strahlte vor überschwenglicher Freude. »Julia«, sagte er, und seine Stimme klang liebevoll.

»Ralph«, erwiderte ich und gab ihm beide Hände, so als wären wir ein Paar.

Er steckte eine meiner Hände unter den Ärmel seiner nassen Flanelljacke, legte einen Arm um meine Taille und führte mich zur Tür. Miss Green, Dr. Pearces Haushälterin, öffnete sie. Es regnete immer noch: die letzten Regentropfen eines Unwetters, das bald vorübergezogen sein würde.

An der Straße lagen die Mauerreste in Schutt und Asche, die einst die drei kleinen Cottages gewesen waren. Ich erkannte die Grundmauern der Häuser der Smiths und Coopers. Das Cottage, in dem mein Freund Ted Tyacke in der letzten Nacht geschlafen hatte, rauchte noch; die Schwaden schlängelten sich langsam den Weg entlang.

An der Pforte und um die Kutsche herum standen alle Männer, Frauen und Kinder des Dorfes, und als Ralph und ich hinausgingen, hörte ich ohrenbetäubende Hoch- und Jubelrufe, die so laut waren, daß ich zusammenzuckte. Ralph lachte nur und hielt meine Taille fest umschlungen.

»Spannt die Pferde aus, und dann ziehen wir die Kutsche heim!« rief irgend jemand. Die Dorfleute waren drauf und dran, Johns alte Kutsche in einen Triumphwagen zu verwandeln.

»Nein«, donnerte Ralph, als befehle er zwei Ackergäulen. »Julia ist müde, und sie muß sofort nach Haus gefahren werden und sich ausruhen. Wir werden sie ein anderes Mal ehren, nicht heute. Sie ist ein junges Mädchen, und sie ist sehr erschöpft.«

Ich lächelte darüber, wie mich Ralph, der mich bei Wind und Wetter in die Downs hinaufgeschickt hatte, damit ich mich um die Schafe kümmerte, jetzt vor jeder Anstrengung schützen wollte. Ralph sah mich an und mußte dann auch selbst lächeln. Er half mir die Stufen der Kutsche hinauf, trat einen Schritt zurück und gab meiner Mutter die Hand. Onkel John stieg nach uns ein. Jem klappte die Stufen ein und schloß die Tür. Die Jubelrufe verstummten. Die Dorfbewohner riefen jetzt freundlich und wohlwollend meinen Namen, lächelten und winkten. In meinen Augen sammelten sich Tränen der Müdigkeit. Ich empfand eine tiefe Liebe für alle diese Menschen, für das Dorf und für die Ländereien. Dann fuhren wir langsam, sehr langsam, da die Räder immer wieder im Schlamm steckenblieben, nach Hause.

»Seenebel«, flüsterte ich, als Jem mich aus der Kutsche hob. Er trug mich ins Haus und dann die Treppe bis in mein Schlafzimmer hinauf; meine Mutter folgte mir ebenso wie Mrs. Gough und Stride, die, wie in einer Prozession, ein heißes Milchgetränk, heißes Wasser zum Waschen und einen heißen Ziegelstein für das Bett hinterherbrachten.

»Ralph Megson wird sich um Seenebel kümmern«, sagte Jem. »Ich gehe nach Acre, wenn ich die Kutschpferde in den Stall gebracht habe, und bringe die Stute dann mit zurück.«

Ich nickte. Meine Mutter kleidete mich wie einen Säugling aus und steckte mich ins Bett. Dann schlief ich ein.

Sofort begann ich zu träumen.

Es muß der Sturm gewesen sein, der Regen und der Sturm, die den Traum riefen. Aber diesmal träumte ich nicht den Traum der Frau, die auf den Rächer wartete. Es war auch nicht der Traum vom Kirchturm. Es war ein seltsamer Traum, der mir aber so vertraut war, als hätte ich ihn immer wieder, in jeder Nacht meines Lebens, geträumt. Was ich empfand, war schreckliche Qual und Verlassenheit.

Ich war verletzt, körperlich und seelisch verletzt. Ich hatte alles verloren – alle Menschen, die ich liebte, alles, was ich jemals geschätzt hatte. Meine nackten Füße waren vom Gehen auf dem steinigen, kalten Boden wund geworden. Sie waren naß vom Schlamm, dem Schlamm von Wideacre, und klebrig von dem Blut aus hundert Schnittwunden, die von den scharfen Kreidefelsen und Feuersteinen herrührten. Mich fror; ich trug nur mein Nachthemd und meinen Umhang, der naß gegen meine Knöchel klatschte. Ich stolperte in finsterer Nacht durch die Wälder zum Fenny hinunter, und ich hörte das Rauschen des vom Winterregen angeschwollenen Wassers; es war noch lauter als das Tosen und Heulen des Windes in den Wipfeln der Bäume. Es war so dunkel, daß ich meinen Weg nicht erkennen konnte, und fast wäre ich in der tiefschwarzen Nacht, verwirrt und geblendet von zuckenden Blitzen, auf dem steinigen Weg gestolpert.

Ohne meine Bürde wäre mein Gang leichter gewesen. Einzig das kleine Bündel, das Neugeborene, das ich unter meinem Cape eng an mein Herz gepreßt hielt, war warm und trocken. Das kleine Mädchen war meine Tochter, und dennoch mußte ich es vernichten. Ich mußte das Kind zum Fluß hinabbringen und den winzigen Körper unter das wildschäumende Wasser drücken. Das kleine Bündel würde mir aus meinen Händen gerissen und von den wilden Fluten davongewirbelt werden.

Während ich mich den Fußweg hinabkämpfte, wurde das Tosen des Wassers immer lauter. Dann, beim Anblick des Flusses, hielt ich vor Entsetzen den Atem an: Er war breiter als jemals zuvor; die Baumstämme an beiden Ufern krachten hart gegeneinander. Der Baum, der über den Fluß gefallen war und als Brücke diente, war unter den brodelnden Fluten des stürzenden, schäumenden Wassers verborgen. Ich stieß einen

Schrei aus, unhörbar im Brüllen des Sturmes, denn ich wußte nicht, wie ich das Kind in den Fluten festhalten und ertränken sollte. Aber sie mußte ertränkt werden. Ich mußte meine Tochter ertränken. Es war meine Pflicht als eine Lacey.

Dies neue Hindernis und der Schmerz in meinem Herzen waren mehr, als ich ertragen konnte. Ich begann, gegen den Traum anzukämpfen und langsam zu erwachen. Ich konnte nicht sehen, wie ich dies warme, weiche, schlafende Baby zum kalten, reißenden Flußwasser hinunterbringen könnte, und dennoch mußte ich es tun. Ich stolperte schluchzend weiter voran, immer näher zum Fluß hin, in dem es brodelte wie in einem Höllenkessel. Aber zugleich wußte ich, daß alles ein Traum war. Ich kämpfte, um mich daraus zu befreien, aber er ließ mich nicht los. Ich warf mich in meinem Bett hin und her und weinte wie ein kleines Kind nach meiner Mutter, die kommen und mich wecken sollte. Aber ich konnte trotz allem nicht aufwachen. Ich wußte, daß ich die Zukunft vorhersah. Ich war eine gequälte Frau mit einem Baby, das ich warm und sicher festhielt, zugleich wild entschlossen, es wie ein Hündchen in den Fluten des Flusses zu ertränken, der seit ewigen Zeiten von den Downs herunter durch Wideacre floß.

Ich erwachte bei hellem Tageslicht. Der Himmel leuchtete blau, und Wolkenfetzen wurden vom Seewind nach Norden getrieben. Der Traum von Dunkelheit und Verzweiflung hätte im hellen Sonnenlicht verblassen sollen. Aber die Bilder und die schreckliche Prophezeiung ließen mich nicht los. Ich sah müde und bedrückt aus, und meine Mutter bestand darauf, daß ich den ganzen Tag lang im Bett bleiben sollte, als hätte mich eine seltsame, unbekannte Krankheit befallen. Als sie mir über die Stirn strich, nahm ich ihre Hand und küßte sie. Es war, als hätte mir zum ersten Mal in meinem Leben jemand gesagt, daß alle Menschen eines Tages sterben müssen. Zum ersten Mal in meinem Leben erkannte ich deutlich, daß meine Mutter mir nicht immer zur Seite stehen würde, wenn ich sie brauchte.

Sie streichelte sanft meine Wange. »Mach dir keine Sorgen«, sagte sie. »Du warst überarbeitet und übermüdet, und dein Kopf war verwirrt und fiebrig. Ruh dich aus, und es wird dir bald wieder besser gehen.«

Ich fühlte, wie Tränen meine Wangen herunterrollten. Ich war so schwach, als hätte ich eine tödliche Krankheit. »Das war ein schrecklicher Traum ...«, sagte ich. Aber sie wollte nichts davon hören.

»Keine Träume mehr, mein Liebling«, sagte sie sanft, beugte sich zu mir herab und küßte mit kühlen Lippen meine Stirn. »Ich möchte nichts davon hören; und du mußt sie beim Aufwachen gleich vergessen. Träume sind ohne Bedeutung. Schlaf jetzt erst einmal, und bitte ohne zu träumen. Ich werde hier bei dir sitzen und nähen, und wenn du einen schlechten Traum hast, dann werde ich dich aufwecken.«

Sie nahm das kleine Weinglas von meinem Nachttisch und reichte es mir. »John hat dies für dich hiergelassen«, sagte sie. »Es wird dir helfen, ohne Träume zu schlafen. Trink einen Schluck und ruh dich aus, mein Liebling.«

Ich nahm das Glas, gehorsam wie eine Schwerkranke, trank es aus und legte mich in meine Kissen zurück. Durch einen matten, goldenen Schimmer hindurch sah ich, wie meine Mutter sich einen Stuhl ans Fenster zog und ihr Nähzeug nahm. Sie saß, Wächterin über meinen Frieden, neben mir, und ich schaute sie an, bis mir die Augen zufielen und ich einschlummerte.

Viele, viele Stunden lang saß sie an meinem Bett. Die Träume kamen nicht mehr. Johns Medizin machte mich schläfrig und benommen, und ich dämmerte vor mich hin. Aber ich träumte nicht.

Am zweiten Tag kam meine Großmutter, Lady Havering, zum Abendessen von Havering Hall herübergefahren. Sie polterte die nackten Stufen zu meinem Schlafzimmer herauf, um mich mit gelben Augen durch ihre Lorgnette hindurch zu betrachten.

»Es scheint dir ja blendend dabei zu gehen«, bemerkte sie mit eisiger Stimme. »Überspanntheit ist den Laceys schon immer sehr gut bekommen.«

»Ich bin doch gar nicht überspannt, Großmama«, entgegnete ich höflich. »Zumindest möchte ich es nicht sein.«

Sie lächelte und gab mir einen leichten Klaps auf die Wange. »Nein, mein Liebes«, sagte sie. »Dann wärest du auch wirklich ganz und gar unerträglich.«

Mit diesen Worten ging sie die Treppe hinunter. Dort unten fand eine Familienkonferenz statt, an der sie selbst, Onkel John und meine Mutter teilnahmen – und sogar Richard, der am Morgen mit der Postkutsche von Oxford gekommen war.

»Du wirst nach Bath reisen«, sagte Richard herablassend. Er war mit meinem Tee und einer Scheibe Aprikosenbrot nach oben gekommen. »Sie sprechen seit dem Mittagessen ununterbrochen darüber, und sie haben beschlossen, daß du mit deiner Mutter nach Bath fährst, sobald es dir einigermaßen gut geht. Deine Mutter sagt, du seist sehr abgespannt und brauchtest ein wenig Erholung. Mein Vater meint, die Laceys hätten schlechtes Blut – und das sei an dir wieder ganz deutlich geworden. Und deine Großmutter meint, die Laceys seien immer ein wilder Haufen gewesen, und das beste, was sie tun könnten, wäre, sich sofort mit jemandem zu verheiraten, der einigermaßen normal ist. Deshalb mußt du von hier fort.«

Ich setzte meine Tasse mit lautem Klirren auf das Tablett nieder und streckte Richard voller Entsetzen beide Arme entgegen. »Nicht für immer!« jammerte ich. »Nicht für immer, Richard!«

»Nein«, sagte er, »nur ein paar Monate lang. Deine Mutter möchte, daß du dort eine Trinkkur machst, und mein Vater will, daß du einen seiner Freunde, einen Arzt, aufsuchst. Deine Großmutter möchte vor allem, daß du dich verlobst. Sie meinen, das alles wäre durch ein paar Monate in Bath zu erreichen.«

Ich blickte ihn fragend an. Er lächelte, aber seine Augen waren kalt. Er war böse, versuchte aber, es nicht zu zeigen.

»Und du«, fragte ich atemlos, »was hast du gesagt?«

»Ich habe gar nichts gesagt«, meinte er. »Es gab nichts, was ich hätte sagen können. Ich habe mir meine eigenen Gedanken über dich gemacht, und ich werde sie für mich behalten.«

»Ich werde nicht fortreisen«, protestierte ich.

»Es ist beschlossene Sache«, entgegnete Richard vergnügt. »Du wirst mit deiner Mutter fahren, und ihr beide werdet euch in irgendeiner langweiligen Pension einmieten, und zwar so bald wie möglich. Sowie die Zimmerbuchung bestätigt ist und sobald mein Vater Pferde für die Reise bestellt hat, fahrt ihr ab. Dann mußt du diesen Kollegen, einen Spezialisten, aufsuchen. Mein Vater und er haben beide in Edinburgh ihre praktische Ausbildung erhalten, aber seit jener Zeit hat dieser Arzt sich auf ganz bestimmte Leiden spezialisiert.« Er strahlte mich an. »Möchtest du wissen, welche?«

Ich zögerte. Mein Selbsterhaltungstrieb sagte mir, ich solle besser nicht nachfragen, um welche Leiden es sich handelte. Aber ich fühlte mich hilflos und zutiefst niedergeschlagen von meinem Traum. »Welche?« fragte ich.

»Wahnsinn bei jungen Damen«, sagte Richard mit süßer Stimme. »Er hat sich auf junge Damen spezialisiert, die den Verstand verloren haben. Und genau *den* Arzt sollst du in Bath aufsuchen. Denn alle glauben, daß du verrückt bist. Alle glauben, du hättest deinen kleinen, scharfen Verstand verloren.«

Als ich nach seiner Hand griff, fiel mein Teller mit lautem Klirren auf den Fußboden. »Nein, Richard«, sagte ich gepreßt. »Ich werde nicht fahren. Sie irren sich, du weißt doch selbst, daß sie sich irren.«

Er entwand sich meinen klammernden Fingern. »Das ist nicht alles«, sagte er. »Bis du abfährst, wirst du kein einziges Mal mehr nach Acre hinunterreiten dürfen.«

Ich schaute ihn mit offenem Mund an. »Mögen sie mich nicht mehr?« fragte ich. »Sind sie denn böse darüber, was in Acre geschehen ist?«

»Sie *sagen,* sie hätten Angst vor dir«, berichtete Richard

selbstgefällig. »Offiziell heißt es, deine Gesundheit sei angegriffen. Aber sie glauben, du würdest allmählich verrückt werden.«

»Das ist Blödsinn«, protestierte ich schwach. »Ich habe immer Träume gehabt. Dies war genau so ein Traum wie die anderen. Es war eine Vision. Jedermann weiß, was Visionen sind.«

»Schmutzige alte Zigeunerinnen haben Visionen«, behauptete Richard grausam. »Junge Damen nicht. Wenn sie nicht gerade wahnsinnig werden. Du hast immer versucht, meiner Mutter, Beatrice, ähnlich zu werden; jeder weiß, daß sie am Ende verrückt geworden ist. Jetzt erzählen alle, der Wahnsinn läge in der Familie. Und du würdest auch wahnsinnig werden.«

Das Zimmer um mich herum begann, sich zu drehen. »Nein, Richard«, sagte ich entschieden. »So ist es doch gar nicht. Du weißt, daß es nicht so ist.«

»Ich weiß es eben *nicht*«, entgegnete Richard. »Ich habe immer gedacht, daß ich dich kenne; seit mein Vater heimgekommen ist, hast du versucht, dich bei ihm einzuschmeicheln. Ralph Megson kam ins Dorf, und du hast versucht, bei ihm und in Acre an erster Stelle zu stehen. Nur weil du mit den dummen kleinen Bauernkindern Freundschaft geschlossen hast, stolzierst du jetzt wie ein Pfau umher und versuchst, die junge Gutsherrin zu spielen. Ich werde in meinen Unterricht geschickt, während du dich, wann immer es dir gefällt, bei den Dorfleuten einschmeichelst. Und seitdem ich in Oxford bin, hältst du dich nur noch im Dorf auf, freundest dich dick mit dem Verwalter an und tust so, als könntest du das Land fruchtbar machen, als sei *meine* Mutter in dir wieder auferstanden. Jetzt siehst du, was dabei herauskommt! Wirklich fabelhaft! Du spinnst deine Intrigen, und jeder soll denken, daß du das begnadete Kind bist. Aber kein Mensch glaubt dir; sie ahnen nämlich, daß du verrückt bist.«

»Ich bin es nicht!« rief ich plötzlich sehr zornig. Mit aller

Kraft versuchte ich den Schleier zu zerreißen, den der Schlaftrunk und die Mutlosigkeit um mich herum gesponnen hatten. Ich warf die Bettdecke zurück und wollte mich erheben. »Ich *habe* einen siebten Sinn«, beharrte ich trotzig. »Und genau deshalb konnte ich das Dorf vor dem fallenden Kirchturm und vor dem Feuer bewahren. Nichts davon war geplant. Ich habe nicht intrigiert. Irgend jemand oder irgend etwas hat mich unwiderstehlich dorthin gezogen. Es *war* Beatrice. Es *war* eine prophetische Vision.«

Er legte seine Hände auf meine Schultern und drückte mich fest in die Kissen zurück. »So etwas gibt es gar nicht«, zischte er, und sein Gesicht war dunkel vor Wut. »So etwas wie Visionen gibt es nicht. Beatrice ist tot, und was du gerade gesagt hast, zeigt wirklich, daß du verrückt bist. Du wirst allmählich verrückt, Julia: Wir werden dich in ein Irrenhaus stecken müssen, und du wirst niemals im neuen Herrenhaus von Wideacre leben und niemals in Acre das Lieblingskind sein.«

Ich packte seine Handgelenke und wollte ihn zum Schweigen bringen. Aber nichts konnte ihn mehr aufhalten.

»Du wirst verrückt, und sie werden dich nach Bath schicken. Deine Mutter wird dich zum Arzt bringen, und er wird sofort wissen, daß alle diese Träume und diese Visionen und das Singen in deinem Kopf daher kommen, weil du von Tag zu Tag verrückter wirst.«

Ich schrie laut auf.

Ich ließ seine Handgelenke los und hämmerte mit beiden Fäusten gegen seinen Brustkorb.

Sofort warf er mich mit dem Gesicht nach unten in die Kissen und drückte mich mit ganzer Kraft hinein. Halb erstickt wand ich mich hin und her und versuchte, mich zu befreien. Erst als ich bewegungslos dalag, lockerte er seinen Griff und drehte meinen Kopf zu sich hin.

»Es ist wohl besser, du hältst den Mund«, flüsterte er mit unendlich sanfter Stimme. »Wenn sie hören, daß du schreist und daß du sogar gewalttätig wirst, dann wird alles für dich noch viel schlimmer.« Er lächelte mich unbekümmert und strahlend an. »Du siehst aus wie eine Wahnsinnige«, sagte er honigsüß. »Und eben hast du lauthals geschrien und warst vollkommen außer dir. Du warst gewalttätig, du hast mich angegriffen, und jetzt weinst du. Jeder, der dich gesehen hätte, wäre überzeugt, daß du verrückt bist und ins Irrenhaus gesteckt werden mußt. Sei lieber still, Julia.« Mit quälend heuchlerischer Fürsorglichkeit strich er mir das Haar aus dem Gesicht. »Ruhig, ganz ruhig jetzt«, beschwichtigte er mich.

Seine Berührung ließ mich frösteln.

Er hob meine nackten Füße vom Boden hoch, steckte sie wieder unter das Bettzeug und glättete das Bettuch unter meinem Kinn. »Lieg still«, flüsterte er und hatte seinen Mund dabei ganz nahe an meinem Ohr. »Deine Großmutter ist immer noch unten, und du möchtest doch nicht, daß sie dich schreien hört? Wo du doch eigentlich ihr kleiner Liebling bist.«

Ich lag wie erstarrt da. Ich rührte mich nicht einmal, als er mich ganz zart auf die Wange küßte, so sanft, als liebte er mich. Dann wandte er sich von mir ab, ging mit leichten Schritten zur Tür und zog sie fest hinter sich zu.

Ich lag dort, wo er mich liegengelassen hatte, und starrte an die Decke. Tränen strömten aus meinen Augenwinkeln. In meiner Brust klopfte das Herz so schwer wie Blei.

Die nächsten paar Tage waren wie ein Alptraum. Jedesmal, wenn meine Mutter mich liebevoll anlächelte, und jedesmal, wenn Onkel John mich ansah und fragte, wie ich mich fühlte, war dies für mich die Bestätigung dessen, was Richard gesagt hatte: Alle dachten, daß ich verrückt werden würde. Ich war müde und angespannt, und mein Blick war ängstlich. Ich versuchte verzweifelt, so normal wie ein ganz gewöhnliches Mädchen zu sein, aber von Tag zu Tag verhielt ich mich seltsamer.

Das Wetter quälte mich, denn der Wind hatte die Regenwolken vertrieben, und es kamen einige klare Tage, mit Frost am Morgen und einer leuchtend roten Sonne am Nachmittag. Seenebel stand Tag für Tag in ihrem Stall, fraß fortwährend Hafer und wurde immer unruhiger. Aber ausreiten durfte ich nicht. Aus Angst, meine Mutter könnte Zeichen der Verwirrung in meinem Gesicht entdecken und mich für unnormal halten, wagte ich es kaum, aus dem Fenster zu schauen. Ich fürchtete mich sogar davor, auf einem Hocker zu ihren Füßen zu sitzen und in das Holzfeuer zu starren, denn Onkel John könnte dann vielleicht fragen: »Was denkst du, Julia?«

Er verfolgte mich unablässig mit seinen Blicken, und wenn ich in die Flammen schaute, dann sah er in mein selbstvergessenes Gesicht. Ich stand unter Beobachtung.

Seenebel war den ganzen Tag lang in eine der Pferdeboxen von Dower House eingesperrt. Ralph hatte sie schon am nächsten Tag, beladen mit kleinen Geschenken der Kinder von Acre, heraufgebracht. Sie hatten mir kleine Ketten aus Papierblumen gebastelt, einen winzigen Strauß aus knospenden Zweigen dazugelegt, und sie hatten ihre Pfennige zusammengelegt und waren nach Midhurst gelaufen, um mir eine Schachtel mit Süßigkeiten zu kaufen. Aber Ralph hatte mich nicht besuchen dürfen. Ihm und allen Besuchern aus Acre war gesagt worden, daß ich mich ausruhen müßte und daß ich in der nächsten Woche nach Bath abreisen würde.

Richard war es, der jetzt im Dorf meinen Platz einnahm.

Jeden Tag ließ er Prince aus den Ställen holen, ritt nach Acre und besprach mit Ralph, was an dem jeweiligen Tag getan werden müßte. Und Ralph, freundlich und gleichmütig, akzeptierte die Veränderung, da er meinte, dies sei mein eigener Wunsch. Er wußte, daß Richard die Kühe vollkommen gleichgültig waren und daß er nicht gern mit den Schafen zu tun hatte, aber der Januar ist eine stille Jahreszeit, und es gab auf dem Land nur wenig zu tun. Die dringendste Arbeit bestand darin, die Westwand der Kirche abzustützen, das Dach neu zu decken und dann die fünf zerstörten Hütten so bald wie möglich wieder aufzubauen.

Richard kannte die Bauarbeiter besser als irgend jemand sonst. Richard hatte alle Steinbrüche in der Nähe aufgesucht und wußte ganz genau, wieviel die Steine kosteten und wann sie geliefert werden konnten. Richard konnte eigenhändig einen Plan zeichnen oder einen Plan aus seiner eigenen Architektur-Büchersammlung für unsere Zwecke verändern. Richard war derjenige, der in jenem Monat in Acre am stärksten gebraucht wurde, denn auf den Feldern gab es kaum Arbeit, und die vordringlichste Aufgabe war, die Reparatur der Kirche und den Wiederaufbau der Hütten zu überwachen.

Richard wies die Bauarbeiter an, die Dächer der Cottages der Familien Smith und Cooper wieder aufzubauen und mit Stroh zu decken, und Tag für Tag war er draußen auf der Dorfstraße von Acre und beobachtete, wie die Dachsparren ersetzt und die Dächer neu gedeckt wurden. Nachmittags, wenn das Licht schwächer wurde, nahm er die Arbeiter mit in den Gasthof und spendierte ihnen ein paar Runden Bier.

Er vergaß auch nicht die Frauen und Kinder. Als Little 'Un einmal krank war, ließ Richard die Kutsche rufen, um den Jungen damit nach Dower House zu fahren und Onkel John vorzuführen. Er brachte ihn sogar, mit ein paar Tropfen Laudanum betäubt und bis zum Hals hin warm eingewickelt, in der Kutsche wieder heim. Ständig hatte er für die hübschen Mädchen von Acre ein paar Schleifen in seiner Tasche. Er trat auf wie der von allen geliebte junge Gutsherr, und es gab niemanden, den er bevorzugte. Clary war noch immer die Anführerin der jungen Frauen und Männer, und für sie bewahrte er immer die breiteste, röteste Schleife auf. Nur Ted Tyacke widerstand Richards Charme. Nur Ted weigerte sich, mit ihm zu trinken und ihm seinen Respekt zu erweisen. »Er ist ein sehr mißmutiger Mensch«, sagte Richard beim Abendessen, und sein Gesicht strahlte vor Selbstvertrauen, »aber er spielt keine Rolle. Ich kann auch ohne den Segen von Ted Tyacke mit dem Dorf fertig werden.«

Mir war, als sei ich in jener Nacht, als der Kirchturm herunterkrachte, gestorben. Als sei ich gestorben und vergessen worden und als hätte Richard meinen Platz eingenommen.

Meine Mutter und Onkel John hatten Stride angewiesen, mich an der Tür zu verleugnen, wenn Besucher kamen. Den Dorfbewohnern, die mich besuchen wollten, wurde in der Küche erzählt, daß ich mich nicht wohlfühlte und ausruhen müsse. Wenn eine Entscheidung über das Land getroffen werden mußte, dann ging jedermann zu Ralph Megson. Wenn eine Entscheidung über Häuser getroffen werden mußte oder wenn man Gefälligkeiten und Hilfe brauchte, dann ging man zu Richard. Es war, als existierte ich gar nicht mehr, als sei ich bereits nach Bath gefahren und würde niemals zurückkehren.

Meine Mutter wußte, daß ich unglücklich war, aber sie wollte keine Erklärung von mir, und angesichts des Verdachts, den sie gegen mich hegte, hütete ich mich, ihr mein Herz zu öffnen. Das Schlimmste war, daß ich fortwährend beobachtet wurde. Und zugleich verfolgte mich die quälende Erinnerung an meinen Traum. Es war, als hätte ich in einen verzauberten Spiegel geschaut und dort mein Gesicht gesehen, von Leid verhärmt und alt, als hätte man mir den Fluch auferlegt, einen Blick in die Zukunft tun zu können, eine Zukunft, in der das Herrenhaus nicht wieder aufgebaut worden waren und in der es nur Einsamkeit und Schmerz und Furcht und ein unerwünschtes Kind gab. Und das Kind mußte getötet werden.

Hätte ich mich ausruhen und allein sein können, dann hätte ich vielleicht meinen Mut wieder zurückgewonnen. Aber in jeder Sekunde wurde ich von ängstlichen, liebevollen Augen verfolgt. Und weder meine Mutter noch Onkel John konnten verbergen, wie ungeduldig sie darauf warteten, daß ich Acre verließ. Ich achtete auf die Post, die wir bekamen, und wußte, daß mein Onkel seinem Freund, dem Arzt, geschrieben hatte. Die Antwort kam am selben Tag wie die Bestätigung der Zimmerbuchung, die meine Mutter in die Wege geleitet hatte.

»Wir können morgen fahren«, sagte meine Mutter am Frühstückstisch zu Onkel John.

»Und Dr. Phillips wird dich, wenn du es möchtest, gern einmal anschauen«, fügte John hinzu.

Beide vermieden es angestrengt, mich anzusehen. Ich hielt die Augen gesenkt. Ich hatte Angst, etwas zu sagen. Im Zimmer herrschte betretenes Schweigen.

»Ich gehe jetzt!« rief Richard fröhlich. Wir alle blickten zu ihm auf, als er seinen Stuhl zurückstieß und zur Tür ging. Er hielt nur einen winzigen Moment inne, um meine Mutter im Vorbeigehen auf ihre Spitzenhaube zu küssen. »Die Smiths und die Coopers werden heute wieder einziehen können, und dann kann ich mit der Arbeit an den anderen drei Cottages beginnen«, rief er gutgelaunt. »Sie sind doch *sicher* mit mir einer Meinung, Sir, daß ich nicht zurück zur Universität zu gehen brauche, bis ich diese Arbeit zu Ende geführt habe und die Cottages wieder aufgebaut sind?«

Onkel John nickte Richard anerkennend zu. »Ja, natürlich«, sagte er. »Niemand sonst hätte die Pläne zeichnen und die Materialien so schnell bestellen können. Acre muß dir unendlich dankbar sein. Niemand sonst könnte die Sache jetzt so einfach übernehmen.«

Richard lächelte sein süßestes Lächeln. »Ich bin so froh, helfen zu können!« rief er. »Aber ich glaube doch, wir sollten Julia erst dann aus Bath zurückkommen lassen, wenn sie uns verspricht, nicht noch mehr Hütten in Acre niederzureißen. Ich gebe zu, es gibt Zeiten, wo auch ich das ganze Dorf liebend gern dem Erdboden gleichmachen würde, aber *nicht* gerade mitten in einem Gewitter im bittersten Winter!«

Alle drei lachten, aber nur Richard schien den Scherz wirklich auszukosten. Ich fühlte, wie sich mein Gesicht zu einem leeren, unechten Lächeln verzog. Ich wußte, daß ich merkwürdig aussah und sehr seltsam lächelte, während sich meine Augen zugleich mit Tränen füllten. Richard war der einzige, der es anscheinend nicht bemerkte. Er hauchte mir über die Hand hinweg einen Kuß zu und ging mit großen Schritten zur Tür, und dann hielt er, mit einem Seitenblick auf mich, noch einmal inne. »Können wir heute spät essen?« fragte er. »Ich werde bestimmt nicht vor dem Abend fertig sein.«

Meine Mutter lächelte über seinen Eifer. »Natürlich«, sagte sie. »Wenn du so viel Arbeit hast, dann können wir auch später essen, Richard.«

»Viel Arbeit, viel Vergnügen«, sagte er und beobachtete meine Reaktion. »Acre zum Arbeiten zu bewegen kostet mich ein Vermögen an Schleifen!«

Ich hielt den Blick gesenkt und sagte nichts, während John und meine Mutter Richard neckten, weil er mit den Dorfmädchen flirtete. Ich wußte, er hatte die Schleifen erwähnt, um mich zu kränken, und er hatte sein Ziel natürlich erreicht. Dann verabschiedete er sich ein letztesmal, und wir hörten das Klappern seiner Stiefel auf dem Holzboden und das Zuschlagen der Eingangstür.

Im Zimmer herrschte ein peinliches Schweigen.

»Kannst du alles vorbereiten, damit wir morgen losfahren, Julia?« fragte meine Mutter mich sanft. »Du brauchst nicht sehr viele Kleider einzupacken. Ich möchte dir in Bath einige neue Sachen kaufen.«

Ich nickte. Außer einem »ja« konnte ich nichts dazu sagen. Ich verließ das Zimmer, bevor John und meine Mutter begannen, über die Unterschiede im Charakter zwischen mir und Richard zu diskutieren.

Richard hatte täglich mehr Erfolg. Er war die Stütze meiner Mutter und sogar ein unentbehrlicher Helfer von Onkel John, der sich darauf verließ, daß Richard für ihn die Nachrichten übermittelte, die von Acre kamen und nach Acre gingen. Er war von Ralph Megson angestellt worden, um einige der Aufgaben zu übernehmen, die früher ich erfüllt hatte. Er war beim Wiederaufbau der Cottages unentbehrlich und wurde im Dorf immer beliebter. In jenem Winter erschien er mir so kraftvoll und tüchtig wie ein Paar starker Pferde, das ein neues Geschirr ausprobiert. Er versuchte, täglich mehr zu bewältigen, und seine Kräfte wuchsen von Tag zu Tag.

Ich selbst spielte für Richard keine Rolle mehr. Die Ländereien und Acre waren unter seiner Kontrolle, und im Dorf hatte er ein paar Mädchen zum Flirten.

Auch für Acre zählte ich nicht mehr. Ich hatte für die Dorfbewohner gearbeitet und sie gerettet. Und jetzt waren sie bereit, die Hütten wieder aufzubauen und nach vorn zu schauen. In ein paar Wochen würden sie mich vergessen haben.

Für meine Mutter und Onkel John zählte ich natürlich doch noch, aber ich war für sie vor allem zu einer Quelle von Sorgen und Peinlichkeiten geworden. Sie sahen nicht, daß ich besondere Fähigkeiten und Gaben hatte. Für sie war ich vielmehr ein dauernder Grund zur Besorgnis.

Ich ging mit heißen Wangen und leuchtenden Augen ins Wohnzimmer, und als Onkel John und meine Mutter hereinkamen, sah ich, daß sich beide ängstlich und sorgenvoll anschauten. Sie dachten, ich sei bedrückt oder launisch oder hysterisch. Ich selbst war vollkommen unsicher und verwirrt.

Ich hielt mich immer so nahe wie möglich bei meiner Mutter auf, so als würde ihre bloße Gegenwart mich davor beschützen, als verrückt zu erscheinen, und als könnte sie mich zugleich auch vor meinen heftigen, verwirrten Gefühlen schützen, vor der Angst, alles zu verlieren, und dem furchtbaren Schrecken darüber, die barfüßige Frau aus meinem Traum zu sein. Ich zog mir einen Schemel heran, setzte mich zu ihren Füßen nieder und half ihr, die Säume von Kleidern aufzutrennen, die wir zum Umarbeiten nach Bath mitnehmen wollten. Ich machte die Arbeit so sorgfältig wie eine Näherin und trennte mühselig die alten Spitzen ab, die zum Schmuck neuer Kleider benutzt werden sollten. Ich nahm die Stoffreste mit in die Küche, wusch und spülte sie mit unendlicher Sorgfalt, tupfte sie mit einem weichen Leinentuch ab und breitete sie zum Trocknen aus.

Richard war den ganzen Tag lang draußen bei der Arbeit und kam erst zum Abendessen wieder nach Hause. Seinetwegen aßen wir immer erst spät. Ich fühlte weder Ungeduld noch

Neid oder Wut. Richard war der Squire. Er konnte tun, was ihm gefiel.

Er warf seinen Umhang über das Treppengeländer und lief in sein Zimmer, um sich umzuziehen. In den Falten des Wollstoffes hatte sich die kalte Winterluft gefangen, und mir war, als lockte sie mich so klar wie eine Stimme, die meinen Namen rief, hinaus aufs Land. Ich warf mir einen Schal über die Schultern, ging zur Eingangstür hinaus und um das Haus herum in den hinteren Garten. Dort sah ich die dunklen Schatten der Downs, die sich schwarz gegen den schwarzblauen Himmel abzeichneten.

Das Gras war hart gefroren, und der Himmel spannte sich wie ein dunkles Gewölbe voll funkelnder Sterne über mir. Ein Schatten zog über den Himmel, und ich hörte eine Eule ihren langgezogenen, klaren Jagdschrei ausstoßen. Die große Zeder stand wie ein Riese mit gespreizten Fingern in der Dunkelheit. Jemand trat aus dem Schatten heraus und kam auf mich zu.

Es war Clary Dench. »Julia?« sagte sie. »Ich bin's.«

»Oh, Clary!« rief ich leise. »Ich bin so froh, dich zu sehen! Woher wußtest du, daß ich dich so sehr brauche?«

»Ich sollte mich eigentlich mit Richard treffen«, sagte sie, »und zwar nach der Arbeit in den Wäldern. Aber ich bin zu spät gekommen, und er war schon fort. Ich dachte, er hätte vielleicht irgendeine Nachricht von dir für mich gehabt. Deshalb bin ich hier heraufgekommen.«

»*Du* wolltest dich mit Richard treffen?« fragte ich ungläubig. »Dich in der Dunkelheit mit Richard in den Wäldern treffen?«

Clary lachte laut auf – gar nicht wie eine Dame. »Sei nicht so dumm, Julia! Was denkst du denn eigentlich von mir? Daß ich ein dummes Dorfflittchen wäre, das dem jungen Squire hinterherläuft? Er hat mich gebeten, sich mit ihm zu treffen, und ich dachte, er hätte eine Nachricht von dir.«

Ich nickte nachdenklich. Richard verstand es, Menschen zu verwirren und an der Nase herumzuführen.

»Oh«, seufzte ich. »Oh, Clary, es ist wirklich schön, dich zu sehen!«

Ich legte einen Arm um ihre Taille, umschlang sie fest und fühlte die vertraute Wärme ihres weichen Körpers und das Kitzeln ihrer langen Haare an meinem Hals. Wir drehten uns um, gingen zusammen über den Rasen und blieben am Fuß der Zeder stehen. Ich rieb meine Hand an der Borke, fühlte deren rauhe, rissige Oberfläche und atmete ihren süßen, würzigen Duft ein.

»Ich bin froh, daß du hier bist, denn ich muß mich von dir verabschieden«, begann ich. Ich reichte ihr beide Hände. »Seit der Nacht, in der der Sturm ausbrach, durfte ich nicht mehr nach Acre kommen, Clary. Sie sagen, ich sei krank, und fast bin ich schon soweit, es selbst zu glauben. Sie schicken mich morgen nach Bath, und ich darf meinen Freunden wahrscheinlich nicht einmal mehr ›Adieu‹ sagen. Erzähl allen im Dorf, ich hätte an sie gedacht und ließe sie grüßen.«

Sie umschloß meine Hände mit ihren beiden kalten Handflächen. »Du gehst fort?« flüsterte sie erschrocken. »Von hier fort? Warum, Julia? Und bleibst du sehr lange weg?«

»Natürlich nicht!« wollte ich sagen, oder »Oh! Ich werde sicher viel Spaß haben in Bath!«

Aber aus meinem Mund kam nur ein lautes Stöhnen. Ich warf mich in Clarys Arme und schluchzte: »Oh, Clary! Clary! Es war nur der Traum und das Unwetter, und jetzt denken sie, daß ich wahnsinnig werde, und sie nehmen mich fort von hier, und ich weiß nicht, was geschehen wird!«

Zum ersten Mal, seitdem Richard mich davor gewarnt hatte, seltsam und launisch zu erscheinen, weinte ich laut heraus. Während Clary beruhigend meinen Rücken klopfte und mit ihrem dünnen Schal mein Gesicht abtrocknete, fühlte ich, wie Angst und Furcht von mir abfielen. Dann zog sie mich zur Schaukel hinüber, die geisterhaft starr an ihren gefrorenen Seilen hing, und setzte mich sanft auf das Brett.

»Was ist los?« fragte sie leise. »Du bist kein bißchen verrückt, aber ich habe dich niemals so unglücklich gesehen. Du siehst auch wirklich sehr seltsam aus.«

»Wieso seltsam?« fragte ich ängstlich.

»Älter«, sagte sie besorgt, mühsam nach Worten suchend. »Traurig. Als hättest du etwas Schreckliches durchgemacht. Was ist los, Julia?«

Mir lag eine Lüge auf der Zunge. Aber ich wollte Clary nichts vorlügen. Was auch immer nicht in Ordnung sein mochte, es gab ein paar Dinge in meinem Leben, Einflüsse aus früheren Zeiten, die ich mir bewahren wollte.

»Es ist Beatrice«, sagte ich langsam. In dem schweigenden Garten, in dem alle Farben verblaßt waren, sahen Clary und ich einander an, und das Entsetzen über das, was ich gesagt hatte, stand uns beiden in den Augen. Clary schauderte, obwohl sie den Schal fest um die Schultern gewickelt hatte, und auch ich fühlte, daß mich eine seltsame Kälte durchströmte.

»Es ist Beatrice und ihre Zauberkraft«, flüsterte ich.

Clarys Augen wurden dunkel vor Angst, und ich spürte, daß sich die Haare an meinem Nacken sträubten wie bei einem verängstigten Hund.

»Siehst du sie?« fragte sie leise.

»Nein«, flüsterte ich. »Schlimmer als das. Ich fühle, daß Beatrice und ich identisch sind.«

Ein paar Minuten lang waren Clary und ich vollkommen still. Der leise Wind blies den Duft der kalten Hügel zu uns herüber, aber darunter lag, scharf wie Salbei, der beißende Geruch der Angst.

»Erst, seitdem Ralph Megson angekommen ist?« fragte sie.

»Ja«, antwortete ich. »Man hat es damals an meiner Stimme gehört. Ich glaube, er hat sogar in meinem Gesicht eine Ähnlichkeit erkannt.«

Sie nickte und zog den Schal fester um die Schultern. Ich verspürte ein ängstliches Frösteln, das meine Wirbelsäule hinauflief, denn ich hatte gesehen, daß ihre Finger zum Zeichen gegen Hexenkunst verschränkt waren. Ich lehnte mich nach vorn und bedeckte flehend und anklagend zugleich ihre Hand mit der meinen. »Clary, machst du meinetwegen dieses Zeichen?«

Sie ließ die Finger spielen, senkte den Kopf und errötete; im Sternenlicht schien ihr Gesicht sehr dunkel zu werden. »Oh, mein Gott, nein!« rief sie. Sie wandte sich von mir ab, ging zum Stamm der Zeder und legte ihren Kopf dagegen, so als wollte sie durch die Berührung der Rinde ihre durcheinanderwirbelnden Gedanken ordnen. »Nein«, sagte sie. »Ich habe das Zeichen doch nicht gegen *dich* gemacht. Aber ich habe es gegen etwas anderes gemacht, das ich gesehen habe. Ich habe etwas in deinen Augen gesehen, Julia. Und das war es, was mich erschreckt hat.«

»Du hast *sie* in meinen Augen gesehen«, sagte ich entsetzt.

Sie sah mich mit den Augen einer Freundin an, die mich seit der Zeit kannte, wo wir als kleine Kinder im Wald gespielt hatten. »Ja, das ist es wohl«, gab sie zu. »Genau das haben die Leute im Dorf schon das ganze Jahr lang gesagt. Daß du das auserwählte Kind bist. Daß du ihre Erbin bist.«

»Es kommt mir nicht gerade wie eine besondere Ehre vor«, sagte ich mürrisch. »Ich habe einen Traum gehabt, Clary, oh, einen so schrecklichen Traum!« Sie sagte kein Wort. »Keinen Alptraum wie einen meiner Träume von Beatrice«, sagte ich. »Nur das Gefühl von unendlicher Einsamkeit. Von schrecklicher, quälender Einsamkeit, in der es niemanden gibt, der mich liebt, und niemanden, den ich lieben könnte. Niemanden, den ich lieben könnte, außer einem winzigen Baby in einem weißen Tuch, von dem ich weiß, daß ich es ertränken muß.«

Clary riß den Mund auf; im hellen Mondlicht sah ihr Gesicht fahl aus. Dann kam sie zur Schaukel herüber, kniete sich zu meinen Füßen in das gefrorene Gras und legte beschützend ihre Hände über meine. »Ich werde dich immer lieben«, sagte sie in dem süßen, gedehnten Tonfall der Leute von Acre. »Ich werde immer hier sein.«

Einen Moment lang wärmte mich die Zuneigung, die aus ihrer Stimme klang, aber Sekunden später hörte ich in meinem Kopf ein Heulen und Tosen wie von einem eisigen Wind, der von weit, weit her zu mir herüberblies. »Nein, so wird es nicht kommen«, entgegnete ich, und wir beide hörten, daß meine Stimme zugleich sicher und tief verzweifelt klang.

Einen Moment lang blickte Clary mich fragend an, aber sie war klug genug, jetzt keine weiteren Fragen zu stellen. Dann zuckte sie mit ihren schmalen Achseln und lächelte trotzig. »Nun, zumindest brauche ich dann nicht zu erleben, wie du hier Squire wirst«, sagte sie.

Das war ein ziemlich schlechter Witz, und wir konnten nur schwach darüber lächeln. Wir blieben noch eine Weile ruhig und schweigend im Garten beisammen.

»Was wirst du tun? Kannst du dich nicht einfach weigern, hinzufahren?« fragte sie.

»Ich werde wohl hinfahren müssen«, sagte ich verdrossen. »Ich weiß nicht einmal, wann ich zurückkommen darf.«

Ich versuchte zu lächeln, aber es kam nur eine traurige kleine Grimasse dabei heraus. Der Wind war eisig und blies geradewegs von den Sternen zu uns herunter. Ich hatte pochende Kopfschmerzen, die so sehr auf meine Augen drückten, daß ich kaum den Garten erkennen konnte. Es schien, als sei ich dabei, alles, was ich mir jemals gewünscht hatte, zu verlieren: Richard, Wideacre und meine unbeschwerte Jugendzeit. All das wurde mir von der gottverlassenen, toten Hexe von Wideacre gestohlen. Was ich dafür bekam, waren einige zweifelhafte Fähigkeiten und eine Wildheit, die ich selbst nicht mehr zu beherrschen vermochte.

»Ich werde tun müssen, was die anderen von mir verlangen«, seufzte ich. »Meine Mutter, Onkel John und Richard. Ich werde nach Bath fahren müssen.« Ich wischte mir mit dem Handrücken ein paar Tränen von der Wange, lächelte Clary noch einmal zu, küßte sie und ging zum Haus.

Sie kam hinter mir her und berührte sanft meinen Arm.

»Was wäre so schlimm daran, wenn du wirklich ihre Fähigkeiten hättest?« fragte sie, und ihr liebevoller Ton machte mir Mut. »Was macht es aus, wenn du sie hast? Können sie nicht sehen, daß es völlig gleichgültig ist? Daß du Beatrice bist, das haben die alten Leute aus Acre schon immer von dir gesagt, schon seitdem du ein kleines Mädchen warst. Sie haben behauptet, du seist Beatrice, die zurückgekommen sei, um die Dinge wieder in Ordnung zu bringen. Könnte es nicht einfach ein Geheimnis bleiben? Ein Geheimnis für die Laceys und für Acre?«

»Nein«, entgegnete ich müde. »Die Welt ist dabei, sich zu verändern, Clary. Es gibt keinen Platz mehr für solche Geheimnisse. Immer mehr Leute kommen ins Dorf, um Arbeit zu finden, und immer mehr Leute aus Acre arbeiten in der Fremde. Niemand außerhalb von Acre glaubt an Visionen oder Träume oder an die anderen Dinge, die, wie wir alle wissen, aber doch möglich sind. Man hat keine Erklärung dafür, und deshalb will man nichts darüber hören.«

Clary zog eine Fratze. »Sie halten sich für besonders klug«, sagte sie mit harter Stimme. »Es sind Männer wie dein Onkel John, gute Männer, die gute Arbeit leisten – aber sie müssen alles schwarz auf weiß haben.« Sie brach ab. »Ich werde jetzt heimgehen, bevor die Wolken heraufziehen. Ich werde bei Ralph Megson vorbeigehen und ihm sagen, daß du am Morgen fortgeschickt werden sollst. Dein feiner Cousin hat niemandem ein Wort davon gesagt. Niemand von uns hat es gewußt.«

Ich bedankte mich mit einem Nicken, umarmte sie und legte meine Wange an die ihre. Ich spürte, daß sie zitterte. Sie fürchtete, die Kälte meiner Wange könnte nicht nur von der kalten Nachtluft herrühren, sondern daher, daß ein Geist sie umarmte. Ich trat einen Schritt zurück und versuchte, ganz unbefangen zu lächeln, aber ich wußte, daß mein Blick der einer Hellseherin war.

»Hab keine Angst, Clary«, sagte ich. »Ich bin noch immer das kleine Mädchen, das sich mit dir zusammen im Schmutz gewälzt hat. Vielleicht habe ich das Ganze nicht richtig verstanden. Vielleicht haben sie ja auch recht, daß ich gar keine Hellseherkräfte habe, sondern mein Kopf nur heiß und fiebrig war.«

Sie nickte und gab mir mit ihrer schmutzigen Hand einen kleinen Klaps auf die Wange. Dann zog sie ihren Schal fester um die Schultern und verschwand in der Dunkelheit.

An jenem Abend hielt ich nach Ralph Megson Ausschau. Er wußte, wann wir zu Abend aßen, und ich dachte, er käme vielleicht in dem frostigen, dunstigen Mondschein heraufgeritten, um uns zu sehen. Nach dem Abendessen blieb ich noch eine halbe Stunde lang wach, um auf ihn zu warten. Dann weinte ich, da er nicht gekommen war, still und verzweifelt in mein Kissen: Ich würde fortfahren müssen, ohne ihn noch ein einziges Mal gesehen zu haben.

Ich hätte ihm mehr vertrauen sollen. Am Morgen, als Jenny mir die dampfende Schokolade brachte, erzählte sie mir, Mr. Megson warte im Stallhof; er sei gekommen, um mir eine gute Reise zu wünschen. Ich zog meinen Morgenrock an, zerrte meine Reitjacke darüber und lief hinunter. Die Sonne schien hell und leuchtend wie im Sommer, aber der Boden war hart wie Felsgestein. Es war ein strahlender, ruhiger Tag; der Himmel war so blau wie Eis. Ralph Megson saß, hoch oben auf seinem schwarzen Jagdpferd und lächelte zu mir herab.

Ich ging zu dem Pferd, streichelte seinen Hals und schaute zu Ralph hinauf.

»Waren Sie krank?« fragte er leise.

»Nein«, antwortete ich. »Ich durfte nicht hinausgehen. Sie wollten es mir nicht erlauben.«

»Unsinn«, sagte er, und ich spürte, daß sich die Spannung und der Schmerz der letzten Tage von mir lösten wie feste Bänder, die von meinem Hals und meinen Schultern herabfielen.

»Ich muß nach Bath«, sagte ich abrupt. Es klang wie ein Todesurteil. Ralph blickte mich voller Sympathie an. »Ich soll dort einen Arzt aufsuchen«, erklärte ich. »Sie halten mich für verwirrt. Wegen der Träume und wegen der Nacht, in der das Unwetter kam.«

Ralph zog eine kleine Grimasse. »So«, meinte er, »das hatte ich mir schon gedacht.« Einen Moment lang sagte er gar nichts. »Kein Doktor, der sein Handwerk versteht, wird an Ihnen herumpfuschen, Julia«, meinte er sanft. »Jeder kann sehen, daß Sie eine kluge und hübsche Frau sind. Jeder Arzt, der nur ein bißchen Verstand im Kopf hat, kann sehen, daß Sie ganz spezielle Fähigkeiten haben, spezielle Begabungen, und daß Sie stolz auf sie sein sollten. Sie sollten sie durch sich hindurchfließen lassen wie einen Fluß durch die Bögen einer Brücke.«

»Das kann ich nicht«, sagte ich hastig. »Ich soll eine junge Dame sein. Da kann ich nicht zugleich wie eine verrückte Zigeunerin Zukunftsträume und Visionen haben. Ich bin nicht die weise, alte Frau von Wideacre. Ich bin keine Wahrsagerin. Keine Prophezeiungen und keine Träumereien mehr! Ich werde mich in der großen Gesellschaft bewegen! Und ich werde die zukünftige Ehefrau eines Squire spielen müssen!«

Ralph sah aus, als wolle er ausspucken, aber dann erinnerte er sich daran, wo er war, und besann sich eines Besseren. »Bitte vielmals um Entschuldigung«, sagte er übertrieben höflich. »Einen Moment lang hatte ich vergessen, daß eine so glänzende Zukunft vor Ihnen liegt. Ja, natürlich, eine junge Dame der Gesellschaft! Nun, das ist einige Opfer wert, sollte man doch meinen!« Er blickte auf mein blasses Gesicht herab und wurde sogleich wieder freundlicher. »Sie haben wirklich blaues Blut in den Adern«, sagte er sanfter. »Wenn Sie vor Ihren eigenen angeborenen Fähigkeiten fortlaufen, wenn Sie sie sich selbst austreiben wollen, dann könnte Ihnen das sogar gelingen. Sie können es vielleicht schaffen, sich in Bath in eine ganz normale junge Dame zu verwandeln. Ich glaube zwar, daß es nicht so kommen wird. Aber ich könnte mich irren!«

Ich konnte den Abscheu, den er mit seiner Stimme und seinem Gesicht ausdrückte, nicht mehr ertragen. Ich kicherte. »Sind Sie jemals in Bath gewesen?« fragte ich lächelnd.

»Ja«, sagte Ralph. »Und auch ich bin dort nicht zu einer feinen jungen Dame geworden! Aber bei Ihnen sind die Chancen vielleicht besser.« Er nahm, als ich den Hals des Pferdes streichelte, meine Hand und hielt sie tröstend fest. »Folgen Sie Ihrem Herzen«, sagte er sanft. »Ich glaube, dies Dorf ist genau der richtige Platz für Sie; Sie sind Beatrices Erbin. Aber John und Ihre Mutter möchten Sie gern in eine ganz andere Richtung drängen. Nur: Sie werden das Leben, für das Sie sich entscheiden, leben müssen – und nicht wir. Schnuppern Sie ein wenig die Luft von Bath und sehen Sie zu, wie sie Ihnen bekommt. Und dann kommen Sie wieder heim zu uns.«

Ich nickte. Ralphs Weisheit war so einfach wie das Wachsen des Grases.

»Ich fürchte mich vor diesem Arzt«, gestand ich.

Ralphs sanfte Berührung verwandelte sich in einen festen Griff, als schüttelten wir uns die Hände, um ein Geschäft zu besiegeln. »Solange ich lebe, wird Sie niemand zu etwas zwingen können«, sagte er kurz. »Das ist ein Versprechen.«

Ich blickte zu ihm empor und hörte plötzlich ein scharfes, schrilles Geräusch in meinem Kopf. »Es wird eine Zeit kommen, in der Sie mir nicht helfen können«, sagte ich mit einer Stimme, die nicht meine eigene war. »Es kommt eine Zeit, in der auch ich Ihnen nicht helfen kann.«

Ich war still, und auch Ralph sagte kein Wort. Er wartete nur, ob ich noch mehr zu sagen hätte. »Das werden sehr dunkle Stunden sein«, flüsterte er. »Aber jetzt sind sie noch nicht gekommen. Haben Sie keine Angst vor der Zukunft, kleine Julia. Nehmen Sie Ihr Leben, wie es ist, und leben es in vollen Zügen.« Er wollte gerade sein Pferd wenden, als er noch einmal innehielt und die Hand in seine Jackentasche steckte. »Ich hab' Ihnen ein Geschenk mitgebracht«, sagte er. Er zog etwas heraus, was er in seiner breiten Faust versteckt hielt. Ich streckte meine Hand danach aus.

Es war eine kleine, aus hellem Holz geschnitzte Eule, warm von der Wärme seines Körpers, hart und glänzend poliert.

»Ralph«, rief ich entzückt. »Haben Sie das selbst gemacht? Und für mich?«

»Ja«, antwortete er. »Ich bin ein Zigeunerkind, wissen Sie das nicht mehr? Ich war neulich im Zigeunerlager und habe mir ein paar Schnitzmesser geliehen.«

Als meine Finger die kleine, hölzerne Eule umschlossen, da fröstelte mich, so als hörte ich Beatrices Ruf aus der Vergangenheit zu mir herüberdringen. »Sie haben mir Beatrices Eule gegeben«, flüsterte ich.

Ralph schaute mich prüfend an. »Wenn Sie wahnsinnig wären, dann könnten Sie das gar nicht wissen«, sagte er. »Niemand außer ihr selbst und mir hat davon gewußt. Niemand hätte es Ihnen sagen können. Ich habe ihr zu ihrem Geburtstag eine Eule geschenkt, in dem Jahr, als wir uns liebten, und sie nannte sie ›Canny‹, die Weise. In dem Jahr, nachdem sie all ihre Weisheit und all ihr Geschick verloren hatte und wir zu Feinden geworden waren, habe ich ihr dann voller Haß eine kleine Porzellaneule geschenkt. Und jetzt gebe ich Ihnen, ihrer Erbin, eine kleine, hölzerne Eule, und ich schenke Ihnen meine Liebe, um Sie daran zu erinnern, daß Sie immer Ihren klugen Verstand benutzen sollen.«

»Das werde ich tun«, sagte ich mit Nachdruck. »Danke, Ralph. Sie sind so ...« Ich suchte nach einem Wort. »Sie sind so *süß* zu mir.«

Ralph sah mich vollkommen verdutzt an. »Mir scheint, ich bin ein harmloser, alter Opa«, sagte er ärgerlich. »Ein heiratsfähiges junges Mädchen wie Sie findet mich *süß*? Oh, mein Gott!« Und sofort wendete er sein Pferd und winkte mir, immer noch leise schimpfend, einen Abschiedsgruß zu.

»Auf Wiedersehen, Ralph«, rief ich ihm fröhlich nach. »Ich komme zum Pflügen wieder heim!«

Ich weiß nicht, ob er mich noch gehört hat. Die Hufe seines Pferdes donnerten über den frostgehärteten Boden, aber ich blieb lächelnd und ohne Furcht zurück ... In meiner Hand hielt ich ganz fest eine kleine, hölzerne Eule.

Ich ging zurück zum Haus und begann, für die Reise zu packen und mich anzukleiden. Ein lauter Gongschlag kündigte das Frühstück an. Neben dem Frühstücksteller meiner Mutter lagen eine Liste und ein Bleistift; es gab einfach zu viel, woran sie denken mußte.

Unsere Abfahrt verspätete sich, weil die Kästen erst noch mit Seilen umwickelt und oben auf die Kutsche festgebunden werden mußten. Meine Mutter hatte einen Roman vergessen, den sie mitnehmen wollte, und lief zurück, um ihn zu holen. Es gab hundert Dinge, die sie Stride noch in letzter Minute zu sagen hatte, bevor sie sich endlich zum Abschied aus der Kutsche beugte. »Auf Wiedersehen, John«, sagte sie. »Gott segne dich, und arbeite nicht zu hart!«

Er küßte ihre Hände und trat dann näher ans Fenster, um sie auch auf den Mund zu küssen. »Gute Reise, Celia«, sagte er sanft. »Kauf nicht sämtliche Modegeschäfte von Bath leer, und komm bald wieder heim.«

Richard stand an meiner Seite der Kutsche. »Ich hoffe, es wird dir bald besser gehen«, flüsterte er scheinheilig.

Ich nickte.

»Wenn es dir nicht gutgeht und du in Bath bleiben mußt, dann werde ich doch der Squire von Acre sein, nicht wahr?« drängte er. »Sie glauben, du hättest hellseherische Kräfte, aber sie wissen doch, daß ich der eigentliche Erbe bin!«

Ich hatte nicht die Kraft, mich zu verteidigen. »Sie werden dich mehr und mehr schätzen lernen«, sagte ich müde, »und am Ende werden sie ohnehin denken, daß meine Hellseherkräfte ohne Bedeutung sind.«

Ich sah ihn prüfend an, um eine Spur von Wohlwollen für mich zu entdecken, einen Hinweis auf die Liebe, der ich meine ganze Kindheit und Mädchenzeit hindurch vertraut hatte. Richard lächelte mir noch einmal starr und selbstgefällig zu und trat ein paar Schritte vom Fenster der Kutsche zurück. »Wenn du fort bist, dann mache ich mir Acre untertan«, flüsterte er. »Ich habe nur auf den richtigen Zeitpunkt gewartet.

Das Herrenhaus wird genau so werden, wie ich es geplant habe, und ganz Acre wird mir zu Füßen liegen. Ich hoffe wirklich, daß du dich bald besser fühlen wirst, Julia, aber ich kann dir schon jetzt sagen, daß du sicher viele Monate fort bleiben mußt. Auf Wiedersehen, meine Liebe.«

»Wir sind *beide* die Erben«, stellte ich ärgerlich fest. »Das Land wird immer zu einem Teil mir gehören.«

Richard strahlte wie die Sonne an einem Hochsommertag. »Das ist mir vollkommen gleichgültig«, sagte er mit süßer Stimme. »Du kennst übrigens die Gesetze nicht, meine kluge, kleine Cousine. Wenn du ins Irrenhaus gesteckt wirst, dann bist du damit sofort enterbt. Wußtest du das, mein Liebes? Wenn du so weitermachst mit deinen Träumen und deinen Visionen, dann wirst du bald alles verloren haben.«

Ich riß vor Angst die Augen weit auf. »Nein«, keuchte ich leise. Richards Gesicht verschwamm vor meinen Augen. Die Kutsche rollte davon, noch bevor ich etwas entgegnen konnte. Ich beugte mich aus dem Fenster und schaute voller Entsetzen zurück. Dort stand er, mein hübscher Cousin, mit seinen dunklen Locken und den blauen Augen. Er hatte die Hände in die Hüften gestemmt und sich mitten auf den Weg gestellt, so als gehöre jedes Krümelchen Erde unter seinen Füßen schon jetzt ihm ganz allein.

13

Die Reise von Wideacre nach Bath dauerte zwei Tage und war sehr anstrengend. Wäre ich nicht so traurig gewesen, dann hätte ich sie genossen: das geschäftige Treiben der Landgasthöfe, wenn wir die Pferde wechselten, die steilen, langgezogenen Hänge der großen Ebene um Salisbury herum, das Schaukeln der Kutsche, das mich einschläferte und dann plötzlich mit einem Ruck wieder aufwachen ließ, und schließlich meine Mutter, die mit ihrem neuen Hütchen frisch und jung aussah und so in die Gaststuben und Eßsäle trat, als sei sie ihr ganzes Leben lang eine feine, wohlhabende Dame gewesen.

Der beste Teil der Reise führte uns über den buckeligen Rücken von Südengland. Es war eine schöne Gegend, ganz ähnlich wie die Hügel meiner Heimat. Sie waren zwar niedriger, aber ebenso lieblich geschwungen und mit jenem besonderen, federnden Gras bedeckt, das dort wächst, wo die Wurzeln ganz tief in der blassen, kreidigen Erde stecken. Auch die Bäche und Flüsse strömten klar und süß dahin, mit jenem reinen Wasser, das den Kreidefelsen entspringt. Mein Mund wurde feucht bei dem Gedanken an den Geschmack dieses Wassers, und ich sehnte mich plötzlich sehr heftig nach einer kühlen Erfrischung aus den Quellen von Wideacre.

Schafe weideten dort in großen Herden, und den längsten Teil des Weges war die Straße nicht eingezäunt; die weißgesichtigen Tiere hatten es gelernt, vor der Postkutsche fortzulaufen, wenn der Kutscher in sein Horn blies. Auch hier wollten die Farmer jetzt eifrig Weizen anbauen, und ich sah viele Felder, die gerade erst von den großen Schafweiden abgetrennt, umzäunt und gepflügt worden waren und jetzt auf die Frühlingsaussaat warteten.

Mir gefiel die Kutschfahrt, und ich blickte gerne hinaus auf die Felder. Ich liebte es, Jem zuzuhören, wenn er den Stallknechten in den Pferdegasthöfen wilde Geschichten über uns erzählte. Und ich liebte es, meiner Mutter zuzuhören, wenn sie mir von den Vergnügungen erzählte, die mich in Bath erwarteten.

Aber dennoch: Ich war nicht glücklich. Ich hatte das Gefühl, auf einer Anklagebank zu sitzen. Als ich einmal aus einem Traum erwachte, meinen Kopf gegen die weichen Polster der Kutsche gelehnt, und in die ängstlichen Augen meiner Mutter sah, da wurde ich blaß vor Angst, ich könnte im Schlaf laut gesprochen oder mit den Augenlidern gezuckt haben.

Als wir einmal in einem Pferdegasthof vor Salisbury abgestiegen waren, teilten wir uns zur Nacht ein Zimmer. Plötzlich erwachte ich: meine Mutter hatte ihre weiche Hand auf meine Schulter gelegt und blickte mich unter ihrer Nachthaube aus ernsten Augen an.

»Was ist los?« fragte ich, noch verwirrt vom Schlaf.

»Du hast geträumt«, sagte sie leise. »Und du hast im Schlaf gesprochen. ›Ralph‹ hast du gesagt.«

Ich richtete mich auf und streckte ihr eine Hand hin. »Es war nichts Schlimmes, Mama«, versicherte ich. »Ich habe an die Apfelbäume gedacht, an etwas, was ich Mr. Megson sagen müßte. Das war alles.«

Sie nickte. »Es tut mir leid, daß ich dich aufgeweckt habe«, meinte sie. »John hat gesagt ...« Sie zögerte. »John hat gesagt, es wäre vielleicht besser, wenn du eine Weile ohne Träume schlafen würdest. Er meint, deine Phantasie würde dadurch allzusehr angeregt werden.«

Ich nickte und senkte den Blick. »Es war nichts Schlimmes, Mama«, sagte ich noch einmal.

»Nein«, erwiderte sie leise. Sie nahm ihre Reisetasche und holte die kleine Flasche mit Medizin heraus, die ich inzwischen ebenso liebte wie fürchtete. »Vielleicht solltest du ein paar Tropfen davon nehmen«, sagte sie.

Ich seufzte resigniert und rieb mir den Schlaf aus den Augen. Brav schluckte ich den Saft herunter und wartete auf das vertraute, seltsam unwirkliche Gefühl. Der Schlaftrunk nahm mir meine Träume und meine eigentliche Persönlichkeit. Er löste den eigenartigen, unberechenbaren Teil von mir in einer klebrigen, goldgelben Flüssigkeit auf, so daß ich meine klare, helle, vom Traum eingegebene Weisheit verlor und die Ereignisse in mir nur noch unwirkliche Gefühle hervorriefen.

»Gu' Nacht«, lallte ich. Meine Mutter küßte mir noch einmal meine Stirn, ging wieder zurück zu ihrem eigenen Bett und schlüpfte unter die Decke.

»Noch einmal: Gute Nacht«, flüsterte sie liebevoll, und dann fügte sie, so leise, daß ich es kaum hören konnte, hinzu: »Gott segne und beschütze dich.«

In Bath hatte sie ein paar Zimmer in der Gay Street für uns gemietet. »Das Haus wurde gerade gebaut, als meine Mutter Lord Havering heiratete und wir nach Havering Hall kamen«, erzählte sie mir, während wir die letzten paar Meilen der Straße entlangrumpelten, die über die Hügel zur Stadt führte. »Ich werde gar nicht mehr wissen, wo das ist. Wir haben wegen meines Vaters immer in der Nähe der Quellen gewohnt, damit er das Wasser trinken und darin baden konnte. Schon als ich ein kleines Mädchen war, hat sich der ganze Ort, so schien es mir, fast täglich verändert. Seither haben sie eine Straße nach der anderen gebaut.«

»Ja«, sagte ich und blickte aus dem Fenster der Kutsche den Hügel hinab. Der breite Fluß, der wegen der Winterregen ein wenig schneller und tiefer als gewöhnlich dahinströmte, hatte die Wiesen überschwemmt. Die Weiden standen im Wasser, und in den klaren, silbrigen Flächen spiegelten sich ihre Zweige und der Himmel. Ich dachte an den Fenny, der jetzt wohl auch sehr breit und reißend dahinfloß.

»Richard würde sich bestimmt gern die Häuser ansehen«, sagte meine Mutter. »Sobald wir unsere Zimmer bezogen und Dr. Phillips konsultiert haben, müssen wir ihn und John bitten, uns einmal zu besuchen, zumindest für ein paar Tage.«

»Ja«, sagte ich noch einmal.

»Und die Läden sind ganz gewiß herrlich«, fuhr meine Mutter fort. Sie lehnte sich auf ihrem Sitz nach vorn und blickte die Straße entlang. Obwohl ich ziemlich benommen war, mußte ich über ihren Eifer lachen. Als wir einen steilen Hügel hinabrollten, zog Jem die Bremsen an. Der Anblick, der sich uns bot, war traumhaft schön. Goldfarben schimmernd lag die Stadt unter uns wie ein neues, sonnenbeglänztes Jerusalem. Im Zentrum stand die Kirche; ihr großer Turm ragte hoch in den Himmel hinauf, und darum herum lagen wie längliche Päckchen frischer Butter die Häuser in der blaßgelben Farbe der Steine von Bath.

Wir rumpelten über die Brücke, und sofort zügelte Jem die Pferde. Die Straßen waren voller Menschen, und ich fragte mich, wie wir unseren Weg hindurchfinden sollten. Überall sah ich die Sänften von Bath, die von muskulösen, schwitzenden Männern getragen wurden, die, einer vorn und ein zweiter hinten, wie Betrunkene unter ihrer Last hin und her schwankten. Verkäufer priesen ihre Waren an, und an der Straße liefen Mittelsmänner und Straßenkehrer eifrig auf und ab. Es gab Händler, die ihre Ware auf dem Pflaster ausbreiteten, und am Straßenrand hatte sich ein Barbier, eine blutbeschmierte Schürze um den Bauch, mit seinem Stuhl aufgebaut. In den Toreinfahrten standen Bettler, die bitter und flehentlich lächelten und ihre schorfbedeckten Hände ausstreckten, und kleine Kinder rutschten bettelnd auf Knien herum, die von irgendeiner Hautkrankheit rosarot leuchteten.

»Dies sind nur die Vororte«, sagte meine Mutter entschuldigend. »In jeder Stadt gibt es auch ärmere Viertel, Julia, sogar in Chichester.«

»Ich weiß«, sagte ich und lehnte mich in die Polster der Kutsche zurück, denn ich hatte zwei betrunkene Männer erblickt, die über das Kopfsteinpflaster auf uns zustolperten, und ich wollte nicht, daß sie mich sahen und vielleicht sogar anpöbelten.

Der Wagen vor uns, der die Straße versperrt hatte, setzte sich wieder in Bewegung, so daß Jem die Pferde abermals antreiben konnte. Ich hörte, wie er einer Gruppe vornehmer Männer »Dankeschön, meine Herren!« zurief. Sie hatten ihm erklärt, wo unsere Straße zu finden sei. Ich freute mich, im Lärm dieser Stadt den Tonfall von Sussex wiederzuhören.

»Herrje!« rief meine Mutter. »Ich hatte vergessen, wie laut es hier ist!«

Ich nickte, und wir beide starrten aus den Fenstern der Kutsche wie zwei Milchmädchen, die zum ersten Mal eine Stadt zu Gesicht bekommen.

Als wir uns vom Zentrum entfernten, ließ der Lärm ein wenig nach, aber wir mußten immer noch sehr langsam fahren. Die Kutsche quietschte den Hügel hinauf.

»Nicht leicht für die Pferde, uns hier raufzuziehen«, sagte ich zu meiner Mutter. Auf ihrem Schoß lag ein Reiseführer.

»Hier fährt kaum jemand mit der Kutsche«, sagte sie. »Ich glaube, dies ist die Gay Street. Wir müssen die Nummer zwölf finden.«

Die Räder der Kutsche rutschten und holperten über die Pflastersteine. Ich hörte, wie Jem laut über die Pferde fluchte. Dann hielten wir; der Postjunge kam angelaufen und öffnete die Tür.

»Danke«, sagte meine Mutter, lächelte ihn an und wartete, während er die Stufen hinauflief und den Türklopfer mehrmals lautknallend betätigte. Die Tür öffnete sich sofort, und unsere Wirtin, Mrs. Gibson, kam persönlich heraus, um uns zu begrüßen. Vor meiner Mutter machte sie einen tiefen Knicks, und auch vor mir ging sie leicht in die Knie. Dann stieß sie einige Laute der Verwunderung über unsere lange Reise und über das kalte Wetter aus und führte uns ins Wohnzimmer, wo der Tisch zum Nachmittagstee bereits gedeckt war. Nur der Tee mußte noch aufgebrüht werden.

Wir hatten vier Räume gemietet: ein Empfangszimmer, einen Eßraum und zwei Schlafzimmer. Meine Mutter schlief im großen Zimmer an der Vorderseite des Hauses, aber mir gefiel ein kleinerer Raum besser, von dem aus man über die Gärten und ins Tal hinunter schauen konnte. »Zumindest kann ich, wenn ich am Morgen aufwache, ein paar Bäume sehen«, sagte ich. Aber ich sagte es so leise, daß meine Mutter es nicht hören konnte.

Jem bekam eine Schlafstätte in den Ställen zugewiesen, in der Nähe der Kutsche. Für ihn war im Haus kein Platz. Meine Mutter hatte nicht einmal Jenny Hodgett als Zofe mitgebracht. Statt dessen sollte uns das Zimmermädchen von Mrs. Gibson bedienen. Ihr Name war Meg, und sie brachte uns, während wir beim Tee saßen, gleich zwei Briefe für meine Mutter ins Wohnzimmer. Sie war so arrogant, daß ich fast aufgestanden wäre, um vor ihr einen Knicks zu machen.

Als sich die Tür hinter ihr geschlossen hatte, lächelte meine Mutter mich an. »Das sind die jungen Frauen aus der Stadt, Julia«, sagte sie. »Stell dir vor: ein einfaches Kammermädchen schaut auf uns herab. Wir müssen wirklich gleich morgen zum Schneider gehen!«

Ich lächelte zurück, aber mein Blick lag auf den Briefen, die meine Mutter erhalten hatte. Auf einem von ihnen prangte ein schweres, rotes Siegel, und ich dachte, er wäre wohl von dem Arzt, den ich nach Onkel Johns Meinung aufsuchen sollte.

Ich hatte recht.

»Dr. Phillips wird heute abend vorbeikommen«, sagte meine Mutter. »Gut. Dann haben wir zumindest noch Zeit, auszupacken.« Sie schaute zu mir herüber. »Nun sei ein bißchen fröhlich, mein Liebling«, forderte sie mich auf. »Er ist ganz gewiß ein angenehmer Mann; John kennt ihn schon seit seiner Studentenzeit, und er schätzt ihn sehr. Er wird dich wahrscheinlich bloß ein einziges Mal ansehen und dann sagen – da bin ich ganz sicher –, daß niemand so schwer auf den Feldern arbeiten sollte, wie du es getan hast. Und dann wird er mir sagen, daß es nur meine Schuld sei und daß ich dich jetzt zum Ausgleich auf ganz viele Bälle und Feste schicken müsse und dich nicht vor Mitte des Sommers wieder heimbringen dürfe!«

Ich lächelte mühsam. »Ich werd' für dich auspacken, Mama«, sagte ich. »Welches Kleid willst du heute abend anziehen?«

Sie wollte gern das rosafarbene Brokatkleid anziehen, und ich holte es für sie aus der Reisekiste und fragte Meg, ob sie wohl so freundlich sein könne, den Unterrock zu bügeln, der ein wenig verknittert sei. Dann zog ich selbst ein neues, beigefarbenes Samtkleid an. Es erinnerte mich an mein Reitkostüm, das zu Hause unbenutzt im Schrank hing. Ich ging hinunter, setzte mich ins Wohnzimmer und wartete auf den Arzt, der mich davon kurieren sollte, daß ich mich in meinem Zuhause wohl und heimisch fühlte und daß ich so schlief, wie ich schon immer geschlafen hatte, und der mich schließlich dazu bringen sollte, endlich eine richtige junge Dame zu werden.

Er war zwar nicht so abstoßend, wie ich befürchtet hatte, aber schon auf den ersten Blick schien er mir ziemlich unsympathisch. Er war ein großer, rundlicher Mann mit einem rosafarbenen Babygesicht, weichen, weißen Händen, die er niemals ruhig hielt, und hervorquellenden, blauen, scharfblickenden Augen. Er sprach mit meiner Mutter, beobachtete aber nur mich dabei. John hatte ihm über den Traum und auch über die Nacht berichtet, in der der Kirchturm herunterstürzte.

»Rationalismus«, sagte er zu meiner Mutter, wobei er das ›R‹ genüßlich und wichtigtuerisch auf der Zunge rollte. Um nicht zu lachen, wandte ich den Kopf ab und biß mir auf die Zunge. »Ratio. Früher haben wir uns vor Zauberkraft und Besessenheit gefürchtet. Aber jetzt wissen wir, daß der Geist seine eigenen Regeln und seine eigene Logik hat. Wenn wir diese Logik erkennen – und wir können sie kennenlernen wie eine unerschlossene Landschaft –, wenn wir sie erlernen, dann können wir so sein, wie wir gern sein möchten.« Er wandte sich um und lächelte mich an. »Möchten Sie Ihre Träume behalten, Miss Lacey? Oder möchten Sie gern eine ganz normale junge Dame sein?«

Ich zögerte. Ich hatte das Gefühl, ich sollte jetzt Wideacre, das Erbe der Laceys und schließlich mich selbst verraten. »Ich möchte meiner Mutter und meinen Freunden keinen Kummer bereiten«, sagte ich zögernd. »Aber ich möchte auch nicht, daß mir das Land, wo ich und meine Familie aufgewachsen sind, fremd wird. Meine Träume haben zu mir gehört, solange ich mich erinnern kann.«

Er nickte. »Sie werden sicher noch eine Weile an ihnen festhalten«, sagte er. »Der Geist hat seine kleinen Tricks und Gewohnheiten. Aber ich werde Sie davon befreien.«

Er wandte sich wieder meiner Mutter zu, holte ein kleines Notizbuch heraus und notierte sich die Zeiten und Tage, an denen ich ihn in seiner Praxis aufsuchen sollte. Meine Mutter sollte mich begleiten. Er würde einfach mit mir sprechen, und ich würde ihm alle meine Träume und meine Visionen erzählen, und bald, vielleicht schon sehr bald, würden wir erkennen, warum mein Geist so verwirrt war.

Ich saß ganz still und hörte zu, wie dieser Fremde zusammen mit meiner Mutter plante, meine Persönlichkeit zu verändern. Dennoch fielen die Verwirrung und das Unglück, die ich während der ganzen langen Reise empfunden hatte, und die Erinnerung an den hastigen Abschied einen Moment lang von mir ab. Denn ich wußte, daß der Arzt sich irrte, daß meine Mutter sich irrte, und ebenso Onkel John und Richard. Sie alle irrten sich, denn was zählte, das waren meine Träume und meine Visionen; sie waren meine Realität.

Und es gab nichts, was mit mir nicht in Ordnung gewesen wäre.

Ich straffte die Schultern und hob den Kopf in die Höhe, lächelte den Arzt an und versprach ihm, am Morgen pünktlich in seiner Praxis zu erscheinen. Zugleich spürte ich die wohlvertraute Stärke der Laceys, die Stärke von Beatrice, und ich schaute in seine blaßblauen Augen und dachte: Wenn du versuchst, mich zu ändern, dann werden wir Feinde sein.

Ich machte vor ihm einen sehr tiefen Knicks und gab dann wie eine brave Tochter meiner Mutter einen Kuß auf die Wange. Danach ging ich die Treppe hinauf und ins Bett, so als wäre ich wirklich sehr krank und hätte es nötig, wieder gesundgepflegt zu werden.

Dr. Phillips wohnte in einer der ganz großen Villen von Bath in der Royal Crescent Road. Von unseren Ferienzimmern aus mußten wir den Hügel hinauflaufen. Ich starrte das Gebäude mit offenem Mund an: Die halbmondförmige Fassade sah einfach phantastisch aus. Sie erschien mir wie aus Gold, das über den frostig-grauen Garten hinwegschimmerte, so regelmäßig wie ein Bataillon von Soldaten und so schön wie die Falten eines goldenen Vorhangs.

Meine Mutter klopfte an die Tür, und ein ernster Diener in dunkelgrüner Livree öffnete und trat zurück, um uns in die dunkle Eingangshalle zu lassen. Dr. Phillips hatte mir auf den ersten Blick schon nicht gefallen; in seiner eigenen Umgebung, eingehüllt in den Geruch seiner neuen Lederstühle und seiner im Laden gekauften Riechfläschchen, fühlte ich mich gänzlich unwohl.

»Mama«, jammerte ich so ängstlich wie ein kleines Mädchen, und sie zog ihre Hand aus dem Muff und hielt mich fest wie ein Kleinkind, dem ein Zahn gezogen werden muß.

Der Diener hielt die Tür offen, und wir wollten gerade hineingehen, als eine junge Dame, ungefähr in meinem Alter, die Treppe herunterkam. Ihre Augen waren gerötet, vielleicht vom Weinen, und sie war so blaß und dünn wie ein Gespenst. Ich starrte sie an. Sie blieb auf der Treppe stehen. Ich sah, daß auch sie mich anschaute und von oben bis unten einer Prüfung unterzog: den Hut aus Chichester mit der alten Feder darin, den langen Mantel und das Kleid. Schließlich schaute sie forschend in mein Gesicht und schenkte mir ein kleines, wehmütiges Lächeln, so als seien wir beide in derselben Falle gefangen.

Sie machte vor meiner Mutter einen kleinen Knicks und wartete darauf, daß der Diener ihren Umhang holte. »Mein Bruder holt mich ab«, erzählte sie ihm. »Ich werde in der Bibliothek warten.« Der Diener öffnete eine Tür am anderen Ende der Eingangshalle, und ich folgte meiner Mutter in das Empfangszimmer. Dann warf ich noch einen Blick zurück und sah, daß sie mich mit einem seltsamen, verschmitzten Lächeln anlachte, so als wären wir kleine, freche Kinder und müßten eine harmlose Strafe über uns ergehen lassen, die die kleine Sünde sicherlich wert war. Ich lächelte zurück. Dann schloß sich die Tür hinter ihr.

»Hast du ihr Kleid gesehen?« fragte meine Mutter sofort. »Überall mit Mechlin-Spitze besetzt. Und der Schnitt! Sehr schmal für ein Straßenkleid. Ich hab's in einer Zeitschrift gesehen, daß man es in dieser Saison so trägt, aber ich hätte mir nie träumen lassen, daß es so elegant aussieht!«

»Ja«, sagte ich. »Meinst du, sie hat geweint?«

Meine Mutter ging zum Fenster. »Ja«, sagte sie ein wenig zögernd. »Aber Dr. Phillips ist eben Spezialist für Nervenleiden. Vielleicht war sie traurig, weil es ihr nicht gut ging.«

Ich dachte an ihr wehmütiges Lächeln. »Vielleicht ist sie mit der Diagnose nicht einverstanden«, sagte ich.

»Vielleicht«, meinte meine Mutter. »Oh, schau nur! Was für schöne Pferde!«

Ich ging zu ihr und wir spähten vorsichtig wie die Dorfkinder von Acre aus dem Fenster. Vor das Haus rollte ein hübscher, leichter, vierrädriger Zweispänner, der von zwei Pferden mit glänzendem, fast kastanienbraunem Fell gezogen wurde. Ein Herr saß auf dem Kutschbock; er brachte die Pferde vor dem Haus zum Stehen und schaute zur Tür. Seinen Dreispitz hatte er leicht nach hinten geschoben, und sein lockiges, braunes Haar war im Nacken zu einem ordentlichen Knoten zusammengebunden. Ein gutaussehender Mann möglicherweise – aber ich konnte mich gar nicht mit Äußerlichkeiten befassen, weil mich die Freundlichkeit, die von ihm ausging, zutiefst berührte. Er sah aus wie ein Mann, dem man wirklich alles anvertrauen konnte, der nicht fähig wäre zu lügen oder ein böses oder unfreundliches Wort zu sagen. Sein Gesicht war breit und freundlich, und seine Augen glänzten warm. Er hielt die Zügel leicht und fest in der Hand und stieß dann, frech wie ein Stallbursche, einen lauten Pfiff aus.

Die Tür öffnete sich, und die junge Dame trat heraus.

»Nun komm, Marianne!« rief er fröhlich. »Ich schwöre dir, ich kann sie nicht mehr halten! Wir machen eine Fahrt nach Coombe Down und kommen dann rechtzeitig zum Essen zurück. Mutter hat gesagt, wir hätten noch Zeit dazu! Aber komm schnell!«

Und die junge Dame raffte ihre Röcke, kletterte in die Kutsche und setzte sich neben ihn. Ich sah, wie er einen Arm um ihre Taille legte und ihr trauriges Gesicht, ihre rotgeweinten Augen prüfend betrachtete.

Gleich darauf öffnete sich die Tür, und meine Mutter und ich mußten in Dr. Phillips Sprechzimmer gehen.

In dem großen Raum waren fast keine Möbel. Im Kamin brannte ein Feuer, und davor stand ein bequemer Stuhl, ein bestickter Schirm, um die Funken abzuhalten, daneben eine Bronzeuhr. In der Ecke sah ich eine Harfe und einen schweren Tisch mit Schreibpapier und einem Tintenfaß. Dr. Phillips führte meine Mutter an einen Fensterplatz, wo auf einem kleinen Tisch ein paar Zeitschriften und Romane lagen. Ich selbst mußte am Feuer Platz nehmen, und Dr. Phillips zog einen Stuhl zu mir heran. Er konnte mich ansehen, aber ich ihn nicht. Ich griff in mein Handtäschchen und nahm die kleine, hölzerne Eule, Ralphs Eule, ganz fest in die Hand. Und dann wartete ich darauf, daß er etwas sagte.

»Erzählen Sie mir von den Träumen«, gurrte er sanft, und sein rollendes ›R‹ erschien mir plötzlich äußerst bedrohlich. »Wann haben Sie zum ersten Mal geträumt?«

Ich fühlte mich unwohl und wollte kein Wort sagen. Aber ich mußte ihm eine Antwort geben, und ich spürte, daß ich immer mehr reden, immer mehr erzählen müßte, bis genau das herauskam, von dem er meinte, daß es die Wahrheit wäre. Und ich hatte zugleich ein wenig Angst, daß er vielleicht recht haben könnte – daß er es schaffen würde, mich zu dem jungen Mädchen zu machen, das nur Bälle und Kleider im Kopf hätte und dem das Land, der Pulsschlag des Landes, gleichgültig wäre.

Ich erzählte ihm, wie ich im Traum allein im Herrenhaus von Wideacre gewesen war und daß ich ein Gefühl von Frieden und Ruhe empfunden hatte, über das leere Haus und darüber, daß die Männer von Acre heraufkamen, und ich erzählte ihm, wie ich auf das Gewitter und den Mann auf dem schwarzen Pferd gewartet hatte. Ich erzählte ihm weiter, wie ich auf der Schneide eines Messers einen Blitzstrahl hatte hell aufleuchten sehen ...

»Und dann ...«, hörte ich seine einschmeichelnde Stimme.

Ich antwortete ihm, dies sei der ganze Traum gewesen, aber er wollte noch mehr Träume von mir wissen. So erzählte ich ihm, daß ich manchmal geträumt hätte, ich sei ein kleines Mädchen, das durch die Wälder von Wideacre streife. Und ich sagte, daß ich manchmal das Land durch *ihre* Augen sähe.

»Und wer ist sie?« fragte er, als sei dies die natürlichste Frage der Welt.

»Beatrice«, antwortete ich benommen und hörte, wie meine Mutter drüben an ihrem Fensterplatz die Luft scharf einsog. Der Doktor ging mit sanften Worten darüber hinweg und wollte mich dazu bewegen, weiterzureden und hier, in dem hübschen Zimmer weit fort von meiner Heimat, meine allerprivatesten Gefühle und Träume zur Sprache zu bringen.

»Und nun hören wir damit auf«, beschwor er mich sanft. Ich schaute zur Uhr und sah, daß genau eine Stunde vergangen war; es war Mittagszeit, und die Holzscheite waren zu Asche verbrannt.

Mein Kopf schmerzte.

»Morgen zur selben Zeit«, sagte er zu meiner Mutter. »Wir haben heute große Fortschritte gemacht.«

Sie nickte und ging zur Tür. Ich folgte ihr benommen, wie in einem ganz anderen Traum, in dem ich alles ausgeplaudert hatte, was ich wußte. Von dem Mädchen, das ich gewesen war, war nur noch die äußere Hülle übrig geblieben.

»Und was jetzt?« fragte meine Mutter mit gezwungener Heiterkeit, als wir uns auf dem Fußweg vor dem Haus des Arztes wiederfanden. Ein kalter Wind blies uns ins Gesicht, und in der Luft lag der Geruch von Schnee. »Laß uns in die Kursäle gehen und sehen, welche Veranstaltungen in dieser Woche auf dem Programm stehen. Und wir müssen die Trinkhalle aufsuchen, das Wasser probieren und unseren Namen in das Gästebuch eintragen. Und vielleicht möchtest du auch einmal eine Konditorei besuchen und Kaffee trinken – oh, und Julia! Die süßen Brötchen von Bath! Wir müssen unbedingt die süßen Brötchen von Bath probieren!«

»Kann ich bitte heimgehen?« fragte ich mit kläglicher Stimme. »Es tut mir leid, Mama, aber ich habe furchtbare Kopfschmerzen. Kann ich bitte heimgehen?«

Sie nahm mich sofort beim Arm, und wir gingen zu unserer Pension in der Gay Street hinunter. Die Schritte meiner Mutter neben mir waren leichter als meine eigenen. Als ich müde die Treppe hinauf und in mein Schlafzimmer schlich, hatte ich nur einen einzigen Gedanken im Kopf: ich wollte tausendmal lieber krank sein, als mich so zu fühlen wie jetzt.

Meine Mutter ließ mich bis zum Mittagessen schlafen, aber nachdem wir gegessen hatten und mein Kopfschmerz ganz und gar verflogen war, bestand sie darauf, daß wir sofort Einkäufe machen und unsere Namen ins Gästebuch eintragen müßten, um die vornehme Welt davon in Kenntnis zu setzen, daß wir angekommen waren.

»Ach, wenn wir nur jemanden kennenlernen würden«,

stöhnte ich, als wir in die Trinkhalle gingen und an der Tür stehenblieben, während drei Dutzend fremde Augen uns ansahen.

»Das dauert nicht lange«, verkündete meine Mutter vergnügt. »In Bath gewinnt man sehr leicht neue Freunde. Das war schon immer so. Wir werden, bevor die Woche vorüber ist, Dutzende neuer Leute kennengelernt haben.«

»Da ist ja das Mädchen!« rief ich plötzlich. »Das Mädchen, das wir beim Arzt gesehen haben!«

Sie saß inmitten einer Gruppe junger Leute an einem Tisch und trank ein Glas Wasser. Ich hielt nach dem braunäugigen Mann Ausschau, aber er war nicht bei ihr. Sie war mit zwei anderen jungen Mädchen zusammen: eines stand dicht hinter ihrem Stuhl und lachte mit einem jungen Mann gerade herzlich über irgend etwas, ein anderes saß neben ihr und blätterte in einem Modemagazin. Im hellen Kerzenlicht des Kursaales, umgeben von ihren Freunden, erschien sie mir noch zarter und verletzlicher als im Haus des Arztes. Als hätte sie meinen Blick gespürt, schaute sie zu mir herüber und erkannte mich. Sie erhob sich von ihrem Platz und kam zu uns herüber. Dann machte sie vor meiner Mutter einen Knicks und sagte: »Guten Tag. Ich bin Marianne Fortescue. Ich glaube, ich habe Sie bei Dr. Phillips gesehen, nicht wahr?«

»Ja, das stimmt«, bestätigte meine Mutter. »Ich bin Lady Lacey, und dies ist meine Tochter Julia.«

»Ich habe Sie hier noch nie gesehen«, sagte Miss Fortescue. Sie sprach sehr langsam, so als wäre sie äußerst müde. »Ich gehe jetzt jeden Morgen zum Arzt.«

»Ich muß auch jeden Morgen gehen«, sagte ich. »Das heißt, solange wir in Bath sind. Wir werden im April wieder heimfahren.«

Sie nickte. »Und wo wohnen Sie?« fragte sie.

»In Sussex«, antwortete ich. Ich hörte kein Singen mehr in meinem Kopf. Ich hätte irgendeinen ganz gewöhnlichen Namen sagen können. »Ein Ort namens Wideacre, in der Nähe von Chichester.«

Sie nickte. »Wir wohnen in Clifton, in der Nähe von Bristol«, meinte sie, »ich komme also jeden Tag herübergefahren. Heute hat mich mein Bruder in seinem Zweispänner gebracht. Ich war fast sicher, daß wir umkippen würden. Und während der ganzen Fahrt war es eiskalt.«

»Fahren Sie heute abend nach Haus?« fragte meine Mutter.

»Oh, nein«, meinte Miss Fortescue. »Heute abend gibt es ein ganz besonderes Konzert, das mein Bruder gern hören möchte. Wir werden heute abend im Haus meiner Tante übernachten. Werden Sie auch hingehen?«

»Ja«, antwortete meine Mutter zu meinem größten Erstaunen. »Vielleicht werden wir Sie dort treffen.«

»Oh, gut«, meinte Miss Fortescue, knickste noch einmal zu uns herüber und ging wieder zu ihren Freunden zurück.

»Konzert, Mama?« fragte ich.

Sie blickte mich listig an. »Du wolltest doch gern in Bath Freunde finden, Julia«, sagte sie. »Du bist gerade dabei! Allein der Schal von Miss Fortescue hat sicherlich zweihundert Pfund gekostet. Ich denke, sie könnte eine sehr wichtige Bekanntschaft für dich sein!«

»Sehr ordinär«, sagte ich. »Ich bin wirklich erstaunt über dich, Mama.«

»Das ist eben der städtische Schick«, sagte meine Mutter ein wenig giftig. »Das verstehst du nicht, mein kleines Milchmädchen aus Sussex. Jetzt müssen wir erst einmal unsere Namen ins Gästebuch schreiben und dir für heute abend ein neues Kleid kaufen.«

Meine Mutter wollte mich an diesem Abend in die Gesellschaft von Bath einführen. Ich war anscheinend wirklich nichts anderes als ein kleines Milchmädchen aus Sussex; ich hatte nämlich keine Ahnung gehabt, wie einfach und leicht das zu machen war. Marianne Fortescue war dort, zusammen mit ihrem Bruder James und den beiden Mädchen, die ich mit ihr in der Trinkhalle gesehen hatte. Es waren ihre Schwester

Charlotte und ihre Cousine Emily. Marianne hatte sich der Gruppe von Emilys Mutter, Mrs. Densham, angeschlossen, die in Bath wohnte und die sich noch an meine Großmutter Havering erinnerte. Es war leicht für uns, auch zu dieser Gruppe zu stoßen. Auf der Konzertbank saß ich zwischen Marianne und Emily; wir gingen mit ihnen zum Abendessen und nahmen später im Haus von Mrs. Densham noch einen Tee ein, da das Konzert schon früh zu Ende war.

Marianne aß nichts von dem, was auf dem Abendbrottisch lag; später trank sie zwar ein wenig Tee, rührte aber die kleinen Kuchen und das Gewürzgebäck nicht an. Ich beobachtete, wie ihr Bruder sie anschaute und wie sich plötzlich sein Gesicht verfinsterte, als Emily sagte: »Marianne, iß doch wenigstens ein kleines Stückchen Kuchen.«

Sofort fuhr er dazwischen und beschwerte sich, daß sein Tee kalt sei und schon zu lange gestanden habe. Emily protestierte, der Tee sei ganz frisch und mit kochendem Wasser aufgegossen worden, er könne sagen, was er wolle. Ich war wohl die einzige, die beobachtet hatte, daß Marianne rot und dann plötzlich wieder blaß geworden war.

»Ich nehme an, wir werden uns morgen wieder beim Arzt treffen«, sagte Marianne zu mir, als wir oben auf dem Treppenabsatz standen und darauf warteten, daß meine Mutter sich von Mrs. Densham verabschiedete. »Du wirst es mir verzeihen, wenn ich dann nicht mit dir spreche. Ich fühle mich nach dem Besuch dort nie wohl, obwohl ich weiß, daß er ein ausgezeichneter Mann ist. Ich weiß, daß er mir guttut.«

»Quacksalber«, rief James Fortescue so laut, daß ich zusammenzuckte. »Quack! Quack! Quack!«

Marianne lachte herzlich; es war das erste Mal an diesem Abend, daß ich sie lachen hörte. Ihr Gesicht wurde plötzlich strahlend und rosig, und ihre Augen leuchteten. »Nicht, James!« rief sie. »Das solltest du wirklich nicht sagen! Miss Lacey wird denken, du wärest entsetzlich unhöflich!«

»Quack! Quack!« rief James noch einmal ohne jede Reue

und lächelte mich gleichzeitig an. »Miss Lacey kann sich schließlich ihre eigene Meinung bilden. Auch wenn er in einem großen Haus wohnt und einige der hübschesten Mädchen von Bath zu ihm gelaufen kommen, um sich auf seinem Sofa auszuweinen, kann er genauso ein Quacksalber sein, als würde er in der Cheap Street reines Mehl als teure Medizin verkaufen!«

Marianne sah mich an, als wollte sie um Verzeihung bitten. »Mein Bruder hat ein Vorurteil gegen ihn«, sagte sie. »Jeder, den ich kenne, hat eine sehr hohe Meinung von ihm ...«

»Ein Vorurteil«, äffte James den Arzt mit einem rollenden ›R‹ nach. »Wirklich, ein Vorurteil!«

»Warum gehst du zu ihm?« fragte ich schüchtern.

Marianne senkte den Blick. »Ich kann kaum etwas essen«, sagte sie, als würde sie mir ein heimliches Laster gestehen. »Es klingt sehr albern. Ich *bin* sehr albern, daß ich solche Schwierigkeiten habe. Meine Mutter und mein Vater machen sich inzwischen so viele Sorgen, daß sie mich schon zu verschiedenen Ärzten geschickt haben.«

James Fortescue zog eine Fratze. »Ich glaube kein Wort davon«, sagte er zu mir. »Ich bringe sie gern hin, und ich hole sie gern wieder ab, denn jeder ist offensichtlich der Meinung, daß es furchtbar tragisch ist, daß sie plötzlich angefangen hat, so wenig zu essen, und jetzt inzwischen noch weniger ißt, aber zweifellos wird sie wieder mehr essen, wenn sie hungrig ist.«

Marianne lächelte mich mit ihrem seltsam verschwörerischen Lächeln an. »Die Dinge erscheinen immer ziemlich kompliziert, wenn andere Leute mit einem darüber reden, nicht wahr«, bemerkte sie. »Und was fehlt dir?«

Ich wurde feuerrot. »Ich habe Träume«, sagte ich. »Manchmal Alpträume. Und ich hatte einen Traum, der ...« Ich brach ab und nahm plötzlich ganz deutlich meine Umgebung wahr: die hell erleuchteten Treppenstufen, den Leuchter, der über dem Treppenaufgang funkelte, die helle, seidene Tapete und den weichen Teppich. Ich konnte in dieser Umgebung nichts über eine Welt erzählen, wo es donnerte und ein Kirchturm herabstürzte und wo ich wie ein alter, warnender Prophet auf den Stufen des Friedhofsportals gestanden hatte. »Ich habe sehr verwirrende Träume«, sagte ich müde.

James nahm meine Hand und hob sie sehr sanft an seine Lippen. Es war ein höflicher Handkuß zur guten Nacht, aber er hielt meine Finger einen Augenblick länger fest, als ich es erwartet hatte, und lächelte mich mit seinen braunen Augen an. »Ich habe auch schlechte Träume«, seufzte er. »Vor allem, wenn ich gebackenen Käse zum Abendessen gegessen habe.«

Marianne und ich mußten lachen. Plötzlich stand meine Mutter neben mir, und es war Zeit für mich zu gehen. James Fortescue, das wußte ich, gefiel mir, und ich lächelte auf dem ganzen Heimweg über die Vorstellung, Dr. Phillips zu sagen, ich hätte schwere Träume, weil ich noch spät am Abend gerösteten Käse gegessen hätte.

14

Wahrscheinlich war ich wirklich nichts anderes als ein kleines Milchmädchen aus Sussex, denn es dauerte mehrere Tage, bis mir endlich klar wurde, daß ich Zugang zur besten Gesellschaft gefunden hatte, die sich zu dieser Jahreszeit in Bath aufhielt.

Tag für Tag wiederholte sich in Bath für mich das gleiche Programm. Am Morgen ging ich zum Arzt, saß in einem weichen Lehnstuhl am flackernden Feuer und erzählte ihm von Wideacre und meinen Träumen. Ich versuchte, so viel wie irgend möglich vor ihm zu verbergen. Es gab so vieles, was er nicht wissen sollte: das Aufblitzen der Messerschneide und das Gesicht Ralphs, als Beatrice in den Regen hinausgelaufen war, um ihn zu treffen, den Traum, in dem Ralph und ich uns im Sommerhaus geliebt hatten, und mein Wissen über die Geheimnisse der Liebe, die Geheimnisse von Acre. Ich erzählte ihm nichts über die Angst der Tiere vor Richard und jene Nacht der unbeschreiblichen, dunklen Lust vor dem Feuer und auch nichts von der Vision, die mich wieder und wieder heimgesucht hatte, dem Traum von dem herabstürzenden Kirchturm.

Ich tat alles, was in meinen Kräften stand, um Dr. Phillips anzulügen und die Geheimnisse von Wideacre irgendwo sicher in mir zu verschließen. Aber er war sehr gerissen, und während ich im Lehnstuhl saß, flackerte das Feuer heiß und hell vor meinen Augen. Tag für Tag zerrte er mehr aus mir heraus, bis ich mich schließlich beraubt und betrogen fühlte und wußte, daß ich mich selbst zu verlieren begann. Wideacre wurde aus mir herausgesogen, und ich wurde mehr und mehr zu einer hübschen und leeren Maske.

»Also, erzählen Sie es mir«, sagte er einschmeichelnd. Und ich erschrak so sehr, als wäre mir im Schlaf eine Schlange ins

Haar gekrochen. »Erzählen Sie mir etwas über diese Frau, Ihre Tante ... Beatrice, nicht wahr? Erzählen Sie mir, warum Sie glauben, Sie wären ihr ähnlich.«

Und stockend kamen die Worte aus mir heraus, während ich zugleich versuchte, so wenig wie möglich zu sagen. »Ich sehe so aus wie sie, nehme ich an. Jeder im Dorf sagt, ich sähe so aus wie sie.«

»Haben Sie ihr Bild gesehen?« fragte Dr. Phillips.

»Nein«, antwortete ich leise. Ich rutschte unruhig auf meinem Stuhl hin und her. Die Kissen waren sehr weich und tief, und der Schein des Feuers wärmte mein Gesicht.

»Woher wissen Sie dann, daß Sie aussehen wie sie?« fragte Dr. Phillips. Immer, wenn er eine solche Frage stellte, klang seine Stimme seltsam überrascht. Er lockte mich, ihm zu widersprechen.

»Weil ...« Ich brach ab. »Jeder sagt, daß ich so aussehe.«

»Das glaube ich nicht«, sagte er in honigsüßem Ton. »Ich glaube nicht, daß das der Grund ist. Haben Sie von ihr geträumt, Julia? Sie können es mir sagen, wissen Sie.«

»Im Traum habe ich sie nicht gesehen«, meinte ich zögernd. Aber er hörte sofort, daß ich nicht die Wahrheit gesagt hatte.

»Aber Sie haben Träume, in denen sie vorkommt?« fragte er.

Ich seufzte. Das Zimmer roch dumpf und muffig, als wenn die Fenster nie geöffnet würden. Während die Luft von den flackernden Flammen aufgebraucht wurde, kam ich mir vor wie eine arme Gefangene irgendwo tief unter der Erde.

»Ja, ich hatte Träume, in denen sie vorkam«, brachte ich erschöpft hervor.

»Und doch sagen Sie, Sie hätten sie nicht gesehen?« Seine Stimme war sehr weich, sehr süß.

»Nur in einem Spiegel«, gab ich zu.

»In einem Spiegel«, wiederholte er, als wäre das ein kleiner Bonbon, den man langsam auf der Zunge zergehen lassen müßte. »Wie sehen Sie sie im Spiegel? Stehen Sie neben ihr?«

Er wartete nicht auf meine Antwort. »Neben ihr? Vor ihr? Hinter ihr?«

»Ich bin Beatrice!« unterbrach ich ihn plötzlich ungeduldig. »Ich träume, ich selbst sei Beatrice.«

Ich erwartete, ihn gänzlich schockiert zu sehen. Statt dessen legte er seine dicken Finger wie einen kleinen Turm über seiner gewölbten Weste zusammen und sagte leise: »Sehr gut, ich denke, das ist dann für heute genug.«

So war es jedesmal. Genau in dem Moment, in dem ich dachte, ich hätte ihn so schockiert, daß er mich endlich freiließe, war es immer Zeit für mich zu gehen. Am nächsten Tag, wenn ich wiederkam, setzte er erneut genau dort an, wo er aufgehört hatte. Und irgendwie hatte sich dann in der Zwischenzeit das Entsetzen über meine Erklärungen gelegt. Mein Geständnis war für ihn zu einer einfachen Information geworden. Er hatte sich meine Träume zu eigen gemacht. Und ich selbst verlor meine Träume und meine Geheimnisse und wurde mehr und mehr zu einem Nichts.

Es gab keinen Ort, wo ich hätte Kraft schöpfen können. Jeden Morgen schienen sich die Träume, von denen ich erzählt hatte, weiter und weiter von mir zu entfernen. Meine hellseherischen Kräfte erschienen mir wie ein Irrtum oder wie phantastische Hirngespinste. Schon bald hörte Dr. Phillips auf, mir nur still zuzuhören; er versuchte, mir klarzumachen, daß ich irgend etwas nicht richtig verstanden haben müßte, daß die Dinge nicht so geschähen, wie ich es mir vorstellte, daß Beatrice nicht über Wideacre gehen und durch meine Augen sehen könnte und daß das Land, die schlichten Äcker und Felder, keinen Herzschlag hätte.

Bath selbst trug dazu bei, daß meine innere Sicherheit mehr und mehr untergraben wurde. Ralph Megson hatte recht gehabt, als er sagte, wenn es einen Ort gäbe, wo man Wideacre vergessen könnte, dann wäre es Bath. Während ich in den Parks und Gärten von Bath spazierenging, sehnte ich mich nach dem Duft von Wideacre. Bath war so zugepflastert und zugemauert, daß ich während meines ganzen Aufenthaltes niemals ein Krümelchen feuchter, dunkler Erde sah. Nirgendwo hing ein Blatt, das nicht in eine modische Form gestutzt worden wäre, nirgendwo stand eine Blume, die frei und wild heranwuchs. Sogar der Fluß, der durch die Stadt hindurchfloß, war eingemauert und kanalisiert, er floß eng umgrenzt unter der hübschen Brücke hindurch und über das steinige Wehr hinweg.

Was die heißen Quellen anbetraf – ich fand sie einfach widerlich. Nicht nur widerlich, daraus zu trinken – und meine Mutter bestand darauf, daß wir das taten: drei Gläser täglich –, sondern ich fand die Idee von warmem Wasser, das aus dem Boden herausquoll, ganz und gar abstoßend. Das Wasser war so heiß, daß man darin baden konnte! Jeden Tag, wenn wir an den Badehäusern vorbeikamen und die heißen, metallischen Dampfschwaden einatmeten, sehnte ich mich nach den Hügeln von Wideacre: Dort sprudelte das Wasser so kalt wie Eis aus dem Boden heraus, und es schmeckte wie klarer Regen.

Wenn mir der Dampf der Bäder ins Gesicht schlug, sehnte ich mich nach Wideacre. Ich sehnte mich nach Wideacre, wenn ich am Morgen aufwachte und aus meinem Fenster auf das Meer von steinernen Dächern schaute. Nachts, wenn ich nicht einschlafen konnte, wünschte ich mir, auf Wideacre zu sein. Der Lärm der Kutschen, die über die Pflastersteine rumpelten, dröhnte unablässig in meinen Ohren, und nicht der klare, helle Mond von Wideacre war es, der nachts mein Schlafzimmer erleuchtete, sondern der schwankende Schein einer Kerze, die von einem vorbeilaufenden Diener getragen wurde. Auch während der Mahlzeiten sehnte ich mich nach Wideacre, denn das Brot war unappetitlich grau, und die Milch schmeckte eher wässerig.

Am stärksten sehnte ich mich nach Wideacre, wenn ich im Park spazierenging und auf die gefrorene Fläche eines kleinen Teiches sah, mit ein paar Enten darauf, die mürrisch hin und her watschelten und um Brot bettelten. Dort konnte ich immer nur kleine Schlängelpfade entlanggehen, die im Kreis herumführten, anstatt wie bei uns auf dem Lande schnell und gerade zu irgendeinem Ziel zu führen. Aber auf Wideacre ging es schließlich auch darum, irgendwo anzukommen, und nicht nur darum, die Zeit herumzubringen. Die Kurgäste in Bath waren vor allem damit beschäftigt, sich die Zeit zu vertreiben.

An jedem Tag, den ich dort verbrachte, mußte ich irgendwelche unwichtigen Dinge erledigen, nur um die leeren Stunden zu füllen. Manchmal ging ich im Park spazieren und betrachtete meine feinen, neuen Halbschuhe, die dem Matsch und Schlamm von Acre nicht eine Minute lang standgehalten hätten, und ich fragte mich, was in aller Welt ich eigentlich tun müßte, um mich dem Leben anzupassen, das ich nach der Meinung der anderen führen sollte. Aber zugleich wußte ich nicht, wie ich das Leben ertragen könnte, wenn ich mich gänzlich veränderte.

Eines Tages, als ich gerade tief in meinen hoffnungslosen und rebellischen Gedanken verstrickt war, rief jemand meinen Namen.

»Julia!« hörte ich eine Stimme. Ich schaute auf und erblickte Mary Gillespie.

»Du warst in deinen Gedanken ja sehr weit fort!« neckte sie mich. »Hast du von James Fortescue geträumt? Elizabeth wird heute morgen sicher nicht mehr mit dir sprechen wollen. In der letzten Nacht hast du zweimal mit ihm getanzt, weißt du!«

Ich lachte und sah Elizabeth an, die nicht im mindesten verärgert aussah. Sie war ein großes Mädchen mit hellem Haar, sehr ausgeglichen und sanft, und sie ertrug die Neckereien ihrer Schwester mit dem Gleichmut der Älteren.

»Ja, du hast recht!« sagte ich prompt. »Ich kann nur noch an ihn denken.«

»Natürlich!« sagte Mary und nahm meinen Arm, »du mußt ihn ja mögen, Julia. Er ist die bei weitem beste Partie dieser Saison.« Sie ahmte Elizabeths finsteren Gesichtsausdruck nach und schüttelte ihre braunen Ringellöckchen: »Ich weiß, daß sich das ordinär anhört, aber es stimmt wirklich! Und er hat einfach haufenweise Geld; sein Vater würde ihm sogar erlauben, eine Kirchenmaus zu heiraten, wenn sie nur einen guten Namen und ein Recht auf Ländereien hätte – und Julia hat beides!«

Ich zog eine kleine Grimasse. »Also, Ländereien ist vielleicht zuviel gesagt«, meinte ich. »Wenn du sie sehen könntest, dann würdest du nicht so davon sprechen. Und kein großes Haus, sondern nichts als eine Ruine, und in diesem Jahr wird nur Getreide angepflanzt!« Ich hielt inne, weil meine eigene Beschreibung von Wideacre bewirkte, daß ich einen Klumpen im Hals spürte. Ich hatte sehr, sehr großes Heimweh. »Und ich habe nur ein Anrecht auf die Hälfte davon«, schloß ich mürrisch.

»Ja, aber *gefällt* er dir?« fragte Mary. Sie wollte von mir etwas über die Liebe hören, während mein Herz sich nach einigen Quadratkilometern Acker- und Waldgebiet sehnte, nach dem Gemeindeland und den Downs.

»Oh, nein«, sagte ich zerstreut und dachte dabei an den Geruch des Windes, der an kalten Tagen wie diesem von den Hügeln nach Acre hereinwehte.

»Dann ist es der Cousin zu Hause!« erklärte Mary mit einem triumphierenden Blick zu ihrer Schwester. »Ich habe es die ganze Zeit gewußt! Du bist nach Bath gekommen, um die Ballsaison mitzumachen, aber dann fährst du wieder heim, und später, wenn du im richtigen Alter bist, wirst du heiraten und in dem schönen neuen Haus wohnen, und wir besuchen dich dann mit unseren Ehemännern, den Lords.«

Ich konnte nicht so wie sonst über Mary lachen. »Nein, es ist nicht mein Cousin«, sagte ich und unterdrückte einen Seufzer. Seitdem ich nach Bath gekommen war, hatte ich nichts von Richard gehört, nicht einmal eine winzige Unterschrift von ihm am Ende eines Briefes von John gefunden. Aber *über* ihn hörte ich viel. Er wurde im Dorf immer beliebter. Er arbeitete

Seite an Seite mit Ralph. Bei gutem Wetter leitete er den Wiederaufbau des Herrenhauses, bei schlechtem Wetter war er in der neuen Scheune, wo die Männer die Pflugscharen schärften. Richard konnte die Dorfleute mit seinem Charme um den Finger wickeln, genau wie er Mrs. Gough, meine Mutter und mich um den Finger wickeln konnte. Jedesmal, wenn ich las, daß Richard bei dem einen oder anderen Projekt besonders tüchtig gewesen war, spürte ich, daß mir das Herz schwer wurde, denn ich wußte: Während ich lernen sollte, ohne Wideacre auszukommen, lernte Wideacre es, ohne mich auszukommen.

»Nun, du wirst auf jeden Fall James Fortescue immer mehr liebgewinnen«, sagte Mary und drückte zärtlich meinen Arm. »Alle Mädchen in Bath sind ganz wild nach ihm. Elizabeth ist nicht die einzige, die dich in den Avon stoßen möchte.«

Darüber mußten wir alle drei lachen, aber was sie gesagt hatte, war nicht ganz falsch. Anderen war auch aufgefallen, daß James Fortescue zweimal mit mir getanzt hatte. Sein Vater und seine Mutter hatten am Wochenende Mrs. Densham besucht, und meine Mutter und ich waren eingeladen gewesen, mit ihnen zu essen. Sie wollten das Mädchen kennenlernen, das die beste Freundin ihrer Tochter Marianne und eine potentielle Braut für ihren jüngsten Sohn war. Und auch meine Mutter hatte sich die Familie Fortescue anschauen wollen.

Am Schluß waren alle zufrieden gewesen. Ich wußte, James' Familie mochte mich gern; seine Mutter küßte mich zur Begrüßung und zum Abschied auf die Wange, und ihre Herzlichkeit zeigte mir, daß sie viele freundliche Dinge über mich gehört hatte. Meine Mutter schätzte den Reichtum und das kaufmännische Geschick der Familie mit geübtem Blick ein und lächelte nachdenklich. Die Fortescues waren Kaufleute aus Bristol, große Händler. Sie waren keine alteingesessenen Landbesitzer wie wir, die Laceys von Wideacre, aber sie hatten eine gesellschaftliche Stellung, um die viele sie beneideten. James' Vater war Ratsherr und in Bristol hoch geehrt und geachtet, seine Mutter war mit der Kent-Familie verwandt.

Ich kam von dem Familienessen mit einem verschmitzten Lächeln heim. Ich wußte: Ich war wie eine Zuchtstute von oben bis unten prüfenden Blicken unterzogen worden, und ich hatte die Prüfung bestanden. Ich wußte auch, daß meine Mutter James ebenso geprüft hatte. Ich hatte in Bath das Benehmen der Stadtleute gelernt – die Atmosphäre der Stadt, die einem Heiratsmarkt ähnelte, brachte das mit sich. Natürlich konnten wir alle behaupten, wir wären wegen des gesunden Wassers hier oder um modische Kleidung einzukaufen oder um Bekannte zu treffen, aber die ganze Ballsaison diente vor allem dazu, einen Ehepartner zu finden, so als wollte man neues Vieh für die Ställe einkaufen. Marys schnoddrige Scherze waren nichts anderes als das Eingeständnis, daß sie und ihre Schwester und sogar ich in Bath waren, um zu sehen und gesehen zu werden, um auszuwählen und ausgewählt zu werden, um jemanden zu lieben und geliebt zu werden. Meine feinfühlige Mutter mußte sich sehr anstrengen, die unromantischen und profanen Aspekte einer geplanten Heirat ihrer Tochter mit einem der reichsten jungen Männer der Gesellschaft zu ignorieren.

Sie hätte mich niemals dazu gezwungen, obwohl sie durchaus das Recht dazu gehabt hätte, und es gab viele Eltern, die ihre Töchter zwangen, den Mann zu heiraten, der für sie ausgewählt worden war. Aber meine Mutter war immer ganz anders gewesen. Sie hätte noch nicht einmal versucht, mich zu beeinflussen, wenn ich diesen oder jenen heiratswilligen jungen Mann nicht gemocht hätte. Aber sie wäre wahrscheinlich keine richtige Frau gewesen, wenn es ihr nicht geschmeichelt hätte, daß ihre Tochter so häufig mit James Fortescue tanzte. Sie wäre keine gute Mutter gewesen, wenn sie nicht in jedem Gespräch angedeutet hätte, daß ich die Teilerbin von Ländereien war, die einstmals groß und blühend gewesen waren und es in Zukunft auch wieder sein würden.

Neben den Fortescues lernte ich noch viele andere neue Freunde kennen. Denn einmal in die Gesellschaft eingeführt, traf ich immer mehr junge Leute, bis schließlich unser goldener Spiegel über dem Kamin mit Einladungskarten gesäumt und die Schale am Fuße der Treppe bis oben hin mit Visitenkarten gefüllt war. Jeden Morgen vor meinem Besuch bei Dr. Phillips kam James Fortescue mit seinem Zweispänner vorgefahren und fragte die Hausherrin, ob Miss Lacey heute wohl Lust hätte, mit ihm eine Ausfahrt zu machen.

Und Miss Lacey hatte fast immer Lust.

Er war ein angenehmer Gesellschafter. Als er sah, wie ich mit seinen Pferden umging, ließ er mich die Zügel halten und wollte mir unbedingt beibringen, wie man einen Zweispänner lenken muß.

»Du hast gute Hände«, sagte er, und ich lachte und erinnerte mich an den Augenblick, wo ich diesen Satz das letzte Mal gehört hatte. James wollte alles über mich wissen, und plötzlich erzählte ich ihm von Dench, von meinem wilden Ritt nach Acre und von Richards Rettung. Er lachte laut heraus, als ich ihm erzählte, daß ich im Herrensitz und mit hochgerutschtem Kleid auf dem Pferd geritten war, und er mußte mir schwören, es niemandem weiterzusagen.

»Das scheint ein wunderschönes Gut zu sein, dein Wideacre«, sagte er nachdenklich. »Ich kann gut verstehen, daß sich mein Vater danach sehnt, für sich selbst und für mich ein Heim auf dem Lande zu haben. Deine Mutter hat gesagt, es könnte alles dir gehören, wenn du deinen Cousin auszahlen würdest.«

»Ja«, sagte ich, und plötzlich schwiegen wir beide peinlich berührt, denn es war klar, daß meine Mutter und sein Vater versucht hatten, uns zu verkuppeln.

Er lachte leise. »Schau nicht so ernst, Julia Lacey«, sagte er. »Mein Vater kann es sich leisten, seinen eigenen Landsitz zu kaufen. Ich brauche mich nicht zu verheiraten, um ihm einen Gefallen zu tun, und auch du hast es nicht nötig, meinem Vater oder mir einen Gefallen zu tun.«

Ich mußte laut herauslachen. Es war völlig unpassend, so zu

reden, aber es erschien uns viel leichter, so zu tun, als wüßte keiner von uns beiden, daß ganz Bath schon seit Wochen unsere Heirat plante.

»Ich könnte dir den Landsitz ja ganz einfach schenken«, behauptete ich frech.

»Ja!« sagte er sofort. »Ich bitte dich darum. Alles lieber, als diese schreckliche Rolle zu spielen, die ich jetzt spielen muß. Ich muß die ganze Zeit lang so tun, als wenn du mir gefielest, ich muß dich auf Ausfahrten mitnehmen und zum Tanzen auffordern. Und als nächstes werde ich dir wohl auch noch Blumen schicken!«

»Und ich werde sie annehmen müssen«, stellte ich betrübt fest. »Es ist schrecklich, eine gehorsame Tochter zu sein!«

»Du könntest auch mit einem Diener fliehen«, schlug er vor, »aber du hast gar keinen, nicht wahr? Wie ist es denn mit dem Butler?«

Ich mußte laut lachen und vergaß darüber ganz, die Kutsche zu lenken. Die Zügel lagen locker in meinen Händen, und die Pferde machten größere Schritte, so daß ich mich zurücklehnen und die Zügel wieder nehmen mußte.

»Es tut mir leid«, sagte ich, »aber du solltest einmal unseren Butler sehen. Er ist ein wirklich lieber Kerl, aber er ist so alt, daß er mein Großvater sein könnte!«

»Dann werde ich es wohl sein müssen«, sagte er entschuldigend. »Es gefällt mir nicht besser als Ihnen, meine liebe Miss Lacey; aber wir werden uns einfach mit der Situation abfinden müssen.«

Als ich diese Worte hörte, blieb mir das Lachen im Halse stecken, denn plötzlich hatte ich das Gefühl, wir waren einander ganz nahe. Ich sah ihn schnell von der Seite her an, und er hielt mit seinen warmen und lächelnden braunen Augen meinen Blicken stand.

»Es ist nur ein Scherz«, sagte ich schnell. »Einer, den ich eigentlich nicht machen sollte. Ich möchte noch viele Jahre lang ledig bleiben.«

»Das habe ich gewußt!« rief er so heftig, daß ich zusammenzuckte. Aber dann sah ich, daß er immer noch lächelte. »Eine Frau, die alle Männer an der Nase herumführt! Und dazu noch so jung!«

Darüber mußte ich wieder lachen, obwohl ich sehr gut wußte, daß ich das besser nicht tun sollte; und ich lächelte immer noch, als er die Zügel nahm, während wir vor der Tür unserer Pension anhielten. Er half mir vom Sitz herunter, aber meine Einladung, hereinzukommen, lehnte er ab.

»Ich werde dich wohl heute abend beim Ball treffen müssen«, sagte er düster, »und ich nehme an, daß ich dann auch mit dir tanzen muß.«

Ich drehte mich an der Eingangstür um und machte einen sehr würdigen Knicks vor ihm. »Nein, keinesfalls«, protestierte ich. »Vielen Dank für das Angebot, aber leider sind alle Tänze schon ausgebucht.«

Er sah mich noch einmal an. Sein Lächeln war plötzlich ein wenig unsicher geworden. Aber dann zeigte er mit seiner großen Peitsche in meine Richtung. »Miss Lacey«, sagte er mit fester Stimme, »wenn Sie nicht den Tanz vor und nach dem Abendessen für mich reservieren und wenn ich Sie nicht zum Abendessen geleiten darf, dann werde ich Marianne und allen Ihren Bekannten sagen, daß Sie ein gefährliches, kokettes Weibsstück sind. Und das ist dann wirklich die reine Wahrheit.«

Mir wurde zum ersten Mal im Leben bewußt, daß ich hübsch und begehrenswert war. Ich schaute zu James hinauf, der hoch oben auf der Kutsche saß, und lachte ihm direkt ins Gesicht. »Warten Sie es ab«, sagte ich, drehte mich auf dem Absatz um und ging ohne ein weiteres Wort ins Haus.

Ich mochte ihn sehr, aber nicht nur wegen jener Ausfahrten im kalten Wintersonnenschein. Ich hatte mich noch nicht so weit verändert, daß ich wegen eines Blumensträußchens gänzlich den Kopf verlor oder weil sich der begehrenswerteste junge Mann in Bath um mich bemühte. Ich war hinter zwei schweren Ackergäulen über die Felder gegangen, und ich war weit davon entfernt zu glauben, daß das Wichtigste auf der Welt die weiße Farbe der Handschuhe eines Mannes oder aber die Anzahl der Tänze sein könnte, die er beherrschte. Mehr als alles andere mochte ich James Fortescue wegen der Haltung, die er seiner Schwester Marianne gegenüber zeigte. Im Gegensatz zu der gesamten Familie und dem Hausarzt behauptete er, daß ihr überhaupt nichts fehle. Seine Art, jedesmal wie eine Ente zu quaken, wenn Dr. Phillips erwähnt wurde, brachte nicht nur Marianne zum Lachen, sondern half auch mir, die zähen, langweiligen Stunden bei Dr. Phillips weniger ernst zu nehmen.

»Was macht er denn eigentlich mit dir?« fragte mich James Fortescue, als wir in einem Café auf Marianne warteten, die sich uns nach der Trinkkur anschließen wollte.

»Er spricht mit mir«, sagte ich finster. »Zuerst habe ich die ganze Zeit allein geredet. Er wollte alles wissen, was ich dachte. Und nach und nach, während ich ihm von mir erzählte, habe ich meine eigenen Gefühle und Gedanken verloren, bis ich mich schließlich selbst nicht mehr kannte. Ich weiß, Wideacre fehlt mir so sehr, wie ich es kaum für möglich gehalten hätte, aber die besonderen Fähigkeiten, die ich früher hatte und die beinahe an Zauberkraft grenzten, habe ich fast vollkommen verloren.«

»Was meinst du mit Zauberkraft?« fragte James leise. Ich schaute schnell in sein Gesicht, aber diesmal lachte er nicht. Er hatte nicht jene herablassende, bevormundende Art, die mich bei Dr. Phillips so wütend machte. Er war ein junger Mann meines Alters, der in der Welt sehr viel mehr Erfahrungen als ich gesammelt hatte. Er verließ sich auf sein eigenes Urteil, und ich wußte, daß ich ihm vertrauen konnte.

»Das Ganze hat eine lange Geschichte«, sagte ich ein wenig verlegen. »Die Dorfbewohner glauben, daß meine Familie auf Wideacre irgendwelche besonderen Fähigkeiten habe und daß der Erbe der Laceys das brachliegende Land wieder fruchtbar machen würde. Und ich selbst spüre das auch. Wenn ich meine

Stirn auf den Boden von Wideacre lege, dann ist mir, als könnte ich im Zentrum der Erde ein Herz schlagen hören – als wäre die Erde lebendig und liebte mich.«

Irgendwo fiel ein Löffel mit lautem Klappern auf einen Teller. Ich zuckte zusammen und sah mich um. Ich war nicht auf Wideacre, sondern viele Meilen von meiner Heimat entfernt. Plötzlich nahm ich die Kurgäste wahr, die um mich herum im Kaffeehaus saßen, die vielen hundert Menschen auf der Straße, und ich fühlte mich plötzlich gänzlich verrückt, weil ich behauptet hatte, ich sei etwas Besonderes. Ich sah James Fortescue nervös an. Er beobachtete mich ruhig und aufmerksam. »Zumindest war das in der Vergangenheit so«, sagte ich. »Ich war eigentlich ganz sicher. Aber seitdem ich Dr. Phillips davon erzählt habe und immer wieder alles in allen Einzelheiten erklären mußte, bin ich unsicher geworden. Ich nehme an, daß es alles Unsinn war.«

James Fortescue unterdrückte ein Gefühl von Ärger und nahm meine Hand. »Das ist *genau* das, was ich an diesem Dr. Phillips nicht leiden kann«, sagte er. »Bei Marianne ist es genau dasselbe. Als sie ihn zuerst aufsuchte, da hatte sie Schwierigkeiten, am Familientisch ausreichend zu essen. Ich habe eine bestimmte Vorstellung, warum das so war.

Du lebst in einer kleinen Familie, und vielleicht kommt ihr alle gut miteinander aus«, fuhr er ein wenig verlegen fort. »Aber das ist nicht überall der Fall. Mein Vater und meine Mutter streiten sich sehr häufig, und bei uns sitzen meist fünf Leute um den Eßtisch herum. Wenn es eine Meinungsverschiedenheit gibt, dann kommt es oft zu langen und lauten Auseinandersetzungen. Inzwischen weißt du sicher, wie empfindlich Marianne ist; sie kann ganz einfach laute Stimmen nicht vertragen. Immer, wenn sie sich weigerte zu essen, brauchte sie nicht länger zusammen mit der Familie am Tisch zu sitzen. Ich bin sicher, daß das der Anfang aller Schwierigkeiten war, und zu einer bestimmten Zeit hat sie das selbst auch so empfunden. Aber seitdem sie Dr. Phillips aufsucht, ist sie gänzlich verwirrt. Er hat ihr alle Sicherheit genommen und nichts in ihr aufgebaut als das vage Gefühl, daß sie an allem schuld wäre.« Ich nickte. Marianne hatte mir schon einiges erzählt. James hätte darüber nicht gesprochen, wenn er nicht gewußt hätte, daß sie mir vertraute.

»Ich wüßte gar nicht, weshalb sie sich Vorwürfe machen sollte«, sagte ich zögernd.

»Ich weiß es aber«, entgegnete er, »und du kannst es dir doch sicher auch vorstellen. Als du nach Bath gekommen bist, da hast du es doch sicher vollkommen in Ordnung gefunden, daß du auf Wideacre ganz besondere Kräfte hast. Jetzt denkst du, daß deine Fähigkeiten ein Makel sein könnten, und es ist sogar möglich, daß du sie ganz und gar verlierst!«

»Oh, nein!« rief ich aus. »Ich war auch schon einmal in der Vergangenheit sehr unglücklich darüber, daß Wideacre so viel für mich bedeutete ...« Ich brach ab und sah ihn an.

»Warum?« fragte er sanft wie eine Schwester.

Ich zögerte, aber plötzlich hatte ich das Gefühl, daß ich es ihm sagen könnte. Ich erzählte ihm nicht die Version, die Dr. Phillips mir eingeredet hatte: daß ich durch den Sturm aufgeweckt worden sei und die Gefahr erkannt hätte, daß der Kirchturm auf das Dorf hinabfallen könnte. Ich erzählte ihm von meinem Gefühl, irgend etwas hätte mich gewarnt und ich hätte dann, auf Grund meiner Vorahnung, gehandelt. Ich erzählte die Geschichte jener seltsamen Nacht sehr hastig und mit gesenktem Blick. Es klang vielleicht allzu bizarr. Aber dann fühlte ich die Berührung seiner Fingerspitzen auf meinem Handschuh und schaute auf.

»Das könnte ich nicht«, sagte er sanft. »Aber ich wäre wirklich ein Dummkopf, wenn ich behaupten würde, Fähigkeiten, die ich selbst nicht besitze, könnte auch niemand anders haben. Vielleicht hast du eine besondere Begabung. Vielleicht solltest du jene Begabung lieber pflegen und nutzen, als sie dir ausreden zu lassen.«

Ich suchte nach Worten, um ihm dafür zu danken, daß er

mir plötzlich ein wenig Selbstvertrauen, Vertrauen in Wideacre und in mich als Erbin von Wideacre zurückgegeben hatte. Aber schon standen Marianne und Emily und Mary und Elizabeth, beladen mit Hutschachteln und Neuigkeiten, um unseren Tisch herum. Der Moment, in dem ich ihm hätte danken können, war verstrichen.

Aber ich vergaß seine Worte nicht. Obwohl meine Zeit mit Ausfahrten, Einkaufsbummeln, Tanzvergnügungen und Gesprächen in der Gesellschaft wie im Flug verging, dachte ich an jedem Abend vor dem Einschlafen in aller Stille über den vergangenen Tag nach. Allmählich gewann ich eine neue Form von Selbstsicherheit, denn obwohl mir Dr. Phillips meinen Glauben an mich selbst als den Squire von Wideacre und als das auserwählte Kind rauben wollte, erlernte ich in Bath doch das Selbstbewußtsein einer Frau, die weiß, daß sie jung und anziehend ist. Ich hatte immer eine Antwort parat, mochte sie auch ein wenig vorlaut sein. Ich trug den Kopf hoch und lernte es, mit meinen Altersgenossen auf gleicher Ebene zu verkehren. Und als die anerkannte Favoritin des jungen Mannes, der in jener Saison in Bath allen Mädchen am begehrenswertesten erschien, gewann ich eine Sicherheit, die ich auf Wideacre niemals hätte lernen können. Auch dafür hatte ich James zu danken.

15

Ich hatte die Wahrheit gesagt, als ich behauptete, daß alle Tänze an jenem Abend schon vergeben seien. Aber James hatte recht gehabt, mir zu vertrauen: den Tanz vor dem Abendessen hatte ich für ihn aufgehoben. Er war es, der mich aus dem hell erleuchteten, überfüllten Ballsaal in den Speisesaal führen durfte. Wir saßen zusammen mit einem halben Dutzend junger Leute, die ich jetzt meine Freunde nannte, auf einer Bank.

Meine Mutter hatte Karten gespielt, und sie trat beim Abendessen leise hinter mich und legte eine Hand auf meine Schulter. »Du bleibst«, sagte sie sanft. »Ich möchte nicht, daß du den Ball schon früh verläßt, aber ich muß heimgehen. Ich habe durch diese schreckliche Erkältung, die ich mir neulich vor dem Laden des Hutmachers geholt habe, Fieber bekommen, so daß mir der ganze Spaß am Kartenspiel vergangen ist. Ich kann kaum noch einen klaren Gedanken fassen; wenn ich nicht bald gehe, werde ich sicher in kürzester Zeit Johns ganzes Vermögen verspielt haben.«

»Wie kommst du denn nach Haus?« fragte ich.

»Ich nehme mir eine Sänfte«, sagte meine Mutter, »und ich werde einen von Mrs. Gibsons Männern losschicken, damit er dir auch eine Sänfte besorgt, die dann auf dich wartet.«

»Entschuldigen Sie, Lady Lacey«, unterbrach sie James und stand auf, »ich werde, wenn es Ihnen recht ist, Miss Lacey selbst nach Haus begleiten. Und wenn Sie es mir erlauben, dann werde ich mich darum kümmern, daß in wenigen Minuten eine Sänfte für Sie am Eingang bereitsteht.«

Meine Mutter lächelte. »Danke, Mr. Fortescue. Ich hätte daran denken sollen, daß Sie immer so hilfsbereit sind. Ich erwarte Julia um elf Uhr, wenn der Ball zu Ende ist.«

James reichte ihr seinen Arm und führte sie durch das Menschengedränge im Speisesaal in die hell erleuchtete Halle.

»Du Glückliche«, flüsterte Mary Gillespie. »Wenn James Fortescue mich heimbrächte, dann würde ich meine Mutter die Treppe hinunterstoßen und darauf achten, daß sie sich das Bein bricht.«

»Mary!« rief ich aus und begann zu kichern. »Übrigens hast du nicht alles gesagt. Du würdest sie auch noch im Keller einschließen, um wirklich ganz sicherzugehen.«

Als James zurückkam, lachten wir immer noch, und er sah uns mißtrauisch an. »Es ist wahr!« sagte er. »Ich habe mein Herz an Julias Mutter verloren. Sie ist wirklich faszinierend, Julia. Als sie jung war, muß sie eine Schönheit gewesen sein. Hat sie jemals eine Ballsaison in London miterlebt?«

»Ich glaube ja«, sagte ich. »Aber soviel ich weiß, war sie sehr schüchtern und zurückhaltend und hat es überhaupt nicht genossen.« James nickte.

»Wie ich«, fügte ich mit unbewegter Miene hinzu.

»Genau so«, bestätigte James. »Gerade neulich habe ich zu Marianne gesagt, daß du vielleicht ganz nett sein könntest, wenn sie dich dazu brächte, ein bißchen mehr aus dir herauszugehen.«

»Du! ...« rief ich, aber im anderen Zimmer begann ein Quartett zu spielen.

»Ist das der letzte Tanz, den ich heute abend mit dir tanzen kann?« fragte er.

Ich warf ihm mit strahlendem Gesicht mein Tanzprogramm hin. »Ja, das stimmt«, sagte ich. »Aber du brauchst meinetwegen nicht zu bleiben. Ich möchte behaupten, daß mich einer meiner Tänzer später gern nach Haus begleiten würde.«

»Du Luder!« rief James ärgerlich. »Komm und laß dir fest auf die Zehen treten, Julia Lacey, damit du für den Rest des Abends nicht mehr laufen kannst.«

Ich lachte und ließ mich von ihm auf die Tanzfläche führen, und danach tanzte ich mit George Gillespie, mit Sir Clive, mit Major Peterson und all den anderen neuen Freunden, bis das Quartett zum letzten Tanz aufspielte und die Uhr elf schlug.

Die Musiker begannen, ihre Instrumente einzupacken, obwohl Sir Peter Laverock sie nachdrücklich bat, noch einen einzigen Tanz zu spielen, damit er mit mir tanzen könne.

»Es tut mir *so* leid«, sagte James Fortescue scheinheilig zu ihm, »aber ich habe Lady Lacey versprochen, ich würde die junge Dame um elf Uhr nach Haus bringen, und wir müssen jetzt wirklich gehen.«

Sir Peter warf zuerst James Fortescue und dann mir einen Blick zu. »Also wirklich, James«, sagte er, »der Gedanke, daß ihr beide ganz allein zu Fuß zur Gay Street zurückgeht, gefällt mir gar nicht. Ich werde euch nach Haus begleiten: erst einmal Miss Lacey und dann dich.«

»Sehr freundlich«, sagte James, »aber das möchte ich wirklich nicht von dir verlangen.«

»Ich bestehe darauf«, neckte ihn Sir Peter. »Was sagen Sie dazu, Miss Lacey?«

James Fortescue bot mir mit formvollendeter Höflichkeit den Arm, dann legte er seine Hand auf meine.

»Machen Sie sich nicht die Mühe, Sir Peter«, meinte ich höflich. »Ich wünsche Ihnen eine gute Nacht und hoffe, Sie morgen wiederzusehen.« Dann, als wir uns abwandten, sagte ich leise zu James: »Und wenn ich nicht eine junge Dame wäre, dann würde ich dir jetzt einen Fußtritt gegen das Schienbein verpassen!«

Darüber lachte er laut und herzlich, während er mich zugleich zum Eingang des Ballsaales zog. »Möchtest du eine Sänfte?« fragte er. »Oder kannst du trotz der Kälte zu Fuß gehen?«

Ich atmete die feuchte Nachtluft ein. Sie war eiskalt, und ich spürte, daß es schneien würde. Irgendein Duft, irgendein Aroma fehlte mir in dieser Stadtluft. Ich wandte mein Gesicht zum wolkenlosen, tintenschwarzen Himmel hinauf. Mir fehlte der Duft meiner Heimat, der schwache Geruch von kalten Buchenblättern und von eisigem Gras. Ich war heute nacht sehr weit von Wideacre entfernt.

»Laß uns zu Fuß gehen«, antwortete ich und zog die scharlachrot gefütterte Kapuze meines neuen Capes über den Kopf.

Ich hatte eine Hand in meinen pelzgefütterten Muff gesteckt, und James Fortescue hatte meine andere unter seinen warmen Arm geschoben. Es war eine strahlend helle Winternacht. Die Sterne funkelten dick wie Wiesenblumen an einem purpurschwarzen Himmel, und der große Hof des Mondes kündigte Frost an.

Unsere Schuhe klapperten auf den Pflastersteinen, und wir gingen von den Kursälen mit leichten, gleichmäßigen Schritten den Hügel hinauf, nahe aneinandergeschmiegt. Plötzlich stand ein Fackeljunge mit seiner brennenden Fackel vor uns und sagte zu James: »Soll ich Ihnen nach Haus leuchten, Sir?«

»Heute nacht reicht uns das Licht der Sterne«, antwortete James leise und suchte in seinem Cape nach einer Münze.

Ich sah auf die Füße des Jungen. Er trug Schuhe, die jedoch an den Sohlen aufgerissen und mit Lumpen festgebunden waren. Aus den Lederfetzen ragten seine blaugefrorenen, von alten Flohstichen vernarbten Beine heraus. Seine Hosen reichten ihm nur bis zur Wade. Sie waren früher aus Samt gewesen und sahen jetzt glattgeschabt und schmutzig aus. Seine Jacke war ein alter Männermantel, der immer wieder an den Manschetten gesäumt worden war, so daß seine mageren Handgelenke herausragten. Menschen wie er gehörten zum Strandgut, das sich auf der immer höher aufsteigenden Flutwelle von Reichtum in der Stadt sammelte. Er war einer von denen, die mit etwas Glück, mit ein wenig Diebstahl und Bettelei überleben können. Ich hatte auch in Acre Armut gesehen, aber das Leben der Armen in einem Dorf war erträglich im Vergleich mit der Erniedrigung, unter der die Bedürftigen in dieser hocheleganten Stadt zu leiden hatten. Man warf vielleicht einen Penny in eine auf dem Markt hingehaltene Schale, und man gab ein paar Münzen für eine besondere Sammlung in der Kirche, aber es war zugleich möglich, sich den ganzen Tag lang mit den Reichen und den Schönen zu amüsieren, ohne ein bißchen Not und Elend zu Gesicht zu bekommen. Die Stadträte sorgten dafür, daß das Elend im verborgenen blieb; sie fürchteten, ihre reichen Gönner zu schockieren. Und wir – die Kurgäste mit dem Geld und der vielen Freizeit und dem großen christlichen Herzen – waren erleichtert, wenn die Straßen von Armen und Bettlern frei blieben.

»Hier hast du was«, sagte James freundlich, und der kleine Junge schaute zu ihm empor und lächelte. Er mußte etwa vierzehn Jahre alt sein, aber er war so schmal und dünn, daß er auf den ersten Blick jünger wirkte. Irgend etwas in seinem Gesicht berührte mich seltsam: vielleicht waren es die eckige Stirn und die tiefliegenden Augen.

Als ich ihn betrachtete, hörte ich plötzlich den lieblichen Gesang von Wideacre; er übertönte alle Geräusche der Straße. Alles, was ich sehen konnte, war das blasse, spitze Gesicht des Jungen, und alles, was ich hörte, war eine Stimme, die rief: »Hol ihn nach Haus! Hol ihn nach Haus!«, so sehnsüchtig, als riefe seine Mutter nach ihm.

»Ich werde dich heimbringen«, sagte ich, als sei dies die einfachste Sache der Welt. »Ich werde dich heimbringen.«

Er wandte mir sein spitzes Gesicht zu, das im Licht der Fackel gelblich blaß wirkte. »Nach Acre?« fragte er.

Und plötzlich wußte ich es: Er war eines der verlorenen Kinder von Acre, die zu den Spinnereien im Norden gebracht worden waren und die bisher niemand nach Acre heimgeholt hatte. »Ja«, sagte ich und lächelte ihn an, obwohl ich hätte weinen können. »Ich bin Julia Lacey. In Acre geht es jetzt wieder bergauf, und wenn ich dich heimschicke, dann wirst du dort Arbeit finden. Ich bin eine Freundin von Clary Dench und Matthew Merry und Ted Tyacke. Sie alle arbeiten jetzt in Acre für guten Lohn. Ralph Megson ist auch heimgekommen; er ist jetzt der Verwalter.«

Er drückte James seine Fackel in die Hand und ergriff mit seinen knochigen Fingerchen meine beiden Hände. »Stimmt das wirklich?« fragte er. »Wird im Dorf wieder gearbeitet?

Kann ich wirklich heimkommen? Werden sie mich nicht hierher zurückschicken, wenn ich heimkomme?«

»Nein«, antwortete ich mit fester Stimme. »Ich bin Teilerbin der Ländereien. Ich bin Julia Lacey, und ich habe zu bestimmen, was auf Wideacre gemacht wird. Es gibt Arbeit für dich, und ich werde dir die Heimreise bezahlen. Ich werde schreiben und den Leuten von Wideacre berichten, daß du kommst, und du wirst dort eine Wohnung finden. Ich verspreche es dir, ich verspreche es dir ganz fest.«

Er schüttelte so wild meine Hände, als wollte er plötzlich auf den kalten Straßen des nächtlichen Bath mit mir tanzen. »Ich kann es kaum glauben!« rief er und schüttelte seinen Kopf, als wollte er aus einem Traum von Glück aufwachen. »Ich kann gar nicht glauben, daß ich Sie hier auf der Straße getroffen habe!«

»Wie hast du ihn erkannt?« fragte James.

Ich drehte mich zu ihm um. Ich hatte ihn ganz vergessen. Er hatte die Fackel in eine Halterung am Geländer gesteckt und beobachtete uns. »Ich weiß es nicht. Ich hab' es wohl nur geraten«, sagte ich. Das war eine der Lügen, die ich von Dr. Phillips gelernt hatte, der mir fortwährend beibringen wollte, meinen eigenen Sinnen nicht mehr zu trauen. Dann zögerte ich. Ich hatte James Fortescue die Wahrheit über meine Träume und über meine Visionen erzählt. »Nein, das stimmt nicht«, sagte ich plötzlich. »Ich hatte eine Vision. Ich wußte, daß ich ihn heimbringen mußte, aber ich wußte nicht, warum. Aber wenn ich ihn mir jetzt anschaue, dann sieht er wirklich so aus, als käme er aus Sussex.«

»Ich bin Jimmy Dart«, sagte er. »Meine Mutter hat in Havering Hall gearbeitet, doch als sie mit mir schwanger ging, haben die Adelsleute sie fortgeschickt. Sie ist in Acre geblieben und hat für Wideacre gearbeitet. Aber als ich fünf oder sechs Jahre alt war, ist sie davongelaufen, und man hat mich zum Gemeindehaus gebracht. Und dann bin ich ins Arbeitshaus gesteckt worden. Als Mr. Blithe kam, um die Armen zu holen, da hat man mich und die anderen weggegeben. Wir haben für ihn in seiner Spinnerei gearbeitet. Grausame Arbeit war das. Eines Tages konnte er nicht mehr genug Baumwolle bekommen und hat die Mühle geschlossen – wir alle mußten gehen. Sie wollten uns in der Gemeinde nicht wieder aufnehmen, weil wir dort nicht geboren und erzogen worden sind, und sie wollten uns auch auf Wideacre nicht nehmen. Julie hat schließlich gehört, daß die Armen nach Bath gehen könnten, aber wir hatten kein Geld für die Reise. Es war auch mitten im Winter. Es war kalt, und wir hatten keine Schuhe. Wir gingen zu Fuß. Es war ein langer Weg; die kleine Sally ist dabei gestorben. Sie hat sich einfach auf einem Acker zusammengerollt und ist keinen Schritt mehr weitergegangen. Wir sind bei ihr geblieben, bis sie kalt und steif war, und dann haben wir sie zurückgelassen. Wir wußten nicht, was wir sonst tun sollten. Julie hat damals geweint. Sie sagte, es sei in ihrem Leben das letzte Mal, daß sie weine. Dann sind wir nach Bath gekommen, und ich mußte mit einem Jungen kämpfen und habe gewonnen, und so bin ich zu seiner Fackel gekommen.«

»Hat er sie dir gegeben?« fragte ich.

»Ich habe ihn umgebracht«, sagte Jimmy leichthin. »Im Kampf. Ich habe ihn erwürgt. Es war nicht schwer, er war ziemlich klein. Aber ich habe seine Fackel bekommen, und so konnte ich Geld verdienen. Ich arbeite jetzt schon ziemlich lange als Fackelträger.«

Ich streckte eine Hand aus, um mich am Geländer festzuhalten. »Du hast ihn umgebracht?« fragte ich mit schwacher Stimme.

»Ja«, sagte er. »Wir haben hinterher auch seinen Schlafplatz gefunden. Dort wohnen wir jetzt.«

Ich sagte nichts mehr. Jimmy betrachtete mich schweigend von oben bis unten, meinen hübschen Umhang mit den prächtigen, goldenen Troddeln und den Pelzmuff.

»Könnten Sie mir vielleicht einen Penny geben?« fragte er. »Dann könnte ich ein bißchen Gin für Julie kaufen. Darüber freut sie sich. Wenn wir Gin kaufen können, dann ist das für uns besser als Brot.«

Ich war drauf und dran, seinen Wunsch abzulehnen und ihm zu sagen, daß ich ihnen lieber das Geld für Lebensmittel und Kleidung und eine freie Fahrt nach Wideacre geben würde, daß sie aber niemals Gin und überhaupt niemals wieder Alkohol trinken dürften. Aber James Fortescue trat heran und legte eine Hand unter meinen Ellenbogen. »Gewiß kannst du etwas Geld haben«, sagte er sanft. »Ist Julie auch aus Wideacre?«

»Ja, natürlich«, antwortete Jimmy und beobachtete, wie James seine Hand in die Tasche steckte und einen Schilling herausholte, der hell wie ein Messer im Mondlicht glänzte. »Wir sind zusammengeblieben, wir Armen von Wideacre. Nicht die kleine Sally, die gestorben ist, und nicht George, der sich im letzten Winter, als er betrunken war, in den Fluß geworfen hat, aber wir anderen, die unten am Fish Quay wohnen.«

James gab ihm einen Schilling. »Würden die anderen wohl auch gerne heimkehren?« fragte er. »Nach Wideacre, wenn es möglich wäre?«

Ein Lächeln strahlte auf Jimmys Gesicht wie die Sonne, die über den Hügeln aufgeht. »Ja, bestimmt«, sagte er. »Ganz bestimmt würden sie das gern tun.«

»Ich werde kommen und euch alle besuchen», sagte ich entschieden. Was auch immer sie getan hatten und wie auch immer sie leben mochten, sie waren Kinder aus Acre, die in Acre hätten aufwachsen sollen. Das kleine Mädchen, das auf dem Acker gestorben, und der Junge, der in den Fluß gesprungen war, lebten nicht mehr; sie waren seit langem unter kaltem Wasser und kalter Erde begraben. Und das war die Schuld der Laceys. Der Laceys und der Squires und der ganzen Welt, die so funktionierte, wie *wir* es bestimmten, mit sehr vielen armen Leuten und sehr wenigen reichen. »Ich werde kommen und euch besuchen, und ich werde gleich heute abend nach Acre schreiben«, versprach ich.

»Sie werden es allein bestimmt nicht finden«, sagte Jimmy.

»Ich hole Sie morgen am Fish Quay ab, wenn Sie wollen.« Er nickte James zu. »Am besten kommen Sie auch mit. Einige von den Leuten dort sind ziemlich brutal.«

»Ich werde kommen«, sagte James und runzelte die Stirn. »Wir werden ungefähr um neun Uhr da sein.«

Jimmy nickte und nahm seine Fackel. »Ich kann jetzt sofort nach Haus gehen«, sagte er, steckte die Münzen sorgfältig in seine zerlumpte Jacke und wandte sich zum Gehen. Dann hielt er plötzlich inne. »Sie kommen doch ganz bestimmt, nicht wahr?« fragte er plötzlich voller Zweifel.

Ich legte ihm eine Hand auf die Schulter und konnte den mageren Knochen und das Schlüsselbein durch die dünne Jacke hindurch fühlen. »Ich verspreche es«, sagte ich. »Ihr könnt auch jederzeit zu mir kommen. Ich wohne bei Mrs. Gibson in der Gay Street Nummer Zwölf. Ihr könnt mich dort aufsuchen. Aber ich werde auf jeden Fall morgen früh zu euch kommen.«

Er nickte. »Bis morgen dann«, sagte er, drehte sich auf dem Absatz um und verschwand im Schatten der eleganten Straßen von Bath. Für die ganz Armen ist es besser, sich unsichtbar zu machen, wenn sie nicht arbeiten.

James nahm meine Hand, und wir gingen schweigend weiter. »Ich werde dich um Viertel vor neun abholen«, sagte er, als wir vor unserer Pension ankamen. Ich schaute hoch. Durch die Fensterläden vor dem Schlafzimmer meiner Mutter fiel Licht; sie wartete auf mich.

»Danke«, sagte ich, »aber ich könnte auch allein gehen. Jem würde mich dann begleiten.«

James schüttelte lächelnd den Kopf, machte sich aber nicht die Mühe zu antworten. »Du hast es sofort gewußt, nicht wahr?« fragte er. »Ich sah, wie sich deine Augen verschleierten und wie du dann lächeltest, als hörtest du eine Stimme. Du hast ihn sofort erkannt, nicht wahr?«

»Ja«, antwortete ich.

»Das ist eine wunderbare Begabung«, sagte er. »Ein wahrer

Segen für dich.« Er hielt inne, als wäre ihm gerade ein Gedanke gekommen. »Warum sagst du deine Verabredung mit Phillips morgen nicht einfach ab?« schlug er vor. »Es ist vielleicht wichtiger, wenn du deine Zeit mit den Kindern von Wideacre verbringst.«

»Ja, das müßte gehen.« Ich zögerte. »Hoffentlich macht es ihm nichts aus«, sagte ich. »Und dann meine Mutter ...«

James trat ein paar Schritte zurück und sah mich mit seitlich geneigtem Kopf an. Er lächelte. »Vielleicht sollte ich das gar nicht vorschlagen«, sagte er ein wenig boshaft, »aber wäre es sehr schlimm, wenn du einfach mal schwänzen würdest? Wenn deine Mutter morgen krank ist, dann wird sie nicht mit dir zu Dr. Phillips gehen wollen. Du kannst ja dann hinterher erzählen, daß du gar nicht da warst, und ihr erklären, warum.«

»Mr. Fortescue!« rief ich aus. »Das wäre aber ziemlich unehrlich.«

»Ja«, gab er sofort zu.

»Und sehr bequem«, ergänzte ich. »Ich werde morgen früh entscheiden, was ich tun soll. Auf jeden Fall kannst du mich morgen um Viertel vor neun abholen.«

Er verbeugte sich und lächelte, weil meine Stimme so entschieden klang. Ich war ihm plötzlich sehr dankbar dafür, daß er mich so gut verstand und daß er Jimmy gegenüber den richtigen Ton gefunden hatte, und reichte ihm beide Hände.

»Gute Nacht, James«, sagte ich.

»Gute Nacht, Julia«, erwiderte er.

Dann ließ mich die verschlafene Meg zur Tür herein, und ich schlich nach oben in mein Zimmer. Nachdem ich noch ein paar Zeilen an Ralph geschrieben hatte, fiel ich in mein Bett und schlief so tief und fest, als wäre ich zu Hause.

Am Morgen wimmelte der Fish Quay von Frauen, die für die Pensionen und Restaurants von Bath die Fische einkauften, und manchmal sah man dort auch einige sehr ungewöhnlich aussehende Herren, die James und mich voller Erstaunen von oben bis unten betrachteten. In der Straße herrschte reges Leben; die Händler schrien ihre Gebote heraus und priesen ihre Waren an, Fischer ließen ihre großen Kisten auf die Pflastersteine niederkrachen, und Fischweiber schwenkten ihre Körbe hin und her und banden Musselintücher darüber. Aber zumindest war es dort hell und roch nur nach alten, faulenden Fischen.

Die Straßen dahinter, wohin Jimmy uns führte, stanken nach Fisch, Erbrochenem und Exkrementen. Der Boden war mit Schleim bedeckt, und Abwasserrinnsale flossen im Rinnstein zu kleinen, von Abfallhaufen gestauten Seen zusammen. Es gab dort kein Pflaster und keine Pflastersteine. Der Weg war ein bloßer Schlammpfad, übersät mit Unrat und Müll, den die Leute aus den Fenstern geworfen hatten. Es war so dunkel, als sei die Dämmerung schon hereingebrochen, denn die beiden Häuserreihen standen sich ganz nahe gegenüber. Hier wehte kein Hauch. Ich hatte meine Röcke mit beiden Händen zusammengerafft, damit die Säume nicht im Unrat schleiften, und James hielt mich fest am Arm. Als wir den Weg entlanggingen, konnten wir aus jedem Haus, aus jeder Tür und aus den offenen, gardinenlosen Fensterhöhlen das Weinen und Schreien der Babys und das Stöhnen der Alten und Kranken hören, und ebenso die endlosen Streitereien derjenigen, die noch genügend Atem und Energie übrig hatten, Wut und Zorn zu empfinden und nicht nur stumme Verzweiflung.

Jimmy warf einen Blick auf James' finsteres Gesicht. »Das war das beste, was wir uns leisten konnten«, sagte er entschuldigend. James nickte; er war nicht im mindesten überrascht.

Wir waren erst wenige Schritte gegangen, und schon begannen sie, uns zu folgen. Zuerst hatten sie uns von den Türen und Fenstern aus nachgeschaut, aber dann kamen sie hinterher: leise und dumpf murmelnde Menschen, die so aussahen, als wollten sie uns in die Enge treiben, steinigen oder ausrauben. Der Griff an meinem Arm lockerte sich, und James und Jimmy tauschten einen Blick.

»Wir sind fast dort«, sagte Jimmy ängstlich. »Ich hätte Sie nicht bitten dürfen zu kommen.«

Ich wollte sagen, daß es mir nichts ausmachte. Wenn die Kinder von Wideacre hier wohnten, dann gehörte ich in gewisser Weise auch hierher. Aber der Gestank hatte mir die Sprache verschlagen, und ich fühlte mich gar nicht mehr tapfer und entschlossen. Mir war übel, und ich wünschte mir aus tiefstem Herzen, ganz weit fort zu sein.

»Hier«, sagte Jimmy plötzlich und blieb stehen.

Dort war kein Eingang, sondern nur ein Parterrefenster. Jemand hatte aus einer Holzplanke eine kleine Brücke dorthin gebaut, aber die Planke war jetzt fast überflüssig; es war so viel Schmutz und Unrat vor das Fenster geworfen worden, daß man, wenn man einen robusten Magen und feste Stiefel hatte, vom Weg aus direkt auf das Fenstersims steigen konnte.

»Paß auf, daß du nicht ausrutschst«, sagte James, ging voran und hielt mir, als er die Planke halb emporgestiegen war, seine Hand hin. Wir sprangen beide in das Zimmer hinein, und ich hörte, als wir auf den Boden polterten, irgendein Tier davonhuschen. Ich blinzelte in die Dunkelheit hinein. Nachdem sich meine Augen daran gewöhnt hatten, konnte ich in dem Zimmer vier Menschen erkennen.

Ein Mädchen, etwa in meinem Alter, lag auf einem alten Umhang auf dem Boden. Sie war mit einem schmutzigen Mantel zugedeckt. Neben ihr stand ein Blechbecher. Ihr Haar, das gewaschen vielleicht kupferfarben gewesen wäre, hatte sich aufgelöst und hing strähnig herunter. Ihre Augen waren schwarz geschminkt und von Schlaf verkrustet. Sie war so dünn, als stünde sie nahe davor zu verhungern.

»Dies ist Julie«, erklärte Jimmy, und jedermann konnte die Liebe und den Stolz in seiner Stimme hören.

»Hallo«, sagte ich leise. »Ich bin Julia Lacey.« Als ich mich vorstellte, wurde mir deutlich, daß wir denselben Namen hatten. Sie war wahrscheinlich ein Jahr jünger als ich, und sie war nach mir benannt worden. Sie richtete sich auf einem Arm auf und sah dann mit müdem Blick zuerst James Fortescue und dann mich an. »Ja«, sagte sie, »Jimmy hat uns erzählt, daß Sie kommen würden. Ich habe es nicht geglaubt.« Sie griff nach dem Blechbecher und trank einen Schluck daraus.

»Dies ist Nat«, sagte Jimmy.

Ein Junge, so schwarz wie ein Negersklave, stand auf und kam auf uns zu. Er war ein wenig größer als Jimmy, mußte aber etwa im selben Alter sein. In dem dunklen Zimmer konnte ich kaum sein Gesicht erkennen; alles, was ich sehen konnte, waren seine glänzenden, leuchtend blauen Augen, die in dem rußgeschwärzten Gesicht sehr hell aussahen.

»Er ist der Bursche eines Schornsteinfegers«, sagte Jimmy. »Er kann nicht sprechen, weil er so viel Ruß im Hals hat. Er hat seine Stimme verloren – im letzten Winter war das, nicht wahr, Nat?« Der Junge nickte heftig. Eine Rußwolke stieg aus seinem dichten Haarschopf empor. »Aber er wird zu groß«, sagte Jimmy. »Er kann jetzt nicht mehr den Schornstein hinaufklettern, wie er sich auch drehen und wenden mag. Und bald wird er gar keine Arbeit mehr haben. Ohne Stimme kann er dann nicht einmal mehr betteln gehen.«

Nat nickte noch einmal und wandte sich dann zu einem Haufen Papier auf dem Fußboden. Es waren alte Zeitungen, und ich dachte einen Moment lang, daß er uns irgendeinen Artikel zeigen wollte. Aber er wühlte sich in den Haufen hinein, und mir wurde plötzlich klar, daß dies seine Schlafstelle sein mußte. Er kam mit einem kleinen Gegenstand wieder hervor, den er in seiner rußgeschwärzten Hand hielt, und bot ihn mir an.

»Das ist ein Feuerstein«, erklärte Jimmy. »Als sie ihn aus Acre wegholten, hat seine Mutter ihm einen Feuerstein vom Gemeindeland mitgegeben, damit er sich immer an seine Heimat erinnert. Kennen Sie solche Feuersteine, Miss Lacey? Feuersteine wie diese, die vom Gemeindeland kommen?«

Ich umschloß den scharfen, kleinen Stein ganz fest mit der Hand, um die Tränen aus meinen Augen und meiner Stimme zu vertreiben. »Ja«, sagte ich. Der Stein war außen weiß wie eine Muschel und innen dunkelkarmesinrot und glänzend: ein wunderschöner Glücksbringer. Ich gab ihm das Andenken vorsichtig zurück. »Wie heißt seine Familie?« fragte ich.

»Er ist der Sohn von Tom Brewer«, antwortete Jimmy. »Sein Vater hat früher in den Brauereien von Midhurst gearbeitet, bevor sie ihn entlassen haben. Lebt die Familie immer noch in Acre?«

Ich schaute zu Nat hinüber. Er blickte unbewegt vor sich hin, als hätte er schon vor langer Zeit gelernt, daß er und seine Familie keine andere Wahl hatten, als sich den staatlichen Autoritäten zu unterwerfen.

»Ja, die Brewers wohnen noch dort«, sagte ich. Ich erinnerte mich an die Hütte unter dem fallenden Kirchturm. »Sie bekommen in Acre ein neues Cottage. Es wird gerade jetzt gebaut. Und du hast noch zwei kleine Schwestern und einen Bruder dazubekommen.«

Er nickte: Die Nachricht war für ihn zwar recht interessant, aber nicht gerade sensationell.

Plötzlich bemerkte ich, daß sich in der Ecke des Zimmers irgend etwas bewegte.

»Das ist Rosie Dench«, sagte Jimmy. »Sie ist schon wieder krank.«

Ich näherte mich vorsichtig dem Häufchen auf dem Fußboden. An Rosies Kopfende, auf einem Stück leuchtend weißen Stoffes, strahlend sauber in diesem schmutzstarrenden Zimmer, lag ein Paar Handschuhe, edel bestickt, mit einer großen, voll erblühten, pinkfarbenen Rose, die sich um das Handgelenk und die Finger des Handschuhs herumwand. Eine so schöne Stickerei hatte ich in meinem ganzen Leben noch nicht gesehen.

»Was ist das?« fragte ich. »Es ist wunderschön.«

»Es ist meine Arbeit«, antwortete sie heiser. Sie hob ihren Kopf ein wenig von dem Tuch empor, auf dem sie lag. Ihr Gesicht war sehr blaß und ihr Mund rot von einem Ausschlag.

»Wenn das Licht ein wenig heller ist, dann kann ich weiterarbeiten. Mrs. Williams läßt sie in ihrem Hutmacherladen verkaufen. Ich bekomme viel Geld dafür, weil ich das Muster selbst entwerfe. Es braucht nicht vorgezeichnet zu werden.« Sie konnte vor Husten nicht weitersprechen und drehte ihren Kopf von dem fleckenlosen Tuch und dem exquisit schönen Handschuh fort. Im Dämmerlicht konnte ich erkennen, daß sie dunklen Auswurf in einen Lumpen hineinspuckte.

»Ich kenne den Laden«, sagte ich. Ich hatte ihn zu teuer gefunden, und meine Mutter und ich waren woanders hingegangen, um Handschuhe zu kaufen. Bestickte Handschuhe waren bei Mrs. Williams für fünf Pfund das Paar angeboten worden. »Damit könnte man einen Monat lang das Futter für zwei Pflugpferde bezahlen«, hatte ich protestiert. Meine Mutter hatte gelacht, aber dann hatten wir doch unsere Handschuhe in einem billigeren Laden gekauft.

»Fünf Schilling bezahlen sie mir dafür!« sagte Rosie voller Stolz. »Fünf ganze Schillinge. Und wenn das Licht gut ist, kann ich in drei Wochen ein Paar schaffen.«

Ich schwieg. Ich sagte kein Wort. Mein Blick glitt von dem bildschönen Handschuh hinüber auf das weiße Gesicht des Mädchens von Acre, und plötzlich sah die aufgestickte Rose überhaupt nicht mehr schön aus. Sie sah aus wie ein häßliches Unkraut, das sich auf dem Handschuh breitmachte und sich von ihrer Blässe, ihrem Hunger und ihrer schlechten Gesundheit ernährte.

»Gehörst du zur Dench-Familie?« fragte ich leise. »Clary Dench ist eine meiner besten Freundinnen.«

»Ja«, antwortete sie. »Clary ist meine Halbschwester. Sie und ich haben denselben Vater, aber er hat meine Mutter nie geheiratet. Als sie starb, habe ich bei Clarys Mutter gelebt, in der Hütte am Ende des Weges. Aber als Mr. Blithe gekommen ist, mußten sie mich mitgehen lassen. Es gab einfach zu viele Münder zu stopfen. Ich mache ihnen deshalb keinen Vorwurf. Im übrigen hätte er das Gesetz gebrochen. Der Gemeindeverwalter hat gesagt, daß alle Kinder, die er haben wollte, mitgehen müßten.«

»Ich bin gekommen, um euch heimzuholen«, sagte ich. »In Acre ist jetzt alles anders. Die Leute arbeiten wieder. Ralph Megson ist heimgekommen, und er verwaltet für meinen Onkel, John MacAndrew, die Ländereien. Wir werden im nächsten Jahr bei der Ernte gute Gewinne machen – dann bekommen die Dorfleute keine Löhne, sondern einen fairen Anteil an den Profiten. Ich habe gestern abend Ralph Megson geschrieben und ihm erzählt, daß ich Jimmy getroffen hätte. Kann ich ihm heute schreiben, daß ihr heimkommen werdet?«

Sie schaute zur Seite auf die Handschuhe. »Ich müßte sie erst noch fertigmachen«, sagte sie, »aber dann könnte ich heimkommen.«

»Fertigmachen!« rief ich aus. »Ich werde sie einfach für dich zum Laden zurückbringen. Warum solltest du sie fertigmachen, wenn du so krank bist und so schlecht bezahlt wirst?«

»Ich habe Schulden gemacht«, sagte sie.

Ich sah sie verständnislos an.

»Ich muß dies Paar ohne Bezahlung fertigmachen, denn ich mußte von ihnen Geld leihen, weil ich Garn und Nadeln brauchte. Ja, und Stecknadeln auch. Wenn ich die Arbeit nicht fertigmache und zurückbringe, dann werden sie mich wegen Diebstahl einsperren lassen.«

Ich war sprachlos und sah mich nach James um.

»Ich denke, das können wir in Ordnung bringen«, sagte er sanft. »Wenn du möchtest, daß Miss Lacey und ich die Handschuhe wieder zurück in den Laden bringen, dann werden wir deine Schuld begleichen.«

Ich wollte protestieren, aber James warf mir einen finsteren Blick zu.

»Wenn das geht«, sagte sie zögernd.

»Ja, das geht bestimmt«, meinte James mit fester Stimme. »Und wenn die Besitzerin des Ladens – Mrs. Williams, nicht wahr? – enttäuscht darüber ist, eine so gute Stickerin zu verlieren, dann wird das wohl kaum etwas ausmachen, denn du brauchst sowieso nie wieder für sie zu arbeiten. Du wirst mit deinen Freunden auf Wideacre sein.«

Sie nickte und sank auf ihr Lager zurück. Schon zu Anfang unseres Gesprächs war sie sehr blaß gewesen, aber jetzt war sie schneeweiß.

»Also, dann werde ich schreiben«, sagte ich und sah rundherum in alle Gesichter. »Aber während wir auf eine Antwort warten, müssen wir für euch eine bessere Unterkunft finden. Und Rosie sollte zum Arzt gehen.«

Jimmy und Nat sahen mich mit harten, prüfenden Blicken an; sie waren nicht sicher, ob ich mein Wort halten würde.

»Kann ich für euch eine Pension suchen?« fragte ich. Sie nickten wortlos.

»Ich gehe los und suche euch etwas, und dann komme ich hierher zurück. Seid ihr heute nachmittag noch hier?«

»Nat ist bei der Arbeit«, antwortete Jimmy, »aber Rosie und Julie und ich sind hier. Julie und ich, wir arbeiten nachts.«

»Ich komme noch vor dem Abendessen zurück«, versprach ich. »Ich habe euch etwas Geld fürs Frühstück mitgebracht.« Ich hatte mir eine halbe Krone in die Jackentasche gesteckt und wollte sie herausholen. Die Tasche war leer.

James schüttelte resigniert den Kopf. »Ich habe nichts gesehen«, sagte er. »Offensichtlich hat er's schnell gemacht, wer es auch immer gewesen sein mag.« Er betastete die Innentaschen seines Mantels. »Ich habe für alle Fälle auch eine halbe Krone mitgenommen.« Er gab Jimmy das Geld. »Brot«, sagte er. »Und Milch, vor allem für Rosie. Kein Gin heute morgen.«

Jimmy grinste; Nat starrte auf die Münze.

»Wir sind heute nachmittag wieder da«, sagte ich. Ich hob die Handschuhe auf und wickelte sie in das saubere Tuch. Dann ging ich zur Fensterhöhle und über die wackelige Planke hinaus.

Nachdem ich aus dem muffigen, dunklen Zimmer heraus war, erschien mir der Geruch der Straße fast angenehm. Die

Menge, die uns gefolgt war, hatte sich zerstreut. James und ich schauten uns an und gingen durch die Abfälle hindurch dorthin, wo James' Zweispänner und sein Pferdeknecht warteten.

»Wohin zuerst?« fragte James, als er mir in den Sitz hineinhalf und sein Pferdeknecht sich hinter uns schwang. »Eine anständige Herberge oder Mrs. Williams Hut- und Handschuhladen?«

»Die Unterkunft zuerst«, sagte ich. »Ich hätte es gern, wenn es irgendwo hier in der Nähe wäre, damit es den Kindern nicht allzu fremd vorkommt.«

»Wir sind vorhin an einem kleinen Gasthof vorbeigekommen«, sagte James. »Er sah ganz ordentlich aus; es soll ja ohnehin nur für ein paar Nächte sein.«

Er machte mit seinem Zweispänner eine scharfe Kehrtwendung und lenkte ihn zum Gasthof zurück.

»Halt bitte die Zügel, während ich frage, ob es Zimmer gibt!« sagte er, gab mir die Zügel und ging hinein.

Die Sonne schien warm auf die Kutsche herab. Ich schaute auf meine Hände in ihren Handschuhen. Sie zitterten. Ich zitterte vor Wut und Ärger. Ich war wütend, weil das Zimmer so ärmlich war und weil ich wußte, daß es in jedem Haus an jener schmutzigen Straße und in vielen anderen schmutzigen Straßen dieser hübschen Stadt solche Zimmer gab. Ich war wütend, weil jeder exquisite Schal und jeder bestickte Handschuh von jungen Mädchen gemacht wurde, die sich mehr und mehr die Augen verdarben, während sie in schmutzigen, schlecht beleuchteten Zimmern über ihrer Arbeit hockten.

James kam lächelnd heraus. »Das wäre geschafft«, sagte er. Dann sah er mein finsteres Gesicht. »Was ist los?« fragte er. »Du siehst aus wie eine Gewitterwolke.«

»Es sind die Kinder«, antwortete ich. »Die Kinder von Acre. Ich bin so zornig darüber, wie man sie behandelt hat, daß ich kaum sprechen kann.«

James nickte. »Wenn du Jimmy Dart nicht erkannt hättest, dann hätte er sein Leben als Fackelträger verbracht – es sei denn, jemand Stärkerer als er hätte ihn frühzeitig umgebracht. Und die vier armen Kinder hätten für alle Zeiten in jenem schmutzigen Loch wohnen müssen.« Er hielt inne. »Gar nicht so schlecht für sie, deine Hellsehergabe«, sagte er. Er schnalzte den Pferden zu, und wir rollten davon.

Der Laden von Mrs. Williams war in der Milsom Street. James hielt vor dem eleganten Geschäft mit dem blitzenden, weiß-goldenen Zunftzeichen und wartete darauf, daß ich aus der Kutsche stieg.

»Gehst du hinein, um mit ihr zu sprechen?« fragte ich.

»Ich dachte, das wäre deine Sache«, entgegnete er. Ich konnte ein kleines, verstohlenes Lächeln in seinen Augen erkennen, aber sein Gesicht war ernst.

Ich erinnerte mich an Mrs. Williams von dem Tag her, als meine Mutter und ich in ihrem Laden gewesen waren. Sie war eine eindrucksvolle Frau, groß gewachsen, mit eisengrauem Haar und einem scharfen, harten Gesicht. Als wir ihre Handschuhe doch nicht kaufen wollten, da hatte sie voller Verachtung eine Augenbraue hochgezogen und der jungen Verkäuferin ein Zeichen gemacht, sie solle die Schachteln wegpacken. Es waren immer eine oder zwei Kundinnen im Laden, die Tee oder Kaffee tranken, und in den Ankleideräumen stand ebenfalls immer eine Kundin, umringt von ein paar Näherinnen, die Maß nahmen. Vor dem Durchgang zur Nähstube im Hinterraum hing nur ein leichter Musselinvorhang. Die Mädchen hörten plötzlich auf zu schwatzen, wenn eine Kundin hereinkam, und lauschten den Gesprächen.

Ich verlor allen Mut. »Bitte mach du es doch, James«, sagte ich. »Ich werde mit dir hineingehen, aber ich kann nicht mit ihr reden. Ich könnte es nicht ertragen, wenn sie eine Szene machen würde.«

»Na gut«, sagte er geduldig und bedeutete seinem Pferdeknecht mit einem Nicken, er solle sich um die Pferde kümmern.

Das Silberglöckchen über der Tür klingelte, als wir eintraten, und eine der Verkäuferinnen kam mit einem gezwungenen Lächeln auf uns zu, das allerdings etwas freundlicher wurde, als sie James erkannte.

»Mr. Fortescue!« rief sie aus. »Wie wunderbar! Und Miss ... Miss Lacey! Ich werde Mrs. Williams rufen; sie möchte Sie sicher gern selbst bedienen.« Sie zog den Vorhang zum Arbeitsraum beiseite und rief einem der Mädchen in scharfem Ton etwas zu. »Clarinda! Hol Mrs. Williams, bitte. Sag ihr, daß Mr. Fortescue und Miss Lacey gekommen sind.«

Sie ließ den Vorhang offen, und ich wußte, daß alle Näherinnen mich anstarrten. Ich hatte über mein schlichtestes Kleid meinen ältesten Umhang geworfen, denn für den Besuch in Jimmys Unterkunft hatte ich nicht allzu elegant aussehen wollen. Jetzt wurde ich feuerrot, weil ich in dem vornehmen, mit blauen Teppichen ausgelegten Laden äußerst schäbig wirkte. Ich wußte, ohne hinunterzuschauen, daß der Saum meines Kleides naß und schmutzig war, und ich fürchtete, daß der Geruch der Gasse dort unten hinter dem Fish Quay noch an mir haftete.

Eine Dame, die ich nicht kannte, saß mit ihrer Tochter auf den goldweißen Stühlen in der Ecke des Ladens. Sie hob ihre Lorgnette vor die Augen und betrachtete mich prüfend, von der schlichten Haube bis hinunter zu den schmutzigen Stiefeln. Dann beugte sie sich zu ihrer Tochter hinüber und flüsterte irgend etwas hinter vorgehaltener Hand. Beide lachten.

Mrs. Williams kam strahlend durch die Seitentür herein. »Mr. Fortescue! Welch eine Freude. Wie geht es Mrs. Fortescue? Und Ihren Schwestern? Bitte grüßen Sie sie von mir.«

James verbeugte sich.

»Und Miss Lacey!« sagte sie, während sie mich betrachtete und versuchte, die Fußspuren zu übersehen, die ich auf dem dicken blauen Teppich zurückgelassen hatte. »Wie nett, Sie wiederzusehen. Was kann ich denn heute für Sie tun?«

Ich zögerte und warf James einen Blick zu. Er schaute mich an. Ich war erleichtert, daß es seine Stimme sein würde, die

die Mädchen im Hinterzimmer zu hören bekämen, und seine Worte, die die elegante Dame, die über meinen schmutzigen Unterrock gelacht hatte, in jedem vornehmen Empfangsraum von Bath weitererzählen würde. Ich brauchte mich nur noch hinter ihn zu stellen und zustimmend zu nicken.

»Miss Lacey hat etwas mit Ihnen zu regeln«, sagte James höflich. Er drehte sich zu mir um, legte seine Hand in mein Kreuz und schubste mich leicht nach vorn. Dann trat er ein paar Schritte zurück, und ich stand allein vor Mrs. Williams. Das Lächeln auf ihrem Gesicht gefror.

»Ich bin gekommen, um dies hier zurückzugeben«, brachte ich tapfer, aber mit sehr leiser Stimme hervor und reichte ihr das Paket mit der halbfertigen Arbeit.

Mrs. Williams runzelte verdutzt die Stirn und gab das Päckchen an ihre Verkäuferin weiter; das Auspacken war offensichtlich unter ihrer Würde.

Die Frau öffnete das Paket und hielt einen Handschuh in die Höhe. Mrs. Williams schaute mich verständnislos an und wartete auf eine Erklärung.

»Es tut mir leid«, sagte ich, »aber das Mädchen, das die Handschuhe genäht hat, ist krank geworden; sie sollte überhaupt nicht mehr arbeiten. Ich habe deshalb die Handschuhe zurückgebracht.«

»Außerordentlich freundlich von Ihnen«, kommentierte Mrs. Williams mit eisiger Stimme.

»Sie kommt aus dem Dorf, das zu meinem Landbesitz gehört«, sagte ich mit leicht zitternder Stimme. Ich bemerkte, daß die Mädchen in den Arbeitszimmern ihre Arbeit niedergelegt hatten, sich in den Türrahmen drängten und mich mit scharfen, unfreundlichen Augen ansahen. »Ich möchte, daß sie bald heimfährt. Sie wird nicht wieder für Sie arbeiten können.«

Mrs. Williams senkte den Kopf. »Leider hat sie Schulden bei uns gemacht«, sagte sie mit seidenweicher Stimme. »Leider hatte ich ihr eine wertvolle Arbeit anvertraut, die ich reklamieren und zurückgeben mußte. Ich verlange allerbeste Qualität, da meine Kunden aus den höchsten Kreisen kommen. Leider kann ich sie nicht aus dem Vertrag mit mir entlassen, bis sie ihre Schulden zurückgezahlt hat.«

»Wieviel?« fragte ich.

Mrs. Williams seufzte, als bereitete ich ihr unendlich viele Umstände, und die junge Dame in dem Ausgehkleid kicherte laut heraus. Ihre Mutter schaute zu ihr hinüber und legte eine Hand vors Gesicht, um ihr eigenes Lachen zu verbergen.

»Mrs. Foster?« fragte Mrs. Williams müde.

Die Verkäuferin griff in eine große Schublade unter der Kasse und zog das Hauptbuch hervor. Absichtlich langsam blätterte sie eine und dann eine weitere Seite um. »Der Name der jungen Person?« fragte sie mich.

»Rosie Dench.«

Mrs. Williams schaute zu der sitzenden Dame und ihren beiden Töchtern hinüber.

»Liebste Lady Querry, ich muß mich bei Ihnen entschuldigen. Gewöhnlich verhandele ich mit Arbeitssuchenden am Händlereingang und nur nach Verabredung. Miss Lacey ist nun einfach während der Öffnungszeiten zum Kundeneingang hereingekommen. Ich bedaure es zutiefst, daß Sie aufgrund dieser verwickelten Nachforschungen Zeit verlieren. Gibt es sonst noch etwas, was ich für Sie tun kann?«

»Wir würden uns gern noch ein paar Halstücher ansehen«, antwortete Lady Querry. Mrs. Williams nickte der anderen Verkäuferin zu, und sie zog eine Schachtel mit schönen, bestickten Halstüchern hervor. Ich wußte, daß Lady Querry und ihre Töchter ihr Fortgehen nur hinauszögern wollten, um sich über meine Verlegenheit zu amüsieren. Ich schaute mich nach James um. Er hatte sich auf einen Stuhl an der Tür gesetzt, wartete mit verschränkten Armen und sah aus, als hätte er überhaupt nichts mit mir zu tun. Ich warf ihm einen hilfesuchenden Blick zu, aber er lächelte nur sehr höflich, als hätten wir abgemacht, daß er mich in den Laden fahren sollte, damit ich dort irgendeine private Angelegenheit erledigte.

»Dench ist vierundsechzig Schilling schuldig«, sagte Mrs. Foster schleppend. »Und wenn sie diese Handschuhe verpfuscht zurückgibt, dann macht das, glaube ich, acht Pfund und vier Schilling.«

»Verpfuscht!« rief ich aus. »Sie sind wunderbar bestickt, nur nicht ganz fertig!«

»Unfertige Arbeit nennen wir ›verpfuscht‹«, sagte Mrs. Foster, den Blick fest auf das Hauptbuch gerichtet. »Es ist sehr schwierig, Miss Lacey, flatterhafte junge Mädchen dazu zu bewegen, eine angefangene Arbeit auch zu Ende zu bringen. Wir müssen eine Art Strafgeld einführen, um sie an Selbstdisziplin und Verantwortungsbewußtsein zu gewöhnen. Ich hoffe, daß Sie es sich gut überlegt haben, wenn Sie Dench dazu ermutigen, ihre Arbeit einfach hinzuwerfen.«

Ich holte tief Atem und sah mich nach James um. Er schaute aus dem Fenster auf seine Pferde. Die Töchter von Lady Querry beugten sich tiefer über die Schachtel mit Halstüchern und versuchten, ihr Kichern zu unterdrücken.

»Ich denke, dies ist wohl nicht der richtige Ort und der richtige Moment«, meinte Mrs. Williams herablassend. »Für mich ist der *Ton* so *außerordentlich* wichtig. Ich kann es einfach nicht zulassen, in meinem eigenen Geschäft beleidigt zu werden, Miss Lacey! Verzeihen Sie, aber dürfte ich Sie bitten, Dench zu mir zu schicken, und zwar zum Hintereingang und mit dem Geld, das sie mir schuldet, oder mit den fertigen Handschuhen? Sie ist ohnehin mit der Arbeit in Verzug.«

Ich hörte die Näherinnen im Hinterzimmer laut lachen.

»Wollen Sie noch irgend etwas kaufen, Miss Lacey?« fragte Mrs. Williams mich scheinheilig.

Als ich schwieg, sprachlos vor Wut und versteinert vor Scham darüber, wie man mich behandelte, nickte sie Mrs. Foster zu. Diese klappte das Hauptbuch zu, rauschte hoch erhobenen Hauptes an mir vorbei und hielt die Tür für mich auf.

Ich fühlte, daß mein Gesicht brannte. Lady Querry und ihre beiden Töchter hatten ihr geheucheltes Interesse für die Halstücher vergessen und starrten mich unverhohlen an. James war aufgestanden und bereit, mich ohne ein weiteres Wort hinauszubegleiten. Ich machte zwei Schritte und drehte mich dann auf dem Absatz um.

»Nein!« rief ich, und während ich sprach, spürte ich, wie ein gewaltiger Zorn in mir aufstieg. Ich war nicht mehr das gesittete junge Mädchen von Bath. Ich war die Erbin der Laceys, ich war eine Lacey von Wideacre. Und diese arrogante Frau hatte jemanden aus *meinem* Dorf schlecht behandelt.

»*So* können wir uns nicht einigen«, sagte ich. »Ich bin gekommen, um Ihnen diese Handschuhe zurückzugeben, die Sie zweifellos irgendeinem anderen armen Mädchen zum Fertigsticken geben und dann zu einem Wucherpreis verkaufen werden. Und ich habe mir die Mühe gemacht, vorbeizukommen und Ihnen persönlich mitzuteilen, daß Rosie Dench nicht länger für Sie arbeiten wird. Und wenn es in meiner Macht stünde, dann würde *überhaupt* kein junges Mädchen mehr für Sie arbeiten. Sie bezahlen einen Lohn, der die Mädchen gerade eben am Leben erhält, und dann zwingen Sie sie, die Stoffe von Ihnen zu kaufen, und lassen sie Strafgebühren bezahlen, damit sie sich immer mehr verschulden und nirgendwo anders arbeiten können. Rosie Dench spuckt Blut in irgendeinem schmutzigen Zimmer und versucht, im Dämmerlicht für Sie Handschuhe zu nähen. Sie werden mir wohl kaum etwas über den *Ton* und die guten Sitten erzählen können. Sie sind nichts Besseres als eine Madame in einem Bordell!«

Lady Querry stieß bei dieser Beleidigung einen leisen Schrei aus, und Mrs. Williams machte ein paar Schritte zur Tür.

»Sie sollten besser gehen!« zischte sie.

»Ich bin schon dabei«, erwiderte ich. »Und ich werde nicht zurückkommen, und Rosie Dench auch nicht. Und wenn ich hören sollte, daß Sie Rosie als Diebin bezeichnen oder daß Sie mit einem einzigen Wort diese lächerliche Schuldsumme erwähnen, dann werde ich jedermann sagen, daß Sie nichts anderes als eine Sklavenausbeuterin sind. Ich werde allen erzählen, wie es um Rosie stand, als ich sie gefunden habe. Und ich werde sagen, daß Sie ihr fünf Schilling für wunderbar bestickte Handschuhe gegeben haben, die Sie dann selbst für fünf Pfund verkaufen. Und ich werde das so lange weitererzählen, bis ich Sie schließlich sehr viel mehr kosten werde als nur acht Pfund und vier Schilling an verlorener Ware. Ich werde es so lange weitererzählen, bis Sie ruiniert sind.«

Ich trat auf Lady Querry zu, die mit offenem Munde dasaß und zu verstehen suchte, was ich gesagt hatte. »Und wenn Sie Ihren Freundinnen all dies weitererzählen, gnädige Frau, dann vergessen Sie auch nicht, hinzuzufügen, daß ihre Handschuhe, Strümpfe und Halstücher in schmutzigen Zimmern genäht werden, und zwar von Mädchen, die unter Schwindsucht und Pocken und Fieber leiden. Daß die Tücher, die sie kaufen und auf ihrer Haut tragen, überall von Mädchen berührt worden sind, die wunde Stellen an den Händen haben. Daß sie ihnen zu einem so hohen Preis weiterverkauft werden, daß alle jungen Mädchen gesund gemacht und ernährt werden könnten, wenn sie auch nur die Hälfte des Geldes zu sehen bekämen.«

Dann wandte ich mich abrupt ab, ging mit langen Schritten zur Kutsche und kletterte zum Sitz hinauf, vor Ärger noch immer zitternd und den Kopf voller ängstlicher Gedanken, die ich noch hatte aussprechen wollen. Wutentbrannt sah ich, daß James vor Lady Querry und sogar vor Mrs. Williams eine tiefe Verbeugung machte.

»Einen schönen Tag wünsche ich Ihnen, meine Damen«, hörte ich ihn mit freundlicher Stimme sagen, und dann schlenderte er gelassen zum Zweispänner, kletterte auf den Kutschbock und nahm die Zügel.

Ich sagte kein Wort, bis er nach links in die George Street eingebogen war.

»Warum hast du einfach nur dagesessen?« zischte ich ihn an. »Du hast gesagt, *du* würdest mit ihr sprechen, und dann hast du alles mir überlassen. Ich habe mich wie eine Idiotin gefühlt; alle haben über mich gelacht, und du hast nichts, überhaupt nichts dagegen getan! Und dann hast du ihnen einen ›Schönen Tag‹ gewünscht, als wir fortgegangen sind.

›Schönen Tag, meine Damen!‹ Meine Damen! Was hast du dir dabei gedacht!?«

James ließ eine Sänfte passieren, bevor wir den Hügel hinauf auf die Gay Street zurollten. »Ich wollte sehen, wie du es anstellst«, sagte er. »Ich wollte sehen, wie du dich durchsetzt.«

»Was?« schrie ich wütend.

»Ich wollte sehen, wie du als Squire sein wirst«, sagte er. Er brachte das Pferd zum Stehen, kam vom Kutschbock herunter und trat neben die Kutsche, um mir herunterzuhelfen. Ich kletterte allein hinab und stieß ihn zur Seite. Ihn niederschlagen und über ihn hinwegsteigen – das hätte ich am liebsten getan. Er schien mir einer jener vollkommen gefühllosen Adligen zu sein, die wie Lady Querry überhaupt nichts ernst nahmen. Ich würde ihm nie, *niemals* verzeihen, daß er »Einen schönen Tag, meine Damen« gesagt hatte.

Ich stürmte die Stufen hinauf und konnte, da meine Augen voller Tränen standen, kaum den Türklopfer erkennen. James griff über meine Schulter hinweg an den Klopfer.

»Ich wollte dich etwas fragen«, sagte er, während wir darauf warteten, daß Meg uns die Tür öffnete.

Ich blitzte ihn wütend an: Er sollte wissen, daß er von jetzt an keine höfliche Antwort mehr von mir bekommen würde.

»Willst du mich heiraten, Julia?« fragte er.

Ich traute meinen Ohren nicht. »Was hast du gesagt?« fragte ich.

»Ich habe dich gebeten, mich zu heiraten«, wiederholte er. Ich hörte jemanden im Haus die Treppe herunterkommen und die Eingangstür öffnen. Ich kochte noch immer vor Wut über Lady Querry, über Mrs. Williams und ihren ekelhaften Laden, über die Verkäuferinnen und die ganze ungerechte Grausamkeit der Welt der Vornehmen und Reichen. Aber vor allem war ich unglaublich wütend auf James Fortescue, der mir versprochen hatte, mit Mrs. Williams zu sprechen, und mich dann zwang, mit der Besitzerin des elegantesten Modegeschäftes und der größten Klatschbase in Bath allein fertigzuwerden.

Meg öffnete die Tür, machte einen Knicks und hielt sie für mich offen.

Ich drehte mich zu James um und reichte ihm, noch immer bebend vor Wut, meine Hand. Er nahm meine Finger und führte sie an die Lippen. Ich konnte die Wärme seines Kusses durch den Handschuh hindurch spüren. In seinen Augen strahlte ein warmes Lächeln.

»Nicht böse sein«, bat er und achtete dabei nicht auf Meg und die Leute auf der Straße, die uns neugierig beobachteten. »Sei nicht böse. Ich liebe dich zu sehr, als daß ich dich wirklich wütend machen wollte. Ich wollte sehen, ob du es schaffst, mit der alten Williams fertig zu werden. Denn du mußt dich auch mit Dr. Phillips auseinandersetzen und vielleicht sogar mit deinem Onkel und deinem Cousin. Aber ich verspreche dir, *dabei* werde ich dir wirklich helfen. Bei der Gelegenheit werde ich dich *nicht* allein lassen. Willst du mich heiraten, Julia?«

Ich fühlte, wie der Ärger von mir abfiel, als sei ich das sanftmütigste Mädchen der Welt. Ich vergaß, daß Meg uns ansah und daß einige Passanten von der Straße zu uns herüberblickten. Zärtlich legte ich meine Hand an seine Wange.

»Ja«, sagte ich einfach. »Ja, das will ich.«

16

»Ihre Mutter ist in ihrem Schlafzimmer«, sagte Meg. »Sie hat nach Ihnen gefragt, nachdem Sie allein zum Arzt gegangen sind.«

»Ich gehe hinauf«, sagte ich.

»Wahrscheinlich hat sie die Kutsche draußen gehört«, betonte Meg warnend. Ich drehte mich zu ihr um. Sie lächelte, da sie meinte, mich bei einer heimlichen Liebelei ertappt zu haben.

»Danke, Meg«, sagte ich streng. »Das wäre dann alles.«

Ich wartete, bis sie ihren Knicks gemacht und zur Küche hinübergegangen war; dann klopfte ich an die Tür zum Schlafzimmer meiner Mutter.

Sie sah schlecht aus. Ich glaube, in meiner ganzen Kindheit hatte ich sie nicht mehr als zweimal krank gesehen. Obwohl sie so zart erschien, war sie im Grunde sehr robust, und ich konnte mir kaum vorstellen, daß sie einmal unter Erkältung oder Fieber leiden könnte, nachdem sie Richard und mich bei so vielen Kinderkrankheiten gesund gepflegt hatte.

Aber jetzt lag sie ganz blaß im Bett; ihre Hände und ihre Stirn waren sehr heiß und trocken, und sie wälzte sich unruhig auf ihrem Kissen hin und her.

»Bleib ganz still liegen, Mama«, sagte ich und ging zum Klingelstrang. »Ich werde dir ein kaltes Getränk bestellen, und ein wenig warmes Wasser, um die Stirn damit abzuwischen. Und ich lasse einen Arzt holen, damit er dich untersucht.«

»Oh, du bist es«, sagte sie erleichtert. »Wie lange du heute bei Dr. Phillips gewesen bist!«

In diesem Moment hätte ich ihr beichten sollen, daß ich an diesem Morgen ganz woanders gewesen war, aber sie erschien mir so schwach und krank, daß ich ihre Bemerkung einfach überhörte. Ich half ihr, sich im Bett aufzusetzen, wendete die

Kissen und nahm eine der Wolldecken vom Bett; dann ging ich zur Tür und bat Meg, die Dinge zu bringen, die ich brauchte. Danach schickte ich den Diener nach dem besten Arzt von Bath.

Er kam wenig später, legte die Hand auf die Stirn meiner Mutter, sah ihr in die Augen und fragte, wie sie sich fühle. Er lächelte und sagte sanft und beschwichtigend, ihr Hals sei zwar entzündet und sie würde sich etwa eine Woche lang wirklich sehr krank fühlen, danach wäre sie aber bald wieder gesund. Er gab ihr etwas Laudanum und ließ ihr eine kleine Flasche Medizin gegen die Schmerzen und zum Einschlafen da, und er empfahl Zitronentee mit einem kleinen Schuß Cognac darin.

Sobald er gegangen war, schrieb ich James eine Notiz und bat ihn, wenn möglich zu kommen. Ich schrieb auch an Mrs. Densham eine Karte, in der ich mich für unsere Abwesenheit beim Kartenabend mit anschließendem Abendessen an jenem Tag entschuldigte. James hatte von dem Diener gehört, daß meine Mutter krank sei. »Das überlaß nur mir«, sagte er freundlich. »Ich werde Jimmy Dart und die anderen aufsuchen und ihnen helfen, in die Pension umzuziehen. Ich gebe ihnen etwas Geld, und ich lasse die Wirtin des Gasthauses einen Arzt für Rosie holen. Bleib du nur hier und kümmere dich um deine Mutter; ich komme auf dem Heimweg noch einmal vorbei und erzähle dir, wie es mir ergangen ist.«

»Oh, danke, James«, sagte ich und streckte ihm meine Hand hin. »Ich wußte, daß du das tun würdest. Es ist sehr freundlich von dir, dich um die Kinder zu kümmern.«

Er lächelte. »Natürlich interessieren mich die Kinder. Aber ich glaube, ich bin noch mehr an dir interessiert, Julia Lacey. Ist deine Mutter so krank, daß du nicht mit ihr über uns sprechen kannst? Ich würde gern so bald wie möglich mit ihr sprechen.«

»Willst du um meine Hand anhalten?« fragte ich neckend. »Es scheint, daß du dir damit ziemlich lange Zeit gelassen hast!«

Er legte den Arm um meine Taille, zog mich zu sich heran und hob zärtlich mit der anderen Hand mein Kinn empor. »Oh, mein Liebling, du bist sehr, sehr dumm!« sagte er leise. »Ich habe deine Mutter schon vor einer Woche um Erlaubnis gebeten! Und ich habe meinen Eltern gesagt, ich würde dir einen Heiratsantrag machen, sobald deine Mutter etwas aus Wideacre gehört und ihre Zustimmung gegeben hätte. Sie hat mir gestern abend, als ich sie zu ihrer Sänfte brachte, erzählt, daß sie dir ganz allein die Entscheidung überließe.«

»Oh!« sagte ich verdutzt. »Sie hat mir nichts davon gesagt.«

»Nun, du weißt doch, daß sie alle ein wenig verrückt sind«, meinte James. »Sie wollen wissen, ob du ein normales junges Mädchen sein kannst oder nicht. Und sie denken, daß du nicht auf Wideacre wohnen solltest, weil du dort von Träumen und Visionen und Schreckgespenstern verfolgt wirst. Ich glaube, sie haben gedacht, du würdest mich zurückweisen.«

»Ich würde es schrecklich finden, Wideacre ganz und gar zu verlassen«, sagte ich plötzlich voller Angst, daß James vielleicht gern in seiner Heimatstadt Bristol wohnen wollte.

»Ich wüßte nicht, warum du es verlassen solltest«, meinte James. Er setzte sich auf ein Sofa am Kamin und zog mich zu sich heran, damit ich neben ihm Platz nähme. »Ich werde ziemlich viel Geld erben, und es wird mir ausbezahlt, wenn ich heirate. Warum können wir deinem Cousin nicht seinen Anteil auszahlen und auf Wideacre leben? Es würde mir sicher gefallen, ein Country Squire zu sein, wenn Acre so ist, wie du es mir immer beschreibst.«

»Das würde nicht gehen!« rief ich aus, denn ich erinnerte mich an Richards leidenschaftliche Liebe zum Herrenhaus und, mit einem leichten Unbehagen, an unser kindliches Versprechen, daß wir heiraten und dort zusammenleben würden.

»Wenn dein Cousin sich so wenig aus dem Vieh und der Landwirtschaft macht, dann weiß ich nicht, warum wir ihm nicht sein Erbe für einen guten Preis abkaufen können«, meinte James. »Oder du könntest ihm deinen Anteil des Herrenhauses verkaufen. Wir könnten unser eigenes Haus bauen und deinen Anteil an den Besitztümern von dort aus bewirtschaften.«

Ich sah ihn mißtrauisch an. »Das hast du alles schon geplant!« rief ich vorwurfsvoll. Er zog mich noch ein wenig näher zu sich heran, bis es mir schließlich ganz warm ums Herz wurde. Ich schaute ihn an und lächelte in sein liebevolles Gesicht.

»Natürlich habe ich das«, sagte er. »Du hast doch nicht gedacht, daß ich die schöne Julia Squire von Wideacre einfach mitnehmen und sie in einem Stadthaus in Bristol einsperren würde, nicht wahr? Natürlich möchte ich, daß du auf Wideacre lebst. Und ich werde es dir kaufen.«

»Und der Traum und die Visionen und die Schreckgespenster?« fragte ich leise.

»Wenn du verrückt bist, mein Liebling, dann bin ich der erste, der zu dir ins Irrenhaus zieht«, sagte er beherzt, zog mein Gesicht zu sich heran und bedeckte meine Wangen, meine Augenlider und meine Nase mit kleinen, sanften Küssen. »Denn du ... bist die süßeste ... die klügste und die zornigste ... junge Frau, die ich ... jemals küssen durfte!«

Ich sprang bei diesen Worten auf, rang nach Atem, wurde rot und mußte dann laut lachen. »Oh, das ist schrecklich!« sagte ich. »Und ich bin schrecklich, hier mit dir zu sitzen. Und Sie, Mr. Fortescue, sind überhaupt kein Gentleman!«

»Ich weiß«, gab er finster zu. »Händlerblut, meine Liebe. Wir sind gerade erst den beschränkten Verhältnissen entwachsen, und der Geruch des Krämerladens haftet uns immer noch an!«

»Ja, ganz richtig«, bestätigte ich, »Und jetzt gehst du fort und erledigst, was zu erledigen ist, und kommst nicht wieder, bevor nicht eine von deinen Schwestern dich begleiten kann, um über unsere guten Sitten zu wachen.«

»Sicher werden mir meine Schwestern dafür ewig dankbar sein«, lachte James, als ich ihn aus dem Zimmer hinausschob.

Draußen stand Meg und rieb mit wildem Eifer den Tisch in der Eingangshalle blank.

»Ich werde durchs Schlüsselloch rufen, wenn ich die Kinder von Acre in Sicherheit gebracht habe«, schlug James vor. »Oder dich vor dem Fenster mit einem Ständchen darüber informieren. Alles andere ist mir lieber, als noch einmal mit dir allein zu sein. Kommst du heute zum Abendessen?«

»Nein«, antwortete ich, während Meg herantrat und James den Umhang, den Hut und die Handschuhe reichte. »Ich habe deiner Tante ein Kärtchen geschrieben. Ich möchte heute abend lieber bei meiner Mutter bleiben.«

»Dann fahre ich nach Clifton«, sagte James. »Ich werde meinem Vater Bericht erstatten. Er wird wissen wollen, ob sein Sohn jetzt zum niederen Adel gehört.«

»Niederen!« rief ich mit gespieltem Ärger.

»Ein ganz kleines Landgut«, sagte James, »und fast gar keine Mitgift, so weit ich weiß.«

Ich funkelte ihn an. »Gar nicht so schlecht für den Sohn eines Händlers«, zischte ich. »Danke, Meg«, sagte er, als er ihr den Hut aus der Hand nahm. Dann trat er plötzlich ein paar Schritte vor, küßte mich auf die Lippen und war, bevor ich überhaupt ein Wort sagen konnte, zur Tür hinaus- und die Treppe hinuntergelaufen.

»Herzlichen Glückwunsch, Miss«, sagte Meg und machte ehrerbietig die Tür hinter ihm zu. »Der Koch wird wirklich sehr überrascht sein.«

Und schon war sie in die Küche gelaufen, um die Neuigkeit zu verbreiten, noch bevor ich meiner Mutter oder meinem Onkel davon erzählt und meinem Cousin darüber geschrieben hatte.

Ich hätte Onkel John und Richard noch am selben Tag schriftlich benachrichtigen sollen, aber meine Mutter wachte so heiß und fiebrig aus ihrem Schlummer auf, daß ich mich den ganzen Nachmittag lang an ihr Bett setzte und kaum die Zeit fand, Ralph Megson ein Kärtchen zu schreiben und ihn zu informieren, daß ich die Armenkinder von Acre wieder nach Wideacre heimschicken würde, sobald ich seine Bestätigung in der Hand hielte.

Ich wartete auf seine Antwort, und ich pflegte meine Mutter. Ich verließ ihr Schlafzimmer nur wenige Minuten lang, um eine Kleinigkeit zu essen oder um mich am Nachmittag ein wenig auszuruhen, wenn Marianne oder Mrs. Densham die Kranke besuchten. James kam täglich mit Blumen für meine Mutter oder mit einem Fruchtkörbchen vorbei. Offensichtlich fühlte sie sich nicht schlechter, und so unterließ ich es, Onkel John zu schreiben, er möge uns besuchen; aber wie der Arzt vorhergesagt hatte, war sie wirklich sehr krank.

In jenen Tagen gewann ich James herzlich lieb. Jeden Tag kam er vorbei, ein Sträußchen für mich und für meine Mutter in der Hand, und seine Familie tat alles, was er wollte, und bot mir jede nur mögliche Hilfe an, um meiner Mutter die Krankheit und mir die Aufgabe des Pflegens zu erleichtern. Er war sehr umgänglich. Er hatte keine Launen und war niemals introvertiert oder grüblerisch. James war wunderbar offenherzig und so zufrieden wie ein Kind, das von allen geliebt wird. Er sorgte gut für mich. Er neckte mich und lachte über mich, aber wenn ich müde war, dann bat er Marianne, für uns Klavier zu spielen, und wir saßen Seite an Seite auf dem Sofa und hörten ihr zu. An jenen angenehmen und schönen Nachmittagen zog er meinen Kopf zu sich heran, damit ich mich bei ihm anlehnte, und einmal schlief ich sogar ein.

»Du hast geschnarcht«, neckte er mich, als er fortging.

»Niemals!« protestierte ich. »Ich schnarche nie!«

In seinen Augen lag das vertraute, liebevolle Lächeln. »Nun, ich werde es bald genau wissen, nicht wahr?« sagte er mit einer Stimme, die so weich und warm war wie ein Streicheln. »Wenn du und ich in jeder Nacht unseres Lebens im selben Bett schlafen.«

Ich wurde feuerrot, aber ich hielt seinem Blick stand. »Das wird mir sicher gefallen«, flüsterte ich.

James seufzte ganz leise, küßte mich sanft und war im nächsten Moment wieder fortgegangen.

Jedesmal, wenn er kam, brachte er mir ein kleines Geschenk, einen Strauß Blumen oder auch ein einzelnes kleines Gänseblümchen aus seinem Garten in Bristol mit. Eines Tages hatte er auch einen Reifen und einen Stock dabei.

»Ich dachte, wir sollten uns ein wenig bewegen«, sagte er unschuldig. Und trotz meiner Proteste fuhr er mit mir zum Park hinaus. Dort ließen wir laut lachend den Reifen über die Parkwege rollen, während die alten Klatschbasen von Bath uns mürrisch nachschauten.

Jedes Mal, wenn er fortging, küßte er mich. Er küßte sehr zärtlich die Spitzen meiner beiden Hände, dann die beiden Daumen, und zuletzt berührte er, so leicht wie eine Feder, meinen Mund.

Nur einmal, als Marianne ihr Handtäschchen vergessen hatte und er nochmals zurückkam, um es zu holen, war es anders. Ich stand am Fenster des Empfangszimmers, um ihm zum Abschied zu winken. Plötzlich durchquerte James mit ein paar schnellen Schritten das Zimmer und nahm mich wortlos in die Arme. Er hielt mich so fest, daß ich kaum atmen konnte, bedeckte mein Gesicht mit Küssen und drückte seine Nase dann an meinen warmen Hals, um gierig an meiner Haut zu schnuppern. »Mein Gott, Julia«, keuchte er. Dann lehnte er sich zurück. »Es tut mir so leid«, sagte er. »Habe ich dich erschreckt?«

Ich lächelte ihn selbstbewußt an. Er wollte sich für diesen jähen Ausbruch der Leidenschaft in unserem gleichmäßig dahinplätschernden Leben entschuldigen. Er fürchtete plötzlich, daß ich mich bei allem so zieren könnte wie die jungen Damen von Bath.

Ich strahlte ihn an. »Erschrick mich einfach noch einmal«, bat ich.

Darüber mußten wir beide herzlich lachen.

»Biest«, sagte James tief befriedigt, und er legte seine Hand unter mein Kinn und drehte mein Gesicht zu sich hin. Ich blickte offen in seine braunen Augen. Von mir aus hätte er mich dort auf dem weichen Teppich in der Nachmittagssonne mit Haut und Haaren lieben können.

»Julia Lacey«, sagte er langsam. »Du solltest wissen, daß es nur die Anstandsdamen sind, die zwischen dir und der Sünde stehen.«

»Deine Liebe ist sündig?« fragte ich verschmitzt.

»Ganz und gar sündig«, versicherte er mir, beugte seinen braunen Kopf zu mir herunter und berührte mit seinen Lippen die meinen.

Wir standen einige lange Minuten eng umschlungen. Ich drängte mich immer fester an ihn, schmiegte mich an seinen Körper. Als er mich heftig küßte, stöhnte er leise.

Jemand klopfte an die Tür. Wir bewegten uns so langsam voneinander fort, als schwämmen wir unter Wasser. Ich schaute auf James. Seine Augen glänzten dunkel vor Leidenschaft; sein Haar war zerwühlt. Ich versuchte, eine heruntergefallene Locke festzustecken. Keiner von uns beiden war in der Lage, »Herein!« zu rufen.

Die Tür wurde sehr vorsichtig geöffnet, und Marianne steckte den Kopf herein.

»Mein Handtäschchen«, sagte sie, irgendwo auf den Teppich blickend, »lag in der Eingangshalle. Ich hab' es gerade gefunden. Jetzt kann ich gehen. Wenn ihr jedoch möchtet, daß ich als Anstandsdame vor der Tür wache, dann wäre ich dankbar, wenn ihr mir eine Matte und ein Kissen dorthin bringen könntet und bei Einbruch der Nacht vielleicht eine kleine Kerze.«

James lachte und ergriff seine Schwester bei der Hand. »Bitte verzeih uns. Wir haben dich schrecklich schlecht behandelt. Ich bringe dich jetzt nach Haus.« Er drehte sich mit einem Lächeln zu mir um. »Bis morgen, Julia Lacey«, sagte er. Dann ging er hinaus und war verschwunden.

Ich ließ mich auf den Fenstersitz niedersinken, legte meinen Kopf gegen die Fensterläden und wußte in meiner überschwenglichen Freude darüber, daß ich so sehr geliebt wurde, nicht, ob ich lachen oder weinen sollte. Endlich so sehr geliebt!

Meine Mutter war weiterhin krank; vor allem in den frühen Morgenstunden wälzte sie sich noch immer unruhig hin und her. James wollte, daß ich eine Nachtschwester einstellte, und er versuchte, jemanden für mich zu finden, aber die vier Einstellungsgespräche, die er in Bath führte, überzeugten ihn nicht davon, daß es in dieser Stadt jemanden gab, dem er vertrauen würde.

»Im übrigen ist der Arzt zuversichtlich, daß die Krankheit auf eine Krise zusteuert und daß es ihr danach besser gehen wird«, sagte ich zu ihm. »Ich bin sicher, es liegt alles nur an dieser scheußlichen, feuchten Stadt. Wäre meine Mutter auf Wideacre, dann würde es ihr sofort wieder besser gehen.«

Er nickte. Das trockene Wetter war vorbei, und die Tage, die ich am Krankenbett meiner Mutter verbrachte, waren feucht, neblig und kalt.

»Es ist gräßlich draußen«, sagte James. »Gott sei Dank, daß wir die kleine Rosie Dench aus dem Keller herausbekommen haben, bevor das schlechte Wetter kam. Ich glaube nicht, daß sie es überlebt hätte.«

James besuchte die vier Kinder jeden Tag. Er erzählte, daß es ihnen in ihrer neuen Bleibe recht gut ginge. Nats Haut blich allmählich ein wenig aus; mit seinem eifrigen Schrubben schaffte er es, die vielen Rußschichten nach und nach ein wenig abzutragen. Jimmy Dart nahm täglich ein paar Gramm zu, und Rosie hustete zwar immer noch, sah aber besser aus und konnte an den meisten Tagen aufstehen und sich ins Wohnzimmer setzen. Nur Julie fiel es anscheinend schwer, sich an die neue Umgebung zu gewöhnen.

»Die Kinder verstehen doch, warum ich sie nicht besucht habe?« fragte ich. James nickte. »Ich habe es ihnen genau erklärt«, beruhigte er mich. »Und sie wissen, wir warten nur auf die Antwort aus Acre, die uns bestätigt, daß sie kommen können.«

Die Antwort kam schon am nächsten Tag in Ralphs ungelenker Handschrift.

Bring sie nach Haus, schrieb er. *Wir alle möchten, daß sie sofort zurückkommen. Und jeder hier schickt Dir Gottes Segen, weil Du sie gefunden hast.*

Komm mit ihnen nach Acre zurück. Du solltest rechtzeitig zur Zeit des Säens hier sein.

Ich zeigte James den Brief.

»Kein Mann, der viele Worte macht, nicht wahr?« sagte James und lächelte.

»Und er läßt nichts im unklaren«, sagte ich und zeigte auf den Satz »Komm mit ihnen nach Acre zurück.« »Das klingt fast wie ein Befehl«, stellte ich fest.

James nickte. »Die besten Diener sind die, die sich zu unseren Herren machen. Mein Vater hat einen Hauptbuchhalter, der vollkommen selbständig arbeitet. Wenn er jemals herausbekommen würde, wie wertvoll er ist, dann könnte er das doppelte Gehalt beanspruchen. Dein Mr. Megson scheint mir da ganz ähnlich zu sein.«

Ich lachte. »Mr. Megson weiß ganz genau, wieviel er wert ist«, sagte ich wehmütig. »Er verlangt nur deshalb kein königliches Gehalt von uns, weil er auf Wideacre arbeiten möchte. Er will für das Dorf arbeiten. Er war es, der den Plan zur Teilung des Profits entworfen und das Dorf dazu überredet hat, diesen Plan zu akzeptieren. Mein Onkel John sagt, daß Ralph dieses Projekt noch weiterentwickeln würde, wenn er es könnte.«

»Und wie?« fragte James.

»Oh, ich weiß nicht«, sagte ich. Wir nahmen gemeinsam im Wohnzimmer den Tee ein, und Marianne saß sehr vornehm am Fenster und warf abwechselnd einen Blick auf die Passanten und auf die Zeitung. Unter dem Teetisch ergriff James meine Hand.

»Ich denke, er will dem Dorf Gemeinderechte auf das ganze Land einräumen«, sagte ich. »Er möchte, daß die Dorfbewohner direkte Besitzrechte auf das Land haben und es gemeinsam in der alten Weise bewirtschaften.«

James schaute mich interessiert an. »Er ist nicht der einzige im Land, der solche Gedanken hat«, sagte er. »Hat der Plan denn Aussicht auf Erfolg?«

»Vielleicht«, meinte ich vorsichtig. »Wenn man den Leuten das Land wirklich anvertrauen würde, wenn sie genügend Geldmittel hätten, um Vieh und landwirtschaftliche Geräte zu kaufen, und genügend Bargeld bekämen, um den Lohn zu bezahlen, bis die Profite geteilt werden könnten, dann würde es klappen. Aber natürlich sind die Umstände niemals so günstig. Kein Grundbesitzer würde gutes Land an die Armen geben. Niemand würde so viel Geld beisteuern, wie man für ein solches Projekt braucht.«

James schaute mich nachdenklich an. »Ich werde dir etwas sagen, Julia Lacey«, sagte er. Ich hörte ihm ganz genau zu. Immer wenn James mich »Julia Lacey« nannte, dann hörte ich gut zu. Er sagte dann im allgemeinen etwas sehr Liebevolles oder etwas sehr Schockierendes oder, im besten Falle, beides. »Ich werde dir etwas sagen«, meinte er noch einmal. »Ich habe solche Geldmittel, und wenn du mir sagst, daß du und ich und später unsere Kinder in Acre auch dann gut leben könnten, wenn die Dorfbewohner selbst das Land besäßen, dann wäre ich bereit, das entsprechende Kapital zur Verfügung zu stellen. Wir könnten unser eigenes Haus bauen und unseren eigenen Anteil am Dorf besitzen, ohne zu den Ausbeutern zu gehören, die solche Armut verursachen, wie wir sie in der Fish-Quay-Gasse gesehen haben.«

Ich zögerte. »Nein«, sagte ich. »Es ist dein Erbe, nicht meins. Bevor du entscheidest, wie es genutzt wird oder wie du leben möchtest, mußt du dir erst einmal Wideacre und das Dorf ansehen. Ich kann mir nicht vorstellen, daß ich glücklich sein könnte, wenn ich mein ganzes Leben lang irgendwo anders leben würde. Aber du und ich, wir müssen solche Dinge gemeinsam entscheiden. Es wäre genauso hart für dich, dein ganzes Leben gegen deinen Willen auf Wideacre verbringen zu müssen, wie es hart für mich wäre, wenn du mich nach Bristol brächtest und ich niemals meine Heimat wiedersehen könnte.«

James reichte mir über die Teekanne hinweg seine freie Hand wie ein Straßenhändler, der einen Handel abschließt. »Abgemacht«, sagte er. »Und vergiß nicht, was ich dir angeboten habe. Mein Vater nennt mich einen Radikalen und einen Jakobiner, aber ich kann mit solchen Etikettierungen nichts anfangen. Ich meine vielmehr, wir sollten dem Vorbild der Franzosen auf unsere besondere englische Art und Weise folgen. Wir sollten hier eine neue Gesellschaft erschaffen, so wie die Franzosen es auf ihre Art zu tun versuchen. Ich möchte das mit dir gemeinsam wagen. Weißt du, am meisten habe ich dich geliebt, als du der Besitzerin des besten Modegeschäfts von Bath erzählt hast, sie sei schlimmer als eine Bordellbesitzerin. Ich bin mein ganzes Leben lang ein Rebell gewesen, und vielleicht kann ich das ja nutzen, um die Zukunft der Menschen mitzugestalten und zu verbessern.«

»Ja?« fragte ich, und mein Herz klopfte vor Freude, als ich mir vorstellte, in Acre eine Zukunft aufzubauen, in der es keine Herren und keine Squires geben würde, sondern nur James und mich und unsere Kinder, und Clary Dench und Matthew Merry und deren Kinder und alle anderen Dorfkinder, die als Nachbarn zusammenleben würden.

»Wenn ihr beide *über* und *unter* der Teekanne Händchen halten wollt, dann habe ich das Gefühl, daß ich hier irgendwie überflüssig bin«, bemerkte Marianne trocken.

Wir ließen einander los und kicherten wie zwei schuldbewußte Kinder.

»Niemals«, sagte James und ging zum Fenster, um sie auf die Wange zu küssen. »Zumindest bist du immer sehr dekorativ. Erzähl uns, was Dr. Phillips heute gesagt hat«, bat er, setzte sich neben sie und nahm ihr die Zeitung aus der Hand. »Julia wird ihn morgen nach mehreren Tagen zum ersten Mal wieder aufsuchen und ihm dann sagen, daß sie nicht mehr kommen wird. Sie wird zu Hause gebraucht, und da sie es überlebt hat, ihn ein paar Tage lang nicht zu sehen, versuche ich sie davon zu überzeugen, daß sie geistig so gesund ist wie jeder andere und ein ganzes Stück gesünder als viele Leute, die ich kenne.«

Marianne lächelte mich schüchtern an. »Abgesehen davon, daß du meinen Bruder nett findest, sind wir in jeder Hinsicht gleicher Meinung«, sagte sie. Dann wurde ihr Gesicht ernster. »Dr. Phillips versucht nach allen Kräften, mir dabei zu helfen, daß ich wieder ordentlich essen kann«, sagte sie. »Auch wenn ich es manchmal sehr ermüdend finde, kann ich doch nicht leugnen, daß er sich sehr viel Mühe gibt. Manchmal wünschte ich mir, man ließe das Problem einfach auf sich beruhen. Wenn ich auf einer verlassenen Insel leben würde, dann würde ich sicher hungrig werden und essen. Es ist einfach so, daß mir jeder irgendwelches Essen aufzwingen will, und wenn ich ablehne, dann fangen sie an, mit mir zu diskutieren. Seitdem ich zu Dr. Phillips gehe und meine Mutter allen Leuten davon erzählt, ist es noch schlimmer geworden.«

»Wenn wir verheiratet sind und auf einem paradiesischen Fleckchen Erde im Herzen von Sussex leben, dann besuchst du uns und ißt ganz einfach gar nichts!« meinte James. »Tagelang ganz einfach nichts, bis du schließlich das Gefühl hast, du könntest eine Kleinigkeit vertragen. Und niemand sieht dich schief an oder stellt dir dumme Fragen.«

Marianne seufzte. »Ich freue mich natürlich, dein erster Gast zu sein. Aber du hast es ziemlich eilig, James. Die Verlobung ist noch nicht einmal bekanntgemacht worden, und ich glaube nicht, daß Julia ihrer Mutter schon davon erzählt hat.«

»Das konnte ich noch nicht«, sagte ich. »Sie war so krank und erschöpft, daß ich sie nicht noch beunruhigen wollte. Sie würde sofort anfangen, sich über Parties und Hochzeitskleider den Kopf zu zerbrechen. Aber zuerst einmal muß sie vollkommen gesund werden.«

»In der Zwischenzeit mußt du die Anstandsdame spielen«, sagte James. »Hast du morgen Zeit, um mit Julia zu eurem Arzt zu gehen? Am Nachmittag müssen wir die Armenkinder auf die Reise nach Acre schicken, und Julia wollte morgen als erstes Dr. Phillips aufsuchen.«

Marianne erklärte sich bereit, mich zu begleiten und später mit mir zum Gasthof hinunterzugehen und nachzuschauen, ob die vier Kinder reisefertig wären.

»Möchtest du, daß ich mit euch gehe?« flüsterte James mir leise zu, als wir uns im Empfangszimmer verabschiedeten. Marianne band vor dem Spiegel in der Empfangshalle absichtlich langsam ihren Hut fest.

Ich zögerte. Aber ich hatte schließlich schon der Besitzerin des schicksten Geschäftes in Bath die Stirn geboten und meinte deshalb, daß ich mich wohl auch gegen Dr. Phillips durchsetzen könnte.

»Nein«, sagte ich. »Morgen ist bestimmt viel zu erledigen. Ich werde dich am Fish-Quai-Gasthaus treffen, und zwar als freie Frau, denn morgen sage ich Dr. Phillips, daß ich nicht länger zu ihm komme. Ich werde es ihm ganz einfach direkt ins Gesicht sagen. Das ist nur fair, denn er hat eine Menge Zeit mit mir verbracht, und er hat sein Bestes getan. Da steht mir natürlich noch etwas bevor, aber es wird nicht schlimmer sein als die Sache im Laden von Mrs. Williams.«

»Und dabei hab' ich dir so geholfen!« rief James. Er nahm meine beiden Hände, führte eine davon an die Lippen und drehte die andere mit der Innenseite nach oben, um sie an sein Gesicht zu legen. »Vergiß mich nicht bis morgen!« sagte er. »Denn ich kann nachts nicht schlafen, weil ich immer an dich denken muß.«

Dann küßte er mich auf den Mund, durchquerte die Eingangshalle, nahm Marianne beim Arm und lächelte mir noch ein letztes Mal zum Abschied zu.

»Ich treffe dich dann morgen beim Arzt«, rief Marianne. »Komm nicht zu spät!«

Ich nickte. Ich kam tatsächlich nicht zu spät, denn es war erst neun Uhr, als ich die Eingangstür hinter mir zuschlug und den Hügel hinauflief; ich kam noch eine ganze Weile vor Marianne beim Arzt an. Der ernste Diener führte uns in Dr. Phillips' kahles Wohnzimmer wie zwei Fliegen, auf die Punkt fünf Minuten nach neun eine dicke Spinne wartet.

Marianne ging zu dem Fensterplatz, wo gewöhnlich meine Mutter saß, und Dr. Phillips winkte mich zu dem bequemen Sessel vor dem Kaminfeuer. Ich blieb jedoch neben dem Sessel stehen und legte eine Hand auf die Rückenlehne, dorthin, wo ich meine Träume vor ihm ausgebreitet und sie fast ganz verloren hatte.

»Ich bin gekommen, um Ihnen zu danken und mich zu verabschieden«, sagte ich. »Meine Mutter war krank, und sobald es ihr wieder so gut geht, daß sie reisen kann, werde ich sie heimbegleiten. Ich werde zu Hause auf dem Landgut gebraucht.«

Dr. Phillips trat hinter den schweren, hölzernen Schreibtisch, setzte sich in seinen Stuhl und beobachtete mich über seine gefalteten Hände hinweg. »Ich denke, das wäre nicht klug«, gurrte er. »Unvernünftig. Haben Sie Ihre Mutter gefragt? Nein? Haben Sie Ihrem Onkel geschrieben? Nein?« Er lächelte mich sanft an. »Solche Dinge sollten besser die Eltern oder die Begleitpersonen erledigen«, sagte er. »Als Sie zuerst zu mir gekommen sind, haben Sie unter verschiedenen Wahnvorstellungen gelitten. Es freut mich, sagen zu können, daß wir Fortschritte gemacht haben. Sie haben doch sicher, seitdem Sie zu mir gekommen sind, keine Träume mehr gehabt? Und nicht mehr dies seltsame Singen in Ihrem Kopf? Und keine Halluzinationen?« Er nickte still vor sich hin. »Ich denke, wir haben große Fortschritte gemacht. Ich werde Sie hier wieder erwarten, wenn es Ihrer Mutter so gut geht, daß sie Sie begleiten kann, es sei denn, daß ich Gegenteiliges von ihr oder von Ihrem Onkel höre.«

»Nein«, sagte ich mit fester Stimme. Dies hier war schlimmer als der Hutladen, denn ich wurde nicht wie damals von Ärger und Wut beflügelt. »Nein«, sagte ich noch einmal. »Dies ist eine Entscheidung, die ich für mich selbst treffe. Ich werde nicht wieder zu Ihnen kommen. Ich werde Ihnen sagen, warum.« Meine Hände zitterten, und ich schob sie tief in meinen Muff, damit er es nicht sehen konnte. »Sie haben in der Tat bewirkt, daß meine Träume aufgehört haben, und ich denke, nach und nach hätten Sie es auch geschafft, daß die Visionen ebenfalls ganz und gar ausbleiben. Aber wenn Sie damit Erfolg hätten, dann wäre ich nicht länger Julia Lacey. Dann wäre ich jemand anderer. Ich weiß nicht, ob ich das möchte. Ich vermute, daß Sie darüber überhaupt nicht nachgedacht haben. Für Sie war ich nichts als ein kleines dummes Mädchen mit Wahnvorstellungen. Ich dagegen glaube, daß ich ein ganz besonderer Mensch mit ganz besonderen, persönlichen Erfahrungen bin – mit einer besonderen Begabung, wenn Sie so wollen – und daß ich mich ebensosehr dagegen wehren sollte, mir diese Gabe nehmen zu lassen, wie ich mich etwa dagegen wehren würde, daß man mir mein Geld raubt.«

»Ist irgend etwas geschehen?« fragte er scharf.

»Ja«, erwiderte ich wahrheitsgemäß. »Unter den Fackelträgerjungen in Bath habe ich ein Kind aus Acre wiedererkannt, das vor sechs Jahren mitgenommen worden ist, einen Jungen, den ich nie zuvor gesehen hatte. Eine Stimme in meinem Kopf sagte mir: ›Bring ihn nach Haus.‹ Und ich werde ihn jetzt nach Haus bringen.«

Dr. Phillips rührte sich nicht, aber er blickte mich plötzlich mit durchdringendem Blick an. »Soll dies heißen, Sie gehören zu den Menschen, die das sogenannte Zweite Gesicht haben?« fragte er.

Ich lachte und zuckte die Achseln. »Ich weiß es nicht!« sagte ich. »Es ist mir gleichgültig, wie man es nennt. Visionen zu haben ist mir so vertraut, wie die Farbe des Himmels zu sehen oder die Musik zu hören, die gerade gespielt wird. Ich werde es nicht zulassen, daß mir meine hellseherische Begabung oder meine Stimmen fortgenommen werden, weil andere Menschen keinen Namen dafür finden.«

Er nickte und stand auf. »Also gut«, sagte er. »Aber ich muß Sie warnen. Zu bestimmten Zeiten und an bestimmten Orten können Sie sich vielleicht an dem orientieren, was Sie als Zweites Gesicht ansehen. Aber Sie können kein Zweites Gesicht haben und zugleich eine junge Dame der Gesellschaft sein. Die meiste Zeit täten Sie besser daran, sich an den gesellschaftlichen Konventionen und Sitten zu orientieren.«

Ich nickte. »Danke«, sagte ich.

Marianne stellte sich neben mich. »Ich möchte mich auch verabschieden«, sagte sie leise. Sie sah bleich und angestrengt aus. »Ich danke Ihnen für die Arbeit, die Sie geleistet haben, aber ich brauche jetzt Zeit, um meine Lage zu überdenken, und möchte dabei nicht dauernd jemandem Rechenschaft ablegen.«

Dr. Phillips ließ sich noch einmal in seinen Stuhl zurückfallen und sah uns beide an. »Meine ganze Arbeit besteht darin, daß der Patient sich seine Verwirrungen von der Seele redet«, sagte er. »Und ich habe eine hohe Erfolgsquote.«

»Ich leide nicht an Verwirrungen«, sagte Marianne mit fester Stimme. »Mein Problem liegt in meinem Elternhaus, in dem meine Mutter unglücklich ist, weil mein Vater sie schlecht behandelt. Wir sehen meinen Vater nur zu den Mahlzeiten, und ich bin zu Hause so traurig, daß ich keinen Bissen herunterbringe. Mein Vater bezahlt Ihre Honorare, Dr. Phillips, und Sie haben diese einfache Erklärung von mir niemals hören wollen. Ich verstehe, warum Sie sie nicht hören wollen, aber es gibt auf der ganzen Welt keinen Grund, warum ich weiterhin so tun sollte, als wäre ich an allem selbst schuld und als könnte man mich von den Auswirkungen der schlechten Ehe meiner Eltern heilen. Ich bin unglücklich, weil mein Vater meiner Mutter untreu ist und weil sie sich den Eßtisch ausgesucht haben, um dort ihre Streitereien auszutragen. Ich werde nicht länger in Ihrem Sessel sitzen und reden und weinen und mich wegen allem und jedem schuldig fühlen.«

»Ja«, sagte ich leise. Ich hätte eigentlich gern »Hurra« geschrien und meinen Hut in die Luft geworfen.

Dr. Phillips stand wieder auf und sah uns böse an.

»Wenn dies die neue radikale Frau sein soll, dann kann ich nicht sagen, daß ich besonders beeindruckt bin«, sagte er. »Sie können Ihren Müttern ausrichten, daß ich ihnen meine Endabrechnung schicken werde und daß *ich* die Gespräche beendet habe, nicht Sie. Sie sind alle beide sehr unsympathische Vertreterinnen Ihres Geschlechts.«

Ich schluckte meine Antwort herunter und machte statt dessen stumm einen Knicks. Dann gingen Marianne und ich zur Tür, hinaus auf die feuchtkalte Straße und um die Ecke in die Gay Street. Dort stießen wir laute Freudenschreie aus, lachten und gratulierten uns gegenseitig. Schließlich stiegen wir in zwei Sänften ein und ließen uns zum Fish-Quay-Gasthaus tragen.

Sie waren eifrig und fröhlich damit beschäftigt, alles zusammenzupacken. Die neuen Sachen, die James ihnen besorgt hatte, hätten in eine kleine Hutschachtel gepaßt, aber die Kinder freuten sich so sehr darüber, etwas Eigenes zu besitzen, daß jedes eine eigene Schachtel haben wollte. Nats Gesicht war inzwischen wieder fleischfarben, abgesehen von einigen Rußspuren um seine Augen herum, und er sah in seinem neuen Anzug sehr schick aus. Rosie Dench war immer noch blaß und dünn, aber die wunden Stellen an ihrem Mund verheilten, und sie hustete nicht mehr. Jimmy Dart lief eifrig hin und her; in seinem braunen, handgewebten Anzug sah er aus wie ein Spatz. Ich konnte in diesen Kindern kaum die traurige kleine Truppe aus jenem schmutzigen Zimmerloch wiedererkennen. Aber wo war Julie?

»Sie kommt nicht«, sagte Jimmy, und schlagartig war alle Freude aus seinem Gesicht gewichen. »Sie kommt nicht mit uns. Sie ist in ihrem Zimmer. Sie kommt nicht einmal vor unserer Abreise zum Essen herunter. Sie will in Bath bleiben. Sie hat es uns gerade erst gesagt.«

Ich sah mich nach James um. »Es ist vielleicht richtig so«, sagte er leise. »Sie könnte in Acre wohl kaum ihrem Gewerbe nachgehen. Und sie könnte nicht ohne Alkohol auskommen.«

»Gewerbe?« fragte ich verständnislos. »Ich wußte gar nicht, daß sie gearbeitet hat. In welchem Gewerbe denn?«

James zog eine kleine Grimasse. »Laß es gut sein, Julia«, sagte er. »Ich erkläre es dir später. Sie möchte einfach Bath nicht verlassen, das ist alles.«

»Nein«, sagte ich. »Sie ist ein Kind aus Acre. Ich muß wissen, was los ist.« Ohne auf ihn zu achten, lief ich die Treppen des Gasthofes hinauf in das kleine Schlafzimmer, in dem sie gemeinsam mit Rosie schlief.

Sie lag, gänzlich angezogen, mit dem Gesicht zur Wand auf dem Bett. Das Gitterfenster war geschlossen, aber man konnte noch immer den Straßenlärm hören: Kutschen, die heranrollten und abfuhren, und Reisende, die irgendwelche Anweisungen riefen.

»Julie?« fragte ich zögernd.

Sie drehte sich zu mir um, und ihre Augen waren so rot wie ihre geschminkten Wangen. Sie hatte geweint. »Oh, Sie sind es«, sagte sie.

»Geh mit den anderen heim nach Acre«, bat ich sie. »Geh jetzt einfach hinunter und steig heute nachmittag mit ihnen in die Kutsche. Komm nach Haus, Julie.«

Sie setzte sich auf und lehnte sich mit dem Rücken an die Wand; ihre Augen waren so hart wie die Feuersteine von Wideacre. »Ich kann nicht«, sagte sie.

»Warum nicht?« fragte ich. »Gibt es hier irgendwelche Probleme?«

»Nein«, sagte sie, und es klang wie ein Seufzer.

»Was ist denn das Problem?« fragte ich. »Warum willst du nicht heim?«

Jemand hatte hinter mir an die Tür geklopft, und James trat leise ins Zimmer.

»Fragen Sie ihn«, flüsterte sie erschöpft. »Fragen Sie ihn!

Fragen Sie nicht mich! Er soll es Ihnen sagen! Sie sind diejenige, die der reiche junge Mann heiraten wird. Bitten Sie mich nicht, es Ihnen zu erklären. Fragen Sie Ihren Verlobten. Fragen Sie ihn, was Männer wie er machen und was sie zahlen. Fragen Sie ihn, wohin er immer geht und wieviel es ihn kostet.«

Ich drehte mich zu James um. »Was geht hier vor?« fragte ich. Ich hatte keine Ahnung, wovon Julie redete.

James sah sehr ernst aus. »Kannst du dies hier nicht einfach alles hinter dir lassen und in Acre ein neues Leben beginnen?« fragte er sie.

Julies Augen funkelten. »Es ist mein Gewerbe«, sagte sie mit rauher Stimme. »Wird die kleine Prinzessin hier es zulassen, daß ich in Acre mein Gewerbe ausübe? Wird es dort Kunden für mich geben?«

»Was *ist* dein Gewerbe, Julie?« fragte ich. Ihre Hartnäckigkeit und ihr Mißmut machten mich vollkommen ratlos. Und dann bemerkte ich zwischen ihr und James ein vertrauliches Wissen, das mich verwirrte.

»Eine ziemlich naive junge Dame«, sagte sie. Und dann nickte sie James zu. »Sie erzählen es ihr.«

Ich wandte mich James zu; er sah mich finster an. »Sie ist eine Prostituierte«, brachte er abrupt hervor. »Eine Hure.«

»Ja, das bin ich«, sagte Julie. »Ich bin eine Straßenhändlerin, ich verkaufe Männern meinen Körper. Ich habe es getan, als wir in der Spinnerei arbeiteten, damit die kleinen Kinder Brot hatten. Ich fing an, als ich elf war. Es hat wehgetan, und ich habe es gehaßt. Seither habe ich es immer wieder gemacht, und ich habe gelernt, es auszuhalten. Manchmal tue ich es gern. Es ist für mich die einzige Möglichkeit, an Geld heranzukommen, um Brot und Gin zu kaufen. Hätte ich nicht – oh, immer und immer wieder! – auf dem ganzen langen Weg von Manchester bis hierher meinen Körper verkauft, dann wären alle Kinder verhungert, und ich hätte sie alle ebenso wie die kleine Sally verloren. Nun können Sie sie mit nach Hause nehmen und sie beschützen. Aber ich kann nicht heimkommen.

Acre ist nicht länger mein Zuhause. Ich brauche Gin, um zu trinken, und Männer, die mir für ihr Vergnügen Geld geben. Ich bin verloren, Julia Lacey. Und obwohl ich Ihren Namen trage, könnte ich ebensogut eine Sklavin auf den Zuckerinseln sein, denn uns trennen Welten.«

In meinem Kopf pochte ein heftiger Schmerz.

»Das habe ich nicht gewußt«, sagte ich zu Julie, aber mir war klar, daß dies keine Entschuldigung sein konnte. »Ich habe nicht gewußt, daß solche Dinge einem so jungen Mädchen wie dir geschehen können.«

Sie lachte roh. »Sie geschehen!« rief sie aus. »Oh, ja, sie geschehen. Huren wie ich machen es möglich, daß Sie Ihre kostbare Jungfräulichkeit solange bewahren können, bis diese Jungfräulichkeit für den Preis einer Ehe verkauft wird. Wie alt ist Ihr Verehrer? Hat er noch nie mit einer Frau geschlafen? Sie sind sehr naiv, Julia Lacey! Er war mit Huren zusammen. Wahrscheinlich mit Huren wie mir. Und weil er mit solchen Frauen zusammengewesen ist, kann er mit Ihnen tanzen, Sie auf der Straße begleiten und Ihre Hand küssen und geduldig auf die Hochzeitsnacht warten, die vielleicht erst in vielen Jahren stattfinden wird. Stimmt das nicht?«

Ich schaute James verdutzt an. »Warst du mit Frauen zusammen?« fragte ich mit schwacher Stimme. Ich klang genau wie das naive Kind, für das sie mich hielten.

»Ja«, sagte er. »Es stimmt, ich leugne es nicht. Ich bin vierundzwanzig Jahre alt, und ich habe mit Frauen zusammengelegen. Es waren Huren. Ich habe ihnen niemals wehgetan; ich gebe ihnen immer mehr Geld, als sie von mir verlangen. Ich bin ein Mann voller Leidenschaft. Was hätte ich denn sonst tun sollen?«

Ich zögerte.

Die Hure, die wie ein Stück Fleisch in Smithfield gekauft und verkauft worden war, sah mit harten Augen von einem zum anderen, und ich erkannte, daß der Mann, den ich liebte, genau wie ich zu den Menschen gehörte, die sich ihr Vergnügen nehmen oder ihre Bedürfnisse befriedigen, die aber nie, niemals den vollen Preis dafür bezahlen.

»Ich weiß es nicht«, sagte ich.

Draußen ertönte ein Posthorn, das die Abfahrt der Kutsche ankündigte. Es erinnerte mich daran, daß heute nachmittag die Heimreise der Kinder nach Acre begann.

»Komm heim nach Acre«, sagte ich zu Julie.

Sie legte sich auf ihr Bett zurück und drehte ihr Gesicht wieder zur Wand. »Nein«, wiederholte sie, und ich hörte den langgezogenen Tonfall von Sussex in ihrer Stimme. »Ich bin verloren. Bringen Sie die Kinder dorthin, und geben Sie ihnen Arbeit und Unterkunft. Aber für mich ist es zu spät. Die Laceys haben mich ruiniert, und die Mühle hat mich ruiniert, und der billige Gin und daß es keine Arbeit für mich gab. Ich bin verloren, und Sie werden mich niemals wiedersehen.«

Ich trat zögernd an das Bett und legte meine Hand auf ihre Schulter. Sie schüttelte sie ab, als wäre ich eine Bettlerin.

»Wenn man mich durch eine Berührung erweichen könnte, dann würde ich jetzt in Tränen schwimmen«, sagte sie mit harter Stimme. »Fort mit Ihnen, aus meinem Zimmer, Julia Lacey, und nehmen Sie Ihren jungen Mann mit. Oder lassen Sie ihn hier. Am Tag nehme ich nur einen Schilling.«

Ich öffnete meine Handtasche, holte alles Geld heraus – drei Guineas – und legte es neben ihr zerwühltes, kupferfarbenes Haar auf das Kissen. Dann ging ich mit starrem Blick an James vorbei und hinunter in den Gastraum. Es fiel mir nicht leicht zu lächeln, mich von den Kindern zu verabschieden und ihnen zu erzählen, daß die gemietete Kutsche am selben Nachmittag genau um zwei Uhr kommen sollte und daß ich sie alle in ein paar Wochen in Acre wiedersehen würde. Ich glaube, es gelang mir, sie mit meinem Lächeln zu täuschen. Aber Marianne spürte etwas.

»Was ist los?« fragte sie, als wir das Gastzimmer verlassen hatten und über das nasse Kopfsteinpflaster gingen.

»Nichts«, sagte ich. »Julie will nicht nach Hause kommen,

und darüber bin ich traurig. Ich muß zu meiner Mutter zurück. Ich werde eine Sänfte nehmen.«

Ich ging auf den wartenden Sänftenträger zu, aber plötzlich stand James neben mir.

»Julia«, sagte er zögernd.

Ich wartete schweigend.

»Ich hoffe, du denkst nicht allzu schlecht von mir«, sagte er verlegen. »Es ist wahr, daß Männer sich mit solchen Frauen zusammentun; ich auch. Du hast selbst gehört, daß alles in dieser Welt käuflich ist. Das gilt auch hier. Alles in dieser Welt ist käuflich. Sogar kleine Mädchen.« Er betrachtete prüfend mein Gesicht. »Du bist enttäuscht«, stellte er fest.

»Ja, bin ich das wirklich?« brach es plötzlich aus mir hervor. »Ich dachte, du wärst anders. Ich dachte, du gehörtest nicht zu denen, die die Armen ausnutzen und mißhandeln. Es gibt keinen fairen Preis für den Körper einer Frau. Es gibt keinen fairen Preis für ihren Ruin. Du hast dazu beigetragen, Mädchen zu ruinieren. Keine von ihnen wird jemals wieder heimkommen können – genau wie Julie. Keine wird heiraten können – wie sie. Ich wußte nicht, daß solche Dinge geschehen. Ich hätte mir niemals träumen lassen, daß du das Spiel mitspielst.«

James lächelte traurig. »Ich bin kein Held, Julia«, sagte er sanft. »Ich bin ein gewöhnlicher Mann, durch und durch gewöhnlich, würde ich sagen. Es hat keinen Sinn, sich über mich oder über sonst irgend jemanden Illusionen zu machen. Ich bin nicht besser, als es die Zeiten erlauben.«

»Das solltest du aber sein!« rief ich heftig. »Ich habe dich nicht für einen Helden gehalten, aber ich dachte, du wärst etwas Besonderes. Und jetzt ...«

Ich brach ab. Meine Stimme wurde von meinen Tränen erstickt. »Jetzt ist alles kaputt«, jammerte ich wie ein kleines Kind.

James legte den Arm um meine Taille und führte mich zu der wartenden Sänfte. »Sag das nicht«, meinte er sanft. »Ich glaube nicht, daß du das wirklich meinst, aber es schneidet mir tief ins Herz. Ich will dir deine Gefühle nicht ausreden. Aber sag nicht so etwas Endgültiges, wenn du es nicht wirklich meinst.«

»Ich weiß nicht«, sagte ich. »Ich weiß nicht, was ich denken soll. Ich werde jetzt heimgehen, und ich werde dir heute nachmittag einen Brief schreiben.«

Er verbeugte sich so förmlich vor mir, als wären wir Fremde, dann wandte er sich Marianne zu und geleitete sie zu seinem Zweispänner. Sie plauderte und lachte, und ich sah, daß er sich anstrengte zu lächeln. Wahrscheinlich erzählte sie ihm, sie würde nicht mehr zu Dr. Phillips gehen. Sie winkte, als sie an meiner Sänfte vorbeigingen, aber James sah mich nur an. Er sah mich an, als wäre ich ein Schiff, das an ihm vorbei aus dem Hafen hinaussegelt.

Ich zog vor dem Fenster meiner Sänfte die Vorhänge zu und legte den Kopf in meine Hände. Ich weinte nicht. Ich seufzte nur still und leise in meine Finger hinein, und ich begriff voller Erstaunen, daß uns die Welt, die wir Adligen uns zu unserem eigenen Vergnügen geschaffen hatten, manchmal sehr wenig Freude bereitete.

17

Ich hatte um Zeit zum Nachdenken gebeten, aber die Stunden, die ich noch in Bath verbringen sollte, waren bereits gezählt. Als ich zur Gay Street zurückkam, da stand schon unsere eigene Reisekutsche mit geöffnetem Kofferraum vor der Tür, und die großen Koffer meiner Mutter wurden herausgetragen. Drinnen im Haus auf dem Tisch in der Eingangshalle lagen Onkel Johns Malakkastock und sein runder, grauer Hut, und im Schlafzimmer meiner Mutter saß Onkel John persönlich.

Meine Mutter saß im Morgenmantel aufrecht in ihren Kissen. Das Haar hing ihr zu einem Zopf geflochten den Rücken hinunter, und sie sah bereits tausendmal besser aus als am Morgen.

Onkel John hatte zwei Briefe von mir bekommen. In dem einen hatte ich ihm berichtet, daß meine Mutter krank geworden sei und ich deshalb den Arzt hatte rufen müssen, und in dem zweiten, daß es ihr immer noch nicht besser ginge.

»Natürlich mußte ich kommen«, sagte er. »Habt ihr beiden überhaupt eine Vorstellung davon, welche Honorare die Ärzte in Bath verlangen? Celia, du mußt sofort heimkommen, damit ich dich umsonst behandeln kann.«

Meine Mutter lachte ein wenig wehmütig; ihr vertrautes, helles Lachen war durch die Krankheit zu einem seltsamen Krächzen geworden. »Wir können nicht fahren«, sagte sie. »Julia ist mitten in der Ballsaison, und sie hat noch Stunden bei Dr. Phillips.« John sah durch das Zimmer zu mir herüber. »Ja, dann muß sie bleiben«, sagte er. »Könntest du vielleicht bei deinen Freunden wohnen, damit du weiter zu Dr. Phillips gehen kannst?«

Ich stand von dem Stuhl auf, der am Bett meiner Mutter stand, ging zum Fenster hinüber und drehte die Gardinenschnur in meiner Hand. »Ich bin bei Dr. Phillips fertig«, sagte ich. Ich warf meiner Mutter einen Blick zu. »Ich habe es ihm heute morgen gesagt.«

John stand jetzt aufrecht am Kamin und blickte auf die brennenden Holzscheite hinab. Er hatte mir das Profil zugewandt; ich konnte den Ausdruck in seinem Gesicht nicht deuten.

»Wieso?« fragte er leise. »Deine Mutter hat mir geschrieben, die Behandlung täte dir so gut.«

Ich schüttelte den Kopf. »Nein, das stimmt nicht«, sagte ich. »Dr. Phillips konnte mir zeigen, daß das, was ich sehe und höre, sinnlos war – vollkommen sinnlos. Aber er konnte nicht beweisen, daß es *nicht* geschieht.«

Onkel John nickte. »Er konnte nicht beweisen, daß du keine hellseherischen Kräfte hast«, sagte er. »Aber Julia, wenn jedermann sagt, daß so etwas *nicht* geschehen kann, dann mußt du es einfach als eine Täuschung ansehen, wenn es dennoch geschieht.«

»Es geht um mich, um *meinen* Verstand!« rief ich plötzlich trotzig aus. »Wenn ich bestimmte Dinge sehe und höre, dann weiß ich nicht, warum jemand anders mir das ausreden muß!«

John blickte sehr finster. »Du darfst dich nicht sträuben, Julia«, sagte er ernst. »Deine Mutter und ich sind der Meinung, daß es augenblicklich wohl günstiger für dich wäre, nicht nach Wideacre zurückzukehren, sondern weiter zu Dr. Phillips zu gehen, bis du dich selbst besser verstehen kannst.«

Ich atmete tief ein und schaute hilfesuchend meine Mutter an. Sie saß nach vorn gebeugt; ihr Gesicht war so weiß wie ihre Kissen, aber sie hielt meinem Blick stand. »Nein, John«, sagte sie mit schwacher Stimme. »Ich weiß: Das habe ich am Tag nach dem Sturm gesagt, als Julia so sehr erschöpft war. Aber jetzt habe ich sie in Bath zusammen mit jungen Leuten ihres Alters gesehen. Sie hat mir erzählt, wie sie die verlorenen Kinder von Acre wiedergefunden hat, und wir haben damals miterlebt, wie sie die Cottages geräumt hat, die sonst verbrannt oder zertrümmert worden wären. Ich vertraue ihr. Und ich glaube, ihr auch. Wenn sie meint, Dr. Phillips täte ihr nicht gut, dann braucht sie ihn nicht mehr aufzusuchen.«

»Du hattest Angst, sie könnte die schlechten Eigenschaften der Laceys geerbt haben«, sagte John leise. »Du hast dich vor Bea-trice gefürchtet.«

Plötzlich war es ganz still im Raum, als würde die bloße Erwähnung von Beatrices Namen ihren Geist herbeirufen.

»Julia ist *meine* Tochter, und ich habe sie großgezogen«, sagte meine Mutter mit fester Stimme. Ihr Gesicht war aschfahl. »Sie wird mit uns nach Hause kommen.«

»Aber deine Freundin Miss Fortescue sucht ihn doch auch auf, nicht wahr?« fragte John mich. »Und ihr tut er doch auch gut.«

»Er hat ihr nicht gutgetan«, widersprach ich. »Und sie geht auch nicht mehr zu ihm. Er hat ihr eingeredet, daß ihre Gefühle nicht berechtigt wären. Und mir hat er dasselbe eingeredet. Er könnte mich von meinen Träumen heilen und von meinen Visionen, aber nur, wenn er mich zerstören, meine eigentliche Persönlichkeit verändern würde.«

John wollte etwas antworten, aber meine Mutter richtete sich leicht im Bett auf. »Ich habe niemals deinem Rat entgegengehandelt, John«, sagte sie, »aber jetzt tue ich es. Es tut mir leid.«

John machte zwei Schritte durch das Zimmer und legte den Arm um ihre Schultern, um sie wieder auf ihre Kissen zu betten. »Ich bin es, der sich entschuldigen sollte«, sagte er. »Es war ganz falsch von mir, dich so in Aufregung zu versetzen. Ich weiß selbst sehr gut, was es bedeutet, von zu Hause fortgeschickt zu werden, weil man angeblich verrückt ist. Vergib mir, Celia. Natürlich ist sie deine Tochter, und du bist es, die in ihrer Erziehung das letzte Wort hat.« Er sah zu mir herüber. »Und du mußt mir *auch* verzeihen, Julia«, sagte er. »Ich habe nur dein Bestes im Auge gehabt. Möchtest du mit uns heimkommen? Oder möchtest du vielleicht bei deinen Freunden aus Bath bleiben?«

»Ich werde heimkommen«, antwortete ich. Ich hatte gar keine Lust, mich plötzlich dem fröhlichen, lauten Haushalt der Denshams anpassen zu müssen, und ich war mir im Augenblick über meine Zukunft mit James durchaus nicht im klaren.

»Nun, dann kommst du mit nach Haus«, sagte John versöhnlich. »Laß uns erst einmal deine Mutter gesund heimbringen. Dann sehen wir ja, wie es euch geht, wenn ihr beiden wieder auf Wideacre seid.«

Er ließ unseren Streit für den Augenblick auf sich beruhen und lächelte mich freundlich an. »Es wäre wirklich gut, wenn du uns draußen auf den Feldern wieder unterstützen könntest. Richard ist vor drei Wochen zur Universität zurückgekehrt, und Mr. Megson braucht dringend jemanden, der ihm zur Seite steht. Ich selbst weiß nicht genug darüber. Wenn du nur glücklich bist und dich wohlfühlst, Julia – das ist das einzige, was wir uns wünschen. Niemand will dich vollkommen verändern.«

Ich nickte. »Die Nacht, in der der Kirchturm heruntergestürzt ist …«, sagte ich. Onkel John sah plötzlich sehr angespannt aus. »Das war wirklich ein prophetischer Traum«, beharrte ich. »Ich weiß, daß ich zukünftige Ereignisse schon im Traum vorhersehen kann.«

Onkel John zuckte mit einem leisen Lächeln die Achseln. »Also gut«, sagte er. »Ich nehme mal an, daß du wirklich eine besondere Fähigkeit hast. Bis es eine vernünftigere Erklärung dafür gibt.«

»Und du mußt mich akzeptieren, wie ich bin«, drängte ich ihn. »Ob ich nun wie Beatrice aussehe oder ob ich prophetische Träume habe, ob ich nur ein ganz gewöhnliches Mädchen bin oder nicht.«

John nickte. »Ja«, sagte er entschlossen., »das werde ich tun.«

Und so kam es, daß ich von einem Tag zum anderen wieder nach Wideacre zurückkehrte.

Die Jahre, während der er die Firma seines Vaters in Indien verwaltet hatte, hatten Onkel John geprägt. Die Nachricht, daß wir in Begleitung einer gemieteten Kutsche voller Armenkinder aus Acre reisen würden, schien ihn nicht im geringsten zu verwundern. Er ließ die Reisekisten meiner Mutter packen und aufladen, und als ich in mein Schlafzimmer kam, war Meg schon dabei, auch meine Kleidung zusammenzulegen. Onkel John wolle, daß wir sofort aufbrechen, in Salisbury zu Abend essen und dort übernachten sollten. Am nächsten Tag würden wir dann in Winchester Station machen, und am dritten Abend wären wir schon zu Hause.

Ich erinnerte Meg daran, meine Spitzen von der Wäscherin abzuholen, und ging dann ins Wohnzimmer hinunter, um James einen Brief zu schreiben. Es gab allerdings wenig zu sagen, denn ich wußte noch immer nicht genau, was ich wollte. Am Ende schrieb ich nur ein paar Zeilen, teilte ihm mit, daß Onkel John gekommen sei, um meine Mutter und mich heimzuholen, und daß ich ihm während der Reise oder von Wideacre aus schreiben würde. Wäre mir nur irgendein Grund eingefallen, warum wir noch einen Tag länger hätten bleiben müssen, dann hätte ich einen Vorwand gehabt, um noch einmal mit James zu sprechen. Aber während ich die Zeilen an ihn niederschrieb, kam Onkel John ins Wohnzimmer und sagte, er sei über die Gesundheit meiner Mutter beunruhigt; er wollte, daß sie so bald wie möglich wieder nach Wideacre zurückkehrte und in ihrer vertrauten Umgebung wäre, damit er selbst sie betreuen könnte.

Ich hätte kaum etwas dagegen einwenden können, und so sagte ich, daß ich mit einer baldigen Abreise einverstanden sei, und schickte den Diener mit einer Nachricht für James zum Haus der Denshams.

Ich hätte ihn besser kennen sollen. Als ich die Eingangsstufen unserer Pension hinunterging, den Arm um die Taille meiner Mutter gelegt, um sie beim Gehen zu stützen, da sah ich James an der Tür unseres Vierspänners stehen. Er sprach mit

Onkel John. Sobald meine Mutter wohlbehalten in der Kutsche saß, zog er mich zur Seite.

»Entschuldige, daß ich einfach unangemeldet gekommen bin«, sagte er. Seine angespannte Stimme ließ ihn hart und förmlich wirken.

Ich nickte mit weit geöffneten Augen und wartete, was kommen würde.

»Sie hat recht«, sagte er unbeholfen. »Alle Männer sehnen sich nach Leidenschaft und die Frauen auch. Ein Mädchen, das zur jungen Dame erzogen worden ist, darf seinen leidenschaftlichen Gefühlen nicht nachgeben. Ich glaube, wir wissen beide, daß es solche Gefühle dennoch gibt.«

Ich machte eine abwehrende Handbewegung. »Nicht so!« flüsterte ich.

James nahm meine Hand und hielt sie fest. »Ich sage nicht, daß für Männer andere Gesetze gelten«, meinte er, »aber die Welt macht es den Männern, die eine Frau begehren, wirklich nicht allzu schwer.«

Ich wich verlegen seinen Blicken aus. »Ich kann es nicht ertragen, mir vorzustellen, wie sie behandelt worden ist«, sagte ich. »Ich kann nicht verstehen, wie irgend jemand es rechtfertigen kann, einen anderen Menschen – und gerade ein so junges Mädchen – so schrecklich auszunutzen.«

Er nickte mit gesenktem Kopf. »Ich habe schwere Fehler begangen«, sagte er. »Vergib mir, wenn ich immer wieder versuche, es dir zu erklären. Es ist nicht dasselbe Gefühl wie das, was ich für dich empfinde. Mir ist beigebracht worden – und ich denke, so geht es vielen Männern –, diese Sehnsucht nach Leidenschaft wie einen Appetit anzusehen, der befriedigt werden muß.«

Ich wollte meine Hand fortziehen, aber James hielt sie fest. »Hör mich bitte an«, drängte er mich. »Jetzt weiß ich, daß diese Einstellung falsch ist. Ich werde versuchen, mehr wie eine Frau zu empfinden – wenn du verstehst, was ich meine. Ich werde mein Herz und meine Begierden denselben Weg gehen lassen. Ich werde nicht mehr den einen Menschen lieben und den anderen begehren. Vergib mir und vergiß, was du entdeckt hast – in Zukunft werde ich ein ganz anderes Leben führen.«

Ich sah ihn prüfend an, obwohl Tränen in meinen Augen standen. »Und wenn du entdeckt hättest, daß *ich* unkeusch gewesen wäre, hättest du mir dann auch so leicht vergeben?« fragte ich bitter. »Wenn ich dir erzählt hätte, daß ich einen Fehler gemacht hätte, und dir verspräche, ihn nicht noch einmal zu machen?«

James zögerte; er wollte ehrlich sein und war zugleich in Versuchung zu lügen, um den Streit schnell zu gewinnen. Er lächelte wehmütig. »Ich dachte, du wüßtest, daß es nicht deine Vergangenheit, sondern deine Zukunft ist, die mich interessiert«, sagte er. »Ich bin sicher, der Gedanke, daß du mit einem anderen Mann zusammengewesen wärest, wäre unerträglich für mich. Aber ich würde versuchen, es zu verstehen. Kannst du nicht auch versuchen, mich zu verstehen?«

Ich hielt inne. Plötzlich wußte ich: Was auch immer bei diesem Gespräch herauskommen mochte – die unbeschwerten, heiteren Zeiten und die Wochen der übermütigen Verliebtheit zwischen mir und James waren vorbei. »Ja«, sagte ich nachdenklich.

Sein Gesicht hellte sich sofort auf. Er beugte den Kopf und küßte meine handschuhbedeckten Hände. Dann streifte er den Handschuh herunter, so daß er die warme Haut an meinen Handgelenken küssen konnte, dort, wo mein Puls bei seiner Berührung ein wenig schneller schlug. »Ich danke dir«, sagte er. »Ich werde das niemals vergessen.«

Wir standen einige Augenblicke lang ganz still nebeneinander. James' Hände zitterten. Plötzlich lachte er leise. »Ich könnte mich dir zu Füßen legen und weinen«, sagte er. »Ich hatte solche Angst, daß du mich davonjagen würdest.«

Ich lächelte, aber meine Augen waren noch immer traurig. Ich war sicher, daß ich ihn niemals wiedersehen würde.

»Ich werde sehen, ob man irgend etwas für Julie tun kann«, sagte er. »Wenn du fort bist, werde ich meine Tante Densham fragen, ob man ihr helfen kann. Sie ist noch jung; vielleicht gibt es doch eine Zukunft für sie.« Ich nickte. »Du kümmerst dich um die Kinder, die in Sicherheit sind«, sagte er. »Schreib mir, sobald du heimkommst, und laß mich holen, wenn du mich brauchst. Wenn du mich aus irgendeinem Grund brauchst.«

Ich wollte gerade zustimmend nicken. Ich wollte sagen, daß er nach mir schicken sollte, wenn er mich brauchte, daß nichts uns jemals trennen könnte. Aber ich brachte kein Wort heraus. Das Licht um mich herum wurde grau, James' Stimme schien von irgendwo weither zu kommen, und ich fühlte ganz plötzlich einen solchen Schmerz von Einsamkeit, als wäre ich ganz allein auf der Welt, als liebte mich niemand und als würde mich niemand jemals lieben. Ich war vollkommen sicher, daß James mir nicht zu Hilfe kommen würde, daß er es gar nicht könnte, auch wenn ich es mir wünschte und er es wollte.

»Was ist?« fragte er leise. »Siehst du etwas, Julia?«

Ich blinzelte. »Nein«, sagte ich. Das Bild, das ich einen Augenblick lang gesehen hatte, wurde schwächer und entfernte sich von mir wie die Laterne an der Rückseite einer davonrumpelnden Kutsche. Ich konnte nichts mehr erkennen.

»Du wirst mich holen lassen, wenn du mich brauchst?« wiederholte er.

»Ja«, sagte ich, aber ich wußte, daß ich keine Möglichkeit haben würde, ihn holen zu lassen.

»Und du weißt, daß ich kommen werde.«

»Ja«, sagte ich noch einmal. Aber ich wußte, daß er nicht kommen würde.

John rief uns aus der Kutsche heraus etwas zu. »Entschuldige, Julia, entschuldigen Sie, Mr. Fortescue, aber wir müssen abfahren.«

Wir gingen zur Kutsche zurück. James half mir ohne ein weiteres Wort hinein. »Ich werde nicht ›Auf Wiedersehen‹ sagen«, rief er mir durchs Fenster zu. »Ich sage einfach: ›Gott segne dich‹, bis ich dich wiedersehe.«

Ich lächelte ihn an und versuchte, meine Tränen wegzublinzeln. Erst als die Kutsche davongefahren war und ich ihn nicht länger sehen konnte, flüsterte ich sehr traurig und sehr leise: »Auf Wiedersehen, James. Auf Wiedersehen, mein Liebling. Auf Wiedersehen.«

Unsere Reise begann ohne Schwierigkeiten und Hindernisse. Vor der Tür des Fish-Quay-Gasthofs warteten schon die Kinder in der gemieteten Kutsche auf uns, und wir hielten nicht einmal an, um sie zu begrüßen. Ich winkte aus dem Fenster, sie winkten zurück, drei strahlende, junge Gesichter, und ihr Wagen folgte uns auf der Straße nach Osten. Mit meinem Onkel John zu reisen war sehr bequem. Die Kutsche war warm, voller Decken und Kissen, und meine Mutter und ich wärmten uns die Füße an warmen Backsteinen. Als wir anhielten, um die Pferde zu wechseln, reichte man uns heiße Getränke in den Wagen, und in den Gasthäusern, in denen wir in den beiden darauffolgenden Nächten abstiegen, hatten wir ein eigenes kleines, gut geheiztes Zimmer. Sogar meine Mutter mußte lachen, als sie sah, wie sich die Kinder über die riesigen Mahlzeiten und über die wunderbar großen, duftenden Betten freuten.

Am letzten Morgen, während Onkel John die Rechnung beglich, ging ich hinaus, um die Kutsche für die letzte Etappe der Reise zu bestellen. Jem war sich seiner Würde und seiner Kompetenz ganz und gar bewußt; er schimpfte über die Stallknechte und die Pferde, die man uns gab. Ich schaute mir die Pferde selbst sehr genau an; sie schienen vollkommen gesund und in Ordnung zu sein. Die Sonne stand direkt über uns am klaren, blauen Himmel, aber am Horizont sah ich einige feine Wölkchen in jenem hellen, funkelnden Weiß, das Schnee ankündigt.

Der Lärm des Stallhofs und das Rumpeln der Räder der an-

und abfahrenden Kutschen wurde übertönt von einem sehr hohen, reinen Singen, einem Singen, so fein wie die Sphärenmusik, die kein menschliches Ohr mehr vernehmen kann. Ich schob meine Hände tiefer in meinen Pelzmuff und lehnte mich gegen die Tür des Gasthofs. Das war die Musik von Wideacre, das mich zurückrief.

Eine Dame sah mich mit einem abschätzenden Blick an, der mir aus Bath so wohlbekannt war. Ich war, seitdem ich Wideacre verlassen hatte, ein wenig gewachsen und etwas fülliger geworden. Die Kuchen und Leckereien von Bath hatten meinen Körper und mein Gesicht weicher und runder gemacht. Ich war so groß wie meine Mutter, ich trug wie sie Schuhe mit hohen, damenhaften Absätzen – und ich hatte sogar gelernt, darauf zu gehen! Während meines Aufenthaltes in der Stadt hatte ich Haltung und Eleganz gelernt, und die Arroganz der Laceys, wie meine Mutter es nannte, gab meinem Aussehen etwas Imponierendes: Ich trug meinen Kopf stolz und aufrecht und schritt einher, als gehörte mir der Boden unter meinen Füßen.

Ich schenkte der Dame ein kleines, höfliches Lächeln und rief Jem zu, daß wir abfahren könnten. Er brachte die Kutsche neben mir zum Halten, und meine Mutter und John kamen in den Hof hinaus.

»Wunderbares Wetter«, sagte meine Mutter, als unser Vierspänner, gefolgt von der gemieteten Kutsche, aus dem Hof und wieder auf die Landstraße hinausrollte.

»Vielleicht schneit es morgen«, sagte ich. »Auf Wideacre schneit es bestimmt jetzt schon.«

Der Boden war über Nacht gefroren. Jem schlug vor, nach Petersfield über die Hügel entlangzufahren, und wir hofften, daß auch auf diesen Wegen der Boden hart und gut befahrbar wäre. Und richtig: Der Frost hatte den Schlamm festgefroren; und unser Wagnis lohnte sich schon deshalb, weil die lieblichste Landschaft von England an uns vorbeizog: die Gegend an der Grenze zwischen Hampshire und Sussex. Am schönsten war es in Sussex, natürlich.

Die Buchenhecken, die die größeren Häuser umgaben, hatten ihre Blätter nicht verloren und waren lederbraun oder violett gefärbt. Das Gras war durch den Frost weiß geworden. Bis zum Mittag, als die Sonne wärmer wurde, war jeder Ast und jeder kleine Zweig wie ein Stückchen weißes, vollkommenes Filigran. Die Flüsse strömten nicht dahin, sondern schlängelten sich klein und hübsch unter den Steinbrücken der Straßen entlang; für die Kinder war es bereits warm genug, um draußen auf dem Dorfanger herumzutoben. Dies war die Landschaft, in die mein Heimatdorf eingebettet lag, und ich sah an der Breite der Flüsse, an dem Eis, das an den schattigen Stellen noch nicht schmelzen wollte, und an der Richtung des Windes, wie das Wetter daheim wäre. Der Boden wäre trocken, knusprig-hart vom Frost, aber nicht durch und durch gefroren. Der Fenny würde reichlich Wasser führen, wäre aber nicht überflutet, und auf dem Gemeindeland gäbe es kleine Fleckchen und kleine Niederungen auf den Hügeln, wo man geschützt sitzen und das Gesicht der Wintersonne zuwenden könnte.

Wir rollten mit fest angezogenen Bremsen und rutschenden Rädern den steilen Hügel nach Midhurst hinunter. Jem stieß auf seinem Kutschbock leise Flüche aus. Dann rumpelten und klapperten wir durch die kleine Stadt hindurch. Die Gasthäuser standen so nahe am Straßenrand, daß die festgesteckte Peitsche gegen die Wände schlug, während wir vorbeifuhren. Es war Markttag, und auf den Straßen drängten sich die Menschen; die Verkaufsbuden waren aufgeschlagen, und die Waren wurden auf dem Marktplatz angeboten. Ich spähte nach den Schildern, auf denen die Preise für Weizen angegeben waren, und sah, daß er niedrig stand – ein sicheres Zeichen dafür, daß die Händler noch Vorräte hatten und daß wahrscheinlich in den folgenden Wochen ausreichend Getreide vorhanden sein würde. Wie üblich standen eine Menge Männer herum, die nach Arbeit suchten, und einige der Gesichter sahen vor Hunger blaß und angespannt aus. An einer Ecke des Marktplatzes wartete ein Häufchen der Allerärmsten in schmutzigen Lumpen und blaugefroren vor Kälte. Auf einer Treppe lag, das Gesicht nach unten gewandt, ein Bettler; ich konnte die Löcher in seinen Schuhen sehen, als unsere Kutsche vorbeirollte.

Schnell hatten wir Midhurst passiert, und die Pferde trabten einen steilen Hügel hinauf. Ich fühlte mein Herz rascher und heftiger schlagen, lehnte mich in meinem Sitz nach vorn und blickte sehnsüchtig aus dem Fenster, als könnte ich durch alle Poren hindurch Wideacre in mich aufnehmen. Mir war, als ertönte in meinem Kopf eine Glocke, die mich nach Haus rief, und ich konnte es kaum erwarten, daß die Kutsche schließlich nach links einbog und den Pfad nach Acre entlang rumpelte. Wir hatten nur noch eine kurze Strecke zurückzulegen. Plötzlich hatte ich keine Eile mehr, denn die Bäume auf der einen Seite der Straße waren die Bäume von Wideacre, und die Felder auf der anderen Seite waren die Felder von Wideacre. Ich war zu Hause.

Onkel John lächelte mich an. »Du siehst aus wie jemand, der ein Rennen gelaufen und als erster ins Ziel gekommen ist«, sagte er. »Man sollte denken, du hättest die Kutsche mit eigenen Händen ziehen müssen, so erleichtert wirkst du, wieder hier zu sein.«

»Das bin ich auch«, sagte ich mit Nachdruck. »Es ist so gut, wieder zu Haus zu sein.«

Wir rollten durch das Tor hindurch und winkten den Hodgett-Kindern zu, die am Straßenrand herumsprangen. Schließlich kamen wir vor Dower House zum Stehen. Mir stockte der Atem, so sehr freute ich mich.

»Jetzt«, sagte Onkel John, »habe ich für dich eineinhalb Überraschungen, Celia! Sieh mal, wie schwer wir Junggesellen gearbeitet haben, um das Haus für deine Heimkehr in Ordnung zu bringen!«

Meine Mutter schnappte nach Luft. Eine solche Veränderung hatte sie nicht erwartet. Seitdem Onkel John mit so viel Geld heimgekommen war, hatte sie selbst schon diese und jene Kleinigkeit gekauft, um für uns alle das Haus bequemer zu machen. Aber Onkel John hatte ein Wunder bewirkt. Die alten Möbel, Dauerleihgaben von Havering Hall, waren alle fort, und die kleinen abgetretenen Läufer, die das laute Hallen der Schritte hatten dämpfen sollen, waren ebenfalls verschwunden. Statt dessen leuchteten uns bunte Teppiche aus feiner Wolle entgegen, und überall prangten wunderbar geschnitzte Möbelstücke aus dunkelbraunem Teakholz und Mahagoni.

»Das ist ja bezaubernd!« rief meine Mutter. Onkel John öffnete die Tür zum Wohnzimmer und zeigte uns einen gänzlich neu eingerichteten und renovierten Raum; die Wände waren mit blaßblauer Farbe frisch getüncht, der Kaminsims mit neuen, glänzend weißen Platten belegt. Ein weißer, weicher Teppich war auf den Dielen ausgebreitet, und ein schöner, runder Tisch mit vier Stühlen stand an der Wand. Der Lieblingsstuhl meiner Mutter war wie immer an seinem üblichen Platz, aber ich hätte ihn fast nicht erkannt; er war mit einem blaßblauen Samtstoff bezogen worden, der zu den anderen Stühlen, den Überzügen der Fenstersitze und den Vorhängen paßte.

»Gefällt es dir?« fragte Onkel John und schaute meine Mutter an. »Es war verdammt schwierig, die richtigen Farben auszuwählen. Wir hätten dabei fast die Geduld verloren und wollten dir schon schreiben, um dich um Rat zu bitten. Aber es sollte doch eine Überraschung sein.«

Meine Mutter war sprachlos. Sie konnte nur noch nicken.

»Aber wirf mal einen Blick in die Bibliothek!« rief Onkel John begeistert wie ein Kind und zog sie aus dem Zimmer. Während meiner ganzen Kinderzeit hatte die Bibliothek leer gestanden. Wir hatten nicht genug Bücher gehabt, um die Regale zu füllen, nur ein paar Fibeln und Kinderbücher und die Romane meiner Mutter aus dem Buchclub in Chichester.

Jetzt war alles verändert. Die Wände waren mit gepreßtem roten Saffianleder bespannt. In der Mitte des Raumes prangte ein großer, glänzender Tisch und dahinter ein schwerer Stuhl. Zwei Sessel waren zu beiden Seiten des Kamins aufgestellt, und daneben standen kleine passende Tische.

»Dies ist *mein* Zimmer«, sagte Onkel John voller Stolz. »Aber wenn du vor dem Eintreten anklopfst und dich hier drinnen ganz still verhältst, dann darfst du dir meine Bücher ansehen.«

»Ich werde mein Bestes tun«, sagte meine Mutter schwach. »Aber, John, du mußt ein Vermögen ausgegeben haben! Und all das, während Julia und ich in Bath ein Kleid nach dem anderen gekauft und mehrere Zimmer gemietet und Parties gegeben haben und was weiß ich sonst noch!«

»Ich wußte, daß es ein Fehler war, euch allein reisen zu lassen«, sagte Onkel John düster, aber als er das besorgte Gesicht meiner Mutter erblickte, umarmte er sie rasch und rief fröhlich aus: »Meine Liebe, es ist reichlich Geld da, und selbst, wenn nur ein Bruchteil davon vorhanden wäre, könntest du immer noch ein Haus in der Stadt und eines auf dem Lande haben.«

Meine Mutter lächelte und setzte sich auf einen der neuen Stühle.

»Genug jetzt!« sagte Onkel John. »Zuerst wird der Schwerkranken ein warmes Bett und bis zum Essen ein wenig Ruhe verordnet. Das Essen wird dir dann in deinem Zimmer serviert. Nach oben mit dir, aber rasch!«

»Ich komme mit dir, Mama«, sagte ich. »Aber danach bringe ich gleich die Kinder nach Acre.«

»Natürlich«, sagte Onkel John. »Du wirst wohl ein anderes Kleid anziehen wollen, vermute ich. Das, was du jetzt trägst, hast du – oh, mein Gott! – wahrscheinlich schon den ganzen Vormittag lang angehabt!«

»In der Tat«, bestätigte ich ernst. »Und morgen werde ich noch ein paar neue machen lassen müssen. Dieses hier wird, während ich hier stehe, von Sekunde zu Sekunde unmoderner!«

Onkel John lachte. Ich brachte meine Mutter zu Bett, da sie sich offensichtlich dort noch immer am wohlsten fühlte, und ging hinauf in mein Zimmer, in das Zimmer meiner Kindheit und Jungmädchenzeit, wo ich mich versteckt hatte, wenn Richard wütend auf mich war, und wo ich meine Träume geträumt und meine bitteren Tränen geweint hatte, als ich befürchtete, wahnsinnig zu werden.

Ich sah über den hinteren Garten, über die Koppel und die Obstplantagen hinüber zum Gemeindeland, das von der Silhouette der Hügel umgrenzt wurde. Die Sonne war untergegangen und hatte im Dämmerlicht nur einige Streifen von rosa, jasmin und violett gefärbten Wolken zurückgelassen. Ein eiskalter Stern hing glitzernd wie eine Schneeflocke tief am Himmel.

Ich öffnete die Fensterflügel, lehnte mich mit den Ellenbogen auf den Sims und schaute hinaus. Die Hügel standen so dunkel wie die Wolle eines schwarzen Schafes vor dem schattigen Himmel. Ich konnte auf den Ausläufern der Hügel den weißen Kreidestreifen erkennen, der zum Dorf hinunterwies. Die Luft war kalt und geruchlos. Langsam fühlte ich den Nachtfrost emporsteigen. In der Ferne schrie eine Eule, einmal – und noch einmal.

Dies war einer der Augenblicke, in denen ich Beatrice ganz nahe war. Ich stand fröstelnd in meinem neuen, leichten Kleid am Fenster und wartete darauf, daß sie zu mir käme.

Nichts geschah.

Ich fühlte keinen Schauder, kein Summen in meinem Kopf. Kein Tagtraum suchte mich heim. Ich wurde nicht von Gespenstern verfolgt. Ich war nur ganz und gar ruhig und zufrieden. Allein mit dem Blick auf Beatrices Himmel und über Beatrices Land, das von der schmalen Sichel des aufgehenden Mondes erhellt war, stand ich dort mit meiner und ihrer Seele in Frieden. Sie kam nicht mehr willkürlich zu mir. Ich wurde nicht mehr von ihrem unruhigen Geist verfolgt. Ich hörte ihre Stimme, wenn ich sie brauchte. Sie gab mir ihre Stärke, wenn ich es allein nicht schaffen konnte. Von nun an war sie da, um mir zu helfen. Ich schloß das Fenster und wandte mich zur Tür.

Das Leben in Bath hatte mich nicht so verändert, wie meine Familie es gewünscht hatte. Meine Mutter hatte gewollt, daß ich ganz und gar *ihre* Tochter werden würde; Onkel John hatte gewollt, die Behandlung bei Dr. Phillips brächte die Stimme der Laceys in mir zum Verschwinden, und Richards Wunsch war es gewesen, der Aufenthalt in Bath würde mich in eine junge Dame verwandeln und meine Sehnsucht nach Freiheit unterdrücken. Sie alle hatten mich für verfolgt und besessen gehalten.

Es gab aber nichts, wovon Bath mich hätte heilen können. Bath hatte mich gelehrt, daß ich nicht krank war und daß meine Hellsehergabe etwas Besonderes und Wertvolles war, vor dem man nicht erschrecken mußte. Es hatte mich gelehrt, daß ich auf Beatrices Land leben und stolz darauf sein konnte, ihre Erbin zu sein, und daß ich dazu bestimmt war, ihre Fehler zu vermeiden und die Dinge wieder in Ordnung zu bringen.

Ich nahm Ralphs kleine, hölzerne Eule aus meinem Handtäschchen und legte sie auf meinen Nachttisch. Ralphs Eule, Beatrices Eule, meine Eule. Ich würde sie neben mein Bett stellen als Unterpfand der Liebe zwischen Beatrice und Ralph, das mir Glück bringen sollte.

Ich schaute mich in meinem Zimmer um, um sicherzugehen, daß es vollkommen in Ordnung war, und dann trippelte ich mit den kleinen Schritten, die mir mein schmalgeschnittenes Kleid gerade eben erlaubte, die Treppe hinunter.

Die Kinder saßen über dampfenden Teetassen und großen Tellern mit Butterbroten am Küchentisch.

»Sie haben in Acre schon alles für euch vorbereitet«, erzählte ihnen Mrs. Gough, als ich in die Küche kam. »Gegenüber der Kirche neben dem Pfarrhaus ist ein Cottage, in dem ihr wohnen könnt.«

Ihre Gesichter leuchteten.

»Wollt ihr jetzt gehen?« fragte ich.

Ihre Stühle klapperten auf dem Fliesenboden, so heftig stießen sie sie zurück.

»Vielen Dank für den Tee, Ma'am«, sagte Rosie Dench zu Mrs. Gough. Nat und Jimmy tippten sich zum Dank an die Stirn, nahmen ihre Mützen und stürzten aus der Küche, als täte es ihnen gar nicht leid, wegzugehen. Ich hängte mir ein Cape um, und wir stiegen in die Kutsche.

»Dies ist die Anfahrt zum alten Herrenhaus von Wideacre«, sagte ich. »Ihr erinnert euch vielleicht daran. Dies ist das Tor mit dem Pförtnerhaus. Zur Rechten führt der Weg hinunter zur Straße nach London und Chichester, aber wir fahren jetzt links nach Acre.«

Sie schauten mit großen Augen auf die frisch beackerten, umgepflügten Felder, die jetzt hartgefroren waren vom Frost, und auf die neu gepflanzten, dünnen Obstbäume.

»Und dies ist Acre«, sagte ich. »Dort, zu deiner Linken, Rosie, ist das Cottage der Dench-Familie, an das du dich sicher erinnern kannst …« Plötzlich hörten wir ein Donnern und Krachen, einen lauten Trommelwirbel und ein Pfeifkonzert; es klang, als rückten tausend Schotten zugleich heran.

»Was in aller Welt …«, stotterte ich.

Die Kutsche blieb mit einem heftigen Ruck stehen, und am Fenster erschien Ralphs strahlendes Gesicht. Er öffnete die Tür.

»Willkommen«, sagte er. »Willkommen zu Hause, Kinder; und herzlich willkommen auch Ihnen, Julia, daß Sie uns die Kinder wiedergebracht haben.«

Die drei sprangen hinaus, bevor noch die Stufen hinuntergelassen worden waren, und Ralph streckte eine Hand aus, um mir aus der Kutsche zu helfen. Alle Dorfbewohner von Acre waren auf den Beinen, um die Kinder zu begrüßen, und ein großes Freudenfeuer war auf dem Dorfanger aufgeschichtet. In der Nähe stand ein mit Essen beladener Tapeziertisch. Zwei

Dudelsackpfeifer, die Wangen wie Clowns dick aufgeblasen, warteten dort, um den Kindern einen Willkommensgruß aufzuspielen, und Matthew Merry schlug heftig die Trommel dazu.

»Ralph!« rief ich lachend und zugleich den Tränen nahe. »Ich fühle mich, als wäre ich mein Leben lang fortgewesen!«

Vor den Augen von ganz Acre zog mich Ralph an sich, umarmte mich so heftig, daß ich kaum noch atmen konnte, und flüsterte ganz leise in mein Ohr: »Julia Lacey, du bist ein Schatz, und ich bin so glücklich, dich zu sehen, daß ich es selbst kaum glauben kann.«

»Mr. Megson, Miss Lacey!« ertönte eine Stimme über den Lärm der Dudelsäcke und der Trommel hinweg. Dr. Pearce stand vor uns, und Ralph ließ mich ohne besondere Verlegenheit los. »Wirklich, Miss Lacey!« sagte er tadelnd. Aber dann mußte auch er lächeln. »Oh, Julia! Das haben Sie gut gemacht!« sagte er, nahm meine beiden Hände und zog mich an sich, um mir einen Kuß auf beide Wangen zu drücken.

Ich sah an ihm vorbei auf die Dorfbewohner, die ihre Kinder begrüßten. Rosie war von Clary und der ganzen Familie Dench umringt. Die Kleinen betasteten fasziniert das neue Kleid und den Mantel ihrer Halbschwester. Clarys blasse Mutter stand dort, das Baby auf die Hüfte gestützt, umarmte Rosie und weinte vor Glück, daß sie sie wohlbehalten wieder bei sich hatte.

Die Brewer-Familie schloß Nat in die Arme und stieß laute Rufe der Verwunderung aus über die dunklen Streifen, die auf seiner Haut zu sehen waren. Nur der kleine Jimmy stand allein. Er gehörte zu den Armen des Dorfes und war einer der ersten gewesen, die mitgenommen worden waren. Ralph ging zu ihm und legte den Arm um seine Schulter.

»Ich bin Ralph Megson«, sagte er leise. »Ich brauche dringend einen Jungen, der bei mir wohnt und mit mir zusammen arbeitet. Einen schnellen Jungen, der nicht auf den Kopf gefallen ist. Glaubst du, wir würden zusammenpassen?«

»Oh, ja!« rief Jimmy und blickte Ralph strahlend ins Gesicht.

»Oh, ja, Mr. Megson, Sir. Ich bin genau der Richtige für Sie, Sir.«

Ralph nickte und klopfte dem Jungen leicht auf die Schulter.

»Laßt uns essen!« rief er dann laut.

Die Dudelsäcke und die Trommel verstummten abrupt, und Matthew kam zu mir herübergelaufen.

»G-G-Gut gemacht Julia!« stotterte er und küßte mich, bis plötzlich Ted Tyacke vor mir stand und mich so fest in die Arme nahm, daß mir der Hut in den Nacken rutschte.

Alle gingen zu Tisch, setzten sich auf die Stühle und sahen erwartungsvoll zur Eingangspforte von Dr. Pearces Garten. Clary kam mit einer brennenden Fackel herausgelaufen und machte eine kleine Verbeugung vor Jimmy Dart.

»Zünde das Freudenfeuer an«, forderte sie ihn lächelnd auf. »Du hast keinen Verwandten hier, deshalb ist das ganze Dorf deine Familie. Wir haben dies für dich, für euch alle vorbereitet, um euch mit einem warmen Feuer und einem guten Essen willkommen zu heißen. Möge Acre für euch drei immer ein warmer und freundlicher Ort sein.«

Jimmy trat ein paar Schritte vor. Sein kleines, spitzes Gesicht war sehr ernst. Er nahm Clary vorsichtig die Fackel aus der Hand und ging zu dem großen, mit Heu bedeckten Holzhaufen. Mit einem lauten »Wuff« ging das ganze Gebilde in Flammen auf. Jimmy machte einen Satz rückwärts und warf dann seine Fackel dazu.

Clary kam auf mich zu und legte ihre Hand um meine Taille. »Wieder gut heimgekommen?« fragte sie.

Unser Spaziergang in dem mondbeschienenen Garten, damals, als ich so viel Angst hatte, Wideacre zu verlassen, schien mir schon ewige Zeiten her zu sein.

»Gut heimgekommen«, bestätigte ich. »Und dir geht es gut, Clary?«

Ihr Lächeln war das zufriedene Lächeln einer Frau, die geliebt wird und es auch weiß. »Ja«, antwortete sie. »Komm und setz dich und erzähl mir von Bath.«

Während die Dämmerung hereinbrach, feierten wir gemeinsam auf dem Dorfanger von Acre ein Freudenfest. Die Dorfbewohner feierten, weil sie ihre Kinder wieder daheim hatten. Und ich feierte, weil ich wohlbehalten wieder zu Hause war, weil ich von einem guten Mann und von einem ganzen Dorf geliebt wurde und weil ich endlich wieder das Herz einer Lacey in meiner Brust schlagen spürte.

Erst nachdem noch zwei weitere Wochen verstrichen waren und das Wetter Mitte März milder zu werden begann, erholte sich meine Mutter wieder ganz und gar. Als die Tage wärmer wurden und die Vögel wieder zwitscherten, legte sie sich ein Tuch um die Schultern und saß, die Frühlingssonne im Gesicht, im Garten.

Der Frühling brach sehr warm herein, und überall begann es fast über Nacht zu blühen. Schon bald, nachdem die ersten Osterglocken gelb in den Wäldern leuchteten, überfluteten die blauen Waldhyazinthen die Hügel unter den blaßgrünen Bäumen, und überall sprossen die Wildblumen, dicht gestreut wie Zucker auf Erdbeeren. Oben auf den Downs zeigten sich die ersten Himmelsschlüssel, und wenn ich nach den Lämmern schaute, dann ließ ich mich oft von Seenebel hinuntergleiten und drückte mein Gesicht in eines der dichten Blütenpolster, um den Duft des Nektars einzuatmen. Ich mußte meine Begeisterung teuer bezahlen. Eine Biene stach mich, als ich mein Gesicht in ein dickes Primelkissen steckte, hinter das Ohr.

Onkel John zog vorsichtig den Stachel mit einer Pinzette heraus, zeigte aber wenig Mitleid. »Wie kann man so dumm sein, sich von einer Biene am Ohr stechen zu lassen?« fragte er.

»Ich habe auf den Downs mein Gesicht zu tief in die Blumen gesteckt«, gestand ich.

Er nickte meiner Mutter zu. »Zurück nach Bath«, sagte er. »Gegen soviel Dummheit gibt es keine andere Medizin.«

Meine Mutter lächelte. »Nun ärgere sie nicht«, sagte sie. »Erzähl ihr von dem Besucher, der heute gekommen ist.«

»Oh, ja«, meinte Onkel John. Er lächelte, als er mein gespanntes Gesicht sah. »Rate mal, wer mich heute besucht hat?«

»Der Bürgermeister von London«, riet ich.

»Nein«, sagte Onkel John. »Jemand, der viel wichtiger ist.«

»Thomas Paine.«

»Nein«, meinte Onkel John. »Aber ein Mann, der ebenso radikal ist.«

»Jemand, den ich kenne?« fragte ich.

»Jemand, den du gut kennst«, sagte er. »Ein sehr guter Bekannter.«

Ich errötete und konnte mein Herz pochen hören. »Irgend jemand aus Bath?« fragte ich so gleichmütig wie möglich.

»Ja«, antwortete Onkel John.

»Vielleicht Marianne Fortescue?« meinte ich ein wenig scheinheilig.

»Tzzz!« machte Onkel John. »Nun zier dich nicht, Julia.«

»James?« fragte ich.

Meine Mutter lachte und klatschte mir Beifall.

»Ja«, sagte Onkel John. »Er ist in seiner zweispännigen Kutsche gekommen, wollte aber nicht zum Essen bleiben. Er mußte irgend etwas für seinen Vater in London erledigen, und aus irgendeinem Grunde, den er mir nicht weiter erläuterte, geht jetzt der schnellste Weg von Bristol nach London über Chichester.«

Mir wurde bis zu den Ohren hinauf heiß. »Was hat er gesagt?« fragte ich. »Hat er sich Wideacre angeschaut? Hat er gesagt, daß es ihm gefällt?«

Onkel John zählte die Antworten an seinen Fingern auf. »Erstens: Er sagte, daß er dich heiraten wolle, daß er dich liebe und daß die rechtliche Seite des Ehevertrages sofort in die

Wege geleitet werden solle. Zweitens: Er sah, so weit ich es beurteilen konnte, recht wohl aus.«

»Es schien ihm leid zu tun, daß du nicht hier warst«, warf meine Mutter ein. »Er liebt dich wirklich, Julia.«

Ich nickte und schaute auf meine Hände, die in meinem Schoß lagen.

»Drittens«, zählte Onkel John weiter: »Ich habe dich nicht holen lassen, weil er nur eine Stunde Zeit hatte und weil keiner eine Ahnung hatte, wo du wohl sein könntest. Viertens: Er hat ein wenig von Wideacre gesehen, weil er mich nach Acre hineingefahren hat. Er hat Ralph Megson getroffen und das Dorf angeschaut. Er fragte nach den Kindern aus Bath, aber sie waren alle auf den Feldern, außer Rosie Dench, die ihm um den Hals gefallen ist und ihn ihren Retter genannt hat. Und der fünfte, und, wie ich meine, nicht uninteressanteste Aspekt: Er hat mir erzählt, wenn du es mit dem Profit-Teilungsplan ernst meintest, dann würde er sein Geld in diesen Plan investieren, und er würde sich später, wenn ihr beiden verheiratet wäret, gern ein Landhaus auf Wideacre bauen.«

»Oh!« sagte ich verdutzt.

Meine Mutter streckte ihre Arme zu mir aus, und ich fiel vor ihr auf die Knie und umarmte sie ganz fest. »Oh, mein Liebling, ich bin so froh«, sagte sie leise. »Du hast wirklich Glück.«

»Ja«, bestätigte ich. »Oh, ja.«

Meine Mutter strich mir über das Haar. »Gut, gut«, sagte sie beruhigend. »Wann kommt er denn zurück?«

»Er muß zwei Tage lang in London bleiben«, antwortete Onkel John. »Dann nimmt er das Schiff nach Belgien. Die Handelsverbindungen seines Vaters reichen bis auf das Festland, und James muß eine Art Rundreise machen. Ich habe ihm erlaubt, dir zu schreiben, aber er sagt, er könnte dir keine Antwortadresse geben. Er meint, er wäre in acht oder neun Wochen ohnehin wieder zurück. Bis dahin werden die Rechtsanwälte seines Vaters und meine eigenen Anwälte den

Ehevertrag aufsetzen, und ihr könnt heiraten, wann immer ihr wollt.«

Ich setzte mich gerade auf. »So bald wie möglich«, sagte ich.

»Du scheinst dich ja doch nicht so zu zieren«, lachte meine Mutter und zwinkerte dabei Onkel John zu.

»Nein«, bestätigte er.

»Es dauert mindestens zwei Monate, bis deine Kleider fertig sind, und das Haus muß ja auch erst gebaut werden«, sagte meine Mutter. »Selbst wenn die Hochzeit ohne großen Aufwand gefeiert werden soll, wird immer noch eine Menge zu tun sein. Es sei denn, du möchtest vielleicht in Bath heiraten, Julia? Oder in Bristol?«

»Hier«, sagte ich, ohne einen Moment zu zögern. »Hier in unserer Gemeindekirche soll die Trauung sein, und danach findet ein Fest auf dem Dorfanger statt. Hier, wo wir wohnen und unser ganzes Leben lang glücklich sein werden.«

Bei meinen eigenen Worten lächelte ich, aber ich fühlte zugleich jenen vertrauten, seltsamen Schauder, der mir das Rückgrat herunterlief. Alles würde gut werden. James würde aus Belgien zurückkommen und mich direkt hier auf Wideacre aufsuchen. Wir würden ein schönes Fleckchen Erde für unser Haus finden – ich hatte schon ein halbes Dutzend Bauplätze im Kopf –, und wir würden heiraten. Nichts sprach dagegen, denn beide Familien waren mit dieser Ehe vollkommen einverstanden. Mehr als das – James und ich paßten wunderbar zusammen! Das Geld aus Bristol und das Land von Sussex. Mit James, das wußte ich, bekäme das Dorf einen Herrn, der seine ganze Energie und sein ganzes Geld darauf verwenden würde, die Projekte zu verwirklichen, die Ralph und ich schon so weit in die Zukunft hinein geplant hatten. Es gab nichts, was mich hätte beunruhigen müssen.

Und doch: In meinem tiefsten Herzen fürchtete ich, daß die Zukunft ganz anders aussehen würde.

18

»Ich will Richard einen Brief schreiben«, sagte meine Mutter an jenem Abend zu mir. »Möchtest du auch ein paar Zeilen hinzufügen?«

»Ja«, sagte ich. Eine Nachricht an Richard war wirklich längst überfällig.

Ich hatte ihm regelmäßig aus Bath geschrieben, aber nie eine Antwort von ihm bekommen. Seine Arbeit im Dorf und am Herrenhaus hatten mir als Entschuldigung genügt.

Dann, als der Wiederaufbau von Acre gut vorankam, war er zurück zur Universität gegangen. Onkel John hatte ihm sicher berichtet, daß ich in Bath viele Freunde gefunden hatte. Wahrscheinlich war ihm auch der Name James Fortescue inzwischen bekannt. Aber ich wußte nicht, ob er eine Ahnung hatte, wie weit die Beziehung zwischen James und mir bereits gediehen war.

Ich war verliebt und unbekümmert. Ich war glücklich, und ich konnte mir nicht vorstellen, daß mir irgend jemand mein Glück nicht gönnen könnte. Ich betrachtete Richards Feindseligkeit, die er vor meiner Abreise nach Bath an den Tag gelegt hatte, als etwas, was sehr lange zurücklag. Ich selbst hatte mich damals ängstlich und traurig gefühlt, weil die ganze Welt sich gegen mich verschworen zu haben schien. Ich konnte Richard verzeihen, daß er so gierig und rücksichtslos auf den Besitz von Wideacre spekuliert hatte. Wir waren jetzt beide erwachsen, und ich war mit dem besten Mann, den ich jemals gekannt hatte, verlobt. Ich war so glücklich, daß ich Richard gegenüber großzügig sein konnte. So teilte ich ihm in meinem Brief mit, es würde ihn sicher freuen zu hören, daß ich mit James Fortescue verlobt sei. Zudem habe James Wideacre gesehen. Es habe ihm gefallen, und er wollte mit mir zusammen auf den Ländereien leben.

Ich schrieb nur wenig mehr über James. Ich hatte selbst im Glück meines Brautstandes nicht einen Augenblick lang vergessen, daß Richard auf jeden Fall immer der erste sein wollte. Ich dachte, die beiden Männer könnten vielleicht Freunde werden, wenn sie einander ohne jedes Vorurteil gegenüberträten. Im übrigen mußte ich den Brief an Richard ohnehin kurzhalten, denn Ralph Megson wartete schon drüben an der Three-Gate-Wiese auf mich. Auf dem Feld, wo wir Weizen anbauen wollten, wuchs jetzt noch wilder Knoblauch.

Seit meiner Rückkehr aus Bath war ich von morgens bis abends draußen gewesen, hatte nach den Feldfrüchten und nach den Tieren gesehen, hatte Gruppen von Dorfleuten organisiert, die sich um den Schutz der Natur kümmerten, und Männer herangeholt, die Gräben aushoben und die das Unkraut auf den Feldern jäteten. Die Straßen waren so schlammig, daß man sich nur zu Pferd fortbewegen konnte, und Onkel John wollte unbedingt zu Hause bleiben, um über die Genesung meiner Mutter zu wachen. Die Verantwortung für die Arbeit auf den Ländereien trug ich – zusammen mit Ralph Megson.

Er brachte mir alles bei. Er kam mir dabei vor wie ein Mann, der die Zügel einer sehr wertvollen Kutsche und zweier Pferde an einen Anfänger übergibt. Wenn wir uns auf der Straße oder in einer Scheune begegneten oder wenn wir beide an einen Brückenpfosten gelehnt auf das fließende Wasser des Fenny schauten, dann erzählte er mir immer irgend etwas über das Land oder über den Zug der Vögel nach Norden oder über das Wetter, das sich ankündigte.

Für mich war das fast eine Ausbildung zur künftigen Gutsherrin, und Ralph war ein strenger Lehrherr. Er nahm mich zur Strafe auf lange Ausritte durch die Ländereien mit, er lehrte mich den Namen jedes einzelnen Feldes und erklärte mir jeden kleinen Schwammpilz und jede Holzkrankheit in den Wäldern. Er benannte die Unkräuter, die, noch während wir zuschauten und darüber stritten, wem das Land später gehören sollte und wer die Rechte darauf besäße, in die Höhe zu schießen schienen.

Wir stritten über Wilddiebe, wir stritten über Ährenleser, über Lohn und Rechnungen, über Hausdiener und über die Rechte von Pächtern. Mit den Rechten, die den Großgrundbesitzer ermächtigten, seine Arbeiter zu zusätzlicher Arbeit zu zwingen, war Ralph nicht einverstanden. Er war mehr oder weniger gegen alle Privilegien der Großgrundbesitzer, bis ich ihm eines Tages vorhielt, er sei überhaupt kein ordentlicher Gutsverwalter, sondern es sei allein das Dorf, für das er arbeite und dem seine Loyalität gelte.

»Oh, ja«, sagte er ohne die mindeste Erschütterung. »Ich arbeite für Acre. Ob die Laceys davon profitieren, ist mir gleichgültig.«

Ich starrte ihn mit offenem Mund an. Wir ritten an den Weizenfeldern entlang und überprüften, ob sie ordentlich eingezäunt worden waren, denn dort gab es so viel Wild, daß nicht einmal der Appetit der Bewohner von Acre es ausreichend dezimieren konnte.

»Wir bezahlen den Lohn«, entgegnete ich. Mein Verstand hätte mir allerdings sagen sollen, daß Ralph sich von einem solchen Argument nicht im mindesten überzeugen lassen würde.

»Stellen Sie sich nicht so dumm, Miss Julia. Die Löhne, die mich bewegen könnten, die Loyalität gegenüber meinen eigenen Leuten zu verraten, sind noch nicht erfunden worden. Das wissen Sie doch.«

»Aber warum waren Sie dann einverstanden, für meinen Onkel John zu arbeiten?« fragte ich. »Er hat Sie doch als Verwalter für die Laceys eingestellt.«

»Und ich arbeite auch als Verwalter für die Laceys«, sagte Ralph. »Die Zukunft der Laceys hängt davon ab, ob sie das Land den Menschen geben, die darauf leben und arbeiten.«

Wir lenkten unsere Pferde von dem Feld fort und trabten den weiten Bogen des Sandweges hinab, der quer durch das Gemeindeland hindurchführte. Er war über und über mit Farn bewachsen, und Heidekraut wucherte über die Ränder hinweg.

»Dies muß alles zurückgeschnitten werden«, sagte Ralph und deutete auf die Heidebüschel und das braune Farnkraut. »Es wird schon bald die ganze Fläche überwuchern, und wenn es ein Heidefeuer gibt, dann gerät es vollkommen außer Kontrolle. Ich werde vor Ende der Woche ein paar Männer dort hinschicken.«

Ich nickte. »Jetzt drehen Sie mir nicht das Wort im Munde um, Mr. Megson. Sie wissen, daß es Onkel John war, der den Profit-Teilungsplan ausgearbeitet hat. Aber Sie stellen sich doch wohl nicht vor, mein Onkel würde die Ländereien von Wideacre ganz einfach dem Dorf Acre schenken.«

Ralph lächelte nachdenklich. »Kaum«, sagte er. »Er ist ein guter Mann, aber er ist an Reichtum gewöhnt, und er kennt den Wert dieses Landes. Es gibt nichts, was er einfach weggeben würde.«

»Und was sollte also nach Ihrer Meinung geschehen?« fragte ich.

»Ich denke, *Sie* werden es weggeben«, sagte Ralph, als wäre dies die einfachste Sache der Welt.

Er schaute vor sich auf den Pfad, der zum Park hinunterführte, und galoppierte an, um sein Pferd über die neu reparierte Mauer springen zu lassen. Ich sah ihm staunend zu und verlor fast das Gleichgewicht, als Seenebel ihm einfach hinterherlief und über die Mauer sprang, ohne daß ich ihr irgendwelche Hilfen gegeben hätte.

»So, werde ich das?« fragte ich, als ich ihn wieder eingeholt hatte. »Wie kommen Sie auf die Idee, ich würde Wideacre fortgeben?«

»*Sie* werden es den Dorfbewohnern schenken«, bestätigte Ralph ruhig, und dann, als er sah, daß ich rot wurde, lachte er leise. »Seien Sie nicht gleich so aufgebracht, Miss Julia«, sagte er gutmütig. »Sicher wären Sie in meinen Augen keine richtige Lacey, wenn Sie Ihren Anteil an den Ländereien so ohne weiteres aus der Hand geben und sich in eine Heilige verwandeln würden, die Sie in Wirklichkeit nicht sind. Die Pläne, die ich im Hinblick auf Sie und auf Wideacre im Kopf habe, sind für ein junges Mädchen nicht gerade brennend interessant. Aber ich denke, sie weisen den Weg, den das ganze Land wird gehen müssen, wenn noch mehr Grausamkeiten und großer Kummer vermieden werden sollen.«

Wir wendeten die Pferde, um den Reitpfad hinunter nach Hause zu reiten, über uns die ineinander verwobenen Buchenzweige, unter uns der weiche Schlamm, der an den Hufen emporquoll.

»Sehen Sie«, sagte er plötzlich ernst. »Wir leben in einer grausamen Welt. Sie haben die Armut in Acre gesehen, ich brauche Ihnen nichts über die Härte und Grausamkeit dieses Lebens zu erzählen. Das ganze Dorf hätte vor Hunger sterben können, und niemand hätte sich darum gekümmert. Viele Menschen sind gestorben, kleine Babys und alte Leute, die in kaltem Wetter an eigentlich harmlosen Krankheiten zugrunde gingen, weil ihre Körper zu schwach waren, um die Last der Krankheit zu tragen. Sie wissen das. Sie haben es selbst gesehen.«

Ich nickte. Ich hatte es selbst gesehen. Es war wahr.

»Es ist nicht nur Acre«, sagte Ralph leise. »Es gibt viele Gegenden in diesem Land, wo dasselbe geschieht. Manchmal geht nur die Saat nicht auf, und es gibt keine Nahrung, oder ein Squire ist dumm, schlampig und unbarmherzig. Manchmal ist es aber schlimmer. Es gibt irgendwo nördlich der Grenze Orte, wo die Großgrundbesitzer entschieden haben, die Menschen sollten von ihren Ländereien einfach verjagt werden – und genau das ist dann auch geschehen.«

»Verjagt?« fragte ich.

»Es fällt ihnen plötzlich ein, daß auf dem Land nur noch Schafe weiden sollen«, sagte Ralph. »Oder sie wollen auf ihren Ländereien Wild jagen. Oder sie möchten die Landschaft ändern, weil sie einen hübscheren Ausblick von den Fenstern ihres Wohnzimmers wünschen. Wenn irgendwo ein Dorf im Wege steht, dann lassen sie es einfach abreißen oder niederbrennen.«

»Und die Dorfbewohner?« fragte ich.

»Einige von ihnen gehen, wenn man es ihnen befiehlt«, antwortete Ralph. »Sie werden dann zu Vagabunden, denn keine Gemeinde will sie aufnehmen. Einige von ihnen weigern sich zu gehen und versuchen, die Großgrundbesitzer selbst vor Gericht zu bringen.« Er lächelte bitter. »Das ist ein schwieriges Unternehmen«, sagte er. »Das Gesetz ist von den Großgrundbesitzern gemacht worden, die Gerichtshöfe werden von den Großgrundbesitzern gestellt, und die Richter gehören ebenfalls zu diesem Stand. Wer würde denn ein Urteil gegen sich selbst aussprechen wollen.«

Ich entgegnete nichts. Ich wußte, was Ralph meinte. Und ich hatte die Folgen unseres Luxuslebens in den Straßen hinter dem Fish Quay mit eigenen Augen gesehen.

»Einige weigern sich zu gehen«, erzählte er. »Ich habe gehört, daß sich bei Vertreibungen Menschen in ihren Hütten bei lebendigem Leib verbrennen lassen. Und ich habe von häßlichen, erbitterten Kämpfen zwischen verhungernden Menschen und bewaffneten Gutsverwaltern gehört. Dergleichen geschieht, Miss Julia. Das ist die Macht des Großgrundbesitzers. Deshalb habe ich darauf bestanden, daß Richard und Sie mir bestimmte Garantien geben.«

»So etwas würde ich auf Wideacre niemals zulassen!« rief ich heftig.

»Sie sind gewiß auch kein Engel«, bemerkte Ralph. »Ihr junger Mann, James Fortescue, könnte plötzlich auf die Idee kommen, sich moderne Landwirtschaft oder malerische Landschaftsgestaltung in den Kopf zu setzten. Oder Sie stellen plötzlich fest, daß Sie nicht genügend Geld haben, und entscheiden sich, Ihren ganzen Besitz Stück für Stück zu verkaufen, oder Sie brechen alle Ihre Vereinbarungen mit Acre und beschließen, die Leute plötzlich wieder zu einem Tagelohn arbeiten zu lassen. Sie wissen selbst nicht, wie Sie handeln würden, wenn Sie die Macht hätten, das zu tun, was Ihnen gefällt.«

Ich wartete. Ralph wollte mir irgend etwas demonstrieren, aber ich konnte noch nicht sehen, wo er mich hinführte.

»Sie müssen freiwillig auf Ihre Privilegien verzichten«, sagte er ernst. »Sie dürfen sich nicht mit Johns Profit-Teilungsplänen zufriedengeben, mit der Idee, die Pächter würden so reich werden, daß sie sich langfristige Pachtverträge kaufen können. Das würde viele, viele Jahre lang dauern und wäre vielleicht am Ende gar nicht realisierbar. Es braucht nur ein einziger Lacey einmal seine Meinung zu ändern, und die ganze Sache ist verloren. Ich möchte, daß sofort Veränderungen in die Wege geleitet werden. Ich möchte diese neue Zeit noch selbst miterleben. Ich wünsche mir sehr, daß Sie die Lacey sind, die das bewirkt. Sie werden das Land an Acre zurückgeben, und jeder im Dorf wird das Recht haben zu entscheiden, welche Feldfrüchte angebaut werden und wie das Land verwaltet wird. Niemand wird einen Lohn bekommen; die Leute werden sich den Profit gemeinsam teilen. Und Ihr einziger Verdienst wird aus dem Anteil bestehen, den Sie an dem Profit haben. Die Ländereien werden den Menschen zurückgegeben werden, die sie schon vor den Laceys besessen haben, und sie können sie dann nach ihrem eigenen Gutdünken und zu ihrem eigenen Besten verwalten.«

Ich sah Ralph verdutzt an. »Ist es das, was ich nach Ihrer Meinung tun soll?« fragte ich ungläubig.

Ralph strahlte mich an. »Ja«, sagte er. »Verrückter Plan, nicht wahr?«

Und dann schnalzte er seinem Pferd zu, als sei das Thema nun abgeschlossen. Ich galoppierte hinter ihm her und holte ihn ein.

»Das würde nie klappen«, rief ich ihm zu.

Ralph grinste mich an.

»Die Leute würden das Land verpachten«, fuhr ich fort. »Sie würden ihm keine Brachezeiten lassen. Sie würden nur für sich selbst Gemüse anbauen. Sie hätten nicht das Kapital, um gutes Saatgut zu kaufen und neue Tiere, um den Viehbestand aufzustocken.«

»Ja«, bestätigte Ralph. »Sie selbst müßten das Kapital beisteuern, damit der Plan erfolgreich wäre.«

»Warum sollte ich das tun?« fragte ich. »Warum sollte irgend jemand sein Geld für einen Plan, der vielleicht nicht einmal realisierbar ist, aufs Spiel setzen?«

Ralph riß plötzlich sein Pferd herum, so daß es vor mir den Weg blockierte. Vom Pferderücken aus sah er mich an, und sein Gesicht war sehr dunkel und ernst. »Weil es Dinge gibt, die wichtiger sind als lumpige zwei Prozent auf Staatsanleihen«, sagte er. »Weil Sie zur privilegierten Schicht gehören in einem Land, in dem Menschen hungern, und weil Sie wissen, daß es für Sie keinen Frieden geben kann. Weil Sie es selbst wissen: zu den Glücklichen zu gehören, wenn man von allen Seiten von Armut umgeben ist, heißt im Grunde, unglücklich zu sein. Denn es bleibt dann keine andere Wahl, als sich zu freuen, daß es einem gut geht, während man weiß, daß es anderen schlecht geht, sehr schlecht. Und das ist nur möglich, wenn man sein Herz verhärtet. Es gibt Menschen, die haben ihr Herz so sehr verhärtet, daß sie ganz einfach vergessen können, was geschehen ist. Sie belügen sich selbst und meinen, sie seien auf Grund ihrer eigenen Klugheit reich oder weil dies die gerechte Belohnung für ihre Tugenden sei. Sie zwingen sich zu denken, die Armen wären aus Dummheit arm und hätten ihre Armut verdient. Und wenn die Reichen sich das erst einmal eingeredet haben, dann gibt es zwei verschiedene Klassen von Menschen. Und beide Klassen sind streitsüchtig und voller Haß.«

Ich atmete tief durch. Ich konnte es mit Ralph nicht aufnehmen. Ich hatte die Selbstgefälligkeit in den Stimmen der Reichen, die Verzweiflung in den Stimmen der Armen gehört. Ich wollte zu keiner der beiden Gruppen gehören. »Es würde niemals gelingen«, sagte ich.

Ralph schnaufte verächtlich und wendete sein Pferd zum Heimreiten. Wie immer im Frühling brach die Dunkelheit sehr schnell herein. Die Waldtauben begannen voller Liebe und Sehnsucht zu gurren. Die Raben flogen noch am grauen Himmel hin und her, die Schnäbel voller Zweige. So hell wie eine Flöte erklang das Lied der Drossel.

»Es würde nicht gut ausgehen«, sagte ich noch einmal.

»Und jetzt, ist es denn jetzt gut?« fragte Ralph leichthin, als warte er gar nicht auf eine Antwort. »Tausende sterben auf dem Land an Hunger, Hunderte sterben an Schmutz und Hunger und Alkohol in den Städten. Ist es denn jetzt gut, so wie es ist?«

Als wir die Auffahrt erreicht hatten, war ich noch immer dabei, mir eine Antwort zu überlegen, und wenige Minuten später hielten wir am Gartentor von Dower House. Ralph wollte nicht hereinkommen, sondern blieb auf seinem Pferd sitzen, während Jem herausgelaufen kam und mir aus dem Sattel half.

»Sie sind nicht ... böse, Mr. Megson?« fragte ich vorsichtig und spähte in sein vom Dreispitz beschattetes Gesicht.

Sofort wurde sein Blick wieder freundlich, und er lächelte mich an. »Möge der Herr Sie beschützen, weil Sie noch so naiv sind, Julia Lacey«, sagte er leichthin. »Sie sind so von Ihrer eigenen Wichtigkeit überzeugt, daß Sie meinen, Sie seien verantwortlich für die normannische Eroberung und für den Mißbrauch, den die Gutsbesitzer seither mit dem Land getrieben haben. Nein, ich bin nicht böse, Miss Eitelkeit. Und wenn ich es wäre, dann sicherlich nicht auf Sie.« Er hielt inne und sah mich prüfend an. »Und wenn es so wäre, dann hätten Sie doch sicherlich genügend Mut, mir zu sagen, ich sollte meine schlechte Laune für mich behalten, nicht wahr?«

Ich zögerte. Ich war als ein Mädchen nach Bath gegangen, das immer wieder voller Angst nach den warnenden Anzeichen des Mißfallens in Richards Gesicht geforscht hatte. Aber ich war als eine Frau zurückgekehrt, die Vertrauen zu sich selbst und zu ihren Fähigkeiten besaß. Ich lächelte und blickte

Ralph mit schmalen Augen an. »Ich denke, das könnte ich«, sagte ich.

»Sicher könnten Sie das«, bestätigte Ralph und sah mich auf seine typische, seltsam respektlose Art an. Dann beugte er sich tief herab, zog mich an die Flanke seines Pferdes heran und gab mir direkt vor dem Wohnzimmerfenster von Dower House einen Kuß auf die Wangen, so als wäre ich eine Dienstmagd, die man so einfach auf der Straße küssen kann. Schließlich richtete er sich gerade auf, berührte grüßend seinen Hut und trabte die Anfahrt hinab.

Ich schaute entsetzt zu den Fenstern von Dower House hinüber, aber meine Mutter hatte Gott sei Dank nicht herübergeschaut. Dann warf ich Jem einen finsteren Blick zu, gleichsam um ihm das Grinsen über meine Verlegenheit zu verbieten, raffte den Saum meines Reitkostüms und rannte ins Haus.

Ich war in jenem Frühjahr so beschäftigt, daß ich gar keine Zeit hatte, aus Sehnsucht nach James Trübsal zu blasen. Onkel John und die Rechtsanwälte von Chichester hatten eine Reihe von Verträgen zwischen den Arbeitern, den Pächtern und Wideacre auszuarbeiten. Aber ich wollte dabeisein, wenn sie die Verträge unterzeichneten. Es sollte ihnen deutlich werden, daß ich ihnen mein Wort gab, so wie sie mir ihres gaben. Ich verbrachte viele Stunden mit John in der Bibliothek, weil ich die Verträge auch wirklich verstehen wollte. Ich wollte auch die Länge der einzelnen Pachtverträge und den Anteil an Lohn kennen, der in den gemeinsamen Fundus einbezahlt werden sollte, die Frist der Pächter für die Zurückzahlung von geliehenem Saatgut und Ausrüstungen erfahren und über die Zinsen informiert sein, die wir berechnen wollten. Häufig war ich es, die die Pachtbedingungen überprüfte. »Oh, Onkel John!« rief ich einmal entsetzt. »Zusätzlich zu seinen Schulden muß der Pächter noch das Armengeld und den Zehnten zahlen. So viel Geld kann er doch gar nicht aufbringen! Wir müssen die Laufzeit verlängern, oder er wird schon in den ersten paar Jahren sich selbst und seine Familie nicht mehr ernähren können!«

Onkel John sah sich die Zahlen noch einmal genau an, nickte und sagte: »Du hast recht, Julia. Aber dadurch werden Wideacres Profite geschmälert.«

Oft hielten Onkel John, Ralph und ich in der Bibliothek lange Planungssitzungen ab; gewöhnlich lagen dann die Karten von Wideacre ausgebreitet vor uns. Ralph verstand viel von dem Land, und er konnte sagen, welche Feldfrüchte gut wachsen würden und welche in der kalkhaltigen Erde von Sussex wahrscheinlich nicht gut gediehen. Aber John hatte sehr viel über moderne experimentelle Landwirtschaft gelesen; er hatte die besten Zeiten von Wideacre miterlebt und wußte über Getreide Bescheid. Ich hielt meine Augen und Ohren offen und versuchte, während jener Gespräche so viel zu lernen, wie ich nur konnte.

Tagsüber waren Ralph und ich meist draußen auf dem Land, sahen oben auf den Hügeln nach den Schafen und prüften, ob im Dorf irgendwo Mangel herrschte. Gegen Ende des Winters war der klirrende Frost gewichen, das Eis schmolz und wurde brüchig. Wir ritten die Pfade entlang und sahen nach den Hecken und Gräben. Das Ackerland mußte vor den gefräßigen Schafen und vor Überschwemmungen geschützt und zum Pflügen bereitgemacht werden.

Sämtliche Erntegeräte mußten neu angeschafft werden. Was nach dem Ruin der Laceys noch übriggeblieben war, war in Acres armen Jahren für jämmerlich kleine Mengen von Lebensmitteln verkauft oder eingetauscht worden. Wir mußten neue Pflüge kaufen, neue Arbeitspferde, neues Saatgut. Einer ganzen Generation junger Männer mußten wir beibringen, wie man ein Pferd antreibt und einen Pflug lenkt, denn sie hatten es niemals bei ihren Vätern sehen können und waren als Jungen niemals hinter einem Pflug hergegangen.

»Das geht nicht«, sagte John manchmal, wenn ich bisweilen den ganzen Tag lang geritten war und müde mit einer Liste von Aufgaben wieder heimkam, die erledigt werden mußten, bevor das Frühlingswetter anbrach und der Kreislauf des Wachsens wieder begann. »In diesem Jahr geht das nicht!«

Aber ich selbst war unendlich optimistisch. Ich lächelte John an, nicht wie ein sechzehnjähriges junges Mädchen, sondern wie eine kluge und selbstbewußte Frau, und sagte ihm einfach: »Es wird gehen, Onkel John. Mr. Megson meint das auch. Ganz Acre arbeitet, solange es hell ist, damit der Boden zur Saatzeit bereit ist. Es *wird* gehen. Und du und ich und Mr. Megson und die Leute von Acre werden es schaffen.«

Die Planung und die Vorbereitungen für die Aussaat erforderten unsere ganze Kraft. Und dann stellte sich noch zu allem Überfluß heraus, daß die Schafherde, die Onkel John gekauft hatte, nicht robust genug war. Die Tiere wollten nicht auf den Weiden grasen, die wir für sie vorgesehen hatten. Zwei oder drei Lämmer und sogar ein Mutterschaf starben – ein schlimmer Verlust. Hinterher sagte Ralph, wir müßten – koste es, was es wolle – dafür sorgen, daß die Mutterschafe ihre Lämmer an einem geschützten Platz zur Welt bringen könnten.

Die alte Scheune war für die ganze Herde zu klein, und sie lag zu weit draußen. Alle anderen Scheunen waren schon vor vielen Jahren abgerissen worden; das Holz war für Feuerholz, die Steine zum Bauen verwandt worden. So mußten wir die Herde in den Ställen von Dower House unterbringen. Hastig wurden ein paar Wände hochgezogen und ein loses Strohdach gefertigt. Der Gestank war ekelhaft – und was für einen Lärm die Tiere machten! Meine Mutter sagte, sie würde in ihrem ganzen Leben keine Freude mehr an Gedichten haben, die vom romantischen Leben der Schäferinnen handelten.

In jenem Frühjahr lebten wir wirklich nicht wie Adlige.

»Wir sind Pioniere«, stellte meine Mutter fest. Sie hatte eines verstanden: Die Arbeit auf Wideacre war nicht so sehr ein normales Landwirtschaftsprojekt auf einem Grundbesitz im Herzen von England, sondern sie bedeutete vielmehr den Aufbau eines neuen Gemeinwesens, in dem ein frischer Wind wehte und in dem man die Fehler der Vergangenheit vergessen und etwas Neues entstehen lassen konnte.

»Squire Julia«, rief mir Clary Dench ein wenig spöttisch zu, als ich sie auf der Straße nach Acre traf. Sie hatte ihrem Vater das Essen gebracht und wanderte mit einem Krug und einem Teller unter dem Arm wieder nach Hause zurück. Ihr Vater half dabei, die Gräben auszuheben; auch Clary war von oben bis unten mit sandigem Schlamm bespritzt.

»Dann solltest du auch einen Knicks machen«, sagte ich streng. Ich sah nur wenig adretter aus als sie. Ich trug mein beigefarbenes Reitkostüm, aber es hatte alle Eleganz verloren und war jetzt verknittert und am Rock mit einem Flicken besetzt, weil ich einmal vom Pferd gefallen und irgendwo hängengeblieben war. Ich war dabei, zwei Pflugpferde zu Fuß ins Dorf zu führen. Sie sollten beschlagen werden, und die Pflugjungen sollten lernen, die Pflugpferde zu lenken. Clary und ich konnten nur schwer vorankommen: an unseren Schuhen klebte zäher Schlamm. Clarys Stiefel waren älter als meine; die Sohlen waren wieder und wieder geflickt worden. Aber da wir beide bis zu den Augenbrauen mit Schlamm bespritzt waren, konnte man zwischen der adligen jungen Dame und dem Dorfmädchen kaum einen Unterschied entdecken.

Clary lachte. »Du siehst ja fein aus!« rief sie.

»Ich weiß«, sagte ich mürrisch. »Ich kann mich jetzt kaum noch an Bath erinnern, und es ist doch noch gar nicht so lange her, daß ich dort war.«

Sie nickte. »Erinnerst du dich an die Zeit, als es dem Dorf so schlecht ging?« fragte sie. »Es ist auch jetzt kein leichtes Leben; niemand könnte das behaupten. Aber zumindest ist abzusehen, daß es uns in Zukunft besser gehen wird. In diesem Frühling wird gesät, und dann kommt die Heuernte und die Erntezeit. Wir werden ein richtiges Erntefest feiern. Alle alten Feste und Feiertage werden wieder gefeiert. Meine Mutter und mein Vater reden von nichts anderem als von der Aussaat und vom Maifest.«

»Maifest!« wiederholte ich und brachte die Pferde mit Mühe zum Stehen. Meine beiden Pflugpferde waren durchaus keine sanften Riesen, sondern dicke, plumpe Idioten, begriffsstutzig und ohne Gehirn im Kopf.

»Hü! Ihr beiden!« rief ich ärgerlich. »Was geschieht denn beim Maifest, Clary?«

»Das Pfingstfest und der Frühling werden gefeiert«, sagte sie, »sobald die Felder beackert sind und die Saat im Boden liegt. Alle Männer und Frauen, alle Jungen und Mädchen gehen vor der Morgendämmerung zu den Downs hinauf. Sie schneiden Zweige vom Weißdornbusch ab und schmücken sie mit Schleifen, und dann schauen sie dem Sonnenaufgang zu und heißen den Frühling willkommen.«

»Ah, so«, sagte ich. Es klang ziemlich harmlos. »Ist das alles, Clary?«

Sie lächelte mich von der Seite an. Die Zeit, als wir beide als kleine Mädchen in den Wäldern gerauft hatten, war schon lange vergangen. »Na ja«, sagte sie, »es ist nicht gerade ein Zufall, daß sich viele Paare sechs Monate nach jenem Tag verheiraten. Während die Sonne aufgeht, wird natürlich viel geflirtet und geschmust, weißt du, Julia. Die Älteren kommen ohnehin nicht zu der Feier, und niemand hat böse Gedanken, wenn sich ein Paar irgendwo in die Büsche schlägt. Niemand schaut zu und niemand zählt, ob auch alle da sind – so ist es immer beim Maifest, weißt du.«

Ich lächelte. »Oh«, sagte ich. Verglichen mit Clary, die bei Geburten geholfen und schon eine totgeborene Schwester zu Grabe getragen hatte, war ich noch ein Kind. Clary und alle Kinder und jungen Leute aus Acre wußten über Leidenschaft, Geburt und Sterben Bescheid, während Richard und ich in Dower House ziemlich naiv aufgewachsen waren. Aber ich hatte in James' Armen gelegen und seinen Mund auf meinem gefühlt. Und ich hatte Beatrices Leidenschaft mitempfunden. »Oh«, sagte ich noch einmal lächelnd; manchmal war ich eben nicht Squire und nicht Miss Julia, sondern ein Mädchen wie

Clary, das Liebe zu schenken hatte und sich danach sehnte, Liebe zu empfangen.

»Willst du mit uns hinausgehen?« lockte sie mich. »Es passiert nichts Schlimmes. Viele junge Mädchen gehen nur dorthin, um den Sonnenaufgang zu sehen und ihren Familien die Frühlingszweige heimzubringen.«

»Das würde mir auch gefallen«, sagte ich.

»Ich werde ihnen sagen, daß du mit uns hinauskommst«, sagte Clary. »Vielleicht machen sie dich dann zur Maikönigin. Und du erzählst gleich deiner Mutter und deinem Onkel John, daß das Dorf eine Woche lang feiert.

»Ja«, antwortete ich. »Und was wird dann tagsüber gemacht?«

Ich wendete die Pferde, und Clary nahm einen der Zügel, um mir zu helfen, sie zur Schmiede zu führen. »Jeder zieht ein besonderes Kostüm an, und es wird gefeiert. Wenn die jungen Leute an den Häusern vorbeiziehen und Geld verlangen, dann geben die Bauern, die welches haben, ein paar Münzen. Die Leute, die kein Geld haben, steuern Lebensmittel zu dem Fest bei. Die Leute von Wideacre gehen hinüber nach Havering oder nach Singleton oder nach Ambersham, denn überall finden Tanzfeste mit kostenlosen Getränken und kostenlosem Essen statt. Dann, im nächsten Jahr, kommen die jungen Leute aus den anderen Dörfern zu uns herüber. Aber Acre hat schon so lange nicht getanzt, daß in diesem Jahr ganz bestimmt wir an die Reihe kommen.«

»Und was macht die Maikönigin?« fragte ich.

»Sie ist die Königin des Festes«, sagte Clary. »Sie trägt eine Krone aus Weißdornblüten, begrüßt den Frühling, zieht die erste Furche mit dem Pflug und eröffnet den Tanz. Und wenn ich meinen Kameraden erzähle, daß du auch kommst, dann wirst du wahrscheinlich zur Maikönigin gewählt!«

Ich strahlte. »Sag ihnen, daß ich komme, Clary. Es klingt wirklich sehr verlockend. Und ich werde Mama und Onkel John sagen, daß das Dorf ein paar Tage frei bekommen muß.«

Clary nickte, führte das Pferd in den Hof von Ned Smith, winkte mir dann einen Abschiedsgruß zu und ging heim. Die Pflugjungen warteten schon auf uns. Nachdem ich die Pferde abgeliefert hatte, machte ich mich gleich wieder auf den Heimweg. Zwar würde ich zum Abendessen auch heute wieder zu spät kommen, aber in diesen Tagen kam ich ohnehin kaum jemals pünktlich.

Wir konnten erst recht spät aussäen, denn der Boden war in diesem Jahr viele Wochen lang hart gefroren und danach noch tagelang allzu naß. Aber schließlich mußten Ralph und John und ich einen bestimmten Tag für die Aussaat festlegen. »Es soll an Miss Julias Geburtstag sein, das wird uns Glück bringen!« sagte Ralph. So war der Tag endlich festgelegt worden, und wir drückten die Daumen, daß die Dorfbewohner noch nicht ganz vergessen hatten, wie man richtig pflügt und sät und daß sie zu einem neuen Anfang bereit waren.

Der Wind war über Nacht wärmer geworden. Alle kleinen Wolkenfetzen und die dicken Wolken, die den Schneeregen gebracht hatten, waren weggefegt und von Windböen, die nach Meersalz schmeckten, über die Downs davongetrieben worden. Wie eine verstreute Schafherde entfernten sie sich immer weiter, und als ich am Morgen aus meinem Schlafzimmerfenster schaute, war der Himmel hell und schimmernd blau, und die Sonne strahlte warm und frühlingsgelb.

»Herzliche Glückwünsche – das Wetter ist heute ganz warm und trocken«, sagte Mrs. Gough, als ich in die Küche kam, um auf meinem Weg zum Stall noch schnell eine Tasse Kaffee zu trinken. Sie dachte an ihre Leinenwäsche, und ich dachte an das Land, aber wir waren beide gleichermaßen zufrieden.

»Ja«, sagte ich. »Heute wird ausgesät. Ich muß schnell fort.«

Sie schaute von ihrer Arbeit auf; gerade war sie dabei, den Teig für die Frühstücksbrötchen in die richtige Form zu klopfen. »Ich werde Jem mit dem Frühstück aufs Feld hinausschicken, wenn Sie es wünschen«, sagte sie ungewöhnlich freundlich. »Ich nehme an, daß Sie nicht wieder hierherkommen wollen, wenn die Arbeit erst einmal begonnen hat.«

»Vielen Dank, Mrs. Gough«, sagte ich überrascht.

Sie lächelte – für mich ein ungewohnter Anblick. »Ich höre von allen Seiten, daß Sie draußen auf den Feldern sehr hart arbeiten, Miss Julia. Überall erzählt man sich, daß Sie so tüchtig sind, wie es damals Beatrice gewesen ist. Ich halte nichts davon, wenn Frauen so hart in der Landwirtschaft arbeiten, aber ich weiß, daß Sie es für Master Richard tun.«

Ich hätte natürlich etwas dagegen einwenden können. Ich hätte entgegnen können, daß ich auf den Feldern arbeitete, weil die Ländereien meine Mitgift waren, die ich später an James weitergeben wollte. Oder daß ich so hart arbeitete, um das Land dann den Leuten, die den Boden beackerten, in gutem Zustand übergeben zu können. Und daß ich die Arbeit nicht als schwer und ermüdend empfand. Ich hätte nicht ich selbst sein und irgend etwas anderes tun können. Die Sorge um das Land lag mir so sehr im Blut wie das Atmen. Ich schwieg still, lächelte Mrs. Gough an und schlüpfte eilig zur hinteren Tür hinaus.

Der Anblick und der Geruch von Wideacre überwältigten mich wie die Frühlingsfluten, die einen Wasserfall hinunterdonnern. Vor mir sah ich eine Zeder, an deren unteren Zweigen sich ein winziger Hauch von Gelbgrün zeigte. Ich konnte eine Drossel singen hören, und von irgendwo hinter dem Haus erklang das beharrliche Gurren einer Waldtaube, die nach der langen Zeit des Schweigens ihre Stimme übte. Hinter der Zeder dehnte sich die Koppel aus; die Knospen des Apfelbaums waren noch klein wie Reiskörner, leuchteten aber schon scharlachrot und vielversprechend. Hinter der Koppel war der Boden der alten Wiese, die jetzt in ein Weizenfeld verwandelt worden war, an den Rändern vom Frost noch weiß gefroren, aber weiter fort vom Schatten der Hecken konnte ich das Unkraut grün emporsprießen sehen, und dahinter und zu meiner Linken erstreckte sich das Gemeindeland in lieblichen

Schwingungen wie Wellen auf einem ruhigen Meer, gelbbraun gefärbt vom Farn des letzten Jahres und mit einem Hauch Grün in den kühlen Tälern.

Zu meiner Rechten stiegen nach Süden hin die hohen, weichen Hügel der Downs, wie grün-samtene Schultern empor, die die ungeraden Ränder der Äcker von sich abschüttelten, und ich wußte, obwohl ich es nicht sehen konnte, daß die Herde mit den neugeborenen Lämmern heute zum ersten Mal das frische Gras kosten würde. Ich trat hinaus in den Garten und nahm die Gerüche, die Geräusche und die Wärme von Wideacre mit allen Sinnen in mich auf, und ich fühlte, wie meine Schultern sich entspannten und sich lockerten, wie meine Lippen zu lächeln begannen und wie sich mein Gesicht blind wie das eines Wintermaulwurfs der Sonne zuwandte.

Minutenlang stand ich dort wie in einem Rausch. Dann plötzlich erklang ein süßes Summen, lauter als der Gesang der Vögel, lauter als das Pochen in meiner Brust. Mir war, als ob die erwachende Erde mir zuriefe, ich solle kommen und pflügen und säen und die Feldfrüchte zum Wachsen bringen.

Ralph war schon draußen auf den Feldern. Wir wollten bei der Three-Gate-Wiese beginnen, und dann wollten wir Säer in kleine Gruppen aufteilen und zwischen ihnen hin und her reiten, um ihre Vorräte an Saatgut aufzufüllen und zu sehen, wie stark die Pflüge und wie kräftig die jungen Leute waren, die niemals zuvor eine Furche gepflügt hatten. Wir wollten wissen, wie die Männer zurechtkamen, die zuletzt vor fünfzehn Jahren den Pflug geführt hatten. Ich ritt mit meiner Stute nach Acre und zur Wiese hinunter. Ich war noch immer benommen von dem ungewohnten Sonnenschein, der Verheißung einer besseren Zukunft, die der Tag in sich zu bergen schien, und dem Zauber von Wideacre, der durch meine Adern strömte.

Ich glitt vom Rücken meiner Stute hinab und band sie am Tor fest. Die Säer standen schon auf dem Feld, und ihre großen, mit Körnern gefüllten Beutel wölbten sich vor ihnen wie die runden Bäuche schwangerer Frauen. Sie hatten Jimmy Dart, den verlorenen Sohn von Acre, ausgesucht: Er sollte mit dem Pflug die erste krumme Furche ziehen, auf daß es ihm Glück bringe. Als ich durch das Tor ging, sah ich den kleinen Pflüger auf mich zukommen. Sein leichter, vom Stadtleben ausgemergelter Körper war so tief über die Griffe gebeugt, als ginge es um sein Leben. Aber er war zu leicht, um sich aufrecht zu halten.

»Schneller mit dem Pflug«, rief ich lachend, und alle Dorfbewohner, die um das Feld herumstanden, drehten sich um, lächelten mich an und riefen ebenfalls: »Schneller mit dem Pflug!«

Clary stand am Tor, den großen Beutel mit Saatgut über der Schulter, und machte mir ein Zeichen, ich möge ihn ihr abnehmen. »Herzliche Glückwünsche zum Geburtstag, Julia«, sagte sie liebevoll. »Ich habe auf dich gewartet. Du säst die ersten Körner aus. Alle beneiden dich darum: Es bedeutet, daß du Glück haben wirst. Nimm eine Hand voller Samen und streu sie einfach mit einer weit ausladenden Geste auf den Boden.«

Fast wäre ich unter dem Gewicht des Beutels gestolpert. Ich wartete, bis die erste Furche gepflügt worden war. Die schweren Pferde bogen die Hälse, um den Pflug zu ziehen; sie waren besser als Jimmy für ihre Arbeit geeignet. Ich trat in die Furche hinter ihm und griff tief in den Beutel, der mich zur Erde hinabzog. Die Samen blieben, feucht und blaß, an meinen Händen hängen, und ich warf sie mit einer ausladenden Handbewegung so weit ich konnte, als wolle ich sie über die Grenzen von Wideacre hinaus verstreuen. Das Korn sollte auf mein Geheiß wachsen und gedeihen, und es sollte auf meinem Land niemals wieder Hunger geben.

Wieder und wieder warf ich Hände voller Samen hoch hinauf in den Himmel, als wollte ich die gierig kreisenden Seemöwen an der Beute des Landes teilhaben lassen, damit es kein Klagen und Weinen mehr gäbe, nicht einmal mehr das Klagen der hungrigen Vögel. In meinem Kopf erklang ein lieblicher

Gesang, während die Saatkörner silbrig durch die Luft flogen und in den tiefen, feuchten Schlamm hineinfielen. Ich fühlte mich stark und so erfüllt von magischer Kraft, daß ich fast erwartete, sie würden sofort zu keimen beginnen.

Ich nahm kaum das Trommeln der Pferdehufe auf dem Weg wahr, so beschäftigt war ich damit, auf der schweren, neu gepflügten Erde mein Gleichgewicht zu halten, so fasziniert von dem feuchten, klebrigen Saatbeutel und dem Anblick der fliegenden Saatkörner. Plötzlich rief jemand meinen Namen, und ich schaute mich zum Tor um. Dort, am Eingang des Feldes, erblickte ich Richard, der von seinem Pferd herabsprang. Sein schwarzes, lockiges Haar war vom Wind zerzaust, und seine Augen strahlten mich an.

Ich bewegte mich wie im Traum auf ihn zu, die Hände noch immer voller Samen. Plötzlich schien Richard das Zentrum der Welt zu sein, deren Herzschlag ich an diesem Morgen in meinem Kopf gehört hatte. Seine Füße standen so sicher und fest auf dem Boden wie ein tiefverwurzelter Baum in der guten Erde von Wideacre, und sein Haar wurde von Wideacres Sonne warm beschienen.

Der schmutzige Saum meines Reitkostüms schlug gegen meine Knöchel, als ich über die Furchen hinwegstakste, der Schlamm von Wideacre haftete in dicken Brocken an meinen Stiefeln. Richard reichte mir eine weiche, weiße Hand und zog mich wortlos an sich. Die Pflugjungen hatten angehalten und beobachteten uns, und die Augen alle Dorfbewohner von Wideacre waren auf uns gerichtet. Ich wandte Richard mein Gesicht zu und leistete keinen Widerstand, als er mich lange und leidenschaftlich unter dem Frühlingshimmel umarmte.

Er hielt mich fest an sich gedrückt, und sein weites Reisecape flatterte um uns beide herum. Der Umhang versteckte uns fast gänzlich vor den Blicken der anderen. Ich legte meine Arme um ihn und umklammerte seinen harten, heißen Rücken wie eine Ertrinkende. Er beugte sich über mich; unter seinen Lippen öffnete ich den Mund und kostete seine Zunge.

Als hätte ich einen Tropfen Gift geschmeckt, zuckte ich plötzlich zurück, befreite mich aus den Falten seines Umhangs und schüttelte seine Hände von mir ab. Ohne Richard weiter zu beachten, legte ich den schlammbeschmierten Rücken meiner Hand an den Mund und rieb ihn heftig ab, um den Geschmack von Richards Zunge fortzuwischen.

»Nein!« rief ich, und der Zauber, der uns im Bann gehalten hatte, war verflogen; kein sinnliches Entzücken erfüllte mich mehr.

Richards Gesicht war finster wie eine Gewitterwolke. »Ich habe deinen Brief bekommen«, begann er.

Plötzlich hörte ich Clary am Tor einen Warnruf ausstoßen. »Paß auf, Julia, da kommt deine Mutter!«

Ich wich noch einen Schritt zurück und senkte schuldbewußt die Augen. Onkel Johns Karriole kam die Auffahrt entlang in Richtung der Felder gefahren. Ich hoffte, Onkel John und meine Mutter hätten wohl nur gesehen, wie Richard und ich uns zur Begrüßung umarmten. Eine Woge von Schamgefühl überflutete mich, und ich wurde dunkelrot. Ich konnte meinen Blick nicht vom Boden erheben und mich nicht auf dem Feld umsehen, aus Furcht, daß jemand mich angrinsen oder Richard zuzwinkern könnte. Aber es war im Grunde nicht die Furcht vor den mißbilligenden Blicken meiner Mutter gewesen, die mich vor Richard hatte zurückweichen lassen. Ich hatte mich aus seiner Umarmung befreit, weil seine Berührung, die ich einstmals so sehr geliebt hatte, mir plötzlich böse und unheilverheißend erschien.

Ich sah ihn nicht an. Was er in dem Augenblick empfand – ich wußte es nicht. Und wenn ich an James dachte und daran, daß ich mich ihm versprochen hatte, dann wurde mir heiß.

Richard dagegen schien völlig unbekümmert. Er hatte immer das Talent gehabt, alle Klippen zu umschiffen, und er wandte sich von mir ab und ging auf die Karriole zu. »Mama-Tante«, rief er entzückt, trat an die Stufen der Kutsche und gab meiner Mutter einen herzlichen Kuß. »Und Papa!« fügte er hinzu und neigte sich an meiner Mutter vorbei, um Johns Hand zu schütteln. »Ihr werdet mich für pflichtvergessen halten«, sagte er, »aber als ich heimritt, da kamen mir einige Leute entgegen, und sie erzählten, es sei der Tag der ersten Aussaat. Ich wollte ihn um keinen Preis der Welt versäumen. Und hier, mitten auf dem Feld, stand Julia und warf die Samen vor sich her, als wolle sie Möwen füttern.«

Onkel John lachte. »Wir sind gekommen, um dem feierlichen ersten Pflügen zuzusehen, aber ich sehe, daß wir zu spät dran sind.« Er nickte Ralph zu, der zum Tor kam, um meine Mutter und ihn zu begrüßen. »Guten Tag, Mr. Megson. Richard ist gerade angekommen; er wollte Julia zum Geburtstag überraschen und ihr beim Aussäen zuschauen.«

Ralph begrüßte Richard und meine Mutter. Ich kannte ihn inzwischen gut genug, um zu wissen, daß er niemals ein Wort darüber verlauten lassen würde, daß ich mich in Richards Arme gestürzt hatte, als wären wir ein Liebespaar. Niemand in Acre würde mich jemals vorsätzlich verraten. Nur Ralph wußte, daß ich mit einem anderen Mann verlobt war und daß ich Richard nicht näher als bis auf Armeslänge an mich heranlassen dürfte, aber Ralph würde sich nicht zum Sittenrichter aufspielen. Ich ging auf den Pflug zu und machte ein finsteres Gesicht, das Ralph daran hindern sollte, mich zu necken. Ich hätte ebensogut der Sonne befehlen können, sie solle dunkel werden.

»Flittchen«, flüsterte er mir herausfordernd zu, und ich wurde noch einmal feuerrot und blickte ihn mit gerunzelter Stirn an.

Niemand hatte erwartet, ich würde mit den Säern und den Pflugjungen mein Frühstück einnehmen, aber ich blieb entschlossen dort stehen, wo ich war. »Geh du nur schon heim, Richard«, sagte ich freundlich. »Du hast sicher Sachen auszupacken. Frühstücke schon zusammen mit Mama und Onkel John. Ich werde heimkommen, sobald ich kann, aber ich habe versprochen, den ganzen Tag lang hier draußen zu arbeiten.

Wenn du wieder auf die Felder herauskommen möchtest, dann bin ich entweder hier oder auf der Oak-Tree-Wiese. Jetzt, wo das Pflügen gerade begonnen hat, kann ich nicht einfach fortgehen, und Ralph kann nicht alles allein überwachen. Ich kann ihn jetzt nicht mit der ganzen Arbeit allein lassen.«

Onkel John nickte mir zustimmend zu, aber ich sah den Schatten, der über Richards Gesicht ging. »Ich weiß, daß dir nichts so wichtig ist wie die Ernte von Wideacre«, bemerkte Richard düster.

»Das stimmt nicht«, sagte ich leise. »Ich habe versprochen, daß ich heute hier arbeiten würde, und ich kann mein Versprechen nicht brechen.«

»Nun, dann komm heim, sobald du fertig bist«, versuchte meine Mutter zu vermitteln, »und sei bitte rechtzeitig zum Abendessen da, Julia. Mrs. Gough hat sich etwas Besonderes für dich ausgedacht.«

»Ja, ja, ja«, sagte ich lächelnd.

Richard trat heran, um mir in den Sattel zu helfen. »Ich werde auf dich warten«, sagte er leise. »Du gehörst mir.«

Ich wußte, daß es nicht recht war.

Ich wußte, daß es nicht recht von ihm war, das zu sagen, und daß ich ihm eigentlich sofort widersprechen sollte. Ich hätte ihn daran erinnern sollen, daß die Verlobung unserer Kinderzeit schon seit vielen Jahren nicht mehr ernsthaft erwähnt worden war. Ich war es gewesen, die an jenem Spiel noch lange festgehalten hatte. Und bei unserem letzten Beisammensein hatte Richard sich nicht im mindesten liebevoll verhalten.

Aber ich schwieg. Die Erschütterung, ihn plötzlich am Tor zu erblicken, während die Welt um mich herum so verheißungsvoll strahlte und mir selbst noch wie einer Frühlingsgöttin die Samen an den Händen klebten, war allzu heftig gewesen. Hätte er mich in dem Augenblick in einer Ackerfurche lieben wollen – ich hätte ihm keinen Widerstand geleistet. Wie die Waldtaube, die ich an diesem Morgen gehört hatte, sehnte ich mich nach Liebe, und ich war so fruchtbar wie die frisch gepflügten Erdschollen um mich herum. Ich war eine Lacey auf Wideacre, und die Lacey-Frauen hatten schon immer die Liebe ebensosehr wie das Land geliebt. An diesem Morgen, als Richard am Rande des frisch gepflügten Feldes auf mich wartete, hätte ich nicht widerstehen können.

Aber dieser Augenblick würde nie mehr wiederkehren, und als ich heimritt, da wußte ich, daß ich mit Richard sprechen und ihn in seine Schranken weisen mußte. Ich war nicht mehr das Kind, als das ich damals nach Bath aufgebrochen war, das seinen Besitz zurückgelassen hatte, damit er von jemand anderem verwaltet würde, und das voller Angst vor sich selbst bereit gewesen war, sein Land so gedankenlos fortzugeben wie ein abbruchreifes Cottage. Ich war nicht mehr das Kind, das sich vor seiner eigenen Natur, vor männlicher Autorität, vor allem und jedem fürchtete.

Ich hatte mich gegen den modernsten Arzt in Bath durchgesetzt und hatte seinen Einfluß abgeschüttelt wie eine lästige Fliege. Im besten Hutladen der Stadt hatte ich mich mit der Besitzerin gestritten und meine gerechte Empörung gespürt. Ich hatte dem Mann, den ich liebte, in die Augen geschaut und erfahren, daß er nur ein ganz gewöhnlicher Mensch mit ganz gewöhnlichen Schwächen war; und dennoch liebte ich ihn. Ich war nicht länger Richards Spielzeug, das er hervorholen oder zerbrechen konnte. Ich war vielleicht, die Hände voller Samen, an diesem Morgen in einem Rausch von Lust und Entzücken gewesen, aber ich wußte: Am selben Abend schon wäre ich wieder ich selbst.

Ich galoppierte nach Hause, als am Abend die Dämmerung hereinbrach und der klare Himmel über mir gutes Wetter für den morgigen Arbeitstag versprach. Hinter mir lagen zwei Felder fast völlig fertig gepflügt und gesät, und um mich herum erstreckten sich viele Morgen Land, die noch auf den Pflug warteten.

Ich gab Jem die Zügel in die Hand und lief hinauf in mein Schlafzimmer. Stride kam, als ich nach oben ging, in die Empfangshalle. »Sie haben nur noch wenig Zeit bis zum Abendessen«, sagte er warnend.

Ich zog eine Grimasse und legte die Hände in einem gespielten Gebet zusammen. »Stride, haben Sie ein wenig Erbarmen«, sagte ich. »Ich war seit dem frühen Morgen auf den Feldern. Wenn Sie später das Brot von Wideacre essen möchten, dann müssen Sie jetzt die Säer gut behandeln. Bitte verschieben Sie das Abendessen um eine halbe Stunde, so daß ich noch ein heißes Bad nehmen kann. Ich fühle mich wie eine uralte Frau.«

In meinen Gesten, in meinen Worten zeigte sich, wie sehr sich die Dinge verändert hatten: Stride schalt nicht mehr mit mir, wie er früher mit dem ungezogenen Kind gescholten hatte, das zu spät zum Essen kam. Statt dessen blickte er auf die Standuhr am Fuße der Stufen und sagte: »Sehr wohl, Miss Julia, ich werde Lady Lacey und Dr. MacAndrew mitteilen, daß das Abendessen verschoben wird.«

Ich nahm schnell ein Bad, so heiß, daß meine Haut rot wurde wie die einer Bachforelle, zog mir ein blaßblaues, seidenes Kleid an und kam dann mit feuchtem Gesicht die Treppe hinuntergelaufen; parfümiert mit den besten Badeseifen und Toilettenwassern von Bath.

Richard entging meine neugewonnene Selbstsicherheit nicht. Er sah, wie ich mit Onkel John scherzte und wie ich Stride zunickte. Er nahm wahr, wie sich mein Verhalten meiner Mutter gegenüber geändert hatte: Es war nicht weniger liebevoll und zärtlich als früher, aber jetzt waren wir zwei gleichwertige Partner. In Bath hatte ich das sichere Auftreten einer jungen Dame von Welt geübt. Ich hatte mein Haar in Locken legen lassen und gelernt, wie ich tanzen und mich anziehen und wie ich Konversation machen mußte. Ich hatte meine Furcht vor Beatrice und die Furcht vor meinen Visionen überwunden, und ich war zu einer Frau geworden, die Entscheidungen treffen und Anordnungen befolgen und geben konnte. Ich konnte ein Versprechen geben und es auch halten, und ich würde mich nie, niemals mehr von eingebildeten Ängsten tyrannisieren lassen.

Zumindest dachte ich das an jenem Abend.

Es war der Abend meines Geburtstages. An meinem Platz lagen ein paar Treibhausblumen, und ich fand ein Körbchen mit hübsch eingewickelten Geschenken, die von weither, nämlich aus James' Hotel in Belgien, und auch aus der Nähe, aus dem Cottage von Jimmy Dart, zu mir geschickt worden waren. Aber es war auch Richards Abend. Wir wollten alle wissen, wie ihm das Leben an der Universität gefiel und ob er viele neue Freunde gewonnen hatte. Wir wollten alles über seine Unterkunft und über seine Tutoren erfahren, und ob er mit dem Studium zurechtkam. Richard gab sich große Mühe, uns zu unterhalten, und er brachte uns mit den Geschichten über die älteren Studenten in seinem College immer wieder aufs neue zum Lachen.

»Die sind ja schrecklich ungehobelt und wild«, bemerkte meine Mutter ängstlich. »Ich hoffe, du hast auch noch andere Freunde, Richard.«

»Unsinn, Mama-Tante!« rief Richard fröhlich. »Es sind ganz prächtige junge Männer, aber sie wollen nichts mit mir zu tun haben. Studenten, die gerade erst mit dem Studium anfangen, stehen so ungefähr auf der untersten Stufe der großen Pyramide der Lebewesen, das kann ich euch versichern! Für mich haben diese jungen Leute gar keine Zeit!«

Richard lachte herzlich, aber ich kannte meinen Cousin, und ich wußte, daß er sich überall dort, wo er eine untergeordnete Rolle spielte, nicht wohlfühlte. Es war wirklich seltsam: Genau zu der Zeit, als ich wirklich wußte, was ich wollte, als ich entdeckte, daß ich eine junge Frau mit Sehnsüchten, Begierden und mit einer ernsten Aufgabe war, die ich zu erfüllen hatte, war Richard zum jüngsten und unwichtigsten aller Männer geworden, und das in einer Stadt, in der junge Männer nicht ernst genommen wurden.

Ich blickte ihn prüfend an. Er würde für alle Zeiten mein

Cousin bleiben, und ich würde ihn immer lieben. Heute hatten mich die Erde und der Himmel und das Summen in meinem Kopf in einen Rausch versetzt, und ich war zu ihm gegangen, und er hatte mich festgehalten und hätte mich nehmen und lieben können. Aber ich war sehr bald wieder zu Verstand gekommen, und ich konnte Richard sehr schnell durchschauen. Ich glaube, an jenem Abend sah ich ihn zum ersten Mal ganz klar und nüchtern ... und ich erblickte vor mir einen jungen Mann, dem ich niemals ein Pfluggespann anvertrauen würde.

Als mir dieser Gedanke durch den Kopf ging, mußte ich laut herauslachen. Meine Mutter fragte mich, was mich so amüsierte, und ich schwindelte ihr eine kleine Lüge vor, um die Aufmerksamkeit von mir abzulenken. Heute, an dem Tag, als Richard von Oxford heimgekommen war und ich den ganzen Tag lang draußen auf den Feldern gearbeitet hatte, wurde mir klar, was für Onkel John, für Ralph Megson und für Acre von Anfang an klar gewesen war: daß ich diejenige war, die die Liebe der Laceys für das Land geerbt hatte, und daß Richard niemals so wie ich dieses Land lieben und pflegen und darauf arbeiten würde.

19

Meine Mutter achtete darauf, daß Acre und wir, die wir in Dower House lebten, ganz streng die Sonntagsruhe wahrten, und selbst als wir mit dem Pflügen alle Hände voll zu tun hatten, brach sie ihre Prinzipien nicht. Zu meiner Überraschung wurde sie darin von Ralph Megson unterstützt, und als ich ihn fragte: »Einen ganzen Tag verlieren?«, da hatte er mir einen seiner verschmitzten Blicke zugeworfen und gesagt: »Würden Sie denn andernfalls alle Sonntage, die wir gearbeitet haben, zusammenzählen und dem Dorf dann alle eineinhalb Monate eine Woche lang Ferien geben?«

Die Kutsche brachte uns am Morgen in die Kirche und zum Frühstück wieder zurück, aber meine Mutter war einverstanden, daß Richard und ich am Nachmittag noch einmal ausritten, vorausgesetzt, wir bewegten uns innerhalb der Grenzen unserer Ländereien.

»Ich muß morgen früh wieder fahren«, sagte Richard. »Kannst du jetzt mit mir ausreiten, Julia?«

»Ja, gewiß«, sagte ich, »aber ich muß mich erst umziehen.«

»Dann beeil dich aber«, knurrte er in seiner gewohnten, ungeduldigen Kommandostimme.

Ich rannte in mein Schlafzimmer. Ich hatte jetzt drei Reitkostüme zur Auswahl: mein erstes, cremefarbenes, das jetzt ziemlich schäbig und abgenutzt war, und die beiden neueren, eines in Hellgrau mit einem grauen Tweedjackett, das zu meinen Augen paßte und das ich äußerst elegant fand, und ein anderes in einem dunklen Purpurrot. Als ich das erste Mal in dem grauen Kostüm aufgetaucht war, hatte John mit einem leisen Zischen die Luft durch die Zähne gesogen und meine Mutter mit einem Blick angeschaut, den ich nicht ergründen konnte.

»Es ist nur, weil sie fast immer ihr Reitkostüm trug«, hatte meine Mutter gesagt, »und sie hatte auch ein graues, das sie nach der ersten Trauer um den Tod ihres Vaters fast täglich anzog.«

John hatte genickt, und ich wußte, daß sie von Beatrice sprachen. »Die Ähnlichkeit ist verblüffend«, stammelte er.

»Nein, nicht im mindesten«, unterbrach ihn meine Mutter energisch, ohne ihre gewohnte Verbindlichkeit. »Es ist nur das Kostüm.«

»Aber ist es ein hübsches Kostüm?« fragte ich voller Ungeduld, die Last der Vergangenheit abzuschütteln. »Findest du nicht, daß es ein hübsches Kostüm ist, Onkel John?«

»Ich glaube, daß du ein ziemlich eitles Fräulein bist«, sagte er liebevoll, »das begierig nach Komplimenten angelt. Es ist in der Tat ein sehr hübsches Kleid, und du bist eine hübsche junge Dame mit einem hübschen Pferd. In Grautönen, alle beide, die auch noch zusammenpassen! Jetzt geh und hol dir deine Bestätigung woanders, Squire Julia. Ich muß arbeiten!«

»Ich arbeite auch«, erwiderte ich gekränkt. »Ich fahre nach Acre hinunter, um zu sehen, ob Kies und Sand bereitstehen. Der Sand muß auf den Pfad geschüttet werden, wenn er zu matschig wird.«

»Squire Julia, in der Tat«, sagte John lächelnd. »Geh und tu deine Arbeit, und schau dann auf dem Rückweg beim Herrenhaus vorbei. Ich möchte wissen, ob sie mit ihrer Arbeit weitermachen können. Der Polier hat gestern gesagt, sie müßten aufhören, wenn der Wind zu stark würde.«

Ich nickte und ging fort. Es kümmerte mich nicht sonderlich, daß meine Ähnlichkeit mit Beatrice John noch immer den Atem verschlug. Er und ich hatten uns geeinigt, daß wir mit Beatrices Geist leben müßten, und wir fürchteten uns nicht mehr vor ihr.

Richard hatte an jenem Tag das Reitkostüm nicht gesehen, denn er war fort gewesen. Ich fragte mich, ob es ihm wohl auch gefallen würde.

Es gefiel ihm.

Ich sah es daran, wie er mich anschaute. Er wartete am Fuß der Stufen auf mich, und ich kam die Treppe hinab auf ihn zu. Der Samtsaum streifte um meine Knöchel herum und schleifte die Stufen hinab. Richard schaute mich mit schmalen Augen an, dann nahm er meine Hand, küßte sie und schaute mir dabei in die Augen. »Du bist hübsch, Julia«, sagte er leise. »Ich kann es kaum glauben, denn ich kenne dich ja schon mein ganzes Leben lang, aber ohne daß ich es bemerkt hätte, bist du zu einem bildhübschen Mädchen herangewachsen.«

Ich errötete bis an die Haarwurzeln und schaute ihn an. Mir fiel keine Erwiderung ein. So kannte ich Richard nicht. Ich fühlte mich seltsam unwohl. Ich kannte Richard als meinen Bruder, meinen Freund, als den, der mich tyrannisierte und dem ich zugleich vertraute, aber sein Liebesgeflüster verursachte mir Unbehagen.

»Danke«, sagte ich unbeholfen und lächelte ihn entschuldigend an. »Ich werde so verlegen, Richard. Ich weiß nicht, was ich sagen soll, wenn du so mit mir sprichst.«

Er runzelte die Stirn und ging vor mir zur Küchentür, um durch den Hintereingang das Haus zu verlassen, aber Mrs. Gough hielt ihn liebevoll am Ärmel fest und drängte ihm ein frischgebackenes Brötchen und eine Tasse Kaffee auf, bevor er in die kalte Luft hinausging. »Sie sind doch alle nur noch Haut und Knochen von dem Studentenessen«, meinte sie mißbilligend. »Ich möchte bezweifeln, daß Sie dort jemals so gutes Essen bekommen wie daheim.«

Richard war sehr charmant, aß alles, was sie ihm vorsetzte, lobte das Essen, das es am Abend zuvor gegeben hatte, und bat, daß sie ihm für heute nachmittag sein Lieblingsgericht kochen möge. Ich beobachtete ihn lächelnd. Er konnte jedermann für sich einnehmen, konnte sich mit Charme überall seinen Weg bahnen, selbst mitten hinein ins Herz seiner Mitmenschen.

Mrs. Gough hatte jedoch nicht ganz recht gehabt. Er war nicht nur Haut und Knochen. Er war in der Tat noch gewachsen, aber er hatte auch zugenommen und war kräftiger geworden. Er würde allerdings niemals dick werden, er würde immer sein schlankes, geschmeidiges Aussehen behalten.

Ich blickte in meine Kaffeetasse. Es gelang mir nicht, Richard mit kritischen Augen anzuschauen; für mich sah er einfach hinreißend aus. Schon in frühester Jugend war er so schön gewesen, daß jeder junge Mann ihn hätte beneiden können, mit Wimpern so lang wie die eines Mädchens und einer Haut, die so rein und klar war wie die eines Kindes, und er war immer geschmeidig geblieben.

Er hatte bemerkt, daß ich ihn betrachtete, und schaute mich fragend an. Ich versuchte zu lächeln, fühlte aber, daß ich innerlich bebte. Richard nickte, als kenne er mich besser als ich mich selbst, und in seinem Lächeln lag sehr viel Selbstvertrauen.

»Wir müssen gehen, Mutter Gough!« sagte er mit fester Stimme. »Ich möchte vor dem Abendessen einen Rundritt machen.«

»Ja, es wird jetzt alles für Sie in Ordnung gebracht«, sagte sie und öffnete uns die Tür.

»Nur die Hälfte gehört mir«, verbesserte er sie sanft.

»Ach was«, rief Mrs. Gough und lächelte mich an, ließ aber zugleich Richard nicht aus den Augen. »Das Herrenhaus und die Ländereien brauchen einen hübschen jungen Squire, der sie tüchtig zu verwalten weiß. Sie möchten doch sicher auch, daß Richard hier der Herr ist, nicht wahr, Miss Julia?«

Ich versuchte, eine Antwort zu geben, wurde aber statt dessen dunkelrot und brachte kein Wort heraus. Ich stotterte ein paar belanglose Sätze, verließ die Küche und ging hinaus in den kalten Garten und zu den Ställen, bevor Mrs. Gough noch mehr indiskrete Fragen stellen konnte.

Jem hatte mir meine Stute gesattelt, ohne zu wissen, daß Richard mit mir ausreiten wollte.

»Was hat das zu bedeuten?« fragte Richard. »Reitest du jeden Tag aus, Julia?«

»Ja«, antwortete ich. Richard hob mich in den Sattel. »Wir mußten fleißig auf den Feldern arbeiten, und Onkel John ist nicht so gesund, daß er den ganzen Tag lang draußen sein könnte. Mr. Megson kann nicht überall zugleich sein.«

»Du hast ja *wirklich* viel zu tun«, betonte Richard, und seine Stimme klang seltsam kritisch. Ich fühlte mich unwohl und rutschte ein wenig im Sattel hin und her.

»Ja, es gab wirklich ziemlich viel Arbeit«, sagte ich entschuldigend.

»Und offensichtlich schaffst du alles spielend«, meinte Richard. Die Worte waren nicht als Lob gemeint. Ich wußte, daß er verärgert war. »Was für eine wunderbare kleine Squire-Lady du doch bist, Julia. Ganz Acre muß dir zu Füßen liegen.«

»Dummes Zeug«, brummte ich verlegen. »Ich mache einfach meine Arbeit, Richard, so wie Beatrice sie auch gemacht hat.«

Er hätte noch mehr gesagt, aber Prince kam mit hocherhobenem Kopf aus dem Stall gerannt, obwohl Jem ihn am Zügel festzuhalten versuchte. »Er ist ziemlich wild«, lachte Richard, aber es klang fast, als hätte er Angst.

»Er ist nicht sehr oft geritten worden«, sagte ich. »Jem hat ihn hinausgebracht, aber John war meist zu müde, um in dem kalten Wetter mit ihm auszureiten.«

Richard nickte. »Halt ihn fest, bitteschön«, schnauzte er Jem an, als das Tier beim Aufsteigen zur Seite auswich. Jem nickte, aber er zwinkerte mir, obwohl ich vollkommen unbeteiligt tat, respektlos zu.

Als Richard erst im Sattel saß, erschien er mir mutiger, wenn auch noch immer ein wenig blaß. »Er hat offensichtlich eine Woche lang nur im Stall gestanden«, schimpfte er. »Wirklich, Julia, wenn du hier Gutsherrin spielst, dann könntest du wohl auch dafür sorgen, daß die Pferde ordentlich ausgeritten werden.«

»Es tut mir leid«, sagte ich gleichmütig. Ich wußte, Prince würde sich gleich beruhigen. Er war so brav; seine Freude darüber, sich endlich bewegen zu können, würde wahrscheinlich bald seinem normalen Phlegma weichen. »Mr. Megson hat eines seiner Pferde hier untergestellt«, beschwichtigte ich Richard. »Wenn du Prince nicht magst, kannst du ja das andere Pferd ausprobieren.«

»Ich werde unser eigenes Pferd reiten«, fauchte Richard mich an. Er gab Prince die Sporen, streifte haarscharf an mir vorbei und ließ dann sein Pferd die Auffahrt hinuntertraben.

»Prince ist in Ordnung«, sagte Jem beruhigend. »Er ist überhaupt nicht bösartig. Wenn er mal durchgeht, dann läuft er einfach nach Haus. Alles, was Master Richard tun muß, ist, fest im Sattel sitzen zu bleiben. Ich denke, das wird er wohl schaffen, Miss Julia.«

»Vielen Dank, Jem«, sagte ich ein wenig herablassend und trabte hinter Richard her.

Ich hatte gehofft, wir würden nach Acre reiten, denn ich wollte sehen, was die Dorfleute auf dem Gemeindeland angepflanzt hatten, aber bevor wir ins Dorf hineinkamen, nahm Richard den Weg, der zu den Downs hinaufführte.

»Ich dachte, wir reiten ein wenig auf den Hügeln entlang und dann zum Gemeindeland hinunter«, rief er mir über die Schulter hinweg zu.

»Ja«, bestätigte ich. Ich könnte dann zumindest nach den Schafen sehen, wenn wir an der Herde vorbeiritten. Wir hatten sie endlich auf die Hänge der Downs hinauslassen können, und ich wollte sehen, ob die Lämmer ihre ersten Tage im Freien gut überstanden hatten.

»Warum weißt du nicht, was du antworten sollst, wenn ich dir sage, wie sehr ich dich verehre?« fragte mich Richard unvermittelt, als die beiden Pferde schnaubend an der höchsten Stelle der Downs ankamen.

Ich wurde wieder rot. »Ich glaube, es ist, weil wir einander schon so lange kennen«, sagte ich verlegen, »und weil wir schon so lange Freunde gewesen sind. Es erscheint mir seltsam, daß du so mit mir sprichst.«

»Aber deine Freunde aus Bath, James Fortescue und die anderen, machen dir doch sicher auch Komplimente, nicht wahr?« fuhr Richard fort. »Kommt es dir bei ihnen auch seltsam vor?«

»Bei ihnen nicht«, gab ich ehrlich zu. Die Pferde trabten gemütlich Seite an Seite den alten Viehtreiberpfad hinunter, der oben auf den Downs entlangführt. Zu meiner Linken konnte ich Acre und die Wälder von Wideacre sehen, die Straße nach London und halb Sussex bis hin nach Hampshire. Nach Süden hin sah ich das Meer glänzen und die tausend kleinen Schlamminseln des Hafens von Chichester. »Vielleicht, weil du sie lieber hast als mich?« fragte Richard unvermittelt. Ich zuckte zusammen und schaute ihn an. Er atmete schnell, und seine Augen flackerten wie blaue Flammen. »Sag es mir, Julia!« drängte er mich. »Ich muß es wissen! Du hast mir einen Brief geschrieben, von dem ich kein Wort verstanden habe. Deshalb bin ich sofort heimgekommen, um dich zu sehen. Ich meinte, wir wären verlobt. Du hast mir dein Wort gegeben, und dann schreibst du mir plötzlich, daß du mit jemand anderem verlobt seist!«

»Richard! Nein!« rief ich. Ich brachte mein Pferd zum Stehen und streckte ihm meine Hand hin. Er sprang von Prince herunter und hob mich aus dem Sattel. Als meine Füße das frostkalte Gras berührten, ließ er mich nicht los, sondern hielt mich fest umklammert und blickte mir offen ins Gesicht.

»Dann sag mir«, keuchte er, »daß sich deine Gefühle zu mir nicht verändert haben, auch wenn deine Kleidung jetzt anders ist und du so erwachsen geworden bist. Weißt du noch, was du empfunden hast, als ich gestern auf das Feld gekommen bin? Sag mir, daß du mich noch immer liebst.«

»Natürlich«, bestätigte ich. »Ich habe dich immer geliebt. Solange ich denken kann. Ich habe dich immer geliebt, Richard. Wie kannst du daran zweifeln?«

»Du liebst mich als meine Cousine, das weiß ich«, sagte er gepreßt, »aber du hast mir mehr als das versprochen, Julia. Ich liebe dich als Mann, und ich denke, du weißt es auch. Wir wissen beide, was das bedeutet. Ich frage dich: Liebst du mich auch?«

Was Richard sagte, war nicht die Wahrheit.

Irgendwo steckte eine Lüge.

Ich war nicht so naiv. Ich war Richard gegenüber viele, viele Male naiv gewesen. Ich hatte ihn geliebt, ohne daß er mir Hoffnungen gemacht und ohne daß er mich wiedergeliebt hätte. Ich hatte immer gehofft, der Zeitpunkt würde kommen, wenn er mich in die Arme nehmen und mir sagen würde, daß er mich liebte. Jetzt war der Augenblick gekommen.

Aber es war zu spät.

»Ich liebe dich wirklich«, sagte ich langsam, »aber ich weiß nicht sicher, was Liebe für uns beide bedeutet.«

»Du hast versprochen, mich zu heiraten«, drängte Richard. »Wenn ich in Oxford fertig bin und wir das richtige Alter erreicht haben, dann wirst du mich heiraten, so wie wir es immer geplant haben.«

»Richard«, brachte ich hilflos hervor. Seine Hände umklammerten meine Taille; ich spürte keinen Hauch von Zärtlichkeit in diesem Griff. Ich suchte nach Worten, um ihm zu erklären, daß er mein liebster Bruder und mein bester Freund sei, daß aber das Gefühl, *verliebt* zu sein, doch ganz anders wäre und daß er seine Gefühle für mich nicht falsch einschätzen sollte.

Er zog mich ein wenig näher zu sich heran und legte seine Arme fest um meinen Rücken. Ich fühlte, wie mein Mund vor Angst ganz trocken wurde. Er schob seine Hand unter mein Kinn und bog mein Gesicht zu sich hinauf.

Er hatte immer mit mir gemacht, was er wollte. Ich hatte Richard niemals etwas abgeschlagen; ich war nicht einmal vor seinem Zorn davongelaufen. Wie konnte ich jetzt den Mut finden, vor seiner Berührung zurückzuweichen?

»Richard …«, sagte ich leise.

Er streichelte meinen Rücken, und ich spürte, wie er seinen

warmen Körper eng an mich drückte. Mit seiner freien Hand liebkoste er mein Gesicht, meine Wangen und meinen Hals. Aber mein Körper blieb kalt. Ich schmolz unter seiner Berührung nicht dahin. Statt dessen hörte ich ein Summen in meinem Kopf wie von einer wütenden Biene, und ich fühlte, wie sich das Haar in meinem Nacken sträubte. Zum ersten Mal in meinem Leben wich ich zurück, als Richard mich berührte. Ich konnte nicht anders als zurückweichen; seine Berührungen verursachten mir eine Gänsehaut.

Richard beugte sein Gesicht tiefer zu mir herab und küßte mich leicht auf die Lippen.

Ich blieb ruhig stehen. Hätte ich mich losgerissen, so hätte das wenig geholfen, denn ich stand mit dem Rücken dicht vor Seenebel und konnte keinen Schritt weiter zurück. Aber als er seine Lippen noch fester auf meinen leblosen Mund drückte, erschauderte ich.

Er verstand mein Beben gänzlich falsch. Er lehnte sich zurück und lächelte mich an. »Du begehrst mich«, sagte er zufrieden. »Du liebst mich und du begehrst mich.«

»Nein«, sagte ich sofort. »Es tut mir leid, Richard, aber das stimmt nicht.«

»Du bist verdammt geil«, sagte Richard kalt. »Du hast immer nur mir gehört. Du würdest zu jeder Zeit, bei Tag oder bei Nacht, zu mir kommen – ich brauchte nur mit dem Finger zu schnippen. Plötzlich fährst du fort nach Bath und denkst, du hättest einen anderen Herrn, einen anderen Mann gefunden. Aber ich bin gekommen, um dich zurückzufordern. Und hier und jetzt fordere ich dich zurück.«

»Nein, Richard«, entgegnete ich fest. Ich atmete schnell. Ich wußte: Was Richard sagte, war nicht die Wahrheit.

»Du bist eine Hure und ein geiles Flittchen«, flüsterte Richard. »Du würdest mit jedem Mann gehen, der deiner aufgeblasenen Eitelkeit schmeichelt. Du hast überall in Bath die Gutsherrin gespielt und für dich selbst einen großen Auftritt inszeniert, als du die Armenkinder gefunden und sie heimgebracht hast. Jetzt schnüffelt irgendein billiger Händlersohn hinter dir her, und ich soll glauben, es sei Liebe! Es ist Eitelkeit und Begierde, Julia! Du gehörst mir, und ich werde dafür sorgen, daß ich dich nicht verliere.«

Ich riß mich von ihm los und drückte mein Gesicht in Seenebels silbergraue Schulter. Ihr Geruch und die Körperwärme beruhigten mich.

»Kein Wort davon ist wahr«, sagte ich gefaßt. Ich spürte Wut in mir aufsteigen. Ich hatte es geschafft, mich gegen Dr. Phillips' Schnüffelei in meinen intimsten Gedanken und Träumen zu wehren, und ich ließ mich nicht mehr einschüchtern. »Kein Wort davon ist wahr«, sagte ich noch einmal. »Ich liebe James Fortescue. Ich bin frei und ungebunden nach Bath gereist. Es stimmt, daß wir als Kinder gespielt haben, wir wären verlobt, aber weder dein Vater noch meine Mutter haben uns jemals dazu ermutigt. Seitdem wir erwachsen sind, habe ich niemals das Gefühl gehabt, daß du mich als Frau liebst. Ich liebe dich so, als wärest du mein Bruder, und so werde ich dich immer lieben, vorausgesetzt, du behandelst mich gut. Es gibt keine andere Beziehung zwischen uns.«

»Julia!« rief Richard. Er klang so wütend, daß ich mich umdrehte, um ihn anzuschauen. Sein Mund klappte auf und zu, und er sah mich mit stechenden Augen an. »Du brichst mir das Herz!« stöhnte er. »Ich habe dich mein ganzes Leben lang geliebt. Ich habe Einladungen in Oxford zurückgewiesen, weil ich mich als gebunden ansah. Jetzt erzählst du mir, daß all dies nichts bedeutet! Hast du vergessen, wie sehr wir einander als Kinder geliebt haben, bevor ganz Acre sich zwischen uns geschoben hat? Bevor Mr. Megson zurückgekommen ist und bevor du angefangen hast, dauernd aufs Land hinauszugehen, anstatt im Haus auf mich zu warten.«

Seine Worte klangen merkwürdig falsch in meinen Ohren. Ich lehnte mich ein wenig zurück, so daß ich in sein Gesicht sehen konnte. »Was ist los mit dir?« fragte ich leise.

»Nichts«, antwortete er schnell, zu schnell.

»Du brauchst mich nicht zu lieben«, sagte ich langsam. Meine Stimme klang fast traurig. »Du weißt, daß ich dich liebe und daß ich dich immer lieben werde, und zwar als meinen liebsten Freund, als meinen Bruder. Niemand könnte uns diese Liebe rauben. Niemand könnte dir deinen Platz in meinem Herzen fortnehmen. Aber du brauchst nicht so zu tun, als würdest du mich begehren, wenn es doch gar nicht wahr ist.«

Irgendwo in meinen Worten lag etwas Verlockendes, eine Aufforderung zum Widerspruch, aber Richard war nicht der Mann dafür, Zwischentöne zu hören und zu verstehen.

Unser Wortwechsel kam mir seltsam vor, denn ich hatte geglaubt, daß es nur die Frauen seien, die auf Romantik Wert legen, die sich an Schwindeleien und an hübschen Höflichkeiten festhalten. Ich hätte jede Blüte in jedem Blumenladen der Welt fortgegeben, wenn ich erfahren hätte, was an jenem strahlenden Sonnentag oben auf den Downs in Richards Herzen vor sich ging. Aber er wollte es mir nicht sagen.

»Ich weiß, daß ich dich nicht zu lieben brauche«, sagte er sanft. »Aber ich will es dir sagen, ich will es dir ganz offen sagen: Ich liebe dich mit meinem ganzen Herzen und mit meiner ganzen Seele.«

Er beugte seinen dunklen Kopf zu mir herunter und küßte mich noch einmal. Plötzlich spürte ich großes Mitleid mit ihm, denn vielleicht lag doch ein wenig Wahrheit in dem, was er mir immer wieder beteuerte. Ich war zutiefst verwirrt und hilflos, weil ich nicht wußte, was ich für ihn tun könnte. Deshalb wehrte ich mich nicht, als er mich in jenem Augenblick küßte. Sein Atem wurde schneller, und immer wieder, während er seinen Mund meinen Hals vom Schlüsselbein bis zum Ohr hinauf und hinunter wandern ließ, murmelte er meinen Namen.

Ich wandte mein Gesicht von ihm ab, legte beide Hände auf seine Schultern und versuchte, ihn von mir wegzuschieben. Dann sah ich in seine Augen, die mich merkwürdig kalt anblickten, nicht warm oder liebevoll oder zärtlich. Was ich darin entdeckte, war ein Ausdruck kalter Berechnung.

»Ist es wahr, daß du mich nicht mehr begehrst?« fragte er. Seine Stimme war kalt wie Eis.

Ich stellte meinen steifen Kragen auf und strich meine Jacke glatt. Mein Hut war mir vom Kopf gefallen, und ich steckte ihn, so gut ich konnte, wieder fest. Ich fühlte mich zerzaust und lächerlich. »Ja«, sagte ich. »Es tut mir leid. Ich bin mit einem anderen Mann verlobt, und ich liebe ihn mit meiner ganzen Leidenschaft. Ich liebe dich als meinen Bruder, und das ist alles.«

»Dann bist du treulos, und du hast mein Herz gebrochen!« fluchte er, drehte sich zu Prince herum und schwang sich in den Sattel.

»Richard«, rief ich. Aber er vollführte mit Prince ganz nahe vor mir eine Wendung, so nahe, daß der harte Schweif mir ins Gesicht fegte. Seine Miene war gänzlich finster. Er lenkte sein Pferd auf den Weg, den wir gekommen waren, drückte die Hacken fest zusammen und gab ihm einige kräftige Peitschenhiebe. Prince warf den Kopf in die Höhe und donnerte davon. Seenebel wich ängstlich zur Seite aus, und ich ergriff ihre Zügel.

Ich beeilte mich nicht, ihm zu folgen. Ich wartete ein wenig, um meinen Kummer und meine Traurigkeit über Richards Enttäuschung laut herauszuweinen. Aber ich weinte auch, weil ich so dumm gewesen war zu denken, Richard würde bereitwillig irgend jemand anderen an seine Stelle treten lassen. Ich hatte nie zuvor gewußt, wie sehr er mich liebte. Ich weinte über meine Dummheit und über den Verlust von Richards Liebe.

Ich führte Seenebel zu einem kleinen Hügel, von dem aus ich aufsitzen konnte, und wischte mir mit dem Rücken meiner Handschuhe die Augen trocken. Dann machte ich mich mit meiner Stute auf den Heimweg und ritt langsam den Reitweg hinunter zu den Ausläufern der Downs. Dort wartete

Richard bereits auf mich. Er hielt Prince ganz kurz am Zügel und stand reglos am Rande des Weges. Auf seinem Gesicht strahlte das lieblichste Lächeln.

»Julia, ich bitte dich um Entschuldigung«, sagte er artig und streckte mir die Hand zur Versöhnung entgegen.

Erleichterung überwältigte mich. »Oh, Richard!« flüsterte ich nur.

»Um dir die Wahrheit zu sagen, ich bin eifersüchtig«, gestand er mir. »Aber ich bin kein guter Othello. Die ganze Zeit habe ich dich als ein hilfloses junges Mädchen angesehen, und du bist inzwischen zu einer starken und schönen Frau herangewachsen. Ich hoffe nur, daß James deiner wert ist. Aber ich verspreche dir, daß ich gern bereit bin, auf deiner Hochzeit zu tanzen. Und ich verspreche dir, daß ich dir nie wieder Vorwürfe machen werde!«

Ich ließ Seenebels Zügel los und hielt Richards Hand mit beiden Händen fest. »Oh, Richard«, sagte ich, »ich bin dir so dankbar. Es war sicher gedankenlos und selbstsüchtig von mir, daß ich dir nicht früher über alles berichtet habe. Es ist so plötzlich gekommen ...«

»Erzähl's mir«, sagte er, und wir trabten mit unseren Pferden den Hügel hinab. Ich ritt Seite an Seite mit dem Kameraden meiner Kindheit und dem besten Freund meiner Mädchenzeit und erzählte ihm, wie froh ich war, mich in einen so tüchtigen und liebevollen jungen Mann verliebt zu haben. Richard lächelte und befragte mich über seine Familie und unsere Zeit in Bath; er versprach mir, James' Familie ebenfalls in sein Herz zu schließen und mir zu helfen, einen guten Platz für das neue Herrenhaus zu finden, und er wollte mir bei dem Entwurf und dem Bau mit gutem Rat zur Seite stehen.

Als unsere Pferde den nassen, schlammigen Hügel hinabrutschten, erschrak Seenebel über einen Stoffetzen, der aus einer Hecke herausflatterte.

»Sie ist nervös«, sagte ich und klopfte ihr beruhigend den Hals. »Ihr fehlt der Galopp hoch oben auf den Downs.«

»Ach, vergessen wir die Downs!« rief Richard. »Ich habe mich wie ein Idiot benommen, und schlechtgelaunt war ich auch noch! Laß uns die Pferde über das Gemeindeland heimreiten – wir legen einen schönen Galopp ein.«

»Oh, ja!« rief ich. Wir wandten uns nach rechts und trabten um das Dorf herum, an den Hütten der Armen vorbei und hinauf zur höchsten Stelle des Gemeindelandes, wo die Feuerschneise geschlagen worden war. Dort war jetzt eine Straße aus weißem, weichen Sand, so breit wie ein Fluß. Seenebel stellte die Ohren auf.

»Ein Rennen?« rief ich Richard zu. Ich hatte gesehen, daß er sich auf Prince sicher fühlte. Richard nickte. Wir nahmen die Zügel der Pferde kürzer, und sie begannen in ihrer Vorfreude heftig zu schnauben.

»Eins, zwei, drei, los!« rief ich, und die Pferde machten einen großen Satz nach vorn. Prince war als erster davongaloppiert, aber Seenebel holte ihn ein, und bald waren Richard und ich auf gleicher Höhe. Wir sahen einander durch den wirbelnden Sand und die flatternden Mähnen hindurch an. Die Hufe donnerten über den Boden. Prince übernahm die Führung: Ein Schauer aus Sand und Kies peitschte in mein Gesicht, als er vorbeizog. Seenebel gefiel das so wenig wie mir selbst, und sie wurde ein wenig langsamer, während Prince und Richard um eine Kurve herum und dann einen steilen Hügel hinaufjagten. Die Steigung machte dem älteren Pferd zu schaffen; sein Gang wurde langsamer und machte ihm dann immer mehr Mühe. Seenebel dagegen wurde mit dem tiefen Flugsand und der Steigung des Hügels leicht fertig. Wir überholten Richard mit gleichmäßigem Galopp. Ich beugte mich nach vorn und klammerte mich wie eine Maus in Seenebels Mähne. Dann lenkte ich sie auf die höchste Stelle des Hügels und wartete darauf, daß Richard und Prince mir nachkämen.

Richards blaue Augen sprühten vor Vergnügen; sein Gesicht war mit Schlammspritzern übersät. »Das war toll!« rief er. »Ich hätte gewonnen, wenn nicht der Hügel gewesen wäre.«

»Er ist ein prächtiger alter Kerl«, bestätigte ich und beugte mich hinüber, um Prince den vom Schweiß streifig gewordenen Hals zu klopfen. »Er muß ein schönes Jagdpferd gewesen sein, als er jung war.«

»Du reitest so gut«, meinte Richard großzügig. »Es muß wahr sein, was man sich erzählt, daß du ein natürliches Talent zum Reiten hast.«

»Es liegt uns im Blut«, sagte ich. »Wir haben beide das Blut der Laceys in den Adern.«

Richard mußte darüber lächeln. »Du und ich«, flüsterte er zufrieden, »du und ich.«

»Ich habe Sand in die Augen bekommen«, sagte ich, blinzelte und rieb mir mit dem Rücken der Handschuhe die Augen. »Ist mein Gesicht voller Schlamm?«

»Ja«, sagte Richard gleichgültig, »und dein Haar hat sich gänzlich aufgelöst.«

»Halt bitte die Zügel«, bat ich ihn, zog meine Handschuhe aus und tastete an meinem Hinterkopf nach Haarnadeln. Ich steckte die hinuntergefallenen Locken fest und nahm Richard die Zügel wieder aus der Hand. Dann setzten wir uns tief in den Sattel, ließen die Pferde ausruhen und versuchten, wieder zu Atem zu kommen.

Unter uns sahen wir die neu errichteten Wände des Herrenhauses von Wideacre, zu dessen Linker Dower House wie ein kleines, goldenes Kästchen herüberschimmerte. Weiter ins Tal hinein lag das Dorf Acre, aber wir konnten nur den Kirchturm und einige Wände und Dächer der Cottages sehen, die im übrigen von den Bäumen und der Parklandschaft verdeckt waren. Am Rande des Dorfes, weiter zum Gemeindeland hinüber, standen die Hütten der ganz Armen, die zum Teil mit Moos und Farn überwachsen waren. Es waren kleine, hölzerne Kästen, gebaut von Menschen, die am Rande der Gesellschaft lebten, immer nahe am Verhungern und immer in Gefahr, die wenigen Rechte zu verlieren, die sie sich erobert hatten: Weiderechte und das Recht, Torf und Feuerholz zu schneiden. Es waren Menschen, die immer krank waren und immer in der Gefahr lebten, wegen Diebstahl oder Wilddieberei verhaftet zu werden.

In Acres schlechten Zeiten galt unser Grundbesitz als das Gebiet, über das kein Squire herrschte. Neue Leute waren hinzugezogen, um sich am Rande des Gemeindelandes eine Bleibe zu bauen, und jetzt war dort fast ein kleines Dorf entstanden, eine kleine Gemeinschaft neben dem Dorf Acre, dessen Bewohner am Rande des Gemeindelandes verstreut lebten.

Hinter ihnen standen kreisförmig angeordnet bemalte Wagen und Zelte: aus dieser Entfernung ein malerischer Anblick. Dort wurden die Zigeuner während der Herbst- und Winterzeit seßhaft. Sie kamen jedes Jahr hierher und pochten dabei auf uralte Rechte, die besagten, Wideacre hätte einst, in ganz früher Zeit, den Zigeunern gehört. Niemand konnte es widerlegen oder beweisen, und es machte kaum einen Unterschied, ob es wahr war oder nicht. Man tat so, als glaubte man daran, und niemandem kam es in den Sinn, einen Zigeuner zu provozieren, der bis zum letzten Blutstropfen kämpfen würde, oder eine Zigeunerin, die einen verhexen konnte, wenn sie es wollte.

Drei Familien behaupteten, daß sie hier in einem kleinen Kreis von Karren und Zelten schon seit den Zeiten der Römer als eine Großfamilie zusammengelebt hätten. Auf jeden Fall hatte Wideacre sie integriert: als Bestandteil einer natürlichen Ordnung, die den Schafen im Winter Fußfäule brachte und Würmer im Sommer. Früher hatten die Frauen in Acre geklagt, ihnen würde die Wäsche von der Leine gestohlen, und als es noch kleine Gemüsegärten gegeben hatte, verschwanden manchmal ein paar Rüben oder süße Möhren. Aber von den Dorfbewohnern konnte niemand die Zigeuner daran hindern, zu kommen und zu gehen, wie sie es wollten.

Jeden Winter schlugen sie ihr Lager an der gleichen Stelle auf; die Karren und Zelte waren kreisförmig gruppiert, und in der Mitte flackerte ein kleines Feuer. Die Leute sagten, der

Winter würde besonders streng werden, wenn die Zigeuner sehr früh kämen, und sie könnten das Wetter beeinflussen und auch die Pflanzen und Tiere. Diesen Winter waren sie spät gekommen, und aus Gründen, die nur sie selbst kannten, blieben sie lange.

Wir wendeten die Pferde und wandten uns einem Pfad zu, der an einem kleinen Wald entlangführte. Schweigend ritten wir wie zwei gute Kameraden nebeneinander her.

Die Pferde machten nur wenig Lärm; das Klopfen ihrer Hufe wurde von dem sandigen Boden gedämpft. Plötzlich warf Seenebel den Kopf hoch: Ein Kaninchen war aus dem Wald heraus und quer über den Weg gerannt. Ein Habicht schoß aus der Luft herab und packte das Kaninchen am Schwanz. Er breitete die Flügel weit auseinander, streckte die Klauenfüße heraus und krallte sich in den Hals seiner Beute. Das kleine Tier zappelte und schrie wie ein Kind; dann wurde es ganz still: ein schneller, sauberer Tod. Der Habicht senkte mit einem zufriedenen Achselzucken die Flügel und schaute um sich. Wir sahen geradewegs zu ihm hinüber, und seine tiefen, ringelblumenfarbenen Augen starrten ohne Furcht zu uns zurück.

»Gehört er Ralph Megson?« fragte Richard mich leise.

Ich nickte, ohne ein Wort zu sagen. Der Habicht hielt meinen Blicken weiterhin stand. Plötzlich hörten wir ein Rascheln im Unterholz, und ein Hund kam herausgelaufen. Sein Fell war so schwarz wie Trauersamt; es war ein Jagdhund, wie ihn die Wilddiebe sich heranzüchten, und er schoß, die Nase am Boden, dorthin, wo das Habichtweibchen und seine Beute waren. Wohlerzogen ließ er sich nieder, die Vorderpfoten nach vorn gestreckt und den Kopf hoch erhoben wie ein schläfriger Löwe auf einem Hügel.

Plötzlich trat Ralph aus dem Schatten der Bäume hervor. Er nickte uns beiden zu, aber er sagte kein Wort. Auch wir blieben ganz still. Ralphs Blick war auf das Habichtweibchen fixiert. Er näherte sich ihm, ohne ein Wort zu sagen, und zog etwas Rotes aus einer kleinen Tasche, die an seiner Hüfte hing.

Es war ein Streifen Fleisch; er nahm es in seine behandschuhte Hand und hielt es ihm lockend hin. Das Habichtweibchen blickte unentschlossen von ihm zum Kaninchen, dann öffnete es seine Flügel und flatterte hopsend zu seiner hingestreckten Faust, senkte seinen hübschen Kopf, nahm das Fleisch, packte es mit seinen gelben Klauen und zerrte heftig daran. Ralph zog eine Leine aus seinem Gürtel und band den Vogel vorsichtig an seiner Hand fest. Er nickte kaum merklich dem Hund zu; der schoß nach vorn, um das Kaninchen zu apportieren. Ralph warf es in seinen Beutel, streichelte den Kopf seines Hundes und gab ihm ebenfalls sein Stückchen Fleisch. Erst dann drehte er sich um und lächelte uns zu. Auf seiner Faust schaukelte zufrieden das Habichtweibchen; seine grau und braun gesprenkelten Brustfedern waren noch immer glänzend und weich vor Aufregung.

»Guten Tag, Miss Julia, Master Richard«, sagte er und lächelte uns beide an.

»Jagd am heiligen Sonntag, Mr. Megson!« sagte ich scheinbar vorwurfsvoll und war amüsiert, daß ich ihn ertappt hatte.

Er lächelte zögernd und freundlich. »Ja, ich bin wirklich ein gottloser Mann«, sagte er, »aber das Problem ist, daß ich etwas zu essen brauche, Miss Lacey!«

»Guten Tag«, sagte Richard förmlich, aber im gleichen Moment ging auch schon seine Begeisterung mit ihm durch. »Das war ein wunderbarer Beutefang! Wir haben zugeschaut! Es ist genau vor unseren Augen passiert! Ich habe nie zuvor gesehen, daß ein Habicht so nahe vor mir seine Beute erlegt! Direkt vor unseren Augen.«

»Ja, es ist ein schöner Vogel«, bestätigte Ralph voller Stolz. »Drei Jahre lang habe ich ihn jetzt, und bisher hat er noch keine einzige Beute verfehlt.«

»Welches ist das größte Tier, das er jemals erlegt hat?« fragte Richard.

»Er hat ein paar Hasen geholt«, sagte Ralph. »Und er kann auch einen Fasan töten. Waldhühner holt er ohne Schwierigkeiten, und Enten. Eine ganze Familie könnte fürstlich von dem leben, was er herbeibringt.«

»Sicher ist er ausschließlich an Sie gewöhnt ...«, sagte Richard mit fragender Stimme.

Ralph lachte ihn an. »Nein, Sie können ihn gern einmal nehmen«, erwiderte er leichthin. »Sie müssen aber von Ihrem Pferd herunterkommen – er mag es nicht, wenn man ihn auf dem Pferderücken sitzend festhält. Das ist seine einzige Schwäche und für mich ein ziemliches Problem. Ich kann auf kurzen Flügen mit ihm Schritt halten, aber am Ende des Tages bin ich, wenn ich zusammen mit ihm auf Beutefang gehe, ziemlich erschöpft.«

Richard war wie der Blitz von Prince heruntergesprungen, und Ralph streckte seine Hand aus, um die Zügel zu nehmen. Er zog einen Handschuh aus der Tasche, und Richard streifte ihn über.

»Schon mal mit einem Habicht zu tun gehabt?« fragte er leise. Richard schüttelte den Kopf. »Nun, Sie nehmen ihn am besten von hinten«, wies Ralph ihn an. »Legen Sie nur Ihre Hand ein wenig über meine.« Richard streckte seine Hand aus, und das Habichtweibchen trippelte ohne Furcht ein paar Schritte zurück auf seine Faust.

»Treulose«, sagte Ralph gutmütig. Er gab Richard die Leine und zeigte ihm, wie er sie um seine Hand schlingen mußte. »So fühlt sie sich genau richtig an, und Sie können sie nicht versehentlich loslassen«, sagte er. »Die Leine eines Habichts muß immer so gehalten werden.«

Richard nickte; sein Gesicht war gespannt und aufmerksam.

Ich bemerkte, daß die bauschigen Brustfedern des Vogels glatt geworden waren und daß er hager, unzufrieden aussah. Seine orangefarbenen Augen schienen mir plötzlich einen stechenden Ausdruck angenommen zu haben. Ich fühlte mich unbehaglich und hörte in meinem Kopf ein Summen, als würden ein Dutzend Leute gleichzeitig eine Warnung murmeln.

»Möchten Sie mit ihm hin und her gehen?« schlug Ralph

vor. Richard nickte wieder. »Gehen Sie mit ihm ein Stück den Pfad entlang«, sagte Ralph. »Spüren Sie mal, wie er sich auf Ihrer Hand anfühlt.«

Richard entfernte sich vorsichtig und versuchte, auf dem gefurchten Sandweg recht weich zu gehen.

»Nicht notwendig, allzu vorsichtig zu sein!« rief Ralph hinter ihm her. »Er ist an mein Humpeln gewöhnt, und er fühlt sich dabei so wohl wie eine Yacht auf ruhiger See.«

Richard ging ein wenig schneller, und wir konnten sehen, wie das Habichtweibchen auf und nieder wippte, um sein Gleichgewicht zu halten.

Ralph streichelte Seenebels Hals und schaute zu mir hoch.

»Keine Probleme daheim nach dem Säen?« fragte er.

Ich schüttelte den Kopf. »Nein«, antwortete ich.

»Bleibt er lange?« fragte er und deutete mit dem Kopf dorthin, wo Richard sich gerade wieder umwandte, um zu uns zurückzukehren.

»Nein«, sagte ich, »er fährt morgen wieder ab.«

»Wir pflügen morgen die Felder auf dem Gemeindeland«, bemerkte Ralph gleichmütig.

»Ich werde dort sein«, sagte ich bestimmt.

Richard trat auf uns zu, und ich wußte instinktiv, daß der Habicht Angst hatte. Ich fühlte ein Stechen so scharf wie von Nadeln in meinen beiden Daumen. Der Schmerz war so durchdringend, daß ich einen leisen Schrei ausstieß und auf meine Reithandschuhe hinunterschaute, um nachzusehen, ob sich ein paar Dornen des Stechginsters darin verfangen hätten. Dann sah ich wieder auf das Habichtweibchen und bemerkte, daß es vor Angst ganz hager und glatt aussah.

Als es Ralph erblickte, breitete es die Flügel aus und versuchte, auf ihn zuzufliegen. Richard hielt die Leine fest in der Hand. Plötzlich, während der Vogel in der Luft flatterte, straffte sie sich mit einem Ruck. Wie ein Stein stürzte das Habichtweibchen kopfüber ab, wirbelte im Kreis und schlug heftig mit den Flügeln, um wieder hochzukommen.

»Ganz ruhig«, sagte Ralph sofort. Er gab mir die Zügel von Prince in die Hand und machte zwei große Schritte auf Richard zu.

Richards Gesichtsausdruck war der eines Mörders. Er riß heftig an der Leine, als wäre das Habichtweibchen eine Marionette und nicht ein lebendiges Wesen. »Zurück zu mir!« rief er und riß seine Hand in die Höhe, so daß der Vogel hilflos am Ende der Leine emporschnellte.

Prince warf seinen Kopf in die Höhe und Seenebel strebte zur Seite, die Ohren flach an den Kopf gelegt. Ich hatte Mühe, mich im Sattel zu halten, während ich versuchte, die beiden unruhigen Pferde zu bändigen. »Ruhig!« rief Ralph mit einer Stimme, die ich nie zuvor an ihm gehört hatte. Er packte Richards Arm und hielt ihn fest; dann legte er seine andere Hand wie eine Wiege unter die Brust des wirbelnden, wild flatternden Vogels. Richard hielt die Leine noch immer fest in der Hand, und Ralph hob den Vogel sanft in die Höhe, so sanft, als sei er gerade eben erst ausgeschlüpft, und setzte ihn wieder auf Richards Handschuh.

In dem Moment, als seine Krallen wieder den Handschuh berührten, flatterte er noch einmal empor, als fürchtete er sich davor, wieder bei Richard zu sein. Ralph streckte instinktiv seine Hand aus, um ihn zu fangen, und ließ Richards Arm los. Aber Richard riß noch einmal heftig an der Leine, als zerre er einen Hund zu sich heran. Ich vernahm ein entsetzliches, leises Knacken, als seien zwei kleine Zweige gebrochen.

Seenebel stieg hoch, als hätte sich der Boden unter ihren Vorderhufen geöffnet, und ich rutschte mit einem dumpfen, schmerzhaften Plumps auf die Erde. Sofort rollte ich mich instinktiv zusammen: Sie sprang über mich hinweg und galoppierte davon, besann sich dann aber schnell und steckte ihren Kopf in ein Büschel frisches Heidekraut hinein. Ich hatte die Zügel von Richards Pferd fest in der Hand gehalten, und er stand noch immer ruhig da; an seinen Augen aber zeigten sich weiße Ränder.

Ralph riß Richard die Leine aus der Hand und wickelte sie rasch um seine Faust. Dann fing er seinen Vogel ein und drückte ihm die beiden Flügel an den Körper, so daß er nicht mehr flattern konnte. Mit seiner breiten, festen Hand hielt er den Kopf des Habichtweibchens gegen seine Jacke, während er mit der anderen Hand in seiner Jagdtasche wühlte. Er holte eine kleine Kappe aus feinem, weichen Leder heraus und zog sie dem Habicht behutsam über den Kopf. Schließlich zog er aus der Tasche etwas heraus, was wie ein Strumpf aussah, und streifte ihn dem Vogel über den Kopf, so daß seine Flügel seitlich festgehalten wurden. Er legte ihn vorsichtig in die Tasche, und zwar auf das Kaninchen, das er getötet hatte, als er noch ein stolzer, freier Habicht gewesen war und nicht eine eingeschnürte, todkranke Kreatur.

Erst jetzt, als der Vogel weich und sicher unter seiner Haube lag, drehte sich Ralph zu mir um: »Alles in Ordnung, Julia?«

Ich nickte und stand auf. Wir beide schauten auf Richard, der schuldbewußt vor uns stand.

Ralph sah ihn mit müden, prüfenden Augen an. »Was fehlt Ihnen?« fragte er sehr leise. Irgend etwas in seiner Stimme ließ mich erschaudern.

Er sprach nicht wie ein Mann, dessen geliebter, zahmer Raubvogel gerade verletzt worden war. Er schrie nicht und fluchte nicht. Er zeigte nicht einmal kalte Wut. Er sprach mit einer Stimme, die Richard zurückweichen ließ, so daß Ralph ihn prüfend anschauen konnte. Er sprach, als hätte Richard eine geheime, gefährliche Krankheit, die uns alle anstecken könnte. Er starrte ihn an, als wollte er in seine Seele hineinschauen.

Richard war bis an die Haarwurzeln errötet. »Ich weiß nicht«, sagte er mit schwankender Stimme. »Sie ist von meinem Handgelenk fortgeflogen, und ich wußte nicht, was ich tun sollte. Ich wußte nicht, was ich tat.«

Ein Abgrund des Schweigens tat sich zwischen uns dreien auf.

»Es tut mir *wirklich* leid, Mr. Megson«, beteuerte Richard nach einer Weile. Seine Stimme war wieder fester geworden, und ich sah, daß er Ralph von der Seite anblickte. »Ich hätte um keinen Preis der Welt Ihren Habicht erschrecken wollen. Er ist doch sicher nicht verletzt?«

»Sie wissen ganz gut, daß seine beiden Beine gebrochen sind«, sagte Ralph in ruhigem Ton. »Sie haben doch gehört, daß sie knackten, als Sie an der Leine gerissen haben. Warum waren Sie so grausam zu ihm?«

»Ich grausam?!« rief Richard empört. »Das ist nicht wahr! Er ist einfach davongeflogen, und ich habe die Leine gehalten, damit kein Unglück geschieht.«

»Das stimmt nicht«, sagte Ralph mit eisiger Stimme. »Sie haben sie im Zorn zurückgerissen.«

Er zögerte und schaute Richard nachdenklich an. »Viele Leute haben ihn schon auf der Hand gehalten, und er ist noch niemals jemandem davongeflattert«, sagte er zu sich selbst. Einige Augenblicke lang herrschte nachdenkliches Schweigen. »Tiere haben Angst vor Ihnen, nicht wahr?«

Richard antwortete nicht. Ich streckte die Hand aus, um Princes kräftigen Hals zu berühren, als wollte ich mich vergewissern, daß die Welt um mich herum noch immer existierte. Die Stimmen in meinem Kopf waren lauter geworden, wie zwölf, wie zwanzig verschiedene Menschen, die mir etwas zuflüsterten, mich warnen, mir eine Gefahr zeigen wollten, die ich selbst zu verdrängen suchte. Ich fühlte mich geblendet, wie in einer glitzernden Schneelandschaft. In meinem Kopf war ein Summen, als sei Beatrice ganz nahe bei mir, als wolle sie mich zu sich rufen, hart, drängend und unnachgiebig. Ich sollte irgendeine Botschaft empfangen. Die Ballen meiner beiden Hände waren so wund, als bluteten sie aus hundert winzigen Nadelstichen.

Ich war traurig über den Habicht und fürchtete Ralphs Zorn, und ich machte mir Sorgen um Richard.

Ralph wandte sich plötzlich zu mir um. »Sie haben die Sehergabe, Julia«, forderte er mich heraus. »Sie sollten es wissen. Was sehen Sie, wenn Sie Richard anschauen?«

Ich schaute auf meinen Cousin, und er sah mich mit seinen hellen blauen Augen an. Der Lärm in meinem Kopf war so laut geworden, daß ich an nichts mehr denken konnte. Ich sah Richard, meinen geliebten Richard, den Mann, mit dem ich das Erbe teilen sollte und der der Spielgefährte meiner Kindheit gewesen war. Aber ich sah noch mehr: Gefahr, Angst und Entsetzen.

»Ich kann nichts sehen. Gar nichts«, flüsterte ich verzweifelt. »Ich kann nichts sehen und hören. Ich habe nicht, wie Sie meinen, die Sehergabe. Ich kann nichts sehen.« Ich wandte mein Gesicht von Ralph fort und redete Richard an. »Ich möchte nach Hause«, jammerte ich weinerlich wie ein Schulmädchen.

Ralph ging dorthin, wo Seenebel unablässig das Heidekraut abrupfte. Als sie ihn kommen sah, wirbelte sie herum und zeigte ihm ihre Hinterbacken, so als wolle sie ausschlagen – Seenebel, die noch niemals einen Funken Bösartigkeit gezeigt hatte.

»Brav jetzt«, knurrte Ralph mürrisch, ging zu ihr hinüber und nahm die Zügel, um sie zu mir zurückzuführen. Er warf mich in den Sattel hinauf und sagte kein Wort mehr, nicht zu Richard und auch nicht zu mir. Wir ritten schweigend fort, und er ließ uns ohne ein Wort davontraben. Dort stand Ralph, am Rande jener kleinen Lichtung, mit seinem Jagdbeutel auf dem Rücken, den schwarzen Hund neben sich. Beim Davonreiten spürte ich seine Blicke auf meinem Rücken, und ich ahnte, daß er jetzt voller Sorge über Richard und mich nachdachte.

20

Wir ritten schweigend heim, Richard und ich. Der seltsame, schreckliche Vorfall mit Ralphs Habicht hatte bei uns beiden Gefühle von Mißklang und Unbehagen erzeugt. Meine Mutter und Onkel John lachten am Abendbrottisch über irgendeinen Scherz und bemerkten gar nicht, daß Richard und ich uns verlegen und unwohl fühlten. Als es Zeit für mich war, ins Bett zu gehen, verabschiedete ich mich von Richard. Er wollte am nächsten Morgen mit der Postkutsche nach Oxford fahren.

Er küßte meine Hand und zog mich dann näher zu sich heran, um mir auch die Wangen zu küssen. »Alles in Ordnung?« fragte er ganz so wie früher, als wir noch Kinder waren.

»Alles in Ordnung«, bestätigte ich.

Aber wir wußten beide, daß *nicht* alles in Ordnung war.

Scheherazade hatte sich vor ihm geängstigt. Die Schafe hatten ihn bedrängt. Und jetzt war Ralphs Habicht auf seiner Hand in Panik geraten.

Der Montagmorgen erschien mir ganz und gar grau und freudlos. Als ich auf den Gemeindeland-Acker ritt, erwartete ich, daß Ralph mit mir über Richard sprechen würde. Aber er berührte nur zum Gruß seinen Hut mit der Hand und sagte kein Wort.

»Wie geht es Ihrem Habicht?« fragte ich ihn in der Frühstückspause.

Ralph saß neben mir auf dem Pferderücken; die Pflugjungen und die Säerinnen nahmen, da der Boden sehr feucht war, ihr Frühstück im Stehen ein. Er biß kräftig in eine Brotkruste und begann, bevor er mir antwortete, gemächlich zu kauen.

»Ich habe ihm den Hals umgedreht«, sagte er gelassen. »Seine Beine wären niemals wieder so stark geworden, daß er ein Tier hätte töten können, und ich halte mir keine Haustiere. Ich hatte ihn mir fürs Arbeiten gezähmt; ich hätte nicht gewollt, daß er fett und faul herumflattert.«

Ich war tief bestürzt, entgegnete aber nichts.

»Er war völlig verändert«, sagte er kurz. Seine Worte klangen wie drohendes Unheil. »Er war noch niemals von irgendeiner Hand fortgeflogen, nicht ein einziges Mal, seitdem ich ihn vor drei Jahren zu mir genommen und ihn gezähmt hatte. Aber er mochte Richard einfach nicht, nicht wahr? Irgend etwas an ihm hat ihn in Angst versetzt. So sehr in Angst versetzt, daß er sich die Beine brach, als er versuchte, von ihm fortzukommen.«

Ich erwiderte nichts. Ich saß auf meinem Pferd wie eine graue Statue vor einem grauen Himmel. In meinem Kopf war ein tiefes, leises Summen wie von einem Bienenkorb voller Bienen.

»Und Sie selbst können nichts sehen oder hören«, sagte Ralph nachdenklich. Er starrte in den Morgen hinaus, aber plötzlich fuhr er herum und schaute mir prüfend ins Gesicht. »Mein Gott! Wie dumm Sie sind, Julia Lacey«, rief er. »Ich dachte, Sie hätten gelernt, Ihre Visionen zu nutzen, aber Sie nutzen sie nur, wenn Sie gerade mal mutig sind. *Hören* Sie auf Ihre Stimmen. *Benutzen* Sie Ihre Augen.«

Ich legte meine Hand auf seinen Arm, aber er schüttelte mich ab. Sein Pferd, das sehr empfindlich auf seine Bewegungen reagierte, wich zur Seite aus.

»Ich habe keine Geduld mit Ihnen«, stieß er heftig hervor. »Beatrice hätte Sie mit der Reitgerte geschlagen!« Er schnalzte seinem Pferd zu und wandte sich von mir ab. Schließlich rief er die anderen zurück, um die Arbeit vollkommen unerwartet ein paar Minuten vor der offiziellen Zeit wieder aufzunehmen.

Ich schaute den Arbeitern nach der Frühstückspause eine halbe Stunde lang zu und ging dann hinüber zu Ralph, um ihn zu fragen, ob ich irgend etwas für ihn erledigen könnte. Als er mit finsterem Blick verneinte, erklärte ich, ich würde in etwa einer Stunde an dieselbe Stelle zurückkommen. Ich wollte Seenebel ein wenig auf dem Gemeindeland ausreiten.

Er nickte. Er hatte mir nicht verziehen. In der nächsten Woche standen wir uns Tag für Tag wie zwei Fremde gegenüber, denn Ralph glaubte, daß ich mich vorsätzlich dumm stellte, und ich fühlte mich gekränkt. Wäre es Erntezeit gewesen, dann hätten wir beide nach einem Tag unser Schmollen vergessen: Die gemeinsame Arbeit hätte uns unweigerlich wieder zusammengeführt. Aber die schwersten und dringendsten Arbeiten der ersten Frühlingstage waren bereits erledigt. Das Pflügen war vorbei, und die Männer und Frauen konnten aussäen, ohne daß man sie zu beaufsichtigen brauchte. Die Schafe auf den Downs hatten einige Zäune heruntergebrochen. Einzelne Teile mußten repariert werden, aber das war schnell getan. Die Lämmer waren entwöhnt und sprangen draußen auf den Weiden herum; sie brauchten keine besondere Pflege mehr. Der Fenny war mit dem Schmelzwasser und dem Wasser einiger Regentage über die Ufer getreten. Einige von Beatrices Weizenfeldern lagen gefährlich nahe am Flußufer, und ich mußte jeden Tag hinausgehen, um nachzusehen, ob die Dämme hielten.

Onkel John hatte ein halbes Dutzend Kühe und einen Stier gekauft, und wir hatten die Tiere auf die niedriger gelegenen Felder am Fenny hinausgeführt. Der Stier war ein großes, rotes Vieh mit einem starken Ring in der Nase. Ich hatte zuerst Angst vor den Tieren und beobachtete sie durch das Tor hindurch. Doch nachdem ich mich an sie gewöhnt hatte und sie sich an mich, ritt ich mit Seenebel direkt auf ihre Weide.

Jeden Tag hatte ich ein wenig mehr freie Zeit. Meine Arbeit und meine Ausritte über das Land beschäftigten mich bis zum Mittag, aber am Nachmittag gab es nur wenig für mich zu tun. Der Frühling war mild und warm. Ich konnte fühlen, wie die Sonne das Land und meine eigene Haut erwärmte. Überall auf Wideacre sah man Paare, die zärtlich und liebevoll miteinander umgingen. Überall, wo ich hinging, hörte ich einzelne Vögel, die nach einem Partner riefen, oder ich sah Pärchen, die zärtliche, dumme Spiele spielten, einander mit aufgeplusterten Federn und weit geöffneten Schnäbeln fütterten oder gemeinsam sehnsuchtsvoll ein Nest bauten. Einmal sah ich mitten auf der Weide den großen Shire-Deckhengst, der seine Mähne, so hell wie der Schaum auf den Wellen, schüttelte und lauthals nach einer Stute wieherte.

Auf den Downs wuchsen die Lämmer kräftig heran, und die Mutterschafe waren von Dutzenden neugeborener Lämmchen umringt. Auf der Weide am Fluß graste der Stier mit seiner Herde, seine Lieblingskuh immer an seiner Seite; im Gehen rieben sie ihre Köpfe aneinander. Sie blieben minutenlang nebeneinander stehen, und mit seiner mächtigen Zunge leckte er dann zärtlich ihr Gesicht.

James fehlte mir mehr, als ich es für möglich gehalten hätte. Ich wanderte allein unter Baumkronen, in denen die Vögel ihre Liebeslieder sangen, unter einem Himmel, in dem nestbauende Schwalben emsig hin und her flogen. Ich sah die braunroten Rehe, die sich an den dämmerigen Abenden aneinanderkuschelten. In der Nacht konnte ich keine Ruhe finden, denn selbst die Eulen stießen unter dem immer voller werdenden Mond sehnsuchtsvolle Rufe aus.

Am Morgen beaufsichtigte ich die Arbeit auf den Feldern; an den Nachmittagen hatte ich frei. Meine Mutter und Onkel John nahmen die Kutsche, um ein wenig auszufahren, und ich zog mir eines meiner Sommerkleider an, legte mir einen ganz leichten Schal um die Schultern, wanderte in die dunklen Wälder hinein und träumte davon, wie mein Leben aussehen würde, wenn James heimkäme und wir verheiratet wären. Auf Wideacre schwoll das Leben so wie die dicken, langsam aufbrechenden Knospen der Kastanien. In jenem Frühjahr suchte sich jedes Tier seinen Partner, und die Weibchen brachten ihre Nachkommen zur Welt. Auch ich sehnte mich, während ich allein in den Wäldern herumwanderte, nach meinem Liebsten. Mein leichtes Kleid schimmerte hell zwischen den grünen Schatten, und meine Füße wateten in einem Meer von Glockenblumen.

Richard sollte noch vor dem ersten Mai heimkehren. Er

schrieb, er würde am frühen Morgen mit der Postkutsche eintreffen. Ich ließ Seenebel satteln und ritt den Weg bis zum Haltepunkt hinunter. Prince lief am Zügel hinter mir her.

Die Postkutsche setzt die Reisenden nach Acre an der Stelle ab, wo der Weg die Straße von Chichester nach London kreuzt. Dort saß ich im Frühlingssonnenschein auf Seenebels Rücken und wartete. In der Woche zuvor war es warm und trocken gewesen, und der Winterschlamm in den tief eingefurchten Spuren des Weges war endlich getrocknet. Ich wandte mein Gesicht zur Sonne und fühlte ihre Wärme auf meinen geschlossenen Augenlidern. Prince senkte seinen Kopf in die frischen Blätter der Hecke und rupfte sie ab; beim Kauen klingelte sein Geschirr. In der Ferne konnte ich das Quietschen und Rumpeln der Postkutsche hören. Die Straße schlängelte sich wellig dahin; ich beobachtete, wie sich die Hüte und Schultern der Dachpassagiere hoben und senkten, während die Kutsche auf den Hügeln entlangrollte und immer wieder in die Vertiefungen der Straße hineinglitt. Als sich der Wagen Acre näherte, mußten die Pferde kräftig ziehen. Der Postschaffner sah, daß ich wartete, und machte einen derben Scherz über einen glücklichen Passagier, der am Rande des Dorfes von seinem Mädchen abgeholt würde.

Der Kutscher legte zum Gruß die Peitsche an die Stirn. Ich lächelte, nickte und schaute zu, wie die Stufen hinuntergelassen wurden und Richard ausstieg. Er rieb sich heftig die Augen und gähnte. Man reichte ihm seine Reisekiste hinunter, und Richard gab sie an mich weiter.

Ich legte meine Hände auf seine Schultern und beugte mich für einen Willkommenskuß zu ihm hinunter. Irgendein junger Mann auf dem Dach der Postkutsche machte eine dumme Bemerkung, aber viele der Passagiere waren Leute aus Midhurst. Sie kannten mich und gaben ihm einen kräftigen Rippenstoß, damit er schwiege.

»Was ist mit dem Kasten?« fragte Richard. »Er wiegt eine Tonne.«

»Modische Kleidung aus Oxford?« neckte ich ihn.

»Ferienlektüre«, sagte er mit einer Grimasse. »Mein Griechisch ist angeblich immer noch schändlich schlecht. Ich muß die ganzen Ferien hindurch bei Dr. Pearce Stunden nehmen.«

»Du kannst alles hier lassen«, schlug ich vor. Richard schob die Sachen in die Hecke hinter der Postkutsche. Der Fuhrmann von Acre würde sie irgendwann später für uns abholen. »Ich dachte, du würdest gern ein wenig reiten.«

»Ja«, sagte er. »Ich war, glaube ich, ein halbes Leben lang in der Kutsche da eingesperrt.«

Er schwang sich in den Sattel, und wir wendeten die Pferde und machten uns auf den Heimweg. Richard brachte mich mit Erzählungen über seine Mitreisenden zum Lachen – die Bauersfrau, die darauf bestand, einen Korb mit einem lebenden Huhn auf ihrem Schoß festzuhalten, das Mädchen vom Lande, das jedesmal, wenn Richards und ihre Blicke sich trafen, kicherte.

»Und wie läuft es hier?« fragte er. »Vater und Mama-Tante gesund? Und du?«

»Ja«, nickte ich. »Alles ist unverändert. Meiner Mutter geht es jetzt wieder recht gut, obwohl sie immer noch leicht ermüdet. Jeden Nachmittag machen sie und Onkel John in der frischen Luft eine Spazierfahrt wie ein altes Pächter-Ehepaar.«

»Von Mr. Fortescue gehört?« fragte Richard fast gleichgültig.

Ich schaute auf die knospende Hecke. »Ja«, sagte ich. Ich konnte die Zärtlichkeit in meiner Stimme nicht verbergen. »Er schreibt mir jede Woche, und ich antworte, wenn ich eine Adresse von ihm habe. Er ist im Augenblick wieder in Belgien, aber er ist auch in anderen Ländern herumgereist. Sein Vater importiert Spitzenstoffe, und James ist dafür verantwortlich, zuverlässige Anbieter zu finden.«

»Und der Heiratstermin steht fest?« fragte Richard leichthin.

»Noch nicht«, antwortete ich. »Die Rechtsanwälte seines

Vaters und Onkel Johns Bevollmächtigter setzen den Ehevertrag auf, um die Mitgift festzulegen und eine bestimmte monatliche Summe, die ich bekommen soll. Wir können keine festen Pläne machen, bevor wir nicht wissen, wann er heimkommen wird.«

Richard nickte. »Also noch nicht sofort«, sagte er.

»Nein«, antwortete ich. Ich konnte die Ungeduld in meiner Stimme nicht verbergen. »Manchmal scheint es eine Ewigkeit hin zu sein. Ich wünsche mir so sehr, daß die Hochzeit diesen Sommer stattfindet. Wir können unsere Verlobung bekanntgeben, wenn er heimkommt.«

»Und das Herrenhaus?« fragte Richard. »Arbeiten die Bauarbeiter ordentlich? Sind die Dachbalken richtig gesetzt?«

»Ja«, beruhigte ich ihn. »Du wärest der erste, den man informieren würde, wenn irgend etwas nicht glatt ginge. Alles geht gut voran. Und auf einigen Feldern geht schon die Saat auf.«

»Und was wird hier angebaut?« fragte Richard und lenkte sein Pferd zu einem Torbogen. Dahinter lag eine der neuen Obstplantagen; Onkel John hatte darauf bestanden, Himbeeren anzupflanzen. Sie sahen noch ziemlich kahl aus: mehrere Reihen dünner Stöcke nebeneinander, und an jedem von ihnen zeigten sich ein paar winzige grüne Knospen. In den schmalen Gängen zwischen den Reihen standen die Frauen von Acre und zupften Unkraut; jede hatte einen Fetzen groben Stoffs neben sich liegen, voll bepackt mit den Unkräutern, die in diesem feuchten, warmen Frühling üppig in die Höhe schossen. In der schönen, sonnendurchwärmten Senke war es so angenehm wie im Sommer. Ich ließ meine Blicke über die Reihe gebeugter Rücken wandern, um herauszufinden, wo Clary stand, aber ich konnte sie nicht sehen. Eine Wolke schob sich vor die Sonne, und plötzlich fröstelte mich. Richard und ich brachten die Pferde an der Pforte zum Stehen, und Ralph kam zu uns herüber.

»Guten Tag«, begrüßte er uns und wandte sich dann mir zu.

»Ich habe sie erst einmal Unkraut zupfen lassen, während die Männer heute fertig säen«, sagte er mit einem Unterton von Stolz in der Stimme. »Sie haben niemals schneller gesät, glaube ich.« Er berührte noch einmal nachlässig den Hut, um Richard zu begrüßen. »Guten Morgen«, sagte er kühl.

Einen Moment lang herrschte verlegene Stille. Ralphs Abneigung gegen Richard lag fast greifbar in der Luft. Richard errötete, und ich sprach sehr schnell, um das Schweigen zu überbrücken. »Dann lassen Sie uns hoffen, daß das Getreide auch schnell wachsen wird«, sagte ich. »Nach der Zeit des Aussäens haben die Dorfleute doch immer ein paar Tage Ferien gemacht, nicht wahr?«

»Ja«, bestätigte Ralph. »Ich habe Dr. MacAndrew daran erinnert, daß sie sicher jetzt auch das Maifest wieder feiern wollen. Die Dorfleute haben mir erzählt, daß Sie Maikönigin werden sollen. Sie sollen morgen bei Einbruch der Dämmerung auf die Hügel hinausgehen, um mit ihnen den Frühling zu feiern.«

»Ja!« sagte ich. »Clary hat mir davon berichtet.« Dann hielt ich inne und schaute zu Ralph hinüber. »Das geht doch, Ralph, nicht wahr? Ich meine, es ist nicht irgendwie unziemlich oder anrüchig oder so etwas?«

Ralph verzog das Gesicht, als habe er in eine Zitronenschale gebissen. »Fragen Sie Ihre Mutter nach diesen Dingen und hören Sie auf ihren Rat.«

»Sie kennt die Traditionen von Acre nicht«, beharrte ich. »*Sie* sind derjenige, der Acre kennt. Und ich habe *Sie* gefragt, ob es in Ordnung ist, wenn ich gehe.«

Ralph schaute mich an. Die Fragerei war ihm lästig. »Ich würde keine Einladung weitergeben, wenn ich sie für unpassend hielte«, sagte er. »Ihnen wird draußen auf den Downs sicher nichts Böses geschehen, wenn all die jungen Leute von Acre dabei sind. Sie werden die Zeit bis zum Sonnenaufgang damit verbringen, Zweige von Weißdornbüschen abzubrechen und Schleifen an ihnen festzubinden. Dann werden Sie selbst mit einer Blütenkrone bekränzt und auf ein weißes Pferd gesetzt, wenn eines zur Hand ist – vielleicht könnten Sie Seenebel dafür zur Verfügung stellen –, und anschließend werden Sie nach Acre hineinreiten und den Dorfbewohnern den Frühling bringen. Hinterher können Sie drei Tage lang die Anstifterin aller Späße und allen Schabernacks sein oder auch nicht, wie Sie es wünschen. ›Anrüchig‹ oder ›unziemlich‹ ist das Fest ganz gewiß nicht – soweit ich sehen kann. Aber fragen Sie mich nicht danach, wie sich eine Dame verhält, Miss Julia, denn ich bin ein einfacher Mann.« Den letzten Satz sagte er mit vollkommen ernstem Gesicht, aber in sehr ironischem Tonfall.

»Dann sagen Sie den Leuten doch, sie möchten mich vor Tagesanbruch abholen«, entschied ich. »Und sagen Sie ihnen, sie können meine Stute, sobald ich sie heute nicht mehr brauche, aus dem Stall holen.«

Ralph nickte. »Und Sie, Master Richard, werden Sie auch auf die Downs hinaufgehen, um den Frühling zu begrüßen?« fragte er.

Richard nickte. »Ich werde hingehen«, sagte er. »Alles, was Sie da beschreiben, klingt sehr harmlos, aber ich bin sicher, daß Lady Lacey es vorziehen würde, wenn ich Miss Julia dorthin begleiten würde.«

Ralph nickte, aber er hielt die Augen gesenkt. Er sah Richard nicht einmal an, und für mich hatte er, solange Richard an meiner Seite stand, kein freundliches Lächeln übrig. »Ja, ganz gewiß«, brummte er, und dann wendete er sein Pferd und kehrte auf den Acker zurück, als hätte er bereits allzuviel Zeit mit uns verschwendet.

Richard hatte sich geirrt, als er meinte, daß meine Mutter sich um mich Sorgen machen würde. Sie hatte überhaupt keine Einwände dagegen, daß ich zusammen mit Acre den Frühling feiern wollte.

»Oh, Himmel, Richard!« rief sie aus. »Wenn ich gewollt

hätte, daß Julia sich wie eine junge Dame benimmt, dann hätte ich sie für immer nach Bath entführen und einsperren müssen! Sie ist oft genug ohne Begleitung ausgeritten, seitdem du nach Oxford gegangen bist. John ist sicher, daß ihr nichts Böses geschehen wird, und ich vertraue auf Julias gesunden Menschenverstand und darauf, daß jedermann sie gern hat.«

Richard nickte. »Das Ganze erscheint mir immer noch etwas ungewöhnlich«, sagte er. Wir nahmen nach dem Essen unseren Tee ein, und Richard stand mit dem Rücken zum Fenster und hatte seine Tasse in der Hand. Ich sah, daß meine Mutter und John sich anlächelten, weil Richard so stolz am Kamin posierte.

»Es ist ungewöhnlich«, stimmte John zu. »Aber James Fortescue hat keine Einwände dagegen, und auf Wideacre waren die Frauen schon immer ziemlich exzentrisch. Im Moment ist Julia diejenige, die am besten mit Acre zurechtkommt, und das muß ich mir zunutze machen. Julia und Mr. Megson sind die einzigen, die bei den Leuten von Acre Autorität haben, und wenn wir sie dauerhaft wieder zum Arbeiten bringen wollen, dann brauchen wir Julia und Mr. Megson dazu.«

Richard machte eine kleine Verbeugung. »Ich bin sicher, daß Ihr Urteil nicht falsch ist, Sir«, sagte er. »Aber dennoch würde ich Julia gern bei Sonnenaufgang zu diesen Feiern begleiten.«

»Eigentlich würde ich auch gern kommen!« sagte Onkel John. »Ich liebe diese Traditionen. Als ich als junger Mann in Edinburgh lebte, da war es ein Osterbrauch, hartgekochte Eier den Arthur's Seat – einen großen Hügel am Rande der Stadt – hinabzurollen. Man mußte sein Osterei, ohne es mit den Händen zu berühren, den ganzen Weg bis zum Fuße des Hügels hinabrollen und es dann schälen und essen.«

»Wirklich?« rief meine Mutter interessiert. »Ist deine ganze Familie gegangen? Auch deine Brüder und Schwestern?«

»Oh, ja«, sagte Onkel John. »Ganz Edinburgh ist gegangen. Und das Ei hat dann so früh am Ostermorgen besser geschmeckt als zu irgendeiner anderen Zeit.«

»Ich glaube, dieser Ausflug hier ist nur für die *jungen* Männer und Frauen gedacht«, sagte Richard hastig. »Die Mädchen kleiden sich ganz in Weiß, und die jungen Männer haben kleine Geschenke für die Mädchen bei sich.«

Ich konnte an der geistesabwesenden Miene meiner Mutter ablesen, daß sie überlegte, ob ich ein weißes Kleid und ein weißes Tuch gegen die Kälte besaß. Und richtig: Als ich an jenem Abend schlafen ging, entdeckte ich, daß sie mir ihre eigene weiße Kaschmirstola mit einem Sträußchen weißer Schleifen für Richards Kokarde aufs Bett gelegt hatte. Sie sollten an meinen Zweig gebunden werden, wenn ich den Frühling heimbrachte.

Ich wachte früh auf, weil ich im hinteren Garten vor meinem Fenster Stimmen gehört hatte. Sofort sprang ich aus dem Bett und tappte über den Holzfußboden. Es war noch dunkel, und meine Füße waren eiskalt. Im Garten leuchteten einige Fackeln, und ich sah vielleicht zehn oder zwölf der jungen Leute von Acre dort unten stehen. Sie kicherten und versuchten, ein Lied anzustimmen. Ich zog mein weißes Kleid an und band die weiße Schleife heute ohne die Hilfe der Zofe um meine Taille, denn Jenny Hodgett war selbst unter den jungen Leuten, die im Garten standen. Dann legte ich mir die Stola um die Schultern und ging nach oben, um an die Tür von Richards kleinem Mansardenschlafzimmer zu klopfen.

Er mußte nur noch seine Stiefel anziehen, und ich steckte ihm die weißen Schleifen an den Hut. Dann schlichen wir uns, um niemanden zu wecken, so leise wie möglich nach unten. In der Küche war es noch ganz still; nur ein paar warme, rote Holzscheite glühten im Herd. Eine Katze schlief, mit Asche bestäubt, im kalten Kamin. Richard schob die eisernen Riegel der hinteren Tür beiseite, und wir gingen in die kalte Nacht hinaus.

Die Zeder zeichnete sich rabenschwarz vor dem Himmel ab; die gelben Fackeln erschienen in der Dunkelheit nicht heller als Kerzen. Der Mond stand noch als schmale, weiße Sichel am Himmel, und die Sterne blinkten wie kleine silberne Nadeln aus der purpurnen Schwärze der Nacht heraus. Ein junger Mann irgendwo in der Menge stimmte einen Ton an, und alle sangen ein Lied, und zwar eine der Melodien aus drei oder vier Noten, die von Generation zu Generation immer weitergegeben werden. Das Lied wurde nur einmal im Jahr angestimmt, in der schwarzblauen Stunde vor Tagesanbruch am ersten Frühlingsmorgen. Es war das Lied für die Maikönigin, die an diesem Tag dem Land den Frühling bringen soll.

Richard schloß hinter uns die Tür, und ich stand in meinem hellen Kleid ganz ruhig auf der Schwelle und hörte dem Gesang zu. Die Luft war so kalt wie Flußwasser im Frühling, aber die Stola meiner Mutter wärmte mich. Mir war, als hätte ich Zauberkräfte, als wären der große Baum und die Sterne und das Lied ein Teil einer zeitlosen, sinnvollen Ordnung, die sich durch die Jahrhunderte immer weiter fortsetzte bis hin zu den Laceys, die nach mir kommen würden. Der Gesang wurde begleitet vom Klang einer Trommel, einem dumpfen und feierlichen Ton, und ich wußte: Es war mein eigenes, pochendes Herz und das Herz des Landes selbst, das den Rhythmus schlug.

Das Lied war zu Ende, und ich seufzte tief. Dann sah ich in die strahlenden Gesichter der Mädchen und Jungen von Acre, die jetzt von mir erwarteten, daß ich dem Dorf den Frühling bringen sollte.

Wir setzten uns ohne zu sprechen in Marsch; ich brachte die jungen Leute durch den geisterhaften Torbogen hinaus in den stillen Stallhof, fort von Dower House und auf den Fußweg, der zu den Hügeln hinführte.

Richard ging neben mir. Ich schaute ihn an und lächelte. Er nahm meine kalte Hand und schob sie in die Tasche seines Jacketts. So gingen wir Hand in Hand inmitten der Menschenmenge den hellen Pfad nach Acre hinunter.

Als wir nach rechts in den Reitpfad zu den Downs einbogen,

war der Weg so schmal, daß nur zwei Menschen nebeneinander gehen konnten. Die anderen folgten uns zu zweit, einige wenige Mädchen gingen nebeneinander und einige Jungen, aber fast alle jungen Leute von Acre hatten sich zu Paaren zusammengefunden. Wir stiegen den kleinen Weg hinauf; meine Stiefel rutschten auf dem schlammigen Boden, und ich war froh, daß Richard mich festhielt. Er sagte kein Wort. Als wir gemeinsam unter den großen Buchen mit den verliebten Paaren hinter uns und nichts als dem schlafenden Land um uns herum entlanggingen, fühlte ich mich wie in einer Traumwelt.

Gewöhnlich legte ich diesen Weg zu Pferd zurück, und ich war überrascht, daß ich nur langsam und keuchend vorankam. Am Ende des Fußweges war ein Holzzaun, der die Schafe auf der Weide hielt, und der Weg auf die Weide führte durch ein Tor. Richard trat beiseite und ließ mich zuerst hindurchgehen, und als ich die Pforte hinter mir schloß, da legte er, mit dem Tor zwischen uns, seine Hände auf meine, um mich festzuhalten. Ich schaute ihm fragend ins Gesicht, und er beugte seinen dunklen Kopf langsam zu mir herunter. Meine Lippen öffneten sich; sein Mund drückte sich auf meinen, und sanft, sehr sanft küßte er mich.

Ich trat mit klopfendem Herzen ein wenig zurück, aber hinter Richard standen die jungen Leute von Acre und lächelten uns an. Ich suchte nach Clarys vertrautem Gesicht und sah, daß sie mich anstrahlte, mich gleichsam aufforderte, mein Treueversprechen an James und meine Erziehung zur jungen Dame zu vergessen und mit Richard irgendwo in einer Erdmulde zu verschwinden. Ich runzelte die Stirn, denn sie hätte inzwischen eigentlich wissen müssen, daß Richard sich mir nicht als Liebhaber nähern durfte. Aber sie lächelte mich, ohne ein schlechtes Gewissen zu zeigen, herausfordernd an.

Matthew war auch dort, stand aber um Armeslänge von ihr entfernt, und als Clary durch das Tor hindurchging, nutzte er nicht wie die Paare, die ihnen folgten, die Gelegenheit, um seine Braut zu küssen.

»Was ist denn mit euch beiden los?« fragte ich, als sie sich mir näherte. Ich hatte mich auf einen kleinen Torfhügel gesetzt und beobachtete, wie die anderen durch die Pforte hindurchgingen.

Clary zog eine Grimasse. »Wir haben uns gestritten«, sagte sie. »Er ist ein Dummkopf. Alles ist verdorben.«

»Warum, was ist geschehen?« fragte ich.

»Es sind die blöden Verse, die er immer geschrieben hat«, erzählte sie ärgerlich. »Ich habe sie nie beachtet. Aber er hat sie irgendeinem Verleger in Chichester gezeigt, und der verfluchte Kerl hat sie gedruckt, und jetzt werden die Bücher auch noch verkauft.«

»Aber Clary, das ist wundervoll ...«, begann ich.

Clary trat ganz nahe an mich heran; ihre Augen blitzten. »Wundervoll, nicht wahr?« sagte sie ironisch. »Der Mann hat Matthews Gedichte genommen und sie alle in einem hübschen kleinen Buch veröffentlicht. Und weißt du, wie der Titel heißt? Er lautet: *Der Kuckuck ruft. Die Gedichte eines Bauerntölpels aus Sussex.*«

Ich starrte Clary mit offenem Munde an. »Was?« fragte ich. Ich glaubte meinen Ohren nicht trauen zu können.

»Ja«, sagte Clary boshaft. »›Eines Bauerntölpels aus Sussex.‹ Und sie haben ihm erzählt, er habe einen wunderbaren, unverfälschten Stil und ein Gefühl für die Schönheit der Natur, weil er so naiv sei! Gerade, als alle zu vergessen begannen, daß die Gemeindeaufseher ihn einmal als geistesschwach bezeichnet hatten!« Sie schluchzte leise.

»Wie sind sie denn darauf gekommen?« fragte ich verwirrt.

»Seine Großmutter hat es ihnen erzählt«, erklärte Clary und tupfte sich mit dem Saum ihres Kleides die Augen ab. »Die dumme alte Frau hat ihnen seine ganze Lebensgeschichte erzählt, als sie in ihrer feinen Kutsche nach Acre gekommen sind und behauptet haben, daß ihnen seine Gedichte gefielen, und nachfragten, ob es noch mehr davon gäbe. Seine Großmutter hat ihnen erzählt, daß ihn die Gemeindeaufseher zurückgelassen hatten, weil sie dachten, er sei beschränkt. Sie hat ihnen erzählt, daß er gestottert hat und daß er als Junge nicht richtig sprechen konnte. Sie haben ihn ›die beschränkte Nachtigall‹ genannt. Und die Zeitung hat ihn als ›den schwachsinnigen Sänger‹ bezeichnet …« Sie brach ab und weinte hinter ihrer vorgehaltenen Schürze laut heraus.

»Man kann sie daran hindern …«, sagte ich. »Wir können sie daran hindern, das Buch zu veröffentlichen. Wir können sie daran hindern, so über ihn in der Zeitung zu schreiben. Sie werden das nicht mehr behaupten, wenn wir erklären …«

»Er will es doch so!« rief Clary heftig. »Ich hätte nie gedacht, daß er ein Dummkopf wäre, bis zu dem Tag, als ich ihn über einen Zeitungsartikel lächeln sah, in dem er ein ›von der Muse geküßter Bauernbursche‹ genannt wurde. Und er hat sich noch darüber gefreut! Sie haben ihm schon zwölf Guineas bezahlt, und das reicht gerade aus, um sich Papier und Stifte zu kaufen. Sie werden ihm noch mehr zahlen. Er ist entschlossen, ein reicher Mann zu werden. Und er meint, er würde nach Chichester gehen und dann nach London. Er denkt, er würde den großen Dichtern und Schriftstellern vorgestellt werden, und sie würden ihm Respekt entgegenbringen. Und er wird niemals wieder nach Acre zurückkommen!«

»Clary!« rief ich entsetzt.

»Ich hasse ihn«, stieß sie plötzlich wuterfüllt hervor. »Ich kann mir gar nicht mehr vorstellen, daß er mit einem der Babys eine ganze Nacht lang auf und ab gegangen ist. Man sollte denken, er hätte vergessen, wie die wirkliche Welt aussieht. Er glaubt, ich würde mit ihm kommen. Er hat den Herren erzählt, daß er mit einem Mädchen aus seinem Dorf verlobt sei, und sie haben gefragt, ob ich auch einigermaßen ansehnlich sei.« Clary hielt inne. »Ansehnlich!« sagte sie mit schneidender Stimme. Aber dann fiel ihr Ärger so schnell von ihr ab wie Wasser von einem Wasserrad, und sie wurde traurig. »Julia, ich sag's dir ehrlich, ich glaube, das hat mir das Herz gebrochen«, rief sie verzweifelt.

Ich streckte ihr meine Hände hin, und sie kam zu mir und legte ihren Kopf auf meine Schulter. »Oh, arme Clary«, sagte ich zärtlich wie eine Mutter. »Weine nicht, Clary, mein Liebling, ich habe dich noch niemals weinen gesehen. Alles wird in Ordnung gehen. Matthew könnte niemals eine andere als dich lieben. Für dich könnte es niemals einen anderen als Matthew geben. Dies hat ihm nur im Moment den Kopf verdreht. Aber sieh mal, er ist doch heute mit uns auf die Downs heraufgekommen. Er ist gar nicht so verändert. Vielleicht wird er eine Weile in London bleiben, aber er wird wieder heimkommen. Er würde immer wieder zu dir zurückkommen.«

Clary rieb sich die roten Augen. »Ich will ihn nicht mehr!« schluchzte sie. »Ich will keinen Mann, den die Leute einen Idioten nennen – und der darauf auch noch stolz ist. Ich habe ihm noch nichts gesagt, aber ich werde ihm sagen, daß ich ihn nicht heiraten werde; und ich werde ihm auch erzählen, warum. Ich schäme mich für ihn. Er sollte sich selbst schämen. Ich werde es ihm sagen und unsere Verlobung lösen.«

Ich legte ratlos die Arme um sie, als wollte ich sie festhalten. Matthew tat mir leid, und ich fürchtete um Clarys Glück. Aber da war noch etwas anderes. In meinem Kopf hörte ich eine Stimme, so tief wie der Klang einer Glocke, die mich ermahnte, Clary zu beschützen, sie nicht von meiner Seite zu lassen, als wäre sie von einer tödlichen Gefahr bedroht. Aber Clary wand sich aus meiner Umarmung heraus und rieb sich noch einmal die Augen. »Es war dumm von mir zu kommen«, sagte sie voll Bitterkeit. »Ich dachte, es wäre wie in den alten Zeiten, als meine Mutter und mein Vater hierherkamen, in ihrer Verlobungszeit, als noch alles zum besten stand. Ich dachte, wir würden wieder Freunde werden, wenn die Sonne aufgeht. Aber er hat seinen albernen kleinen Stift mitgebracht und sein Papier, und er erzählte mir, er wolle ein Gedicht darüber schreiben. Ich wollte es eigentlich für mich behalten. Ich werde nach Hause gehen«, sagte sie unvermittelt. »Hier gibt es nichts, was mich halten könnte.«

»Clary, geh nicht«, drängte ich sie. Ich spürte, daß ich sie niemals wiedersehen würde, wenn ich sie gehen ließe. »Bleib bei mir. Richard und ich wollten gerade ein wenig Weißdorn pflücken. Bleib bei uns, Clary, meine Liebe. Geh nicht!«

Sie entwand sich meinen Händen, obwohl ich mich an sie klammerte.

»Nein«, sagte sie traurig. »Ich gehe. Sehe ich dich heute nachmittag beim Tanz?«

»Versprich mir, daß du dort sein wirst«, bat ich sie. Der Lärm der Glocken in meinem Kopf war noch lauter geworden. Clary sollte mir schwören, daß sie ganz gewiß dasein würde.

»Wo sollte ich denn sonst sein?« sagte sie erschöpft. »Ich werde wahrscheinlich kein Sonett über meinen Spaziergang nach Hause schreiben. Ich werde dasein, Julia«, versprach sie, während sie ihren Schal sanft aus meinen Fingern zog. »Ich wünsche dir jetzt erst einmal ein paar schöne Stunden beim Maifest; ich komme heute nachmittag, und ich werde Matthew sagen, daß ich das nicht mehr mitmache. Ich werde die Verlobung lösen, sobald das Frühlingsfest vorbei ist.«

»Clary ...«, sagte ich und machte noch einen letzten Versuch, sie festzuhalten. »Geh nicht, Clary. Ich sehe etwas. Ich bin sicher, daß du in Gefahr bist.«

Sie lächelte mich weise und ein wenig müde an. Sie hatte schon früh gelernt, daß alle Frauen dazu geboren sind, Kummer und Schmerzen zu ertragen. »Was soll's«, sagte sie traurig. »Ich hatte in diesen letzten paar Tagen den schlimmsten Kummer, den ich wohl in meinem ganzen Leben haben werde. Hätte Matthew mich mit seinen eigenen Händen erwürgt, dann wäre das nicht schlimmer gewesen, als ihn so in die Falle tappen zu sehen. Aber das Schlimmste ist jetzt vorüber. Ich habe gegen die Männer aus Chichester gekämpft, und sie haben gewonnen. Alles, was ich jetzt tun muß, ist, ihm zu sagen, daß ich ihn nie mehr wiedersehen werde. Daß ich ihn nicht mehr liebe. Und dann wird das Schlimmste vorüber sein. Laß mich jetzt gehen, Julia«, sagte sie liebevoll. »Es gibt kein

Unglück, vor dem du mich bewahren kannst. Es gibt jetzt nur mich und meinen Zorn und Matthews Dummheit. Und die Folgen dieser Dummheit gehen nur uns beide etwas an.«

Dann verließ sie mich. Sie wandte sich von mir ab und ging zurück durch das Tor, heim in ihr kleines Cottage in Acre. Sie wollte über die Liebe und über die Versprechungen nachdenken, die sie gemacht hatte, und über die Zukunft, die sie zusammen mit dem jungen Mann geplant hatte, der nicht länger wußte, wohin sein Herz ihn eigentlich zog.

Ich stand so kalt wie eine Marmorstatue in der Dunkelheit. Von hinten rief eine freundliche Stimme: »Sie müssen einen Weißdornbusch suchen und einen Zweig abbrechen, Miss Julia. Wir versammeln uns alle oben auf dem Kalkhügel, um die Sonne aufgehen zu sehen!«

Es war Jimmy Dart, der seinen Arm um Rosie gelegt hatte. Ihr Gesicht war von unserem langen Marsch gerötet, aber sie atmete ruhig und tief. Ich konnte das blasse Mädchen, das in dem schmutzigen Keller hustend über seiner Arbeit gesessen hatte, kaum wiedererkennen. Sie legte ihren Kopf auf Jimmys Schulter; ihre Liebe war stark und warm wie ein Sommerwind.

»Willst du Ralph Megson den Lehrling wegnehmen?« schimpfte ich mit gespielter Strenge. Rosie und Jimmy sahen sich an und lachten.

»Es kommt daher, daß er Fackelträger gewesen ist. Er ist einfach daran gewöhnt, immer wieder die Straße zu überqueren«, erklärte sie.

Darüber mußte auch ich lachen. Ralphs Cottage lag an der Straße von Acre gegenüber dem Haus, in dem Rosie wohnte, und wir sahen Jimmy häufig über die Straße laufen.

»Wir sind verlobt«, erklärte Rosie schüchtern. »Wir wollen heiraten, wenn wir sechzehn sind. Mr. Megson hat uns ein eigenes Cottage versprochen.«

Ich nickte lächelnd. Ralph hatte es mir schon gesagt, und ich hatte James in einem Brief davon berichtet. »Kein Handschuhnähen mehr«, erklärte ich zufrieden.

Rosie schaute mich verschmitzt an. »Nur noch ein allerletztes Paar«, sagte sie. »Ich habe sie schon zu nähen begonnen, aber ich weiß noch nicht, wann sie gebraucht werden.« Sie strahlte mich an. »Die Handschuhe für Ihren Hochzeitstag, Miss Julia! Für den Tag, an dem Sie Mr. Fortescue heiraten. Ich sticke Ihnen ein ganz besonderes Wideacre-Muster mit einer Garbe Weizen darauf!«

»Oh, Rosie!« rief ich entzückt. »Vielen Dank! Aber du weißt, daß die Verlobung noch nicht offiziell bekanntgemacht worden ist. Mr. Fortescue und ich sind nicht verlobt.«

Jimmy lachte darüber laut und herzlich. »Nicht förmlich verlobt!« rief er aus. »Als ich Sie zum allerersten Mal getroffen habe, da wollte er kein Licht haben, weil er Sie vom Ballsaal im Dunkeln nach Hause begleiten wollte.«

»Komm jetzt!« unterbrach uns Richard plötzlich. »Komm jetzt, Julia!« Er schlang seinen Arm um meine Taille, und sein Gesicht war so nahe über mir, daß ich die Wärme seines Atems auf meinem Haar spüren konnte. »Komm, mein Frühlingsfräulein, laß uns nach deinem Weißdornbusch suchen!« sagte er leise und zog mich von den anderen fort. Wir gingen langsam auf dem Kamm des Hügels weiter und suchten nach der dunklen Silhouette eines Weißdornbusches.

Richard trug seinen Straßenumhang, und als wir Arm in Arm fortgingen, legte er ihn mit einer wärmenden und zugleich besitzergreifenden Handbewegung um mich herum. Als ich dort in der Dunkelheit über mein Land ging, fühlte ich mich froh und geborgen.

Wir störten ein Mutterschaf und sein Lämmchen aus ihrer Ruhe auf. Mit einem klagenden Blöken sprangen sie vor uns in die Höhe und huschten in die Dunkelheit hinein. Das Fleckchen Gras, wo sie gelegen hatten, war warm und duftete nach Schafwolle. Richard warf seinen Umhang zu Boden und drückte mich sanft darauf nieder; dann hüllte er mich behutsam darin ein.

Plötzlich erinnerte ich mich an unseren letzten Ausflug in

die Downs und wie Richard mich gegen meinen Willen geküßt und berührt hatte.

Aber diesmal hielt er sein Wort, und sein Arm um meine Schultern fühlte sich freundlich und brüderlich beschützend an.

Wir saßen eine Weile still beieinander, während sich der Morgenhimmel allmählich perlgrau verfärbte. Um uns herum wuchs hohes Gras, das in der Morgendämmerung grau schimmerte und erst langsam, als das Licht heller wurde, hellgrün zu leuchten begann.

»Ich liebe dich, kleine Julia«, sagte Richard sanft. »Ich wünschte, du würdest deine Stadtfreunde vergessen und zu mir und nach Wideacre zurückkommen.«

Ich sah in seine verschleierten, lächelnden Augen und spürte meine alte Liebe, die Liebe meiner Kindheit und Mädchenzeit.

»Es ist zu spät«, sagte ich halb bedauernd. »Du wirst es verstehen, wenn du dich selbst verliebst, Richard. Dann wirst du es verstehen.«

Sein Lächeln war traurig. »Ich denke, ich werde niemals irgend jemanden außer dir lieben«, sagte er mit süßer Stimme. Dann schwieg er.

Der Himmel wurde allmählich heller. Das erste, schüchterne Vogelzwitschern ertönte, und mehr und mehr Vögel wachten auf und stimmten ihr Lied an. Überall um uns herum erhoben sich Paare aus den Sandmulden, klopften ihre Kleidung ab und lächelten einander zärtlich zu.

Jedermann machte sich auf den Weg zur höchsten Stelle der Downs, von wo aus man einen Blick auf ganz Acre hatte. Genau dort wölbte sich ein Kreidestreifen empor, den man von Wideacre aus deutlich sehen konnte, ein weißer Streifen auf der Stirn der Downs. Sie nannten ihn *Chalky Streak*, und als Richard und ich noch kleine Kinder waren, konnten wir, wenn wir uns verlaufen hatten, immer leicht unseren Weg nach Hause finden, indem wir Chalky Streak im Auge behielten und direkt darauf zusteuerten. Jetzt standen die jungen Leute von Acre und Richard und ich auf dem Gipfel und warteten darauf, daß der Tag anbrach.

Wir schauten nach Osten: Die aufgehende Sonne färbte unsere Gesichter mit ihren rosafarbenen Strahlen hellrot. Noch einmal wurde das Frühlingslied angestimmt. Ich hatte die kleine Melodie jetzt gelernt und konnte sie gemeinsam mit den anderen singen. Beglückt stand ich im Licht der Sonne; Richard hielt meine Hand, und die jungen Leute von Acre standen um mich herum. Aber mein Herz war schwer. Ich dachte an Clary, und als ich mich nach Matthew umsah, entdeckte ich, daß er ebenfalls fortgegangen war. Ein Schatten glitt über mich hinweg. Ich fröstelte.

Wir sangen unser Lied und wandten uns dann wieder dem Tor zu, um auf dem Fußweg nach Acre zurückzuwandern. Jemand brachte mir Seenebel, und Richard hob mich in den Sattel. Die Stute war wie ein Karnevalspferd mit einem Kranz von Weißdornzweigen um den Hals geschmückt. Ein junger Mann gab mir eine Blütenkrone und einen geschälten Stock, den ich in meiner rechten Hand tragen sollte. Er befahl mir förmlich, die Dorfjugend den Pfad nach Acre hinunterzuführen. Seenebel warf unruhig den Kopf hoch; der Schmuck um ihren Hals herum gefiel ihr nicht, und ich hatte Schwierigkeiten, in meinem Ausgehkleid im Damensattel zu sitzen. Ich zog meinen Rock so tief ich konnte hinunter, aber Ted Tyacke zwinkerte mir trotzdem ziemlich frech zu, als er meine Knöchel sah.

Singend zogen wir den Weg entlang, und gemeinsam brachten wir den Frühling – und allerlei Schabernack – nach Acre hinein. Nach altem Brauch gingen die jungen Leute durch das Dorf und machten ein paar Späße mit den Dorfbewohnern. Eine betagte Jungfer, die einen Jungen liebte, der sich nichts aus ihr machte, fand eine geschälte Weidenrute auf den Stufen vor ihrer Tür. Ein Ehemann, der von seiner Frau unterdrückt wurde, bekam einen Zweig und eine Hühnerfeder, die er ihr übergeben sollte, wenn er an diesem Morgen das Frühstück machte. Einem Vater, der seinen Sohn allzu streng züchtigte, wurde ein Eschenzweig an die Tür geheftet, und eine Ehefrau, die den jungen Männern von Acre allzu herausfordernd zulächelte, fand einen Weißdornzweig mit roten Schleifen an ihrer Eingangstür.

Auf Clarys Türschwelle legten sie eine Hälfte eines blühenden Weißdornzweiges, die andere Hälfte wurde an Matthews Tür geheftet. Clary und Matthew waren das beliebteste Paar in Acre, und der Segen und die Glückwünsche ihrer Kameraden waren ihnen sicher. Nur ich wurde von einer unerklärlichen Angst gequält und sah die Weißdornzweige als Grabschmuck und nicht als Glücksbringer. Nur ich wußte, daß die Verlobung, die in den schlechten Tagen von Acre ihren Anfang genommen hatte, genau an dem Tag beendet werden würde, an dem sich alles zum Besseren wendete.

21

Als ich an ihre Tür klopfte, nahm meine Mutter gerade in ihrem Bett die Morgenschokolade ein. Ich hatte mein Reitkostüm angezogen und strich mir die Blütenblätter des Weißdorns aus dem Haar.

»Guten Morgen!« sagte sie, als ich hereinkam. »Die Maikönigin höchstpersönlich. Hast du heute morgen Zauberkräfte, mein Liebes? Könntest du mir bitte ewige Jugend und Schönheit schenken?«

Ich lachte. »Die hast du doch schon, Mama«, sagte ich und setzte mich an das Fußende ihres Bettes. »Du scheinst sie in dem Augenblick bekommen zu haben, als Onkel John heimgekommen ist.«

Meine Mutter lächelte. »Das kommt daher, weil ich glücklich bin«, sagte sie leichthin. »Aber wie geht es dir? Bist du müde nach deinem Chorgesang am frühen Morgen?«

Ich streckte mich. »Nein«, sagte ich. »Ich fühle mich träge, aber nicht müde. Der Fußmarsch ist allerdings doch länger, als ich gedacht hatte. Ich bin den Hügel bisher immer hinaufgeritten, aber noch nie hinaufgestiegen.«

»Du könntest dich vorm Frühstück ausruhen«, schlug meine Mutter vor. »Oder vielleicht solltest du wieder ins Bett gehen, und ich werde dich erst am Mittag aufwecken.«

Ich stand vom Bett auf und ging zum Fenstersitz. »Führe mich nicht in Versuchung«, sagte ich. »Auch wenn das ganze Dorf ein Fest feiert, muß ich doch nach den Tieren sehen. Ich werde nach dem Frühstück zu den Downs hinaufgehen und nach den Schafen schauen und dann hinunter zu den Feldern am Fenny gehen, um zu sehen, ob mit den Kühen alles in Ordnung ist.«

Meine Mutter nickte, warf die Bettdecken zurück und glitt aus dem Bett. »Du bringst mich in Verlegenheit«, sagte sie.

»Ich hatte gedacht, wir würden uns alle einen Tag lang frei nehmen!«

Die Gartenpforte klappte.

»Wer ist das?« fragte sie, zog einen Morgenmantel an und kam zu mir ans Fenster.

»Jem hat gerade die Briefe von der Londoner Postkutsche geholt«, sagte ich und ging zur Tür. »Vielleicht ist etwas von James dabei!«

Ich eilte die Treppe hinunter und wäre fast mit Jenny Hodgett zusammengestoßen, die Jem die Briefe schon an der Tür abgenommen hatte. »Irgend etwas für mich?« fragte ich.

Jenny schaute mich lächelnd an. »Ja, Miss Julia«, sagte sie. »Es sieht so aus, als wäre etwas von Ihrem jungen Mann dabei.«

Ich nahm den Brief an mich. Die schräge Handschrift war mir vertraut, aber James hatte den Brief wohl nicht selbst frankiert. Er war in England aufgegeben worden.

»Jenny!« rief ich. »Er ist in England abgeschickt worden. James ist zurück!«

Sie strahlte mich an, und ich hielt den Brief mit beiden Händen fest. »Ich werde ihn im Stall lesen«, sagte ich, da ich plötzlich gern allein sein wollte. »Sagen Sie meiner Mutter, ich werde zum Frühstück zurück sein.« Ich lief aus der Tür und den Gartenpfad hinunter und schließlich durch die Seitenpforte zum Stallhof.

Jem war in seinem Zimmer über der Sattelkammer, und die Ställe waren leer und verlassen. Seenebel stand in ihrer Box. Sie trug immer noch Sattel und Zaumzeug, und ihr Blumenkranz hing an einem Haken vor dem Stall. Ich öffnete die Tür, schlüpfte hinein und setzte mich auf einen umgedrehten Eimer. Sie schnupperte sanft an meinem Kopf; ihr Atem roch nach Hafer. Der Brief raschelte, als ich ihn auf meinen Knien ausbreitete. Ich mußte mich ein wenig nach vorn beugen, um mehr Licht zu haben.

Er war nicht sehr lang.

Liebste,

dieser Brief kommt nur sechs Tage früher an als ich. Ich bin heute nachmittag wieder in England eingetroffen und werde morgen mit den Rechtsanwälten meines Vaters sprechen. Sobald ich in Bristol gewesen bin und meinem Vater Bericht erstattet habe, komme ich am darauffolgenden Tag, dem 6. Mai, sofort zu Dir. Wenn Ihr in Eurem kleinen Haus Platz für mich habt, dann werde ich zum Essen kommen und über Nacht bleiben. Wenn das nicht möglich ist, dann werde ich im Blumenbeet unter Deinem Fenster schlafen, aber wenn ich Dich nicht sehr bald sehen kann, werde ich wahrscheinlich demnächst den Verstand verlieren.

Die Verträge für unsere Heirat sind endlich fertig – ich werde die Dokumente morgen unterzeichnen. Mit der Summe, die mein Vater uns zugedacht hat, können wir uns ein Haus bauen, das sogar noch größer ist als Euer Herrenhaus von Wideacre. Ich werde einige Pläne mitbringen, und wir können sofort mit den Bauarbeiten beginnen.

Was mich angeht, so können wir morgen heiraten, wenn Du einverstanden bist. Oder vielleicht brauchst Du länger, um Deine Brautausstattung zusammen zu bekommen? Du sollst auf keinen Fall denken, ich wäre ungeduldig, In der nächsten Woche ist es vielleicht auch noch früh genug.

Mein Liebling, ich küsse Deine Hände, Deine Füße, die Erde unter Deinen Füßen und die Steine unter der Erde.

Aber jetzt im Ernst: Alle formalen Vorbereitungen für die Hochzeit sind erledigt, und es liegt jetzt nur noch an Dir, den Tag zu benennen, an dem Du mich ganz und gar glücklich – und zum Squire des halben Wideacre machen wirst!

Wie sehr wünsche ich mir, daß das bald geschieht!

Auf ewig Dein

James

Ich streckte meine Hand nach oben aus und streichelte Seenebels Flanke, ohne mir bewußt zu sein, daß ich ihr weiches, warmes Fell berührte. James kam endlich heim, und es gab keinen Haken, keine Schwierigkeit dabei. Sicher: Seine Bemerkung, er sei bereit, mich morgen zu heiraten, war ein Scherz – aber ich kannte James. Wenn er mir erzählte, er sei bereit zu heiraten, und sei es auch nur im Scherz, dann meinte er das auch. Und ich sehnte mich weiß Gott danach, so bald wie möglich seine Frau zu werden.

Ich stand auf und wollte ins Haus gehen und meiner Mutter sagen, daß James heimgekommen war und daß sie sich für den Tag seiner Ankunft das beste Menü ausdenken möge. Aber dann überlegte ich es mir anders. Ich wollte gern irgendwo hingehen, wo es ruhig war und wo ich noch eine Weile allein sein konnte. Das stille Glück, das ich an diesem sanften, sonnigen Morgen empfand, sollte nicht einfach im Wirbel von Menüplänen und Kleidungsfragen und Vorbereitungen untergehen. Ich schnallte Seenebels Sattel fest und führte sie aus dem Stall hinaus zum Aufsteigeschemel. Den Brief steckte ich sorgfältig in die kleine Tasche meines Reitkostüms. Dann ritt ich Seenebel aus dem Stallhof hinaus und wendete sie nach rechts zur Auffahrt des Herrenhauses.

Ich saß gelöst und glücklich auf meinem Pferd und träumte davon, wie es wäre, wenn James mich besuchte. Ich fragte mich, ob er in der eigenen Kutsche oder in einer Postkutsche käme und ob er wohl darüber lächeln würde, wenn ich am Rande des Dorfes wie die Unschuld vom Lande auf ihn wartete. Ich ging in Gedanken alle meine Kleider durch und überlegte, welches mir wohl am besten stehen würde und ob es vielleicht irgendein neues Kleid gäbe, das er in Bath noch nicht gesehen hatte und das ihm gefallen würde. Und ich dachte an die einzelnen Gänge des Begrüßungsessens, daran, welche Fleischsorten er bevorzugte und welche Nachspeisen er besonders liebte. Während ich ritt, lächelte ich leise vor mich hin, erfüllt von einem Gefühl des Friedens und der Freude.

Die Bauarbeiter hatten sich zum ersten Mai freigenommen, und so lagen der Garten und das neue Herrenhaus verlassen da. Ich ritt an der Terrasse vorbei zum Rosengarten. Ich wollte hier im Sonnenschein sitzen und noch ein wenig träumen, bevor ich zu meiner Mutter ging und ihr erzählte, daß wir jetzt bald mit den Vorbereitungen für meine Hochzeit beginnen könnten. Ich band Seenebel an das Spalier des alten Sommerhauses und ging hinein. Dort saß ich warm und geschützt. In den angrenzenden Wäldern sangen die Vögel, und das Sommerhaus duftete angenehm nach trockenen Blättern und bröckelndem Holz. Ich setzte mich, ohne auf mein sandfarbenes Reitkostüm zu achten, auf den Boden und lehnte den Kopf gegen die hölzerne Wand. Mit James' geöffnetem Brief in der Hand schloß ich die Augen und träumte lächelnd von dem Tag, an dem er bei mir sein würde.

Zuerst schien es ein Teil des Traumes zu sein: ein Kuß, so leicht wie der Flügel eines Schmetterlings, so weich wie eine Feder auf meiner Wange. Ich lächelte, ohne die Augen zu öffnen. Mir war, als träumte ich von James, ganz ähnlich wie damals im Sommerhaus, als ich noch ein Mädchen, als ich Beatrice gewesen war. Ich fühlte mich vollkommen glücklich und wie in Trance entrückt, so wie ich mich damals gefühlt hatte. Ich lag wie ein schlafendes Kind auf dem staubigen Boden des Sommerhauses und fühlte, daß mein Gesicht über und über mit Küssen bedeckt wurde. Der Körper eines Mannes legte sich warm und sanft auf mich. Hingebungsvoll schlang ich meine Arme um seinen Hals. Der Mann küßte mich auf den Mund, und ich öffnete die Lippen.

Seine Zunge war kalt wie Eis.

Ich riß die Augen auf und drehte mein Gesicht zur Seite.

Es war Richard.

Sofort wollte ich aufstehen, mich von ihm lösen, aber er ließ es nicht zu. Sein Körper, der so weich und sanft auf mir gelegen hatte, war plötzlich wie eine Waffe. Er drückte mich auf den Boden, und ich konnte ihn nicht abwerfen.

»Richard!« rief ich ärgerlich. »Laß mich los! Laß mich sofort aufstehen!«

Er antwortete nicht, er sah mir nicht einmal in die Augen. Statt dessen riß er an meinen Röcken und Unterröcken und kümmerte sich nicht um meine Fäuste, die hilflos gegen seinen Brustkorb trommelten.

Ich keuchte. Richard hatte meinen Rock bis zur Taille hochgeschoben. Plötzlich sah ich vor mir das Bild des Habichtweibchens, das in wahnsinniger Angst davonzufliegen versuchte. Ich riß meine linke Hand hoch und schlug ihm so fest ich konnte ins Gesicht.

Er schüttelte den Kopf wie ein Ochse, den eine Bremse gestochen hat, und drückte meine rechte Hand um so fester zu Boden. Ich versuchte verzweifelt, mich zu befreien.

»Richard!« rief ich lauter, schärfer. Die Angst aber ließ meine Stimme vibrieren. Ich selbst hörte es, und auch Richard entging es nicht. Meine Angst brachte ihn dazu, mir ins Gesicht zu sehen. Seine Augen waren glasig-blau und vollkommen ausdruckslos. Dann drückte er eines seiner harten Knie zwischen meine Beine und zwang sie mit einer heftigen Bewegung auseinander.

Ich schrie laut auf.

Ich schrie, ohne daran zu denken, daß jemand mich hören könnte. Ich schrie aus reinem Entsetzen und dachte nicht mehr daran, Richard zu beeinflussen oder zu beruhigen. Ich schrie in dem Gefühl derselben wahnsinnigen Angst, die das Habichtweibchen empfunden hatte, als es sich blindlings und ungeachtet seiner Leine in die Luft geschwungen hatte.

Als wäre mein Schrei ein Signal gewesen, drückte er mein Handgelenk so fest, daß die Haut schmerzhaft brannte. Ich öffnete meinen Mund, um zu schreien, aber es kam nur ein Stöhnen heraus. Ich hörte, wie ein Knochen meines Handgelenks knackte, als sei er gebrochen, und ich spürte, daß mein ganzer Körper vor Schmerz brannte. Richard ließ meine Hand los und legte mir seine freigewordenen Finger über den Mund.

»Wenn du dich wehrst, dann werde ich dir das andere Handgelenk auch noch brechen«, sagte er leise, fast freundlich. »Wenn du schreist, dann würge ich dich. Ich werde dich würgen, bis du das Bewußtsein verlierst, und dann werde ich das tun, was ich tun muß, und zuletzt werde ich meine Hände ganz fest um deinen Hals legen. Verstehst du mich?«

Sein Gesicht lag nahe über dem meinen. Ich konnte seinen Atem auf meiner Wange spüren. Er keuchte nicht, sondern atmete vollkommen ruhig und gleichmäßig.

»Richard«, flüsterte ich erschrocken. »Tu das nicht, Richard, bitte. Warum machst du das?«

Seine Augen schimmerten so blau, wie ich es nie zuvor gesehen hatte. »Du wolltest einen anderen Squire nach Wideacre holen«, sagte er. Seine Stimme war haßerfüllt. »Du wolltest ein größeres Haus als das Herrenhaus bauen lassen. Ich hab' es in seinem Brief gelesen. Während du dort geschlafen hast, neben *meinem* Haus und auf *meinem* Land, hast du davon geträumt, einen anderen Squire hierherzuholen und die Hälfte unseres Landes für dich zu beanspruchen.«

Mein Verstand suchte wie ein gefangenes Tier nach einem Ausweg, und ich öffnete den Mund, um ihm zu widersprechen.

»Du bist meine Verlobte«, sagte Richard. »Ich war ein Dummkopf, daß ich dir erlaubt habe, Wideacre zu verlassen, und daß ich dann versucht habe, dich mit Liebe zurückzugewinnen. Jetzt werde ich dich mit Gewalt nehmen.«

»Richard, nein!« flüsterte ich entsetzt. Ich fühlte vor Angst einen Kloß im Hals, ganz so wie früher, als wir Kinder waren und er mich tyrannisierte. Plötzlich hatte mich all mein Mut, all meine Stärke verlassen, und ich war wieder das verängstigte Kind von damals.

»Es wird wehtun«, sagte er mit unverhohlenem Vergnügen. »Ich glaube, du wirst Angst haben, Julia.«

»Nein!« schrie ich, aber mein Hals war zusammengeschnürt, und kein Schrei, nur ein leises Krächzen kam heraus. Richards Augen funkelten vor Vergnügen.

Er öffnete seine Reithose und zog sie herunter. Dann, während er mit einer Hand mein unverletztes Handgelenk festhielt und mit der anderen meinen Mund bedeckte und meinen Kopf auf den staubigen Boden drückte, stemmte er sich hoch und stieß mit einer wilden haßerfüllten Bewegung in mich hinein. Mein Schmerzensschrei wurde von seiner harten Hand erstickt; mein Schluchzen blieb in meiner Brust stecken.

Es war wie ein Alptraum, wie der schlimmste aller Alpträume, und es wollte nicht aufhören. Während mein geschundener Körper den Schmerz spürte, versuchte ich verzweifelt, Mut zu schöpfen und mir zu sagen: »Es ist bald vorbei.« Aber es ging immer und immer weiter. Richard stieß wieder und wieder und wieder in das Blut und in das verletzte Fleisch hinein. Es schien, als würden meine Schmerzen seine Lust noch steigern, und ich schrie tonlos um Hilfe, während Tränen meine Wangen hinunterströmten.

Als der Höhepunkt des Entsetzens erreicht war, ging eine tiefe Erschütterung durch seinen Körper. Dann ließ er sich, als sei ich nichts anderes als ein Heuballen, mit seinem ganzen Gewicht auf mich fallen.

Ich lag ausgebreitet auf dem staubigen Boden, dort, wo ich zuvor von Liebe und Leidenschaft geträumt hatte, und die Tränen strömten vor Schmerz und Elend unablässig über meine Wangen. Ich fühlte, daß ich blutete. Ich fühlte, daß sich an meinem Oberschenkel, dort, wo er auf mir gekniet hatte, ein riesiger Bluterguß bildete, und auch der Schmerz, der in mir brannte, ließ nicht nach.

Er wälzte sich von mir herunter und schaute dann plötzlich sehr wachsam zur offenen Tür hinaus. Ohne ein Wort zu sagen, sprang er auf die Füße, knöpfte seine Hose zu und lief die Stufen in den Rosengarten hinab, so als wären alle Teufel der Hölle hinter ihm her. Er rannte von mir fort, als hätte er mich wirklich ermordet und ließe eine Leiche zurück. Ich lag bewegungslos da und starrte auf das weiße Dach und auf das kleine Loch im Holz, durch das der blaue Himmel hindurch leuchtete. Ich fühlte, wie ein Rinnsal von Blut aus mir heraussickerte.

Mein Unterleib zog sich in regelmäßigen, schmerzhaften Krämpfen zusammen. Bisweilen wurde der Schmerz schwächer, aber dann kam er wie eine große Welle wieder über mich, und ich stöhnte und biß in den Rücken meiner unverletzten Hand, um nicht laut hinauszuschreien. In meinem gebrochenen Handgelenk spürte ich ein pulsierendes Brennen; die Bruchstelle war dunkelrot und schwoll immer mehr an.

Ich lag auf dem staubigen Fußboden, mein hübsches, cremefarbenes Reitkostüm war bis zur Taille hochgezerrt, mein Haar aufgelöst und im Staub ausgebreitet, und ich fühlte mich so gebrochen und zerstört, daß ich meinte, es wäre besser gewesen, wenn Richard seine Drohung wahr gemacht und mich tatsächlich umgebracht hätte.

Ich weiß nicht, wie lange es dauerte, bevor ich mich aufsetzte. Ich dachte nicht nach, ich dachte überhaupt nicht darüber nach, was geschehen war und was ich jetzt tun könnte. Alles, was ich denken oder empfinden konnte, war der brennende Wunsch, zu Hause zu sein. Ich wollte mich bei fest verschlossener Tür in meinem Schlafzimmer verstecken. Ich wollte in meinem Bett liegen und mir die Decke über den Kopf ziehen. Ich setzte mich auf, ergriff den Türstopper und zog mich auf die Füße. Ich schwankte, aber fiel nicht hin. Es schien mir, daß ich zu bluten aufgehört hatte. Auf meinem Kleid waren keine Spuren. Ich hielt mich an der Tür fest und setzte einen Fuß vor den anderen, um in den Rosengarten zu gelangen.

Seenebel war fortgelaufen. Ich schloß die Augen und öffnete sie wieder, in der Hoffnung, ich hätte mich getäuscht und sie stünde doch noch dort, wo ich sie zurückgelassen hatte. Aber sie hatte sich losgerissen und war nach Hause gelaufen.

Ich schluchzte laut auf. Dies war der erste Laut, den ich von mir gab, seitdem ich mit jener schwachen Stimme, die keine Maus aufgeschreckt hätte, »Richard, nein!« gejammert hatte.

Seenebel war fortgelaufen, und ich wußte nicht, wie ich heimkommen sollte. Dabei war mein einziger Gedanke, mein einziger Wunsch, zu Hause zu sein und zu schlafen.

In meinem Kopf drehte sich alles, und meine Knie schwankten und gaben unter mir nach, so daß ich hinfiel. Ich legte den Kopf auf meinen Arm und ließ den warmen Frühlingssonnenschein meinen Rücken wärmen. Wahrscheinlich würde ich, so meinte ich, mich niemals wieder warm und wohl fühlen. Ich blieb eine Weile lang ganz ruhig liegen, als sei ich in einem lebenslangen, dumpfen Schmerz gefangen.

Dann hörte ich in den Wäldern Stimmen, die immer wieder meinen Namen riefen. Zwischen den verschiedenen Rufen war Schweigen; die Männer lauschten auf eine Antwort. Ich hörte das Getrappel von Hufen auf der Auffahrt und Jems Stimme, die vor Angst ganz rauh klang, als er rief: »Miss Julia! Miss Julia!«

»Ich bin hier!« jammerte ich schwach. »Hier, Jem! Im Sommerhaus!« Ich stand auf und ging ihm entgegen.

Er ritt auf Prince; bei meinem Anblick machte das Pferd einen großen Satz nach vorn, und Pferd und Reiter standen neben mir.

»Sind Sie runtergefallen?« fragte er. »Seenebel ist mit einem gerissenen Zügel und gelockertem Sattel heimgekommen.«

Ich nickte, zu müde, um zu antworten, und zu sehr erfüllt von Schmerz und Verwirrung, um das Unsagbare auszusprechen.

Plötzlich hatte ich das Gefühl, als wenn ich für alles verantwortlich wäre.

»Können Sie reiten?« fragte er. »Oder soll ich nach Haus reiten und die Kutsche hierherschicken?«

Ich wies mit dem Kopf dorthin, wo Prince stand. »Ich kann schon reiten«, sagte ich kläglich. Jem hob mich auf Princes Rücken und sprang dann hinter mir auf. Seine Arme lagen um mich herum, und er hielt mich sicher und ruhig auf dem Pferd fest. Einen Augenblick lang hatte ich plötzlich wahnsinnige

Angst vor Jem. Ich kannte ihn schon mein ganzes Leben lang, und er war hierher geritten, um mich sicher nach Hause zu bringen.

Ich biß mir auf die Unterlippe, um nicht laut herauszuweinen. Ich wußte, daß ich Jem nicht zu fürchten brauchte.

Ich hatte Richard nicht angelächelt. Ich hatte ihm vor den jungen Leuten keinen Kuß geben wollen. Und ich hatte ihm nicht versprochen, daß wir heiraten würden. Ich hatte Richard so sehr verletzt und dann nicht über meine Pläne in Kenntnis gesetzt. Ich erzählte ihm nie von meinem Plan, zusammen mit James auf Wideacre zu leben. Zwar log ich ihn niemals an, aber ich war auch nicht offen ihm gegenüber.

Und als er mich zuerst im Sommerhaus küßte, da lächelte ich.

Und als ich zuerst sein Gewicht auf mir fühlte, da legte ich meine Arme um seinen Hals und öffnete meinen Mund, um den Geschmack seiner Zunge zu kosten.

»Ich muß mich übergeben«, sagte ich plötzlich zu Jem und wandte meinen Kopf von ihm ab, während ich über Princes Schulter hinweg meinen Magen entleerte.

Es kam aber nur ein Schwall von Galle und der saure Geschmack der Angst.

Jem ritt mit Prince den Weg hinauf, der nach Hause führte. »Ihre Mutter ist zu Haus geblieben, um Sie in Empfang zu nehmen«, sagte Jem sanft. »Alle anderen sind draußen und suchen nach Ihnen. Ich werde, sobald wir dort sind, den Gong schlagen; dann wissen sie, daß Sie zurück sind. Und irgend jemand wird die Schulglocke läuten, damit die anderen Bescheid wissen.«

Ich nickte. Prince ging auf dem weichen Rasen in der Mitte der Auffahrt sanft schaukelnd voran. Aber obwohl er sich so weich und gleichmäßig bewegte, wurden mein gebrochenes Handgelenk und mein verkrampfter Magen so sehr erschüttert, daß ich es kaum ertragen konnte. Als ich Dower House sah, biß ich die Zähne fest zusammen. Das Tor zum Vorgarten stand offen, und Jem ritt Prince den Weg hinauf zur Tür und rief laut ins Haus hinein.

Ich konnte aus dem vorderen Empfangszimmer eine Gestalt heraustreten sehen. Wie sehr wünschte ich mir, daß meine Mutter zu mir käme und mich tröstete! Aber es war nicht meine Mutter. Es war Richard. Meine Mutter kam hinter ihm her, aber es war Richard, der als erster die Treppe herunterlief und seine Hände zu mir emporstreckte, um mich vom Pferd zu heben. Er trug mich in seinen Armen wie ein kleines Kind, das endlich sicher nach Hause gekommen ist.

»Julia! Gott sei Dank!« sagte er. »Ich nehme sie schon, Jem. Ganz ruhig, jetzt. Vorsichtig mit der Hand da.«

Dann stand meine Mutter neben ihm, und ihre Wange lag kühl an meinem Gesicht. »Mein armer Liebling!«, sagte sie sanft. »Bist du gefallen?«

Ich öffnete den Mund. Richards Arme drückten mich, kaum wahrnehmbar, ein wenig fester. Ich blickte in sein vertrautes Gesicht, das so nahe über mir war. Richard, der seit meiner frühesten Kindheit für mich der Mensch gewesen war, den ich am meisten liebte. Er lächelte mich an, aber in seinen Augen war ein teuflisches Funkeln.

»Erzähl es deiner Mutter, Julia«, sagte er, und ich hörte ein Frohlocken in seiner Stimme. »Erzähl uns, was geschehen ist und wie es dazu kam, daß du deine Hand so verletzt hast.«

Es war unmöglich.

Ich konnte ihr ebensowenig die Wahrheit erzählen, wie ich ihr etwas Obszönes hätte entgegenschreien können. Ich hätte mich zu sehr geschämt, geschämt für sie, für Richard und für mich selbst.

Ich fühlte einen Kloß im Hals. Tränen rannen mir die Wangen hinunter. »Ich bin gefallen«, sagte ich. Mein Hals war noch immer wund, und meine Stimme krächzte. »Ich bin von Seenebel heruntergefallen, und sie ist fortgelaufen.«

Richard wandte sich mit mir auf dem Arm dem Haus zu. Meine Mutter hielt meine gesunde Hand in der ihren, während wir die Stufen hinauf in mein Schlafzimmer gingen. Dann legte mich Richard sanft auf das Bett und wandte sich zur Tür. Er blieb einen Augenblick lang im Türrahmen stehen und sah mich an. Sein Gesicht leuchtete vor Vergnügen, und er zwinkerte mir zu, als teilten wir ein wunderbares Geheimnis. Dann endlich verließ er mich.

Ich schlief bis zum frühen Nachmittag.

Das Knarren der Schlafzimmertür weckte mich. Meine Mutter trat, ein Tablett in beiden Händen, herein und hielt den Blick fest auf die Milch in dem Krug gerichtet.

»Tee«, sagte sie. »Tee für die Kranke. Julia, mein Liebling, ich kann dir nicht sagen, wie sehr du uns alle erschreckt hast!«

Ich versuchte zu lächeln, aber ich konnte es nicht. Und als ich mich im Bett aufsetzte, merkte ich, daß meine Lippen so sehr zitterten, daß ich kaum sprechen konnte.

»Mein Handgelenk tut mir weh«, sagte ich ärgerlich.

Meine Mutter warf einen Blick darauf. »Mein Gott!« rief sie. »Es sieht aus, als hättest du einen schlimmen Bluterguß oder als sei es sogar gebrochen.« Sie setzte das Tablett ab und rannte wieder hinaus. Ich hörte, wie sie die Treppe hinunterlief und wie sie dann mit John zusammen wieder heraufkam.

Er schaute auf meine Hand, die vor Schmerz leicht gekrümmt und blau wie eine Schwertlilie war. »Gebrochen«, sagte er über mich hinweg zu meiner Mutter. »Am besten gehst du hinaus, Celia. Dies ist etwas, was Julia und ich allein erledigen sollten.«

Meine Mutter sah mich an. »Soll ich bleiben?« fragte sie.

»Nein«, antwortete ich, obwohl es mir in diesem Augenblick eigentlich gleichgültig war.

»Ich hole meine Tasche«, sagte Onkel John.

Den gebrochenen Knochen in meinem Handgelenk geradezurichten war eine sehr schmerzhafte Angelegenheit. Aber aus irgendeinem seltsamen Grunde war mir der Schmerz willkommen. Er war deutlich und klar. Er war eines der wenigen Dinge auf dieser Erde, deren ich sicher sein konnte. Der

Schmerz eines gebrochenen Handgelenks. Das kleine Rechteck des Himmels von Wideacre, das durch mein Fenster leuchtete. Und Richards verschlagenes, hinterhältiges Lächeln.

»Du bleibst zum Abendessen im Bett«, sagte meine Muter. Sie hatte gesehen, daß ich sehr weiß geworden war.

»Ja«, flüsterte ich.

»Möchtest du jetzt irgend etwas?« fragte sie.

Ich holte tief Atem. Ich wußte, daß ich es ihr sagen mußte. Natürlich mußte sie es wissen. »Mama ...«, begann ich.

»Richard hat gesagt, er würde gern mit dir gemeinsam hier oben zu Abend essen«, fuhr meine Mutter fort. »Ich denke, du würdest ganz gern ein bißchen Gesellschaft haben, nicht wahr, mein Liebling?«

Ich zögerte. Der Gesang der Vögel vor dem Fenster schien mit mir zu verstummen.

Ich konnte es nicht sagen. Ich konnte ihr nicht sagen, was er mir angetan hatte. Ich konnte ihr nicht sagen, wie ich mich zurückgelegt und gelächelt und es hatte geschehen lassen. Ich konnte ihnen nicht sagen, daß Johns Sohn, der Teilerbe von Wideacre, ein Vergewaltiger war.

»Ja«, flüsterte ich. »Richard kann hier oben zu Abend essen.«

»Gut«, stellte meine Mutter in sachlichem Ton fest. »Er ist jetzt in den Ställen und kümmert sich um dein Pferd.«

Plötzlich vernahm ich trotz meiner Benommenheit durch das Laudanum ein leises Knacken in meinem Kopf. Ich setzte mich im Bett auf und redete an Onkel John vorbei mit meiner Mutter. »Nein!« sagte ich. »Mama, bitte! Ich möchte nicht, daß er sich um Seenebel kümmert.«

Sie sah John verwirrt an, als ob meine Reaktion ein Symptom für einen Schlag auf den Kopf oder für erhöhte Temperatur wäre.

»Bitte!« drängte ich sie. »Versprich es mir, Mama! Laß ihn nicht an mein Pferd heran.«

»Nein, mein Liebling«, sagte sie sanft. »Nicht, wenn du es

nicht möchtest. Ich werde jetzt zu den Ställen hinuntergehen und Richard sagen, daß Jem sich um Seenebel kümmern wird, weil du es so möchtest.«

»Ja, bitte«, flüsterte ich und sank in meine Kissen zurück.

»Und jetzt schläfst du«, sagte John entschieden. »Schlaf bis zum Abendessen. Die Schmerzen werden nachlassen, und es gibt nichts, worüber du dir Sorgen machen müßtest. Also schlaf, Julia.«

Ich lächelte ihn an, aber ich konnte kaum sein Gesicht erkennen; das Zimmer schwankte vor meinen Augen. Ich glaube, ich war schon wieder eingeschlafen, bevor die beiden hinausgingen.

Ich schlief bis zum Abendessen.

Richard kam nach oben, und Jenny Hodgett bediente uns und stand die ganze Zeit lang diskret an Richards Seite.

Ich aß nur wenig und ohne Appetit. Wieder und wieder mußte ich zu Richard hinüberschauen, und meine Augen füllten sich mit nutzlosen, unerklärlichen Tränen. Ich hatte das Gefühl, daß alles *mein* Fehler war. Mein Fehler, daß es geschehen war. Mein Fehler, daß ich nicht sofort in dem Moment, als ich zu Hause war, die Wahrheit gesagt hatte und daß Richard und meine Mutter, Onkel John und ich wegen meiner Feigheit mit einer Lüge leben mußten. Als ich es hätte erzählen sollen, hatte ich geschwiegen. Und jetzt konnte ich nichts mehr sagen. Ich konnte nicht einmal Richard daran hindern, mich verschwörerisch anzulächeln.

Als Jenny mir meinen Tee servierte, überbrachte sie mir auch eine Nachricht von Onkel John: Mr. Megson sei unten und wolle gern mit mir sprechen. Richard verließ das Zimmer, und Jenny half mir, aufzustehen und meinen Morgenmantel überzuziehen. Ich wußte, daß es etwas Wichtiges sein mußte, wenn Ralph zu dieser nächtlichen Stunde in unser Haus kam. Ich stellte mich einen Moment lang vor den Spiegel, kämmte mein Haar zurück und band es mit einem Tuch zusammen.

Auch Ralph, das wußte ich, würde ich es nicht sagen können. Ich fragte mich, ob er wohl ahnte, daß ich mit einer schrecklichen Unwahrheit lebte und daß ich eine Lügnerin war.

Ralph und Onkel John saßen unten in der Bibliothek. Er lächelte mich an, erkundigte sich nach meinem Unfall und entschuldigte sich dafür, daß ich nach unten kommen mußte, obwohl es mir nicht gutging. Ich nickte. Ralph und ich hatten nie große Worte gemacht.

»Clary Dench ist nicht da«, meinte er dann ganz unvermittelt. »Ich versuche herauszufinden, wann man sie zuletzt gesehen hat und ob sie vielleicht während der Feiertage verreisen wollte.«

Ich atmete tief ein. Ich konnte kaum verstehen, was er sagte. »Ich habe sie beim Maifest auf den Downs gesehen«, sagte ich. »Sie sagte, sie wolle nach Hause gehen, und sie ist früh fortgegangen. Sie wollte eigentlich während der Feiertage in Acre bleiben.«

Ralph nickte. »Ich kann einfach nicht glauben, daß sie fortgeht, ohne ein Wort zu sagen«, meinte er halb zu mir, halb zu Onkel John gewandt.

»Meinen Sie, daß dem Mädchen etwas passiert sein könnte?« fragte Onkel John.

Ralph zog eine Grimasse und schaute zu mir herüber. »Bei den Frauenzimmern ist das immer schwer zu sagen«, meinte er. »Ich werde nicht das ganze Dorf auf den Kopf stellen, um mich dann vielleicht bei der Suche nach ihr vollkommen lächerlich zu machen. Es ist seit Jahren das erste Mal, daß die Leute ein paar Tage frei haben, und sie sind heute schon einmal draußen gewesen, um nach Miss Julia zu suchen.«

»Clary ist kein leichtes Mädchen«, entgegnete ich. Die Stimme, die aus meinem Mund kam, klang so hohl, als spräche ich in einen Brunnen hinein. Ich hatte an diesem Morgen auf den Downs eine Vision gehabt. Deshalb hatte ich versucht, Clary dazu zu bewegen, bei mir zu bleiben. Aus Angst hatte ich ihr nicht sagen wollen, wie dunkel der Schatten war, den ich über ihr gesehen hatte. Wie sehr ich mich immer wieder davor fürchtete, die Wahrheit zu sagen! »Sie hätte es jemandem gesagt, wenn sie fortgegangen wäre. Und ich glaube nicht, daß sie ihre Familie einfach ohne eine Nachricht zurückgelassen hätte.«

Ralph nickte. Die Tür öffnete sich. Richard kam leise herein und stellte sich ans Ende des Tisches.

»Was wollen Sie tun?« fragte Ralph ins Leere hinein. Er tat, als wäre Richard Luft für ihn.

»Nehmen Sie zwei oder drei Männer mit, und suchen Sie in den Wäldern nach ihr«, sagte Onkel John und blickte mich unverwandt an.

Ich nickte. »Beginnen Sie beim Fenny«, sagte ich. »Clary ist immer zum Fluß hinuntergegangen, wenn sie traurig war. Und heute war sie sehr traurig.«

Ralph nickte. »Hat sie sich mit Matthew gestritten?«

»Ja«, antwortete ich einsilbig.

»Ich werde ein paar Männer nach ihr suchen lassen«, sagte er. »Aber es ist sehr lästig. Ich hatte den Leuten von Acre versprochen, sie würden ein paar Tage lang nicht zu arbeiten brauchen. Jetzt muß ich mit den Männern die Wälder durchsuchen, obwohl sie eigentlich feiern wollen.«

»Ich werde mithelfen«, sagte Richard. Wir drehten uns zu ihm um. Er sah uns voller Eifer an. »Ich werde mithelfen. Es gibt nur wenig, was ich auf den Feldern tun kann«, versicherte er beflissen. »Ich würde mich freuen, wenn ich Ihnen Mühe ersparen und Ihnen beim Suchen behilflich sein könnte, Mr. Megson.«

»Danke«, sagte Ralph gedehnt. Er sah Richard ohne ein Lächeln und mit hartem Blick an. »Das wäre sehr hilfreich. Ich werde die Männer morgen früh, sobald es hell wird, hier heraufschicken, es sei denn, das Mädchen taucht vorher wieder auf.«

»Ich werde bereit sein«, versprach Richard.

Ralph wandte sich zu mir um. »Und Sie, Miss Julia? Ruhen

Sie sich morgen aus, oder können Sie ein wenig herunterkommen und beim Tanzen zumindest zuschauen?«

Ich wollte gerade sagen, daß es mir sicher so gut gehen würde, daß ich morgen dabeisein könnte, als ein Stechen im Unterleib mir den Atem nahm. Meine Augen füllten sich mit sinnlosen Tränen. »Ich bin müde«, sagte ich schwach. »Ich werde ins Dorf hinunterkommen, sobald ich mich besser fühle, Mr. Megson.«

»Ja«, meinte Ralph verständnisvoll. »Kommen Sie erst, wenn es Ihnen wirklich wieder gutgeht. Ich bin erstaunt, daß Sie überhaupt verunglückt sind – aber gute Reiter stürzen oft am schwersten. Es tut mir wirklich leid, daß Sie von einem Pferd gefallen sind, das ich für Sie ausgesucht hatte!«

»Es war nicht Seenebels Schuld!« sagte ich. Meine Lippen waren kalt und wie gelähmt, und ich konnte kaum sprechen. »Es war alles meine Schuld. Ich bin für alles verantwortlich. Ich hätte es besser wissen sollen.«

»Nun beruhige dich«, beschwichtigte mich Richard. »Ich hole deine Mutter; sie kann dich dann in dein Zimmer bringen.« Er wandte sich Ralph zu. »Sie steht durch den Sturz immer noch unter Schock«, sagte er.

Ralph ging einen Schritt zurück und verbeugte sich. »Es tut mir leid, daß ich Sie gestört habe«, sagte er verlegen.

Ich streckte ihm meine Hand hin. Ich wollte ihm sagen, daß er nicht störte, daß er niemals stören würde. Ich wollte ihn bitten, nach Clary zu suchen, ihm von der finsteren Vorahnung erzählen, die ich gehabt hatte, ihm sagen, daß etwas ganz und gar nicht in Ordnung war. Aber ich konnte ihm nicht sagen, daß ich nicht vom Pferd gefallen war. Ich sah nur flehentlich zu ihm auf – und dann stiegen mir Tränen in die Augen und rollten mir die Wangen hinunter.

»Es tut mir leid«, sagte ich mit einer Stimme, die von unterdrücktem Weinen zitterte. »Es tut mir so leid. Ich kann gar nicht aufhören zu weinen.«

»Schlafenszeit«, sagte John freundlich und fest. Richard und meine Mutter traten zu mir, und meine Mutter half mir die Treppe hinauf ins Schlafzimmer und ins Bett hinein, als wäre ich wieder ein Kind. Unablässig rollten Tränen mein Gesicht herunter, und meine Mutter wischte sie mit ihrem kühlen, nach Lilien duftenden Taschentuch ab, schob es unter mein Kissen und ließ mich dann mit einer brennenden Kerze im Zimmer zurück.

Ich lag auf dem Rücken und fühlte die Tränen aus meinen Augenwinkeln meine Schläfen hinunterrinnen: kleine Rinnsale der Verzweiflung und Einsamkeit. Dann holte ich tief Luft und setzte mich in meinem Bett auf: Mir war eingefallen, daß mein Unterrock und mein Hemd mit Blut befleckt waren.

Widerwillig stieg ich aus dem Bett und ging zu der Kommode, in die ich die Wäsche hineingestopft hatte. Das Blut war braun geworden – es sah jetzt ganz harmlos aus. Ich rollte die Sachen zusammen und legte sie auf die Holzscheite des Kamins in meinem Schlafzimmer. Der Stoff sengte an und verbrannte, während ich ins Bett zurücktaumelte und wieder einschlief. Es war zweifellos der Qualm, der mir meine schlechten Träume eingab, Träume von einem leeren Haus und Männern, die mit Fackeln kamen, und von einem Feuer, das alles niederbrannte und das Land verwüstet zurückließ.

Clary war tot.

Ich hatte es geahnt. Ich hatte es seit dem Augenblick gewußt, als ich die Reihen der Unkrautjäterinnen im Himbeerfeld entlanggeschaut und sie nicht gesehen hatte.

Niemand wußte, wer es getan hatte, und niemand konnte sich vorstellen, wer dies der lieblichen, fröhlichen Clary hatte antun können. Aber Richard sagte, sie hätten Matthew Merry neben der Leiche gefunden. Er war vollkommen durchnäßt, und sie nahmen an, er sei in den Fenny gewatet und hätte sie herausgezogen. Sie war bis zum Wehr hinter der neuen Mühle getrieben worden, aber sie war nicht ertrunken. Man hatte sie erst ermordet und dann in den Fluß geworfen. Clary wäre niemals ertrunken. Wir beide, Clary und ich, hatten in jenen vergangenen, heißen Sommern sehr gut schwimmen gelernt.

Es sah schlecht aus für Matthew. Er wollte nicht sagen, wie er sie gefunden hatte. Er wollte nicht sagen, wie er zum Fluß gekommen war, bevor der Suchtrupp eintraf. Er sagte und tat überhaupt nichts. Er wiegte nur immer ihren Kopf mit dem verzerrten Gesicht in den Armen und stammelte wieder und wieder unter Tränen ihren Namen.

Ich schrie laut auf, als Onkel John mir davon berichtete. Sein Gesicht hatte sich über der Nachricht, die Richard uns als erster übermittelte, verfinstert. Meine Mutter kam sofort mit mehr Weißdornsaft und Wasser herbeigelaufen.

»Trink dies, mein Liebling«, sagte sie, und ich trank gehorsam wie ein kleines Kind und hatte meinen Blick dabei fest auf Onkel John gerichtet.

»Wie kann das geschehen sein?« fragte ich mit vor Kummer und Betäubung gelähmter Zunge.

»Sie wurde erwürgt«, antwortete er. Meine Mutter streckte eine Hand aus, um ihn am Weitersprechen zu hindern, aber er schüttelte den Kopf. »Sie muß es wissen, Celia«, sagte er. »Sie muß wissen, was in Acre geschieht. Richard spricht mit den jungen Männern und den jungen Mädchen des Dorfes. Niemand kann sich vorstellen, wie es passiert sein könnte. Sie hat sich mit ihrem Verlobten gestritten. In Acre sagt man, sie habe sich von ihm trennen wollen.«

»Nein«, entgegnete ich sofort. »Matthew Merry kann es nicht gewesen sein. Er ist ganz und gar gutmütig, und er hat Clary schon geliebt, als er noch ein Kind war. Er hätte ihr niemals wehtun können.«

»Der Junge, der immer ohnmächtig wurde?« fragte meine Mutter. Sie schaute John ratsuchend an. »Er wurde immer ohnmächtig, und wenn er wieder zu sich kam, dann wußte er nicht, wer er war oder was er getan hatte«, sagte sie leise.

Onkel John nickte.

»Er hat niemals etwas Schlechtes getan, wenn er seine Anfälle hatte«, sagte ich rasch. »Mach nicht solch ein Gesicht, Onkel John. Er hatte einfach nur einen schwachen Verstand, und manchmal ist er ohnmächtig geworden. Er war ein sehr lieber Junge, und er ist ein liebenswerter junger Mann. Er könnte keiner Fliege etwas zuleide tun, geschweige denn Clary! Sie haben sich gestritten, das stimmt, aber das bedeutet nicht, daß er ihr etwas zuleide tun würde. Er hat sie über alles geliebt!«

Onkel John nickte. »Er wußte, wo sie zu finden war«, sagte er ruhig. »Und als sie sie fanden, hielt er ihre Leiche in den Armen und weinte. Es sieht sehr schlecht für ihn aus.«

»Nein«, sagte ich bestimmt. »Das kann nicht sein. Er würde Clary niemals ein Haar krümmen. Eher würde er sich selbst töten.« Ich brach ab, denn ich fürchtete, daß ich wieder zu weinen beginnen würde. Niemand in Dower House außer mir war mit Clary und Matthew gut bekannt gewesen. Meine Mutter und Onkel John waren sicher sehr freundlich, aber sie hatten nicht mit den Kindern von Acre unter den Bäumen von Wideacre gespielt. Sie wußten nicht, daß die beiden seit ihrer Kinderzeit einander fest versprochen waren, daß Matthew lieber gestorben wäre, als daß er Clary ein Leid angetan hätte.

»Vielleicht kann Lord Havering sich einen Reim darauf machen«, sagte Onkel John. »Er ist der Friedensrichter, der Acre am nächsten wohnt. Richard ist losgegangen, um mit ihm zu sprechen.«

Ich nickte. Was eigentlich geschehen war, wurde mir erst jetzt klar. »Und Clary ist tot«, sagte ich zögernd. »Ob sie wohl große Schmerzen gehabt hat?«

Ich sah, wie meine Mutter John wieder beschwörend anblickte, aber er antwortete mir vollkommen aufrichtig und mit ganz ruhiger Stimme. »Nur für kurze Momente«, sagte er. »Der Mörder hat sie mit den Händen erwürgt. Angst und Schmerz brauchte sie wohl nur für kurze Momente zu leiden, Julia. Sie hat sicher sehr schnell das Bewußtsein verloren.«

Ich nickte. Ich konnte die Worte hören, aber ich konnte

nicht sprechen, denn mir war, als würde ich in einer Welle von Übelkeit ersticken. Ich sah in meiner Phantasie Clarys leuchtendes, hübsches Gesicht vor mir und die Tränen in ihren Augen, als sie sagte, Matthew habe ihr das Herz gebrochen.

»Ich kann es nicht ertragen!« rief ich halb schluchzend. »Auf Wideacre!«

Onkel John und meine Mutter faßten mich rechts und links unter und halfen mir die Treppen in mein Schlafzimmer hinauf. John flößte mir etwas Laudanum ein, und meine Mutter hielt meine Hand, bis mein fester Griff sich lockerte und ich einschlief.

»Mama!« rief ich plötzlich laut und angsterfüllt, als ich fast schon eingeschlafen war. »Mama!«

Denn in den Sekunden zwischen Schlafen und Wachen hatte ich plötzlich das Gefühl, ich sei Clary, die durch die Wälder von Wideacre um ihr Leben rannte, und hinter mir lief der Mann, der gekommen war, um mich zu töten. Er wollte mich töten, weil ich etwas so Schreckliches gesehen hatte, daß ihm keine Wahl blieb, als mich beiseite zu schaffen. Ich hatte die Entschlossenheit in seinen Augen gesehen, und ich wußte: Wenn ich nicht schneller laufen würde, als ich jemals in meinem Leben gelaufen war, dann würde er mich zu Boden werfen, seine vornehmen, weichen Hände um meinen Hals legen und so lange drücken, bis ich nicht mehr atmen könnte. In dem Traum war ich Clary, und ich rannte, als säße der Teufel *mir* im Nacken. Aber ich war auch ich selbst. Und ich hatte so viel Angst wie Clary.

Am meisten aber ängstigte mich das Wissen, daß ich nur genau hinschauen müßte, um sein Gesicht zu sehen. Dann nämlich würde ich erkennen, wer es gewesen war.

22

Matthew Merry war schon als Kleinkind, seitdem er die ersten Worte gesprochen hatte, von den Dorfbewohnern ausgelacht und verspottet worden. In den harten Jahren hatte er es schwer gehabt, genug Essen zu bekommen. Seine einzige Beschützerin war seine Großmutter gewesen, die alte Mrs. Merry. Ihr Wort war bei den älteren Dorfbewohnern Gesetz, aber auf die jüngeren, die nicht wußten, daß sie einst die geschickteste Hebamme und Geistheilerin im Land gewesen war, hatte sie wenig Einfluß.

Man konnte Matthew sehr leicht erschrecken und in Panik versetzen. Nur von seiner Großmutter beschützt, hatten die anderen Kinder ihn tyrannisiert, seitdem er ein Säugling gewesen war. Ich denke, das war der Grund, warum Clary ihn zunächst so liebevoll behandelte. Er weckte ihre mütterlichen Gefühle, und sie beschützte ihn vor den anderen in dem kleinen Wolfsrudel, dessen Anführerin sie war.

Während er heranwuchs, entwickelte er im Kampf um das tägliche Brot ein wenig Durchsetzungsvermögen und Schläue. Clary und Ralph hatten diese Eigenschaften in ihm gefördert. Aber in dem Augenblick, als Matthew Clary tot in den Armen hielt, verließ ihn all seine Fähigkeit, sich selbst zu behaupten. Das Selbstvertrauen, das ihm die Männer eingegeben hatten, die seine Gedichte lobten, war wie fortgeblasen, und er benahm sich genau wie der Idiot, als den sie ihn bezeichneten. Sie fanden ihn, als er Clarys aufgedunsenen Körper in den Armen wiegte. Unter Schluchzen stammelte er immer wieder ihren Namen. Die Tränen strömten ihm fortwährend die Wangen hinunter, bis sein Gesicht so naß war wie das der toten Clary.

Richard und der Mann, den Lord Havering geschickt hatte, packten ihn rechts und links an den Armen, und er machte keine Anstrengung, Widerstand zu leisten. Sie hatten ihn an der Stelle entdeckt, wo er Clary gefunden hatte – etwas oberhalb der Schleuse über dem Mühlenteich, wo sich ihr Körper verfangen hatte. Als sie ihn abführten, rief Matthew Clarys Namen laut heraus, aber als sie ihn in die Havering-Kutsche mit dem Wappenzeichen an der Tür hineinsetzten, wurde er ganz still und weinte immerfort. Sie ließen ihn auf dem Fußboden sitzen, da er vom Fluß naß und schmutzig war. Er protestierte mit keinem Wort.

Dann fragten sie ihn aus. Wo war er an jenem Morgen gewesen? Wann hatte er sie zuletzt gesehen? Da er Angst hatte, wurde sein Stottern schlimmer; Richard meinte, das käme vom schlechten Gewissen. Alles, was Matthew vermochte, war, wieder und wieder ihren Namen zu stammeln.

Mein Großvater, Lord Havering, ist kein unfreundlicher Mann, aber er ist energisch, ungeduldig mit den einfachen Leuten und vertraut mit Lügen und Betrügereien. Richard hatte ihm den Fall so dargestellt, als wäre er bereits aufgeklärt, und alles, was er jetzt noch brauchte, wäre Matthews Geständnis. Er brüllte Matthew nicht an, und er stellte ihm keine Gnade in Aussicht, wenn er gestehen würde. Er spitzte nur seine Schreibfeder und sah Matthew mit kalten Augen an. Und Matthew, der von Trauer und Kummer erschüttert war und von dem Bewußtsein, daß Clary nur deshalb allein am Fenny spazierengegangen war, weil sie über ihren Streit hatte nachdenken wollen, begann wie ein Idiot zu stammeln und weinte vor Angst und Entsetzen. Schließlich warf er sich auf den Boden und jammerte und schluchzte: »Es ist allein meine Schuld. Es ist allein meine Schuld. Es ist allein meine Sch–sch–schuld.«

Das wurde als Geständnis gewertet, und seine Lordschaft rief den Schreiber herbei und ließ das Ganze schriftlich festhalten. Der junge Matthew, vor Kummer blind und kopflos, setzte seinen Namen darunter, weil er hoffte, er könnte vielleicht dieser schrecklichen Befragung entgehen und endlich nach Hause heimkehren und still vor sich hinweinen.

Aber er durfte durchaus noch nicht gehen. Der Schreiber hatte zwei Polizisten bei sich, und sie zerrten ihn in ihre eigene Kutsche, ein schreckliches Gefährt ohne Fenster und ohne Türgriffe von innen. Sie fuhren ihn in das Gefängnis von Chichester und warfen ihn zusammen mit Mördern und Vergewaltigern in eine Zelle, damit er am Ende des Quartals abgeurteilt würde.

Richard ritt unter einem sichelförmigen Mond nach Hause und summte das Lied, das Matthew zusammen mit den anderen gesungen hatte, als er Wideacre nur einen Tag zuvor den Frühling gebracht hatte.

Ich schlief und schlief. Erst am nächsten Morgen erwachte ich von lautem Gebrüll unten im Haus. Es klang wie die Stimme von Ralph, aber ich konnte nicht glauben, daß Ralph seine Stimme im Haus meiner Mutter derart erheben würde. Ich schaute zum Fenster. Es war spät, schon fast zehn Uhr. Meine Mutter hatte wahrscheinlich Anweisungen gegeben, man solle mich schlafen lassen. Einen Moment lang wußte ich nicht, warum ich nicht geweckt worden war, aber dann wurde mir das Herz schwer: Clary war tot, ermordet von einem Fremden; in den Wäldern von Wideacre lief ein Mörder herum, und mein Handgelenk war gebrochen, weil Seenebel mich abgeworfen hatte. Ich fühlte, daß ich all meinen Mut verloren hatte, vielleicht nur den Mut zum Reiten, vielleicht aber auch den Mut für mein ganzes Leben. Meine Hände begannen zu zittern. Ich konnte nicht aufhören zu weinen.

Ich griff nach meinem Morgenmantel am Fußende des Bettes. Ein stechender Schmerz ließ mich aufstöhnen. Danach bewegte ich mich ein wenig vorsichtiger. Ich öffnete die Tür meines Schlafzimmers und lauschte nach draußen. Es war die Stimme von Ralph; ich hörte sein lautes Schreien und Toben in der Bibliothek.

»Ein Mädchen aus Acre ist tot, und ein Junge aus Acre sitzt im Gefängnis von Chichester, weil er sie ermordet haben soll. Ein wertloses Geständnis, und er soll gehängt werden! Bei meiner Ehre, Dr. MacAndrew, hier haben Sie Ihre Pflichten aber verdammt leicht genommen!«

Onkel Johns Stimme war leise; ich konnte nicht hören, was er erwiderte.

»Warum war Julia denn nicht da?« fragte Ralph. »Warum bin ich nicht geholt worden und warum auch Julia nicht? Sie erbt die Hälfte von Wideacre, denselben Anteil wie Master Richard. Warum war es Master Richard allein, der die ganze Sache in die Wege geleitet hat?«

Ralph schwieg, während Onkel John antwortete, aber ich konnte noch immer nicht hören, was er sagte.

»Auch wenn Miss Julia halbtot im Typhusfieber läge, sollte sie *trotzdem* dort sein!« brüllte Ralph. »Die Nachricht hat sich wie ein Feuer im Dorf verbreitet, und jedermann weiß, daß das Ganze nicht mit rechten Dingen zugeht. So etwas könnte die Zusammenarbeit zwischen Ihnen und dem Dorf zerstören. Die Leute von Acre haben Ihnen ihr Vertrauen geschenkt, und jetzt ist ein Junge aus Acre hinter Gittern, und man muß befürchten, daß er gehängt wird.«

»Er hat ein Geständnis abgelegt.« Johns Stimme war jetzt sehr klar, lauter als zuvor.

»Ja«, bestätigte Ralph sarkastisch. »Und wer war dort? Lord Haverning, der nur zur Jagd aufs Land kommt oder wenn er kein Geld mehr hat. Und Master Richard!«

»Was wollen Sie damit sagen, Mr. Megson?« fragte Onkel John. Sein Ton war eisig, während Ralphs Stimme laut und erregt war.

»Ich will damit sagen, daß man in Acre der Ansicht ist, Lord Havering könne ein Pferd nicht von einem Strohballen unterscheiden«, sagte Ralph unhöflich. »Wir glauben, daß er halb blind und fast immer ziemlich betrunken ist. Und ich will sagen, daß ich Richard nur dann vertraue, wenn ich ihn selbst im Auge habe. Warum er will, daß der arme Matthew Merry hängen soll, das weiß nur der Himmel, aber jeder in Acre glaubt, daß Richard den Jungen ins Gefängnis gebracht hat und daß er ihn jetzt auch noch an den Galgen bringen wird.«

In der Bücherei war es vollkommen still. Ich hielt den Atem an, damit ich etwas hören konnte.

»Ich nehme an, Sie wollen für den kommenden Monat Ihren Lohn ausbezahlt bekommen, wenn ich Sie jetzt entlasse, Mr. Megson?« fragte Onkel John kalt.

»Ja«, antwortete Ralph, und nur ich konnte hören, wie tief verzweifelt seine Stimme im Grunde klang.

»Nein!« sagte ich und lief quer über den Flur in das Zimmer meiner Mutter. Sie saß mit offenem Haar vor dem Spiegel; Jenny Hodgett stand mit erhobener Haarbürste wie erstarrt hinter ihr. Als meine Mutter die flehende Bitte in meinem Gesicht sah, nickte sie nur. Sie warf das schöne, lose herunterhängende Haar nachlässig über die Schultern und ging an mir vorbei die Treppe hinunter. Zitternd und insgeheim betend, daß sie die Sache in die Hand nehmen würde, folgte ich ihr. Ich selber war etwa so stark wie ein neugeborenes Kätzchen. Unter meinen Augenlidern quollen Tränen hervor. Onkel John saß am Tisch und stellte einen Scheck aus.

»Mr. Megson muß bleiben«, sagte meine Mutter. Onkel John schaute auf. Seine Augen waren sehr hell und kalt.

»Er hat deinen Stiefvater beschuldigt, ein unfähiger Trunkenbold zu sein, und er hat Richard des Meineids bezichtigt«, sagte Onkel John kalt. »Ich nehme an, daß er nicht länger für uns arbeiten möchte.«

Ich schaute Ralph an. Sein Gesicht war ausdruckslos.

»Mr. Megson«, sagte meine Mutter leise. »Sie nehmen doch sicher zurück, was Sie gesagt haben, nicht wahr? Sie bleiben doch? Es gibt so viele Dinge in Acre, die noch gemacht werden müssen. Und Sie haben versprochen, uns dabei zu helfen!«

Seine und ihre Blicke trafen sich einen langen, stummen Augenblick lang, und dann nickte er.

Er wollte gerade ja sagen.

Ich wußte, daß er bereit war, ja zu sagen.

Aber ich hatte die Tür zur Bibliothek hinter mir offen gelassen, und Richard war uns gefolgt und stand plötzlich im Zimmer. Er nahm die Szene in sich auf und strahlte Ralph an, als wäre er entzückt, uns zu sehen.

»Probleme?« fragte er.

»Mr. Megson meint, Matthew Merry sei unschuldig«, sagte John unvermittelt. »Bist du sicher, daß du ihn nicht unter Druck gesetzt hast, Richard? Wie du sicherlich weißt, geht es hier um Leben oder Tod.«

Richards Lächeln war so arglos wie das eines Kindes. »Natürlich nicht«, sagte er. »Lord Havering war die ganze Zeit dabei und auch sein Schreiber. Es war alles vollkommen legal. Es ist alles *vollkommen vorschriftsmäßig* abgelaufen.«

Ralph zischte leise, als er Richard so überaus betont die Worte »vollkommen vorschriftsmäßig« aussprechen hörte. Ich sah, daß meine Hände zitterten, und legte sie fest ineinander, um sie ruhig zu halten.

»Und du hast gar keinen Zweifel?« fragte Onkel John. »Matthew ist ein junger Mann ohne große Schulbildung, und man hat ihn überrumpelt. Bist du sicher, daß er wußte, was er unterschrieb? Bist du ganz sicher, daß er wußte, was er sagte?«

»Das ist wirklich eine Frage, mit der sich der Untersuchungsrichter beschäftigen muß«, antwortete Richard gelassen. »Sie sollten Lord Havering fragen, Sir. Es war seine Befragung, und die eidesstattliche Aussage ist in seiner Gegenwart gemacht worden. Ich war nur dort, weil ich ihn über das Verbrechen in Kenntnis setzen wollte, und ich sagte ihm, daß man eventuell Matthew Merry näher überprüfen sollte. Sonst habe ich in der Angelegenheit keine besondere Rolle gespielt.«

Ich schwieg. Ich beobachtete Ralph. Er schaute Richard aus schmalen Augen an. »Ganz genau das Kind seiner Mutter«, sagte er. Onkel John schaute zu ihm hinüber, und sie sahen sich hart und kämpferisch ins Gesicht.

»Ich würde gern bleiben, wenn es geht«, sagte Ralph unvermittelt. »Kann ich einen Tag frei haben, um die Sache zu überdenken? Ich möchte auch nach Chichester fahren, um zu sehen, was man für Matthew tun kann.«

Onkel John nickte. »Ich würde mich freuen, wenn wir uns einig werden könnten und Sie blieben, Mr. Megson«, sagte er. »Wir werden die Entscheidung einen Tag und eine Nacht lang offen lassen, wenn Sie es möchten. Wir waren beide sehr aufgeregt, und es wäre schrecklich für mich, Sie wegen ein paar hastigen, im Zorn gesagten Worten zu verlieren.«

Ralphs Schultern entspannten sich, und er lächelte John freundlich und offen ins Gesicht. »Sie sind ein guter Mann«, sagte er überraschend. »Ich wünschte, wir könnten dies Durcheinander gemeinsam in den Griff bekommen.« Ein kurzer, harter Blick auf Richard machte deutlich, daß er ihm für alles, was geschehen war, die Schuld gab.

Ich schaute von einem zum anderen und konnte mich nicht entscheiden, zu welcher Seite ich gehören wollte.

Ralph nickte noch einmal. »Heute wird nicht gearbeitet«, sagte er geschäftsmäßig. »Der Schreiner zimmert ihren Sarg, und die anderen heben ihr Grab aus. Heute nachmittag um zwei Uhr wird sie begraben, falls Sie dabeisein wollen. Morgen werden die Leute wieder arbeiten. Sie möchten nicht länger das Maifest feiern, wenn das hübscheste Mädchen des Dorfes tot ist und der gutherzigste Junge unter falscher Anklage im Gefängnis sitzt. Für Acre ist in diesem Jahr alles schiefgelaufen.«

»Ja«, sagte Onkel John leise mit gesenktem Kopf. Ralphs letzter Satz klang in meinem Kopf nach wie der Ton einer Kirchenglocke, die lange, nachdem der Strang nicht mehr gezogen wird, noch weiter erklingt. Mir schien, daß ich ihn schon vorher einmal gehört hatte. Dann sah ich in Johns kummervolles Gesicht und vermutete, irgend jemand hatte diese Worte zu Beatrice gesagt, als sie Acre zerstörte, und wahrscheinlich befürchtete er, die Laceys würden jetzt Acre ein zweites Mal den Ruin bringen.

Ralph ging ohne ein weiteres Wort aus dem Zimmer, und wir hörten das langsame Trampeln seiner hölzernen Füße auf den gebohnerten Dielen der Eingangshalle. Ich wankte zum Kamin, sank dort in einen Stuhl, legte den Kopf in meine Hände und spürte, wie mir die Tränen die Wangen hinunterrannen.

Meine Mutter ging zu John hinüber. »Schau nicht so verzweifelt drein«, sagte sie. »Es wird alles in Ordnung kommen. Wir können der armen Clary nicht mehr helfen, aber du und ich, wir können genau wie Mr. Megson nach Chichester fahren. Wenn Matthew heute, nachdem er ein wenig Zeit zum Nachdenken gehabt hat, seine Schuld abstreitet, dann werden vielleicht Richard und Lord Havering entdecken, daß sie einen Fehler gemacht haben. Gerichtstag ist erst in ein paar Monaten wieder, und so gibt es reichlich Zeit, um die Dinge in Ordnung zu bringen, falls ein Fehler gemacht worden ist.«

Onkel John hob das Gesicht, und plötzlich konnte ich sehen, wie alt und müde er aussah. »Ja«, sagte er. Und dann etwas kräftiger: »Celia, du hast recht. Nichts ist außer Kontrolle geraten. Alles ist sehr plötzlich gekommen, aber es ist noch keine endgültige Entscheidung gefallen. Wir könnten Matthew im Gefängnis besuchen, und wenn er uns etwas anderes berichtet, dann werden wir ihm weiterhelfen können.«

Aller Augen waren plötzlich auf Richard gerichtet. Man hätte denken können, daß er zornig werden würde, da wir an seinem Urteil zu zweifeln wagten, aber er lächelte, und seine Augen waren klar und blau. »Natürlich«, sagte er. »Wie ihr es wünscht.«

Aber es war ein Unterton in seiner Stimme, der bewirkte, daß ich den Kopf noch tiefer in die Hände drückte und ohne Unterlaß weinte.

Für meine Mutter und John gab es gar keine Gelegenheit mehr, mit Matthew zu sprechen. Als sie gerade in die Kutsche stiegen, um nach Chichester zu fahren und ihn zu besuchen, kam ein Bote mit einer Nachricht vom Herrenhaus in Havering.

Die Gefängnisleitung hatte Lord Havering informiert, daß sein Gefangener, Matthew Merry, am selben Morgen tot in seiner Zelle gefunden worden war. Er hatte sich mit seinem Gürtel erhängt. Als man ihm am Morgen Bettwäsche brachte, hatte man den Strick sofort durchgeschnitten, aber der Körper war bereits kalt geworden.

Eine schlimme Sache, schrieb Lord Havering in seiner aristokratischen, unleserlichen Kritzelschrift, *aber das erspart uns die Kosten für den Henker, denn der arme Tropf war zweifellos schuldig.*

John, meine Mutter und ich saßen still beisammen, und ich hatte ein Gefühl – es war mehr eine beängstigende und sehr deutliche Vorahnung –, daß alles in teuflischer Weise danebenging, daß uns alles unter den Händen zerrann, daß niemand mehr etwas halten und kontrollieren konnte.

»Heißt das, daß er schuldig war?« fragte Onkel John sich selbst leise, und dann flüsterte er »Nein«, ohne auf meine Antwort zu warten. »Dies sind schlechte Nachrichten für Acre«, fuhr er dann lauter und deutlicher fort. Aber ich konnte sehen, daß es ihn Anstrengung kostete, so ruhig zu sprechen. Ich selbst saß da und hielt meine gesunde Hand zu einer Faust zusammengeballt, um sie ruhig zu halten.

»Wie sollen wir es ihnen sagen?« fragte er.

Meine Mutter holte tief Luft. »*Ich* werde es ihnen sagen, wenn du willst«, meinte sie. »Ich wollte zu Clarys Beerdigung gehen. Ich könnte hinterher mit ihnen sprechen. Aber ich werde jetzt gleich ins Dorf gehen und es Mrs. Merry sagen.«

Onkel John nickte. »Ich komme mit dir«, sagte er.

So mußten sie – anstatt nach Chichester zu reisen, um zu sehen, ob der junge Matthew als unschuldig entlassen werden konnte – nach Acre fahren, seine Großmutter aufsuchen und ihr sagen, daß das einzige Kind, das ihr geblieben war, nicht mehr lebte. Von eigener Hand auf schändliche Weise getötet.

Das war das Ende der Maifeiern und das Ende aller Pläne, auf dem Rasen zu tanzen und zu feiern und fröhlich zu sein. Am nächsten Tag war jedermann wieder bei seiner Arbeit, und obwohl es sehr viel zu tun gab, obwohl die Lämmer heranwuchsen und die Kühe kalbten, hatten die Menschen in Acre nur wenig Freude daran.

Auch in Dower House war die Zeit der Freude vorbei. Onkel John war ruhig und nachdenklich geworden und verbrachte die nächsten drei Tage mit Lesen und Schreiben in der Bibliothek. Meine Mutter hielt wieder ihren Unterricht im Schulzimmer des Dorfes ab, aber mehr aus dem Gefühl der Verpflichtung als aus Begeisterung. Sie hatte, während wir in Bath waren, zeitweilig eine junge Frau aus Midhurst als Hilfslehrerin eingestellt, und sie überlegte gemeinsam mit John, der Frau ein Cottage in Acre zu geben und ihr die Arbeit in der Schule ganz zu überlassen. Es war eine vernünftige Entscheidung, aber sie gab uns allen das Gefühl, daß sich zwischen Acre und den Laceys nach und nach wieder eine tiefe Kluft öffnete.

Nur Richard war zufrieden. Er machte mit Prince kleine Botengänge für meine Mutter und John, und er schaute nach dem Vieh, den Kühen und den Schafen. Vorsichtig blieb er hinter den Zäunen stehen, so daß es nicht wieder zu einem Zwischenfall kam.

Und ich? Ich war halb wahnsinnig vor Angst. Ich wartete auf James. Als Clarys Beerdigung vorüber war, nahm ich Jimmy Dart am Tor der Kirche beiseite und bat ihn, James in den Bürogebäuden seines Vaters in London aufzusuchen. Ich hatte mir eine goldene Münze in den Handschuh gesteckt, und ich gab sie ihm als Fahrgeld für die Postkutsche.

»Sag ihm, er soll *nicht* nach Dower House kommen«, flüsterte ich. Richard half meiner Mutter in die Kutsche. Er hatte mir den Rücken zugewandt. »Sag ihm, ich möchte ihn privat sehen. Ich werde ihn in Midhurst, in dem Privatzimmer vom Gasthof Zum Adler, treffen. Sag ihm, ich werde am Dienstag, um zehn Uhr dort sein.«

»Gasthof Zum Adler, Dienstag, zehn Uhr«, wiederholte

Jimmy. »Ich werde Sie nicht enttäuschen, Miss Julia. Und Mr. James wird das auch nicht tun, darauf möchte ich wetten.«

Ich schaute ihn rasch an und blinzelte den Schleier meiner Tränen fort. »Meinst du wirklich, Jimmy?« fragte ich.

Jimmy sah erstaunt aus. »Aber natürlich, Miss Julia«, sagte er. »Das ist doch ganz klar!«

Ich schaute noch einmal zur Kutsche. Richard wartete auf mich und lächelte strahlend und verschwörerisch zu mir herüber. »Ich muß gehen«, sagte ich hastig. »Wirst du auch bestimmt die erste Kutsche nehmen?«

»Ich werde gegen Mittag in London sein«, versprach Jimmy. »Und ich werde ihn finden, wo auch immer er sein mag.«

Ich lächelte ihn an und wandte mich dann der Kutsche zu.

In den folgenden Tagen wartete ich. Ich wartete und machte mir Sorgen.

James hatte gedacht, seine eigene Unkeuschheit wäre ein Fehler gewesen. Ein Fehler, aber verzeihlich. Ich hoffte inständig, daß er mich genug liebte, um mir einen einzigen, schrecklichen Irrtum zu verzeihen, genau so, wie ich ihn genug geliebt hatte, um ihm zu verzeihen. Aber ich konnte nicht sicher sein. Dies war alles, was ich mir wünschte.

Ich war kein Engel! Den Gedanken, ihm überhaupt nichts von dem Vorfall zu sagen und ihn zu heiraten, als wäre ich eine jungfräuliche Braut, hatte ich ebenfalls erwogen, aber dann sofort wieder verworfen. Während jener Tage des Wartens wurde mir vollkommen klar, daß ich James nur unter einer Bedingung heiraten wollte: daß wir beide ganz und gar offen und ehrlich zueinander wären. Aber ich wußte nicht, wieweit ich mit meiner Offenheit gehen, was ich ihm erzählen konnte. Immer wieder pickte ich einzelne Aspekte heraus wie eine alte Frau, die Läuse aus einem alten Lumpen heraussammelt. Ich könnte ihm sagen, daß man mich gezwungen hatte. Aber ich mußte ihm auch sagen, daß ich auf dem Rücken gelegen und gelächelt hatte. Als ich mich daran erinnerte, fühlte ich ein Brennen in meiner Brust, so sehr schämte ich mich. Mir wurde immer deutlicher bewußt, daß ich ihm niemals *alles* erzählen könnte. Nicht ihm und auch niemand anderem. Ich könnte ihm erzählen, daß es eine Vergewaltigung gewesen war, aber er würde wissen wollen, ob ich den Verbrecher kannte. Wie hätte ich ihm sagen können, daß es Richard war? Was das anbetraf, war ich selbst in die Falle getappt, ganz so wie an jenem Nachmittag, als die Lüge von meinem Sturz vom Pferd plötzlich im Raum stand. Aber wenn ich ihm von der Vergewaltigung erzählen würde und ihm sagte, ich würde den Mann nicht kennen, dann müßte ich eine ganze Serie von Lügengeschichten darüber erfinden, wo und wann es geschehen war. Und warum ich meiner Mutter nichts davon gesagt hatte.

Es schien, als gäbe es immer nur noch mehr Probleme, bis ich in der Tretmühle der Gedanken wieder am Anfangspunkt angelangt war: Ich könnte ihm sicherlich sagen, daß ich gezwungen und vergewaltigt worden war.

In der Nacht von Montag auf Dienstag konnte ich nicht schlafen. Um Mitternacht wickelte ich mich in meine Wolldecke, setzte mich an meinen Platz am Fenster und beobachtete, wie der Mond über den wolkenlosen, silbrigen Himmel wanderte. Ich begann zu grübeln und endlos dieselben düsteren Gedanken zu denken, bis ich mich schließlich gegen die Fensterläden zurücklehnte und meine Augen vor dem harten, kalten Licht des Mondes und vor der Angst, James zu verlieren, verschloß. Ich kannte nicht die Worte, die ihn bewegen würden, mir zu vergeben. Er war der einzige Mann, den ich jemals geliebt hatte, den ich jemals lieben würde. Und schon jetzt wußte ich nicht, wie ich mir seine Liebe erhalten könnte.

Endlich schlief ich ein, den Kopf gegen die Scheibe gelehnt. Ich erwachte bei Morgengrauen, durchgefroren und steif vor Schmerzen. Ich konnte nicht wieder einschlafen. Im Dämmerlicht zog ich mein graues Reitkostüm an und wusch mein Gesicht mit dem kalten Wasser aus meinem Wasserkrug. Dann setzte ich mich wieder an meinen Platz am Fenster und hörte zu, wie die Vögel zu singen begannen.

Um sechs Uhr dachte ich, ich könnte jetzt hinunter in die Ställe gehen und Seenebel satteln. Ich wollte an diesem Morgen meiner Mutter und Onkel John aus dem Wege gehen. Vor allem sollte Richard mich nicht sehen. Ich hatte Angst, ihm zu begegnen, und ich sehnte mich nach James.

Ich wollte Seenebel allein mit einer Hand satteln. Aber als ich ihr eine Möhre aus meiner Tasche gab, wieherte sie vor Freude, und Jem kam in seiner schmutzigen Nachtwäsche aus den Ställen gelaufen.

»Sie können nicht einhändig reiten«, rief er entsetzt.

»Du weißt, daß Seenebel so sanft ist wie ein Lamm«, entgegnete ich. »Ich kann schon mit ihr fertig werden. Wenn du sie nur für mich satteln könntest, Jem.«

»Und wo wollen Sie hinreiten?« fragte er tadelnd.

Ich sah ihn unentschlossen an. Dann sagte ich mit zitternder Stimme die Wahrheit. »Ich muß James Fortescue treffen. Vielleicht müssen wir die Hochzeit absagen. Ich *muß* ihn heute morgen treffen, Jem. Bitte hilf mir.«

Sein braunes Gesicht bekam sofort einen ganz und gar weichen Ausdruck. »Ihren feinen jungen Verehrer, Miss Julia?« fragte er freundlich. »Natürlich werde ich Sie in der Kutsche dorthin fahren.«

»Nein«, sagte ich schnell. »Nein. Ich möchte nicht, daß meine Mutter oder Onkel John davon erfahren. Und Richard auch nicht. Niemand. Mach nur Seenebel für mich fertig und erzähl ihnen, daß ich früh ausreiten wollte und daß ich ganz gut mit ihr fertigwerden würde. *Bitte*, Jem.«

Er hielt inne. »Seien Sie aber vorsichtig«, sagte er. »Ich kann mir gar nicht vorstellen, warum Sie das letztemal gestürzt sind.«

»Ich bin bei einem Hindernis falsch angaloppiert«, log ich. »Sie hat mich nicht abgeworfen. Bitte leg ihr den Sattel auf, Jem. Ich habe solche Angst, daß ich zu spät komme.«

Er nahm den Sattel von der Stalltür und warf ihn ihr mit einem Schwung über den Rücken; dann streifte er ihr das Zaumzeug über. Er führte sie in den Stallhof und legte beide Hände um meine Taille, um mich hinaufzuheben.

»Jetzt ganz vorsichtig«, sagte er noch einmal. »Um welche Uhrzeit müssen Sie in Midhurst sein?«

»Um zehn«, sagte ich.

Jem sah mich ungläubig an. »Miss Julia, kommen Sie herunter und frühstücken Sie erst einmal. Sie brauchen erst in drei Stunden loszureiten!«

Ich lächelte wehmütig. Ich denke, dies war das erste Mal in der ganzen Woche nach dem Maimorgen, daß ich lächelte. »Ich kann nicht essen!« sagte ich. »Und ich konnte auch nicht schlafen. Ich will eine Weile lang übers Gemeindeland traben und dann erst hinunter nach Midhurst reiten.«

Jem lächelte mich an. »Dann viel Glück, Miss Julia. Ein Mann wäre wirklich ein Dummkopf, wenn er ein junges Mädchen wie Sie aufgeben würde, und Ihr Mr. Fortescue weiß das genau. Viel Glück. Ich werde den Herrschaften sagen, daß Sie ausreiten und erst am Mittag zurück sind.«

Ich nahm die Zügel in meine gesunde Hand, und Seenebel trippelte mit zierlichen Schritten aus dem Stallhof hinaus, laut klappernd auf den Pflastersteinen, aber gedämpft auf dem Gras vor den Schlafzimmerfenstern. Dann trabte ich mit ihr die Auffahrt hinauf und wandte mich nach rechts zum Gemeindeland, um mir die Stunden, bevor ich den Weg nach Midhurst einschlug, mit Reiten zu vertreiben.

Es war immer noch zu früh, obwohl ich einen großen Umweg über Ambersham geritten war. Ich kam immer noch um eine halbe Stunde zu früh. Aber ich war jetzt sehr durstig, und so übergab ich Seenebel dem Stallknecht und ging durch die Stalltür hinein ins Haus.

Man kannte uns in Midhurst und begrüßte mich mit meinem Namen. Ich sagte, ich wollte einen Freund aus London treffen und würde in dem privaten Gastzimmer eine Tasse Kaffee trinken, während ich wartete. Der Gastwirt führte mich hinein und zündete das Kaminfeuer an, obwohl das Zimmer schon sehr warm war. Ich setzte mich ans Fenster und trank mit kleinen Schlucken aus meiner Tasse.

Es war ein hübsches, kleines Zimmer mit einem Fenster auf einen kleinen Garten hinaus, in dem dicht an dicht die Maiblumen blühten. Ich wäre viel lieber in der Sattelkammer gewesen. Von dort aus konnte man den Stallhof überblicken. Obwohl ich James noch nicht kommen gesehen hatte, wußte ich, daß er bald hier sein würde. Ich wartete.

Die Uhr auf dem Kaminsims tickte. Sie schien mir sehr langsam zu gehen. Ich verglich sie mit meiner eigenen kleinen Uhr, die John mir gekauft hatte, eine winzige Kopie seiner eigenen Taschenuhr. Die Uhr ging ein paar Minuten nach. Ich legte einen Finger unter den Minutenzeiger und schob ihn ein wenig nach oben. Dann kam ich auf den Gedanken, die Zeit um eine halbe Stunde vorzustellen, damit ich so tun könnte, als wäre ich James böse, weil er zu spät kam. Plötzlich packte mich heftige Angst, und ich erinnerte mich daran, daß uns beiden vielleicht gar nicht nach Scherzen zumute sein könnte. Ich ging zu meinem Stuhl zurück, setzte mich hin und wartete.

Ich hörte das Poltern eines Wagens im Stallhof; die Zehn-Uhr-Kutsche von Chichester war angekommen. Ich wußte sofort, daß James es nicht sein konnte. Der Lärm der Postkutsche, deren Passagiere nach Getränken und Proviant brüllten, war unverwechselbar. Ich verglich die Uhr mit meiner Taschenuhr. Die Postkutsche war ein wenig früh gekommen, denn es war noch nicht einmal zehn Uhr. James könnte in den nächsten drei oder vier Minuten ankommen – er wäre dann immer noch pünktlich.

Ich wünschte mir, ich hätte ein Buch oder irgend etwas anderes mitgebracht, was mich von den langsamen Bewegungen der Uhrzeiger hätte ablenken können. Es schien, als würde das Ticken der Uhr meine Gedanken in kleine Bruchstücke zerschneiden. Tick ... Ich werde ihm sagen, daß ich entehrt bin. Tock ... Ich werde ihm sagen, daß ich es nicht wollte. Tick ...

Ich werde mich weigern, den Mann beim Namen zu nennen. Tock ... Das wird ihn sehr wütend machen. Tick ... Wenn er wütend ist, dann glaubt er vielleicht nicht, daß ich es nicht wollte. Tock ... Ich habe nicht heftig genug Widerstand geleistet, jedenfalls nicht zu Anfang. Tick ... Nein! Ich habe Widerstand geleistet, sobald ich wußte, daß es Richard war. Tock ... Ich muß daran denken, daß ich Richards Namen nicht nenne. Tick. ... Was auch immer geschehen mag, ich darf Richards Namen nicht nennen.

Ich hörte Schritte vor der Tür und sprang hoch. Mein Gesicht wurde vor Freude ganz heiß. Es war Mr. Jeffries, der Gastwirt. Nicht James. Es war gar nicht James.

»Ich komme wegen des Tabletts, Miss Lacey«, sagte er. »Ihr Freund scheint zu spät zu kommen, nicht wahr?«

Ich stotterte eine Antwort.

»Auf jeden Fall ziemlich spät«, sagte Mr. Jeffries fröhlich. »Ich nehme an, es tut Ihnen leid, daß Sie an einem Tag wie diesem so lange drinnen sitzen müssen. Auf Wideacre wird, wie ich höre, in diesen Wochen viel gearbeitet.«

»Ja«, sagte ich. »Mr. Jeffries, würden Sie mir bitte noch eine Kanne Kaffee bringen? Und diesmal zwei Tassen. Mein Freund wird bestimmt jeden Moment hier sein.«

Ich wartete auf den Kaffee. Ich wartete auf James. Draußen vor dem Fenster klopfte eine Kletterpflanze so sanft an die Scheibe wie ein Kätzchen, das mit der Pfote gegen ein Wollknäuel tappt, aber in der Stille konnte ich es deutlich hören. Der Sonnenschein fiel ins Zimmer, und kleine Staubkörnchen tanzten im Lichtstrahl. Der Teppich war um das Fenster herum sehr hell geworden, dort, wo viele, viele Sommer lang die Sonne hereingeschienen hatte. Auf einer Strecke zwischen der Tür und dem Tisch war er gänzlich abgewetzt, wo der Gastwirt und die junge Serviererin hin und her gelaufen waren. Ich hatte das Gefühl, ich sei schon mein ganzes Leben lang in dem kleinen Zimmer gewesen und müßte nun für alle Zeiten dort bleiben.

Die Uhr auf dem Kaminsims schlug eine Viertelstunde. James kam wirklich zu spät.

In unserer gemeinsamen Zeit in Bath war er niemals zu einem Treffen zu spät gekommen. Wo auch immer wir uns treffen wollten: Er wartete schon auf mich. Einmal hatte er mir erzählt, daß er oftmals bis zu einer Stunde lang auf mich gewartet hatte. Vielleicht, so meinte ich, waren heute die Straßen schlechter gewesen, als er gedacht hatte. Oder vielleicht war ein Pferd lahm geworden. Aber plötzlich hörte ich die Tür vom Stallhof zuschlagen, und mein Herz schlug vor Freude schneller. Im Flur waren Schritte zu hören; ich schwankte und ging zum Tisch.

Die Schritte wurden wieder leiser. Es war nicht James.

Der Kaffee kam, und ich saß neben der langsam abkühlenden Kanne und beobachtete auf dem Rasenfleckchen eine Drossel, die hin und her rannte, plötzlich mit hochgeworfenem Kopf ganz starr dastand und auf Geräusche lauschte, die niemand außer ihr selbst hören konnte.

Der Glockenschlag, der die halbe Stunde anzeigte, erschien mir sehr laut. Der Kaffee war lauwarm. Ich trank eine Tasse. Ich würde eine neue Kanne Kaffee bestellen, wenn James käme. Wenn er denn käme.

Ich wußte, daß er kommen würde. Ich wußte: Es war unmöglich, daß er nicht käme, so wie ich in meinem tiefsten Herzen wußte, daß er mir vergeben würde, wenn ich ihm ganz offen und aufrichtig sagte, was mir widerfahren war. Ich vertraute ihm. Ich vertraute meiner Liebe zu ihm und seiner Liebe zu mir.

Die Uhr tickte. Die Drossel machte einen Satz nach vorn, zerrte einen Wurm aus der Erde und trug ihn triumphierend in ihrem Schnabel davon.

Die Uhr schlug eine Dreiviertelstunde. Ich schloß mit mir selbst eine Wette ab, daß er in fünf Minuten bei mir sein würde. Aber um zehn Minuten vor elf war er immer noch nicht gekommen. Ich wettete mit mir selbst um einhundert Guineas, daß er um fünf Minuten vor elf völlig staubig ins Zimmer stürzen würde und eine triftige Entschuldigung parat hätte. Aber er kam nicht.

Die Uhr schlug die volle Stunde, mißtönend, monoton und laut. Mr. Jeffries steckte seinen Kopf zur Tür herein.

»Dort ist ein Herr ...« begann er.

»James!« sagte ich mit Entschiedenheit und stand auf.

»Er sagt, die Straße von London sei frei und er sei auf den letzten zwanzig Meilen an keiner Kutsche vorbeigekommen. Vielleicht kommt Ihr Freund dann doch nicht, Miss Lacey.«

»Ich warte noch eine halbe Stunde«, sagte ich. Ich fühlte, wie das Blut aus meinem Kopf strömte, und fürchtete, in Ohnmacht zu fallen. Ich setzte mich wieder auf den Stuhl und lehnte mein Gesicht gegen die Fensterscheibe. Das Glas war kalt. Irgend jemand hatte versucht, mit einem Diamanten in eine der Scheiben seinen Namen einzuritzen. Es sah aus wie Stephen und irgendein Nachname und das Datum des letzten Jahres.

Es war zwanzig nach elf.

Um halb zwölf kam Mr. Jeffries und fragte mich, ob ich nicht eine Nachricht für meinen Freund dalassen wollte; das würde mir das lästige Warten ersparen. Ich sagte, ich würde bis zwölf Uhr warten.

Die Uhr tickte. Die Drossel war zurückgekommen.

Ich sagte mir, es wäre nicht möglich, daß James ganz einfach nicht käme. Er würde niemals so einfach eine Verabredung nicht einhalten. Ich hatte ihn gebeten, mich hier zu treffen, und er war einverstanden gewesen. Er mußte irgendwo auf der Straße einen Unfall gehabt haben, und anstatt hier zu sitzen und zu zweifeln, ob er käme, sollte ich lieber Leute aussenden, die ihn suchen und ihn sicher nach Wideacre heimbringen würden. Aber in meinem Herzen wußte ich, daß er keinen Unfall gehabt hatte. Aus irgendeinem Grunde kam er nicht.

Um halb eins war ich mir ganz sicher. Selbst dann hätte ich seine Kutsche noch voller Freude, nicht voller Verwunderung heranrollen sehen. Aber um halb eins, zweieinhalb Stunden nach unserer Verabredung, sagte ich mir, daß er wohl nicht käme und daß ich genausogut heimgehen könnte.

Müde und steif wie eine alte Frau erhob ich mich von meinem Fensterplatz. Er kam nicht. Er hatte gewußt, daß ich auf ihn wartete, und er war nicht gekommen. Was ich ihm sagen wollte, konnte erst später gesagt werden. Er kam heute nicht, obwohl ich ihn gebeten hatte, zu kommen und mich zu treffen.

Mein Arm schmerzte, und ich wußte nicht, ob ich es schaffen würde, mit Seenebel heimzureiten. Ich war so müde, als wäre ich den ganzen Tag lang über die Hügel galoppiert. Seenebel wäre sicher durch das Ausruhen im Stall unruhig und voller Energie, und ich würde Schwierigkeiten haben, sie nur mit einer Hand zu besteigen.

Ich steckte mir meinen Hut fest und ging in den Stallhof hinaus.

Dort war Richard.

Er saß in Onkel Johns Einspänner, vor den das kräftigste und ruhigste Zugpferd gespannt worden war; Seenebel hatte er mit einer Leine hinten angebunden. Er saß entspannt auf dem Fahrersitz und hatte seine eleganten Stiefel vor sich auf dem Schutzbrett gekreuzt. Der Rauch aus seiner Zigarre kräuselte sich in der stillen Luft über seinem Kopf. Als er hörte, daß sich die Tür hinter mir schloß, wandte er sich um, stieg von der Kutsche herunter und kam auf mich zu. Er nahm langsam seinen Dreispitz ab und lächelte sein geheimnisvolles, verschwörerisches Lächeln.

»Wie lange du hier warst, mein Liebes«, sagte er freundlich. »Da ich selbst einige geschäftliche Dinge im Gasthaus zu erledigen hatte, dachte ich, ich würde auf dich warten. Deine Mutter hat sich Sorgen gemacht. Sie wird froh sein, daß wir uns getroffen haben und daß ich dich in der Kutsche heimbringen kann. Was sollen wir ihr erzählen, wo wir uns getroffen haben?«

Er umfaßte meine Taille und hob mich, bevor ich irgend etwas sagen konnte, auf den Einspänner hinauf. Dann ließ er die Zügel auf den Rücken des Pferdes niederklatschen, warf dem Stallknecht eine Münze zu und lenkte uns aus dem Hof hinaus.

Einen Augenblick lang sagte ich kein Wort. Richard dort getroffen zu haben war ein Schock. Aber dann fand ich meine Stimme wieder. »Was hattest du hier zu tun?« fragte ich.

»Geschäftliches«, sagte Richard, als sei es normal, daß er im Gasthaus von Midhurst seinen Geschäften nachging. »Ich mußte einen Mann treffen.« Er kicherte leise. »Ich mußte einem Herrn einige Briefe übergeben«, sagte er, »deshalb dachte ich, ich könnte ebensogut auf dich warten und dich nach Hause fahren. Ich dachte, du wärest vielleicht müde, denn du bist ja sehr früh aufgestanden, und deine Hand ist immer noch nicht geheilt.«

»Ja«, sagte ich. Ich war wirklich sehr müde. Ich war so müde und enttäuscht, daß ich hätte weinen können. Die ganze Nacht, die ganze Woche lang hatte ich mich darauf vorbereitet, James zu bitten und zu beschwören, daß er mich trotz allem lieben möge, und ich hatte versucht, mich auch darauf einzustellen, daß meine Bitte abgelehnt würde. Aber nichts hätte schlimmer sein können, als ihn überhaupt nicht zu sehen.

Richard warf mir von der Seite her einen Blick zu, der so warm, so voller Mitgefühl war, als kenne er meine Verzweiflung und als bereite sie ihm Sorgen. »Warum nimmst du nicht deinen Hut ab und läßt dir den Wind ins Gesicht wehen?« schlug er liebevoll vor. »Du siehst so blaß aus, kleine Julia.«

Ich tat, was er mir vorgeschlagen hatte, und hielt den Hut in meinem Schoß, während wir den kleinen Hügel hinter Midhurst hinauffuhren. Seenebel scheute vor einem herumflatternden Stück Papier, und ihre Hufe klapperten auf den Steinen.

»Am besten ruhst du dich aus, wenn du heimkommst«,

sagte Richard mit süßer Stimme. »Du hast Schatten unter den Augen, mein Liebes. Du siehst erschöpft aus.«

Ich legte meinen Kopf in den Nacken, so daß die Sonne auf mein Gesicht fiel und rosarote Muster auf meine Augenlider zeichnete. »Ich bin müde, denn ich konnte in der letzten Nacht nicht schlafen«, sagte ich.

»Du hättest mich wecken sollen«, entgegnete er, und es klang, als sei dies die vernünftigste Sache der Welt. »Du weißt doch: Ich möchte nicht, daß du ganz allein wach bist. Es ist schrecklich, wenn man als einziger im Haus nicht schlafen kann, nicht wahr? Arme Julia. Hast du dich sehr einsam gefühlt?«

Ich antwortete ihm nicht. Ich schaute auf mein Handgelenk hinab, auf Onkel Johns sorgfältig gewickelte Bandage und auf den blauen Bluterguß, der über dem Verband sichtbar war. Ich dachte darüber nach, was für ein Mann Richard jetzt war und was für ein Spielkamerad er früher gewesen war. Ich wunderte mich über die warme, freundliche Stimme, die ich jetzt hörte, und dachte an die wahnsinnige Szene im Sommerhaus. Ich hatte nur einen Wunsch: mich zu retten, in Sicherheit zu sein vor seiner Wut und vor seinem Haß. Niemand konnte mich vor Richard schützen, nicht meine Mutter, nicht Onkel John und nicht einmal Ralph. Und jetzt war auch James nicht mehr erreichbar. Ich hatte Richard in meiner ganzen Kindheit und Mädchenzeit geliebt und gefürchtet. Jetzt, wo James nicht mehr erreichbar war, erschien mir alles in einem anderen Licht: die kurze Zeit, in der ich kaum an Richard gedacht hatte, kam mir vor wie ein Abirren von meinen eigentlichen Gefühlen – meiner unterwürfigen, feigen, angsterfüllten Zuneigung.

»Du hättest mir nicht wehtun sollen«, jammerte ich.

Das war der einzige Satz des Protests, den ich jemals verlauten ließ.

Richard lachte nur leise und erwiderte nichts.

Als ich zurückkam, wurde ich sofort zu Bett gebracht.

Meine Mutter stieß erschrocken einen Schrei aus, als sie sah, wie blaß ich war. Sie wollte wissen, was mich bewogen hatte, viele Stunden lang auszureiten, und das nur wenige Tage nach einem so schlimmen Sturz. Ich blieb am Nachmittag im Bett, aber nach dem Abendessen ging ich ein wenig im Vorgarten spazieren, um mir die Blumen anzuschauen. Die Primeln waren so glänzend gelb wie kleine Butterflöckchen, die jemand an den Wegrand geschüttet hat, und die Stiefmütterchen schimmerten so dunkel wie Samt. Ich hörte das Getrappel von Hufen, aber jetzt lief ich nicht zum Tor, um James zu begrüßen. Ich wußte: James würde niemals mehr kommen. Es war Ralph. Er brachte sein Pferd an der Gartenmauer zum Stehen, und ich ging den Pfad entlang auf ihn zu. Er berührte zum Gruß seinen Hut, aber er lächelte nicht. »Ich bin gekommen, Ihnen zu sagen, daß ich Anweisungen gegeben habe, Matthew Merrys Leiche aus dem Gefängnis von Chichester heimzubringen, damit sie hier begraben wird. Sie haben den Toten jetzt endlich freigegeben.«

Ich nickte genauso förmlich wie er. »Kann man ihn auf dem Kirchhof begraben?« fragte ich.

»Nein, er hat sich selbst umgebracht«, antwortete Ralph. »Er muß im Garten von Miss Beatrice begraben werden.«

»Was meinen Sie damit?« fragte ich rasch. Die grasbewachsene Ecke am Tor zur Kirche wurde »der Garten von Miss Beatrice« genannt, aber niemand hatte mir jemals erzählt, warum von den großen Ländereien, die meine Tante für sich beansprucht hatte, nur jenes Gärtchen nach ihr benannt worden war.

»Es ist das Fleckchen Erde, das dem Friedhof am nächsten ist, auf der anderen Seite der Kirchenmauer«, sagte Ralph. »Als Miss Beatrice hier herrschte, gab es zwei Selbstmörder. Sie sind beide in ungeweihtem Boden begraben worden, aber so nahe wie möglich an der Kirche. Sie nannten dies Fleckchen Erde zu Ehren der letzten Gutsherrin der Laceys, die dem Dorf den Tod gebracht hat, den ›Garten von Miss Beatrice‹. Jetzt kommt noch ein Grab dorthin. Dies ist eine neue Lacey-Generation, aber Acre muß noch immer für die Laceys sterben.«

Ich holte tief Luft. Die Tränen, die jetzt fast immer in meinen Augen glänzten, drohten herauszufließen. Ich schaute zu Ralph hinauf. Er saß hoch oben auf seinem schwarzen Pferd wie ein unerbittlicher Richter, aber ich sah noch etwas anderes als Zorn in seinem Gesicht. Ich sah die nackte Verzweiflung.

»Es tut mir leid«, sagte ich schwach. Ich fühlte, wie sich meine Augen mit Tränen füllten, und ich fürchtete, daß sie mir gleich die Wangen hinunterrollen würden.

»Kommen Sie raus aufs Land, Julia«, drängte mich Ralph. »Es läuft im Moment nicht gut, aber Sie könnten die Entwicklung sogar jetzt noch aufhalten, wenn Sie mit Ihren prophetischen Träumen und Ihren Fähigkeiten zu uns aufs Land hinauskämen. Ich kann Acre zusammenhalten, aber ich kann den Menschen nicht zumuten, diese ganze Mühe des Teilens mit den Adligen auf sich zu nehmen, wenn Sie und Ihre Familie in Ihrem großen Haus bleiben und so tun, als sei das Dorf für Sie nicht gut genug.«

»Das ist es nicht«, sagte ich sofort.

»Was ist es dann?« fragte er. »Warum sind Sie in letzter Zeit so wenig in Acre gewesen? Warum macht Richard jetzt all die Arbeit, die Sie sonst gemacht haben? Wir würden lieber mit Ihnen zusammenarbeiten. Niemand von uns mag Richard, und jedermann gibt ihm die Schuld für das, was mit Matthew geschehen ist. Ted Tyacke will nicht einmal mehr mit ihm sprechen.«

»Es war nicht seine Schuld, daß Matthew gestorben ist«, sagte ich.

»Matthew ist von eigener Hand gestorben, ich weiß«, sagte Ralph mit ruhiger Stimme, »aber niemand im Dorf glaubt, daß er Clary getötet habe. Es gibt zwei Mordfälle in Acre. Der Mörder ist nicht gefaßt worden, und alle meinen, Sie könnten sagen, wer der Mörder ist.« Ralph schaute mir aufmerksam und sehr finster ins Gesicht. »Sie schwören alle, Sie mit Ihrer Hellsehergabe könnten ihn überführen.«

»Ich kann es nicht«, sagte ich rasch. Ich fühlte, daß mein Herz vor Angst laut und unruhig klopfte.

»Alle sind überzeugt, Sie könnten Clarys Mörder sehen«, sagte Ralph. »Sie sind eine Lacey, Sie haben die Fähigkeiten der Laceys und Sie waren Clarys beste Freundin. Sie sagen alle, Sie könnten ihn sehen, wenn Sie nur wollten. Dann könnten wir ihn gefangennehmen und hängen lassen, und Clary und Matthew wären gerächt und könnten ruhig in ihren Gräbern schlafen. Und Sie, Sie würden dem Dorf zurückgeschenkt werden.«

»Ich kann es nicht, Ralph«, jammerte ich. »Ich hatte einen Traum, in dem ich spürte, daß er mir nahe kam, aber ich wagte es nicht, ihm ins Gesicht zu sehen.«

Ralphs Pferd tänzelte ungeduldig hin und her, und er nahm die Zügel fester in die Hand. »Zum Teufel noch mal, Julia«, sagte er mit rauher Stimme. »Die Frage ist nicht, was Sie möchten. Ihre ganze Arbeit hier war erfolglos, und Sie müssen retten, was zu retten ist. Nehmen Sie Ihre Träume an, nehmen Sie all den Mut zusammen, den Sie von Beatrice geerbt haben. Schauen Sie dem Tod ins Gesicht und kommen Sie zurück und nennen Sie mir seinen Namen – den Rest werde ich dann erledigen. Dann werden Sie wirklich ein Squire sein. Dann kann Acre wachsen und wieder Vertrauen fassen.«

»Ich *kann* es nicht«, sagte ich mit schwankender Stimme. »Ich habe es Ihnen schon gesagt. Ich kann es nicht tun! Vielleicht sagen sie, daß ich es könnte, aber sie haben unrecht. Ich kann es nicht tun, Ralph. Sie sollten es nicht von mir verlangen.«

»Dann sind Sie ein Feigling und eine Verräterin dazu«, schnauzte er mich an, »und ich schäme mich für Sie.«

Sein Pferd stieg auf die Hinterbeine, als er es herumriß. Er zog die Zügel so fest an, daß das Maul des Tieres aufklappte. Dann ließ er die Peitsche niedersausen, und sein Pferd machte einen Satz vorwärts und warf den Kopf in die Luft. Nach ein paar Galoppsprüngen wich es in plötzlichem Schrecken zur Seite aus. Ein paar Blütenblätter waren von der Gartenmauer heruntergeweht worden. Ralph brachte das Pferd ruckartig zum Stehen und schaute zu mir zurück, wie ich dort allein in meinem hübschen Garten stand.

»Ihr habt schlechtes Blut, ihr Laceys!« schrie er. Und zusammen mit dem Zorn in seiner Stimme hörte ich die bittere Verzweiflung darüber, daß er uns vertraut hatte und aufs neue betrogen worden war und daß Clary und der junge Matthew aufgrund seines Vertrauens hatten sterben müssen. »Ihr habt schlechtes Blut, auf dem ein Fluch lastet, und ich hasse eure ganze Sippschaft!« schrie er so wütend wie ein zorniger junger Mann. Dann war er zwischen den Bäumen verschwunden.

Ich starrte auf den Pfad, als wäre er noch immer dort. Ich blieb stehen, ohne eine einzige Bewegung zu machen. Mein Herzschlag dröhnte in meinen Ohren, und ich war unter meinem Nachthemd feucht von Schweiß. Ich wußte, daß alles falsch gelaufen war. Es war meine Schuld. Immer wieder kamen dieselben Worte über meine Lippen: »Es tut mir so leid. Es tut mir so schrecklich leid.«

Sie beerdigten Matthew am nächsten Tag. Mir schien, als würde Mrs. Merry um Jahre altern, als sie die Erde auf dem kleinen Grab festtrampelten. Kein Stein durfte Matthews Grab schmücken, aber der Schreiner zimmerte eine kleine Tafel, auf der sein Name, sein Alter und das Todesdatum verzeichnet wurden.

Die hölzerne Tafel war hell; sie würde im Laufe der Jahre vermodern. Der kleine Erdhügel sah nackt und kahl aus. Vielleicht würden sie später Blumen darauf pflanzen, oder er würde einfach mit Unkraut und Gras überwuchert werden, genau, wie es die beiden benachbarten Gräber schon waren.

Die drei kleinen Hügel erschienen mir, als ich aus der Kutsche ausstieg, wie drei stumme Kläger. Sie waren stille Zeugen der Macht der Laceys. Wir gingen durch das Tor, und ich schaute zurück auf das frische Grab. Ich sah zwei tiefe Spuren, wo Mrs. Merry auf der Erde gekniet und sie mit ihren Knien festgedrückt hatte. Und plötzlich wußte ich: Selbst wenn ich viel Geld dabei verlöre – es wäre besser für alle, wenn ich Wideacre nicht besäße. Ralph hatte recht gehabt. Der Landbesitz durfte weder den Laceys noch einer anderen Familie anvertraut werden, weil ein Squire auf Wideacre so viele Fehler machen und so viel Unglück bringen konnte.

Onkel John blickte finster drein, als wir die Kirche betraten. Ich sah kein einziges Lächeln. Die Bank, in der Clary immer gesessen hatte, blieb leer. Keines der Dench-Kinder war an diesem Sonntag zur Predigt gekommen. Ich fühlte Tränen in den Augen, als ich die hölzerne Bank sah, und ich schaute zu Richard, um mir ein wenig Trost zu holen.

Er lächelte.

Er mußte an etwas anderes gedacht haben. Er mußte in Gedanken viele Meilen entfernt gewesen sein. Denn während wir den Kirchengang entlangschritten, zwischen den Dorfbewohnern hindurch, die um ein ermordetes junges Mädchen und einen erhängten jungen Mann trauerten, tanzten Richards blaue Augen boshaft hin und her, und sein Gesicht strahlte in stillem Vergnügen.

Ich legte meine Hand auf seinen Arm und drückte ihn sanft.

»Richard«, sagte ich leise, »woran denkst du?«

Er schaute zu mir herab, und plötzlich war die Freude in seinem Gesicht wie fortgewischt. »Du hast ganz recht«, sagte er. »Vielen Dank, daß du mich daran erinnerst.« Und im selben Moment sah er ernst und feierlich und traurig aus. Er trat einen Schritt zurück, damit ich vor ihm in die Kirchenbank gehen konnte. Ich fühlte Ralph Megsons steinernen Blick auf mir, und es schien mir, als wäre ich ebenso wie Richard eine Heuchlerin, als hätte auch ich gelacht und dann plötzlich eine Maske des Ernstes aufgesetzt.

Wir blieben diesmal nicht stehen, um nach der Kirche ein

wenig zu plaudern, und als wir zur Kutsche zurückgingen, hielt niemand Onkel John oder mich mit freundlicher Hand fest. In den letzten Monaten hatte mich häufig ein Dorfbewohner oder ein Pächter oder ein Arbeiter angehalten, um mich etwas zu fragen oder um über eines der hundert kleinen Probleme zu reden, die die Arbeit auf den Feldern mit sich brachte. Heute kam niemand.

Wir gingen an den Pächtern und den Arbeitern vorbei, ohne daß ein Wort gesprochen wurde, und ich sah, daß meine Mutter ihren Kopf gesenkt hielt.

Onkel John sah todmüde aus. Nur Richard trug den Kopf hoch erhoben, und sein Gesicht war entspannt. Seine Augen waren so klar und rein wie sein Gewissen, und man konnte erahnen, daß in seinem Gesicht bald wieder ein fröhliches Lächeln leuchten würde.

Meine Mutter erschauderte, als wir in die Kutsche einstiegen, und sie streichelte den samtenen Aufschlag ihrer Jacke, um sich zu beruhigen. »Das war entsetzlich«, sagte sie leise zu John. »Es war wie in den alten Tagen. John, wenn dieser Plan in Acre keine Früchte trägt, dann sorg doch bitte dafür, daß wir die Gegend sofort verlassen können. Ich habe mein halbes Leben auf dem Land verbracht und versucht, die Dinge in Ordnung zu bringen, und es scheint, als erlebte ich einen Fehlschlag nach dem anderen. Wenn die Menschen in Acre weiterhin unglücklich sind, sorge bitte dafür, daß wir den Besitz verkaufen und fortgehen können.«

Onkel Johns Gesicht sah hager aus. »Celia, nach all den Plänen ...«, sagte er voller Verzweiflung. Die Kutsche fuhr davon. Niemand winkte uns vom Kirchplatz aus zu. »Ich kann nicht glauben, daß es hoffnungslos sein soll«, sagte er. »Diese düstere Stimmung ist jetzt sicher ganz natürlich, aber es ist nicht so, wie es bei Beatrice war. Matthew Merry ist auf schreckliche Weise ums Leben gekommen, aber es sind nicht die Laceys, die daran Schuld haben. Du und ich, wir sehen immer gleich Gespenster, Celia. Nachdem wir das Dorf einmal in seiner Verzweiflung gesehen haben, sind wir jetzt nur allzu schnell bereit zu denken, daß alles wieder fehlgeschlagen ist. Ich bin sicher, die Kinder sind da optimistischer.«

Meine Mutter und Onkel John schauten Richard und mich in der Hoffnung an, wir könnten irgendeine Antwort für sie finden.

Richards Lächeln war sonnig und zuversichtlich.

»Natürlich«, sagte er mit süßer Stimme. »Acre ist in schlechter Stimmung, weil das Maifest ins Wasser gefallen ist und weil sie in Trauer sind. Aber das ist kein Grund, uns selbst an allem die Schuld zu geben. Wenn Clary Dench ihren Liebsten ärgert und er sie erwürgt und sich dann hinterher erhängt, so ist das natürlich schon eine schlimme Geschichte, aber sie hat gewiß nichts mit uns zu tun.« Er lächelte meine Mutter an. »Tante Celia«, sagte er einschmeichelnd. »Ich weiß, was nicht in Ordnung ist. Du bist tagelang nicht in Chichester gewesen, um ordentlich Geld auszugeben!«

Meine Mutter lächelte, aber ich konnte sehen, wie sehr es sie anstrengte.

»Und was denkst du, Julia?« fragte Onkel John.

Ich schwieg einen Moment lang. Das Klappern der Pferdehufe auf dem Weg und das Quietschen der Kutschenräder auf dem klebrigen Schlammboden füllten das Schweigen. »Ich bin derselben Meinung wie Richard«, sagte ich leise. Ich wollte Onkel John nicht erzählen, daß Ralph mich gebeten hatte, meine Hellsehergabe für Acre zu nutzen. Ich wollte Onkel John nicht sagen, daß Ralph mich und alle Laceys verflucht hatte, und auch nicht, daß Ralph mich der Feigheit beschuldigt und behauptet hatte, die düstere Stimmung in Acre sei meine Schuld. Ich wußte, ich hatte die Menschen in Acre enttäuscht, weil ich vor meinen Visionen die Augen verschlossen hatte.

»Ich bin derselben Meinung wie Richard«, sagte ich noch einmal.

Unter dem Schutz meines Umhangs und meines Muffs

schob Richard seine Hand zu mir herüber und streichelte meinen Handrücken mit den Spitzen seiner warmen Finger. Ich warf ihm einen Blick von der Seite her zu, und er lächelte freundlich zu mir herab. Kaum wahrnehmbar lehnte er sich zu mir herüber, so daß unsere Schultern sich berührten. Als die Kutsche unter den knospenden Zweigen nach Wideacre hinauffuhr und die Vögel überall ihr Lied sangen, da wußte ich: Richard war jetzt der einzige Mensch, dem ich etwas Liebes tun konnte, und nur Richard und ich kannten die Wahrheit. Wir waren Verbündete. Wieder einmal hatten wir uns in der Lüge miteinander verbündet.

23

Ich hatte damit gerechnet, daß Richard im Monat Mai auf Wideacre bleiben würde. Aber er erhielt einen Brief von seinem Professor, in dem stand, ein Griechischlehrer sei bereit, ihm einige Extrastunden zu geben, bevor das Sommersemester begann. Er lächelte meine Mutter beim Frühstück wehmütig an und sagte: »Mama-Tante, es scheint, daß ich dich bald verlassen und nach Oxford gehen muß. Es ist ein harter Weg, den mein Vater für mich vorgesehen hat.«

»Es tut mir wirklich sehr leid«, sagte Onkel John mit einem ironischen Lächeln. »Aber denk an die charakterliche Schulung, die du dadurch erhalten wirst, Richard! Ich bin sicher, daß es dir nur gut tut.«

»Ich hätte ganz gern einen schwachen Charakter, wenn ich dafür den Rest meiner Ferien auf Wideacre verleben könnte«, entgegnete Richard. »Aber mein Professor hat recht. Mein Griechisch ist so schlecht, daß es mir schon peinlich ist, und es hat mir im letzten Semester keinen Spaß gemacht, vor den anderen als Dummkopf dazustehen. Ich nehme an, ich muß tun, was mir befohlen wird, und vorzeitig zurückkehren.«

Ich blieb sehr ruhig, aber als meine Mutter und Onkel John den Frühstückstisch verlassen hatten, sagte ich leise: »Oh, Richard, ich wünschte, du müßtest nicht gehen!«

Er lächelte mich an. »Ich werde bald zurück sein. Das ist ein kurzes Semester, nur ein paar Monate, obwohl sie mich vielleicht bitten werden, auch noch am Ende des Semesters Extraunterricht zu nehmen! Ich werde hoffentlich zur Erntezeit zurück sein, und dann kann ich dir helfen.«

»Es ist nicht die Arbeit«, sagte ich. »Ich meine eigentlich alles, so wie es jetzt gekommen ist.« Ich konnte mich nicht dazu bringen, Clarys Namen auszusprechen, aber sie war es, an die ich dachte. Ich wußte nicht, wie ich es jemals schaffen sollte, ohne sie auf Wideacre zu leben. Ich hatte das Gefühl, sie schon mein ganzes Leben lang gekannt zu haben, so als *wäre* sie Acre, als hätte ich durch ihren Tod meine besondere Verbindung zu diesem Dorf verloren, meinen besonderen Platz an diesem Ort.

Richard lehnte sich in seinem Stuhl zurück und faltete seinen Brief langsam zusammen. »Leider kann ich nicht bleiben«, sagte er unverbindlich. »Mein Professor besteht darauf, daß ich nach Oxford komme, Julia. Aber wenn die Dorfbewohner mißmutig sind und wenn dein Busenfreund Ralph Megson dir nicht helfen kann, dann solltest du dich an meinen Vater wenden. Ohne etwas Disziplin wird sich auf den Ländereien wohl kaum etwas zum Guten entwickeln.«

»Nein«, sagte ich schnell. »Das ist es nicht, Richard. Es ist die Art und Weise, wie alles sich plötzlich zum Schlechten gewendet zu haben scheint. Ich denke, für Acre ist das ebenso schlimm wie für uns.«

Richard zog eine kleine Grimasse. »Rebellisches Pack ...«, sagte er, »und dein Busenfreund Ralph Megson ist genau so ein Schurke wie alle anderen. Ich sage dir, Julia, du wirst sie weder zum Arbeiten bringen noch dazu, dich zu respektieren, bevor du nicht den Gemeindeaufseher holst und sie zwingst, ganz genau nach der festgelegten Bezahlung zu arbeiten. Das ist es, was *ich* tun würde. Und wenn sie dann noch nicht arbeiten wollen, dann würde ich irische Arbeiter herholen und die ganze verrottete Sippschaft aus ihren Häusern hinaustreiben«, sagte er lächelnd.

»Ich weiß, daß du Scherze machst, Richard«, entgegnete ich unsicher. »Aber du solltest es lieber nicht tun. In Acre geht's in diesen Tagen so traurig zu.«

Richard zuckte die Achseln. »Na und?« sagte er. »Sie werden schon darüber hinwegkommen. Überall auf dem Lande gibt es gute und schlechte Zeiten. Wenn es dich freut, dann könnte ich mir freitags manchmal freinehmen und zum Wochenende heimkommen. Ich werde auch am Pfingstmontag hier sein!«

»Ja«, sagte ich. »Das würde mir gefallen. Ich bin hier so einsam ...« Ohne Clary, dachte ich. Aber ich sagte es nicht.

»Dann verspreche ich es dir«, meinte Richard. Er stieß seinen Stuhl zurück und ging zur Tür. »Übrigens, Julia ...«, sagte er von der Tür aus, »von Mr. Fortescue wirst du in Zukunft nichts mehr hören.«

»Mr. Fortescue?« sagte ich verdutzt. »James Fortescue?«

»Ja«, sagte Richard. »Ich habe die Briefe, die er dir geschickt hat, wieder zurückgegeben und ihn darüber informiert, daß die Verlobung, wenn man es denn so bezeichnen konnte, gelöst ist.«

»Du hast ihn getroffen?« fragte ich verdutzt.

»Oh, ja«, sagte Richard. »Zu Anfang wollte er mir gar nicht glauben, und er wollte dich unbedingt selbst darüber befragen. Aber als ich ihm sagte, daß wir verlobt seien und daß ich das Recht hätte, ihm seine Briefe zurückzugeben, da hat er deine Entschuldigungen akzeptiert. Er schickt dir seine besten Wünsche.«

Einen Augenblick war ich ganz still. Ich konnte nicht begreifen, was Richard gesagt hatte. »James?« fragte ich unsicher.

»Er hat dir vor drei Tagen geschrieben«, fuhr Richard fort. »Da ich früh auf war, habe ich mir die Freiheit genommen, den Brief für dich zu öffnen. Ich wollte nicht, daß er dich noch einmal traurig macht. Es war eine kurze Notiz; er hatte nur deine Briefe an ihn zurückgeschickt und dich darüber informiert, daß er wieder ins Ausland geht. Er reist ja wirklich ziemlich viel herum. Ich nehme an, in Geschäften für seinen Vater. Sie sind Händler, Ladenbesitzer oder so etwas, nicht wahr?«

»Er hat mir geschrieben?« fragte ich.

»Ja«, sagte Richard. »Aber du kannst ihm nicht mehr antworten. Er hat keine Adresse, wo du hinschreiben könntest. Es scheint, er reist von Stadt zu Stadt, von Laden zu Laden. Er ist heute abgefahren. Er schrieb, er würde etwa sechs Monate lang fort sein.«

In meinem Kopf begann sich alles zu drehen. Ich hatte vergessen, daß James durchaus das Recht hatte, unsere Verlobung für null und nichtig zu erklären, wenn ich ihm von meiner Schande erzählte. Aber wenn ich an ihn dachte, dann sah ich ganz andere Dinge in meiner Phantasie vorüberziehen: die Zeit, als ich ihn in Bath kennengelernt hatte, sein entspanntes Lächeln und seinen warmen Blick, sein Einstehen für die Kinder von Acre, seine zuvorkommende Art meiner Mutter gegenüber. Und ich dachte an die Minuten, als er in Bath mit verschränkten Armen im Handschuhladen gesessen hatte und mir beibringen wollte, wie man als eine Lacey im Streit mit der gefragtesten Modistin der Stadt aufzutreten hat.

»James«, sagte ich. Es klang, als riefe ich einen Geist, aber nicht nur seinen Geist, sondern auch den Geist des Mädchens, das ich damals gewesen war, als ich noch wie Beatrice über die Felder geritten war, als ich meinen Kopf zurückgeworfen und gelacht hatte und so einhergeschritten war, als würde das Land in einem Umkreis von zwanzig Meilen ganz allein mir gehören.

»Es war ein ganz netter, kleiner Flirt für dich, denke ich«, sagte Richard kühl. »Aber das ist jetzt vorüber.«

»James«, sagte ich noch einmal. Plötzlich konnte ich wieder klar denken und schaute in Richards offenes, engelhaftes Gesicht. »Du hast ihn abgefangen«, sagte ich. »Als er kam, mich zu treffen. Du hast ihn auf der Straße angehalten.«

»Natürlich«, sagte Richard. Er lächelte, als wäre es ein amüsantes Geheimnis. »Natürlich habe ich das getan, Julia. Ich habe ihn mit seinen Briefen in der Tasche abgefangen. Es war wirklich naiv, sie unter der losen Fußbodenplanke in deinem Zimmer zu verstecken. Du wußtest doch sicher, daß das der erste Ort wäre, an dem ich nachschauen würde. Du hast deine Schätze schon immer dort versteckt, schon seitdem wir kleine Kinder waren. Sobald ich die Briefe dort sah, wußte ich, daß du sie eigentlich gar nicht geheimhalten wolltest. Du wolltest vielmehr, daß ich sie finde. Deshalb habe ich sie genommen, gelesen und ihm zurückgegeben, ganz nach Art eines Gentleman.«

»Du hast seine Briefe genommen«, sagte ich. Langsam merkte ich, daß Zorn in mir aufstieg. »Du hattest kein Recht, sie zu nehmen.«

»Kein Recht?« sagte Richard. »Kein Recht?« Er schloß die Tür des Eßzimmers wieder, kam zu mir zurück und zog mich am Oberarm hoch. Er starrte in mein Gesicht hinab, und sein Gesicht lief rot an vor Zorn.

»Du wagst es, mir zu sagen, ich hätte kein Recht!« schrie er. »Und du bist, obwohl du mit mir verlobt warst, nach Bath gereist und hast mit ihm geflirtet wie eine kokette, kleine Verkäuferin mit ihrem Ladenbesitzer! Hast du vergessen, was du in dein lächerliches Tagebuch geschrieben hast – oh, ja, das habe ich auch gelesen! Du wolltest es doch nicht anders. Du hast alles brav eingetragen, um mich eifersüchtig zu machen. Du hast alles aufgeschrieben, damit ich wüßte, wie schlecht du dich benommen hast. Ich habe es gelesen, und mir ist übel davon geworden. Ich habe mich körperlich krank gefühlt, als ich mir vorstellte, wie du mit ihm Händchen gehalten und ihm deinen Anteil an Wideacre versprochen hast, und wie du wenige Wochen später heimgekommen bist und mich vor ganz Acre mitten im frisch gepflügten Feld geküßt hast. Du bist doch nichts anderes als eine kleine Dorfhure! Ich hätte kein Recht, sagst du! Du hast im Sonnenschein vor mir gelegen und die Beine breit gemacht und mich angelächelt!«

Mein Hals schnürte sich mehr und mehr zusammen. »Es war doch ganz anders«, stammelte ich. Richard schubste mich so heftig, daß mein Kopf wackelte. »Ich habe noch ganz andere Rechte«, sagte er rauh. »Du hast seine Briefe dort hingelegt, damit ich sie finden sollte. Du hast das Tagebuch geschrieben, damit ich es läse. Du weißt ganz genau, daß es so war, du weißt es ganz genau! Du hofftest, mich eifersüchtig machen zu können. Du hast mit ihm gegen mich intrigiert, um mir deinen Anteil an den Ländereien zu entziehen. Aber du bist ein so geiles, kleines Flittchen, daß du dich nicht beherrschen konntest. Nicht auf dem Feld beim Pflügen und nicht im Sommerhaus während des Maifestes. Du hast dich zurückgelegt und gelächelt. Du hast deine Arme um mich gelegt. Du hast deine Zunge in meinen Mund gesteckt, du schmutziges, kleines Biest. Ich wußte nicht einmal, daß Frauen so küssen, bis du es getan hast. Wie angeekelt ich war! Und dann bist du nach Midhurst gelaufen, um deinen anderen Geliebten zu treffen und ihm zu sagen: ›Oh, James, es tut mir so leid. Aber können wir trotzdem heiraten?‹« Richard hatte die letzten Sätze in einer falschen, winselnden Fistelstimme gesprochen. »Was wolltest du ihm denn eigentlich erzählen? ›Oh, James, ich habe das alles nicht gewollt. Ich dachte, ich wäre Beatrice!‹ Oder: ›Oh, James, ich habe dabei nur an dich gedacht!‹« Er stieß mich von sich fort, und ich taumelte gegen die Kante des Tisches.

»Es war gar nicht so ...«, versuchte ich zu sagen.

»Ich kann mir denken, daß du dir wünschst, es wäre nicht so gewesen«, sagte Richard grob. »Aber du erzählst eine Lüge nach der anderen, Julia. Ich glaube, du weißt nicht einmal mehr, wie es in Wirklichkeit war.«

»Ich liebe ihn«, sagte ich. Ich atmete tief die stickige Luft des Zimmers ein, stickig von den Frühstücksgerüchen und von der blanken Wut, die sich darin angesammelt hatte. Ich zitterte, aber ich klammerte mich an den Rand des Tisches und an jene eine, einzige Gewißheit. »Ich liebe ihn«, sagte ich noch einmal. »Und ich wollte *nicht* mit dir zusammenliegen.«

Richard trat auf mich zu und packte meinen Arm. Er zerrte mich zur Tür und riß sie auf. »Dann sag es ihnen!« zischte er. »Sag deiner Mutter und deinem Onkel John, daß du mit ihm verlobt bist und daß du möchtest, daß sie ihn dir zurückholen und seiner Familie schreiben, damit noch einmal das Aufgebot bestellt wird. Wenn dies die Wahrheit ist und wenn du bereit bist, sie zu beschwören, dann sag ihnen alles. Sag ihnen, daß du mit mir, ohne es zu wollen, zusammengelegen hast.

Sag ihnen, daß ich dich gezwungen habe.« Seine Stimme wurde lauter. »Sag ihnen, daß ich ein Vergewaltiger bin!« rief er.

Ich warf einen erschreckten Blick in die Halle hinein und fragte mich, ob meine Mutter wohl im Wohnzimmer wäre, von wo aus sie ganz sicher alles mithören konnte. »Sag deiner Mutter, daß ich ein Vergewaltiger bin!« rief er noch einmal, und seine Stimme wurde vor Zorn immer lauter. »Sag es meinem Vater. Und dann schick jemanden zu Großvater Havering, damit auch er es erfährt! Er wird mich gewiß vor Gericht bringen und aufhängen lassen wie jemanden, der Schafe gestohlen hat. Aufhängen, weil du deine Lust mit mir befriedigen und zugleich einen anderen heiraten wolltest! Wenn das die Wahrheit ist, dann sag ihnen die Wahrheit. Sag sie ihnen jetzt. Sonst werden wir beide für alle Zeiten wissen, daß du eine Lügnerin bist.«

»Nein!« rief ich. »Nein, Richard ... nein, Richard ... nein!« Ich streckte beide Hände nach ihm aus und zog ihn zurück ins Eßzimmer. Er leistete nur ganz wenig Widerstand. Ich schloß die Tür hinter ihm und versuchte zu sprechen, obwohl ich so sehr zitterte, daß ich kaum aufrecht stehen konnte. »Bitte sag solche Dinge nicht, Richard«, bettelte ich. »Du weißt, daß ich dich nicht verrate. Du weißt, daß ich es ihnen nicht erzählen würde.«

»Weil du es nicht wagst«, erwiderte er sofort. »Du weißt, daß es eine Lüge ist, und du hast nicht den Mut, es laut herauszusagen.«

»Nein, nein«, jammerte ich. Ich konnte die Tränen in meinen Augen und auf meinen Wangen spüren, aber ich weinte nicht.

»Du hast mich begehrt, und du hast mit mir zusammengelegen«, sagte Richard kalt. »Wenn du das leugnest, dann lügst du.«

Ich senkte den Kopf; meine Tränen fielen so schnell herunter, daß sie die Seide meines Morgenmantels befleckten.

Er schüttelte mich heftig. »Ist es nicht so?«

»Ja«, schluchzte ich, ganz und gar besiegt.

»Du kannst jetzt keinen anderen Mann heiraten«, fügte Richard hinzu.

Ich nickte.

»Vergiß das nicht«, flüsterte er.

Ich nickte noch einmal.

»James Fortescue ist fort«, sagte er mit fester Stimme. »Er ist fort, und du wirst ihn niemals wiedersehen. Es gibt auf der ganzen Welt keinen anständigen Mann, der dich heiraten würde. Ich habe dir deine Jungfräulichkeit genommen, und du bist meine Hure. Du gehörst zu mir.«

Ich brachte kein Wort des Widerspruchs heraus. Plötzlich, ganz unerwartet, drückte er mir einen sanften Kuß auf den Scheitel. Dann ging er leise aus dem Zimmer und die Treppen hinauf, um seine Kleidung und die Bücher für Oxford zusammenzupacken.

Nachdem Richard fortgereist war, fühlte ich mich wochenlang gar nicht wohl. Wir hatten einige Zeit lang schönes Wetter, so daß die neuen Hecken schon sehr bald wunderbar grün, buschig und undurchdringlich aussahen. Alle Bäume im Park von Wideacre dufteten süß nach neuen Blättern. Das Gras auf der Koppel war plötzlich so grün, daß die Augen davon zu schmerzen begannen, und Seenebel sprang auf den üppig sprießenden Rändern der Pfade entlang, als würde das frische Gras ihre Hufe kitzeln. Ich saß sehr schwer auf ihr, ohne Anspannung, aber auch ohne Vergnügen. Meine Hand war recht gut geheilt, aber ich hatte die Lust am Reiten verloren. Jetzt ritt ich, weil dies zu meiner Arbeit gehörte, weil ich von einem Feld zum anderen gelangen mußte. Ich mußte einfach reiten, um meine Arbeit machen zu können. Onkel John hatte mir geraten, viel ins Freie zu gehen, und meine Mutter unterstützte ihn. Beide meinten, daß ich zu blaß und zu nervös würde, wenn ich immer im Hause bliebe, und daß die Arbeit auf dem Lande mir helfen könnte, meine alte Unbeschwertheit zurückzugewinnen.

Aber sie half mir nicht.

Wir mußten immer aufs neue auf den Wiesen Unkraut jäten. Wir versuchten, die dicken, bösen Wurzeln der Kletten und des Löwenzahns aus der Erde zu reißen, damit das Gras wachsen konnte, und wir mußten auch die Weizenfelder von Unkraut freihalten. Die Leute von Acre kehrten schnell zu ihrer Arbeit zurück, und ich ritt jeden Tag hinaus, um die Fortschritte bei der Feldarbeit zu überwachen und um mir die Schafe und die immer kräftiger werdenden Lämmer und die prächtigen Kühe anzusehen, deren Bäuche so prall und rund waren wie die Schwalbennester, die die Vögel an den schmalen Balken der Scheunen gebaut hatten.

Niemand in Acre hatte Clary Dench vergessen. In Acre wird überhaupt nichts vergessen. Aber angesichts des Getreides, das so grün und kräftig heranwuchs, angesichts der Sonne, die so wunderbar warm war, und des Windes, der über die Gipfel der Downs hinwegblies und uns Tag für Tag schönes Wetter brachte, konnte niemand mehr mißmutig sein. Niemand machte mir mehr Vorwürfe, daß ich nicht versucht hatte, den Mörder meiner Freundin in meinen Träumen zu sehen.

Auch Ralph Megson hatte nichts vergessen. Er hatte sich im Umgang mit mir hinter eine Mauer förmlicher Höflichkeit zurückgezogen. Das war schlimmer, weitaus schlimmer als seine flammende Wut. Obwohl wir Seite an Seite auf den Feldern arbeiteten, die Arbeitsgruppen zusammenstellten und das Vieh und die Feldfrüchte überwachten, schenkte er mir nicht ein einziges Mal ein Lächeln. Und als ich ihn ein einziges Mal berührte, um ihm etwas zu zeigen, da zog er wortlos seine Hand unter der meinen fort. Sein Zorn war so tief und sprachlos, daß er keine Entschuldigung von mir annehmen konnte, und mir fehlte der Mut, von mir aus etwas zu sagen. Ich tat einfach alles, worum er mich bat oder was er mir auftrug, so als sei ich vollkommen unbedeutend. So wie ein

Mädchen, das sich mit dem Leben im Hause abfindet, saß ich mit meiner Mutter daheim. Mein ganzer rebellischer Geist, mein tapferer Mut, den ich von Beatrice geerbt hatte, schienen mich unerklärlicherweise im Stich gelassen zu haben.

Wir hatten den Höhepunkt des Frühsommers auf Wideacre erreicht. Die Wälder um uns herum waren erfüllt von aufgeregtem Zwitschern. Noch nie zuvor hatte es einen Sommer gegeben, in dem man dem Wachsen des Grases fast zuschauen konnte. Die Männer arbeiteten von früh bis spät am Herrenhaus, und da es länger hell blieb, arbeiteten sie sogar bis in den Abend hinein, so daß die Mauern so schön und so natürlich emporzuwachsen schienen wie die Bäume und Pflanzen.

Meine Mutter kündigte an, sie wolle jetzt einen Garten haben, der dem schönen, neuen Haus entspräche. Sie setzte entschlossen einen Strohhut auf. Dann stellte sie drei Gärtner an, die jäten und aufräumen und die Bäume beschneiden sollten. Die kleinen Baumtriebe mußten entwurzelt und der hereindrängende Wald in seine Grenzen verwiesen werden.

Onkel John gefiel das wärmere Wetter, und er begann regelmäßig auf Prince nach Acre zu reiten. Er nahm für die Kinder seine Medikamententasche mit, aber er hatte glücklicherweise immer weniger Patienten.

»Ich werde eine Abhandlung über vorbeugende Medizin schreiben«, sagte er zu meiner Mutter, als sie eines Morgens gemeinsam im hinteren Garten ihren Kaffee tranken. »Ich bin wirklich erstaunt, welch großen Einfluß das Essen auf die Gesundheit der Kinder von Acre hat. Sie sind dadurch nicht nur von Leiden geheilt worden, die direkt mit Unterernährung zu tun haben, sondern auch von Krankheiten, von denen ich meinte, sie hätten ganz andere Gründe.«

Meine Mutter nickte. »Es ist erstaunlich, wieviel aufgeweckter die Babys sind, wenn sie voll ausgetragen und von gut ernährten Müttern geboren werden. Aber wo gibt es denn schon ein Dorf, John, wo der Arzt kostenlos arbeitet!«

»Und wo gibt es eines, in dem die Schulvorsteherin die

Witwe eines Adligen ist«, sagte John und lächelte sie an, »und das schönste Erinnerungsstück, das ich je gesehen habe.«

Meine Mutter mußte laut herauslachen. »Kein Erinnerungsstück, John! Was für ein entsetzliches Wort! Es klingt, als wäre ich ungefähr hundert Jahre alt!«

»Na ja, ich selbst fühle mich auch schon ziemlich alt«, sagte John gelassen. »Ich denke, jedermann in Acre wird in Zukunft außerordentlich gesund sein und einhundertzwanzig Jahre alt werden. Und ich selbst bin der erste, der einhundertfünfzig wird.«

»Und was verschreibst du dir selbst für ein so langes Leben?« fragte meine Mutter ihn lächelnd. Sie reichte ihm eine Platte mit Mrs. Goughs leichtem, köstlichen Käsegebäck.

»Kaffee und Brötchen am späten Vormittag«, sagte John. »Um zwei Uhr ein gemütlicher Spaziergang zum Herrenhaus. Ein üppiges Mittagessen um drei und später ein Liederabend im Wohnzimmer, wo du mir vorsingst.«

»Ich werde Ihnen zur Verfügung stehen, Doktor«, sagte meine Mutter mit gespielter Unterwürfigkeit. »Der Patient steht immer an erster Stelle.«

»Zumindest hat er sehr viel Glück gehabt«, sagte Onkel John, lehnte sich von seinem Stuhl aus zu ihr hinüber und küßte sie sanft auf die Wange.

Für Wideacre waren dies gute Wochen, nur nicht für Ralph, der sehr traurig und still war, und auch nicht für mich. Das schreckliche Zittern, das mich nach meinem Sturz mehrere Tage lang bis in die Seele hinein erschüttert hatte, war schwächer geworden, und ich hatte sogar aufgehört, ohne Grund zu weinen. Aber jetzt war mir seltsamerweise viele Stunden lang übel. Ob ich nun ritt oder zu Fuß ging oder mich ausruhte, fortwährend spürte ich eine leichte Übelkeit. Am schlimmsten war es am Morgen, wenn ich mich kaum im Bett aufsetzen konnte: Das Zimmer drehte sich vor meinen Augen, und ich war nahe daran, mich zu übergeben. Ich bat das Zimmermädchen, mir am Morgen lieber Tee als Schokolade zu bringen, und ich aß fast nichts zum Frühstück. Gegen Mittag fühlte ich mich gewöhnlich ein wenig besser, aber immer, auch wenn ich zu den Downs oder zum Herrenhaus hinaufritt, mußte ich daran denken, daß irgend etwas mit mir nicht in Ordnung war.

»Noch immer nicht hungrig, mein Liebling?« fragte meine Mutter mich beim Frühstück, als ich mich mit einer Grimasse von einigen halb durchgebratenen Rindfleischscheiben abwandte, die auf der Anrichte standen. Die Scheiben waren in der Mitte rosarot, und sie waren mir so widerlich, als wäre ich einer von Johns indischen Brahmanen.

»Nein«, sagte ich. »Ich habe einfach in diesen letzten paar Tagen keinen Appetit.«

Onkel John beobachtete mich scharf. »Fieber?« fragte er. »Oder Kopfschmerzen, Julia?«

»Nein«, sagte ich und zügelte meine Ungeduld. »Ich bin nur einfach heute morgen nicht hungrig.«

»Vielleicht sollte dich John nach dem Frühstück mal anschauen«, schlug meine Mutter vor. »Seitdem du damals gefallen bist, siehst du so blaß aus, mein Liebes.«

Ich biß mir auf die Unterlippe. »Es geht mir ganz gut, und ich mag mich nicht gern untersuchen lassen, Mama. Also laß es einfach auf sich beruhen.«

Onkel John, der immer sehr taktvoll war, sagte nichts weiter. Nach dem Frühstück, als ich draußen in der Vorhalle meinen Hut festband und mein weißes Gesicht im Spiegel betrachtete, hinderte er meine Mutter daran, sich hinter mich zu stellen, und sagte leise: »Laß sie nur, Celia. Sie kann nicht ernstlich krank sein, da sie doch jeden Tag reitet. Wenn dies die Nachwirkungen des Sturzes sind, dann wird sie in ein paar Tagen wieder die alte sein, oder sie wird früher oder später mit dir darüber sprechen.«

Am selben Tag änderte sich das Wetter. Der Himmel bedeckte sich, und es wurde kühler. Ich konnte bei den Mahlzeiten behaupten, der Ostwind mache mich immer nervös, und in den Tagen, die darauf folgten, versicherte ich beharrlich, daß das Wetter an allem schuld sei. Die Apfelblüten waren zunächst rosafarben und dann weiß. Schließlich schneiten sie auf das Gras hinunter, und dann folgten mehrere Wochen, in denen die Wolken sehr tief hingen. Eine schwere Stimmung lastete auf dem Land. Der Himmel war aber nicht grau oder dunkel, sondern so grell, daß man blinzeln mußte, wenn man den Weg nach Acre hinunterschaute.

Der Weg selbst leuchtete in weißen und grünen Farben, das Schleierkraut an seinem Rand war so dick wie Schlagsahne, und die Blüten des Weißdorns lagen wie Schneewehen über den glänzend grünen Hecken. Die Luft war erfüllt vom schweren Duft der Sommerblumen und Unkräuter. Die neuen Kleefelder schimmerten purpurrot und surrten und summten von dem Lärm der vielen berauschten Bienen. Auf dem Gemeindeland standen die Waldhyazinthen so dicht wie der Nebel über dem Meer, die Downs und die niederen Hänge waren gelb von Schlüsselblumen, und die Luft duftete nach Honig.

Die Kastanienbäume blühten, und schon wenig später rieselten ihre Blütenblätter auf den Boden. Die schwere Wolkendecke schien sich tagelang nicht zu bewegen. Die Männer von Acre standen mit nacktem Oberkörper in den Weizenfeldern, um Unkraut zu jäten, aber die Sonne kam nicht heraus, und ihre Körper blieben seltsam weiß: wie Kalkmänner standen sie draußen auf den Kalkhügeln. Ich saß am Wohnzimmerfenster, hörte meiner Mutter beim Klavierspiel zu und spürte nicht einen einzigen Windhauch. Der Himmel lag auf den Hügeln der Downs wie ein Tuch über einer Schale mit Teig, der aufgehen soll. Unter den tiefen, weichen Wolken und in der feuchten Hitze wuchs das Gras grün heran und wurde wieder blaß. Die cremefarbenen Rosen im Garten des Herrenhauses blühten prächtig. Bei ihrem Anblick dachte ich an die Schale mit cremefarbenen Rosen in meinem Traum. Ein Stück weiter den Weg hinab waren die Böschungen und Hecken mit ihren kleineren Verwandten, den Hundsrosen, besprenkelt. Vor dem leuchtenden Grün der Felder von Wideacre, das aussah wie eine Flickendecke, erschienen sie so blaß wie Fieberpatienten.

Ich hatte meiner Mutter und Onkel John gesagt, daß es mir gutginge, aber das stimmte nicht. Ich fühlte mich fortwährend erschöpft und müde, und eine leichte Übelkeit quälte mich. Eines Morgens, als ich in der Bibliothek über eine Landkarte gebeugt stand und mich zu schnell aufrichtete, wurde mir so schwindlig, daß ich schwankte und fürchtete, ohnmächtig zu werden. Zu den Mahlzeiten war ich nicht hungrig, aber ich war immer in Versuchung, mich in der Küche an Mrs. Goughs Gläser mit eingemachten Früchten und getrockneten Pflaumen heranzumachen. Mein Gesicht war schmaler und blasser als früher; wenn ich in den Spiegel schaute, dann blickten meine Augen matt und verschleiert zurück. Ich war müde und hatte Kopfschmerzen. Mehrere Tage hintereinander vermied ich es auszureiten und suchte nach Ausflüchten. »Komm und laß uns eine Ausfahrt machen!« sagte meine Mutter eines Tages zu mir. »Es ist heute morgen nicht halb so heiß und feucht wie sonst. Fahr mit mir im Einspänner hinaus und zeig mir die Wiesen. Mr. Megson sagte mir, sie stünden fast schon so hoch, daß man sie mähen könnte.«

Ich nickte müde und ging, um meinen Hut und meine Handschuhe zu holen, aber mir war der Blick nicht entgangen, den meine Mutter und Onkel John tauschten, und ich sah, daß er ihr anerkennend zunickte.

Meine Mutter hatte recht: Die Luft war nicht mehr so schwer und stickig. Man hatte nicht das Gefühl, kaum noch atmen zu können, und das Licht auf den Downs war klar und hell und schmerzte nicht mehr in den Augen. Ich schnalzte dem Pferd zu, und wir rollten die Straße nach Acre hinunter; das Zaumzeug klirrte rhythmisch mit dem schnellen Schritt des Pferdes. Über uns flackerte das Licht- und Schattenspiel der Blätter, und während unserer schnellen Fahrt blies mir der Wind ins Gesicht und trieb ein wenig Farbe in meine Wangen. Die Wiese, die ich mir anschauen wollte, lag etwas abseits von

Acre, und als wir durch das Dorf fuhren, begrüßte ich mit einem fast fröhlichen Peitschenknall ein paar Frauen, die in ihren Vorgärten arbeiteten, und ich winkte Ned Smith zu, der gerade Holzkohle in seinem Garten ablud.

Eine Wiese, die zum Mähen bereitsteht, ist ein zartgrünes Meer mit vielen kleinen Farbtupfern: dem Scharlachrot der Mohnblumen, dem tiefen Blau der Kornblumen, den pastellfarbenen Pink- und Fliedertönen und dem Weiß des Wiesenschaumkrauts. Alle diese Blumen wachsen hoch zum Sonnenlicht empor und lassen ihre Gesichter über das Gras hinwegleuchten. An den Rändern der Wiese, die ich ausgesucht hatte, prangten bunte Flecken: süß duftende Kissen von Schlüsselblumen und sternförmige Hundsrosen mit ihren blaß rosafarbenen Gesichtern und senfgelben Staubblättern. Und über alles hinweg wehte der Duft der wilden Bohnenblüten, die sich über die Weißdornhecken ausbreiteten und an den Haselnußbäumchen und älteren Büschen emporrankten.

»Wenn das Wetter so bleibt, dann wird es in drei oder vier Tagen soweit sein«, sagte Müller Green fröhlich zu mir, als wir an der unteren Wiese vorbeifuhren. Er lehnte auf der Pforte und rauchte seine Pfeife. Ich schnupperte verstohlen den Duft. Tabak. Müller Green hatte in der Zeit, als es für die Mühle kein Getreide gab, immer Weißdornblätter geraucht. Jetzt bekam er seinen Lohn und konnte sich wieder seine Prise Tabak kaufen.

»Ja, es sieht so aus, als wenn es bald soweit wäre«, stimmte ich ihm zu.

»Ich wünsche mir so sehr, daß der Weizen gut gedeiht«, sagte er sehnsüchtig. »Ich bin jeden Tag draußen auf dem Gemeindeland gewesen, um ihn mir anzuschauen. Gute Halme, hochgewachsen und stark und dicht wie Brennesseln auf einem Dunghaufen!«

»Gut!« sagte ich. Ich stieg vom Einspänner hinunter, um mich an die Pforte zu stellen, mir die Wiese anzuschauen und zu sehen, ob sie wirklich schon reif zum Mähen war.

»Sie sind es, Miss Julia, der wir dafür danken müssen«, sagte der alte Mann mit einem verschlagenen Lächeln.

»Unsinn«, erwiderte ich gleichmütig. »Sie wissen, daß das Blödsinn ist, Müller Green. Natürlich ist dies eine gute Ernte. Die Saatkörner waren von erstklassiger Qualität und wurden bei allerbestem Wetter dicht an dicht ausgesät. Alles andere ist nichts als Altweibergeschwätz.«

»Ja«, sagte er und nahm die kleine Zurechtweisung gleichgültig hin. »Aber die Leute glauben es eben, Miss Julia. Man sagt hier im Dorf, Sie würden die Kunst der Laceys beherrschen, den Weizen zum Wachsen zu bringen. Dies ist eine gute Ernte, und *Sie* bekommen das Lob dafür.«

Ich zuckte die Achseln und schaute noch einmal über das wogende, grüne Meer hinweg. »Wie Sie meinen«, sagte ich gleichgültig. »Geht es Mrs. Green gut, und Ihren Söhnen?«

»Ja«, sagte er zufrieden. »Uns allen geht es gut. Ganz Acre geht es gut. Ich kann mich kaum an einen solchen Frühling und an einen solchen Sommer erinnern.«

Ich nickte ihm einen Abschiedsgruß zu und ging zurück zum Einspänner, wo meine Mutter unter ihrem grauen, seidenen Sonnenschirm saß.

»Ist es soweit?« fragte sie. »Für mich sieht es immer noch sehr grün aus.«

»Drei oder vier Tage«, antwortete ich. »Ich werde nur noch kurz zum Gemeindeland hinunterfahren, um einen Blick auf das Kornfeld zu werfen, und dann fahren wir heim.«

»Sicher«, sagte sie und winkte noch einmal hinüber zu Müller Green, während ich dem Pferd zuschnalzte und wir in Richtung des Pfades rollten, der zum Gemeindeland hinunterführte.

Das Feld lag vor mir wie ein Paradiesgarten. Ich war auf Wideacre groß geworden, aber ich hatte niemals ein Weizenfeld gesehen. Und jetzt waren das Land und das Dorf durch die Arbeit eines Frühlings und eines Sommers wiederhergestellt worden, durch die Verbindung von Onkel Johns Geld und

Ralphs Autorität, durch meinen Namen und den unwiderstehlichen Zauber der Erde von Wideacre, auf der, so meinte ich, sogar Orchideen und Palmen wachsen würden, wenn man sie pflanzte.

Der Weizen stand etwa einen Fuß hoch, die Körner, grün, süß und klein, drängten sich dicht an dicht in der Ähre wie winzige Erbsen in einer Schote. Das Feld war riesig; ich konnte mich noch daran erinnern, wie es zuerst ausgesehen hatte, mit dem Heide- und dem Farnkraut, das von den Rändern her einzudringen versuchte, den unordentlichen Unkräutern und den aufrecht stehenden Armeen von Blutweiderich, Oleander und Weidenröschen, die die wenigen verstreuten Saatkörner erstickten. Jetzt hatte uns das eifrige Unkrautjäten ein großes Feld gewonnen, gut eingezäunt, sauber an den Rändern und von saftigstem Grün; alle Sträucher und Farnkräuter waren herausgerissen worden. Daneben lag das Feld mit den Apfelbäumen, die ich an einem kalten, grauen Tag gepflanzt hatte; die Bäume waren prächtig angewachsen, und kleine grüne Äpfel zeigten an, wie die Ernte später werden würde. Das Weizenfeld dehnte sich lieblich wogend unter dem Himmel, grün und bunt betupft mit flammend leuchtenden Mohnblumen und mattblauen Kornblumen.

»Oh, wie schön!« rief ich unwillkürlich aus. Traumverloren gab ich meiner Mutter die Zügel in die Hand, ließ mich vom Einspänner hinabgleiten und ging durch die Pforte hindurch. Plötzlich stand ich in einem Meer von Grün. »Wie schön das ist«, sagte ich leise zu mir selbst, schürzte meine Röcke und ging ein Stückchen weiter ins Feld hinein.

In meinem Kopf erklang das süße Singen, das ich manchmal auf Wideacre hören konnte oder wenn ich nur an Wideacre dachte. Und die Erde, die ich unter meinen Füßen fühlte, war wie ein Versprechen von immerwährendem Glück. In den Tagen seit Clarys Tod und der Zeit, als ich selbst so sehr verwirrt war, hatte ich den Kontakt zu dem Land verloren. Ich konnte das Singen nicht mehr hören, und die Freude am Duft und an den Farben des Landes war mir vergällt. Jetzt kamen die Gefühle wie ein Wasserfall, der auf mich niederstürzte, zu mir zurück. Ich kümmerte mich nicht um mein Kleid, kniete auf der Erde nieder und schnupperte an den Weizenhalmen, als wären sie ein Strauß Blumen. Ein ganz leichter Geruch wie Gras strömte von ihnen aus, aber ein wenig süßer. Ich pflückte einen Halm und schaute auf die prallen Körner, die wachsen und wachsen würden, bis wir das Getreide schneiden und dreschen könnten, bis endlich das Mehl zu Brot gebacken werden würde und niemand in Acre jemals wieder hungrig zu sein brauchte.

Ich steckte ein Weizenkorn in den Mund und kaute darauf herum wie eine ausgehungerte Feldmaus. Es war hart und noch nicht süß. Ich biß in den Halm und kostete seinen Saft. Dann drehte ich mich mit dem Halm im Mund zur Kutsche herum.

»Oh, Julia«, seufzte meine Mutter mit einem schwachen Lächeln. »Nimm doch das Gras aus dem Mund. Du siehst ja wirklich wie die Unschuld vom Lande aus.«

Ich spuckte den Weizenhalm in einem kleinen Bogen auf die Erde. »Es tut mir leid, Mama. Mir war so, als träumte ich. Das Feld ist so wunderbar.«

Sie lächelte wehmütig. »Du bist so, wie Beatrice als junges Mädchen gewesen ist«, sagte sie. »Sie hat das Land so geliebt wie du, glaube ich. Und die Dorfbewohner haben sich alles mögliche erzählt über ihre Fähigkeiten, die Früchte des Feldes zum Wachsen zu bringen.«

Ich stieg wieder in den Einspänner ein. »Das wird auch über mich gesagt«, erklärte ich stolz. »Ich weiß, daß es Unsinn ist, Mama, aber es ist doch eine recht hübsche Vorstellung, daß es die Laceys sind, für die die Feldfrüchte so gut gedeihen.«

Sie seufzte ein wenig. »Ja«, sagte sie, »ich weiß, daß dir der Gedanke gefällt. Ich bin wohl kein richtiges Landkind, und so kann ich deine Leidenschaft für einen Acker nicht ganz nachempfinden. Aber dein Vater hat das Land auch sehr geliebt.«

Ich warf noch einen letzten, sehnsuchtsvollen Blick auf das Feld des Gemeindelandes und wendete dann die Kutsche, um nach Hause zu fahren. »Wir werden wahrscheinlich im August ernten können«, meinte ich.

»Oh, gut«, sagte meine Mutter, »denn Richard hofft, daß er rechtzeitig heimkommen und bei der Ernte dabeisein kann.« Sie hielt einen Moment lang inne. »Was ist zwischen dir und James gewesen, mein Liebling?« fragte sie vorsichtig. »Ich habe immer darauf gewartet, daß du mich ins Vertrauen ziehst. Du hast seit fast drei Wochen keinen Brief von ihm bekommen, und er sollte doch eigentlich inzwischen wieder nach England zurückgekehrt sein. Ich wollte dich nicht drängen, vor allem, da es dir anscheinend nicht gutging, aber du solltest es mir vielleicht von dir aus sagen.«

Sofort überkam mich eine tiefe Traurigkeit, und der Zauber des Landes, der mich eben noch so sehr beschwingt hatte, fiel von mir ab. Meiner Mutter entging die Veränderung nicht. Ich suchte verzweifelt nach einer Ausrede, um die Mitteilung, daß James und ich niemals heiraten würden, ein wenig hinauszuzögern.

»Ich kann es nicht sagen, Mama«, flüsterte ich. »Es ist etwas sehr Persönliches.« Ich fühlte, wie mir die Tränen in die Augen stiegen, und ich hatte ein schreckliches Würgen im Hals.

Sie nickte und schaute forschend in mein Gesicht. »Seine Mutter hat mir geschrieben«, sagte sie. »James habe sich plötzlich entschlossen, wieder ins Ausland zu gehen, und er habe ihr gesagt, daß die Verlobung nicht stattfände. Ihr beide wäret übereingekommen, daß ihr nicht zueinander passen würdet. Dies sei eine Entscheidung, zu der beide Seiten ihre Zustimmung gegeben hätten.«

Ich nickte. »Ja«, sagte ich.

»Und doch bist du nicht glücklich ...«, meinte sie fragend.

»Nein, Mama«, gab ich zu.

Einen Moment lang sagte sie gar nichts, und ich trieb das

Pony zur Eile an. Wir rollten den kleinen Hügel hinauf und dann langsam den Weg hinunter. Die Sonne malte helle Tupfer auf den Pfad, der vor uns lag, und Licht und Schatten glitten über den Sonnenschirm hinweg.

Meine Mutter atmete tief ein. »Julia«, sagte sie mit fester Stimme, »ich bin deine Mutter, und es ist meine Pflicht, mich über diese Dinge zu informieren. Du mußt mir sagen, warum ihr beide, du und James, nicht mehr heiraten wollt.«

Ich zog an den Zügeln, und das Pony blieb stehen. Es blieb mir nichts übrig, als James zu verraten, ebenso wie ich aus Angst vor meinen eigenen hellseherischen Kräften Clary und Matthew hatte betrügen und aus Feigheit meine Pflicht gegenüber ganz Acre hatte verletzen müssen. »Ich habe entdeckt, daß er unkeusch war«, sagte ich leise. »Er war mit einer Frau zusammen.«

Meine Mutter atmete laut aus. »Ich verstehe«, sagte sie. Sie berührte sanft meine Finger. »Du hast sicher recht, empört zu sein«, meinte sie. »Aber in der Welt, in der wir leben, geht es hart zu, Julia. Ich glaube, die meisten jungen Männer haben eine kleine Freundin, bevor sie heiraten. Wenn sie ihren Frauen nach der Hochzeit treu sind, gibt es kaum jemanden, der sie verurteilen würde.«

Ich würde das ganz und gar vertrauliche Gespräch, das James und ich geführt hatten, verraten und seinen Charakter in den Schmutz ziehen müssen. Ich fühlte, daß mir die Tränen in die Augen stiegen. »Es war nicht nur eine Freundin, Mama«, sagte ich, und meine Stimme war so dünn wie das Seil, mit dem Judas sich erhängte. »Er geht zu Prostituierten, er sucht ihre Häuser auf. Ich bin nicht sicher, ob er damit aufhören würde.«

»James Fortescue?« fragte meine Mutter vollkommen ungläubig. Ich liebte sie dafür, daß sie mir nicht glaubte, obwohl ich sie dennoch überzeugen mußte.

»Eines der Mädchen von Acre ...«, begann ich verlegen. »Du hast niemals von ihr gehört. Sie heißt Julie – sie ist nach mir benannt worden, nehme ich an. Sie ist ein ... ein gefallenes Mädchen. Sie selbst hat ihr Gewerbe als ›Straßenhandel‹ bezeichnet.« Ich atmete leicht ein. »Sie hat ihn erkannt, Mama. Er hat es nicht einmal abgestritten.«

Meine Mutter holte tief Luft. Sie war eine Dame, die ein sehr beschütztes Leben geführt, ihre Kindheit im besten Stadtteil von Bath und ihr Erwachsenenleben auf den abgelegenen Ländereien von Wideacre verbracht hatte. Sie hatte in ihrem ganzen Leben keinen Ort wie die Fish-Quay-Gasse gesehen. Sie hatte noch niemals eine Frau wie Julie zu Gesicht bekommen. Und sie hätte niemals wie ich verstanden, daß ein Mensch von seinen Leidenschaften und Begierden in die eine und von seiner Pflicht in die andere Richtung gezogen werden könnte. Für meine Mutter waren Pflicht und Leidenschaft immer Hand in Hand gegangen. Für uns andere, die seit Generationen das heiße Blut der Laceys in den Adern hatten, war das Leben hoffnungslos widersprüchlich.

»Ich verstehe«, sagte sie verwirrt. »Es tut mir sehr leid, mein Liebling. Aber vergiß nicht, daß du noch jung bist und daß du noch sehr vielen jungen Männern begegnen wirst – einen von ihnen wirst du gewiß auch lieben können. Du brauchst mir jetzt nicht mehr darüber zu erzählen.«

Ich nickte. »Nein, lieber nicht«, sagte ich. Meine Mutter berührte noch einmal tröstend meine Hand, ich schnalzte dem Pony zu, und wir fuhren weiter.

Sobald wir daheim waren, schickte mich meine Mutter zum Ausruhen in mein Zimmer und suchte John auf. Er arbeitete in der Bibliothek; meine Mutter ging hinein und ließ die Tür hinter sich offenstehen. Mit bleischwerem Herzen schlich ich die Treppe hinunter, um ihr Gespräch zu belauschen. Ich war zu einer Lügnerin geworden, und jetzt begann ich auch noch, an den Türen zu horchen.

John sprach sehr vernünftig. »Ich kann deine Ansichten nicht teilen, Celia«, sagte er mit fester Stimme. »Dies ist doch gewiß eine Ausrede. Alle jungen Männer wollen ihre Erfahrungen machen, und es heißt allgemein, daß sie dadurch sogar die besseren Ehemänner werden.«

»Dies ist keine ›Erfahrung‹ «, entgegnete meine Mutter. Ihre Stimme klang nervös und schrill. »Ich weiß nicht genau, was du damit meinst, John, und ich möchte es auch gar nicht wissen. Julia hat mir erzählt, Mr. Fortescue habe Prostituierte aufgesucht und sie könne daher nicht sicher sein, daß dies in der Ehe aufhören würde. Mir scheint, das ist doch Grund genug, um die Beziehung zu beenden.«

»Prostituierte?« Johns Stimme war plötzlich sehr scharf. »Bist du sicher?«

»Ich gebe dir nur wieder, was Julia erzählt hat«, sagte meine Mutter würdevoll. »Ich habe sie in keiner Weise zu diesen Äußerungen gedrängt. Anscheinend ist eines der verlorenen Kinder von Acre eine Prostituierte geworden – das Mädchen, das nicht heimkehren wollte. Sie hat ihn erkannt.«

»Das ist allerdings sehr viel ernster«, sagte John. »Ich dachte, es handelte sich vielleicht um eine ältere, verheiratete Frau. Ich wäre allerdings *sehr* besorgt, wenn Julias Verlobter Freudenhäuser und dergleichen aufsuchte.«

»Ich kann durchaus keinen Unterschied erkennen«, sagte meine Mutter ungeduldig. Ich hörte ihre Absätze auf den gebohnerten Holzdielen klappern. »Es handelt sich in jedem Fall um Promiskuität, Unkeuschheit.«

Johns Stimme klang sehr warm, und ich wußte, daß er meine Mutter in diesem Moment anlächelte. »Moralisch gesehen hast du recht, Celia«, sagte er. »Aber ich habe eben als Arzt gesprochen.« Er hielt einen Augenblick inne. »Die Straßenmädchen können schreckliche Krankheiten übertragen«, sagte er. »Viele dieser Krankheiten sind tödlich, keine ist heilbar. Wenn James Fortescue mit Prostituierten zusammengewesen ist, dann sollten wir dem Herrgott danken, daß Julia rechtzeitig davon erfahren hat.«

»Oh«, sagte meine Mutter verwirrt.

»Natürlich weißt du nichts darüber«, sagte John sanft. »Und

ich bin froh, daß weder du noch Julia jemals wissen werdet, wie sehr jene Frauen und die Männer, die sich bei ihnen anstecken, zu leiden haben. Jene Krankheiten sind sehr leicht übertragbar. Wenn James Fortescue gewohnheitsmäßig solche Frauen aufsucht, dann sollte die Verlobung ganz gewiß aufgelöst werden.«

Ich hatte genug gehört. Ich stahl mich auf Strümpfen die Treppe hinauf und lauschte nicht weiter. Ich läutete die Glocke und bat um Wasser für ein Bad, denn ich fühlte mich ganz und gar schmutzig. Ich hätte nicht mit meiner geliebten Mutter und Onkel John gemeinsam essen können, ohne mich vorher von oben bis unten gereinigt zu haben.

»So werde ich also auf euch zwei Herumtreiber wieder einmal verzichten müssen, nicht wahr?« sagte Onkel John später beim Essen in gekränktem Ton. »Ich sehe, daß ich mir selbst einen Strick gedreht habe und daß Julia sich einfach davonmacht, während ich ihre verflixten Ländereien verwalten muß.«

Seine Heiterkeit schien mir reichlich gezwungen, aber ich wußte es zu schätzen, daß keiner von beiden mich weiter ausfragen wollte. Ich versuchte zu lächeln, aber ich mußte gegen eine neue Welle von Übelkeit ankämpfen; vor mir lag eine mächtige Wideacre-Forelle, in Sahne geschmort und mit Wein verfeinert. Das Fleisch schimmerte wie Rosenblätter, und die cremige Sauce glänzte leuchtend gelb. Der Geruch, der mir in die Nase stieg, machte es mir schwer, am Tisch sitzenzubleiben, und ich wußte, daß ich keinen Bissen herunterbekommen würde.

»Wir werden nicht lange in Oxford bleiben«, sagte meine Mutter zu John gewandt. »Und ich glaube eigentlich, daß du froh bist, das ganze Haus eine Zeitlang für dich allein zu haben. Du kannst dann in Ruhe mit all deinen Landkarten um dich herum in der Bibliothek essen, und niemand wird dich schelten, wenn du Zigarren rauchst und erst spät zu Bett gehst.«

»Oh, ja«, bestätigte Onkel John verschmitzt. »Ich werde hier geheime Orgien feiern. Und wenn ihr heimkommt, dann werdet ihr die Gardinen zur Reinigung bringen und die Teppiche schrubben müssen, so sehr wird es hier nach abgestandenem Tabakrauch riechen.«

Ich konnte kaum hören, was die beiden sagten, und ich konnte kaum den Teller mit Essen erkennen, der vor mir stand. Der Tisch schien wie eine Welle zu steigen und niederzusinken.

»Mama, bitte entschuldige mich«, flüsterte ich. »Ich fühle mich nicht wohl.« Ich stand auf und wankte aus dem Eßzimmer. Im Wohnzimmer ließ ich mich vor dem mit Blumen gefüllten Kamin auf den Läufer niedersinken.

Ich hatte meine Mutter diesmal angelogen, und ich würde weiterlügen müssen. Ich hatte ihr gesagt, daß mit mir alles in Ordnung wäre, aber das stimmte nicht. Etwas war ganz und gar nicht in Ordnung, und jeder, der nicht gerade völlig naiv war, hätte es schon vor Wochen erraten können.

Ich war schwanger.

Mein Cousin Richard hatte mich geschwängert. Jetzt hatte ich wirklich keine Chance mehr.

Jetzt bedurfte es keiner weiteren Drohungen und Versprechungen, um mich an ihn zu binden. Ich war gänzlich verloren, wenn er mich nicht heiratete, und ich wußte sehr gut, daß ich zu ihm gehen und ihm alles sagen mußte und daß wir besser heute als morgen heiraten sollten.

Es hatte wochenlang gedauert, bevor ich den Grund für meine Übelkeit und das Gefühl von Schwindel erkannt hatte, und selbst dann noch hatte ich mich an die Hoffnung geklammert, meine Unpäßlichkeit käme daher, daß meine Blutungen ausgeblieben waren. Aber als Woche um Woche verging, mußte ich endlich der Tatsache ins Auge schauen. Zu der Zeit, als alles auf Wideacre an Liebe und Paarung dachte, da war auch ich fruchtbar gewesen.

Zweimal hatte ich einen Brief an Richard zu schreiben begonnen, und zwei Seiten Hochglanz-Briefpapier waren im Kaminfeuer gelandet. Ich wußte, in seinen Augen waren wir verlobt. Seit dem Tag, an dem er nach Oxford abgereist war, an dem er mich mit hartem, schmerzhaftem Griff festgehalten und mir gesagt hatte, daß kein Gentleman mich jetzt noch heiraten würde, hatte ich gewußt, daß es für mich keine Liebe mehr geben würde. Keine Liebe, keine Ehe und keine Kinder.

Ich hatte mich damit abgefunden. Ich hatte gedacht, daß ich ein solches Leben ertragen könnte. Aber jetzt stand mir etwas viel Schlimmeres bevor. Ich wollte nicht Richards Ehefrau sein. Ich konnte den Gedanken an eine heimliche Hochzeit, die für meine Mutter und auch für mich beschämend wäre, nicht ertragen. Ich wollte keine Ehe, zu der sie nur zögernd ihre Zustimmung gab, weil sie wußte, daß ich verloren war. Aber ich sah keine andere Möglichkeit. Ich hatte viele Wochen lang versucht, so zu tun, als hätte es jenen Morgen im Sommerhaus nicht gegeben. Aber es *hatte* ihn gegeben. Ich mußte meiner Schande ins Gesicht blicken und sagen: »Ich wäre lieber tot als auf diese Weise entehrt.« Aber zugleich wußte ich, daß ich *nicht* sterben würde. Statt dessen würde ich heiraten, schnell heiraten müssen, um nicht ohne Ehering einen Bauch vor mir herzutragen, der in meinen neuen, schmal geschnittenen Kleidern nur allzu deutlich sichtbar wäre. Wenn ich nicht verheiratet wäre, hätte meine Mutter das Recht, mich aus dem Haus zu weisen und mich niemals wieder bei sich aufzunehmen.

Eine heimliche Hochzeit würde ihr Schande machen, aber das wäre nach wenigen Jahren schon wieder vergessen. Das Baby würde reichlich früh kommen, aber die Leute von Wideacre kennen das Leben, und sie haben ein großes Herz. In der Dorfkirche wurden nur wenige Ehen geschlossen, bei denen die Braut noch nicht einen runden Bauch vor sich hertrug, und immer wurde nach dem Maifest eine Flut von Aufgeboten auf den Downs bestellt. Ich würde mich in einer Welt des Adels nach einer heimlichen Hochzeit und mit einem zu früh geborenen Kind mit meiner ganzen Kraft an meinen guten Ruf klammern. Aber für die einfachen Leute von Wideacre wäre meine voreheliche Schwangerschaft nichts Ungewöhnliches.

Ich richtete mich gerade auf und schaute in den Kamin. Ich würde James Fortescue niemals wiedersehen. Plötzlich wurde mir heiß und kalt bei dem Gedanken, daß irgend jemand ihm erzählen könnte, die hübsche Julia Lacey, die im letzten Jahr die Ballkönigin von Bath und eine Zeitlang seine Liebste gewesen war, hatte im letzten Augenblick heiraten müssen. Wenn er es erführe, wäre er froh, noch gerade eben davongekommen zu sein. Er könnte dem Klatschmaul, das meinen Namen flüsterte, zuraunen, daß er mich um ein Haar selbst geheiratet hätte! Und dann würden die beiden Männer ihre Köpfe schütteln und sich darüber wundern, daß eine so feine junge Dame im Grunde ein solches Flittchen war. Ich schlug beschämt die Hände vors Gesicht und saß eine Weile lang vollkommen leer und gedankenlos da.

Schließlich zuckte ich die Achseln.

Ich konnte nichts daran ändern.

Ich hatte einen Fehler gemacht, einen bedauerlichen und schrecklichen Fehler, und ich würde damit leben und die Folgen tragen müssen.

Es hätte schlimmer kommen können, versuchte ich mir zu sagen. Mit meiner ganzen Kraft suchte ich danach, ein wenig Mut zu fassen. Zumindest, so sagte ich mir, liebte ich meinen Cousin Richard. Als wir Kinder gewesen waren, hatte ich ihn heiraten wollen. Seitdem wir Kinder waren, hatte ich ihn geliebt. Ich könnte meine Augen vor der Schande und den kritischen Blicken verschließen, denn mir blieb das erhalten, was mir in meinem Leben das Liebste war: Richard und Wideacre.

Meiner Mutter aber würde es großen Kummer bereiten ...

Ich gab es auf, mir vorzumachen, daß alles in Ordnung kommen würde. Ich konnte in mir selbst keinen Mut finden, und ich wußte, daß eine hastige, heimliche Ehe und ein allzufrüh geborenes Baby in meinem Leben ein dunkler Fleck wären.

Aber eine uneheliche Schwangerschaft wäre noch sehr viel schlimmer. Ich konnte meiner Mutter und auch Onkel John jetzt nicht sagen, daß ich schwanger war. Aber wenn Richard mitspielte und die Lügen erzählte, die wir nun einmal erzählen mußten, dann könnte für mich noch alles glimpflich verlaufen. Richard war der einzige Mensch, dem ich die Wahrheit anvertrauen und den ich um Beistand bitten konnte. Vor mir, so schien es, lag nur ein einziger Weg. Der Weg führte direkt zu Richard nach Oxford.

24

Ich nahm kaum irgend etwas von der Stadt wahr; die großen, grauen Collegegebäude am Straßenrand sahen in meinen Augen ganz wie Gefängnisse aus. Meine Mutter war, während wir über die Pflastersteinstraßen zu Richards College rumpelten, vollkommen entzückt von der Eleganz und der ehrwürdigen Geschichte der Stadt, aber mir selbst erschienen die Fenster zu klein, und die Fassade der Gebäude war mir zu düster.

Ich hörte später, daß die Colleges vor allem von innen sehr schön sind, daß sie oft im Viereck gebaut werden und daß man in den Höfen hübsche, geheime Gärten entdecken kann. Wenn der Pförtner am Tor deinen Namen kennt, dann kannst du in den Innenhof hineingehen und findest einen Ort der vollkommenen Stille, wo vielleicht eine Zeder wächst oder ein Springbrunnen plätschert.

Von außen aber sahen die Gebäude wie Festungen aus, und alle geheimen Gärten hinter den Mauern entschädigten mich nicht dafür, daß die Fassaden mich wie mit düsterem Stirnrunzeln anzuschauen schienen, als wären sie alle ernsthafte und nachdenkliche Männer und ich selbst nur ein dummes Mädchen, das seinen guten Ruf verloren hatte und mit einem unehelichen Kind im Bauch täglich dicker und runder wurde. Frauen waren in Oxford nicht willkommen, nicht einmal Tanten und Cousinen, und schwangere Geliebte wären wahrscheinlich allgemeiner Verachtung und Ablehnung ausgesetzt gewesen. Oxford war eine Stadt für Männer, und diese Männer wachten eifersüchtig darüber, daß niemand zu ihren Bibliotheken, ihren Büchern, ihren Theatern und Gärten Zutritt bekam, der nicht dorthin gehörte.

Richard erwartete uns bereits und hatte in seinen gemieteten Zimmern Tee für uns bestellt. Er hatte mit einem Blick erfaßt, daß ich mich müde und bedrückt fühlte. Ich hatte ganz vergessen, wie geschickt er andere Menschen täuschen konnte, und seine Überraschung, als er merkte, daß er einige Bücher im Hause seines Professors vergessen hatte, hätte selbst einen allwissenden Engel überzeugen können. Meine Mutter erklärte sich bereit, mit einer Zeitschrift auf uns zu warten, während Richard und ich fortgingen, um seine Bücher zu holen. Sobald wir das Haus hinter uns gelassen hatten, wandte sich Richard mir zu.

»Was ist los?« fragte er unvermittelt.

Ich bemerkte, daß er ziemlich finster aussah, und all mein Mut verließ mich. Wenn Richard mich nicht mehr heiraten wollte, dann war ich in der Tat verloren. »Ich mußte dich sehen ...«, begann ich unbeholfen. »Richard, es hat etwas mit unserer Verlobung zu tun ...« Meine Stimme wurde flach, als ich plötzlich den dunklen Schimmer in seinen Augen bemerkte.

»Was ist damit?« sagte er. Eine Welle von Angst überflutete mich.

»Richard«, sagte ich schwach. »Richard, du mußt mir helfen, bitte!«

»Was willst du?« fragte er gelassen.

Wir gingen vor den steinernen, für Männer gebauten Colleges minutenlang schweigend nebeneinander her. Plötzlich hielt ich ihn am Ärmel fest. »Richard«, sagte ich atemlos, »bitte sprich nicht so kalt mit mir. Ich bin verloren, wenn du mich nicht rettest. Richard! Ich bin schwanger!«

Er war entzückt.

Ich *kenne* Richard. Ich kannte jenes blaue Flackern in seinen Augen, ebenso wie ich mein eigenes, trübes Entsetzen kannte. Ich legte meine Hände auf seinen Arm und sagte ihm, daß ich ruiniert sei, und er war so entzückt, als hätte ich ihm Wideacre überschrieben und ganz Sussex obendrein.

Er senkte sofort die Lider, um den Ausdruck seiner Augen zu verbergen. »Julia«, sagte er ernst, »du bist wirklich in einer schlimmen Lage.«

»Ich weiß«, sagte ich hastig. Mir war nicht entgangen, daß er gesagt hatte, *ich* wäre in einer schlimmen Lage. Er sagte nicht *wir*.

»Das könnte deine Mutter ins Grab bringen«, sagte er. »Sie würde dich von zu Hause fortschicken müssen. Du dürftest nicht auf Wideacre bleiben. Ich glaube, es würde ihr das Herz brechen.«

Ich nickte. Die Angst hatte mir den Hals zugeschnürt, so daß ich kein Wort herausbringen konnte.

»Du würdest vollkommen außerhalb der Gesellschaft stehen«, sagte Richard. »Keiner deiner alten Freunde würde dich jemals wieder besuchen. Was für eine entsetzliche Zukunft. Ich kann mir nicht einmal vorstellen, wo du leben könntest.« Er hielt inne. »Ich nehme an, John könnte dir vielleicht irgendwo im Ausland ein kleines Häuschen kaufen«, sagte er nachdenklich, »oder vielleicht würden sie eine Hochzeit mit einem Pächter oder mit sonst jemandem arrangieren, der bereit wäre, dich mitsamt deinem Kind zu nehmen.«

Ich versuchte zu sprechen, aber es kam nur ein Jammern aus meinem Mund. »Richard!« brachte ich schließlich hervor.

»Ja?« meinte er. Er klang zerstreut, so als hätte er kaum die Zeit, sich in den Phantasien über meine Zukunft stören zu lassen.

»Wir waren doch verlobt«, sagte ich sehr leise. Menschen, die auf der Straße an uns vorbeigingen, drehten sich herum, um uns anzuschauen, einen gutaussehenden jungen Mann und ein hübsches Mädchen, das sich an seinem Arm festklammerte und wie eine verzweifelte Bettlerin in sein Gesicht starrte. Richard sah die Blicke, ging langsam weiter und steckte meine kalte Hand unter seinen Ellenbogen.

»Ja, wir waren einmal verlobt«, nickte er, »aber ich dachte, daß du dich danach mit jemand anderem verlobt hättest. Das letzte, was ich von dir in dieser Sache gehört habe, war, daß du mich *nicht* heiraten wolltest, daß du dir wünschtest, wir wären Bruder und Schwester. Ich hatte den Eindruck, Julia, das muß ich schon sagen, daß du über unsere Heirat nicht allzu begeistert warst.«

»Das war ich gewiß nicht«, sagte ich ehrlich. »Und ich bin es auch jetzt nicht.« Es war wie ein Alptraum, schlimmer als ein Alptraum. Ich konnte kaum ein Bein vor das andere setzen, so weich waren meine Knie bei diesem Gespräch geworden. Ich konnte kaum glauben, daß Richard seinen Triumph über mich so hemmungslos ausspielte, daß ich jetzt eine Bittstellerin war, die rücksichtslos gequält werden konnte. »Aber dies ändert alles, Richard.«

»Ja«, sagte er, und er konnte das Frohlocken in seiner Stimme nicht mehr verbergen. »Das ändert nun wirklich alles.«

Dann verlor ich ganz plötzlich die Geduld. »Quäle mich nicht, Richard«, sagte ich ärgerlich. »Dies ist kein Scherz. Wenn du dich nicht zu dem Kind bekennst, wenn du mich nicht heiraten willst, dann solltest du mir das eindeutig sagen. Ich möchte wissen, woran ich bin.«

Die Entschlossenheit in meiner Stimme brachte ihn dazu, stehenzubleiben. Er sah mich prüfend an. »Was würdest du tun?« fragte er.

»Ich würde es meiner Mutter erzählen«, antwortete ich. Ich fühlte, wie der Zorn mir in Brust und Kehle emporstieg. »Ich würde es meiner Mutter und Onkel John sagen. Ich würde ihnen sagen, daß ich vielleicht in Schande leben müßte, aber daß ich dennoch die Hälfte von Wideacre erben wollte. Wir haben im Dorf darüber gesprochen, daß wir das Land an die Dorfbewohner verteilen und daß die Ländereien gemeinsam von den Dorfleuten und den Laceys verwaltet werden würden. Wenn ich nicht zum Adel gehören und wenn ich keine Dame sein könnte, dann würde ich meinen Anteil am Besitz sofort an Acre verschenken. Ich würde mir eines der besseren Cottages von Acre nehmen, ganz allein darin leben und mein Kind dort großziehen. Ich weiß, daß niemand vom Adel mich besuchen würde. Aber ich habe immer noch Freunde unter den armen

Leuten von Acre, und viele von ihnen sind nur ein paar Monate nach der Hochzeit geboren worden, einige davon auch unehelich. Selbst wenn die Gesellschaft, selbst wenn meine Familie die Türen vor mir verschließen würde – Wideacre würde mir immer noch bleiben.«

Richard nickte. Ich sah, wie sein Blick nachdenklich über die grauen Dächer und die blasse Silhouette der Häuser schweifte. Er wußte nicht, ob er mir glauben sollte. Er schaute zu mir herab, sah mein hartes Gesicht und erkannte, daß ich vollkommen entschlossen war.

Plötzlich wurde sein Blick warm und freundlich. Er schenkte mir eines seiner lieblichsten Lächeln. »Oh, Julia, mein Liebling«, sagte er mit süßlicher Stimme, »was für ein dummes, kleines Mädchen du doch bist! Ich habe dich mein ganzes Leben lang geliebt, ja vergöttert! Natürlich brauchst du nicht in Schande zu leben. Ich werde dich heiraten. Ich könnte mir nicht einmal vorstellen, *nicht* dein Mann zu sein. Und du wirst einen Sohn gebären, meinen Sohn, und er wird der Erbe sein, der einzige Erbe von Wideacre!«

Der Zorn, der mich noch einen Augenblick zuvor gerade und aufrecht gehalten hatte, verließ mich wieder. Am liebsten hätte ich jetzt vor Erleichterung geweint. »Ja«, sagte ich.

Richards Lächeln war so süß wie ein Maimorgen. »Wir müssen planen«, sagte er. »Wann wird er geboren? Gegen Ende Januar?«

Ich antwortete nicht. Ich hatte überhaupt nicht an die Geburt des Kindes gedacht. Alles, woran ich gedacht hatte, war der Kummer und der Schock, den ich meiner Mutter und Onkel John bereiten würde. Aber als ich Richard so zuversichtlich über den Jungen sprechen hörte, der geboren werden würde und der dann auf Wideacre der nächste Squire wäre, da wurde mir das Herz seit langer, langer Zeit zum ersten Mal ein wenig leichter. Das Kind würde ebenso ein Kind von Wideacre sein, wie Richard und ich es gewesen waren. Es würde auf Wideacre unter dem weiten, lieblichen Himmel meiner Heimat aufwachsen. Ich hätte eine kleine Tochter, denn ich war sicher, daß das Baby ein Mädchen werden würde, ein eigenes Kind, und ich würde ihr alles beibringen, was ich über die Natur und das Land wüßte. Vielleicht wäre dann sie diejenige, die das Land an die Menschen zurückgeben würde, die darauf arbeiteten.

»Ja«, sagte ich, »ich bin jetzt fast zwei Monate überfällig.«

Richard nickte. »Wann kann man es sehen?« fragte er.

Ich runzelte die Stirn. »Oh, wenn nur Clary noch lebte!« seufzte ich und sehnte mich plötzlich nach ihrem Beistand. »Ich versuche, mich daran zu erinnern, wie Clarys Mutter und die anderen Frauen aussahen. Ich glaube, es zeigt sich schon im dritten Monat. Aber, Richard, ich möchte sofort heiraten. Ich muß verheiratet sein, bevor man es sieht!«

Richard bemerkte die Panik in meiner Stimme und lächelte. »Ja«, sagte er leise. »Das glaube ich auch. Ich habe dich gewiß noch niemals so ängstlich gesehen, Julia.«

Ich konnte nicht antworten. Ich schaute zu ihm empor. Meine Lippen zitterten.

»Es ist ja schon gut«, sagte er. Seine Stimme klang glücklich und so weich wie Seide. »Ich werde alles in die Wege leiten. Nun schau nicht so ängstlich drein, Julia. Wir müssen zu deiner Mutter zurückgehen.«

Unsere Heirat ging schneller über die Bühne, als ich es für möglich gehalten hatte. Richard bekam von seinem Professor einige Tage Urlaub; er hatte behauptet, er müsse uns unbedingt nach Sussex zurückbegleiten. Als wir zu Hause ankamen, waren meine Mutter und Onkel John damit einverstanden, daß Richard mich zu einer Kutschfahrt einlud; er sagte, er wolle mit mir eine Ausfahrt an die Küste machen. Wir brachen sehr früh auf, und meine Mutter und John erwarteten uns erst spät in der Nacht wieder zurück. Im grauen Dämmerlicht fuhren wir die Straße nach Portsmouth hinunter. Richard pfiff und sang vor sich hin. Ich war so still, als würde ich zu meiner eigenen Beerdigung und nicht zu meiner Hochzeit fahren. Das Schaukeln und Schütteln der Kutsche machte mich unruhig und müde, und nachdem wir zur Frühstückspause angehalten und die Pferde gewechselt hatten, legte ich meinen Kopf auf Richards Schulter und schlummerte.

Wir müssen, als wir in die Stadt hineinfuhren, einen seltsamen Anblick geboten haben. Ich hatte mich eigentlich in den Straßen ein wenig umsehen wollen. Aber ich starrte nur trüb vor mich hin und nahm meine Umgebung gar nicht wahr. Ich war auf dem Weg zu meiner Hochzeit und fühlte nichts als Entsetzen.

Die Straßen waren schmaler geworden, und das Rumpeln der Räder auf den Pflastersteinen wurde ohrenbetäubend laut. Auf den Bürgersteigen drängten sich die Menschen, und Richard mußte die Zügel immer wieder kürzer fassen.

Wir sollten uns irgendwo am Hafen einfinden. Dort gab es einen geldgierigen Kapitän, der uns ein Dokument verkaufen wollte, in dem geschrieben stand, er habe uns auf einer Seereise außerhalb der Gewässergrenze rechtskräftig verheiratet. Auf dem Meer hatte er bestimmte rechtliche Vollmachten.

Richard betrachtete eine von Hand gezeichnete Straßenkarte, die er auf seinen Knien ausgebreitet hatte. Sein Freund Wrigley aus Chichester hatte sie für ihn gefertigt und ihm den Namen des Kapitäns genannt. Es gab auf der Welt keine Geheimnisse. Ein junger Mann, der nur ein paar Meilen von Wideacre entfernt lebte, wußte, daß wir heiraten würden, und zweifellos hatte Richard ihm auch den Grund genannt. Es gab keine Geheimnisse, und ich konnte meiner Schande nicht entrinnen.

Er lenkte die Kutsche in den Hinterhof eines Hotels und gab den Stallburschen mürrische Anweisungen: Wir wollten in zwei Stunden wieder weiterreisen, und bei unserer Rückkehr sollten die Pferde bereitstehen. Dann reichte er mir formlos seinen Arm, als würde er eine Tasche tragen, und führte mich die Straße hinunter zum Hafen.

Der Hafen sah aus wie ein einziger Wald von Masten. Hoch oben in der Takelage turnten Matrosen herum und stießen wie schimpfende Papageien laute Schreie aus. Ich lief dicht neben Richard her und klammerte mich an seinen Arm.

»Wie sollen wir jemals das richtige Schiff finden?« fragte ich. Im Grunde hoffte ich, wir würden das richtige Schiff *nicht* finden und könnten einfach nach Hause zurückkehren. Selbst wenn mein Herz bräche und ich in Schande leben müßte – alles war besser, als dieses hoffnungslose Herumirren in einer Stadt, die mir fremd war, mit einem Mann, dessen wahren Charakter ich jetzt erst kennenlernte.

Mit jedem Schritt fühlte ich mich schwächer. Aber für Richard war unser Ausflug ein köstliches Abenteuer; seine Augen funkelten, und er sah sich neugierig um. »Dort ist es!« sagte er triumphierend. »Jetzt müssen wir den Kapitän finden.«

Richard schob mich vor sich her über eine schmale Planke. Ich hielt die Augen gesenkt. Ein halbes Dutzend schmutziger Gesichter waren an der Reling des Schiffes zu sehen. Die Schiffsbesatzung war herbeigelaufen, musterte mich und machte Bemerkungen: über mein Kleid, meinen Hut und darüber, was wir wohl auf dem Schiff zu suchen hätten.

Als wir an Deck kamen, waren sie verschwunden. Richard schien unsere peinliche, unangenehme Lage nicht zu berühren.

»Hallo, Sie da!« rief er einem der Seeleute, der sich uns träge näherte, selbstbewußt zu. Der Mann war offenbar Befehlshaber der Crew, die gerade schmutziges Wasser auf das Schiffsdeck ausschüttete. »Wo ist der Kapitän?«

Der Mann, der sich mit einem langen Fleischermesser langsam die Nägel reinigte, schaute auf und betrachtete uns nachdenklich, als überlegte er, ob wir eine Antwort verdienten oder nicht. Richard steckte eine Hand in die Manteltasche, und das Klingeln der Münzen gab den Ausschlag. Plötzlich wurde mir bewußt, daß Richard auf diese Fahrt sehr viel Geld mitgenommen hatte. Er trat sehr selbstsicher auf.

»Er ist wieder betrunken«, sagte der Mann finster. Er sah uns mit offener Verachtung ins Gesicht. Ich wurde rot, als er mich von oben bis unten herablassend musterte. Er wußte, warum wir gekommen waren. Er wußte: Es gab für ein adliges junges Mädchen nur einen einzigen Grund, um auf dieses schmutzige Schiff zu kommen. Er sah mich an, als wäre ich eine Hure, die sich mit jedem Mann einließ. Ich trat hinter Richards Schultern zurück, zog mir den leichten Umhang um die Schultern und schlug den Kragen hoch, um mein Gesicht zu verstecken.

Ich hatte ein Gefühl, eine Vorstellung, die ich nicht in Worte hätte fassen können: daß jenes verächtliche, abschätzige Anstarren ein böses Omen für die Zukunft bedeutete. Ich sollte das Eigentum eines einzelnen Mannes werden, aber zugleich hatten Männer das Recht, mich nach Belieben anzustarren. Ich war nicht länger eine freie Frau, und ich tat gut daran, mich hinter Richard zu verstecken, denn er war mein Beschützer. Ich war nicht länger in der Lage, aus eigener Kraft Respekt für mich zu fordern.

»Wir gehen zu ihm«, sage Richard. Er hatte meine Verlegenheit nicht bemerkt; vielleicht hielt er es auch nicht für nötig, den Mann in die Schranken zu weisen, der mich so unverschämt anstarrte. Der Mann zuckte gleichmütig die Achseln und wies dann mürrisch an uns vorbei zur Tür. »Dort runter«, sagte er.

Richard wollte die Mannschaftstreppe hinuntergehen, aber ich hielt ihn fest. »Richard«, flüsterte ich, »wenn er betrunken ist, dann kann er vielleicht gar nicht ... vielleicht sollten wir ... Richard, warte!« beschwor ich ihn.

Richard stieg vorsichtig die Sprossen hinab. »Komm herunter«, befahl er mir.

Ich zögerte. Die Männer an Bord hatten ihre Arbeit unterbrochen und sahen uns unverhohlen an. Sogar die Matrosen in der Takelage starrten auf mich herab. Ich raffte meine Röcke mit einer Hand zusammen und erfaßte die Leiter. Dann kletterte ich hinunter und stand neben Richard.

Der Gestank traf mich wie ein Faustschlag. Der Geruch von Erbrochenem, Körperausdünstungen, Angstschweiß und wütender Erregung, von Kanonenpulver und schmutziger Kleidung, von fauligem Essen und Wundbrand schlug mir entgegen. Ich mußte würgen, suchte nach meinem Taschentuch und legte es mir über den Mund und sog den Duft von Eau de Cologne und sauberem Leinen in mich hinein.

Richard schaute mich an. Ich konnte sein Gesicht im Schatten des schlecht beleuchteten Flures nicht erkennen. »Was ist denn jetzt wieder?« fragte er ungeduldig.

»Es geht so nicht, Richard«, jammerte ich. »Es ist schrecklich. Es muß doch einen anderen Weg geben. Wir können nicht hier an diesem schmutzigen Ort heiraten. Es ... es *riecht*, Richard.«

Er stieß einen leisen Fluch aus, wandte sich zu mir um und packte meinen Arm knapp über dem Ellenbogen so fest, daß ich laut aufgeschrien hätte, wenn meine Angst nicht größer als der Schmerz gewesen wäre.

»Hör zu«, zischte Richard wütend. »*Du* wolltest, daß wir uns lieben. *Du* hast dich doch auf den Rücken gelegt und gelächelt. *Du* hast deinen Arm um meinen Hals gelegt. *Du* hast nein gesagt und ja gemeint. *Du* bist mit Jem heimgeritten und hast deine Arme nach mir ausgestreckt. Du hättest mich leicht daran hindern können. So etwas wie Vergewaltigung gibt es gar nicht; das weiß doch jeder. Als Jem dich gefunden hat, hast du ihm erzählt, du seist von Seenebel gefallen. Wärest du vergewaltigt worden, dann hättest du mich mit lauter Stimme beschuldigt. Du wolltest es. Du wolltest es, weil du eine Hure bist. Und es ist großzügig – sehr großzügig – von mir, dich zu heiraten.«

Ich starrte ihn mit offenem Mund an. Sein harter Griff an meinem Arm war sanft verglichen mit dem Schmerz, den ich in meiner Brust spürte. Jedesmal, wenn er ›du‹ sagte, traf mich das Wort wie ein Messer mitten ins Herz hinein.

Richard sprach nicht die Wahrheit, aber ich war schwach

und verwirrt und konnte ihm nichts entgegensetzen. Ich hatte mir seit jenem Vormittag im Sommerhaus Tag für Tag Vorwürfe gemacht. Eine Frau, so hatte ich gelernt, ist immer im Unrecht. Wenn ich eine wirkliche Lady und wirklich keusch und zurückhaltend gewesen wäre, dann hätte Richard es niemals gewagt. Ich hatte meine Jungfräulichkeit verloren, und das reichte, um mich in jedermanns Augen – und vor mir selbst – ins Unrecht zu setzen.

»Ich bin bereit, dich zu heiraten«, sagte Richard wütend, »aber es ist ein Gefallen, den *ich dir* tue. Du kannst auch Mama und John ganz allein gegenübertreten. Aber wenn ich ihnen erzählen würde, daß du es warst, die mich in Versuchung geführt hat, daß du darauf bestanden hast, daß wir uns lieben, dann würde deiner Mutter gewiß das Herz brechen.«

Die Fackel, die in einer Halterung an der Wand befestigt war, flackerte in dem starken Luftzug im Gang. Ich sah Richards Gesicht im Feuerschein aufleuchten. Er lächelte so, wie er immer gelächelt hatte, wenn er mich bei einem unserer Kinderspiele in die Enge getrieben hatte. Ich erinnerte mich daran, daß er mich einmal in einer verlassenen Scheune auf einen Heuboden gelockt hatte. »Da ist das Nest einer Schleiereule«, hatte er gerufen. Er wollte unbedingt, daß ich die brüchige Leiter hinaufkletterte, um es mir anzusehen. Ich konnte nicht erkennen, was er sich selbst anschaute. Er wies mit dem Finger auf ein dunkles Loch in der Wand nahe bei einem Balken. Als ich mich vorbeugte, um auch etwas zu sehen, versetzte er mir plötzlich einen Stoß, so daß ich gegen die Wand taumelte, und rannte zur Leiter. Blitzschnell stieg er hinunter und stieß sie zur Seite. Als ich über den Rand des Heubodens hinweg ängstlich auf den Boden der Scheune hinunterschaute, lächelte er mich an. »Ich glaube, du sitzt in der Falle«, hatte er damals gesagt.

»Ich glaube, du sitzt in der Falle«, sagte er jetzt.

Ich schaute ihn an, und plötzlich kam mir meine Lage ganz klar zu Bewußtsein. Ich atmete tief ein und fühlte, daß ich stärker und mutiger wurde, so als würde eine Brise des frischen und herben Windes von Wideacre über mich hinwegwehen. In dem stinkenden, vollgestopften Laderaum des heruntergekommenen Schiffes strafften sich plötzlich meine Schultern, und mein Kinn hob sich stolz. Ich war keine einfältige Hure, die ein Mann in einem Augenblick der Lust genommen hatte, ich war eine Lacey, und ich lebte auf Wideacre. Ich war die Tochter meines Vaters und die Erbin und natürliche Nachfolgerin von Beatrice Lacey, der Hexe von Wideacre, die das Land zum Blühen gebracht und dann ruiniert hatte, um mir den Weg zum Herrenhaus zu ebnen. Nach Beatrice würde niemand in Sussex jemals wieder behaupten, daß Frauen schwach wären. Mit dem Bild von Beatrice vor Augen – selbst von Beatrice, der Zerstörerin – konnte ich in meinem jungen, zarten Körper und in meiner liebevollen, verletzlichen Seele ein wenig Stärke finden.

Richard starrte mich lächelnd an, und ich begegnete seinem Blick, ohne ihm auszuweichen. »Du hast recht«, sagte ich gleichmütig. »Ich sitze in der Falle. Laß uns also dort in die schmutzige, kleine Kabine hineingehen, damit uns der betrunkene Kapitän endlich verheiratet. Ich werde wieder nach Hause zurückkehren, und bald werde ich es meiner Mutter und Onkel John sagen und mit ihrem Kummer und ihrer Enttäuschung leben müssen. Ich werde es schon schaffen«, sagte ich. »Und es ist wahr, daß ich noch immer keine Angst habe, und wenn ich Angst habe, dann hält sie nicht ewig an. Und sie lähmt mich nicht.«

Richards Lächeln war plötzlich wie fortgewischt, und er sah mich mit merkwürdigem Respekt an. »Ja«, sagte er leise. »Ich weiß, daß du keine Angst hast, Julia. Selbst wenn du dich sehr fürchtest, scheinst du doch immer von irgendwoher den Mut zu nehmen, der Situation ins Auge zu sehen. Ich weiß nicht, wie du das schaffst.«

»Ich bin eine Lacey«, sagte ich wild und trotzig, und der bloße Name gab mir wieder ein wenig Mut und Kraft. »Jetzt laß uns hineingehen, Richard, und die Sache hinter uns bringen.«

Richard klopfte an die Tür. Zwar hatte er gelogen, als er behauptete, ich sei für meine Schwangerschaft letztlich selbst verantwortlich, aber es stimmte, daß ich es war, die auf die Heirat gedrängt hatte. Und dabei hatte ich eine deutliche Vorahnung, daß diese Ehe mir noch mehr schaden würde, als die Vergewaltigung es getan hatte.

Es war entsetzlich.

Natürlich war es entsetzlich.

Während meiner ganzen Kinderzeit und während der Zeit, als ich zum jungen Mädchen und zur jungen Frau heranwuchs, hatte ich davon geträumt, ich würde unter dem großen, grauen, steinernen Bogen der gotischen Kirche von Acre heiraten. Die Sonne sollte durch die bunten Glasfenster scheinen und alle Farben des Regenbogens auf mein weißes Kleid malen, und meine Mutter sollte vom Kirchengestühl der Laceys glücklich zu mir herüberschauen.

Als ich ein Mädchen war, hatte ich geträumt, daß Richard neben mir stand und mich zart auf den Mund küßte, wenn er mir den Ring gab. In meinen ehrgeizigen Träumen hatte ich mich selbst in einem weißen, leichten Musselinkleid oder in einem bestickten Gewand aus schwerer, weißer Seide gesehen. Ich hatte mir sogar schon meinen Blumenstrauß vorgestellt: Blumen aus Wideacre, zu einem bunten Strauß zusammengestellt, mit feuerrotem Mohn in der Mitte. In mein Haar wollte ich mir weiße Margeriten und blaue Kornblumen binden.

Wahrscheinlich hätte ich ganz und gar albern ausgesehen, und ich bin sicher, meine Großmutter, Lady Havering, hätte meine Kleiderwahl nicht gebilligt. Ich hätte mit einem Strauß Wildblumen in den Händen und Gänseblümchen im Haar wohl kaum ein modisches Vorbild abgeben können. So machte es vielleicht wenig aus, daß ich nicht als weiße Braut in der Kirche meines Heimatdorfes getraut würde, umgeben von Freunden und begleitet von den besten Wünschen des Dorfes.

Aber nichts hätte schlimmer sein können als jene dreckstarrende Schiffskabine, der betrunkene Kapitän und die heiser krächzende Stimme, mit der er die Sätze aus seinem Gebetbuch vorlas. Als er mich anschaute und auf mein Jawort wartete, schlug mir eine Alkoholfahne ins Gesicht. Seine Kabine roch nach schmutziger Kleidung, und unter seine Schlafkoje hatte er einen Teller mit abgenagten Kotelettknochen geschoben.

Dennoch: Alle Formalitäten waren erfüllt, und als er »Und jetzt erkläre ich euch zu Mann und Frau« sagte, da waren wir genau so verheiratet, als hätten wir einander in der Kathedrale von Chichester die Ehe versprochen.

»Sie können die Braut küssen«, sagte der Kapitän zu Richard und schaute mich lüstern an.

Richard senkte seinen hübschen, dunklen Kopf zu mir herab, und ich hob mein Gesicht zu ihm empor. Seine Lippen waren wie Eis, aber meine waren nicht weniger starr und kalt.

»Ich dachte, wir müßten draußen auf dem Meer verheiratet werden«, sagte ich leise.

»Ich habe das Logbuch gefälscht«, grinste der Kapitän, und ich sah seine schwarzen Zähne. »Wenn jemand fragen sollte: Sie beide waren hier auf dem Schiff, als wir heute morgen vor der Isle of Wight kreuzten! So ist es einfacher: Eine Hochzeit für Sie beide und etwas Urlaub vom Meer für die jungen Offiziere in der Ausbildung! Ich dachte, Sie würden die junge Dame unbedingt schnell wieder heimbringen wollen«, sagte er grinsend.

Ich wandte mich beschämt ab, und Richard bezahlte. Ich ging hinaus in den Gang und stieg die Leiter hinauf, aber diesmal kümmerte ich mich nur wenig um meine Röcke. Ich schlug den Kragen hoch, um mich gegen die Kälte und vor allem gegen die traurige und heruntergekommene Umgebung zu schützen. Wir gingen zu Fuß zum Gasthaus, tranken still eine Tasse Kaffee im Gastraum und stiegen dann wieder in unsere Kutsche.

Richard pfiff gutgelaunt eine Melodie vor sich hin und wendete die Pferde zur Heimreise. Die Straße, die von Portsmouth wegführte, war wie ein Damm, der über spiegelnde Wasserflächen ging. Die Flut war gerade gekommen; es war, als sei ein silbernes Tuch um uns herum ausgebreitet worden. Boote wiegten sich an ihren Ankern, und ein prächtiger Schoner kam mit der Nachmittagsflut heran, vom Gewicht der Ladung tief nach unten gedrückt.

»Nach Hause«, sagte Richard zufrieden, »und jetzt ist es endlich mein wirkliches Zuhause. Denn ab heute bin *ich* dort der Squire, ich ganz allein.«

Die Pferde schüttelten die Köpfe und schritten weiter aus, und ich sagte kein Wort mehr. Richard ließ die Zügel locker, und die Kutsche rollte ruhig dahin. Mein Herz schlug schwer und kalt wie ein Klumpen Eis in meiner Brust, und die Übelkeit, die ich empfand, hatte jetzt nichts mehr mit meiner Schwangerschaft zu tun. Ich wußte: Ich hatte die Kontrolle über Wideacre ganz und gar verloren und dem Dorf einen Herrn gegeben, dem es nicht vertrauen konnte. Wideacre und ich hatten jetzt beide einen Herrn, dem wir nicht vertrauen konnten.

Schon jetzt hatte ich die Kunst der Sklaven gelernt: meine Worte sehr vorsichtig zu wählen. Ich wartete, bis die Pferde in einen weichen, gleichmäßigen Galopp verfallen waren. Dann räusperte ich mich und sagte mit scheinbarem Gleichmut: »Ich habe Acre ein Versprechen gegeben, und ich habe für uns beide Verträge mit meinem Namen unterschrieben. Einige Dinge können nicht geändert werden, denn sie sind bereits festgelegt worden, und wir haben uns mit unserer Ehre verpflichtet, alle Versprechen zu halten.«

Richard lächelte mich an, und sein Blick war offen und arglos. Man konnte ihn einfach nicht anschauen, ohne ihm zu vertrauen. »Natürlich, Julia«, sagte er mit seiner süßesten Stimme. »Natürlich, meine liebe Cousine, meine liebe Frau, wie ich jetzt wohl sagen kann! Ich habe gerade gedacht, daß du jetzt, da Wideacre mir gehört, nicht in der Weise Verantwortung zu übernehmen brauchst, wie du es in der Vergangenheit getan hast! Jetzt wird Wideacre meine Sache sein, nicht deine. Und übrigens«, fuhr er fort, und sein Lächeln war warm und herzlich, »du wirst auch zu Haus genug zu tun haben, denn in sieben Monaten wirst du eine Arbeit haben, die außer dir niemand tun kann.«

Ich nickte; natürlich hatte er recht. Aber zugleich fröstelte ich, wenn er in jenem Ton von Wideacre sprach.

»Ich werde immer auf dem Land arbeiten wollen«, sagte ich. »Du wirst Squire sein, aber ich habe immer, seitdem Onkel John heimgekommen ist, auf dem Land gearbeitet. Ich könnte das jetzt nicht einfach aufgeben, nur weil wir verheiratet sind.«

Richard sagte nichts; er lenkte die Pferde an einem Karren vorbei, der bis oben hin mit frisch genähten Segeln vollgeladen war. Wir waren jetzt außerhalb der Stadt, und ich hob den Kopf und schnupperte die saubere, frische Luft. Es schien, als bliese der Wind die Gerüche und Demütigungen jenes schrecklichen Schiffes von mir fort.

Richard schaute mich von der Seite an. Er hatte beobachtet, daß sich meine Wangen allmählich wieder röteten.

»Oh!« rief er, als erinnerte er sich gerade in diesem Augenblick an etwas. »Ich habe übrigens an James Fortescue geschrieben.«

»Du hast *was* getan?« fragte ich.

»Ich habe an James Fortescue geschrieben«, wiederholte Richard leichthin. »Das war doch selbstverständlich, Julia. Ich habe ihm mitgeteilt, daß wir heute heiraten würden. Ich hatte das Gefühl – ich weiß nicht, warum –, daß du selbst es versäumt hättest, ihn darüber zu informieren. Auf jeden Fall sollte ein Gentleman einen anderen Gentleman von einem derartigen Ereignis in Kenntnis setzen.«

Meine Lippen fühlten sich taub an, so als hätte Richard mich auf den Mund geschlagen. »Ich habe es ihm nicht mitgeteilt«, sagte ich fast wie zu mir selbst. »Ich dachte, es wäre nicht nötig, nachdem du ihn darüber informiert hattest, daß unsere Verlobung als gelöst zu betrachten sei.«

»Na also«, sagte Richard freundlich, »dann brauchst du ihn selbst nicht mehr darüber in Kenntnis zu setzen!«

Ich schwieg. Ich konnte mir nicht vorstellen, was James wohl gefühlt haben mochte, als er einen Brief von Richard öffnete, in dem stand, daß ich verheiratet sei. Ich konnte mir nicht vorstellen, wie er es Marianne oder seinen Eltern beibringen würde, die so freundlich zu mir gewesen waren. Ich konnte es nicht ertragen, mir vorzustellen, was er wohl fühlen oder was er wohl von mir denken mochte.

»Ich habe die letzten seiner Briefe zurückgeschickt«, sagte Richard leichthin. »Ich habe sie in meinen Brief an ihn hineingelegt. Du brauchst dir also keine Gedanken mehr zu machen.«

»Seine Briefe?« rief ich. »Du sagtest, du hättest sie vor über einem Monat zurückgegeben, als du ihn auf der Straße getroffen hattest.«

»Einige habe ich damals zurückgegeben«, gab Richard zu. »Aber einige habe ich auch zurückbehalten, um sie in Ruhe durchzulesen. Einiges von dem, was er geschrieben hatte, wollte ich noch einmal überdenken. Ich habe sie auf jeden Fall jetzt alle zurückgeschickt. Er hat aber auch *wirklich* viel geschrieben, nicht wahr?«

Meine Arme schmerzten, und plötzlich wurde mir bewußt, daß ich mich am Sitz der Kutsche festgeklammert hatte. Die Knöchel meiner Hände waren weiß.

»Er hat dich wirklich geliebt«, sagte Richard, als wäre dies ein Grund, mir zu gratulieren. »Ich habe niemals etwas gelesen, was so leidenschaftlich gewesen wäre. Als er darüber schrieb, wie er dich in dem Laden der Handschuhmacherin beobachtete, klang es geradezu, als betete er dich an. Und es klang schon fast sentimental, wie er dich dafür lobte, daß du den armen Jungen aus Acre wiedergefunden hast. Er hat dich wirklich geliebt, nicht wahr, Julia? Wie schade, nun wirst du ihn nie mehr wiedersehen!«

Ich biß so fest in die zarte Innenhaut meines Mundes, daß sie anschwoll. Der Schmerz, den ich spürte, gab mir meine Stimme zurück. »Ja«, sagte ich. Ich klang hart und entschlossen. »Ja, er hat mich wirklich geliebt. Und *ich* habe ihn auch geliebt. Aber die Tatsache, daß du seine Briefe an mich gestohlen und sie gelesen und ihm wieder zurückgegeben hast, ist jetzt nicht wirklich wichtig. Selbst ich weiß das. Dies ist wahrscheinlich das letzte Mal, daß ich seinen Namen erwähne. Ich möchte nicht gern, daß du über ihn sprichst – aber du verletzt mich damit nicht, und es macht mich auch nicht wütend.«

Danach saßen wir eine ganze Weile schweigend nebeneinander.

»Wir werden rechtzeitig zum Abendessen daheim sein«, sagte Richard. »Wahrscheinlich noch vor der Dunkelheit.«

»Ja«, bestätigte ich. Ich fühlte mich vollkommen tot und leer.

»Ich meine, wir sollten es ihnen nicht sofort sagen. Ich muß morgen nach Oxford zurück. Wir sagen es am besten erst, wenn ich wieder heimkomme.«

»Ja«, sagte ich.

»Wahrscheinlich wird man es bis dahin gar nicht sehen«, meinte Richard fröhlich. »Und wenn sie wirklich einen Verdacht haben, dann kannst du mir in jedem Fall sofort schreiben, und ich komme früher zurück.«

»Ja«, sagte ich noch einmal.

»Du scheinst nicht sehr glücklich zu sein«, bemerkte Richard ungeduldig. »Es ist jetzt alles ganz genau so, wie wir es geplant hatten, als wir Kinder waren, und du läufst mit einem Gesicht herum, als wenn du in Trauer wärst.«

»Ich weiß«, sagte ich. Das war alles. Ich fühlte mich nicht verpflichtet, mich bei Richard für meine Griesgrämigkeit zu entschuldigen. Ich fühlte mich nicht verpflichtet, so zu tun, als wäre ich glücklich. Ich war siebzehn Jahre alt, und es schien mir, als sei die Tür zu einem Kerker hinter mir zugefallen, als hätte ich mein Land verloren und alles Glück. Aber ich selbst war es gewesen, die vollkommen blind in den Kerker hineingestolpert war, ihn mit meinen Gedanken selbst zugeschlossen und den Schlüssel eigenhändig aus dem Fensterloch geworfen hatte, denn niemand außer mir trug die Verantwortung für das Chaos, zu dem mein Leben geworden war.

So wandte ich mich von Richard ab und schaute mir die vorbeigleitenden Felder an und die hübschen Dörfer und die sauberen Flüsse und den Weizen, der schnell heranwuchs, und ich sagte nichts mehr. Ich weinte nicht. Ich schrie nicht laut heraus. Ich schaute mir die Landschaft an und überlegte, wo ich den Mut finden könnte, immer und immer weiterzumachen, bis ich einen sicheren Hafen erreichen würde, um mich auszuruhen.

Aber ich wußte: Es würde noch lange dauern, bis die Zeit zum Ausruhen gekommen wäre.

25

Die Gedanken und Phantasien, die mir an jenem traurigen Nachmittag in der Kutsche gekommen waren, hatten genau ins Schwarze getroffen. In den folgenden Wochen war mir, als müßte ich meinen Kopf gesenkt halten wie ein Pflugpferd, das den Pflug durch allzu festen Schlamm zieht. Es schien mir fast, als fühlte ich ein schweres Gewicht von Schuld, das an meinem Hals hing, und als beugte ich mich unter seiner Last und zerrte und schleifte es an jedem dieser warmen Sommertage mit mir herum.

»Julia, du bekommst ja einen Buckel«, sagte meine Mutter überrascht. Sie stand am Wohnzimmerfenster und beobachtete mich dabei, wie ich Rosen im Garten schnitt. »Versuch doch, dich gerade aufzurichten, und schau nicht so grimmig drein. Ist etwas nicht in Ordnung?«

»Nein, Mama«, antwortete ich. Ich straffte gehorsam die Schultern und hob das Kinn in die Höhe, aber ich wußte, ich würde nach wenigen Minuten wieder in mich zusammensinken. Ich trug das ganze Gewicht eines unehelichen Kindes unter meinem Herzen und eine ganze Wagenladung von Schuld auf meinen Schultern. Ich konnte nichts anderes tun, als mich dagegenzustemmen, wie ein Mann, dem der Wind mitten ins Gesicht bläst.

Der Wind, so schien es, wehte mir während der ganzen letzten Juniwoche und während der ersten Juliwochen fortwährend ins Gesicht. Ich wartete nur darauf, daß Richard heimkäme, und dachte darüber nach, was wohl geschehen würde, wenn ich meiner Mutter und Onkel John alles beichtete.

Sie hatten sich geeinigt, mich in Ruhe zu lassen. Ich fühlte mich übrigens auch etwas besser. Die Zeit der Übelkeit war vorüber. Meine Mutter und Onkel John konnten beobachten, daß ich wieder normal aß, aber sie machten sich Sorgen wegen der tiefen Falten, die sich um meinen Mund herum zeigten, und wegen des bösen Stirnrunzelns, das fast so aussah wie ein Kainsmal.

Ich konnte meine Mutter nicht anschauen, ohne mich zugleich zu fragen, wie sie die Nachricht wohl aufnehmen würde. Ich wünschte mir, sie würde sehr heftig und zornig werden. Wovor ich mich am meisten fürchtete, war, daß sie mich mit verzweifelten Blicken anschauen und sich selbst die Schuld an der ganzen Entwicklung geben könnte. In jenem Sommer mußte ich Tag für Tag den Gedanken an ihren Kummer von mir fortschieben. Hätte ich mir vorgestellt, daß sie meinetwegen verzweifelt und traurig wäre, dann hätte ich gar nicht weitermachen können.

Und ich mußte weitermachen.

Der Weizen in Acre wuchs sehr gut heran, und wir mußten die Gruppen von Landarbeitern und die Erntewagen organisieren. Selbst Bauern, die schon viele Jahre lang ihr Land bebaut haben, finden die Zeit der Ernte ziemlich anstrengend; und wir auf Wideacre waren allesamt Anfänger. Eine wichtige Rolle spielt vor allem das Wetter: Das Korn muß reifen, und danach muß es sofort gemäht und eingefahren werden. Es ist nicht so wie beim Heu, das durchaus einmal naß werden kann und dann wieder trocknet. Wenn das Getreide erst einmal gemäht worden ist, dann muß es auch sofort in die Scheune gebracht werden.

Alles muß sorgfältig bis in alle Einzelheiten geplant werden: Die Männer und die landwirtschaftlichen Geräte und die Wagen müssen zu Beginn der Erntesaison in bester Form sein. Zur Erntezeit kann der Bauer auch zeigen, ob er Sinn fürs Geschäftemachen hat: Er muß entscheiden, wieviel von dem Getreide, wieviel an Spreu und Körnern er verkaufen will und wieviel er selbst braucht. Und dann muß er sich fragen, ob er auf Kosten hungriger Menschen Profite machen und sich weigern will, zum angemessenen, üblichen Preis zu verkaufen und den Preis immer weiter in die Höhe steigen läßt, bis die Menschen halb verhungert sind.

Die letztere Entscheidung war auf Wideacre leicht zu treffen. In den Jahren mit guten Ernten würden die Menschen von Acre niemals wieder hungern müssen. Aber wenn die Bedürfnisse der Leute von Acre erfüllt wären, dann, so meinten Ralph, Onkel John und ich, sollte ein bestimmter Anteil der Ernte in die Stadt geschickt und auf den Londoner Märkten zu Höchstpreisen verkauft werden. Ralph versicherte, die Armen würden nicht protestieren, wenn sie selbst keinen Mangel zu leiden hätten. Nur ein einziges Mal in jenen sonnendurchwärmten Tagen, während ich darauf wartete, daß Richard heimkäme und meiner Mutter alles beichtete, sprach mich jemand ganz direkt auf meinen Zustand hin an. *Natürlich* war es Ralph, der mich anredete. Er hatte mir nicht verziehen, obwohl er mein Freund war und es immer bleiben würde. Er hatte beobachtet, daß mein Gesicht täglich angespannter aussah und daß die Ringe unter meinen Augen so dunkel wie Blutergüsse wurden.

Ich war mit der Chichester-Kutsche gefahren, um für die Ernte einen Posten Sicheln zu bestellen. Ned in Acre hatte wegen der vielen Arbeit, die in seiner Schmiede auf ihn wartete, keine Zeit gehabt, sie selbst zu fertigen. Ich bat Jem, mich nach Acre zu bringen, damit ich Ralph benachrichtigen könnte, daß sie in der nächsten Woche geliefert werden würden.

Als wir bei seinem Cottage ankamen, saß Ralph auf der Steintreppe vor seiner Eingangstür und rauchte im Sonnenschein seine Pfeife. Er lächelte mich an, aber er erhob sich nicht, sondern wartete darauf, daß ich durch sein Gärtchen zu ihm heraufkäme und mich neben ihn setzte.

»Diese wunderbare Sonne«, sagte er und streckte sich wohlig aus. »Das einzige, was ich seit meiner Rückkehr nach Wideacre bedaure, ist, daß wir nur so selten Sonne haben. Ich war einmal auf den Zuckerinseln, Julia. Dort wird es so heiß, daß man draußen in der Hitze gar nicht arbeiten kann. Ich habe mich dann oft wie eine Schlange in die Sonne gelegt und den ganzen Tag lang in der Hitze geschlafen.«

Ich saß aufrecht neben ihm. Die Sonne wärmte mich nicht, obwohl meine Haut heiß wurde. Mir war, als würde mich das Blut, mit dem ich mein Baby ernährte, langsam vergiften. Jedesmal wenn ich lächelte oder wenn mein Blick auf ein wachsendes Blatt oder ein spielendes Kind fiel, jedesmal wenn ich über einen Scherz lachen mußte, dann wirkte das Gift, und ich mußte daran denken, daß ich bald, sehr bald, meiner Mutter sagen müßte, daß ich schwanger wäre und im geheimen und unter beschämenden Umständen meinen Cousin geheiratet hätte.

»Was fehlt Ihnen?« fragte Ralph leise. »Sie sind schon viele Tage lang so weiß wie entrahmte Milch und so sauer wie ein Korb Zitronen. Das kennt man gar nicht von Ihnen, Julia.«

»Nichts«, antwortete ich gequält.

»Sie sind doch nicht schwanger?« fragte Ralph leichthin. Er hielt die Augen fest geschlossen, und sein Gesicht war der Sonne zugewandt; er konnte nicht sehen, daß ich feuerrot wurde. Er blickte mich nicht an, damit ich mich nicht zu schämen brauchte.

»Nein«, sagte ich.

»*Wenn* es so wäre«, sagte er so beiläufig, als wäre die Angelegenheit kaum von Bedeutung, »*wenn* es so wäre, dann brauchten Sie auf keinen Fall überstürzt zu heiraten oder es Ihrer Mutter oder Ihrem Onkel John zu beichten. Es gibt viele Möglichkeiten, ein Kind loszuwerden, bevor der Bauch dick wird. Man muß es nur rechtzeitig tun.«

»Wirklich?« fragte ich.

»Ja«, sagte Ralph. »Wenn es sich um ein Mädchen handelte, mit dem ich befreundet wäre, dann würde ich sie zum Gemeindeland in die Nähe des Zigeunerlagers bringen und eine alte Frau aufsuchen, die sich in diesen Sachen auskennt. Wenn Sie wollen, dann könnte ich heute nachmittag mit Ihnen dort hinaufreiten, Julia.«

»Nein«, sagte ich. Meine Stimme klang sehr gequält. »Es ist nicht nötig.«

Ralph öffnete die Augen und sah mich prüfend an. »Ich bin froh, das zu hören«, sagte er geradeheraus. »Ich war sicher, daß es das wäre, was Sie so bedrückt.« Er schloß noch einmal wie ein blinder Wahrsager die Augen und lehnte den Kopf gegen die honigfarbene Sandsteinwand seines Cottages.

»Ein Mädchen, das zu einer körperlichen Vereinigung gezwungen wird, ist dadurch zu nichts verpflichtet, wissen Sie«, sagte er. »Und ein Mädchen, das seine Jungfräulichkeit verliert, braucht deshalb den Mann nicht gleich zu heiraten. Selbst bei den Zigeunern ist das nicht so. Sie sagen zwar, ein junges Mädchen, das seine Jungfräulichkeit verliert, wäre besser tot. Sie behaupten, daß jede junge Frau, die in Weiß vor dem Traualtar erscheint, eine Jungfrau sei. Aber das ist bestimmt nicht wahr.«

Ich erwiderte nichts. Ralph schaute wieder von mir fort.

»Wenn Sie sich also irgendwo auf den Downs mit Ihrem Cousin vergnügt haben, dann sind Sie ihm deshalb noch lange nicht für alle Zeiten zur Treue verpflichtet«, sagte er. »Sie könnten ihm einen Korb geben und schon morgen einen anderen Mann heiraten, und niemand würde etwas darüber erfahren. Wissen würden es nur ein paar Leute aus Acre, und die dächten deshalb nicht schlechter von Ihnen.« Er hielt inne. »Und kein Ehemann, den Sie uns hierherbringen würden, würde jemals von uns irgendwelche Gerüchte zu hören bekommen.«

Ich stand auf. Ralph öffnete die Augen und beschattete sie mit der Hand, denn ich stand vor dem strahlend hellen Himmel. Mein Gesicht sah für ihn gänzlich dunkel aus.

»Danke, Ralph«, sagte ich förmlich. »Ich habe wohl verstanden, was Sie gesagt haben, aber die Hilfe, die Sie mir anbieten könnten, brauche ich nicht.«

Ralph machte mit den Händen eine kleine, abweisende Geste. »Ich bin Ihr ergebener Diener«, sagte er ironisch. »Entschuldigen Sie, daß ich nicht aufstehe.«

Ich lächelte; trotz meiner mürrischen, finsteren Stimmung mußte ich über seine gekünstelte Höflichkeit und über seine nachlässige Art lächeln. Ich drehte mich auf dem Absatz um, verließ Ralphs summenden, blühenden, sommerlichen Garten und wandte mich nach Dower House, wo meine Mutter am Klavier saß und sang, nicht ahnend, daß ich in einigen wenigen Tagen in jenes friedliche Heim, das sie und John mit so viel liebevoller Mühe geschaffen hatten, Unruhe bringen und ihr das Herz schwermachen würde.

Lange bevor Richard heimkam, war das Korn schon reif.

Ich war froh darüber. Sogar in den Tiefen meiner Verzweiflung freute ich mich, daß wir diese erste Ernte von Wideacre in die Scheunen bringen konnten, bevor ich gezwungen war, diese idyllische Ruhe zu stören, und bevor Onkel John und ich uns über ganz andere Dinge als über Landwirtschaft unterhalten mußten.

Das Wetter war wieder schwül geworden, und als ich Ralph unten an der Mühle traf, schlug er vor, den Weizen recht bald zu ernten. »Komischer Himmel«, sagte er und blinzelte zu den dickbäuchigen, weißen Wolken empor und zur Sonne, die so heiß auf die dichten Wolken hinunterschien, aber nicht durch sie hindurchdrang.

»Ich habe auch das Gefühl, als käme ein Unwetter«, sagte ich, »aber so war es auch zur Zeit der Heuernte, und doch hat es nie ein richtiges Gewitter gegeben.«

»Wäre ich auf dem Meer, dann würde ich mich beeilen, in einen Hafen zu kommen«, sagte Ralph. Er schaute zum Horizont: An den Gipfeln der Downs zeigte sich ein gelber Rand.

»Wie lange kann der Weizen noch stehen bleiben, bevor wir mähen?« fragte ich.

»Er kann nicht länger stehen bleiben«, stellte er fest. »Wir müssen morgen anfangen, es sei denn, das Unwetter bricht schon heute nacht los. Wir wissen nicht im voraus, wie lange die Mäher brauchen werden; die alten Männer sind ganz und gar aus der Übung, und die jungen haben noch niemals zuvor

Getreide geerntet. Einige von ihnen mußten sogar zu ihren Vätern gehen, um zu lernen, wie man eine Sichel benutzt. Wir dürfen keine Zeit mehr verlieren. Wir fangen morgen an.«

»Ich werde es John sagen«, meinte ich und wandte mich meinem Pferd zu, das im Hof der Mühle angebunden war.

»Ja, gut«, sagte Ralph. »Und Sie kommen doch selbst morgen auf die Felder hinaus, nicht wahr, Julia? Jedermann wünscht sich, daß Sie dabei sind.«

»Ich möchte die Ernte um nichts in der Welt versäumen«, versicherte ich ihm mit einem Lächeln. »Für mich ist es das erste Mal, wissen Sie.«

Ich lächelte, aber ich empfand mein Gesicht wie eine Maske. Die goldenen Spätsommertage waren angebrochen, aber ich hatte das Gefühl, ewig im Schatten zu stehen. Der Weizen reifte heran, aber mein Herz war wie Eis. Ich ritt wie einer von Richards Bleisoldaten auf einem bleiernen Pferd. Sogar mein Kopf war schwer wie Blei.

Wir aßen früh zu Abend, und ich ging zeitig zu Bett. Meine Mutter und Onkel John wünschten mir für den morgigen Tag eine gute Ernte und versprachen mir, mich auf dem Feld zu besuchen und mir mein Mittagessen dorthin zu bringen.

Ich schlief schnell ein, und fast sofort kam ein Traum.

Wer ihn mir eingab, das weiß ich nicht. Vielleicht war es Ralphs Anspielung auf die Zigeunerinnen, vielleicht auch meine Erinnerung an den Zigeuner, der am letzten Weihnachten für uns aufgespielt hatte. Fast sofort begann ich von einem Zigeunermädchen zu träumen. Es saß vorn auf einem Karren, der von einem alten, schwarzen Pferd gezogen wurde, einem Pferd aus gutem Stall, das ganz und gar nicht dafür geschaffen war, einen heruntergekommenen, schlecht bemalten Wagen zu ziehen. Es war Nacht; ein Unwetter tobte, und wir waren irgendwo auf einem öden, verlassenen Stück Land, vielleicht auf dem Gemeindeland. In meinem Traum hielt die junge Zigeunerin ein Baby in den Armen, und ihr Mann lief zu Fuß neben dem Karren her. Die Töpfe, die seitlich festgebunden waren, die geschnitzten Stöcke, die verkauft werden sollten, und die Weidenkörbe mit den Wäscheklammern darin klapperten, während der Wagen den holprigen Pfad entlang rumpelte. Der Regen peitschte mir ins Gesicht, und in der Dunkelheit und im Regen konnte ich bald nichts mehr erkennen. Die junge Frau hatte sich ein altes Cape oder eine Wolldecke über Kopf und Schultern gelegt. Eine Laterne schwankte an der Seite des Karrens hin und her; das Licht wurde in der Entfernung immer kleiner und schwächer.

Mein Herz brannte vor Schmerz, als ich den Karren davonfahren sah. Ich rief irgend etwas in den Wind hinein und war mir zugleich voller Verzweiflung bewußt, daß mich niemand hören konnte. Noch einmal schrie ich laut etwas hinter dem Karren her, aber der Wind heulte, und der Regen war zu stark. Was ich gerufen hatte, wußte ich selbst nicht genau.

Ich stieß im Schlaf einen Schrei aus und wachte von meiner eigenen Stimme auf. Es war Morgen, der erste Erntemorgen auf Wideacre, und Regen und Sturm waren zusammen mit meinem Traum vorübergezogen. Und doch erwachte ich mit einem ängstlichen Schmerz in der Brust. Ich hielt den Atem an, um zu lauschen, wie ein Wächter, der in einem stillen Haus durch das Knarren einer Diele aus tiefstem Schlaf geweckt wird. Ich lag ganz ruhig und hörte auf das Pochen meines Herzens.

Die Decke meines Schlafzimmers war grau-weiß, und als ich mich in meinem Bett aufrichtete, sah ich mehrere Schichten übereinandergetürmter Wolken, als sollte Wideacre ein Dach bekommen. Wie Ziegel lagen sie über den Gipfeln der Downs und über dem Dach von Dower House; und obwohl ich wußte, daß dahinter die helle Sonne schien, konnte ich mir kaum vorstellen, daß je ein Sonnenstrahl wieder meine Haut erwärmen würde.

Ich seufzte so tief, als wäre ich nicht eine junge Frau, sondern ein altes Weib, das müde war von der Hitze vieler heißer Sommer. Ich schob die Bettdecken zurück und stand langsam auf, bis in die Seele hinein erschöpft. Die hölzernen Dielen fühlten sich hart unter meinen Füßen an. Das Waschwasser im Krug war kalt. Der Himmel vor dem Fenster war leuchtend hell und weiß, nicht blau. Ich spritzte mir Wasser ins Gesicht und fühlte, daß meine Haut sich spannte. Ich zog mir mein altes, graues Reitkostüm an, drehte das Haar achtlos zu einem unordentlichen Knoten zusammen und steckte mir den Hut fest. Meine Augen unter dem blassen Hutrand blickten müde und erschöpft. Dann ging ich die Treppe hinunter zur Küche. Mrs. Gough war früh aufgestanden; sie schlug Eiweiß in einer Schale zu Schaum.

Sie schenkte mir eine Tasse Kaffee ein, und ich trank ihn im Stehen an der hinteren Tür. Ich schaute hinaus. Der Kaffee wärmte mich nicht, aber ich verbrühte mir heftig die Zunge damit. Er war stark gezuckert, aber er schmeckte nicht süß. Ich seufzte leise. Manchmal gibt es Tage, an denen alles schiefzulaufen scheint; dieser Tag gehörte dazu. Mrs. Gough reichte mir, in ein Tuch gewickelt, mein Frühstück: ein kleines Stück Kuchen, ein Brötchen mit Butter und Honig, ein paar Scheiben Fleisch und einen Pfirsich von Havering.

Ich ging in den Stall hinaus. Jem hatte verschlafen; Seenebel war noch nicht bereit. Ich hängte mir ihren Zügel über die Schulter und schleppte ihren Sattel aus der Sattelkammer heraus. Dann sattelte ich sie, legte ihr das Zaumzeug an und zog mich vom Aufsteigebock auf ihren hohen Rücken hinauf. Niemand war da, um mir zu helfen, und niemand lächelte mich freundlich an, um mir eine gute Ernte zu wünschen. Ich ließ Seenebel aus dem Stallhof hinaustraben und wandte mich nach rechts die Anfahrt hinunter. Ich wollte, bevor ich mein Tagwerk begann, noch einmal über das Gemeindeland galoppieren.

Auf dem Feld warteten schon viele Menschen auf uns. Ralph stand zwischen ihnen an der Pforte; er schaute Müller Green zu, der gerade dabei war, Sicheln zu verteilen.

»Guten Morgen, Miss Julia«, sagte er sehr höflich. »Guten

Tag«, rief ich ihm und den anderen Dorfleuten, die um ihn herumstanden, freundlich zu.

»Miss Julia!« hörte ich eine Stimme neben mir rufen. Ich schaute hinab. Es war eines der Carter-Kinder, ein dünnes, blauäugiges, kleines Mädchen, acht Jahre alt.

»Es gibt keinen Keks für dich, Emily. Du mußt erst einmal den ganzen Morgen lang Ähren lesen«, sagte ich mit gespielter Strenge.

Sie kicherte, zeigte mir dabei eine Zahnlücke und drückte sich die kleine, schmutzige Faust auf den Mund. »Nein«, sagte sie, »aber könnte ich eine Schleife von Ihrem Kostüm haben, Miss Julia?«

Ich folgte ihren Blicken. Das graue Reitkostüm war schon ziemlich abgetragen. Bald, wenn nach meinen langen Wanderungen durch die Stoppelfelder alle Säume ausgerissen wären, würde ich ein anderes bestellen. Früher war der Saum ordentlich mit einem Satinband abgesetzt gewesen, und die Ärmelaufschläge waren mit kleinen Schleifen verziert. Obwohl meine Mutter mich immer wieder ermahnt hatte, alles in Ordnung zu bringen, waren inzwischen einige der Schleifen verlorengegangen. Das Schleifchen an meinem rechten Ärmelaufschlag hing nur noch an einem einzigen Faden.

»Natürlich«, sagte ich freundlich. Ich zerrte an der Schleife, bis der Faden riß, und hielt sie ihr hin. Ihr Gesicht leuchtete vor Freude auf, und sie machte einen kleinen, ungeschickten Knicks vor mir. Dann rannte sie zurück zu ihren Freunden, die am Zaun zusammenstanden.

»Sie beaufsichtigen jetzt dieses Feld«, sagte Ralph zu mir. »Ich möchte den Heuhändler aus Chichester mal durch die Heuschober führen. Können Sie allein mit den Leuten fertigwerden?«

»Ja«, sagte ich. Ich schaute auf die Männer, die ihre Sicheln schärften, und auf die Frauen, die die Ärmel hochkrempelten. »Sie sehen sehr eifrig aus!«

»Sie können es gar nicht erwarten, den Weizen zu mähen«,

sagte Ralph befriedigt. »Sie müssen einfach nur dabeisein, falls sie Probleme haben. Mit allem, was Sie allein nicht entscheiden können, kommen Sie zu mir. Ich bin auf den Wiesen an der Straße nach Acre.«

Ich nickte und ritt mit meinem Pferd mitten in das Feld hinein. Sie wußten alle weitaus besser als ich, was sie tun sollten. Es schien fast so, als spielte ich nur eine symbolische Rolle. Sie stellten sich in gleichmäßigen Abständen in einer Reihe auf.

Der Schnitter, der mir am nächsten stand, schaute zu mir herauf und sagte: »Wünschen Sie uns eine gute Ernte, Miss Julia, und verzaubern Sie den Weizen, damit er uns Glück bringe.«

Ich lächelte ihn ein wenig wehmütig an. Eigentlich gefiel mir in diesen Wochen meine Rolle als Frühlingsgöttin, als Maikönigin und als Schutzherrin der Ernte ganz und gar nicht, aber es schien, als könnte ich ihr gar nicht entrinnen.

»Viel Glück«, rief ich laut hinaus, so laut, daß jeder auf den Feldern es hören konnte. Warum sollte ich nicht die Glücksgöttin spielen, wenn ich ihnen allein mit diesen beiden Wörtern so viel Freude machen konnte.

Auf meinen Zuruf hin ergriffen sie die Sicheln und schritten in die hüfthoch stehenden Halme hinein. Die Klingen zischten in großen, blitzenden Bogen in das Meer von Getreide. Die Halme vor ihnen fielen zur Seite wie Richards Spielzeugsoldaten auf einem wackeligen Tisch. Die gemähten Halme häuften sich zu Inseln, während die Schnitter in breiter Reihe immer weiter voranschritten. Die Arbeiter wateten in die Halme hinein und waren von ihnen eingekreist, und sie schnitten unaufhörlich, bis sie das äußere Ende des Feldes erreicht hatten. Dann wischten sie die Klingen von dem grünen Blut von Wideacre sauber.

Sie hielten inne, um sich herumzudrehen, und schimpften ein paar Sekunden lang leise und gutmütig über das Gewicht der Sicheln und über die Anstrengung, sie zu schwingen. Sie arbeiteten sehr schnell mit gleichmäßigen und weichen Bewegungen. Sicher hätten sie in den alten Zeiten, als die Haufen von gelbem Getreide einen Profit für die Laceys, aber immer denselben schmalen Lohn für die Arbeiter bedeuteten, niemals so hart und energisch gearbeitet. Jetzt wußten sie, daß sie an dem Wohlstand teilhaben konnten, und sie schnitten emsig vor sich hin bis zum Rand des Feldes und bis zu den Wurzeln der Hecken.

Die Frauen und einige Männer, die ihnen folgten, sammelten das Getreide mit beiden Armen ein und banden es grob zu Garben zusammen. Für viele von ihnen war dies eine ganz ungewohnte Arbeit. Acre hatte, seitdem die Scheunen vor fünfzehn Jahren niedergebrannt worden waren, keinen Weizen mehr berührt, und nur sehr wenige der Dorfleute hatten sich die Fertigkeiten als Landarbeiter auf benachbarten Höfen angeeignet. Viele der Garben waren unordentlich oder schief gebunden. Niemand würde es mir übelnehmen, wenn ich verlangte, daß diese Arbeit noch besser gemacht werden müßte. Sally Miles, deren Garben aussahen wie ein schiefes Strohdach, grinste mich verschmitzt an.

Das Frühstück war fast wie ein Fest. Die Schnitter hatten sich auf den frisch geschnittenen Stoppeln ausgebreitet, und die Frauen verteilten das Essen mit Händen, die noch feucht von den Halmen waren. Die kleinen Kinder standen alle um mich herum, und ich segnete in Gedanken Mrs. Gough für das kleine Paket mit gezuckerten Mandeln, das ich auf dem Boden der Satteltasche fand.

Nach einer Weile hörten die Männer auf zu essen, streckten sich auf dem Rücken aus und schauten träumend in den Himmel hinein, und die Frauen versammelten sich in kleinen Gruppen, um eines der neugeborenen Babys zu bewundern oder um aus dem Weizen Zöpfe und kleine Körbe zu flechten.

Die alte Mrs. Miles stand inmitten einer Gruppe und zeigte den jungen Frauen, wie man aus Getreidehalmen kleine Puppen bindet. »Ich wünschte, Sie würden Ihrer Enkelin zeigen, wie man *Garben* bindet«, sagte ich und erntete dafür lautes Gelächter von den Frauen und ein freundliches Stirnrunzeln von Sally.

Als das erste Feld fertig war, gingen wir alle zur Three-Gate-Wiese hinüber, die schon Beatrice in ein Getreidefeld verwandelt hatte und auf der jetzt die goldenen Halme wuchsen.

So verliefen die Erntetage auf Wideacre.

Jeden Tag ging ich früh hinaus. Jeden Tag kam ich spät heim. Jeden Tag wurde ein weiteres helles, schimmerndes Weizenfeld abgemäht, bis ich in meinen Träumen schon bald nur noch goldgrüne Felder sah. Jeden Morgen kleidete ich mich in der Dämmerung an und ging hinaus in die Kälte. Und immer traf ich ganz früh die Dorfbewohner, die bereits auf mich warteten.

Die reiche Ernte war schnell in die Scheunen gebracht. Bald hatten wir die letzten Felder erreicht, die an die Downs angrenzten und von Wideacre am weitesten abgelegen waren. Der Weizen wuchs überall so kräftig und dicht, daß selbst Beatrice darüber erstaunt gewesen wäre.

26

Das letzte Feld wurde in aller Eile abgeerntet. Die Wolken brauten sich zu einem jener herbstlichen Unwetter zusammen, die manchmal mit so viel Hitze über das Land jagen, daß es nicht einmal Regen gibt, nur grelle Blitze über den Wäldern und warnendes Donnergrollen.

Zwar war dieses eine, letzte Feld am Ende sehr ausgetrocknet, aber die Ernte war insgesamt so gut gewesen, daß uns sämtliche umliegenden Dörfer darum beneideten. In den Jahren, als es mit Wideacre bergab ging, hatten die Felder brachgelegen. Jetzt waren sie besonders fruchtbar. Hinzu kam, daß es keinen einzigen Ort in England gab, wo die Menschen besser und eifriger gearbeitet hätten.

»Ihr habt allen Grund, stolz zu sein«, hatte Onkel John zu Ralph und mir gesagt. Das war am Morgen des letzten Tages gewesen, als die Sicheln von den Karren abgeladen worden waren und die Schnitter sich ein letztes Mal aufstellten. »Niemand in der Gegend hat in diesem Jahr die Ernte schneller eingefahren als Wideacre, und das, obwohl die Arbeiter gar keine Erfahrung hatten. Die Menschen werden wieder so von Wideacre sprechen, wie sie es in den alten Tagen getan haben – als von einem Ort, wo Wunder geschehen.«

Ralph nickte zufrieden.

»Es beweist, daß unser neues System, unsere neue Methode Erfolg haben könnte«, sagte Onkel John. »Das ist in diesem Sommer ganz besonders wichtig bei den Nachrichten, die man aus Frankreich zu hören bekommt!«

»Schlechte Nachrichten?« fragte Ralph und zog eine Augenbraue hoch.

»Sie werden den König vor Gericht stellen«, sagte John mürrisch. »Ich vermute, er wird schuldig gesprochen und dann hingerichtet werden. Das wird ein schwarzer Tag für die Freiheit, denn es ist das Ende des französischen Experiments.«

Ralph strich vorsichtig über die Klinge der Sichel. »Durchaus nicht das Ende«, sagte er voller Zuversicht. »Sie wollen und müssen ihre Herrscher loswerden. Es gibt keine gute Zukunft, ohne sich von diesen Schmarotzern zu befreien; sie wären niemals aus eigenem, freien Willen gegangen. Sie hätten intrigiert, und sie hätten Armeen, die von anderen Monarchen bewaffnet worden wären, nach Frankreich hineingeführt. Die Lage ist genau so, wie ich sie hier auch immer eingeschätzt habe: Man kann ein paar Verbesserungen mit dem Einverständnis der Großgrundbesitzer bewirken, aber wenn man eine dauerhafte Veränderung herbeiführen will, dann muß einfach die ganze Klasse der Großgrundbesitzer verschwinden.«

»So werden Sie niemals etwas erreichen«, sagte Onkel John und deutete dabei auf die Sichel. »Nein, Mr. Megson, Sie gehen zu weit. Wenn es nicht durch Übereinkunft und auf vernünftigem Wege geschehen kann, dann kann es überhaupt nicht geschehen. Sie werden niemals durch Gewalt zur richtigen Entscheidung kommen.«

Ralph lächelte. »Man muß pflügen, bevor man sät«, sagte er. »Ich glaube, daß die Franzosen nur die Vorreiter sind. Hier auf Wideacre ist noch nicht das letzte Wort gesprochen worden, und es wird wohl auch zu meiner Zeit nicht mehr gesprochen werden, und vielleicht nicht mal zu Miss Julias Zeit. Aber die Menschen aus Acre haben gelernt, daß sie ohne einen Großgrundbesitzer planen und arbeiten können. Und eines Tages, vielleicht in vielen, vielen Jahren, werden wir in diesem Lande lernen, daß nichts wichtiger ist als das Wohlergehen der Ärmsten und Niedrigsten.«

»Ich bin ein Radikaler, nicht ein Revolutionär«, protestierte Onkel John.

Ralph nickte. »Sie sind genau das, was Sie Ihrer Herkunft nach sein können«, sagte er, als müsse er John wegen seiner bedauerlichen Willensschwäche Trost spenden. »Kein Großgrundbesitzer könnte in seinem tiefsten Herzen ein Revolutionär sein. Er könnte seine Herkunft niemals verleugnen. Sie sind der ehrenwerteste Großgrundbesitzer, den ich jemals gekannt habe – wenn Sie das tröstet ...« Er lächelte. »Und ich bin der schlechteste Verwalter!«

»Mit Ihnen hat es eine gute Ernte gegeben«, sagte ich vermittelnd zu Ralph.

»Ja«, bestätigte Ralph und wandte sich dann wieder an John. »Werden Sie zuschauen, wie die Ernte eingefahren wird?« fragte er. »Und kommen Sie heute abend mit Lady Lacey zum Ernteessen herunter?«

»Wir werden zuschauen, wie das Getreide eingefahren wird, aber wir werden nicht zur Mühle herunterkommen«, antwortete Onkel John. Er saß hoch zu Pferde, lehnte sich nach vorn und bürstete die Mähne von Prince zu einer Seite hinüber. Er vermied es, Ralph anzuschauen. »Lady Lacey würde sicherlich nicht gern zur Mühle kommen«, sagte er zögernd. »Sie wissen das natürlich nicht, Mr. Megson, aber der Aufstand von Wideacre begann beim Ernteessen. Wir erinnern uns nicht gern daran ...« Er hielt einen Augenblick lang sehr unsicher inne und schaute zu Ralph hinüber.

Ralph nickte. »Natürlich«, sagte er gleichmütig. »Dann treffen sich dort eben nur die jungen Leute. Ihnen gehört die Zukunft. Miss Julia kann Sie ja vertreten: Es werden gewiß nur noch wenige Leute dort sein, die sich an jenes andere Erntefest erinnern.«

»Master Richard auch«, sagte John. Ich zuckte bei Richards Namen zusammen, und John lächelte mich an. »Ich hatte noch gar keine Gelegenheit, mit dir zu sprechen, Julia, aber heute morgen ist ein Brief von Richard gekommen. Er schrieb, daß er heute mit der Postkutsche käme. Er wird sicherlich rechtzeitig zum Ernteessen hier sein.«

Ich fühlte, daß ich rot wurde. Ich lächelte, aber das Herz wurde mir schwer. Wenn Richard erst einmal heimgekommen wäre, dann würde ich die Aussprache mit John und meiner Mutter nicht länger aufschieben können. Heute wäre vielleicht der letzte Tag, an dem ich auf den Feldern arbeiten könnte, und heute würde vielleicht der letzte Abend sein, an dem das Gesicht meiner Mutter vor Freude aufleuchtete, wenn ich in ihr Zimmer käme.

Der Gedanke, Richard zu sehen, gab mir keine Sicherheit. Ich fürchtete, daß heute mein letzter freier Tag sein könnte, der letzte Tag, an dem ich die Freiheit hätte, auf dem Lande zu arbeiten, zusammen mit den Menschen, die ich kannte und liebte. Mein Herr und mein Ehemann kam nach Hause an den Ort, den er *sein* Zuhause nennen würde, und das Land, das ich gehegt und gepflegt hatte, würde für *ihn* Früchte tragen müssen. Ich empfand die Hitze dieses Tages als bedrückend und bedrohlich, und zugleich schauderte es mich.

»Dann also an die Arbeit«, sagte Ralph und pfiff laut und hell, um die Schnitter zusammenzurufen. Sie stellten sich vor der Reihe der Ährenleser auf. »Sie warten hier und schauen zu, Miss Julia. Ich werde zur Mühle hinuntergehen und sehen, ob alles fertig ist, und dann werde ich nachschauen, wieviel Platz in den Scheunen ist.«

Onkel John grüßte die Leute auf dem Feld und rief: »Eine gute Ernte wünsche ich!« Dann trabte er auf dem Rücken seines Pferdes heim. Ich sandte einen ängstlichen Blick zum Himmel und dann zum Feld, dem letzten Feld, das abgeerntet werden mußte, an der höchsten Stelle der Downs.

Ich hätte stolz und glücklich sein sollen, aber das Baby wuchs in meinem Bauch heran, und die Ehe, noch ein paar Wochen zuvor für mich anscheinend der einzige Ausweg, erschien mir schon jetzt wie eine Falle. Ich wußte, daß Richard zur selben Zeit heimkäme, zu der die Ernte eingefahren würde. Dann würde die Falle zuschnappen.

Den ganzen Tag lang arbeiteten wir, bis das Feld so kahl rasiert war wie der hellglänzende Kopf eines Mannes, dem eine Perücke angepaßt werden soll. Überall auf dem Feld standen kleine Garbeninseln, die jetzt nicht mehr schief und krumm aussahen. Sogar Sally Miles hatte gelernt, eine aufrechtstehende Garbe zu binden.

Ich saß zusammen mit den anderen im Stoppelfeld und verteilte die gezuckerten Mandeln an die Kinder. Mrs. Gough hatte mir lauter Köstlichkeiten zusammengestellt, aber obwohl mir nicht mehr übel war, war ich zu bedrückt, um mit Appetit zu essen. Ich fürchtete mich, wußte aber nicht, wovor. Ich schenkte die leckere, kleine Fleischpastete fort, und ich teilte das süße Gebäck mit den Kindern. Ich trank gierig aus der Limonadenflasche mit dem Glasverschluß, aber auch das konnte meinen schmerzenden, pochenden Kopf nicht beruhigen.

Als wir gegessen hatten, streckten wir uns auf der Böschung aus und schauten über das Feld hinweg. Wir konnten uns mit dem letzten Streifen Zeit lassen: Ich war sicher, das Wetter würde sich halten. Aber ich war sehr nervös, und aus irgendeinem Grunde hatte ich keine Lust, die Dorfleute wieder zur Arbeit zusammenzurufen und der Tatsache ins Auge zu schauen, daß die Ernte eingefahren war und daß meine Jungmädchenzeit ebenso sicher vorüber war wie dieser Sommer.

Ohne daß ich sie darum gebeten hätte, gingen zwei oder drei Männer ins Feld hinein und begannen, die Garben zusammenzustellen.

»Sie sind wirklich fleißig«, sagte ich zu Sally Miles, die neben mir saß.

»Nein«, sagte sie lächelnd. »Das ist ein Spiel, das sie spielen, ein altes Spiel der Schnitter. Sie binden ein Kornpüppchen und stellen es ganz oben auf den letzten Garbenhaufen, und dann werfen sie die Sicheln hinein. Der, dessen Sichel drin steckenbleibt, wird Glück haben.«

Ich nickte und versuchte zu lächeln. Das blendende, gleißende Licht des Himmels zwang mich, die Lider zu schließen.

»Das Püppchen ähnelt der schönsten Frau der Erntesaison«, sagte Sally. »Vielleicht sind Sie es, Miss Julia. Meine Großmutter bindet die Figuren. Sie kann das sehr gut, und sie bringt es auch anderen bei.«

Ich schaute hinüber. Die alte Mrs. Miles knüpfte den letzten Knoten an einem kleinen Getreidepüppchen zusammen. Ich sah das graue Schleifchen meines Reitkostüms und nickte, als ich mir der harmlosen Verschwörung bewußt wurde. Dann stand ich auf; einer der jungen Männer half mir in den Sattel. Ich hatte das Trommeln von Hufen auf dem Pfad gehört, und ich wollte Richard gern abseits vom Erntefeld, abseits von allen beobachtenden Blicken treffen.

Ich ritt ein kleines Stückchen des Wegs hinab. Richards dickes, lockiges Haar glänzte in der Sonne; sein Pferd trabte geradewegs auf mich zu. Als er mich sah, strahlte er mich mit seinen blauen Augen an. »Julia!« rief er voller Freude. Er ritt direkt an meine Seite heran, so daß er mein Kinn mit der Hand umfassen konnte. Dann gab er mir einen Kuß auf den Mund.

Ich ließ mich küssen, aber ich reagierte nicht. »Ich habe mir Sorgen gemacht«, sagte ich unvermittelt.

Er klopfte mir geistesabwesend auf die Schulter. »Nicht jetzt«, sagte er. »Deine Mutter und mein Vater kommen gerade mit dem Einspänner herangefahren. Sie wollen sehen, wie das letzte Getreide eingefahren wird. Und Mr. Megson ist ebenfalls auf dem Weg.«

Ich nickte und verzog mein Gesicht zu einem Begrüßungslächeln, als meine Mutter und Onkel John den Hügel heraufkamen. Die Kutsche rumpelte so hart über die Steine, daß meine Mutter sich festklammern mußte. Die Fransen ihres Sonnenschirms tanzten hin und her.

»Alles bereit?« fragte Onkel John freudestrahlend, sobald sie in Hörweite waren. »Alles bereit, Squire Julia?«

»Alles bereit und zum guten Ende gebracht, außer dem Spiel der Schnitter«, sagte ich und versuchte, meiner Stimme einen ebenso freudigen Klang zu geben.

Ich hatte niemals etwas vor meiner Mutter verbergen können. Sie schaute mich forschend an, und ich wußte, daß sie die Blässe in meinem Gesicht und die dunklen Ringe unter meinen Augen bemerkte.

»Fühlst du dich nicht gut?« fragte sie mich leise, als der Einspänner zur Pforte fuhr und ich Seenebels Zügel kürzer nahm, um neben ihr herzureiten.

»Nur müde«, sagte ich. »Die Hitze macht mich müde, und das helle Feld tut meinen Augen weh.«

»Ich freue mich darauf, daß du bald wieder bei mir im Wohnzimmer sitzt«, sagte sie liebevoll. »Jetzt, da Richard wieder daheim ist, kann *er* auf die Felder hinausreiten und Mr. Megson helfen. Ich möchte nicht, daß du vor meinen Augen immer kränker und kränker wirst, kleine Julia. Du warst im letzten Winter das schönste und begehrteste Mädchen der Saison; ich möchte, daß wir beide im nächsten Jahr vor den anderen wieder ganz genauso triumphieren können.«

Ich lächelte, aber ich wußte sehr gut, daß es im nächsten Winter für uns beide ganz sicher keinen Triumph geben würde, sondern sehr viel Kummer und Schande. Dann nämlich würde ich mein Kind zur Welt bringen, und anstatt mir bei meinem Debüt in London zur Seite zu stehen, würde meine Mutter zum ersten Mal ihr Enkelkind sehen, das in Sünde empfangen und zu früh geboren worden war.

»Was machen die Männer denn eigentlich?« fragte John.

Ich schaute hinter mich. Sie hatten sich in einem festgelegten Abstand von dem Garbenhaufen aufgestellt und zielten sehr sorgfältig mit ihren Sicheln auf die Strohpuppe. Die Puppe war ganz oben an dem Haufen befestigt, und ich sah, daß mein Schleifchen im Wind flatterte, als eine der Sicheln daran vorbeipfiff. Anstatt über die Ehre, die mir zuteil wurde, zu lächeln, fühlte ich mich unwohl und ängstlich. Die kalte Hand der Furcht legte sich um meinen Hals, und die heiße Nachmittagssonne ließ mich frösteln. Die Angst, die mich während all dieser Monate begleitet hatte, schien sich in diesem Augenblick zu einer Panik zu steigern.

»Du solltest hier nicht bleiben, wenn es dir zu heiß wird, Mama«, sagte ich plötzlich. Ich wünschte mir, sie wäre weit weg von diesem Feld, obwohl ich dafür keinen Grund hätte angeben können. Sie sollte nicht bei den Schnittern sein, die dieses seltsame, zeremonielle Spiel spielten. Ich fürchtete, sie könnte erkennen, daß das Getreide so gut gediehen war, weil ich, Julia Lacey, es so gewollt hatte, und sie könnte zugleich ahnen, daß ich selbst auch fruchtbar gewesen war und daß der Samen, den ich in mir trug, ebenfalls heranwuchs.

»Geh doch ein wenig im Birkenwäldchen spazieren«, versuchte ich sie zu überreden. »Es ist so kühl dort unten. Warte nicht länger hier. Es wird noch eine Weile dauern, bis wir zusammenpacken.«

»Ja, das könnten wir tun«, sagte sie freundlich und schaute zu John hinüber.

Er hatte sie nicht angesehen; er beobachtete die Männer, die ihre Sicheln warfen. »Sehr geschickt«, sagte er zu Richard.

Ich spürte plötzlich Ungeduld in mir aufsteigen. Ich wünschte mir, sie alle, Richard, Onkel John und meine Mutter, wären fort, bevor die Spiele zu Ende waren, bevor mir irgend jemand die Puppe überreichte. Ich fühlte mich krank, weil ich wußte, daß irgend etwas Schreckliches in den nächsten Minuten die Wahrheit ans Tageslicht bringen würde.

Ich überlegte, wie ich John zum Weiterfahren überreden könnte, aber er beobachtete voller Interesse die Sicheln, die in der gleißenden Sonne blitzten. Ich schaute mich hilfesuchend nach Richard um, aber er war von seinem Pferd abgestiegen und saß träge auf der obersten Stange der Pforte. Er spürte, daß ich ihn ansah, aber ich war ihm so gleichgültig, daß er meine Angst nicht bemerkte. Ralph kam den Hügel herauf; ich konnte hören, wie er über die Pflugpferde schimpfte, die die Karren zogen. Aber er war nicht nahe genug, um mir helfen zu können.

Ich fühlte, wie sich meine Angst zu Panik steigerte, so als sei ich in einem Kristallsarg gefangen und ein Glasdeckel senkte sich auf mich herab. Selbst wenn ich laut um Hilfe schrie, würde mich niemand hören; niemand würde überhaupt wissen, daß ich Hilfe brauchte. Die zerbrechliche Schale der

Lüge, die mich vor meiner Mutter versteckte und vor meinem Onkel John, war drauf und dran zu zerbrechen, und keine noch so geschickte Hand würde die zerbrochenen Stücke jemals wieder reparieren können. Die Stunde der Wahrheit, das wußte ich, würde jetzt auf diesem heißen, sonnenbeschienenen Feld schlagen. Das alte Gehäuse meines Lebens würde für immer zerbrechen und auseinanderfallen.

Ein lauter Schrei ertönte, als Jimmy Darts Sichel sich in dem Püppchen verfing und er am Garbenhaufen emporsprang, um seine Sichel wieder herauszuziehen. Er kam zu mir gelaufen; das Strohgebilde hing noch immer am Ende der Klinge, so daß er selbst nicht genau sehen konnte, was er mir brachte. Niemand auf dem Feld konnte das Püppchen ganz deutlich erkennen. Ich zog das kleine Kunstwerk mit dem Gedanken, es irgendwie zu verstecken, vorsichtig von der Klinge herunter. Jimmy hielt seine Sichel ganz ruhig und strahlte mich voller Stolz an. Ich starrte verständnislos auf die Puppe.

Dann plötzlich stieg mir das Blut so rot und heiß ins Gesicht, daß auch das Feld und der Himmel sich vor meinen Augen rosarot verfärbten. Aber ebenso plötzlich verschwand die Hitze auch wieder und ließ mein Gesicht schneeweiß erscheinen. Ich mußte der Wahrheit ins Auge sehen, einer sauberen, ehrlichen Wahrheit, die die Schale der Lügen endlich zerbrechen würde.

Das Gesicht des Strohpüppchens bestand aus einer Ähre, und um seinen Strohbauch war meine blaßgraue Schleife gewunden worden, um deutlich zu machen, daß ich es sein sollte. Seine Arme und Beine, zusammengebundene Halme, standen zu beiden Seiten ab. Sein Bauch war rund und riesig, ohne Zweifel dick angeschwollen; er bestand aus dicht an dicht aneinandergelegten Ähren. Das Püppchen war offenbar schwanger; es schien, als stünde es kurz davor, vor lauter Fruchtbarkeit auseinanderzubersten. Es sah unförmig und grotesk aus. Es sollte eine schwangere Frau darstellen. Das Püppchen war ich.

Als John mein Gesicht sah, rief er laut meinen Namen und streckte seine Hand nach mir aus. Kaum wissend, was ich tat, reichte ich ihm das Püppchen hinüber, an meiner Mutter vorbei, die still wie ein Stein auf dem Sitz der Kutsche saß, während das böse, kleine Ding unter ihrem leeren, braunen Blick an ihr vorbeiglitt.

»Julia …«, sagte sie. Es klang, als hätte sie niemals zuvor meinen Namen gesagt und versuchte jetzt, ein neues Wort auszusprechen. »Julia.«

John ließ die Puppe zwischen seine Füße auf den Boden der Kutsche fallen und stellte seinen Stiefel auf den dicken Strohbauch, damit sie nicht hin und her rutschte.

»Ihr kommt sofort heim«, sagte er zu Richard und mir. »Sofort.«

Er setzte den Einspänner zurück und wendete ihn, und dann fuhren er und meine Mutter von dem Feld fort. Ich schaute einen Augenblick lang in ihr Gesicht, das so totenbleich aussah, daß ich fürchtete, sie könnte ohnmächtig werden und in den Staub hinunterstürzen. Ihr Sonnenschirm hing schief zur Seite; ihre Haut war noch blasser als die hellgraue Seide. Sie lehnte sich schwer gegen John, ohne Kraft, sich an der schaukelnden, holpernden Kutsche festzuhalten. Sie sah selbst aus wie eine zerbrochene Puppe. John donnerte mit ihr den Hügel hinunter, als würde er einen zu Tode verletzten Menschen in aller Eile heimfahren, damit er in seinem eigenen Bett sterben könnte.

Ich hielt die Zügel in meinen kalten Fingern und schnalzte Seenebel zu, sich in Trab zu setzen. Richard stieg vom Tor wie ein Schlafwandler und zog sich in den Sattel hinauf. Er lenkte sein Pferd dorthin, wo ich mit Seenebel stand, und wir ritten Seite an Seite wie ein einträchtiges Paar den Pfad hinunter.

Ralph hatte den Karren für die Garben zum Rand des Feldes hinüberziehen lassen. »Was ist geschehen?« rief er ungeduldig. »Julia! Was ist auf dem Feld geschehen?«

»Sie wissen es jetzt«, sagte ich. Meine Lippen waren so kalt und taub, daß ich sie kaum bewegen konnte.

Ralph betrachtete einen Moment lang mein ausdrucksloses Gesicht und Richards ängstliches Stirnrunzeln und fiel dann tief in den Sattel zurück.

»Soll ich mit Ihnen kommen?« bot er uns an.

»Nein«, sagte ich und ritt, ohne ein weiteres Wort zu sagen, an ihm vorbei. Ich hatte sein Gesicht nicht einmal deutlich erkennen können.

Auf dem Feld standen die Schnitter, die Sicheln in ihren herabhängenden Händen. Man hatte sie ohne Anweisungen, ohne ein Wort des Abschieds zurückgelassen. Wieder einmal war ein Chaos um die Laceys herum entstanden, und wieder einmal würde das Dorf Acre und der Wohlstand von Acre in dieses Chaos hineingerissen und zerstört werden. Ich schaute zu Jimmy Dart zurück. Er hielt seine Sichel immer noch hoch, ganz so, wie er sie mir vorgehalten hatte. Er war erstarrt wie eine Statue. Seine blauen Augen schauten verwirrt und verständnislos drein.

Ich gab ihm keine Schuld, dem kleinen Fackeljungen aus Bath, den ich so sicher und wohlbehalten nach Hause gebracht hatte. Ich schimpfte auch nicht auf die alte Mrs. Miles, die ich vor einem jammervollen Tod im Armenhaus gerettet hatte. Jimmy Dart hatte das Spiel einfach mitgespielt, und er hatte gewonnen. Er hatte nicht gewußt, was er damit auslöste. Ich war sicher, die alte Mrs. Miles hatte für das Püppchen ebenso ihre Intuition wie ihre Finger benutzt – ohne einen einzigen Hintergedanken im Kopf. Sie mochte mich; sie wollte mich nicht verletzen. Plötzlich, und ohne daß sie es wollte, hatte ihre Kunst mich verraten. Es war einfach eine alte Zauberkraft, die wieder wirksam geworden war wie ein unstillbarer Quell aus der Erde der Laceys.

Seenebel erschrak vor einer jungen Amsel, die in der Hecke herumflatterte. Instinktiv nahm ich ihre Zügel kürzer. Aber ich fühlte, daß meine Hände das Leder nur schwach erfaßten, so als würde es mir sofort entgleiten.

Ich wußte: In dem Moment, wo ich heimkäme, wäre das

Ende meiner Jungmädchenzeit gekommen. Ich wußte auch, daß ich die Liebe meiner Mutter verlieren würde. Aber ich spürte in mir ein Entsetzen, das fast wie eine abergläubische Furcht war, als würde noch etwas Schlimmeres bevorstehen. Ich war schockiert, und ich hatte Angst, aber darüber hinaus bedrängte und umkreiste mich auf dem Heimweg eine bisher unbekannte Furcht wie ein Paar schwarzer Hunde. Als ich den Gartenpfad hinaufging, schien es mir, als würden meine Angstgefühle wie schlafende, schwarze Löwen auf dem Rasen liegen.

John wartete im Wohnzimmer auf uns; er stand neben dem Kaminsims. Meine Mutter saß in ihrem Sessel am Feuer. Aus Gewohnheit hatte sie eine Handarbeit in der Hand, irgendeine Stickvorlage, und sie hielt ihre kleine, silberne Schere bereit, um das Muster auszuschneiden. Einen Augenblick lang schien alles genau so zu sein, wie es schon immer gewesen war. Dies war noch immer das Heim, in dem ich mich sicher fühlte.

Dann sah ich mit Entsetzen, daß meine Mutter das kunstvolle Muster, das sie viele Tage lang abgezeichnet hatte, gar nicht ausschnitt. Sie hackte einfach ziellos in den Stoff hinein und stieß dabei kleine, ausgefranste Löcher in den kostbaren Batiststoff. John bemerkte es nicht einmal.

Richard und ich gingen ins Zimmer hinein. Die Stille und das verrückte, schnippende Geräusch der Schere ließen uns erstarren. Ich machte einen Schritt auf den Wohnzimmertisch zu und klammerte mich haltsuchend an die Lehne eines Stuhles. Ich fühlte, meine Knie zitterten so sehr, daß ich ohne Unterstützung nicht stehen konnte. Ich wollte zu meiner Mutter hinlaufen und mich zu ihren Füßen niederwerfen, aber das emsig schnippende Geräusch der Schere hielt mich von ihr fern.

Sie hatte den Blick auf den feinen irischen Stoff in ihrer Hand gesenkt, und sie schnitt mit ihrer übergroßen Sorgfalt kleine silberne Kreise aus – nur, daß die Kreise an der falschen Stelle waren und daß sie ihre Arbeit ruinierte.

Ich schaute zu Onkel John hinüber. Das einzige Geräusch

war der leise, schnippende Laut der Schere und der unablässige Ruf der Waldtaube, der vom Wald von Wideacre her durch das Fenster hereindrang.

»Bist du schwanger, Julia?« fragte John mit einer Stimme, die so scharf war wie die Schere meiner Mutter und anscheinend ohne jedes Gefühl. Aber sein Mienenspiel war unruhig, und sein Mund bewegte sich.

»Ich weiß es nicht«, sagte ich schwach.

»War dir übel? Ist deine Periode ausgeblieben? Sind deine Brüste gespannt und empfindlich?« John bellte seine Fragen heraus, als wäre ich ein Küchenmädchen, das vor seiner Entlassung stünde. Ich nickte wie eine zerbrochene Puppe.

»Mama!« flüsterte ich hilfesuchend.

Ihr Kopf blieb weiter über ihre Arbeit gesenkt, während sie einige der Löcher, die sie in den Stoff gehackt hatte, noch weiter ausschnitt und die ausgefransten Ränder begradigte.

»Du gestattest wohl ...«, sagte John mit der Höflichkeit eines Wahnsinnigen und ging quer durch den Raum auf mich zu. Ich zuckte und trat einige Schritte zurück, bis ich mit dem Rücken gegen die Wand gelehnt stand. Ich keuchte vor Entsetzen, als er seine Hand weit unten auf meinen Bauch legte und fest drückte.

»Mama«, jammerte ich verzweifelt.

Sie drehte nicht einmal den Kopf zu mir herüber, um zu sehen, was er tat. Er ging zum Kamin zurück, als hätte ich geschwiegen. Dann nahm er ein feines, seidenes Taschentuch aus seiner Tasche und begann, sich unter meinen entsetzten Blicken die Hände abzuwischen, als hätte ihn die Berührung meines Körpers beschmutzt.

»Ich nehme an, *du* bist der Vater, Richard?« sagte er. Seine Stimme klang monoton, uninteressiert.

»Ja, Sir«, antwortete Richard. Irgend etwas in seiner Stimme bewegte mich, ihn anzuschauen. Seine blauen Augen leuchteten. Er sah ganz und gar entzückt aus. Ich konnte mir nicht vorstellen, was in seinem Kopf vor sich ging. Er mußte halb wahnsinnig sein, oder vielleicht ließ er das Entsetzen einfach nur nicht an sich herankommen. Meine Mutter saß weiterhin eifrig über ihre Arbeit gebeugt, während ich immer noch dort stand, wo John mich stehengelassen hatte, mit dem Rücken gegen die Wand. John hielt sich am Kaminsims fest. Aber Richard stand breitbeinig und lächelnd im Türrahmen.

»Mein Gott«, sagte John. Ich hörte einen seltsam würgenden Laut, als müsse er sich übergeben.

»Wir sind verheiratet«, sagte Richard trotzig. »Das Kind, der Erbe von Wideacre, wird ehelich geboren werden. Wir haben uns vor über einem Monat heimlich verheiratet; Ihr werdet nichts dagegen tun können. Wir beide werden gemeinsam Wideacre erben, genau so wie meine Mutter es geplant hatte!«

John hob mit einem Ruck den Kopf. Seine Augen schimmerten so hell, daß sie fast weiß aussahen. »Nicht nur *deine* Mutter«, zischte er. »Mein Gott, ihr seid ein Paar wahnsinnige Idioten! Und ihr wißt nicht, was ihr getan habt!« sagte er wiederum mit jener seltsam unbewegten Stimme, die von dem Entsetzen zeugte, das er mit Mühe im Zaum hielt. »Ihr wißt nicht, was ihr getan habt. Sie war nicht nur *deine* Mutter! Sie hat euch *beide* geboren. Die Frau, die du verführt und geheiratet hast, Richard, ist deine Schwester!«

Niemand sagte ein weiteres Wort. Es war, als wären wir in irgendeinem entsetzlichen Theaterstück auf irgendeine Weise plötzlich zu Puppen erstarrt. Dann stieß ich einen kleinen, schluchzenden Schrei aus und warf mich auf einen der Stühle, die am Wohnzimmertisch standen.

Das Lächeln war aus Richards Gesicht wie fortgewischt. »Du lügst«, sagte er unsicher.

»Nein«, sagte John. »Beatrice hat Julia zusammen mit ihrem Liebhaber gezeugt, und sie hat Celia, als sie in Frankreich auf der Hochzeitsreise waren, überredet, das Baby zu übernehmen. Harry Lacey hat nie erfahren, daß das Kind nicht von seiner Frau war. Julia wurde in Frankreich geboren, als er abwesend war. Er kam früher wieder nach Wideacre zurück als die anderen. Das nächste Mal, als Beatrice schwanger war, hat sie mich geheiratet. Nachdem du geboren worden warst, Richard, habe ich die Wahrheit entdeckt, die schmutzige Wahrheit. Ihr seid alle beide Lacey-Bastarde, beide von derselben Hure geboren!«

Meine Mutter machte mit ihrer Schere ein leise schnippendes Geräusch in die Stille hinein. Sie hatte nicht ein einziges Mal aufgesehen. Sie kümmerte sich nicht mehr um die kleinen, ausgezackten Löcher und schnippelte am äußeren, ausgefransten Rand des Stoffes herum.

»Wer ist mein Vater?« fragte Richard vollkommen verdutzt.

Ich konnte meine Augen nicht von dem gesenkten Kopf meiner Mutter abwenden. Sie war nicht meine Mutter.

»Wer ist mein Vater?« fragte Richard noch einmal.

John ließ sich in einen Stuhl am leeren Kamin fallen; er schien zu erschöpft zu sein, um noch viele Worte zu machen. »Harry Lacey«, sagte er gleichgültig. »Beatrice hat mit ihrem Bruder, Harry, zusammengelegen, und sie ist euer beider Mutter. Ihr seid uneheliche Kinder, die in Blutschande empfangen wurden, und jetzt habt ihr beiden noch ein weiteres Kind gezeugt.«

Meine Mutter hob den Kopf. »Das Kind von Harry?« fragte sie. »Julia ist die Tochter von Harry? Mein Harry war Beatrices Liebhaber?«

»Wußtest du das nicht?« fragte John, und seine Stimme wurde so hart und laut wie die eines Straßenhändlers. »Hast du es nicht insgeheim schon immer gewußt? Und hast du dich nicht davor gefürchtet und die Tatsache nicht wahrhaben wollen – genau so wie ich mich mit dir verbündet habe, um die Lüge aufrecht zu erhalten?«

Meine Mutter beugte den Kopf wieder über ihre Arbeit. »Ich wußte, daß etwas Unrechtes zwischen ihnen geschehen war. Ich wollte nicht wissen, was es war.« Als sie aufschaute, hatte sie das Stückchen Batist in den Schoß sinken lassen, aber sie hörte nicht auf zu arbeiten. Geistesabwesend ergriff sie eine

Handvoll der bestickten Seide ihres Kleides und begann, vollkommen symmetrische, kleine Löcher hineinzuschneiden. »Schnipp, schnipp, schnipp«, klang es leise durch die Stille. Niemand kam auf die Idee, sie daran zu hindern.

Richard starrte vor sich hin. »So bin ich also Harry Laceys Sohn«, sagte er langsam. »Ich bin der Sohn eines Squire.«

Niemand sagte ein Wort. John hatte seinen Blick auf den leeren Kamin gerichtet. Es schien, als schaute er in Flammen und glühende Holzscheite hinein, aber der Kamin war leer. Meine Mutter hielt ihren Kopf über das Kleid gebeugt. Es war aus cremefarbener Seide mit kleinen, gelben Blumen. Sorgfältig und genau schnitt sie die Blumen aus dem Stoff heraus. Die Stofffetzen fielen ihr zu Füßen, so als säße sie unter einem Kirschbaum, von dem die Blütenblätter herunterrieselten.

»Ich bin der Erbe«, sagte Richard plötzlich, und seine Stimme klang stark und klar. »Ich bin der Sohn der Laceys. Wideacre ist mein Erbe.«

»Wideacre!« schrie John. Er sprang in einem plötzlichen Wutanfall aus seinem Stuhl hoch. Dann ging er mit schnellen Schritten durch den Raum, packte Richard an den Aufschlägen seines Anzugs und zog ihn nahe zu sich heran. »Du hast deine eigene Schwester geschwängert, und alles, woran du jetzt denkst, ist Wideacre?«

Er schaute mit seinen funkelnden, blaßblauen Augen forschend in Richards Gesicht, und dann stieß er ihn heftig von sich, als wolle er ihm nicht nahe sein.

»Ihr seid die wahren Laceys«, sagte er voll Bitterkeit. Er sah uns haßerfüllt an. »Alle beide«, meinte er. Sein Mund war verzerrt, so als hätte er gerade in etwas Verfaultes gebissen.

»Ihr zwei seid genau wie eure Mutter. Alles, was ihr im Kopf habt, ist dieser schmutzige Großgrundbesitz, alles, was ihr wollt, ist die Befriedigung eurer Begierden. Ihr seid das Fleisch und Blut von Beatrice.«

Wir entgegneten nichts. Ich wagte es nicht, von dem blankpolierten Tisch aufzuschauen. Ich konnte mein Spiegelbild sehen. Ich war so weiß wie ein Gespenst, und meine Augen wirkten in dem polierten Holz riesengroß und vollkommen entgeistert.

John legte den Arm auf den Kaminsims. »Sie muß annulliert werden«, sagte er gleichgültig. Die leidenschaftliche Erregung war aus seiner Stimme gewichen, und er klang müde und alt. »Dies könnte das letzte sein, was ich für euch beide tun kann. Ich werde nach London fahren und eine Annullierung bewirken, und zwar weil ihr Bruder und Schwester seid, und wenn ich einmal dort bin, dann werde ich gleich die Ländereien zum Verkauf ausschreiben lassen. Wideacre wird verkauft, und ihr beide werdet voneinander getrennt.«

Ich protestierte nicht. Vielmehr war ich ganz und gar einverstanden mit dem, was er sagte.

Der Alptraum der Laceys sollte zu Ende gehen, was auch immer es mich oder Richard kosten würde. Im Sommerhaus hatte sich nicht nur eine brutale Vergewaltigung abgespielt, sondern ein durch und durch perverser und obszöner Akt war dort vollzogen worden. Die Laceys sollten für immer aussterben. Nach Richard und mir sollte es auf Gottes Erde niemals wieder einen Lacey geben. Vor allem dürfte hier auf Wideacre kein Lacey mehr leben. Ich wollte bestraft, ins Exil geschickt werden. Der Schmerz, Wideacre zu verlieren, und der Schmerz, meinen Namen und mein Heim und den Vater meines Kindes zu verlieren, sollte mir das Herz im Leib verbrennen, damit ich niemals vergäße, daß es keine Zukunft für die Laceys geben dürfte, und damit ich niemals wieder Hoffnungen hegte und Pläne schmiedete. Ich wollte gereinigt werden, ausgenommen und gesäubert wie eine Flußforelle. »Ja«, flüsterte ich.

Auch meine Mutter sagte etwas dazu. Ihr Kleid war mit rund herausgeschnittenen, kleinen Löchern durchsetzt. »Ja«, sagte sie.

Richard schaute von einem Gesicht zum anderen. Ich sah, daß er einen winzigen Moment lang zögerte. Dann nickte er auch. »Ja«, bestätigte er.

»Ich fahre sofort los«, sagte John. »Celia, du wirst als Julias Vormund mit mir kommen müssen.«

Meine Mutter nickte.

»Julia, du fährst nach Havering und wohnst bei deiner Großmutter«, ordnete John an. »Ihr beide werdet, bis wir zurückkommen, einander nicht sehen. Ist das klar?«

Wir nickten schweigend.

»Richard, du bleibst hier, bis wir zurückkommen. Wir werden wahrscheinlich nur eine Nacht lang fortbleiben.«

Richard nickte.

John ging zur Tür, und meine Mutter folgte ihm.

»Mama!« jammerte ich. Sie blieb stehen und schaute mich an. Ihre Augen waren kalt. Ich hatte noch niemals eine solche Härte in ihrem Gesicht gesehen. Sie schaute durch mich hindurch, als sähe sie nicht das Kind, das sie selbst aufgezogen hatte.

Ich zögerte. Es gab nichts, womit ich an sie hätte appellieren können. Ich sah, daß ihr Blick von meinem Gesicht zu meinem Bauch hinunterwanderte, wo mein Kind heranwuchs.

»Du solltest ein anderes Kleid anziehen, Mama«, sagte ich leise.

Sie blickte an dem durchlöcherten Stoff hinab. »Ja«, antwortete sie und ging aus dem Zimmer.

Sie berührte mich nicht. Sie verabschiedete sich nicht. Sie war fort, bevor ich ihr noch »Auf Wiedersehen« sagen oder sie um Verzeihung oder um ihre Liebe bitten konnte. Ich konnte ihr nicht einmal sagen, wie sehr ich sie liebte.

Die Nachricht wurde mir am Abend im Herrenhaus von Havering überbracht. Richard kam zu uns herübergeritten. Sobald ich ihn sah, wußte ich, daß ein Unglück geschehen war, denn John hatte ihm befohlen, daheim zu bleiben und mich nicht zu treffen.

Aber John war tot, und Richard konnte tun, was er wollte; und meine Mutter war ebenfalls tot.

Richard brachte uns einen Brief. Der Absender war der Friedensrichter von Haslemere. Das Gemeindeland vor der kleinen Stadt war von Straßenräubern heimgesucht worden. Offenbar hatte sich ein Räuber der Kutsche in den Weg gestellt und Jem zum Anhalten gezwungen. Und dann hatte er sie alle drei totgeschossen.

Jem, Onkel John und meine Mutter.

Reisende, die wenig später die Straße entlangfuhren, hatten die Kutsche am Straßenrand gesehen. Die Pferde standen daneben und grasten. Jem lag tot auf dem Kutschbock und John drinnen auf dem Boden; es schien, als hätte er versucht, meine Mutter mit seinem Körper zu schützen. Meine Mutter war auch erschossen worden.

Das Bargeld in Johns Reisekasse war fort. Die rosafarbenen Perlenohrringe und ihr wundervolles indisches Perlenhalsband, das sie seit Johns Rückkehr Tag für Tag getragen hatte, fehlten.

Der Magistrat, Mr. Pearson, sprach uns sein Beileid aus. Er sagte, er habe Suchanzeigen verschickt, damit man den mutmaßlichen Mörder finde, und wenn wir eine Belohnung auszusetzen wünschten, dann sollten wir uns mit ihm in Verbindung setzen. Er sagte, er habe Anweisungen gegeben, daß die Leichen nach Hause überführt würden. Er betonte, daß wir uns seines Mitgefühls sicher sein könnten.

»Was sollen wir nur tun, Sir«, fragte Richard Lord Havering mit weit aufgerissenen Augen. »Was sollen Julia und ich nur tun?«

»Ihr werdet natürlich hierbleiben«, warf meine Großmutter ein. »Ihr werdet hier bei mir bleiben, bis wir etwas klarer sehen. Ich werde mich um Julia kümmern; sie ist meine Enkelin. Und auch du wirst hier natürlich immer ein Zuhause finden, Richard.«

Ich sagte nichts. Ich dachte nichts. Irgendwo in meinem Herzen spürte ich einen gewaltigen Schmerz und eine unendliche Sehnsucht nach meiner Mutter und zugleich ein wachsendes Bedürfnis nach ihrer Hilfe. Ich konnte mir nicht vorstellen, wie ich ohne sie fertigwerden sollte. Ich konnte mir nicht vorstellen, wo ich leben würde oder was aus mir oder meinem ungeborenen Kind werden würde.

»Lady Havering«, sagte Richard mit fester Stimme. »Ich muß Ihnen und Seiner Lordschaft etwas sagen, was Sie beide überraschen wird.«

Ich wußte nicht, was Richard sagen wollte. Ich konnte kaum seine Worte hören. Alles, was ich vernahm, war ein leiser Schmerzensschrei, so dünn wie ein Faden, irgendwo in meinem Kopf, der wie das Wort »Mama« klang.

So saß ich vollkommen passiv und schweigend da, als Richard zu mir herüberkam und mich auf die Füße zog. Er hatte mir eine Hand gereicht und hielt in der anderen den Brief mit der Benachrichtigung über die Morde. Er schob sich meine eiskalte Hand unter den Arm und schaute meinen Großeltern ins Gesicht.

»Julia und ich sind verheiratet«, sagte er. »Wir werden zusammenleben.«

»Mein Gott!« rief Lord Havering. Er schaute hilfesuchend seine Frau an und warf uns dann noch einmal einen entsetzten Blick zu. Richard erschien mir in diesem Moment sehr zuversichtlich; er hatte sich offensichtlich auf diese Szene vorbereitet. Ich war nichts anderes als ein schwacher Schatten an seiner Seite, sprachlos und ohne Gedanken. In meinem Herzen rief ich schweigend nach meiner Mutter.

»Großer Gott«, sagte Lord Havering noch einmal.

»Hat dein Vater davon gewußt, Richard?« fragte Lady Havering.

»Ja«, antwortete Richard. »Lady Havering, es hat keinen Sinn, daß wir Ihnen etwas vormachen. Mein Vater hat seine Erlaubnis dazu gegeben, und Julias Mutter war ebenfalls einverstanden. Julia ist schwanger. Ich bin der Vater.«

»Großer Gott«, sagte Lord Havering noch einmal und ließ sich schwer wie ein Stein auf einen Stuhl fallen.

Lady Haverings Gesicht war so blaß wie zerknittertes Pergamentpapier; aber sie dachte weniger an Gesellschaft und Moral als an die Tochter, die sie verloren hatte.

»Oh! Meine arme Celia!« rief sie. »Das hat ihr sicher den Rest gegeben. Das hat ihr gewiß das Herz gebrochen!«

Ich senkte den Kopf. Ich hatte das Gefühl, meine Mutter mit eigener Hand ermordet zu haben. Sie hatte das Haus ohne ein liebevolles Wort verlassen und war danach geradewegs in den Tod gegangen. Ihr Mörder hatte, so empfand ich es, nur das schreckliche Schicksal vollendet, das seinen Lauf genommen hatte, als sie erfuhr, daß ich unkeusch gewesen war. Ich schämte mich so sehr, daß ich kein Wort herausbrachte.

»Ich nehme an, das verändert die Situation«, stellte Richard höflich fest.

»Ja, das tut es!« sagte Lord Havering. »Das tut es wahrhaftig!«

Meine Großmutter machte eine kleine Handbewegung, und Lord Havering verstummte. »Ich werde eure Ehe anerkennen«, sagte sie grimmig. »Wer auch immer Julias Vorfahren gewesen sein mögen, sie ist meine Enkelin, und ich werde es für Celia tun. Ich werde euch anerkennen, und wir werden die Hochzeit in den Zeitungen bekanntmachen. Niemand wird erwarten, daß es eine große Feier oder einen Empfang gibt, gerade in der Woche, in der auch eure Eltern begraben werden. Wir können so tun, als wäret ihr bereits einige Zeit lang verheiratet.« Sie zögerte. Ich schaute nicht auf. »Wann soll das Baby kommen?« fragte sie düster.

»Ende Januar«, sagte Richard.

»Also sagen wir, daß ihr in aller Stille im Frühling geheiratet habt«, sagte sie. Ihre Stimme war so hart und leidenschaftslos wie die eines Generals, der einen Feldzug plant. »Unter diesen Umständen gibt es keinen Grund, warum ihr beide nicht sofort gemeinsam heimfahren solltet.«

»Nein!« rief ich plötzlich. »Ich möchte nicht heimfahren!«

»Warum nicht?« fragte meine Großmutter streng.

Ich zögerte. Richard starrte mich finster an, aber ich vertraute auf die Liebe, die meine Großmutter mir immer entgegengebracht hatte. »Ich weiß nicht«, sagte ich mit schwacher Stimme. »Ich möchte einfach nicht heimfahren, Großmama. Bitte, ich möchte hierbleiben. Ich möchte nicht heimfahren.«

Sie zögerte, und ich wußte, daß ihre Liebe zu mir sehr viel schwerer wog als der Schock und der Ärger über das, was ich getan hatte. Sie würde mich so lange bei sich behalten, bis ich mich stark genug fühlte, um heimzufahren und Richard entgegenzutreten und mit ihm gemeinsam zu entscheiden, was wir mit unserem zerstörten Leben anfangen sollten. Plötzlich, so schien es mir, hatte ich sicheren Boden unter den Füßen. Ich wußte: Meine Großmutter hatte die flehende Bitte in meinen Augen deutlich gesehen, und ich hatte in ihr einen starken Verbündeten.

»Du kannst bleiben, wenn du es wünschst«, sagte sie langsam. Aber dann schaute sie nachdenklich zu Richard hinüber. »Du bist jetzt eine verheiratete Frau, Julia. Du mußt dich den Wünschen deines Mannes beugen.«

Ich sah sie mit offenem Mund an. Ich konnte sie kaum verstehen. »Richard?« fragte ich. Ich konnte nicht glauben, daß sie die Entscheidung dem Mann überließ, der noch vor wenigen Jahren mein Spielkamerad gewesen war. In ihrem eigenen Haus sollte Richard plötzlich befugt sein, Entscheidungen zu treffen.

»Du bist eine verheiratete Frau, Julia«, sagte sie. Es war, als schlüge die Tür einer Gefängniszelle hinter mir zu. »Du bist eine verheiratete Frau. Du hast dich den Wünschen deines Mannes zu fügen.«

Ich schaute mich um.

Lord Havering nickte. Meine Großmutter sah müde aus, aber ihr Blick war ruhig. Zuallerletzt schaute ich Richard an. Er funkelte mich triumphierend an.

»Ich denke, wir sollten heimfahren«, sagte er leise. »Dies war für uns beide ein entsetzlicher Schock. Wir sollten heimfahren, und du solltest ein Glas Wasser mit Weißdorntropfen trinken und früh ins Bett gehen. Wir werden morgen vieles erledigen müssen, und heute ist ein unendlich trauriger Tag gewesen. Ich denke, du solltest heimkommen und dich in deinem eigenen Haus ausruhen.«

Ich schaute hilfesuchend zu meiner Großmutter, aber ihr Gesicht blieb unbewegt. Mein Großvater starrte düster auf den Teppich zwischen seinen Stiefelspitzen. Ich blickte noch einmal zu Richard. Für mich gab es nur einen Ausweg. Ich könnte ihnen sagen, daß Richard und ich Bruder und Schwester waren und daß die Ehe annulliert werden mußte. Aber wenn ich das ausspräche, dann wüßte meine Großmutter, daß ich mit meinem eigenen Bruder zusammengelegen hatte und daß das Baby, mein eigenes Baby, die Frucht der Blutschande war. Schlimmer noch: Sie würde wissen, daß ich gar nicht ihr Enkelkind, sondern vielmehr die Tochter von Beatrice, der Hexe, und deren Bruder Harry war, und daß ich nicht einmal mit ihr verwandt war.

Ich konnte es nicht. An einem Tag Mutter und Großmutter zu verlieren, das überstieg meine Kräfte. Ich konnte ihr nicht etwas gestehen, was bewirken würde, daß sie mich fortan als eine Fremde betrachtete. Ich fand die Worte nicht.

»Sehr wohl«, sagte ich gehorsam. Irgendwie gelang es mir, mich zu fassen. Lord Havering ließ die Kutsche von Havering vorfahren, und ich fuhr allein nach Haus. Richard ritt hinterher.

Stride öffnete mir die Tür; ich konnte sehen, daß er geweint hatte.

»Oh, Stride«, sagte ich traurig.

Es blieb keine Zeit, noch mehr zu sagen. Richard kam hinter mir her und befahl Stride, Jenny Hodgett zu holen, damit sie mich mit einer Schale Suppe und einem Glas Portwein ins Bett brachte. Als ich mich hingelegt hatte, kam Richard selbst mit einem Glas Wasser mit Weißdorntropfen zu mir und sagte, er würde bei mir sitzen, bis ich eingeschlafen wäre.

Ich sank auf meine Kissen zurück und schloß die Augen. So

konnte ich nicht sehen, daß er an meinem Fenstersitz Platz genommen hatte und mir die Aussicht auf den Abendhimmel und auf die Weide vor dem Fenster nahm. Die Trauer um meine Mutter war so stark, daß ich das Gefühl hatte, ich würde daran ersticken, wenn ich das Schluchzen, das sich in großen, würgenden Knoten in meinem Hals sammelte, zurückhielte.

»Still, Julia«, sagte Richard sanft. »Still.«

Er setzte sich zu mir ans Bett und strich mir das Haar aus der Stirn, als wäre ich ein kleines Kind. Ich versuchte mir vorzustellen, dies wäre die Hand meiner Mutter und all das Schreckliche wäre gar nicht geschehen. Ich würde schon sehr bald wieder aufwachen und mich geliebt und in Sicherheit wiederfinden.

So verbrachte Richard die Nacht in meinem Zimmer. Ob er dort saß als ein trauernder Bruder, als Ehemann oder vielleicht als Gefängniswächter – ich habe es niemals genau herausgefunden.

27

Am nächsten Morgen gab es geschäftliche Dinge zu erledigen. Richard fuhr nach Acre hinunter, um Ralph Megson zu sagen, was zu tun war. Ralph hatte zudem die Aufgabe, die Todesfälle in Acre bekanntzumachen.

Während er fort war, ging ich in das Zimmer meiner Mutter. Es war ein heißer Sommermorgen, und irgend jemand hatte das Schiebefenster halb geöffnet, aber die Vorhänge waren zugezogen. Jedes Zimmer in diesem Haus würde in dieser Woche im Schatten liegen. In einem plötzlichen Gefühl von Ungeduld und Abwehr zog ich die Vorhänge zurück. Das Sonnenlicht und die Wärme flossen in den Raum und ließen das blaurosa Muster des Teppichs plötzlich hell aufleuchten.

Ich schaute mich aufmerksam um, als versuchte ich, mir alles ganz fest einzuprägen, und als könnte ich die Menschen, die ich liebte, an mich binden, indem ich mich an die Gegenstände klammerte, die ihnen gehörten. Es war mir, als sei meine Mutter ganz in der Nähe. Ihr Geist und der schwache, leichte Duft der Lilien, der immer an ihr haftete, schwebten noch im Raum. In ihrer Haarbürste hingen noch ein paar Haare, und in dem Krug neben der Schüssel stand noch Wasser; ihr Nachthemd lag zusammengefaltet am Fußende des Bettes.

Das Zimmer sah aus, als sei sie nur gerade einen Moment lang hinausgegangen. Ich konnte sogar die Delle im Kissen ihres Stuhles vor der Frisierkommode erkennen. Dort hatte sie, bevor sie mit John fortgefahren war, gesessen, um ihren Hut festzustecken.

Es war ein hübsches Zimmer. Als ich noch ein kleines Mädchen war, da war das einzig Schöne an diesem Zimmer der Blick auf die rauschenden, grünen Bäume von Wideacre Park gewesen und der wohlvertraute, süße Duft der Blumen. Aber nach Johns Heimkehr war das Zimmer mit Teppichen und Möbeln ausgestattet worden; Möbel in Weiß und Gold, wie meine Mutter sie liebte. Eine Kristallschale mit Rosen stand im Kamin; ein silberner Spiegel, Bürste und Kamm lagen auf dem wohlgeordneten Frisiertisch und spiegelten sich in dem dreiteiligen Spiegel darüber. Ich schaute abergläubisch hinein. Ich konnte einfach nicht glauben, daß ich ihr Gesicht dort niemals wiedersehen würde.

Ich ging quer durch das Zimmer und sah aus dem Fenster. Dann schloß ich die Augen und drückte die Stirn gegen das kalte Glas. Die Sommerdüfte von Wideacre wehten herein und bewegten die Vorhänge an meiner Seite. Alles war warm und grün und fruchtbar. Ich konnte nicht glauben, daß meine Mutter trotz all dieser Fülle und Fruchtbarkeit nie mehr wiederkehren würde.

Ich wollte es nicht glauben. Ich schloß die Augen, drehte mich um und schaute in das Zimmer hinein. Ich war sicher, daß sie dort wäre, daß sie auf dem kleinen Hocker vor dem Spiegel saß oder eine verwelkte Blume aus einer Vase herausschnitt. Ich wünschte mir mit aller Kraft, daß sie dort wäre. Ich konnte nicht glauben, daß die treueste, zuverlässigste Kameradin meiner Kindheit so plötzlich und unerwartet verschwunden sein sollte.

»Mama!« flüsterte ich in die Stille des Zimmers hinein.

Es kam keine Antwort.

Meine Mutter lebte nicht mehr, und ich war allein.

Ich ging aus dem Zimmer hinaus; das Fenster stand offen, und die Vorhänge wehten hin und her. Ich lief nach unten ins Wohnzimmer. Ich stolperte im Dämmerlicht gegen den Tisch, rannte zum Fenster und riß die Vorhänge zurück.

Das Zimmermädchen war nicht wie gewöhnlich hier gewesen, um aufzuräumen und sauberzumachen. Es hatte die Vorhänge zugezogen, aber das Zimmer so gelassen, wie es gewesen war, als meine Lüge sich in unsere Welt hineindrängte, meiner Jungmädchenzeit gewaltsam ein Ende setzte und meiner Mutter das Herz brach. Der Stuhl, an den ich mich geklammert hatte, stand immer noch schräg im Raum. Der Sessel, auf den John sich so müde hatte fallen lassen, war immer noch neben den Kamin gerückt. Um den Stuhl meiner Mutter herum lagen wie ein Goldregen, wie die Rosenblätter eines Hochzeitstages, die kleinen Blumen, die sie nach und nach aus dem weiten Rock ihres Kleides herausgeschnitten hatte, während sie dort mit gebeugtem Kopf saß und anhören mußte, daß ihre Tochter unkeusch gewesen war.

Ich fiel auf dem Kaminvorleger auf die Knie und begann, die Stoffetzen aufzusammeln, wie eine verlorene Ophelia in einem fahrenden Theater. Als meine Hand nichts mehr fassen konnte, breitete ich wie ein Mädchen vom Land meine seidene Schürze aus und sammelte sie dort hinein. Dann trug ich die Reste so vorsichtig wie gerade gelegte Pfaueneier in mein Zimmer.

Ich wickelte sie in weiches, weißes Papier und legte sie in die oberste Schublade. Sogar das bißchen Stoff roch schwach nach Lilien.

Dann klammerte ich mich an die Kommode und weinte heftig.

Die Beerdigung sollte am Samstag sein, am vierten Tag nach dem Erntetag, an dem ich den Laceys Ruin und Schande gebracht hatte. Meine Großmutter Havering sorgte dafür, daß unsere heimliche Hochzeit am folgenden Montag in der Zeitung veröffentlicht werden würde. Richard meinte, man sollte Ralph noch vor der öffentlichen Ankündigung in der Zeitung persönlich darüber informieren, und ich stimmte ihm zu.

Ich fühlte mich durch die stille, wortlose Trauer um meine Mutter bis in die Seele hinein erschöpft. Ich glaubte ganz fest, daß ich niemals wieder glücklich sein würde. Vielleicht war es nicht richtig, daß ich keinen Trost bei meiner Großmutter oder bei unserem Vikar suchte, und nicht einmal bei Richard, aber ich hatte das Gefühl, daß mich nie, niemals wieder irgend jemand trösten könnte. Jetzt, da meine Mutter tot war, gab es niemanden mehr, der mich verwöhnte und beschützte.

So kam es, daß ich zum ersten Mal seit vielen, vielen Monaten nicht mehr an Wideacre dachte. Als Richard mir sagte, Ralph würde an jenem Abend nach Dower House kommen, da nickte ich, als wäre es mir ziemlich gleichgültig.

Ralph kam herein und ging so langsam durch die sauber glänzende Eingangshalle, als wollte er auf einen schlafenden Kranken Rücksicht nehmen. Aber obwohl meine Mutter in dem Haus lag, hätte doch nichts sie jemals wieder aufwecken können. Ihr Sarg stand oben in dem hübschen Zimmer, das nach Lilien duftete. Der Deckel war schon zugenagelt; ich hatte ihr nicht einmal einen Abschiedskuß auf ihre kalte Wange drücken können: Die Verletzungen waren allzu gräßlich, hatte man mir gesagt.

Ich versuchte, nicht daran zu denken.

»Es tut mir leid, Julia«, sagte Ralph. Er nahm meine Hand und lächelte zu mir herab; seine dunklen Augen blickten sehr sanft.

»Danke«, flüsterte ich verlegen.

»Sie hat sicher keine Schmerzen gehabt, wissen Sie«, sagte er. »Ich habe schon mehrmals gesehen, wie Menschen aus naher Entfernung erschossen worden sind. Sie ist gewiß sofort gestorben.«

Ich schaute ihm mit einem kurzen, prüfenden Blick ins Gesicht. »Sind Sie sicher?« fragte ich. »Sie sagen das doch nicht nur, um mich zu trösten?«

Ralph schüttelte den Kopf. »Nein«, antwortete er, »ich würde Sie in einer solchen Sache niemals anlügen. Sie hatte bestimmt keine großen Schmerzen. Und John auch nicht.«

Richard unterbrach uns. »Würden Sie bitte mit mir in die Bibliothek kommen, Mr. Megson? Wir müssen etwas Geschäftliches miteinander besprechen.«

Ralph nickte und trat einen Schritt zur Seite, damit ich vor den Männern in das Zimmer gehen konnte.

»Julia braucht sich damit nicht zu belasten«, sagte Richard sanft. »Sie kann im Wohnzimmer sitzen bleiben.«

Ralph war plötzlich so wachsam wie ein Hase im Farnkraut. »Miss Lacey sollte auch dabeisein. Sie erbt genauso wie Sie.«

»Jetzt nicht mehr«, stellte Richard fest. Er lächelte Ralph an, und die Blicke der beiden Männer trafen sich. »Ich möchte geschäftliche Angelegenheiten nicht in der Eingangshalle besprechen«, sagte Richard kühl. »Kommen Sie bitte mit mir in die Bibliothek, Mr. Megson.«

»Nach Ihnen, Julia«, sagte Ralph mit fester Stimme. Selbst in dem Nebel der Betäubung, der mich umgab, bemerkte ich, daß er mich beim Vornamen genannt hatte, und ich hörte seinen Appell an mich, Acre nicht ganz zu verraten.

Ich schaute zu Richard. Er warf mir einen düsteren Blick zu, der mich hätte warnen sollen, daß ich mich aus diesem Kampf zwischen Ralph und ihm heraushalten sollte. Aber Ralph war mein Freund, und Acre war mein Dorf. Wie erschöpft und müde ich auch sein mochte, wie krank auch immer mich der Schmerz und die Trauer machten, Acre sollte sich für alle Zeiten auf mich verlassen können.

»Ich komme auch mit hinein«, sagte ich, ging an Richard vorbei in die Bibliothek und setzte mich an den Tisch. Richard nahm am Kopfende des Tisches Platz, wo Onkel John immer gesessen hatte, und Ralph saß mir gegenüber und schaute auf die Bücherborde. Das Fenster hinter Richard stand offen; von draußen erklang der laute Gesang einer Drossel.

»Wir haben Ihnen etwas zu sagen, was Sie vielleicht überraschen wird«, sagte Richard scheinbar verbindlich. »Miss Lacey und ich sind verheiratet. Wir haben vor einigen Monaten heimlich geheiratet. Und Miss Lacey« – er brach ab und lächelte –, »ich sollte eigentlich *Mrs. MacAndrew* sagen, trägt unser Kind unter dem Herzen.«

Ralph sah mich prüfend an. »Sie sind schwanger?« fragte er geradeheraus.

Ich nickte.

»Und verheiratet?« fügte er hinzu.

Niemand korrigierte ihn in seiner Umkehrung dessen, was

Richard gesagt hatte. Wir beide wußten, daß Ralph annahm, ich hätte geheiratet, weil ich schwanger war, und nicht einmal Richard war verlogen genug, dies zu leugnen.

»Ja«, sagte ich, als hätte ich auf eine Zitrone gebissen.

Ralph legte seinen dunklen Kopf einen Augenblick lang in seine Hände. »Oh, Julia«, sagte er traurig. »Ich *wünschte,* Sie wären zu mir gekommen.«

Richard überging diese Bemerkung. »Als Julias Ehemann bin jetzt *ich* der Squire und der alleinige Besitzer von Wideacre«, sagte er. »Ich habe Sie zu mir gerufen, Mr. Megson, um Sie zu bitten, dem Dorf diese Nachricht zu übermitteln. Am Montag wird es in der Zeitung stehen. Ich denke, da wir zugleich leider in Trauer sind, sollte in Acre aus Anlaß unserer Hochzeit keine Feier stattfinden.«

Ralph runzelte finster die Stirn. »Nein, ganz bestimmt nicht«, sagte er mißmutig. »Es wird, da Sie nun Squire geworden sind, ganz gewiß nicht gefeiert werden.«

Richard nickte und überging auch diese Bemerkung. »Ich werde ohne jeden Zweifel das Vermögen der MacAndrews erben«, sagte er, »und natürlich habe ich auch die alleinige Kontrolle über das Vermögen meiner Ehefrau. Ich plane keine sofortigen Veränderungen, Mr. Megson. Sie können den Leuten in Acre das sagen. Ich bin bis jetzt mit der Verwaltung der Ländereien zufrieden.«

»Sie haben die jeweiligen Testamente noch nicht gesehen. Es könnte sein, daß für Sie beide ein Vormund bestellt worden ist.«

»Nein, ich habe sie nicht gesehen«, räumte Richard ein. »Aber ich glaube, daß entweder Julias Mutter oder mein Vater die Vormundschaft hatte. Niemand hat den Fall erwogen, daß sie beide zugleich sterben könnten.«

Ralph sah nicht im geringsten bewegt und erschüttert aus. Er schaute vielmehr zutiefst mißmutig drein. »Ich werde das

Dorf davon unterrichten«, sagte er mürrisch. »Gibt es sonst noch etwas?«

Richard zögerte. »Das Getreide ...« sagte er leichthin, »ich nehme an, Sie haben bestimmte Vorkehrungen für den Verkauf getroffen?«

Ralph warf mir einen Blick zu. »Ja«, sagte er. »Wir werden einen bestimmten Anteil für den Verkauf hier am Ort zurückbehalten. Ein anderer Teil geht zum Markt nach Midhurst, und der Rest der Ernte wird dann später auf den Markt nach London geschickt.«

»Ich hatte mir das etwas anders vorgestellt«, entgegnete Richard. Seine Stimme war wie Seide, und seine blauen Augen glänzten. »Ich denke, wir sollten die ganze Ernte auf den Markt nach London schicken. Dort kann man Profite machen. Wideacre muß als ein Unternehmen verwaltet werden, das einen ordentlichen Gewinn abwirft. Sie müssen das verstehen, Mr. Megson.«

Ralph musterte ihn mit einem düsteren, gleichgültigen Blick. »Ja, ich glaube, ich verstehe«, sagte er. »Ich möchte das heute abend nicht mit Ihnen diskutieren. Aber ich fürchte, Sie können, was den Weizen anbetrifft, nichts mehr machen. Die Verträge sind schon aufgesetzt.«

Ihre Blicke verhakten sich ineinander wie zwei Geweihe. Richard war der Herr von Wideacre, und Ralph war sein Verwalter. Aber Ralph würde immer der Stärkere sein, und es war Richard, der schließlich wegschaute. »Wir werden sehen«, sagte er trotzig. »Aber tun Sie, was ich Ihnen aufgetragen habe, und berichten Sie Acre über alles, Mr. Megson.«

»Natürlich«, sagte Ralph. Er wartete einen Augenblick lang, und als Richard nichts mehr sagte, stand er auf und ging zur Tür. Richard blieb lässig in dem geschnitzten Stuhl sitzen und schaute ihm nach, aber ich erhob mich zusammen mit Ralph und ging mit ihm durch die Eingangshalle.

Er sagte nichts.

Ich hatte erwartet, daß er etwas sagen würde, irgendein vorwurfsvolles Wort, mit dem er seine Enttäuschung darüber ausdrücken würde, daß nun wieder eine Lacey auf Wideacre war, die das Land betrogen und verraten hatte. Aber er warf mir nur einen harten, finsteren, aber zugleich auch mitleidsvollen Blick zu. Dann zog er die Haustür hinter sich zu und war fort.

Er war fort. Er ließ mich allein, allein mit Richard.

Ich ging langsam zurück zur Bibliothek und drehte die Fransen meines Umhängetuches zwischen den Fingern. Richard hatte seinen Stuhl vom Tisch zurückgeschoben und schaukelte damit hin und her; dabei stieß er sich mit den Stiefeln von der Tischkante ab.

»Alles in Ordnung mit Megson?« fragte er.

»Ja«, antwortete ich. Ich trat ans Fenster. Die Sonne verschwand hinter den Bäumen. Sie hatte den Himmel über den Wäldern beige, grau und rosa gefärbt. Ich lehnte meinen Kopf gegen das kühle Fensterglas und schwieg.

»Ich reite morgen zum Herrenhaus und schaue nach, wie die Arbeit vorangeht«, sagte Richard, »und am Montag frage ich den Vorarbeiter, wie schnell man sie zu Ende bringen könnte, wenn wir die Anzahl der Arbeiter verdoppeln würden. Wir werden so bald wie möglich einziehen.«

»Richard ...«, sagte ich. Ich drehte mich zu ihm herum, um zu sehen, ob er wirklich so ruhig und zuversichtlich war, wie es den Anschein hatte. »Richard, wir müssen miteinander reden. Du kannst nicht wirklich glauben, daß wir gemeinsam im Herrenhaus wohnen können!«

Sein Gesicht war so unschuldig wie das eines braven Kindes. »Warum nicht?« fragte er.

Ich legte die Hand an die Stirn. »Richard!« rief ich. »Was John über unsere leiblichen Eltern gesagt hat, verändert alles.«

Richard sah mich verständnislos an. »Warum?«

Ich lehnte mich mit dem Rücken gegen das Fenster. Es schien mir, als wäre die Welt um mich herum verrückt geworden und als müßte ich eine Stütze finden, um nicht in dem Strudel mitgerissen zu werden.

»Wir sind Bruder und Schwester!« rief ich. »Unsere Ehe ist ungültig. Und unser Kind …« Ich brach ab. Ich mochte, während mein kleines, hilfloses Baby in meinem Leib heranwuchs, das Wort »Blutschande« nicht aussprechen. »Wir sollten die Ehe annullieren lassen, wie John und Mama es geplant hatten«, sagte ich. »Danach werden wir an getrennten Orten leben müssen. Ich werde irgendwie die Schande eines unehelichen Kindes ertragen lernen. Ich denke, daß du am besten in London leben solltest.«

Richards Gesicht war so ungetrübt wie der Sommerhimmel. Er schaute mir mit einem Ausdruck von freundlicher Sympathie in die Augen; seine Gefühle waren von meiner Verwirrung und meinem Schmerz so weit entfernt wie die Sterne des frühen Abendhimmels. »Oh, nein«, sagte er scheinbar freundlich. »Ganz und gar nicht.«

Ich schaute ihn wartend und verständnislos an.

»Unsere Ehe ist bereits öffentlich bekanntgemacht worden«, sagte er. »Wir haben geheiratet, und ich habe mein Kind als ehelich anerkannt. Wir *können* überhaupt nichts mehr annullieren.«

Ich streckte noch einmal mit einer schwachen, flehenden Geste meine Hände nach ihm aus.

»Richard …«, sagte ich unsicher.

»Wir werden hier wohnen«, sagte er. »Und wenn das Herrenhaus fertiggestellt ist, dann werden wir dorthin umziehen. Ich werde den Namen Lacey annehmen, auf den ich, wie ich jetzt weiß, genauso ein Recht habe wie du. Wir werden dann der Squire Richard Lacey und seine Lady sein.« Er lächelte mich an. »Klingt nicht schlecht, nicht wahr?« sagte er gutgelaunt.

»Richard, das geht nicht!« rief ich. Das Gefühl, daß ich in einer Welt des Wahnsinns lebte, in der meine geliebte Mutter ohne Grund ermordet worden war und in der mein eigener Bruder mich geschwängert hatte, fiel von mir ab. Wenn Richard die Situation mit seiner weichen Stimme erörterte, dann klang das wahnsinnige Chaos meines Lebens plötzlich vollkommen vernünftig. »Das *geht nicht*!« rief ich noch einmal.

Richard schaukelte gelassen auf seinem Stuhl. »Warum nicht?« fragte er. Mit einer heftigen Bewegung setzte er sich ruhig und gerade auf den Stuhl und drehte sich zu mir um. »Wir haben unsere Hochzeit öffentlich bekanntgegeben, und du bist mit meinem Kind schwanger«, sagte er kalt. »Wir beide wissen, wer letztlich dafür verantwortlich ist, daß du jetzt schwanger bist, und wer auf einer Eheschließung bestanden hat. Ich habe mich einverstanden erklärt, um dir einen Gefallen zu tun. Ich werde jetzt nicht nur wegen einer deiner Launen alles umwerfen.«

Ich legte mein Hände an die Schläfen. Richards Sicht der Welt und meine eigene Sicht schienen so ganz und gar voneinander verschieden zu sein. Ich konnte nicht glauben, daß wir beide in demselben Zimmer standen, in dem John uns haßerfüllt als Bastarde bezeichnet hatte. »Ich kann nicht klar denken!« rief ich verwirrt.

Richard stand auf, kam zu mir herüber und zog mir die Hände vom Gesicht. »Sei still«, sagte er mit fester Stimme. »Es liegt an deinem Zustand, daß du so verwirrt bist. Sei ruhig und vertraue mir. Ich weiß, was ich tue.«

Ich entzog ihm meine Hände nicht und schaute prüfend in sein Gesicht.

»Du hast jetzt niemanden außer mir, Julia«, sagte er. »Vergiß nicht, daß du außer mir niemanden mehr hast. Du mußt mir vertrauen. Du wirst kaum allein fertig werden.«

Ich ging einen halben Schritt auf ihn zu. Ich fühlte mich sehr, sehr einsam. Ich lehnte meine Stirn an seine Schulter. Nach der eiskalten Berührung der Scheibe fühlte sich sein Samtjackett warm an, und ich atmete den herben Duft seiner Haut und seiner lockigen Haare ein.

»Oh, Richard«, sagte ich in einem plötzlichen Gefühl von Verlassenheit. Er legte seinen Arm um meine Taille und streichelte meinen Rücken, als wäre ich ein krankes Tier.

Mir war, als wäre die Welt ein gefährliches Meer und Richard und ich hätten in den Stürmen Schiffbruch erlitten. Alles, was wir jetzt tun konnten, war, uns aneinanderzuklammern und zu hoffen, daß wir auf der Oberfläche treiben würden.

Ich lebte wie in Trance.

Die Beerdigung, bei der meine Mutter und John in die Gruft der Laceys gebettet wurden, zog wie in einem Nebel an mir vorbei. Es gab Meinungsverschiedenheiten, wo sie liegen sollten; schließlich wurden sie Seite an Seite begraben. Ich war seltsam froh darüber, daß sie im Tode nahe beieinander waren und daß der Staub ihrer Leichen sich miteinander vermischen würde. Nach der Beerdigung gab meine Großmutter ein Mittagessen, und die Repräsentanten der gesamten Grafschaft sprachen uns ihr Beileid aus. Ich stand zwischen meiner Großmutter und Richard, sprach mit verschiedenen Menschen und hörte sie zu mir sprechen, als wären sie lautlose Fische, die in einem tiefen, seidigen Meer trieben.

In der darauffolgenden Woche gab es nur eine einzige Stimme, die mir klar und deutlich ins Bewußtsein drang: die von Rosie Dench. Sie kam mit einem Paket. Stride führte sie ins Wohnzimmer, wo ich untätig am Fenster saß. Ich schaute die Straße hinab, als wartete ich darauf, daß meine Mutter und John im Einspänner um die Ecke gefahren kämen, gut gelaunt nach einer schönen Ausfahrt.

»Ich wußte nicht, was ich mit ihnen tun sollte«, brachte Rosie verlegen hervor. »Sie waren für Sie bestimmt, Miss Julia. Es sind Wideacre-Handschuhe, die ich für Sie gemacht habe, wen auch immer Sie sich zum Mann wählen würden.«

Ich drehte mich zum Zimmer herum. Ich konnte kaum verstehen, was sie sagte. Aber dann erinnerte ich mich. Rosie hatte mir Handschuhe versprochen. Handschuhe für meinen Hochzeitstag, für meine Hochzeit mit James.

Sie hielt mir das Paket verlegen hin. Ich versuchte zu

lächeln, aber ich merkte, daß mein Gesicht wie versteinert war.

Eingewickelt in feines Papier fand ich die schönsten Handschuhe, die ich jemals gesehen hatte. Jeder einzelne Quadratzentimeter Stoff glühte in prächtigen Farben. Die Farben von Wideacre – die Farben der Ernte von Wideacre. Der Hintergrund war blaß wie der Himmel in der Morgendämmerung, bevor die Sonne ihn rosarot färbte, passend zu einem cremefarbenen oder weißen Hochzeitskleid. Auf dem Rücken jedes dieser Handschuhe war, gelb und goldfarben, eine goldene Weizenähre gestickt und eine Handvoll Blumen aus einem Weizenfeld: die leuchtenden Mohnblumen, die ich so sehr liebte, und dunkelblauer Rittersporn. Vor der Weizenähre erkannte man zwei gekreuzte Sicheln; als eine Erinnerung an die Arbeit, die die Ernte mit sich brachte. Die Handschuhe waren länger als die, die ich gewöhnlich trug, und sie waren mit einer Goldborte gesäumt. Rosie war zwar inzwischen ein Mädchen aus Acre, das wie die anderen auf den Feldern arbeitete, aber sie würde ihren Blick für Schönheit und Mode nie mehr verlieren.

»Rosie, danke«, sagte ich. »Du hast ein sehr großes Talent. Wenn dieses Muster in Öl gemalt wäre, dann würden die Leute sagen, du seist eine Künstlerin.«

Als ich das sagte, strahlte sie mich an und senkte den Kopf. »Ich hoffe, Sie werden glücklich«, sagte sie unsicher. »Ich hoffe, es war richtig von mir, Ihnen die Handschuhe vorbeizubringen.«

»Ich bin dir sehr dankbar«, erwiderte ich. »Ich werde sie in der Trauerzeit nicht tragen können, aber ich bewahre sie gut auf und trage sie dann im nächsten Jahr, im nächsten Frühling, mit meinen allerbesten Kleidern.«

Sie machte einen Knicks und wandte sich zum Gehen. Ich empfand es als seltsam, daß wir uns nach allem, was wir gemeinsam erlebt hatten, so wenig zu sagen hatten. Aber Rosie konnte mir ihre wahre Meinung über meinen Ehemann nicht verraten; und ich selbst fühlte mich wie tot und konnte niemandem ehrlich sagen, wie es in meinem Herzen aussah.

»Wir schreiben ihm«, sagte sie plötzlich und drehte sich noch einmal im Türrahmen um. »Er hat uns gebeten, ihm von Zeit zu Zeit zu schreiben und ihm mitzuteilen, ob es uns gutgeht, uns allen, den Kindern von Bath.«

Ich nickte. Ich wußte, daß von James die Rede war.

»Darf ich Sie auch erwähnen?« fragte Rosie. »Wenn es irgend etwas gäbe, was Sie ihm sagen wollen, was Sie ihm aber nicht selbst schreiben können, dann könnte ich es ihm mitteilen.«

Ich schüttelte den Kopf. In meiner Phantasie sah ich die kleine Kaffeestube in dem Gasthaus, und ich hörte das Rollen der Räder auf den Pflastersteinen, als James sich verspätet hatte und Minute um Minute verstrich, ohne daß er erschien.

»Nein«, sagte ich müde. »Mr. Fortescue und ich sind nicht mehr befreundet. Und ich bin jetzt eine verheiratete Frau.«

Rosie nickte, aber sie schaute mir sehr verwirrt ins Gesicht. »Auf Wiedersehen, Miss Julia«, sagte sie. »Wir werden Sie doch im Dorf sehen, nicht wahr?«

»Ja«, sagte ich. Aber meine Stimme klang gar nicht sicher. »Ich komme, wenn ich mich besser fühle.« Meine Worte klangen so, als erwartete ich nicht mehr, mich jemals besser zu fühlen. Ich war tief verzweifelt.

Ich konnte nicht weinen.

Ich konnte nicht trauern.

Ich hatte das Gefühl, daß ich irgendwo auf einem endlos weiten Meer dahintrieb. Und ich konnte nichts anderes tun, als immer weiter zu treiben und zu vergessen, wie sich alle diese Tage zu vielen Wochen summierten.

In der dritten Woche nach der Beerdigung schlug meine Großmutter vor, wir sollten zu einem Abendessen einladen, weil sie mich den Repräsentanten der Grafschaft als verheiratete Frau vorstellen wollte. Ich schüttelte den Kopf.

»Ich erwarte nicht, daß du Spaß daran hast«, sagte meine

Großmutter kühl. »Ich erwarte vielmehr, daß du deinen Kopf ganz hoch oben trägst und antwortest, wenn man mit dir redet, und daß du dich daran erinnerst, warum ich all das tue, nämlich um deinen guten Ruf zu bewahren, und zwar um deiner Mutter, meiner Tochter, willen.«

So tat ich, was sie von mir verlangte, und ließ alles teilnahmslos über mich ergehen. Solange meine Großmutter im Zimmer war, würde niemand über meine überstürzte Heirat ironische Bemerkungen machen. Vielleicht würde hinter vorgehaltener Hand über mich geklatscht, wenn ich nicht dabei war, aber kein Klatsch konnte mich verletzen, solange ich unter dem Schutz meiner Großmutter stand.

Wenn ich mich einigermaßen gut fühlte, dann glaubte ich, es würde schon irgendwie weitergehen. Manchmal jedoch, wenn ich abends allein im Bett lag, fühlte ich mich wie eine Ertrinkende, die im Meer versank und zu dumm war, um nach Hilfe zu rufen. Ich hatte nur wenig Hoffnung, auf einen geschützten Hafen zuzutreiben. Manchmal dachte ich, daß ich vielmehr langsam in einem Morast von Sünden und Problemen versank und von allen um mich herum hinters Licht geführt wurde.

Ralph war es, der es aussprach.

»Er hat Sie also in die Falle gelockt«, sagte er zu mir. Ich fuhr zum Herrenhaus von Havering, um meine Großmutter zu besuchen, und Ralph begrüßte mich, als ich die Auffahrt hinunterrollte. Er hatte eine Fuhre Weizen zum Markt von Midhurst gebracht, und er folgte hoch oben auf seinem schwarzen Pferd den leeren Wagen langsam nach Haus.

»Ich weiß nicht, was Sie meinen«, sagte ich gleichmütig. Ich wollte Ralph in seiner Respektlosigkeit nicht noch ermutigen. Wir mußten beide lernen, wer unser Herr war.

Ralph blies ungeduldig die Backen auf. »Er hat Sie genommen, und dann saßen Sie in der Falle und mußten ihn heiraten«, sagte er. »Jetzt hat er Wideacre, und es gibt niemanden, der seiner Willkür Schranken auferlegt, nicht einmal Eltern, die Sie oder Acre zu schützen bereit sind. Die einzigen, die zwischen ihm und Acre stehen, sind Sie und ich. Und Sie sitzen mit erhobener Nase in Ihrer verdammten Kutsche und erzählen mir, Sie wüßten nicht, was ich meine!«

Ich fühlte mich, als würde mir der Boden unter den Füßen weggezogen, aber ich sagte nichts.

»Ich verkaufe so schnell ich kann alles Getreide in Midhurst«, sagte Ralph und zeigte mit dem Daumen auf die leeren Karren, die an uns vorbeirumpelten. »Ich werde nicht zulassen, daß der Weizen von Wideacre nach London gebracht wird, während es noch immer arme Familien gibt, die ihn dringend brauchen. Solange ich hier der Verwalter bin, soll niemand hungern.«

»Was ist mit dem Weizen für Acre?« fragte ich leise.

Ralphs Augen glänzten. »Ich habe ihn versteckt«, sagte er kurz angebunden. »Man wird ihn das ganze Jahr lang kaufen können. Aber Ihr junger Mann, Richard, wird nichts davon erfahren.«

»Wird er nicht irgendwo an der Mühle gehortet?« fragte ich. Ralphs Gesicht verfinsterte sich wieder. »Ich werde Ihnen nicht verraten, wo wir ihn versteckt haben«, meinte er. »Sie sind jetzt seine Frau. Sie könnten sich verpflichtet fühlen, es ihm zu sagen. Das Getreide ist sicher aufbewahrt, keine Angst. In diesem Winter wird es in Acre keinen Hunger geben, selbst wenn der Teufel persönlich hier Squire sein sollte.«

Ich nickte. »Es tut mir leid, Ralph«, sagte ich.

»Es wird Ihnen noch vieles andere leid tun«, sagte er grob. »Wann kommt das Baby?«

»Ende Januar«, antwortete ich.

»Die härteste Zeit des Jahres«, sagte Ralph. Einen Moment lang schwiegen wir beide. »Die härteste«, sagte er. »Sie hätten damals mit mir zu den Zigeunern gehen sollen, Julia.«

Ich sagte nichts. Es war sinnlos, irgend etwas zu sagen.

»Könnte die Ehe aus irgendwelchen rechtlichen Gründen annulliert werden?« fragte Ralph. Seine Stimme war so leise und sanft wie die eines Verschwörers. »Sind Sie sicher, daß ordentliche Zeugen anwesend waren und daß auch sonst alles rechtmäßig verlief, Julia? Vergessen Sie nicht: Sie sind beide noch minderjährig.«

In meiner Phantasie sah ich das Bild meiner Mutter und Onkel Johns, die nach London fuhren, um die Ehe annullieren zu lassen. Ich dachte an den schändlichen Grund, den sie dafür angeben wollten, das siebzehn Jahre alte Geheimnis der perversen Leidenschaft zwischen Beatrice und Harry, ihrem Bruder. Aber sie waren beide meine Eltern, und ich wollte mein Geheimnis nicht preisgeben. Ich hatte nicht die Kraft, an den Gerichtshöfen des Landes gegen Richard anzukämpfen und unsere Ehe für ungültig erklären zu lassen. Und darüber hinaus brauchte ich die Ehe genau so dringend wie er.

»Nein«, sagte ich mit ruhiger Stimme. »Ich bin nicht in der Lage, Ihnen etwas zu nennen, wodurch die Ehe für ungültig erklärt werden könnte.«

Ralph blickte unter seinem Dreispitz ganz und gar finster drein. »Vergessen Sie nicht: Ich bin Ihr Freund«, sagte er mürrisch. »Sie wissen, wo Sie mich finden können, wenn Sie mich brauchen, und die Leute von Acre würden Ihnen ebenfalls zur Seite stehen. Wenn Sie Hilfe brauchen, dann wissen Sie, wohin Sie sich wenden müssen.«

Ich nickte. Tränen standen in meinen Augen, und ich sah Ralphs Gesicht durch einen Schleier hindurch. »Danke«, sagte ich leise. »Aber ich habe immer gewußt, daß eine Zeit kommen würde, in der wir uns gegenseitig nicht helfen könnten.«

Ralph legte den Kopf zur Seite und versuchte etwas zu hören, was nur ich allein vernehmen konnte. »Schlechte Zeiten für uns beide?« fragte er mit sehr leiser Stimme.

Ich zuckte hilflos die Achseln. »Ich kann es nicht genau sehen«, sagte ich. »Wenn ich so gut die Zukunft vorhersehen könnte, wie man in Acre annimmt, dann wäre ich jetzt nicht hier. Die Dinge wären für uns alle ganz anders verlaufen.«

Er nickte finster, dann wendete er sein Pferd. Ich hatte schon einmal gesehen, wie er im Zorn von mir fortritt; er war die Auffahrt hinuntergaloppiert, während der Schlamm unter den Hufen seines Pferdes wegspritzte. Diesmal schlurfte sein Pferd im Schritt ins Dorf hinunter. Ich beobachtete, wie er davonritt, und ich setzte die Kutsche wieder in Gang. Ralph ritt mit schlaffem Zügel; er hatte seinen Kragen aufgestellt, und seine Haltung war so geduckt, als stünde er im strömenden Regen.

Ich fuhr jetzt immer in der Kutsche zu meiner Großmutter. Meine Schwangerschaft war inzwischen deutlich sichtbar, und meine eigene Befangenheit und die Sitten von Wideacre hinderten mich daran, weiter auf Seenebel zu reiten. Ich fühlte mich wohler, wenn ich in einer Kutsche verborgen war. Ich hoffte so sehr, daß es einen trockenen Herbst und einen milden Winter geben würde. Wenn es zu naß würde, dann wäre der Weg nicht mehr befahrbar, und wenn ich nicht reiten dürfte, dann müßte ich mich während der letzten drei langen Monate meiner Schwangerschaft in Dower House aufhalten, ohne Besucher und ohne jede Gesellschaft – außer Richard.

Ich trug fast täglich ein altes, schwarzes Kleid meiner Mutter, das in aller Eile für mich umgenäht worden war. Meine Großmutter hatte ihre Schneiderin aus Chichester nach Havering kommen lassen. Sie sollte Maß nehmen und zugleich meinen wachsenden Umfang einkalkulieren, damit ich ein paar neue, schwarze Kleider für den Herbst und Winter im Schrank hätte.

Ich stand ganz ruhig da, bis ich müde wurde, und sie kniete zu meinen Füßen und steckte eine Falte nach der anderen ab. Sie hielt Hunderte von Nadeln zwischen ihren Lippen, aber sie konnte meiner Großmutter den ganzen Klatsch von Chichester erzählen, ohne daß eine einzige dieser Nadeln aus ihrem Mund glitt. Ich beobachtete sie eine Weile lang vollkommen fasziniert, aber ganz plötzlich wurde mir schwindlig. Als meine Großmutter mein weißes Gesicht erblickte, unterbrach sie die Erzählungen und sagte unvermittelt: »Genug jetzt! Julia, du mußt dich hinsetzen und ausruhen.«

So mußte die Schneiderin im Sitzen bei mir Maß nehmen. Sie verabschiedete sich mit dem Versprechen, die Kleider innerhalb einer Woche fertigzumachen.

»Bist du müde?« fragte meine Großmutter. Die Freundlichkeit in ihrer Stimme trieb mir die Tränen in die Augen.

»Sehr müde«, seufzte ich. »Und, Großmama, ich vermisse meine Mutter so sehr. Es ist zu Hause so einsam ohne sie!«

Sie nickte. »Ihr wart einander sehr nahe«, sagte sie leise. »So viel Liebe zwischen einem heranwachsenden jungen Mädchen und seiner Mutter ist etwas Seltenes. Sie war sehr stolz auf dich, weißt du, Julia. Sie würde es nicht wollen, daß du traurig bist.«

Ich legte den Handrücken an meinen Mund, um das Schluchzen zu ersticken. Ich versuchte die heißen Tränen, die in jeder Sekunde über meine Wangen rollen konnten, zurückzublinzeln. Die tröstenden Worte meiner Großmutter halfen mir nicht: Ich wußte, daß meine Mutter sich in mir getäuscht hatte und daß sie in Kenntnis ihres Irrtums gestorben war. Ihre Liebe zu mir war schon gestorben, als sie ihr Kleid zerschnitten hatte; wie hätte sie noch stolz auf mich sein können? Sie hatte mich für das gehalten, was ich war: eine Frau, die sich ihren Begierden hingab, genau wie meine leibliche Mutter, Beatrice. Sie hatte mich dafür gehaßt, und ich war sicher, daß sie diesen Haß auch im Moment ihres Todes empfunden hatte.

»Ist Richard freundlich zu dir?« fragte meine Großmutter. »Ihr beide seid fast zu jung, um gemeinsam allein zu leben!«

»Ja«, sagte ich. Nur dies eine Wort kam über meine Lippen.

»Er ist doch nicht heftig und böse zu dir?« fragte sie. »Als ihr beide noch Kinder wart, hat deine Mutter immer gefürchtet, er könnte dich tyrannisieren.«

»Er tyrannisiert mich nicht«, erwiderte ich ruhig.

»Und ich hoffe, er ist nicht ...« Meine Großmutter brach ab und schaute an ihrem Kleid hinunter, einem schwarzen Trauerkleid, das meinem ähnelte. »Er ist nicht ... rücksichtslos?« fragte sie. »Rücksichtslos, was deine ehelichen Pflichten anbetrifft? In einer Zeit wie dieser solltest du am besten in deinem eigenen Bett schlafen.«

Ich nickte. »Das tue ich auch, Großmama«, sagte ich.

Sie nickte. »Verzeih mir«, sagte sie. »Du bist jetzt eine verheiratete Frau, und dies ist eine Angelegenheit zwischen deinem Mann und dir. Ganz und gar nicht meine Sache.«

Ich nickte. Wieder einmal sah ich, daß selbst meine machtvolle Großmutter mich jetzt nicht mehr unterstützen würde. Nachdem sich die Tür von Dower House hinter mir geschlossen hatte, war ich mit Haut und Haaren zu Richards Eigentum geworden. Niemand konnte sich zwischen uns beide drängen. Er besaß mich so sicher, wie er das Land besaß, das früher auch mir gehört hatte: mein Land, mein Pferd, mein kleines Kästchen mit Schmuckstücken und Andenken, meine Kleidungsstücke, selbst meinen Körper. All das gehörte Richard, weil ich einmal, ein einziges Mal »Ich will« gesagt hatte, und zwar in der schaukelnden Kabine eines schmutzigen, kleinen Schiffes.

Acre, Seenebel und alle anderen würden gewiß darunter leiden, daß sie sein Eigentum waren, aber niemand konnte etwas dagegen tun.

Ich konnte nichts dagegen tun.

Richard und Ralph hatten fast täglich Streit. Ich hörte davon, als ich im Herrenhaus von Havering war. Meine Großmutter hatte es von Lord Havering gehört, der dabei gewesen war, als Richard Ralph gesagt hatte, er wolle einen Wildhüter für die Ländereien einstellen. Ralph hatte erwidert, er würde mit einem Wildhüter nicht zusammenarbeiten. Und die Küchenmagd erzählte mir, Mr. Megson und mein Mann hätten sich mitten in Acre lautstark darüber gestritten, ob nun die alte Mrs. Merry aus ihrem Cottage gewiesen werden sollte oder nicht. »Eine schreckliche Szene war das!« berichtete sie voller Entsetzen.

Ralph hatte den Streit um den Wildhüter dadurch gewonnen, daß sich niemand fand, der diese Aufgabe übernehmen wollte. Er hatte Richard gesagt, niemand aus Acre würde diese Arbeit tun, und das stimmte. Sehr arme Leute entwickeln oft einen siebten Sinn: Sie wußten schon jetzt, daß das Experiment von Wideacre fast so schnell gescheitert war, wie es begonnen hatte. Sie ahnten, daß sie den Tag, an dem sie die Arbeit für die Laceys wieder aufgenommen hatten, sehr bald verwünschen würden.

Acre hatte seinen schlechten Ruf als das Dorf, das seinen Squire umgebracht hatte, verloren, und die Leute von Acre wurden in der ganzen Umgebung dafür bewundert, daß sie die schnellsten Schnitter im Lande waren. Wären die Ländereien jetzt zum Verkauf angeboten worden, dann hätte es viele, viele Interessenten gegeben.

Acre hatte es gelernt, sich einem Herrn zu fügen, und jedermann kauft gern ein Pferd, das gut eingeritten ist und die verschiedenen Gangarten kennt.

Die Dorfleute hatten den Laceys noch einmal vertraut. Sie hatten sich auf die Worte der Laceys verlassen. Es war Zufall, daß wir unser Versprechen in dem Moment brachen, in dem der Weizen in die Scheune gebracht worden war, genau am letzten Erntetag, aber arme Leute glauben kaum an den Zufall. Alle, die mich noch immer liebten, sagten, Richard hätte mich in eine Falle gelockt. Andere, die alt und verbittert waren, behaupteten, dies sei eine geschickte Intrige der Laceys, erdacht, um Acre noch einmal an der Nase herumzuführen. Das Dorf hatte die Arbeit wieder aufgenommen. Die Leute hatten den freien Zugang zu den Feldern, zum Park und zum Gemeindeland verloren, und überall um das Dorf herum standen die Zäune, die sie selbst errichtet hatten. Eine Intrige, vermuteten die Älteren, die Weiseren. Sie lächelten voller Bitterkeit und lüfteten vor mir den Hut mit einem Blick, in dem eine traurige Anerkennung für den schlauen Sieger lag.

Sie konnten nicht alle Zäune zugleich niederreißen. Sie hatten gelernt zu hoffen, und sie bäumten sich nicht mehr wütend auf. Sie konnten sich nicht offen gegen uns wenden; die

Flüche gegen die Laceys wurden leise und hinter vorgehaltener Hand ausgestoßen. Sie hatten die Rechtsanwälte von Chichester befragt, die die Verträge über das Land aufgesetzt hatten, und dabei herausgefunden, daß das Recht auf der Seite der Landlords war. Wir konnten nicht wegen Vertragsbruch vor Gericht gebracht werden, denn wir hatten gar keinen Vertrag gebrochen. Alles, was wir den Dorfleuten versprochen hatten, war, daß wir nach Abzug der Kosten für die Verwaltung der Ländereien die Profite mit ihnen teilen würden. Richard hatte dafür gesorgt, daß die Kosten den Anteil der Dorfbewohner so stark reduzierten, daß nicht mehr als ein knapper Lohn zur Deckung des Notwendigsten dabei herauskam. Alle anderen Versprechen, was Kredite für Saatgut und Geräte und Vieh anbetraf, waren freiwillige Angebote gewesen, die von den Laceys nach eigenem Gutdünken gemacht worden waren. Sie konnten auch wieder zurückgezogen werden. Es war nicht notwendig, den Leuten von Acre ausdrücklich zu sagen, daß die Angebote jetzt nicht mehr gültig waren.

Die Laceys brauchten sich nicht an Regeln und Verpflichtungen zu halten, die für die Dorfleute galten. Alles, was die Dorfleute tun konnten, war, finster dreinzublicken und sich durch Wilddieberei schadlos zu halten. Deshalb erklärte sich auch niemand aus dem Dorf bereit, den Posten des Wildhüters anzunehmen, den Richard angeboten hatte, und jeder, der auf der Suche nach Arbeit seinen Fuß auf die Ländereien setzte, wurde in aller Ruhe von Ralph oder von einem der älteren Männer beiseite genommen und gewarnt. Und es gab niemanden, der trotz dieser Warnung bleiben wollte.

Es hätte für die Dorfleute noch schlimmer kommen können. Sie hatten noch immer reichlich Kaninchen und Hasen, und sogar Fasane und Wildbret und Fisch aus dem Fluß. Und sie besaßen auch Weizenvorräte, auf die sie zurückgreifen konnten.

»Wo *kaufen* sie eigentlich ihren Weizen?« fragte Richard mich eines Morgens ganz unvermittelt beim Frühstück. Die

Kanne stand vor mir, und ich schenkte mir, bevor ich etwas sagte, noch etwas Kaffee ein. Ich war im fünften Monat meiner Schwangerschaft und etwas behäbig, verträumt und träge geworden.

»Ich habe vor dem Cottage von Müller Green eine große Wagenladung mit Getreide gesehen, und als ich ihn fragte, für wen das sei, wollte er mir nicht antworten«, sagte Richard gereizt. »Ich bin sicher, es war Getreide, das für das Dorf gemahlen werden sollte. Ich frage mich, ob Acre irgendwo Weizen versteckt hat, damit die Leute besser durch den Winter kommen.«

Ich sah an Richards Kopf vorbei aus dem Fenster des Eßzimmers. Die Zweige der Obstbäume hingen schwer zu Boden; die Drosseln pickten gierig nach dem reifen Obst. Durch das Fenster wehte der Apfelwein-Duft des faulenden Obstes herein. Die Apfelbäume, die ich gepflanzt hatte, trugen sehr üppig; Ralph hatte dafür gesorgt, daß jeden Tag Gruppen von jungen Leuten in die Plantagen hinausgingen, das Obst pflückten und es für den Markt von Chichester einpackten. Das Land war reich. Die Laceys waren reich. Und Acre war bitterarm.

»Was meinst du – wo könnten sie es verstecken, Julia?« fragte Richard. »Du kennst die Ländereien besser als sonst irgend jemand. Wenn du ein paar Wagenladungen Weizen verstecken wolltest – wo würdest du sie dann hinbringen?«

»Ich weiß es nicht«, sagte ich gleichgültig. Zu der Zeit gab es nichts, was mir *nicht* gleichgültig gewesen wäre. Ich schlürfte den Kaffee und starrte aus dem Fenster auf die grüne Schulter der Downs, die sich über der Obstplantage erhob. Das Buchenwäldchen begann schon, sich zu verfärben; das Grün verblaßte, und eine starke, messingrote Farbe schimmerte überall durch. Die Zeder im Garten war purpurrot, und darüber leuchtete der tiefblaue Himmel. Ich fragte mich, ob alle Ehefrauen wohl diese Sehnsucht empfanden, irgendwo weit fort zu sein. Das war ein Gefühl, das mich sehr oft überfiel, unklarer als das Bedürfnis nach Freiheit oder der Widerwille gegen den eigenen Mann. Ich meinte, daß es noch etwas geben sollte, als ewig im Zimmer an einem Fenster zu sitzen und für alle Zeiten hinauszuschauen.

»Hörst du mir zu, Julia?« Richards Stimme klang hart. Ich schaute vom Fenster fort in sein Gesicht.

»Natürlich«, sagte ich. »Ich weiß wirklich nicht, wo ich auf Wideacre ein paar Wagenladungen Weizen verstecken würde. Ich wüßte nicht, daß irgend jemand das getan hätte.«

»Würde man es dir erzählen, wenn ein solcher Diebstahl geschehen wäre?« fragte Richard. »Und wenn du es wüßtest«, fuhr er in süßlichem Ton fort, »würdest du es mir dann verschweigen? Könntest du dich mit deinem geliebten Acre gegen mich verbünden? Ich hoffe sehr, daß du das nicht tun würdest, Julia. Aber ich kann nicht vollkommen sicher sein.«

»Das würde ich gewiß nicht tun, Richard«, sagte ich. Ich schaute ihm ruhig in die Augen. Wir hatten ein paar Wochen lang allein in demselben Haus gelebt, und ich hatte gelernt, ihn anzulügen. Vielleicht gelang es mir nicht immer, ihn zu überzeugen, aber er war, wenn irgend etwas ungeklärt blieb, häufig bereit, die Dinge auf sich beruhen zu lassen.

»Bist du sicher, daß Megson dir nichts erzählt hat?« fragte er, begierig, meine Lüge ans Licht zu zerren. Ich schüttelte den Kopf und legte unwillkürlich die Hand auf den Bauch.

Richards Gesichtsausdruck veränderte sich sofort. »Es ist unwichtig, es ist unwichtig«, sagte er leichthin. »Denk nicht darüber nach, Julia. Ich werd' schon dahinterkommen. Mach dir keine Gedanken mehr. Der Geburtshelfer aus Chichester, Mr. Saintly, meint, du müßtest auf alle Fälle vermeiden, dir Sorgen zu machen. Denk nicht mehr darüber nach.«

»Reg dich nicht auf, Richard«, sagte ich. Er war von seinem Platz aufgestanden und kam um den Tisch herum auf mich zu. Sein Gesicht drückte liebevolle Fürsorge aus, aber auch eine wilde Entschlossenheit, die ich nicht erklären konnte.

»Denkst du jetzt an mich oder an das Baby?« fragte ich mißtrauisch.

»An dich, natürlich«, sagte er, aber sein Blick hing an meinem runden Bauch. »Und an das Baby selbstverständlich auch. *Mein Sohn* ...«, flüsterte er, und in seiner Stimme lag sehnsüchtiges Verlangen. »Mein Sohn, der nächste Lacey, der nächste Erbe von Wideacre.«

»Und wie ist es mit dem Weizen?« fragte ich abrupt. »Selbst wenn sie ein paar Wagenladungen gestohlen und versteckt haben, Richard, so ist es bei weitem nicht das, was Onkel John und ich ihnen damals versprochen haben. Der Weizen wäre sicher schwer zu finden, und es würde sehr viel böses Blut in Acre geben, wenn du ihn jetzt auf den Markt bringen ließest. Sicher ist es das beste, wenn man die Sache auf sich beruhen läßt. Acre wird einen gewissen Vorrat an Wintergetreide brauchen, weißt du. Und der Preis steigt immer weiter in die Höhe.«

Richard nickte geistesabwesend. Er streckte die Hand aus und berührte sanft meinen runden Bauch. »Ja, ja«, sagte er leise. »Mach dir keine Sorgen darüber, Julia. Mach dir nur keine Sorgen. Sei ganz ruhig und konzentriere dich darauf, ein gesundes Baby für die Wiege von Wideacre zur Welt zu bringen.«

»Ich kann nicht ruhig sein, wenn ich mir vorstelle, daß du mit Acre im Streit liegst«, sagte ich. »Ich weiß, das Dorf scheint jetzt ruhig und friedlich zu sein, aber erinnere dich nur daran, daß Ralph Megson selbst dir von Brotaufständen und Getreideaufständen erzählt hat. Sie brauchen nicht immer gewaltsam und gefährlich zu sein, Richard, aber die Armen glauben, sie hätten ein Recht auf das Getreide, das hier am Ort angebaut und verkauft wird. Ich fürchte mich vor dem Tag, an dem Acre seine eigenen Gesetze zu machen versucht.«

Richard nickte. »Ja«, sagte er. »Aber ich weiß, daß er in seiner tiefsten Seele immer noch ein Rebell ist, dieser Megson.«

»Vielleicht«, sagte ich, »aber er würde sich niemals gegen die Eigentümer des Landes wenden, es sei denn er glaubte, sie hätten etwas Unrechtes getan. Falls er Weizen beiseite geschafft hat, dann um sicherzugehen, daß der Vertrag, den John und ich mit Acre abgeschlossen haben, von dir respektiert wird.«

Richards Gesicht war finster. »Denk nicht mehr darüber nach, Julia«, sagte er. »Du darfst dir jetzt keine Sorgen machen und mußt dich vor allem schonen.«

»Aber ich *mache* mir Sorgen«, beharrte ich. Ich hielt mich plötzlich für sehr schlau, weil ich versuchte, Richard an seinem schwachen Punkt, dem Stolz auf sein ungeborenes Kind, zu treffen. »Es gibt nur eine Möglichkeit, wie ich *aufhören* kann, mir Sorgen zu machen, Richard: wenn du mir keinen Grund mehr dazu gibst. Jedesmal wenn es Probleme im Dorf gibt, bin ich eine der ersten, die davon erfährt, und natürlich macht mir das Kummer. Wenn du mir wirklich Angst und Sorge ersparen möchtest, dann solltest du auf Mr. Megsons Rat hören. Ich glaube nicht, daß Onkel John jemals mit ihm uneinig gewesen wäre, und es war Mr. Megson selbst, der die Menschen von Acre wieder dazu gebracht hat, für Wideacre zu arbeiten.«

Richards Augen funkelten böse, aber ich war froh, eine Möglichkeit gefunden zu haben, ihn zu beeinflussen und Acre weiterhelfen zu können. Ich wurde ganz und gar unvorsichtig.

»Du bewunderst Megson sicher sehr, nicht wahr?« fragte er.

»Ja«, sagte ich. »Das tue ich wirklich. Ich kenne ihn besser als du, Richard, und wenn du ihn in diesem Frühling und Sommer wie ich beobachtet hättest, dann würdest du ihn auch bewundern. Er hat auf den Feldern und in der ganzen Umgebung wahre Wunder bewirkt. Onkel John hat immer gesagt, daß ohne ihn überhaupt nichts geschehen würde. Und die Menschen aus Acre lieben ihn und vertrauen ihm sehr viel mehr, als sie jemals jemandem von uns vertrauen würden. Ich wünsche mir so sehr, daß du lernen könntest, mit ihm zusammenzuarbeiten, selbst wenn du ihn als Mensch nicht besonders schätzt.«

Richard zeigte seine weißen, gleichmäßigen Zähne. »Ich

mag ihn auch«, sagte er. »Und ich verstehe ihn allmählich immer besser. Ich werde ihn selbst nach dem fehlenden Weizen fragen, Julia.« Die angespannte Aufmerksamkeit wich aus Richards Gesicht, und er streichelte noch einmal mit Besitzerstolz meinen Bauch.

»Bitte reg dich nicht auf, damit mein Sohn nicht zu Schaden kommt«, sagte er ernst. »Versprich mir, dich gründlich auszuruhen, wenn ich heute nachmittag ausreite.«

Es gefiel mir nicht, nur als diejenige geliebt zu werden, die mit dem Erben von Wideacre schwanger ging. Und ich war nicht glücklich darüber, daß Richard so fest damit rechnete, einen Sohn zu bekommen. Er sehnte sich nach einem Erben für das Land, an das die Laceys sich schon so viele Jahre lang geklammert hatten.

Ich selbst hoffte sehr, daß das Kind ein Mädchen werden würde und daß es die Gier der Laceys nach Land und Macht ablegen könnte. Ich wollte es lehren, das Land so zu lieben, wie ich selbst es liebte. Ich mißtraute Richards dunkler Gier nach Macht und Besitz.

Ich war sicher, Richard milde gestimmt zu haben. Acre würde jetzt gewiß seinen Winterweizen behalten. Ich lächelte meinen Ehemann scheinheilig an und versprach ihm, mich auszuruhen. Am Nachmittag lag ich im Bett. Als die Soldaten kamen, um Ralph Megson mitzunehmen, schlummerte ich tief und fest.

28

Mein Zimmermädchen, Jenny Hodgett, die Tochter des Torhüters, erzählte es mir. Sie hatte ihren Freund Bobby Miles im Dorf besucht. Bobby war im Wirtshaus Zum Grünen Busch gewesen, als die beiden Soldaten, gefolgt von einer Kutsche, den Weg entlanggeritten kamen.

Sie hatten in der grauen Dämmerung vor Ralphs Cottage angehalten, an einem schönen und ruhigen Abend, als die Vögel sich zum Schlafen niederhockten und die ersten Sterne zu funkeln begannen. Ein Offizier war zusammen mit einem Polizisten der Grafschaft aus der Kutsche gestiegen, und beide Männer hatten, ohne anzuklopfen, Ralphs Cottage betreten.

Inzwischen waren natürlich alle Männer, die im Gasthaus an der Theke gestanden hatten, auf die Straße gelaufen. Sämtliche Frauen standen plötzlich in den Eingangstüren der Cottages, und die Kinder scharten sich mit weit offenen Mündern draußen auf dem Weg zusammen.

Im Cottage hörte man keinen Laut, keine Stimme, die sich erhob. Nur wenige Minuten verstrichen, bevor Ralph herauskam. Noch im Gehen zog er sich sein braunes Jackett an, während die beiden Herren sehr dicht neben ihm gingen. Ralph hatte einen Moment lang in die verwirrten Gesichter geschaut und gezögert, als wollte er den Dorfleuten etwas sagen. Aber im selben Moment hatten die Herren mit dem Stock leicht gegen seine Schultern getippt. »Ziemlich unverschämt«, hatte Bobby Miles geflüstert. Ralph hatte den Stock abgeschüttelt, die Dorfbewohner von Acre angelächelt und war sehr ungeschickt auf seinen hölzernen Beinen in die Kutsche gestiegen.

»Er hat gelächelt?« fragte ich Jenny, denn das war mir sehr wichtig.

»Bobby hat es erzählt«, bestätigte sie. »Er sagt, er habe genau so gelächelt, wie er es tut, wenn die Arbeit auf den Feldern nicht ordentlich vorangeht. Und dann hat er leise ›Zum Teufel noch mal‹ geflucht. Entschuldigen Sie, daß ich solche Wörter ausspreche, Miss Julia«, fügte sie hinzu.

Ich nickte. »Aber *weshalb* haben sie ihn denn eigentlich mitgenommen?« fragte ich. Sie schaute mich so verwundert an, als sei ihr eigener Liebhaber von den Beamten abgeführt worden. »*Wissen* Sie es denn nicht, Miss Julia?« fragte sie.

Ich starrte sie verwirrt an. Die alte, allmählich vertraute Angst überfiel mich. Ich schüttelte abweisend den Kopf.

»Er war als junger Mann ein Rebell«, sagte sie. »Er hat eine Bande in Kent angeführt und einen Aufstand in Portsmouth. Niemand ist dabei verletzt worden«, fügte sie schnell hinzu. »Es war nur, um einen fairen Preis zu bekommen, Miss Julia. Sie wissen, daß häufig Aufstände angezettelt wurden, um einen fairen Preis zu bekommen.«

Ich nickte. Natürlich wußte ich das.

»Und dann ist er Schmuggler geworden«, sagte sie leise. »Er ist auch eine Zeitlang zur See gefahren.« Sie zögerte und sah mich an. »Zuletzt hat er sich noch gegen den Adel gewandt. Sie nannten ihn den Rächer.«

»Das wußte ich«, sagte ich. »Er hat es mir selbst gesagt.«

Jenny hielt den Kopf gesenkt, und sie schaute mich mit einem Seitenblick an. »Niemand in Acre hätte ihn jemals verraten, selbst wenn wir alle dafür bei lebendigem Leibe verbrannt worden wären«, stieß sie heftig hervor. »Miss Julia, *wer* kann es denn gewesen sein, der ihm die Polizei von Chichester auf den Hals gehetzt hat? Wissen *Sie* es?«

Meine Hände waren so kalt wie Eis.

Ich wußte es.

»Was wird mit ihm geschehen?« fragte ich sehr leise.

»Sie sind überzeugt, beweisen zu können, daß er zumindest an einigen der Aufstände teilgenommen hat.«

Ich nickte. »Aber sie können nicht beweisen, daß er sich gegen die Laceys gewandt hat«, entgegnete ich, als gehörte ich selbst zu den einfachen Leuten, als wäre es nicht meine Familie, die er angegriffen, nicht meine leibliche Mutter, die er getötet hatte.

»Nein«, schluchzte Jenny. Sie wischte sich mit der Schürze die Augen trocken. »Aber nur ein einziger Zeuge würde genügen, um ihn an den Galgen zu bringen«, jammerte sie. »Er wird gewiß gehängt werden, Miss Julia!«

»Mein Gott«, flüsterte ich. Jenny schluchzte lauthals in ihr Schürzenkleid hinein, und ich saß da, eine Hand auf dem Bauch, und fühlte das tröstliche Strampeln des Babys, das nach Richards Wünschen der nächste Squire werden sollte.

Es war nur wenig, was ich diesem heranwachsenden Kind geben könnte, wenn es auf Wideacre geboren würde, aber es sollte auf seinem eigenen Land leben können, ohne daß seine Geburt mit der Hinrichtung des besten Mannes im Dorf zusammenfiele.

Ich schaute Jenny wild entschlossen an. »Ich werde es nicht zulassen«, rief ich. »Ich werde nicht zulassen, daß Ralph Megson für etwas, was er vor vielen Jahren getan hat, gehängt wird. Ich werde nicht zulassen, daß er gehängt wird, denn jedermann weiß, daß es richtig war, was er damals tat, weil seine Freunde und seine Familie sonst verhungert wären. Er hat Acre von den korrupten Laceys befreit; jedermann weiß, daß Beatrice im Unrecht war und daß sie dem Land den Ruin gebracht hat. Ich werde es nicht zulassen, daß Ralph Megson gehängt wird.«

Jenny sah mich an. Sie wußte nicht, was sie von mir halten sollte. Noch vor wenigen Monaten hatte ich in Acre die Dinge tapfer und eigenständig in die Hand genommen; sie erinnerte sich gewiß noch an die Zeit, als ich die stolze Erbin von Wideacre gewesen war und als die Dorfbewohner meine Autorität anerkannt hatten. Wenn sie mich jetzt betrachtete, sah sie ein schwangeres, junges Mädchen. Sie sah eine Ehefrau, verheiratet mit einem Mann, den die Dorfbewohner fürchteten. Sie sah ein Mädchen, das in die Falle getappt, das zur Heirat gezwungen worden war und dem man sein ganzes Vermögen abgenommen hatte. Ich war nicht länger eine Persönlichkeit mit Macht und Autorität.

»Was können Sie tun?« fragte Jenny.

»Ich weiß es noch nicht«, antwortete ich. »Ich werde mir etwas überlegen. Ich werde eine Möglichkeit finden. Ich werde jetzt einen Spaziergang machen und über eine Lösung nachdenken.«

Sie machte einen Knicks und hielt mir die Tür offen, und ich ging hinaus, um die frische Luft einzuatmen und meine Gedanken zu ordnen. Aber obwohl ich den Weg zum Herrenhaus und zurück zu Fuß lief, fiel mir keine Lösung ein.

Als ich in jener Nacht zu Bett ging, wußte ich, daß Ralph so wie ich den großen, gelben Herbstmond anschaute. Aber für ihn schien der Mond durch ein Gefängnisgitter herein. Ich dachte an sein Gesicht im fahlen Schein des Mondlichts und an sein schwaches, wehmütiges Lächeln, als er sich ausmalte, daß er wahrscheinlich hingerichtet werden würde. In der Nacht wälzte ich mich Stunde für Stunde im Bett herum, bis ich in der Morgendämmerung die Hähne krähen hörte. Schlafen konnte ich keine Sekunde lang.

In den folgenden Tagen dachte ich wieder und wieder über die Sache nach. Wie ein Geist lief ich den Weg zum Herrenhaus hin und zurück, mit immer schnelleren Schritten, so als könnte meine Eile auch meine Gedanken beschleunigen. Inzwischen gaben die Richter von Chichester den Fall nach Winchester weiter, da sie einen Aufstand fürchteten, wenn Ralph in der Nähe seines Heimatdorfes verurteilt würde. Und die Richter von Winchester, auch nicht mutiger als ihre Kollegen aus Chichester, ließen Ralph weiter nach London bringen, wo er, wie sie meinten, weniger leicht ausbrechen könnte. Man wollte zunächst nach Zeugen suchen, die die Aufstände vor zwanzig Jahren noch miterlebt hatten.

Ich wußte, daß er einen Rechtsanwalt brauchen würde, und ich wußte, daß ein Rechtsanwalt in London sehr viel Geld kostete. Als ich ein Kind war, waren wir immer arm gewesen; ich trug die Schuhe so lange, bis die Zehen gegen das Leder stießen, meine Kleider waren an allen Stellen geflickt, und im Winter mußte ich ohne Handschuhe gehen. Aber daß ich wirklich arm war, wußte ich erst, als ich mir eingestehen mußte: Ich hatte keinen Penny, um Ralph zu helfen.

Ich hätte Richard um Geld bitten können, aber da er ahnte, wofür ich es brauchte, würde er mir meine Bitte abschlagen. Ich ging zu meiner Großmutter.

»Zweihundert Pfund!« rief sie erstaunt. »Julia, wofür in aller Welt brauchst du zweihundert Pfund?« Ich stotterte und versuchte, es ihr zu erklären, aber sobald sie begriff, daß ich mit dem Geld einem Mann helfen wollte, runzelte sie die Stirn. »Du bist nicht mehr die Herrin von Wideacre«, sagte sie, »und die Probleme deines früheren Verwalters sind nicht deine eigenen. Hast du Richard gefragt, ob er für die Verteidigung des Mannes zu zahlen bereit ist?«

»Nein«, antwortete ich leise.

»Ich könnte mir denken, daß du gute Gründe dafür hast«, sagte sie verständnisvoll. »Aber wenn du deinen Mann nicht um eine bestimmte Geldsumme bitten kannst, dann ist es unwahrscheinlich, daß du sie von jemand anderem bekommst, Julia. Wenn ich das Geld hätte, dann würde ich es dir geben. Aber mein eigenes Vermögen ist fest angelegt, und Seine Lordschaft gibt mir kein besonders großes Taschengeld.«

Sie hielt inne, und ich sah, daß sie ihren Stolz wie einen Kloß im Hals herunterschluckte. »Ich bekomme nur fünfundzwanzig Pfund Taschengeld im Vierteljahr«, sagte sie sehr leise. »Für dieses Vierteljahr ist alles verbraucht, und ich habe keine Ersparnisse.«

Ich nickte und blinzelte sehr heftig. In meinen Augen standen Tränen. »Wie *können* denn verheiratete Frauen zu Geld kommen, wenn ihre Männer ihnen nicht genug geben?« fragte ich. Ich hatte eine vage Vorstellung von Krediten und von Juwelieren, die kleine Schmuckstücke aufkauften.

Meine Großmutter sah mich an, als wäre ich ein kleines Kind und sie müßte mir beibringen, wie man ein Fischmesser hält. »Wenn die Männer dieser Frauen nicht für sie sorgen, dann haben sie eben kein Geld«, sagte sie kühl. »Natürlich ist eine Ehefrau von dem guten Willen ihres Mannes abhängig.«

Ich sah sie an, als könnte ich plötzlich ihre Sprache nicht mehr verstehen. Ich war siebzehn Jahre alt, und ich hatte noch immer nicht gelernt, daß ich auf dieser Welt keine Rechte besaß. Ich hatte kein eigenes Geld, und ich hatte keinen Landbesitz. Alles um mich herum, das Wasser, das ich trank, ebenso wie das Essen, das ich aß, gehörte Richard; als ich ihn geheiratet hatte, war alles in seinen Besitz übergegangen. Und ob ich nun ein paar Pennies von dem Geld haben wollte, das früher mir gehört hatte, oder zweihundert Pfund – ich mußte mich an ihn wenden. Und er konnte mir jede Bitte abschlagen.

Er schlug sie mir auch wirklich ab.

Ich hatte mir ein paar Tage später ein Herz gefaßt und ihm gesagt, ich sei der Meinung, Ralph Megson stehe unter falscher Anklage, und ich wolle ihm gern etwas Geld schicken, damit er seinen Rechtsanwalt bezahlen könne. Richard sah mich mit lustig funkelnden Augen an, als sei er außerordentlich amüsiert.

»Oh, nein, Julia«, sagte er, und in seiner Stimme lag Wärme und unendliche Großzügigkeit. »Auf gar keinen Fall.«

Die Tage wurden kälter, und wenn ich am Morgen aufwachte, war das Zimmer grau, und zur Essenszeit am Nachmittag wurde es bereits dunkel. Ich konnte nichts tun, um Ralph Megson zu helfen, der irgendwo weit fort in einem Gefängnis in London saß. Jenny Hodgett erzählte mir, daß die Leute im Dorf ihr Erspartes zusammengelegt und Dr. Pearce gebeten hätten, dieses Geld nach London zu schicken. Dr. Pearce, hin- und hergerissen zwischen seiner Abneigung gegen Gesetzesbrecher und Mörder und seinem Mitgefühl für den

Kummer von Acre, legte aus seinen eigenen Ersparnissen noch etwas Geld dazu, nahm mit seinem Cousin, einem Rechtsanwalt, Kontakt auf und bat ihn, Ralph im Gefängnis zu besuchen und sein Honorar möglichst niedrig zu halten.

Plötzlich wurde mir bewußt, daß die Zeit, vor der ich mich so sehr gefürchtet hatte, jetzt gekommen war: Ralph und ich hatten keine Möglichkeit, uns gegenseitig zu helfen.

Ich war sehr einsam.

Im Herbst ist es auf Wideacre ganz besonders schön. Man kann sich nicht vorstellen, die prächtigen Farben könnten jemals wieder verblassen. Die Böschungen hängen voller Beeren: tulpenförmige, scharlachfarbige Hagebutten, Mehlbeeren, dicke, schwarze Brombeeren. Die Weißdornbüsche sind mit tiefroten, dunklen Früchten übersät, und die Stechpalme ist geschmückt mit ihren wächsernen, grünen, zarten Blütensträußen.

Als die Blätter der Kastanien anfingen, wie große, gelbe Fächer auf den Anfahrtsweg niederzusegeln, gewöhnte ich mir an, in den herbstlichen Wäldern spazierenzugehen. Ich wanderte in recht weit entfernte Gegenden, aber immer hielt ich mich unter den Bäumen, als könnten sie mir irgendeinen Trost spenden, den das unbewaldete Gemeindeland mir nicht geben konnte.

Manchmal lehnte ich mich während meiner Spaziergänge gegen einen Baum und schaute in den blauen Himmel hinauf. Er sah aus wie blaue Seide, über und über mit kupferfarbenen, gelben und orangefarbenen Blättern gemustert. Dann aß ich eine Handvoll Brombeeren oder ein paar Bucheckern. Bisweilen legte ich die Hände in den Rücken und betastete die rauhe Borke des Baumes, oder ich versuchte, den Pulsschlag des Landes zu hören. Aber Wideacre blieb stumm.

Ich versuchte mir einzureden, daß es mir doch gutginge, aber irgendwie war meine Logik nicht schlüssig, denn nichts Überzeugendes kam dabei heraus. Ich wußte, ich liebte Richard mit einer Liebe, die ihre Wurzeln in meiner frühesten Kindheit hatte und deren Frucht in meinem Bauch heranwuchs, aber der Gedanke, daß wir endlich verwirklichen konnten, was wir uns so sehr gewünscht hatten, daß wir endlich als verheiratetes Paar auf Wideacre leben konnten, machte mich nicht glücklich. Vermutlich hing es damit zusammen, daß Wideacre mir nicht mehr so vertraut war. Acre hatte sich verändert und würde sich noch einmal verändern, wenn Richard draußen auf dem Land alles allein bestimmte. Ich selbst wäre dann mit dem Baby drinnen im Haus, und niemand würde mir mehr zulächeln, niemand würde mehr rufen: »Schneller mit dem Pflug!«

Aber auch Richard würde kein Lächeln und keine freundlichen Blicke ernten. Die herrliche Zukunft von Wideacre, in der Herren und einfache Männer versuchen würden, mit vereinten Kräften für das gemeinsame Wohl zu arbeiten, war ganz und gar aus dem Blickfeld geschwunden. Niemals wieder würden die fleißigen Schnitter im Gasthaus Zum Grünen Busch auf ihre eigene Tüchtigkeit anstoßen. Im nächsten Jahr würde alles anders sein. Die Arbeiter wären vom Adel angestellt und bekämen ihren festen Lohn. Sie würden nie wieder in einem Getreidefeld stehen, das ihnen selbst gehörte, und aus Freude über den Reichtum des Landes lachen, das eine solche Ernte hergab.

Acre hatte sich verändert, und auch ich veränderte mich.

Die Trauer um den Tod meiner Mutter drückte mich nieder. Seit dem Unglück waren ohnehin noch nicht einmal zwei Monate vergangen. Ich sah meine Mutter in meinen Träumen; während ich schlief, war ich glücklich, und wenn ich aufwachte, konnte ich endlich weinen. Einmal träumte ich, ich säße vor meinem Spiegel und steckte mir meinen Hut fest. Plötzlich trat sie in mein Zimmer, als hätte sie nur eben im Garten ein paar Blumen gepflückt. »Mama, oh, Mama, ich dachte, du wärest tot!« rief ich im Traum, und sie lächelte mich zärtlich an. »Oh, nein, mein Liebling. Ich würde dich niemals so allein und verzweifelt zurücklassen!« sagte sie. Ich war so sehr davon überzeugt, sie lebte noch und liebte mich nach wie vor, daß ich vollkommen verwirrt war, wenn ich frühmorgens im Haus aufwachte und mich daran erinnerte, daß sie niemals wiederkäme.

Ich träumte, sie sei ins Empfangszimmer gegangen und habe mich gefragt, wo ihre Kleider hingekommen seien. Ich stammelte, ich hätte sie fortgegeben, weil ich geglaubt hätte, sie wäre tot. Darüber lachte sie laut und herzlich. Dann beugte sie sich aus dem Fenster und rief zu John hinaus, daß ihre Tochter wohl ziemlichen Unsinn rede. Ich starrte von einem lachenden Gesicht zum anderen, und ich war felsenfest überzeugt, daß ich im Irrtum gewesen sein mußte und daß meine geliebte Mutter noch immer lebte.

Wie hätte ich ihren Tod akzeptieren können? Großmutter Havering drängte mich, das Vergangene endlich zu vergessen. Ich lächelte nur verwirrt und antwortete ihr nicht.

Ich versuchte nicht einmal, das Schreckliche zu akzeptieren, aber ich versuchte auch nicht, es zu verdrängen. Ich konnte ganz einfach nicht glauben, daß ich sie niemals wiedersehen würde. Auf meinen langen Spaziergängen weinte ich häufig sehr heftig und sehnte mich danach, ihre Hand auf meiner Stirn zu spüren und mich von ihrem Lächeln und ihrer liebevollen Stimme trösten zu lassen. Und immer wieder verfiel ich in ein trauriges, verzweifeltes Grübeln: Ich würde sie niemals wiedersehen; sie hatte mich für alle Zeiten verlassen.

Ich war sehr einsam.

Sie war meine Kameradin und meine beste Freundin gewesen, und mir wurde erst jetzt bewußt, wie kurzweilig die langen Herbsttage mit ihr zusammen im Haus gewesen waren. Als die Kälte kam und meine Spaziergänge kürzer ausfielen, verbrachte ich plötzlich den längsten Teil des Tages im Empfangszimmer. Manchmal saß ich vor dem hoch lodernden Feuer und versuchte mich darüber zu freuen, daß ich zu Hause war und mir die Füße am warmen Feuer wärmen konnte, und manchmal saß ich am Fenster und beobachtete, wie der Regen das kalte Glas hinunterlief. Ich wartete auf die Abenddämmerung, auf die Nacht und den Schlaf. Später lag ich unruhig in meinem Bett und wartete auf den Morgen.

Als ich im Laufe der Wochen immer schwerfälliger und müder wurde, da freute ich mich nicht darüber, daß ich mich ausruhen konnte, sondern wurde ständig ungeduldiger über meinen unförmigen Körper, der mich zwang, mich in einem Zimmer aufzuhalten, während Richard nach Acre hinunterreiten oder mit seinem Pferd auf den Downs oder dem Gemeindeland entlanggaloppieren konnte. Er hatte das Recht, das Cottage eines jeden Pächters zu betreten und dessen einfache Mahlzeiten mit ihm zu teilen.

Beliebt war er nur bei unseren reichen Nachbarn. Die ärmeren Bauern der Umgebung hatten dieselben Interessen wie Acre. Sie brauchten Lohn, um sich landwirtschaftliche Geräte anschaffen und Saatgut kaufen zu können, und sie waren davon abhängig, daß Wideacre sie gut bezahlte. Sie kauften sehr viel Weizen, Viehfutter und Stroh von uns; und sie hielten Verbindung mit Wideacre, um auf dem lokalen Markt zu einem fairen Preis verkaufen zu können. Aber die größeren Farmer in der Nähe arbeiteten darauf hin, das Land und die Arbeiter auszubeuten und die Ernte zu einem möglichst hohen Preis zu verkaufen, und ihnen gefiel es, daß Richard die »neuen, konfusen, gleichmacherischen Ideen« rundweg verdammte.

Bei ihnen war für den hübschen jungen Squire der Tisch immer gedeckt. Richard kam von diesen Essen in bester Laune zurück, beschwipst vom vielen Portwein, geschmeichelt von Ehrerbietung und strahlend vor Charme und Überheblichkeit.

Er hatte sich, seitdem er Eigentümer von Wideacre geworden war, zu einem recht eigenwilligen, herrschsüchtigen jungen Mann entwickelt. Niemand konnte sich ihm widersetzen, und die Klagen, die man im Dorf über ihn hörte, waren so verhalten, daß sie nur den Dorfbewohnern und mir zu Ohren kamen.

Er hatte sehr viel Selbstvertrauen gewonnen. Ich selbst hatte so oft voller Stolz lachen müssen, wenn ich Squire Julia genannt wurde. Jetzt war ich zu einer schwerfälligen, müden Frau geworden. Viele, viele Stunden lang saß ich allein im Empfangszimmer und sehnte mich nach meiner toten Mutter und nach meinem Freund, der irgendwo in einem Gefängnis in London saß. Voller Angst erwartete ich die Geburt meines Kindes, eines weiteren Lacey, der über das Land herrschen würde.

Aber *ein* Freund war mir doch noch geblieben.

Ich dachte sehr viel an ihn. Seit dem Tod meiner Mutter mußte ich immer wieder an ihn denken. Ich dachte an ihn als an den jungen Mann, mit dem ich in meiner Jugend eine Zeitlang glücklich gewesen war, damals, als meine Mutter und ich noch voller Stolz die Ballsaison in Bath mitgemacht hatten.

Ich dachte immer wieder an James.

Er war jung, er war wohlhabend, und ich wußte, daß er mir auch jetzt noch einen Gefallen täte, wenn ich ihn darum bitten würde.

Ich verließ meinen Platz am Kamin und zündete eine der Kerzen an, die auf dem Sims standen. Dann ging ich in die Bibliothek, suchte Papier, Federhalter und Tinte, einen Umschlag und das Wachs für das Siegel zusammen und kehrte, beladen mit diesen Utensilien, ins Empfangszimmer, das Damenzimmer des Hauses, zurück. Ich hatte gedacht, es würde mir schwerfallen, den Brief zu schreiben, aber er floß mir genauso leicht und einfach aus der Feder, als würde ich zusammen mit James in einem Walzer über den Tanzboden wirbeln.

Lieber James,
Du bist sicher überrascht, von mir zu hören, aber ich weiß, Du wirst Verständnis dafür haben, daß ich Dir schreibe, weil ich Deine Freundschaft brauche. Nicht für mich selbst, sondern für einen Freund, der in ziemlichen Schwierigkeiten ist.

Erinnerst Du Dich an Ralph Megson, den Verwalter der Ländereien? Er ist wegen seiner angeblichen Teilnahme an einem Aufstand, der vor vielen, vielen Jahren stattfand, ins Gefängnis geworfen und dann nach London gebracht worden, ohne daß ich ihm hätte helfen können. Möglicherweise hat er bereits einen Rechtsanwalt, aber ich mache mir trotzdem große Sorgen um ihn.

Ich wäre Dir sehr dankbar, wenn Du ihn aufsuchen und dafür sorgen könntest, daß er entsprechenden rechtlichen Beistand und entsprechende finanzielle Mittel hat, so daß er freigesprochen werden kann.
Alles Geld, das er braucht, würde ich Dir sobald wie möglich zurückzahlen, wenn Du nur so freundlich sein könntest, ihm jetzt, da es so dringend ist, zu helfen.

Ich bitte Dich um Verzeihung, daß ich gerade Dich um Hilfe gebeten habe, aber es gibt niemand anderen, der mir helfen würde.

Deine Freundin
Julia MacAndrew (geborene Lacey)

Das war das beste, was ich in aller Eile für Ralph tun konnte. Ich drückte das Siegel der Laceys auf den Umschlag und rief Jenny ins Empfangszimmer.

»Es handelt sich um Mr. Megson«, sagte ich zu ihr. Ich wußte, daß Richard fortgegangen war, aber ich sprach dennoch sehr leise. Sie warf einen Blick auf die Tür, um sich zu vergewissern, daß sie fest geschlossen war. »Bringen Sie diesen Brief ins Dorf«, sagte ich. »Nehmen Sie ihn mit zu Jimmy Dart und sagen Sie ihm, er solle dafür sorgen, daß er in die Hände von Mr. James Fortescue gelangt. Am besten bringt er ihn zum Haus der Familie Fortescue in Bath. Ich hoffe, Mr. Fortescue wird Ralph Megson helfen können.«

Jenny nickte. »Ihr Verehrer«, sagte sie verschmitzt.

»Ja«, sagte ich. Dann holte ich tief Atem. »Mein Mann möchte gewiß nicht, daß ich ihm schreibe«, fügte ich leise hinzu. Schamröte stieg mir ins Gesicht. »Verstecken Sie ihn gut, Jenny. Es geht um Ralphs Verteidigung.«

Sie nickte und schaute mich mit hellen, aufmerksamen Augen an. »Ich verstehe«, sagte sie. »Ich werde ihn gleich ins Dorf bringen. Mrs. Gough wird nicht bemerken, daß ich fort bin, wenn Sie eine Stunde lang nicht nach mir läuten.«

»Gut«, sagte ich und ging zu meinem Schreibtisch. »Geben Sie Jimmy diese Guinea«, sagte ich, »für die Reise. Und sagen Sie ihm, er solle sich beeilen.«

Sie nickte und sah mir lächelnd in die Augen. »Wir werden ihn freibekommen, Miss Julia! Da bin ich ganz sicher!«

Ich nickte. Ein paar Minuten später sah ich sie den Weg hinunterlaufen, die Röcke in einer Hand, mit der anderen Hand ihr Tuch festhaltend. Den Brief, so nahm ich an, hatte sie unter ihrer Schürze versteckt.

Und dann begann ich auf die Antwort zu warten.

Ich dachte, James Fortescue würde vielleicht erst einmal Ralph aufsuchen, bevor er mir antwortete, und deshalb ermahnte ich mich selbst, zumindest eine Woche lang geduldig zu sein. Aber zunächst einmal freute ich mich darauf, daß Jimmy zurückkehrte und mir von seiner Begegnung mit James berichtete. Ich dachte, er käme sofort nach Dower House und würde mir erzählen, was James gesagt hatte. Drei Tage lang wartete ich geduldig. Am vierten Tag wurde ich sehr unruhig. Am fünften Tag ließ ich die Kutsche bereitmachen und fuhr nach Acre hinunter.

Die Fensterläden der Hütte von Ralph Megson, in der Jimmy jetzt allein lebte, waren geschlossen, die Tür war verrammelt. Also war Jimmy noch nicht zurückgekommen. Ich hatte wegen des kalten Nieselregens die Kapuze über den Kopf gezogen und ging, vorsichtig durch den schmierigen Lehm stapfend, zu der kleinen Hütte, in der Rosie wohnte.

Die Haustür war weit geöffnet, und Nat stand hilflos neben dem kalten Kamin. Rosie knüpfte ein Tuch zusammen, in das sie, so vermutete ich, alle ihre Kleider gesteckt hatte und vielleicht auch ein wenig Proviant.

»Was ist los?« fragte ich verdutzt.

Beide, Nat und Rosie, drehten sich zu mir um. Keiner von beiden lächelte oder begrüßte mich. Rosie sah durch mich hindurch, als wäre ich gar nicht vorhanden.

Nat bemühte sich, auf meine Frage zu antworten.

»Es geht um Jimmy«, sagte er. Seine Stimme war immer noch rauh von den Zeiten, als er in die Schornsteine hatte klettern müssen, und klang jetzt sogar noch rauher, da er so schlechte Nachrichten hatte. »Er ist von der Verwaltung von Winchester wegen Landstreicherei aufgegriffen worden. Sie haben ihn erst einmal ins Armenhaus gebracht. Rosie will ihn herausholen.«

Ich schaute verwirrt von einem zum anderen.

»In Winchester?« fragte ich. »Wann?«

»Wir wissen es nicht«, sagte Nat. »Er sagte, er müßte eine Botschaft nach Bath bringen, über die er niemandem etwas Genaues sagen wollte. Vielleicht haben sie ihn auf dem Heimweg aufgegriffen.«

Ich nickte. »Das ist mein Fehler«, sagte ich bekümmert. »Ich habe ihn mit einer Botschaft fortgeschickt. Aber ich habe ihm für das Fahrgeld eine Guinea gegeben. Sie können nicht einen Jungen ins Gefängnis werfen, der als Fahrgeld eine ganze Guinea bei sich hat.«

»Vielleicht wollte er sich nicht zwingen lassen«, meinte Nat.

»Oder er hat seinen Hut nicht abgenommen, als man es ihm befahl. Sie können die Leute ohne besonderen Grund ins Gefängnis stecken, Miss Julia, wenn sie das wollen.«

»Was willst du tun, Rosie?« fragte ich.

Es war das erste Mal, daß Rosie etwas sagte. »Dr. Pearce hat mir einen Brief gegeben, den ich den Beamten zeigen soll«, sagte sie. »Und drei Guineas; das sollte ausreichen, was immer ihm auch vorgeworfen wird.«

»Und dann bringst du ihn hierher zurück«, sagte ich. Ich schaute mich in dem Zimmer um. Rosie hatte ihre Habseligkeiten zusammengepackt; auf dem Herd stand kein einziger Topf mehr.

»Ich bin entlassen worden«, sagte sie. »Jimmy auch. Ich habe von Ihrem Mann, dem Squire, einen Brief bekommen. Ich muß sofort gehen, und Jimmys Pachtvertrag ist ebenfalls annulliert worden.«

»Richard wirft euch hinaus?« fragte ich ungläubig.

Sie blickte mir kalt ins Gesicht. Niemals zuvor hatte sie mich so angeschaut. »Ja«, sagte sie. »Es scheint, als wäre es erst gestern gewesen, daß Sie uns hierher gebracht haben. Ich war damals so froh, aber jetzt ist es schlimmer, überhaupt einmal hier gewesen zu sein. Ich hatte geplant, in Wideacre zu leben, und nun ist alles verloren!«

»Ich werde mit ihm sprechen«, sagte ich hastig.

Ihr Achselzucken deutete an, daß meine Versprechen ganz und gar wertlos waren. »Wir wissen alle, daß Sie nichts tun können, Miss Julia«, sagte sie. »Sie haben den falschen Mann geheiratet, damit Ihr Baby einen Namen bekommt. Natürlich verstehen wir das. Aber von Ihnen erwarte ich gar nichts mehr.«

»Rosie!« rief ich. Mit meiner Stimme flehte ich sie um Verzeihung an.

Sie lächelte müde. »Es hat keinen Sinn, Miss Julia.« Dann nahm sie ihr kleines Bündel hoch und überreichte es Nat. Er hängte es an einen Stock, den er über die Schulter legte, und wanderte hinaus in die kalte Nebelluft.

»Wohin geht ihr?« fragte ich.

Rosie drehte sich in der Tür nach mir um. Der Nieselregen hatte sich in leichtes Schneetreiben verwandelt, und Windböen peitschten nasse Schneeflocken zur Tür herein.

»Zurück nach Bath«, sagte sie. »Wir können kostenlos dorthin reisen, und ich kann wieder Handschuhe besticken. Ich weiß, daß ich sie in Bath verkaufen kann, und ich kenne die Stadt sehr gut.«

Ich sagte nichts. Es gab auch nichts, was ich hätte sagen können.

Sie nickte mir schweigend zu. Dann zog sie sich das Schultertuch über den gesenkten Kopf und ging über die Schwelle in die Kälte hinaus.

Ich rief nach der Kutsche, die mich warm und bequem nach Haus brachte.

Das Wetter wurde schlechter. Eine Woche lang herrschte dichter Nebel, und selbst Richard blieb meist zu Haus. Danach regnete es drei Tage ununterbrochen. Jeden Tag stiefelte Richards neuer Pferdepfleger, George, mit der Post in der Hand durch den Schlamm, oder er kam auf seinem rutschenden Pferd vorbeigeritten, aber er brachte mir keine Botschaft von James.

Ich malte mir alles Mögliche aus.

Meine schlimmste Sorge war, daß Jimmy auf seinem Weg nach Bath gefangengenommen worden sein könnte. Aber ich wußte, Jimmy war schlau und zuverlässig. Er wäre für Ralph über den Avon gegangen, und er meinte, daß James Wunder bewirken könnte. Er hätte alles darangesetzt, um meine Botschaft ihrem Empfänger zu übermitteln. Und er war gescheit genug, um sie in die Post zu schmuggeln – sogar vom Gefängnis aus.

Aber ich fürchtete auch, daß der Brief vielleicht zu spät gekommen sein könnte. Vielleicht war Ralph schon vor Wochen hingerichtet worden, und James konnte es nicht übers Herz bringen, mich davon in Kenntnis zu setzen. Ich hoffte verzweifelt, Ralph wäre entflohen und James suchte nach ihm und wollte mir erst schreiben, wenn er Genaueres wüßte. Vielleicht hatten sich James und Ralph getroffen, und Ralph hatte James verboten, mir eine Nachricht zukommen zu lassen, bis der Fall vor Gericht verhandelt wurde. Ich fragte mich sogar, ob James vielleicht ganz einfach meinen Brief ignorierte. Aber diesen Gedanken verdrängte ich. Ich wußte, daß James das nicht tun würde. Er hatte Ralph gemocht und bewundert. Und er war zu mir immer großzügig gewesen.

Ich meinte, ich hätte an alles gedacht.

Ich hatte an alle Möglichkeiten gedacht – außer an die eine, die am offensichtlichsten war. Im Grunde war ich naiv wie ein Kind.

Ich gewöhnte mir an, sehr früh am Morgen aufzustehen und als erstes meinen Morgenmantel überzuziehen. Ich war inzwischen so rund geworden, daß er meinen Bauch kaum noch bedeckte. Ich trank meinen Morgenkakao im Empfangszimmer, um auf die Ausfahrt hinausschauen zu können. George holte früh am Morgen die Post von der Londoner Postkutsche ab und brachte sie dann zu uns herauf.

Er kam niemals sehr viel früher als sieben oder acht Uhr; ich hätte also ebensogut in meinem Zimmer bleiben können. Aber ich hatte das Gefühl, ich müsse im Empfangszimmer Wache halten. Wenn sich der graue Nebel über dem Weg auflöste, stellte ich mir vor, Ralph säße vielleicht irgendwo in einer Gefängniszelle in London auf einem schmutzigen Strohballen und öffnete seine Augen in dem Bewußtsein, daß James Fortescue einen guten Rechtsanwalt für ihn engagiert hatte und daß ich seine Freundin geblieben war.

Eines Morgens sah Richard mich im Empfangszimmer sitzen und fragte, worauf ich wartete. Ich wolle nur ein wenig in den Garten hinausschauen, antwortete ich ihm. Ich lächelte schüchtern, um anzudeuten, daß er mit einer Schwangeren Nachsicht üben müsse, und Richard nickte und ging durch die Küchentür in den Stallhof hinaus.

Ich hörte Mrs. Gough lachen, als er durch die Küche ging, und ich dachte mißmutig, daß sie ihn immer vorgezogen hatte.

Am nächsten Tag war er früh auf und sah mich wie so oft am Fenster des Empfangszimmers stehen.

Wieder erzählte ich ihm, ich fühlte mich unruhig und wolle

deshalb am Fenster sitzen und in die Landschaft hinausschauen. Richard nickte, als könne er mich gut verstehen, aber in seinen strahlenden blauen Augen sah ich einen Funken Boshaftigkeit.

Am dritten Tag war er ebenfalls gerade in meiner Nähe, als George mit dem Türklopfer klapperte. Ich hörte Stride durch die Halle laufen und die Tür öffnen.

Es waren ein paar Briefe für den Hausherrn dabei.

Es war auch ein Brief für mich angekommen.

Stride trug ihn auf dem silbernen Präsentierteller herein, und Richard hielt auf seinem Weg zur Tür einen Augenblick inne. »Wer dir wohl geschrieben haben mag, Julia?« fragte er interessiert.

Ich wurde bis an die Haarwurzeln rot. »Ich glaube, Sarah Collins aus Bath«, sagte ich. Die Lüge ging mir ganz leicht über die Lippen, aber die Röte blieb.

Richard schaute mir warm und voller Vertrauen in die Augen.

»Dann öffne ihn doch«, sagte er. Seine Stimme war weich wie Seide. Sein Ton hätte mich warnen sollen, aber der Brief lag mir schwer in der Hand, und alles, woran ich denken konnte, war, daß er vielleicht Nachrichten von Ralph enthielte.

»Ich öffne ihn später«, sagte ich, stand auf und ging zur Tür.

Als ich an Richard vorbeikam, packte er mich so fest am Handgelenk, daß ich nicht ausweichen konnte. Instinktiv drückte ich den Brief an die Brust und hielt den Atem an. Sein Gesicht war freundlich und entspannt; es schien, als hätte ich nichts zu fürchten. Sein Lächeln war so süß wie ein Maimorgen.

»Öffne ihn hier«, sagte er. »Lies deinen Brief hier. Ich weiß wohl, daß Mädchen Geheimnisse haben. Ich werde dich nicht bitten, ihn mir vorzulesen; im übrigen muß ich gleich fort. Bleib nur sitzen und lies ihn hier, mein Liebes.«

Ich blickte ihn erstaunt an, denn ich wunderte mich über seine zärtliche Anrede. Er drückte mich in den Stuhl, der am

Tisch stand, und lehnte sich ein paar Schritte hinter mir an die Wand, während ich das Siegel aufbrach.

Ich hatte mir das Siegel nicht sorgfältig angeschaut.

Ich fand keinen Brief. Ich sah nur acht Fetzen zerrissenen Papiers und einen zerrissenen Umschlag. Ich vergaß, daß Richard mir zuschaute, schüttete die acht dicken Papierfetzen auf den Tisch und legte sie wieder aneinander.

Auf dem Umschlag erkannte ich meine Handschrift: »Herrn James Fortescue«.

Ich fiel mit Wucht gegen die harte Stuhllehne zurück. Mein Herz klopfte so schnell, daß ich Angst bekam um das Baby, das in mir ruhte und auf meinen Körper angewiesen war. Aber selbst Babys sind in dieser Welt in Gefahr. Ich stöhnte vor Schmerz leise auf.

Mein erster Gedanke war, daß James Fortescue meine Handschrift erkannt, voller Wut meinen Brief zerrissen und ihn im Zorn zurückgeschickt haben könnte.

Aber dann zweifelte ich, denn ich wußte, daß ich ihm Unrecht tat. James war kein Mann, der an Rache dachte. Er war immer großzügig gewesen.

Ich kannte nur einen einzigen Mann, der mir Papierfetzen zuschicken würde.

Ich schaute in Richards Augen und entdeckte die tiefe, gefährliche Wut und Rachsucht, die darin lauerten.

»Du hast einen Brief an einen anderen Mann geschrieben«, sagte er.

Ich erwiderte nichts. Mein Herz brannte. Ich hörte ein Summen in meinem Kopf. Ich konnte die Gefahr spüren wie Rauch, der vom Wind herangetragen wird.

»Du hast einem anderen Mann geschrieben«, wiederholte er. »Du wolltest den Brief vor mir verstecken.« Seine Stimme war leise und unendlich bedrohlich. »Ich mußte Jimmy Dart ins Gefängnis werfen lassen. Ich hatte ihn schon eine ganze Weile lang beobachtet. Ich wußte, daß du versuchen würdest, mich zu betrügen. Ich war auf deine Untreue gefaßt.«

Ich schnappte nach Luft wie ein Fisch auf dem Trockenen. »Richard...«, sagte ich flehend.

Seine Augen waren wie Saphire. Er war mein Herr und Meister. Er war der Squire, und er wußte es. Oh, wie gut er es wußte!

»Ich werde es nicht zulassen, Julia«, sagte er kalt.

Er könnte für Acre, für Wideacre und für mich bis zum Ende aller Zeiten willkürlich Regeln setzen. Richard war Squire, aber er hatte die Macht eines Gottes. »Ich werde es nicht zulassen«, sagte er, und ich wußte: Sein Wort war Gesetz. »*Du* wolltest doch verheiratet sein«, fuhr er mit fröhlicher Stimme fort. »Ich habe getan, was du wolltest. Jetzt sind wir verheiratet, und du wirst mir eine anständige und gehorsame Ehefrau sein. Du wirst anderen Männern keine Briefe schreiben, und du wirst ganz gewiß nicht unsere Angelegenheiten mit ihnen diskutieren. Ich habe bestimmte Mittel in der Hand, um dich daran zu hindern, an andere Männer oder an überhaupt jemanden zu schreiben.«

Er zögerte, um zu sehen, ob ich protestieren würde. Aber ich war vollkommen still. Die Papierfetzen, die vor mir auf dem Tisch lagen, sprachen eine deutliche Sprache: Ich war besiegt. Ich betrachtete sie verwirrt und dachte an den kleinen Brief, den ich geschrieben hatte und der Ralph hätte retten sollen. In dem Moment wußte ich, daß es keine Hilfe gab. Ich würde Ralph wohl nicht vor dem Schlimmsten bewahren können.

»Du mußt Demut und Gehorsam lernen, Julia«, sagte Richard leise.

Ich beugte wie eine Sklavin den Kopf. Ich würde wohl wirklich noch vieles lernen müssen.

Von dem Augenblick an lehnte ich mich nicht mehr auf. Der Geburtshelfer von Chichester war mit meinen langen Spaziergängen nicht einverstanden gewesen, und das Wetter war ohnehin schlecht; so gab ich es auf, unter den tropfenden Buchen oder beim Rauschen des Fenny Trost und Kraft zu suchen. Es machte mir nichts mehr aus, zu Hause eingesperrt zu sein.

Ich stand nicht mehr früh auf, um auf die Post zu warten. An einigen Tagen hatte ich überhaupt keine Lust, das Bett zu verlassen. Ich lag im Schlafzimmer meiner Mutter, denn Richard hatte darauf bestanden, daß ich das beste Zimmer im ganzen Haus beziehen sollte. Ich beobachtete, wie die Zimmerdecke in der Morgendämmerung grau wurde, wie sie gelb im Licht der Mittagssonne leuchtete, und an einigen Tagen beobachtete ich, wie sie im Dämmerlicht sich wieder dunkel verfärbte. Manchmal kam ich den ganzen Tag lang nicht aus dem Bett.

Niemand störte mich. Niemand belästigte mich mehr mit den Nachrichten von Acre. Auch über Ralph hörte ich nichts. Ich wußte nichts über das Land. Ich war hilflos wie ein Wal, der an irgendeiner verlassenen Küste gestrandet ist, und rührte mich nicht.

Die größte Anstrengung, der ich mich unterzog, war, aufzustehen und so rechtzeitig vor Richards Heimkehr ins Empfangszimmer hinunterzugehen, daß er nicht vorher zu mir kam. Ich war sogar zu bequem, um nach Kerzen zu läuten. Ich saß beim Schein des Kaminfeuers und beobachtete, wie die Flammen flackerten, und ich fragte mich, was wohl aus mir werden würde, wenn die Wartezeit vorüber wäre, und ob dieses Gefühl des Treibens und Untergehens wohl nie, niemals enden würde.

»Du sitzt im Dunkeln?« fragte Richard. Die Tür zum Empfangszimmer war so leise geöffnet worden, daß seine Stimme mich erschreckte. Mein Herz klopfte laut.

»Ich muß am Feuer eingeschlafen sein!« rief ich. »Wie dunkel es schon ist!«

»Ich habe gehört, daß ein Unwetter kommt«, sagte er.

Er trat an das Feuer heran und zog sein Reitjackett hoch, um sich das Hinterteil seiner rehbraunen Reithosen zu wärmen. Ich saß in dem Lieblingsstuhl meiner Mutter, und er schaute von oben auf mich herab. Er war durch das Reiten und die Arbeit breiter und kräftiger geworden. Er sah hinreißend schön aus; seine Augen waren so unschuldig blau und sorglos wie die eines Kindes, und sein dunkles, lockiges Haar erschien mir so weich und elastisch wie das Fell eines Lammes.

»Ich habe Dr. Pearce auf dem Weg getroffen«, erzählte Richard. Er reichte über mich hinweg und zog an der Glocke, damit Kerzen gebracht würden. »Er hatte einen jungen, befreundeten Hilfsgeistlichen bei sich. Ich habe sie beide zum Abendessen eingeladen.«

»Heute?« fragte ich träge. Mrs. Gough hatte einen bestimmten Küchenplan für die ganze Woche, aber sie würde sich sicherlich ganz besonders anstrengen, um Richard einen Gefallen zu tun.

»Ja, heute«, sagte Richard. »Sie meinten, sie würden gegen vier Uhr hier sein und wir würden hinterher eine Partie Whist spielen.«

Ich schaute auf die Uhr über dem Kaminsims. Die Zeiger standen auf zehn nach drei. »Ich werde es Mrs. Gough sagen«, meinte ich.

»Tu das«, sagte er. »Ich bin es übrigens leid, dich die ganze Zeit lang immer in demselben langweiligen, schwarzen Kleid zu sehen. Und je fetter du wirst, desto abstoßender sieht es aus.«

Ich blieb auf dem Weg zur Tür stehen. Es mußte mein Zustand sein und die Tatsache, daß ich gerade erst aus dem Schlummer hochgeschreckt war: Die Härte in seiner Stimme trieb mir die Tränen in die Augen. Ohne meine Mutter und ohne Ralph konnte ich Richards tyrannische Art sehr schlecht ertragen.

»Oh, Richard«, sagte ich vorwurfsvoll. »Ich bin nicht *fett*, es ist nur das Baby, durch das mein Bauch so rund aussieht. Das Baby ist einfach ziemlich groß.«

Richard stand breitbeinig vor dem Kamin. Die flackernden Flammen ließen seinen riesengroßen Schatten an der Wand hin und her zucken. »Nun, in meinen Augen siehst du verdammt fett aus«, sagte er kalt. »Los, geh und sag's Mrs. Gough, und dann zieh dir ein ordentliches Abendkleid an und leg eine Kette um den Hals, damit es richtig zur Geltung kommt. Schließlich findet das Abendessen hier zu Hause statt, und Dr. Pearce wird trotz deiner Trauer sicher nichts dagegen einzuwenden haben, daß du dich etwas herausputzt.«

»Ich habe doch gar keinen Schmuck«, wandte ich leise ein. Ich dachte an das rosafarbene Perlenhalsband meiner Mutter, das die Banditen ihr geraubt hatten. Sie hatte mir immer erzählt, sie habe in ihrem Testament vermerkt, daß ich es erben sollte. Und jetzt war sie tot, und das Halsband lag wahrscheinlich in irgendeinem scheußlichen, kleinen Laden, verpfändet für Alkohol, und ich würde es nie, niemals wieder an meiner Mutter bewundern können.

»Zieh auf jeden Fall das hübsche, glänzende Seidenkleid an«, befahl Richard. »Ich hole dich ab, sobald ich mich gewaschen und umgezogen habe.«

Ich nickte demütig wie eine Sklavin und schlüpfte aus dem Zimmer. Dann sprach ich mit Mrs. Gough und sah zu, wie sie sogleich in wirbelnde Hektik ausbrach. Aus den heftigen Bewegungen, mit denen sie die Pfannen schwang, schloß ich, daß sie ein Abendessen zubereiten würde, mit dem selbst ein König zufrieden wäre. Bis dahin allerdings war es wohl besser, die Küche nicht zu betreten.

Ich ging nach oben und rief Jenny, mir beim Waschen zu helfen. Ich vermißte meine heißen Bäder, aber da mein Bauch so dick geworden war, paßte ich nicht mehr in die Sitzbadewanne. Jetzt stand ich aufrecht da, während Jenny mir Wasser über die Schultern goß.

»Sie haben sich sicher im Datum geirrt, Miss Julia«, sagte sie. »Ein so großes Kind. Es wird sicher bald kommen.«

»Nein«, entgegnete ich. Wie hätte ich mich angesichts jenes schrecklichen Maimorgens wohl im Datum irren können. »Es wird sicher mindestens noch zwei Monate dauern. Es kommt Ende Januar. Ich habe noch den ganzen Dezember vor mir.«

Sie schüttelte das schwarze Seidengewand aus und half mir, die Knöpfe am Rücken zu schließen. Das Kleid erschien mir allzu elegant für eine einfache, häusliche Abendeinladung, zu der keine anderen Gäste als der Vikar und sein Freund kommen sollten, aber da Richard es befohlen hatte, mußte ich es anziehen. Wann hätte ich sonst Gelegenheit dazu gehabt? Niemand anders besuchte uns, und Richard und ich gingen niemals zum Abendessen aus. Die Straßen waren so schlecht, die Nächte waren so dunkel, und jeder im Lande wußte, daß ich schon im Moment der Eheschließung schwanger gewesen war. Ich war nicht gerade geächtet – dafür hatte meine Großmutter schon gesorgt –, aber wir waren zur Zeit sicherlich nicht das begehrteste Paar in der ganzen Grafschaft.

Das würde sich ändern, wenn der Frühling käme und wir überallhin zu Besuchsfahrten ausfahren könnten, wenn das Baby geboren und unser großartiges, neues Haus endlich fertig wäre. Soviel hatte ich in Bath gelernt, daß uns niemand mehr die kalte Schulter zeigen würde, wenn unsere Felder tüchtig Profit erbrächten und wenn wir in das große, neue Haus umzögen, Dutzende von Dienern beschäftigten und im Winter nach London gingen. Ich dachte einen Moment lang darüber nach, wie die zukünftige Saison in London wohl verlaufen würde, mit Richard an meiner Seite, ohne meine Mutter, die mir beistünde, und ohne die Freundinnen meiner Jungmädchenzeit.

Und ohne James.

Ich zuckte die Achseln. Ich spürte in meinem Herzen ein Brennen, einen andauernden Schmerz. Ich trauerte um meine Mutter. Ich trauerte um meine tote Freundin und um den einzigen Mann, den ich jemals lieben würde. Ich trug gern Schwarz. Wenn ich einmal mein schwarzes Abendkleid tragen wollte, dann müßte ich es zu Hause tun, und gleich heute abend.

»Hübsch«, sagte Jenny. »Wirklich hübsch, dieses Kleid, Miss Julia.«

Ich drehte mich um und sah mich im Spiegel an. Das tiefe Schimmern der moirierten Seide ließ mein Gesicht seltsam verklärt erscheinen. Die Falten, die gleichmäßig von der hochgeschnürten Taille herabfielen, versteckten meinen gerundeten Bauch. Das einzige Anzeichen für meine Schwangerschaft waren meine schwereren Brüste, die wie zwei Monde aus dem quadratisch ausgeschnittenen Mieder hervorquollen.

Ich trat näher an den Spiegel heran und schaute mich neugierig an.

Ich erkannte die junge Frau, die als das schönste Mädchen von Bath gegolten hatte. In der Trauer um meine Mutter, in dem Unbehagen über meinen Körper, der mich durch seine Fruchtbarkeit so sehr bedrängte, hatte ich ganz vergessen, wie schön ich war. Ich war ein hübsches Mädchen gewesen und hatte mich in diesem traurigen Herbst zu einer schönen Frau entwickelt.

Meine runden Brüste waren ein sinnliches Versprechen; selbst mein versteckter, wohlgerundeter Bauch war ein lockendes Zeichen meiner süßen Fruchtbarkeit. Die dunkle, geheimnisvoll schimmernde Seide betonte meinen schlanken Rücken und die cremige Farbe meiner Haut, und sie malte Schatten in die Winkel meiner grauen Augen. Ich lächelte erstaunt mein Spiegelbild an. Die feinen, klaren Linien meiner Wangenknochen, die nach oben geschwungenen Mundwinkel waren mir vertraut, aber die Schatten in meinen Augenwinkeln hatte ich nie zuvor gesehen. Ich war zu einer schönen und begehrenswerten jungen Frau geworden.

»Wenn Sie ein bißchen aufgemacht sind, sehen Sie wirklich gut aus«, sagte Jenny. »Soll ich Ihr Haar frisieren?«

»Ja, bitte«, antwortete ich. Ich betrachtete mein Gesicht im Spiegel, während sie mein braunes, welliges Haar mit langen Strichen vom Scheitel herunter bis fast zur Taille bürstete und es danach in weichen Locken wieder hochtürmte.

Hinter ihr, in der Dunkelheit des Raumes, sah ich, wie die Tür sich öffnete und Richard hereinkam. Er hatte nicht bemerkt, daß ich ihn gesehen hatte, denn er beobachtete Jenny dabei, wie sie sorgfältig eine Strähne nach der anderen bürstete und dann hochsteckte. Beim Anblick seiner Augen wurde mir kalt, obwohl der Raum überheizt war. Ich merkte, daß sich die feinen Härchen in meinem Nacken sträubten, und ich fragte mich, was ich wohl gespürt, was mich wohl unbewußt so sehr in Schrecken versetzt haben mochte.

Richard bewegte sich, und Jenny zuckte zusammen und stieß einen leisen Schrei aus. »Verzeihen Sie, Sir, ich wußte nicht, daß Sie hereingekommen waren!«

Ihre Stimme klang so schrill, wie ich es nie zuvor gehört hatte. Einen Augenblick lang sagte ich gar nichts. Dann wurde mir bewußt, was jenes hastige Sprechen, jene hohe Stimmlage zu bedeuten hatten. Jenny hatte vor Richard Angst. Das Personal im Haus, das Dorf und die Leute auf den Ländereien hatten Angst vor Richard. Und ich, seine Frau, die von ihm abhängig war, hatte ebenfalls vor ihm Angst.

Er lächelte. »Sie können jetzt gehen, Jenny, wenn Ihre Herrin keine Wünsche mehr hat.«

Ich nickte, ohne meinen Kopf zur Seite zu drehen, und Jenny machte einen Knicks. Sie legte dabei mit einer seltsam schützenden Geste eine Hand an ihre Kehle. Dann verließ sie das Zimmer. Richard kam auf mich zu und stellte sich hinter mich, dorthin, wo Jenny gestanden hatte. Unsere Blicke trafen sich im Spiegel. Ich fragte mich, was er wohl von mir wollte.

»Das Kleid gefällt mir«, sagte er. Seine Finger strichen über meinen Rücken, die weiche, geschwungene Linie meiner Schulter entlang bis hinauf zu meinem Ohrläppchen. Ich erschauderte unter seiner Berührung. Im Spiegel sah ich, daß sich die Pupillen meiner Augen stark geweitet hatten.

»Ich habe dir etwas mitgebracht«, sagte Richard leise. »Etwas, von dem ich weiß, daß es dir gefällt.«

Er lächelte.

Ich sah sein Lächeln und beobachtete sein Gesicht in demselben Spiegel, in dem ich einst das Gesicht meiner Mutter gesehen hatte. Es war nicht das besondere Lächeln, mit dem er seinen Zorn zu verbergen pflegte, und so hatte ich nichts zu fürchten. Er sah zärtlich, geradezu liebevoll aus. Aber irgendwo im Hintergrund seiner Augen funkelte eine vergnügte Boshaftigkeit. Ich nickte müde.

Richard zog die Lasche seiner Tasche hoch und wühlte darin herum. Sein Jackett war aus schwarzem Samt, sein Hemd aus cremefarbenem Batist, und die Tasche war mit einem schwarzen Satinband gesäumt.

Ich betrachtete sein Bild im Spiegel sehr aufmerksam. Der glänzende Satinstoff reflektierte das Licht der Kerzen zu beiden Seiten des Spiegels.

»Ich hoffe, es gefällt dir«, sagte Richard in süßlichem Ton. Er versuchte, ein Lachen zu unterdrücken, aber ich hörte es am Schwanken seiner Stimme. »Nein, wirklich«, sagte er, »ich *weiß* daß es dir gefallen wird!«

Seine Augen blitzten fröhlich. Und plötzlich fühlte ich die kühle Berührung einer Halskette an meiner Kehle.

Das kalte Streicheln von wunderbar zusammenpassenden, gleichmäßig runden Perlen.

Von rosaroten Perlen.

Es waren die rosafarbenen Perlen meiner Mutter.

Die rosafarbenen Perlen meiner Mutter, die von dem Banditen, der sie erschossen hatte und dann auf der Straße hatte sterben lassen, geraubt worden waren.

Ich berührte sie mit der Hand, als wollte ich mich vergewissern, daß ich nicht träumte. Ich konnte nicht glauben, daß es sie wirklich gab. Ich hatte gedacht, ich würde sie niemals wiedersehen.

»Wie gut sie dir stehen«, sagte Richard freundlich. Ich hörte wieder das kleine, unterdrückte Lachen in seiner Stimme. »Wie hübsch du damit aussiehst, mein Liebes.«

Unsere Blicke trafen sich; ich starrte ausdruckslos in seine funkelnden blauen Augen.

»Mamas Perlen«, sagte ich leise.

»Mamas Perlen«, bestätigte er. Helle Freude leuchtete aus seinem Gesicht. »Oder, zumindest ein Halsband«, korrigierte er sich, »das ihrem sehr ähnlich ist.«

Draußen vor der Tür quietschten die Räder einer Kutsche; Dr. Pearce und sein Freund waren angekommen.

»Zu früh!« sagte Richard und ging an mein Fenster, um hinauszuschauen. »Also, dann komm, Julia!« Er streckte, da ich wie erstarrt vor dem Spiegel saß, gebieterisch die Hand nach mir aus. Einen Moment lang dachte ich, ich könnte mich nicht bewegen.

Ich saß schweigend da und schaute auf das rosa Perlenhalsband meiner Mutter und auf die dazu passenden Ohrringe, die Richard vor mir auf die Frisierkommode gelegt hatte.

»Oh, ja!« sagte er, und folgte meinen Blicken. »Leg auch Ohrringe an! Du kannst dir nicht vorstellen, wieviel Mühe es gemacht hat, sie zu bekommen!«

Das unterdrückte Lachen in seiner Stimme ließ mich vor Angst und Entsetzen erstarren.

Endlich wußte ich, was mir schon so lange Angst gemacht hatte: Richard war wahnsinnig. Ich war mit einem gierigen, wahnsinnigen Mörder verheiratet.

Unten klopfte Dr. Pearce an die Haustür, und Richard streckte seine Hand nach mir aus. Ich war eine Frau, die vollkommen von einem einzigen Mann abhängig war; dieser Mann war mein eigener Bruder, und ich ging im siebten Monat mit seinem Kind schwanger, ohne einen einzigen Freund auf der Welt, der mir hätte helfen können, ihm die Stirn zu bieten.

Ich wußte in diesem Moment, daß er Clarys Mörder war. Er hatte Matthew Merry in den Kerker werfen lassen und Ralph Megson verraten. Und er hatte Jem, den Pferdepfleger, seinen eigenen Vater, John MacAndrew, und meine geliebte Mutter ermordet.

Ich sah ihn an, als hätte ich ihn nie zuvor gesehen.

Mechanisch schob ich die Haken der Ohrringe durch die kleinen Löcher in meinen Ohrläppchen.

Die Haken stachen in mein Fleisch.

Dann nahm ich Richards Hand und ging mit ihm die Treppe hinunter. Ich begrüßte Dr. Pearce und Mr. Fowler und setzte mich an das schmale untere Ende des Tisches; mein Ehemann saß an der Stirnseite. Stride servierte ein Abendessen, auf das ich stolz sein konnte.

Nach dem Essen spielten wir Karten, und Dr. Pearce und ich gewannen. Wir nahmen gemeinsam den Tee, und dann gingen die beiden nach Hause. Richard und ich blieben allein im Empfangszimmer zurück.

»Es ist doch gut, Gesellschaft zu haben«, gähnte Richard. »Wir beide sind viel zu viel allein. Du wirst dadurch allmählich blöde und häßlich, Julia. Heute abend hast du ja geradezu blühend ausgesehen.« Ich hatte meine Hand an das Halsband an meiner Kehle gelegt. Richard warf einen Blick darauf.

»Wirklich, das Halsband schmeichelt dir«, sagte er. »Du siehst damit aus wie eine Schale warmer Sahne.«

Er streckte die Hand aus, um mir auf die Füße zu helfen, und aus Gewohnheit, bevor ich wußte, was ich tat, ergriff ich sie und stand plötzlich ganz nahe neben ihm auf dem Läufer vor dem Kamin.

Er faßte mich unters Kinn und hob mein Gesicht zu sich empor. Ohne besonderen Grund drückte er mein Kinn mit harten Fingern zusammen, bis ich seine mörderische Kraft deutlich spürte. Das Blut dröhnte in meinen Ohren, aber ich sprach kein Wort, und mein Blick, den ich auf sein Gesicht gerichtet hielt, schwankte nicht eine Sekunde lang.

»Ich glaube, ich werde dich heute abend in deinem Zimmer besuchen«, sagte er leise seufzend. »Schließlich sind wir ja Mann und Frau.«

Einige Sekunden lang herrschte vollkommenes Schweigen, bis ich begriff, was er gesagt hatte.

»Das geht nicht!« protestierte ich naiv wie die Unschuld

vom Lande. »Richard! Du bist mein Bruder!« Richard strich mit den Fingerspitzen über mein Kinn, streichelte meinen Hals, meine nackten Schultern, und betastete schließlich die Ansätze meiner gerundeten Brüste.

»Ach, denk nicht daran«, sagte er lüstern. »Sie haben es nur gesagt, um uns einen Schrecken einzujagen.«

»Nein«, entgegnete ich. Ich versuchte, einen Schritt zurückzuweichen, aber Richard hielt mit dem anderen Arm meine Taille umklammert und preßte mich eng an sich. »Nein, Richard. Es war ganz sicher die Wahrheit.«

Ich hatte noch immer keine Angst; ich war zu sehr verwirrt und entsetzt, um Angst zu haben. Mein Bruder, der Mörder meiner Mutter, hielt mich ganz fest umklammert und streichelte mit lüsternen, blutbeschmierten Fingern meinen Hals und meine Brust.

»Ich denke ja selbst nicht daran«, sagte Richard. »Wir sollten auch besser nicht dauernd dran denken. Sie werden es gewiß so schnell nicht mehr wiedersagen!« Er lächelte mich strahlend an, als wäre dies der beste Witz, den er jemals gemacht hatte, und legte noch einmal seine unerbittlich harte Hand unter mein Kinn, um mich besser auf den Mund küssen zu können.

Das Gefühl der abgrundtiefen Panik hatte mich so geschwächt, daß ich Richards Wahnsinn nichts entgegensetzen konnte. Seine Lippen berührten meinen Mund, und ich biß die Zähne zusammen, um mich nicht übergeben zu müssen. Ich stemmte die Hände in die Hüften, um mich festzuhalten, während die Welt um mich herum sich zu drehen begann.

»Hure«, flüsterte er und schob mich von sich fort. »Geh schon ins Bett. Heute nacht werde ich dich besitzen.«

Mein Wille war gebrochen, mein Verstand war tot.

Ich schleppte mich die Treppen hinauf in mein Schlafzimmer, denn es gab keinen anderen Ort auf der Welt, wo ich hätte hingehen können. Jenny Hodgett kleidete mich schweigend aus und schaute mir ängstlich ins Gesicht. Ich war weiß wie der Tod. Ich schlüpfte unter die Bettdecke und blies die Kerze aus. Dann lag ich beim flackernden Kaminfeuer im Halbdunkel; wieder und wieder erklang von draußen der Ruf einer Eule.

Er kam erst sehr spät zu mir herein. Ich fühlte mich merkwürdig ruhig; ich war sogar ein wenig eingeschlafen, während ich auf ihn wartete. Alle Angst war von mir abgefallen. Ich war keine Jungfrau mehr – es würde wahrscheinlich nicht wehtun. Ich konnte nicht um Hilfe rufen, und ich wollte über den Namen unserer Familie keine Schande bringen. Als er mit herrischer Geste die Bettücher fortzog, lag ich so unbeweglich da wie eine Leiche. Ich bekam nur plötzlich in der kalten Nachtluft eine Gänsehaut. Aber ansonsten lag ich ganz ruhig da.

Das Bett senkte sich unter seinem Gewicht, als er hineinstieg. Die Nachtkerze beleuchtete sein rosiges, junges Gesicht. Ein Hauch von Weinbrand schlug mir ins Gesicht. Sein Haar roch nach Zigarrenrauch.

Er wußte nicht, wie er beginnen sollte. Ich öffnete die Augen und sah ihn ruhig und ausdruckslos an. Er betastete die Dinge, die auf meinem Nachttisch standen, schob das Wasserglas beiseite und stieß die kleine, hölzerne Eule um, die Ralph mir gegeben hatte.

»Erinnerst du dich an Scheherazade?« fragte er mich dann.

Ich starrte ihn weiter ausdruckslos an, aber in meinem Kopf begannen die Gedanken zu rasen.

»Du hast sie wirklich geliebt, nicht wahr?« fragte er. Seine Stimme wurde ein wenig lauter. Ich hörte wieder den kleinen Tyrannen unserer Kindertage. »Du warst tieftraurig, als sie getötet wurde, nicht wahr, Julia?«

Mein Schweigen ärgerte ihn.

»Nicht wahr?« fragte er noch einmal.

»Ja«, antwortete ich. Ich wollte nicht sprechen, und ich wußte nicht, worauf er hinauswollte. »Ja«, wiederholte ich.

»Du hast lange um sie geweint«, sagte Richard. »Und du hast niemals wirklich daran geglaubt, daß Dench ihr ein Leid zugefügt haben könnte.«

Ich seufzte. Es war alles so lange her, und die Verluste, die ich damals erlitten hatte, waren bloße Vorboten dessen gewesen, was später noch kam.

»Ja«, sagte ich.

Richard drehte sich um und stützte sich auf einen Ellenbogen, um mein Gesicht besser sehen zu können. »Die Sehnen an Scheherazades Beinen waren durchgeschnitten worden, und dann mußte man ihr mit einem Hammer direkt zwischen die Augen schlagen«, sagte er. »Und Dench wurde entlassen und mußte um sein Leben laufen. Erinnerst du dich daran? Hätte Großvater Havering ihn zu fassen bekommen, dann wäre Dench sicherlich aufgehängt worden.«

»Ja, ich erinnere mich«, sagte ich.

Richard wurde immer aufgeregter; seine Augen funkelten, sein Gesicht leuchtete hell. »Ich war es!« strahlte er. »Ich war es, und ihr habt überhaupt keine Ahnung davon gehabt. Niemand hat es auch nur vermutet. Ich habe Scheherazade die Sehnen durchtrennt, und ich habe dafür gesorgt, daß der Verdacht sogleich auf Dench fallen würde. Das hat dich endlich gelehrt, nicht mehr mein Pferd zu besteigen! Ich habe dafür gesorgt, daß ich sie niemals wieder zu reiten brauchte, *und* ich habe Dench abgeschüttelt, der sich mit dir gegen mich verbünden wollte. Ich habe das alles ganz allein getan! Und ich habe dich auch noch viele Wochen lang zum Weinen gebracht, nicht wahr?«

Ich lag ganz still und versuchte, in mich aufzunehmen, was Richard sagte. Aber noch mehr bemühte ich mich darum, Richards seltsame Hochstimmung zu verstehen. Plötzlich rückte er näher zu mir heran, und mir fiel ein, warum er so freudig erregt war. Er suchte unter der Bettdecke nach dem Saum meines Nachthemds und zog es in die Höhe. Ich mußte mich zwingen, seine Hand nicht festzuhalten. Wenn es zu einer Rangelei käme, dann würde Richard gewinnen. Und ich wußte, daß ihm mein Widerstand ganz besonders reizvoll erscheinen würde.

»Und der Habicht ...« Richards Atem ging jetzt schneller; er hatte mein Nachthemd bis über die Brust hochgezerrt und schaute mir ins Gesicht. »Ralph Megsons kostbarer Habicht. Als er von meiner Hand wegflatterte, da habe ich ihn zurückgezogen. Das erste Mal war es ein Unfall, aber das Tier hat mich wütend gemacht, weil es einfach nicht stillsitzen wollte. Beim zweiten Mal wußte ich, wenn ich den Vogel schnell und hart genug zurückriß, dann würde ich ihm die Beine brechen. Erinnerst du dich daran, wie es knackte, Julia?«

Ich schwitzte; meine Oberschenkel klebten aneinander. Richard versuchte, mit ungeschickter, grober Hand meine Beine zu spreizen. Dann kletterte er mühsam, vom Bettzeug behindert, auf mich. Er kicherte wie ein Halbwüchsiger, als sein hartes Glied gegen mein Fleisch rieb.

»Aber du hast es nicht gewagt, die Schafe zu berühren«, flüsterte ich. Mein Körper war vor Angst, Ekel und Entsetzen über das, was Richard mir erzählt hatte, gefühllos geworden. Die Wahrheit war, daß ich auf eine geheime und schuldbewußte Art seit langem alles gewußt hatte. Ich hätte den Mund öffnen und handeln sollen. Statt dessen war ich wieder und wieder zu Richards Komplizin geworden.

Die Schafe aber waren gegen ihn vorgerückt.

»Glaubst du, sie haben gewußt, daß du so böse bist?« fragte ich.

Richard zögerte.

»Sie sind auf dich losgegangen«, sagte ich. »Ich habe niemals gesehen, daß Schafe so etwas tun. Sie haben dich in der Scheune auf den Downs richtig bedrängt. Weißt du das noch, Richard? Weißt du noch, wieviel Angst du damals hattest?«

»Nein, das stimmt nicht ...«, entgegnete Richard hastig. »Ich habe niemals Angst gehabt.«

»Oh, doch«, beharrte ich. »Du hattest von dem Moment an Angst vor Scheherazade, und du hattest Angst vor den Schafen.«

Richard funkelte mich wütend an, aber ich spürte, daß er

seine Potenz verlor. Ich fühlte Triumph und ein Gefühl von überschwenglicher Freude in mir aufsteigen.

»Du hattest vor Scheherazade eine höllische Angst«, sagte ich. »Deshalb hast du ihr die Sehnen durchgeschnitten. Nicht nur, weil du neidisch darauf warst, daß ich sie so gut reiten konnte. Du hättest alles, wirklich alles getan, um sie nicht selbst reiten zu müssen. Und die Schafe waren für dich wie ein Alptraum.«

»Das ist nicht wahr ...«, stammelte er. Seine Augen blickten mich böse an. Er sah aus, wie er so oft ausgesehen hatte, wenn er einen seiner kindlichen Wutanfälle bekam. Ich wußte: Ich hatte gesiegt, und er würde mich nicht berühren. Aber ich hatte nicht damit gerechnet, daß er sich für seine Niederlage sogleich rächen würde.

Er stach mit dem Finger fest und schmerzhaft in mich hinein; vor Schreck schrie ich leise auf. Mir war, als sei ein Messer in mich eingedrungen. Ich preßte die Lippen zusammen und lag vollkommen still. Dann schloß ich die Augen. Richard versuchte, sich mit der Hand wieder in Erregung zu versetzen. Er begann, schwer zu atmen, und ich fühlte, wie er sein weiches Glied festhielt, um es an meinen Beinen zu reiben.

Ich öffnete die Augen und lächelte ihn an. »Es nützt nichts, Richard«, sagte ich mit einer Stimme, die so kühl war wie die meiner Mutter, wenn sie ihn als Kind früh ins Bett schickte, weil er beim Abendbrot ungezogen war. »Es nützt nichts. Du kannst jetzt nicht in mich eindringen, und du wirst es auch in Zukunft nicht mehr können. Du gehst jetzt besser in dein eigenes Bett.«

Ich stieß seine harten Hände von mir fort und rollte mich zur Seite, so daß ich ihm den Rücken zuwandte. Es war mir gleichgültig, ob er ging oder blieb.

Als er das Zimmer verließ, öffnete ich nicht einmal die Augen.

29

Dies war das einzige Mal und die einzige Nacht, die er während meiner Schwangerschaft in mein Bett kam. Und nur dieses eine Mal sprach er die Dinge aus, die ich, wenn ich es gewollt hätte, schon seit langem hätte erkennen können. Endlich begriff ich, was Acre geahnt und was Ralph klar erkannt hatte, als er Richard zum ersten Mal sah: Richard war wahnsinnig. Seine Charakterschwächen und seine Boshaftigkeit waren schon immer deutlich zutage getreten, aber da er von einer allzu nachgiebigen Tante erzogen wurde und neben einem schwachen Mädchen aufwuchs, war es ihm gelungen, seine Schwächen als besonders charmant oder auch nur als ein wenig exzentrisch darzustellen.

Ich machte mir Vorwürfe. Ich dachte an die Zeiten, als Richard sich gewalttätig und unbeherrscht verhalten und ich meiner Mutter kein Wort darüber erzählt hatte. Ich dachte an die Zeiten, als er mich bedroht hatte und ich dies aus falsch verstandener Loyalität allen anderen verschwiegen hatte, sogar Clary und den Dorfkindern. Ted Tyacke hätte sich einen Spaß daraus gemacht, Richard aufzulauern, ihm eine ordentliche Tracht Prügel zu verabreichen und ihn daran zu erinnern, daß er sich mir gegenüber freundlich und rücksichtsvoll zu verhalten hatte. Aber ich hatte niemandem etwas erzählt. Ich hatte nicht ein einziges Mal den Mund aufgemacht.

Jetzt machte ich mir Vorwürfe. Ich saß an meinem Platz am Fenster und beobachtete, wie der Rauhreif langsam im Sonnenschein schmolz, und ich warf mir vor, daß ich so dumm gewesen war zu glauben, die Welt sei freundlicher und die Menschen seien klüger und vernünftiger, als es in Wahrheit der Fall war, und Richard sei ein normaler junger Mann.

Ich ließ noch einmal die Bilder und Erinnerungen meiner Kindertage in meinem Kopf Revue passieren, als würde ich eine Sammlung alter Aquarellmalereien in einem Ordner durchblättern. Und plötzlich sah ich alles mit ganz anderen Augen. Ich sah Richard als einen impulsiven, unkontrollierbaren Tyrannen. Ich sah, daß meine Mutter die Augen vorsätzlich vor der Wahrheit verschlossen hatte: vor der Grausamkeit, mit der Richard mich behandelte, und vor seinem Wahnsinn. Sie kannte seine Abstammung und ahnte gewiß, wie er sich entwickeln würde. Sie hatte nicht den Mut gehabt, den Wahnsinn der Laceys, der sich in Richards Augen widerspiegelte, deutlich zu sehen. Sie hätte ihn klar erkennen müssen. Ich hätte sie warnen sollen. Und da ich sie nicht gewarnt hatte, war sie einen schrecklichen, grausamen Tod gestorben und hatte mich in einem Leben zurückgelassen, das mir wie ein endloser Alptraum erschien.

Ich dachte nicht an die rosafarbenen Perlen und daran, wie Richard an sie herangekommen war. Sie lagen in jenem schmalen Kästchen, das jetzt auf meiner Frisierkommode stand. An einigen dieser kühlen Herbsttage, wenn die Sonne schien und die Luft süß und aromatisch duftete, versuchte ich mir einzureden, daß er die Perlen in irgendeinem Laden in Chichester gesehen und sie für mich gekauft hatte, wohl in der Annahme, sie würden mir gefallen, weil sie mich an meine Mutter erinnerten. Aber an anderen Tagen, gegen Ende November, wenn der Abend früh hereinbrach und die Nächte unendlich lang wurden, schaute ich in die Holzscheite und sah in meiner Phantasie Richard in einem schmutzigen Gasthof mit einem Mann zusammensitzen, den er dafür bezahlte, meine Mutter und John umzubringen. Ich sah Richard und sein verrücktes, geistesabwesendes Lächeln. Ich sah seine glänzenden, blauen Augen, die so verrückt aussahen wie die eines tollwütigen Hundes. Richard, mein Bruder, mein Ehemann und der Vater meines Kindes, war ein Wahnsinniger.

Ich machte mir Vorwürfe, daß ich mich nicht über ihn beklagt und Onkel John nicht um Hilfe gebeten hatte. Aber eines warf ich mir nicht mehr vor: jene schreckliche Szene im

Sommerhaus. Dafür, so wußte ich jetzt, war ich nicht verantwortlich. Richard hatte mich gegen meinen Willen genommen; er hätte mir ebensogut eine Pistole an den Kopf halten können. Ich hatte im Sommerhaus von Liebe geträumt, aber ich hatte dabei an James, nicht an Richard gedacht. Ich hatte an derselben Stelle schon einmal davon geträumt, einen Mann zu lieben, aber das war ein Traum von Beatrice und Ralph gewesen. Richard war niemals, auch nicht in Gedanken, mein Geliebter gewesen, und ich hatte ihn nicht ermutigt, mich zu umwerben oder sogar mit Gewalt zu nehmen.

Mein Herz war in jenen Tagen vor dem Weihnachtsfest so kalt wie Eis. Ich wußte, daß ich in der Falle saß, wie Ralph es mir vorhergesagt hatte. Richard hatte mich vergewaltigt und alle Menschen von mir entfernt, so daß ich jetzt weder einen Geliebten noch einen Freund, noch eine Mutter oder einen Vater hatte, an die ich mich hätte wenden können. Und das Kind, mit dem ich ungewollt schwanger ging, war das Ergebnis von Gewalt und Blutschande.

Ich glaube, Richard ahnte, daß ich durch unsere Begegnung an jenem Abend eine seltsame Sicherheit gewonnen hatte, denn er ließ mich sehr viel allein. Ich glaube, er hatte begonnen, sich vor mir zu fürchten. Und tatsächlich: Wenn ich mich selbst im Spiegel ansah, unruhig die Perlenkette an meinem Hals betastend, und wenn ich in meine verzweifelten, entsetzten Augen schaute, dann konnte ich seine Furcht verstehen.

Stride und Mrs. Gough begannen mit den Vorbereitungen für ein stilles Weihnachtsfest, und Richard befahl George, ein paar Stechpalmenzweige ins Haus zu holen. Sie trafen um mich herum ihre Vorbereitungen, als wäre ich eine Göttin aus Stein, leblos, aber mächtig, die mit bestimmten Zeremonien beschwichtigt werden mußte. Jedermann im Haus bemerkte, daß ich immer seltsamer, immer verstörter wurde. Man einigte sich darauf, diese Veränderungen auf meine Schwangerschaft oder auf das Wetter oder auf die Trauer um meine Mutter zurückzuführen. Niemand erkannte das eigentliche Problem: Ich war so müde und krank, daß alles Leben aus mir gewichen war.

Nur die Leute aus Acre wagten es, offen über meinen traurigen Zustand zu sprechen. Acre hatte bereits Erfahrung mit dem Wahnsinn der Laceys. Sie hatten schon zuvor unter den Laceys gelitten, und sie wußten die Zeichen zu deuten. Ich war früher im Dorf sehr geliebt worden, und deshalb machte man sich jetzt Sorgen um mich.

»Was fehlt Ihnen, Miss Julia?« fragte mich Mrs. Tyacke. Sie war gekommen, um Mrs. Gough in der Küche zu besuchen, und bat darum, auch mir im Empfangszimmer ihre Aufwartung machen zu dürfen. Ich hatte sie damals aus ihrer Hütte geholt, bevor das Cottage von dem fallenden Kirchturm zerschmettert worden war. Ich war die Freundin und Spielkameradin ihres Sohnes gewesen. Sie hatte nichts vergessen. In Acre war ich nicht vergessen worden. Mrs. Tyackes helle Augen blickten forschend in mein Gesicht, aber ich brachte kein Lächeln mehr zustande.

Ich hatte ihre Frage gehört. Wie ein Echo klang sie in meinem Kopf nach. Dann wußte ich, was es war. Sie hatte dieselben Worte benutzt, die Ralph an jenem Tag auf dem Gemeindeland zu Richard gesagt hatte, als er die Beine des Habichts gebrochen hatte. »Was fehlt Ihnen?« hatte Ralph damals gesagt. Ralph hatte den Wahnsinn der Laceys in Richard wiedererkannt. In mir hatte er ihn nicht gesehen.

»Wird Ihnen das Baby zuviel?« fragte sie.

»Nein«, sagte ich leise. »Es geht mir ganz gut.«

»Wir haben alle Angst um Sie«, fuhr sie fort. »Wir haben Sie so lange nicht gesehen. Sie kommen nicht zur Kirche, und nach Acre kommen Sie auch nicht mehr. Wenn wir Ihren Mann nach Ihnen fragen, dann lacht er nur.«

Ich sah von den Flammen hoch, die um die Holzscheite herumflackerten. »Wirklich?« fragte ich.

»Es hat sich wieder alles zum Schlechten gewendet«, sagte

sie, und ihre Stimme schwankte wie die eines enttäuschten Kindes. »Alles hat sich wieder zum Schlechten gewendet.«

Ich nickte. Es gab kaum etwas, was ich ihr hätte entgegnen können.

»Es scheint doch in anderen Dörfern ganz gut zu gehen«, sagte sie. »In anderen Gegenden gibt es Ländereien, die einen Profit abwerfen, von dem ein Dorf gut leben kann, und es gibt dort Mühlen, in denen es immer Korn zu mahlen gibt. Warum kann es in Acre nicht auch so sein?«

»In anderen Gegenden gibt es Squires, die dem Land ein wenig Freiheit lassen«, sagte ich müde. »Acre hatte immer Squires, die sich so viel aus ihrem Besitz gemacht haben, daß sie ihn vollkommen unter Kontrolle haben wollten. Richard möchte, daß Wideacre im neuen Jahrhundert äußerst profitabel wirtschaftet. Er möchte sein Vermögen mehren, auch für seinen zukünftigen Erben.«

»Und Sie?« fragte sie mich mit harter Stimme. »Sie wollten doch auch etwas Besonderes für Acre. Sie und Ralph Megson haben Acre alle möglichen Versprechungen gemacht.«

»Ich war auch einmal eine Lacey«, sagte ich dumpf. »Die Zukunft, die ich für dieses Dorf geplant hatte, sollte ganz anders aussehen als die Zukunft, die Richard dafür vorgesehen hat. Aber damals war ich noch ungebunden und konnte das Geschick von Acre selbständig lenken. Ich glaube, Mrs. Tyacke, in Acre wird sich solange alles zum Schlechten wenden, bis es endlich keine Laceys, keinen Squire im Herrenhaus und keinen Herrn über das Dorf mehr gibt. Ich glaube, Ralph hat von Anfang an recht gehabt, aber jetzt, wo ich nicht länger Squire, sondern nur die Lady des Squires bin, ist es fast gleichgültig, was ich denke. Und meine Gedanken nützen auch Ralph nichts, der irgendwo in einer Gefängniszelle sitzt. Und mir selbst nützen sie auch recht wenig«, fügte ich leise hinzu.

»Aber Sie werden die Mutter des nächsten Lacey-Squires sein«, sagte sie. »Sie werden die Linie fortsetzen.«

»Nein«, entgegnete ich entschlossen. »Ich ganz gewiß nicht.«

Sie betrachtete meinen runden Bauch und nickte, während ich mit leicht gespreizten Beinen schlaff auf meinem Stuhl saß. »Jetzt ist es zu spät, das Kind loszuwerden«, sagte sie. Ihre Gesichtszüge waren hart.

»Es wird zur Welt kommen«, sagte ich bitter. »Ich kann das nicht verhindern. Aber wenn es nach mir geht, wird es Wideacre niemals erben.«

Sie lächelte traurig und wehmütig mit dem Lächeln der Leute von Acre. Die Dorfbewohner wußten, daß sie das wichtigste Spiel verloren hatten, das Leute ohne eigenen Besitz spielen können. Der Einsatz war das Land und die Unabhängigkeit gegen die Sklaverei einer ungewissen und schlecht bezahlten Arbeit gewesen. Und Acre hatte verloren. Mrs. Tyacke lächelte wie eine Frau, die durch das Gesetz an einen Herrn gebunden ist und die weder die Empfängnis noch die Geburt eines Kindes verhindern kann.

»Sie können nichts dagegen tun«, sagte sie traurig. »Wir sitzen jetzt alle in der Falle.«

Schweigen herrschte in dem kleinen Zimmer. Nur das Geräusch der züngelnden Flammen war ganz deutlich zu hören.

»Ich gehe«, sagte sie und ging zur Tür. »Mein Sohn Ted und viele andere wollten wissen, wie es Ihnen geht. Es tut mir leid, daß ich den Dorfleuten keine besseren Nachrichten heimbringen kann.«

»Ich werde leben«, sagte ich mürrisch. »Sie können ihnen sagen, daß ich nicht krank bin.«

»Ich werde ihnen sagen, daß Sie tief in Ihrem Herzen todkrank sind«, sagte sie. »Und so sind Sie wieder in der gleichen Lage wie Acre und die Ländereien, Miss Julia. Denn das Land ist gefroren und leblos, und die Menschen in Acre hungern, und Trägheit und Trauer gehen dort um.«

Unsere Blicke trafen sich ohne jede Herzlichkeit; allein

durch die Offenheit, mit der wir sprachen, war unser Kontakt zustande gekommen. Dann war sie fort.

Im ganzen Monat Dezember war dies meine einzige Besucherin: Mrs. Tyacke, die Witwe aus Acre. Niemand vom Adel besuchte mich, während ich träge und unförmig in meinem schwarzen Trauerkleid am Kamin saß. Großvater Havering war während seines Aufenthaltes in der Stadt krank geworden, und meine Großmutter war zu ihm gefahren, um ihn zu pflegen. Sie fürchtete, daß sie vielleicht abwesend sein könnte, wenn das Kind geboren würde, aber ich schrieb ihr, daß es gleichgültig sei und daß sie sich keine Sorgen machen solle.

Es war wirklich gleichgültig.

Ich dachte, daß alles jetzt egal sei.

Ich dachte, daß auch in Zukunft sicher nichts mehr von Bedeutung sei.

Das Baby wuchs in meinem Bauch weiter heran. Ich schlief in den Nächten immer weniger, während die kleinen, wachsenden Arme und Beine von innen gegen die weiche Wand meines Bauches stießen. Gegen Ende Dezember konnte ich manchmal ein Ärmchen oder Beinchen spüren, das nach außen drängte, und einmal ertastete ich mit den Fingerspitzen die Umrisse einer perfekt geformten kleinen Hand. Ich dachte dabei an Ralph: Sein Gefängnis war nicht warm und sicher, und die Tore seines Gefängnisses würden sich nicht öffnen. Aber während ich in meinem Stuhl saß oder aus dem Fenster schaute oder auf dem Rücken auf meinem Bett lag, empfand ich nicht einmal Ralph als besonders wichtig.

Richard war sehr viel außer Haus. Ich wußte, daß im Hause darüber geklatscht wurde, in der Küche und im Stall. In einigen Nächten kam er überhaupt nicht heim, sondern erschien erst zum Frühstück, ein wenig abgerissen, aber mit leuchtenden Augen, und er sprach hastig und mit lauter Stimme von einem Hahnenkampf in Chichester oder einmal auch von einem Stier, den irgend jemand nach Acre gebracht hatte. Man hatte die Hunde auf jenen Stier gehetzt, und er hatte bei dem grausamen Spiel zwei edle Doggen getötet. Als Richard mir erzählte, wie der Stier den Bauch eines der beiden Hunde aufgeschlitzt hatte, wurde ich blaß vor Ekel, und der Frühstückstisch verschwamm mir vor den Augen. Ich sah Stride eine hastige Bewegung machen, als wolle er Richard daran hindern, weiterzusprechen, aber Stride war sein ganzes Leben lang Diener gewesen, und er konnte den Squire an gar nichts hindern. Niemand konnte Richard an etwas hindern.

Jedermann fürchtete ihn, sowohl im Hause als auch auf dem Land. Die Leute fürchteten ihn, denn er war entschlossen, seine Möglichkeiten und Rechte bis zum äußersten auszunutzen. Er kündigte Pachtverträge, setzte die Lohnzahlungen aus, ließ Dorfbewohner aus der Gemeinde vertreiben oder manchmal auch wegen Ungehorsams ins Gefängnis werfen. Und die Menschen fürchteten ihn, weil sie instinktiv wußten, daß Richard ein Bösewicht war.

Ich fürchtete mich nicht. Ich hatte endlich jede Furcht vor ihm verloren. Ich fürchtete jetzt niemanden mehr. Ich fürchtete weder Verletzungen noch Tod, und wenn Richard zu mir gekommen wäre und seine Hände um meinen Hals gelegt hätte, um mich zu erwürgen, dann wäre es mir gleichgültig gewesen. Ich wäre nicht einmal zusammengezuckt. Meine Mutter war tot, Clary war tot, Ralph und Acre waren verraten worden. Ich hatte mir geschworen, daß das Kind, das ich unter dem Herzen trug, Richards Besitz nicht erben würde. Hätte Richard mich in einer der Nächte ermordet, in denen er auf dem Weg in sein Schlafzimmer gegen meine Tür taumelte, dann hätte er mir einen Gefallen getan. Ich fürchtete ihn nicht mehr. Es gab nichts, was ich noch fürchtete. Alles, was ich geliebt hatte, war verloren. Wäre er in jenen Nächten, als ich ihn die Treppen hochpoltern und leise kichern hörte, in mein Zimmer gewankt, um noch einmal über mich herzufallen, dann wäre es mir wahrscheinlich nur recht gewesen. Ich wünschte mir, daß er sich auf mich legen, mit seinen langen, starken Fingern meinen Hals umschließen und mich erwürgen würde. Aber er tat es nicht. Er kam nicht ein einziges Mal mehr zu mir.

Er mochte mich nicht. Sein Wahnsinn war ihm selbst nur zum Teil bewußt; ich glaube nicht, daß er jemals deutlich erkannte, was er getan hatte. Ich glaube, jenes entsetzliche, leise Kichern war die einzige Gefühlsreaktion, die seine schrecklichen Handlungen in ihm hervorriefen. Aber seit dem Moment, als er zu mir hatte kommen wollen und dann gesehen hatte, wie meine Augen vor Entsetzen ganz schwarz und danach vor Verzweiflung wieder leer und hell wurden, wußte er, daß ich vor Kummer den Verstand verloren hatte. *Mein* Wahnsinn war für ihn wie ein bedrohlicher Spiegel, in den er täglich hineinschauen mußte. Mit unser beider Verkommenheit, unserem moralischen Außenseitertum, mochte selbst Richard nicht täglich und allzu deutlich konfrontiert werden.

Jetzt fürchtete ich mich nicht mehr vor ihm; vielmehr war er es, der sich vor mir fürchtete. Ich trug ein Zeichen der Stärke vor mir her: meinen runden Bauch, in dem das Kind, das er sich so sehr wünschte, heranwuchs. Zudem hatte ich, da es mir gleichgültig war, ob ich lebte oder starb, eine gewisse Kälte und innere Unabhängigkeit entwickelt. Richard würde mich nie wieder einschüchtern können.

Aber im Grunde war Richard so kalt und gefühllos wie Eis. In der kleinen Welt, die die Laceys umschloß, gab es nichts, was Richard hätte berühren können. Da Lord Havering sich in der Stadt aufhielt, war Richards Wort überall in der Umgebung Gesetz. Selbst wenn durch seine Hand noch einmal ein Mord geschähe, würde niemand den Mörder zur Rechenschaft ziehen. Richard war ein Mann mit nahezu unumschränkter Macht.

Es gab nur eines, wovor er sich fürchtete. Aus Dummheit zeigte er mir, was es war.

Wir saßen am Frühstückstisch. Richard war noch müde. Ich schlürfte meinen Tee; vor mir auf dem Tisch lag ein Brief von meiner Großmutter. Richards Frühstück war wie immer nahrhaft und üppig: kaltes Fleisch, heiße Kartoffeln, Eier und Dünnbier. Während er aß, las er die Zeitung. Er kümmerte sich nicht um das Fett, das auf das Papier hinuntertropfte.

»Großer Gott!« stieß er mit vollem Mund hervor. Irgend etwas in seiner Stimme bewirkte, daß ich ruckartig den Kopf hob wie ein Hühnerhund im August, der plötzlich den fast vergessenen Geruch eines Fasans auf dem Boden wittert. Ich glaube, ich begann tatsächlich wie ein Hund in der Luft zu schnüffeln. Ganz plötzlich hatte sich eine Atmosphäre von Angst im Zimmer verbreitet. Richard begann zu schwitzen; der kaum wahrnehmbare Geruch erschien mir so köstlich wie der von gebratenem Schinken einem verhungernden Armen erscheinen mag. Er warf mir einen schnellen, ängstlichen Blick zu, und ich starrte völlig teilnahmslos in sein Gesicht. Ich hätte taub und vollkommen gefühllos sein können. Dann blickte Richard auf Stride, dessen Gesichtszüge hölzern, wie erstarrt wirkten.

»Entschuldige mich bitte«, sagte Richard, knüllte die Zeitung zu einem Ball zusammen und verließ das Zimmer. Seinen bis zum Rand gefüllten Teller hatte er einfach stehengelassen; das Dünnbier schäumte einladend über den Becherrand.

»Besorgen Sie mir ein Exemplar der Zeitung, Stride«, sagte ich scheinbar gleichmütig und schaute schon wieder in meinen Brief.

»Ja, Miss Julia«, antwortete Stride. Seine Stimme blieb ebenfalls unbewegt.

Er muß sofort jemanden nach Midhurst geschickt haben, denn schon, als wenig später der Kaffee serviert wurde, hielt er die Zeitung in der Hand und brachte sie zusammen mit dem Geschirr auf einem silbernen Tablett in das Empfangszimmer.

Ich brauchte nicht lange zu suchen. Die Geschichte, die Richard bewogen hatte, den Raum zu verlassen, stand auf der zweiten Seite. Die Überschrift lautete: »Rebell aus dem Gefängnis entkommen.« Ralph Megson wurde zusammen mit zwei anderen Männern genannt, die als Zigeuner verkleidet aus dem Kerker geflohen waren. Einige Zigeuner waren unter dem Vorwand in das Gefängnis gelangt, für die Gefängniswächter einige Lieder vorspielen zu wollen. Man nahm an, daß die Männer zusammen mit den Zigeunern geflohen und jetzt in einem Wagen versteckt an einen sicheren Ort gebracht wurden. Der Adel war entrüstet und entsetzt, und die örtlichen Justizbehörden wurden alarmiert, aber es war klar, daß die drei Männer wahrscheinlich für immer und ewig in einer geheimnisvollen Unterwelt verschwunden waren. Ralph und die beiden anderen Männer wurden steckbrieflich gesucht, und eine Belohnung von zweihundert Pfund wurde für Hinweise ausgesetzt, die zur Ergreifung der drei Kriminellen führen könnten.

In Anbetracht der Belohnung fragte ich mich, ob es für Ralph wohl irgendeine Sicherheit geben könnte. Dann aber dachte ich daran, daß Ralph durchaus kein unvorsichtiger Mann war. Nur ein einziges Mal war ein Fehler passiert: als er in Acre verraten worden war. Ich glaubte nicht, daß seine eigenen Leute, die Verwandten seiner Mutter und die große Familie der Zigeuner, ihn preisgeben würden. Und ich dachte, Ralph würde wohl ganz genau wissen, wie lange man darauf vertrauen könnte, daß seine Leute der Versuchung widerstünden, und daß er sich genau einen Tag, bevor der Druck zu groß würde, auf dem Schiff eines Schmugglers davonmachen könnte.

Ich knüllte jede Seite der Zeitung zu einer Kugel zusammen, warf die Kugeln eine nach der anderen in das Feuer und beobachtete, wie sie in Flammen aufgingen und schwarz wurden. Schließlich nahm ich die Eisenstange und rührte in der Asche herum. Richard sollte nicht wissen, daß ich über Ralphs Flucht informiert war. Dies sollte das erste Mal in meinem Leben sein, daß ich Richard erfolgreich täuschte.

Er kam zum Mittagessen nicht nach Hause. Ich saß allein an dem großen Mahagonitisch, und Stride bediente mich. Neben meinem Teller lag ein Buch, ein Roman aus der wandernden Leihbibliothek von Chichester, und während des Essens las ich über Clarindas Sehnsüchte und Nöte und über die selbstlose Liebe zu ihrem Helden. Ich fragte mich insgeheim, ob ich wohl jemals wieder zu den Frauen gehören würde, die glauben, daß die Liebe, die Liebe eines Mannes die ganze Welt wert wäre, oder ob ich wohl von jetzt an die eigene Freiheit und meine ganz persönliche Würde für alle Zeiten sehr viel höher einschätzen würde.

Ich nahm meinen Roman mit ins Empfangszimmer hinüber und setzte mich in den Sessel, um ihn zu lesen. Aber ich legte ihn immer wieder beiseite und schaute ins Feuer. Ich hatte vermutet, ich würde für alle Zeiten unglücklich sein. Aber da Ralph frei war, wurde auch mir das Herz ein wenig leichter. Ralph könnte heute abend zum Himmel emporschauen. Er würde das gleißende, helle Licht der Sterne erblicken, das Schnee ankündigte. Ralph könnte den Hof um den Mond herum sehen, der Frost bedeutete. Ralph könnte nach Norden, nach Süden, nach Osten oder Westen schauen und jederzeit dorthin gehen, wohin es ihn zog.

Ich hatte meine Lektion gelernt. Obwohl ich an Richards Kamin und in seinen Möbeln saß, in Richards Haus und auf seinem Land lebte, wußte ich, daß mir letztlich nichts davon gehörte. Und ich war endlich eine Lacey geworden, die wie alle Frauen dieser Familie eines ganz genau wußten: Landeigentum war wichtiger als die Illusion einer großen, romantischen Liebe.

Aber zugleich war ich wohl ganz anders als alle anderen Laceys vor mir, da ich das Recht der Familie auf den Besitz des Landes, auf die Menschen und ihre Arbeitskraft und auf die Ernte zurückwies. Hätte das Land wieder mir gehört, dann hätte ich es augenblicklich fortgegeben, ohne Zögern und ohne mir über Profite Gedanken zu machen. Ich hätte die Felder an Acre verschenkt, an die Menschen, die darauf arbeiteten und lebten. Und ich wünschte mir so sehr, ich könnte

Ralph nur noch ein einziges Mal sehen. Ich wollte ihm sagen, ich hätte endlich verstanden, was er mir beizubringen versucht hatte. Es konnte keine gerechten Adligen, keine freundlichen Herrscher geben. Denn die Einteilung der Menschen in Herren und Diener war an sich schon so ungerecht, daß kein Wohlwollen, keine Großzügigkeit diese Ungerechtigkeit wiedergutmachen konnte.

Ich hatte zu einer Dienerin, zu Richards Dienerin werden müssen, um die Ungerechtigkeit zu erkennen, die darin lag, immer nur dienen zu müssen. Ich mußte eine arme Leibeigene, Richards Leibeigene werden, bevor ich lernte, daß Abhängigkeit einem Todesurteil gleichkam. Und die einzige Sehnsucht, die in mir lebendig blieb, der einzige Wunsch, den ich hatte, war, Ralph irgendwann einmal wiederzusehen und ihm zu sagen, daß auch ich in der Welt der Gier und des Egoismus, die wir Adligen erschaffen hatten, eine Ausgestoßene war.

Stride klopfte an die Tür und trat mit einem Tablett herein; Richard kam hinter ihm her. Er war ausgeritten und hatte sich nicht zum Essen umgezogen. Er bat Stride, noch mehr Kerzen zu bringen, und setzte sich mir gegenüber auf die andere Seite des Kamins, als wäre alles in Ordnung. Aber ich sah, daß er so angespannt war wie ein festgezurrter Draht. Er schaute auf die Vorhänge, die sich im Luftzug bewegten.

»Ich war in Chichester«, sagte er unvermittelt, nachdem Stride einen fünfarmigen Kerzenleuchter auf den Tisch gestellt hatte und dann gegangen war. »Ich habe heute morgen etwas in der Zeitung gelesen, was mich sehr beunruhigt hat.«

Ich schaute vom Teegeschirr auf, mit einem Blick so kalt wie der Winterhimmel.

»Ich habe einen Bericht gelesen«, sagte Richard zögernd. »In der Zeitung stand ein Bericht, daß einige Männer aus dem Gefängnis in London, wo Ralph Megson sitzt, ausgebrochen seien. Du erinnerst dich doch ...« Er brach ab. Er wollte gerade fragen, ob ich mich an Ralph Megson erinnerte, aber so viel

Verlogenheit schien wohl selbst ihm übertrieben. »Ich bin nach Chichester gefahren, um mich genauer zu informieren«, sagte er.

Er nahm seine Teetasse von mir entgegen und verschüttete mit zitternder Hand auf dem Kaminvorleger ein paar Tropfen Tee. »Der Bericht beruht auf Tatsachen«, meinte er. Ich senkte den Kopf und führte die Tasse zum Mund.

»Die Verwaltungsbeamten sind darauf hingewiesen worden, daß sie sich vor Zigeunern hüten müssen«, fuhr Richard fort. »Vor Zigeunern und anderem fahrenden Volk. Die drei Männer sind mit irgendeinem Zigeunermusikanten entflohen. Man vermutet, daß sie vielleicht versuchen werden, zusammen mit einer reisenden Zigeunerfamilie an die Küste zu gelangen.«

Richard hörte auf zu reden und warf mir einen fragenden Blick zu. Ich sah ihn teilnahmslos an. »Glaubst du, er würde hierherkommen, Julia?« fragte er. »Glaubst du, er würde mit irgendwelchen Rachegedanken hierherkommen? Glaubst du, er würde hierherkommen in der Hoffnung, daß man ihn in Acre verstecken würde?«

Richards Stimme war wie gewohnt einschmeichelnd und süß. Er brauchte mich. Ich hatte ihm immer beigestanden, wenn er mich brauchte. Ich war glücklich gewesen, wenn er mich brauchte, wenn er mich so wie jetzt um meine Hilfe bat.

»Er wird mich vielleicht dafür verantwortlich machen, daß er ins Gefängnis gekommen ist«, sagte er mit ungewohnter Ehrlichkeit. »Ich habe mit den Verwaltungsbeamten in Chichester gesprochen. Sie meinten, sie könnten nur wenig tun, um uns zu schützen, Julia! Es sei denn, wir hätten eine klare Vorstellung davon, wo er sich aufhält.«

Richard setzte seine Teetasse ab und streckte mir seine Hand entgegen. »Julia?« fragte er. Er tat, als wären wir wieder kleine Kinder und er wäre in Schwierigkeiten. Er schaute mich an wie ein kleiner Junge, der etwas ausgeheckt hatte und jetzt nach seiner besten Freundin, seiner Schwester, rief, damit sie ihm helfe.

Ich hielt die Tasse mit beiden Händen fest. »Ja?« fragte ich.

»Glaubst du, er würde hierherkommen?« Richard zog seinen Arm zurück und legte seine beiden Hände auf die Knie. Er tat, als habe er meine kühle Zurückweisung nicht bemerkt.

»Nein«, sagte ich ehrlich und voller Bedauern. Ich hatte nie Freude daran, einen anderen Menschen zu necken und zu quälen. Ich war ganz sicher, daß ich Ralph Megson niemals wiedersehen würde, und ich war darüber sehr unglücklich.

»Nicht zu den Zigeunern, die auf dem Gemeindeland überwintern?« fragte Richard eifrig. »Sie kommen auf der Straße von London hierher, nicht wahr? Und sie sind in diesem Jahr sehr spät dran! Meinst du, daß sie es waren, die ihn aus dem Gefängnis geholt haben? Es sind nämlich auch Musiker dabei, weißt du, Julia? Wir haben sie Weihnachten aufspielen lassen, weißt du noch?«

Ich nickte. Natürlich wußte ich es noch. Ich hatte das Gefühl, daß ich in einen langen Tunnel schmerzvoller Erlebnisse hineinblickte, wenn ich zurückschaute, bis hin zu der Zeit, als ich Richard und Wideacre mit einer großen, tiefen und, wie ich damals meinte, ewig währenden Liebe geliebt hatte.

»Ja, ich weiß«, sagte ich. »Aber ich denke, die sicherste Fluchtmöglichkeit für Mr. Megson wäre, ein Schiff zu nehmen, das aus dem Hafen von London ausläuft. Er hat sehr viele Freunde, die zur See fahren.«

»Du glaubst nicht, daß er herkommen würde?« drängte Richard mich. Sein Blick war so flehend wie der eines Kindes, das aus einem Alptraum hochgeschreckt ist und nach Trost verlangt.

»Nein«, sagte ich ruhig. Ich wollte Richard nicht seine Ängste ausreden, nur um ihm einen Gefallen zu tun. Mein Herz war noch immer kalt und gefühllos wie Eis. Ich würde wohl niemals mehr jemandem helfen, und zuallerletzt Richard. Aber er war mir andererseits auch so gleichgültig, daß ich keine Lust hatte, ihn zu quälen und zu necken.

»Und wenn er hierherkäme: Würde Acre ihn dann verstecken?« fragte Richard beharrlich weiter. »Sie haben ja auch diesen Pferdepfleger Dench versteckt, weißt du noch, Julia?«

»Ich kann es beim besten Willen nicht sagen«, antwortete ich. »Ich gehe in diesen Tagen nie nach Acre, Richard. Du weißt, daß ich seit dem Herbst nicht mehr dort gewesen bin. Du mußt doch besser wissen als ich, in welcher Stimmung das Dorf ist. Würden die Dorfbewohner einen Feind von dir verstecken? Oder würden sie eher zu den Laceys halten?«

Richard sprang ärgerlich aus seinem Sessel hoch. Jetzt ist die Zeit gekommen, in der du für deine Toten büßen mußt, Richard, dachte ich. Du hast vieles getan, wodurch du die Menschen in Schrecken versetzt hast. Ganz Acre hat Angst vor dir, und auch jene vier müssen dir, bevor sie in blankem Entsetzen starben, voller Angst ins Gesicht geschaut haben. Es ist so unerträglich für mich, mir den Moment ihres Todes vorzustellen, daß ich die Phantasiebilder irgendwo in einer Ecke meines Bewußtseins wie Perlen in harte Schalen eingeschlossen habe. Und jetzt zitterst du selbst vor Angst wie ein Blatt im Wind.

»Wenn du nach Acre möchtest, dann geh am besten gleich morgen«, hörte ich Richards Stimme. »Ich werde die Kutsche für dich bestellen, und wenn der Boden für die Kutsche zu naß ist, dann nimmst du den Zweispänner. Oder du reitest! Es würde dir sicher nichts ausmachen, wenn du das Pferd nur im Schritt reiten würdest, und der Pfleger könnte dich sogar führen, um sicherzugehen, daß der Ritt dir nicht schadet. Ich möchte gern, daß du den Dorfbewohnern sagst, Ralph sei aus dem Gefängnis entflohen und er sei eine Gefahr für die öffentliche Sicherheit. Auf seinen Kopf ist eine große Belohnung ausgesetzt, Julia! Ich möchte, daß du ihnen das ebenfalls mitteilst. Und sag ihnen auch das: Wenn er nach Acre kommt, dann werde ich persönlich jedem, der uns warnt, einhundert Pfund zahlen. Das müßte doch klappen, meinst du nicht, Julia?«

»Das hängt davon ab, wie arm das Dorf ist«, antwortete ich

gleichmütig. »Geht es den Leuten augenblicklich so schlecht, daß sie einen alten Freund für einhundert Pfund verraten würden?«

Richard ging ungeduldig zum Fenster, aber er zog heute nicht die Vorhänge zurück, um hinauszuschauen. Ralph war weit und breit als Meisterschütze bekannt.

»*Du* bist doch angeblich ihre große Freundin«, sagte er ungeduldig. »Wenn du sie bittest, dir Bescheid zu sagen, sobald Megson ins Dorf kommt, dann würden sie es doch schon dir zu Gefallen tun, nicht wahr?«

»Ich weiß es nicht«, antwortete ich. Ich griff nach dem Glockenstrang und läutete nach Stride, der das Teegeschirr abräumen sollte. »Ich weiß es wirklich nicht, Richard. Der bloße Gedanke, daß ich aus dem Haus gehen muß, macht mir angst. Es sind nur noch zwei Wochen bis zur Geburt des Babys. Ich bin sicher, Mr. Saintly würde mir dringend davon abraten, mich allzuweit vom Haus zu entfernen. Er hat mir schon vor einigen Monaten ans Herz gelegt, mich nur noch hier aufzuhalten, wie du dich vielleicht erinnerst.«

Richard drehte sich auf dem Absatz um, aber er schluckte seine Worte hinunter, da Stride gerade ins Zimmer trat. Stride schaute uns beide neugierig an, und ich sah, daß er zögerte, mich mit Richard allein zu lassen.

»Sie brauchen nicht zu warten«, sagte Richard grob.

Stride warf mir einen Blick zu, und ich nickte. »Es ist schon in Ordnung, Stride«, sagte ich. Er machte eine kleine Verbeugung und ging hinaus.

»Du bist meine Frau«, sagte Richard. Er hatte sich wieder unter Kontrolle. »Dies ist eine wichtige Angelegenheit, bei der es um die Verwaltung unserer Ländereien und zudem um meine persönliche Sicherheit geht. Du wirst nach Acre gehen, weil ich es wünsche, Julia.«

Ich nickte. »Wenn du willst«, sagte ich. Ich hatte nichts zu verlieren. Wenn in Acre die Wehen einsetzten, dann könnte ich zur Geburt meines Kindes immer in die Pfarrei oder in ein

Dutzend verschiedener Cottages gehen. Und selbst wenn das Reiten dem Baby schadete – ich hatte schon jetzt mein Herz gegen das Kind verhärtet. Ich hatte geschworen, keinen Squire für Wideacre großzuziehen. Vielleicht liebte ich das kleine Kind, das sich in meinem Leib hin und her wälzte und herumstrampelte, aber ich würde keinen Lacey mehr dulden, der Acre beherrschen wollte. Das Kind sollte bei der Geburt sterben – das war mein größter Wunsch.

Und ebensosehr wünschte ich mir, daß ich selbst bald durch den Tod erlöst würde.

Es war mir fast gleichgültig, ob ich auf dem Pferd oder in einer Kutsche nach Acre gelangte, ob mein Kind in Acre oder auf dem Heimweg in einer vereisten Erdmulde geboren würde. Es gab überhaupt nichts mehr, was mir noch wichtig war. Jetzt war Ralph frei, und es gab nur eins, was mir zu tun übrig blieb: dieses Baby zu gebären und es sofort von Richard und von Wideacre fortzubringen. Es müßte versteckt oder von Fremden aufgezogen werden – oder es müßte getötet werden.

Im übrigen war es vollkommen sinnlos, an Acre zu appellieren, sie sollten Ralph verraten. Richard hatte gehofft, es könnte jemanden geben, der Acre gegen Ralph aufwiegeln würde. Aber Ralph war das Symbol des Widerstandes gegen die Destruktivität der Laceys. Er war der Held des Volkes. Es konnte sein, daß die Dorfbewohner uns von Zeit zu Zeit einmal gehorsam waren und daß sie ihre Arbeitskraft an uns verkauften. Es gab Zeiten, in denen sie uns liebten, und andere, in denen sie uns haßten. Aber Ralph war der Mann, dem sie beständig vertrauen konnten. Wenn er irgendwo in England in Sicherheit leben wollte, dann war Acre gewiß der richtige Ort. Man hätte in ganz England nicht genügend Geld auftreiben können, um den Verräter eines Mannes wie Ralph zu bezahlen.

Die Kutsche hielt auf dem Dorfanger unter dem Kastanienbaum, wo sich die alten Männer am Abend trafen – ein Platz wie geschaffen für Waffenstillstandsverhandlungen. Ich stand auf den Stufen des Wagens und wartete, während die Türen der Hütten sich öffneten und die Leute herausströmten. Ich sah in die alten, vertrauten Gesichter; sie sahen genau so aus, wie ich sie von früheren Zeiten her kannte: angespannt, müde und gleichgültig.

Die Dorfleute litten keinen Hunger. Ralphs geheime Weizenvorräte würden wie geplant zumindest bis zum Frühjahr reichen. Die Menschen von Acre waren nicht schlecht gekleidet. Sie hatten Ersparnisse, mit denen sie eine Weile auskommen konnten. Aber ihre Zuversicht und ihre Fröhlichkeit waren dahin, und ich dachte, daß in diesem Jahr der Winter für sie sogar noch schwerer zu ertragen sein mußte, denn ein ganzes Jahr lang hatten sie sich daran gewöhnt, auf etwas Besseres zu hoffen.

Die armen Dummköpfe. Arme, arme Narren. Und die größte Närrin von allen war ich. Ich hatte die Chance, vielen Menschen zu einem besseren Leben zu verhelfen, in der Hand gehabt, und ich hatte sie einfach verspielt. Ich war zu feige gewesen, um aufzustehen und einfach zu rufen: »Ich bin brutal angegriffen worden, und es war *nicht* meine Schuld.«

Sie stellten sich im Kreis um mich herum auf, und ich wußte, daß ich finster und grimmig dreinschaute. Das Kind in meinem Leib strampelte, und ich legte schützend eine Hand auf den Bauch. Jedesmal wenn das Kleine sich in mir bewegte, spürte ich, ohne es zu wollen, eine schmerzliche Zärtlichkeit. Aber die Blicke der Dorfbewohner waren so schwer und müde wie die kranker Tiere. Sie sprachen eine eindeutige Sprache. Auf Wideacre dürfte kein neuer Lacey heranwachsen.

Ich erinnerte mich daran, was Ralph über die französischen Könige gesagt hatte: Bevor man säen kann, muß zunächst einmal gepflügt werden. Die Laceys mußten von Wideacre vertrieben werden. Die gemeinen, häßlichen französischen Revolutionäre ließen ihren König einfach hinrichten. Und ich wollte es sein, die die zukünftigen Generationen der Laceys auslöschte.

Ich schaute in die verdutzten Gesichter und erhob meine Stimme. »*Mein Mann* hat mir befohlen, ins Dorf zu kommen und zu Ihnen zu sprechen.« Es sollte keinen Zweifel daran geben, von wem die Botschaft kam. »Er hat erfahren, daß Ralph Megson, der hier einmal Verwalter war, aus dem Gefängnis entflohen ist.«

Ich schaute im Kreis herum, aber ich sah in keinem der Gesichter Überraschung oder Freude. Sie schienen es schon gewußt zu haben. Natürlich hatten sie es schon gewußt.

»Eine Belohnung von zweihundert Pfund ist ausgesetzt worden für Informationen, die dazu führen könnten, Mr. Megson und die Männer, die mit ihm zusammen geflohen sind, zu ergreifen«, sagte ich. Ich wiederholte wörtlich das, was Richard gesagt hatte, und hoffte, alle würden erkennen, daß dies eine bloße Formalität, ein bloßes Schauspiel war. »Sollte Mr. Megson in Acre gefaßt werden, dann würde mein Mann das Dorf dafür angemessen belohnen. Er wird jedem, der dabei hilft, ihn zu ergreifen, einhundert Pfund bezahlen. In dem Fall wird es für die ganze Zeit bis zum Zeitpunkt der Aussaat kostenloses Mehl und kostenlose Milch geben.«

Mein letzter Satz erregte lebhafte Aufmerksamkeit, nicht weil die Leute eine Gelegenheit sahen, sich diese besonderen Vergünstigungen zu verdienen, sondern weil sie an Richards ungewohnter Großzügigkeit ablesen konnten, wie sehr er sich fürchtete. Ich sah, daß die Dorfbewohner um mich herum hinter vorgehaltener Hand lächelten, und ich hörte, daß auch meine eigene Stimme voller Verachtung war.

»Mein Mann hat mich gebeten, Sie daran zu erinnern, daß Mr. Megson ein berüchtigter Rebell und ein gefährlicher Mann ist«, fuhr ich fort. »Es wird angenommen, daß er sich vielleicht bei den Zigeunern versteckt; Sie sollen sofort jede neue Zigeunerfamilie, die sich auf dem Gemeindeland niederläßt, melden.«

Sie nickten. Ich wartete einen Augenblick, dann stieg ich wieder in die Kutsche. Ich war vollkommen erschöpft, und mein Rücken schmerzte. Ich hatte nur den Wunsch, so schnell wie möglich heimzufahren und mich den ganzen Nachmittag ins Bett zu legen. Ich wollte dem Zimmermädchen auftragen, für mich den Kamin anzuzünden, und dann wollte ich mich in der warmen Dunkelheit, weit fort von diesem eisigen Himmel und diesen verratenen und betrogenen Dorfbewohnern, von den flackernden Flammen wärmen lassen.

»Miss Julia!« rief jemand hinter mir. Ich steckte den Kopf aus der Kutsche hinaus. George hatte die Treppe zusammengeschoben, aber er wartete noch.

Es war die alte Mrs. Merry.

Ich wich vor ihrem alten, müden Gesicht zurück, als hätte ich Angst, geschlagen zu werden. Mein ganzes Leben lang war mir dies Gesicht, das so rosig und runzlig wie ein Winterapfel aussah, vertraut gewesen. Aber seit dem Verlust ihres Enkelsohns waren ihre Haut und ihre Gesichtszüge müde und schlaff geworden, und ihre Augen und ihr Mund lächelten nicht mehr.

Sie drängte sich durch die Gruppe von Menschen hindurch und schaute zu mir herauf. Ich saß hoch über ihr in der prächtigen, hohen, mit rosafarbener Seide ausgeschlagenen Kutsche. Nachdem unsere alte Kutsche blutbefleckt in der Nähe von Haslemere am Straßenrand gefunden worden war, hatte Richard eine neue gekauft. Ich schaute zu ihr hinab, wie eine Märchenprinzessin auf eine alte Wahrsagerin schauen mag.

»Ja, Mrs. Merry?«

Ihre blassen, blauen Augen waren feucht, und die weiche, runzlige Haut ihrer Wangen war von Tränen benetzt. Ich wußte, daß sie nicht über ihr eigenes Schicksal und über ihre Einsamkeit und den Tod ihres Enkels weinte. Sie weinte über mich. Sie bedauerte mich.

»Sie haben etwas Besseres verdient als dies, mein Liebes«, sagte sie, und ihre zittrige Stimme war voller Mitgefühl. Ein Paar, das in Hörweite stand, nickte zustimmend, und ich sah, daß alle Dorfbewohner mich anschauten, als wäre ich ebenso wie Acre ohne eigenes Verschulden ins Unglück geraten. »Wir haben auf eine bessere Welt gehofft«, sagte sie. »Wir sind vom Squire, von den Adligen, betrogen worden. Und obwohl Sie selbst eine Adlige sind, hat man auch Sie nicht verschont. Sie sind eine Frau, und Sie mußten erst mühsam lernen, wer Ihr Herr ist, während uns diese Lektion schon lange in Fleisch und Blut übergegangen ist.«

Ich dachte nach. Richard beherrschte mich ganz und gar: durch meine eigene Unterwürfigkeit und durch meine Liebe zu ihm, durch seine Gewalttätigkeit und durch die Moralvorstellungen unserer Gesellschaftsschicht, die besagten, ich *müsse* den Vater meines Kindes heiraten.

»Ich *hasse* ihn, Mrs. Merry«, sagte ich. »Ich wünschte, er wäre tot.«

Sie nickte; in ihrem Gesicht zeigte sich keine Spur von Erstaunen. »Ja«, sagte sie. »Das war zu erwarten. Aber vergiften Sie sich nicht mit Ihrem eigenen Haß. Passen Sie vor allem gut auf sich auf, liebes Kind. Und bleiben Sie zuversichtlich und vergessen Sie nicht, daß Ihr Baby gesund zur Welt kommen soll.«

»Ich werde es nicht zulassen, daß Wideacre noch einmal von einem Lacey-Squire beherrscht wird«, rief ich hastig. Ich hatte die Stimme erhoben, und die Dorfbewohner sahen mich aufmerksam an. »Ich werde nicht einen weiteren Tyrannen zur Welt bringen. Ich werde es nicht zulassen, daß mein Kind Macht hat, nicht über die Ländereien und auch nicht über die Dorfbewohner. Das wird nicht geschehen.«

Sie nickte. »Die Welt wäre in der Tat besser, wenn die Herren es ablehnten, die Knechte zu beherrschen«, sagte sie. »Acre hat es gewagt, den Gehorsam zu verweigern, und doch sind wir wieder und wieder um die Früchte unseres Mutes betrogen worden.«

Ich senkte den Kopf. Es waren meine hochfliegenden Hoffnungen und Pläne und meine schnell wertlos gewordenen Versprechen, mit denen Acre diesmal betrogen worden war. Alles um mich herum, meine Liebe zu dem Land und meine Liebe zu Richard, schien korrupt zu sein und sich zum Schlechten gewandt zu haben.

»Ich muß fort«, sagte ich bedrückt.

Mrs. Merry trat einen Schritt zurück, und George schloß mit ausdrucksloser Miene die Tür. Er wandte sich von mir ab und setzte sich auf den Kutschbock.

»Was kann ich machen?« drängte ich Mrs. Merry. »Was kann ich tun, damit dies ein Ende hat?«

Sie hob langsam den Kopf, schaute mich an und lächelte plötzlich und unerwartet über das ganze Gesicht. »Tun?« fragte sie. »*Sie* brauchen gar nichts zu tun, Miss Julia!« George saß steif und elegant auf seinem Führersitz und spitzte, so vermutete ich, die Ohren. »Ralph wird alles in Ordnung bringen«, sagte Mrs. Merry freundlich. »Ralph ist wieder auf dem Weg nach Haus.«

»Was ...?« fragte ich verdutzt, aber die Pferde zogen schon an, und einer der Männer hielt Mrs. Merry am Arm fest, damit sie nicht unter die Räder käme. Er sah mein Gesicht: das Erstaunen und die leise Hoffnung, die sich darin spiegelten. Dann lächelte er wie die Leute von Acre, die keine Autorität akzeptierten.

Wir schauten uns an wie zwei Verschwörer, die endlich doch noch auf einen Sieg hofften. Die Kutsche trug mich davon, und ich fiel in Richards seidene Kissen zurück. Mir war, als würde mein Herz mit jeder Sekunde leichter.

»Was haben die Leute in Acre gesagt?« fragte mich Richard. Er stand am Gartentor und wollte mir aus der Kutsche hinaushelfen.

»Nichts«, antwortete ich. Ich ließ mich von ihm den Weg hinauf und in die Halle führen, aber ich zögerte, als er die Wohnzimmertür öffnete. »Ich möchte mich ausruhen, Richard. Ich bin sehr müde.«

Er ließ mich zur Treppe gehen, aber er war begierig zu wissen, was geschehen war. »Hast du ihnen gesagt, was ich dir aufgetragen habe?« fragte er.

»Ja«, antwortete ich.

»Und was haben sie geantwortet?« drängte er.

»Nichts«, erwiderte ich.

»Hast du mit jemandem privat gesprochen? Hat niemand gewußt, ob die Zigeuner schon auf dem Gemeindeland sind? Hat niemand nach Megson gefragt? Was ist mit Ned Smith – er war doch immer Megsons ganz besonderer Freund.«

Ich blickte vom Treppenabsatz auf Richard hinab und zog die Augenbrauen in die Höhe. Ich war unverschämt – und ich wußte, daß ich es war. Aber ich hatte neuen Mut und auch neuen Grund, mutig zu sein, denn ich wußte, daß irgendwo eine Uhr tickte, die das Ende unseres Lebens in Dower House ankündigte. Wenn die Glocke schlüge, wenn die Stunde käme, dann würde dies Leben hier zerfallen. Zwei Ereignisse kündigten sich an: Das Kind in meinem Bauch war groß genug, um das Licht der Welt zu erblicken, und Ralph kam auf kleinen, versteckten Pfaden, von deren Existenz der Adel nicht einmal wußte, in einem Zigeunerwagen nach Acre.

»Ich habe mit niemandem privat gesprochen«, sagte ich und machte eine Handbewegung, als wollte ich Richards Fragen fortscheuchen. »Niemand wußte genau, ob die Zigeuner schon ihr Winterlager auf dem Gemeindeland aufgeschlagen haben, aber da sie immer um Weihnachten herum kommen, sollte man meinen, daß sie in diesen Tagen hier eintreffen werden. Niemand hat nach Mr. Megson gefragt. Ned Smith war da, aber er hat nichts gesagt, und die anderen auch nicht.«

Richard ergriff mein Handgelenk. »Was ist denn in dich gefahren?« fragte er, und er sah mich von oben bis unten an: von meinem plötzlich lebendig gewordenen Gesicht bis hinunter zu den Füßen, die fest und sicher auf der Treppe standen. »Irgend jemand hat etwas gesagt, was dich ermutigt, mich zu provozieren«, stellte er fest. »Irgend jemand hat dir das Gefühl gegeben, daß du mir mit deinen unverschämten, grauen Augen geradewegs ins Gesicht schauen könntest. Irgend jemand hat versucht, dich vergessen zu machen, welche Macht ich über dich habe.« Er brach ab und sah mich prüfend an. Ich fühlte, wie seine Hand meine Finger fest und schmerzhaft umklammerte.

»Niemand hat etwas gesagt«, entgegnete ich. »Ich habe die Angst vor dir verloren, weil ich sehen kann, wie sehr du dich fürchtest. Ich kann sehen, daß du glaubst, Ralph Megson sei auf dem Heimweg. Und daß du Angst hast, er komme deinetwegen hierher.«

Ich hielt inne. Richards Gesicht war weiß geworden, und die Klammer um mein Gelenk hatte sich plötzlich gelockert. In meiner Hand brannte und pulsierte der Schmerz, aber mein Herz klopfte schnell und freudig.

»Ich glaube, du hast recht«, stimmte ich ihm zu. Ich fühlte einen wilden, geheimen Triumph, als ich den Ausdruck blanker Angst in seinen Augen sah. »Wenn Ralph wirklich heimkommt, dann wird er noch eine Rechnung mit dir begleichen wollen. Ich kenne ihn gut«, fuhr ich freundlich und voller Verständnis fort. »Und ich muß sagen, wenn ich an deiner Stelle wäre und ihn fast an den Galgen gebracht hätte, dann würde ich seine Rache so sehr fürchten, daß ich lieber tot in der Familiengruft läge. Denn das ist der einzige Platz, an dem du dich jetzt noch sicher fühlen kannst!«

Richard stand plötzlich vor mir wie ein gebeugter, alter Mann. Ich sah in sein enttäuschtes Gesicht und wandte mich zur Treppe. Während ich langsam und beschwerlich die Stufen hinaufstieg, fühlte ich, daß er mir nachsah. Ich straffte die Schultern und hob den Kopf voll Stolz in die Höhe. Erst als ich sicher und geborgen in meinem Zimmer war, lehnte ich mich gegen die Tür zurück und erschauderte.

Da Richard aus Angst vor Ralph in Panik war, konnte ich jetzt zwar sehr mutig auftreten. Aber ohne die Zuversicht, die die alte Mrs. Merry mir eingegeben hatte, wäre ich in einem wahrhaft erbärmlichen Zustand gewesen. Das Baby lag schwer in meinem Leib; sein Gewicht und meine körperliche Erschöpfung machten mir zu schaffen.

Ich hatte behauptet, dem Geschlecht der Laceys ein Ende setzen zu wollen, aber die Liebe zu meinem Kind schwächte mich. Da ich seinen Vater kannte und unsere Abstammung, fürchtete ich mich davor, eine Mißgeburt, ein schreckliches Monstrum zur Welt zu bringen. Dann wiederum dachte ich an die vollkommen geformte, kleine Hand, die gegen meine Bauchdecke gedrückt hatte, und Liebe und Zärtlichkeit, Gefühle, die ich meinem Kind niemals zeigen wollte, trieben mir die Tränen in die Augen.

Das Kleine sollte weit fortgeschickt werden, und Richards Lust an der Zerstörung sollte ein Ende gesetzt werden. Ich mußte allen meinen Mut zusammensuchen, um den Kampf mit Richard aufzunehmen. Ich wollte mich seinem Zorn und seiner korrupten Macht tapfer entgegenstellen, um mich irgendwie aus dem alles verschlingenden Abgrund von Chaos zu befreien, der sich um Richard und mich herum auftat.

Ich konnte zwar tapfer behaupten, ich würde bei der Geburt meines Kindes ganz gewiß sterben und so dem Geschlecht der Laceys ein Ende setzen, aber in Wahrheit hatte ich sehr große Angst.

Ich konnte zwar tapfer behaupten, daß ich mein Kind fortgeben oder töten würde, aber ich sehnte mich danach, das Kleine in den Armen zu halten.

Ich konnte zwar tapfer behaupten, Richard zu hassen, aber ich hatte ihn mein ganzes Leben lang geliebt, und manchmal kam es mir vor, als wäre es nur Einbildung, daß er ein solches Monstrum geworden war.

Ich fiel so erschöpft wie ein krankes Kind in mein Bett. Während sich der Januarhimmel vor meinem Fenster verdunkelte, schlief ich ein. Als ich vor Kälte erwachte, war es dunkel, weder Abend- noch Morgendämmerung. Ich wußte nicht, wo ich war, und ich hatte Angst.

30

Richard kam an jenem Nachmittag nicht zum Essen nach Hause. Stride erzählte, er sei nach Chichester geritten und würde erst spät wieder heimkommen. Ich ahnte, wohin er gefahren war. Er polterte ins Empfangszimmer, als Stride gerade den Tee brachte. Richard hatte in der Kaserne von Chichester den ganzen Tag lang Gespräche geführt. Er hatte ein halbes Dutzend Soldaten mit nach Acre gebracht, die im Dorf im Gasthaus Zum Grünen Busch einquartiert werden sollten.

»Ich habe ihnen gesagt, daß man Acre nicht vertrauen könne und daß Ralph vielleicht hierherkommen und einen Aufstand gegen uns anzetteln würde«, erzählte Richard. Er wies mit einer herrischen Geste seine Teetasse zurück und klingelte, daß man ihm einen Krug Bier bringe.

Er hatte seit dem Frühstück nichts gegessen; seine Augen waren vor Entsetzen sehr hell. Richard, der schöne, tapfere Knabe meiner Kindheit, war ein zutiefst verängstigter Mann. Ich sah ihn über meine Tasse hinweg an, und mein Herz schwankte zwischen Trauer und Triumph.

»Es hat mich ziemlich viel Mühe gekostet, sie von meinem Anliegen zu überzeugen«, sagte er. Sein Gesicht sah düster und angespannt aus. »Wenn hier nicht schon füher einmal ein Aufstand gewesen wäre, dann hätten sie mich wohl wieder fortgeschickt.

Es ist zu schlimm! Ich wünschte mir, Großvater Havering wäre hier; ihm hätten sie ganz gewiß gehorcht. Alles, was sie mir entgegneten, war, daß Ralph Megson ganz gewiß nicht im Lande bleiben würde und daß sie aus London die Nachricht erhalten hätten, er und die anderen wären auf dem Weg nach Amerika. Sie wollten mir ganz einfach nicht glauben, daß er hierherkommen würde.«

Ich nickte und sagte nichts.

»Die Zigeuner sind angekommen«, sagte Richard. »Ich habe den Soldaten gesagt, sie sollten sie ganz genau beobachten. Es sind wieder dieselben Familien. Aber wer kann das schon so genau wissen.«

Ich nickte noch einmal. Richard ging zur Tür und rief in die Küche hinüber, man solle ihm noch ein Bier bringen. Er war durstig. Ich nahm an, daß er in Chichester nach seinem Besuch in der Kaserne Genever getrunken hatte, um sich Mut zu machen.

»Warum hast du mich über deinen Besuch in Acre angelogen?« fragte er plötzlich.

Ich zuckte zusammen und verschüttete ein wenig Tee auf mein dunkles Kleid. »Ich habe dich nicht angelogen«, erwiderte ich hastig.

»Das hast du doch«, sagte er. Er lächelte jetzt ein wenig. Es stimmte Richard immer fröhlich, wenn er mich bei einer Lüge ertappte. Er kam wieder ins Zimmer zurück und ging zu seinem Lieblingsstuhl. Stride, dessen Gesicht eine gefrorene Maske der Mißbilligung war, brachte einen zweiten Seidel Bier herein und stellte ihn neben Richards Ellenbogen. Für Richard waren die Demütigungen in der Kaserne und seine Furcht vor Ralph fast wieder vergessen, so viel Spaß machte es ihm, seine Frau und seine Diener zu schikanieren. »Du hast nämlich privat mit einer alten Frau gesprochen«, sagte er. »Wer war es denn?«

Ich hörte wieder den tyrannischen Ton, den ich aus meiner Kinderzeit so gut kannte, und war wie früher geneigt, mich ihm aus Angst und Feigheit zu unterwerfen. Dann dachte ich an Ralph, der langsam über geheime Pfade von London nach Acre reiste, und ich dachte an mein Baby, das auch auf geheimen Wegen auf die Welt kommen würde.

Und ich dachte schließlich auch an mein eigenes Wohl. Mein Überleben hing vor allem davon ab, daß ich in meinem Leben einen Felsen fand, auf den ich bauen konnte. Ich hatte Clary und meine Mutter verloren. Ich hatte Ralph verloren, mein Land und meine Macht als zukünftige Erbin von Wideacre. Irgendwo in meinem Herzen mußte ich die Ruhe finden, aus der heraus ich die Kraft zum Weiterleben schöpfen konnte. Wenn ich immer wieder vor Richard zitterte, dann würde er mich für alle Zeiten beherrschen.

»Doch, ich habe tatsächlich mit einer der alten Frauen gesprochen«, sagte ich mit fester Stimme. »Es war nichts, was dich interessieren würde. Es ging nicht um Geschäftliches.«

Richard sah mich von der Seite an. »Wie ich gehört habe, ist mein Name erwähnt worden«, sagte er. »Du sollst angeblich schlecht über mich gesprochen haben.« Richard sah mich gequält an. Er traute weder seinem Gewährsmann noch seiner Frau, noch dem Dorf, das ihm gehörte.

Plötzlich erschrak ich. Konnte es sein, daß Richard einen Freund in Acre hatte? Einen bezahlten Informanten, der gegen mich gesprochen haben könnte? Jemanden, der Nachrichten verbreitete, die Ralph schadeten? Ich hatte den Leuten von Acre immer vertraut und war vollkommen sicher gewesen, daß man das Dorf ganz gewiß nicht zum Meineid anstiften könnte. Aber irgend jemand mußte gelauscht haben, als ich mit Mrs. Merry sprach. Und irgend jemand hatte Richard über unser Gespräch informiert.

George.

Richards hübscher, neuer Pferdepfleger, George.

Es konnte gar nicht anders sein. Er war ein Neuling, der nicht aus dieser Gegend kam und den Richard wegen seines verschlagenen Gesichts und seiner spitzen, hellhörigen Ohren eingestellt hatte, um Jem zu ersetzen. Er kannte die alten Frauen von Acre nicht, und so hatte er Richard nur einen ungenauen Bericht geben können.

Ich blickte Richard voller Verachtung an. Und er, gequält und verwirrt von seinem eigenen Mißtrauen, sah nur, daß ich mich nicht mehr fürchtete. Er dachte, daß George ihn angelogen habe und daß er niemandem, nicht einmal seinem bezahlten Spion, vertrauen könne.

»Hör nur auf den Klatsch der Hausangestellten, dann bekommst du ganz gewiß falsche Informationen«, sagte ich verächtlich. Richard wurde dunkelrot. »Ich habe mit niemandem gesprochen«, fuhr ich fort. »Aber du brauchst deinen Spion nicht dafür zu tadeln, daß er die Dinge falsch verstanden hat. Er wird niemals wieder dabeisein, wenn ich die Kutsche nehme. Er fährt mich weder nach Acre noch zur Abendgesellschaft bei einem Bischof. Ich werde es nicht zulassen, daß ein schmutziger, kleiner Spion unter meinen Bediensteten ist. Entlaß ihn also, oder du kannst allein fahren, wenn dieser George auf dem Kutschbock sitzt.«

Stolz wie eine Prinzessin schritt ich aus dem Raum und blieb erst stehen, als ich die Tür zu meinem Schlafzimmer erreicht und fest hinter mir geschlossen hatte. Ich spielte ein gewagtes Spiel. Niemand wußte das besser als ich.

Aber wenn ich in dem Moment, in dem Richard sich vor Ralphs Rückkehr fürchtete, eine Machtprobe aushalten und ihn voller Empörung anschauen konnte, obwohl er mich tatsächlich bei einer Lüge ertappt hatte, dann, so dachte ich, gäbe es wohl doch eine Zukunft für mich.

In Acre begannen die Leute wieder, spöttisch zu lächeln. Man sah wieder das freche Grinsen von Untertanen, die wußten, daß sie schlechte Herren hatten und deren Autorität nicht zu respektieren brauchten. Ich dachte, daß sogar ich in dem großen Haus im Bett des Squire von Acre jenen Mut noch lernen könnte.

Ich zog mich aus, aber das rosafarbene Perlenhalsband meiner Mutter und ihre Ohrringe behielt ich an. Sie gaben mir, als ich im Nachthemd unter die Bettücher schlüpfte, ein wenig Trost. Da das Baby so groß geworden war, hatte ich mir angewöhnt, auf dem Rücken zu schlafen. Ich streckte mich im Bett aus und seufzte, da das Strampeln sofort wieder begann. Meine Bauchdecke zitterte wie ein Netz voller Aale. Manchmal haßte ich dieses Kind als den unehelichen Erben von Wideacre, manchmal liebte ich es als die Frucht meines Leibes, als meinen eigenen, hilflosen Säugling. Und manchmal, wenn ich so wie jetzt müde und erschöpft war, seufzte ich über die beschwerlichen letzten Tage der Schwangerschaft und wünschte mir, daß die Stunden des Wartens und die schlaflosen Nächte schon vorüber wären.

Das Baby war ein wenig ruhiger als gewöhnlich. Ich schlief, da ich vergessen hatte, die Flamme auszublasen, bei Kerzenschein ein. Und plötzlich war Richard in meinem Zimmer und lag neben mir, bevor ich auch nur protestieren konnte. Er hatte vorsorglich eine Hand über meinen Mund gelegt und riß mit der anderen ungeduldig an meinem Nachthemd. Ich hätte vielleicht in seine Finger beißen können. Die Handfläche drückte salzig gegen meine Zähne, und sie fühlte sich durch und durch schmutzig an. Aber ich dachte nicht daran, es zu tun.

Ich hatte keine Gedanken mehr.

Ich schämte mich so sehr, daß ich gar nichts dachte.

Ich warf mich unter der Bettdecke hin und her, behindert durch den großen Bauch, der sich vor mir wölbte, und die festgesteckten Bettücher. Ich stöhnte unter seiner harten Hand, und er sah, daß sich meine Augen vor Kummer weiteten und vor Entsetzen ganz schwarz wurden. Aber er lächelte, teuflisch und blauäugig wie immer. Plötzlich erkannte ich, daß Richard wahnsinnig war und daß ich – endlich, endlich – vielleicht in dieser Nacht für immer Ruhe fände.

Es war nicht Wollust, nicht Liebe oder eine heiße, vielleicht verzeihliche Lust zur Sünde. Es waren Macht und Sadismus, die Richard vorantrieben. Er hatte meinen stolz erhobenen Kopf gesehen, den Glanz des Mutes meinen Augen, und er hatte gewartet, bis ich schlief und ohne Schutz war. Dann war er in mein Zimmer gekommen. Er drückte eine Hand auf mein Gesicht, während die andere den Saum meines Nachthemds suchte und es dann bis zum Hals emporzog.

Ich erstarrte, als ich seine Hand an meiner Halskette spürte. Ich wußte: Da ich so hilflos, mit angstvoll aufgerissenen Augen unter ihm lag, hatte er große Lust, mich zu erwürgen.

Ich sah ihn lächeln und wußte, daß ich verloren war.

Ich war bereit. Ich hatte es Mrs. Tyacke angekündigt und Mrs. Merry versprochen, und ganz Acre hatte zugehört. Ich würde keinen jungen, tyrannischen Squire zur Welt bringen. Mit meinem Tod wäre das ganze Geschlecht der Laceys zum Aussterben verurteilt. Wenn Richard mich heute abend ermordete, dann wäre das mein Ende und das Ende von Richards Nachkommen. Auch Richard wäre dadurch dem Tod geweiht, denn sie würden ihn wegen Mord vor Gericht stellen müssen. Ich biß in dem Gefühl der Bedrängnis, das mir sein Gewicht auf meinem gewölbten Bauch verursachte, die Zähne zusammen, und ich ekelte mich vor seiner Hand an meinem Mund. In meinen Gedanken sagte ich allen Menschen und Dingen, die ich geliebt hatte, Lebewohl: James, Wideacre und meiner Mutter. Dann war ich endlich bereit zu sterben.

Er war sehr schwer. Er lag zur Hälfte auf mir, zur anderen Hälfte neben mir. Das Gewicht des ungeborenen Kindes drückte wie ein Stein auf mich. Er ließ seine Hand über die gewaltige Rundung meines Bauches wandern und strich daran hinab, während sein in Sünde empfangenes Kind sich heftig bewegte, als spürte es meine Angst.

»Oh, Julia«, sagte er sehnsüchtig und wie zu sich selbst. »Ich hatte das ganz vergessen. Nur das kann dich heute abend noch retten.«

Ich sah ihn mit starrem, leerem Blick an.

»Ich wollte dich erwürgen«, sagte er träumerisch. »Ich habe dein ewig mißmutiges Gesicht endgültig satt. Es gibt andere Frauen, die ich haben könnte, wenn du tot wärest. Es gibt andere Mädchen, die ich heiraten könnte. Ich wollte dich haben, weil du Wideacre besaßest, aber jetzt, wo alles mir gehört, bin ich deiner ganz und gar überdrüssig.«

Die Kerze schwankte und warf düstere Schatten auf die Decke über mir. Aber nichts war so bedrohlich wie der dunkle Schatten in meinem Bett, der seltsame, obszöne Sätze flüsterte.

»Ich *habe* dich einmal geliebt«, sagte er langsam, als habe er Schwierigkeiten, sich zu erinnern. »Als wir noch kleine Kinder waren, bevor wir wußten, wer wir waren oder was wir erben würden. Ich glaube, ich habe dich damals geliebt.« Er brach ab. Er hatte zu sich selbst gesprochen; es schien, als träumte er von lange vergangenen Zeiten.

»Ich habe Mama-Tante auch geliebt«, sagte er. Seine Stimme war plötzlich rein und hoch wie die eines Kindes. Ich erkannte mit einem instinktiven Schaudern, daß Richard in einer ganz anderen Welt war. Er lebte im Geiste in seiner Kindheit, mit einer Tante, die ihn abgöttisch liebte, und einer Cousine, die den Kampf mit der ganzen Welt für ihn aufzunehmen bereit war. In einer vergangenen Zeit, in der er der von allen geliebte kleine Tyrann gewesen war.

»Ich habe Mama-Tante so sehr geliebt«, sagte er überschwenglich. Ein Schatten ging über sein Gesicht. »Aber du hast immer versucht, in Acre die erste zu sein.« Er schmollte wie ein Kind. »Immer wolltest du dich zwischen Mama-Tante und mich drängen. Du hast dich einfach dort breitgemacht, wo du gar nicht erwünscht warst, Julia. Dir, meine Liebe, würde ich zwar vergeben, wenn du sehr, sehr viel Reue zeigen würdest, aber der Rest der Familie hat mich leider doch allzusehr verärgert. Hörst du mir zu, Julia?« fragte Richard gereizt.

Ich nickte wie ein gehorsames Kind in der Schule. Er hatte seine Hand wieder fester auf meinen Mund gedrückt. Ich fürchtete, daß mir übel werden würde. Ein Dunst von Pferdeschweiß, Zigarrenrauch und Genever schlug mir entgegen.

»Ich habe sie getötet«, sagte er. Endlich war das Unaussprechliche gesagt. »Deine Freundin Clary. Ich habe immer wieder versucht, mich mit ihr anzufreunden. Ich habe sogar so getan, als wäre ich in sie verliebt. Sie hat mir einfach ins Gesicht gelacht!« Aus seiner Stimme klang tiefe Bestürzung. »Sie sagte, du wärest zehnmal soviel wert wie ich.« Er hielt inne. »Ich wußte, daß ich ihr das irgendwann heimzahlen würde.«

Ich sah ihn an und schwieg. Seine blauen Augen hatten sich verschleiert.

»Sie hat uns entdeckt«, flüsterte er. »Als ich dich im Gartenhaus vergewaltigt habe. Ich habe aufgeschaut und sie gesehen. Ich glaube, sie wollte zu uns laufen, um dir zu helfen. Aber dann hat sie mein Gesicht erblickt. Sie ist, so schnell sie konnte, nach Acre gelaufen. Ich nehme an, sie wollte Hilfe holen. Am Fenny habe ich sie dann eingeholt«, sagte er träumerisch. »Ich habe meine Hand um ihren Hals gelegt. Sie war dir sehr ähnlich, eigentlich ziemlich stark. Aber stell dir vor, sie war so verängstigt, daß sie sich kaum gewehrt hat. Sie konnte nur plötzlich keine Luft mehr holen, und dann sind ihre Zunge und ihre Augen hervorgequollen. Ziemlich schrecklich. Sie sah so widerlich aus, daß ich sie in den Fluß gestoßen habe und dann heimgelaufen bin. Ich wußte, daß mir nichts passieren würde. Mir passiert ohnehin niemals etwas.«

Er seufzte leise. »Ich habe auch deine Mama umgebracht«, sagte er. Er schmollte ein wenig; ich konnte im Licht des Feuers sein enttäuschtes Gesicht, seine nach unten gezogenen Mundwinkel sehen. »Sie ist mit John davongelaufen. Es war wirklich schrecklich von ihr, so etwas zu tun. Sie hatte sich mit John gegen mich verbündet. Sie schickte mich einfach fort, als er heimkam. Ich hatte gedacht, sie sei eine schöne, eine wunderbare Frau. Eine Frau wie ein Engel. Aber sie war ebenso eine Hure wie alle anderen. Und wie du. Als mein Vater heimkam, ist sie wie eine läufige Hündin hinter ihm hergerannt. Sie hat mich einfach vergessen. Er plante, mich zu enterben, und sie war bereit, alles zu tun, was er wollte. Sie wollte unsere Ehe annullieren lassen, und das hätte bedeutet, daß ich enterbt worden wäre.« Er hielt inne. Sein Gesicht wurde wieder ruhig; seine Worte waren gemessen. »Es war wirklich schlimm, daß sie das tun wollte. Du verstehst nichts von Geld, Julia, weil du nur eine Frau bist, aber sie hat sich da wirklich auf ziemlich unerwünschte Art und Weise eingemischt.« Er dachte einen Moment lang nach. »Ich bin erstaunt darüber, daß sie überhaupt auf den Gedanken gekommen ist«, sagte er respektvoll. »Sie war, davon abgesehen, doch eine ganz und gar feminine Frau.«

Ich lag so ruhig wie ein Stein. Ich konnte mein Herz schlagen fühlen, und ich wußte, das laute Pochen würde Richard sogleich daran erinnern, daß sich unter ihm in seiner Gewalt eine andere Frau befand, die ebenfalls ihre Grenzen überschritten hatte, die versucht hatte, sich in Eigentumsangelegenheiten einzumischen.

»Es hat ihr leider ziemlich weh getan«, sagte er bedauernd. Ich hielt die Augen halb geschlossen. Ich mußte dagegen ankämpfen, wie eine Wahnsinnige laut herauszuschreien. Der Mörder meiner Mutter lag auf mir und berichtete in seiner süßesten Stimme von eben dem entsetzlichen Vorfall, den ich während der vergangenen Monate zu verdrängen versucht hatte.

»Es hat ihr weh getan«, sagte er noch einmal. »Ich habe Jem sofort erschossen, weißt du. Und dann habe ich mit der anderen Pistole John durch das Fenster hindurch erschossen. Er hatte die Tür geöffnet und wollte zu mir herauskommen. Wirklich ziemlich mutig, muß ich sagen. Er wollte Mama-Tante beschützen, nehme ich an. Durch den Schuß wurde er in die Kutsche zurückgeworfen, direkt in ihren Schoß. Sie hat laut aufgeschrien. Ich nehme an, all das Blut hat sie erschreckt. Aber sie hat absolut nichts *getan.*« Er zögerte. »Allerdings gab es auch nichts, was sie hätte tun können«, fügte er hinzu. »Ich habe die Pistole wieder geladen, aber das dauert nicht lange. Dann habe ich gewartet.«

Der Griff seiner Hand auf meinem Mund hatte sich wieder gelockert; seine blauen, wahnsinnigen Augen hatten im Kerzenschein noch einmal einen träumerischen Ausdruck angenommen. Ich war erstarrt vor Schrecken und zugleich auf makabre Weise von seiner Geschichte fasziniert.

»Ich habe gewartet«, sagte er. »Dann bin ich vom Pferd gestiegen und habe die Tür des Wagens geöffnet. Die Kutschpferde grasten an der Böschung, kein bißchen ängstlich, obwohl doch zwei Schüsse gefallen waren. Eigentlich seltsam. Ich ließ mein Pferd zu ihnen laufen. Sie werden ja ohnehin meist gemeinsam auf die Weide hinausgelassen. Aber es war ein seltsamer Anblick, die drei an einer Böschung in der Nähe von Haslemere grasen zu sehen, während Jem tot auf dem Kutschbock und John erschossen in der Kutsche lag, und während deine Mutter so seltsam still dasaß.

Ich wollte wissen, wie sie reagierte. Nur das. Nicht mehr als das, eigentlich«, sagte er selbstbewußt. »Ich habe die Tür der Kutsche mit einer Hand geöffnet. Sie hielt Johns Kopf in ihrem Schoß. Überall auf dem Boden der Kutsche war Blut, auch auf ihrem Kleid. Ich wurde so *wütend*, weil sie das Blut einfach in ihr schönes Kleid sickern ließ. Weißt du, Julia, ich wurde so wütend, weil sie einfach mit dem toten Kopf im Schoß dasaß, während *ich* so viele Probleme mit dir hatte, mit dem Baby und der Hochzeit und mit Wideacre.« Er brach ab und lächelte ein wenig bei dem Gedanken an das, was geschehen war.

»Sie hat mich sofort erkannt«, rief er erfreut. »Sobald ich die Tür zur Kutsche öffnete, sagte sie: ›Oh, Richard, was hast du getan!‹ Und dann sagte ich« – und Richards Lächeln verwandelte sich in ein Grinsen, als käme er zu der urkomischen Pointe einer Witzgeschichte –, »ich sagte: Ich habe euch alle umgebracht, Mama-Tante. Und dann habe ich auf sie geschossen. Direkt ins Gesicht, stell dir das vor!«

Er lachte laut und herzlich mit dem Lachen des Kindes, das im ganzen Haus am meisten geliebt wurde, aber dann wurde er plötzlich ernst und schaute auf mein Gesicht herab. »Du lachst ja gar nicht«, sagte er plötzlich voller Mißtrauen. »Du glaubst nicht, daß es lustig ist.«

Er nahm seine Hand von meinem Mund; meine Lippen waren von dem andauernden Druck taub geworden. »Nein«, sagte ich und schob die Lippen vor, »ich finde es nicht sehr lustig, Richard.«

»Es *ist* lustig«, sagte er mit der Verstocktheit eines Irren.

Und dann sah ich – so hell und klar wie das Aufblitzen eines Messers –, was ich zu tun hatte.

Ich wollte es darauf anlegen, ermordet zu werden.

»Ich glaube dir nicht«, sagte ich leise, provozierend. »Ich glaube nicht, daß du das getan hast. Ich glaube nicht, daß du es wagen würdest, so etwas zu tun!«

»Doch, bestimmt!« rief Richard. Seine Stimme war die eines gereizten Kindes.

»Nein«, sagte ich. »*Du* bestimmt nicht. Du machst doch alles heimlich. Ich kenne dich, Richard. Du liebst die Dunkelheit wie den dunklen Wald, in dem du Clary erwürgt hast. Du brichst die Beine eines zierlichen, kleinen Vogels. Du gehst in der Nacht in den Stall, um die Sehnen deines Pferdes durchzuschneiden. Du würdest niemals im hellen Tageslicht eine Kutsche überfallen. Du bist ein Feigling, Richard. Das haben wir alle schon immer gewußt.«

Es war seine wahnsinnige Wut, die ich zu reizen versuchte. Ich sah, daß seine Augen so hell wie Saphire aufblitzten.

»Ich habe es getan!« widersprach er trotzig.

»Beweis es mir«, sagte ich. »Leg beide Hände um meinen Hals und schau mir direkt in die Augen. Du bist ein Feigling, und du wagst es nicht!«

Er legte seine Hände an meinen Hals, aber sie waren weich und schlaff.

»Du bist nicht das auserwählte Kind«, sagte ich provozierend. »Du bist es nie gewesen. Ich war es, die immer am meisten geliebt wurde, und meine Mutter. Du warst immer, immer nur Zweiter.«

»Nein!« rief er.

»Oh, ja!« sagte ich süßlich. »Was, glaubst du, hat Großvater Havering von dir gedacht, als alle deutlich sahen, daß du überhaupt nicht reiten konntest? Was, meinst du, haben die Leute in Acre über dich geredet, als jeder beobachten konnte, daß du Angst vor den Dorfkindern hattest? Was, glaubst du, hat Ralph von dir gedacht? Und Onkel John? Sie haben dich alle verachtet. Clary und ich haben dich verachtet! Du hast Clary umgebracht, aber du würdest es nicht wagen, mich umzubringen!«

Das gab den Ausschlag. Der Griff um meinen Hals wurde fester. Ich schloß die Augen und betete zu Gott, daß es schnell und ohne Schwierigkeiten vorübergehen möge. Ich hoffte nur noch eines: Wenn ich tot wäre, sollte jedermann erfahren, daß es Richard gewesen war. Ich wünschte mir, daß er gehängt würde.

Das Land sollte für alle Zeiten von uns Laceys befreit sein.

»Feigling«, röchelte ich. »Zeig mir, daß du kein Feigling bist!«

Plötzlich spürte ich einen durchdringenden Schmerz tief in mir, wo das Baby lag, das zusammen mit seiner toten Mutter hatte sterben sollen. Mein ganzer Körper erbebte wie eine Ratte im Maul eines Terriers. Instinktiv wußte ich: Auch diese Hoffnung, den Tod zu finden, hatte sich zerschlagen.

Richards in Blutschande und Gewalt gezeugtes Kind machte sich auf den Weg, geboren zu werden. Mein kleines Mädchen war bereit, das Licht der Welt zu erblicken.

Richard, der schwer auf meinem Leib lag, fühlte die plötzliche Bewegung und lockerte seinen Griff an meinem Hals.

Ich hätte stillgehalten und ihn seine Tat vollenden lassen. Ich dachte, ich hätte genügend Willenskraft. Ich *wußte*, daß ich genügend Willenskraft hatte. Aber plötzlich hielt er inne und flüsterte entsetzt: »Was ist das? Ist es das Baby?«

Und ich, ich Dummkopf, nickte und röchelte, so gut es mir möglich war, ein leises »Ja«.

Sofort rollte er sich mit einem Ausdruck wirklicher Angst aus meinem Bett hinaus. Ich lächelte bitter, als ich ihn dort stehen sah, ganz wie ein Ehemann, dessen Frau kurz davor stand, ein Kind zu gebären. Aber plötzlich konnte ich nichts anderes fühlen, nichts anderes denken, als daß sich mein Baby unweigerlich und kraftvoll auf den Weg in die Welt machte. Mir war, als sei in meinem Bauch ein Ballon geplatzt, dem ein

Schwall von Wasser entströmte. Das Bettuch unter mir war durchtränkt mit einer warmen Flüssigkeit, rot wie helles Blut, aber klar und durchsichtig wie guter Wein.

Richard stieß einen Laut des Ekels aus und schaute mich entsetzt an.

»Zieh dich an«, sagte ich und starrte auf den sich rasch vergrößernden Flecken. »Und hol den Geburtshelfer.«

»Ich schicke Jenny rauf, damit sie bei dir bleibt«, rief Richard, riß die Tür auf, bestrebt, das Zimmer und den süßlichen Geruch der Geburt hinter sich zurückzulassen.

»Nein«, protestierte ich. Ich hatte etwas ganz anderes vor.

Ich wußte, was ich als nächstes tun würde. Ich hatte es im Grunde von dem Tag an gewußt, an dem ich in Acre gewesen war und verkündet hatte, daß der nächste Lacey nicht mehr Squire sein würde.

In Frankreich war der König umgebracht und dadurch das ganze Geschlecht ausgelöscht worden.

Ich wollte dasselbe tun.

Aber ich konnte den Erben nicht mehr daran hindern, das Licht der Welt zu erblicken. Ich biß die Zähne zusammen, in heftigem Schmerz und in Angst, jetzt ganz allein zu sein. Während langer, unglaublich langer Sekunden schien der Schmerz kein Ende zu nehmen. Wenig später kam er in regelmäßigen Abständen so unaufhaltsam wie Flutwellen, die eine Sandbank fortspülen. Jenny stürmte herein und sah mich wie eine arme Bettlerin auf dem Boden kauern. Sie bat mich, wieder ins Bett zurückzukehren. Aber dann sah sie den riesigen, nassen Fleck auf dem Bettuch und führte mich zum Fenster. Ich konnte sehen, wie der Mond mit silbrigen Geisterfingern durch die Zweige der kahlen Bäume schimmerte, und ich hörte das langgezogene »Huuh, huuuh« einer Eule, die, so schien es mir, mit mir gemeinsam klagte und litt.

Im Zimmer hinter mir hörte ich Jenny hin und her laufen; sie wechselte die Bettlaken und klapperte mit dem Messingkrug, den sie mit heißem Wasser gefüllt hatte. Aber ich sah mich nicht um. Dann stand Stride mit einem Korb voller Holz an der Tür, um das Kaminfeuer anzuzünden. Um mich herum wurde gearbeitet. Einsam kauerte ich inmitten des Trubels, und mir war, als würde mich ein Tier mit gierigen Zähnen von innen her auffressen.

Ich begann, auf und ab zu gehen, als könnte ich vor den Schmerzen davonlaufen. Ich wanderte in dem vollgestellten, kleinen Zimmer an der Wand und am Kamin entlang und in den Fenstererker hinein, drehte mich vor dem Frisiertisch um und ging dann wieder zurück. Mein Nachthemd streifte Jenny, als ich an ihr vorbeiging. Ich mußte mich mit Gewalt aufrecht halten, um mich nicht an sie zu klammern und sie nicht anzuflehen, mich nicht zu verlassen. Ich war jetzt nichts anderes als ein verängstigtes junges Mädchen, zu zart und zu schmal, um ein Kind zu gebären.

»Ich habe Angst!« keuchte ich.

Jenny sah mich voll Mitleid an und kam vom Kamin zu mir herüber. Eine dünne, flackernde Flamme erhellte das Zimmer und ließ die Schatten an den Wänden tanzen. Wieder wurde ich von Schmerz geschüttelt und lief, von Angst getrieben, hin und her. Ich hatte mich niemals so einsam gefühlt.

»Master Richard hat jemanden nach Chichester geschickt«, sagte sie. »Ihr Mann sitzt in der Bibliothek. Soll ich ihn bitten, sich zu Ihnen zu setzen?«

Ich warf ihr einen zornigen Blick zu. »Lieber soll der Teufel bei mir sitzen!« rief ich. Aber dann überwältigte mich ein so heftiger Schmerz, daß es mir die Sprache verschlug.

»Möchten Sie, daß Mrs. Merry aus Acre zu Ihnen kommt?« fragte Jenny schüchtern. »Sie ist schon alt, aber sie hat meiner Mutter geholfen, als ich selbst und als meine Brüder und Schwestern geboren wurden.«

»Nein«, sagte ich, richtete mich auf und wischte mit dem Handrücken den Schweiß aus meinem Gesicht. Mrs. Merry kannte mich allzugut. Da ich geschworen hatte, dem Geschlecht der Laceys ein Ende zu setzen, hätte sie mich nach der Geburt nicht einen Moment lang allein gelassen. »Nein«, antwortete ich. »Aber gehen Sie und machen Sie die Sachen fertig, Jenny.«

Sie warf mir einen ängstlichen Blick zu, nickte und rannte aus dem Zimmer.

Fast im selben Moment, in dem sie das Zimmer verlassen hatte, wurde der Schmerz nahezu unerträglich heftig. Ich klammerte mich an einen Pfosten des großen Himmelbettes. Noch eine zweite Woge von heftigen Krämpfen schlug über mir zusammen und warf mich zu Boden. Dann wälzte ich mich auf den Rücken. Da das Kind seinen Weg aus meinem gequälten Körper hinaus in die Welt suchte, war mein Bauch so hart wie eine Steinkugel geworden.

Ich packte das Fußende des Bettes und versuchte, mich hineinzuziehen. Als ich mich halb erhoben hatte, spürte ich, daß der schmale Tunnel zwischen meinen Beinen sich öffnete wie der Gang zu einer Zauberhöhle, und ich wurde von einem Gefühl erfaßt, das so stark war wie der Gipfel der Lust. Ich saß mit dem Rücken zur unteren Bettkante auf dem Boden und preßte so fest und heftig wie ein Mann, der Pfähle für einen Zaun in die Erde rammt.

Ich spürte, daß sein Köpfchen in die Welt hinausdrang.

Allein in dem verdunkelten Zimmer, während die Menschen im Haus in Hektik herumliefen, aber niemand die Klugheit besaß, zu mir zu kommen, hielt ich seinen kleinen Kopf. Und plötzlich ein Ruck: Mein Baby, mein Kind, war aus mir hinausgeglitten und lag strampelnd vor mir auf dem Teppich. Ich nahm es in meine Arme.

Ich fühlte, daß die Nabelschnur, purpurrot und glitschig, mit meinem Herzschlag pulsierte. Ich nahm den Saum meines Nachthemdes und wischte die kleinen, verschmierten Augen, das Gesicht und den Mund sauber. Das Kind strampelte, öffnete den Mund und protestierte mit leisem Jammern; dann keuchte es und begann zu atmen.

Es lebte.

Sie lebte.

Ich hielt eines der zarten, mageren Beinchen fest und erblickte den kleinen weiblichen Schlitz. Dann streichelte ich zärtlich den winzigen Fuß und umschloß den Knöchel mit Zeigefinger und Daumen.

»Sarah«, flüsterte ich. Sie öffnete die Augen und sah mir ins Gesicht.

In dem Moment war sie *mein* Kind geworden. Sie war mir so vertraut wie der Horizont, der Wideacre umschloß. Und sie war nicht verrückt oder krank oder korrupt oder böse. Sie war ein winziger Säugling, der auf die Welt gekommen war, um zu wachsen, zu leben und glücklich zu sein. Sie hatte ein *Recht* darauf, ganz genau so, wie jedes einzelne arme Kind, das auf Wideacre geboren wurde, ein Recht hatte zu leben.

Ich versuchte, auf die Füße zu kommen. Ein großer, glitschiger Hautfetzen rutschte aus mir heraus und platschte auf den Boden. Ich erschauderte vor Entsetzen. Ich war, so schien es mir, nicht tödlich verletzt, obwohl sich dort, wo ich gewesen war, eine große Blutlache ausbreitete. Dann sah ich die Nabelschnur und wußte, daß dies die Nachgeburt war und daß ich selbst die Nabelschnur mit den Zähnen durchtrennen mußte. Mein Kind war jetzt wirklich geboren, abgetrennt von meinem eigenen Körper.

Ich senkte mit dem Instinkt eines Schafes, das ein Lamm zur Welt bringt, den Kopf und nagte die Nabelschnur ab. Dann legte ich ein sauberes Taschentuch über die kleine Blutspur auf ihrem Bauch. Ich nahm einen Wollschal aus der Schublade und wickelte sie so fest ein wie ein zum Braten geschnürtes Hühnchen. Schließlich legte ich noch ein weiteres Tuch um sie herum, denn sie und ich mußten hinaus in die dunkle Nacht.

Draußen heulte der Sturm. Ihren winzigen Körper fest in der Armbeuge, öffnete ich die Tür zu meinem Schrank und zog meinen Winterumhang heraus. Er war aus ganz besonders dicker, marineblauer Wolle, und ich wickelte uns beide darin ein und zog die Kapuze hoch. Das blutbefleckte Nachthemd klebte an meinen Knöcheln, aber ich achtete nicht darauf. Ich war barfuß, aber auch das war mir gleichgültig.

Ich hielt die Kleine an meinen warmen Körper gedrückt; sie schien zufrieden und schläfrig zu sein. Dann öffnete ich die Tür zu meinem Schlafzimmer und lauschte.

Stride und Jenny waren in der Küche; ich hörte, daß Jennys Stimme sehr hoch und fast hysterisch klang. Sie warteten darauf, daß das Wasser in den großen Messingtöpfen zu kochen begann. Mrs. Gough trampelte mit ihren Holzpantoffeln in dem Schlafzimmer über mir herum. Sie stellte die Wiege bereit, zündete das Feuer an und holte die Bettwäsche zum Lüften aus dem Schrank. Ich neigte den Kopf zur Seite, um besser lauschen zu können. Richard schien immer noch in der Bibliothek zu sein.

Ich zuckte mit den Achseln; jetzt würde alles unausweichlich seinen Lauf nehmen. Ich drückte das kostbare, kleine Bündel noch ein wenig fester an mich und huschte wie ein Geist zum oberen Treppenabsatz.

Irgend etwas klirrte. Ein Glas war an eine Karaffe gestoßen. Richard war in der Bibliothek; er trank und wartete auf den Geburtshelfer aus Chichester. In seiner Phantasie malte sich Richard aus, wie jener Mann mit dem neuen Erben von Wideacre im Arm die Treppe hinunterschreiten und sagen würde: »Squire, Sie haben einen Sohn bekommen«, so, als verläse er den letzten Satz eines billigen Romans.

Aber das würde niemals geschehen.

Ich wußte, daß ich bereit war, den Preis zu zahlen. Ich hatte dem Tod schon einmal ins Auge gesehen und war entschlossen gewesen, unter den Händen meines Mörders in meinem eigenen Bett zu sterben. Ich war auch jetzt noch dazu bereit. Der Preis dafür, daß ich eine Lacey war, mußte bezahlt werden. Der Preis war mein Kind.

Richard würde sein Kind niemals sehen.

Wideacre würde niemals einen Erben haben.

Leise wie ein Schatten schlich ich auf nackten Füßen die Treppe hinunter. Während ich vorsichtig von einer Stufe zur anderen tappte, rannen kleine Blutstropfen meine Beine hinunter und befleckten den Boden; wie ein verwundetes Tier ließ ich eine Spur hinter mir zurück.

Die roten Tropfen würden Richard den Weg weisen; er würde wie ein Raubtier dem Blut nachlaufen, durch die Halle hindurch und hin zur Eingangstür. Aber draußen war es dunkel, und der Wind riß an den Bäumen. Bald würde es regnen, und alle Spuren, meine eigenen und die meines kleinen Kindes, würden verwischt werden. Während sein Wasser hoch aufschäumte und über die Ufer trat, würde der Fenny alles verbergen. Richard, der eigenhändig die Leiche einer jungen Frau in den Fluß geworfen hatte, mußte das wissen.

Das Schloß der Eingangstür klapperte, aber das Geräusch wurde von dem Knarren und Ächzen der Bäume überdeckt. Ein heftiger Windstoß wehte in die Halle herein, aber die Tür zur Bibliothek war fest geschlossen. Richard wußte nicht, daß die Tür seines Hauses weit offenstand: für den Wind und für jeden, der hereinkommen wollte. Das Kind, das er sich so sehr wünschte, wurde von ihm fort und hinaus in die kalte Nacht getragen. Es würde niemals zurückkommen.

Ein Schwall eiskalter Tropfen, hart wie Hagelkörner, schlug mir ins Gesicht; sie blieben wie Tränen an meiner Haut haften. Ich schüttelte den Kopf wie ein Hund, der aus einem Fluß kriecht, und verbarg das Kind noch tiefer in den Falten meines Mantels.

Als ich den Gartenpfad hinunterschlich und aus dem Tor hinaus auf die Ausfahrt gelangte, stach die Kälte wie mit Messern in meine Füße. Es war sehr unbedacht gewesen, barfuß hinauszulaufen, aber mein Kopf war vollkommen leer. Ich dachte nichts mehr. Ich war auf dem Weg zum Fenny, und weder der steinige Anfahrtsweg noch die Brennesseln, noch die Brombeersträucher auf den Wegen von Wideacre würden mich aufhalten können.

Ich biß mir fest auf die Lippen, als ich die Anfahrt hinunterging, um nicht vor Schmerz laut zu jammern. Ich stieß mit den Zehen gegen die Kalksteine und platschte in die Pfützen hinein, bis der Umhang und das Nachthemd ganz und gar durchnäßt waren.

Nur eine einzige Stelle an meinem Körper blieb warm und trocken: das kleine Bündel in meinem linken Arm. Ich spürte, wie meine Tochter leise atmete, und in meinen Gedanken flüsterte ich ihr zu: »Dies ist Wideacre, und du bist eine Lacey.« Aber kein Laut kam über meine Lippen. Dies Kind, meine Tochter, würde so aus der Welt hinausgehen, wie sie hereingekommen war – ohne irgend etwas zu besitzen.

Die Zweige der Bäume schützten mich vor den Peitschenhieben des Regens, und mein Atem wurde leichter. Meine Füße schmerzten nicht mehr; die Kälte hatte sie gänzlich betäubt. Als ich sie im Mondlicht betrachtete, meinte ich, sie wären voller Schlamm, aber dann sah ich die vielen Schnittwunden und das Blut. Die Geburt und der Blutverlust, der Schmerz in meinen Füßen und der Sturm berauschten mich, doch anstatt mühselig immer weiter voran und zum Fenny hinunter zu stolpern, schien es mir, als würde ich gleiten und tanzen. Der Zauber von Wideacre hüllte mich ein. Ich hörte ein Singen in meinem Kopf. Endlich wußte ich: Ich war Herrin meiner selbst und in Harmonie mit dem Land, das mich umgab.

Ich stolperte über die Wurzel eines Baumes und sah plötzlich vor mir den Fenny. Sein Anblick erschreckte mich. Die Fluten brodelten hoch; es schien, als würde er jeden Augenblick über die Ufer treten und das ganze Tal von Wideacre überfluten. Ich legte meine Hand an einen Baumstamm, um mich zu vergewissern, daß ich auf dem trockenen Land und unter den hohen Bäumen in Sicherheit war.

Der Fluß brüllte wie ein wildes Tier; von den sicheren, flachen Gewässern, in denen ich einst gespielt hatte, war nichts mehr zu erkennen. Ich fürchtete mich davor, an das Ufer zu treten: wie leicht könnte es unter mir wegrutschen. Nichts, und ganz gewiß kein Säugling, könnte aus den brodelnden Fluten wieder lebend emportauchen.

Ich schaute den Fluß hinauf nach dem umgestürzten Baum, der als Brücke diente. Ich konnte ihn nicht sehen und vermutete, daß er wohl davongeschwemmt worden wäre. Durch das Brüllen und Rauschen des Wassers, den Lärm der knarrenden Äste und das Heulen des Windes hindurch hörte ich mein eigenes Seufzen.

Aber ich wußte, was ich jetzt tun mußte.

Es gab nichts, was mich noch aufhalten konnte.

Ich wußte, was ich zu tun hatte: mich selbst befreien, Acre befreien, dem Geschlecht der Laceys ein Ende setzen und Richard vernichten.

Ich verließ das schützende Dach der Eiche und ging so nahe wie möglich an das Ufer heran. Ich konnte fühlen, wie der Boden unter mir durch das tosende Wasser erzitterte, und während ich zuschaute, brach ein großes Uferstück langsam ab und fiel laut klatschend in die Strömung hinein. Ich streckte eine Hand aus, um mich an der Wurzel eines umgefallenen Baumes festzuhalten.

Die andere Hand schob ich vorsichtig unter mein Cape. Als ich Sarah unter dem Stoff hervorzog, seufzte sie leise, öffnete die Augen und schaute mich an. Ich drückte sie gegen mein kaltes, regenüberströmtes Gesicht, und dann beugte ich mich zu den reißenden Wassern hinab und senkte sie so langsam dort hinunter, als würde ich sie zärtlich in eine Wiege legen.

Der Fluß brüllte, und mir war, als wäre ich selbst in den Fluten versunken und das Wasser rauschte durch meinen Kopf. Plötzlich sah ich, daß eine Frau, stumm wie ein Geist, am anderen Ufer aus dem Schatten der Bäume heraustrat.

Ich erstarrte. Sarah war nur wenige Zentimeter vom Wasser entfernt; ihre Augen standen weit offen, ihr Mund war weinend geöffnet, aber ich vernahm nichts als das schreckliche Brüllen des hungrigen Flusses.

Die Frau trat an das Flußufer auf der anderen Seite; sie überquerte den Fluß und kam zu mir herüber. Ich starrte sie an, als wäre sie ein Geist. Ich stand noch immer nahe über den Fluß gebeugt, und für mich sah es so aus, als sei sie so leicht über das Wasser geschritten wie über einen Tanzboden. Aber als ich mich aufrichtete, sah ich, daß sie über die Baumbrücke gekommen war. Die Brücke war halb mit Wasser bedeckt und lag im Schatten, deshalb hatte ich sie nicht deutlich erkennen können.

Sie ging zur Brücke zurück; dann wandte sie sich um und entfernte sich wieder von mir. Ich starrte hinter ihr her und legte Sarah, ohne zu wissen warum, wieder in meinen Arm und bettete sie an meine Hüfte. Ich erhob mich und ging bis zur Baumbrücke, umklammerte Sarah mit fester Hand und stieg vorsichtig in das gurgelnde, knöcheltiefe Wasser. Während ich über das schlüpfrige Holz balancierte, hielt ich mich an den Zweigen fest.

Auf der anderen Seite des Flusses wartete sie auf mich. Sie war hinübergeglitten, als würde sie die Brücke und die Wälder sogar noch besser kennen als ich, als wäre sie tatsächlich ein Geist, der sich nicht davor ängstigen mußte, von dem wütend brodelnden Fluß verschlungen zu werden.

Sobald ich das Ufer erreichte, entfernte sie sich von mir. Ich folgte ihr wie in einem Traum. Der Sturm heulte und brüllte immer noch heftig, aber im Schutz der Wälder auf der anderen Uferseite konnte ich kaum etwas hören: Die tiefgrünen Vorhänge der Fichten und Kiefern hüllten uns ein. Ich folgte ihr unsicher und stolpernd, aber sie schritt aufrecht und so leicht dahin, als berührte sie die Erde gar nicht.

Sie führte mich zum Gemeindeland. Ich fragte mich plötzlich hoffnungsvoll, ob sie mich wohl zu Ralph bringen würde, ob Ralph nach Wideacre zurückgekommen sei, nicht um sich zu rächen, sondern um mich zu retten und mit sich fortzunehmen.

Wir traten aus dem schützenden Wald heraus und gingen zu

dem kleinen Tor in der Mauer, die den Park umgab; die Frau öffnete es und schlüpfte hinein. Als ich ihr folgte, konnte ich im Mondlicht einen Augenblick lang ihre Gesichtszüge erkennen.

Sie war schön. Ihr Haar war so rot wie die Mähne eines Braunen, die Augen standen so schräg wie die einer Katze und waren so grün wie das Gras auf den Downs. Sie erinnerte mich an irgend jemanden. Ich starrte sie an und versuchte, lange verflossene Bilder zurückzuholen, irgendeine Familienähnlichkeit mit jemandem zu entdecken, den ich gut kannte.

Dann lächelte sie mich mit einem wehmütigen, altvertrauten Lächeln an, und ich seufzte leise. Sie erinnerte mich an mich selbst, und ihr Lächeln hatte den seltsamen Charme, der die Menschen in Acre bezaubern konnte. Es war das Lächeln der Laceys. Es war Beatrices Lächeln.

Ich streckte meine Hand aus, um sie aufzuhalten, aber sie war so leichtfüßig vor mir hergelaufen, als könnte sie ihren Weg im Mondschein ebenso sicher erkennen wie im hellen Tageslicht. Ich folgte ihr still wie ein Geist. Ich war nicht einmal überrascht, als sie mich die steilen, kalten, mit Heidekraut bedeckten Hügel hinaufführte und als ich bemerkte, daß ihr Körper auf dem silbrigen Sand keinen Schatten warf.

Ich mußte, als ich den Pfad hinaufstolperte, auf meine wunden Füße achten. Es war sehr schwer, in dem nassen Sand voranzukommen, und ich hatte Angst, mit Sarah im Arm zu stürzen. Die Blutung war stärker geworden; eine warme, klebrige Flüssigkeit rann an der Innenseite meiner Schenkel entlang. Meine Kräfte würden sehr bald erschöpft sein. Was ich eigentlich tun wollte, hatte ich immer noch nicht getan. Als ich mich bis zur höchsten Stelle des Hügels hinaufgekämpft hatte, sah ich mich nach der Frau um, aber sie war fort.

Die schmale Gestalt mit dem rätselhaften Lächeln war fort. Sie war so plötzlich gegangen, wie sie gekommen war. Ich war einem Phantom gefolgt und jetzt fast zwei Meilen vom Fenny und von meinem Heim entfernt. Wir hatten Wideacre noch nicht verlassen, und meine Tochter war noch immer am Leben.

Ich weinte leise und verzweifelt, weil anscheinend wieder alles mißglückt war, und ich wollte mich schon umdrehen, um den Pfad zurückzulaufen, zurück zum Fenny, um Sarah und mich selbst in die Fluten zu stürzen. Aber plötzlich sah ich, daß sich etwas bewegte. Wagen standen vor mir in Kreisform zusammen. Sie waren bis obenhin vollgeladen und bereit zur Abfahrt. Ich stand ein paar hundert Meter von ihnen entfernt, das Kind in meinem Arm. Die Perlenkette meiner Mutter glänzte an meinem Hals.

Ich lief den Hügel hinunter, schwebend wie in einem Traum, bis zu dem Wagen, der mir am nächsten stand. Ein Mann stand neben dem Kopf des Pferdes und war gerade dabei, ihm das Zaumzeug anzulegen. Auf dem Kutschbock saß eine Frau.

Sie war noch jung, ungefähr in meinem Alter. Sie hatte ein Kopftuch umgebunden und ein Stück Sackleinen als Schutz gegen den Regen über die Schultern gelegt. In der Kutsche hinter ihr war unter einer Zeltplane das ganze Hab und Gut der Familie aufgehäuft. Hinter der Frau lugte das kleine, weiße Gesicht eines Kindes hervor, und an ihrer Brust saugte ein Baby. Die junge Frau hatte Milch.

Ich stolperte auf meinen wunden Füßen weiter voran, bis ich die Kutsche erreicht hatte, und sie sah erstaunt zu mir herab. Dann griff ich in die Falten meines Umhangs hinein und hob Sarah zu ihr herauf. Ich hatte sie ungeschickt hochgehoben, und sie wachte auf und weinte heftig, weil sie so plötzlich ohne meinen schützenden Arm der Kälte ausgesetzt war.

Die Frau streckte die Hand nach ihr aus und nahm mein Kind an sich, ohne ein Wort zu sagen, so als hätte sie auf mich gewartet. Ich schaute auf die im Kreis stehenden Wagen. Es schien, als wären sie seit langem zum Losfahren bereit gewesen und hätten nur noch auf jemanden gewartet, der aus dem Schutz der Wälder von Wideacre zu ihnen herübergelaufen kommen sollte.

Ich legte die Hände an meinen Hals und nahm das Perlenhalsband meiner Mutter ab. Die Frau streckte die Hand danach aus und ließ es in eine Tasche in den Falten ihres Gewandes hineingleiten. Als hätte ich damit meinem Kind das Recht auf die Muttermilch erkauft, entblößte sie die andere Brust und ließ meine Kleine daran trinken. Die Füße des Lacey-Erben und des Zigeunerkindes strampelten im gleichen Rhythmus, während sie an den Brüsten derselben Frau saugten.

Ich ging einen Schritt zurück. Es gab nichts, was ich hätte sagen können; es war nicht nötig, etwas zu sagen.

Der Mann, der neben dem Pferd stand, zog noch einen Gurt fest und schaute zu der Frau hinauf, die oben auf dem Wagen saß. Auf ihr Nicken hin schnalzte er dem Pferd zu; es senkte den Kopf und versuchte nach Kräften, den Wagen aus dem weichen Sand zu ziehen. Eine Seite des Wagens war bemalt, aber ich konnte kein Muster, keine Farbe erkennen. Das Bild war silber und grau und schwarz; es war das Bild eines Traums ohne Farben in einer mondbeschienenen Landschaft, so verlassen wie eine weiße Wüste.

Die anderen Wagen hatten sich schon in Bewegung gesetzt; die Töpfe, die mit Zwirn festgebunden waren, schepperten hin und her. An vielen Wagen hingen Körbe mit Wäscheklammern und geschnitzten, hölzernen Blumen oder kleinen Schmuckstücken, die zum Verkauf dort angehängt worden waren. Als die Wagen einer nach dem anderen davonrumpelten, wurde das Scheppern zu einer bizarren Musik. Ganz plötzlich fiel die Trance von mir ab, und ich erkannte, was ich getan hatte.

Die Frau hob die Hand, und ich lief ihr rasch ein paar Schritte nach, aber die Kutsche war steckengeblieben und rumpelte dann mit einem so gewaltigen Ruck voran, daß niemand mein Rufen hörte. Eine Laterne aus Horn, die an einer Seite der Kutsche hin und her schaukelte, ließ das weiße Tuch, das den Kopf meines Babys bedeckte, aufleuchten. Aber während ich dem Wagen nachschaute, begann das Licht schon zu flackern und ging dann aus. Danach war alles in Dunkelheit gehüllt.

Ich lief ein paar Schritte hinterher, aber das Blut rann unaufhörlich an meinen Beinen entlang, und mein Kopf war wie berauscht. Die Sterne und die Sturmwolken schienen am Himmel herumzuwirbeln. Ich wußte: Dies war kein Traum. Ich hatte sie fortgegeben, und ich würde sie niemals wiedersehen.

»Sie heißt Sarah!« rief ich in die Dunkelheit und versuchte, ihr wieder nachzulaufen. Aber meine Knie gaben unter mir nach, und ich sank weinend und schluchzend in den Sand. »Sie heißt Sarah!« schrie ich noch einmal hinter dem dunklen, schwankenden Wagen her, der so eilig in die Nacht hineinrumpelte. »Sarah Lacey aus Wideacre!«

Ich weiß nicht, wie lange ich dort liegenblieb. Ich schaute hinter den Wagen her, bis meine Augen vor Anstrengung und Tränen zu schmerzen begannen und ich nichts mehr sehen konnte, nicht einmal mehr das weiße Tuch, das den Kopf meines kleinen Mädchens bedeckte. Ich kniete in dem nassen Sand, und der Regen, der auf mich niederströmte, vermischte sich mit meinen Tränen.

Als ich den Kopf hob, sah ich, daß es heller wurde. Eine lange Nacht war vergangen. Ich war frei. Richard hatte seine Macht über mich für alle Zeiten verloren. Ich hatte ihn durchschaut: Er war ein Wahnsinniger, ein verschlagener charmanter Verbrecher. Auch mich hätte er umgebracht, wenn nicht die Wehen zur Geburt seines Kindes eingesetzt hätten.

Ich hatte die Erbin von Wideacre, mein liebliches, geliebtes, kleines Mädchen, fortgegeben: Meine Pflicht war erfüllt. Ich würde jetzt heimgehen und noch ein Letztes tun. Ich würde Großvater Havering entgegentreten und ihm sagen, daß Richard Jem erschossen hatte, und John, und meine Mutter. Ich würde ihm die gefälschte Heiratsurkunde zeigen, um ihm Richards Motiv zu erklären, und ich würde die Perlenohrringe als Beweisstück dazulegen. Man würde Richard nach Chichester bringen und hängen. Ich wollte, daß die Mauern des neuen

Herrenhauses niedergerissen würden. Ich selbst würde in einem der Cottages auf dem Dorfanger leben, allein, in Trauer um alles, was ich verloren hatte, froh über alles, was ich hatte retten können.

Ich war Squire, die letzte Squire-Lady. Meine allerletzte Aufgabe stand mir noch bevor: Wideacre von Richard zu befreien.

Ich legte mir meinen durchnäßten, schweren Umhang um die Schultern und stand auf. Ich taumelte vor Erschöpfung, und einen Augenblick lang fürchtete ich, daß ich nicht mehr nach Haus käme. Vielleicht würde ich hier draußen zusammenbrechen und an Blutverlust und Unterkühlung sterben, bevor irgend jemand daran dächte.

Mit letzter Kraft machte ich mich auf den Heimweg. Ich zählte wie ein Kind einhundert Schritte und dann noch einmal einhundert und noch einmal und taumelte mit wunden, blutigen Füßen voran. Ich ging durch die dunklen Wälder von Wideacre bis hin zu der gefährlichen kleinen Brücke, wo die Zahlen, die ich murmelte, zu kleinen Seufzern der Angst wurden. Meine Füße begannen auf der Baumbrücke zu rutschen; der Fluß riß an meinem schweren Umhang und hätte mich fast in die Tiefe gezogen. Dann stolperte ich, immer weiter Zahlen murmelnd, den kleinen Fußweg hinunter, den ich als Kind so leichtfüßig entlanggelaufen war, immer dicht hinter meinem geliebten Cousin. Ich zählte, zählte, zählte die Schritte bis zurück zu meinem Haus. Ich wußte, daß dort jemand auf mich wartete – es *mußte* einfach jemand dort sein –, der mich empfangen und mir ins Bett hineinhelfen würde. Er würde Richard entgegentreten und ihm sagen, daß ich seine Tochter und Erbin getötet hatte und daß ich auch ihn töten würde.

Als ich die Wälder hinter mir gelassen hatte und die Anfahrt hinaufstieg, dämmerte fast schon der Morgen. Der Himmel wurde hell, obwohl die Sturmwolken noch immer schwarz über den Hügeln standen. Der Wind seufzte leise in den Baumwipfeln. Ich hörte, daß Menschen in den Wäldern meinen Namen riefen.

Ich nahm an, daß sie alle hinausgelaufen waren, um nach mir zu suchen. Ich hoffte, daß auch Richard draußen wäre. Dann könnte ich in mein Zimmer gehen und schlafen, bevor ich ihm entgegentrat. Richard sollte sterben. Richard sollte vernichtet werden. Aber ich wußte: Ich mußte erst wieder zu Kräften kommen, um meine Aufgabe vollenden zu können.

Als ich den Weg hinaufhumpelte, stand die Eingangstür offen, und das Haus war verlassen. Es war so, wie ich vermutet hatte: Jedermann war draußen in den Wäldern und suchte nach mir. Ich könnte mich in mein Zimmer schleichen und ausruhen, bevor ich Richard gegenübertreten müßte.

Aber ich dachte auch an die Dorfbewohner. Das mindeste, was ich tun könnte, wäre, eine kleine Nachricht zu schreiben und sie an die Eingangstür zu heften, so daß die Männer draußen im Regen heimgehen könnten und nicht den ganzen Tag lang nach mir suchen müßten, während ich warm und sicher im Bett lag. Ich ging in die Bibliothek, um Papier und Feder zu holen.

An der Stirnseite des Tisches saß Richard. Er war mit Reithosen und einem leinernen Hemd bekleidet. Der Stuhl unter ihm balancierte auf den beiden hinteren Beinen.

Sein Gesicht sah aus wie ein Totenkopf; die Lippen waren zu einem mitleiderregenden Grinsen verzerrt. Die Augen waren vor Angst weit aufgerissen, als er zu mir als seiner Retterin herüberstarrte, als dem einzigen Menschen, der ihn vor dem sicheren Tod bewahren könnte.

Hinter dem Stuhl stand Ralph. Eine Hand in Richards lockigen Schopf gekrallt, zog er den Kopf seines Opfers nach hinten. Mit der anderen Hand hielt er ein langes scharfes Messer an Richards Kehle.

Beide schauten mich an. Sie hatten meine Schritte und das Klatschen meines nassen Nachthemds und meines Umhangs gehört, als ich die Halle durchquerte. Ich nahm die Szene mit einem Blick in mich auf, zog die Tür rasch hinter mir zu und lehnte mich mit dem Rücken dagegen.

Richard schaute mich mit flehendem Blick an. »Julia!« rief er, und ich hörte, daß er versuchte, seinen ganzen Charme in seine Stimme zu legen. »Julia!«

Ich blickte ihn mit rotgeränderten, müden Augen an. Da saß er vor mir, der Bruder, den ich mein ganzes Leben lang geliebt hatte, und ich wußte, daß ich niemals aufhören würde, ihn zu lieben. Mein Bruder, mein Blut, mein Kamerad. Ich hob den Kopf und sah, wie Ralph mich mit dunklen, verständnisvollen Augen anschaute.

Er wartete schweigend auf meine Entscheidung.

»Töte ihn!« sagte ich.

Ralph führte das Messer so ruhig und sicher wie ein Metzger.